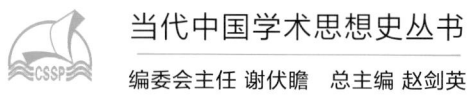

当代中国学术思想史丛书

编委会主任 谢伏瞻　总主编 赵剑英

当代中国文艺学研究

A Critical Study of Contemporary
Chinese Literary and Cultural Theories

(1949-2019)

上 卷

陶东风 和磊 著

中国社会科学出版社

图书在版编目(CIP)数据

当代中国文艺学研究:1949—2019:全二卷/陶东风,和磊著.—北京:中国社会科学出版社,2019.12

(当代中国学术思想史丛书)

ISBN 978-7-5203-5326-7

Ⅰ.①当… Ⅱ.①陶…②和… Ⅲ.①文艺学—研究—中国—1949-2019 Ⅳ.①I0

中国版本图书馆CIP数据核字(2019)第221199号

出 版 人	赵剑英
责任编辑	史慕鸿
责任校对	闫 萃
责任印制	戴 宽

出　　版	中国社会科学出版社
社　　址	北京鼓楼西大街甲158号
邮　　编	100720
网　　址	http://www.csspw.cn
发 行 部	010-84083685
门 市 部	010-84029450
经　　销	新华书店及其他书店
印刷装订	北京君升印刷有限公司
版　　次	2019年12月第1版
印　　次	2019年12月第1次印刷
开　　本	710×1000 1/16
印　　张	54.75
字　　数	842千字
定　　价	308.00元(全二卷)

凡购买中国社会科学出版社图书,如有质量问题请与本社营销中心联系调换
电话:010-84083683
版权所有 侵权必究

当代中国学术思想史丛书
编辑委员会

主　任　谢伏瞻

副主任　蔡　昉　高　翔　高培勇　姜　辉　赵　奇

编　委（按姓氏笔画为序）

卜宪群　马　援　王延中　王建朗　王　巍
邢广程　刘丹青　刘跃进　李　扬　李国强
李培林　李景源　汪朝光　张宇燕　张海鹏
陈众议　陈星灿　陈　甦　卓新平　周　弘
房　宁　赵　奇　赵剑英　郝时远　姜　辉
夏春涛　高培勇　高　翔　黄群慧　彭　卫
朝戈金　景天魁　谢伏瞻　蔡　昉　魏长宝

总主编　赵剑英

书写当代中国学术史,加快构建中国特色哲学社会科学

谢伏瞻[*]

在中华人民共和国成立70周年之际,中国社会科学出版社修订出版《当代中国学术思想史丛书》(以下简称《丛书》),对于推动我国当代学术史研究,加快构建中国特色哲学社会科学学科体系、学术体系、话语体系具有重要的意义。

党的十八大以来,以习近平同志为核心的党中央高度重视哲学社会科学。2016年5月17日,习近平总书记主持召开哲学社会科学工作座谈会并发表重要讲话,明确提出加快构建中国特色哲学社会科学学科体系、学术体系、话语体系的重大论断和战略任务。这是一个极为重要的战略考量,关系我国哲学社会科学的长远发展,关系中国特色社会主义事业发展全局,是重大的学术任务,更是重大的政治任务。广大哲学社会科学工作者要以高度的政治自觉和学术自觉,以强烈的责任感、紧迫感和担当精神,在加快构建中国特色哲学社会科学"三大体系"上有过硬的举

---

[*] 谢伏瞻:中国社会科学院院长、党组书记。

措、实质性进展和更大作为。《丛书》即为加快构建中国特色哲学社会科学"三大体系"的具体措施之一。

研究学术思想史是我国的优良传统之一。学术思想历来被视为探寻思想变革、社会走向的风向标。正如梁启超在《论中国学术思想变迁之大势》中所言,"学术思想与历史上之大势,其关系常密切。""学术思想之在一国,犹人之有精神也;而政事、法律、风俗,及历史上种种之现象,则其形质也。故欲觇其国文野强弱之程度如何,必于学术思想焉求之。"我国古代研究学术思想史注重"融合""会通",对学术辨识与提炼能力有特殊要求,是专家之学,在这方面有大成就者如刘向、刘歆、朱熹、黄宗羲等皆为硕学通儒。近代以来,随着"西学东渐",我国哲学社会科学各学科逐渐发展起来,学术思想史研究亦以梁启超的《中国近三百年学术史》为发轫,以章炳麟、钱穆等为代表的一批学者用现代学术视角"辨章学术、考镜源流",开始将学术思想史研究与近现代哲学社会科学发展结合起来,形成了不少有影响的名品佳作。新中国成立以后,在马克思主义指导下,我国哲学社会科学不断发展,特别是改革开放以来,哲学社会科学的地位更加凸显,在研究工作的广度和深度上不断取得新突破。但是,我国当代学术思想史研究没有跟上哲学社会科学发展的步伐,呈现出"有数量缺质量、有专家缺大师"的状况,有分量的研究成果寥若晨星,公认的学术思想史大家屈指可数。新时代,我国哲学社会科学地位更加重要、任务更加繁重,有组织、有计划地开展学术思想史研究和出版工作，系统梳理我国当代哲学社会科学各学科学术思想的发展脉络，总结各学科积累的优秀成果，既是对学术研究传统的继承和发扬，弥补当代学术思想史研究的不足，也将在中国特色哲学社会科学"三大体系"建设中发挥独特而重要的作用。

中国社会科学院是党中央直接领导的哲学社会科学研究机构，在加快构建哲学社会科学"三大体系"建设中发挥着主力军作用。早在建院之初的1978年，胡乔木同志主持的《1978—1985年全国哲学社会科学发展规划纲要（初稿）》就提出了研究"中国经济思想史""中国政治思想史""中国教育思想史""中国伦理思想史"等近10种"学术思想史"的规划。"当代中国学术思想史"丛书初版于2009年，在新中国成立70周年之际，予以修订再版，充分体现出我院作为"国家队"的担当。《丛书》以新中国成立以来学术思想史演进中的脉络梳理与关键问题分析为主要内容，集中展现在中国共产党坚强领导下，创建、发展和繁荣哲学社会科学各学科学术思想史的历程，突出反映70年来哲学社会科学各领域的成就与经验，资辅当代、存鉴后人，具有较强的学术示范意义。

学术思想史研究为哲学社会科学学科体系建设提供了有力的支撑。学科体系是加快构建中国特色哲学社会科学的根本依托。经过几十年的发展，我国哲学社会科学已拥有20多个一级学科、400多个二级学科，学科体系已基本确立，但还不健全、不系统、不完善，离习近平总书记提出的基础学科健全扎实、重点学科优势突出、新兴学科和交叉学科创新发展、冷门学科代有传承的要求还有相当大的差距。学科体系建设的前提是对各学科做出科学准确的评估，翔实的学术思想史研究天然具备这一功能。《丛书》以"反映学科最新动态，准确把握学科前沿，引领学科发展方向"为宗旨，系统总结文学、历史学、语言学、美学、宗教学、法学等学科70年的学术发展历程。其中既有对基础学科、重点学科学术思想史的系统梳理，如《当代中国美学研究》《当代中国文艺学研究》等；又有对新兴学科、交叉学科和冷门学科学术思想史的开拓性研究，如《当代中国近代思想史研究》《当代中国边疆研究》《当代中国简帛学研究》等。从学术思想史的角度，系统评价各学科的发展，对于健全学科体系、优化学科布局，加快构建中国特色哲学社会科学学科体系无疑是大有裨益的。

学术思想史研究为哲学社会科学学术创新提供了坚实的基础。学术体系是加快构建中国特色哲学社会科学的核心。主要包括两个方面：一是思想、理念、原理、观点、理论、学说、知识、学术等；二是研究方法、材料和工具等。习近平总书记指出，理论的生命力在于创新。只有不断推进知识创新、理论创新、方法创新，才能着力打造"原版""新版"的哲学社会科学。学术创新是有前提的，正如总书记所深刻指出的，理论思维的起点决定着理论创新的结果，理论创新只能从问题开始。从某种意义上说，学术创新离不开学术思想史研究，只有通过坚实的学术思想史研究，把握学术演进的脉络、传统、流变，才能够提出新问题、新思想，形成新的学术方向，这是《丛书》为哲学社会科学学术创新作出的贡献之一。学术思想史的研究内容、研究方法、材料与工具自成体系，具有构建学术体系的各项特征。《丛书》通过对学术思想史研究的创新，为哲学社会科学学术创新提供了有益的尝试。

一是观点创新。中华人民共和国成立以来，随着马克思主义在哲学社会科学领域指导地位的确立，我国思想界发生了大规模、深层次的学术变革，70年间中国学术已经形成了崭新格局。《丛书》紧扣"当代中国"这一主题，突破"当代人不写当代史"的思想束缚，独辟蹊径、勇于探索，聚焦中国特色哲学社会科学的发展道路、马克思主义指导下的中国学术发展、中国传统学术继承和外来学术思想借鉴，民族复兴在学术思想史上的反映等问题，从而产生一系列的观点创新。

二是研究范式创新。一个时代的主流思想和历史叙事，是由反映那个时代的精神的一系列概念和逻辑构成的。当代中国学术的源流、变化与当代中国政治、经济、文化、社会的变革密切相关。《丛书》把研究中国特色学术道路的起点、进程与方向作为自觉意识，贯穿于全丛书，注重学术思想史与中国学术道路的密切联系、学理化研究与中国现实问题的密切联系、个别问题研究与学术整体格局的密切联系、研究当代中国与启示中国未来的密切联系，开拓了学术诠释中国道路的新范式。

三是体例创新。《丛书》将专题形式和编年形式相互补充与融合，充分体现了学术创新的开放性，为开创学术思想史书写新范式探路。对于当代学术思想史研究，创新之路刚刚开始，随着《丛书》种类的增多，创新学术思想史研究的思路还会更多，更深入。

学术思想史研究为构建哲学社会科学话语体系提供了广阔的平台。话语体系是学术体系的反映、表达和传播方式，是有特定思想指向和价值取向的语言系统，是构成学科体系之网的纽结。习近平总书记指出，在解读中国实践、构建中国理论上，我们应该最有发言权。这就要求我们在构建话语体系时，要坚持中国立场、注重中国特色，用中国理论阐释中国实践，用中国实践升华中国理论，更加鲜明地展现中国思想，更加响亮地提出中国主张。要主动设置议题，勇于参与世界范围的"百家争鸣"。《丛书》定位于对当代中国学术思想的独家诠释，内容是原汁原味的中国学术，具有学术"走出去"、参与国际学术对话、扩大我国学术思想影响力、增强中华文化软实力的条件。《丛书》通过生动的叙述风格传播中国学术、中国文化，全面、集中、系统地反映我国当代学术的建构过程，让世界认识"学术中的中国""理论中的中国""哲学社会科学中的中国"。习近平总书记强调，把中国实践总结好，就有更强的能力为解决世界性问题提供思路和办法。《丛书》通过对当代中国学术思想史的描绘，让世界了解中国特色的学术发展之路，进而了解中国特色社会主义文化和中国特色社会主义道路。《丛书》中的《当代中国法学研究》《当代中国宗教学研究》《当代中国近代史研究》《当代中国近代社会史研究》等已经翻译成英文、德文等多种语言，分别在有关国家出版发行，为当代中国学术思想的国际化传播开拓了新路。

目前，《丛书》完成了出版计划的一部分，未来要继续作好《丛书》出版工作。关键是要坚持正确的政治方向、学术导向和价值取向。要提高政治站位，增强"四个意识"，坚定"四个自信"，做到"两个维护"，在思想上政治上行动上同以习近平同志为核心的党中央保持高度一致。要坚持马克思主义的指导地位，特别是用习近平新时代中国特色社会主义思想指导学术思想史研究和出版工作。要落实意识形态工作责任制，做到守土有责、守土负责、守土尽责。作好《丛书》出版工作必须坚持以质量为生命线。在任何时候都要坚持质量第一的方针，坚持"宁缺毋滥"的原则，多出精品力作。要把社会效益放在首位，实现社会效益和经济效益相统一。要严格遵守学术规范，秉承认真负责的治学态度，严肃对待学术研究，潜心研究，讲究学术诚信，拿出高质量的学术成果。

当今世界处于百年未有之大变局，中国特色社会主义进入新时代，这都对哲学社会科学提出了更高的要求，广大哲学社会科学工作者要积极响应习近平总书记和党中央号召，以习近平新时代中国特色社会主义思想为指导，努力提高政治站位，增强思想自觉，敢于担当，奋发有为，繁荣中国学术，发展中国理论，传播中国思想,加快构建中国特色哲学社会科学"三大体系",为实现"两个一百年"奋斗目标,实现中华民族伟大复兴的中国梦作出应有的贡献。

是为序。

2019 年 10 月

总 目 录

上 卷

导论　中国当代文艺学的公共性问题 ……………………………（1）

第一章　文坛秩序的建构与文艺学新话语的初步确立 …………（22）

第二章　文艺界大批判：初露锋芒的文学批评新话语 …………（52）

第三章　从社会主义现实主义到"两结合" ……………………（113）

第四章　新民歌运动与新诗发展方向的讨论 ……………………（151）

第五章　"双百"方针的提出与党的文艺政策的调整 …………（187）

第六章　关于文艺与政治关系的讨论 ……………………………（205）

第七章　关于人物形象问题的讨论 ………………………………（223）

第八章　关于题材问题的讨论 ……………………………………（245）

第九章　关于写真实和真实性问题的讨论 ………………………（256）

第十章　文艺学教材建设 …………………………………………（273）

第十一章　"文化大革命"中的文艺学 …………………………（302）

第十二章　拨乱反正与第四次文代会 ……………………………（317）

第十三章　关于人性和人道主义的讨论 …………………………（332）

第十四章　关于典型问题的论争 …………………………………（361）

第十五章　关于形象思维问题的讨论 ……………………………（394）

下 卷

第十六章　新方法论与文艺学的科学主义思潮 …………………（411）

第十七章　向内转与文学主体性的建构 ………………………（432）

第十八章　形式/语言/符号本体论文艺学 ……………………（457）

第十九章　文学史新观念的建构 ………………………………（491）

第二十章　"失语症"与重建中国文论话语 ……………………（523）

第二十一章　市场经济与大众文化语境下的文艺学 …………（547）

第二十二章　后-主义与全球化语境下的文艺学 ………………（597）

第二十三章　日常生活的审美化与文艺学的学科反思 ………（644）

第二十四章　文化的转向 ………………………………………（694）

第二十五章　新时期文艺学的历史反思与教材建设 …………（723）

第二十六章　关于文学"审美意识形态"论的论争 ……………（759）

第二十七章　近十年的文艺学热点 ……………………………（778）

目　录

上　卷

导论　中国当代文艺学的公共性问题 ……………………………… (1)
 一　文学公共领域的规范特征 ……………………………………… (2)
 二　文学的公共性与自主性 ………………………………………… (7)
 三　文学的公共性与私人性、个体性 ……………………………… (10)
 四　文学的公共性与政治性 ………………………………………… (15)

第一章　文坛秩序的建构与文艺学新话语的初步确立 ……………… (22)
 一　《讲话》与社会主义文艺学新方向的确立 …………………… (22)
 二　第一次文代会与当代文学体制的建立 ………………………… (35)

第二章　文艺界大批判：初露锋芒的文学批评新话语 ……………… (52)
 一　电影《武训传》批判 …………………………………………… (53)
 二　知识分子思想改造与文艺界的整风学习运动 ………………… (65)
 三　《红楼梦》研究批判 …………………………………………… (74)
 四　胡风文艺思想批判 ……………………………………………… (87)
 五　"反右"运动中的文艺批判 …………………………………… (103)

第三章　从社会主义现实主义到"两结合" ………………………… (113)
 一　社会主义现实主义创作方法的制度化 ………………………… (113)

二　关于社会主义现实主义的讨论 ………………………………（119）
　　三　"两结合"创作方法的提出与讨论 …………………………（138）

第四章　新民歌运动与新诗发展方向的讨论 ……………………（151）
　　一　新民歌运动概述 ………………………………………………（151）
　　二　重建民族国家的文化认同 ……………………………………（153）
　　三　民族风格与大众化 ……………………………………………（157）
　　四　"五四"新诗传统的评价与重塑 ……………………………（161）
　　五　重新评价古典诗歌 ……………………………………………（169）
　　六　艺术形式的阶级性 ……………………………………………（173）
　　七　思想改造与诗人的工人阶级化 ………………………………（177）
　　结束语 ………………………………………………………………（185）

第五章　"双百"方针的提出与党的文艺政策的调整 ……………（187）
　　一　"双百"方针的提出及其背景 ………………………………（187）
　　二　三个会议与《文艺八条》 ……………………………………（196）

第六章　关于文艺与政治关系的讨论 ……………………………（205）
　　一　对阿垅"艺术即政治"论的批判 ……………………………（205）
　　二　关于为政策服务与"赶任务" ………………………………（210）
　　三　对文艺创作中公式化、概念化现象的批评 …………………（216）

第七章　关于人物形象问题的讨论 ………………………………（223）
　　一　可不可以写小资产阶级 ………………………………………（223）
　　二　关于"正面人物"和"新英雄人物" ………………………（228）
　　三　关于"中间人物" ……………………………………………（241）

第八章　关于题材问题的讨论 (245)
  一　"题材差别论"和"题材决定论" (245)
  二　反题材决定论 (247)
  三　新时期关于题材问题的讨论 (253)

第九章　关于写真实和真实性问题的讨论 (256)
  一　新中国成立初期关于真实性问题的讨论 (256)
  二　50年代中期关于"写真实"的讨论 (258)
  三　新时期写真实问题的讨论 (266)

第十章　文艺学教材建设 (273)
  一　1949年前文艺学教材的历史沿革 (273)
  二　新中国成立初期的文艺学教学大讨论 (277)
  三　苏联文艺学主导下的文艺学教材编写 (285)
  四　周扬与文艺学统编教材 (296)

第十一章　"文化大革命"中的文艺学 (302)
  一　极"左"思潮的兴盛与部队文艺创作座谈会 (302)
  二　"文艺黑线专政"论 (309)
  三　"根本任务"论和"三突出"创作原则 (313)

第十二章　拨乱反正与第四次文代会 (317)
  一　拨乱反正与为文艺正名 (317)
  二　历史性的转折:第四次文代会 (319)
  三　"二为"方向的提出与党的文艺政策的新调整 (327)

第十三章　关于人性和人道主义的讨论 (332)
  一　20世纪50年代关于人性、人道主义的讨论 (332)

二　新时期关于人性、人道主义的论争 …………………………（340）

第十四章　关于典型问题的论争 ………………………………（361）
　一　"文化大革命"前关于典型的讨论 ……………………………（362）
　二　新时期典型问题的论争 ………………………………………（374）
　三　人物性格二重组合论 …………………………………………（384）

第十五章　关于形象思维问题的讨论 …………………………（394）
　一　"文化大革命"前第一次形象思维问题的讨论………………（394）
　二　新时期关于形象思维问题的讨论 ……………………………（401）

导 论

中国当代文艺学的公共性问题

在回顾中华人民共和国 70 年文艺学历史的时候，我一直在思考的一个问题就是文学与文学理论的公共性问题（"公共性"这个词是最近几年才在学术界兴起的，以前我们谈论得最多的是政治性，这两个词的含义有交叉但不相同，这点我们下面还要分析）。

毋庸讳言，不少学者或存在排斥，或存在误解。他们认为经过新时期对工具论文艺学的清算和文艺自主性的回归，再来倡导所谓文学的公共性是不合时宜的，甚至是倒退。在中国的历史语境中，这样的看法是并不奇怪的。在具有"文化大革命"记忆的几代中国文学工作者心目中，文学的"公共性"这个提法容易勾起很多人不愉快的记忆。他们从这个词会直接联系到政治性，联想到曾经有过的文学艺术领域硝烟弥漫的斗争，各种借学术名义进行的群体运动、政治运动。似乎这些文学和文学运动最有所谓"公共性"。在这样的理解视域中，文学的公共性与文学的自主性、审美性、私人性等就自然而然地对立起来了，似乎倡导文学的公共性就会牺牲掉文学的自主性、审美性、个体性。对此，我们既表示理解也深感悲哀。它只能说明"公"、"公共"（以及相关的"政治"、"集体"等）这些术语在我国已经被败坏到了何等严重的程度，以至于我们今天还在承受其消极的后果。这更说明重新理解文学与文学理论的公共性、文学公共领域等概念的必要性和迫切性。同样必要和迫切的是交代我们是在什么样的意义上重新提出公共性这个命题的。

由于文学理论的公共性问题是中国当代文艺学的总体性、贯穿性的问题，我们准备把对于这个问题的讨论作为全书的导言。

一　文学公共领域的规范特征

谈到文学公共领域，当然不能不提及哈贝马斯（J. Habermas），因为哈贝马斯在《公共领域的结构转型》一书中首先提出了这个概念。作为一个历史描述的术语，哈贝马斯用它特指18世纪西欧（主要是英、法、德三国）出现的历史现象。他在论述资产阶级公共领域的建构时认为，文学公共领域是资产阶级公共领域的前身和雏形。资产阶级公共领域不同于此前中世纪封建社会的代表型公共领域，它是在近代资产阶级公民社会成熟并获得独立（独立于甚至对抗政治国家）的条件下出现的。哈贝马斯把代表型公共领域的特点概括为："'王权'有高低之分，特权有大小之别，但不存在任何一种私法意义上的合法地位，能够确保私人进入公共领域。"[①] 缺乏自律的私人个体、缺乏民主原则和开放性、没有保障私人进入公共领域的法律制度，可以视作代表型公共领域及其所反映的宫廷文化政治的基本特点。所谓代表型公共领域，其实质不过是专制王权把代表自己特权的符号、仪式、物件拿出来公开展示亮相，让大家见识见识而借以宣称自己的绝对权威而已。相反，资产阶级公共领域由有主体性的、由法律保障的自律个体（私人）组成，他们从事的活动乃是对公共事务进行政治讨论，而讨论的方式则是理性而公开的批判[②]。

这样一种具有政治功能的资产阶级公共领域首先出现在文学界（当然，哈贝马斯的"文学"概念含义很广，不但包括了其他艺术，也包括了各类评论文体，甚至包括咖啡馆、酒吧、沙龙等谈论文学的场所），这是因为资产阶级公共领域最初是围绕着文学阅读公众形成的。在培养资产阶级公众的主体性、批判意识和理性论辩能力方面，文学公共领域发挥了重大作用，为这些公众介入政治讨论打下了基础。因此，文学公共领域本身虽不等于资产阶级的政治公共领域，但是却为资产阶级政治公共领域准备

[①] 哈贝马斯：《公共领域的结构转型》，曹卫东等译，学林出版社1999年版，第5页。
[②] 同上书，第32页。

了具有批判性和自律性的公众。哈贝马斯说:"犹(原文如此——引注)在公共权力机关的公共性引起私人政治批判的争议,最终完全被取消之前,在它的保护之下,一种非政治形式的公共领域——作为具有政治功能的公共领域前身的文学公共领域已经形成。它是公开批判的练习场所,这种公开批判基本上还集中在自己内部——这是一个私人对新的私人性的天生经验的自我启蒙过程。"① 这样,文学公共领域就成为由宫廷代表型公共领域过渡到资产阶级公共领域的桥梁:城市"不仅仅是资产阶级社会的生活中心;在与'宫廷'的文化政治的对立之中,城市里最突出的是一种文学公共领域,其机制体现为咖啡馆、沙龙以及宴会等。在与资产阶级知识分子的相遇过程中,那种充满人文色彩的贵族社交遗产通过很快就会发展成为公开批评的愉快交谈而成为没落的宫廷公共领域向新兴出资产阶级公共领域过渡的桥梁"②。

限于篇幅,我们不准备详细介绍哈贝马斯对文学公共领域概念的历史梳理,就本导言的目的而言,重要的是哈贝马斯赋予文学公共领域的规范内涵。这种规范内涵可以大致归纳如下。

首先,文学公共领域必须有文学公众的广泛参与,参与者必须具备起码的理性自律,本着平等、自主、独立之精神,就文学以及其他相关的政治文化问题进行积极的、公开而理性的商谈、对话和沟通。这一点意味着文学公共领域是一个主体间理性的交往—对话领域。

其次,文学公共领域发生和存在的前提是文学活动的自主性,即文学领域与国家权力领域的相对分离,也就是说,独立于国家权力领域的自主文学场域(包括文学市场、文学机构、文学游戏规则)等的发生与发育,是文学公共领域得以出现的前提,而这种自主性又依赖于国家和市民社会(或公民社会)的相对分离,亦即独立于国家权力的市民社会的存在。哈贝马斯曾经论证:"'资产阶级公共领域'是一个具有划时代意义的范畴,不能把它和源自欧洲中世纪的'市民社会'的独特发展历

---

① 哈贝马斯:《公共领域的结构转型》,第34页。
② 同上。

史隔离开来。"① 这个论述无疑也适合于文学公共领域。在这个意义上，文学公共领域同样是现代性的建构。

这一点需要得到特别强调，因为它在国家和公民社会的关系中解释了文学公共领域的"自主性"的社会条件，也体现了哈贝马斯"公共领域"概念的独特魅力。众所周知，"公共领域"概念在西方社会政治理论的发展中被赋予了诸多含义，也有诸多不同的解释路径。其中比较重要和普遍的解释路径有两个：一个是自由主义经济学路径（liberal economical approach），它在国家—社会的二元框架中划分公共领域/私人领域，公共领域相当于国家行政管理领域，私人领域相当于市民社会；另一个是共和主义路径（republican approach），它是从政治共同体和公民身份的角度界定公共领域的，认为公共领域是公民积极参与的政治实践领域（这种公共领域理论起源于古希腊，在阿伦特那里得到了继承和发展）②。哈贝马斯的公共领域概念则和它们都有联系但又都不完全相同。他认为，公共领域是介乎公民社会和国家之间的调节地带，一方面，公共领域是由私人领域中具有主体性的自律私人组成的；另一方面，这些私人又积极参与公共事务，批判性地监督国家公共权力的使用。既独立于国家权力又批判性地参与其中。独立是参与的前提。这样一个资产阶级政治公共领域的建构是现代性的一个伟大成果，它为文学公共领域的建构，为文学的自主性提供了社会基础。没有一个独立于国家权力的社会文化领域，也就是哈贝马斯说的资产阶级政治公共领域，文学活动就只能处在国家权力的控制下，就不可能获得自主性，当然也就不可能形成真正意义上的文学公共领域。正因为这样，我们不能望文生义地把文学和文学理论的公共性笼统理解为文学的政治性，好像任何公开化的、群众性的文学运动或任何以所谓"重大政治事件"为题材的文学创作、文学研究都是文学公共性的体现。

再次，文学公共领域作为独立于国家权力领域的对话交往空间，必然充满了多元和差异。对哈贝马斯的公共性理论发生过深刻影响的阿伦特曾

---

① 哈贝马斯：《公共领域的结构转型》，第 1 页。
② Jeff Weintraub, "The Theory and Politics of the Public/Private Distinction", in *Public and Private in Thought and Practice: Perspectives on a Grand Dichotomy*, ed by Jeff Weintraub and Krishan Kumar, University of Chicago Press, 1997, p. 7.

经指出,公共性的重要特点是差异性(distinctness)和共在性(togetherness)的统一。所谓"共在性",是指不同的个体人共同存在于同一个世界;所谓"差异性",是说共在于这个世界的个体人是千差万别的。人们并不需要完全变得千篇一律(包括看待世界的视角、立场等)才能共处于公共世界;相反,对于差异性的消除必然导致公共世界的单一化、极权化,亦即公共世界的消亡。公共世界的非极权化恰恰需要参与这个世界的人持有观察视角和立场的多元性、复数性。同时在场而又保持行动者个体的多元性和差异性是公共领域的重要特点。公共领域中每个个体的视点都没有一个共同的公度,阿伦特说:"公共领域的实在性要取决于共同世界借以呈现自身的无数视点和方面的同时在场,而对于这些视点和方面,人们是不可能设计出一套共同的测量方法或评判标准的。"① 顺便指出,受到存在主义的影响,阿伦特持有呈现(表象)即实在的存在论立场,因此,在公共领域呈现和彰显的一切都具有实在性和客观性;同时,人也只有通过自己在公共领域的言行演示才能获得自己的实在性和客观性。

之所以说各个个体看待世界的视点和角度具有不可化约的多元性,是因为尽管公共世界乃是公众会聚之所,但那些在场的诸多个体却总是处在各自不同的位置上。一个人所处的位置不可能与另一个人所处的位置完全相同,在非强制的情况下,他们观察世界的角度和立场也不可能没有差别。每个处在公共世界的人都希望自己被他人看见和听见,亦即被他人"见证",而每个人都是站在不同的位置上来展示自己的卓越性——被他人听和看,也是在不同的位置上来看和听他人言行的演示。"事物必须能够被许多人从不同的方面来看,与此同时又并不改变其同一性,这样才能使所有集合在它们周围的人明白,他们从绝对的多样性中看见了同一性,也只有这样,世俗的现实才能真实地、可靠地出新。"② 多样性是公共领域的最重要规定。在公共领域,各个人的视点和位置的不同并不妨碍各自的现实性,相反是其现实性的保证,因为现实性的保证不是人的"共同的本性",而

---

① 参见阿伦特《人的境遇》(中国大陆一般翻译为《人的条件》),引文选自汪晖等主编《文化与公共性》,生活·读书·新知三联书店1999年版,第88页。
② 阿伦特:《人的境遇》,《文化与公共性》,第88—89页。

是不同的人（包括立场和其他方面的不同）对"同一个对象"的关注。

这个观点对文学的启示是十分丰富的。文学的公共性同样是共在性和差异性的统一。为了维护文学领域的这种多样性，文学公共领域并不需要一个本质化的、单一的文学观念作为自己存在的前提，它的参加者也不需要拥有相同的文学观念、文学立场才能共处于文学公共领域；相反，文学公共领域的健康存在和发展恰恰需要文学观念和立场的差异性和复数性。"当公共世界只能从一个方面被看见，只能从一个视点呈现出来时，它的末日也就到来了。"[①] 阿伦特的这句话当然也适合文学公共领域。复数性和差异性的消失标志着文学进入了极权主义状态，标志着文学的公共性的死亡。或者说只是在可见性、展示性的意义上具有公开性。公共性概念的另一个重要含义就是可见性，visibility，与隐秘性相对，凡是在公共场合公开展示的东西都具有这个意义上的公共性。理查德·桑内特指出："'公共'意味着向任何人的审视开放，而私人则意味着一个由家人和朋友构成的、受到遮蔽的生活区域。"[②] 正因为这样，文学公共领域才需要一个相对于国家权力的市民社会的依托，否则就难以保持自己的自主性。文学公共领域的存在与健康发展需要的不是统一的文学观念和文学立场，而是对于文学这个公共交往空间的共同珍爱，而这种珍爱必须具体落实为对于每一个人的独特文学观念、文学立场的尊重，对于每一个人的文学权利——它是人的文化权利的一个组成部分——的尊重。

最后，与差异性和复数性以及平等民主的对话交往原则相对应，文学公共领域的交往和沟通必须本着公正、理性的精神进行，所谓"理性的方式"，也就是"非权威""非暴力"的方式。关于权威，阿伦特说："权威的标志是要求服从着不加质疑的承认，无论是强迫还是说服都是不需要的。"[③] 文学公共领域的交往言谈的非权威性，指的是不存在一个控制着文学公共领域之交往对话的先在的、未加反思的、不能质疑的权威。这当然不是说文学公共领域根本不可能达成共识，而是说文学公共领域的共识是

[①] 阿伦特：《人的境遇》，《文化与公共性》，第89页。

[②] 参见理查德·桑内特《公共人的衰落》，上海译文出版社2008年版，第18页。

[③] 阿伦特：《权力与暴力》，载贺照田主编《西方现代性的曲折与展开》，吉林人民出版社2002年版，第432页。

在自由、平等、民主的交谈基础上达成的,而不是由权威强加的。当文学公共领域的成员各自提出了他们的意见和立场时,应该依据谁提出了"较佳论证"(better argument)来作为评价和认同的标准,舍此别无其他标准。

文学公共领域当然更须戒绝暴力,包括语言暴力。暴力是一种采取非说理的方式迫使对方服从的力量,因此,阿伦特认为暴力是政治无能的表现(因为政治是言说的艺术)。一个人只有在通过语言说理的方式不能赢得合法性的情况下才会诉诸暴力。文学公共领域的交往对话,特别是文学批评,是而且只能是一种理性的语言活动。既要充分展示自己的个性,坚持自己的观点,又要尊重他人的言论自由,并抱有通过交往达成共识的真诚愿望。一般而言,在文学公共领域,特别是文学批评领域,使用物理暴力的可能性不大,但是语言暴力的使用却屡屡发生。

二 文学的公共性与自主性

对照上面这个关于文学公共领域和文学公共性的理想型界定,现在我们问:当代中国是否存在类似哈贝马斯描述的那种文学公共领域和文学公共性?要解决这个问题,关键在于对于中国当代社会结构的演变,特别是国家和社会的关系结构有一个基本把握,然后结合我们上面给出的公共领域(含文学公共领域)和公共性(含文学的公共性)的标准,进行综合的比照分析。

前面讲到,哈贝马斯在国家和公民社会的调节关系中解释了文学公共领域的"自主性"的社会条件,自律自主、独立于国家权力的私人领域的存在是公共领域(含文学公共领域)和公共性(含文学公共性)存在的前提。在哈贝马斯看来,公共领域是自主自律的个体通过主体间的理性、平等、公开的交往形成公共意见的领域。

哈贝马斯非常重视公共意见(公共舆论)。什么是公共意见?公共意见不是国家意志的自上而下的贯彻,相反,"'公共意见'这一词汇涉及对以国家形式组织起来的权力进行批评和控制的功能"。同时,公共意见也不是卢梭那种一体化的、不是通过讨论形成而是先验存在的抽象"人民意志"。哈贝马斯说:"公共意见,按其理想,只有在从事理性的讨论的公众存在的条件下才能形成。这种公共讨论被体制化地保护,并把公共权力的实践作为其批评主题。这种公共讨论并非古已有之——它们只是在资产阶级社会的一个特殊阶段才发展起来,只是依靠一种特殊的利益群体,它们才被组织进资产阶级立宪国家的秩序之中。"① 也就是说,公共意见与一般意见不同,一般的意见常常受到权威、意识形态、传统习俗、时尚潮流的左右;而公共意见则是理性讨论的产物,它不仅不是国家权力的传声筒,相反,它是把国家公共权力的行使作为自己的监督和批判对象。正因为这样,我们不能望文生义地把文学的公共性笼统地理解为文学的群体性、政治性,而不问这种群体性、政治性是什么样的群体性、政治性,好像任何公开化的、群众性的文学运动或任何关注"国家大事"的文学创作、文学研究、文学批评,都是文学公共性的体现。从这个标准出发,我们可以获得审视从新中国成立到新时期前我国文艺学的政治性和公共性的新视角。

这30年的文艺界给人留下印象最深的就是各种论争、讨论接连不断,甚至一个尚未结束另一个已经开始。但是你会发现:除了为数不多的几个短暂时期(比如1956年下半年到1957年上半年的"双百"方针时期,20世纪60年代初的文艺政策调整时期),在文艺为政治服务,更多时候是为政策服务、文艺界阶级斗争扩大化等"左"倾思想支配下,这30年的文艺界的一个重要特点就是畸形的政治化,所有文艺论争都被上升到政治斗争、阶级斗争的"高度",由国家直接发动关于文学问题的各种群众性、政治性的"大讨论",甚至以暴力方式解决文艺界人事问题,每次讨论的结果几乎都是进一步导致文学领域的单一化,导致差异性和多元性的进一步丧失。在著名的胡风案中,文艺界居然有92人被捕,62人被隔离审查,还有很多被判刑、劳动教养、下放劳动。极"左"时期的文学理论界看起来很热闹,"争论"不断,而且常常采取群众运动的方式,但这种"争论"和"讨论"几乎都是在复制自上而下贯彻的文学主张,其高度的统一性恰恰意味着文学公共性的死亡。其所使

---

① 哈贝马斯:《公共领域的结构转型》,第126页。

用的语言更是赤裸裸的政治语言，动辄"反党集团"、"反革命集团"、"资产阶级立场"、"修正主义观点"。即使是在20世纪90年代以后，在以网络为载体的文学领域，语言暴力现象也屡见不鲜。在著名的"韩白之争"、"玄幻门"之争中，我们可以看到大量试图通过非理性的威胁、恐吓、谩骂、侮辱等方式来威吓和压倒对方的现象，这一切均属语言暴力，其最后的结果只能是使得交往—对话或中断（如评论家白烨之退出论争）或无法有效地进行下去。

这方面的例子可谓举不胜举。比如新中国成立后关于"形象思维"问题的讨论。这个讨论只是在"双百"方针的激励下热闹了短暂一会儿，很快被郑季翘的带有政治审判性质的结论"统一"（实际上是强行终结）。在这篇文章中，他指责中国和苏联那些肯定形象思维的观点"是一个反马克思主义的认识论体系，是现代修正主义文艺思潮的一个认识论基础"，是"某些人进行反党、反马克思主义活动的理论武器"。"这种所谓理论不过是一种违反常识背离实际的胡编乱造而已。"①

再比如社会主义现实主义的制度化。在1953年9月23日至10月6日召开的第二次全国文代会上，周恩来在政治报告中明确规定："以社会主义现实主义作为我们文艺界创作和批评的最高准则。"茅盾在《新的现实和新的任务》中也指出："为了能够很好地担负起我们的任务，我们必须明确肯定社会主义现实主义的方法，必须坚定不移地向这个方向努力。"② 1956年8月，周扬在给中国作协文学讲习所的讲话《关于当前文艺创作上的几个问题》中，仍旧指出："我们应当肯定社会主义现实主义这个方向，肯定我们的文学是社会主义的和现实主义的。在这个问题上我们毫不犹疑。"③ 此后，关于社会主义现实主义虽然经过了多次讨论，甚至出版了两集《社会主义现实主义论文集》（1958年、1959年），但最终这一创作方法根本没有被撼动。而出版《社会主义现实主义论文集》的目的并不是争鸣、讨论，而是批判在这个问题上的修正主义，展示在这个问题上工人阶

---

① 郑季翘：《文艺领域里必须坚持马克思主义的认识论》，《红旗》1966年第5期。
② 见张炯主编《中国新文艺大系（1949—1966）理论·史料集》，中国文联出版公司1994年版，第167页。
③ 《周扬文集》第2卷，人民文学出版社1985年版，第409页。

级和资产阶级的"阶级斗争"①，而斗争的结果，显然是社会主义现实主义的绝对胜利和进一步巩固。另外，由社会主义现实主义到"两结合"的过渡，也并不是艺术规律自身的自然发展，而主要是为了适应和配合"大跃进"的形势，同时也借助政治权力的介入甚至是国家领导人的干预。比如在1960年的第三次全国文代会上，正式确定了"革命的现实主义和革命的浪漫主义相结合的创作方法"这一名称，并认定它是最好的创作方法，取代了原先的社会主义现实主义创作方法。凡此种种，都使得这些所谓的文艺界的"大鸣大放"与其说是平等、理性的讨论，不如说是自上而下的思想改造。② 其高度的统一性恰恰意味着文学公共领域的阙如，当然也意味着整个公共领域的阙如。哈贝马斯在分析真正的公共性和被操纵的、伪造的公共性的区别时一针见血地指出："本来的公共性（即真正意义上的公共性）是一种民主原则。"③ 与此相关，体现公共性的公共舆论必须建立在平等的讨论中，必须在公共交谈中形成。

因此，当代中国改革开放之前的30年，特别是"文化大革命"时期，之所以不存在哈贝马斯意义上的文学公共领域与文学公共性，从根本上说是由国家和社会的关系结构决定的。"文化大革命"时期国家权力垄断了社会政治经济文化各个方面，全面控制私人领域（包括其最私人化的家庭生活、情感生活，等等），这种国家全权主义模式使得文学艺术活动不可能获得自己的独立性和自主性，而没有独立性和自主性，就没有真正意义上的文学公共领域。或者说，在丧失文学的自主性和独立性的情况下，文学也不可能不丧失其公共性。

三 文学的公共性与私人性、个体性

另一个极容易引起误解的问题是文学的公共性和私人性的关系。一般

---

① 《编辑后记》，《社会主义现实主义论文集》第1集，新文艺出版社1958年版，第535页。

② 于风政《改造》一书介绍的新中国成立到1957年"反右"这段时间的知识分子思想改造三分之二以上发生在文艺界。

③ 哈贝马斯：《公共领域的结构转型》，第252页。

认为，公共性（publicity）和私人性（privacy）相对，前者的基本含义是可见性、与公众利益的相关性，后者的基本含义则是不可见性（隐蔽性）、与公众利益的不相关性。但是依据哈贝马斯的理解，公共性和私人性除了相对以外还有相成的关系。公共领域的公众所具有的私人自律、个体主体性，最初是通过对文学作品的私人化阅读（阅读场所通常是家庭这个私人环境）——特别是阅读那些表现私人经验的日记体、书信体小说——得到培养的，因此，我们不能简单认定那些描写私人经验的小说必然缺乏公共性。18世纪典型的文学类型是日记体小说和书信体小说，这两种小说的特点是有突出的私人经验描写和心理活动描写，它们在直接或间接培养公众主体性方面恰恰发挥了不可替代的重要作用。哈贝马斯说："作者、作品以及读者之间的关系变成了内心对'人性'自我认识以及同情深感兴趣的私人相互之间的亲密关系。理查逊和他的读者一样，也替他的小说人物落泪，作者和读者自己变成了小说中'自我吐露'的人物。""英语称（这种）新的文类所创造的幻想现实为fiction，这个词没有纯属虚构的特征。心理小说创造了一种现实主义，允许每个人替自己要求一种作为补偿活动的文学活动，把人物与读者，以及与作者之间的关系作为现实的补偿关系。"① 私人经验的描写丰富了读者对于人性的认识，培育了他们的主体性，因此也为这些人进入公共领域准备了条件。

关于文学在私人领域和公共领域的融通方面所起的作用，哈贝马斯写道："公共领域在比较广泛的市民阶层上最初出现时是对家庭中私人领域的扩展和补充。卧室和沙龙同在一屋檐底下；如果说，一边的私人性与另一边的公共性相互依赖，私人个体的主体性和公众性一开始就密切相关，那么同样，它们在'虚构'文学中也是联系在一起的。一方面，满腔热情的读者重温文学作品中所表现出来的私人关系，他们根据实际经验来充实虚构的私人空间，并且用虚构的私人空间来检验实际经验。另一方面，最初靠文学传达的私人空间，亦即具有文学表现能力的主体性，事实上已经变成了拥有广泛读者的文学。同时，组成公众的私人就所读的内容展开讨

---

① 哈贝马斯：《公共领域的结构转型》，第54页。

论，把它带进共同推进向前的启蒙过程当中。"①

另外，即使文学所描写的经验是私人的，但是读者是公众，讨论是公开的，讨论的机构——报纸杂志——是公共媒体。这种小说所表现的个性意识的觉醒对于培养公共领域的合格公众具有重要意义。因此哈贝马斯写道："通过阅读小说，也培养了公众，而公众在早期咖啡馆、沙龙、宴会等机制中已经出现了很长时间，报纸杂志及其职业批评等中介机制使公众紧紧地团结在一起。他们组成了以文学讨论为主的公共领域，通过文学讨论，源自私人领域的主体性对自身有了清楚的认识。"②

对公共性和私人性、个体性的这一理解，为我们正确认识当代中国不同时期文学和文学理论的公共性与私人性、集体性和个体性的关系提供了有益的启示。在新时期以前的中国政治文化和意识形态中，"私"总是被当作"公"的对立面，"自我"天然就是不合法的。那时整天讲"斗私批修"、"狠批私字一闪念"。表现在文学上，文学和文学理论的所谓"公共性"与私人性、个体性也就不可能不呈现出高度的紧张对立，这种所谓"公共性"是建立在对私人性（包括私人政治权利与私人的心里经验）的压制和剥夺之上的。比如新中国成立初期对"萧也牧创作倾向"的批判就很典型地表明了这点。"萧也牧创作倾向"指的是以萧也牧的小说《我们夫妇之间》《锻炼》《海河边上》等为代表的一系列小说所表现出的一些共同创作倾向，后来进一步延伸至其他与萧也牧创作倾向相近的作家及其作品。《我们夫妇之间》③发表后，有论者批评它在创作上表现出一种"依据小资产阶级的观点、趣味来观察生活，表现生活"的"不健康倾向"④。把私人性打入"小资产阶级"这个政治范畴是当时流行的批判模式与话语模式。1951年8月，丁玲发表《作为一种倾向来看——给萧也牧同志的一封信》⑤，把萧也牧创作上的"不健康倾向"升级为"萧也牧创作倾向"，批判萧也牧创作反对毛泽东提出的文艺的"工农兵方向"，并希

---

① 哈贝马斯：《公共领域的结构转型》，第54页。
② 同上书，第55页。
③ 《人民文学》1950年第1卷第3期。
④ 陈涌：《萧也牧创作的一些倾向》，《人民日报》1951年6月10日。
⑤ 《文艺报》第4卷第8期。

望萧也牧"老老实实地站在党的立场,站在人民的立场"上思索自己的缺点错误,这就把创作问题上升到了政治问题,由此引发了全国对"萧也牧创作倾向"的批判。在这里,无论是作家自己的私人生活还是作品中表现的私人生活,都是与所谓"政治"相对乃至相反的。以至于郭小川在其诗歌《望星空》中表现了一点关于宇宙无穷、生命短暂的私人感受,也受到上纲上线的政治批判。

到了新时期,随着市场化改革的逐步推进,政治逐渐退出了私人生活领域,但是恰恰在这个时候,许多侧重私人经验表现和情感倾诉、呼唤人性复归的文学艺术(比如"伤痕小说"、"朦胧诗"、邓丽君的流行歌曲等),以及所谓"私人化写作",却表现出了独特而鲜明的公共政治意义。一方面,这些文学表现的个性意识和主体意识的觉醒,本身就是思想解放运动这一新时期最重大的公共事件的产物;另一方面,它同时也反过来对培养公众的公民意识具有重要意义。实际上,这些私人经验的表达、私人权利的诉求,包括当时流行一时的邓丽君的那些如泣如诉的感伤歌曲,既是公众主体性觉醒的表现,同时也帮助培养了公众的主体意识,因此在当时具有鲜明的公共政治意义。正如哈贝马斯说的,这个时期,"以文学公共领域为中介,与公众相关的私人性的经验关系也进入了政治公共领域"①。正是通过那些呼唤人性和人道主义,肯定人情、人性的文学,公众的个人经验进入了政治公共领域,成为20世纪80年代读者公众控诉、告别"文化大革命"极"左"政治、重建更加人性化的社会生活和公共空间的重要方式和途径。

朦胧诗的情况也是如此。有人在评论被称为"文革诗歌第一人"的食指(郭路生)的诗歌的时候认为,"是他使诗歌开始了一个回归:一个以阶级性、党性为主体的诗歌开始转变为一个以个体性为主体的诗歌,恢复了个体的人的尊严,恢复了诗的尊严"②。徐敬亚在《崛起的诗群——评我国诗歌的现代倾向》中指出,朦胧诗中出现了"自我","一些青年诗人开始主张写'具有现代特点的自我'",他们"轻视古典诗中的那些慷慨

---

① 哈贝马斯:《公共领域的结构转型》,第55页。
② 宋海泉:《白洋淀琐忆》,《诗探索》1994年第4期。

激昂的'献身宗教的美'","坚信'人的权利，人的意志，人的一切正常要求'"，主张"诗人首先是人"——人，成了诗人的主题宗旨。这些无疑在当时具有思想解放的意义[①]。在北岛、舒婷等朦胧诗代表的作品中，可以强烈地感受到私人/个人情感抒发和公共政治关怀的高度统一（比如舒婷的《在诗歌的十字架上》的抒情主人公，一方面是一个为了公共担当而献身的英雄；另一方面又在呼唤"可是我累了，妈妈，请把手放在我燃烧的额头"）。这一点得力于在思想解放和改革开放的初期，争取私人的各种权利本来就带有强烈的公共意义，是对原先狭隘的、被扭曲的"公共"概念的扩展。

伤痕文学的公共性、政治性也是与私人性、个体性高度一致的。伤痕文学的兴起和发展，是时代的需要，历史的必然，是当时的社会心态和社会情绪的真实体现。此外，伤痕文学这种诉苦式的揭露和批评，实际上也是一种伤痕愈合的方式或途径，其所诉说的大多是阶级斗争的政治给人们家庭生活、爱情生活等私人生活造成的巨大伤害（《伤痕》《在小河那边》）。通过倾诉，人们的怨愤得到了一定的平衡，心灵也得到一定的安慰，而人们也在这种共同的情感诉苦中，完成了对一个"新的"国家、新的时代的想象，为国家的重建奠定了基础。

最后可以简单说说20世纪90年代初期出现的私人化写作。一般认为，私人化写作是以陈染、林白、徐小斌等女性作家为代表的创作倾向。私人化写作除了具有文学与美学的意义外，还具有不可忽视的社会与政治的公共意义。它标志着以国家、民族与人民等"大我"与私人化的"小我"的关系得到了调整，在知识分子的群体里，也出现了一种与普遍主体、普遍知识分子（真正的与冒充的）迥然不同的所谓"后知识分子"，他们不再以国家、民族或人民的代言人的身份与名义写作，而是以自己私人的名义写作，同时也为了私人的动机与需要而写作。我们当然可以从目前私人化写作倾向较著名的作家作品中发现其私人经验的具体内容存在艺术格调不高等问题，但是私人化写作这种形式的出现本身，无疑是一个社会文化更加多元、写作空间更加宽广的标志，其积极意义应当充分肯定。

---

① 载《当代文艺思潮》1983年第1期。

四 文学的公共性与政治性

依照亚里士多德的理解,政治实践需要有一个必要条件,就是作为民主平等的对话场所的公共空间。深受亚氏影响,阿伦特也认为,政治的含义是行动者的言行在公共场所的"展现和演示",是行动者彼此之间形成交往沟通,它的前提必须有一个供其展现与演示言行的空间,即公共领域,这是一个没有支配和宰制的平等对话的空间。人们在公共领域针对公共事务进行对话、互动,依据的是平等、理性的对话原则而不是暴力、支配与宰制。阿伦特研究专家蔡英文先生解释说,按照阿伦特的理解,"政治乃是人的言谈与行动的实践、施为,以及行动主体随这言行之施为而做的自我的彰显。任何施为、展现必须有一展现的领域或空间,或者所谓'表象的空间',以及'人间公共事务'的领域。依此分析,政治行动一旦丧失了它在'公共空间'中跟言谈,以及跟其他行动者之言行的相关性,它就变成了另外的活动模式,如'制造事物'与'劳动生产'的活动模式"[①]。由于政治性和公共性的这种紧密关系,可以说,中国学术界对于文学公共性的误解(至少是片面理解)在很大程度上起源于对"政治"、"政治性"这两个术语的误解或片面理解。

当代中国的文艺学是一种高度政治化的文艺学,这几乎已经成为学界共识。比如,有学者指出:"在当代中国,文艺学的发展同政治文化几乎是息息相关的,或者说政治文化归约了文艺学发展的方向。它虽然被称为是一个独立的学科,并形成了较为完备的知识体系,但是从它的思想来源、关注的问题、重要的观点,等等,并不完全取决于学科本身发展的需要,或者说,它也并非完全来自对文学艺术创作实践的总结或概括。一套相当完备的指导中国革命实践的理论,也同样是指导文艺学的理论。这套理论就是中国的马克思主义——毛泽东思想。""当代文艺学的建立和发

[①] 蔡英文:《政治实践与公共空间——阿伦特的政治思想》,新星出版社 2006 年版,第 60 页。

展,也就是这一学科的学者在政治文化的归约下不断统一认识、实现共识的过程。"① 在中国的特定语境中,这个事实性的描述当然是基本准确的。但是一个仍然可以提出讨论的问题是:上述判断所指出的那个控制中国文艺学知识生产的"政治",实际上是特定国家形态和社会文化形态中的政党政治,在"文化大革命"时期则是极"左"政治,不能把它泛化为一般意义上的政治。由阿伦特的政治理论观之,由于这种极"左"政治推行高度一体化、一元化的集中指导,因而恰恰取消了中国公民的政治参与能力和政治生活的公共性品格。它恰恰是反政治的②。与此相应,极"左"时期高度政治化的文艺学知识生产也就几乎完全不具备阿伦特意义上的"政治"品格:多元性和创新能力。在包括文艺学在内的所有人文科学知识生产中,鲜能见到众声喧哗的场景,即使有也是昙花一现。文艺学工作者的创新能力总体看是萎缩的,在"文化大革命"时期更是彻底丧失。所以,如果我们要分析极"左"时期中国文艺学"政治化"的灾难,首先需要认识到那个时代"政治"的特定含义,分析中国公共领域的质变和人的行动(创新)能力的瘫痪。

如上所述,改革开放前中国文艺学的知识生产主要采用了群众性"讨论"、"争论"的方式,而这些"争论"和"讨论"几乎全部是自上而下的政治运动或准政治运动,包括对《武训传》的批评,对胡适、俞平伯《红楼梦》研究的批判,对所谓"胡风反革命集团"的批判(均参见本书第二章),关于典型和"中间人物"的讨论(参见本书第七章),关于现实主义创作方法的讨论(参见本书第三章),关于大学文艺学教学讨论(参见本书第十章),对《海瑞罢官》的批判(参见本书第十一章),等等。"讨论"的目的则是文学和文学理论如何更好地为政策(而不是我们所理解的政治)服务。这样一种高度统一的文艺创作和文艺批评当然不可能给个体的创新能力留下太多余地。"实践证明,在近三十年的时间里,文学批评和文学研究,都严格地限定在对毛泽东文艺思想的阐发上,不同

---

① 孟繁华:《中国20世纪文艺学学术史》第3部,上海文艺出版社2001年版,第7、9页。
② 关于阿伦特的"政治"概念及其对文学研究的启示,可以参见陶东风《文学理论的公共性——重建政治批评》的"导论",福建教育出版社2008年版。

时期虽然有不同的侧重和不同的解释，但都没有偏离《讲话》的方向和精神，则是历史事实。"① 从 1949 年 7 月在北平举行的第一次文代会开始，中国的文艺创作和研究思潮、文艺思潮和争论，包括文艺学的教材编写活动，都采取了中央高级官员直接参与并领导的政治运动方式。20 世纪 50 年代初期的批判《武训传》，批判俞平伯、胡适的《红楼梦》研究等，都是毛泽东亲自发动领导的。因此，在这个特殊时期，与其说文艺（以及文艺学）是为作为公共领域中公民的自由实践活动的政治服务，不如说是为执政党的政策服务。这个命运早在新中国成立初期就决定了，那时起直到新时期，"文艺为政治服务"经常被简化为文艺为政策服务，乃至为此要"赶任务"去写作。邵荃麟在发表于《文艺报》第 3 卷第 1 期（1950 年 10 月出版）的《论文艺创作与政策和任务相结合》中就表达了这样的思路：政治＝政策＝（更强乃至最强的）现实性，并总结说："所谓创作与政策的结合，即是说作家在其创作活动中间的主观作用和作为指示客观运动规律的政策密切的结合，而且以后者作为其活动的指针，这样才能够增强他作品的政治内容与艺术力量，反过来也就增强了教育的政策的教育作用。" 1951 年周扬在中国共产党第一次全国宣传工作会议上的讲话中，文艺为政策服务已经规定得相当明确："文艺工作现在最大的问题就是缺乏上边的帮助，缺乏政治上的帮助，他们最需要政治方面的帮助，就是如何使他们注意政策问题，注意人们生活中哪些是正当的问题，哪些是不正当的问题，领导他们对生活中所发生的最大问题发生兴趣，帮助他们去发现。"② 文艺为"政治"服务在这里的真实含义是为党的方针政策（包括方针政策的"调整"）服务，文艺与文艺学的"政治性"的真实含义在当时的语境中就是文艺的政策导向性或"党性原则"。茅盾甚至说："这十年来我所赶的任务是最光荣的，在党的领导下，有意识有目的地鼓吹党的文艺方针和毛泽东的文艺思想，不是我们最光荣的任务么？"可见，为党的政策服务已经成为很多知识分子的自觉要求③。直到 1979 年的第四次文代会，邓小

---

① 孟繁华:《中国 20 世纪文艺学学术史》第 3 部，第 17 页。
② 《周扬文集》第 1 卷，人民文学出版社 1985 年版，第 71 页。
③ 参见孟繁华《中国 20 世纪文艺学学术史》第 3 部，第 13 页。

平才代表中央明确批评和否定了这种做法。

在这样的语境下，所谓文艺界的"争论"、"讨论"实际上徒有其名，因为"论争"双方根本没有什么平等可言，"论争"遵循的也不是民主、平等的理性对话规则，而是权力决定"真理"的逻辑。

有意思的是：虽然争论的双方是如此不平等，虽然弱势的一方总是在不断地检讨、忏悔、自辱，但占据强势地位的一方却总是喜欢夸大"敌情"，夸大所谓知识分子的小资产阶级思想的严重性，从而使得自己的整肃行为显得好像迫在眉睫不得不行。比如1951年11月24日举行的文艺界整风学习动员大会，胡乔木的题为《文艺工作者为什么要改造思想》的报告认为，文艺界"存在着更大的资产阶级小资产阶级思想的包围"。更为危言耸听的是，1964年6月27日，毛泽东在中宣部1964年5月8日递交的介绍全国文联和各协会整风情况的报告上批示说："这些（文艺界的）协会和他们所掌握的刊物的大多数（据说有少数几个好的），十五年来，基本上（不是一切人）不执行党的政策，做官当老爷，不去接近工农兵，不去反映社会主义的革命和建设。最近几年，竟然跌到了修正主义的边缘。如不认真改造，势必在将来的某一天，要变成象匈牙利裴多非俱乐部那样的团体。"①

由于这些文艺学领域的重大事件采取了政治运动的方式，因此使得它具有了鲜明突出的公共事件、集体行动、政治运动的外表（就像"文化大革命"时期的批斗大会具有"大民主"的外表一样）。但也仅仅是外表而已。它和阿伦特所说的政治的公共性南辕北辙，因为它缺乏政治实践所需要的复数性和以个体差异性为基础的创新性，更缺乏公共性所需要的多元性和异质性。如上所述，阿伦特认为不同的个体都带着自己不可化约的差异性进入公共领域，这种同时在场而又保持多元性和差异性的状态，是公共领域的重要特点。公共性的本质是各方视点的不可化约的多元性，"尽管公共世界乃是一切人的共同聚会之地，但那些在场的人却是处在不同的位置上的。……事物必须能够被许多人从不同的方面看见，与此同时又并不因此改变其同一性，这样才能使所有集合在它们周围的人明白，它们从

---

① 《建国以来毛泽东文稿》第11册，中央文献出版社1996年版，第91页。

绝对的多样性中看见了同一性,也只有这样,世俗的现实才能真实地、可靠地出现"①。尊重差异性和多样性才能保证公共领域发生的对话是平等、民主的,而这正是极"左"时期的文艺学争论或运动所不具备的。蔡英文说:"按照阿伦特的论议,所谓政治乃至一种自主性的流域,或空间,它的展开端赖我们行动的创造,我们基于公共的关怀而离开安稳的居所,共同涉入充满风险的公共事务,共同讨论、争辩、议论为我们关切的公共议题,经由这种'公共论坛'中的理性言说与论辩,我们审议分歧的意见,从其中寻找某种共同的观点,或者也可能无法达成这种'公共性的共识'"②,"政治实践,依照阿伦特对它现象性格的分析,是开创和完成人最高的可能性:自由的言论、行动,以及毫无保留的讨论与质疑。它确立一个共同体言论与思想的流通。它认可公民有平等的权利去谈论他们认为有价值之事,特别是公共事务"③。按照这种对于政治性和公共性的理解,我们在极"左"时期的中国文化界看到的恰好是政治性和公共性的变形与萎缩,尽管它采取了政治运动与公共事件的方式,但是这是一种统一意志规约下的集体性,是消灭了差异性和多样性之后的集体性,没有真正的讨论和争鸣。即使是关于大学文艺学教学这样的问题也是严肃的政治问题。比如《文艺报》1951年第5卷第2期(1951年11月10日出版)开展了关于"关于高等学校文艺教学中的偏向"的讨论,发表了一批所谓"读者来信",第一封来自山东大学读者的信的标题就是:"离开了毛主席的文艺思想是无法进行文艺教学的。"信的矛头直指山大中文系教授吕荧,指称其崇拜外国名著而轻视人民文艺和毛泽东文艺思想。虽然吕荧据理力争并表白自己"一贯尊崇毛主席的著作",但仍然无济于事,很快销声匿迹。只有在党内出现差异意见,或党出于特定时期的战略需要调整文艺政策的时候,才会出现短暂的"不统一"现象与"不和谐音"。但是即使有,也无不如过眼烟云,迅速消失。比如,1956年中央调整文艺政策,提出了"双百"方针,随着就出现了"典型人物"、"人性人道主义"的讨论,出

---

① 阿伦特:《人的境遇》,载汪晖等主编《文化与公共性》,第88—89页。
② 蔡英文:《政治实践与公共空间——阿伦特的政治思想》,第10页。
③ 同上书,第124页。

现了钱谷融等学者的"不和谐音"。最终的结果是周扬的《文艺战线上的一场大辩论》(发表于1958年2月28日《人民日报》以及1958年3月11日《文艺报》,此文是周扬根据自己1957年9月16日在中共中国作家协会党组扩大会议上的讲话整理、补充,并和文艺界的一些同志交换意见之后写成的,而且毛泽东亲自作了修改)彻底清算了这些非主流声音,接着而来的是"反右"运动更使得文艺界万马齐喑。又如,20世纪60年代初,中央开始反"左",反思"大跃进"的错误,与苏联的关系也趋于紧张。文艺政策又开始调整。其标志是1961年6月在北京召开的"文艺工作座谈会"和"故事片创作会议";1962年3月在广州召开的"全国话剧、歌剧、儿童剧创作座谈会";1962年8月在大连召开的"农村题材短篇小说座谈会"。周扬的几次讲话思想都比较解放。于是出现了关于"中间人物"等的讨论,但这个讨论的命运当然也是一样。

所以,如果从阿伦特的政治理论去理解,极"左"时期文艺学知识生产的灾难不能泛泛地归结为"政治"化,而恰恰是它在"政治"化外表下的非政治化,在于它缺乏真正的政治实践所需要的公共性——再强调一遍,这种公共性是以差异性、多元性以及自由平等的争鸣为前提的。"在有任何支配或宰制他人的势力存在的地方,公共领域也随之消失,因为支配或宰制违背公共领域成立的一个基本条件是政治实践的多元性。"①

正是极"左"时期的那种"政治化"使得公民的参与以及文艺与文艺学的公共性和政治性流于形式。

职是之故,我们在分辨文艺学和政治的关系或文艺学知识的政治维度时,首先要分辨的就是所谓"政治"是什么样的政治?是极"左"时期的政治,还是改革开放以后倡导的民主政治?是允许其他非主流政治见解自由表达的政治,还是一言堂的高压政治?是允许文艺学有自主声音的政治,还是不容忍这种声音的政治?换言之,不是普遍一般的"政治"本身会导致文艺学自主性的丧失,而是极"左"的政治才会,也必然会导致文艺学自主性的丧失。新中国成立后30年,特别是极"左"的"文化大革命"时期文艺学的灾难不能简单地说成是它的政治化。毋宁说,灾难的真正根源在于文艺

---

① 蔡英文:《政治实践与公共空间——阿伦特的政治思想》,第106页。

学不得不按照规定的方式"政治"化，在于文艺学知识生产者没有不为特定"政治"服务的权利，更加重要的，是没有为不同的政治服务的权利。

在做了上述必要的理论澄清之后，我们可以得出这样的结论：现代意义上的中国当代文学公共领域出现于改革开放之后。在这个时期，以市场经济为核心和动力，国家权力有限度地退出了社会领域，特别是经济领域，但也包括一部分文化艺术领域，出现了相对独立于国家权力的经济活动空间（如家庭经济与其他私营经济领域）和思想文化活动空间（如新启蒙运动）。文化学术活动，特别是文学艺术的自主性要求在一定程度上得到了实现（邓小平在第四次文代会上倡导尊重艺术规律，捍卫批评自由，不再提"文学为政治服务"的口号等，这是国家权力有限度退出文学艺术领域的明显标志）。这样就为中国公共领域的出现提供了重要的社会文化条件，也使得 20 世纪 80 年代中国的公共生活呈现出活跃景象，公众的政治热情高涨，媒体热衷于讨论公共话题，还出现了数量可观的关注公共议题的知识分子。

第 一 章

文坛秩序的建构与文艺学新话语的初步确立

作为毛泽东文艺思想的重要组成部分①,《在延安文艺座谈会上的讲话》②(以下简称《讲话》)虽然发表于中华人民共和国成立前的 1942 年,但它对 1949 年后中国文艺学的影响是任何别的文献(无论中外古今)所无法相比的。甚至可以说,从文艺学史而不是政治史角度看,中国当代文艺学应该从发表《讲话》的 1942 年开始算起。因此,了解当代中国文艺学必须从《讲话》开始。

一 《讲话》与社会主义文艺学新方向的确立

(一)《讲话》及其主要内容

延安文艺座谈会是在特定的历史背景下,根据当时的革命形势和文艺

---

① 本书认为,毛泽东文艺思想体现在他的许多著作中,《实践论》《矛盾论》等哲学著作构成了毛泽东文艺思想的哲学基础,《新民主主义论》构筑了毛泽东的新文化蓝图,而《讲话》则集中体现了毛泽东的文艺观。

② 《讲话》在发表前后经过了多次修改,有许多不尽相同的版本(可参阅金宏宇《〈在延安文艺座谈会上的讲话〉的版本与修改》,《中国现代文学研究丛刊》2005 年第 6 期)。但由于这些修改大多只是文字上的细微改动,对毛泽东的文艺思想并没有产生实质性的影响,而我们在这里也不是探讨毛泽东文艺思想的发展,因此,我们这里所依据的是人民出版社 1991 年 6 月第 2 版的《毛泽东选集》第 3 卷中的最后一版的定本。

发展需要，由毛泽东亲自策划并组织召开的①。1942年5月2日，毛泽东在经过长时间的精心准备之后，以他和凯丰（时任中共中央宣传部代理部长）的名义，邀请延安知名文化人召开文艺座谈会。毛泽东致"开场白"，说召开座谈会的目的是"要和大家交换意见，研究文艺工作和一般革命工作的关系，求得革命文艺的正确发展，求得革命文艺对其他革命工作的更好的协助，借以打倒我们民族的敌人，完成民族解放的任务"②。接着他谈了文艺工作者的立场问题、态度问题、工作对象问题和学习马列主义和学习社会的问题③。其后，座谈会又进行了3次。5月23日，会议结束，毛泽东做结论。这一"结论"加上开场时的"引言"（即开场白），组成了毛泽东《在延安文艺座谈会上的讲话》的全部内容。《讲话》虽然在一年多后才正式发表在1943年10月19日的《解放日报》上，但它对当时的解放区文艺产生了极为重大的影响，已成为毛泽东文艺思想的核心，在当时以及以后，都成为指导文学创作和文学批评、制定文艺政策，建构文艺体制的基础和灵魂。

《讲话》的主要内容是要回答两个问题：文艺为什么人服务和如何服务，围绕着这两个问题展开的论述，体现了毛泽东对文艺的一些最根本意见，并对后来的文学创作、文学理论产生了不可估量的影响。

1. 关于文艺的本质和功能

毛泽东谈论文艺问题的出发点或方法论原则，是一切"从实际出发"，从革命斗争的现实需要出发，而不是"从定义出发"，从抽象的理论和逻辑思辨出发。或者说，在毛泽东那里，文艺并没有一个所谓普遍的、固定的定义，文艺需要从现实出发，特别是从革命事业的需要、革命的中心任务出发，来确定文艺的内涵和功能。从某种意义上说，毛泽东的文艺理论，不是本质论而是功能论，文艺能够为革命事业做些什么、发挥什么作用以及如何发挥这种作用，才是毛泽东文艺思想的核心。

---

① 关于座谈会召开的始末，有很多著作和文章专门介绍，可参阅余飘《延安时期毛泽东文艺思想》，陕西人民教育出版社1993年版；哈战荣、李伟《〈在延安文艺座谈会上的讲话〉发表始末》，《党史博览》2004年第7期等。
② 《毛泽东选集》第3卷，第847页。
③ 同上书，第852页。

那么当时革命的中心任务是什么？在毛泽东看来，这个问题很清楚，就是实现民族解放。在这种情况下，一切活动都必须围绕着这一中心任务展开，文艺也就成了"革命"的工具，而且是"整个革命机器中的'齿轮和螺丝钉'"①。毛泽东还进一步把文艺看作是一条进行革命斗争的独立"战线"："在我们为中国人民解放的斗争中，有各种的战线，就中也可以说有文武两个战线（原文如此——引注），这就是文化战线和军事战线。我们要战胜敌人，首先要依靠手里拿枪的军队。但是仅仅有这种军队是不够的，我们还要有文化的军队，这是团结自己、战胜敌人必不可少的一支军队。"②把文化当作一条"战线"来看待，与军事战线并列，是毛泽东始终坚持的看法，也是毛泽东文艺功能观中军事思维的集中体现。这种思维定势和话语方式在当代文艺学中产生了极大影响。

《讲话》这一关于文艺功能的表述，又进一步简化为文艺为政治服务、文艺从属于政治："文艺是从属于政治的"，"革命的思想斗争和艺术斗争，必须服从于政治斗争"③。那么这里的"政治"又是什么呢？毛泽东指出："这政治是指阶级的政治、群众的政治，不是所谓少数政治家的政治。政治，不论是革命的和反革命的，都是阶级对阶级的斗争，不是少数个人的行为。"④显然，政治就是阶级斗争，因此："在现在世界上，一切文化或文学艺术都是属于一定的阶级，属于一定的政治路线的。为艺术的艺术，超阶级的艺术，和政治并行或互相独立的艺术，实际上是不存在的。无产阶级的文学艺术是无产阶级整个革命事业的一部分……因此，党的文艺工作，在党的整个革命工作中的位置，是确定了的，摆好了的；是服从党在一定革命时期内所规定的革命任务的。"⑤

很明显，在这样一种文艺的功能论、从属论规约下，文艺的独立性和自主性显然无从谈起。但这并不能说毛泽东没有看到文艺的特性。毛泽东说："我们的要求则是政治和艺术的统一，内容和形式的统一，革命的政

---

① 《毛泽东选集》第3卷，第866页。
② 同上书，第847页。
③ 同上书，第866页。
④ 同上。
⑤ 同上书，第865—866页。

治内容和尽可能完美的艺术形式的统一。缺乏艺术性的艺术品，无论政治上怎样进步，也是没有力量的。因此，我们既反对政治观点错误的艺术品，也反对只有正确的政治观点而没有艺术力量的所谓'标语口号式'的倾向。"① 政治与文艺要实现"统一"，可见其毕竟不是一回事。但对于究竟什么是文艺的艺术性，如何判断艺术性的高低，在《讲话》以及毛泽东其他有关文艺的著作中，都鲜有论述。实际上，在毛泽东那里，文艺的艺术性并不是独立的，而是为政治服务的，艺术性不仅从属于政治性、艺术标准不但从属于政治标准，而且注意艺术特征的目的，恰恰是为了更好地发挥其服务政治的功能，而不是肯定其独立于政治的艺术性。或者说，强调艺术性是为了以文艺的方式更好地为政治、为革命服务，虽然肯定了文艺与政治宣传的区别，但并没有任何肯定文艺的自主性和独立性的意思。

从文艺的政治性、政治效用出发来规定和要求文学，是毛泽东的文艺本质论、功能论的最根本特征，它对统一当时解放区的文艺思想，集中一切力量完成党的革命事业，无疑起到了巨大的作用。但这一文艺观显然也有着不可避免的时代性。洪子诚先生曾指出："在毛泽东的文学主张中，文学与政治的关系已被极大地简化：政治是文学的目的，而文学则是政治力量为达到自身目标可能选择的手段之一。"② 对文艺功能的这种简化处理，以及在简化过程中的绝对化倾向，正是毛泽东文艺观的主要时代局限。也正是在这种简化过程中，文艺的自身规定和审美功能被大大削弱，非功利的审美需要被基本乃至完全排除③。文艺的自身空间被不断压缩。这样的功利主义文艺观或许有其短期的政治效应，但长远看来显然不利于文艺的发展。

2. 关于文艺的服务对象

文学从属于政治并反过来"影响"政治，这个对于文艺的根本要求体现在文学创作问题上，就是对写什么和如何写的规定。写什么的问题在毛泽东那里主要是为什么人服务的问题，也就是如何确定文艺的服务对象

---

① 《毛泽东选集》第3卷，第870页。
② 洪子诚：《当代文学概说》，广西教育出版社2000年版，第69页。
③ 参阅孟繁华《中国20世纪文艺学学术史》第3部，第63页及相关部分的论述。

(读者);而如何写就是如何服务的问题。先看前者。

《讲话》明确指出,为什么人的问题是一个"根本的问题,原则的问题"①。毛泽东对此问题的答案也非常明确、清楚、干脆,谁是革命者文艺就为谁服务,谁是革命的领导者和主力,文艺就首先要为他们服务。不同的群体及其在革命事业的重要性等级中的位置,决定了文艺为他们服务的程度。这样,依据毛泽东对当时革命者队伍的划分,文艺服务的对象分别是:工人、农民、士兵和城市小资产阶级,但其首先服务的对象则是工农兵②。之所以为这四种人服务,是因为他们是革命力量的最主要组成部分;而之所以首先要为工农兵服务,是因为工人是革命的领导阶级,农民是革命中最广大最坚决的同盟军,八路军、新四军和其他人民武装队伍是革命战争的主力。相比之下,城市小资产阶级劳动群众和知识分子,虽然也是革命的"同盟者",却是革命队伍中的边角料,决不能成为文艺的主要服务对象。这就是文艺的所谓"工农兵方向"。事实证明,在后来的文艺实践和文艺理论中,小资产阶级和知识分子与其说是革命文艺的服务对象,不如说是改造和批判对象。

毛泽东之所以强调文艺的工农兵方向,是因为很多文艺工作者出身小资产阶级。在毛泽东看来,他们只是在理论上或口头上重视工农兵群众,在实际上、在行动上却不是这样。毛泽东批评道:许多同志比较注重研究小资产阶级知识分子,着重地去表现他们,甚至原谅、辩护乃至鼓吹他们的缺点,可并不愿意去接近工农兵,去参加工农兵的实际斗争,去表现工农兵、教育工农兵。即便是描写工农兵,往往也是衣服是劳动人民的,面孔却是小资产阶级知识分子的。毛泽东指出,轻视工农兵、脱离群众这一根本问题不解决,其他许多问题也就无法解决,比如文艺界的宗派主义问题,知识分子的立场问题,等等。于是,改造作家的立场,强调作家的无产阶级化和工农兵化,就成为《讲话》中的又一个核心主题(详下)。

毛泽东强调文艺为人民服务,解决了当时延安解放区在文艺认识上的分歧,为解放区的文艺指明了一条明确的方向,对文艺集中发挥政治作用

---

① 《毛泽东选集》第 3 卷,第 857 页。
② 同上书,第 863 页。

有其积极意义；但另一方面我们也应当看到，"人民"这一概念在当时存在过分阶级政治化倾向，并含有民粹主义和反智主义内涵，这就使得这一方向包含了对知识分子的不公正看法，以及在文艺为什么人服务问题上的许多狭隘和极端的观点（比如关于写什么人、不可以写什么人，写什么样的人等）[①]。

3. 关于知识分子改造与如何服务工农兵的问题

解决了文艺为什么人服务的问题后，下一个问题就是如何服务。这是一个更为复杂的问题，因为它牵涉作为创作主体的作家的更深刻改造。毛泽东在《讲话》的"引言"中所提出的文艺工作者的立场问题，态度问题，学习问题等，基本上都是针对文艺创作主体而言的，而"结论"中的大部分内容谈的也是这个问题。可以说，《讲话》的主旨即知识分子改造。《讲话》的出发点显然不是讨论文学本体论，而是阐释如何为了革命的需要而组织文学创作、领导文学队伍、改造作家思想，如此，文艺问题就转变成了文艺工作者的思想改造问题。何其芳说得很准确："工农兵方向并不仅仅是一个写工农兵的问题，而是整个改造文学艺术、改造文学艺术队伍的问题，也就是文学艺术的群众化和文学艺术工作者的无产阶级化问题。"[②] 这正是《讲话》的核心内容。整个《讲话》的其他部分实际上最终是为这个部分做的铺垫。转化文艺工作者的立场、身份、世界观和审美趣味，让他们彻底地、心悦诚服地为革命服务、为工农兵服务，这才是《讲话》的真正目的。

首先，要坚持文艺的工农兵方向。文艺创作主体的一个根本问题就是立场问题，必须把知识分子的立场转变为无产阶级的和人民大众的立场。对于共产党员来说，也就是要站在党的立场，站在党性和党的政策的立场。在毛泽东看来，要站稳立场，坚持工农兵方向，学习是必不可少的。这种学习包括两个方面，一是在根本世界观上，要学习马克思列宁主义。毛泽东认为，文艺工作者应该学习文艺创作，这是对的，但是马克思列宁

---

① 参阅孟繁华《中国20世纪文艺学学术史》第3部，第47—52页对毛泽东"人民"概念的分析。

② 何其芳：《毛泽东文艺思想是中国革命文艺运动的指南》，见《何其芳文集》第6卷，人民文学出版社1984年版，第241页。

主义是一切革命者都应该学习的科学，文艺工作者不能例外。一个自命为马克思主义者的革命作家，尤其是党员作家，必须有马克思列宁主义的知识（比如存在决定意识，毛泽东将其具体阐述为阶级斗争和民族斗争的客观现实决定我们的思想感情）。二是在实践上，在教育工农兵的同时，必须向他们学习，做工农兵的学生，而且后者更为根本。在毛泽东看来，改造知识分子要彻底，彻底的标志就是不但思想和立场要转变，而且感情、趣味也要转变。他拿知识分子和工人农民比较，认为"最干净的"还是工人农民，尽管他们手是黑的，脚上有牛屎，但是灵魂和道德却比知识分子更干净、更高尚。毛泽东指出："我们知识分子出身的文艺工作者，要使自己的作品为群众所欢迎，就得把自己的思想感情来一个变化，来一番改造。"[1] 这种变化和改造，就是努力向"干净"的工农兵学习，下决心和群众打成一片，经受长期的甚至是痛苦的磨炼；否则就根本写不出深受广大工农兵欢迎的作品。"只有代表群众才能教育群众，只有做群众的学生才能做群众的先生。"[2] 也正是在这一思想的指导下，当时以及新中国成立后，党和国家组织了一批批知识分子下乡，"深入生活"，目的就在于清洗知识分子"并不干净的头脑"，换上"干净的"工农兵的头脑。这样，经过理论上的马克思主义的学习和实践上的向工农兵学习，文艺工作者才有可能真正把立场转变到工农兵这边来，而"只有这样，我们才能有真正为工农兵的文艺，真正无产阶级的文艺"[3]。

其次，具体到文艺如何服务革命、服务工农兵的问题，毛泽东谈到了文艺的普及与提高、文艺大众化与文艺的继承、文艺与生活的关系等问题。所有这些问题要探讨的也不是文艺的本体论问题，而是文艺工作者如何为革命、为工农兵服务的问题。

关于普及与提高，毛泽东指出，对于长期遭受封建阶级和资产阶级统治的不识字、无文化的广大工农兵来说，他们"迫切要求一个普遍的启蒙运动，迫切要求得到他们所急需的和容易接受的文化知识和文艺作品，去

---

[1] 《毛泽东选集》第3卷，第851页。
[2] 同上书，第864页。
[3] 同上书，第857页。

第一章　文坛秩序的建构与文艺学新话语的初步确立　29

提高他们的斗争热情和胜利信心,加强他们的团结,便于他们同心同德地去和敌人作斗争"①。因此,为工农兵服务的第一步还不是"锦上添花",而是"雪中送炭",也就是普及在先,提高在后,普及工作更为迫切。

与普及问题紧密相关的是文艺大众化问题,这是真正做到文艺为大众服务的一个重要条件,而文艺大众化的核心,在毛泽东看来,是语言大众化。毛泽东指出,许多文艺工作者由于自己脱离群众、生活空虚,根本不熟悉人民的语言,因此他们的作品不但显得语言无味,而且里面常常夹着一些生造出来的和人民的语言相对立的不三不四的词句。而要真正在思想感情和工农兵大众打成一片,就应当认真学习群众的语言。"如果连群众的语言都有许多不懂,还讲什么文艺创造呢?英雄无用武之地,就是说,你的一套大道理,群众不赏识。"②结合《讲话》的全文以及毛泽东在其他场合的相关论述,不难推断毛泽东所谓"脱离人民群众的语言"其实就是西化的和知识分子化的语言(两者紧密相关),也就是"洋腔洋调"和"学生腔"③。

与文艺大众化紧密相连的是文艺民族化问题,这在《讲话》中论述不多,但却是毛泽东文艺思想的一个重要内容,也是毛泽东一直关注的重要问题。1938年10月,毛泽东在《中国共产党在民族战争中的地位》一文中,提出要把"国际主义的内容和民族形式""紧密地结合起来",强调指出:"洋八股必须废止,空洞抽象的调头必须少唱,教条主义必须休息,而代之以新鲜活泼的、为中国老百姓所喜闻乐见的中国作风和中国气派。"④后来,在《新民主主义论》(1940年1月)中,毛泽东又说:"民族的科学的大众的文化,就是人民大众反帝反封建的文化,就是新民主主义的文化,就是中华民族的新文化。"⑤指出新民主主义文化"是民族

---

①《毛泽东选集》第3卷,第862页。
② 同上书,第851页。
③ 可参阅文振庭编《文艺大众化问题讨论资料》(上海文艺出版社1987年版)中对文艺大众化问题的一个资料汇编,时间是从1930—1948年。
④《毛泽东选集》第2卷,人民出版社1991年版,第534页。
⑤ 同上书,第708—709页。

的","是我们民族的，带有我们民族的特性"①，"中国文化应有自己的形式，这就是民族形式。民族的形式，新民主主义的内容——这就是我们今天的新文化"②。这就非常明确指出了文艺的民族化方向。③ 强调民族化的基本动机是中国革命的主力是农民，而农民没有文化，更不懂西方文化，只熟悉本土的、带有地方色彩的艺术形式（如评书、秧歌剧、快板书等）。

在对待文艺的继承问题上，毛泽东也强调继承的民族性与大众性。毛泽东虽然明确指出，要继承一切优秀的文学艺术遗产，批判地吸收其中一切有益的东西，取其精华，去其糟粕，"古为今用，洋为中用"。但是在实践上，毛泽东重点强调的是反对洋化（"洋八股"）。这是和当时文艺为革命服务、为工农兵服务的根本性质和任务一致的。所以，座谈会后，解放区文艺界开始明确拒绝西化，追求"中国特色"，并兴起了轰轰烈烈的"文章下乡、文章入伍"、木刻运动、新秧歌运动等，无不体现了这一追求。丁玲曾这样描述当年的文坛盛况："文艺座谈会以后，整风学习以后，延安和敌后各根据地的文艺工作者都纷纷深入工农兵，面向群众斗争的海洋，延安和各个根据地的文艺面貌，焕然一新，新的诗歌、木刻、美术、戏剧、音乐、报告文学、小说等真是百花争艳，五彩缤纷，中国的新文学，展开了新的一页。"④ 这种在《讲话》精神指导下的大规模文学实践，体现了工农兵文学的通俗化、民族化的方向。

4. 关于文艺与生活的关系问题

文艺与生活的关系问题在毛泽东那里同样并不是一个单纯的文艺学理论命题，而是一个具有指导意义的实践问题。毛泽东强调指出，人民生活"是一切文学艺术的取之不尽、用之不竭的唯一的源泉。这是唯一的源泉，因为只能有这样的源泉，此外不能有第二个源泉"⑤，而过去的文艺作品不是"源"而是"流"。在此基础上，毛泽东甚至把"深入生活"、掌握"原料"当作"有出息"的作家的首要条件。毛泽东对社会生活之源泉地

---

① 《毛泽东选集》第2卷，第706页。
② 同上书，第707页。
③ 参阅石凤珍《文艺民族形式论争研究》，中华书局2007年版。
④ 陈明编：《丁玲论创作》，上海文艺出版社1985年版，第177页。
⑤ 《毛泽东选集》第3卷，第860页。

位的充分强调,与其文艺从属于政治的观点是相通的,因为这里的"生活"显然是被纳入了"革命"话语框架的政治化生活,首先是工农兵的生活,而不是知识分子的、个人的私生活(后者在"深入生活"的命题中不属于"生活")。这样,强调深入生活的重要性,实际也是在强调文艺工作者改造自己、彻底融入革命的重要性,因而是为政治服务、为工农兵服务、文艺工作者思想改造三大命题的逻辑延续。

正因为这样,"深入生活"并不是一个单纯了解生活、了解现实的问题,更不是要对现实进行简单的摹写(那样的话,文学是不可能产生强有力的政治"武器"的作用的,而且可能会和革命的和政治的要求发生冲突)。由此,毛泽东接连提出了文艺相比于现实生活的六个"更",即:"文艺作品中反映出来的生活却可以而且应该比普通的实际生活更高,更强烈,更有集中性,更典型,更理想,因此就更带普遍性。"① 这一概括并不完全是对文艺学中典型论的阐释,更是要求作家主体更好地从属政治、实现文艺为革命服务的使命。在此,"典型化"的准确含义是按照党和革命的要求去认识生活、认识现实和表现现实。这才是根本所在。这一要求与毛泽东后来的文艺思想是紧密相连的,体现了他越来越重视、突出从先验的理想出发来改写现实的"浪漫主义"思想。后来他所提出的"革命现实主义与革命浪漫主义相结合"的"两结合"创作方法,正是这一思想的延续和体现,"这便为按照政治意图和政治激情来加'加工'社会生活原料提出更有充分依据的理论"②。

由此我们可以看到,坚定无产阶级和人民大众的阶级立场,深入生活实践,坚持联系群众,做好文艺的普及和大众化的工作,是文艺服务工农兵的基本要求,这个过程也是知识分子进行思想改造的过程。

5. 关于文艺批评的标准问题

在文艺批评问题上,毛泽东《讲话》主要谈了两点。一是提出了批评的两个标准即政治标准和艺术标准及其关系问题。就政治标准来说,其核心是党性原则,比较简单;就艺术标准来说,艺术标准没有自主性和独立

---

① 《毛泽东选集》第3卷,第861页。
② 洪子诚:《当代文学概说》,第73页。

性，是取决于其"社会效果"的，而"社会效果"说到底往往又是按政治标准来衡量的。因此毛泽东明确指出这两个标准的先后顺序：政治标准第一，艺术标准第二。紧接着，毛泽东还进一步指出："我们的要求则是政治和艺术的统一，内容和形式的统一，革命的政治内容和尽可能完美的艺术形式的统一。"① 统一论充满了辩证思维，需要注意的是在具体实施中真正实现两者的统一，而不是以政治标准代替艺术标准。

在阐述其文艺批评观的时候，毛泽东有针对性地批判了当时延安某些同志由于"缺乏基本的政治常识"而产生的一些错误文艺观，其中比较重要的就是关于文艺的暴露与歌颂问题②。

毛泽东指出，从来的文艺作品都不可能写光明和写黑暗并重，甚至一半对一半也不可能。许多小资产阶级作家并没有找到过光明，他们的作品就只是暴露黑暗，被称为"暴露文学"。而苏联在社会主义建设时期的文学就是以写光明为主；即便是写反面人物，也只是整个光明的陪衬。对于真正的革命的文艺家来说，一切危害人民群众的黑暗势力必须暴露之，一

---

① 《毛泽东选集》第3卷，第869—870页。
② 歌颂与暴露问题的现实针对性是：在延安整风时期，丁玲、王实味等人发表了一批批评和暴露延安某些干部存在的官僚主义问题的作品，同时主张不能只歌颂光明而不暴露黑暗（包括边区的黑暗）。主要作品包括：丁玲的《三八节有感》（《解放日报》1941年3月9日）、《我们需要杂文》（《解放日报》1941年10月23日），艾青的《了解作家，尊重作家》（《解放日报》1942年3月11日），罗烽的《还是杂文时代》（《解放日报》1942年3月12日），王实味的《野百合花》（《解放日报》文艺副刊1942年3月13日和23日）。在歌颂与暴露的关系上，王实味认为："'愈到东方，则社会愈黑暗'，旧中国仍是一个包脓裹血的、充满着肮脏与黑暗的社会，在这个社会里生长的中国人，必然要沾染上它们，连我们自己——创造新中国的革命战士，也不能例外。""当前的革命性质，又决定我们除掉与农民及城市小资产阶级作同盟军以外，更必须携带其他更落后的阶层一路走，并在一定程度内向他们让步，这就使我们更沾染上更多的肮脏与黑暗。"（《政治家，艺术家》）"为了民族的利益，我们并不愿再算阶级的旧账……我们甚至尽一切力量拖曳着旧中国的代表者同我们一路走向光明。可是，在拖曳的过程中，旧中国的肮脏污秽也就沾染了我们自己，散布细菌，传染疾病。"（《野百合花》）丁玲也认为："即使在进步的地方，有了初步的民主，然而这里更需要督促、监视，中国几千年来的根深蒂固的封建恶习，是不容易铲除的，而所谓进步的地方，又非从天而降，他与中国的旧社会是相连结着的。而我们却只说这里是不宜写杂文的，这里只应反映民主的生活，伟大的建设。"（《我们需要杂文》）艾青则说得更加尖锐："作家并不是百灵鸟，也不是专门唱歌娱乐人的歌妓……希望作家能把癣疥写成花朵，把脓包写成蓓蕾的人，是最没有出息的人——因为他连看见自己丑陋的勇气都没有，更何况要他改呢？"（《了解作家，尊重作家》）这些观点应该是毛泽东论述歌颂和暴露关系问题的现实出发点。

切人民群众的革命斗争必须歌颂之,这就是革命文艺家的基本任务。对于人民群众可能出现的缺点,要站在人民的立场上,用保护人民、教育人民的满腔热情来说话,用人民内部的批评和自我批评来克服,这不应该说是什么"暴露人民"。暴露的对象,只能是侵略者、剥削者、压迫者及其在人民中所遗留的恶劣影响,而不能是人民大众,也不能是无产阶级革命事业。那些不愿意歌颂革命人民的功德,鼓舞革命人民的斗争勇气和胜利信心的人,是小资产阶级的个人主义者,这样的人不过是革命队伍中的"蠹虫"。关于歌颂与暴露的问题显然是从政治标准出发来论断的,与艺术家的立场、态度是紧密相连的,它说到底还是一个政治问题。

(二)《讲话》与延安文艺体制的确立

在延安文艺座谈会闭幕仅5天后的一次中央高级学习组上,毛泽东曾召开文艺座谈会谈了他当时的思路。毛泽东说:"党中央关于知识分子的政策已经有了,但是对于文学艺术工作,还没有一个统一的很好的决定。现在我们准备作这样一个决定,所以我们召集了三次座谈会有一百多同志到了,有党内的,也有党外的。有这次会开得还算好,其目的就是要解决刚才讲的相结合的问题,即文学家、艺术家、文艺工作者和我们党的干部相结合,和工人农民相结合,以及和军队官兵相结合的问题。"[①] 从这里可以看出,在延安召开文艺工作者座谈会,并不是意在解决什么文艺方面的学术问题,而是作为当时延安整风运动的一部分,为延安、为党当时和今后的文艺制定一个方针政策,确立一个文艺体制。这才是毛泽东决意召开文艺座谈会的直接意图。

在座谈会召开期间,为配合文艺座谈会,《解放日报》从5月14日到23日座谈会结束,发了大量马恩列斯以及苏联高尔基等人论艺术和知识分子的文章,比如《党的组织与党的文学》《恩格斯论现实主义》《拉法格论作家与生活》《对左翼作家联盟的意见》《列宁论文学》等经典性文件。这些文章基本上是苏联思想杂志《文学遗产》于1931—1933年间公开披

[①] 《文艺工作者要同工农兵相结合》,见中共中央文献研究室编《毛泽东文艺论集》,中央文献出版社2002年版,第87—88页。

露的马克思、恩格斯、列宁等关于文学问题的一组通信的部分"摘译"。这些摘译强化了有关作家必须服从和服务于革命及"人民大众"的思想，而对其中涉及的作家"世界观"与"创作方法"的矛盾、倾向性和艺术性的关系等问题，采取有意忽略的态度。这些文章显然是在为座谈会提出的观点提供佐证。

1943年3月13日，毛泽东在座谈会上讲话的部分内容在《解放日报》发表。1943年10月19日，《讲话》正式在《解放日报》全文发表[①]。第二天，中央总学委（当时领导全党整风的总学习委员会，——作者注）发出通知，高度评价了毛泽东《在延安文艺座谈会上的讲话》，认为这是"是中国共产党在思想建设理论建设的事业上最重要的文献之一，是毛泽东同志用通俗语言所写成的马列主义中国化的教科书。此文件决不是单纯的文艺理论问题，而是马列主义普遍真理的具体化，是每个共产党员对待任何事物应具有的阶级立场，与解决任何问题应具有的辩证唯物主义历史唯物主义思想典型示范"。同时，学委要求把毛泽东的讲话"必须当作整风必读文件"，要求干部和党员进行深刻的学习研究，也是干部培训的必修课，甚至印成小册子发送给群众和文化界、知识界的党外人士[②]。

1943年11月7日，中共中央宣传部向全党印发了《关于执行党的文艺政策的决定》[③]，决定指出，毛泽东《在延安文艺谈会上的讲话》规定了党对于现阶段中国文艺运动的基本方针。全党都应该研究这个文件，以便对于文艺的理论与实际问题获得一致的认识，纠正过去各种错误观点，以便把党的方针贯彻到一切文艺部门中去，使文艺更好地服务于民族与人民的解放事业。决定强调，文艺工作者要把毛泽东提出的问题，"看成是有普遍原则性的"，要"找到适当和充分的实践，召集一定的会议，讨论毛泽东的指示"，并由此展开"严格的批判与自我批判"。决定还对具体的文艺活动做了指示，要求文艺工作各部分要以戏剧工作和新闻通讯工作为核心。

---

① 至于《讲话》为什么这么晚才发表，胡乔木的解释是：一是因为整理费时，二是发表还要找个时机，同鲁迅逝世纪念日可能有点关系。见胡乔木《胡乔木回忆毛泽东》，人民出版社1994年版，第58页。
② 《解放日报》1943年10月20日。
③ 《解放日报》1943年11月8日发表。

戏剧要以反映人民感情意志、形式易演易懂的话剧与歌剧为主，与战争完全无关的大型话剧和宣传封建秩序的旧剧，除专门研究需要外，"应该停止或改进其内容"。新闻方面要以迅速反映现实斗争的长短通讯为主。

决定最后指出，毛泽东同志《讲话》的全部精神，同样适用于一切文化部门乃至党的一切工作部门。全党应该认识到这个文件不但是解决文艺观、文化观问题的教育材料，并且也是一般的解决人生观与方法论问题的教育材料。这就把《讲话》上升为党的方针政策乃至原则纲领，标志着《讲话》精神的政策化、法规化和体制化。

1943年4月25日，《解放日报》发表社论《从春节宣传看文艺的新方向》①，为讲话发表后的文艺运动做了一个小结。社论指出，自党中央召集文艺座谈会后，文艺界开始向新的方向转变。文艺界在思想和行动上的步调渐渐归于一致，许多脱离实际，脱离群众的小资产阶自由主义倾向逐渐受到清算，毛泽东同志指出的为工农大众服务的方向，"成为众所归趋的道路"。社论指出了春节文艺活动前后所表现出来的新方向，一是文艺与政治的密切结合。体现在文艺工作者开始抛弃了小资产阶级的艺术趣味，努力表现革命的战斗的内容，把抗战、生产、教育问题作为创作主题。二是文艺工作者面向群众。表现在文艺工作者开始面向工农群众创作为老百姓喜闻乐见的作品。三是文艺的普及与提高问题也有了解决的方向。体现在作品的表现内容与形式符合群众的生活和欣赏习惯，真正实现了毛泽东提出的在普及基础上提高，在提高指导下普及的精神。最后，社论号召文艺工作者要下更大的决心，深入工农兵群众中去，响应中央文委的号召，取得更好的成绩。

二 第一次文代会与当代文学体制的建立

会议，特别是党的最高领导参加的重要会议，在中国政治生活中具有

---

① 此文作者实为艾思奇。亦见河北大学中文系编《文艺思想斗争史参考资料》，内部资料，1977年。

极强的仪式性、权威性,它常常也意味着重大政策的出台或重要的政策调整,意味着一个历史性的转折和新时代的开始。在文艺界同样如此(比如1942年的延安文艺座谈会)。在新中国成立后的文艺界,每隔几年召开一次的"文代会"、"作代会",同样具有很强的政治性、组织性、权威性和纲领性,它常常是为了传达和贯彻党和国家的重大文艺方针政策,统一认识和思想展开的,同时还要布置当前和未来一个时期的任务,制定未来一定时期的文学规划,矫正过去工作的失误和错误①。1949年,即将建立新政权的中国共产党在北平召开的"中华全国文学艺术工作者代表大会"(即"第一次文代会"),对确立新中国30年(包括"文化大革命"十年)文艺学话语,建立新中国的文学体制,具有极其重要的作用。

(一) 第一次文代会与《讲话》方向的确立

1949年北平和平解放后,当时解放区和国统区的大部分作家会师北平。1949年3月22日,郭沫若在文艺界的一次会议上,倡议召开"全国文艺工作者代表大会",得到了与会者的一致赞成②。接着成立了筹备委员会。6月27日,郭沫若在一次谈话中,说明这次大会的主要目的是"总结我们彼此的经验,交换我们彼此的意见,接受我们彼此的批评,砥砺我们彼此的学习,以共同确定今后全国文艺工作的方针与任务,成立一个新的全国性的组织"③。大会于7月2日在北京正式开幕,7月19日结束。代表共824人,报到人数共650人。郭沫若为总主席,茅盾、周扬为副总主席。毛泽东会见了全体代表,周恩来、陆定一和陈伯达等领导讲话。这种政治上的高规格待遇说明了中央对文艺工作的特殊重视。

在大会上,周扬代表中央做了《新的人民的文艺》的报告。在报告中,周扬以斩钉截铁、毫不含糊的口气说:"毛主席的《在延安文艺座谈会上的讲话》规定了新中国的文艺的方向,解放区文艺工作者自觉地坚决

---

① 参阅孟繁华、程光炜《中国当代文学发展史》,人民文学出版社2004年版,第56页。
② 这类会议(还包括中华全国自然科学工作者代表大会,中华全国教育工作代表大会等)一般都由知名人士发起,但是实际上都由中央批准并指导。
③ 《大会筹备经过》,中华全国文学艺术工作者代表大会宣传处编《中华全国文学艺术工作者代表大会纪念文集》,新华书店1950年版,第126页。

地实践了这个方向,并以自己的全部经验证明了这个方向的完全正确,深信除此之外再没有第二个方向了,如果有,那就是错误的方向。"① 可以说这是这次会议的唯一主题。这一基调的确定对以后的中国当代文学创作、文学批评和文学斗争都产生了奠基性的重大影响。中国当代文艺学就是在这个基调下拉开了序幕。周扬在报告中肯定了文艺座谈会后说:"在解放区,文艺的面貌、文艺工作者的面貌,有了根本的改变。这是真正新的人民的文艺。文艺与广大群众的关系也根本改变了",由此,解放区的文学实践也就有了一种"开始"和典范的意义。为了说明这一点,周扬以"新的主题,新的人物,新的语言、形式"为题分别介绍了解放区文艺的成就,总结创作经验。他还要求文艺工作者要站到新的思想水平上来,具体来说,就是"站在马列主义毛泽东思想的水平上"②,要"学习政治,学习马列主义毛泽东思想与当前的各种基本政策"。

本次大会中,从中央领导讲话到一般文艺工作者发言,不断强调的一个主题,就是要把毛泽东的《讲话》看作是今后中国文学的方向,并且是"唯一"的方向,把解放区文学作为今后文学实践的标准。周恩来在政治报告中提出了文艺方面的几个问题,包括团结问题,为人民服务问题,普及与提高的问题,改造旧文艺问题,全局观念问题,组织问题等。周的讲话进一步把毛泽东的文艺思想确立为党的文艺政策和方针,具有了强烈的国家意识形态性质。

郭沫若在《为建设新中国的人民文艺而奋斗》的总报告中,通过分析五四以来的文艺运动的历史指出:"这正是深刻地说明了三十年来中国的文艺运动的新民主主义的性质"③,要求全体文艺工作者"除了首先在政治上团结之外,还希望在文艺为人民服务的立场上团结。希望经过文艺界的批评和自我批评,经过文学艺术工作者本身的努力,能够完全达到文艺为人民服务的共同目标"。根据上述要求,郭沫若提出今后的三点具体任务。一是要加强团结,为建设新民主主义的人民民主共和国而奋斗。二

---

① 《中华全国文学艺术工作者代表大会纪念文集》,第70页。
② 同上书,第90页。
③ 同上书,第35页。

是要深入现实，表现和赞扬人民大众的勤劳英勇，创造富有思想内容和道德品质，为人民大众所喜闻乐见的人民文艺，使文学艺术发挥教育民众的伟大效能，要注意开展工厂、农村、部队中的群众文艺活动，培养群众中新的文艺力量。三是要扫除半殖民地半封建的旧文学旧艺术的残余势力，批判地接受一切文学艺术遗产，发展一切优良进步的传统，并充分地吸收社会主义国家苏联的宝贵经验，务使爱国主义和国际主义发生有机的联系。郭沫若对文艺新民主主义性质的阐释，也是对毛泽东文艺方向正确性的阐释。

与解放区代表充满自信地介绍"成功"经验相比，国统区代表则更多的是总结"失败"教训，以此从反面证明和认同解放区文艺的光辉典范性质。其中特别值得注意的是茅盾的《在反动派压迫下斗争和发展的革命文艺》的报告①。茅盾指出：在国统区，由于反动派的迫害、压制，文艺工作者的行动没有自由，因而文艺思想和文艺创作曾经存在这样或那样的问题，比如国统区文艺工作者不能在思想上、生活上真正摆脱小资产阶级的立场而转向工农兵的立场，人民大众的立场，作品不能反映当时社会的主要矛盾与主要斗争等。虽然在行文中，茅盾仍然承认国统区有"进步的革命的文艺运动"，并指出"国统区文艺运动还是有其显著的成就的"，没有把整个国统区文艺都抛在解放区的对立面②。但茅盾讲话的这种"辩证性"仍然没有能够掩盖其对国统区文艺总体上的否定结论："一般来说，（国统区的文艺）没有能够反映出当时社会中的主要矛盾与主要斗争，这正是国统区文艺创作中产生各种缺点的基本根源。"对国统区文艺的肯定是抽象笼统的，批判是具体而严厉的。茅盾特别批判了1944年重庆文艺界出现的强调文艺创作中的"主观性"、"生命力"的理论（明显针对胡风）。对解放区和国统区文艺的这种分别对待其实好不奇怪：肯定解放区文艺就是肯定毛泽东文艺思想的正统性和权威性。

---

① 茅盾的这个讲话原来邀请胡风参加起草，但胡风坚辞。参见谢泳《"文艺学"如何成为新意识形态的组成部分？——以1951年〈文艺报〉一场讨论为例》，《南方文坛》2003年第4期。

② 比如茅盾指出，"从斗争的总目标上看，国统区与解放区的文艺运动是一致的；从文艺思想发展的道路上看，双方在基本上也是一致的；而就国统区的革命文艺运动的主流来说，最近八年来也是遵循着毛主席的方向前进，企图同人民靠拢的"。

丁玲是从国统区来到解放区的,她以一名改造好的文艺工作者的口吻言传身教,意在对那些来自国统区的作家、艺术家们进行示范教育。她的发言是《从群众中来到群众中去》,具有典型的解放区话语特点。她指出,要"在现实生活中,在与广大群众生活中,在与群众一起斗争中,改造自己,洗刷一切过去属于个人的情绪,而富有群众的生活知识斗争知识,和集体精神的群众的感情,并且试图来表现那些已经体验到的东西"①。她从主题的选择("群众需要什么就写什么")、真人真事与典型人物、集体主义精神、语言问题、形式问题、经过专家审查也要经过群众审查几个问题谈了创作问题,阐释了毛泽东的《讲话》。她还告诫艺术家们,以前小资产阶级的东西,自己残余的或死去的旧的意识形态有可能死灰复燃,因此就需要"我们时时警惕着,兢兢业业,坚持为人民服务的方向,为工农兵的方向,坚持着一种朴素的、埋头的、谦虚的、谨慎的作风,为发展生产,建设工业而服务,努力下去,贯彻到底"②。

除此之外,来自国统区的巴金,做了《我是来学习的》的大会发言。单就题目,就可以看出巴金的谦卑(实际上是国统区作家的谦卑)。而这种谦卑几乎体现在每一位来自国统区的文艺家的身上,正如凤子谈到当年与会的感觉时所说的:我们这些来自国统区的代表,虽然一直在斗争着,可那时总觉得矮人三分,觉得自己是过时的人物,需要重新学习③。这一切预示着未来的中国文艺界不会是风平浪静的。

第一次文代会的"大会宣言"说:"从'五四'以来,中国新文艺运动已历时三十年了,在人民革命斗争中起了很大的作用。特别是1942年毛主席《在延安文艺座谈会上的讲话》发表以来,中国的文艺工作者,尤其是解放区的文艺工作者开始和广大的人民群众相联合。这些年的经验证明了毛主席文艺方针的卓越的预见与正确。文艺工作者与劳动人民相结合的结果,使中国的文学艺术的面貌焕然一新。我们感谢毛主席对文艺的关心与领导。今后我们要继续贯彻这个方针,更进一步地与广大人民、与工

---

① 《中华全国文学艺术工作者代表大会纪念文集》,第175页。
② 同上书,第180页。
③ 参阅李辉《文坛悲歌》,花城出版社1998年版,第37页。

农兵相结合。只有首先向人民群众学习了，才有可能教育人民群众。我们的工作，必须在人民群众的面前取得考验。"① 这段话可以说是对大会的准确总结，也为以后的文艺工作定下了总基调。

（二）当代文学体制的建立

第一次文代会除了确立毛泽东《讲话》作为当代文学/文艺学确定无疑的新方向之外，还有一项重要的任务或目的，就是建立当代文学体制。文学体制的建立是为了保证《讲话》方向的顺利实施。

所谓文学体制，德国学者彼得·比格尔在《文学体制与现代化》一文中指出："文学体制这个概念并不意指特定时期的文学实践的总体性，它不过是指显现出以下特征的实践活动：文学体制在一个完整的社会系统中具有一些特殊的目标；它发展形成了一种审美的符号，起到反对其他文学实践的边界功能；它宣称某种无限的有效性（这就是一种体制，它决定了在特定时期什么才被视为文学）。这种规范的水平正是这里所限定的体制概念的核心，因为它既决定了生产者的行为模式，又决定了接受者的行为模式。……文学论争是相当重要的，它们被视为确立文学体制的规范的斗争。"可见，文学体制是特定时期具有规范作用的文学观念系统和制度系统，其实质是划定边界、立规矩，它"决定了特定时期什么才被视为文学"。它本质上是一种规范系统。"这种规范的水平正是这里所限定的体制概念的内核，因为它既决定了生产者的行为模式，又决定了接受者的行为模式。"② 就中国的情况而言，文学体制的建立是政治领导权、主流意识形态、核心价值观等在文学、文化领域的拓展与延伸，它为文学的合法性奠定了基础，对一定时期的文学活动会产生重大而深远的影响，它规范和调控着一定时期文学生产（包括文艺学）的特质和发展走向。

洪子诚在其《问题与方法：中国当代文学史研究讲稿》一书中，曾专门分析了当代文学体制与文学生产问题。在该书中，洪子诚这样概括了文学体制的基本构成：第一，文学机构，即文学社团和组织；第二，文学杂

---

① 《中华全国文学艺术工作者代表大会纪念文集》，第148页。
② 彼得·比格尔：《文学体制与现代化》，周宪译，《国外社会科学》1998年第4期。

志、文学报刊、文学出版机构；第三，作家的身份和存在方式，包括社会地位、经济收入、角色认同等，这种身份既是社会赋予的，同时也是作家自身的角色地位，自我认同的结果。① 依据这个概括，第一次文代会后文学体制的确立首先表现在对作家身份的塑造。

1. 政治主导下的作家身份塑造

严格说，第一次文代会并不是文学组织内部的会议，文代会更不是什么民间组织，而是执政党借以在文学领域确立其绝对领导地位的会议，会议的组织报告和议程都带有鲜明的政治色彩，是在党中央和毛泽东的亲自关注、指导下制定的。大会开幕的前一天，中国共产党中央委员会向大会发来贺电，希望"全中国一切爱国的文艺工作者，必能进一步团结起来，进一步联系人民群众，广泛地发展为人民服务的文艺工作，使人民的文艺运动大大发展起来，藉以配合人民的其他文化工作和人民的教育工作，藉以配合人民的经济建设工作"②。7月2日，大会正式开幕，来宾有朱德、林伯渠、董必武、陆定一、李济深、沈钧儒及工、农、妇、青各界代表等共三十余人。朱总司令代表中国共产党中央委员会，董必武代表华北人民政府和中共中央华北局，陆定一代表中共中央宣传部，李济深代表中国国民党革命委员会，沈钧儒代表中国民主同盟，叶剑英代表中共北平市委、北平军管会及北平市人民政府，朱学范代表全国总工会，李秀真代表解放区农民团体，李德全代表全国民主妇联，钱后瑞代表新民主主义青年团中央及全国民主青年联合会，先后向大会致贺和讲话。华北军区特种兵部队参谋长李健代表部队向大会献旗③。这一串涵盖各个行业和组织机构的高级领导干部名单足以显出党对这次会议的重视。在大会进行期间，毛泽东还亲临会场即兴讲话。

在这种政治形势笼罩下，文艺工作者的地位、身份乃至心理都发生了变化，他们首先已经不再是所谓独立的作家、艺术家，而是处于党和政府所关怀下、需要也必须服从党和政府领导的文艺工作者。毛泽东到会看望

---

① 洪子诚：《问题与方法：中国当代文学史研究讲稿》，生活・读书・新知三联书店2002年版，第193页。
② 《中华全国文学艺术工作者代表大会纪念文集》，第155页。
③ 同上书，第130页。

文艺代表时一再强调"我们欢迎你们","我们"/"你们"的语式正体现了这样一种主宾关系和上下关系。大会中的众多发言,也一再强调作为文艺工作者的"我们"对党的领导的认同。比如大会的开幕词(郭沫若作):"我们在宣告开幕的这一瞬间,首先要向伟大的人民领袖毛主席致敬,向全心全意为中国人民服务的中国共产党致敬,向英勇作战不久便要解放全中国的人民解放军致敬,向努力生产支援前线全体劳动英勇的工农大众致敬!"① 这样的致敬话语几乎充斥在每一篇发言的开始或结尾。

周恩来在"政治报告"的第一部分,首先讲了三年来人民解放战争发展的形势,强调了思想改造和提高"阶级觉悟"的重要性,告诫文艺工作者"一定不要忘记表现这个伟大的时代的伟大的人民军队",不要忘记作为人民军队的"最伟大的支持力量"的"两万万农民"。他说:"对于文艺界大团结的胜利,我们不能不归功于在各方面坚持岗位艰苦奋斗的朋友们,不能不归功于全国广大人民对于新文艺运动的支持,但是尤其不能不归功于人民解放军在军事战线上的伟大胜利。"他号召"大家学习毛泽东同志,把革命理论和革命实践结合起来"。还号召"一切进步的文艺工作者努力认识中国共产党,因为中国共产党已经与中国人民的生活和斗争形成了不可分离的联系,不认识中国共产党,也就不能够正确地认识和表现今天的中国人民的生活和斗争的主要部分"②。

周扬在总结解放区文艺运动时说,"在解放区,由于得到毛泽东同志正确的直接的指导,由于人民军队与人民政权的扶植,以及新民主主义政治、经济文化各方面改革的配合",文艺运动已有了"一个伟大的开始",但"我们是丝毫没有可以自满的理由的",因为"我们的文艺工作还远落后于革命形势的发展与革命任务的需要","文艺战线比起军事战线所达到的水平来是相差很远很远的"③。其他许多代表性的、个人性的会议发言以及大会覆电等,也都在开篇的首要位置表达了文代会的召开,得益于"毛

---

① 《中华全国文学艺术工作者代表大会纪念文集》,第141页。
② 周恩来:《在中华全国文学艺术工作者代表大会上的政治报告》,《中华全国文学艺术工作者代表大会纪念文集》,第25页。
③ 周扬:《新的人民的文艺》,《中华全国文学艺术工作者代表大会纪念文集》,第70—89页。

主席伟大思想的光辉照耀"①，得益于"中国共产党领导的人民革命战争已基本上取得了全国范围内的胜利"②，"惟有在人民的政权之下才可能有这么一个大集合"③，等等。大会如此反复地强调政治与权力，目的是让与会者们确认："如果没有人民革命的胜利，如果没有人民政权的建立，进步的文学艺术工作者就不可能有今天这样的大团结，进步的文学艺术工作就不可能在全国范围内和全体规模上获得自己的发展。"④曹禺曾就这次文代会描述过自己的感受："对我一生来说，当时我感到是一个新的开端，那种感情是难以描写的。我还没有经历过像共产党这样重视和关心文艺工作，给文艺工作者以如此崇高的地位和荣誉。那时，可是千头万绪，百废待兴，百事待举啊！新中国还没成立，党就先把全国文艺工作者请到北平聚会。"⑤这种感激之情自然促成了曹禺要"把自己的作品在工农兵方向的 X 光线中照一照"⑥的皈依体制的心理。而在这种皈依中，作家、艺术家的个体独立性就很难得到保障了。

2. 文学组织与组织化创作模式

成立文学组织，创办文学刊物，号召作家进行有组织的文学创作，是建立文学体制的有效方式，这是文学体制的物质化方面（文学体制的另一方面是文艺的观念系统），它对当代中国的文艺创作和评论，也对文艺学的知识生产产生了深远影响。

第一次文代会的重要收获之一，就是成立了各级文学组织机构。其意义得到了大会的反复强调。周恩来在"政治报告"中就"组织起来"的问题做了说明："因为这次文代大会代表大家都感到要成立组织，也的确需要解决这个问题。不仅我们要成立一个中华全国文学艺术界的联合会，而且我们要像总工会的样子，下面要有各种产业工会，要分部门成立文学、

---

① 《电毛主席致敬》，《中华全国文学艺术工作者代表大会纪念文集》，第 150 页。
② 《电朱总司令暨人民解放军致敬》，《中华全国文学艺术工作者代表大会纪念文集》，第 151 页。
③ 叶圣陶：《祝文代大会》，《中华全国文学艺术工作者代表大会纪念文集》，第 382 页。
④ 《大会筹备经过》，《中华全国文学艺术工作者代表大会纪念文集》，第 126 页。
⑤ 田本相：《曹禺传》，十月文艺出版社 1988 年版，第 363 页。
⑥ 曹禺：《我对今后创作的初步认识》，《文艺报》1950 年第 3 卷第 1 期。

戏剧、电影、音乐、美术、舞蹈等协会。因为只有这样，我们才便于进行工作，便于训练人材，便于推广，便于改造。"在即将产生的全国性民主联合政府机构中，"也要有文艺部门的组织。这种文艺部门的组织，那就要依靠我们上面说的那些群众团体来支持，因为这个部门是为我们广大人民及群众团体服务的"。总之，"文艺工作在政府方面也好，在群众团体方面也好，我们都要来有计划地安排。这就靠你们将要推选出来的领导机构来安排这些事情"①。可见文艺的组织机构的根本任务和功能是对文学生产、对作家艺术家进行管理，使其计划化。郭沫若在报告中更强调文艺工作中组织领导和行政工作的重要性："如果文艺工作中只是作家和创作，而没有组织文艺工作的干部，那就会使得文艺工作涣散无力，得不到应有的成就。因之，文艺工作的组织者是很重要的。这些组织家，往往是文艺工作的思想与政策的掌握者，领导者。因之组织家，编辑家是和作家一样重要，他们应受到同样的尊重和奖励。"②克服"涣散无力"是文艺的组织化计划化的根本目的，组织者实际上是"文艺工作的思想与政策的掌握者，领导者"，是"沟通"中央与文艺界的桥梁，是文艺界跟党走的重要组织保证。周扬则以解放区的文艺运动实践为榜样，更直截了当地指出了当前党在文艺方面亟待解决的问题："除了思想领导以外，还必须加强对文艺工作的组织领导。这次大会后将成立全国文学艺术界的统一机构，这对广泛团结全国各方面的文艺工作者共同致力于新中国的文艺的建设事业，将起重大的作用。"③组织化的号召也得到了其他与会者的响应，刘芝明在总结东北三年来文艺工作时说："文艺工作的思想、方针、政策的保证，首先是要有文艺组织的统一而集中的组织上的保证，才能发挥文艺工作者与作家的集体力量，才能实行有计划有组织的文艺领导工作。"④

从这里可以清楚地看到，作家、艺术家的创作现在绝不再是个人的事，审美的事，而是组织的事，政治的事，是需要组织加以计划和管理

---

① 《中华全国文学艺术工作者代表大会纪念文集》，第32—33页。
② 同上书，第121—122页。
③ 同上书，第96—97页。
④ 刘芝明：《东北三年来文艺工作初步总结》，《中华全国文学艺术工作者代表大会纪念文集》，第333页。

的。在正式会议的最后一天，即 1949 年 7 月 19 日，作为大会"重要收获"之一的"中华全国文学艺术界联合会"（1953 年 9 月全国文学艺术工作者第二次代表大会改名为"中国文学艺术界联合会"）这一全国性文艺界组织就宣告成立了。23 日，在文代会上就已酝酿成熟的另一个重要文学组织——中华全国文学工作者协会（1953 年改组为"中国作家协会"，简称"作协"，并从"文联"中独立出来，单独建制）成立了。第一次文代会还成立了中华全国戏剧工作者协会、中华全国电影工作者协会、中华全国音乐工作者协会、中华全国美术工作者协会、中华全国舞蹈工作者协会等组织机构。

与之相应，第一次文代会后，各大区、省、市、自治区也成立了"文联"下属的各相关文艺团体与组织。据周扬 1950 年 2 月在中华全国文学艺术界联合会第四次扩大常务委员会会议上所作的《全国文联半年来工作概况及今年工作任务》（《人民日报》1950 年 2 月 13 日）报告透露，在第一次文代会后的半年时间里，"全国已有约四十个地方召开了文艺工作者代表大会或文艺工作者会议，成立了地方性的文学艺术界联合会或其筹备机构"，几乎所有稍有名望或可称为"作家"的人都加入了相应的作家协会。邵荃麟曾在 1959 年写了题为《文学十年历程》（《文艺报》1959 年第 18 期）的文章，总结了新中国成立十年以来的文学发展状况。其中，关于组织建设，邵荃麟指出，1950 年，全国作家协会分会只有 6 家，1959 年增加到 23 家。全国文学研究机构也从 1950 年的 1 所增加到 9 所。在会员人数上，1950 年全国文协会员只有 401 人，而到 1959 年，作家协会总会及地方分会会员作家一共有 3136 人。自此，中国作家开始有了体制内的"单位"生活，而国家通过领导这些"单位"实现了对全体作家的领导。国家还不断地对文艺组织进行调整或整顿以加强领导。比如，1952 年 8 月 6 日，中华全国文学工作者协会第五次扩大常委会通过了《关于整理组织改进工作的方案》（《文艺报》1952 年第 17 号）。《方案》指出，由于近年来文学运动存在着脱离政治、脱离群众的倾向，创作思想上呈现着严重的混乱状态，因此，"文艺整风的结果，决定整顿文学艺术的团体，加强文协的工作，是完全正确的、必要的。必须迅速地采取有效地措施，整理组织，改进工作，使文协真正成为名副其实的领导文学运动和创作思想的斗争的组织，发挥它应有的作用"。为此，常委会决定全国文协必须改进工作，经常组织文学作家参加实际斗争，提高创作水平；要成立专门的组织，经常注意研究文学运动会和文学创作上存在的问题，坚持毛泽东的文艺方针；要经常组织作家进行政治学习，参加各种社会活动。而要完成这些任务，"必须首先整理组织，健全工作机构"，其中包括重新调查会员的情况，强化会员的组织，文协常委会要成为文协的思想领导机构，经常讨论决定文协工作的方针和计划，以及有关文学运动和创作上的一些思想领导问题等。就对会员的调查来说，常委会还专门制定了详细的《中华全国文学工作者协会整理会员工作的方案》[①]。

在此背景下，对于作家来说，加入组织与进入体制、接受单位领导是一回事。而且，在各种文学组织内部，也建立起了各种包括工资待遇在内的等级[②]。

从创作角度看，文学机构的组织化管理，产生了组织化或曰集体主义的创作模式，使得文人不再享有属于自己的空间，必须像单位工作人员一样进行工作，甚至为了完成任务去创作。

在第一次文代会上，柯仲平在作陕甘宁部分文艺工作总结发言时，就明确提出了"有组织、有领导的集体主义创作方法"这一概念。柯仲平指出，文艺工作者"必须学习文艺加工、创造的方法。就是把自然形态文艺加工创造成'更有组织、更集中，更典型、更理想，因此就更带有普遍性'的文艺创作方法。这是一切现实主义创作上的基本规律"。而这条规

[①] 调查分为两个步骤，一是过去的会员重新登记与审查，二是新申请的会员重新审查。然后，会员整理小组在完成调查工作后，即将全部名单提交常委会讨论通过，作为整理组织后的第一批会员，然后在报刊上公布名单，颁布正式会员证，以示郑重。

[②] 这是从延安延续下来并在新中国成立后逐步变得严格的制度。延安时期就执行根据级别高低决定其大、中、小灶的供给制。新中国成立后，国家政务院在1950年6月颁发了《关于各级人民政府供给制工作人员小、中灶伙食待遇标准的规定》，根据生活成员不同职务和资历而给与不同的物质供给。这套分配标准同样适用于文艺工作者。比如张天翼、冰心等人被定为文艺一级，工资标准接近300元；赵树理、舒群等人被定为文艺二级，工资可拿270元；康濯、马烽等人被定为文艺三级，月薪为230元。对于当时的文艺工作者来说，既有文艺级别，也有行政级别，但多数作家却选择了行政级别而放弃了文艺级别，因为选择行政级别可以按级别看文件、听报告，阅读内部《参考消息》，享有高干的医疗待遇，等等。参阅斯炎伟《全国第一次文代会与"十七年"文学体制的生成》，博士学位论文，浙江大学，2007年，第46页。

律实际上也就是"集体主义创作方法"①。柯仲平具体阐发说：不管是几个人组织的创作或个人执笔的创作，目的都是工农兵，原料是从群众中来，从创作到修改，作者的努力是很重要的，但干部，群众常常是我们作者的先生。所以，一般都是集体主义的创作。几个人还是一个人不过是形式上的差别。几个人一起，如不能掌握这个精神，还算不得集体主义的创作。一个人执笔，如能掌握这精神，就还算得是集体主义的创作。由于作家个人的局限，有组织、有领导的集体创作方法是必须的②。从这里我们可以看出，"集体主义创作方法"，并不仅仅指形式上"几个人"共同创作的一种方法，他更强调这种方法在精神、立场、观点、态度等方面必须认同"集体"，这个集体是党领导的工农兵大集体。这样，文学就不是个性的率性表达，而只能是集体表达和表达集体。

刘芝明在总结东北三年来的文艺工作时指出，为了更好发挥文艺工作的力量，避免文艺工作者各自为政的散漫状态，就要有各级文艺的组织机构，政府也应有专管文艺工作的机构，将文艺工作的方针、政策、文艺组织统一集中地领导起来。为此，他明确指出："目前，在创作问题上，是迫切要求组织创作与对于创作的领导。"③ 他认为，职业作家的创作没有什么计划，自己搞自己的，既没事先得到领导上的帮助，也没得充分和大家交换意见、反复研究。这是农村小农经营或手工业的创作作风，既费力而又难以提高质量。为此，应该将某些作家集中起来，制订计划，集体研究，将有经验的老作家与较无经验的作家集合在一起彼此交流经验，这样就会很快提高，因为集中更有利于主题的选择，能更好配合政治任务。"总之，在组织创作上，要打破过去的农村工作方法，手工业式的方式。要更有计划的、有组织的统一的领导作家进行创作。"④ 这样一种组织化、计划化、集中化的创作模式，在很大程度上违背了文学创作作为精神生产

---

① 柯仲平：《把我们的文艺工作提高一步》，《中华全国文学艺术工作者代表大会纪念文集》，第307页。
② 同上书，第309—310页。
③ 刘芝明：《东北三年来文艺工作初步总结》，《中华全国文学艺术工作者代表大会纪念文集》，第336页。
④ 《中华全国文学艺术工作者代表大会纪念文集》，第338—339页。

的个体性、独特性和自身规律，但在新中国成立后30年却一直占据主导地位，只有到粉碎"四人帮"后的第四次文代会上才被基本否定。

3. 文学刊物

除了文学机构对艺术家进行有组织的领导外，文学刊物是党组织引领文学创作、进行文学批评的重要阵地。在这里我们简要介绍具有重要影响的两本刊物《文艺报》和《人民文学》。

在第一次文代会期间，《文艺报》（周刊）曾试发行13期。1949年9月25日，《文艺报》（半月刊）正式创刊，编辑是中华全国文学艺术界联合会，主编是丁玲、陈企霞、萧殷。1952年1月，《文艺报》编辑部改组，主编为冯雪峰。1954年，《文艺报》因《红楼梦研究》事件而受到批判并被改组，康濯、侯金镜、秦兆阳为常务编委。1955年12月，《文艺报》编辑部再改组，编委康濯、张光年、侯金镜为常务编委。1957年1月《文艺报》又改为周刊，编辑部改组，主编张光年。1958年重又改为半月刊[1]。

《文艺报》编辑成员的频繁变更直接源于他们频繁在政治上"犯错"，而非文学能力或编辑能力的欠缺。这种政治主宰编辑的做法，显然不可能不影响到刊物的办刊方向，使刊物有了极强的政治色彩。在1954年《红楼梦》研究批判事件中犯下"错误"的冯雪峰，曾公开撰文检讨他的"错误"，贬斥自己"对于资产阶级的错误思想失去了敏锐的感觉，把自己麻痹起来，事实上做了资产阶级的错误思想的俘虏"。并说自己玩忽职守，忽视了"《文艺报》是一个以宣传和捍卫马克思列宁主义文艺思想、积极开展文艺批评为主要任务的刊物"。他表示："现在我们必须有决心，在党的领导和严厉批评之下，来迅速地彻底地改正我们的错误，革除陈腐的作风，使《文艺报》名符其实地成为一个具有思想性与战斗性的刊物。"[2]这些认错很明显都是政治认错。冯雪峰认错后，1954年12月8日，中国文联、作协召开主席团扩大联席会议，通过了毛泽东审阅过的《关于〈文

---

[1] 洪子诚在《1956：百花时代》（山东教育出版社1998年版）第145—147页中，详细列出了《文艺报》的历届主编及编委会名单，可参看。

[2] 冯雪峰：《检讨我在〈文艺报〉所犯的错误》，《冯雪峰论文集》（下），人民文学出版社1981年版，第263—264页。

艺报〉的决议》。《决议》明确了《文艺报》的错误主要是"对于文艺上的资产阶级错误思想的容忍和投降；对于马克思主义新生力量的轻视和压制；在文艺批评上的粗暴、武断和压制自由讨论的恶劣作风。这些错误的性质是严重的，是违背了马克思主义的立场和党的文艺方针政策的"。《决议》不仅明确了《文艺报》"错误"的政治性质，同时又一次强调了刊物的宗旨，这就是："《文艺报》应该成为真正宣传马克思主义文艺思想、开展健康的有原则性的文艺批评的刊物。它应该对资产阶级的各种错误的文艺思想进行斗争，坚决克服投降主义的倾向；它应该积极扶植马克思主义的新生力量，坚决克服轻视和压制新生力量的倾向"，以"保证文学艺术事业能够在马克思主义思想指导下健康地发展，真正担负起为国家社会主义建设事业服务的光荣任务"。这些要求显然不只是对《文艺报》的要求，同时也是对所有刊物的要求①。

《人民文学》1949年10月25日创刊，是中国作协的机关刊物。在当代文学史上具有举足轻重的地位，甚至被人称为"国刊"。《人民文学》的一举一动直接牵动整个中国当代文学的神经，预示着中国当代文学的发展变化。

《人民文学》在创刊词（由主编茅盾起草）中宣布了自己的文学任务和工作中心："作为全国文协的机关刊物，本刊的编辑方针当然要遵循全国文协章程中所规定的我们的集团的任务。这一任务就是这样的：一、积极参加人民解放斗争和新民主主义国家的建设，通过各种文学形式，反映新中国的成长，表现和赞扬人民大众在革命斗争和生产建设中的伟大业绩，创造富有思想内容和艺术价值，为人民大众所喜闻乐见的人民文学，以发挥其教育人民的伟大效能。二、肃清为帝国主义者、封建阶级、官僚资产阶级服务的反动的文学及其在新文学中的影响，改革在人民中间流行的旧文学，使之为新民主主义国家服务，批判地接受中国的和世界的文学遗产，特别要继承和发展中国人民的优良的文学传统。三、积极帮助并指导全国各地区群众文学活动，使新的文学在工厂、农村、部队中更普遍更深入的开展，并培养群众中新的文学力量。四、开展国内各少数民族的文

---

① 《文艺报》1954年第23、24号合刊。

学运动，使新民主主义的内容与各少数民族的文学形式相结合，各民族间互相交流经验，以促进新中国多方面的发展。五、加强革命理论的学习，组织有关文学问题的研究与讨论，建设科学的文学理论与文学批评。六、加强中国与世界各国人民的文学的交流，发扬革命的爱国主义与国际主义的精神，参加以苏联为首的世界人民争取持久和平与人民民主的运动。"从这个发刊词我们可以清楚地看到，这个文学期刊的宗旨完全不是从文学出发制订的，而是对当时主流意识形态的认同，这几乎是当时所有文学刊物首要的宗旨和使命。

从《人民文学》所发表的文章也可以看出，这个文学期刊，始终以配合政策、宣传政策，紧跟政治形势为己任。比如第1期发表的3篇小说是：刘白羽的《火光在前》，描写部队生活和革命战争题材；康濯的《买牛记》，描写农村、农民生活；马烽的《村仇》，反映农村阶级斗争。可以说，中国当代文学早期的题材，基本上都是这两类——部队生活和农村生活。这与当时的政治形势显然是吻合的。也正因为如此，国家非常重视《人民文学》的宣传作用，对主编的任用非常谨慎，并不断变换主编。在1952年的整风运动中，《人民文学》也犯了"错误"，甚至停刊1期，而以3、4期合刊的形式出版。在检讨自己的错误时，《人民文学》编辑部指出，"编辑工作不是一种简单的技术工作，而首先是一种思想工作"，而刊物也应当是"包含着一个统一思想的刊物"，因此，"编辑人员思想的性质是直接决定刊物的性质的"。《人民文学》具体分析道："正确的文艺刊物，目前中国需要的文艺刊物，应该是毛泽东的文艺路线的忠实实践者，应该是准确的实现工人阶级的文艺政策的有力的工具，它应该保证自己的一切工作都受工人阶级思想的领导。"很清楚，刊物必须符合党的文艺政策，坚定不移地执行党的文艺政策[①]。

总之，第一次文代会延续并巩固了《讲话》的方向，建立了对当代文学、文艺学影响深远的文学体制，这种体制在第二次、第三次文代会以及其他有组织的文艺论争中得到了进一步加强。如第二次文代会确立了"社

---

① 《文艺整风学习和我们的编辑工作》，《人民文学》1952年第2期。参见吴俊等《国家文学的想象和实践：以〈人民文学〉为中心的考察》，上海古籍出版社2007年版。

会主义现实主义"作为主导的创作方法,第三次文代会确立了"两结合"创作方法,这些都带有很强的政治色彩,形成了许多学者所说的"一体化"的当代文学①,或单一性的政治形态文艺学②。而维护和巩固这一体制的方式很多,其中对偏离这一体制方向的作品和论著发起大批判运动,是采取的重要手段。

---

① 参阅洪子诚《问题与方法:中国当代文学史研究讲稿》,第187—190页。
② 参阅王建刚《政治形态文艺学——五十年代中国文艺思想研究》,中国社会科学出版社2004年版。

第 二 章

文艺界大批判：初露锋芒的
文学批评新话语

关于文艺批评，周扬 1958 年在中共河北省委宣传部召开的全省文艺理论工作会议上有这样的定位："文艺理论批评，是思想斗争最前线的哨兵。阶级斗争形势的变化，往往首先在文艺方面表现出来，资产阶级思想对我们的侵蚀，也往往通过文艺。资产阶级思想来影响无产阶级，无产阶级思想要打击资产阶级思想，前哨战往往是在文艺方面，延安整风前后是如此，建国以后也是如此。"[①] 这段话清楚表明了在特定的历史时期，文艺被执政党当成了争夺意识形态和文化领导权的战场而受到了高度重视，同时受到高度重视的是文艺批评，在新政权那里，文艺批评不是简单的关于文艺的学术研究，它首先是整个思想战线阶级斗争的前哨，是党的意识形态工作的重要组成部分。这样的定位给予文艺批评以极高地位的同时也隐藏着文艺批评的可怕后果，这就是文艺批评几乎全部蜕变为政治批判。

基于这样一种认识，第一次文代会之后文艺领域大的大规模批判运动接踵而至：对电影《武训传》批判，对俞平伯的《红楼梦》研究的批判，对胡适文艺思想的批判，对胡风"反革命集团"的批判，以及"反右"斗争（还有一些批判运动是夹带在文艺整风、知识分子思想改造运动中的），等等。这些运动有一种普遍的倾向，就是不断排除杂音，维护和巩固第一次文代会所确立的《讲话》方向，并试图以此为基础，建立以马克思主义

---

① 《周扬文集》第 3 卷，人民文学出版社 1990 年版，第 31 页。

立场观点为指导的新的文学艺术创作与批评规范①。但由于文艺批评的性质已经变为政治批判，使得人们很难在文艺批评/文艺学，包括马克思主义文艺批评/文艺学的研究方面取得真正的进展。

一 电影《武训传》批判

由毛泽东亲自发起的对电影《武训传》的批判，是新中国成立后第一次震动整个中国文艺界、思想界的大事，对以后中国文艺学的发展也有巨大影响。在此之前，即新政权建立之初，也有一些文艺批评乃至批判，但一般针对个别作家作品②，而没有采取大规模运动的方式，党的文艺和文化教育政策总体还是比较宽松的。

（一）事件始末

电影《武训传》由昆仑影业公司1950年摄制，1951年初公演，编导孙瑜，主演赵丹，是一部以清朝末年武训"行乞兴学"事迹为内容的传记片。孙瑜最早涉足这个题材还是在抗战期间，受到漫画家孙之俍创作的《武训画传》启发，更与教育家陶行知抗战期间为拯救教育而提倡武训精神有关。片子在新中国成立前已经拍了一部分，新中国成立后是否要续拍曾经有过犹豫，后因上海电影部门的支持而经过修改后完成拍摄，过程历时七年之久。

武训出身于山东的一个贫苦农民家庭，从小被剥夺了读书的权利。由于目睹了穷人不识字的痛苦，又亲身经历了没有文化受地主欺压的不幸，

---

① 在批判电影《武训传》之前，还有一些规模不大的文艺界的讨论和批判，比如关于文学创作是否可以以描写小资产阶级、以小资产阶级为主角的讨论，对阿垅的《论倾向性》的批判等，本书将在别的章节进行处理。

② 比如：《人民日报》对于阿垅的《论倾向性》的批评，《人民日报》对方纪的《让生活变得更美好罢》的批判，《人民日报》对王震之《内蒙春光》的批判，《文艺报》对淑池的小说《金锁》的批判，《文艺报》对卞之琳的长诗《天安门四重奏》的批判，《文艺报》对沙鸥的讽刺小说《驴大夫》的批评，《文艺报》对话剧《红旗歌》（鲁煤执笔）的批评，等等。

所以立志"行乞兴学"。他行乞近40年，以耍把戏、磕响头、喝脏水，甚至挨打受辱等"卑贱的"方式乞讨钱物以备兴学。他还依托地主豪绅放债，成为高利贷者，并以所得利息买地出租，加速财物积聚。到晚年，武训已是地产跨三县的大地主，最后终于办起三所义学。他的苦操奇行产生了很大的社会影响，也曾得到封建统治者的赞赏和褒奖。他所兴办的"义学"也是由豪绅地主来主持，学生成分绝大多数都不是穷苦人家子弟，教学内容也是传统的四书五经，教育出来的学生，大多"学而优则仕"，成为新的封建统治者，因此受到包括清朝皇帝在内的整个地主阶级精神上和物质上的支持。电影《武训传》的主要情节基本符合史料记载，只是更强化了武训的"苦行"。

在电影《武训传》遭批判之前，在陶行知先生等的宣传和影响下，赞扬武训"行乞兴学"精神，是文化界、教育界、知识界——其中包括左翼——等社会各界的"主流评价倾向"[①]。国民党时期，在重庆中央电影制片厂任导演的孙瑜，曾有意拍摄电影《武训传》，并根据陶行知的《义学传》等材料，完成了电影文学剧本。

对于拍摄《武训传》，编导孙瑜指出，上海的文化部门和艺术界的同志认为题材有拍摄价值，同时也是为了迎接当时的文化建设高潮，配合土改政策，歌颂忘我的服务精神（尤其是最后一点）。孙瑜认为，武训"站稳了阶级立场，向统治者作了一生一世的斗争"，"典型地表现了我们中华民族的勤劳、勇敢、智慧的崇高品质"，真正做到了鲁迅所说的"俯首甘为孺子牛"，"热爱他也可以热爱我们的民族，提高了民族的自信和自豪"。

[①] 有文章指出：新中国成立前很多文化名人，包括共产党内的文化人和高级领导，如陶行知、柳亚子、郭沫若、李公朴、邓初民、黄炎培等，对武训都曾经褒扬有加。其中陶行知先生是宣传、弘扬武训精神最有力、最积极的一个，他还为武训写过传记性质的《义学传》。据说延安时期，毛泽东也曾在多次讲话中赞扬过"武训精神"，其用意在于以武训的坚忍意志鼓励士气。在电影《武训传》遭批判前，郭沫若一直高度评价武训。特别是在1945年12月，郭沫若领衔发起了武训诞辰107年的纪念会；12月1日，他还为《新华日报》纪念武训特刊题词："武训是中国的斐士托洛奇，中国人民应当到处为他树铜像。"在12月5日举行的扩大纪念大会上，郭沫若又发表讲话，赞誉武训为"圣人"，其苦行献身教育，是"博施于民而能济众"。参见贾振勇《"联系着武训批判的自我检讨"——郭沫若与电影〈武训传〉批判风潮》，《山东理工大学学报》2007年第1期。

对于武训的缺点，尤其是他的斗争方式，孙瑜他们也只是认为限于历史条件，武训"所采用的斗争方式""并不足为训"而已①。电影《武训传》的拍摄，也完全遵循了当时的政治审批程序，经过了中宣部、政务院文教委的批准，并得到了包括周恩来在内的许多政治领导人的首肯。

《武训传》拍摄完毕后，以饶漱石为代表的华东局、上海市各级党政领导均表态称颂。电影公映后，更是几乎一片赞扬之声。上海、南京先后掀起观看、评论《武训传》的热潮。导演孙瑜欣喜异常，于1951年2月亲自带上影片的新拷贝前往北京。同上海的结果一样，朱德、周恩来、胡乔木、茅盾、袁牧之以及中央机关的100多位领导人观看了影片，朱德还大加赞赏说："很有教育意义。"②京、津、沪三大城市的一些报刊，在短短的两三个月后连续发表了50余篇文章，除个别文章提出某些批评外，大多数都是持肯定和赞扬的态度，赞扬武训和武训精神，认为这是一部有思想性、有教育意义的影片。《大众电影》还把《武训传》列为1950年十部"最佳国产电影"之一③。

当然，《武训传》备受好评的原因中，除了武训的"行乞兴学"体现的"俯首甘为孺子牛"精神外，还有一个不可忽视的原因，是影片中加进了大量配合新政治需要的内容。这应该也是影片在审查能够顺利通过中宣部审查，并获得周恩来、朱德、郭沫若等高层领导认可的重要原因④。对此，可以参考导演孙瑜在1997年对影片修改的指导思想的说明。他说，自己原本想把《武训传》拍成一部歌颂武训行乞兴学、劳苦功高的所谓"正剧"；但1949年后陈鲤庭建议改成兴学失败的悲剧，郑君里、沈浮建议周大"逼上梁山"，而后带领一队农民武装，向地主恶霸讨还血债。孙瑜对此欣然接受，以"反历史"的方式将剧本改头换面，重新结构起另一

---

① 孙瑜：《编导〈武训传〉记》，《光明日报》1951年2月26日。
② 孙瑜：《我编导〈武训传〉的经过》，《纵横》1997年第11期。
③ 当然，3月份开始已经出现了一些批评的声音，如晴移的《武训不是我们的好传统》，《进步日报》1951年3月25日，但并不那么上纲上线。
④ 否则我们很难想象像周恩来、朱德、胡乔木这样的资深中共领导会那么缺乏政治敏感性。参见商昌宝《夏衍与〈武训传〉批判》，见其著作《作家检讨与文学转型》，新星出版社2010年版。

个版本的《武训传》,并在影片结尾安插了这样的镜头:老年的武训在剧终看到"他的朋友周大和革命武装农民弟兄们在原野上英勇地跃马飞驰而过,高喊:'将来的天下都是咱老百姓的。'"孙瑜或许觉得意犹未尽,又在结尾安排了女教师对听故事的学生所作的一段"点睛"结论:

> 武训先生为了穷孩子们争取受教育的机会,和封建势力不屈服地、坚韧地斗争了一辈子。可是他这种个人的反抗是不够的。他亲手办了三个"义学",后来都给地主们抢过去了。所以,单凭念书,也解放不了穷人。周大呢——单凭农民的报复心理去除霸报仇,也没有把广大的群众组织起来。在当时那个历史环境里,他们两人都无法获取决定性的胜利。中国劳苦大众,经过了几千年的苦役和流血斗争,才在中国共产党组织领导之下,推倒了三座大山,得到了解放![1]

据当事人回忆,《武训传》公映前后,当时压倒性的赞扬引起了毛泽东的注意。他调阅了这部影片。在田家英的指导下,卫士李家骥把报纸杂志上发表的评论《武训传》的文章剪裁下来供毛泽东阅读。1951年3月,毛泽东开始谋划对电影《武训传》的批判。对此,林默涵后来曾回忆道:"电影《武训传》出来以后,不少人说好,据说毛主席看了这个片子,几个晚上在院子里转来转去。最后下决心要批判的。"[2] 正式开始批判《武训传》的标志,当然是5月20日发表的《人民日报》社论。但在此之前,已经有迹象表明批判已经在酝酿。比如3月24日,周恩来召集沈雁冰、陆定一、胡乔木等开会,研究加强对电影工作的领导问题。会议决定:(一)目前电影工作的中心问题是思想政治领导,为此应组织中央电影工作委员会,草拟一个关于电影工作的决定。对《武训传》的批评需事先与该片编剧孙瑜谈通。(二)加强电影编剧力量,可向全国征集已经上演过获得观众好评的戏曲剧本,选择一些改编为电影剧本。(三)电影批评的

---

[1] 孙瑜:《我编导〈武训传〉的经过》,《纵横》1997年第11期。
[2] 参见郭建波《关于电影〈武训传〉批判的历史原因分析》,民生网,发布时间:2016-08-25 05:13,https://www.minshengwang.com/yiminsheng/284424.html。

标准，主要是看大的政治方向，目前还不宜强调艺术性。会后，中央发出通知，决定："以《荣誉属于谁》与《武训传》两部影片作典型，教育电影工作干部、文艺工作干部和观众对《荣誉属于谁》与《武训传》两部影片组织讨论与批判。"再比如：在3月23日结束的全国文化行政会议上，文化部党组书记、常务副部长周扬点名批评了《武训传》。3月下旬，中宣部文艺处处长、《文艺报》主编丁玲在北京师范大学作文艺报告时，"很尖锐地批评了《武训传》电影的立场和观点的错误"①。

领导人出面批评《武训传》的错误表现后，报纸杂志3月份开始有了一些批评《武训传》的文章，但这些"讨论与批判《武训传》"的文章对电影仍然采取"一分为二"的态度。以京、津、沪等地重要报刊在1951年3月上旬至5月上旬所组织发表的讨论和批判文章（均被《人民日报》1951年5月20日社论点名批评）看，这些批评《武训传》的文章，通过分析武训及其所从事活动的"时代环境"，得出了武训"不足为训"的结论，认为武训当时"脱离了时代要求"，"采取了错误的斗争道路"，对当时劳动人民的要求和斗争"客观上起了阻碍作用"。但与此同时，这些批评文章都"一分为二"地认为："武训的动机是好的"，"武训的'苦行'与'利他主义'是难得的"，只是"在当时的政治条件下，是不可能实现他的愿望的"。这些文章的特点正如5月20日《人民日报》社论指出的："虽然批评武训的一个方面，仍然歌颂其它方面。"②

1951年4、5月间，《文艺报》第4卷第1期、第2期发表了江华的《建议教育界讨论〈武训传〉》、贾霁的《不足为训的武训》、杨耳的《谈谈陶行知先生表扬"武训精神"有无积极作用》、邓友梅的《关于武训的一些资料》，批判《武训传》。5月16日，《人民日报》转载了这组文章，并发表按语指出：《武训传》是"歌颂清朝末年的封建统治的拥护者武训而污蔑农民革命战争、污蔑中国历史、污蔑中国民族的电影"。这句话可以说是点出了毛泽东发起这场批判运动的根本意图。贾霁和杨耳的文章的

---

① 参见郭建波《关于电影〈武训传〉批判的历史原因分析》，民生网，发布时间：2016 – 08 – 25 05：13，https：//www.minshengwang.com/yiminsheng/284424.html。

② 同上。

批判调子也很高。贾文认为《武训传》在今天的时代"歌颂了不应该歌颂的人物,表扬了不必要表扬的事迹,因此它对我们人民今天精神上的影响就不是自尊与自豪,而是自卑与自贱;他与我们伟大祖国历史不相称,与我们伟大现实运动不相容,它对于历史和今天,都是没有意义、没有价值的"。杨文则指出:"武训的时代,是在封建社会内部矛盾已十分尖锐的时代,太平天国运动是这一矛盾火山的大爆发。在这样一个具体的历史条件下,武训的'行乞兴学',不仅不能解决推倒农民头上的封建大山的根本问题,而且,也不能有其他什么推进社会发展的作用。"

接下来就是 1951 年 5 月 20 日的《人民日报》发表由毛泽东亲笔修改、定稿的社论《应当重视电影〈武训传〉的讨论》,形势开始急转直下。社论开列了一个长长的名单,对 43 篇颂扬武训、电影《武训传》的文章及其 48 位作者进行了公开点名批评,严厉指出:"《武训传》所提出的问题带有根本的性质。像武训那样的人,处在清朝末年中国人民反对外国侵略者和反对国内反动封建统治者的伟大斗争的时代,根本不去触动封建经济基础及其上层建筑的一根毫毛,反而狂热地宣传封建文化,并为了取得自己所没有的宣传封建文化的地位,就对反动的封建统治者竭尽奴颜婢膝的能事,这种丑恶的行为,难道是我们所应当歌颂的吗?向着人民歌颂这种丑恶的行为,甚至打出'为人民服务'的革命旗号来歌颂,甚至用革命的农民斗争的失败作为反衬来歌颂,这难道是我们所能够容忍的吗?承认或者容忍这种歌颂,就是承认或者容忍污蔑农民革命斗争,污蔑中国历史,污蔑中国民族的反动宣传为正当的宣传。"[①]《社论》还有所指地严厉警告:"特别值得注意的,是一些号称学得了马克思主义的共产党员。他们学得了社会发展史——历史唯物论,但是一遇到具体的历史事件,具

[①] 于风政认为,拿太平天国起义的失败来反衬武训道路的成功,正是《武训传》的拍摄者犯下的"为执政党所不能容忍的错误",因为"中国共产党是依靠农民、通过以农民为主体的战争取得政权的,它与中国传统的农民起义有着血缘的联系"。而批判《武训传》的另一个原因则与陶行知有关。这位西方资产阶级教育家杜威的弟子,虽然在新中国成立前受到共产党高度评价,而在 1950 年仍然有大量干部和知识分子继续尊之为"教育工作者的伟大导师",这在毛泽东看来是极为严重的政治错误。参见于风政《改造》,河南人民出版社 2001 年版,第 141、144—145 页等处。

体的历史人物（如武训），具体的反历史的思想（如像电影《武训传》及其他关于武训的著作），就丧失了批判的能力，有些人则竟至向这种反动思想投降。"这不但"说明了我国文化界的思想混乱达到了何等程度"，而且表明了"资产阶级的反动思想侵入了战斗的共产党"。

同一天，《人民日报》"党的生活"专栏发表了短评《共产党员应该参加关于〈武训传〉的批判》，要求"每个看过这部电影或看过歌颂武训的论文的共产党员都不应对于这样重要的政治思想问题保持沉默，都应该积极起来自觉地同错误思想进行斗争。如果自己犯过歌颂武训的错误，就应当作严肃的公开的自我批评"，要通过这次运动使"每个党员"懂得"革命者与封建统治拥护者"、"人民民主主义和改良主义"、"民族传统中落后的、反动的东西和进步的、积极的、革命的东西"之间的"区别"，并帮助群众"认识到新中国政治、经济、文化生活的发展历史和未来的远景"①。

《人民日报》的社论发表后，京、津、沪各主要报纸第二天（5月21日）即全文转载，接着各报纸都发表了响应文章。原本的颂扬之声顷刻被批判浪潮取代②。文化部电影局"决定通知各地电影工作者及电影经理业的从业人员展开关于《武训传》的讨论，澄清在这一问题上的错误和混乱思想，并进一步向广大观众进行宣传教育，以清除这一影片的有害影响"③，并发布《关于电影从业员应积极参加〈武训传〉讨论的通知》，要求全体电影从业员"应把这一讨论视为严重的思想教育工作，应该通过讨论，对武训这一历史人物有正确认识；弄清楚电影《武训传》的真正错误所在；并结合个人自己的思想，清除一些错误的、混乱的思想，树立起对于人民革命的正确认识；应该使这一讨论成为爱国主义教育的一部分"④。

---

① 《人民日报》1951年5月20日。
② 关于《武训传》的批判文章甚多，这方面的资料汇编也不少。可以参看西南人民图书馆编写和出版的《武训问题参考资料索引》，1951年；人民出版社编辑出版的《武训和〈武训传〉批判》，1953年。
③ 《各地讨论批判电影〈武训传〉》，《人民日报》1951年5月24日。
④ 袁牧之（电影局局长）：《关于电影从业人员应积极参加〈武训传〉讨论的通知》，见中央电影局艺术委员会《关于影片〈武训传〉的批判》（上），内部资料，1951年。

5月26日,《人民日报》发表了孙瑜的检讨短文①。于是,一个自上而下发动的全国规模的批判运动声势浩大地展开了。6月5日,教育部指示教育机关讨论批判电影《武训传》和"武训精神",要求"各级教育行政领导机关应十分重视这一思想运动的领导。这一运动必须普遍到每一个学校每一个教育工作者。专署以上的教育行政部门及中等以上的学校,应协同教育工会组织开展这一讨论","学习时间,一般定为半个月。专署以上教育行政机关及中等以上学校,在七月中旬以前,必须将这一学习运动的结果逐级总结上报"。"对县以下的教育行政干部及小学教师,除布置自学讨论外,并可利用假期集训的机会,作为专门问题进行研究。"② 这场批判运动的政治性和自上而下的组织性、动员性由此可见一斑。

这场运动中发表的各种批判文章数以百计。在毛泽东的直接关注和推动下,对电影《武训传》的讨论,很快转向了较大规模的思想斗争和政治批判。中宣部、文化部、《人民日报》社、中共山东分局宣传部,还联合组成13人的武训历史调查组,于6月份赴山东堂邑、临清、馆陶等武训当年"行乞兴学"的地方进行了为期20余天的调查。最后,由袁水拍、钟惦棐、李进(江青)三人执笔,写成《武训历史调查记》,经毛泽东修改后,在7月23—28日的《人民日报》连载发表。这份调查记,给武训扣上了"大流氓"、"大债主"、"大地主"三顶大帽子。1951年8月8日,《人民日报》发表周扬的文章《反人民、反历史的思想和反现实主义的艺术——电影〈武训传〉批判》,宣告批判《武训传》的运动基本结束。

(二)《武训传》的"错误"实质

《人民日报》社论《应当重视电影〈武训传〉的讨论》指出,《武训传》的根本错误是宣扬"资产阶级反动思想"。人们不免要疑惑:即便武训确实是封建阶级的奴才,歌颂武训怎么就成了"宣扬资产阶级反动思想"了呢?

---

① 被迫检讨的还有:《武训画传》作者李士钊、武训主演赵丹等与电影《武训传》创作相关的人员;端木蕻良、李长之等肯定过电影《武训传》的人,以及郭沫若、黄炎培等新中国成立前称赞过武训的人,夏衍等文艺界的领导。参见《改造》,第151—153页。

② 见《人民日报》1951年6月5日。

胡绳在《为什么歌颂武训是资产阶级反动思想的表现》①中对上述问题给予了解释。胡绳首先分析了武训本人的思想本质，即"极端地忠于封建主义的奴才主义，至死不悟的保皇主义"。其具体表现是，站在地主官僚的立场上办所谓"义学"，其中封建教育的内容分毫没有改变，也丝毫没有触及封建统治秩序。这与康有为的主张是不同的。康有为虽然并没有主张根本推翻封建教育，只是主张按资产阶级的方向在教育上进行改良，但如果实行这种改良，封建统治秩序就不能不发生某种程度的变动。所以，"康有为的改良主义运动究竟还是要去触动封建统治秩序，那怕是很少的触动"②。但对于武训来说，显然连触动的念头都没有。这种彻底的保皇主义因此必然具有极大的反动性。如果说否定阶级斗争、政治斗争，强调文化改良，这是资产阶级进步思想的体现；那么宣扬和赞颂武训的这种文化改良主义，就是资产阶级反动思想的体现。

另一方面，胡绳指出："在革命斗争时期，普及反动的文化教育，其意义就是阻止群众的觉悟，抵抗革命斗争，所以是反动的，是向反动阶级的投降。"③而且，为了突出和提高武训而否定、贬低周大，甚至把周大看作是粗鲁的杀人犯，这更"透露了一种由于害怕群众而来的软弱的资产阶级观点"，"不是代表资产阶级的革命性，而是代表其反动性的观点"④。总之，"这种认为离开政治斗争，人民可以在文化上'翻身'的看法，这种为提高武训而抹煞和污蔑农民革命的看法……不是别的，就是资产阶级的反动思想。有许多人正是从资产阶级的反动观点出发而欣赏和赞美武训这个封建主义的奴才"⑤。

1951年8月8日，《人民日报》发表的周扬的文章《反人民、反历史的思想和反现实主义的艺术——电影〈武训传〉批判》，更为具体地分析了《武训传》的"反动"本质，明确指出："电影《武训传》污蔑了中国

---

① 原载《学习》第4卷第4期。亦见中央电影局艺术委员会《关于影片〈武训传〉的批判》（中），内部资料，1951年。
② 中央电影局艺术委员会：《关于影片〈武训传〉的批判》（中），内部资料，第4—6页。
③ 同上书，第7页。
④ 同上书，第11页。
⑤ 同上书，第5页。

人民历史的道理，宣传了资产阶级的反动思想，用改良主义来代替革命，用个人奋斗来代替群众斗争，用卑躬屈节的投降主义来代替革命的英雄主义。电影中武训的形象是丑陋的、虚伪的，在他身上反映了我国封建社会的黑暗和卑鄙，歌颂他就是歌颂黑暗和卑鄙，就是反人民的，反爱国主义的。"这一陈述可以说是对《武训传》的最后总结和定性。

批判的内容除了指责《武训传》资产阶级反动思想的根本错误之外，还给武训本人戴上了"大地主"、"大债主"、"大流氓"三顶帽子。此外，批判运动还涉及私营厂出品的其他许多影片，以及电影界、文学界、史学界的其他一些作品、文章和观点，在整个思想文化领域造成了异常严重的影响。

毛泽东为什么在新中国成立之初就发动这样一次大批判运动呢？早在1949年3月5日，毛泽东在《在中国共产党第七届中央委员会第二次全体会议上的报告》报告中，就明确规定了党在全国胜利以后由新民主主义社会转变为社会主义社会的总的任务和主要途径，而"否定被压迫人民的阶级斗争向反动的封建统治者投降"的资产阶级改良主义的道路，则是与从新民主主义向着社会主义转变的方向相违背的。另外一个重要原因是澄清中国革命的主力、革命胜利的功臣到底是谁的问题。于风政对于毛泽东发起这次批判运动的初衷是这样概括的："他（毛泽东）的目的，是要通过批判武训和《武训传》问题上表露出来的思想观点，向知识分子说明并使他们接受这样的观点：中国革命的成功，中国社会的进步，决定性的因素是中国共产党领导的农民革命，而不是知识分子在反动统治下进行的所谓'文化教育'。"[①]

这样一来，对于《武训传》的批判就不可能是一种可以允许不同意见自由发表、交流的学术行为，而是确立政权合法性的政治意识形态行为，由此批判中的许多观点存在故意拔高、牵强附会之嫌。但此先例一开，以后文艺上连绵不断的论争、探讨都以此定调上升为两个阶级、两条道路的斗争。

（三）《武训传》批判对当代文艺学的影响

对《武训传》的批判对当代中国文艺学的影响是巨大而深远的。首先，

[①] 《改造》，第145页。

把一个文艺问题提升到吓人的政治高度，把文艺批评粗暴地转变为政治批判，这对今后文艺批评的话语型产生了巨大影响。比如，武训是一个没文化，受地主欺负的乞丐，以自己行乞创办义学的方式改变穷人的命运，这种精神受到各个阶层人的敬仰。对此，大可不必牵强附会、无限上纲地提升到中国革命的道路问题、革命的主力是谁的问题的"高度"来批判。武训本人和电影的创作者根本没有这样的思想"高度"和主观意图，在电影里也没有进行这样解读的文本依据。更为荒唐的是，批判者说：武训教育穷人去读书识字接受文化，可是他们接受的不还是统治阶级的文化，不还是《三字经》、四书五经等封建书籍，并有利于封建统治？这种简单粗暴的批判实际上正好违背了马克思主义的历史唯物主义原则。可以说，自这次批判以后，文艺界形成了一种极为恶劣的作风：政治上一有风吹草动，就到文艺界去找先兆，从文艺部门先开刀。自1949年到"文化大革命"，政治斗争一个接一个，文艺也就不断地被"开刀"[①]。

胡乔木后来曾对这次批判运动也进行了反省，指出，对这部影片的问题，本来应该通过文艺批评的方法，通过讨论和争鸣加以解决。当时采取这种大规模政治运动方式来批判一部电影，以一种"非常片面、极端和粗暴"的态度，把艺术问题与政治问题简单地混淆起来，严重影响了新中国电影乃至整个社会主义文化事业的健康发展。"因此，这个批判不但不能认为完全正确，甚至也不能说它基本正确。"[②]

其次，这次批判运动强化了文学创作的主题、题材的单一性，同时使得文艺批评过分政治化。新中国成立初期，本来在强调歌颂工农兵主题和题材的同时，已有忽视甚至排斥其他题材的苗头，这次气氛紧张的思想批判运动对此又有所助长。有些文章还把影片编导的艺术手法也冠以"资产阶级"、"反动"的政治帽子，完全否定排斥，堵塞了艺术多样性的探索道路。随着整个国家建设的发展，生活领域的无限开拓，读者群众和文艺队伍的扩大，比较单一的题材、主题和艺术手法，越来越表现出它的局限性。而我们对文艺学的探讨，也大都在政治形势下，集中在写什么人、什

[①] 朱寨主编：《中国当代文学思潮史》，人民文学出版社1987年版，第81页。
[②] 《胡乔木说对电影〈武训传〉批判非常片面、极端和粗暴》，《人民日报》1985年9月6日。

么题材等问题上,对于文学自身的规律探讨,则少得多。

最后,《应当重视电影〈武训传〉的讨论》是毛泽东文艺思想体系中的重要文献。他在这里提出的"什么东西是应当称赞或歌颂的,什么东西是不应当称赞或歌颂的,什么东西是应当反对的"的论题和论证,补充发挥了他在《讲话》中关于歌颂与暴露的观点。在关于如何正确认识和反映历史的问题上,则与毛泽东在京剧《逼上梁山》的通信中的观点——"历史是人民创造的"是相通的[1]。通过批判《武训传》,毛泽东希望文艺工作者能自觉运用马克思主义来分析研究文艺问题。而在毛泽东看来,自从《讲话》后,文艺工作者还是主要把马克思主义作为政治观念,并没有自觉地"用辩证唯物论和历史唯物论的观点去观察世界,观察文学艺术","社论"希望在这方面向文艺工作者提供范例,"促使文艺工作者把历史唯物主义的基本观点具体运用到文艺创作中,提高对于历史唯物主义与现实主义创作方法关系的认识"[2]。可以说,这一思想和目的一直贯穿在新中国成立后的文艺大批判中,比如在对俞平伯《红楼梦》研究的批判中,这一目的显得更为明确。但是必须指出,"马克思主义方法"、"辩证唯物主义和历史唯物主义"的含义并不是非常明确的,也不是一个完全属于学理范围的问题。在今天看来,我们很难认同当时被批判的文章或其作者都是违反了"马克思主义"或"辩证唯物主义和历史唯物主义"。

"文化大革命"结束后,学术界对当年对电影《武训传》的批判大多持反省批评态度,官方也做出了表态。1985年9月6日,《人民日报》刊登《胡乔木说:对电影〈武训传〉的批判非常片面、极端和粗暴》的文章(详上),被看作是为《武训传》平反的转折点。1986年4月29日,国务院办公厅下发了《关于为武训恢复名誉问题的批复》。自此,研究纪念武训的活动重新开展起来,《武训传》也开始在不同场合进行过放映。在1991年和1995年召开的两次全国武训研讨会和各地发表的评论中,肯定了武训的教育救国之路。

---

[1] 毛泽东:《看了〈逼上梁山〉以后写给延安平剧院的信》,见河北大学中文系编《文艺思想斗争史参考资料》,内部资料,1977年。

[2] 朱寨主编:《中国当代文学思潮史》,第74页。

但值得注意的是，到了 2012 年出版的《中华人民共和国史稿》第一卷，在谈到当年《武训传》批判时，这样评论道：

> 对电影《武训传》的讨论和批评，不仅是如何评价历史人物武训的问题，而且引申到如何看待中国近代历史和中国出路的问题。这是一场涉及文艺、历史、理论和思想领域的斗争，实际上成为知识分子运动的一个组成部分。其深层内涵，是历史唯物主义和历史唯心主义的一次较量。毛泽东提出批判电影《武训传》不是就事论事，而是要求共产党员和党的组织，联系实际学习运用马列主义，清除侵入党内的资产阶级错误思想。①

这个评价看似客观、审慎，但在很大程度上再次肯定了从政治角度批判《武训传》的合理性和必要性，让人感觉回到了 20 世纪 50 年代初的思路。

二 知识分子思想改造与文艺界的整风学习运动

1951—1952 年的知识分子思想改造与文艺界整风学习运动，是紧接着对电影《武训传》及对萧也牧创作倾向的批判展开的，两者时间上基本重合②。或者说，是因为文艺界出现的这些问题，引发了中央针对文艺界的

---

① 《中华人民共和国史稿》（第一卷，1949—1956），当代中国研究所著，人民出版社、当代中国出版社 2012 年版，第 267 页。

② "萧也牧创作倾向"指的是以萧也牧的小说《我们夫妇之间》（《人民文学》第 1 卷第 3 期，1950 年 1 月）、《锻炼》、《海河边上》等为代表的一系列小说所表现出的一些创作上的共同倾向。后来进一步延伸至其他与萧也牧创作倾向相近的作家。《我们夫妇之间》发表后，有论者就批评这部作品表现出一种"脱离生活，或者依据小资产阶级的观点、趣味来观察生活，表现生活"的"不健康倾向"（陈涌：《萧也牧创作的一些倾向》，《人民日报》1951 年 6 月 10 日）。1951 年 8 月，丁玲发表《作为一种倾向来看——给萧也牧同志的一封信》（《文艺报》第 4 卷第 8 期），把萧也牧创作上的"不健康倾向"升级为"萧也牧创作倾向"，批判萧也牧的创作反对毛泽东的工农兵方向，并希望萧也牧"老老实实地站在党的立场，站在人民的立场"上思索自己的缺点错误，这就把创作问题上升到了政治问题，由此引发了全国对萧也牧创作倾向的批判。

大规模整风学习运动。有人认为，思想改造运动是"旧中国过来的知识分子在新中国成立后普遍经历的第一个真正'触及灵魂'、刻骨铭心的大事件"。参加运动的高校教职员工达到91%，大学生80%，中等学校教师75%[①]。

知识分子思想改造运动是1951年9月下旬在北京、天津的高等学校教师中首先开始的[②]。是年9月29日，周恩来总理受中央委托，向两市高校教师（1700多人）学习会作了《关于知识分子的改造问题》的报告[③]。周恩来在报告中以自己的亲身体验，阐释知识分子为什么需要思想改造："三十年来，我尽管参加了革命，也在某些时候和某些部门做了一些负责的工作，但也犯过很多错误，栽过筋斗，碰过钉子。可是，我从不灰心，革命的信心和革命的乐观主义鼓舞了自己。这个力量是从广大人民中间得到的。我们应该有这样的态度和决心，即犯了错误，就检讨，认识错误的根源，在行动中改正错误。"他还谈到自己虽出身封建官僚家庭，但"只要决心改造自己，不论你是怎么样从旧社会过来的，都可以改造好"。报告长达5个小时，语气温和，用词谦和，循循善诱，以堂堂一国总理的身份在公众面前检讨、解剖自己，令与会者深受感动。有人反映：周总理是革命前辈，为人民立了大功，是党和国家的领导，尚且如此谦虚，当着我们的面解剖自己，我们还有什么不能向党交心的呢？于是在周恩来报告后，许多校长和教授开始对自己的思想进行公开的自我批评。1951年10月23

---

① 于风政：《改造》，第201页。

② 当然，早在知识分子思想改造运动开始前，就有许多知识分子主动表态，要改造自己的思想，适应新时代，为新中国服务、为人民服务。冯友兰在1949年10月致毛泽东的信中承认自己过去传授的是封建哲学，是为国民党服务的，现在自己要学习马克思主义，重新写作哲学史。朱光潜在1949年11月做了《自我检讨》，表示"我愿意继续努力学习，努力纠正我的毛病，努力赶上时代与群众，使我在新社会中不至于成为一个无用的人"。

③ 依据于风政《改造》一书，1951年6月1日马寅初就任北大校长。暑假期间，他组织学校教职员开展了40多天的政治学习，并于9月7日致信周恩来，说北大教授中有新思想者如汤用彤等12位教授，发起北大教员政治学习运动，并聘请毛泽东等10人为教师。9月11日，毛泽东在这个信上批示，表示赞成开展政治学习运动。教育部立即成立"京津高等学校教师学习委员会"。9月29日，周恩来到会作报告。《改造》，第202—203页。毛泽东对马寅初来信件的高度重视说明他一直对于当时知识分子思想状况不满，一直希望有机会进行整顿，因此马寅初的信恰逢其时，似乎改造思想是知识分子自己的要求。

日,中国人民政治协商会议第一届全国委员会第三次会议在北京开幕,毛泽东在会上致开幕词,指出:"在我国的文化教育战线和各种知识分子中,根据中央人民政府的方针,广泛地开展了一个自我教育和自我改造的运动,这同样是我国值得庆贺的新气象","思想改造,首先是各种知识分子的思想改造,是我国在各方面彻底实现民主改革和逐步实行工业化的重要条件之一"①。一下子把思想改造的调子定得很高。当天的《人民日报》发表短评《认真展开高等学校教师中的思想改造学习运动》,认为教师的思想改造工作,是改革旧教育的重要前提之一。中央教育部把这次运动的目的规定为"改造教师思想,改革高等教育"②。

此后,知识分子的思想改造运动全面展开。1951年11月30日,中共中央发出《关于在学校中进行思想改造和组织清理的指示》,文件指出:"学校是培植干部和教育人民的重要机关,党和人民政府必须进行有系统的工作,以期从思想上、政治上、组织上清除学校中的反动痕迹,使全国学校都逐步掌握在党的领导之下,并逐步取得并保持期革命的纯洁性。"这个判断表明,当时中央认为学校、特别是高等学校,还没有全部"掌握在党的领导之下",改造的目的不仅是思想清理,而且包括组织清除。关于思想改造的方式,指示指出要"在学校教职员和高中以上学生中普遍开展学习运动,号召他们认真学习马列主义、毛泽东思想,联系实际,开展批评和自我批评,进行自我教育和自我改造"③。甚至指出要"组织忠诚老实交清历史的运动,清理其中的反革命分子"④。此后,运动由教育界逐步扩展到文艺界和整个知识界。《指示》中最值得注意的是:党中央和毛泽东把教育界和知识界的形势判断得极为严峻、估计得极为悲观。在《人民教育》1952年4月号发表的社论《高等学校教师必须通过"三反"运动认真改造思想》更认为:"现代全国大多数高等学校,各学科教学上最占势力的,还是资产阶级的工作态度和作风……还是由资产阶级的思想占着

---

① 《人民日报》1951年10月24日。
② 于风政:《改造》,第203页。
③ 国防大学:《中共党史教学参考资料》,第17册,第378页,转引自《改造》,第205页。
④ 同上。

实际的领导地位。"① 1952 年的另一篇社论也写道:"在许多学校里,还远远没有确立并巩固无产阶级的思想领导。"②

从渊源上看,中国共产党早在延安时期整风运动中就创造出了这套知识分子思想改造的方法,它相信人可以通过改造达到一个完善的思想境界,延安整风运动就达到了这样的效果。从 1951 年 12 月开始,《人民日报》在显要版面开设专栏"用批评和自我批评的方法开展思想改造运动",连续发表知识界知名人士的检讨文章,如金岳霖的《分析我解放以前的思想》、朱光潜的《最近学习中几点检讨》、梁思成的《我为谁服务了二十余年》,等等,其他报刊亦纷纷仿效。到 1952 年 5 月,中央下达《关于在高等学校批判资产阶级思想运动和准备进行清理"中层"的指示》,1951 年 11 月 30 日的"指示"中的"改造"突然升级为"批判",此前主要是知识分子自我改造的、相对平和、主动的局面,逐渐变为受群众批判的被动形势③。

思想改造运动的主要对象是教育界、科学界和学术界有留学欧美经历的高级知识分子,但它也波及文艺界。文艺界的整风差不多同时展开。据统计,教育界思想改造开始后,从 1951 年 9 月 24 日起,中央宣传部召集党内文艺干部召开了八次座谈会。1951 年 11 月 17 日,全国文联常务委员会召开扩大会议,会议在检讨当时文艺工作状况时指出,两年多来,全

---

① 《高等学校教师必须通过"三反"运动认真改造思想》,《人民教育》1952 年 4 月号。
② 《在各级学校里为贯彻无产阶级的思想领导而斗争》,《人民教育》1952 年 7 月号。
③ 在知识分子思想改造运动进行当中,1952 年 1 月又开始了"三反"(反贪污、反浪费、反官僚主义)"五反"(反行贿、反偷税漏税、反盗骗国家资产、反偷工减料、反盗窃国家经济情报)运动,前者的对象是党政机关工作人员,后者的对象是私营工商业者,时间是从 1952 年 1 月到 1952 年 10 月。"三反"开始后,宣传文教部门的思想改造运动并入"三反"运动。1952 年 1 月 22 日,《中共中央关于宣传文教部门应无例外地开展"三反"运动的指示》提出了"洗澡"的概念,要求校长和教师应该"在群众中洗洗澡,受受自我批评的锻炼,拿掉架子,清醒谦虚过来,对他们自己和对今后工作都是有利的"(《建国以来重要文献选编》第三卷,第 49 页)。3 月 13 日,中共中央又在《关于在高等学校中进行"三反"运动的指示》中规定:"每个教师必须在群众面前进行检讨,实行'洗澡'和'过关'。"(《建国以来重要文献选编》第三卷,第 118 页)作家杨绛还专门写过以此为题材的小说《洗澡》。据说在"洗澡"的时候各级组织还要把教师排队分类,依据"问题"严重程度决定洗"大盆"(全校大会检讨)、"中盆"(全系大会检讨)和"小盆"(小组会议检讨)。

国文学艺术事业虽有一定的成就，但文艺工作还是落后于现实的发展，造成这种落后的思想根源，就是忽视思想、脱离政治、脱离群众、迎合资产阶级和小资产阶级的倾向，而为了战胜这种倾向，就必须采取整风学习的方法，由此会议通过决议，决定首先在北京文艺界组织整风学习。11月23日，中宣部向中央提交了在文艺界开展整风运动的报告，经过毛泽东批准下发，这个报告对文艺界的形势做了非常悲观的估计（显然与《武训传》放映后得到的一致好评有关，这被认为是文艺界问题严重的证据）。11月24日，北京文艺界举行了整风动员大会，到会的文艺工作者800余人。

在这次大会上，中共中央宣传部副部长胡乔木和中华全国文学艺术界联合会副主席周扬，作了关于此次文艺界学习运动的意义的报告。胡乔木在报告中着重批评了文艺领导工作中的缺点并提出了纠正方法。他说，目前的文艺工作连方向问题也没有解决，还存在着相当浓厚的小资产阶级倾向，小资产阶级虽然也是劳动人民，但它不能领导国家前进，因此也不能领导文艺运动的发展。小资产阶级群众只有在工人阶级的领导下才能够发挥它的力量，才有光明的前途。我们的文艺不应该降低到小资产阶级的思想水平来为他们"服务"，而应该用工人阶级的思想来教育他们，提高他们。只有这样，我们的文艺才是既为工人阶级服务，也为小资产阶级群众服务，既受工人阶级的欢迎，也受小资产阶级群众的欢迎。为了改进我们的领导，胡乔木指出：第一，应该运用批评和自我批评的武器来进行学习，分清是非，确定立场。第二，应该充分宣传马克思主义的文艺思想，使文艺成为工人阶级的战斗的武器，使文艺机关团体成为战斗的机关团体。第三，应该整顿文艺界的领导工作，反对庸俗的敷衍了事的推诿责任的作风和自由主义、事务主义的作风。第四，应该整顿文艺团体，使之切实负起组织文艺工作者进行创作、批评、学习和参加实际斗争的任务，并监督文艺工作者像其他劳动者一样，遵守劳动纪律，努力创作为人民所需要的作品。第五，应该整顿文艺出版物，反对粗制滥造的作风。最后，胡乔木强调指出党的文艺工作者应该成为文艺界的学习模范和劳动模范，应该坚决消灭文艺界党员中的任何无纪律现象。

周扬作了《整顿文艺思想，改进领导工作》的报告①。这个时候的周扬处在尴尬的位置。在9月份召开的多次文艺干部座谈会上，周扬被批评为对包括电影《武训传》的拍摄和评价在内的文艺界"思想混乱"负有主要责任，因此承受着极大压力，并被迫做了检讨。这使得他的这个报告把调门提得更高。他首先危言耸听地指出："文艺工作中存在的思想混乱的状况，是到了不能再容忍下去，必须加以澄清的时候了。"思想的混乱主要体现为浓厚的小资产阶级的思想倾向。周扬认为，如果不纠正这种倾向，毛泽东文艺路线就不能够得到贯彻，人民文学艺术的事业就不能够前进。周扬接下去详细说明了由于领导上没有紧跟毛泽东同志的文艺路线，文艺战线上产生了思想界限不清的混乱现象。非工人阶级的思想在某些文艺机关中居于领导地位。有些领导者对于各种非工人阶级的思想失去了应有的警惕。没有组织和领导文艺工作者的政治学习与思想改造工作，没有反对文艺界存在着严重的脱离政治、脱离生活的倾向和严重的自由主义作风，没有反对《武训传》的制作、放映和对《武训传》的赞扬，没有展开批判文艺工作上的资产阶级小资产阶级思想的斗争，都是这种事实的具体表现。对于领导方法的改进，周扬指出：（1）要树立思想领导，反对事务主义的领导；（2）要树立集体领导，反对个人领导；（3）要改造文学艺术机关和团体，使它们有效地担负起团结和组织文艺工作者进行学习和创作的任务。

在大会上发言的还有丁玲、欧阳予倩、老舍、李伯钊、李广田等8人。为了统一领导这一学习运动，中华全国文学艺术界联合会常务委员会做出决议，成立"北京文艺界学习委员会"，丁玲任主任②。会议之后，全国各地文艺界掀起了整风学习的热潮③。1952年1月"三反"运动高潮期间，文艺界转入"打虎"运动。三个月后整风运动再起。7月14日，全国文联常委会和北京文艺界学习委员会联席会议宣布整风运动结束。

就北京整风学习的情况来看，从1951年11月24日整风学习运动开始，

---

① 见《文艺报》第5卷第4期，1951年12月10日。
② 《清除文艺工作中浓厚的小资产阶级倾向，北京文艺界开始整风学习》，《人民日报》1951年12月1日。
③ 参阅《各地文艺界展开文艺整风学习》，《文艺报》1952年第11、12号合刊。

到 1952 年 7 月 14 日结束，北京文艺界参加人数 1228 人，上海文艺界 1300 多人，其方式与教育界的思想改造基本相同。具体方式一般有两种，一种是从个人开始，检查自己的立场、文艺思想、工作态度；另一种是以本单位工作中的问题为主，联系个人的思想、工作，进行检查。在检查中，许多单位采取了思想互助的办法，每一整风学习小组内的成员，自愿结成互助组，每个人的问题都先在互助组内"自由"漫谈，互相启发，经过仔细交换意见，有了比较明确的认识后，再提到小组上报告和讨论。这种"帮助"个人深刻反省自己、批判自己的错误思想的方法，成为以后历次政治运动的主要方式。"文艺整风的目的，是乘批判《武训传》的东风，借轰轰烈烈的知识分子思想改造运动与'三反'运动之声势，用群众批判和自我检讨的方式，进一步净化文艺思想，树立毛泽东文艺思想的权威。"① 而这个运动称为"整风"，充分表明它是延安文艺"整风"运动的重演。

　　文艺界整风的主要改造对象是 1949 年中华人民共和国成立前在国统区工作的文艺工作者，也包括各地各级文艺领导干部。通过思想检讨暴露出的"错误"文艺思想主要表现在：（1）不能正确处理文艺与政治的关系，或者认为文艺与政治无关，或者庸俗化文艺与政治的关系，认为文艺就是艺术加政治；（2）在文艺为谁服务的问题上，有些人还强调为小资产阶级服务；（3）在普及与提高的问题上，许多文艺工作者还存在轻视普及的现象；（4）在文艺民族化问题上存在盲目崇拜西洋和轻视民族艺术遗产的问题。这些问题概括起来实际上可以归结为《讲话》所确立的社会主义文艺原则还没有得到完全落实。据说，经过整风得到的成果是：（1）思想上得到了提高，划清或初步划清了无产阶级文艺思想与资产阶级、小资产阶级文艺思想的界限，认识到文艺必须为工农兵服务，文艺工作必须受工人阶级的思想领导，并成为整个革命事业的一个组成部分，认识到了小资产阶级出身的文艺工作者必须进行思想改造，认识到了文艺工作者必须密切联系群众，深入群众的生活和斗争，才能获得创作源泉，并使自己在群众中得到锻炼和改造。（2）大批文艺工作者到群众中去。（3）文艺刊物进一步整顿。（4）文艺团体得到调整。（5）几个主要的文艺工作机构进

---

① 于风政：《改造》，第 249 页。

行了整顿和改进，如中央戏剧学院、中央美术学院等。而这次整顿收到较大效果的一个重要原因，则是有了毛泽东的《讲话》这一文件的指导，并有了延安文艺整风学习的经验①。

上海文艺界的整风学习运动和北京差不多，在整风中也发现了许多"问题"，如思想界限不清，立场不稳，脱离政治，脱离群众，在创作上走向形式主义的绝路，轻视普及工作，严重的自由主义作风等，而出现这些"问题"的主要原因，是由于文艺工作者未能真正领会和掌握党和毛主席的文艺方针，特别是文艺界领导方向，没有能贯彻毛主席的文艺思想，放松甚至放弃了在文艺领域中进行阶级斗争，容许以至于纵容了非工人阶级思想在思想领导中占有了地位②。

总之，从1951年底到1952年7月左右，文艺界整风学习运动进行了半年多时间，整风的核心内容和目标，是进一步牢固确立毛泽东文艺思想的至尊地位，确立《讲话》的方向。其具体表现之一，就是要否定国统区的文艺及其代表作家，确立延安文艺的正统地位。胡乔木和周扬在整风动员大会上都强调了这一点，而在整风中各文艺界人士的批评与自我批评中，也反复强调和重申这一点。早在1951年10月25日出版的《文艺报》（第5卷第1期）上，就发表了社论《学习毛泽东思想，为贯彻文艺的工农兵方向而奋斗》，指出："为了更好地使文学艺术在思想领域中发挥其高度的教育人民的效能，文学艺术工作者必须把学习毛泽东思想当作迫切的政治任务。"我们的新文艺，"因执行了毛泽东的文艺方向，对人民进行了共产主义人生观及人民民主革命的教育"，所以取得了很大的成绩；但也由于文艺工作中偏离了毛泽东的文艺方向，对毛泽东思想缺乏应有的认识，应有的学习和应有的宣传，使得文艺界出现了像电影《武训传》这样的错误。社论由此强调要学习毛泽东思想，全面贯彻文艺的工农兵方向。

国统区作家的检讨成为文艺整风中的一道风景。兹举数例。郭沫若的文章《在毛泽东旗帜下长远做一名文化尖兵》说：到过延安或其他根据地的文艺工作者是幸运的，因为他们有机会沐浴毛泽东思想的阳光，"没有

---

① 《北京文艺界整风学习基本情况》，《文艺报》1952年第15号。
② 《上海文艺界进行文艺整风学习》，《文艺报》1952年第13号。

到过延安的文艺工作者是不幸地受着限制了，这犹如栽在墙阴里的花没有见到过太阳"。他们的作品本质上不能不是资产阶级或小资产阶级的。他还对自己进行了彻底否定，发誓："只要一息尚存，我总要不断地警惕，不断地改造自己……在毛泽东旗帜下长远做一名文化尖兵。"①

曹禺也没有去过延安，而且是党外人士，出身于小资产阶级家庭。他似乎有先见之明地在整风开始前就在《文艺报》发表文章否定了自己的代表作《雷雨》和《日出》，指它们"没有历史唯物论的基础，不明了祖国的革命动力，不分析社会的阶级性质……非常幼稚，非常荒谬"②。整风运动中，曹禺自我批判的调门提得更高，他在1952年5月24日《人民日报》发表文章《永远向前——一个改造中的文艺工作者的话》，狠批自己的"资产阶级人性论"和"超阶级的是非观念"，承认自己"不熟悉工人，不熟悉农民，不熟悉士兵，也不知道马克思列宁主义"，"我明白我的精神领域里不只是贫乏，那是一个好听的名词，一个旧知识分子在躲闪无路时找到的一个遮羞的遁词。实际上，我的思想意识里，并非如以往自命的那样进步，那样一心追求着真理与光明。我的仓库里有一大堆不见阳光的破铜烂铁，一堆发了霉味的朽木"。据于风政《改造》的研究，在文艺整风运动中，20世纪三四十年代原国统区的进步文艺工作者，没有不作曹禺式检查的。"翻遍他们的检讨，找不出对某一作品的肯定性文字。"③

夏衍在整风运动的自我批判中也明确表示要纠正错误，改进领导，坚决贯彻毛主席的文艺方针。夏衍说，上海有光荣的历史和解放后党对文化工作的正确领导，但三年以来，我们的文艺工作却没有按照党和人民的希望，充分运用这些有利条件，把我们的工作向前推进，而是产生了许多错误的思想，其主要原因，"是由于我未能真正地领会和掌握党和毛主席的文艺方针，特别是在文艺领导工作中，没有能贯彻毛主席的文艺思想，容许以至纵容了非工人阶级思想在思想领导中占有了地位"④。由此，学习和

---

① 《文汇报》1952年5月24日。
② 曹禺：《我对今后创作的初步认识》，《文艺报》第3卷第1期（1950年10月25日）。
③ 参见于风政《改造》，第257页。
④ 夏衍：《纠正错误，改进领导，坚决贯彻毛主席的文艺方针》，《文艺报》1952年第11、12号合刊。

掌握毛泽东文艺思想，领会毛泽东的《讲话》方向，成为改造思想的重要法宝。柯仲平在西安文艺界整风学习动员大会上，也强调坚持毛主席的文艺方针。柯仲平指出，自毛泽东《讲话》发表10年来，"中国革命的文艺工作者，因为能遵照毛主席在延安文艺座谈会指示的文艺方针努力实践，所以文艺真正成为工人阶级领导的伟大革命事业中的一个重要的组成部分了，文艺真正能为革命的政治，能为广大的工农兵群众服务了，文艺队伍成了很受人民热爱的一支光荣的队伍了，文艺空前的得到发展了"。在此基础上，柯仲平具体分析了坚持毛泽东文艺方针，坚持工农兵方向的重要性以及具体措施[①]。

应该说，这次文艺界整风学习的性质基本上还是属于统一思想的运动，并不像后来的政治运动那样无限上纲。但由于整风关注的是文艺的社会意识形态性，是文艺与政治的关系，因此文艺自身的特殊规律，文艺区别于其他意识形态的特点，都没有得到深入探讨。同时整风运动与知识分子改造运动都采用了人人过关、个个检讨的简单化方式，对于不同观点没有采取真正平等宽容的态度，在很大程度打击了知识分子和文艺工作者的积极性，使他们产生了畏惧心理。对此，周扬也是承认的。依据周巍峙回忆，"1952年7月15日，周扬在全国电影制片厂厂长联席会议上讲到1951年开始进行文艺整风的正面和负面的影响，好处是在文艺的领导机关及领导人中提高了文艺思想，明确了方向，但也引起教书的人不敢写书了，写文章的人不敢写文章了，而最大的问题是一年多没有本子，电影厂的生产几乎停顿了一年，不管客观情况如何，总是一大损失"[②]。周扬说的这种情况其实具有普遍性，而不是仅仅是电影界的现象。

三 《红楼梦》研究批判

思想改造运动结束后，思想文化界出现两年左右的相对平静，文艺政

[①] 柯仲平：《为坚持毛主席的文艺方针而奋斗》，《文艺报》1952年第11、12号合刊。
[②] 周巍峙：《周扬与文化工作》，《中国文化报》1998年5月8日。

策、教育思想等也出现了调整的迹象，但是这种平静很快被对俞平伯的《红楼梦》研究的批判所打破。

（一）事件始末

1954年9月1日，山东大学《文史哲》杂志在第9期发表了李希凡、蓝翎与俞平伯商榷的文章《关于〈红楼梦简论〉及其他》，批判了俞平伯《红楼梦》研究中的唯心主义、形式主义、繁琐考证的方法以及"自传说"。此文得到毛泽东的欣赏。江青于本月下旬到《人民日报》找周扬、邓拓、林默涵、冯雪峰等人，要求《人民日报》转载李、蓝的文章，周扬等人以这是"小人物"的文章以及"党报不是自由辩论的场所"等为由拒绝转载。作为折中，《文艺报》于10月初（第18号）转载了李、蓝的文章。10月10日，《光明日报》发表了李、蓝的文章《评〈红楼梦研究〉》，两家报纸都加了"编者按"。

此事引起毛泽东的极大不满。10月16日，毛泽东发表《关于〈红楼梦〉研究问题的信》[①]，批评所谓"大人物"联系资产阶级在唯心论方面讲统一战线，"甘愿做资产阶级的俘虏"，是"投降主义"；表示了对《文艺报》和"大人物"压制"小人物"文章的不满，提出"这个反对在古典文学领域毒害青年三十余年的胡适派资产阶级唯心论的斗争，也许可以开展起来了"[②]。由此，由毛泽东亲自发动的全国范围的《红楼梦》研究批判运动拉开帷幕，而且把此事和胡适联系起来，说明毛泽东批判俞平伯《红楼梦》研究的真正目的是在学术界肃清以胡适思想为核心的"资产阶级唯心主义"的残余。这封信表明：尽管经过了多次的思想整肃，但毛泽东对思想文化界，特别是学术研究界的状况依然是极度不满的，在《红楼梦》研究这样一个几乎是"纯学术"的领域搞这样一场声势浩大的批判运动，其真正目的是以此为突破口进一步确立马克思主义在学术研究领域的绝对领导地位（很明显，对俞平伯的《红楼梦》研究的批判相比于知识分

---

① 又作《关于〈红楼梦〉问题的一封信》，系毛泽东写给中央政治局的信。参见李辉《胡风集团冤案始末》，湖北人民出版社2003年版，第145页。

② 见张炯主编《中国新文艺大系（1949—1966）理论·史料集》，中国文联出版公司1994年版，第4页。

子思想改造和文艺界整风，更多地指向学术领域）。

1954年10月18日，中国作协党组开会传达毛泽东信的精神，22日传达了毛泽东关于批判俞平伯《红楼梦》研究和胡适反动思想的口头指示。23日，《人民日报》发表钟洛的文章《应该重视对〈红楼梦〉研究中的错误观点的批判》，24日又发表李希凡、蓝翎的文章《走什么样的路？——再评俞平伯先生关于〈红楼梦〉研究的错误观点》。就在同一天（10月24日），中国作家协会古典文学部召开了关于《红楼梦》研究问题讨论会。10月26日的《人民日报》《光明日报》以及10月28日的《文汇报》，都分别报道了这次会议的情况。11月14日的《光明日报》以发言先后为序，将这次座谈会的发言记录全部发表。京、沪两地的三大报纸，都如此重视这次会议，这种不同寻常的举动，已然引起了全国人民的注意。

10月27日，中宣部副部长陆定一向毛泽东和中央提交了中央宣传部关于展开《红楼梦》研究批判的报告。报告指出："消除胡适资产阶级唯心主义在古典文学研究界的影响，是一场严重的斗争"，"这次讨论的目的，是要在关于《红楼梦》和古典文学研究方面与资产阶级唯心论划清界限，并进而运用马克思主义的观点和方法对《红楼梦》的思想性和艺术性作出较全面的分析和评价，以引导青年正确地认识《红楼梦》"。报告还指出，"这次讨论不应该仅停止在《红楼梦》一本书和俞平伯一个人上，也不应仅限于古典文学研究的范围内，而应该发展到其他部门去，从哲学、历史学、教育学与语言学等方面，彻底批判胡适的资产阶级唯心论的影响"。毛泽东在这一报告上批示"刘、周、陈、朱、邓阅。退陆定一照办"[①]。这样的表述再次证明：批判俞平伯《红楼梦》研究的目的，是在学术研究领域中肃清胡适的"流毒"。

1954年10月28日，《人民日报》发表袁水拍的文章《质问〈文艺报〉编者》，将批判的矛头直接指向了《文艺报》，批判迅速升级。10月31日至12月8日，中国文联主席团和中国作家协会主席团召开了8次扩大联席会议，就反对《红楼梦》研究中的胡适派资产阶级唯心论的倾向、

---

① 毛泽东：《对陆定一关于展开〈红楼梦〉研究问题的批判的报告的批示》，见《建国以来毛泽东文稿》第4册，中央文献出版社1990年版，第587—588页。

《文艺报》在关于《红楼梦》研究问题上的错误等问题展开了热烈讨论，并检查了《文艺报》的整个工作，听取主编冯雪峰、副主编陈企霞的检讨。在 12 月 8 日的最后一次会议上，通过了《关于〈文艺报〉的决议》，把《文艺报》的错误定性为："对于文艺上的资产阶级错误思想的容忍和投降；对于马克思主义新生力量的轻视和限制；在文艺批评上的粗暴、武断和压制自由讨论的恶劣作风。"[1] 文联主席郭沫若，作协主席茅盾，作协副主席、中宣部副部长周扬在会议上也讲了话。郭沫若作了《三点建议》的发言，茅盾作了题为《良好的开端》的发言，周扬作了题为《我们必须战斗》的发言。会议还通过了《关于〈文艺报〉的决议》，撤去了冯雪峰的《文艺报》主编职务。12 月 9 日、10 日《人民日报》刊登了周扬的讲话。这些发言从不同角度阐明、发挥了毛泽东信中的指示精神。

在此期间，11 月 4 日，《人民日报》发表冯雪峰《检讨我在〈文艺报〉所犯的错误》一文。11 月 8 日，郭沫若在接受《光明日报》记者采访时说，讨论的范围要广泛，应当不限于古典文学研究的一方面，而应当把文学艺术界的一切部门包括进去；在文化艺术界的广大领域中，特别是在历史学、哲学、经济学、建筑艺术、语言学、教育学乃至于自然科学的各部门，都应当来开展这个思想斗争。郭沫若的说法道出了这个运动的本质：从《红楼梦》研究入手规训整个人文社会科学乃至自然科学，实现对它的马克思主义改造。

1955 年 1 月 26 日，中共中央发出《关于在干部和知识分子中组织宣传唯物主义思想批判资产阶级唯心主义思想的演讲工作的通知》，同时批转《中央宣传部关于开展批判胡风思想的报告》。通知指出："对俞平伯《红楼梦》研究的错误思想的批判已告一段落，对胡适派思想的批判已经初步展开，对胡风及其一派文艺思想的批判亦将展开。"这个通知标志着批判运动的重点的转移。通知强调："思想战线是社会主义革命中的一条极端重要的战线，不加强这条战线，不首先在这条战线上取得胜利，就不能保证在实际斗争中取得社会主义的胜利。"通知仍然把当时中国的思想形势估计得极度严重，指出"不但在党外知识分子中，而且在党内干部

---

[1] 见《人民日报》1954 年 12 月 9 日，《文艺报》1954 年第 23、24 号合刊。

中，还有许多人在实际上分不清唯物主义和唯心主义的区别"①。

1955年2月，俞平伯在《文艺报》第5号发表《坚决与反动的胡适思想划清界限——关于有关个人〈红楼梦〉研究的初步检讨》，承认自己30年来的《红楼梦》研究工作，犯的最严重的错误，"自其基本性质来说，便是不能掌握历史唯物主义的观点方法全面地分析作品，相反地以资产阶级唯心论的观点方法去追求作者的企图"，表示"拥护这次对《红楼梦》的研究所引起的反对资产阶级唯心论的斗争"，"坚决和胡适以及一切反动的敌对思想划清界限"。

1955年3月1日，中共中央发出《关于宣传唯物主义思想批判资产阶级唯心主义思想的指示》，指示指出，随着社会主义建设和社会主义改造的进展，阶级斗争更为复杂和尖锐起来了。资产阶级错误思想在广大劳动人民中间，在知识分子中间，在学术和文化领域中间，以至在党内很大一部分党员和干部中间，都还有深刻影响。因此，必须唤起全党的注意，进一步认真地加强党的思想工作。各级党委加强对理论工作的领导，组织和培养理论工作的队伍，在广大人民和党员中、在党内外知识分子中、在学术和文化的各个领域中，宣传唯物主义思想，批判资产阶级唯心主义思想，为实现党的总路线而斗争。指示认为，当时进行的在各个学术领域中对资产阶级唯心主义思想的代表人物的批判，是非常必要的，是宣传唯物主义、推动科学和文化进步、促进各个学术领域中马克思主义新生力量的成长的有效方法，也是培养和组织理论工作的队伍的有效方法。为此，指示要求必须在全国范围内进行一个长期的思想运动②。1955年4月11日，《人民日报》发表社论《展开对资产阶级唯心主义思想的批判》，力图把对资产阶级唯心主义思想的批判引向深入。1955年5月，中共中央批转了中宣部《关于胡适思想批判运动的情况和今后工作的报告》，对这场运动做了总结。1955年，作家出版社编辑出版了《红楼梦问题讨论集》，共4集，收录了1954年9月至1955年6月全国各报刊发表的讨论文章129篇。

---

① 《中国共产党宣传工作文献选编（1949—1956）》，学习出版社1996年版，第901页。
② 中共中央文献研究室编：《建国以来重要文献选编》第6册，中央文献出版社1993年版，第63—75页。

前两集主要是针对俞平伯和胡适的批评性文字,后两集则侧重正面论述《红楼梦》的思想和艺术成就。据统计,从 1954 年 10 月开始,至 1955 年 12 月止,全国各地的报刊,大量发表有关《红楼梦》研究的批判文章,其中期刊部分,1954 年 10—12 月间发表论文 119 篇,1955 年 1—12 月间发表论文 103 篇;报纸部分,1954 年 10—12 月间,发表论文 149 篇,1955 年 1—12 月间,发表论文 91 篇,合计 442 篇[①]。

(二) 批判的内容

俞平伯关于《红楼梦》的基本观点是:《红楼梦》是带有曹雪芹自传性质的小说,在艺术上受到了《金瓶梅》《西厢记》的影响。《红楼梦》基本主题是色、空,基本风格是"怨而不怒"。李希凡、蓝翎在批判俞平伯的那两篇文章中[②],则运用马克思主义的阶级分析方法指出:曹雪芹生活在清王朝行将衰败的时代,他从自己的家庭遭遇和生活体验中已预感到本阶级必然灭亡的历史命运。他将这种预感和封建统治集团内部崩溃的活生生的现实,以完整的艺术形象体现在《红楼梦》中,从而具有强烈的现实主义力量。尤其是曹雪芹虽有着某种政治上的偏见,但并没因此对现实生活作任何不真实的描写与粉饰,没有歪曲生活的真面目,而是如实地从本质上把它客观反映出来。这更显示出小说现实主义创作方法的伟大成就。小说的主人公宝玉和黛玉,都是作者所创造并肯定的人物形象,他们是封建官僚家庭的叛逆者。他们反对礼教传统,蔑视功名利禄。他们的思想已从原阶级的体系中分离出来,向封建礼教发出了第一声抗议。这些都是小说现实主义创作方法的体现,也是人民性的体现。

在此基础上,李希凡、蓝翎对俞平伯在《红楼梦简论》乃至《红楼梦研究》中的主要观点提出了尖锐的批评。他们认为,俞平伯过分注重考证,仅仅停留在局部问题的考证上,迷惑于作品的个别章节和作者对某些

---

① 欧阳健等:《红学百年风云录》,浙江古籍出版社 1999 年版,第 150 页。
② 此节中李希凡、蓝翎对《红楼梦》研究的批判引文都出自两人的《关于〈红楼梦简论〉及其他》和《评〈红楼梦研究〉》两篇文章中,行文中不再一一注明出处。

问题的态度,而"未能从现实主义的原则去探讨《红楼梦》鲜明的反封建的倾向,所以只能得出模棱两可的结论"。

第一,针对俞平伯偏重考证的研究方法,他们指出,"仅仅停留在局部问题的考证上,不能从理论上作出全面的评价,应该说,这还不能算作研究工作的主要部分";而过分注重考证,就会把《红楼梦》这样一部现实主义杰作,还原为事实的被动的、毫无选择的"真的记录"。他们指出,俞平伯在《红楼梦研究》一书中谈到《红楼梦》的风格时,首先肯定它的"最大手段是写生",而俞平伯所谓的"'写生'就是'记实'","这样,在《红楼梦》中所表现出的'写生'的特征,就是写了一些极平凡的人物,'并且有许多极污下不堪的'"。"这些意见很明显地表示出俞平伯先生所理解的《红楼梦》的艺术方法,也就是记录事实的自然主义写生方法。"用自然主义的方法代替现实主义方法,"其结果就产生了一些原则性的错误"。他们认为:"《红楼梦》所以成为现实主义杰作,却并非像这些自然主义歌颂者们所称颂的简单地复写客观事实真相。恰恰相反,曹雪芹是从事实的真相中概括出典型的现象,进而写出了社会发展的真实来。它不仅暴露现实中丑恶的一面,同时也创造出了他理想中的新人,体现了作者所理解的美,因而也就必然引导人们同作者一道去追求真正美的现实。它不仅显示了对于真的追求的现实主义精神,同时也表明了作者对于美的追求的生活理想。真和美的综合才使《红楼梦》博得现实主义的高度成就。"

第二,就俞平伯所提出的《红楼梦》"色""空"的观念,他们认为,既然《红楼梦》是色空观念的表现,那么,"书中人物也就不可能是带着丰富的现实生活色彩的'典型环境里的典型性格',而是表现这个观念的影子……所以把《红楼梦》解释为'色''空'观念的表现,就是否认其为现实主义的作品……俞平伯先生既然把《红楼梦》的内容归结为'色''空'观念,因此也就必然会引出对人物形象观念化的理解"。

第三,就俞平伯对《红楼梦》人物的分析,李希凡、蓝翎认为,俞平伯对于《红楼梦》中人物的考证,也是脱离了它的社会内容和作者的身世进行孤立的考察。他们说:"贾宝玉不是畸形儿,他是当时将要转换着的社会中即将出现的新人的萌芽,在他的性格里反映着人的觉醒,他已经感受到封建社会的一切不合理性，他要求按照自己的理想生活下去。这种性格愈发展愈明显愈强烈，也就与封建官僚地主阶级所要求他的距离愈大，当时的社会也就会更加迫害他，贾宝玉的性格与社会的冲突也就愈来愈尖锐。但是当时的社会却是没有给这样的人准备下出路，这些'英雄'也只能够以个人的形式去反抗当时的社会，同时也注定了他反抗的无力，因而他的结局就只能是悲剧的。但这不是个人的悲剧，因为正是通过了贾宝玉的悲剧性格，透露了社会新生的曙光。贾宝玉的出走正是象征着封建社会的必然灭亡，天才的被毁灭，是社会的崩溃的预兆。"而"俞平伯先生所推断的贾宝玉贫穷而后出家的结局，就失去了这样的社会内容，也抽掉了他的积极意义，使贾宝玉从一个反封建的英雄变成为逃避贫穷而遁入空门的市侩。这对这个光辉的艺术形象，是一个显著的歪曲"。而针对俞平伯提出的所谓"钗黛合一"，他们认为这"明显调和了其中尖锐的矛盾，抹煞了每个形象所体现的社会内容，否定了二者本质上的界限和差别，使反面典型与正面典型合二为一。这充分暴露了俞先生对现实主义人物创造问题的混乱见解……总之，俞先生是以反现实主义的唯心论的观点分析和批评了《红楼梦》"。

第四，关于俞平伯说的《红楼梦》"怨而不怒"的风格，他们指出，俞平伯先生离开了现实主义的批评原则，离开了明确的阶级观点，从抽象的艺术观点出发，本末倒置地把《水浒》贬为一部过火的"怒书"，且对所谓《红楼梦》的"怨而不怒"的风格大肆赞扬，"实质上是企图减低《红楼梦》反封建的现实意义"。李希凡、蓝翎指出："俞平伯认为《水浒》、《金瓶梅》、《儒林外史》等书作者的态度太不温厚，对现实的激愤有些'过火'，缺少含蓄，不如《红楼梦》的'平心静气'。而实际上，这些特点却正是这些伟大的现实主义作家们对生活矛盾更深刻的揭露，并且明显地流露着作者的反抗情绪。因之这并不是缺点，而是中国文学最光辉的富有战斗性的现实主义传统。""俞平伯先生所谓'怨而不怒的风格'的实质，是他对《红楼梦》的自然主义见解的另一表现。这就是说曹雪芹只是客观地记录自己的'情孽'经过，并没有通过人物形象情节，体现出作者的爱憎来，对于所有人都一视同仁，对于现实生活既不歌颂也不批判，只是复制和模写，这样的'怨而不怒'的艺术方法所创造出来的作品自然会成为'好一面公平的镜子啊！'""但是，现实主义文学发展的历史却否定了俞平伯先生的论点。现实主义的创作总是通过自己的作品积极地反映现实，这种反映现实的态度本身就渗透着作者对现实生活的美学评价。正因为这样，他们的作品才能积极地影响现实，唤起人们对现实的爱憎感，并为美好的理想去斗争。文学史上从来没出现过缺乏明确社会见解的作品。所以俞平伯先生对《红楼梦》及其作者的自然主义评价是和现实主义相违背的。"

此外，就俞平伯的《红楼梦》脱胎于《金瓶梅》一说，他们认为，《金瓶梅》是托宋朝事来暴露明朝新兴商人兼恶霸官僚的腐朽生活的现实主义杰作，而《红楼梦》则是没落的封建官僚地主阶级的挽歌。后者在创作方法上受前者的影响是可能的，而且也是必然的。但是，后者绝不可能是"脱胎于前者"，俞平伯"不加具体的分析，而确定《红楼梦》从《金瓶梅》那里承继了抽象的'色空观念'，这首先就从理论上否定了二者是现实主义作品"。

总之，他们在肯定《红楼梦》的现实主义成就的基础上，批判了俞平伯《红楼梦》研究的"主观主义变形的客观主义态度"，并认为这种态度使得俞平伯"把红楼梦看成一部自然主义的写生作品。因而否定了它的现实价值，歪曲了作者的创作方法"，"从文学批评观点上说，俞平伯先生的见解就是反现实主义的主观主义的立场"。平心而论，俞平伯的确不是革命的马克思主义者，其研究《红楼梦》也的确不是运用马克思主义的方法，不可能从《红楼梦》中挖掘教育人民的现实意义。他对《红楼梦》的研究、考证完全出于自己的学术兴趣，与"阶级"、"政治立场"等不沾边。但即使如此，他主观上也绝没有反马克思主义和反唯物主义的意图和动机。

应该承认，李希凡、蓝翎对俞平伯的批判尽管使用了一些比较尖刻的言辞，但依然没有超出学术研究的范畴。但是毛泽东《关于〈红楼梦〉研究问题的信》大大提升了批判的级别，并从学术领域转向了政治领域，并改变了其学术讨论的性质。在通信的开头就确定了这次批判的性质是与"资产阶级唯心论"的斗争。在这封信的结尾，毛泽东虽然强调"俞平伯这一类资产阶级知识分子，当然是应当对他们采取团结态度的",但党政治运动来临时,人人自危,人人自保,"团结"是根本谈不上了。

1954年10月23日《人民日报》发表的钟洛的文章《应该重视对〈红楼梦〉研究中的错误观点的批判》,具体阐释了毛泽东通信的内容,进一步升级了对俞平伯的批判。文章首先把俞平伯和胡适联系了起来,一并打入"资产阶级的'新红学家'"之列:"'五四'以前的'红学家'们就很不少,'五四'以后又出现了一些自命为'新红学家'的,其中以胡适之为代表的一派资产阶级的'新红学家'占据了支配地位,达三十余年。直到今天,我们仍然可以从俞平伯先生关于《红楼梦》的论著中看到胡适之派的资产阶级反动的实验主义对待古典文学作品的观点和方法的继续。"接下来,又依据李希凡、蓝翎两篇文章的基本观点,对《红楼梦》研究的主要观点和方法进行了"联系胡适"的批判,认为李希凡、蓝翎的批判"是三十多年来向古典文学研究工作中胡适之派的资产阶级立场、观点、方法进行反击的第一枪,可贵的第一枪!"而"这一枪之所以可贵,就是因为我们的文艺界,对胡适之派的'新红学家'们的资产阶级立场、观点、方法在全国解放后仍然在古典文学研究中占统治地位这一危险的事实,视若无睹。这两篇文章发表前后在文艺界似乎并没有引起应有的重视"。所以,"我们对于优秀的文学遗产"的研究,"迄今为止,仍未脱离资产阶级的唯心主义、主观主义、反现实主义的影响"。文章最后号召:"现在,问题已经提到人们的面前了,对这个问题应该展开讨论。这个问题,按其思想实质来说,是工人阶级对资产阶级在思想战线上的又一次严重的斗争。这个斗争的目的,应该是辨清是非黑白,在古典文学研究工作的领域里清除资产阶级的唯心主义的、主观主义的立场、观点和方法;正确地学习运用马克思主义的唯物主义的、科学的立场、观点和方法。每个文艺工作者,不管它是不是专门从事古典文学研究工作的,都必须重视这个思想斗争"。

此后的批判文章,基本观点大致相同,批判调子也高度一致。比如郭沫若说:"俞平伯先生的研究之所以成为了问题,是他三十年来,特别是自解放以来,在思想、立场和方法上,都没有什么改变。这种情况特别突出地表现在俞平伯先生对王佩璋的文章的删改上。那表露了俞平伯先生不仅没有摆脱资产阶级唯心论的影响，而且还有浓厚的封建思想的残余。"①周扬说："俞平伯先生是胡适派资产阶级唯心论在《红楼梦》研究方面的一个代表者。俞平伯的考证和评价《红楼梦》，也是有引导读者逃避革命的政治目的。"②

对于毛泽东发动的这次大批判，有学者明确指出，这和他亲自发起的对电影《武训传》的批判运动的历史背景、政治意图都是一脉相承的，其所遵循的方法也大同小异。批判俞平伯的《红楼梦》研究只是导火线，批判的主要目标是胡适，主要意图是清除政治、哲学和文化学术领域里的以胡适为代表的资产阶级思想影响③。毛泽东亲自发起这场批判运动，从根本上说是出于政治目的④。新中国成立后，随着民主革命任务的基本完成，工人阶级与资产阶级的矛盾已成为社会的主要矛盾。党提出过渡时期的总路线，对私有生产资料实行社会主义改造。与之相应，在思想文化领域展开与资产阶级及其思想意识的斗争，便成了革命的主要任务。

（三）《红楼梦》研究批判对文艺学的影响

这次批判的特点与此前的文艺界批判运动既有沿袭又有其特殊性。特殊性表现在它是在一个看似远离政治的古典文学领域展开，是要在古典文学研究中破除资产阶级唯心主义思想的影响；而共同点则都是确立马克思列宁主义的立场、观点和方法的绝对主导地位。其运作方式也是相似的，即"从一个具体的人、一部具体的作品入手，掀起一场规模浩大的批判运动，并且很快将批判的矛头指向一个更为广泛的对象"。这成为 1949 年后在文学和文化领域开展批判运动的惯常模式⑤。

就文艺学领域而言，这次批判使马克思主义的历史唯物主义批评方法

---

① 郭沫若：《三点建议》，见《批判〈红楼梦〉研究中的资产阶级思想》，河南人民出版社1955 年版，第 1—2 页。
② 周扬：《我们必须战斗》，《人民日报》1954 年 12 月 10 日。
③ 朱寨主编：《中国当代文学思潮史》，第 159 页。
④ 同上书，第 183 页。
⑤ 董健等：《中国当代文学史新稿》，人民文学出版社 2005 年版，第 32 页。

成为文学史、文学理论、当代文艺思潮研究的共同遵守的方法。① 具体而言就是要遵循两条原则：一是"文学艺术是反映社会物质存在的社会意识形态之一，在阶级社会里，它们不能不反映不同阶级的观点和利益，为不同的阶级服务"②。另一条是"文艺上的思想倾向的斗争总是反映阶级斗争的过程的"③。此后，这两条实际上成为整个文学艺术研究，特别是文艺学研究不能逾越的原则教条。

《光明日报》在发表李、蓝的《评〈红楼梦研究〉》一文的"编者按"中，就明确指出："目前，如何运用马克思主义科学观点去研究古典文学，这一极其重要的工作尚没有很好地进行，而且也急待展开。"在中国作家协会古典文学部召开的关于《红楼梦》研究问题座谈会上，很多学者把马克思主义与俞平伯的"资产阶级思想"相对立，强调前者的绝对正确性。比如吴组缃在发言中评俞平伯说：你"若是学习着用马克思列宁主义文艺理论来从事研究，有什么问题研究不明白呢？"舒芜说："今天指导我们思想的是马克思主义思想，用马克思主义的观点研究作品中的人民性和现实性是有力的条件。俞先生如果解放以后思想很明确的话，决不至愈研究愈糊涂。"何其芳说，俞平伯先生缺乏马克思列宁主义的观点，"所以在研究《红楼梦》的书中就产生了一系列的错误；李、蓝两位同志用这些观点来研究《红楼梦》和俞平伯先生的著作，所以就达到了许多基本问题都正确的结论"。杨晦说："在文学研究方面清除资产阶级思想原很困难。像用马克思列宁主义理论如何与具体问题结合，考据到底起些什么作用，都是不很容易解决的问题。当然，掌握马克思列宁主义不掌握确实的资料也是一个问题，过去许多人在考据上下过功夫，假使他们掌握了马克思列宁主义，那么，他们的考据就会更有价值。"④ 在这些发言中我可以看到，当时人们虽然明确了运用马克思主义的立场、观点和方法去分析问题的重要性，但在理解和运用时显然有机械化和教条主义的倾向。对于如何运用马

---

① 陈晋：《毛泽东与文艺传统》，中央文献出版社1992年版，第149页。
② 何其芳：《没有批评，就不能前进》，《文汇报》1954年11月25日。
③ 周扬：《我们必须战斗》，《文艺报》1954年第23、24合刊。
④ 会议记录见《中国作家协会古典文学部召开的红楼梦研究座谈会》，《光明日报》1954年11月14日。

克思主义，尤其是把马克思主义作为指导思想而不是机械教条、标签和帽子进行运用，如何尊重学术研究的自主性、尊重文学和文学研究的自身规律，特别是如何保证那些不那么意识形态化的文学研究存在的合法性，这些问题或论述很少，或根本没有涉及。

从这个角度看，何其芳的观点还是比较可取的。他在《没有批评，就不能前进》发言中，一方面指出："马克思列宁主义研究文学艺术的时候，就不能限制于只考察作者和作品本身，必须了解当时的社会经济情况，阶级的情况，政治情况，以及文化思想情况，然后才可能判断作品所表现的思想是属于什么阶级或什么阶层，然后才可能判断它在当时是进步的还是反动的。"但与此同时，他又不忘记补充说："马克思列宁主义认为文学艺术是社会意识形态之一，同时又指出文学艺术具有不同于其他社会意识形态的特点，就是用形象来反映社会生活的特点。因此，马克思列宁主义研究文学艺术的时候，就不能限制于只考察作者的阶级立场和主观思想，必须充分了解它们通过艺术的形象所反映出来的全部社会生活所包括的客观思想和社会意义。忠实地描写社会生活的古代的杰出的作家，他们的作品的内容总是突破了他们的主观意图和阶级偏见的限制，通过形象所反映出来的社会生活本身总是显示了比他们原来所意识到的远为巨大远为深刻的意义。恩格斯把这称为现实主义的伟大胜利。"[①]

应该说，这样的认识是比较恰当和公允的，对于发展新中国文艺批判、文艺学有积极的作用，但可惜的是，这样的意见是凤毛麟角。在政治斗争的浪潮中，马克思列宁主义往往会成为政治斗争的武器而非真正的文艺批评方法。

对俞平伯《红楼梦》研究的批评持续时间仅两个月左右。1956年5月26日，陆定一在关于"双百"方针的报告中说，批判俞平伯《红楼梦》研究以及学术研究中的资产阶级唯心主义的斗争，"基本上是做得对的，在分寸的掌握上也大体是对的。但缺点和错误还是有的。例如俞平伯先生，他政治上是好人，只是犯了在文艺工作中学术思想上的错误"，但有些文章"缺乏充分的说服力量，语调也过分激烈了一些"。但是据说这篇

[①] 何其芳：《没有批评，就不能前进》，《文汇报》1954年11月25日。

报告在修改准备发表时，袁水拍、何其芳提了意见，也有人主张删去。可见即使在当时提倡"双百"方针的相对宽松的语境下，仍然存在意见分歧。到了1985年，中国社会科学院院长胡绳在庆祝俞平伯从事学术研究65周年的纪念大会上的讲话，才比较彻底地对此进行了反思。除了正面评价俞平伯是"有学术贡献的爱国者"，"在《红楼梦》研究领域有开拓性研究"之外，胡绳还直言1954年对他进行的"政治性的围攻，是不正确的"，"这种做法不符合党对文学艺术所应采取的双百方针"。《红楼梦》研究中涉及的曹雪芹的自传说等问题，"只能由学术界自由讨论"，党对此"不需要做出任何裁决"。"1954年的那种做法既在精神上伤害了俞平伯先生，也不利于学术和艺术的发展。"①

三 胡风文艺思想批判

"胡风反革命集团"案，是新中国成立后发生在文艺领域中的第一大案，其牵扯面之广、延续时间之长，恐怕是中国现当代文坛上绝无仅有的。从1955年胡风被捕，到1980年胡风在政治上平反，直至1988年胡风在文艺思想、宗派等问题上彻底平反，在这一长达30余年的文坛公案中，有数以千计的人受到牵连，甚至受审入狱，而被正式定为"胡风反革命集团"成员的就有78人之多。

"胡风"案由最初的文艺思想领域内的批判最终升级为反党、反革命集团案件，并不是偶然的，它集中体现了1949年以后左翼文学内部在对文学与政治关系的理解，特别是对毛泽东《讲话》的认识等问题上的重大分歧和严重冲突②。而这种冲突有着深刻的历史渊源并牵涉文艺界的宗派斗争和个人恩怨③。由于胡风文艺思想主要形成于新中国成立前，新中

---

① 《俞平伯先生从事学术活动六十五周年纪念文集》，巴蜀书社1989年版，第3—4页。
② 洪子城：《关于50至70年代的中国文学》，《文学评论》1996年第2期。
③ 在毛泽东亲笔撰写的署名为"人民日报编辑部"的《关于胡风反革命集团的材料》一书的序言中，他说："作为一个集团的代表人物，在解放以前和解放以后，他们和我们的论争已有多次了。"《关于胡风反革命集团的材料·序言》，人民出版社1955年版，第2页。

国成立后胡风写的《关于解放以来的文艺实践情况的报告》（即所谓《三十万言书》）也主要是对他以前文艺思想的重申（虽然中间有所调整），因此本节我们并不着重分析胡风的文艺思想，而是对胡风案的始末进行梳理和分析，以此来探讨此案对当代文艺学的影响。

（一）历史宿怨：胡风新中国成立前的文艺理论

从20世纪30年代开始，胡风就在一系列文艺思想上，与周扬、毛泽东等人产生了矛盾和冲突，这种矛盾和冲突在整个20世纪40年代时隐时现并逐步激化，结下了历史宿怨①。我们认为，胡风与周扬等中国共产党的文艺领导人的矛盾冲突、左翼文艺阵营内部的分歧斗争，并非完全是"文人相轻"和争权夺利，而是隐含了一系列文艺观点方面的根本分歧，其中对新中国成立后胡风案产生重大影响的，是关于民族形式和主观论的论争。

关于"民族形式"

1938年10月，毛泽东在《中国共产党在民族战争中的地位》中提出"洋八股必须废止，空洞抽象的调头必须少唱，教条主义必须休息，而代之以新鲜活泼的、为中国老百姓所喜闻乐见的中国作风和中国气派"②。这引发了当时文艺界自延安至重庆关于民族形式问题的大讨论。胡风在这次讨论后期出版了《论民族形式问题：问题底提出·争点·和实践意义——对于若干反现实主义的倾向的批判提要，并以纪念鲁迅先生底逝世四周年》的小册子③，阐述了自己对民族形式问题的看法，其中也涉及对五四新文学传统、现实主义理论等问题的认识。

胡风从内容与形式的辩证关系出发，强调内容决定形式，否认"民族形式"有相对独立性。胡风说："'民族形式'，不能是独立发展的形式，而是反映了民族现实的新民主主义的内容所要求的、所包含的形式。既然

---

① 参阅王丽丽《在文艺与意识形态之间——胡风研究》，中国人民大学出版社2003年版，第2章。
② 《毛泽东选集》第2卷，人民出版社1991年版，第534页。
③ 学术出版社1940年10月初版，后收入《胡风评论集》（中），人民文学出版社1984年版，以及《胡风全集》第2卷，湖北人民出版社1999年版。

是内容所要求的、所包含的,对于形式的把握就不能不从对于内容的把握出发,或者说,对于形式的把握正是对于内容的把握底一条通路。"① 由此出发,胡风明确指出:"民族形式是由于活的民族斗争内容所决定的,能通过具体的活的形象,即中国作风与中国气派成功地反映了特定阶段的民族现实,就自然是民族的形式。"② 在此基础上,胡风几乎反对一切主张采用民族形式的意见,比如"民族形式"应以"民间形式"为"中心源泉"、当时急迫的任务是要把握旧形式,等等。③ 这在胡风看来,是"文化上文艺上的农民主义"和"民粹主义的死尸"④,"都是绝对有害的理论,非彻底地得到肃清不可"⑤。

胡风甚至还认为,旧形式多少会结合着旧的内容,而且旧形式在本质上"尽着抵抗的作用,愈发展这抵抗作用就愈加强大",因此我们要"使这些复活了的旧的形式达到合理的消灭"⑥。胡风从内容出发对民族形式的这一认识,显然与毛泽东的认识是不同的,虽然他中间也不断提到毛泽东的"中国作风和中国气派"的说法,但其总体倾向是否定或贬低民族形式。

另外,对于民族形式与"五四"传统的关系,胡风认为,民族形式是"五四"先天具备或已经解决了的问题:"'民族形式',它本质上是五四的现实主义传统在新的情势下面主动地争取发展的道路。"⑦ 这在一定程度上也消解了毛泽东提出民族形式这一问题的意义和价值,而这其中涉及的对五四文学革命的不同认识和评价,造成了胡风与毛泽东更严重的分歧,胡风坚定捍卫"五四"的新文学和新文化的传统,而毛泽东则更看重通过农民喜欢的民族形式得达群众动员的目的。在某种意义上说,这是一个带着启蒙情结的五四知识分子与革命政治家的矛盾。

胡风在这个小册子中就"五四"文学革命的性质指出:"以市民为盟

---

① 《胡风评论集》(中),第258页。
② 同上书,第275页。
③ 同上书,第262—263页。
④ 同上书,第254页。
⑤ 同上书,第263页。
⑥ 同上书,第262页。
⑦ 同上书,第220页。

主的中国人民大众底五四文学革命运动,正是市民社会突起了以后的、累积了几百年的、世界进步文艺传统底一个新拓的支流。那不是笼统的'西欧文艺',而是:在民主要求底观点上,和封建传统反抗的各种倾向的现实主义(以及浪漫主义)文艺;在民族解放底观点上,争求独立解放的弱小民族义艺;在肯定劳动人民底观点上,想挣脱工钱奴隶底运命的、自然生长的新兴文艺。"① 在这里,胡风虽然在后半部分对西欧文艺做了进一步的界定,但"以市民为盟主"以及"世界进步文艺传统"明确了"五四"文学革命的资产阶级性质,它是资产阶级领导的世界资产阶级文艺的一部分。在后来的《三十万言书》中,胡风虽然也承认"以市民为盟主"的提法是错误的,是"违反了毛泽东的分析和结论的",但他又走向了另一极端,把"五四"新文学革命的性质又看成社会主义的,说《狂人日记》"就开辟了社会主义的道路",体现了"社会主义精神"。这也与毛泽东对"五四"性质的论述(无产阶级思想领导)相背。有论者指出,胡风对"五四"性质的界定,从逻辑上推断,既不强调"五四"的新文学是在无产阶级思想领导下、向着社会主义现实主义方向前进,又不突出《讲话》是"五四"传统的"最正确"的继承、发扬,并解决了"五四"没能解决的"根本性"问题(与工农群众的结合),那么,这自然可以理解为"正是以'五四'文艺传统来对抗毛主席讲话的精神的"②。在毛泽东的思想系统中,对"五四"的评价问题是一个非常复杂的问题,必须兼顾两个方面。一方面,不能彻底否定"五四",因为中国共产党的权威论述一直肯定"五四"是一场反帝反封建的进步爱国民主运动,标志着中国共产党领导的新民主主义革命的开始,而《讲话》是对"五四"精神的继承和发展;但另一方面,"五四"的性质又是资产阶级性质的,因此也不能过多肯定"五四",否则无异于否定"发展""五四"的必要性。"五四"的主要"问题"正在于其资产阶级性质,"五四"文艺的根本问题就是脱离工农兵,资产阶级和小资产阶级习气严重,洋腔洋调③。对这两个方面不能

---

① 《胡风评论集》(中),第234—235页。
② 洪子诚:《关于50至70年代的中国文学》,《文学评论》1996年第2期。
③ 参阅陶东风《文化民族性的重建——社会理论视野中的1958—1959年新诗讨论》,《文艺研究》2002年第3期。

"辩证理解",是胡风和毛泽东冲突的主要原因。

关于主观战斗精神

1945年1月,胡风在其主编的《希望》杂志创刊号上发表了舒芜的《论主观》一文,引起了文艺界关于主观问题的论战。这次论战与延安整风运动直接相关,关系到对延安整风和延安文艺座谈会的看法和态度,关系到"在这个新的历史时期,这大半个旧中国的文艺的任务是什么"的问题[①]。

《论主观》共有12个部分,从哲学史的角度论述了人的主观精神在改造世界中所起的作用以及在文艺创作中的地位。舒芜认为,"新哲学"已进入了"约瑟夫"(即斯大林)阶段,"今天的哲学,除了其全部基本原则当然仍旧不变外,'主观'这一范畴已被空前的提高到最主要的决定性的地位了"。而所谓"主观","即是一种能动的用变革创造的方式来制用万物以达到保卫生存和发展生存之目的的作用"。"'主观'并非'通过'社会而作用,实乃'带着'社会而作用",它经历了原始的萌发,充满矛盾的成长以及充分地向自然界开战三个阶段。而目前我们正处于第二个阶段,所以必须发挥积极的主观作用以克服消极的主观作用。在此基础上,舒芜提出了文艺上"主观精神"、"战斗要求"、"人格力量"三个口号,认为这三者是决定文艺创作的关键。

同期《希望》杂志还发表了胡风的《置身在为民主的斗争里面》,被看作是对舒芜《论主观》的呼应。在此文中,胡风力图从文艺反映伟大的民主斗争这个角度,说明文艺"要为现实主义底前进和胜利而斗争",但他强调的是主观在文艺创作中的作用,而且这个"主观"不是干巴巴的概念,而是作家在火热的生活实践中激发出来的主体性和能动性。胡风说:"文艺创造,是从对于血肉的现实人生的搏斗开始的",因而"要求主观力量底坚强,坚强到能够和血肉的对象搏斗,能够对血肉的对象进行批判"。"对于作家,思想立场不能停留在逻辑概念上面,非得化合为实践的生活意志不可。"[②] 而作家对于对象的体现过程或克服过程,在胡风那里被看作

[①] 朱寨主编:《中国当代文学思潮史》,第203页。
[②] 《胡风评论集》(下),人民文学出版社1985年版,第21—22页。

是作为主体的作家"不断的自我扩张过程，不断的自我斗争过程"，而这就是"艺术创造的源泉"。

舒芜的《论主观》以及胡风对之的呼应，立即引起了当时解放区和国统区文艺界的论争和批判①。南方局文委也迅速于1945年1月初召集有关人士座谈《论主观》，与会者对《论主观》、同时也对胡风提出严厉批评。但胡风似乎不为所动。《希望》杂志继发表《论主观》后，第2期又发表了舒芜的另一篇长篇论文《论中庸》。胡风在《编后记》中说，《论中庸》"在作者自己，以为可以作为《论主观》底补充"②。

值得补充交代的背景是：毛泽东的《讲话》在1944年1月1日在《新华日报》摘要发表。4月，何其芳和刘白羽到重庆传达《讲话》，国统区文人郭沫若、茅盾、夏衍等纷纷表态拥护，但胡风却不承认《讲话》对于国统区文艺有对根据地文艺那样的普遍指导意义，比如关于培养工农兵作家问题，胡风认为"我们在国民党统治下的任务应该是怎样和国民党的反动政策和反动文艺以至反动社会实际进行斗争，还不是，也不可能是培养工农兵作家"。如此等等。胡风以国统区不同的"环境与任务"为由，反对把《讲话》照搬到国统区，拒绝公开表态绝对拥护《讲话》③。正是在这样的背景下，胡风发表了舒芜的《论主观》，引发了他和毛泽东文艺思想及其阐释者们的第一次冲突。

1945年1月，南方局党的文艺领导人冯乃超召开小型座谈会，批评《论主观》，胡风拒不接受意见。甚至周恩来亲自出面找他谈话，告诉他"理论问题只有毛主席的教导才是正确的"，也无济于事④。1945年11月，胡乔木专程从延安到重庆解决进步文艺界的问题，并与舒芜进行了长谈。

---

① 如黄药眠发表《论约瑟夫的外套》（原载1945年冬湘西《艺林·副刊》，后载1946年3月1日《文艺生活·光复版》第3期。见《黄药眠文艺论文选集》，北京师范大学出版社1985年版)，何其芳《关于现实主义》（1946年2月3日重庆《新华日报》。见《何其芳选集》第2卷，四川人民出版社1979年版)，与吕荧的《关于"客观主义"的通信》（共3封信1个《附记》，3封信发表于11月15日《萌芽》第1卷第4期，《附记》发表于《萌芽》第1卷第5期。见《何其芳文集》第4卷，人民文学出版社1983年版)。

② 《胡风评论集》（下），人民文学出版社1985年版，第118页。

③ 参见于风政《改造》，第370—371页。

④ 同上书，第371页。

胡乔木指责《论主观》是唯心论，舒芜坚决否认。谈话没有取得结果。但胡乔木为《论主观》留下了两句总结性的判断："毛泽东同志对中国革命的伟大的贡献之一，就是把小资产阶级革命性与无产阶级革命性区别开来，而你恰恰是把两种革命性混淆起来"，"毛泽东同志说过：唯物论就是客观。……而你的《论主观》恰好是反对客观"①。

就在与舒芜谈话的同时，胡乔木还参加了《新华日报》社召开的《清明前后》与《芳草天涯》两个话剧的座谈会。在会上，他作了一个带有政策性的总结发言：

> 进一步说，今天后方所要反对的主要倾向，究竟是标语口号的倾向，还是非政治的倾向？有人以为主要的倾向是标语口号，公式主义，我以为这种批评本身，就正是一种标语口号或公式主义的批评，因为它只知道反公式主义的公式，而不知道今天严重地普遍地泛滥于文艺界的倾向，乃是更有害的非政治的倾向（这是常识的说法，当然它根本上还是一种政治的倾向）。有一些人正在用反公式主义掩盖反政治主义，用反客观主义掩盖反理性主义，用反教条主义掩盖反马克思主义，——反马克思主义成了合法的，马克思主义成了非法的，这个非法的思想已此调不弹久矣！有人说生活就是政治，自然，广义地说，一切生活都离不了政治，但因此就把政治还原成非政治的日常琐事，把阶级斗争还原为个人对个人的态度，否则就派定为公式主义，客观主义，教条主义，确是非常危险的。②

胡乔木的这段看似非常拗口的讲话的实际意义无非是：对于公式主义不能笼统批判，要看是什么样的公式主义，有些公式主义是必要的，而有些公式主义是不必要的，反复强调和重申党性原则就是必要的公式主义，反对党性原则、反对党对文艺的绝对领导，这样的反公式主义是不能接受的

---

① 舒芜：《回归五四·后序》，辽宁教育出版社 1999 年版，第 612—613 页。
② 《〈清明前后〉与〈芳草天涯〉两个话剧的座谈》，《中国抗日战争时期大后方文学书系》（第 2 编），重庆出版社 1989 年版，第 750—751 页。原载《新华日报》1945 年 11 月 28 日。

（等于公式主义）。胡乔木的谈话和发言显然并不完全针对舒芜和两部话剧，而是针对当时重庆的文艺界状况，尤其是舒芜、胡风一派人的思想；而胡乔木的发言也不只是他个人的意见，而是代表当时解放区的文艺政策①，因此胡风和胡乔木的分歧和冲突实际上体现了党的文艺政策与胡风思想的分歧和冲突。

1948年，香港出版了《大众文艺丛刊》（共6辑），这是党领导的文艺刊物。创刊号的总题目是"文艺的新方向"，集中批判胡风文艺思想。首篇是荃麟执笔的《对于当前文艺运动的意见》。该文指出了当时十年来文艺运动"处在一种右倾状态中"，"不自觉地削弱了自己的阶级立场"②，荃麟认为文艺思想上出现的这种混乱状态，"主要即是由于个人主义意识和思想代替了群众的意识和集体主义的思想"。接着，邵荃麟分析了个人主义文艺思想的表现，一是对所谓内在生命力与人格力量的追求，二是表现为浅薄的人道主义和旁观者微温的怜悯与感叹③。这显然是直指舒芜和胡风的主观论。

此后，《大众文艺丛刊》陆续发表了乔木（乔冠华）的《文艺创作与主观》、胡绳《评路翎的短篇小说》和《鲁迅思想发展的道路》，以及荃麟的《论主观问题》等文章，这些文章都主要批评"主观论"者同马克思主义、毛泽东文艺思想的原则区别和对立。

胡风在这次论争中并没有发表文章，但后来写了《论现实主义的路》（1948年9月）④，作为对他批评的总回答。这本小册子以批判主观·公式主义和客观主义为核心，延续了他以前的观点，因此也就等于表明他要继续坚持与《讲话》的分歧（甚至是对《讲话》的"扭曲性解释"⑤）。

---

① 早在1944年8月，重庆《新华日报》就转载了《中共中央宣传部关于执行党的文艺政策的决定》（此决定最早于1943年11月7日发出，延安《解放日报》11月8日发表，具体参阅第一章第二节），但显然没有引起当时重庆文艺界（当然包括舒芜、胡风等人）的重视。

② 《邵荃麟评论选集》（上），人民文学出版社1981年版，第135页。

③ 同上书，第137页。

④ 此作1949年前曾印行成小册子，1949年后先由上海泥土社于1951年出单行本，后又收入《胡风评论集》（下），人民文学出版社1985年版。

⑤ 参阅［韩国］鲁贞银《两种话语的冲突——论胡风〈论现实主义的路〉》，《文艺理论研究》2000年第4期。

首先，毛泽东针对主观主义而发动的整风运动，在胡风那里被解读、理解为是对他所指出的主观教条主义和经验主义，即"主观·公式主义"和"客观主义"的批判，因为这两者在胡风看来，或者机械照搬政治原则和政治理想，形成一个固定的理论模式和思想规范，成为公式化、僵化的主观主义，或主观化的本本主义；或者只停留在现实与经验的表面，被现实与经验的表面性或局部性所屈服所俘虏，成为否定人的主观力量和能动作用的经验主义。在胡风看来，这两者都消解了作家认识现实生活的力量。由此，胡风批判"主观·公式主义"和"客观主义"的目的是强调人的主观力量，强调人对现实的积极把握与征服，这样的认识至少与毛泽东原意表述是不一致的。

其次，在知识分子问题上，胡风也与毛泽东的认识发生了分歧。胡风认为，知识分子有不少是从贫困的处境里面苦斗出来的，"他们在生活上和劳苦人民原就有过或有着某种联系"，"他们和先进的人民原就有过或有着特种状态的结合"，而且，他们大多数也是"劳力出卖者"，甚至"不得不非常廉价地（有的比技术工人还不如）出卖劳力，委屈地（所学非所用）出卖劳力，屈辱地出卖劳力"。在关于知识分子在反帝反封建斗争中的作用上，胡风一方面认为知识分子在把革命思想最早传给人民中起到了"桥梁"作用（这是事实）；但另一方面，胡风却强调"革命知识分子是人民底先进的"，在反帝反封建的斗争中，是"所参加在内的或者独立担负的那些怒潮似的斗争底基本发动力量"。这显然与毛泽东对知识分子的认识是不同的。胡风甚至批判那种说"任何"知识分子的作家只能"实际上宣扬小资产阶级所有的一切"的说法，认为这是"文艺断种"论①。胡风虽然承认知识分子有"游离性"、"二重人格"等弱点，作家也需要进行自我改造，但改造的最佳途径是创作实践，通过创作实践克服二重性格，实现和人民群众的结合，而不是让作家离开创作岗位去做清教徒式的忏悔。以上这些观点很多是合乎实际的（比如说知识分子是革命的发动力量），但与毛泽东的知识分子改造理论是相悖的。

最后，在如何认识人民的问题上，胡风也延续了以前的观点，认为在

---

① 《胡风评论集》（下），第321—323页。

"人民"或"群众"这个范畴内包括了非常广泛的内容,不能笼统地把"人民"、"大众"看作是"善良的"、"优美的"、"坚强的"、"健康的"等等。胡风认为,"人民"里面占绝大多数的农民是小私有者,既是最先进的阶级,"那成员依然大都是在各种各样的情形里面带着各种各样的差度,须得经过长期的锻炼才能成为'自为的'阶级"的。而且中国的"人民"都是"在封建主义底几千年的支配下面生活了过来的",身上难免都会带上封建精神奴役的创伤。由此,胡风强调的是具体的人民与人民的活的、感性的生活。在此基础上,与人民结合,深入人民就不是抽象的,而是具体的,是与人民"活的内容"的结合,是"从生活实践开始,在创作实践里面完成"的结合,深入进去的是"平凡的但却深含着各种各样活的内容的具体的人民,甚至就是你身边左右的人民,不能是憧憬里的概念;要去汲取的是真实但却沉重的、活的、具体的、各种各样的担负生活的永生力量",只有这样,作家才能得到"客观真实性更高的主观思想力量"①。

胡风的小册子《论现实主义的路》发表后,由于当时正处于人民解放战争的高潮,因此并没有进一步引起论争,但他与毛泽东的分歧并没有就此成为历史。新中国成立后,对胡风的"历史清算"便拉开了帷幕。

客观地说,胡风文艺思想和毛泽东的确存在较大差异。除了上面这些外,还有其他方面的差异。比如,毛泽东说文艺"为工农兵服务",而胡风说"文艺为人民服务",而且胡风的"人民"概念不同于工农兵。他所指的"人民""并不是抽象的概念,而是活生生的感性的存在",或者说是"具体的人民",而"对于具体的人,不能视作阶级的'例证'"。再比如,在题材问题上,胡风认为文艺的题材不应该局限于表现工农兵伟大的革命斗争,甚至认为题材并不重要,反对"题材决定论"。他坚持作家应该写自己熟悉的生活,他说:"文艺作品底价值,它底对现实斗争的推进力,并不是决定于题材,而是决定于作家底战斗立场,以及从这战斗立场所生长起来的(同时也是为了达到战斗立场的)创作方法,以及从这创作方法获得艺术力量。"②但尽管如此,不能因此认为他的文艺思想是非马克

---

① 《胡风评论集》(下),第348—353页。
② 《关于结算过去》,《胡风评论集》(下),第99页。

思主义的或反革命的，是"革命文艺内部的反对派"①。

（二）"胡风集团"事件始末

在1949年7月的第一次文代会上，茅盾作了《在反动派压迫下斗争和发展的革命文艺》的报告，这个报告的主调不是陈述国统区进步文艺对革命的贡献，而是检讨进步文艺阵营内部的"错误理论"。报告的第三部分专门谈到了"关于文艺中的'主观'问题"，认为这"实际上就是关于作家的立场、观点和态度的问题"。这就把"主观"问题上升到政治的高度。茅盾指出，关于文艺上的"主观"问题，在几年前就成为国统区文艺界蓄积酝酿着的基本问题，不能不要求解决；而主观问题的实质，"是作家的立场问题，是作家怎样彻底放弃小资产阶级的主观立场，而在思想与生活上真正与人民大众相结合的问题"，"如果作家不能在思想与生活上真正摆脱小资产阶级的立场而走向工农兵的立场、人民大众的立场，那么文艺大众化的问题不能彻底解决，文艺上的政治性与艺术性的问题也不能彻底解决，作家主观的强与弱，健康与不健康的问题也一定解决不了。——从国统区这若干年来的文艺思想理论斗争中，也和在创作实践中一样，是只能得到这一个结论而不可能得到其他结论的"②。茅盾的发言实际上传达了要解决"主观"问题，实际上也就是胡风问题的信息。

在1952年的文艺整风学习运动中，舒芜迫于当时的压力，于5月25日武汉的《长江日报》上发表了《从头学习〈在延安文艺座谈会上的讲话〉》③，检查并完全否定了自己过去的观点，认为自己所写的《论主观》是一篇宣扬资产阶级唯心论的错误文章。他之所以写这篇文章，"实在是因为，当时好些年来，厌倦了马克思列宁主义，觉得自己所要求的资产阶级个人主义的'个性解放'，碰到了马克思列宁主义的唯物论观点和阶级

---

① 何其芳语，见何其芳《现实主义的路，还是反现实主义的路?》，《文艺报》1953年第3号。

② 张炯主编：《中国新文艺大系（1949—1966）理论·史料集》，第114—115页。

③ 亦见作家出版社编辑部编辑出版《胡风文艺思想批判论文汇集》（2集），1955年。胡风在召开第一次文代会开始就一直被边缘化，并与周扬等人冲突不断。参见李辉《胡风集团冤案始末》，湖北人民出版社2003年版。

分析观点，简直被压得抬不起头来"，于是就"尽量撷拾马克思列宁主义的名词术语，装饰到我的资产阶级的唯心论思想上去"①。在此文中，舒芜还以"揭秘"的方式，指出了当时国统区"某些文艺工作者"对毛泽东的《讲话》不屑一顾："十年前，《讲话》发表的时候，国民党统治区内某些文艺工作者，认为这些原则'对是对，但也不过是马列主义 ABC 而已，认为这是很容易解决，也早就解决了的问题'。"②舒芜虽然没有指名道姓，但几乎没人会怀疑他说的"某些文艺工作者"就是胡风，这就把胡风推到了《讲话》即毛泽东文艺思想的对立面，同时也把自己与之划清了界线。

1952 年 6 月 8 日，《人民日报》全文转载了舒芜的文章，并加"编者按"指出，发表《论主观》的《希望》杂志，"是以胡风为首的一个文艺上的小集团办的"。这是官方报纸第一次提出胡风"小集团"一说。9 月 25 日，舒芜又发表了《致路翎的公开信》③，承认了《人民日报》所提出的以胡风为首的"文艺小集团"之说，指出："我们的错误思想，使我们在文艺活动上形成一个排斥一切的小集团，发展着恶劣的宗派主义"，"根深蒂固的资产阶级文艺思想，使我们对于党的文艺政策领导，完全采取对抗的态度"。《文艺报》在发表此文时，还加了长长的"编者按"，指出："舒芜自己所指出的错误，其实是这个小集团所共同的"，"这种错误思想，使他们在文艺活动上形成了一个集团，在基本路线上是和党所领导的无产阶级的文艺路线——毛泽东文艺方向背道而驰的"。

1952 年，在周恩来的指示下（周恩来指示：要对胡风进行同志式的批评，不要先存一个谁对谁错的定见）④，北京文艺界小范围开展了四次"胡风文艺思想讨论会"⑤。会上，胡风不承认自己的文艺思想存在根本错误，导致批判的调子越来越高。会后，林默涵将自己在批判胡风时的发言整理

---

① 《胡风文艺思想批判论文汇集》（2 集），第 111 页。
② 同上书，第 110 页。
③ 《文艺报》1952 年第 18 号，亦见《胡风文艺思想批判论文汇集》（2 集）。
④ 周恩来在周扬 1952 年 7 月 23 日给周恩来关于胡风问题的来信上批示，对胡风的批评不要希望一次就得到很大的结果，必须认真地帮助他进行开始清算的工作。一次不行，再来一次。既然开始了，就要走向彻底。少数人不成功，就要引向读者，和他进行批评斗争。中共中央文献研究室编：《周恩来年谱·1949—1976》（上），中央文献出版社 1997 年版，第 251—252 页。
⑤ 参阅吴永平《"胡风文艺思想讨论会"与胡风》，《传记文学》2005 年第 5 期。

成《胡风的反马克思主义的文艺思想》一文，发表在 1953 年 1 月 30 日的《文艺报》（1953 年第 2 号）上。次日，《人民日报》加"编者按"，转载了该文。文章中将胡风的文艺思想定为"一种实质上属于资产阶级、小资产阶级个人主义的文艺思想，它和马克思主义的文艺思想，和毛泽东的文艺方针没有任何的相同点；相反地，是反马克思主义的，反社会主义现实主义的"。2 月 15 日，《文艺报》（1953 年第 3 号）又发表了何其芳的《现实主义的路，还是反现实主义的路？》。胡风认为，两篇文章夸大其词，断章取义，所以没有接受这样的批评。至此，历时半年的"讨论"基本告一段落了[①]。值得注意的是：林默涵和何其芳的文章并没有给胡风扣上反革命的帽子，相反认为胡风的政治立场是"反帝反封建反国民党"的，是"站在进步方面的"。但是他们却不承认或回避评价胡风对于左翼进步文艺、革命文艺的贡献。

但胡风并没有从这次批判中吸取"教训"，而是从 1954 年 3 月开始，闭门写作《关于解放以来的文艺实践情况的报告》，同年 7 月完成。全文约 27 万字，通常称为《三十万言书》。7 月 22 日，胡风通过主管文教工作的习仲勋向政治局、毛泽东、刘少奇、周恩来呈送了这个报告，还附加一封信。《三十万言书》主要针对林默涵、何其芳批判自己的文章进行反驳，提出了著名的"五把理论刀子"论[②]，这"五把理论刀子"分别是（大意）：文学创作首先要具有完美无缺的共产主义世界观；只有工农兵的生活才算是生活，日常生活不是生活；只有思想改造好了才能创作；只有过去的形式才算是民族形式；题材有重要与否之分，题材能决定作品的价值。胡风对当时文艺政策偏颇的意见基本上中肯的，即使有不妥之处，也属于理论探讨范围；但在当时的环境下，这些言论就显得大逆不道了。胡风还在《三十万言书》中甚至指名道姓地点了某些文艺界人士的名，包括文艺界的领导人周扬。

毛泽东没有立即对《三十万言书》做出反应，而是将之批转给文联主

---

① 有人认为这次批判胡风依然没有升级为全国性的政治运动，是因为当时毛泽东和党中央的兴奋点在学习、宣传过渡时期总路线，而不在意识形态领域的大批判。参见于风政《改造》，第 374 页。

② 参见胡风《三十万言书》，湖北人民出版社 2003 年版。

席团。1954年10月底至12月初，中国文联主席团和中国作协主席团联合召开扩大会议，批评俞平伯的《红楼梦》研究，并清算《文艺报》编者向资产阶级投降、压制新生力量的错误（参见上文）。胡风错误理解了毛泽东发起这次批判的意图①，以为反击周扬等人的时机已到，因而在会上作了两次措辞激烈的发言，一方面批评《文艺报》的"庸俗社会学"，指责其"左倾"错误应对文艺创作的公式化、概念化负责；另一方面认为《文艺报》是资产阶级对马克思主义发起进攻、压制新生力量的阵地，点名批评了周扬等十几个文艺界负责人，甚至对新中国成立后的文艺界领导工作基本予以否定。此举引起了众人的愤慨，认为他是借批评《文艺报》发泄私愤。会议由此转向了对胡风的批判②。

在12月8日的扩大会议上，周扬作了《我们必须战斗》的发言。周扬在发言的第三部分"胡风先生的观点和我们观点之间的分歧"中，详尽地分析了胡风和他们在观点上的五大分歧，指出"胡风先生实际上是在反对'学究式的态度'的口号之下来反对马克思主义理论的学习和宣传"，"当解放以后舒芜表示愿意抛弃他过去的错误思想，愿意站到马克思主义方面来的时候，党对他的这种进步是表示欢迎的，而胡风先生却表现了狂热的仇视。这就是胡风先生对共产党和马克思主义的最典型的态度"。周扬指责胡风根本不接受党的召唤，一意孤行，顽固走自己的错误道路，由此，"为着保卫和发展马克思主义，为着保卫和发展社会主义现实主义，为着发展科学事业和文学艺术事业，为着经过社会主义革命将我国建设成

---

① 毛泽东对冯雪峰的批评，有着非常明确的指向和意图。在给刘少奇等人的《关于〈红楼梦〉研究问题的信》中，他批评《文艺报》"同资产阶级作家在唯心论方面讲统一战线，甘做资产阶级的俘虏"，"容忍俞平伯唯心论和阻挡'小人物'的很有生气的批判文章"，简言之，是批判《文艺报》太右（但当时这封信没有发表）。但胡风等人错误地理解了毛泽东的意图，开始批《文艺报》的"左倾"错误，指责其要对文艺创作的公式化、概念化负责。参见于风政《改造》，第355—357页。

② 也有人认为，胡风的发言使得毛泽东、周扬等认识到，"在党的文学艺术领域，对党的领导威胁最大的，不是胡适、俞平伯的资产阶级唯心论，而是'隐藏'在革命文艺阵营内部，打着'马克思主义'旗号，以'青年导师'、'青年朋友'自居的胡风和他的文艺思想"。于是批判《文艺报》的运动匆忙结束转向了对胡风"反革命集团"的批判。参见于风政《改造》，第357页。

为一个伟大的社会主义国家,我们必须战斗"。1954 年 12 月 10 日,《人民日报》全文发表了周扬的发言。对胡风的大批判正式开始。

1955 年 1 月 11 日,在强大的政治压力下,胡风写了长达十万余字的《我的自我批判》,检讨了自己自 20 世纪 40 年代以来的错误,承认自己在一些根本问题上违反了马克思主义、毛泽东的文艺方针。但字里行间仍使人感到胡风并没有完全否定自己,而是尽可能在检讨中解释自己的理论。而此时,毛泽东也已经为胡风的问题定了性,即"资产阶级唯心论反党反人民的文艺思想",而不是什么"小资产阶级的观点"了[①]。

1955 年 1 月 20 日,中共中央宣传部向中央提交《关于开展批判胡风思想的报告》,分析了胡风及其追随者的错误思想,明确指出:"胡风的文艺思想,是彻头彻尾资产阶级唯心论的,是反党反人民的文艺思想。他的活动是宗派主义小集团的活动。"[②] 中央 1 月 26 日的批复《指示》指出:"胡风的文艺思想,是资产阶级唯心论的错误思想,他披着'马克思主义'的外衣,在长期内进行着反党反人民的斗争,对一部分作家和读者发生欺骗作用,因此,必须加以彻底批判。各级党委必须重视这一思想斗争,把它作为工人阶级与资产阶级之间的一个重要斗争来看待。把它作为在党内党外宣传唯物论反对唯心论的一项重要工作来看待。"[③] 在这里,对胡风的政治立场的定性发生了变化:反党反人民。此后不久,中国作协主席团就将胡风的《三十万言书》中关于思想和组织的二、四部分和林默涵、何其芳的文章一起印成专册,随《文艺报》1955 年第 1、2 号合刊发行。全国上下很快便掀起了一场大规模的彻底清算胡风"小集团"及其文艺思想的批判运动。

1955 年 5 月 13 日,《人民日报》公布了《关于胡风反党集团的一些材料》,毛泽东亲自写了"编者按",指出:"剥去假面,揭露真相,帮助党彻底弄清胡风及其反党团的全部情况,从此做个真正的人,是胡风及胡风

[①] 毛泽东:《在周扬关于同胡风谈话情况的报告上的批语》,1955 年 1 月 15 日,《建国以来毛泽东文稿》第 5 册,第 9 页。

[②] 中央文献研究室:《建国以来重要文献选编》第 6 册,中央文献出版社 1993 年版,第 33 页。

[③] 同上书,第 27 页。

派每一个人的唯一出路。"1955年5月24日公布了《关于胡风反党集团的第二批材料》，1955年6月10日，《人民日报》公布了第三批材料，但把"胡风反党集团"改为"胡风反革命集团"，批判进一步升级。1955年6月20日，人民出版社把这三批材料结集出版《关于胡风反革命集团的材料》。与此同时，作家出版社也编辑出版了《胡风文艺思想批判论文汇集》，共6集（1955年）。

5月18日，经全国人民代表大会常务委员会批准，公安部逮捕了胡风。在这次批判胡风的运动中，共有2100多人受到牵连，逮捕92人，隔离62人，停职反省73人。正式被定为"胡风反革命集团"成员的有78人，其中23人被划为骨干分子①。

1980年9月29日，中共中央发出76号文件《中共中央批转公安部、最高人民检察院、最高人民法院党组关于"胡风反革命集团"案件的复查报告的通知》，正式宣布在政治上为"胡风反革命集团"平反。《通知》说："'胡风反革命集团'一案，是在当时的历史条件下，混淆了两类不同性质的矛盾，将有错误言论、宗派活动的一些同志定为反革命分子、反革命集团的一件错案。中央决定，予以平反。"《通知》同时承认："造成所谓'胡风反革命集团'这件错案的责任在中央。"②

1988年6月18日，中共中央办公厅又发出6号文件《关于为胡风同志进一步平反的补充通知》③，在文艺思想和宗派等问题上给胡风作了全面的平反。长达30余年，影响中国文艺界近半个世纪的胡风事件宣告结束④。

---

① 根据《中共中央批转公安部、最高人民检察院、最高人民法院党组〈关于"胡风反革命集团"案件的复查报告〉的通知》所附的《关于"胡风反革命集团"案件的复查报告》，中共中央文献研究室编《三中全会以来重要文献汇编》（上），人民出版社1982年版，第672页。

② 《中共中央批转公安部、最高人民检察院、最高人民法院党组〈关于"胡风反革命集团"案件的复查报告〉的通知》，中共中央文献研究室编《三中全会以来重要文献汇编》（上），第670、671页。

③ 该通知参见中央文献研究室《建国以来重要文献选编》第6册，第35—36页。

④ 关于胡风案件有众多文章和专著，可参阅李辉《胡风集团冤案始末》；王靖《"胡风反革命集团"案始末》，《文史精华》1996年第6、7期；戴知贤《胡风反革命集团案件始末》，《文史月刊》2008年第4期；史云、李新《胡风错案始末》，《文史月刊》2003年第6期；黎辛《关于"胡风反革命集团"案件》，《新文学史料》2001年第2期等。

四 "反右"运动中的文艺批判

（一）从整风到"反右"

"反右"源于整风，而整风与我国在20世纪50年代中期政治、经济乃至文化形势的好转密切相关。

从1952年起我国实行对农业、手工业和资本主义工商业的社会主义改造，到1956年春取得了全面胜利，阶级状况和社会形势发生了重大变化。1956年5月，毛泽东同志在最高国务会议上的讲话中，提出了"百花齐放，百家争鸣"的方针①。同年9月，党的第八次全国代表大会科学地分析了我国当时的形势，指出无产阶级与资产阶级的矛盾已经基本解决，今后的主要任务是尽快地把落后的农业国变为先进的工业国。为了实现这一伟大任务，1957年4月27日，党中央发布《关于整风运动的指示》（当日《人民日报》发表），决定在全党开展反对官僚主义、宗派主义和主观主义的整风运动，以图提高全党的马克思主义的思想水平，改进作风，以适应社会主义改造和社会主义建设的需要。同时，指示还提出要防止关门整风，希望非党同志帮助共产党整风。1957年5月1日，《人民日报》发表社论《中国共产党中央委员会关于整风运动的指示》，指出我们国家正处在一个新的剧烈的伟大变革中，为了克服几年来党内新滋长的脱离群众和脱离实际的官僚主义、宗派主义和主观主义，必须在全党重新进行一次普遍深入的整风运动，提高全党的马克思主义思想水平，改进作风，以便更好地领导全社会的改造和新社会的建设。1957年5月4日，中共中央又发布《关于继续组织党外人士对党政所犯错误缺点展开批评的指示》②，进一步推进党的整风运动。

但是情况很快急转直下，在整风运动的鸣放过程中出现的某些言论引起了毛泽东和党中央的高度关注。1957年5月15日，毛泽东写了《事情

---

① 关于"双百"方针的详细阐述，参阅本书第五章。
② 见中央文献研究室《建国以来重要文献选编》第10册，中央文献出版社1994年版。

正在起变化》一文,指出"最近这个时期,在民主党派中和高等学校中,右派表现得最坚决最猖狂"。并强调"物极必反。我们还要让他们猖狂一个时期,让他们走到顶点。他们越猖狂,对于我们越有利益"①。

1957年6月8日,《人民日报》发表社论《这是为什么?》。社论说:"在'帮助共产党整风'的名义之下,少数的右派分子正在向共产党和工人阶级的领导权挑战,甚至公然叫嚣要共产党'下台'。他们企图乘此时机把共产党和工人阶级打翻,把社会主义的伟大事业打翻,拉着历史向后倒退,退到资产阶级专政……这一切岂不是做得太过分了吗?物极必反,他们难道不懂这个真理吗?"社论明确指出:"国内大规模的阶级斗争虽然已经过去了,但是阶级斗争并没有熄灭,在思想战线上尤其是如此。"这一篇声讨"右派"分子的檄文,宣告了整风运动正式转向"反右"斗争。自此,"反右"运动在全国范围迅速展开。

1957年6月6日,中国作家协会召开党组扩大会议,对丁玲、陈企霞等人展开批判②,揭开了文艺界"反右"斗争的序幕。1957年8月7日,《人民日报》发表《文艺界反右斗争的重大进展——攻破丁玲陈企霞反党集团》的长篇报道。紧接着8月11日,《文艺报》第19期刊出了与《人民日报》这篇报道文字略有不同,但用语和叙述方式相当一致的文章《文艺界反右派斗争深入开展 丁玲陈企霞反党集团阴谋败露》,对丁玲、陈企霞的"反党"性质做了定性。随着"反右"斗争的迅速扩大化,文艺界许多文艺工作者被打成"右派",其中既有在我国新文学史上做出突出贡献的老作家,也有在文坛上崭露头角的新作家,还有许多文艺理论家。

从1957年6月6日开始到9月17日,中国作协共举行了27次党组扩大会议,在会上先后发言的党内外作家、艺术家、文艺工作者和有关人员

---

① 《建国以来毛泽东文稿》第6册,中央文献出版社1992年版,第40—41页。
② 对丁玲、陈企霞的批判源于他们不服在《红楼梦》研究问题上给予《文艺报》的批判,即作协和文联于1954年通过的《关于〈文艺报〉的决议》(见前)。1955年4月,作为《文艺报》编委之一的陈企霞写信给党中央负责同志,要求改变对《文艺报》的检查结论,但受到进一步批判。在1957年整风时,丁玲、陈企霞和《文艺报》的一些编委,对于1954年《关于〈文艺报〉的决议》仍表示不服。于是便首先遭到了批判。参阅朱寨主编《中国当代文学思潮史》,第327—329页。

共110多人，发言记录有100多万字，许多文艺工作者以各种名义被定成了"右派"。比如据说丁玲、陈企霞反党集团和《文汇报》的"右派"密通信息，想借《文汇报》这个阵地来公开为丁、陈声援，以便达到他们分裂文艺界和推翻党的领导的目的；艾青被指在这一活动中起了穿针引线的作用；冯雪峰在人民文学出版社成了"右派"的靠山；江丰反党集团在中央美术学院和民盟中的"右派"亲密合作到了"盟党合流"的程度等①。这次大会在9月16日和17日做了总结。在9月16日的总结会上，周扬就文艺界的反"右派"斗争问题在大会上作总结报告。这个报告经过整理、补充和毛泽东的亲自修改，以《文艺战线上的一场大辩论》为题，发表于1958年2月28日的《人民日报》上，算是给"反右"运动做了一个小结。

但文艺界的"反右"斗争似乎并没有完全结束。《文艺报》1958年第2期刊出了一个"再批判"专辑，其中包括：林默涵对王实味《野百合花》的批判，王子野对丁玲《三八节有感》的批判，张光年对《在医院中》的批判，马铁丁对萧军《论同志之"爱"与"耐"》的批判，严文井对罗烽《还是杂文时代》的批判，冯至对艾青《了解作家、尊重作家》的批判等，并附上被批判的各篇原作。经过毛泽东修改的"编者按语"说："'奇文共欣赏，疑义相与析'，许多人想读这一批'奇文'。我们把这些东西搜集起来全部重读一遍，果然有些奇处。奇就奇在以革命者的姿态写反革命的文章。鼻子灵的一眼就能识破，其他的人往往受骗。""按语"还用挖苦的口气说道："谢谢丁玲、王实味等人的劳作，毒草成了肥料，他们成了我国广大人民的教员。他们确能教育人民懂得我们的敌人是如何工作的。鼻子塞了的开通起来，天真烂漫、世事不知的青年人或老年人迅速知道了许多世事。"《文艺报》的专栏刊出后，各地报刊便纷纷响应。《北京文艺》《光明日报》《解放日报》《羊城晚报》《中国青年》《文艺月报》等都发表了批判文章。

（二）"反右"运动与毛泽东文艺路线的全面建立

洪子诚先生曾指出，1957—1958年的文艺界"反右"运动，可以看

---

① 参阅周扬《文艺战线上的一场大辩论》，《人民日报》1958年2月28日。

作是左翼文学内部斗争中胜利的一方对另一方所进行的历史"清算"。这就是为什么在运动中"并无十分显著的'越轨言论'"的丁玲、陈企霞、冯雪峰、艾青等人被划为文艺界斗争的重点[①]。这个判断是准确的（在某种意义上，这个判断也适合此前的胡风批判）。经过这些清算，左翼文艺界因为历史问题留下内部分歧基本上得到解决。

在周扬的《文艺战线上的一场大辩论》一文之前，《人民日报》于1957年9月1日发表社论《为保卫社会主义文艺路线而斗争》。社论指出在："这是一场辨明大是大非的原则性的斗争，是党的社会主义文艺路线跟反党、反社会主义的文艺路线的斗争。"那么，党的文艺路线和反党的文艺路线的区别在哪里呢？社论指出了两个根本的鉴别标准：文艺是为广大工农群众服务、为社会主义的伟大事业服务，还是只作为个人的或少数人的事业、只为满足个人的名利欲望和野心？文艺工作应当无条件地接受党的领导，还是拒绝或者削弱这种领导？这两个问题显然是《讲话》所要解决的，而《讲话》也给予了明确的答案，这就是文艺为人民，首先是为工农兵服务，文艺必须接受党的领导，为政治服务。在该社论中，也一再强调了这两点。

社论指出，那些反党分子共同的思想基础，是严重的资产阶级个人主义，他们脱离人民，不愿到群众中去，不愿过艰苦的生活，不愿从事艰苦的劳动，而热衷于追求名利，把文艺事业看作是猎取个人名位的手段，稍有成就，就骄傲自大，目无组织，忘记了为人民服务的神圣职责。"他们一天天和党疏远，渐渐感觉党不是他们的了。"由此，这些反党分子所提倡和实行的资产阶级个人主义的文艺路线，跟党的社会主义文艺路线，跟大多数愿意为人民服务，愿意进步的正派的文艺工作者的愿望和实践，是不相容的。这显然是违背《讲话》中文艺为人民服务、为工农兵服务的宗旨的。

在文艺与党的领导问题上，社论一再强调，必须坚持党对文艺的领导。社论指出，文艺是整个社会主义事业的一部分；而党对于文艺工作，如同对其他一切工作一样，必须正确地加以领导；只有这种领导才能保证

---

① 洪子诚：《1956：百花时代》，第205页。

社会主义文艺事业的健康发展。资产阶级右派分子和各种反党分子所切齿痛恨和集中攻击的，正是党对于文艺工作的领导。他们反对党领导文艺，其目的就是要使文艺脱离社会主义的轨道，使文艺成为给资产阶级服务的工具。而作为党领导下的文艺队伍，必须忠实地遵循党的文艺路线，坚决地执行党的文艺政策，使各方面文艺工作者紧密地团结在党的周围。

社论还从文艺创作的角度，重申了对"毒草"（参阅下面对香花和毒草的介绍）坚决予以铲除的态度，认为作家、艺术家虽有创造艺术形式和艺术风格的充分自由，有发挥个人才能的充分自由，但是，决不容许任何人利用这种自由来进行反党、反社会主义的活动。作家、艺术家虽有充分的自由可以相互学习、观摩，并且可以结成创作上和艺术风格上的不同流派，但决不容许任何人有暗地里搞小宗派、搞反党集团的自由，不管他们有多老的资格，有多大的"声望"。社论说："我们不怕毒草"，"毒草是必须铲除掉的"。社论最后明确要求"所有文艺工作者都应当从这场斗争中吸取教训，警惕自己，永远不要骄傲，永远和劳动人民保持密切联系，永远跟着党和人民一道前进，不要落后；只要离开党，离开人民，就会落后，就会被时代所抛弃"。

可以说，这篇社论明确了"反右"运动中的两条文艺路线的斗争，这点在周扬的《文艺战线上的一场大辩论》一文中得到了更为详细的阐述。周扬的文章把"反右"斗争提高到了吓人的政治高度，明确指出，"反右"斗争是文艺战线上的一场大是大非之争，是社会主义文艺路线和反社会主义文艺路线之争，是当前我国无产阶级和资产阶级、社会主义道路和资本主义道路的斗争在文艺领域内的反映。这样的观点基于紧接着的一个论断："文艺是时代的风雨表。每当阶级斗争形势发生急剧的变化，就可以在这个风雨表上看出它的征兆。"新中国成立之初的几次文艺大批判以及文艺学相关问题的讨论，在很大程度上正是这一论断的体现。

在这篇文章里，周扬以丁玲和冯雪峰如何成为"右派"分子的经历为例，论证了文艺界"右派"分子"堕落"的世界观的根源，并系统地阐述"无产阶级文艺路线"和"修正主义路线"的"根本分歧"的基本点。周扬说：

> 由于阶级立场和世界观的不同，我们和资产阶级右派分子在文艺思想上是存在着根本分歧的。有两条路线。一条是：文艺为工人、农民和一切劳动人民的利益服务，真实地表现群众的生活和斗争而又为群众所理解和喜爱，提高群众的思想情感，鼓舞群众建设新生活的信心。这种文艺是促进社会的发展和进步的。这就是我们所主张的社会主义的文艺路线，也就是马克思主义的文艺路线。另一条路线是：文艺不是为广大人民的利益和需要服务，而只是为少数人服务，只是为了表现自己，满足个人名利欲望和迎合少数人的趣味，不是鼓舞群众的革命热情，而是沮丧群众的战斗意志。这种文艺对于社会的发展不是促进而是促退。这就是右派分子所主张的资产阶级的文艺路线，也就是反马克思主义的或修正主义的文艺路线。

这一界说与1957年9月1日的《人民日报》社论是一致的。文章还具体归纳了资产阶级的文艺路线的主要观点，这就是"否定或贬低社会主义文艺的成就，说社会主义文艺不真实，说在我们的社会里没有'创作自由'"。文章分别就这三条逐条加以了驳斥。

首先，周扬指出，社会主义文学的伟大成就，是任何人也抹杀不了的。社会主义文学是历史上前所未有的一种新型的文学。过去任何时代的文学都不能和它相比。这种"新"，体现在从来没有一种文学能够像社会主义文学那样相信人民的无穷创造力，而作家也不再是站在人民之上或人民之外的高高在上的精英，而是人民群众中间的一分子，他们把密切联系群众，努力为人民写作，当作自己的神圣职责。"这样的文学，难道不是历史上从未有过的最先进最崇高的文学吗？"而这种新文学的发展与繁荣，与坚持民族风格，正确继承和发展优秀的文艺传统，一贯重视文学艺术的普及工作，走文艺的群众路线是分不开的，这些观点显然是《讲话》文艺思想的重申。

周扬指出，社会主义文学虽然还比较年青，是在延安文艺座谈会以后才自觉走上了为工农兵服务、为社会主义服务的道路，到现在只有十五年多一点的历史，但是当我们的作家透彻地理解了我们所处的时代，和劳动群众真正打成了一片，并且充分地掌握了优秀的文化遗产时，当文学有了巩固的新群众基础时，社会主义文学一定能够不但在思想上而且在艺术上很快地赶上并超过过去任何时代的文学。

关于文艺的真实性问题，周扬指出，正是社会主义的文学艺术，真实地表现了人民群众在劳动和斗争中改造世界、同时又改造自己的雄伟过程，描写了推动社会前进的阶级斗争和新旧斗争的复杂现象。这种文学艺术打动了新时代千百万群众的心灵，世界上还有什么文学艺术比这更真实的呢？因此，真实与否的问题实际上是一个政治立场的问题，立场不正确，描写再真实也是不真实的！明白了这点，歌颂与暴露的问题也就迎刃而解。周扬指出，我们的文学作品是应该歌颂光明，暴露黑暗的。但"问题是从什么立场和为什么目的去进行揭露和批评"。正确的做法是要站在正确的立场歌颂应该歌颂的"光明"，揭露应该揭露的"阴暗面"，而不能"有闻必录"甚或"幸灾乐祸"地去渲染和夸大阴暗面，抹杀光明面，造成读者对生活的曲解和失望。这里，真实和事实如何不是最重要的，最重要的是立场。比如说，我们的作品可以描写生活中的各种矛盾和困难、缺点和错误，当然也可以描写失败和牺牲，但不应当使人看了灰心丧气，而是增添克服困难的勇气和信心。我们对于现实是充满信心的，所以我们的文学永远是乐观的。我们和右派分子、修正主义者在关于写黑暗的问题上的分界线就在这里。

关于创作自由，周扬指出，在我国，文艺和科学事业是享有充分自由的。"百花齐放、百家争鸣"的政策，就是这种自由的重要保证。但这种自由是有范围和限制的，对于为广大劳动人民服务的社会主义文学，是自由的，而对于资产阶级的作家、对于右派分子和修正主义者来说，这的确是限制了他们的自由。他们不能自由地鼓吹资产阶级反动思想，不能自由地写反党、反人民、反社会主义的作品了，因为这样的作品会受到群众的指责和反对。正是社会主义思想，正是为社会主义服务、为劳动人民服务的崇高目的，使我们的作家能够摆脱资产阶级个人主义世界观的束缚，和劳动人民建立密切的联系，从劳动人民的生活和斗争中取得无限丰富的创作源泉。这是创作上的真正的自由。作家感到不自由，正是由于受到那种资产阶级个人主义思想的束缚，正是由于他不熟悉劳动人民的生活，他只能表现自己或自己周围的少数人，因而他的自由是很小的。作家只有和时代和人民相结合,才能有真正的广大的自由。这就是周扬理解的创作自由。

最后,周扬重申了《讲话》中文艺与政治的关系,强调马克思主义的观点,就是把政治和艺术看成是对立的统一的,把"政治和艺术的统一,内容和形式的统一,革命的政治内容和尽可能完美的艺术形式的统一"作为创作的目标,以政治标准和艺术标准相统一且以政治标准为第一来衡量一切作品。

周扬的文章发表后,《文艺报》就该文组织了一批作家和批评家召开了一次座谈会。在座谈会上,他们充分肯定了周扬对两条道路斗争的总结,指出周扬的这篇文章所涉及的文艺上的根本原则与毛泽东的《讲话》完全一致(袁水拍语),强调了毛泽东的《讲话》对于中国文学发展具有的"转折"意义(王瑶语),并要求文艺工作者要根据《讲话》精神,把自己改造成"又红又专"的人。邵荃麟(以及林默涵)更是详细地整理了"中国资产阶级文艺路线"这样一条"脉络",包括最早的胡适一派,后来的"新月派"、"第三种人",再后来的胡风一派,还有延安的王实味、萧军、丁玲等以及国统区的胡风、冯雪峰等,到新中国成立后又有陈涌、钟惦棐、秦兆阳等人。这一脉络,把 20 世纪 20—50 年代的许多各不相同的作家和文学派别,都串在一起,并置于"真正的""无产阶级文艺路线"的反对派的对立面,这也就从根本上否定了这些作家的价值和地位,真正称得上是"历史的清算"了,而清算的结果,显然就是社会主义文艺路线的全面胜利和巩固[①]。但与此同时,"左"的思想却在一次次的批判中不断巩固,甚至泛滥,虽然"反右"后经过了几年的调整,但瞬即就滑入了"文化大革命"的深渊中。极"左"思潮开始了中国文艺界的十年横行。

(三) 香花—毒草批评模式:"反右"中的文艺批判

"香花—毒草"说在"反右"斗争中被普遍运用,成为当时盛行一时的一种文艺批评模式。所谓"香花"和"毒草",是通过一种比喻说法指

---

① 《为文学艺术大跃进扫清道路——座谈周扬同志的文章〈文艺战线上的一场大辩论〉》,《文艺报》1958 年第 6 期。

代文学批评必须首先运用政治标准来分辨两类性质不同的文学,一类是"香花",指的是社会主义文学;一类是"毒草",指的是反社会主义的文学。这个简单的比喻当然对应着两种简单的解决措施:对"香花"要坚决扶持,对"毒草"则坚决铲除,毫不留情。这是一种特定历史时期的特定批评模式。

"香花"和"毒草"的比喻是由毛泽东提出的。1957年1月27日,毛泽东在《在省市自治区党委书记会议上的讲话》①中,总结了我国意识形态领域的斗争经验,论述了香花和毒草、好事和坏事的辩证关系。指出,香花和毒草相比较而存在,相斗争而发展,并且在一定条件下相互依存和转化。在放香花的同时,也必然会有毒草放出来。这并不可怕,在一定条件下还有益。无论在党内,还是在思想界、文艺界,主要的和占统治地位的,必须力争是香花,是马克思主义。毒草或非马克思主义和反马克思主义的东西,只能处在被统治的地位。

在1957年2月27日的《关于正确处理人民内部矛盾的问题》②中,毛泽东阐述了辨别"香花"和"毒草"的六条标准:(1)有利于团结全国各族人民,而不是分裂人民;(2)有利于社会主义改造和社会主义建设,而不是不利于社会主义改造和社会主义建设;(3)有利于巩固人民民主专政,而不是破坏或者削弱这个专政;(4)有利于巩固民主集中制,而不是破坏或者削弱这个制度;(5)有利于巩固共产党的领导,而不是摆脱或者削弱这种领导;(6)有利于社会主义的国际团结和全世界爱好和平人民的国际团结,而不是有损于这些团结。毛泽东指出,这六条政治标准对于任何科学和艺术的活动都是适用的。在这六条标准中,最重要的是社会主义道路和党的领导两条。

后来,毛泽东在《在中国共产党全国宣传工作会议上的讲话》③(1957年3月12日)中,也反复提到了"香花—毒草"说,认为在任何时候,好与坏、善与恶、美与丑的对立,总会有的。"香花""毒草"也

---

① 见《毛泽东选集》第5卷,人民出版社1977年版。
② 同上。
③ 同上。

是这样。它们之间的关系都是对立的统一，对立的斗争。有比较才能有鉴别。凡是错误的思想，凡是毒草，凡是牛鬼蛇神，都应该进行批判，决不能让他们自由泛滥。

"香花—毒草"说提出后，立刻在文艺界、批评界、文化界、文艺理论界引起了极大的关注和重视，形成了"香花—毒草"批评模式，并在具体批评实践中得以实施，将文艺作品划分为"香花"和"毒草"这样简单的两种类型，并且把主要精力放在对所谓"毒草"的批判上，从而使文艺批评成为文艺斗争、政治斗争的武器，同时也造成了极坏的文艺批评风气：简单粗暴的政治归类，无限上纲上线，非学术的个人攻击，使得文艺批评充满浓重的火药味，成为"无产阶级文化大革命"的序幕①。

---

① 关于"香花—毒草"批评模式，可参阅张利群《香花·毒草》，载洪子诚、孟繁华主编《当代文学关键词》，广西师范大学出版社2002年版。

第 三 章

从社会主义现实主义到"两结合"

社会主义现实主义是1949年后一直延续到"文化大革命"的最为重要甚至是唯一的创作方法，对当代文学、文艺学产生了巨大影响。"两结合"是社会主义现实主义的延续和中国化，它以革命的浪漫主义来表现社会主义的教育原则。两者的根本原则是一致的，因此，我们把两者合在一起讲，分析从社会主义现实主义到"两结合"的演进和变化之路。

一 社会主义现实主义创作方法的制度化

（一）引入

社会主义现实主义的提法是从苏联引入的。作为苏联文学创作基本方法的社会主义现实主义，早在1932年就已经提出并得到讨论，但关于社会主义现实主义的经典定义，是1934年第一次苏联作家代表大会通过的《苏联作家协会章程》给出的：

> 社会主义的现实主义，作为苏联文学与苏联文学批评的基本方法，要求艺术家从现实的革命发展中真实地、历史地和具体地去描写现实。同时艺术描写的真实性和历史具体性必须与用社会主义精神从思想上改造和教育劳动人民的任务结合起来。[1]

---

[1] 《苏联作家协会章程》，1934年9月1日第一次苏联作家代表大会通过，1935年11月17日经苏联人民委员会批准，见曹葆华等译《苏联文学艺术问题》，人民文学出版社1953年版，第13页。

这一定义隐含着极强的政治意图，在"社会主义现实主义"这个概念中，处于核心地位的无疑是从语法角度看的修饰语"社会主义"，而不是中心词"现实主义"。"社会主义"这一非文学的政治概念规定了"社会主义现实主义"的基本内涵：这就是"艺术描写的真实性和历史具体性"必须服从于"用社会主义精神从思想上改造和教育劳动人民"的政治任务。

社会主义现实主义这一概念最早传入中国，是在1933年，而一般被认为较早将社会主义现实主义方法介绍到中国并阐述其内涵的，是周扬发表于《现代》第4卷第1期（1933年11月1日出版）上的文章《关于"社会主义的现实主义与革命的浪漫主义"——"唯物辩证法的创作方法"之否定》。此后陆续有著译文章介绍社会主义现实主义。但总的来说，在20世纪的30、40年代，社会主义现实主义的口号和创作方法在中国的推广和介绍还是有限的，更没有获得绝对支配地位，这不仅与周扬当时迟疑、矛盾的心情有关，更与中国当时的社会状况联系在一起。新民主主义革命虽然有社会主义因素，但它毕竟还不是社会主义[①]。

1942年，毛泽东在《在延安文艺座谈会上的讲话》（以下简称《讲话》）中提出了"无产阶级现实主义"的说法，后来在1953年版《毛泽东选集》第3卷中，才改为了"社会主义现实主义"[②]。从这里也可以看出，在1949年前，无论是文艺界还是政治领域，还没有对社会主义现实主义形成一个较为清晰和完整的理解，更没有赋予它正宗地位。

（二）向苏联学习

1949年新中国成立前后，随着向苏联学习的全面展开，对苏联的文艺理论、文艺政策的翻译和介绍开始增多，这其中就包括对社会主义现实主义创作方法的各种解释，如法捷耶夫的《论文学批评的任务》[③]、范西里夫

---

① 孟繁华：《中国20世纪文艺学学术史》第3部，第90页。关于周扬对这一口号的疑虑，参阅陈顺馨《社会主义现实主义理论在中国的接受与转化》，安徽教育出版社2000年版，第85—93页。

② 参阅金宏宇《〈在延安文艺座谈会上的讲话〉的版本与修改》，《中国现代文学研究丛刊》2005年第6期。

③ 最早由光华书店1948年出版，刘辽逸译，后由生活·读书·新知三联书店1951年出版。

的《社会主义的现实主义》①、瓦西里耶夫等人的《苏联文艺论集——社会主义现实主义问题》②等。这些论著对社会主义现实主义创作方法的含义、哲学依据和理论内涵,都作了极为详尽的表述。于是,这一口号逐渐被中国文艺界所熟悉。

在1952年的整风学习运动中,苏联的文艺思想和文艺政策也成为重要的学习内容,其中包括社会主义现实主义创作方法。比如1952年第7期《文艺报》发表了蔡时济译自1952年3月15日苏联《文学报》的社论《社会主义现实主义文学的新成就》(《人民日报》1952年4月14日转载),文中充满自豪地说:"社会主义现实主义方法的掌握,正在全世界进步作家的面前展开着新的、广大的视野!"而这无疑也会给当时文艺界、文艺理论界以新的动力。但整风学习的核心还是学习毛泽东的《讲话》,而且对社会主义现实主义的介绍也更多地与阐释《讲话》相结合,强调社会主义现实主义的民族性、本土性。比如周扬1951年5月在《在中国共产党第一次全国宣传工作会议上的报告》中指出,中国共产党是最富有创造性的党,毛主席把马列主义跟中国革命的具体实践结合起来,创造了毛泽东思想——中国化的马列主义。他甚至明确指出:中国有自己的实际情况,"不完全合于苏联的经验",毛泽东的文艺思想并不是依靠苏联的经验提出来的③。正是在这一背景下,中国对苏联社会主义现实主义的引入、介绍和运用,始终伴随着对《讲话》的阐释和理解。

经过整风学习,1952年底,文艺界又开展了新一轮向苏联学习的热潮,社会主义现实主义被进一步强调和突出。较早系统分析阐述社会主义现实主义创作方法的,是冯雪峰连载于1952年第14、15、17、19、20号《文艺报》的长篇论文《中国文学中从古典现实主义到无产阶级现实主义的发展的一个轮廓》④。在这里,他使用的是"无产阶级现实主义"这一概念,显然是要与毛泽东《讲话》保持一致,而该文的基本理论来源,也

---

① 荒芜译,1949年天下图书公司出版,1951年天下出版社出版。
② 朱海观译,上海棠棣出版社1949年出版。
③ 《周扬文集》第2卷,人民文学出版社1985年版,第78页。
④ 此文后来收入1981年人民文学出版社出版的《冯雪峰论文集》(中)时作了删节和修改,题目及文中的"无产阶级现实主义"也改为了"社会主义现实主义"。

还是毛泽东的《新民主主义论》和《在延安文艺座谈会上的讲话》。

冯雪峰在文中指出，"五四"以来的新文学，"有一个根本的现实基础"，就是毛泽东在《新民主主义论》中精辟揭示的中国新民主主义革命的社会性质、任务及其发展历程。"五四"新文学吸收了中国文学中古典现实主义的基本精神和优点，并加以发扬，加以现代化，同时又吸收了外国进步文学中现实主义的经验和方法，而加以应用，加以民族化。冯雪峰又指出，在中国文学从古典现实主义到社会主义现实主义的发展过程中，1942年的延安文艺座谈会是一个明显的标志。他认为，对于社会主义现实主义来说，和广大群众——尤其是工农群众的结合，"是一个最实际的问题，并且是最根本的、最中心的问题"。毛泽东同志亲自领导的1942年的延安文艺座谈会以及所作的《讲话》，"根本的和中心的指示，则是思想的改造和工农兵方向的确立"①。这"恰恰是关于社会主义现实主义的创造任务、态度和方法的最根本的问题"。很显然，冯雪峰是要把社会主义现实主义纳入《讲话》的思想体系中。

但在学习苏联的热潮中，冯雪峰必须正面回答毛泽东所使用的"无产阶级现实主义"和"社会主义现实主义"到底是什么关系，他就此写道：

> 我们又说无产阶级现实主义也就是社会主义现实主义，这是因为无产阶级的思想就正是社会主义和共产主义。这两个名词在意思上是一样的。苏联社会主义现实主义的文学成绩，是世界无产阶级现实主义的最初的成绩，这成绩和它的创作方法上的成就，是世界无产阶级现实主义的最初的胜利，对于世界各国文学的影响是非常伟大的。②

在这里，冯雪峰开始有意识地由"无产阶级现实主义"向"社会主义现实主义"过渡，但是又小心维护两者之间的"同宗"关系。中国新民主主义时期的文学虽然反映的还不是社会主义社会的生活内容，但在创作方法的特征上，已经是社会主义现实主义了。这样，无论从历史还是现实来看，

---

① 《文艺报》1952年第19号。
② 《文艺报》1952年第17号。

学习苏联完整的、丰富的社会主义现实主义理论和经验，就是理所当然、势在必行的了。此后，人们就只提社会主义现实主义而不再提无产阶级现实主义了，尤其是当1953年《毛泽东选集》第三卷中《讲话》内容最后定稿将"无产阶级现实主义"改为"社会主义现实主义"之后，社会主义现实主义就成了当时一统天下的概念了。

发表这篇文章不久，冯雪峰紧接着又撰写了《学习党性原则，学习苏联文学艺术的先进经验》一文，此文明确只用"社会主义现实主义"这一概念，并从党性角度阐述了社会主义现实主义，强调"经过社会主义现实主义的方法，为实践党性原则而努力，这是我们文学艺术创造的唯一正确的道路"，"如果社会主义现实主义，不以实践党性原则为其基本的原则，那么，它就不能成为我们的正确的文学艺术方法。苏联的文学艺术的最重要的、最中心的经验，就在于它证明了这一点"[1]。1953年1月，冯雪峰再次断然宣称："用不到解释，无产阶级现实主义就是社会主义现实主义。"[2]

几乎是同时，周扬为苏联的《旗帜》杂志写了《社会主义现实主义——中国文学前进的道路》的文章，《人民日报》1953年1月11日转载。在文中，周扬明确指出，苏联文学的力量，就在社会主义现实主义，"社会主义现实主义，现在已成为全世界一切进步作家的旗帜，中国人民的文学正是在这个旗帜之下前进的。正如中国新民主主义革命是无产阶级社会主义世界革命的组成部分一样，中国人民的文学也是世界社会主义现实主义文学的组成部分"。这就把中国文学纳入了苏联领导的"世界进步文学"，论证了中国学习和坚持社会主义现实主义的必要性和重要性。

此后，全国文艺界开展了学习社会主义现实主义的活动，单在北京，从1952年4月到6月就进行了14次之多，指定的学习文件有22种之多，包括马恩列斯以及毛泽东、日丹诺夫等人的著作，着重讨论了对社会主义现实主义本质的理解及其与过去的传统现实主义的区别，也讨论了关于典

---

[1] 《文艺报》1952年第21号。
[2] 冯雪峰：《克服文艺的落后现象，高度地反映伟大的现实》，《文艺报》1953年第1号。又见《冯雪峰论文集》（下），人民文学出版社1981年版，第6页。

型和创造人物的问题、讽刺问题，文学的党性、人民性问题，等等。学习活动于 6 月 26 日结束，并作了总结。国内其他地方如中南区、西北区等在 5 月到 7 月之间也分别进行了此类的学习和讨论①。

（三）社会主义现实主义的制度化

1953 年 9 月 23 至 10 月 6 日，第二次全国文代会正式确认了"以社会主义现实主义作为我们文艺界创作和批评的最高准则"。周恩来在政治报告的"为总路线而奋斗的文艺工作者的任务"部分，明确指出："以社会主义现实主义作为我们文艺界创作和批评的最高准则，这是很好的。"他针对有人对社会主义现实主义在我国是否存在的怀疑，做了这样的解释：社会主义现实主义在我国"五四"以来的新文艺运动中就已存在，近三十年来已成为主导思想。社会主义现实主义在我国大致已经历了两个阶段：一是从"五四"以后到 1942 年的延安文艺座谈会；二是从延安文艺座谈会一直到现在。周恩来说："从延安文艺座谈会以后到新民主主义革命胜利，这个主流是明确起来了；从胜利以后到现在，应该更明确了。因为我们国家的建设是从新民主主义逐步过渡到社会主义，所以社会主义现实主义的文艺应该更发展更深刻。"周恩来把毛泽东的《新民主主义论》中关于中国新文化性质的理论具体应用到新文学运动发展的分析上，力图阐述其与中国文学的历史联系，解除当时文艺工作者对社会主义现实主义是否适合中国本土的、是否"高不可及"的疑虑，从而提高了学习和掌握社会主义现实主义的信心。

周扬在题为《为创造更多的优秀的文学艺术作品而奋斗》的报告中指出，当时的中国已经为社会主义现实主义的文学艺术的发展提供了更为广阔的现实基础，"因而进一步学习和掌握社会主义现实主义的方法对于我们来说就具有更迫切和更重要的意义了"②。而社会主义现实主义，对于一切真正愿意进步、愿意学习的作家、艺术家，都是能够达到的：它并不是什么高不可及的、神秘的东西。重要的是在于学习。社会主义现实主义应当成为指导和鼓舞作家、艺术家前进的力量。

---

① 参阅《全国文协组织社会主义现实主义学习》，《文艺报》1953 年第 14 号。
② 《周扬文集》第 2 卷，第 248 页。

茅盾在《新的现实和新的任务》中阐述了自"五四"以来社会主义现实主义的发展道路,尤其是毛泽东的《讲话》更是明确奠定了社会主义现实主义的理论基础,每个作家必须严格要求自己遵照社会主义现实主义的批评方法去进行工作,必须严格要求自己更好地学习社会主义现实主义,要求自己成为马克思列宁主义的好学生。茅盾强调指出:"为了能够很好地担负起我们的任务,我们必须明确肯定社会主义现实主义的方法,必须坚定不移地向这个方向努力。"① 茅盾还进一步分析了当时文学工作中存在的问题以及解放问题的方法。邵荃麟在《沿着社会主义现实主义的方向前进》②的报告中,承接着前面的报告,对社会主义现实主义也做了类似的论述。至此,社会主义现实主义被正式宣布为正宗的创作方法。用陆定一的说法,它即使不是"唯一的创作方法",也是"最好的一种创作方法"③。

二 关于社会主义现实主义的讨论

但是,社会主义现实主义被确定为当代中国文艺的正宗创作方法后,其正宗地位并不十分稳固,在不久之后的讨论中就受到了不同程度的质疑,这种质疑一方面源于党的文艺政策调整,另一方面联系到苏联内部的动荡与中苏关系的变化。

(一)苏联方面的讨论

1956 年的苏共二十大批判了斯大林的个人崇拜,这一历史性事件不但产生了巨大的政治反响,也给苏联文坛带来了震动,并在一定程度上恢复了苏联文坛的生机,其中就包括对社会主义现实主义的重新认识。具有表征意义的是西蒙诺夫在苏联第二次作家代表大会上所作的报告——《苏联

---

① 张炯主编:《中国新文艺大系(1949—1966)理论·史料集》,第 167 页。
② 见邵荃麟《邵荃麟评论选集》(上册),人民文学出版社 1981 年版。
③ 陆定一在作协党组扩大会议上的讲话,《文艺报》1957 年第 25 期。

散文发展的几个问题》。在报告中,西蒙诺夫首次提出了将社会主义现实主义的经典定义的第二句(即"艺术描写的真实性和历史具体性必须与用社会主义精神从思想上改造和教育劳动人民的任务结合起来")删去,并作了如下说明:"这个本意是想作明确规定的第二句是不确切的,甚至反而容许有歪曲原意的可能。它可能被了解为一种附带条件:是的,社会主义现实主义要求艺术家真实地描写现实,但是,'同时'这种描写必须与用社会主义精神从思想上改造人民的任务结合起来;那就是说,好像真实性和历史具体性能够与这个任务结合,也能够不结合;换句话说,并不是任何的真实性和任何的历史具体性都能够为这个目标服务的。正是基于对这条定义的这种任意解释,在战后时期我们一部分作家和批评家在作品里经常借口要从发展的趋向来表现现实,力图改善现实。"① 在第二次作家代表大会通过的《苏联作家协会章程》,采纳了西蒙诺夫的建议,并且将原定义中的具体的历史主义原则也同时删去了,只保留了"真实性"要求,这就为有些人以"党性原则"或"社会主义精神"为借口歪曲现实设置了限定。这是一个很重要的甚至是关键性的变化。

这一情况明显地透露了苏联国内政治气氛的变化,体现了作家对艺术民主的要求,以及对文艺自身规律的重视,其"象征性意义远远超过了'修改'的理论意义:它是 20 年来苏联文学界对'社会主义现实主义'的怀疑情绪的第一次公开表现,标志着这一'创作方法'权威性的动摇"②。

从第二次作家代表大会起到 1957 年,苏联报刊发表了不计其数的关于社会主义现实主义的文章,学术机构也召开了很多讨论会和报告会。从批评、建议到全盘否定,各种意见都得到了表达。1957 年,苏联官方终于出面干预了"局面混乱"的讨论,重新强调要"保卫社会主义现实主义"这个口号。同年,苏尔科夫在苏联作协理事会第三次会议的报告中指出:"对于苏联文学发展的道路及其基本的方法——社会主义现实主义作不正确的评价,我们必须给予原则性的、彻底的批评,不管这些评价是从谁的

---

① 《苏联人民文学》(上册),人民文学出版社 1956 版,第 34 页。
② 张杰、汪介之:《20 世纪俄罗斯文学批评史》,译林出版社 2000 年版,第 448 页。

口里讲出来的。"① 报告认为，文学全心全意为建设社会主义服务，为人民的利益服务，这个原则就是列宁强调的党领导文学的原则，也是社会主义现实主义方法的主要特点②。

1959年，苏联第三次作家代表大会重新恢复了"历史和具体地"两个副词，新公布的作家协会章程关于社会主义现实主义的定义是："社会主义现实主义是苏联文学久经考验的方法。社会主义现实主义要求作家真实地、历史具体地在革命的发展中描写现实。它为作家在一切内容和形式方面的创作自由和主动精神、为表现个人才能的特点提供全面的可能性，要求艺术手段和风格的丰富性和多样性，促进一切创作方面的革新。"③ 此后，苏联又经历了多次关于社会主义现实主义的讨论④，直到1989年公布的新的《苏联作家协会章程》，才完全看不到"社会主义现实主义"这个字眼了。

（二）中国文艺界的讨论

苏联从1953年开始的关于社会主义现实主义的讨论，很少涉及或深入现实主义本身的诗学层面，主要是在强调这一创作方法所包含的政治立场、党性原则以及思想倾向。这个情况与中国当时的讨论是一样的。

1956年"双百"方针的提出，为艺术民主的讨论提供了政治上的保障，国内逐渐出现了民主的气氛，对社会主义现实主义也开始有了反思。周扬1956年8月在中国作协文学讲习所的讲话《关于当前文艺创作上的几个问题》中，对中国接受苏联社会主义现实主义过程中出现的"教条主义"现象作了反思。周扬说：

---

① 苏尔科夫：《苏共第二十次代表大会以后苏联文学发展的几个问题》，译文社编《保卫社会主义现实主义》第1辑，作家出版社1958年版，第111页。
② 同上书，第115页。
③ 转自孟繁华《中国20世纪文艺学学术史》第3部，第105—106页。
④ 参阅崔志远《社会主义现实主义的历史考察与反思》，《文艺理论与批评》2007年第5期。20世纪70年代的讨论，参阅一凡《苏联文艺界讨论社会主义现实主义的"新"理论》，《国外社会科学》1978年第3期。关于社会主义现实主义在苏联20世纪80年代解体之前的讨论，可参阅张捷《苏联文学的最后七年》，社会科学文献出版社1994年版，第2章第4节"关于社会主义现实主义的问题"。

现在我们一方面要感谢苏联,他们给了我们很多的作品和理论,使我们得到很大的帮助;可是对有些东西,我们做了机械的搬运,没有看出它是教条主义。为什么有些国家的作家对社会主义现实主义那么不满意,这有它一定的原因。我们不能因为这样就武断地说这些作家都是资产阶级的。……在中国,艺术理论上的教条主义方法,完全是搬的苏联那一套……对于社会主义现实主义的学习,决不能陷入教条主义的泥潭。①

在这里,周扬一方面承认社会主义现实主义本身有教条主义的倾向,另一方面也是在反思中国在接受苏联文论时的教条主义倾向。周扬主动承认了在《社会主义现实主义——中国文学前进的道路》一文"可能有些错误"。但总体上,周扬仍然坚持认为,"我们应当肯定社会主义现实主义这个方向,肯定我们的文学是社会主义的和现实主义的。在这个问题上我们毫不犹疑。同时,也应该肯定苏联的文学是社会主义和现实主义比不管你怎样批评它,它在世界仍是起了很大的影响的",我们不能只看到苏联文学的一些公式化、概念化的缺点采取全盘否定的态度②。

正是在"双百"方针的指引下,1956年前后陆续出现了许多富有理论探索性的文章,深入探讨现实主义以及社会主义现实主义问题,比如秦兆阳的《现实主义——广阔的道路》③,周勃的《论现实主义及其在社会主义时代的发展》(《长江文艺》1956年第12期),陈涌的《关于社会主义的现实主义》(《文艺报》1957年第2期),刘绍棠的《现实主义在社会主义时代的发展》(《北京文艺》1957年第4期),从维熙的《对"社会主义现实主义"的几点质疑》(《北京文艺》1957年第4期),以及钟惦棐的《电影的锣鼓》(《文艺报》1956年第23期),等等。这些文章都针对创作上的公式化、概念化,理论批评上的简单化、庸俗化,以及文艺领导的行政命令化等方面,突出强调了文艺创作的自身规律,对社会主义现实主义

---

① 《周扬文集》第2卷,第408页。
② 同上书,第409页。
③ 当时署名何直,《人民文学》1956年第9期,亦可见秦兆阳《文学探路集》,人民文学出版社1984年版。

进行了多方面的探讨，这对社会主义现实主义理论乃至整个文艺的发展无疑起到了矫正和推动作用[①]。

1. 秦兆阳的现实主义论

秦兆阳为自己的《现实主义——广阔的道路》一文所定的宗旨是："以文学的现实主义问题为中心，来谈一谈教条主义对于我们的束缚。"教条主义表现在许多方面，其中就包括社会主义现实主义的教条化，对此的批判即此文的主要内容。

秦兆阳首先"完全同意"西蒙诺夫对社会主义现实主义的修改，即把社会主义现实主义原定义中的后半段——"同时艺术描写的真实性和历史具体性必须与用社会主义精神从思想上改造和教育劳动人民的任务结合起来"删除，并对社会主义现实主义原定义的"不合理性"作了几点补充说明。

首先，单独突出"用社会主义精神教育人民"，容易造成这样一种认识，好像"艺术描写的真实性和历史具体性"里没有"社会主义精神"，因而不能起到"教育人民"的作用，而必须要另外去"结合"。这么一来，所谓"社会主义精神"就成了一种需要硬加到作品里去的某种抽象观念，结果很可能使得文学作品脱离客观真实，甚至成为某种政治概念的传声筒。这实际上是说，艺术只需要"艺术描写的真实性和历史具体性"，不要专门去迎合或者加上什么"社会主义精神"。做到了现实主义的真实性，也就必然包含了"社会主义精神"。这就在理论上切断了有些人借口"社会主义精神"歪曲现实的可能性。但是我们也必须看到，秦兆阳的这个努力是注定要失败的，因为如果只需要"艺术描写的真实性和历史具体性"即可，那也就没有必要在"现实主义"面前加上"社会主义"，直接提"现实主义"就可以了。这就不是修正这个概念而是颠覆这个概念了。

---

① 虽然当时也出现了"捍卫"社会主义现实主义的极端观点，如李长之在《社会主义现实主义可以怀疑吗？》（《北京文艺》1957年第3期）中提出，如果要在政治与艺术之间作选择的话，"宁要政治，而不是艺术"。陈善文（《不能取消——关于社会主义现实主义的讨论》，《作品》1957年第4期）更上纲上线说，不承认社会主义现实主义就是不承认文艺的阶级性、为工农兵服务和党的领导的原则。但这些论调显然并不能阻挡当时对社会主义现实主义的开拓。

其次，就作者本身的世界观来看，"社会主义精神"作为作家主观上的一种观念，是在现实主义艺术创作的过程中，在认识生活、形成形象以及写成作品的过程中形成的，并有机地表现在艺术的真实性中，是无须在艺术描写的真实性之外再去加进或"结合"进去的。

最后，就典型化创作来看，典型性与思想性是不可分的，因为现实主义文学本来就是将文学描写的艺术性、真实性、思想性紧密地结合在一起的，而原定义中的"结合"一说，则意味着作品的典型化创作似乎可以与思想性（所谓"教育……人民的任务"）分离，这显然违背了艺术创作的规律。

除此以外，秦兆阳还指出，"从这一定义被确立以来，从来还没有人能够对它作出最确切最完善的解释，常常是昨天还被认为是很正确的解释，今天又被人推翻了"。比如，对于今天资本主义世界里某些现实主义作家的作品，以及中国"五四"以后的某些作品，人们都很难说明它们是哪一类现实主义作品。因此，秦兆阳指出："想从现实主义文学的内容特点上将新旧两个时代的文学划分出一条绝对的不同的界线来，是有困难的。"在前面对社会主义现实主义原定义中的"结合"说进行一番批判后，这里的言外之意是，"现实主义"已经足够，在它的前面再加上诸如"新的"、"旧的"、"批判的"、"社会主义的"等限定与修饰语，没有太大必要。不过，秦兆阳并没有明确指出这一点，而是作了一定的让步，把"社会主义现实主义"修改为"社会主义时代的现实主义"：

> 因此，我认为，如果从时代的不同，从马克思主义和革命运动对于人类生活的巨大影响，从现实主义文学已经发展到了对于客观现实的空前自觉的阶段，以及由此而来的现实主义文学的某些必然的发展，我们也许可以称当前的现实主义为社会主义时代的现实主义。

这一修改把极富政治内涵的"社会主义"一词，变成了一个时间概念，由此大大消解了社会主义现实主义的政治含义，把社会主义现实主义的重心由以前的"社会主义"（教条主义者所重点强调的）转移到了"现实主义"上。这正是秦兆阳此文所要论述和坚持的核心①。在本文的开始部分，秦兆阳即明确提出了他对现实主义的认识。他说：

> 文学的现实主义，不是任何人所定的法律，它是在文学艺术实践中所形成、所遵循的一种法则。它以严格地忠实于现实，艺术地真实地反映现实，并反转来影响现实为自己的任务。它是指人们在文学艺术实践中对于客观现实和对于艺术本身的根本的态度和方法。这所谓根本的态度和方法，不是指人们的世界观（虽然它被世界观所影响所制约），而是指：人们在文学艺术创作的整个活动中，是以无限广阔的客观现实为对象，为依据，为源泉，并以影响现实为目的；而它的反映现实，又不是对于现实作机械的翻版，而是追求生活的真实和艺术的真实。

在这里，秦兆阳强调突出了现实主义的一个核心内涵，这就是"真实性"：追求生活的真实，真实地反映现实，从而达到艺术的真实。而作品的思想性和倾向性，也必须"是生存于它的真实性和艺术性的血肉之中的"。在当时的语境下，秦兆阳强调现实主义的真实性显然隐含了一个批判对象，那就是远离了生活真实和艺术真实的教条主义。秦兆阳也正是依据现实主义的这个"大前提"，对各种形式的教条主义进行了批判。

除了对社会主义现实主义批判之外，秦兆阳也批判了人们在理解毛泽东《讲话》，特别是文艺与政治关系的庸俗化、教条主义的理解和解释。他首先肯定了毛泽东在《讲话》中所提出的文艺为政治服务、为人民服务的观点，认为"一切的非政治倾向都是对文学事业不利的。一切艺术至上

---

① 对于"社会主义时代的现实主义"这一提法，当时有许多论者提出了不同意见。如王若望的《评社会主义时代的现实主义》（《文艺报》1957年第5期）、蔡仪的《再论现实主义问题》（《文艺研究》1957年第2期）、陈涌的《关于社会主义的现实主义》（《文艺报》1957年第2号）等。他们基本上都反对"社会主义时代的现实主义"这个口号。陈涌和蔡仪认为，新口号会降低文艺的思想性，因为现实主义的艺术真实性并不能全部包含社会主义现实主义的要点和要求，不过他们也暗示，"社会主义时代"这个定义也有不确切的地方，赞成西蒙诺夫认为的思想性不是"外加"在艺术性上的。王若望认为，秦兆阳并没有反社会主义现实主义原则的意思，只是新的口号并不能解决公式化、概念化的问题，反而会引起混乱。

主义者的文学都实质上是反现实主义的"。但在做了这一表态式的肯定之后，秦兆阳重点要阐述的问题是文学艺术应当如何为政治服务和为人民服务。

秦兆阳指出，"文学艺术为政治服务、为人民服务应该是一个长远性的总的要求，那就不能眼光短浅地只顾眼前的政治宣传的任务，只满足于一些在当时能够起一定宣传作用的作品"。一切伟大作品之所以具有巨大的说服力，"是由于作者忠实于客观真实并充分地表现了客观真实，充分地发挥了文学艺术的特性，而达到了高度的艺术性和真实性"。由此他认为，文学艺术"首先必须是艺术的、真实的，然后它才是文学艺术，才能更好地起到文学这一武器的作用；即或是一篇杂文，一段鼓书，一篇特写，也不要忘记了它的文艺性"。对真实性和艺术性的强调，是秦兆阳讨论文艺与政治关系的出发点。正由此，他批判那种简单地把文学艺术当作某种概念的传声筒的做法，批判那种眼光短浅地只顾眼前政治宣传任务的做法。秦兆阳还认为，一部作品的任何成功或错误，并不能都从政治上找原因，因为"文学创作是一种极其复杂的精神劳动"，作家的世界观并不是决定创作活动的唯一条件，"作者对于生活知识的积累，作者的艺术修养、经验、才能，也都是一些很重要的条件。艺术的形象思维本身，也有其极为复杂的特征和能动性"。这就在一定程度上把文学创作从政治的窠臼里摆脱了出来，力求从艺术创作规律本身的复杂性上去看待创作。但秦兆阳并没有完全抛弃政治，他所强调的政治是包含在对生活真实性的体验上，或者说是包含这"干预生活"① 中。秦兆阳认为，一个有高度政治热情和对于生活十分敏感的作家，他是不可能对于当前的生活变化抱冷淡态度的，他是会自觉地去干预当前的生活的，而政治性也就正体现在于此。在此基础上，秦兆阳呼吁作家要"学会迅速反映现实的本领"，也就是观照现实、忠于现实的本领。而现实是广阔的，因此现实主义也就是广阔的。这样，秦兆阳就从狭小的政治空间走向了广阔的现实生活，为现实主

---

① "干预生活"是随着"双百"方针的提出而在文学领域出现的创作倾向，意即文学要真正直面现实，勇于揭发时弊，批判现实缺陷。1956年第4期《人民文学》发表的刘宾雁的特写《在桥梁工地上》、第9期发表的王蒙的《组织部新来的青年人》等，是干预生活的代表性作品。参阅洪子诚《1956：百花时代》，第三章。

义理论、为现实的文学创作提供了更为广阔的天地,这无疑是对教条主义的突破。

此外,在人物问题上,秦兆阳指出,我们通常所说的"新英雄人物",实际上就是普通人当中的先进人物。而从广义上说,只要是人,就都是普通的人,因为他们都有普通人所共有的思想、感情、欲望、习惯。因此,文学创作未必一定要写英雄人物,"须知,即或是那些写普通人和普通事的作品,如果写得具有深刻的真实性,具有作者的独创性,它也会不可避免地有其不同于一般的特异的色彩"。秦兆阳借肖洛霍夫《静静的顿河》中葛利高里这一人物形象指出,葛利高里之所以具有极强的艺术魅力,与这一人物强烈的生活欲望、令人惊叹的勇敢和才能——也就是说,与他的个性紧密相连。由此,创造出富有鲜明特点的个性,是人物塑造成功的关键,用所谓阶级分析的方法,或教条主义地套用某种公式,是不可能圆满解释这一点的。

可以说,秦兆阳此文是中华人民共和国成立后文学三十年中难得的大胆而又有见识的文章,几乎对当时占据主流地位的"左倾"文艺学的所有重要命题都提出了自己的不同看法,达到了在今天看来仍然相当高的学术水准,也表现了作者探索和坚持真理的勇气。

2. 呼应与发展

秦兆阳对于社会主义现实主义的观点,得到了周勃的呼应。他认为,社会主义现实主义的原定义"并没有完全具有对现实主义艺术创作的科学性、确切性的概括,因而从现实主义艺术创作历史的实践来看,或从今天的创作实际来看,都是很难为实践的检验所承认的"[1]。但周勃并没有坚持要取消"社会主义现实主义"这一概念,他也认为社会主义现实主义"作为一个方向,是应该肯定的"[2]。不过在文章中,周勃显然并不真正认同"社会主义现实主义"这一概念,而一直使用秦兆阳所提出的"社会主义时代的现实主义"这一说法,甚至认为苏联是在把社会主义时

---

[1] 周勃:《论现实主义及其在社会主义时代的发展》,见上海师范学院中文系文艺理论教研室《文学理论争鸣辑要》(下册),上海文艺出版社1983年版,第668页。

[2] 同上书,第667页。

代的现实主义称为社会主义的现实主义。言外之意，准确的概念应该是"社会主义时代的现实主义"，而不是社会主义现实主义，或者说，社会主义现实主义就是社会主义时代的现实主义。这样的表述实际上隐含着如下意思：社会主义时代的现实主义是一个时间概念而不是性质概念，只是限于当时的政治形势（即便是在"双百"方针政策下），不能这样明说罢了。周勃的文章通篇论述的都是现实主义问题，矛头所指其实正是社会主义现实主义。

即便对于社会主义时代的现实主义，周勃其实也保留了一定的意见。他说：

> 现实主义创作方法，乃是一种艺术创作丰富的经验积累的结晶，因而无论发展到怎样的高度，它的创作条件怎样变化，但从艺术创作方法本身来说，不应该有什么改变，从这个意义上讲，前社会主义时代的现实主义与社会主义时代的现实主义在创作方法上，是没有、也不可能有什么区别的。因此，社会主义时代的现实主义即令是时代如何变化，艺术创作的某些条件如何改变，但作为创作方法，是不必摒弃过去的足以概括现实主义创作的特殊规律的原则，而去另外制订别样的原则的。①

也就是说，"社会主义时代"不但仅仅是一个时间上的限定，而且简直就没有必要提出来，因为无论是社会主义时代还是前社会主义时代，现实主义的根本精神和原则是不变的。由此看来，"社会主义的"这一限定词也就没有多大的意义了。与秦兆阳一样，周勃在整篇文章中强调的就是真实。周勃指出，现实主义的真实性这个问题，"乃是现实主义创作方法的内容问题、实践问题，因而也是它的中心问题、灵魂问题"②。

在强调现实主义的真实性基础上，周勃进一步论述了作者的世界观对创作的影响问题。周勃指出，"一个真正的现实主义艺术家，他的世界观

---

① 上海师范学院中文系文艺理论教研室：《文学理论争鸣辑要》（下册），第667页。
② 同上书，第664页。

已成为他灵魂中的血肉部分,而不是某种抽象的教条",而世界观对于一个现实主义艺术家,只能在一定程度上起着指导和帮助的作用,并不能弥补艺术家生活的不足,更不能代替艺术家对于生活的体验和感受①。淡化世界观与创作的关系,目的显然是强调文学创作自身的规律性。

此外,刘绍棠、从维熙等人也都在强调现实主义的真实性原则的基础上对社会主义现实主义提出了质疑。比如刘绍棠的《现实主义在社会主义时代的发展》指出,社会主义现实主义这个创作方法,"不是首先要求作家以当前的生活真实为依据,不是忠实最现实的生活真实,而去从'现实底革命发展'去反映和描写生活,同时这种描写又要结合着'任务'。这就使得作家在对待真实的问题上发生了混乱,既然当前的生活真实不算做是真实,而必须发展地描写,结合着任务去描写,于是作家只好去粉饰生活和漠视生活的本来面目了"。这话可谓振聋发聩,一针见血。

钟惦棐的《电影的锣鼓》(《文艺报》1956 年第 23 号)从国产影片不景气说起,分析了其中的原因,即电影领导者的教条主义做法。钟惦棐指出:"领导电影创作最简便的方式,便是作计划,发指示,作决定和开会。而作计划最简便的方式又无过于定题材的比例:工业,10 个;农业,15 个。解决创作思想,则是'决定'最有效,局里的,部里的,或某某负责人说的,不听也得听。一年一度的学习会,再加上一个总结,便什么问题都解决了。"正是这种以行政方式领导创作的简单粗暴的方法,在领导看来似乎体现了对电影的关心,实则"干涉过多",而拍出来的影片也就如请示、报告、开会一样索然无味,国产影片的不景气也就在情理之中了。由此出发,钟惦棐强调电影创作要尊重电影创作与生产的规律,不能管理得太具体,太严,一味强调统一规格,统一调度,要"艺术创作必须保证有最大限度的自由,必须充分尊重艺术家的风格,而不是'磨平'它"。在这一意义上,"导演中心"对电影创作和生产是很有必要的。

3. 邵荃麟的"现实主义深化"论

除了上述关于现实主义的讨论外,1962 年前后邵荃麟提出的"现实主

---

① 上海师范学院中文系文艺理论教研室:《文学理论争鸣辑要》(下册),第 662—663 页。

义深化"论①（以及与此相关的"写中间人物"论），可以视作是现实主义讨论的发展。

1962年8月2—16日，中国作家协会在大连召开"农村题材短篇小说创作座谈会"，简称"大连会议"。座谈会的议题并不局限于短篇小说的创作问题，而是整个农村题材的创作问题，目的在于纠正农村题材创作中的浮夸思想和人物形象单一化的弊端。邵荃麟在会上作了几次发言，首先肯定了过去几年农村题材创作上的成绩。但同时指出：随着生活的发展，农村变化很大，农村中的矛盾变得突出起来，"因此，怎样描写农村题材，正确反映农村中的问题，是作家们的重大责任"，也是创作上的"新问题"。为此，邵荃麟提出了后来受到批判的"现实主义深化"与"写中间人物"的问题。

邵荃麟指出，由于现实生活中存在各种矛盾，因此，在创作上就不应当回避矛盾，要正视现实。"如何表现内部矛盾的复杂性，看出思想意识改造的长期性、艰苦性、复杂性；更深地去认识、了解、分析、概括生活中的复杂的斗争，更正确地去反映人民内部矛盾，是我们作家的新的任务。"② 而"回避矛盾，不可能是现实主义。没有现实主义为基础，也谈不到浪漫主义。革命现实主义就不能不接触矛盾"③。由此，正视矛盾、表现内部矛盾的复杂性，更深地去认识、了解、分析、概括生活中的复杂的斗争，更正确地去反映人民内部矛盾，正是现实主义深化的体现。邵荃麟说：

> 如果说，农业是国民经济的基础，现实主义则是我们创作的基础。没有现实主义，就没有浪漫主义。我们的创作应该向现实生活突

---

① 关于"现实主义深化"论，也有论者指出最早是由茅盾1959年提出的。茅盾在《创作问题漫谈》（《鼓吹续集》，作家出版社1962年版，第87页）中就已经提出，文学创作既要看得远，更要"站得高、钻得深"。这正是最早的"现实主义深化"论。见丁尔纲《茅盾与"现实主义深化"、"写中间人物"论——兼谈批判"大连黑会"的指向问题》，《绥化师专学报》1995年第2期。

② 邵荃麟：《在大连"农村题材短篇小说创作座谈会"上的讲话》，《邵荃麟评论选集》（上册），第399页。

③ 同上书，第393页。

进一步，扎扎实实地反映现实。茅盾同志说的现实主义的广度、深度和高度，这三者是紧密相连的，罗曼·罗兰说，高尔基是从"黑土里生长出来的，而又把自己的根须伸入到黑土的深处去"。柳青、赵树理、李准、刘澍德在农村中生活的基础都是厚实的。除熟悉生活以外，还要向现实生活去突进一步，认识、分析、理解……，这是大家所追求的。现实主义深化在这个基础上产生强大的革命浪漫主义，从这里去寻求两结合的道路。①

邵荃麟指出，要深化现实主义，作家一方面必须深入生活，了解生活，"现实主义是创作的基础，生活是现实主义的基础"，不深入生活，是绝对不可能写出真实的现实主义的作品来的。另一方面，作家也必须学会"独立思考"。只是深入生活，不一定写得出好作品。作家要有自己的观察力、感受力和理解力，"在我们社会里，独立思考往往被忽略。作家当然应该了解政治，但是应该通过自己的思考去了解、认识"。这样的真知灼见实属大胆而难得。"不体察入微，对现实的分析、理解就不深。没有强大的理解力、感受力、观察力，就不可能有高度的概括力。有了前面几个条件，概括就会水到渠成。"② 独立思考由此而产生。

其实早在1946年，邵荃麟就关注现实主义的"深"与"广"的问题。在一个文艺晚会上，邵荃麟指出，所谓"深入"，并不仅止于我们所常说的"到农村去"、"到民间去"，"更主要的是把这个革命的民主主义思想斗争普遍地活生生地展开在人民的日常生活中间，在具体的生活问题上跟一切愚昧、专制、贫困、迷信作斗争"③。所谓"广"，就是"大众化"，邵荃麟强调大众化中人民的日常生活实践，如吃住、工作、劳动等等，这与他对文化的理解紧密相关，邵荃麟认为："文化本身就是人民日常生活意志、理智感情的表现，一种生存斗争的手段。"④

---

① 邵荃麟：《在大连"农村题材短篇小说创作座谈会"上的讲话》，《邵荃麟评论选集》（上册），第399页。
② 同上书，第400—401页。
③ 邵荃麟：《我们需要"深"与"广"》，《邵荃麟评论选集》（上册），第99页。
④ 同上书，第100页。

(三) 现实主义——艰难的道路

从总体上看，"双百"方针提出之后的文艺学，对以前的教条主义、公式主义给予了大力批判，重新强调了艺术的创作规律，突出文艺的真实性原则，这无疑推动了文艺学的新发展。但在其中我们也应当看到，所有这些论文都有一个前提，那就是都承认文艺的政治性，文艺为政治服务。比如秦兆阳的论文就一再认为："文学事业是人民的革命事业的一部分，应当为政治服务和为劳动人民服务，这应该是没有疑问的事"，一再坚决反对所谓纯艺术的、没有倾向的文学。

即便如此，秦兆阳等人的现实主义论还是不断遭受批判，甚至被戴上了"修正主义"的帽子。实际上，秦兆阳他们与后来批判他们的如周扬等人，在基本立场上不乏相似处，即都坚持毛泽东的《讲话》精神，坚持文艺的真实性。关键是如何真正贯彻毛泽东的《讲话》精神，怎么才算真实①。周扬后来说得很明白："什么才是真实呢？要在革命的发展中去看生活，不是在静止的状态下去看生活；第二条是艺术描写的真实性与历史具体性必须和社会主义精神在思想上改造和教育劳动人民的任务相结合。"②在这里，真实性是和倾向性结合起来并受倾向性制约的，并进而与时代的政治要求、中央的政策要求结合在一起，从而发展出了文艺对政治的一种从属关系。而在真实与倾向、文艺与政治之间，周扬以"本质"论将之联系在一起，周扬认为，文艺创作要反映生活的"本质"，所谓"本质"是体现历史发展规律的必然性，以及"革命发展的趋向与要求"③。

最先起来批评秦兆阳、周勃他们的，是张光年。在《社会主义现实主义存在着、发展着》（《文艺报》1956年第24期）这篇文章中，张光年虽然肯定了秦兆阳等"希望我们的文学彻底摆脱教条主义的束缚，希望社会主义文学更快更好地发展起来"的"很好的"用意，"其中不少意见是正当的，足以发人深省的。"但张光年认为："他们的结论是取消社会主义现

---

① 可参阅本书第九章关于真实性问题的讨论。
② 周扬：《在全国第一届电影剧作会议上关于学习社会主义现实主义问题的报告》，《周扬文集》第2卷，第196—197页。
③ 李云雷：《秦兆阳：现实主义的"边界"》，《文学评论》2009年第1期。

实主义；在我看来，这就是取消当代进步人类的一个最先进的文艺思潮，取消工人阶级手中的一个重要的思想武器。"张光年坚定地说指出："性急的人们徒劳地敲起了丧钟，但是社会主义现实主义存在着、发展着。斜风细雨只能惊动少数怕淋坏了衣服的人，将有更多的人集合在它的战斗的旗帜下。"

如果说张光年的文章写于"反右"开始前，基本还属于学术讨论的范围，那么，"反右"运动开始后，对秦兆阳等人的批判迅速升级为政治批判。比如毛星发表于《文艺报》1957年第22期的文章标题直接就叫《陈涌反党的文艺思想》，把陈涌的文艺思想直接定性为"反党"性质。从1958年1—7月，作协连续召开对秦兆阳的批判会，时间长达半年之久。还印了三辑《秦兆阳言论》，以供批判。这场喧嚣一时的大批判，以刘白羽在作协党组扩大会议上做总结性的发言《秦兆阳的破产》而告落幕。刘白羽义愤填膺地宣称："我们与'秦兆阳这个彻头彻尾的现代修正主义者'的斗争，'是一场根本不可调和的斗争'。"1958年4月12日下午，作协党组开会做出决定，把秦兆阳补划为"资产阶级右派分子"。……直到1979年3月，他的"右派"问题彻底"改正"之后，才得以重返阔别二十年的北京[①]。1957年9月至1958年4月间，作为作协主席的茅盾，写下了长篇论文《夜读偶记》（《文艺报》1958年第1、2、8、9、10期），这是这场关于社会主义现实主义论争的具有"压轴"性的文章。此文并不完全是针对社会主义现实主义问题的，而是针对整个现实主义问题的。在此文中，茅盾一方面强调了现实主义的政治化品格，另一方面则设置了"现实主义—反现实主义"的论说模式。在茅盾看来，现实主义命定就是阶级斗争政治的产儿，"阶级的对立和矛盾是产生现实主义的土壤。阶级斗争的发展，促进了现实主义的发展"[②]。如果这一说法能够成立，那么就解决了"现实主义产生于哪个时代？"这一棘手的问题。茅盾通过考察古今中外文学发展的事实论证了这一点，并得出如下结论说："现实主义的哲学基础是唯物主义，它的社会基础是生产斗争和阶级斗争以及在这两种斗争中推动社会前进的革命力

[①] 见王培元《秦兆阳：何直文章惊海内》，《美文》2007年第5期。
[②] 见《茅盾评论文集》（下），人民文学出版社1978年版，第35页。

量；各个阶段的现实主义文学就是在这样共同的基础上发生的。"①

以政治或阶级斗争来界定现实主义文学，必然会在文学领域制造一种人为的"二元对立"，这正是"现实主义—反现实主义"论说模式的社会基础。茅盾说，所谓"反现实主义""不能理解为一种创作方法，而应当理解为各种各样、程度不同的反人民反现实的各不相同的若干创作方法。它们有一共同点是脱离现实，逃避现实，歪曲现实，模糊了人们对现实的认识；因此，从政治上说来，它们实在起了剥削阶级的帮闲的作用。"② 在茅盾的论文中，具有这种反现实主义倾向的现代派艺术包括象征主义、印象主义、未来主义、表现主义、达达主义、超现实主义以及"动力派"，等等。

茅盾的这篇文章不仅总结了社会主义现实主义之争，而且还提出了社会主义现实主义的另外一个重要特点，这就是革命浪漫主义，不久之后，社会主义现实主义口号便被毛泽东提出的"两结合"所替代了。

1959 年，由《人民文学》编辑部编选、作家出版社出版了《现实主义还是修正主义?》一书，汇集了批判秦兆阳的文章，其"出版说明"指出，"从一九五六年起到一九五七年夏，国际上出现了一股反苏反共的政治逆流，国内资产阶级右派气焰嚣张，向党、向社会主义进行了猖狂的进攻。这时，在文艺阵地上，右派分子秦兆阳插起了一面向党的文学事业进攻的大白旗。他不仅写出了象'现实主义——广阔的道路'那样的论文——系统的提出了修正主义的纲领，根本反对党对文学事业的领导和社会主义现实主义的文学，而且在他倡导所谓'干预生活'和'揭露生活阴暗面'的口号下，以他主持的'人民文学'为阵地，大量推荐和发表了反党反社会主义的毒草。经过了一九五七年的反右斗争，秦兆阳的反党阴谋遭到可耻的破产，他的全部罪行得以彻底清算"。全书共收录 15 篇文章，"对秦兆阳的右派言行——反党反社会主义的政治思想、文艺观点和两面派的手法，进行了揭露和剖析"。仅仅从这些说明性的言辞中，我们就不难闻到当年文艺批判的火药味之浓。

---

① 见《茅盾评论文集》（下），第 73—74 页。
② 同上书，第 32 页。

1958年6月和1959年10月，上海文艺出版社（编辑出版第1集时叫"新文艺出版社"）编辑出版了两本《社会主义现实主义论文集》，收录了从1956年12月到1958年10月间发表的关于社会主义现实主义的文章50余篇，算是给1957—1958年间的社会主义现实主义讨论作了一个总结。第1集的《编辑后记》说："从1956年春季以后，特别是匈牙利事件以后，修正主义思想开始在文艺界抬起头来。在文艺思想领域中，修正主义者的主要企图，在于否定社会主义现实主义。与此相联系的有一系列的修正主义文艺观点，如认为旧现实主义与社会主义现实主义没有质的区别；硬说创作方法是客观法则、否认世界观对创作方法的作用；强调不要社会主义精神的所谓'写真实'等等。……但是，修正主义者否定社会主义现实主义的企图并没有得逞，国内的批评家们，随即起而反击这些修正主义论点，这样，便出现了以张光年同志的《社会主义现实主义存在着、发展着》为首的一系列捍卫社会主义现实主义的有关论文。这些论文，有力地驳斥了以上所述的那一些修正主义论点，捍卫了社会主义现实主义的基本原则。"在第2集的《编辑后记》说，这一集记录的是"1958年一年中在文艺领域中所继续进行的工人阶级对于资产阶级、修正主义文艺观的斗争的成果"。又说，"关于社会主义现实主义问题的讨论和理论探索，去年上半年较为热烈，下半年以后，由于大家的注意力都已集中在'革命的现实主义与革命的浪漫主义相结合'的讨论上，所以，自7月份开始，有关社会主义现实主义问题的论文就逐渐减少了；10月以后，讨论大致告一段落"。

在秦兆阳遭受批判之后，邵荃麟在1964年前后也遭受了批判。1964年《文艺报》第8、9合期发表了编辑部的文章《"写中间人物"是资产阶级的文学主张》和《关于"写中间人物"的材料》（两文又由《人民日报》1964年10月31日转载），发起对邵荃麟的批判。前文完全从阶级斗争出发，把邵荃麟的"写中间人物"论看作是资产阶级的文学主张。文章一开始就指出："工农兵群众的革命形象，能不能够在革命文艺中大放光彩？体现着社会主义、共产主义思想的英雄人物，能不能够在社会主义文艺中占据主导的地位？这是一个十分重要的问题，关系着我们文艺的性质和方向。延安文艺座谈会以来，围绕着这个问题，斗争一直没有停止过。"这个斗争就是"无产阶级和资产阶级的斗争在文艺上的反映"。文章认为：

"创造工农兵群众的英雄形象,这是无产阶级的主张,它保证我们的文学沿着工农兵方向前进。'写中间人物',这是资产阶级的主张,它引导我们的文学走向资产阶级的歧途。这两种主张是不可调和的。"对于邵荃麟提出的"现实主义深化"论,文章认为这是抽掉了革命性的现实主义,更是抽掉了共产主义者的革命理想的现实主义。"这种现实主义,本质上就是资产阶级的现实主义,是反对社会主义和共产主义的现实主义。沿着这样的现实主义'深化'下去,岂不是要把我们的文学拖到反社会主义的道路上去,成为资产阶级反动文学的变种吗?"

"文化大革命"期间,《文艺报》于1966年第4期上发表《"写中间人物"论反映了哪个阶级的政治要求》的文章,继续对邵荃麟进行批判。即便如此,这样的批判仍不能让某些人满意。1966年7月30日的《人民日报》发表《〈文艺报〉的两次假批判》一文,对《文艺报》及邵荃麟的理论做进一步批判。文章认为大连会议是一个有组织、有计划的反革命黑会,以周扬为首的这群反党黑帮(包括邵荃麟)大肆咒骂共产党,疯狂地攻击党的"三面红旗",疯狂地攻击和嘲笑革命现实主义和革命浪漫主义相结合的创作原则,恶毒地咒骂我们的革命英雄人物。他们拿出这样的"材料",就是要欺骗党、欺骗群众,束缚批判者的手脚,谁也别想走出学术讨论的圈子,最后达到保护周扬这个文艺界反党总头目的可耻目的。典型的"文化大革命"话语显然已不再是学术讨论了。

(四)"文化大革命"后关于社会主义现实主义的讨论

"文化大革命"后,社会主义现实主义已经不再是文艺争鸣的重点,讨论的文章不多[①],但也不是完全没有,有时还会在讨论别的问题的文章中被不时提起。如:茅盾还是坚持社会主义现实主义中的革命浪漫主义成分,强调"社会主义现实主义的创作方法实质上既是革命现实主义的,也是革命浪漫主义的,不过没有明确指出来罢了"[②]。除了茅盾之外,其他讨

---

① 参阅陈顺馨《社会主义现实主义理论在中国的接受与转化》,安徽教育出版社2000年版,第6章第4节的相关内容。

② 中国文学艺术界联合会:《中国文学艺术工作者第四次代表大会文集》,四川人民出版社1980年版,第74页。

论社会主义现实主义的文章,有的肯定社会主义现实主义,认为它是一种值得恢复的创作方法,但更多的文章开始质疑乃至否定这一口号和创作方法。1989年,杨春时发文全面否定了社会主义现实主义,把社会主义现实主义定性为"假现实主义"。他说:"现实主义的本质是什么?传统认为是真实性,这恰恰给假现实主义钻了空子,社会主义现实主义也标榜自己的真实性,而且是本质的真实,但它只要求肯定现实的'光明面',不允许揭露现实的矛盾,从而滑向虚假的美化现实的假现实主义。"① 在另一篇文章中,杨春时指出,社会主义现实主义违背文学规律的教条剥夺了文学的艺术个性,是文学创作公式化概念化的理论根源。"社会主义现实主义"对艺术个性的扼杀体现在它对文学主体性的抹杀,把文学创作当作一种客观的反映活动,并且把外在的历史规律强加给作家,使文学创作成为这种历史规律的再现。它的具体化就是阐释政治观念、图解政策、矫饰现实。他明确指出:"'社会主义现实主义'是一种假现实主义,它的历史实践是否定的。随着传统社会主义时代的结束,改革时代的来临,'社会主义现实主义'的统治也必然结束。"② 这实际上宣告了社会主义现实主义的死刑③。

同年,钱中文在其《文学原理——发展论》中,对社会主义现实主义也提出了批判。他说,社会主义现实主义这一公式的严重失误在于,"忽视文学本身的特征,使自己变为一个规范化的式子。要求从现实的革命的发展中真实地、历史—具体地描绘现实,这是现实主义的一种形态,拿一种形态要求现实主义,这已经使现实主义狭隘化;再通过行政手段把这种式子作为唯一的写作要求,就堵死了非常态现实主义写作,即那种真正透入生活深层的批判性的现实主义的写作,而又不符合社会主义精神的写作;堵死了非现实主义流派的写作,如表现主义、荒诞夸张、浪漫主义、象征主义的写作,形成了独尊一家的局面,使创作走向极端的单一。这一式子的后一要求(即社会主义现实主义的社会主义教育任务——引者注)

---

① 杨春时:《"社会主义现实主义"再思考》,《文汇报》1989年1月12日。
② 杨春时:《"社会主义现实主义"再批判》,《文艺争鸣》1989年第2期。
③ 还可参阅陈世雄的文章《最好不用这个字眼——列宁格勒青年学者谈社会主义现实主义》,《文艺报》1989年4月15日。

又把艺术的一个方面的功能加以绝对化，贬低并削弱审美功能，只能写正面现象，正面人物，结果使文学公式化、教条化，以至走上粉饰生活的道路"①。可以说，这一分析是切中社会主义现实主义的要害的。

秦兆阳自己在回顾自己的学术道路时，曾以"三起两落"概括了1949年到"文化大革命"结束后30年来现实主义创作方法的命运：1956年，秦兆阳他们提出现实主义问题，1958年"反右"运动被打了下去；1961年，邵荃麟提出"现实主义深化"论和"写中间人物"论，1964年、1965年一直到"文化大革命"被当作修正主义打了下去；"文化大革命"结束后，现实主义问题才彻底又抬起了头②。何西来等人在《重评〈现实主义——广阔的道路〉》（《文学评论》1979年第4期）中，指出，社会主义文学有它所必须坚持和保卫的，这就是它的政治方向和阶级性质，如党对整个文艺事业的领导，文艺必须为无产阶级政治服务，为最广大的人民群众服务，以及马克思主义世界观对创作的指导作用等，在此基础上，何西来等人明确支持了秦兆阳的现实主义广阔道路论，因为现实主义的原则，就是生活本身所给予的原则，生活的宽广绝对了现实主义的广阔。

三 "两结合"创作方法的提出与讨论

（一）"两结合"创作方法的提出

就目前所见到的资料来看，"两结合"创作方法的最初思想可以追溯到1939年5月毛泽东在延安鲁艺成立周年纪念会上的题词："抗日的现实主义，革命的浪漫主义。"1940年，林焕平发表评论文章，认为题词的原意在于抗日的现实主义与革命的浪漫主义相结合，"把抗日的现实主义与革命的浪漫主义割裂了的理解，是有背乎毛先生的提出的原意的"③。此后几年，毛泽东虽然没有过多的提浪漫主义，但他实际上对浪漫主义一直很

---

① 钱中文：《文学原理——发展论》，社会科学文献出版社1989年版，第287页。
② 秦兆阳：《现实主义——艰苦的道路》，《文学探路集》，人民文学出版社1984年版。
③ 林焕平：《抗日的现实主义，革命的浪漫主义》，《文学月报》1940第2卷第1、2期合刊。

关注和重视。早在 1938 年 4 月为鲁艺所作的《怎样做艺术家》的报告中，毛泽东就讲道："艺术上的浪漫主义并不是完全没有道理的，我们每每鄙视浪漫主义，因为普遍一说到浪漫主义便有点下流的意思，好象浪漫主义便只是风花雪月哥哥妹妹的东西。殊不知浪漫主义原来的主要原因是不满现状，用一种革命的热情憧憬将来，此种思潮在历史上曾发生过伟大的积极作用。"① "不满现状"、"用一种革命的热情憧憬将来"实际上正是毛泽东倡导的革命浪漫主义的基本内涵。

在"两结合"的形成过程中，周恩来所发挥的作用也是不容忽视的。1947 年，周恩来进一步明确指出："我们的革命文艺，是革命的理想主义和革命的浪漫主义相结合。"② 1953 年 9 月，在第二次全国文代会上，周恩来又说："我们的理想主义，应该是现实主义的理想主义；我们的现实主义，是理想主义的现实主义。革命的现实主义和革命的理想主义结合起来，就是社会主义的现实主义。"

通常认为，"两结合"创作方法由毛泽东正式提出，是在 1958 年 3 月的成都会议上。在这次酝酿"大跃进"的会议上，毛泽东发出号召，要求大家搜集和创作新民歌。他说："印了一些诗，净是些老古董。搞点民歌好不好？请各位同志负个责，回去搜集一点民歌。各个阶层都有许多民歌，搞几个试点，每人发三五张纸，写写民歌。劳动人民不能写的，找人代写。限期十天搜集，会搜集到大批民歌的，下次开会印一批出来。中国诗的出路，第一是民歌，第二是古典。在这个基础上，两者'结婚'产生出新诗来，形式是民族的，内容应当是现实主义和浪漫主义的对立统一。太现实了，就不能写诗了。"③ 在这里，"两结合"提法已经呼之欲出，但这个讲话当时没有公开发表。

"革命的现实主义和革命的浪漫主义相结合"这一完整和准确的表达最早见于郭沫若。他在 1958 年第 7 期《文艺报》发表的关于《蝶恋花》词答该刊编者问的信中，称毛泽东同志这首词是"革命的浪漫主义与革命

---

① 转引自陈晋《英雄风骚与心路历程》，《文艺评论》1991 年第 2 期。
② 《周总理永远和我们心贴心》，《光明日报》1977 年 1 月 21 日。
③ 《建国以来毛泽东文稿》第 7 册，第 124 页。

的现实主义的典型的结合"。第一次对毛泽东的"两结合"口号进行理论阐述的，则是周扬。他在《新民歌开拓了诗歌的新道路》中，首次正式传达了毛泽东"两结合"创作方法的内容，并作了理论上的阐述：

> 毛泽东同志提倡我们的文学应当是革命的现实主义和革命的浪漫主义的结合，这是对全部文学历史的经验的科学概括，是根据当前时代的特点和需要而提出来的一项十分正确的主张，应当成为我们全体文艺工作者共同奋斗的方向。……我们处在一个社会主义大革命的时代，劳动人民的物质生产力和精神生产力都获得了空前的解放，共产主义精神空前高涨的时代。人民群众在革命和建设的斗争中，就是把实践的精神和远大的理想结合在一起的。没有高度的革命浪漫主义精神就不足以表现我们的时代，我们的人民，我们工人阶级的，共产主义的风格。人们过去常常把现实主义和浪漫主义当作两个相互排斥的倾向；我们却把它们看成是对立的而又统一的。没有浪漫主义，现实主义就会容易流于鼠目寸光的自然主义；……当然，浪漫主义不和现实主义相结合，也会容易变成虚张声势的革命空喊或知识分子式的想入非非……我们应当从我国文学艺术传统中吸取现实主义和浪漫主义相结合的丰富经验，并且在共产主义新思想的基础上发扬光大之。①

在这里，周扬提出了这个口号几方面的主要精神。（1）这个口号的提出是有着现实根据的，是"当前"即"大跃进"时代的现实需要。今天看来，它和当时举国上下的浮夸风，包括文艺领域的浮夸风存在并非偶然的联系。（2）在现实主义和浪漫主义结合中，重点强调的是浪漫主义。两结合虽然要以现实主义为基础，但革命理想和革命精神是其灵魂和内核。（3）浪漫主义意味着理想，革命浪漫主义则是意味着共产主义的精神和理想。后来许多文章都是从这方面去理解和论述"两结合"创作方

---

① 《诗刊》编辑部：《新诗歌的发展问题》第1集，作家出版社1959年版，第6—7页。虽然"两结合"的创作方法的讨论和新民歌运动关系密切，但由于新民歌的讨论所涉及的很多问题超出了"两结合"创作方法，因此本书把它们分列为两章，希望读者结合阅读。

法的。

《红旗》1958第3期又发表了郭沫若的《浪漫主义和现实主义》。在文中，郭沫若首先从文学史的角度指出："在中国的现代，浪漫主义和现实主义是同时并起的，浪漫主义在反帝反封建，现实主义也在反帝反封建。"而所谓"浪漫主义派"和"现实主义派"，早已在中国共产党的领导下，根本合流，形成了一支革命的文化军队。具体到文学/文艺作品，郭沫若指出，"文艺上的浪漫主义和现实主义，在精神实质上，有时是很难分别的"，因为前者主情，后者主智，而情智都是人们所具备的精神活动，一个人不可能只有情而无智，或者只有智而无情。"因此，对于一个作家或者一项作品，你没有可能用化学的定性分析和定量分析的方法来分析，判定他或它的浪漫主义的成分占百分之几，现实主义的成分占百分之几。"就文艺创作活动来看，文艺活动反映现实，以及其本身的想象性、虚构性，使得文艺活动本质上既是现实主义的，也是浪漫主义的。他认为毛泽东是浪漫主义和现实主义结合的最好典型。郭沫若举例分析了毛泽东典型的两结合的创作方法。最后郭沫若说："我的看法是：不管是浪漫主义或者是现实主义，只要是革命的就是好的。革命的浪漫主义，那是以浪漫主义为基调，和现实主义结合了，诗歌可能更多地发挥这种风格。革命的现实主义，那是以现实主义为基调，和浪漫主义结合了，小说可能更多地发挥这种风格。"通过"革命"来统摄现实主义和浪漫主义这无疑是对这个口号的最准确的概括。

可以说，周扬和郭沫若以其特有的身份，为"两结合"的正式出台和确立，进行了理论上的准备，为第三次文代会把"两结合"作为主导的创作方法，奠定了基础。

在1960年的第三次全国文代会上，正式确定了"革命的现实主义和革命的浪漫主义相结合的创作方法"官方地位，并认定它是最好的创作方法，取代了原先的社会主义现实主义。周扬在《我国社会主义文学艺术的道路》（《文艺报》1960年第13、14期合刊）的报告中，具体阐述了"两结合"的创作方法。周扬说："为了文艺能更好地反映我们的时代，更有力地为广大劳动人民服务，为社会主义、共产主义的伟大事业服务，我们提倡革命现实主义和革命浪漫主义相结合的艺术方法。这个艺术方法的提出，是毛泽东同志对马克思主义文艺理论的又一重大贡献。"① 周扬接着具体分析了人类艺术中的现实因素和理想因素，指出人类艺术从一开始就同时具有现实的和理想的因素。由此后来发展成了现实主义和浪漫主义两个不同的流派。但长期以来，人们对现实主义和浪漫主义却存在着一种片面看法，或者只强调现实主义，或者只强调浪漫主义。而实际上，历史上许多伟大的艺术家的作品中，往往表现出现实主义和浪漫主义这两种精神、两种艺术方法的不同程度的结合。"我们今天所提倡的革命的现实主义和革命的浪漫主义的结合，批判地继承和综合了过去文学艺术中现实主义和浪漫主义的优良传统，在新的历史条件下，在马克思主义世界观的基础上将两者结合起来，形成为一种完全新的艺术方法。"② 这就把"两结合"明确地确定了下来，作为今后文艺创作的主要乃至唯一的方法。

（二）"两结合"创作方法的讨论

在"两结合"创作方法提出的过程中，相关的讨论也陆续进行着。早在《文艺报》1958 年第 7 期发表郭沫若的信，指出毛泽东的《蝶恋花》一词是"革命的浪漫主义与革命的现实主义的典型的结合"之后，《文艺报》便不断开辟专栏，讨论"两结合"创作方法。1958 年第 9 期开辟的专栏是"诗人们笔谈革命的现实主义和革命的浪漫主义相结合——向毛主席的诗词学习，向大跃进的歌谣学习"；第 12 期开辟的专栏是"戏剧家笔谈革命的现实主义和革命的浪漫主义相结合"；第 21 期又发表了《各报刊关于革命现实主义和革命浪漫主义相结合问题的讨论》的综述。为了把讨论推向深入，《文艺报》编委会从 1958 年 10—12 月举办了 7 次座谈会进行讨论，并于 1959 年第 1 期发表《本刊举行关于革命的现实主义和革命的浪漫主义相结合问题座谈会讨论要点的报告》，对革命的现实主义和革命的浪漫主义相结合的问题进行了总结。与此同时，各地方的文艺部门，也都多次召开座谈会，讨论"两结合"，各大学校的中文系，各艺术院校以及工农群众的创作小组，也都纷纷对"两结合"展开讨论。

---

① 《中国文学艺术工作者第三次代表大会文件》，人民文学出版社 1960 年版，第 42 页。
② 同上书，第 52—53 页。

关于"两结合"的讨论，大致涉及三方面的问题，一是"两结合"提出与发展的基础，即为什么要提出这样的创作方法？它的提出有什么依据？二是如何理解"两结合"，革命现实主义与革命浪漫主义能否结合？它与以往创作方法有什么不同？其中又以如何理解革命的浪漫主义为核心。三是革命现实主义和革命浪漫主义如何结合？

1. 关于"两结合"提出与发展的基础，很多论者，包括周扬和郭沫若在内，都强调了特定时代背景的重要性。他们认为，"大跃进"时代是一个前所未有的伟大时代，在这个"一天等于一百年"的时代里，人人都为建设社会主义、进入共产主义而忘我劳动、创造，人人都精神振奋、斗志昂扬、意气风发。正是这个背景为革命浪漫主义奠定了基础。1958年9月30日发表的《人民日报》社论《争取文学艺术的更大跃进》说："我们的工人和农民正在抱着无限的壮志雄心，充满着共产主义精神，排除一切困难，以国家生活中的主人公姿态，从事着豪迈的建设事业，只有把革命现实主义和革命浪漫主义精神密切地结合起来，才能充分地表达人民群众的这种英雄气概。"这段话非常清楚地展现了两结合提出的现实基础，这是当时几乎所有论者所一致认识到的。华夫在《文艺放出卫星来》中指出，社会主义的现实和共产主义的理想总是结合在一起的，生活本身是长了翅膀的，"革命的现实主义和革命的浪漫主义相结合的方法引导我们深刻地理解展翅飞翔的现实，引导我们看出写出共产主义理想照耀下的现实，看出、写出现实中的共产主义理想和趋向"（《文艺报》1958年第18期）。再比如以群说："在这样的伟大形势的面前，单纯的'现实的再现'，或是'现实之客观的表现'的文学，就显得不能赶上时代形势的要求，不能满足广大群众的需要。"[①] 充满浪漫激情的"大跃进"的时代必须有与之适应的新的创作方法，"两结合"也就成了必然的选择。

也有论者指出了两结合的思想理论基础，这就是马克思列宁主义和毛泽东思想，尤其是毛泽东的《讲话》成为"两结合"的直接理论基础。郭沫若在《浪漫主义和现实主义》中指出："从文艺活动方面来说，马克思列宁主义为浪漫主义提供了理想，对现实主义赋与了灵魂，这便成为我们

[①] 以群：《论革命的现实主义和革命的浪漫主义相结合》，《文学研究》1958年第4期。

今天所需要的革命的浪漫主义和革命的现实主义，或者这两者适当地结合——社会主义现实主义。"袁水拍在《谈诗歌中的现实主义和浪漫主义》（《文艺报》1958年第9期）中明确指出，毛泽东在《讲话》中关于"文艺作品中反映出来的生活却可以而且应该比普通的实际生活更高，更强烈，更有集中性，更典型，更理想，因此就更带普强性"这段话，正"概括了无产阶级革命文艺的方向和方法，具体地说明了革命的浪漫主义是社会主义现实主义的一个不可缺少的方面"。

此外，许多论者也从中国文学发展史中，寻找"两结合"的历史依据，认为中国文学史一直就存在两结合的现象①，这是我国艺术传统的一个重要特点，无论是小说、诗歌、戏剧、绘画，在这方面的成功之作相当多。过去虽没有用这种术语加以概括，但在艺术实践上，却是这样做的②。安旗在《从现实出发而又高于现实》（《文艺报》1958年第13期）中指出，"在历代一些优秀的创作中，现实主义和浪漫主义常常是或多或少结合在一起的。我们所称为现实主义的作品，实际上其中往往也有浪漫主义的因素，而我们所称为浪漫主义的作品，其中往往也有现实主义的基础（这里指的当然是积极的、进步的浪漫主义），不过因为它们俩在作品中所占的比重不同，因而它们决定的作品的基本面貌讲究有了不同，或基本上是现实主义的，或基本上是浪漫主义的"。接下去，安旗从《诗经》开始，分析了中国古典诗歌中现实主义与浪漫主义相结合的情况。

霍松林在《创造行动继承传统，大力发展革命的现实主义和革命的浪漫主义相结合的文艺创作》（《延河》1958年8月号）中，从文学起源于劳动这一基点指出，劳动人民从事斗争，创造生活、创造历史，是现实主义者；劳动人民在从事斗争的时候有理想、有希望，同时是积极的浪漫主义者。霍松林通过对中国文学史的简要分析又指出，在一些一向被公认为现实主义诗人的作品中，最杰出的篇章差不多都具有现实主义和积极的浪漫主义相结合的特点。而反过来看，那些一向被公认为浪漫主义的诗人，

---

① 李希凡：《文学作品中的英雄形象——革命现实和革命理想的结晶》，《文艺报》1959年第3期。

② 任桂林：《现实与理想》，《文艺报》1958年第12期。

他们最具有人民性的作品,往往也是现实主义和积极浪漫主义相结合的。

2. 在具体理解"两结合"的问题上,讨论涉及许多内容,比如:"两结合"是否从来就是统一的,还是对立的?如何理解现实主义?尤其是如何理解革命的浪漫主义?"两结合"的创作方法有什么特点?较以前的创作方法有什么不同和优点?等等。

对于"两结合"的统一与对立问题,周扬做出"革命的现实主义和革命的浪漫主义相结合,这是对全部文学历史的经验的科学概括"这个论断,而许多论者也纷纷从文学发展史中去论证和阐述这一论断(见前面的引述),但也有不同意见。茅盾就说:"我对于历史上的大作家常常同时是浪漫主义者又是现实主义者的说法,以及这两个主义从来就是结合在大作家身上的说法,都是不敢苟同的。""我们只见有基本上是浪漫主义或者现实主义但个别作品也显现不同色彩的作家,却没有看见体现两个主义结合的作家。"紧接着,茅盾对这个问题作了较为详细的阐述,他认为,"两个主义的结合不是技术问题而是思想方法问题",旧时代的作家由于受时代的限制,理想与现实是矛盾着的,"某一作家就其主要倾向来看是浪漫主义或现实主义者,但他的个别作品却两者都不是。这两者'都不是',当然不能视为'结合'。至于有些现实主义作品拖一条'理想'尾巴,恐怕更其不能视为'结合'着革命浪漫主义"[1]。

在理解现实主义和浪漫主义上,主要分歧在后者。有论者指出,"我认为:由现实出发,用饱满的热情,通过大胆的想象和极大的夸张,这种想象和夸张并且能够变成现实的,就是革命浪漫主义"[2]。这一描述性的定义显然忽视了革命与浪漫主义中的思想立场问题,而这是很多论者所敏锐地看到的,比如有的论者就指出,我们现在所说的革命浪漫主义和革命现实主义,与过去的浪漫主义和现实主义是有区别的。"我们所说的革命浪漫主义和革命现实主义并不简单是指它带有进步倾向和积极意义,而是指它是具有表现工人、农民、士兵和无产阶级知识分子反对资本主义、封建

---

[1] 茅盾:《短篇小说的丰收和创作上的几个问题》,《人民文学》1959年2月号。
[2] 《革命的现实主义和革命的浪漫主义相结合问题座谈记录》,见文艺报编辑部编《论革命的现实主义和革命的浪漫主义相结合》,作家出版社1958年版,第146页。

主义，积极从事社会主义运动和社会主义建毅的伟大理想、热情和斗争的思想，即或描写历史，也是以社会主义思想作为指导去进行分析和评断的。"① 这就指明了两结合所蕴含的政治问题。胡经之在《理想与现实在文学中辩证的结合》（《文学评论》1959年第1期）一文中也指出，革命的现实主义和革命的浪漫主义相结合这一创作方法和现实主义、积极浪漫主义"不仅仅在世界观、思想意义等方面有质的不同，而且，在创作方法本身也有着质的差别"。他认为，由于过去时代的限制，作家的认识、理想与现实不能统一，他们的创作方法也有局限性的，只能达到批判的现实主义和积极浪漫主义，而不能真正地把现实主义和浪漫主义结合起来。

安旗在《从现实出发而又高于现实》指出，过去的积极浪漫主义中的思想往往是与当时丑恶的现实相对立的，而先进人物因为不能和人民相结合，所以其反抗往往带有遗世独立、孤傲不群、狂放不羁的性格，而今天的浪漫主义则"是在无产阶级革命的现实生活中产生的，是在共产主义思想的鼓舞下产生的，正是和过去任何时代的浪漫主义根本不同之点。由于这根本不同之点，就决定了今天的革命浪漫主义中的理想是共产主义的；就决定了今天的革命浪漫主义中的英雄气概是集体主义的；既有共产主义的伟大、明确的理想，又有集体英雄主义的无坚不摧的力量，从而也就决定了今天的革命浪漫主义之中再没有过去时代那种悲哀和失望的调子，而是洋溢着革命的乐观主义的精神"②。思齐特别批评了滥用革命的现实主义和革命的浪漫主义相结合的创作方法的现象。他指出："李希凡同志认为《水浒》是表现了革命的现实主义和革命的浪漫主义的结合的最突出的作品，《西游记》和《水浒》……都渗透着革命的现实主义和革命的浪漫主义的鲜明特征。把'革命的'一词理解为包罗古今中外一切革命，这是欠当的。本来，按照广义的概念，把写资产阶级革命和农民革命的作品也算作革命的现实生义或革命的浪漫主义也未尝不可，过去就有人把积极的浪漫主义也称做革命的浪漫主义。但是广泛地使用这一概念显然会降低了我

---

① 《革命的现实主义和革命的浪漫主义相结合问题座谈记录》，见文艺报编辑部编《论革命的现实主义和革命的浪漫主义相结合》，第162页。

② 同上书，第75—76页。

们今天所提出的'革命的'标准。……所谓'革命的'含义,只能是无产阶级的革命而不能是资产阶级的革命或农民革命。……我们必须把革命的现实主义和革命的浪漫主义理解为无产阶级革命的历史范畴,看作是社会主义——共产主义文学的特定的创作方法……否则,不仅会取消这一新的创作方法与积极的浪漫主义和批判的现实主义的质的区别,而且将否定了无产阶级的世界观的巨大意义。"[1]

对于两结合这种新的创作方法的特点,胡经之给予了总结。(1) 革命的现实主义与革命的浪漫主义相结合,在认识和反映现实时,不仅要让作者自己的认识体现在作品中,而且也要让自己的社会理想浸透于整个形象中,使作品放出理想的光芒。(2) 革命的现实主义和革命的浪漫主义相结合,使得作家主观世界中的理想和认识根本统一,和客观世界中的客观规律也相一致。(3) 革命的现实主义和革命的浪漫主义相结合,还使体现在艺术形象中的作者的美学理想与对现实的具体认识辩证地结合起来[2]。

3. 关于如何结合的问题。贺敬之在谈到这个问题时指出,革命的浪漫主义要求诗人,(1) 必须要有理想,要有共产主义理想,向无限的未来阔步前进。革命的理想主义是革命的浪漫主义的基础。(2) 必须要有共产主义者的无限广阔的胸怀。(3) 必须是集体主义者,是集体主义的英雄主义。没有英雄气概,不可能有积极的浪漫主义的激情。(4) 要不满足于一般的所谓"写真实"的方法,要有更鲜明的色彩,更响亮的声音,要运用"不平凡"的情节,运用夸张、想象、幻想的形式。[3] 臧克家在《理想,热情,诗意》(《文艺报》1958 年第 9 期)中,提出了要写出好的"两结合"作品的三个条件:"1. 深入到人民斗争生活中去。2. 要有高度的热情,高度的马克思列宁主义思想;热情高,才能热爱现实生活,大胆地幻想未来,思想高,才体味的深,人家看不到的新生事物,它能最先感受到。3. 要有很深的文艺修养。没有深厚的修养,有感受也表现不出来。"

在这个问题上,茅盾的认识也许更为深刻和清醒。他说,作家和艺术

---

[1] 思齐:《杂谈革命的现实主义与革命的浪漫主义相结合》,《红岩》1959 年第 6 期。
[2] 胡经之:《理想与现实在文学中辩证的结合》,《文学评论》1959 年第 1 期。
[3] 贺敬之:《漫谈诗的革命浪漫主义》,《文艺报》1958 年第 9 期。

家想要革命浪漫主义地反映这个革命浪漫主义时代，他光有革命浪漫主义的热情是不够的，他必须有"高度的思想水平，有坚强的工人阶级立场，有工人阶级的征服任何困难的气魄和看得远、看得透的广大的胸襟。如果把和革命浪漫主义结合的问题看成是一个艺术表现技法的问题，那就是'失之毫厘，谬以千里'了"①。在这里，茅盾实际上已经明确指出了"两结合"其实并不完全甚至根本就不是一个纯粹的学术问题，而是一个文艺学范畴之外的问题，这"之外"就是政治。

（三）"两结合"的政治语义与"文化大革命"后的讨论

"两结合"这个口号的提出，主要是为了适应和配合"大跃进"的形势，在一定程度上助长了文学创作上的浮夸风，使得文学创作中回避矛盾、粉饰生活、拔高人物、神化英雄的倾向愈加明显。而对于这一理论的论证，也存在很多问题，比如苦心孤诣地寻找"理论根据"，概念混乱，牵强附会。实际上，论证"两结合"时的理论资源和论证方法与论证"社会主义现实主义"本质上是一样的，政治被突出地放在了首位。由此有研究者指出："实际上，'两结合'在理论上并没有提出社会主义现实主义理论以外的新内容。"② 这是切中要害的。这个没有新内容的口号之所以仍然要提出并大张旗鼓地宣传，实际上是为了完成与苏联决裂后的意识形态需要，成为一种替代的表意形式，以它作为分界线，标示了中国与苏联文艺理论的疏离关系，显示了中国重建独立的文化身份的决心。但是在另一方面，我们也应当看到，也就在这一权宜之计中暴露了理论积累的贫瘠，它所有的资源从来也没有离开过政治文化一步，而在它的引导下，中国文艺学陷入了更加政治化的境地之中，一直到"文化大革命"③。

1979年5月29日至6月8日，98所高等学校、14个有关报刊、出版单位的代表，在西安举行了"社会主义文学创作方法学术讨论会"。讨论主要集中在"革命的现实主义和革命的浪漫主义相结合"的问题上。争论

---

① 茅盾：《关于革命浪漫主义》，见《文艺报》编辑部编《论革命的现实主义和革命的浪漫主义相结合》，第36页。
② 朱寨主编：《中国当代文学思潮史》，第358页。
③ 孟繁华：《中国20世纪文艺学学术史》第3部，第115页。

的主要内容包括：文学史上现实主义与浪漫主义能否结合，革命的现实主义与革命的浪漫主义能否结合，如何理解毛泽东同志有关"两结合"的论述，"两结合"的实质是什么，"两结合"与社会主义现实主义的关系，创作方法在文艺创作中的作用，等等。有的问题虽然在"文化大革命"前已经讨论过，但这次的讨论显然要开放得多，深入得多，其中一个重要体现，就是强调了文艺创作的独特性与创作方法的相对性，而不是像以前那样过分强调世界观对创作的指导乃至决定作用。与会代表认为，现实生活本身是五彩缤纷的，反映这一丰富现实的文艺的创作方法也应当是多种多样的。不仅要大力发挥革命的现实主义、社会主义的现实主义、革命的浪漫主义以及"两结合"等无产阶级文学的创作方法的巨大作用，而且应当允许清醒的现实主义（或者叫严肃的现实主义）、积极的浪漫主义等社会主义文学的同盟军的创作方法的存在。作家在政治方向一致的前提下，采用什么样的创作方法，可以自由选择、自由竞赛。赞同"两结合"的同志表示不"独尊""两结合"，不排斥其他创作方法；不赞同"两结合"的同志，也认为先不急于彻底否定"两结合"。大家共同主张：各种创作方法的优劣，让文艺实践去检验，让群众去评判[①]。

在1979年10月的中国文学艺术工作者第四次代表大会上，茅盾和周扬也以开放的姿态对"两结合"作了新的阐释。茅盾在报告中说："毛主席是在苏联（赫鲁晓夫时代）抛弃了社会主义现实主义这个口号以后，提出革命的现实主义和革命的浪漫主义相结合的创作方法，明确提出了革命浪漫主义这一个重要的因素。毛主席对这个新的创作方法没有明确的定义，留待理论家去探讨。而理论家又有待于作家的实践。"茅盾又说："允许作家们有选择创作方法的自由，也是重要的。不能把'两结合'的创作方法作为必须遵守的创作方法，因为实践是检验真理的惟一标准。"这一说法显然要比"文化大革命"前的论述宽松、开放得多了[②]。周扬也强调创作的自由与创作方法的多样化，而不能固守一种创作方法，"不应强求

[①] 白烨：《"两结合"问题》，见白烨《文学论争二十年》，华中师范大学出版社1998年版。原载《文学研究动态》1979年第9期。

[②] 茅盾：《解放思想，发扬文艺民主》，见《中国文学艺术工作者第四次代表大会文集》，四川人民出版社1980年版，第74、75页。

一律"①。

第四次文代会后到20世纪80年代，关于"两结合"的讨论多了起来，意见有两种，一种就是继续肯定"两结合"创作方法，认为"'两结合'的创作方法不能轻易否定"②。但更多的文章质疑"两结合"创作方法，甚至否认"两结合"是一种独立的创作方法。比如吕兆康就认为，毛泽东同志提出的有关"革命的现实主义和革命的浪漫主义相结合"的口号，有着两个方面的含义：一是主张在我国的文艺创作中，既需要革命现实主义的创作方法，也需要革命浪漫主义的创作方法；二是提倡用现实主义创作方法写作时应有革命理想的指导，在用浪漫主义创作方法写作时应有革命实践为基础。它是对两种创作方法提出的要求。因此，把"两结合"作为一种既区别于革命现实主义，又区别于革命浪漫主义的第三种创作方法，是缺乏充分根据的③。这次讨论并没有赋予"两结合"新的内涵，只是在"文化大革命"后的民主气氛下，强调的文艺创作的多样化，而不是仅仅局限于"两结合"这一种创作方法。随着20世纪80年代中期创作多样化的全面展开，关于"两结合"的讨论基本上也就停止了。

---

① 周扬：《继往开来——繁荣社会主义新时期的艺术》，见《中国文学艺术工作者第四次代表大会文集》。原载《文艺报》1979年第11期。

② 王德勇：《"两结合"的创作方法不能轻易否定》，《河北大学学报》1980年第4期。除此之外，其他赞同"两结合"的文章有陈涌《鲁迅的现实主义和浪漫主义问题》，《人民文学》1981年第10期；巴人《我们为什么提出革命现实主义与革命浪漫主义相结合的创作方法》，《杭州师院学报》1985年第2期等。

③ 吕兆康：《"两结合"是一种独立的创作方法吗？》，《文艺理论研究》1980年第1期。除此之外还有陈辽《"两结合"创作方法质疑》，《安徽文艺》1979年第9期；丁福原《"两结合"创作方法质疑》，《广州文艺》1989年第9期等。

第 四 章

新民歌运动与新诗发展方向的讨论[①]

一 新民歌运动概述

随着1958年5月中国共产党第八次全国代表大会第二次会议制定了"鼓足干劲，力争上游，多快好省地建设社会主义"的总路线，中国迎来了"大跃进"时代。而为了表现"大跃进"时期经济建设的热潮，新民歌这种通俗易懂的艺术形式便迅速兴盛起来；毛泽东对民歌的重视，更是极大地推动了新民歌的创作和收集。其实，早在1958年3月22日，在中共中央酝酿"大跃进"的成都会议上，毛泽东就发出号召，要求大家搜集和创作新民歌。他说："印了一些诗，净是些老古董。搞点民歌好不好？请各位同志负个责，回去搜集一点民歌。各个阶层都有许多民歌，搞几个试点，每人发三五张纸，写写民歌。劳动人民不能写的，找人代写。限期十天搜集，会搜集到大批民歌的，下次开会印一批出来。中国诗的出路，第一是民歌，第二是古典。在这个基础上，两者'结婚'产生出新诗来，形式是民族的，内容应当是现实主义和浪漫主义的对立统一。太现实了，就不能写诗了。"[②]

在毛泽东的倡导下，全国各大报刊，包括《人民日报》都开展了大

[①] 考虑到已有不少研究从历史的角度对于新民歌运动与新诗方向讨论作了比较清晰的历史梳理，本章的分析构架主要是逻辑的。另外，鉴于诗歌研究领域已经有从本专业角度对于新诗讨论的研究成果，本章的重点是阐述这个讨论中体现的文化现代性与民族性问题。

[②] 《建国以来毛泽东文稿》第7册，第124页。

规模收集民歌的活动。1958年4月14日,《人民日报》发表《大规模地收集全国民歌》的社论。社论指出,从已经收集发表在报刊上的民歌来看,这些是现实主义和浪漫主义相结合的好诗,反映了我国人民生产建设的波澜壮阔的气势,表现了劳动群众的社会主义觉悟的高涨。社论还号召:"这是一个出诗的时代,我们需要用钻探机深入地挖掘诗歌的大地,使民歌、山歌、民间叙事诗等等像原油一样喷射出来。……诗人们只有到群众中去,和群众相结合,拜群众为老师,向群众自己创造的诗歌学习,才能够创造出为群众服务的作品来。"在5月召开的中共八大二次会议上,周扬又做了《新民歌开拓了诗歌的新道路》的发言,从理论上系统地论述了民歌的思想内容和艺术特征,阐明了党对搜集民歌和其他民间文学的方针政策。他说:"大跃进民歌反映了劳动群众不断高涨的革命干劲和生产热情,反过来又大大地促进了这种干劲和热情,促进了生产力的发展。新民歌成为工人、农民在车间或田头的政治鼓动诗,它们是生产斗争的武器,又是劳动群众自我创作、自我欣赏的艺术品。社会主义精神渗透在这些民歌中。这是一种新的、社会主义的民歌;它开拓了民歌发展的新纪元,同时也开拓了中国诗歌的新道路。"[①]而搜集、整理和出版新民歌,对于我们现在文学的进一步民族化、群众化,将发生决定的影响,它将"开一代的诗风,使我国诗歌的面貌根本改变"[②]。他还展望说:"群众诗歌创作将日益发达和繁荣,未来的民间歌手和诗人,将会源源不断出现,他们中间的杰出者将会成为我们诗坛的重镇。民间歌手和知识分子之间的界线将会逐渐消泯。到那时,人人是诗人,诗为人人所共赏。这样的时代不久就会到来的。"[③]周扬在发言中引用了10首"大跃进"民歌,并且让人编选了110首"大跃进"民歌,汇成《新民歌百首》,作为发言的附件印发与会代表。

1958年第18期的《文艺报》以专论的形式,正式提出了《文艺放出卫星来》,把新民歌运动带到了整个文艺创作中,甚至提出"建设共产主

[①] 《诗刊》编辑部:《新诗歌的发展问题》第1集,第1—2页。《红旗》创刊号,1958年第1期。

[②] 同上书,第3页。

[③] 同上书,第13页。

义文艺"的口号。1958年9月30日,《人民日报》发表社论《争取文学艺术的更大跃进》,呼吁广大的文艺工作者"用百倍千倍的干劲,争取文学艺术的更大跃进、更大丰收"。《文艺报》1958年第19期也发表社论《掀起文艺创作的高潮!建设共产主义的文艺!》,指出"现在提出建设共产主义文学艺术的任务,不是太早,而是适时的,必要的"。这样,从1958年4月开始,全国文联及各省、市、自治区和各地县党委都纷纷发出有关收集新民歌民谣的通知,要求成立"采风"组织和编选机构,开展规模浩大的"社会主义采风运动",并强调这是一项政治任务。1959年,红旗出版社出版了时任中宣部副部长、中央分管文艺工作的周扬和诗坛泰斗郭沫若共同编选的《红旗歌谣》300首,显示了新民歌运动的实绩。《红旗歌谣》作为当时的创作范本不仅对民间歌手具有指导意义,而且对当时的作家诗人也具有规范意义。

二 重建民族国家的文化认同

在1958年、1959年关于中国新诗发展道路的讨论中,核心的问题之一是中国诗歌的民族化问题。但这个问题不是孤立的,与它相关的一个更大的问题是新中国民族—国家的文化认同建构——如何建构、以什么为基础建构。由于中国的现代民族国家建构处在一个非常特殊的语境中,它必须处理古/今、中/外、无产阶级/资产阶级、知识分子/人民大众等诸多复杂关系,本章无力也不准备详细地分析这种关系[1]。但可以肯定的是,在中华人民共和国成立以后,随着马克思主义的阶级分析方法确立为占主流地位的话语—知识型,文化与文艺领域中的民族化问题(包括传统与现代、中国与西方、知识分子与大众的关系等相关问题)基本上被纳入阶级论的框架[2]。

---

[1] 可以参见拙著《社会转型与当代知识分子》,尤其是第一章"被迫的现代化与文化认同的两难——兼论现代中国民主主义的两种取向",上海三联书店1999年版。
[2] 阶级论框架在20世纪40年代的民族形式讨论中已经非常普遍,尤其是无产阶级阵营中的理论家几乎没有例外,但依然没有被确立为国家意识形态。

正是在这样的阶级论框架中，文艺的民族性几乎成为大众性的同义语，而所谓"大众"并不一般地指"国民"，而是特指无产阶级或工农兵，大众既不包括资产阶级、小资产阶级，也不包括知识分子①。更确切地说，所谓"民族性"的话语建构遵循了一个认同、两个排除的程序。一个认同，即认同人民大众或工农兵；两个排除，首先是排除西方文化，其次是排除知识分子文化——在这里，西方文化（洋腔洋调、洋八股）与知识分子文化（学生腔）又几乎被完全等同，并具有相同的阶级属性（资产阶级或小资产阶级）。学生腔（知识分子文化）实质上就是洋八股（西方文化），因此不能代表民族文化。只有特定的阶级与特定的社会阶层才有资格代表民族，这里，民族文化认同的建构背后的政治逻辑已经显露。

与此同时，1958年、1959年参加新诗问题讨论的人几乎一致认为，"五四"新诗的根本问题就是脱离群众，即西化（即脱离民族）与知识分子化（小资产阶级化）。因此有必要重新确立其发展方向。这个重建工程的基础就是民歌尤其是新民歌，以及古典诗歌。新民歌具有双重优势：从政治文化的角度说，新民歌是无产阶级或劳动人民的文化，是"共产主义文学的萌芽"；而这种阶级的纯洁性与政治的先进性自然赋予它以民族文化代表的合法性。古典诗歌获得新民族文化建构的资源资格，则表现出一种与"五四"不同的对于传统文化的态度。

显然，在诗歌形式问题讨论的外表下进行的是一场重塑新中国的民族文化认同的工程，这一现代性工程涉及如何重新解说民族性，如何认识传统文化、民间大众文化（区别于今天所说的商业性的城市大众文化）、知识分子文化以及西方文化在这种重建中的地位与关系，如何认识

---

① "大众"、"人民群众"、"老百姓"等词的准确含义及其与"民族"概念的关系不易确定。但就西方的情况而言，在"民族"的传统形态向现代形态转化的过程中，"民族"的含义与"人民"（people）以及"国家"逐渐趋同，"人民"作为一个现代政治术语，在革命民主派的理论框架中是指具有公民权的全体国民，而在民族主义的理论框架中则指先天上不同于"外国人"的那些成员（参见霍布斯班《民族与民主主义》，上海人民出版社2000年版，第21—25页）。但是在新中国成立以后的阶级论框架中，"人民大众"、"人民群众"既不是指全体国民，同时也不是先天具有种族特征的群体，而是指无产者（"资产阶级"的对立面），包括具有无产阶级立场和思想的人；从文化尺度看，人民则被界定为"知识阶层"的对立面。

文学形式的政治性等重要的理论与实践问题；而这个建构过程的实质则是与政治权力紧密相关的文化权力问题。正如西方学者已经充分证明的：现代的民族共同体本质上是一种"假设"，一个"方案"，一个"策略"，一个"想象的共同体"，一种现代性的规划与建构实践。这种建构实践即使在一个共同体内部也必然涉及权力问题。共同体不是"自然的"、"天赋的"类别，而是一种区分、分离行为的结果。霍布斯班指出："民族原本就是人类历史上相当晚近的现象，而且还是源于特定地域及时空环境下的历史产物。"民族不是什么天生一成不变的社会实体，它不但是特定时空下的产物，而且是一项相当晚近的"发明"。霍布斯班特别强调在民族建立的过程中人为因素的重要性，比如用以激发"民族情操"的各种宣传鼓动、文化符号与制度设计等①。盖尔纳则指出："将'民族'视为是天生的、是上帝对人类的分类，这样的说法实则是民主主义神话。民主主义时而利用文化传统作为凝聚民族的手段，时而因应成立新民族的需要而将文化传统加以革新，甚至造成传统文化的失调——这乃是不可否认的历史事实。"②

这样建构起来的现代"民族"实际上并没有什么客观特性（比如共同的语言、族性、文化传统等），相反，这些特性倒是人为的建构物。如同霍尔指出的：我们正是通过用以表征英国的"民族文化"的那些符号象征系统，才知道什么是所谓"英国性"（Englishness），知道成为一个"英国人"意味着什么。"民族身份并不是我们生而具有的东西，而是在表征中并通过与表征的关系而塑造、形构、转化的。"③

由于绝大多数现代的民族国家（包括现代中国）是一个政治共同体而不是种族共同体、语言共同体或（民族）文化共同体，所以，同一个现代民族—国家内部必然存在不同的民族文化认同，必须对这些文化要素进行

---

① 霍布斯班：《民族与民主主义》，第5页。
② 转引自霍布斯班《民族与民主主义》，第10页。
③ S. Hall, "The Question of Cultural Identity", from *Modernity and Its Future*, edited by Stuart Hall, David Held and Tony McGrew, Open University Press, 1992, p. 292. 相关的著述还可以参见 Benedict Anderson, *Imagined Communities*, *Reflections on the Origin and Spread of Nationalism*, Verso Books, 1991。

筛选、排除、等级排列等暴力手段，才能建构成一体化的民族—国家认同。依据霍尔的研究，在现代意义上的民族文化的建构中，一个关键性的转换是：在前现代时期或一个更加传统的社会中，原先被赋予一个部落、人民、宗教或地区的忠诚与认同，随着现代民族国家的建立而逐渐被转移到主权国家的新建构的、统一的所谓"民族文化"上，地区的、人种的或其他的差异逐渐归入民族—国家的所谓"政治的屋顶"之下，并因此成为现代文化身份的一个有力的意义来源。

这就必然涉及民族文化的同一性建构与文化多元化之间的关系这个十分紧要的问题。这个问题在发展中国家具有特别重要的意义。美国普林斯顿大学政治系教授维罗里曾经指出："民族主义在发展中国家的现代化过程中具有中心的地位。它首先意味着，这些发展中国家应该有权按照自己的意愿、传统和生活方式自由发展……这时民族主义所要求的是国家的独立、经济上的自治、本国生活方式的维系，这就是一个国家的真正解放，赢得了解放的发展中国家不必再仿效别的什么国家了。"但同时他也警告，民族主义具有二重性，"当民族主义强调和捍卫一个国家的文化、宗教或语言上的和谐时，它也接纳多样化（diversity）和多元化（pluralism），接纳一个国家内的多元文化、多样化的生活方式、多样化的语言等。作为一个文化统一体的国家，应当允许其某些国民有权作出选择，允许他们不支持那种理想化的文化统一理念，而保留自己的看法"[①]。

民族主义的这种二重性对我们正确理解与评价1958年、1959年的新诗民族性问题讨论具有十分重要的启示。一方面，新中国成立以后的中国领导人，特别是毛泽东，鉴于国际环境的压力，致力于寻求具有民族特色的社会发展方向与发展道路，文化同一性的建构是这个中国特色现代化工程的内在组成部分；但另一方面我们也不能否认，在建构文化同一性的过程（新民歌运动与新诗方向的讨论是这个过程的一个重要组成部分）中，如能更好处理国家内部的文化多元性与多样性，更好贯彻民族文化认同的民主商谈原则，文化同一性与多样性的关系将会处理得更好。

[①] 程笑：《爱国主义、民族主义及现代化——维罗里教授访谈录》，《公共理性与现代学术》，生活·读书·新知三联书店2000年版，第177页。

三 民族风格与大众化

历史地看，把大众化与民族化联系甚至等同起来，这样一个建构文化民族性的方案并非始于 1958 年。至少在 20 世纪 30 年代末的"民族形式"讨论中这一等式已经确立（其实还可以追溯到 30 年代初期的大众化讨论，限于篇幅，在此不拟涉及）。在"五四"启蒙主义语境中，占据主流地位文化民族性建构方案是激进的全盘西化，即通过全面引入西方现代文明（被等同于"先进的"文明）重建中国的民族性。但到了 1938 年，毛泽东发表了《中国共产党在民族战争中的地位》一文，集中强调了马克思主义的中国化问题。文章中有这样一段大家耳熟能详的话："洋八股必须废除，空洞抽象的调头必须少唱，教条主义必须休息，而代之以新鲜活泼的、为中国老百姓所喜闻乐见的中国作风与中国气派。""为人民大众所喜闻乐见"被确立为"中国作风、中国气派"（民族性）的标准。这是一个与"五四"时期的精英主义立场迥然不同的大众主义立场。这个经典论述在当时的左派文艺阵营中占主流地位（但是在一系列问题上与 1958 年的讨论仍有相当大的区别）。艾思奇在《旧形式运用的基本原则》中的一段话值得注意：

> 我们的新的生活，新的工作，新的体验，要求我们要有新的文艺。这文艺不但是新的，而且是民族的，也就是大多数民众所接受的，它能够被民众看做自己的东西。直到今天，我们有新的文艺，然而极缺少民族的新文艺，我们的民族的东西，主要地都是旧形式的东西。①

在这里，我们必须注意几个重要的论断。首先，所谓民族性也就是大众性，只有大众接受并喜欢的形式才是民族的形式；其次，"五四"的新文

---

① 《文学运动史料选》第 4 册，上海教育出版社 1979 年版，第 394 页。

学虽然是新的,但却不是民族的,因为它不是大众的。民族的东西依然是旧的传统文学形式。在这里,已经显露现代性与民族性之间的悖离与紧张。1958年的诗歌讨论基本上依然在这两个结论的基础上展开。

"大众"地位变化的直接原因是政治需要:民族战争时期的群众动员。毛泽东发表《中国共产党在民族战争中的地位》的目的以及当时关于民族形式的讨论(包括大众化与民族化的关系、民族化与旧形式利用的关系等)都是为了动员群众参加抗战的政治目的。

1958年的新民歌运动以及同时进行的新诗歌发展方向的讨论,同样是"当时政治、经济形势的产物,并反过来构成对1958年的'大跃进'的配合和支持"①。可以说,党中央以及毛泽东本人对于民歌的异乎寻常的重视具有明显的政治动机(这种重视表现在毛泽东几次在中央会议上倡导搜集民歌,《人民日报》三番五次发表社论并大量刊载新民歌作品,等等)。1957年、1958年间的毛泽东具有一种非常强烈的赶美超英的紧迫感而其选择的现代化方法却不是西方资本主义国家的方式(比如理性化、市场化等),而是一种具有民族特色的发展模式②。

有理由认为这种发展模式的民族性与新民歌运动的文化民族性诉求之间存在紧密的、非偶然的联系。新民歌本身就是文艺领域的"大跃进"("放文艺卫星"),它们的共同特点就是充满了不切实际的幻想与不可抑制的非理性冲动——所谓"革命浪漫主义"。这种由最高权力机构直接发动的政治性群众运动表明,所谓"新民歌"根本不是真正意义上的民歌(民间自发创作),毋宁说是对于"民歌"的极大反讽。正因为这样,过分强调新民歌运动的"民间"性质并把分析构架建立在官方—知识分子—民间的三元模式上是具有误导性的。同时,这种自上而下的性质也是国家意识形态机器借用群众运动方式建构统一的民族文化认同的有力证明。它

---

① 参见洪子诚、刘登翰《中国当代新诗史》,人民文学出版社1994年版,第163页。此书对于新民歌运动以及新诗发展问题讨论的性质、缘由、前因后果以及发展线索有比较详细的介绍、梳理与分析,参见该书第163页以下。

② 在建构现代民族国家的长期努力中,毛泽东所坚持的一直是自下而上的建国道路,以地方民众而非精英为其主要的动员资源。这是共产党与国民党不同的建国方略。参见郑永年《中国民主与自由主义研究·提纲》,《公共理性与现代学术》。

与国家主导的群众运动式发展模式之间的联系并不是偶然的。

动员群众或老百姓当然就要运用群众熟悉与喜欢的形式，而群众喜欢的据说恰恰是民歌、旧形式而不是新形式。"五四"的新诗因此受到批评，民歌（以及古典诗歌）因此受到高度评价。时任主管文艺的中宣部副部长的周扬，在1958年5月召开的中共八大二次会议上的纲领性讲话《新民歌开拓了诗歌的新年道路》中，说了一段颇具权威性、为不久即将展开的诗歌讨论所广泛引用的话："新诗有很大的成绩……但新诗也有很大的缺点。最根本的问题就是还没有和劳动群众很好地结合，群众感觉许多新诗并没有真实地反映他们的生活、思想和情感，在这些诗中感觉不出劳动群众自己的声音笑貌，更不要说表现劳动群众的风格和气魄了。群众不满意诗读起来不上口，特别不满意那些故意雕琢、晦涩难懂、读起来头痛的诗句，总之，群众讨厌洋八股。有些诗人却偏偏醉心于模仿西洋诗的格调，而不是去正确地继承民族传统，发挥新的创造，这就成为新诗脱离劳动群众的重要原因。"[①]

这里有几个重要的论述方式值得重视。（1）"劳动群众"这一特殊的社会群体（不包括知识分子、资产阶级、小资产阶级等）是否喜欢成为评价新诗得失的最重要依据，这表明"为工农兵服务"已经确立为不可动摇的评价文学的标准。（2）对于"西洋诗"与"中国传统诗"采取了一种简单化的本质主义视角，即所有西洋诗歌均为"故意雕琢、晦涩难懂、读起来头痛的诗句"，而"民族传统"则一定是人民"喜闻乐见"的。尽管实际上中国古代的诗歌同样存在"故意雕琢、晦涩难懂、读起来头痛的诗句"（陈独秀在《文学革命论》中为古典文学开的三大罪状之一就是"雕琢"、"艰涩"）。这表明对于传统文化的评价有了明显的变化。（3）"五四"新诗的主要缺憾是脱离群众与脱离传统（洋化）。

周扬讲话了奠定新诗歌讨论的基调，其体现的"知识分子腔/学生腔"＝"洋腔洋调"，"大众喜闻乐见"＝"中国作风、中国气派"的逻辑与论式，在当时的其他相关文章中几乎俯拾即是。宋垒在《第三种"化"》中

[①] 周扬：《新民歌开拓了诗歌的新道路》，《红旗》1958年创刊号。亦见《新诗歌的发展问题》第1集，第3页。

指出，脱离群众是造成洋学生腔的根本原因，所以，"正确的道路只有一条：掉队，就赶上！向工农大众的方向'化'。当诗人真正与群众结合，他便会荡涤自己的洋腔洋调，用群众的感情、群众的语言说话"①。

这里显然存在逻辑的混乱。"学生腔"与"洋腔洋调"并不是一回事；因为国外的诗歌也分为种种，一些是学生腔的，一些是大众化的。更重要的是，所谓"人民大众"是天然地代表中华民族么？知识分子天然地是崇洋媚外么？不是有大量的知识分子在反对所谓"崇洋媚外"么？人民大众是否天然地反对洋腔洋调（比如长句子）？他们对于旧形式的喜欢是历史的产物还是本性使然？到底什么是"人民大众"？在民族特色＝大众化，洋腔洋调＝脱离大众（学生腔）此类分类框架（其实质是文化暴力）中，上述逻辑混乱都被掩盖了或忽视了。在这里，我们正可以看到当时的文化民族性建构所隐含的排除与包含逻辑：它排除了知识分子文化与外国文化在中国民族文化民族性建构中的应有位置。更严重的是，它虽然在名义上把知识分子包含在"国民"的范畴内，但却又在"国民"中进行以阶级为依据的身份等级划分，剥夺了知识分子阶层在国家中的主人公地位，从而严重地违反了现代民族国家文化认同建构的民主原则。结果，在"无产阶级当家做主"的民族—国家中，知识分子被打入另册。新民歌之所以被抬到中国诗歌发展方向的地位，正在于它是工农兵自己创作、为工农兵服务的文化，而新中国民族文化的当然代表只能是工农兵。合乎逻辑地，新民歌所代表的文化就不仅是新诗的发展道路，而且也必然是新中国民族文化的发展方向。用周扬的话说："新民歌给人最突出的印象是劳动人民在国家生活中取得了主人公的地位，有了自豪的感觉。"②

在这里，我们可以非常清楚地看到：所谓诗歌道路的论争要解决的实际上是文化领导权的问题，它与执政党的文化发展方向、与新政权的合法性机制都紧密相关。

民族—国家的文化代理人问题解决了，文艺的服务对象也就解决了，

---

① 宋垒：《第三种"化"》，《诗刊》1958年第4期。亦见《新诗歌的发展问题》第1集，第36页。

② 《新民歌开拓了诗歌的新道路》，《红旗》1958年创刊号。亦见《新诗歌的发展问题》第1集，第4页。

用丁力的话说："只有真正为工农兵服务的作品，同时也就为知识分子服务了。"①

民族性问题的阶级化、党派政治化也反映在对外国文学的重新分类上。窦功亚在其《民歌万岁！》中把"诗"分作三种：古诗、洋诗、民歌。所谓"洋诗"，在他看来就是"自由诗"、新诗、知识分子的诗，它与民歌的区别在于："民歌是抒发劳动人民的内心深处的真实感情的；洋诗，是抒发资产阶级、小资产阶级的感情的。"用阶级的话语划分诗歌类型，尤其是中国/外国的区别，民族性问题从而被转化为了阶级性问题。知识分子的诗与外国诗因为同属于资产阶级性质被划归一起并逐出文化民族性的领域。在这里，阶级的标准比之于民族的标准是更为根本的。因为在有些人看来，外国的诗歌也可以分为民歌的/群众的与知识分子的/贵族的/资产阶级的两种。前者与中国的民族性没有矛盾，它是中国民歌的"兄弟"，都是劳动人民或无产阶级的作品。这就是说，外国民歌由于其政治正确性，已经不是"洋腔洋调"，无产阶级的"西方"已经不再是西方，所以与民族性似乎不再矛盾。从这里，我们可以发现新民歌运动所代表的文化民族性建构虽是非民主的，却又是现代形态的，因为它并不诉诸前现代的民族性基本要素：血缘、族性或方言。

四 "五四"新诗传统的评价与重塑

自周扬的讲话以后，认为"五四"以来的新诗脱离群众、脱离传统、洋化与脱离民族特色，已经成为一个"共识"，很少有人表示异议。其作为新中国的民族—国家文化代表的资格受到深刻的挑战②。"五四"新诗（以及它背后的那套启蒙主义现代性话语）一下子面临前所未有的合法性

---

① 丁力：《诗风杂谈》，《人民日报》1958年5月27日。亦见《新诗歌的发展问题》第1集，第42页。

② 据有的资料透露，在1958年3月22日的中央成都会议上，毛泽东除了指出中国诗歌的出路"一是民歌，一是古典"以外，还说："现在的新诗不成形，没有人读，我反正不读新诗。除非给一百块大洋。"参见洪子诚《中国当代文学史》，第190页注释［1］。

危机①。对于"五四"新诗的重新评价本身就是重建文化民族性的一个内在部分与题中应有之义。大家（即使是对民歌持一定保留态度的人）普遍认为，"五四"以来的新诗在民族化、大众化以及继承传统方面存在重大缺陷，导致新诗的文化民族性与大众性的丧失。天鹰说："所谓新诗歌的基本道路，我的理解是指一个国家的诗风和诗歌的民族形式的问题，也就是诗歌的民族化和群众化的问题，从这点来说，五四以来的新诗就存在着相当大的缺憾，必须加以彻底的改造。"②沙鸥在《道路宽阔，百花争艳》中总结了新诗的三大"缺点"，在当时的文章中具有代表性：（1）还没有与劳动人民打成一片，没有很好地表现劳动人民的思想感情；（2）对于劳动人民的语言还不熟悉，盲目学习西方，具有洋腔洋调；（3）在打破旧体诗格律的同时忽视了对于传统文化的继承③。第一个缺憾涉及世界观问题与内容问题，第二个涉及与西方文学形式的关系问题，第三个涉及对于传统的态度问题。脱离群众、洋腔洋调、传统虚无主义已经成为扣在新诗头上的三大罪状。其核心是政治性的："没有和劳动人民很好地结合。"

民歌就是在这个检讨与重塑新诗传统的语境中作为新诗的救星出现的，"五四"新诗身上的所有毛病新民歌全都没有。因此只有民歌才是新诗的发展方向也就自不待言。徐迟甚至要用民歌来取代新诗："我们过去写新诗，写来写去许多年，大家不满意，自己也不满意。忽然民歌出现了。它是新的民歌，是新时代的人民的诗歌。这是不是新诗？民歌就是新诗；新诗就是民歌"，"新的诗人（这不是指小部分的诗人）他们的新的任务就是采集民歌，学习古典诗歌，吸收它们的营养，写出新诗来"④。贺敬之豪情满怀地说："没有这部新诗经（指新民歌——引者注），我们的新诗就不能更好地往前发展"，"我们这个新时代的新诗风是由我们这个时代

---

① 有人写道："现在一提起自由诗（也就是一般人所指的'五四'以来的新诗）就有人嗤之以鼻，深恶痛绝，大有不一棍子打死就不能消心头之痛的样子。"参见谷瓯《自由诗和外国诗及其他》，《新诗歌的发展问题》第3集，作家出版社1959年版，第172页。

② 天鹰：《"新诗"自由体和民歌自由体》，《新诗歌的发展问题》第3集，第27—28页。

③ 沙鸥：《道路宽阔，百花争艳》，《新诗歌的发展问题》第2集，作家出版社1959年版，第222—223页。

④ 徐迟：《南泉诗会发言》，《新诗歌的发展问题》第1集，第66页。

的新民歌来开拓,是一点也不奇怪的","大跃进的民歌的出现,及它在整个诗歌创作上的影响,已经使我们看到,前无古人的诗的黄金时代揭幕了。这个诗的时代,将会使'风''骚'失色,'建安'低头。使'盛唐'诸公不能望其项背,'五四'光辉不能比肩"①。就连郭小川也认为:"我们现在新诗的大部分,知识分子气太浓了……新诗受外国的影响太大了,尤其重要的是,所受的还不是外国民间诗的影响,而是外国知识分子诗人的影响。"②另外,周扬、郭沫若、邵荃麟等文坛的重量级人也都纷纷认为,新民歌"显示着新诗的一个方向"(郭沫若),"新民歌开拓了我国新诗的新纪元"(周扬),"民歌应该是诗歌中的主流"(邵荃麟)。

但是对于"五四"新诗传统的评价又是一个非常微妙的问题。毕竟,包括新诗在内的"五四"启蒙主义的合法性与中国革命、中国共产党的合法性存在紧密的联系,中国共产党本身就与"五四"启蒙现代性一起浮出历史地表,它自己是"五四"运动的领导者之一。这样,彻底否定包括新诗传统在内的"五四"启蒙主义现代性,必然意味着否定整个中国现代革命乃至中国共产党自己的历史合法性。任何人都不敢走到这样的极端。何况"五四"新诗运动的许多领袖人物(如郭沫若)当时还身居高位。因此在多大程度与什么意义上否定新诗,以及在多大程度与什么意义上肯定新诗,就成为一个十分棘手的问题。

彻底否定新诗的代表是窦功亚、欧外鸥。在《民歌万岁》一文中,窦功亚对新诗采取了一棍子打死的态度,把新诗完全等同于"洋诗"、"资产阶级知识分子的诗"③。欧外鸥在《也谈诗风问题》中认为,"五四"以来的新诗革命"越革越糊涂","大多数是进口货,如果不是签上中国人的姓名,几乎教人认为是翻译过来的东西","五四以来的新诗革命,就是越革越没有民族风格,越写越脱离(不仅脱离而且是远离)群众"④。此文发表以后激起了众多的批评。这充分说明了彻底否定"五四"必将引发的严重合法性危机。但有趣的是,这些批评文章对"五四"新诗的"缺点"的认

---

① 贺敬之:《关于民歌和"开一代诗风"》,《新诗歌的发展问题》第1集,第79页。
② 郭小川:《诗歌向何处去?》,《新诗歌的发展问题》第1集,第93页。
③ 窦功亚:《民歌万岁》,《文汇报》1959年1月15日。亦见《新诗歌的发展问题》第2集。
④ 欧外鸥:《也谈诗风问题》,《诗刊》1958年第10期。

识与窦、欧完全相同。比如张汾、黄牧与窦功亚争鸣的《我们对新诗和民歌的看法》一文同样认为,新诗"在整个倾向上是不健康的",原因在于"不少诗人严重的脱离群众、脱离现实生活和斗争,脱离民族的语言习惯而一味的学习国外,他们的作品为广大的劳动人民所不能接受"[①]。实际上即使是为新诗辩护最力、对民歌的局限性谈得最多的卞之琳、何其芳等人也没有离开当时的主流话语多远,也承认"五四"的新诗存在脱离群众的问题,承认"'新诗歌'的主要构成部分必然是从新民歌基础上发展出来的那一部分","因为新民歌比诸新诗更直接继承了民族传统,发扬了民族形式,且有远为广大的群众基础"[②]。因此卞之琳认为"我的看法基本上与大多数同志的看法差不多"。这是一句大实话。实际上也不可能差得太多。

既然完全肯定与完全否定都不可能,那么,唯一可行的办法是部分肯定、部分否定。由于新诗受到的指责主要是脱离群众与洋化,新诗的辩护者在为新诗"辩护"的时候就要尽力分辨出两个不同的传统。这个分辨的方法是证明新诗并不是完全脱离群众的,证明新诗中还是有一些非知识分子化、非洋化的,甚至民歌化的作品,比如田间、阮章竞等人的作品,尤其是李季的《王贵与李香香》。甚至有人把"大跃进"新民歌中的一些作品,如《我来了》《大字报》《什么阶级说什么话》《泥工赞歌》也归入"新诗":劳动人民创造的"新的新诗"。这样,争论就变成了大家对于这部分所谓"新新诗"(民歌化的新诗)的争夺:它们到底是民歌还是新诗?辩者基本上没有对于一个更加重要的前提提出质疑:即使是那些知识分子化、洋化的诗歌就没有存在的理由吗?新诗必须得到工农兵的认可才具有合法性吗?或者说,中国的文化民族性的塑造只有民歌与古典这两个资源吗?

本来,利用西方的资源来重塑中国的民族形式与民族文化认同在"五四"的启蒙主义者(比如陈独秀、胡适以及鲁迅等)那里是不成问题的,他们甚至认为中国文化的新民族性必须在改造乃至摧毁传统文化的基础上才有可能。但是在1958年的语境中,这种观点乃至思路几近绝迹。当然,也

---

① 参见张汾、黄牧《我们对新诗和民歌的看法》,《新诗歌的发展问题》第2集,第123页。相似的争论是傅东华与张锺仁、汪国璠之争。参见傅东华《谈谈民歌的过去未来》,《文汇报》1959年1月7日;张锺仁、汪国璠《如何对待新民歌与新诗》,《文汇报》1959年1月19日。

② 卞之琳:《关于诗歌的发展问题》,《新诗歌的发展问题》第2集,第55页。

有一些例外。比如方牧的《新诗是"洋诗"吗?》指出:"我们认为'五四'以来的新诗虽然受了西洋诗的影响,在表现形式上有别于我们的古典诗歌和民歌,不为广大劳动人民所喜闻乐见,但它仍然是中国诗,极大部分仍然有它一定的中国作风和中国气派,而不是'洋诗'。"① 这实际上是说,是否受西方诗歌影响、是否学习民歌与古典诗歌,乃至是否为工农兵大众所喜闻乐见,都不是中国诗(以及中国文化)民族性(中国作风、中国气派)的标准。这里隐含着一种新的、比较开放的对于中国认同、中国民族性的理解,其核心是把民族性与大众性、传统性加以分离。遗憾的是,方牧的文章并没有沿着这样的思路发展下去,而是在提出这样的一个具有颠覆性的见解以后,转而与其他人一样把新诗分为"两个传统",一个是欧化的、表现资产阶级或小资产阶级思想的传统(以新月派、象征派、现代派为代表),它是"支流"、"末流";另一个是以革命诗人郭沫若、田间、殷夫、闻捷等为代表的新诗传统,是"主流"。同时也肯定了新诗向民歌学习、与工农兵结合以进行"根本改造"的必要性,从而在很大程度上自己否定了自己的观点。

再比如李霁野。他的《一封关于新民歌和新诗的信》认为:"只要作者的立场、观点和思想感情是对头的,外国形式为什么就一定不能为中国的社会主义服务呢?外国形式为什么不能中国化,而一定与民族形式成为不统一的矛盾呢?有生命力的民族形式是不应当怕外来影响的,包括形式在内。我以为在新诗的领域内也可以土洋并举,再进而土洋结合",民族文化的创造应当"吸收一切可能吸收的营养"。同时,李霁野虽然承认"成功的标准是群众喜闻乐见",但又说"不被群众欢迎也有各种各样的原因。有时是因为不惯见"②。托尔斯泰与屈原的作品都没有多少人能够欣

---

① 《新诗歌的发展问题》第2集,第127页。
② 《新诗歌的发展问题》第3集,第5—7页。谷瓯的观点与李霁野比较接近。他认为:新诗在当时确实还不是群众喜闻乐见的形式,但"这种现象是暂时的。由于广大人民——主要是农民,解放前受着剥削压迫,衣食无着,根本没有条件接受科学文化知识,所以他们和'文坛'、'诗坛'是隔绝的,他们对文人写的东西(不管内容进步或落后、革命或反动)是极生疏的"。新诗与群众隔阂的原因在这里主要是群众的文化水平不高而不是新诗脱离群众。"人的习惯、爱好、兴趣是变化的,发展的。在扫除了文盲、普及了教育、农民的文化修养提高了,对各类文艺作品接受多了以后,他们就会扩大自己的兴趣,改变习惯,原来不了解、不接受的东西(包括诗的形式在内)就可能了解并接受。"参见《新诗歌的发展问题》第3集,第176页。

赏，但它们依然是伟大的作品。在这里有两点值得注意。首先，他认为，群众的趣味是历史地形成的（所谓"惯见"），因而也是会发展变化的。不存在一成不变的、本质化的"大众趣味"或"民族特色"。在一定意义上，这个观点包含反本质主义的内涵。更重要的是，在民族文化认同建构中，革命的标准与民族传统的标准发生了微妙的错位：只要是革命的（立场观点对头），外国的文化也可以参与中国民族文化的塑造。在这里我们可以窥见革命标准与民族标准的微妙紧张与错位，而近代以来的"革命"是一种典型的现代现象，所以这也可以说是现代性与民族性的紧张。

在这种紧张中，占优势的是革命现代性而不是民族性。这决定了更常见的维护"五四"新诗传统的言述必然是"革命论"的。革命论言述与大众论言述有联系也有区别。"五四"时期文化革命的主将是小资产阶级知识分子。无论是他们的出身还是他们的作品，虽非大众的或大众化、民族化的，但却是革命的（至少在当时）。因此，通过"革命"（包括资产阶级民主革命和社会主义革命）叙事把新诗合法化，从革命角度把新诗分为革命与反革命的两大传统，并认为前者是主流，后者是支流，在当时十分普遍[1]。何振邦说："五四以来的新诗的主流是革命诗歌"，"这些革命诗歌，在中国文学史上占有应有的重要地位"[2]。雁翼说："观察一下我们的新诗歌运动史，不是可以很清楚地看见一股红色的主流吗？四十年来，这股红色的主流，在党的领导和关怀下，随着革命的发展和要求，一直在斗争中发展着。"[3] 沙鸥说："新诗的历史是一部斗争的历史，四十年来，两条路线的斗争像一根红线贯穿在新诗史中，革命的新诗经历了一系列的战斗，它在民主革命，社会主义革命和社会主义建设中都起了鼓手的作用。革命的新诗是在与胡适派、新月派、象征派、现代派、胡风派和右派的斗

---

[1] 有的时候，论者把革命而非民歌化的作品强行纳入民歌。比如雷霆认为，郭沫若与田间等的新诗"多少都有些民歌的成分"。这是很有意思的。因为郭沫若的作品显然是非常洋化的，与李季、田间等的诗风风马牛不相及。之所以在批评新诗"洋化"时不拿郭沫若开刀反而把他树立为正面的典型，显然是因为郭沫若在当时依然居于高位且与毛泽东私人关系紧密。参见雷霆《踏踏实实地向民歌学习》，《新诗歌的发展问题》第2集，第179页。

[2] 何振邦：《应正确评价"五四"以来的新诗》，《新诗歌的发展问题》第2集，第185页。

[3] 雁翼：《对新诗歌发展的几点看法》，《新诗歌的发展问题》第3集，第93页。

争中壮大起来。"① 所有这些为新诗正名的办法,都是证明它是革命的,革命具有延续性,我们不能因为"五四"的革命是资产阶级性质的就干脆彻底否定其曾经有过的革命性,至少在共产党的最正式文献中,还没有把革命理解到如此狭隘的程度。

让我们回到中国共产党与"五四"的关系这一问题上。依照中国共产党史的权威叙述,中国革命分为旧民主主义(资产阶级革命)与新民主主义革命(无产阶级革命)这两个有联系又有区别的阶段,前者的领导者是资产阶级改良派,后者的领导者则是无产阶级革命派及其先锋队中国共产党;前者的目标是建立独立的现代民族国家,后者的目的是建立社会主义国家。但是在中国的特殊语境中,因为资产阶级的天然局限,无法完成建立独立的民族国家的任务,因此,就是旧民主主义革命(建立独立的民族国家)也要在共产党的领导下才能取得成功。在这个权威叙述中,"五四"的性质是无产阶级领导的资产阶级民主革命。这样的定位决定了对"五四"的基本态度只能是:问题虽然不少,功劳却也很大。"五四"新诗同样如此。如果不能彻底否定"五四"新文化运动,那么就不能不适度地肯定新诗的进步性,甚至包括它所宣扬的启蒙主义价值观,如自由、民主、科学与个性解放。郭沫若说:"五四以来的新诗还是有贡献的,应该肯定它的成绩。如反封建、解放个性,打破束缚","我们应该肯定五四运动的精神,要民主,要科学"②。天鹰在《"新诗"自由体和民歌自由体》中详细分析了新诗在民主革命时期出现的历史"必然性",以及它所以采用借鉴外国而没有继承古典或学习民歌的原因。他写道:"当中国人民进行资产阶级民主革命的时候,欧洲(也包括亚洲的日本)的一些资本主义国家,它们已经走前了一步,他们不但资产阶级民主革命已经成了功,而且在政治、经济和文化上,已经做出了相当辉煌的成绩……中国的资产阶级和小资产阶级当时是用十分惊惶和羡慕的眼光面对着西方的大哥哥的,他们在向西方学习经济和政治的同时,在文化上也和盘照

---

① 沙鸥:《道路宽阔,百花争艳》,《新诗歌的发展问题》第 2 集,第 219 页。
② 郭沫若:《就当前诗歌中的主要问题答〈诗刊〉社问》,《诗刊》1959 年第 1 期。亦见《新诗歌的发展问题》第 2 集,第 8—9 页。

收，是并不奇怪的。在文学形式上也向西欧找到了在当时来说是较为适宜于表达革命情绪的样式，那在诗歌上便是自由奔放的自由体新诗，这种诗在当时摆脱束缚思想的古典诗歌来说，是一个不小的进步"，"新诗和整个新文学一样，在反帝反封建的民主革命中是起过旗手作用的"①。这样的分析算是比较具有历史眼光的，因为主流叙事本来就包含了对"五四"的肯定。

当然真正阻止讨论向全盘否定"五四"新诗方向发展的力量，还是来自高层。这方面的一个最明显的例子，是1959年发表的文章总体而言比1958年的文章在对于"五四"新诗的评价上要公允客观一些，尤其是在1959年5月前后发表的文章。这一点通过对于当时的《诗刊》《星星》《长江文艺》等杂志上的相关文章做一个概览即可发现。原因是当时中央举办了纪念"五四"40周年的活动，并做出了一些权威性的肯定评价。一个特别典型的例子是谭洛非、谭兴国发表于《星星》1959年第5期的文章《发扬革命新诗运动的战斗传统和革命精神》，文章的副标题就是"为纪念五四40周年而作"。可以说，这是当时对于"五四"新诗肯定最多的文章，而其最为突出的特点就是把"五四"的新诗传统纳入中国革命的历史叙事中，列举了它在旧民主主义革命、新民主主义革命、抗日战争、解放战争以及新中国成立以后的历史贡献。文章同样把"五四"新诗分为革命的与反动的两派，但是认为前者是绝对的主流，而后者则是绝对的支流。文章虽然认同"五四"的新诗脱离群众与欧化的观点，但是却认为这是"历史造成的"："五四"的新文化运动是在觉醒的知识分子中进行的，而且这个时候的知识分子要求与中国革命的要求、与民族的利益、工农群众的利益是一致的。但是这种在中国革命的历史叙事中肯定新诗的策略隐藏着一种历史决定论与线形进化论的逻辑，而且按照这个逻辑，新诗的"缺点"在"五四"时期虽然可以被"历史地"加以理解，但是在今天就不可饶恕了：

> 如果说，这两个缺点（指没有很好地与劳动人民的生活结合起

---

① 天鹰：《"新诗"自由体和民歌自由体》，《新诗歌的发展问题》第3集，第22—23页。

来，没有完成创造群众喜闻乐见的民族形式的任务——引者注）在五四时期还"情有可原"的话，那么现在却是完全不应该的了。如果说新诗在民主主义革命时期带着这些缺点还能在一定程度上适应形势的要求的话，那么，现在就远远不能适应社会主义建设大跃进的形势了。①

这就是说，今天已经完成了民主主义革命的任务，已经是人民当家做主的社会主义时代，这个时代的诗歌的主流当然绝对必须是劳动人民自己的诗歌——新民歌了。更深一层看，以反帝反封建、追求自由民主与个性解放为核心的"五四"启蒙主义现代性规划虽然因其在当时的"革命性"而免于被全盘否定的命运，但是它与中国共产党的社会主义现代性规划（尤其是在1949年以后）依然存在微妙的矛盾。

五　重新评价古典诗歌

对于"五四"新诗的评价问题还必然涉及如何对待旧形式或古典诗歌传统的问题。在20世纪30年代末的"民族形式"讨论中，部分左翼阵营的文人除了将大众化与民族化加以等同以外，另外一个重要的意见是认为旧形式是民族的（大众的），而新形式则是洋化的。上引艾思奇的那段话中已经包含了这样的意思。在此文的另外场合，他又反复对此加以申述："五四以来的新文艺运动有没有产生我们的民族气派和民族作风的东西呢？我们不能说没有，而要说太不够。"在他看来只有一个鲁迅。他甚至认为民族形式的问题实际上就是"民族旧文艺传统的继承和发扬的问题"②。

但是在对待民族旧形式的态度上同样存在一个非常敏感的问题，这就

---

① 谭洛非等：《发扬革命新诗运动的战斗传统和革新精神》，《新诗歌的发展问题》第3集，第186页。

② 艾思奇：《旧形式运用的基本原则》，《文学运动史料选》第4册，第394、391页。

是它与现代性的关系问题。在历史发展阶段论这个经典的现代性框架中，民族旧形式毕竟是属于前现代的或所谓"封建的"形式，它与中国文艺学主潮的现代性追求具有内在的紧张。对待旧形式的两难表现为：旧形式虽然是民族的，但同时又是封建的。如果无条件地肯定旧形式，就与无产阶级文艺的现代性方向相悖。早在1930年的大众化讨论中，郭沫若就强调，既有无产阶级的大众文艺，也有"红男绿女"、"有产有闲者"的大众文艺，后者的主体是"封建时代的遗臭"，一种落后的旧形式[①]。

对于经历并倡导"五四"新文化运动的知识分子来说，把传统的旧形式当作是民族形式的代表是无法接受的（即使它非常受大众欢迎），与他们的现代性追求存在根本紧张。到了20世纪30年代末的民族形式讨论，这种紧张依然存在。艾思奇在《旧形式运用的基本原则》中一方面批评新文学缺乏民族性，应当利用旧形式；另一方面又反复强调，这种民族性应当是新的民族性，也就是现代的民族性。这种对于新的追求与阶级话语并不矛盾，因为无产阶级从来认为自己是最现代的。他指出："旧形式是从几千年中国封建社会中生产起来的东西，封建制度的保守性，经常地刻印到文艺上来。"[②] 为此他提出一个折中方案：既不能全盘否定旧形式，也不能走向"旧形式至上主义"；"不绝对否定旧形式，然而也不能投降旧形式"。关键在于让新文学与旧形式在服务于民族的新文艺（实即无产阶级领导的民族文艺）的基础上"相互渗流，相互发展"[③]。这再一次反映了中国知识分子（包括左翼）在现代性与民族旧形式关系上的两难处境。

周扬的《对旧形式利用在文学上的一个看法》（1940年）一文对旧形式的利用更多地采取了实用主义的论述策略。他同样认为旧形式的性质是封建主义的，而且还因为中国封建社会的政治经济的长期性，"旧形式在人民中间曾经、现在也仍然是占有势力"。相比之下，体现进步的民主主义思潮（现代性）的新文学由于是外来的，所以"深刻地蒙上了西洋文学

---

① 郭沫若：《新兴大众文艺的认识》。同时可以参见史铁儿（瞿秋白）的《普洛大众文艺的现实问题》等文，均见《文学运动史料选》第2册，上海教育出版社1979年版。

② 《文学运动史料选》第4册，第397页。

③ 同上书，第399页。

的影响，以至显得和中国旧有文艺形式仿佛已经没有了多少血脉相承的关系"①。周扬从内容决定形式的角度指出，新文艺的内容既然是先进的民主主义，是"新经济政治的反映和产物"，那么依据内容决定形式的原理，建立现代意义上的文艺民族性要以发展新形式为主就是不容置疑的。但他同时认为，既然在新社会彻底摧毁旧社会以前旧形式的巨大影响力无法被新形式（新文学）取代，那么，从当时民族斗争的实际需要出发，利用旧形式以便动员大众也是必要的，甚至可以说是无奈的。何况由于抗战，大城市这个新文学的大本营已经失去，广阔的农村现在成了新文艺的新环境，所以利用旧形式就显得更加必要。这样看来，周扬实际上是看到了旧文艺的巨大工具/利用价值："利用旧形式并不是单纯作为一种艺术形式的实验或探求，而毋宁更是应客观情势的要求，战斗的需要，作为一种大众宣传教育之艺术武器而起来的。大量地需要旧形式的原因就在这里"，"抗战政治宣传与大众启蒙教育需要大量的旧形式，但是由于它带有时代所加于它的缺点和限制性，所以对它就不能不采取批判地利用的态度加以改造，而且这改造比新形式的改造，那意义还更不同，因为这是以最后否定旧形式本身为目的"②。这样看来，利用旧形式完全是一种权宜之计。周扬的文章中另外一个值得注意的地方是，他区分了"旧形式的民间形式"与"旧形式的统治阶级的形式"。周扬不但认为前者依然具有活力而后者已经死亡，而且更把"五四"文学革命解说为知识分子利用民间的旧形式摧毁统治阶级旧形式的努力。这种用阶级论的框架重新解说新与旧、现代与古代的策略，在1958年、1959年的新诗讨论中得到延续。

在1958年的诗歌讨论中，由于毛泽东有关新诗要在"古典诗歌与民歌的基础上发展"的指示，古典诗歌形式名正言顺地成为中国新诗发展的重要资源。虽然有些人仍然肯定"五四"运动对于封建主义文化传统的批判是应当肯定的（详上），但是大家的基本共识是"五四"全盘否定民族传统、一味学习西洋是错误的。与"五四"时期集中攻击传统文化相比，现在的批评对象主要集中到了洋腔洋调以及"五四"新诗的洋化问

---

① 《文学运动史料选》第4册，第412页。
② 同上书，第422页。

题。比如贺敬之就明确指出:"首先是洋八股必须废除的问题。这表现在过去有一个时期某些人中间存在过的那种脱离传统、脱离人民的倾向。这种倾向是资产阶级形式主义文学观的反映。它对民族文学、民歌抱虚无主义的态度……这种做法不是把诗歌的发展放在人民喜闻乐见的民族传统的基础上,而是放在知识分子个人的神经质的胡思乱想上。"① 沙鸥说:"提出以民歌和古典诗歌作为新诗发展的基础,正是由于新诗在五四以来在继承诗歌的民族传统上很不够;为了很好地继承诗歌的民族传统,才提出要以民歌和古典诗歌作为发展的基础。"② 张光年说:"我国的古典诗词,有悠久的、光辉的传统,至今在人民中间保持着深远的影响。过去有人认为新诗只能向外国的诗歌学习,顶多可以从民歌学些东西,至于古典诗词,他们认为那是'封建形式',没有什么生命力,不值得学习。现在大家可以看出这种论调是多么幼稚!"③ 在这些言论里,"传统(旧)形式"、"民族"与"人民大众"是作为同义词或近义词使用的,传统的形式是人民大众喜欢的,因而也是民族的。值得注意的是,与20世纪30年代的那次讨论相比,传统旧形式与现代性、与无产阶级方向之间的紧张显然已经大大缓解,人们已经不再强调传统形式的封建性质。缓解的原因在于,古典形式或旧形式的合法性已经通过其与民歌以及大众的亲缘关系而得以解决。也就是说,在1958年的讨论中,传统形式已经在很大程度上被简约为民歌形式,而民歌是劳动人民的创造,其纯洁的阶级属性使它得以免除封建主义的指责。很多论者干脆认为古典诗歌与民歌本是一家,"中国古典诗歌中伟大与杰出的作家,都善于学习民歌,而又加以自己的创作,这是中国诗歌的一个优良的传统"④。这种声音在当时是有代表性的。沙鸥更具体地分析了古典诗歌与民歌的所谓"一致性"(共有六条),并指出:"民歌和古典诗歌是相互影响的两股源流",而它们的共同之处在于都是民族的。因此他认为,以民歌和古典诗歌为基础发展新诗,"这个'基

---

① 贺敬之:《关于民歌和"开一代诗风"》,《新诗歌的发展问题》第1集,第84—85页。
② 沙鸥:《道路宽阔,百花争艳》,《新诗歌的发展问题》第2集,第229页。
③ 张光年:《从工人诗歌看诗歌的民族形式问题》,《新诗歌的发展问题》第2集,第25页。
④ 同上。

础'的实质是必须继承诗歌的民族传统"①。当然，旧形式与新民族形式之间的紧张并没有完全解决，但是在当时，最主要的批判对象是洋腔洋调。为了共同对付这个"外国势力"，传统与民歌至少暂时结成了"统一战线"，联起手来"矫正五四以来一部分新诗作者喜欢模仿外国诗的不良的偏向"②。

六 艺术形式的阶级性

如上所述，新诗歌讨论中的重点问题是诗歌（以及文学与文化）的民族形式问题。但民族文化形式的建构既然是一个人为而非自然的过程，它就必然涉及文化主导、文化排除等权力机制。如果"中国作风"与"中国气派"只能建立在民歌（工农兵文化）的基础上，那么，新诗（知识分子文化）与外国诗歌（外国文化）将被剥夺参与民族文化形式建构的权利。这个问题的论争因而必然涉及"百花齐放"（文化的多元并存）与民族文化形式建构之间的关系问题。

尖锐地提出这个问题，并引来尖锐批评的是雁翼、何其芳、卞之琳、力扬等的文章。何其芳指出：民歌体是有限制的，不是完美无缺的，因此"民歌体虽然可以成为新诗的一种重要形式，未必就可以用它来统一新诗的形式，也不一定就成为支配的形式"，"新诗的民族形式是否只有一个样式，还是多样化的？新诗的民族形式是否只能利用旧形式，而不可能创作出新的民族形式来？新诗的形式是否只能向我国的古典诗歌和民间诗歌学习，还是同时也还可以适当地继承五四以来的传统并吸取外国诗歌的影响？"这个问题被何其芳自己称为"多样化的民族形式"问题。概括地说，他从"自然发展论"出发，认为诗歌的"支配性的形式"或"主流"应该在自然发展、"自由竞赛"的基础上产生，"新诗的发展和繁荣也是只能

---

① 沙鸥：《道路宽阔，百花争艳》，《新诗歌的发展问题》第2集，第228页。
② 缪钺：《新诗怎样在民歌和古典诗词歌曲的基础上发展》，《新诗歌的发展问题》第2集，第186页。

通过'百花齐放'的道路的"①。应该承认，这个在今天看来是常识性的观点在当时提出却殊为不易。它的核心在于反抗（几乎是悲壮地）在文学的民族形式上定于一尊，给民歌以外的形式以自由存在与发展的余地，同时认为文化的民族性以及民族国家的文化认同应该是开放的、多元的，即使有主流也应该在自由竞争中自然形成。力扬也说得很明确，"艺术上不同的形式和风格可以自由发展，科学上不同的学派可以自由争论"，"如果有人在艺术形式和风格上有定于一尊的想法，无疑是不利于艺术繁荣和发展的想法，了解艺术发展规律的人都不会赞成的"，"我是感觉到这次关于诗歌道路问题的讨论中有些论点和倾向，是和毛泽东同志所提出的'百花齐放'的方针，不尽相符合的"②。

这种文化民主化、多元化的要求当然立即遭到批评。天鹰在《驳"内容论"》中明确指出："百花齐放"不是无限制的。作为一个"国家诗歌的方向"，还是应该有"主流"有"基本风格"，自己的"国风"。在他看来，"在统一的国家风格的基调下面，让各种形式的花吐艳竞芳，这才是真正的百花齐放"。为什么要强调统一的国家风格或民族形式？作者直言不讳地说，因为政治："用什么形式创作，这牵涉到文学艺术在社会主义建设的伟大斗争中的作用问题，因此说形式问题不单纯是一个形式问题，而且是一个政治问题。"③ 这已经最清楚地表明了诗歌形式的探讨与重建统一的、无产阶级的民族—国家的统一文化认同之间的紧密关系。这种重建必然也必须借用排除—包含的机制。首先，为了建立统一的"国家风格"，就要排除被认为是"非民族化"的或游离于统一的民族文化风格之外的其他风格的存在权利，因而"百花齐放"就必然受到限制；其次，这种重建需要把风格/美学问题转化为政治问题，通过文化政治（建设统一的社会主义国家文化）这一强大的政治话语来规范美学话语。诗歌风格的讨论从而必须服务于党的重建民族—国家文化认同的使命。

这样，何其芳等人的这种所谓"放任自流"论是注定不可能成功的，

---

① 何其芳：《关于新诗的百花齐放问题》，《处女地》1958年第7期。《新诗歌的发展问题》第1集，第197页。
② 力扬：《诗国上的百花齐放》，《新诗歌的发展问题》第2集，第291—292页。
③ 天鹰：《驳"内容论"》，《新诗歌的发展问题》第2集，第134页。

甚至是有些天真的。因为"文艺为政治服务"、"为工农兵服务"的方针是不能被质疑的，即使何其芳本人也不敢有微词；而一旦把为工农兵服务确立为国家的文艺"法律"，实际上就已经不可能放任自流了。即使在形式上也是这样。工农兵文化水平低，喜欢民歌、顺口溜、快板书之类东西，所以要以这些形式为民族文化的发展方向，就必然要排挤外国的与知识分子的文化，这不都是顺理成章的么？这种排除了知识分子或西方形式的"百花齐放"当然是有限制的，不是什么放任自流，也不是自然选择。离开文艺内容、目的、宗旨上的"百花齐放"，单单争取形式上的"百花齐放"是不可能成功的。何其芳说过，"不要勉强地用人工去造成支配性的形式"，"勉强地用人工造成的形式是不能持久的"。历史证明了何其芳的远见。但是在当时，这种观点有点不现实。他没有看到：文艺政策只是政党意识形态的一部分，而党的意识形态又是党的性质决定的。何其芳在不触及这个文艺方针与意识形态的前提下，想只就形式问题谈论"百花齐放"当然是不可能有结果的，也是自相矛盾的。这种矛盾在何其芳发表于1959年第1期《文学评论》的长文《关于诗歌形式问题的争论》中，表现得很明显①。何其芳反复申辩：在文艺为人民服务的大前提之下，各种形式可以并存：

> 民族形式的问题实质上是一个文艺与中国广大人民结合的问题，因此，凡是符合今天中国人民的需要，能够为今天的中国人民服务的，无论它是新形式或从新形式改造过来的，无论它是旧形式或从旧形式改造过来的，都是民族形式。只有这样一个最高的也是最宽的标准。形式的基础是可以多元的，而作品的内容与目的却只能是一元的，那就是只有从人民生活中去获得文学原料，并使文学又转回去服务人民。

问题是：当"人民"的含义被界定得过于狭隘、过于阶级化甚至等同于工农兵时，在服务"人民"这个"内容"与"目的"的大前提下就很

---

① 何其芳在《处女地》1958年7月号上发表《关于新诗的百花齐放问题》以后，招致了许多批评，此文系对于这些批评的回应。

难谈得上形式的百花齐放，也很难有何其芳所反复强调的形式的"自然发展"与"自然选择"。但是无论是何其芳还是别人，在当时的情况下要扩大"人民"的内涵几乎是不可能的。

与"百花齐放"有限还是无限同时进行的是形式是否具有政治性/阶级性的论争。有人认为文艺的形式不存在政治问题，可以"百花齐放"（被概括为"形式无关论"），而有些人则主张即使是形式问题也同样是政治问题，也不能百花齐放（所谓"形式要命论"）。

首先提出"形式无关论"的是诗人雁翼。他在发表于《星星》诗刊1958年第6期的《对诗歌下放的一点看法》中指出："'诗歌下放'，主要是指诗歌的思想内容，至于形式，它只是表现思想内容的一种手段。"言下之意是：形式不存在"下放"（大众化）与否的问题，因为形式可以为不同的思想内容服务，没有政治性。"形式无关论"的实质在于在形式领域（但也只是在形式领域）倡导"百花齐放"，反对在形式问题上进行政治鉴定或阶级分类。形式无关论者指出：如果"形式问题"是一个政治问题，那么，除"民歌体"以外的其他形式不是被判"死刑"了么？而且即使民歌体，也没有阶级性，敌人可用民歌体写，人民也可以用民歌体写。当我们在讨论着艺术上的形式和风格的问题时，是不应该轻率地牵涉阶级立场问题上去的，因为那样做，既不利于关于这些问题的自由论争，也不利于艺术上各种形式、各种风格的自由发展，即不利于促进社会主义艺术的繁荣[①]。

与"百花齐放"的情形相似，此类对于文艺形式的非政治性的辩护严格停留于形式领域，几乎所有人都不反对或不敢反对内容上、文艺方向上的政治标准与阶级标准。这样一种对于形式上的多元化或百花齐放的辩护是内在矛盾的、不彻底的，是注定要失败的。一个非常简单的道理是：非大众化的形式（知识分子腔、学生腔以及洋腔洋调）并不必然在内容上是反动的（郭沫若那些仿惠特曼式的诗在形式上不是非常的"洋腔洋调"吗？但是它在内容上则是非常革命的），但是它依然不能为工农兵所喜闻

[①] 除了何其芳的文章以外，"百花齐放"的观点还集中见于唐再兴与郑乃臧的《谈形式问题》以及力扬的《诗国上的百花齐放》。参见《新诗歌的发展问题》第2集。

甚至是有些天真的。因为"文艺为政治服务"、"为工农兵服务"的方针是不能被质疑的，即使何其芳本人也不敢有微词；而一旦把为工农兵服务确立为国家的文艺"法律"，实际上就已经不可能放任自流了。即使在形式上也是这样。工农兵文化水平低，喜欢民歌、顺口溜、快板书之类东西，所以要以这些形式为民族文化的发展方向，就必然要排挤外国的与知识分子的文化，这不都是顺理成章的么？这种排除了知识分子或西方形式的"百花齐放"当然是有限制的，不是什么放任自流，也不是自然选择。离开文艺内容、目的、宗旨上的"百花齐放"，单单争取形式上的"百花齐放"是不可能成功的。何其芳说过，"不要勉强地用人工去造成支配性的形式"，"勉强地用人工造成的形式是不能持久的"。历史证明了何其芳的远见。但是在当时，这种观点有点不现实。他没有看到：文艺政策只是政党意识形态的一部分，而党的意识形态又是党的性质决定的。何其芳在不触及这个文艺方针与意识形态的前提下，想只就形式问题谈论"百花齐放"当然是不可能有结果的，也是自相矛盾的。这种矛盾在何其芳发表于1959年第1期《文学评论》的长文《关于诗歌形式问题的争论》中，表现得很明显[①]。何其芳反复申辩：在文艺为人民服务的大前提之下，各种形式可以并存：

> 民族形式的问题实质上是一个文艺与中国广大人民结合的问题，因此，凡是符合今天中国人民的需要，能够为今天的中国人民服务的，无论它是新形式或从新形式改造过来的，无论它是旧形式或从旧形式改造过来的，都是民族形式。只有这样一个最高的也是最宽的标准。形式的基础是可以多元的，而作品的内容与目的却只能是一元的，那就是只有从人民生活中去获得文学原料，并使文学又转回去服务人民。

问题是：当"人民"的含义被界定得过于狭隘、过于阶级化甚至等同于工农兵时，在服务"人民"这个"内容"与"目的"的大前提下就很

---

① 何其芳在《处女地》1958年7月号上发表《关于新诗的百花齐放问题》以后，招致了许多批评，此文系对于这些批评的回应。

难谈得上形式的百花齐放，也很难有何其芳所反复强调的形式的"自然发展"与"自然选择"。但是无论是何其芳还是别人，在当时的情况下要扩大"人民"的内涵几乎是不可能的。

与"百花齐放"有限还是无限同时进行的是形式是否具有政治性/阶级性的论争。有人认为文艺的形式不存在政治问题，可以"百花齐放"（被概括为"形式无关论"），而有些人则主张即使是形式问题也同样是政治问题，也不能百花齐放（所谓"形式要命论"）。

首先提出"形式无关论"的是诗人雁翼。他在发表于《星星》诗刊1958年第6期的《对诗歌下放的一点看法》中指出："'诗歌下放'，主要是指诗歌的思想内容，至于形式，它只是表现思想内容的一种手段。"言下之意是：形式不存在"下放"（大众化）与否的问题，因为形式可以为不同的思想内容服务，没有政治性。"形式无关论"的实质在于在形式领域（但也只是在形式领域）倡导"百花齐放"，反对在形式问题上进行政治鉴定或阶级分类。形式无关论者指出：如果"形式问题"是一个政治问题，那么，除"民歌体"以外的其他形式不是被判"死刑"了么？而且即使民歌体，也没有阶级性，敌人可用民歌体写，人民也可以用民歌体写。当我们在讨论着艺术上的形式和风格的问题时，是不应该轻率地牵涉阶级立场问题上去的，因为那样做，既不利于关于这些问题的自由论争，也不利于艺术上各种形式、各种风格的自由发展，即不利于促进社会主义艺术的繁荣①。

与"百花齐放"的情形相似，此类对于文艺形式的非政治性的辩护严格停留于形式领域，几乎所有人都不反对或不敢反对内容上、文艺方向上的政治标准与阶级标准。这样一种对于形式上的多元化或百花齐放的辩护是内在矛盾的、不彻底的，是注定要失败的。一个非常简单的道理是：非大众化的形式（知识分子腔、学生腔以及洋腔洋调）并不必然在内容上是反动的（郭沫若那些仿惠特曼式的诗在形式上不是非常的"洋腔洋调"吗？但是它在内容上则是非常革命的），但是它依然不能为工农兵所喜闻

---

① 除了何其芳的文章以外，"百花齐放"的观点还集中见于唐再兴与郑乃臧的《谈形式问题》以及力扬的《诗国上的百花齐放》。参见《新诗歌的发展问题》第2集。

乐见，因而与"为工农兵服务"的文艺方针相抵牾。想要真正实现"百花齐放"，就必须从根本上解决问题：放弃文艺"为工农兵服务"的提法，或者，从更根本的意义上说，放弃文艺为政治服务的方针，这在第四次文代会后变成了现实。

实际上，从"服务工农兵"这个宗旨出发批判"形式无关论"或"形式百花齐放论"正是当时的文章通常采用的逻辑。针对"形式无关论"，李亚群、宋垒等人提出了"形式要命论"，认为洋腔洋调只能表现资产阶级思想（例子是艾青）；要为工农兵服务，就要用民歌体。"一个诗人，他的创作如果仅仅为了抒发自己的感情，那么，他可以不顾客观效果，可以认为'形式无关'。如果诗人是立志为工农兵服务，立志以诗歌作为革命斗争的武器，他就会自觉地尽毕生努力去追求群众喜闻乐见的形式"，"'形式无关'论，实际上是与文艺的工农兵方向格格不入的！"① "一个革命诗人，要使自己的诗歌为工农兵服务，不得不迫切地考虑到诗歌的形式能不能为群众所喜闻乐见。"② 针对何其芳说的新诗要以"现代口语"为基础，宋垒也针锋相对地说：这个"基础本身就是分裂的"，因为"知识分子的口语，和劳动群众的口语有很大不同"③。这实际上是说，即使口语也是有阶级性的。形式的选择必须在为工农兵服务的大前提下进行，因此"洋腔洋调"或知识分子喜欢的形式（"学生腔"）是不能允许存在的。为工农兵服务当然就要在形式上也为工农兵考虑，这不是"顺理成章"的么？

七　思想改造与诗人的工人阶级化

与1958年的诗歌形式讨论紧密联系在一起的是知识分子的改造问题。一个非常流行的观点是：在诗歌形式与发展方向尤其是新民歌的评价问题

---

① 宋垒：《不仅是对诗歌形式的态度》，《新诗歌的发展问题》第2集，第148页。
② 宋垒：《建立真正的现代格律诗》，《新诗歌的发展问题》第2集，第156页。
③ 同上书，第158页。

上的"错误"认识,是与世界观问题紧密关联的。或者说,对民歌的地位"估价不足",说民歌体"有限制"(以何其芳为代表),新诗的发展"不能只有一个主流",说到底是知识分子的资产阶级世界观没有彻底转变。因而根本的问题是知识分子的思想改造,而思想改造的实质是消灭自我,重新做人,即所谓"脱资产阶级之胎,换知识分子之骨"[1]。这个"脱胎换骨"的改造被纳入了社会主义现代性的建构大业——塑造社会主义"新人":"社会主义社会是个新社会,做社会主义的人必须从头做,参加它的建设,参加它的战斗。"[2] 它首先要求知识分子灭绝"小我","我们绝对不要为自己写诗,绝对不要为个人主义打算写诗,这个顶重要啦!这不解决,是不行的。过去有很多人是为自己写诗的。不要为自己写诗,也不要为少数人写诗。我们要天天为人民写诗"[3]。

知识分子("个人","少数人")不属于"劳动人民",是因为知识分子是脑力劳动者,而在当时的语境中,脑力劳动不是劳动,只有体力劳动才是劳动(所以知识分子是不能自食其力的"寄生虫")。这样,知识分子改造的关键、世界观与阶级立场转变的关键是体力劳动化,要"参加劳动,种地、扫街、扫院子"[4]。劳动(体力劳动,下同)就是美,就是诗:"劳动成了新民歌的支配一切的主题。诗歌劳动化了,劳动也诗歌化了,在过去的诗中,甚至在民歌中,谁歌颂过积肥送粪这样的事情呢?现在送粪进入了诗,而且充满了诗情画意。"[5] 这段话中的反智主义倾向是十分明显的。即使是主张形式上"百花齐放"的沙鸥,在《新诗的道路问题》中也认为:"诗人们深入生活,与劳动群众同甘共苦,同劳动,同斗争,在火热的斗争中去了解和熟悉劳动群众;在火热的群众斗争中,锻炼自己,改造自己,是唯一的好办法。"[6] 这个"好办法"概括起来就是"知识分子的劳动者化"。

---

[1] 骆文:《工农兵开一代诗风》,《新诗歌的发展问题》第3集,第138页。
[2] 徐迟:《南水泉诗会发言》,《新诗歌的发展问题》第1集,第75页。
[3] 同上书,第74页。
[4] 田间:《谈诗风》,《新诗歌的发展问题》第1集,第60页。
[5] 周扬:《新民歌开拓了诗歌的道路》,《新诗歌的发展问题》第1集,第9页。
[6] 沙鸥:《新诗的道路问题》,《新诗歌的发展问题》第1集,第307、308页。

邵荃麟的《门外谈诗》是论述知识分子改造问题的代表性文章。文章认为，1953年、1954年间的诗歌形式问题讨论"收获不大"，主要的原因就是"没有把这个讨论和诗人深入群众改造自己的问题结合起来"，"如果不解决这个基本问题，而只是去讨论诗歌的内容与形式的关系或艺术表现方法，那确是不会有多大的收获"①。可见，形式问题或诗风问题说到底是一个知识分子世界观改造的问题，世界观不改造，身份不改变，诗风是无法解决的；而身份改造了，知识分子都不再是知识分子了，他的作品还能够不大众化么？换言之，知识分子必须非知识分子化，才能写出劳动人民喜闻乐见的作品。邵荃麟把这个所谓"最根本的问题"精要地概括为"诗人的工人阶级化"。这就是邵荃麟对"风格即人"的新解。他指出："既然'风格即是人'，那么，在这个社会主义时代中，你就先要做为一个社会主义的人，一个革命的人，然后你才能创造出社会主义诗歌中丰富多彩的风格。"因此风格多样化的真正含义是"工人阶级的风格的多样化"②。

思想改造、身份转变的问题解决了，其他的问题当然也就迎刃而解了。比如诗歌的语言或诗意问题。这个问题也是一个世界观与阶级立场的问题，是谁是老师谁是学生的问题，是谁的思想感情健康的问题，而不是什么美学问题。如果站在工人阶级的立场上，就会觉得工人阶级的感情是健康的，而知识分子（小资产阶级）的感情是不健康的，劳动人民的语言（如"让高山低头，要洪水让路"）是最有诗意的，而知识分子的文人雅趣是庸俗低级的。邵荃麟说："缺乏正确的、健康的思想感情，缺乏生活的知识，是不会产生出优美的诗歌语言的"，"语言的问题是和思想感情的问题分不开的"。知识分子所以喜欢用那种"沙龙式的语言"，"首先因为他们的思想感情就是沙龙式的"③。张光年在《从工人诗歌看诗歌的民族形式问题》中指出：在知识分子的头脑里，"似乎只有清风、明月、远山、红树这些远离尘世的东西，才是最富于诗意的。工人群众的诗歌，有力地批驳了这种极端陈腐的美学观点"。比如"你是一支铁手臂，高呼口号举

---

① 邵荃麟：《门外谈诗》，《新诗歌的发展问题》第1集，第18页。原载《诗刊》1958年第4期。
② 同上书，第21页。原载《诗刊》1958年第4期。
③ 同上书，第24页。原载《诗刊》1958年第4期。

上天；你是一支大手笔，绘画祖国好春天"，是多么的富有诗意！革命等于美、等于诗意。或者说，革命高于美也高于诗意，革命是判断一切的标准，当然也是判断美和诗意的标准："在革命激情、劳动激情最热烈的地方，也就是美的诗意最饱满、最强烈的地方。"①

工人阶级和劳动群众是最革命的，所以合乎逻辑的，他们才是真正的老师、诗歌的真正裁判。比如，对于诗歌好坏的判断是请一个老农民来唱，能唱的即为好诗，否则为坏诗②。这样，新诗歌的主流问题也用不着再讨论了：凡是被群众认为好的诗歌，受群众欢迎的诗歌，就是主流。最大众化的文学才是最美的、最主流的。"所有那些在狭小的圈子里的'嘲风月、弄花草'，那些与人民无关的眼泪和痴狂，不管它多么玲珑精致，不管它是灰暗的或是明亮的，拿它们和民歌相比，特别是和我们大跃进的民歌相比的话，只有被列入下下品去。"③这个文学的标准是反智主义（民粹主义）的，它的逻辑就是：没有文化的人是最有文化的。正如贺敬之说的，什么是诗人？什么是诗人的资格？诗人的最充足的条件不是他的文化修养而是他的无产阶级出身与劳动者身份。冉欲达说："我们相信，艺术技巧不是什么少数'天才'和'高级知识分子'的专利品，劳动人民在自己的创作实践中，将要掌握它，像士兵掌握自己的枪一样熟练。"他举例说，"滚珠不大点儿，安在节骨眼儿。骡马多省劲儿，乐坏车老板儿"，"多么亲切、生动、形象地说明了'滚珠轴承化'这个伟大的技术革命运动，这是坐在大楼里，隔着玻璃窗看生活的某些知识分子所万万想不到、写不出来的"④。

邵荃麟的"诗人的工人阶级化"的观点引起了极大的反响，被广泛引

---

① 张光年：《从工人诗歌看诗歌的民族形式问题》，《新诗歌的发展问题》第2集，第21—22页。

② 例子参阅《新诗歌的发展问题》第2集，第172页。另据说有人把《人民文学》上的一首诗歌《给一条河》念给农民听，其中有这样几句："呵，我多想抱起你，抱起你，紧紧的亲你，因为我们寻求你，已有多少世纪。"农民听了以后听不懂，一个妇女听懂了，说"臊死了"。这位所谓"听懂"的妇女一定联想到了男女之间床笫之欢。这样的"鉴赏力"却被认为是评判诗歌好坏的标准。

③ 贺敬之：《关于民歌和"开一代诗风"》，《新诗歌的发展问题》第1集，第81—82页。

④ 冉欲达：《关于民歌和新诗》，《新诗歌的发展问题》第3集，第13页。

用。成为（体力）劳动者、为工农兵写诗成了对于诗人的基本要求，否则要被剥夺诗人的身份与写诗的资格，或有"忘恩负义"之嫌。比如在丁力看来，"坚持（为知识分子写作）这种倾向的人，如果看到劳动人民看不懂，听不懂，难道不感到疚心吗？"① 其潜台词是：吃劳动人民的饭就必须为劳动人民写诗，如果你写的作品连你的人民都看不懂，就应该为此而感到羞愧，应当忏悔。这样，工人阶级化变成了知识分子的自觉要求。最典型的例子是徐迟与雁翼。徐迟在《南水泉诗会发言》中沉痛地说："最近我写的诗中，有这么两句：'蓝天里大雁飞回来，落下几个蓝色的音符。'自己检查出来了，赶快划掉。"②

雁翼例子或许更加典型。他曾经在《对诗歌下放的一点看法》中指出新诗"有某些脱离群众的倾向"③。因其使用了"某些"一词而遭到猛烈的批评。之后，他终于在《红岩》杂志1959年5月号发表《对新诗歌发展的几点看法》的文章，深刻地检讨自己原先的观点是对新诗缺点的"严重估计不足"，而"造成对新诗的缺点估价不足的原因，是我较长期的离开了生活，听不见人民群众对新诗的要求和意见"，"忽视了首先是改造自己的思想感情和向广大的劳动人民学习"。他为自己"原来的这种想法和做法吃惊！"此外，他还检讨了自己的诗"洋味很重"，认为"这是我的教训"。这种洋化的追求"反映在思想上，是忘记了叫谁看，是为谁服务的问题，这是严重的。这不仅仅是文艺思想的问题，也是政治思想的问题。……这个严重的教训，我一生也不会忘记"④。

对于新民歌与新诗的评价也被提到知识分子世界观的"高度"。对于新民歌的任何保留观点（比如认为它"有限制"）就是与工农兵过不去。反过来，维护新诗就是维护小资产阶级知识分子的利益。当时争论不休的关于民歌是否具有"局限性"的问题，在许多人那里实际上就是一个立场问题、世界观问题。有人认为：与其说是民歌体有什么局限，还不如说我

---

① 丁力：《诗必须到群众中去》，《新诗歌的发展问题》第2集，第40页。原载《文艺报》1958年第7期。
② 徐迟：《南水泉诗会发言》，《新诗歌的发展问题》第1集，第66页。
③ 雁翼：《对诗歌下放的一点看法》，《新诗歌的发展问题》第1集，第117页。
④ 雁翼：《对新诗歌发展的几点看法》，《新诗歌的发展问题》第3集，第96—99页。

们的世界观有局限（所谓"民歌的局限性不在民歌体里，而在我们的思想里"）。在有些认为新民歌没有任何局限的人看来，说新民歌有局限性的人简直就是故意捣乱，"向民歌找岔子"。丁力不客气地说："有人借口民歌有局限，来蔑视民歌，否定民歌。"比如红百灵对于民歌的轻蔑态度"正暴露了他的资产阶级的观点"①。

有人甚至认为，新诗与民歌争谁是"主流"，实质上是知识分子与劳动人民争文化领导权。比如愚公在《对〈新诗的道路问题〉一文的几点浅见》中指出："五四"以来的诗坛民歌是主流，革命的新诗是支流，洋化的新诗是逆流。知识分子之所以要把新诗拿出来与民歌争主流，"其目的无非是为了肯定只有部分知识分子才喜欢的洋化诗的成绩"，"谁是主流之争，实质上是部分知识分子要为洋化诗争正统争领导权的问题"。"在诗歌形式问题的争论背后，隐藏着争正统的问题，隐藏着部分知识分子企图打倒劳动人民自己创作并为劳动人民所喜闻乐见的新民歌的问题。"②有人认为，几千年来的中国诗坛，一直是被文人们所独占，民歌的解放也就是劳动人民的解放，它体现了社会主义的优越性。傅东华在《谈谈民歌的过去未来》一文中回顾了民歌的历史，认为民歌的命运是与人民的命运紧密联系在一起的，过去人民是奴隶，所以民歌也必然被埋没或盗用，"直要等到民歌作者的人身得到解放，民歌方才能够甩掉这种可悲的命运，而扬眉吐气起来"，新中国人民做了主人，所以民歌当然也翻身解放。由于民歌的胜利就是人民的胜利、社会主义的胜利，因而对于民歌的任何保留态度就是对于人民的主人公地位或社会主义优越性的挑战，这种与人民争夺领导权的行为是绝对不能容忍的。在傅东华看来，敢于说民歌有"局限"的知识分子"他们看见新民歌的声势浩大，生怕自己头上的桂冠要被摘掉"，这才对民歌"吹毛求疵"。这种"歪曲的理论"当然挡不住民歌的历史潮流，因为"新民歌有它的社会基础，也有它的历史基础"，"诗歌的发展道路与整个社会发展的道路是分不开的"，

---

① 丁力：《也谈新诗的道路问题》，《新诗歌的发展问题》第3集，第33页。
② 愚公：《对〈新诗的道路问题〉一文的几点浅见》，《新诗歌的发展问题》第2集，第199页。

这就是共产主义必然要实现，人民必然是社会的主人因而自然也是诗歌的主人①。

话说到这个份上，争论当然也就无法有效进行了。因为谁都明白，新民歌的优势是无可比拟的。这在当时大家给它戴的"桂冠"中体现无遗："工农兵的文学"、"社会主义的文学"、"共产主义文学的萌芽"、"走向共产主义文学的道路"，等等。这些"定义"中的任何一个都足以使新民歌变成至高无上的权威。在一个工农兵当家的社会主义国家，新民歌的合法性看来是顺理成章的。新民歌因沾了"共产主义"、"大跃进"、"人民"的光而具有天然的合法性。谁反对新民歌或对它说三道四，谁就是反对人民。

至此，从20世纪30年代开始的从知识分子的化大众到大众化的历程终于走向了它的顶点：大众是文学艺术的绝对审判官。回顾一下，在30年代的讨论中（无论是大众化还是民族形式）虽然都指出了新文艺没有深入民间的缺点，但是其主流并没有走到认为大众就是文艺的最后裁判的地步，它没有否定新文艺的成绩，没有否定借鉴外国文化的意义，更重要的是，它还坚持化大众与大众化（启蒙大众与深入大众）的结合，还没有把"大众"神化。不要说何其芳认为新文艺不够大众化的"责任不应该单独由新文学来负，更主要的还是由于一般大众的文化水准的低下"②，就是周扬、潘梓年这样的左翼人士也持相同或相似的观点③。相反，持激进大众化与民歌化观点的向冰林（赵纪彬）倒显得比较孤立④。如果说在30年代，人们还敢于说在知识分子深入劳动群众的同时，劳动群众也要逐步提高文化水平；那么，到1958年、1959年，已经几乎没有人敢说大众提高

---

① 傅东华：《谈谈民歌的过去未来》，《新诗歌的发展问题》第2集，第109—110页。原载《文汇报》1959年1月7日。
② 何其芳：《论文学上的民族形式》，《文艺战线》第1卷第5号，1939年11月16日。
③ 参见周扬《对旧形式利用在文学上的一个看法》，《文学运动史料选》第4册，第417页。
④ 他的《论"民族形式"的中心源泉》提出大众性是民族性的核心，把维护新诗传统的人驳斥为"新国粹主义"。文章发表以后，立即受到葛一虹、郭沫若等批评，在1940年4月的一个座谈会上，参加者有叶以群、葛一虹、潘梓年、向冰林等，向在会上是非常孤立的。参见葛一虹《民族形式的中心源泉是在所谓民间形式吗?》、郭沫若《"民族形式"商兑》和《文艺的民族形式问题座谈会笔记》等，均见《文学运动史料选》第4册。

文化知识的必要性，一旦有这样的言论也会立即引来批判①。

我们必须把诗人的"工人阶级化"看作是自毛泽东1942年《在延安文艺座谈会上的讲话》以来党的知识分子改造实践的一个有机组成部分。这个实践的核心是对于知识分子的政治立场、文化人格以及审美—艺术个性的全面改造，借此确立新的统一的文化—文艺规范，把作家的艺术个性纳入同一框架中。1949年以后先后发生的此类重要的规训事件先后有：1951年的《武训传》批判、1954年《红楼梦》研究批判、1955年对胡风文艺思想的批判，等等。其间还有许多小的事件。如批评作家萧也牧作品中的"小资产阶级倾向"（1951年）、关于塑造新英雄人物形象的讨论（1952年）、对路翎及其作品的批判（1952）、对"丁玲、陈企霞反党小集团"的批判（1955年）、对秦兆阳的"中间人物论"的批判（1956年）、典型问题的讨论（1956年）、对钱谷融的"文学是人学"论的批判（1957年），特别是1957年文艺界的"反右派运动"。这些或大或小的文艺运动与事件使作家与人文知识分子自觉或不自觉地约束自己的精神主体性与艺术个性。

我们必须注意到1949年后这一系列文艺界批判事件的规训效果。经历了这些运动的作家大多数放弃了自己原来的文化—艺术个性，走向毛泽东文艺思想所指示和要求的道路——工农兵化、文艺为政治服务。所以当1958年中国共产党发动新民歌运动，号召新诗作者向工农兵学习，走民歌与古典诗歌相结合的道路时，几乎所有的诗人都投身其中，以新民歌的美学特征来规范自己的艺术个性。当时关于新民歌长达两年的讨

---

① 力扬曾经指出："我认为提高民歌的质量、扩大民歌的境界，关键的问题在于提高民歌的主人——劳动群众的文化水平和艺术修养。"（《关于诗歌发展的问题》，《新诗歌的发展问题》第3集，第126页）卞之琳也认为，随着新诗的大众化与大众文化艺术水平的提高，新民歌和新诗会"逐渐合流"（《新诗歌的发展问题》第3集，第57—58页）。对此，王永生气愤地指出，卞之琳"把所以能'合流'的原因，比较偏重于'劳动群众文化水平的提高'以及'接受新诗影响的可能性加大'这一方面……好象主要的问题不在其他方面，而在于'文化水平'问题似的"，"究竟怎样才叫'合流'呢？……关键的问题还在于诗人们的继续深入生活，加强思想改造与锻炼，做到思想感情的彻底变化，做到与劳动人民共呼吸，同爱憎"（《谈诗歌发展道路的几个问题》，《新诗歌的发展问题》第3集，第58—59页）。也就是说，要让知识分子被劳动人民"合"掉而不能相反让劳动人民被知识分子"化"掉。

论几乎都是在"阐述"所号召的"工农兵化"、"向民歌学习",所谓"争论"就是这个框架中的略有差异的"阐述"而已。很少有人彻底地质疑这个框架。

结 束 语

值得指出的是,有学者将新民歌的胜利、将政治化的"大众话语"对于"五四"知识分子话语的征服视作"20世纪中国文学现代性追求的全面断送"[①]。

这是一个可以商榷的观点。这个观点的基本前提是,1949年以后,尤其是"反右"与"大跃进"以后的中国社会主义理论与实践,包括文化、文艺方面的理论与实践,是"五四"启蒙主义现代性的中断,因而也是现代性的中断。这是一个在20世纪80年代流行一时的知识—话语型。这个知识—话语型得以成立的预设前提是:"五四"启蒙主义的现代性模式是唯一的现代性模式,因而对于"五四"的背离就是对于一般现代性的背离。但是我们如果转换一下视角,把现代性理解为具有多种形态与变体的规划,而"五四"现代性规划只是现代性形态之一;那么,"五四"现代性规划的中断就并不必然意味着现代性本身的中断,而是意味着现代性形态或方向的转变。同样,新民歌对于"五四"新诗的征服以及大众话语对于知识分子话语的征服并不必然是一般意义上的现代性中断的标志,而是现代性形态转换的标志。我这样说的理由首先是,1958年前后的社会主义理论与实践,虽然偏离了"五四"的启蒙主义,也在很大程度上偏离了西方国家的现代性规划,但是它的一些基本的理论与实践依然没有彻底放弃现代性的逻辑——比如线形的时间—历史观念,对于"新"与"发展"的狂热追求(新民歌运动中反复地突出"新"、"改天换地"即是明证)。其次,新民歌运动中的平民主义、大众主义以及反智主义同样是一种现代现象,前现代传统中国社会中占据主流的恰恰是儒家的精英主义。学术界之

[①] 李新宇:《1958:"文艺大跃进"的战略》,《文艺理论研究》2000年第5期。

所以长期认为中国改革开放以前的社会主义是向前现代专制主义的倒退，是因为他们没有看到现代性是一个复数名词，同时也是一个中性（在价值上）名词。他们把现代/古代的二元论对应于自由民主/专制主义的二元论。结论是：凡是专制的必然是前现代的或传统的。实际上，现代性并不是自由民主的代名词。我以为改革开放以前的极"左"思潮在本质上是一种现代现象（不否定结合了传统的因素），因为不但它的意识形态是现代的，而且它的国体也是现代的民族—国家。所以关键的问题是对于现代性的形态进行仔细的分辨，厘清中国的现代性道路为什么一度走入了极"左"的现代形态，我们所需要的应当是何种类型的现代性规划，如何实现这种现代性规划。

最后我想指出，我把包括新民歌运动在内的极"左"文化理论与实践纳入现代性反思的框架，目的恰恰是通过这种反思更彻底地告别它。因为假如我们不引入现代性反思的视角并把1958年的新民歌运动视作一种现代性现象，就很难彻底地认识其性质与危害性，从而也就无法彻底地告别它。

第 五 章

"双百"方针的提出与党的
文艺政策的调整

  "双百"方针是1949年后党中央提出的重要的文艺政策（同时也适合于科学研究和所有文化事业），"是一个有效地调动科学界和艺术界的一切积极因素来共同建设社会主义文化的政策"[①]。它对于中国当代文艺/文艺学的发展具有极其重要的作用，在一定程度上解放了思想，突破了以前在文艺/文艺学方面的教条主义、公式化倾向，出现了一系列极富理论探索性的理论文章，彰显了新中国成立后30年（改革开放前）文艺理论的新发展。为此，我们专门单列一章，具体分析"双百"方针的提出以及由此而带来的党的文艺政策的调整（考虑到由"双百"方针的提出而产生的重要理论成果，如现实主义理论、人道主义理论的突破，由于内容非常丰富，拟专章加以介绍）。

一 "双百"方针的提出及其背景

（一）"双百"方针的提出

  "双百"方针的提出有一个过程。1951年，毛泽东为中国戏曲研究院成立写了"百花齐放，推陈出新"的题词。1953年，在回答中国历史研究委

[①] 周扬：《答〈文汇报〉记者问》，《周扬文集》第5卷，人民文学出版社1994年版，第485页。

员会请示历史研究工作的方针时,毛泽东有过"百家争鸣"的指示。这些可以视作是"双百"方针的先声。1956年4月28日,毛泽东在中共中央政治局扩大会议上作总结发言时,将"百花齐放,百家争鸣"合在一起正式提出,说"艺术问题上的百花齐放,学术问题上的百家争鸣,我看应该成为我们的方针"。还说:"不要拿一种学术压倒一切。你讲的如果是真理,信的人势必就会越来越多。"但此时"双百"方针的口号还并没有正式公布。

1956年5月2日,在最高国务会议上,毛泽东正式宣布了"双百"方针,说"在艺术方面的百花齐放的方针,在学术方面的百家争鸣的方针,是必要的",并指出,"在中华人民共和国宪法范围之内,各种学术思想,正确的、错误的,让他们去说,不去干涉他们","只有反革命议论不让发表,这是人民民主专政"。

5月26日,中共中央在中南海怀仁堂召开了有北京知名科学家、文学家、艺术家参加的会议,由中宣部部长陆定一作题为《百花齐放,百家争鸣》的报告(后经毛泽东修改,发表于1956年6月13日的《人民日报》)。陆定一在报告中阐述了这一方针对发展、繁荣我国科学文化的重要意义,指出中共中央提出"百花齐放,百家争鸣"方针的目的,就是要在文艺工作和科学工作中,"把一切积极因素都调动起来,更好地为人民服务,为繁荣我们的文学艺术而努力,为使我国的科学工作赶上世界先进水平而努力"。它"是提倡在文学艺术工作和科学研究工作中有独立思考的自由,有辩论的自由,有创作和批评的自由,有发表自己的意见、坚持自己的意见和保留自己的意见的自由"。陆定一的报告还有其他一系列具有突破意义的观点。比如,关于工农兵方向,他说:为工农兵服务就是为包括知识分子在内的一切劳动人民服务;社会主义现实主义虽然是最好的创作方法,但不是唯一的创作方法,作家有选择创作方法的自由;对于文艺的题材不应该有任何限制。这些提法实际上都已经在超越《讲话》和苏联文论的正统。不过,陆定一也指出,在阶级社会里,"双百"方针所彰显的"自由",只能"是人民内部的自由",实际上为"双百"方针保留了一个政治"关口"。1957年3月1日,毛泽东在第十一届最高国务会议上说:"野花野草也有用处,其中有些可能转化为香花,香花也可能变得不香了。""不要怕,百花齐放,百家争鸣。马克思主义是不怕批评的,应允许相互批评，批评政府不犯罪。"① 也是3月份，毛泽东在批阅中宣部《有关思想工作的一些问题的汇集》时，就"双百"方针做了许多批示："毛泽东提出，在文学创作活动中，可以允许少数人'看到什么就写什么'以及坚持'感受即真实'的文学观念"，毛泽东甚至指出："让非马克思主义的理论、思想在党的讲坛上争鸣，不是什么了不起的事情，党员在理论上怀疑或反对马克思主义的个别原理也是可以允许的。"②

（二）"双百"方针提出后获得的反响

"双百"方针提出以后，受到了广大知识分子的热烈欢迎，知识分子迎来了"早春天气"③，很多知识界人士提出了许多非常有价值、非常大胆的观点。

比如，关于"百家争鸣"是否存在限制的问题，大多数人认为不应该有任何限制。1956年6月19日，郭沫若在全国人大会议上说"百家争鸣"要"争得好，鸣得好"。又在7月1日的《人民日报》发表文章《演奏出雄壮的交响乐》，指出："百家争鸣"犹如一个交响乐，"万众乐器启奏或叠奏，但总要按照一定的乐谱"。"我们不是广争鸣，而是要争鸣得好，鸣得可以促进社会主义建设。如果一阵乱叫或乱打响器，别人便只好蒙着耳朵，或者甚至请你出乐厅。"郭沫若的这种说法受到很多人的驳斥。《新闻日报》总编辑刘思慕指出："争要争得好，鸣要鸣得好，这种提法使人意识为'争得不好的不能争，鸣得不好得就不能鸣。"他认为交响乐的比喻也不恰当，因为交响乐是要讲究和谐的，"学术上的意见有相反的意见，调子不一定和谐"。因此他直言"我很反对郭沫若院长的说法"④。持相同观点的还有历史学家宋云彬等。

再比如，百家争鸣要不要以马克思主义为指导。虽然在这个问题上一开始有争议，但是主张不必以马克思主义为指导的观点占据了主导。"北京、天津、沈阳、重庆等地的知识界，不少人认为，提出以马克思列宁主

---

① 尚定：《胡乔木在毛泽东身边工作的二十年》，第173页。
② 同上书，第175页。
③ 见费孝通《知识分子的早春天气》，《人民日报》1957年3月24日。
④ 《光明日报》1956年7月9日。

义为指导思想，是对争鸣的限制。"① 中国科学院的副研究员郭可信说：新归国的留学生没有学过马克思主义，如果要求以马克思主义为指导，他们就不敢鸣了②。特别值得注意的是，1956年7月21日的《人民日报》发表评论员文章《略论百家争鸣》，一方面认为："马克思主义是我们国家活动和文化科学的指导思想"，另一方面又指出："但是，在学术问题上，在科学研究中，如果有人不采取辩证唯物主义的方法，或达到了和马克思主义不一致的结论，他仍然有权可以发表自己的见解。因此，是不是要以马克思主义为基础或评判是非的标准，那也要看个人自愿。"有人据此认为，"这篇评论员文章的发表，标志着'百家争鸣'可以不以马克思主义为指导的主张，在知识界占据了主导地位，并且得到了党的认可"③。

还比如，唯心主义是否有自由表达、参与争鸣的权利。即使是陆定一代表官方的报告都承认，"在人民内部，不但有宣传唯物主义的自由，也有宣传唯心主义的自由"。虽然加上了"在人民内部"这个不好界定的限制，但是这种声音还是让人觉得面目一新。这方面，美学家蔡仪的观点比较有学术性。他指出，唯心唯物是非常复杂的问题，有些自以为唯物的人，有些地方可能是唯心主义的。还有一些现象，特别是文艺领域的现象，一时很难断定是唯心还是唯物。必须得到充分的自由讨论才能得到分辨。具体每一个思想家或学者，比如康德和朱光潜，其思想体系是唯心的，但是并不因此就要完全否定他，比如康德对认识论的贡献，朱光潜对艺术特性的认识，等等④。

但不必讳言，不少知识分子仍对"双百"方针心存顾虑。这一顾虑来自两个方面，一是担心是否真正能执行"双百"方针，怕打击报复，由此采取观望态度⑤；另一种情况是担心如果真的执行这一方针，可能会出现

---

① 参见于风政《改造》，第459页。
② 同上书，第459—460页。
③ 同上书，第460页。
④ 同上书，第461页。
⑤ 费孝通在《知识分子的早春天气》中也谈到了这种顾虑，参见洪子诚《1956：百花时代》，第20—29页。还有人指出，在"双百"方针的讨论中，发表观点比较积极而且思想比较开放的，主要是党外知识分子，党的文艺干部和党内知识分子则谨慎得多。参见于风政《改造》，第465页。

混乱，由此而产生一种不理解甚至抵触情绪。毛泽东也曾指出，对"百花齐放，百家争鸣"方针，在高级干部中，"许多人实际上不赞成这个方针"①。尤其是在"双百"方针提出后，在文坛的一派繁荣中也出现了一些不是很健康的作品，这更引起了一些人的高度关注，甚至有人认为，"双百"方针鼓励了资产阶级思想的反攻。

比如，1957年1月7日，陈其通等在《人民日报》发表《我们对目前文艺工作的几点意见》一文，认为"双百"方针提出后，"为工农兵服务"的文艺方向和"社会主义现实主义"的创作方法就越来越少有人提倡了，甚至有人企图取消"社会主义"，只提"现实主义"，或者用"社会主义时代的现实主义"这一模糊的概念来代替它（显然是指秦兆阳、周勃等）。"我们认为这种怀疑论和取消论是小资产阶级艺术思想的产物。"此外，"双百"方针提出后，真正反映当前重大政治斗争的主题少了，"大量的家务事、儿女情、惊险故事等等，代替了描写翻天覆地的社会变革、惊天动地的解放斗争"，"文学艺术的战斗性减弱了，时代的面貌模糊了，时代的声音低沉了，社会主义建设的光辉在文学艺术这面镜子里光彩暗淡了"。有许多人只热衷于翻老箱底，热衷于走捷径去改编旧的作品，甚至有个别人把老祖宗留下的宝贵遗产稍加整理就冠上自己的名字去图名求利。针对这种情况，陈其通等要求"压住阵脚进行斗争"。文章发表后，引起一些人的共鸣，有的赞同，但更多的人持批评态度。

3月1日，《人民日报》发表了陈辽的《对陈其通等同志的"意见"的意见》，批评了陈其通对"双百"方针的认识，认为陈其通把"双百"方针提出以后文艺工作中个别的、非根本性的缺点，当作全面的、根本性的缺点，于是也就认为目前的文艺工作简直是"糟得很"了。陈辽认为，我们应该正视这些缺点，但不应当加以夸大，要加以具体分析，找出主流。3月18日，《人民日报》又发表了茅盾的《贯彻"百花齐放，百家争鸣"，反对教条主义和小资产阶级思想》，文章深刻分析了陈其通等人文章的错误，认为他们对文艺形势的估计是不符合事实的，批评的方法是教条主义的，指出："我们的工作方法应当是让大家来'放'，来'鸣'，开展

---

① 《建国以来毛泽东文稿》第6册，第313页。

自由讨论，从讨论中加强马列主义的思想教育。"

4月4日，《人民日报》又发表了各地关于对陈其通等人文章的座谈会发言及读者来稿综述（《陈其通等"我们对目前文艺工作的几点意见"发表以后》），对陈其通等人的观点进行了批评。

其实稍早时候，毛泽东也注意到了这个问题，在1957年2月27日的《关于正确处理人民内部矛盾的问题》中，毛泽东进一步重申了"双百"方针，指出"双百"方针"是促进艺术发展和科学进步的方针，是促进我国的社会主义文化繁荣的方针。艺术上不同的形式和风格可以自由发展，科学上不同的学派可以自由争论。利用行政力量，强制推行一种风格，一种学派，禁止另一种风格，另一种学派，我们认为会有害于艺术和科学的发展。艺术和科学中的是非问题，应当通过艺术界科学界的自由讨论去解决，通过艺术和科学的实践去解决，而不应当采取简单的方法去解决"①。1957年3月12日，毛泽东《在中国共产党全国宣传工作会议上的讲话》进一步系统地论述了这个方针，明确宣布："百花齐放，百家争鸣，这是一个基本性的同时也是长期性的方针，不是一个暂时性的方针。"② 4月9日，《人民日报》发表了《继续贯彻"百花齐放，百家争鸣"方针》的社论，指出"党内还有不少同志对于'百花齐放，百家争鸣'的方针实际上是不同意的，因此他们就片面地收集了一些消极现象加以渲染和夸大，企图由此来证明这一方针的'危害'，由此来'劝告'党赶快改变自己的方针。但是，党不能接收他们的这种'劝告'，因为他们的方针并不是马克思主义，而是反马克思主义的教条主义和宗派主义"。《社论》强调："'百花齐放，百家争鸣'不是一时的权宜之计，而是长期的方针"，"党的任务是要继续放手，坚持贯彻'百花齐放，百家争鸣'的方针"。自此，知识分子的顾虑被彻底打消了，"双百"方针开始全面贯彻执行。

（三）提出"双百"方针的社会背景

"双百"方针的提出，有着复杂的国内国际背景。

---

① 《建国以来毛泽东文稿》第6册，第343页。原载《人民日报》1957年6月19日。
② 同上书，第390页。

首先，1955年底1956年初，社会主义三大改造（即农业、资本主义工商业和手工业的社会主义改造）基本完成，国家的所有制、生产关系已经发生根本改变。这使得毛泽东作出"大规模的阶级斗争已基本结束"的论断，要求把工作重点转移到经济建设上来。毛泽东在《论十大关系》（1956年4月25日）中指出，要"把国内外一切积极因素调动起来，为社会主义事业服务"，"要调动一切直接的和间接的力量，为把我国建设成为一个强大的社会主义国家而奋斗"[1]。这就明确了党中央建设社会主义的决心，而在建设社会主义的事业中，调动知识分子的积极性是至关重要的。正是出于这一考虑，1956年1月14—20日，中共中央在毛泽东的提议下召开了关于知识分子问题的会议，1000多人出席，60多人做了大会发言[2]。周恩来在会上作了《关于知识分子问题的报告》。报告明确指出："在社会主义时代，比以前任何时代都更加需要充分地提高生产技术，更加需要充分地发展科学和利用科学知识。因此，我们要又多、又快、又好、又省地发展社会主义建设，除了必须依靠工人阶级和广大农民的积极劳动以外，还必须依靠知识分子的积极劳动，也就是说，必须依靠体力劳动和脑力劳动的密切合作，依靠工人、农民、知识分子的兄弟联盟。我们现在所进行的各项建设，正在愈来愈多地需要知识分子的参加"，"知识分子已经成为我们国家的各方面生活中的重要因素。而正确地解决知识分子问题，更充分地动员和发挥他们的力量，为伟大的社会主义建设服务，也就成为我们努力完成过渡时期总任务的一个重要条件。我们党的各个部门，党的各级组织，都应该重视这个问题"。报告最为引人注目的提法是：知识分子中的绝大部分"已经成为国家工作人员，已经为社会主义服务，已经是工人阶级的一部分"。这一提法无疑提高了知识分子的阶级地位和政治地位，与此前和此后对于知识分子的定位非常不同。此外，周恩来在报告中还明确指出知识分子工作的失误是"低估了知识界在政治上和业务上的巨大进步，低估了他们在我国社会主义事业中的重大作用"，"对一部

---

[1] 《建国以来毛泽东文稿》第6册，第82页。
[2] 在紧接着的1月30日—2月7日，全国政协二届二次会议召开，周恩来做的政治报告的主要内容也是调整知识分子政策。

分知识分子的支持和信任不够"。周恩来承诺要改善知识分子的工作条件，包括物质生活条件和精神生活条件，体现了党中央对知识分子的重视[①]。

可以说，对阶级斗争状况的估计，对中国面临的经济和文化建设的历史性任务的理解，以及对知识分子政治成分和思想情况的新评价，是"百花齐放，百家争鸣"作为一项重要政策提出的依据或条件[②]。在这方面，陆定一在《百花齐放，百家争鸣》的报告中给予了系统性的归纳："第一，社会主义改造在全国基本地区内已在各方面取得决定性的胜利，剥削制度将在今后几年内在这些地区被消灭。一切原有的剥削者将被改造成为自食其力的劳动者。我国即将成为没有剥削阶级的社会主义国家。""第二，知识界的政治思想状况已经有了根本的变化，并且正在发生更进一步的根本变化。""今天我们的思想界已经大有进步。""第三，我们还有敌人，国内也还有阶级斗争，但是敌人特别是国内的敌人已经大大削弱了。""第四，全国人民政治上思想上的一致性大大增强，而且还在继续增强之中。"[③]

其次，"双百"方针的提出还与1956年开始的思想文化界、文艺界的政策调整直接相关。

1955年下半年，批判胡风和肃反运动告一段落，文化界文艺界一片萧条，空气沉闷。知识分子群体意志消沉，工作热情受到极大打击，人际关系空前紧张。北京师范大学副校长、著名数学家傅仲孙回忆："肃反以后，最令人伤心的是老同事、老同学之间几乎不敢往来，像一盘散沙，没有粘性。"[④] 大批判带来了大萧条，这点在文艺界表现得最明显。这个时期的文

[①] 当然，令人遗憾的是，周恩来的报告也存在很大的局限性，首先，报告没有对1949年后知识分子的思想改造和整风运动进行反思，相反认为这些运动都是正确的。其次，报告检讨的主要是自然科学领域的政策偏向，给自然科学家落实政策，而回避了文艺界存在的问题，而事实上，1949年后积极性受到挫伤的主要是文艺界知识分子。最后，更为严重的是，周恩来的报告说，知识分子中进步分子占40%，中间分子占40%，其余为落后分子和反动分子。这个估计实际上推翻了报告中关于知识分子大部分已经是工人阶级的论断。这也从一个侧面反映了党中央对知识分子的认识是摇摆不定的，甚至存在内部分歧。

[②] 洪子诚：《1956：百花时代》，第2—3页。

[③] 陆定一：《百花齐放，百家争鸣》，《人民日报》1956年6月13日。

[④] 参见于风政《改造》，第429页。

艺作品不但数量少，而且题材狭隘，主题先行，概念化、公式化的弊端非常突出。1955年底，夏衍发表《打破常规，走上新路》一文指出：文艺的落后是"无可置疑的事实"："从我个人的体会，最触目惊心的事，是我们文艺工作者的思想、感情、工作方式等，都已经不知不觉地和一日千里地向前迈进的革命形势脱了节，对社会主义革命事业缺乏一种不能自已的、油然而生的、愿意为它献身的热情和气概。"夏衍当然不可能从政策失误角度反思这种现象，但是他的话从一个侧面道出了一个普遍事实。知识分子这种消沉、消极态度与当时团结一切力量大干社会主义的形势严重错位。这也是召开知识分子会议、提出"双百"方针的原因之一。

最后，"双百"方针的提出还有复杂的国际背景，这就是来自苏联和东欧的政局变化，它使得毛泽东觉得有必要也必须探索属于中国自己的社会发展道路，而不能一味照搬苏联经验。1956年苏共二十大赫鲁晓夫的"秘密报告"震惊了世界，也震动了毛泽东。毛泽东开始认真反思苏联的社会主义道路以及中国的社会主义发展问题。此后，匈牙利事件和波兰事件的发生，进一步推动了以毛泽东为首的党中央对社会主义道路的反思，并迅速召开中央政治局扩大会议研究东方社会主义阵营的动荡和变革。会后，《人民日报》先后根据会议讨论情况，发表了《关于无产阶级专政的历史经验》（1956年4月5日）和《再论无产阶级专政的历史经验》（1956年12月29日）的社论，回击了帝国主义和各国反动派对无产阶级专政和社会主义制度的攻击，以马克思主义的原则立场和科学态度，对斯大林及东欧变革进行了实事求是的评价，也对我们自中华人民共和国成立乃至建党以来所犯的错误作了客观的分析。社论明确指出，这些错误都是社会主义在发展过程中所犯下的，并不是由社会主义制度带来的，而"以后我们还是可能犯错误的"。而由此获得的重要教训，"就是我们党的领导机关应该使错误限制在个别的、局部的、暂时的范围内，而不应该让个别的、局部的和初步出现的错误变为全国性的或者长时期的错误"[①]。为此，必须反对各种形式的教条主义和修正主义，同时必须坚持社会主义道路，坚持无产阶级专政。社论还重点强调了社会主义道路要与各国的具体情况

[①]《关于无产阶级专政的历史经验》，《人民日报》1956年4月5日。

相结合:"每个国家的革命和建设的过程,除了有共同的方面,还有不同的方面。在这个意义上说,每一个国家都有它自己的具体的发展道路。"社论根据马克思列宁主义理论指出:"每个民族都经历着阶级斗争,并且最后都将沿着在一些基本点上相同、而在具体形式上各有不同的道路,走向共产主义。只有善于根据自己的民族特点运用马克思列宁主义的普遍真理,各国无产阶级的事业才能得到成功。"[1] 可以说,苏联变革及东欧事件的发生,从正反两面推动了中国的决策者们加强原来就已存在的冲破苏联模式的决心,加快了对中国式发展道路的探索。反对教条主义的思想束缚,以自由讨论和独立思考来繁荣科学和文化事业,用批评和自我批评的办法来处理"人民内部矛盾",以避免这种矛盾因处理不当而发展到对抗的地步,都是这一时期所逐渐形成的思路[2]。

总之,"双百"方针在国内国际特定的环境下开始实施起来,使艺术和学术领域一度出现了复兴。在文学创作上,题材和主题的范围扩大了,体裁和风格多样了。无论是小说、诗歌、散文、戏剧还是电影,数量和品种都显著增多。特写、抒情诗得到了发展,特别是抒情诗中爱情诗这一枯枝重新开出了花朵。最能反映思想活跃程度的杂文这片荒芜已久的园地,也开始繁盛起来[3]。就文艺学来说,出现了一批思想解放,有创见的理论文章[4]。所有这些都体现了"双百"方针政策的实绩。

二 三个会议与《文艺八条》

然而,随着1957年夏季反"右派"斗争的扩大化,"百花齐放,百家争鸣"方针的贯彻受到了干扰和损害(参见本书第二章)。一直到1961年,情况才发生了变化。在党中央制定的"调整、巩固、充实、提高"八字方针的指导下,文艺界在党中央的关怀下,连续召开了几次重要会议,

---

[1] 《再论无产阶级专政的历史经验》,《人民日报》1956年12月29日。
[2] 洪子诚:《1956:百花时代》,第8页。
[3] 朱寨主编:《中国当代文学思潮史》,第247页。
[4] 比如关于现实主义理论及人性、人道主义的提出。参阅本书相关章节。

试图纠正违背"百花齐放,百家争鸣"方针的做法,并为贯彻执行这一方针规定了一系列政策。其中比较重要的几次会议是"新侨会议"、"广州会议"和"大连会议"。

(一) 新侨会议与《文艺十条》

1961年6月1—28日,中宣部召开文艺工作座谈会,文化部同时召开故事片创作会议,因为两个会都在北京新侨饭店举行,故简称"新侨会议"。这次会议主要是围绕着中宣部提交会议审议的《关于当前文艺工作的意见(草案)》(《文艺十条》)展开的,总结近年来文艺工作的经验教训。周恩来在会上作了《在文艺工作座谈会和故事片创作会议上的讲话》(1961年6月19日)[①]。讲话明确强调了艺术民主问题。艺术民主问题,是关系到社会主义文艺兴衰的一个关键问题,不妥善地解决这个问题,我们的文艺就不能前进。讲话不但在引言部分精辟地论述了这个问题,而且在阐述其他问题时也始终贯穿这一精神。在讲话的一开始,周恩来就指出:"现在有一种不好的风气,就是民主作风不够。我们本来要求解放思想,破除迷信,敢想敢说敢做。现在却有好多人不敢想、不敢说、不敢做。想,总还是想的,主要是不敢说不敢做,少了两个'敢'字。"正是在倡导人们"敢想"、"敢说"、"敢做"中,周恩来明确指出要坚持社会主义的自由,发扬民主作风,"要允许批评,允许发表不同的意见"。周恩来说:"文艺作品要容许别人批评,既有发表作品的自由,也要有批评的自由;同样,既有批评的自由,就要有讨论的自由。不论哪一方面都不能独霸文坛。我们提倡批评,也提倡百家争鸣、自由讨论。只要是在社会主义大框框中争论,你说好,我说坏,都可以。光允许批评,不允许讨论,人家就会说,还是批评家好当。"讲话还着重提出了文艺规律的问题,强调文艺创作要遵循艺术规律,作品的好坏要由群众回答,而不是由领导回答。"艺术是要人民批准的",这是文艺发展的客观规律。艺术家就必须"面对人民,而不是只面对领导"。而领导对于文艺,主要是从方向路线上加以引导,对于具体创作,则"不要过多干涉"。这显然正是"双百"方

---

① 见《文艺报》1979年第2期。

针的体现，也是毛泽东《讲话》精神的丰富和发展，对于当时的文艺界情况具有很强的现实针对性，是批判文艺"左"的错误的强大思想武器。但由于受到了"左"倾思潮的干扰和抵制，这个讲话在当时既没能公开发表，也没有得到认真贯彻，直到打倒"四人帮"以后才得以公开发表。

会上根据周恩来的讲话，结合文艺工作实践，对《文艺十条》作了修改。这也是这次会议的成果。

（二）广州会议与知识分子政策的调整

中国戏剧家协会于1962年3月2—26日，在广州召开了全国话剧、歌剧、儿童剧创作座谈会，故称"广州会议"。在会议召开之前的中南海紫光阁预备会上，周恩来作了《对在京的话剧、歌剧、儿童剧作家的讲话》（2月27日）。在讲话中，周恩来一再强调要破除迷信，解放思想。周恩来指出，在"双百"方针指导下，文艺运动出现了新的局面。"从思想界开始，提倡敢想、敢说、敢做，提倡首创精神，批判厚古薄今，提倡厚今薄古。这影响了文艺界，文艺界朝气勃勃，出现了不少作品。"周恩来还具体谈到了文艺中的"典型人物"、"关于写人民内部矛盾"、"生活真实、历史真实与艺术真实"等问题。在广州的会议上，陈毅作了《在全国话剧、歌剧、儿童剧创作座谈会上的讲话》（1962年3月6日）[①]。陈毅在讲话中，首先承认了党领导的思想改造运动虽然总的说来是正确的，但在运动中间也发生了一些缺点、错误，有一些地方出现了过火的斗争，"搞得很多人感情很痛苦"，由此陈毅要大家"来出出气"。陈毅指出，"工人、农民、知识分子，是我们国家劳动人民中间的三个组成部分，他们是主人翁"，"绝不能再拿资产阶级知识分子这个帽子去套一切知识分子。应该认识到：他们是人民的知识分子。这就是我们科学队伍、文艺队伍的实际情况。要把这个肯定下来，肯定下来工作就好做"。由此陈毅明确指出要扶持知识分子，而做党的工作、行政工作的人，要勇于自我批评，"主动来解决我们内部的团结问题"。在文艺创作上，陈毅尖锐地批评了那些冒充

[①] 《文艺研究》1979年第2期。亦见中共中央书记处研究室文化组《党和国家领导人论文艺》，文化艺术出版社1982年版。

内行的领导，希望领导们能给作家选择题材、艺术风格的自由，探讨艺术问题的自由等，要尊重作家的权利和劳动。

周恩来在会议上（这个会议同时也有在广州召开的全国科学工作会议上的自然科学工作者参加）作了《论知识分子问题》①（3月2日）的报告。在这一报告中，周恩来谈到了知识分子的定义和地位。他说，知识分子不是独立的阶级，而是由脑力劳动者构成的社会阶层。一般地说，这个阶层的绝大部分人在一定的社会条件下是附属于当时的统治阶级并为其服务的，只有在社会主义制度下，劳动人民已经处在统治地位，知识分子才转变到为广大人民服务。在谈到如何对待知识分子问题上，周恩来认为有六个问题要解决好：第一，要信任他们。第二，要帮助他们。第三，要改善关系。第四，要解决问题。第五，一定要承认过去有错误。第六，承认了错误还要改。如果党的具体政策在执行中有偏差和错误的，就要作检查。

在3月20日提交第二届全国人大第三次会议的政府工作报告中，周恩来对知识分子问题也有明确表达："我国的知识分子，在社会主义建设的各个战线上，作出了宝贵的贡献，应当受到国家和人民的尊重。我国知识分子的状况，已经同解放初期有了很大的不同。新社会培养出来了大量年轻的知识分子，他们正在沿着'又红又专'的道路成长。从旧社会来的知识分子，经过十二年的锻炼，一般地说，已经起了根本的变化。知识分子中的绝大多数，都是积极地为社会主义服务，接受中国共产党的领导，并且愿意继续进行自我改造的，毫无疑问，他们是属于劳动人民的知识分子。我们应该信任他们，关心他们，使他们很好地为社会主义服务。如果还把他们看作是资产阶级知识分子，显然是不对的。"这充分体现了在"双百"方针指引下知识分子政策的变化。

广州会议对进一步推动我国戏剧的繁荣，具有重要的意义。

（三）大连会议与"中间人物论"

1962年8月2—16日，中国作家协会在大连召开农村题材短篇小说创

---

① 这一报告与周恩来1951年所作的《关于知识分子的改造问题》（《周恩来选集》下卷，人民出版社1984年版）的报告以及1956年所作的《关于知识分子问题的报告》（见前）一脉相承，可参照来看。

作座谈会，简称"大连会议"。座谈会的议题并不局限于短篇小说创作，而是囊括了整个农村生活题材的所有创作，目的在于纠正农村题材创作上存在的浮夸思想和人物形象单一化问题。邵荃麟在会上作了几次发言，首先肯定了过去几年农村题材创作上的成绩，但同时指出，随着生活的发展，农村变化很大，农村中的矛盾变得突出起来，"因此，怎样描写农村题材，正确反映农村中的问题，是作家们的重大责任"，也是创作上的"新问题"[1]。为此，邵荃麟提出了后来受到批判的"现实主义深化"与"写中间人物"的问题（由于这两个问题主要涉及文学作品人物形象的塑造，本书拟在第七章详细介绍评述，在此从略）。

（四）《文艺八条》

与三次会议几乎同时，文化部党组和全国文联党组发布《关于当前文学艺术工作若干问题的意见（草案）》（以下简称《文艺八条》），比较集中地体现了当时纠正"左"的文艺指导思想的正面成果。《文艺八条》从草稿到定稿，经过了一个反复讨论、修改的过程[2]。

1961年1月，时任中宣部副部长的林默涵，为起草这个文件而分别主持召开了电影、戏曲、话剧、音乐、美术、报刊文艺编辑六个座谈会。同年2月，宣传部副部长周扬又为此召集文化部和各协会负责人开会，并布置各部门、各地区的文艺界开展调查研究、征集意见。在广泛征集意见的基础上，同年5月，林默涵主持起草了最初的《文艺十条》，并于6月间作为会议讨论的文件提交"新侨会议"，周扬事先对《文艺十条》作了说明。会后根据会议上的意见加以修改，然后于同年8月1日印发各省市再征求意见。1961年10月和12月，由中央政治局委员、中宣部部长陆定一亲自主持定稿，将原来的十条改为八条，最后由林默涵、张光年执笔做文字的斟酌润色。1962年3月"广州会议"后，在周恩来的督促下报送中央，同年4月中央批转全国遵照执行。由此可以看出，《文艺八条》是集

---

[1] 邵荃麟：《在大连"农村题材短篇小说创作座谈会"上的讲话》，《邵荃麟评论选集》（上册），人民文学出版社1981年版，第390页。

[2] 参阅黎之《回忆与思考——"文艺十条"—"文艺八条"》，《新文学史料》1996年第3、4期。

思广益的成果，是在"双百"方针指引下出台的党的重要文艺政策。

《文艺八条》①的"前言"部分在肯定了1949年以来文艺工作的成绩之后更多地指出了"近年来"文学艺术工作中发生和存在的"不少缺点和错误"，比如某些文化艺术的领导部门、文艺工作单位和领导文艺工作的党员干部"没有正确理解和认真执行百花齐放，百家争鸣的方针，对一些文学创作和艺术活动进行了简单粗暴的批评、限制和不适当的干涉，妨害了生动活泼的艺术创造和学术上的自由讨论"，"没有很好地贯彻执行党的知识分子政策"，"对文化艺术事业的发展和群众文化活动，提出了一些错误的要求"，"有些领导文艺工作的党员干部在处理文学艺术的问题上，既不尊重群众意见，又不同作家、艺术家商量，独断专行，自以为是，使党对文艺工作的领导受到了不应有的损害"等。正是为了坚决地贯彻执行党的文艺路线、方针和政策，同时认真地总结经验，克服缺点，调整一些必须调整的关系，由此制定出一套同党的文学艺术方针政策相适应的制度和办法，这就是《文艺八条》。其具体内容如下：

第一条："进一步贯彻执行百花齐放，百家争鸣的方针。"《文艺八条》把"双百"方针与社会主义文艺方向联系在一起，指出"只有认真贯彻执行这个方针，文学艺术才能更好地为工农兵服务为社会主义服务"。这说明了"百花齐放，百家争鸣"为什么是一个基本的和长期的方针，而不是暂时的应变策略。在这一条中，还对政治作了更为宽泛的理解，指出："文学艺术为无产阶级的政治服务，就是为工农兵的利益服务，为社会主义事业的利益服务，为全国和全世界绝大多数人的利益服务，就是从多方面来满足广大人民正当的精神需要，不应该把文学艺术为无产阶级政治服务理解得太狭隘。"在此基础上，《文艺八条》提出创作多样化、风格多样化的主张，明确艺术家有选择和处理题材的充分自由，鼓励艺术创作上的个人独创性，认为"文学艺术上不同的体裁、形式，都可以自由发展，自由竞赛"。此条指出："一切文学艺术作品，只要不违背毛泽东同志在《关于正确处理人民内部矛盾的问题》中提出的六项政治标准，都可以存在。"

---

① 参见中共中央文献研究室《建国以来重要文献选编》第15册，中央文献出版社1997年版。此部分所引用《文艺八条》的内容不再注明出处和页码。

这样的民主理念一直贯穿在整个《文艺八条》中。

第二条:"努力提高创作质量。"此条主要针对以前那种由领导"定人、定题、定时"乃至下达"创作突击"任务的做法,指出这种领导文艺的方针和做法违背创作规律,"组织创作应该按照作家艺术家的自愿和可能","文学艺术作品要以个人创作为主"。此条认为"我们的文学艺术作品应该力求革命的政治内容和尽可能完美的艺术形式的统一",既要反对轻视艺术技巧,用空洞的政治概念来掩盖艺术缺点,也要批评那种把要求提高艺术技巧看成是"资产阶级思想"的观点,以致不敢利用和吸收前人的艺术技巧和经验。

第三条:"批判地继承民族遗产和吸收外国文化。"这一问题在毛泽东的《讲话》中早已经被明确地解决了,在这里除了重申这一方针,主要是对如何进行"批判地继承"做了指示。比如,该条对外国优秀的文艺作品的借鉴问题作了阐明,指出"外国的艺术,只要是好的,对我们有用的,都应该努力学到手,变成自己的东西"。该条还首次提出"西方资产阶级的反动文学艺术流派和现代修正主义的文艺思潮"也"应该有计划地向专业文学艺术工作者介绍"。当然是"作为反面教材",但终究认识到应该开放一点原先完全封闭的对外交往的门窗。

第四条:"正确地开展文艺批评。"此条明确指出要"贯彻百花齐放,百家争鸣的政策",批评了文艺批评中的"简单化、庸俗化的现象"。该条要求必须严格区分人民内部、敌我性质两者的界限,也要审慎地区分"香花"与"毒草"。对于作品的评论首先要看"总的倾向",不要由于局部性质的缺点就否定整个作品。在人民内部,对文学艺术作品的不同意见和文艺理论的不同观点,有讨论的自由,批评的自由,也有保留意见和进行反批评的自由。

其他四条分别是"保证创作时间,注意劳逸结合"、"培养优秀人才,奖励优秀创作"、"加强团结,继续改造"、"改进领导方法和领导作风",都是着眼于解决组织领导和制度措施方面的实际问题,但其中也有一些新的提法。比如在第七条中,在涉及以往文艺界的斗争经验教训时指出,第一,必须严格划分人民内部矛盾和敌我矛盾的界线。第二,在人民内部,又必须正确划分政治问题、世界观问题、学术问题和艺术问题之间的界线。"不许用对敌斗争的方法来解决人民内部的政治问题、世界观问题和学术问题、艺术问题,不许用行政命令的方法、少数服从多数的方法来解决世界观问题、学术问题和艺术问题,也不应该把学术问题和艺术问题随便引申为世界观问题。人民内部的政治问题和思想问题,只能按照团结——批评——团结的方针来解决。"这一点具有很强的针对性,因为历来的许多文艺批判运动,往往都是把世界观问题、学术问题、艺术问题上升到阶级立场问题,而一旦成为阶级立场问题,也就变成政治问题,必然遭到简单粗暴的批判打击。

《文艺八条》是党在新的调整时期所制定的文艺政策,是总结历史经验,开拓文艺新局面的重要文献,它所提出的思想理论原则,不仅有很强的针对性,同时具有长远的指导意义[①]。但可惜的是,由于受到"左"的错误的影响和抵制,《文艺八条》并没有完全贯彻执行下去,甚至长时间内没有真正发表,直到"文化大革命"后的1979年才由《文艺研究》第1期发表。

1962年5月23日,为了纪念毛泽东《在延安文艺座谈会上的讲话》发表20周年,《人民日报》发表了《为最广大的人民群众服务》的重要社论。这篇社论首先指出,20年来,"党和毛泽东同志提出的文艺为工农兵、为广大人民群众服务的方向,以及后来提出的百花齐放、百家争鸣和推陈出新的方针,经过文艺界的实践,已经形成了一条马克思列宁主义的文艺路线。这是发展我国社会主义文艺的最富于战斗性的正确路线"。社论根据新的历史条件与社会主义革命和建设时期阶级关系的变化,用发展的观点,强调了当时社会状况与以前的不同,指出,我国人民已经胜利地完成了新民主主义革命和社会主义革命,建立了中华人民共和国,正在进行社会主义建设。各民族的工人、农民、知识分子及其他劳动人民,各民主党派和民主人士,爱国的民族资产阶级分子,爱国侨胞和其他一切爱国人士,在中国共产党的领导下,结成了人民民主统一战线,积极地参加和支

---

① 不过,也有人指出修改后的《文艺八条》比修改前的《文艺十条》有明显的后退,"明显地反映出当时的顾虑和政策调整的界限性"。参阅黎之《回忆与思考——"文艺十条"—"文艺八条"》(上),《新文学史料》1996年第3期;薄一波《若干重大决策与事件的回顾》(下),中共中央党校出版社1993年版,第1006页。

持建设社会主义的伟大事业。因此，这个人民民主统一战线内的以工农兵为主体的全体人民都应当是我们的文艺服务的对象和工作的对象。我们的文艺应当用工人阶级的先进思想影响尽可能广泛的社会阶层，不断地加强各族人民的团结，使全国人民的心连成一条心，把全国人民的力量动员到共同的伟大目标上去。今天文艺联系的群众，比过去任何时候都广泛得多了。这在很大程度上扩展了《讲话》中的工农兵主体，为知识分子的发展和创作开拓了空间。可以说，社论丰富和发展了《在延安文艺座谈会上的讲话》的精神，也是《文艺八条》基本精神的一个体现，是国家实行"双百"方针后文艺政策调整的具体成果。

第 六 章

关于文艺与政治关系的讨论

从 1942 年毛泽东《讲话》发表至今，文艺与政治的关系一直是当代文艺学集中关注和讨论的核心问题之一，它或者以集中讨论的方式出现，或者隐含、散见于其他文艺问题的讨论之中（除了本章集中讨论的关于阿垅的"艺术即政治"的批判、"赶任务"的讨论、对"公式化、概念化"批评等之外，关于真实性的讨论，关于正面人物、反面人物、英雄人物的讨论，等等，也都涉及文艺与政治的问题）。在本书中，我们主要分析几次集中讨论中涉及的文艺与政治关系问题并介绍一些代表性的观点。我们可以把讨论分为两个时期，一是新中国成立初期到 20 世纪 50 年代后期，二是"文化大革命"后的 80 年代初。本章讨论的是前一个时期。

一 对阿垅"艺术即政治"论的批判

1950 年 3 月，阿垅（笔名张怀瑞）在《起点》第 1 集第 2 期发表《略论正面人物与反面人物》一文，批评了当时所谓的"主角"说，即认为在艺术上应该以工农兵为主角，其他的阶级最多只可以当配角，甚至根本不配描写。阿垅认为，这种说法"只有在历史的意味上才是完全正确的，绝对的"，而在文艺作品中，为了如实地、多方面地反映现实，则"既应该以工、农、兵为主角"，"也可以以其他的阶级、其他的成份为主角"，既可自"以正面人物为主角"，也可以"以反面人物为主角"。"问题只在作家的世界观和世界观的立场和态度，以及他的艺术方法，他的现实主义",并强调作家的立场不能代替现实主义,而创作中"把正面人物写得空洞如神,把反面人物又写作简单的丑角",正是没有把握现实的本质的结果(参见本书第七章)。

1950年初,阿垅又在天津《文艺学习》第1期发表《论倾向性》一文,就文艺与政治的关系提出了著名的"艺术即政治"的观点。他首先援引了西蒙诺夫1949年10月17日在上海文学座谈会上关于文艺与政治问题的谈话:"我以为文学和政治结合是没有这样的事的。这不是化学,所以,两种不同的元素的问题,是无从谈起的。比较恰当地说,可以把文学比拟为一个蛋,而政治,是像蛋黄那样包含在里面的。"然后以此立论,认为艺术和政治"是一个同一的东西","不是艺术加政治,而是艺术即政治"。阿垅的话初一看似乎可以作"左"的和"右"的两种解读。第一种解读,艺术即政治是对艺术自身特征的彻底否定,因为一切艺术都是政治;第二种解读,艺术即政治是对于政治介入艺术之必要性的否定,因为政治已在艺术之中。阿垅的观点显然是属于后者。他虽然承认文学的倾向性、"党性","是一种阶级性,一种思想性","为艺术而艺术"是错误的倾向,但他更突出地反对的却是政治通过公式主义、教条主义的方式干涉艺术,认为"在艺术问题上,如果没有艺术,也就谈不到政治"。他对"政治"的理解是很特殊的:作家在现实社会中,是"社会人",他对政治、阶级、道德、艺术等自然都有一定的看法,并反映在他的作品中,所以,"在文学上,无论那是意识的还是不意识的,进步的和反动的,以至为艺术而艺术的,无可逃避也可以争辩的事情是,那里面,总是有着一定的政治倾向或思想倾向的"。

现在看来,阿垅的这种政治观非常接近20世纪中期以后兴起的文化研究和西方马克思主义对政治的理解。如当代西方马克思主义批评家伊格尔顿曾经提出:所有的文学批评都是政治批评。但是伊格尔顿这样说的时候,其所谓"政治"与我们50年代理解的政治不同。伊格尔顿说:"我用政治一词所指的仅仅是我们组织自己的社会生活的方式,及其所包括的权力。"[①] 这样的政治在他看来本来就存在于文学和文学理论中,不用把它

---

① 伊格尔顿:《二十世纪西方文学理论》,伍晓明译,陕西师范大学出版社1986年版,第244页。

"拉进文学理论"。所谓"所有文学批评是政治批评"的意思不过是："与其说文学理论本身有权作为知识探究的对象，不如说它是观察我们时代历史的一个特殊角度。……与人的意义、价值、语言、情感和经验有关的任何一种理论都必然与更深广的信念密切相关，这些信念涉及个体与社会的本质，权力问题与性问题，以及对于过去的解释、现在的理解和未来的瞻望。"[1] 文学和文学批评总是反映某些社会思想意识，在这个意义上，它"最终只能是某种特定的政治形式"。伊格尔顿还认为：文学和文学理论必然涉及道德、价值等问题，涉及对于什么是"好人"的理解，这些问题不仅仅是道德问题，也是政治问题。"政治论争并不是道德关注的代替物，它就是从充分内在含义上被理解的道德关注。"[2] 显然，这里说的"政治"不等于狭义的党派政策，也不是口号式的"政治"。任何人文科学研究都无法完全不受其存在环境（其中充满了各种各样的物质利益、政治立场和文化观念）的影响。所以，只要是扎根于社会现实土壤中的人文学术研究，包括文艺学研究，很难避免这个意义上的政治。

后殖民批评家萨义德的《东方学》"绪论"所强调的人文科学的政治性也要从这个意义上进行理解。在萨义德看来，像莎士比亚研究这样的人文学科，不存在与政府利益或国家利益直接相关的那种政治内容，但这只是对于"政治"的一种理解（在中国学术界这种理解可能非常普遍），但是还可以从另外的角度来理解人文研究的政治性。萨义德说："没有人曾经设计出什么方法可以把学者与其生活的环境分开，把他与他（有意或无意地）卷入的阶级、信仰体系和社会地位分开，因为他生来注定要成为社会的一员。这一切会理所当然地继续对他所从事的学术研究产生影响，尽管他的研究及其成果确实想摆脱粗鄙的日常现实的约束和限制。不错，确实存在像知识这样一种东西，它比其创造者（不可避免地会与其生活环境纠缠混合在一起）更少——而不是更多——受到偏见的影响。然而，这种知识并不因此而必然成为非政治性知识。"[3] 学者是社会中的人，他不可能

---

[1] 伊格尔顿：《二十世纪西方文学理论》，伍晓明译，第245页。
[2] 同上书，第261页。
[3] 萨义德：《东方学》，王宇根译，生活·读书·新知三联书店1999年版，第13页。

不卷入各种社会关系中,不可能在研究的时候完全摆脱其自身的政治、道德立场与社会定位,相反,这些"非学术"的或所谓"政治性"的内容必然要渗透到他的研究中。在这个意义上,莎士比亚研究之类的人文研究依然是政治性的。

我们并不认为可以在阿垅的政治观和伊格尔顿或萨义德的政治观之间进行机械类比,而是想借此指出,在当时的环境下,阿垅这样的大政治概念无异于文论界的空谷足音。

阿垅还详细阐述了艺术产生政治效果的途径,指出艺术是通过与读者亲密谈心,通过征服人们的灵魂来产生一定的政治效果和政治力量的。艺术品的倾向性应当如恩格斯所说,"必须从状态和行动中流露出来",对于那些"毫不触摸实际生活而又专门玩弄政治概念的人"的作品,阿垅批评为是"说谎和做假"。

文章发表后,文艺界的领导层极度敏锐地做出了反应。《人民日报》副刊《人民文艺》在第39、40、41期上分别发表陈涌(即杨思仲)、史笃批评阿垅的两篇文章和《阿垅先生的自我批评》。《文艺报》第2卷第3期(1950年4月),将三篇文章编成专辑,并加"编辑部的话"指出:"文艺与政治的关系,是文艺批评与文艺理论的中心课题。文艺批评的开展与文艺理论的建设,主要依靠对这一中心课题的正确解决。"阿垅的两篇文章"在文艺与政治的关系上,在对马克思主义的理解与文献的引用上,表现了很多歪曲的、错误的观点",这种观点"不论在目前,在过去,同样在其他的一些文艺工作同志及其他的一些论文中,也还是存在的",值得注意。

陈涌文章的题目是《论文艺与政治的关系——评阿垅的〈论倾向性〉》。文章指出,阿垅所谓"艺术即政治"、"艺术与政治统一"的观点,是对毛泽东原意的鲁莽歪曲。毛泽东的《讲活》,一方面肯定艺术性和政治性不能绝对分开来看;另一方面,又指出作品的政治性和艺术性表现得不平衡、不一致也是常事。否认二者的区别或否认它们的联系都不是辩证的,都是错误的。陈涌批评阿垅"艺术即政治"是"纯粹唯心论的观点",正是从这一原则性的错误出发,在反对公式主义的旗帜下,反对一切概念,包括一切进步的概念,甚至把一切表现进步的倾向而在艺术上暂时还不够完美的作品,都一律称之为"公式主义"而加以"压杀。"由此,陈涌指出,阿垅的这篇文章,"形式上是进行两条战线的斗争,反对为艺术而艺术和公式主义,但实质上,却是也同时反对艺术为政治服务的。它以反对为艺术而艺术始,以反对艺术积极地为政治服务终"。"它无异于告诉我们一切作者说,不论什么人,不论什么作品,只要把艺术搞好便够了,好的艺术便自然是好的政治了,而一切想要更好的学习政治,更好的服务政治的企图,都是多余的了,都只能产生'公式主义'的了,因为'艺术即政治'啊。"本来,阿垅的策略就是利用艺术性和政治性、倾向性不可分离的观点中隐含的模糊性和歧义性,来达到反对政治干预艺术的目的,但是他的计策没有能够逃过批判者雪亮的眼睛。

史笃的文章题为《反对歪曲和伪造马列主义》,主要批判阿垅《略论正面人物与反面人物》①中引文的歪曲和错误。史笃指出,阿垅的这篇文章,"是一个必须加以揭发的伪造物","不管作者的主观意图如何,这篇文章堆满了马列主义词句,而实际是完全违反马列主义的文艺思想的"。史笃通过具体引用和分析马列主义原文,指出:"马列主义的文艺理论的最基本的原则,就是文艺服从于政治,创作方法服从于世界观",恩格斯以巴尔扎克为例指出了现实主义能够违反反动世界观而获得胜利,把现实主义描写成一种可以离开世界观而"独往独来的超时代超阶级的法宝",实际上也就取消了作为马列主义文艺理论灵魂的文艺的党性原则。

陈涌和史笃的批判文章狭隘地理解了文艺与政治的关系,强调政治(实际上是执政党的政策)对文学的绝对规训,无视阿垅观点中合理的一面,这对后来的文艺批评产生了不良作用。在当时的政治形势下,阿垅写了"自我批评",但只检讨了《略论正面人物与反面人物》在引文上"犯了严重的错误",认为"这已经不是一个思想问题或者理论问题,而是一个不可饶恕和不可解释的政治问题",表示"完全接受指责",却坚持《论倾向性》中的观点,拒绝检讨(即使在被打成"胡风反革命集团"分子后长达12年的牢狱生涯中也是如此),而且据说还写了一篇很长的答辩

---

① 《起点》第2期,笔名张怀瑞。

文章给《人民日报》。当然，这篇文章没有刊登出来①。

二 关于为政策服务与"赶任务"

新中国成立初期，在处理文艺与政治关系问题上，出现了一个偏差，即把文艺为政治服务进一步简单化、具体化、狭隘化为"为政策服务"、"写政策"与"赶任务"，文艺创作要与宣传党的政策和配合宣传任务相结合。毛泽东早在1942年的《讲话》中虽然没有明确提出文艺为政策服务，要配合具体的政治任务，但他强调文艺要"服从党在一定革命时期内所规定的革命任务"，无疑为后来这个问题讨论定下基调。

周扬在第一次文代会上做的《新的人民的文艺》的报告中，明确指出了文艺的政治宣传功能，但是同时要求尊重生活现实，要"将多方面地、深刻地反映生活与明确地、坚持地宣传政策，两者统一起来"，而不能"为了宣传某一具体政策而歪曲了生活中的基本事实，或者为了生活的局部的细节的真实，而模糊了基本政策思想"②。文艺工作者为了创造富有思想性的作品，首先必须学习政治，学习马列主义毛泽东思想与当前的各种基本政策。不懂得城市政策、农村政策，便无法正确地表现城乡人民的生活和斗争。"一个文艺工作者，只有站在正确的政策观点上，才能从反映各个人物的相互关系、他们的生活行为和思想动态、他们的命运中，反映出整个社会各阶级的关系和斗争、各个阶级的生活行为和思想动态、各个阶级的命运。"③ 但周扬又指出：文艺作品对政策的宣传，必须从实际出发，而不是从政策条文出发，必须把直接深入生活、深入群众，具体考察、亲自体验与学习马列主义基本理论及中国革命的总路线、总政策结合起来，只有这样，才不致在宣传某一具体政策时发生偏差，而损害或降低艺术作品的思想性。周扬的报告虽然试图兼顾思想性与艺术性、政治性与

---

① 参见于风政《改造》，第92—93页。
② 《周扬文集》第1卷，第530页。
③ 同上书，第531页。

真实性，坚持要紧跟政策、要写政策，但又反对公式化、概念化，但其主导方面无疑是强调文艺的工具性和服务功能，而不是艺术性、真实性，更不是作家的自主性和独立性。

如何理解"写政策"、"为政策服务"，如何理解文艺的宣传功能，从一个非常敏感的侧面切入到对文艺与政治关系的理解，新中国成立初期到20世纪50年代初中期，文艺界围绕这个问题的讨论非常多（但常常散见于各种文章和讲话，这为我们描述、梳理这个问题造成了一定困难，只能选择一些有代表性的加以介绍评述）。

1949年，王朝闻写下了《为政策服务与公式主义》《主题与政策》[①]，1951年又写了《艺术家应注重政策修养》[②]。荃麟写了《论文艺创作与政策和任务相结合》[③]，萧殷写了《论"赶任务"》[④] 等，围绕文艺与政策的关系展开了讨论。

在《为政策服务与公式主义》一文中，王朝闻首先批评了那种认为作家由于太看重政策而不敢创作，甚至免不了公式主义的毛病的看法，指出，作家如果要为人民服务，反映当前的生活，不以基本政策为指针，那就不成其为立场鲜明的作家。作品如果不以基本政策为指针，没有较高的政治价值，群众何需我们给他服务？公式主义必须反对，但导致公式主义的原因不是由于为政策服务，而是由于作者缺乏生活，或没有理解如何按照文艺规律来为政策服务。文章明确指出了政策对于作家的重要作用，它使作家懂得应该用什么来教育群众，而且能帮助作家如何更深刻地认识现实。但文章也指出，政策之于作家，只是一种认识生活的引线，一种推动力，并不能代替认识生活的革命实践。"为政策服务，不是要以图画解释政策条文，而是要通过形象来反映与政策有关的实际生活。真正能为政策服务的作品，是作家既有政策原则的理性知识，又有政策在实施过程中的感性知识，能够批判地对待具体现象，从生活中获得活生生的形象而成功

[①] 见王朝闻《新艺术创作论》，人民文学出版社1953年版。
[②] 《人民日报》1951年4月29日，又见王朝闻《新艺术论集》，人民文学出版社1952年版。
[③] 《文艺报》第3卷第1期，1950年10月。
[④] 《文艺报》第4卷第5期，1951年6月。

的。"① 在《主题与政策》和《艺术家应注重政策修养》中，王朝闻进一步阐述了政策对于作家、艺术家创作的重要性。王朝闻指出，政策以科学的方法分析了中国历史与现状的实际，揭发了现实的矛盾，掌握了可能性与必然性，它不只是斗争实践的指南，同时也是作家认识生活的指南。作品为人民服务，同时也就是为政策服务。作品要有正确的宣传效果，就必须有正确的政策性。王朝闻问道：艺术性在什么前提下提高起来的呢？一切宣传画的法则服从什么目的呢？"没有别的：不过是为了如何正确而又深刻地反映政策。离开了这一目的，我们无从正确判断艺术性的高低。"很显然，在王朝闻的笔下，"政策"这个概念的含义已经成为正确世界观的同义词，甚至等同于真理，这就使得其争论显得毫无意义。

在《论文艺创作与政策和任务相结合》中，荃麟首先肯定了文艺服从政治这个基本原则的毋庸置疑性，而政治的具体表现就是政策，作家不能在创作上善于掌握政策观点，也就不能很好去为政治服务。作者认为，强调文艺为政策服务，这不仅是为了政治的要求，同样也是为了艺术的现实主义的要求。因为一个正确的政策，正是现实的最高度的概括，最集中地反映了人民的意志、希望、要求，并且不仅是今天的，也包括着明天的，政策本身就是现实生活的一个重要组成部分，还有什么比它的现实性更强的东西呢？文艺创作如果离开这样一类的政策，离开了它的指导，它又怎能正确地反映出历史现实和指导现实，它又有什么现实主义可言呢？作者在文中虽然也指出了创作与政策结合并不是要去庸俗地、机械地解释或追随政策条文，认为"这是抹煞了创作的意义，这样至多只能产生一些没有血肉的公式主义作品而已"，但作者的意图依然还是强调政策对创作的重要指导意义、方向意义。作者总结说："所谓创作与政策的结合，即是说作家在其创作活动中间的主观作用和作为指示客观运动规律的政策密切的结合，而且以后者作为其活动的指针，这样才能够增强他作品的政治内容与艺术力量，反过来也就增强了政策的教育作用。"显然，邵荃麟笔下的"政策"也具有非常规的含义：政策等于"正确的政策"或对"客观规律"的揭示，从而使得关于文艺是否应该

---

① 王朝闻：《新艺术创作论》，人民文学出版社1953年版，第40页。

追随政策的讨论变得没有意义。"政策"这个词本身是中性的,它是由一定时期的具体的人制定的,而凡人都可能犯错误,因此也可能制定错误的政策,与现实、与人民的意愿相违背的政策。这样,服从政策当然不能简单等同于服从现实或人民的意愿。

强调为政策服务就必然要求作家"赶任务"。1950年初,茅盾在《人民文学》社举办的"创作座谈会"上,做了题为《目前创作上的一些问题》的讲话[①]。在讲话中,茅盾指出,能够使自己的作品既完成政治任务而又有高度的艺术性当然最好,但两者常常不能得兼,"那么,与其牺牲了政治任务,毋宁在艺术上差一些"。他虽然坦率地指出这样讲"是不太科学的",因"赶任务"而不得不写自己认为尚未成熟的东西对"一位忠于文艺的作者也确是有几分痛苦的",但是仍然要求作者以"赶任务"为光荣。"因为既然有任务要交给我们去赶,就表示了我们文艺工作者对革命事业有用,对服务人民有长",所以"如果为了追求传世不朽而放弃了现在的任务那恐怕不对"。显然,茅盾的论述已顾及了"赶任务"与文艺创作规律相矛盾的一面,不过鉴于新中国成立之初不少小资产阶级出身的作者对完成任务、宣传党的政策还缺乏应有的革命热情,因而突出强调文艺创作必须与政治任务相结合。

荃麟在《论文艺创作与政策和任务相结合》中,也就"赶任务"指出,作家没有理由把他的创作事业和他的政治任务分离开来,"一个为人民服务的作家,应该时时刻刻把他的写作作为一种宣传教育的工作。这样的赶任务是完全应该的",而这也绝不会妨碍创作自由,相反,会成为作家创作自由的一个重要条件。因为正确的政策观点会帮助作家处理复杂的现实,使作家在现实面前应付自如,发挥其创造性。不过邵荃麟也指出,那种把文艺创作贬抑为一种机械的对命令的服从,抹杀了个人创造性的意义,这种庸俗的赶任务观点,是要不得的,而事实上这样的做法也并不能真正配合政治任务。至于如何赶任务,这不仅是一个政治问题,也是一个艺术创作规律的问题,一味强调文艺的政治任务,却忽视创作规律,往往会不可避免地陷入文艺图解政策、迎合政治的教条主义、公式主义的泥

---

① 载《文艺报》1950年第1卷第9期,《群众日报》1950年3月24日。

潭。但是很显然，茅盾、邵荃麟等人一方面强调"写政策"、"赶任务"的必要性乃至必须性，同时试图免于公式化、概念化，实际上陷入了一个无法解决的悖论：为了宣传的目的而"写政策"、"赶任务"就不可能不公式化、概念化。

1951年4月1日，《人民日报》发表《一个急待表现的主题——镇压反革命》（刘恩启），十分具体地说明了文艺如何与政策及党的中心任务相结合。文章说："文艺如何与当前镇压反革命活动这个政治斗争任务相配合，如何表现全国人民与残余反革命分子斗争的主题，表现剿匪与肃清特务的主题，是摆在作家和一切文艺工作者面前的一个严重的迫切的任务。"人民要求坚决镇压反革命，同时人民也要求文学艺术工作者创作赞颂镇压反革命的文艺作品。

《文艺报》在1951年上半年也就"赶任务"问题辟专栏进行讨论，并在第3卷第9期和第4卷第1期以《关于"赶任务"问题的讨论》和《为什么"赶"不好"任务"》为题，综述了各种不同的意见。同年第4卷第5期，又发表了萧殷带有总结性的"专论"《论"赶任务"》。文章开头就说："文艺应该为政治服务，文艺写作应该与政治任务相结合，这是肯定了的。"人民的文艺作家，应该自觉地使自己的写作与政治任务紧密结合，作家是人民的一分子，它应该以他的写作技能来为人民服务，应该自觉地负起教育人民的责任，应该用高度的热情去配合政治任务。接着萧殷批评了认为文艺创作不应该"赶任务"的意见，指责那种要求"写熟悉的和感兴趣的题材"实质上是"推卸政治任务"，然后分析了"赶"不好"任务"的原因。他认为，领导在分配创作任务时内容规定过死，时间催得太急，是作家"赶"不好"任务"的客观原因；而作家本人"把'任务'看作负担，用一种'应付'观点去对待'文艺服务政治'的严肃工作，敷衍塞责，潦草从事"，或"满足于现象罗列"，或"从概念出发"，或"添尾巴和扣帽子"，则是"赶"不好"任务"的主观原因。要"赶"上任务和"赶"好任务，作家就需要关心政治，有高度的政治嗅觉，要分析和把握社会现实斗争中的主要思想感情，并与深刻的生动的表现相结合。

值得注意的是，与前面这些或直言不讳或变着法子（特别是偷换概念）为"写政策"、"赶任务"辩护的观点不同，1953年2月25日的《人民日报》发表了夏衍、田冰、老舍、吴祖光的文章,均不同程度涉及对"赶任务"、"写政策"的批评。夏衍认为:"到今天为止,在文艺工作的领导方面和文艺的批评工作者之间,也还有很多人机械地理解了文艺作品的政治任务,而要求每一种文艺形式和每一个文艺作品来配合一个具体政策的问题",甚至"指定题材,指定政策,要求作者在一定的短短时期内写成小说、戏剧乃至电影。一些地方的文艺领导方面在一个运动还没有展开之前,就要求作家迅速地写出反映这个运动的作品。另一些地方的文艺工作领导方面,对参加'土地改革'的文艺家提出要求,要他们把所有有关土改的政策都包括在作品之内"。在夏衍看来,"不提深入生活,不反映生活的复杂、多样和矛盾,粗暴地想把概念和技术贯注到作品里面,或者牵强地让主人公喊出几句政策口号,是绝不能创作出为人民所喜爱又能教育人民的作品的"①。在当时,应该说这是相当大胆的观点。特别是夏衍强调了生活的复杂、矛盾和多样,这就必然包含了作为概念的政策无法穷尽生活的意思,这比仅仅谈论"现实""真实"更具体而准确地把握了生活的本来面目。生活是人的生活,而人的本质就是其多元性、差异性和无法被概念或意识形态所规定的复杂性。

吴祖光的观点更为激进(甚至今天读来还不免令人吃惊)。他在《对文艺创作的一些意见》一文中说:自己从1937年到1949年这12年写了9部多幕剧、6部电影剧本、1部独幕剧,还有一个散文集,而解放后3年几乎啥也没写。"在旧中国的黑暗年代,在创作生活里,我没有看到过题材的枯窘……解放后,我的创作源泉好像突然堵塞了。"他反讽地自嘲说:"原因没有别的,那自然是学习不好,政治水平、思想水平太低,目光如豆,不但看不到现实的前面,即使现实生活中的矛盾也看不出来。"② 更了不起的是,吴祖光还对当时文艺界的"供给制",剥夺作者版权、版税等现象进行了批评。"解放前一段十年以上的时期,我是以版税尤其是上演税为生活的主要收入的,解放后我没有什么创作,但是我感觉着目前对于创作劳动的尊重是不够的。"他举例说,自己解放前创作的神话剧《嫦娥

---

① 夏衍:《克服文艺创作上的落后状况》,《人民日报》1953年2月25日。
② 吴祖光:《对文艺创作的一些意见》,《人民日报》1953年2月25日。

奔月》被各地文艺单位改编成连环画、沪剧、京剧、木偶剧等等，但是"作者都换上了别人的名字"，"我本人是连通知都没有得到的"。吴祖光甚至呼吁"消除作家的'供给制'"，指出"文艺创作必须在职业化之后才能得到更大的发展和进步"。读吴祖光先生的这些话，让人油然而生敬佩之情。因为在当时的制度环境下，能够说出这样的话，其卓识与勇气绝非常人可比。文艺的"供给制"是大锅饭和计划体制的一种，它既是铁饭碗，又是等级化的。在计划体制下，一个作家艺术家的物质供给一方面与其作品的市场销量、读者/观众数量基本无关，但又紧密与其所谓级别挂钩。供给制起源于根据地，中华人民共和国成立后扩展到全国，它从经济来源上把作家艺术家国家化、单位化。它似乎使艺术家解除了物质生活方面的后顾之忧，比资本主义国家作家艺术家的生活"更有保障"，但又切断了其通过作品的商业化、依靠稿酬等市场化手段谋生（即吴祖光说的"职业化"）的可能性。作家、艺术家即使主观上想要发表自己的独立见解、追求自己的独特风格，在经济上也已没有可能；另一方面，理论上的国家供给落到实处就是单位供给，这就导致作家艺术家被死死固定在一个单位，一切生存资源均由单位领导控制，一切听从国家因此在一定程度上变成一切听从单位领导。改革开放之后，这套供给制很大程度上被放弃。这是一个历史的巨大进步。

三　对文艺创作中公式化、概念化现象的批评

虽然绝大多数论述文艺与政策、与任务关系的文章（如上所引）都批评（程度不同）机械、僵化的图解政策的做法，以及为赶任务而赶任务的公式主义、教条主义倾向，但事实上，在新中国成立初的几年间，文艺创作中的公式化、概念化现象一直相当严重。这种现象引起了文艺部门的领导、文艺理论批评家和作家们的重视，并对其原因进行了探讨。

1952年5月23日、26日，《人民日报》先后发表社论和周扬的文章，纪念《在延安文艺座谈会上的讲话》发表10周年。该报社论《继续为毛泽东同志所提出的文艺方向而斗争》在继续批判"资产阶级思想对革命文

艺的侵蚀"（而且认为这仍然是最主要的）的同时，也批评了公式化、概念化的倾向，指出公式化、概念化的作品"庸俗地理解了文艺的政治任务"，"这类作品，除了拾掇来一些口号和概念之外，空无所有"，它的人物没有血肉、没有性格，它的内容缺乏生活。它只是把肤浅的政治概念和公式化的故事粗糙地糅合在一起。它既不是现实生活的深刻的反映，也不会对群众产生真正的教育作用。这样的作品"实际上却是取消了文艺为政治服务的真正功用"。社论强调了作家要深入群众，去观察现实、体验现实、研究现实，然后进行集中和典型化。换言之，既要反对文艺脱离政治，也要反对公式化、概念化。社论还指出："在批评工作中要防止简单化的、骂倒一切的粗暴现象"，不要从概念出发而是要从生活出发来批评作品，"一部分领导干部""对艺术工作采取粗暴武断的态度""是一种十分恶劣的倾向"。

周扬的文章题为《毛泽东同志〈在延安文艺座谈会上的讲话〉发表十周年》，进一步指出了创作上公式化、概念化的倾向很"严重"，认为"这是一种有害的反现实主义的倾向"，"如不加以反对和纠正的话，就会大大地妨碍文艺事业的前进和发展"。周扬也指出了概念化、公式化的倾向所以能够"合法"存在，没有受到批评，有时甚至受到鼓励的主要原因，就是文艺工作者以及一些文艺工作的领导者错误地理解了"文艺服务政治"的真正含义，文艺创作总是从抽象的政治概念出发，而不从实际的人民生活出发。最后，周扬指出，目前文艺工作上仍然应当进行两条战线的斗争，这就是，一方面反对文艺脱离政治的倾向，另一方面也反对概念化、公式化的倾向。

在20世纪50年代初反对公式化、概念化的过程中，《文艺报》及其时任主编冯雪峰（1952年至1954年底任《文艺报》主编）起到了很大作用。冯雪峰在发表于《文艺报》1952年第10号（5月25日出版）的评价丁玲《太阳照在桑干河上》的文章指出："目前我们文学创作界依然有脱离生活和脱离群众的现象，同时也存在着反现实主义的、主要是概念化的创作路线。"1952年5月至年底，《文艺报》开辟了"关于创造新英雄人物的讨论"、"对公式化、概念化倾向的批评"两个专栏。1952年第16号（8月25日出版）的《文艺报》开辟了"希望展开对概念化、公式化倾向的批评"专栏，并同时发表了3篇读者来信①。第一篇文章的第一句话就是"脱离群众、脱离生活而制造出公式化、概念化的作品，是目前文艺创作活动落后于政治任务的主要问题之一"②。

1953年3月，周扬在全国第一届电影剧作会议的报告中，也谈到了文艺表现政策的问题。他首先肯定了文艺作品中一定要表现政策，然后指出了过去文艺在表现政策时存在的缺点，这就是"从政策出发去表现政策，把政策改变成图解来解释政策的条文，不是从生活出发去表现政策"③。周扬指出，在以前的革命时代，向群众向人民用文学形式来宣传我们的政策甚至图解我们的政策，这是必要的，起了进步的作用，但建国后的建设时期仍然使用战时的文学表现政策的方式，周扬认为是不合适的。他从文学艺术的创作规律来论述说，如果再图解式地表现政策，会"使我们的艺术的思想性，艺术性，现实主义受到障碍。那样要求文学来解释政策实际上就是取消了文艺的创作。我们所要求的文艺创作，就是表现人物，表现典型，反映时代的创作。如果不反对那种方法我们就不能前进"④。关于反映政策会不会过时，周扬强调只要我们的作品全面地被当作一种历史的记录来反映我们党的政策，就不会过时。即便政策过时了，我们的作品也不会过时。关于政策与生活的关系，周扬指出："我们的作家在描写时就应该从生活出发这一点是肯定的。政策作为它的一个指南，作为他观察生活的一个指导，他能指导去观察生活的原则就是按照政策的观点去观察。"⑤ 总体上看，周扬在这次讲话中，是比较强调文学艺术创作的特殊规律的，但他的大前提还是文学创作要接受政策的指导，要在作品中反映政策。

在1953年第二次文代会上所做的《为创造更多的优秀的文学艺术作品而奋斗》的报告中，周扬又进一步把反对概念化、公式化作为"一个长期的任务"提了出来，并对文艺部门"简单的行政方式"的领导，以及

---

① 可惜的是这个专栏只开设了一期就戛然而止。
② 参见于风政《改造》，第275—276页。
③ 《在全国第一届电影剧作会议上关于学习社会主义现实主义问题的报告》，《周扬文集》第2卷，第227页。
④ 同上书，第228页。
⑤ 同上书，第230页。

"从教条公式出发","粗暴的、武断的"文艺批评进行了批评,指出这些批评"助长了"公式化、概念化的错误倾向。对这种"左"的倾向的严肃批评,成了第二次文代会一个重要的内容。大会以后,各地报刊对"左"的倾向进行了广泛的批评。其中虽然没有形成新的直接针对创作中的概念化、公式化的批判,但在许多文艺领导人的讲话和理论家的文章中,依然不时地提出对这一问题的批评。1956年2月底,周扬在中国作协第二次理事会(扩大)上(报告题为《建设社会主义文学的任务》,《文艺报》1956年第5、6号)再一次强调要同"相当普遍存在的最有害的毛病之一——公式化、概念化的倾向作斗争",而要克服文艺创作中的公式主义,作家就要正确地、深刻地认识生活,积极参加变革生活的斗争,和进行斗争的人们保持血肉相关的联系,而不是采取回避或旁观的态度。大会其他人的发言也基本围绕着这个中心问题,对公式化、概念化产生的原因及其危害,作了深入的探讨。作家魏巍在发言中尖锐地指出,"这种错误的创作倾向,在过去几年中,是相当严重地伤害了我们的文学。我们如果不进一步地反对这种倾向,我们的文学事业就不能在社会主义现实主义的道路上向前大大地跨进一步"。他认为"公式化、概念化倾向的性质是反现实主义的",而造成公式化、概念化的根本原因,是作者对于现实生活的"根本态度"出了问题。一个现实主义的作家,尤其是社会主义现实主义的作家,要"无限忠实于生活的真实,尽毕生之力鞠躬尽瘁地攻取生活的真实","现实生活是我们庄严的、严峻的工作对象,而决不能是也可以这样,也可以那样的随意轻侮的东西"。作家的"党性"应该深刻体现在作品的"高度的、历史的真实"中。魏巍的发言表达了作家们在这个问题上的痛切认识,大家一致强调,"公式化、概念化与艺术规律不相容",是"破坏文学的社会效果的",应该从"美学"上来认识克服公式化、概念化的问题[①]。

　　如我们考虑到此前文艺界领导一直都强调文艺要为政策服务(至少主导倾向如此),考虑到此前密集的文艺批评/批判中存在的公式化、简单化倾向,那么,这个时候批判文学创作的公式化、概念化和文艺批评的简单

[①] 转引自朱寨《中国当代文学思潮史》,第259—260页。

粗暴,明显体现了文艺界政策调整的企图(虽然没有用"调整"这个概念)。那么,这次调整的动力来自何处? 我们认为,于风政的说法是可信的:动力来自人民群众对于高质量的艺术品的要求与文艺创作不能满足这种要求的矛盾①。而矛盾的根源其实正是"左"的、简单粗暴、教条主义的文艺指导思想和批评方法。在当时的政策环境下,大量文艺作品因为政治审查不合格而被枪毙,或者出版/放映后受到激烈批判,导致作者心惊胆战,作品数量急剧下降。有文章写道:"电影厂经常缺少可以拍摄的剧本,许多话剧团经常没有戏演,新的戏剧作品很少,可供演唱的新歌曲也不多,音乐会和美术展览会很少举行。创作活动的不够兴旺,不但使群众感到文化生活的饥渴,并且使不少的艺术工作者荒疏了自己的艺术业务。"②

但是,这些对于公式化、概念化的批评仍然未能触及文艺从属于政治这个要害问题,也没有动摇机械唯物论的文艺观,特别是把胡风的一些反对庸俗社会学的言论,反诬为庸俗社会学,甚至错断为反革命言论,这无形中保护了庸俗社会学③。随着1957年"反右"斗争的到来,关于文艺创作上的概念化、公式化的问题,也就无暇顾及了,而在文艺与政治的关系问题上的极"左"思想愈来愈盛,一直到"文化大革命"爆发。

总之,文艺作品图解政策的问题尽管所有的人都看到了,也都提出了批评,但是却没有,也不可能在根本上得到解决,原因何在? 我们认为原因正在于"文艺从属于政治"、"文艺为政治服务"的命题或口号本身就是不科学的,是违反艺术规律的。在中国的特定语境中,"为政治服务"必然最后走向"为政策服务"。但是文艺为政治服务却又是自1949年到"文化大革命"30年中我国文艺必须遵循的一项根本原则,其地位不可动摇。在新中国成立后很长一段时间(除了"文化大革命"时期)的文艺理论和文艺政策,上至中央领导讲话,下至一般学者论著,基本上都试图在下面两个诉求之间达成调和:一方面是文艺为政治乃至政策服务,另一方

---

① 参见于风政《改造》,第272页。
② 《努力发展文学艺术的创作》,《人民日报》1953年10月8日。
③ 朱寨主编:《中国当代文学思潮史》,第262页。

面是文艺应该从生活和现实出发，反对公式化、概念化。但是实际上两者却难以调和乃至无法调和，这是一件不可能做到的事情。因为在"左倾"思潮占据主流的时代，很多政治要求乃至政策要求本身就是违背生活和现实的，要赶这样的任务，追随这样的政策，不可能不导致公式化和概念化。

在这里，我们结合当代文艺学对文艺与政治关系的讨论，就此问题作以下几点总结或陈述，借以表达我们自己对这个问题的看法。

第一，文学必然具有政治性，但文学可以不为政治服务。"文学必然具有政治性"与"文学必须为政治服务"是两个不同的命题。前者是一个事实陈述（是……），它并不意味着价值或立场（如文学应当或不应当为政治服务），而后者则是一个规范陈述（必须……应当……）。当我们说文学可以不为政治服务的时候，我们并不否定文学客观上具有政治性。

第二，文学可以不为政治服务在中国是一个具有特定历史含义的命题。在"文化大革命"前和"文化大革命"时代，文学是必须（无条件地）为政治服务的，而且必须为特定的政治服务。文学工作者没有不为政治服务的权利与自由，而且这也不是一个可以讨论的学术问题。正因为这样，在20世纪80年代初，作家艺术家关于文学自主性的要求所争取的实际上是文学可以不为政治，尤其是不为狭义的特定政治服务的权利，而不是从学理上否定文学在客观上具有政治性。这是一个否定性的规范性陈述，而不是一个肯定性的规范性陈述。包括政治家与文学家等在内的社会各界，在总结了沉痛的历史教训以后部分实现了这种文学的自主性，并得到了当时那么多知识分子的拥护。

第三，长期以来我们都把政治狭义地理解为党派政治，理解为一个政党/阶级与另一个政党/阶级之间的夺权斗争。而20世纪后半期风行世界的文化研究强调的则是社会政治（social politics）而不是党派政治。社会政治的含义比党派政治要宽泛得多。社会政治关注的核心是人际间存在的权力关系，这个意义上的政治是无所不在的，可以说在凡有人际关系的地方就必然有政治存焉。假如世界上只有一个人，那么当然无所谓政治问题，但只要有两个以上的人存在，就必然存在权力关系，从而也就必然存在政治。西方的文化研究（比如后殖民主义、女权主义）关注的就是这个意义上的政治（比如男女之间的性别政治、不同民族之间的种族政治等）。显然，文学必然具有政治性正是在这种社会政治的意义上说的。因为文学既然是人学，既然必定描写社会世界与生活世界中的人，那么，它就不可能不涉及（不管多么隐蔽）人际间的权力关系问题。因此，对"政治"这一概念的理解，影响着人们对文艺与政治关系的理解[①]。

---

① 参阅陶东风《关于文学与政治关系的再思考》，《文艺研究》1999年第4期；《从阿伦特的政治概念看文学理论的政治性》，《人文杂志》2006年第10期。

第七章

关于人物形象问题的讨论

关于人物形象问题的讨论，是当代文艺学探讨的一个重要问题。它不仅仅是一个文艺创作问题，还牵涉到作家的阶级态度、政治立场，以及对历史与现实的认识，因此也是一个敏感的政治问题。

一 可不可以写小资产阶级

在确立了文艺的工农兵方向之后，文艺作品的描写对象当然也要发生相应的变化，要以工农兵为主人公。但是解放前过来的作家，特别是国统区作家，长期生活在城市，不熟悉工农兵，只熟悉城市小资产阶级，特别是小资产阶级知识分子。如果文艺创作只能写工农兵，他们就只能搁笔了。因此，提出可不可以写小资产阶级的问题是难以避免的。

第一次文代会上，《一江春水向东流》的导演史东山就提出了这个问题并引起了周恩来的关注。周恩来在他的报告中说："我们主张文艺为工农兵服务，当然不是说文艺作品只能写工农兵。"比如写1949年前的工人，就不能不写到资本家对工人的剥削。"所以我不是说我们不要熟悉社会上别的阶级，不要写别的阶级的人物，但是主要的力量应该放在那里必须弄清楚，不然就不可能反映出这个伟大的时代，不可能反映出创造这个伟大时代的伟大劳动人民。"[①] 周恩来的意思是小资产阶级可以写，但是不

---

① 周恩来：《在中华全国文学艺术工作者代表大会上的政治报告》，《周恩来选集》上，人民出版社1984年版，第353页。

能把"主要力量"放在写他们上,而是在写工农兵的时候连带写到的(后来明确为不能当作"主角"来写)。很明显,这是一个妥协的方案,而且其含义并不十分清楚。

第一次文代会闭幕不久,1949年8月22日的上海《文汇报》报道了上海剧影协会开会欢迎返沪的出席第一次文代会的话剧、电影界代表的新闻。新闻报道了陈白尘在欢迎会上汇报的第一次文代会精神,其中第二点说:"文艺为工农兵,而且应以工农兵为主角,所谓也可以写小资产阶级,是指在以工农兵为主角的作品中可以有小资产阶级、资产阶级的人物出现。"这个意见,立即引起了文艺界的反响。

1949年8月27日,《文汇报》的"磁力"文艺副刊发表了冼群的《关于"可不可以写小资产阶级"的问题》一文(冼群本人没有参加这次欢迎会),反驳陈白尘的上述意见。冼群首先指出,在北平的文代会上,并没有听到和看见过与陈白尘的意见相同的报告或决议,也没有读到过刊载类似这种意见的任何文件。相反,"我们在北平的一连串的观摩演出里,曾经看过一次华北文工团所演出的《民主青年进行曲》。这个戏,就是专门写知识分子(小资产阶级)的;可是这个演出并没有因为剧中没有以工农兵为主角而出现了那么多的知识分子(小资产阶级)因而遭受到批评,或被否定"。冼群的观点很明确,文艺为工农兵服务,但同样可以有以小资产阶级为主角的作品。不过冼群也指出:"可以写小资产阶级,这并不是说,鼓励大家写小资产阶级,或是拿写他们作为我们的重要任务。"

陈白尘随后发表了《"误解之外"》(《文汇报》1949年9月3日)一文作答,说这则新闻在报道他的报告时有所误解,他的原话应是:"和工农兵在社会上已经取得了主人公的地位一样,在文艺作品中他们也应该取得主角的地位。因之,在整个文艺创作里讲,专门写知识分子、小资产阶级的作品不应该占有太多的份量。"而"在一般作品里,也不一定是专写工农兵的;城市小市民,知识分子等等也出现的。但问题在于着重在哪儿,也就是说,应该谁做主角呢?应该是工农兵,而不是小资产阶级"。接着陈白尘话锋一转,问道:"为什么独独担心于知识分子、小资产阶级'是不是还可以写'?为什么就不担心于如何与工农兵相结合等问题?"陈白尘语带机锋地写道:"这一问题之所以被很多作者们关心而正式地提出,我认为是有其阶级的思想意识的根源的。这些好多作者们所以关心这一问题，正说明了他们还没有能摆脱小资产阶级知识分子的思想意识的支配，不自觉的做了旧思想意识的俘虏。"在这里，陈白尘绕开可不可写小资产阶级知识分子的问题，不给出一个肯定或否定的明确答案，而是强调把握工农兵文艺方向的"根本精神"并把它和作家的世界观、阶级立场联系起来。言下之意是：纠缠可不可以写小资产阶级实际上反映的是一个作家艺术家的立场问题，只有没有改造好的、立场还站在小资产阶级一边的作家艺术家，才会提出这样的问题。

尽管陈白尘明确说他只是转达周恩来的意见，但是问题似乎并没有解决。《文汇报》从8月27日到9月17日干脆就此展开了专门的讨论。不同的观点基本上分为"可以"和"不可以"两派。

"可以派"认为，文艺为谁服务的问题并不就是写谁和以谁为主角的问题，"写什么，比较地是属于寻找题材的问题；怎样写，才是立场、态度问题"[1]，换言之，站在无产阶级的立场、工农兵的立场，写小资产阶级——即使做主角——也没有问题。即使写一个以蒋介石为主角的作品，只要能"使工农兵和一切人民认识这个最大的罪魁"，也是"对于工农兵有利的"[2]。不过他们也认为，小资产阶级需要少写，即便在个别作品中可以作为主角。

"不可以派"认为，工农兵是革命的主力，小资产阶级处在从属的地位，小资产阶级和资产阶级的人物只能作为配角出现在以工农兵为主角的作品里，绝不可能成为文艺的主角，即使在以小资产阶级知识分子转变为主题的作品里，也必须"着重写出工农兵的生活、意识、思想、情感"及其如何教育、改造了小资产阶级知识分子，作品的主角"必然是一个由小资产阶级转变过来的工农兵，或已丢掉了小资产阶级立场向工农兵靠拢中的革命知识分子"。"这与以小资产阶级为主角是迥然不同的两件事。"[3]值得注意的是：是不是可以写小资产阶级的讨论的要害之处在于：对于这

---

[1] 张毕来：《应该不应该写小资产阶级呢》，《文汇报》1949年8月31日。
[2] 黎嘉：《我对于"可不可以写小资产阶级"的一点意见》，《文汇报》1949年9月3日。
[3] 左明：《对"可不可以写小资产阶级"的看法》，《文汇报》1949年9月8日。

个问题的回答总是敏感地联系到作者（发言者）的阶级立场和政治态度，这一点在极度反对写小资产阶级的左明那里表现得最为明显："这一问题之所以被很多作家们关心而终于正式的提出，我认为是有其阶级的思想意识的根源的。"这些作家"所以关心这一问题，正说明他们还没有摆脱小资产阶级知识分子的思想意识的支配，不自觉的做了旧思想意识的俘虏"。他甚至认为，"可不可以写'小资产阶级'的问题本身，就浓烈地显示着这是属于小资产阶级出身的作家所苦恼的问题"①。熟悉新中国政治话语和文艺批评话语的人一听就明白，把问题上升到阶级立场、阶级思想意识的"高度"，学理性质的讨论基本上也就不能指望了。

此外，也有论者就"可不可以写"这个问题本身提出质疑，认为把工农兵文艺方向仅仅归结为谁做作品的主角是不对的，更重要的起决定意义的"是作者的思想感情问题"。"所以我们下决心要把文艺作为我们服务工农兵的武器，最要紧的一刻不能放松的，应该是而且必须是把自己资产阶级小资产阶级的思想情感让工农兵的思想感情彻底缴械。只有这样，文艺为工农兵才算摸索到正确底路径。"②应该说，这更多地突出强调了作家的思想感情的转变和世界观改造问题，更符合毛泽东的《讲话》精神。

1949年11月10日，当时有权对这个问题做出裁决的权威人物何其芳，在《文艺报》第1卷第4期发表《一个文艺创作问题的争论》（《文汇报》在11月26日加按语转发此文，明显含有盖棺定论的意思）一文，对这一争论做了总结性的阐述。何其芳在文中指出，衡量这场论争的是非原则，应是毛泽东的《讲话》。他说：

> 毛泽东主席在延安文艺座谈会上的讲话所规定的文艺方针，文艺政策，是一个十分完整的方针和政策。这种完整性正是表现了无产阶级思想的高度的科学性。谁要是只抓住其中的某一点而忽略了它的根本精神或加以不适当的夸张，都是不对的。只看到为人民大众里面包

---

① 左明：《对"可不可以写小资产阶级"的看法》，《文汇报》1949年9月8日。
② 何若非：《也谈"可不可以写小资产阶级"问题》，《文汇报》1949年9月13日；简范：《论为工农兵》，《文汇报》1949年9月16日。

括有为小资产阶级这一内容，而不认识或不强调今天的文艺家必须与工农兵结合，必须改造自己，改造文艺，那就实际上等于并没有接受这个新方向。认识了强调了为人民大众里面应该首先为工农兵这一根本精神，但因此就简单地过火地以为一切具体文艺作品都绝对只能以工农兵为主角，那也是一种不适当的应用。

在这里，何其芳貌似采取了"辩证的"立场（如果直接说不可以写小资产阶级似乎过于明显地违背《讲话》关于文艺"其次"也为小资产阶级服务的提法），但他强调的是作家的阶级思想、阶级立场、阶级利益以及作家的思想改造，而不是简单的写与不写的问题。可以看出，何其芳并不想在可不可以写小资产阶级的问题上纠缠，他甚至认为，绝对不可写小资产阶级或绝不可以把小资产阶级作为主角来写，这些观点都是"过火"的和"不能说服人"的。但何其芳的巧妙之处在于：一旦把问题上升到阶级立场的高度，答案自然也就可以心领神会了。"如果我们自己就是中国的劳动人民的一部分，如果我们对中国的劳动人民抱着火焰般的热情，为什么我们不能去写他们呢？这不是说明了写不写他们不仅是一个题材问题，而且正是一个立场问题吗？"换言之，那些纠缠于能不能写小资产阶级的人，其实就是思想没有改造好、立场没有转变过来的人，如果你已经彻底工农兵化了，是不会提出这类问题的。在何其芳看来，认为重要的问题不是写什么而是怎么写这个观点也是有问题的。因为这是一些只熟悉小资产阶级而不熟悉工农兵的作家提出的，而在何其芳看来，如果你真的热爱工农兵，你就会去熟悉工农兵，所以关键的问题是："到底是我们投身到他们（工农兵）里面去熟悉他们，还是以'问题不在你写什么，而在你怎么写'为理由而只写我们熟悉的人物呢？"何其芳以问句的形式表达了十分肯定的答案。

何其芳的文章看似全面，但其重点强调的是作家必须彻底转变立场。立场变了，你就必然会主动去拥抱工农兵，就会从心底里厌恶小资产阶级，就不再会有"可不可以写小资产阶级"的烦恼了（换句话说，这是一个小资产阶级作家才有的烦恼）。后来（1954年）周扬对这个问题的看法与何其芳是一致的。周扬说，最根本的是要引导不熟悉工农兵的知识分子作家去熟悉、去了解工农兵，使他们的思想情感与群众的思想情感结合，用工农劳动群众的观点去观察与描写其他阶级。"所以,'能不能写小资产阶级'这个问题是不能成立的。提出这问题的中心意思似乎是在:'能不能不必写工农兵?'可不可以离了工农群众的火热的斗争去写小资产阶级?如果是这样,那的确是不值得写的。脱离开了群众的火热的斗争,去描写小资产阶级或其他任何阶级,那不会写出真实来的。"①周扬在这里显然是在强调作家的态度和立场,而不是纠缠于"可不可以写"的问题。

何其芳的文章并没有为这场论争画上圆满的句号。在紧接着的文艺整风学习中,冼群在《文汇报》就自己关于"可不可以写小资产阶级"的观点作了公开检查,他说自己"实质上的动机,是担心别人今后不许再写小资产阶级了,担心别人把'第二可以写小资产阶级'也给取消了",并且说自己关心的是"小资产阶级底文艺方向"②。唐弢是当时在《文汇报》主持这次讨论的编辑,他也在报上作了检讨,并且把自己上纲上线为"对毛泽东文艺路线的一种含有阶级性的抗拒",其性质可谓严重。《文汇报》对这一检讨的"总编室按"说:"由于当时我报编辑部的领导上没有好好学习和体会毛主席的文艺方针,与唐弢同志同样的以小资产阶级的错误思想对待这一个《在延安文艺座谈会上的讲话》中早已解决了的问题,以致一度引起文艺思想上的混乱,这是我们应该深刻检讨的。"这就完全推翻了原来对这场论争发生的历史背景及其意义的正确分析,不仅片面地评价了论争中某一方的正确或错误,而且把思想认识和理论上的问题简单化地归结为政治问题。这既不符合实际,也成为1949年后狭隘理解工农兵文艺方向的滥觞,为后来的事实证明是错误的③。

二 关于"正面人物"和"新英雄人物"

"正面人物"和"新英雄人物"的讨论是包括"文化大革命"在内的

---

① 周扬:《文艺思想问题》,《周扬文集》第2卷,第268页。
② 冼群:《文艺整风粉碎了我的盲目自满——从反省我提出"可不可以写小资产阶级"的问题谈起》,《文汇报》1952年2月1日。
③ 朱寨主编:《中国当代文学思潮史》,第44页。本小节也参阅了该书第35—44页。

30年文艺学一项重要内容，它往往会随着国内政治形势的变化而表现出不同的形态和内容。

（一）"正面人物"和"新英雄人物"地位的确立

毛泽东同志在《在延安文艺座谈会上的讲话》中，就曾明确要求革命文艺必须随着时代的前进而前进，必须表现"新的人物新的世界"，这成为社会主义英雄形象创作的奠基性纲领。"新的人物"是指在长时期艰苦卓绝的人民革命斗争中涌现出来的千百万人民群众的杰出代表。他们身上集中体现了中国社会发展的方向和人民主宰自己命运、自觉创造历史的新时代精神。

文学作品要塑造"正面人物"和"新英雄人物"，最早是在1948年12月东北解放区哈尔滨举行的东北文代会上提出的。随后，《东北文艺》展开了"如何创作正面人物"的讨论，开始接触到后来关于创造新英雄人物讨论中的一些问题，其中值得重视的观点是要把"英雄人物"与"正面人物"区分开来，"正面人物，不一定个个都写成十全十美的突出的英雄"，但英雄人物则"应该写成是十全十美的"，是"一种完美的工人阶级活生生的英雄典型"[①]。由于当时的讨论仅限于东北地区，因此并未引起全国的关注。

周扬在第一次文代会的报告中，明确提出了"新的人物"问题。他所说的"新的人物"也就是"新的英雄人物"。周扬指出："我们是处在这样一个充满了斗争和行动的时代，我们亲眼看见了人民中的各种英雄模范人物，他们是如此平凡，而又如此伟大，他们正凭着自己的血和汗英勇地勤恳地创造着历史的奇迹。对于他们，这些世界历史的真正的主人，我们除了以全副的热情去歌颂去表扬之外，还能有什么别的表示呢？"又说："英雄从来不是天生的，而是在斗争中锻炼出来的。人民在改造历史的过程中，同时也改造了自己。工农兵群众不是没有缺点的，他们身上往往不可避免地带有旧社会所遗留的坏思想和坏习惯。但是在共产党的领导和教育以及群众的批评帮助之下，许多有缺点的人把缺点克服了本来是落后分

[①] 胡零：《从"如何创作正面人物"谈起》，《东北文艺》第4卷第6期。

子的终于克服了自己的落后意识,成为一个新的英雄人物。"① 在这次会议的《大会宣言》中,也明确指明,要"表现中国人民中新的英雄人物与英雄事迹"②。可以说,塑造和歌颂新的英雄人物,已成了新中国成立初期文艺界的共识。

那么如何塑造新英雄人物呢?周扬在这次报告中肯定了"写真人真事"的方法。他说:"我们的许多作品写了真人真事","写真人真事是不应当笼统地反对的。应当肯定:写真人真事是艺术创造的方法之一,只要选择的对象是适当的,而又经过一定艺术上的加工,是可以产生不但有教育意义而且有艺术价值的作品的"③。茅盾在随后不久的文章中,也强调写真人真事。他认为写真人真事与文艺的典型性并不矛盾,关键在于作家能否根据社会主义现实主义的创作方法,对现实生活进行理想化提升,而要做到这一点,茅盾要求作家要在政治思想、哲学思想上进行提高。他说,一部作品之所以有思想性,作家的观察能尖锐而深入,"用通俗的字句来回答,就是'他思想有基础',或是'他有思想'。如果说得明白些,那就是他的头脑是受过辩证唯物论与历史唯物论的训练的"④。应该说,在当时新中国刚刚成立的情况下,要求作家必须写英雄人物,这对大多数作家来说,是完全陌生的,无从创造,无处下手,也不切实际。因此,提倡和肯定写真人真事是一条比较实际的道路。从真人真事逐渐发展到以真人真事为模特进行加工和虚构,进而塑造出英雄模范人物。

第一次文代会虽然明确了今后文艺在塑造人物方面的方向,这就是突出新的英雄人物的塑造。但是对于一些具体问题,比如如何处理正面人物和反面人物,如何处理英雄人物的缺点等,并没有做出明确回答,由此引发了关于正面人物和新英雄人物的讨论。

---

① 周扬:《新的人民的文艺》,见中华全国文学艺术工作者代表大会宣传处编《中华全国文学艺术工作者代表大会纪念文集》,新华书店1950年版,第74页。

② 中华全国文学艺术工作者代表大会宣传处编:《中华全国文学艺术工作者代表大会纪念文集》,第149页。

③ 周扬:《新的人民的文艺》,见中华全国文学艺术工作者代表大会宣传处编《中华全国文学艺术工作者代表大会纪念文集》,第74页。

④ 茅盾:《目前创作上的一些问题》,《文艺报》1950年第1卷第9期。

(二) 关于正面人物和反面人物

最早阐述正面人物和反面人物问题的也许是阿垅[①]。1950年3月,阿垅(笔名张怀瑞)在上海《起点》第2期发表《略论正面人物与反面人物》[②]一文。他从毛泽东的《讲话》出发,认为毛泽东所说的"我们的文艺第一是为工、农、兵的",并不意味着仅仅以工、农、兵为描写对象而不应该描写其他阶级。为了反映阶级斗争,为了描写和组织阶级斗争,就必须有正面人物和反面人物,就必须有代表旧世界、旧制度、旧观念的人物和代表新世界、新制度、新观念的人物,就必须有被剥削者和剥削者、被压迫者和压迫者、被奴役者和奴役者、反侵略者和侵略者、反迫害者和迫害者、反饥饿者和饥饿者,同时还要有中间分子、动摇分子,等等。这就明确了"我们可以而且必须写反面人物,可以而且必须写其他的阶级"。在谁做主角的问题上,阿垅的观点也很明确,工农兵正面人物无疑可以作为主角,其他的阶级包括反面人物同样可以作为主角,因为"其他的阶级,在新民主主义的阶段,也是这里那里地各式各样地活动着,因此在文艺上也有作为一定的主角的资格"。不过阿垅认为,让谁做主角其实并不重要,重要的是我们的立场和态度(创作方法)。立场当然是无产阶级立场,方法则是现实主义创作方法。阿垅通过高尔基、托尔斯泰、巴尔扎克等例子指出,无产阶级立场是重要的,"但是现实主义的艺术方法也是至关重要的;因为它同样是武器之一。如果不这样理解,人就会不忠于现实,或者不知道怎样去忠于现实,而只有局促于一种'公式的形态'之中,那就无从得到艺术的力量,也就无从得到政治的效果了"。

正是通过强调现实主义的创作方法,阿垅指出,无论对正面人物还是对反面人物,都要真实地描写和塑造,而不能丧失"艺术的真实性"。阿垅针对当时公式化、模式化的创作指出:

[①] 阿垅在写这篇文章前,于1950年2月1日的《文艺学习》第1卷第1期发表了著名的《论倾向性》一文,批评当时文坛存在的公式化、概念化、赶任务、写政策现象,引起轩然大波,受到激烈批判。

[②] 此文亦见阿垅《后虹江路文辑》,宁夏人民出版社2007年版。

把正面人物写得空洞如神，把反面人物又写作简单的丑角，是把一切好的东西或者坏的东西大量地堆积到他们底身上去的结果，既不考察他们对于这个现实所能够有的和所应该有的负载量，也不在历史地位上和社会生活中看一看他们底本来面目到底怎样和应该怎样，于是他们就畸形发展，膨胀而又膨胀，如同气球一样，不是膨胀得炸破，就是膨胀得逍遥乎太空；或者如同填鸭子一样，不是把它喂得肥死，就是使它肥得再也不能够走一步路了。

应该说，阿垅强调现实主义的创作规律无疑对艺术的政治化起到了重要的补充乃至限制作用，但这样的认识显然并不为当时的政治形势所容。就在阿垅的这篇文章发表不久，1950年3月19日，《人民日报》刊发署名史笃的文章《反对歪曲和伪造马列主义》，批评阿垅的这篇文章对马列著作的引文不准确，并为阿垅定了四条罪状："歪曲和伪造"马列主义、提倡"深入私生活的创作方向"、"对工农兵和其他阶级无分轩轾"、用"现实主义征服世界观和阶级立场"。史笃认为："必须号召和动员广大文艺工作者们面向新的人民，面向正面人物。说正面人物和反面人物无分彼此，同等重要，那就恰恰等于放弃了对正面人物的深入，也就恰恰违背了历史所交给文艺的主要任务：表现新中国的新的人物。""马列主义的文艺理论的最基本的原则，就是文艺服从于政治，创作方法服从于世界观。""把现实主义描写成一种可以离开世界观而独来独往的超时代超阶级的法宝，把世界观的重要性降低到可有可无的地位，实际是否定了阶级立场和世界观的重大作用，也就是取消了作为马列主义文艺理论灵魂的文艺的党性的原则。"[1] 很快，阿垅就在1950年3月21日的《人民日报》发表了《我的自我批评》，公开检讨了自己在引文方面的错误，承认这是"一个不可饶恕和不可解释的政治问题"。但却依然坚持自己对公式化、概念化、赶任务、写政策的批评是正确的，拒绝在这个问题上检讨认错（参见本书第六章）。

---

[1] 具体参阅王丽丽《阿垅对现实主义理论的坚守与探索——对1950年那场理论批判的回顾和再探讨》，《学术月刊》2008年第2期。

(三) 关于新英雄人物的创造

1951年4月22日的《长江日报》发表了陈荒煤的文章《为创造新的英雄典型而努力》。文章首先批评了当时文艺创作在人物塑造上的不足，一是"从落后到转变"塑造方式的公式化，二是正面人物或英雄人物表现得苍白无力，缺乏丰满的血肉。由此他认为，文艺创作必须突破这种"思想性与艺术性的贫乏"，真实地表现"革命的新人的典型"，而要做到这一点，首先要从思想上认识到：我们有无数具有崇高思想感情和优秀品质的新英雄人物，在现实斗争中，他们是主体，是推动和决定斗争胜利的力量。在广大人民中间，他们以其崇高的品质作为榜样，鼓舞群众前进。但是在具体塑造新英雄人物的时候，陈荒煤指出既要表现新旧斗争中的基本的、积极的因素，也要表现人民的、革命内部的落后和缺点，不但要表现，并且要尖锐批评。但是，更重要的是对于新事物的肯定和歌颂，给人民以榜样和方向，不然，这种批评就缺乏教育意义。"因此，这些落后的东西到底只能是在表现新生活、新人物在前进中，作为一定的和必须被克服的工作中的困难和缺点而出现，是光明的陪衬。"

陈荒煤最后总结道："我以为：我们的创作，今天不仅仅是要从'落后到转变'这样一个公式里脱拔出来，改变到去写先进的人物，而且，要大大发扬革命的浪漫主义；不仅仅只是去写先进的积极的新人，而是要创造、雕塑新人的英雄形象。不单是写出人是个什么样子，更重要的，是描绘人们可以而且应该仿效的样子。"很显然，陈荒煤从教育意义着眼强调塑造新英雄人物，要着重写人物的积极方面，这与当时的政治要求是一致的。但是，这样的定位实际上决定了作家艺术家没有办法深刻地、充分地去表现英雄人物的复杂性，表现"革命内部的落后与缺点"，从而陷入无法解决的自相矛盾。既要塑造新英雄人物，同时又要显得真实可信，不概念化、公式化，这在当代文学创作的实践与文艺学的理论中一直是一个令人苦恼的两难。之所以如此，很大程度上正是因为政治赋予了"新英雄人物"太多的要求，以至于不歪曲现实就难以塑造出这样的人物形象来。因此其所体现的深层紧张其实还是艺术自身规律与政治对艺术的要求之间的紧张。

随后陈荒煤又在《解放军文艺》上连续发表了《创造伟大的人民解放军的英雄典型》（1951年6月15日，第1卷第1期）、《丰富我们的创作内容》（1951年9月16日，第1卷第4期）两篇长文[①]，进一步正面阐述了他的创造新英雄人物的主张，并回答了如何表现新英雄主义的问题。他说："我感到：在表现革命英雄主义与创造英雄典型时，必须要充分表现战略战术思想、领导和干部以及解放军的历史。不能充分地、正确地表现这些方面就不能丰富英雄的形象，有损英雄典型的完整的创造，也就不能正确发扬革命英雄主义，不可能正确和全面地表现解放军。"（《丰富我们的创作内容》）

1952年，《文艺报》自第9号开始，开辟了"关于创造新英雄人物问题的讨论"专栏。在首期"编辑部的话"中，说明了开辟专栏的意图，指出"这一问题，主要是针对目前文艺创作中的落后状况——缺乏新的人物、新的事件、新的感情、新的主题；歪曲劳动人民的形象而提出来的。对于这样的创作上的重要问题进行讨论，显然很有意义，很有必要"。但很多刊物的讨论不够深入，"对于这个问题许多根本方面还没有更多具体的分析和研究"，而且还有研究不妥当的地方，表现在：（1）抽象地商讨或规定怎样写新英雄人物（如抽象地谈英雄是否会"动摇"或能否表现积极人物的"动摇"，等等）；（2）有些意见笼统地或者几乎是绝对地来反对触及生活中的落后现象，反对处理"落后"人物的"转变"问题。这两点的确是塑造"正面人物"、"英雄人物"时遇到的根本问题。由于在很大程度上是从政策条文出发、从概念和主观需要出发而不是从生活实际、从作家本人的经验积累出发，因此"正面人物"论、"英雄人物"论的根本缺点就是抽象化和公式化、概念化。同时"正面人物"和"英雄人物"既然是大家学习的榜样，是历史发展趋势的代表，因此很难甚至不可能真实地表现其身上的缺点（尽管理论可能承认可以表现）。

该专栏首先发表了4封读者来信，提出了对于文艺创作上描写新英雄人物的一些意见。从这4篇文章的主要观点来看，都强调要忠实于生活，正视生活中的矛盾，"在现实的全部复杂、矛盾、冲突和困难中描写现

[①] 以上这3篇文章后收入陈荒煤《解放集》，上海文艺出版社1980年版。

实",描写生活中的矛盾和斗争,批判那种"落后转变"的写法。正如一位论者所指出的,"落后转变"问题涉及的是创作上的一些根本问题,"如果我们希望作家能够更多更好地来表现新的生活,创造新的人物,就须要从许多根本的原因上来分析和批判我们创作中存在的缺点和错误,要从作者的立场、思想和创作方法的根本问题上进行具体的帮助。我们要以生活的真实来反对作品中的虚伪的描写,而应当避免使人认为可以用一种公式去代替另一种公式"①。但问题在于:在很长时期内,"生活真实"的力量远远不及政治、政策的力量,谁都知道问题的症结在何处,但是却谁也没有解决的办法。

第二期讨论专栏(1952 年第 11、12 号合期)发表了张立云的长文《关于写英雄人物和写"落后到转变"的问题》,对上期"编辑部的话"和读者来稿的观点提出了质疑。在文中,他首先肯定了"落后到转变"的创作方法"并不是完全要不得的",它曾推动了部队的思想进步,推动了部分落后同志的思想进步,但是要以"落后到转变"作为主要的创作题材,以落后人物作为主要的描写对象,则体现了创作者"小资产阶级思想没有得到很好改造,生活不深,马列主义水平不高,不容易看出新生的、前进的东西,不容易理解新的英雄人物"。在这里,写"落后到转变"就不仅仅是一个创作方法的问题,而是一个政治思想问题了。张立云还进一步把反对写"落后到转变"的公式主义说成是"肃清资产阶级、小资产阶级思想最有力的措施","打垮了它,就摧毁了资产阶级、小资产阶级所盘踞的重要阵地"。作者最后指出:"当前文艺创作的中心问题仍是描写新人新事、创造新的英雄形象,表现新的时代面貌的问题。要完成这一任务,首先要反对的是脱离生活、脱离群众、脱离实际的资产阶级和小资产阶级思想倾向;同时,也要防止写新人新事时的概念化和公式主义。展开这两条战线的斗争,必须指出这两种倾向的同一根源,必须引导大家继续深入群众、深入生活,学习马列主义,改造思想。除此之外,都将是舍本求末。"悖谬的是:人为地规定文学作品的人物形象塑造原则本身就是严重的公式化概念化的做法,严重违反了艺术创作规律,怎么可能不"脱离生

---

① 《不应忽视生活中的矛盾和斗争》,着重号为原文所加。

活"、"脱离实际"呢？

同期发表的另一位部队文艺工作者的文章（鲁勒《正确地认识生活与反映生活》），基本意见与此相同。对于张立云的观点，《文艺报》1952年第23号发表了蔡田的文章《不同意张立云同志的论点》，批判了张立云"充满了含糊混乱、自相矛盾、不能自圆其说的论点"，指出："张立云同志的主张，在作为文艺思想的'指导'时，就是叫人不以现实社会中的活生生的人以及人的复杂的、生动的、活泼的、不断变化发展的真实状况作为创作的根据，而以'抽象的研究'为根据。"同期发表的《不要在现实面前闭起眼睛》与此相通，强调了对生活的正视。这应该说是公允之论。

《文艺报》的讨论专栏先后发表了19位文艺工作者的文章，4位读者来信和1篇来信来稿综述。

1953年9月，周扬在第二次文代会上所作的《为创造更多的优秀的文学艺术作品而奋斗》的报告中，正式提出了"当前文艺创作的最重要的、最中心的任务：表现新的人物和新的思想"、"创造正面的英雄人物"的指示。周扬说："文学作品所以需要创造正面的英雄人物，是为了以这种人物去做人民的榜样，以这种积极的、先进的力量去和一切阻碍社会前进的反动的和落后的事物作斗争，不应将表现正面人物和揭露反面现象两者割裂开来。"周扬指出："英雄人物并不一定在一切方面部是完美无疵的"，"不应当把英雄'神化'或'公式化'"，但周扬又说，"必须把英雄人物在政治上思想上的成长过程，性格上的某些缺点以及日常工作中的过失或偏差和一个人的政治品质、道德品质的缺陷加以根本的区别"。"一个人物如果具有和英雄性格绝不相容的政治品质、道德品质上的缺陷或污点，如虚伪、自私甚至对革命事业发生动摇等，那就根本不成其为英雄人物了。"因此，"我们的作家为了要突出地表现英雄人物的光辉品质，有意识地忽略他的一些不重要的缺点，使他在作品中成为群众所向往的理想人物，这是可以而且必要的"[①]。在这里，周扬一方面强调"有意识地忽略英雄人物身上不重要的缺点"；另一方面也在强调"必须根据现实生活"塑造英雄人物。这本身就是一个难以化解的矛盾诉求。而且在具体处理这两者的关

[①] 张炯主编：《中国新文艺大系（1949—1966）理论·史料集》，第126—127页。

系时，往往只强调"忽略缺点"、人为拔高的必要性和必须性，至于什么是"不重要的缺点"与"重要的缺点"，实在难以准确界说。这个命题在文艺理论上造成的严重后果，就是使英雄人物的缺点逐渐成了文艺创作的禁区。

周扬的讲话以文艺政策的名义，将英雄人物的书写制度化，成为当时文学生产中的一个不容置疑的模式。所以，在20世纪50年代的一些作品中，刻画英雄人物，还会出现所谓英雄人物"一分钟动摇"的描写，英雄在困难和危险面前还可能存在着短暂的犹豫和迟疑。到了70年代，在样板戏为主流的文艺作品中，英雄的这"一分钟动摇"也彻底消失了，他/她已经彻底成为藐视并克服一切困难和危险的超人，成为高度"扁平化"的"高、大、全"人物，与现实经验中的人物距离越来越大。

第二次文代会之后，结合学习社会主义现实主义创作方法，文艺界又开展了关于创造新英雄人物的讨论。代表性的文章有冯雪峰的《英雄和群众及其他》（《文艺报》1953年第24号，1953年12月）。冯雪峰首先肯定了创造正面的、新英雄人物是"最迫切的任务"，而实际生活也已为创造英雄形象提供了丰富的根据。但接着，冯雪峰更强调指出："不可以把先进分子和英雄们从实际生活的矛盾冲突中孤立开来；不可以把他们从他们在斗争中作为矛盾冲突的一方面的地位上孤立开来；不可以把他们从他们所反映的伟大社会力量（即群众）中孤立开来；不可以把他们从现实的历史前进运动的力量和方向上孤立开来。"这一提法与《文艺报》开辟专栏的基调是一致的，即都强调要正视社会生活的矛盾，不能在现实面前闭起眼睛。但是这种忠实生活的要求本身就与英雄人物论存在难以化解的紧张。

值得注意的是，冯雪峰在此文中进一步提出了创造"否定人物"即"反面人物"的问题。他说，"创造种种否定人物的形象"和创造正面人物形象"是同样重要的"，而"所谓不好不坏的，看起来好象既不能加以肯定也不应该加以否定的"即"所谓庸庸碌碌的人们""仍然也是重要的主人公"。冯雪峰从几个方面论证了创造否定人物的艺术形象即反面典型的必要性和意义。（1）反面形象的重要性和正面人物形象的重要性分不开。他说："因为一切否定人物所代表的社会势力是作为一切正面人物所代表的社会势力的对立面而存在的，两者是不可分离地联系在同一个矛盾斗争中，一个斗争的两方面。"（2）反面人物的重要性是由正面人物形象的重要性所决定的。因为否定人物所代表的势力是正面人物所代表的势力所要斗争、所要战胜的势力，忽视或轻视它，那就是忽视斗争。（3）反面人物的艺术形象如同正面人物的艺术形象，都具有教育和鼓舞的作用。反面形象可以增进读者的认识并激发去批判和斗争。作家应该站在革命立场上，充满革命信心，大胆正视矛盾及垂死的势力，进行典型化，生动刻画和锋利的讽刺结合起来，也可以而且应该创造出与正面形象能够"同样辉煌的艺术形象"。这个观点应该说是相当大胆和有见地的。

关于英雄和群众的关系，冯雪峰批评了那种把英雄与群众隔离起来，把群众置于配角地位的做法，认为先进英雄人物的多种多样的性格品质，都应带着"群众性"，"都是在群众斗争中所产生的"，或者作为群众的新的性格和品质的萌芽，或者作为群众的新的性格和品质，集中体现在先进英雄人物的身上，"这也是英雄所以能够起到普遍感动和教育作用的原因"。这样的认识达到了当时一般讨论文章没有达到的理论深度。

冯雪峰的这些深刻而重要的见解，但在周扬报告的强势话语下，并没有引起广泛注意和反响。但也显示了这次讨论较前更具有理论色彩和理论深度。不过，随着《红楼梦》研究和胡风批判运动的展开，关于正面人物和英雄人物的讨论也就基本上停滞了。

但是正面人物、英雄人物的塑造概念化、公式化、不真实的问题始终存在，没有得到解决。因此在1955年3月，陈荒煤在文化部电影局电影剧作讲习会上做了《论正面人物形象的创造》的发言，重新提出这个老大难的问题。该发言以性格为核心，阐述了对正面英雄人物的塑造问题。陈荒煤首先指出当时电影创作中存在的问题，这就是正面人物形象缺乏血肉，缺乏个性，仍是影片创作上的"致命伤"。这其中的原因，在陈荒煤看来，在于对创造个性鲜明的典型人物性格，认识还不明确不深刻。为此，他从三个方面作了具体的分析。

1. 要通过人物性格之间的冲突来描写生活中间的矛盾与冲突。陈荒煤认为，文学艺术的使命，文学艺术的目的，无论是政治上的或其他各个方面的一些要求，如果不通过人物的描写，不创造正面人物的形象，不创造出典型的性格来,那么,这一切要求都会落空。陈荒煤指出,"作品中是否能表现生活的冲突与矛盾,关键在于这个作品中有没有人物,能不能够展开人物之间性格的冲突。反映现实斗争的规模,反映现实斗争的深刻程度,主要是决定于人物性格的冲突,而不决定于其他的东西"[1]。许多作品之所以不能给观众留下深刻的印象,不感人,就"是因为忽视了人物性格之间的冲突"。陈荒煤还指出,由于现实生活斗争的复杂性,人物性格之间的冲突,不仅仅是正面人物与反面人物之间的冲突,同时也会引起同一集团的同一类人物之间的尖锐冲突;性格的冲突也不仅仅是自始至终和一个对手发生冲突,也会随着斗争的变化,和许多人展开性格之间的冲突。

2. 要通过描写人物性格的成长来反映时代的变化,体现时代的精神。陈荒煤指出,正确地表现正面人物,一定要表现出他们的成长过程与他们的发展,描写新的思想感情、新的品质在斗争中逐渐在他们身上成为一种主导力量,表现他们如何克服了困难,也克服了他们身上不同程度的缺点和错误的思想。他们是英雄人物,但是同样是普通的人,使人们感到可以向他们学习,而不使人感到高不可攀。在生活中有血有肉的、生龙活虎的、活活泼泼的人物,如果在银幕上出现的时候,就缺乏热情,缺乏思想感情。这样的正面人物,无论有多少英雄行为,无论作者对他做了什么样的英雄结论,都不可能感动人。

3. 要通过深刻地挖掘人物的内心世界,反映正面人物的丰富多样的精神面貌。陈荒煤指出,所有优秀的作品,凡是对人物的内心世界揭发得很深刻,揭发得很鲜明的,这个人物就容易被我们所熟悉、认识,使我们感到很亲切。"内心世界的充实和丰富,正是正面人物性格鲜明的一种表现。"[2] 人的精神面貌的丰富,应当看作是一个人政治觉悟的提高、文化生活的提高的结果。不揭示人物的内心世界,就不可能显示人物的真正性格,不可能反映生活中间的矛盾的尖锐和复杂性。

陈荒煤最后总结说,所有这几个问题,总体来讲,正面人物的创造问

---

[1] 陈荒煤:《解放集》,上海文艺出版社1980年版,第98页。
[2] 同上书,第111页。

题是我们电影艺术的最重要任务,这一个任务完全不妨碍我们主题和题材的广阔,也不妨碍我们创作的形式多样性。对生活发掘得愈深,对人的精神世界揭示得愈深,对正面人物的创造愈能得到充分的表现,也就愈能丰富电影艺术的创造能力。"这篇文章标志着关于创造英雄人物问题的讨论又步上一个新的阶梯,从创作任务的提出,到创作方法的论证,进入到创造英雄形象本身创作规律的探索。"①

1956年2—3月,在"双百"方针提出前夕,文坛的民主气氛更加活跃,对艺术的真实性、尊重艺术规律的呼声也更加高涨,对正面人物、英雄人物塑造中的概念化公式化的批评也更多。中国作家协会第二次理事会会议(扩大)召开。在会上,周扬做了《建设社会主义文学的任务》(《文艺报》1956年5、6期合刊)的报告。在谈到人物塑造问题时,周扬并没有再明确要求写英雄人物,而是在反公式主义的框架下,强调作家要深入生活,要"随时随地地留心地观察自己周围的一切事物和一切人们",并还批评一些作家在观察他所选定的对象时,概念先行,"往往先设定一个主观的'框框',如甲是'正面人物',乙是'反面人物','正面人物'或'反面人物'应当具有如何如何的特点等,然后按照这个'框框'在对象身上去寻找作者所需要的和愿意寻找的东西,因而就把人们的性格简单化、片面化了,对象就不是一个完整的活生生的人,等到进入作品的时候就更加缺乏生命了"。周扬此时的这番言论与他几年前在第一次、第二次文代会上的发言相比显然发生了很大变化。这与当时的政治形势是密切相关的。

但到了1960年情形又发生了变化。

在1960年7月召开的中国文学艺术工作者第三次代表大会上,周扬做了《我国社会主义文学艺术的道路》的报告。在报告中,周扬来了一个一百八十度大转弯。他重申了毛泽东的《讲话》精神,重申文艺要为工农兵服务,要与资产阶级思想划清界限。在谈到文艺创作的人物形象问题时,周扬重新强调"创造新英雄人物",认为这是"最能体现无产阶级革命理想的人物"。周扬说:"到了无产阶级革命的时代,新英雄人物只能是

---

① 朱寨主编:《中国当代文学思潮史》,第44页。本小节也参阅了该书的第151页。

无产阶级和革命人民中的先进分子。创造新英雄人物,就成了社会主义文艺的光荣任务。"周扬还与西方资产阶级文学作了比较。他说:"西方资产阶级的文学,在资本主义的上升时期,也曾描绘了一些体现资产阶级革命理想的正面人物。但是到了十九世纪中叶以后,资产阶级所宣传的理想就完全破灭了,资产阶级作家就再也写不出他们本阶级的出色人物了。"[1] 19世纪以后西方文学的杰出成就已经充分证明周扬这番高论的武断和荒谬。以周扬所受的教育和具有的西方文学知识,本来应该知道这点。

自此以后,随着国内政治形势的逐步恶化(虽然其中有1961—1962年的短暂调整),关于正面人物、英雄人物的讨论也就基本停滞了,随之而来的,就是"文化大革命"中"三突出"的盛行(参见第十一章)。

三 关于"中间人物"

关于"中间人物"的讨论,不如正面人物和新英雄人物的讨论多,而且两者的命运截然不同:前者被树立为创作必须遵循的法则,后者则提出不久就遭到了批判。

最早提出并强调中间人物的,也许是冯雪峰。早在1953年,他在《英雄和群众及其他》(《文艺报》1953年第24号,1953年12月)一文中,就提出要重视"中间人物"的艺术形象塑造。他认为这类人物在现实生活中大量存在,并且形成一种很大的社会势力,他们并不是站在矛盾斗争之外,而是站在矛盾斗争之中,是"生活前进的一种雄厚的阻碍势力,可是又恰正在斗争中被斗争所教育、所改造、时刻在变化着的"。在艺术形象上,他们必然也是"重要的主人公,要出现在多种多样被否定的、被批评的、被教育的和被改造的典型里"。中间人物,顾名思义就是处在好与坏、正面与反面、进步与反动、无产阶级与资产阶级之间的人物,是变化之中的人物。

后来,茅盾(《创作问题漫谈》,《文艺报》1959年第5期)从典型论的角度,也强调了所谓"中间状态"的典型。他说:

---

[1] 张炯主编:《中国新文艺大系(1949—1966)理论·史料集》,第149页。

典型人物和英雄人物，这两个术语，常常混为一谈。据我看来，典型人物应该有所不同。我们日常生活中的典型，有正面的典型，也有反面的典型，还可能有一种中间状态的典型。典型人物也有正面的和反面的（即好人的典型或坏人的典型），英雄人物可不同。英雄人物没有反面人物。但英雄人物同时又一定是典型人物。典型人物却不一定是英雄人物。混淆了这两者，把要求于英雄人物者要求于典型人物，于是责备作者歪曲了英雄人物，这样的事实不是没有的。

在1962年的大连"农村题材短篇小说创作座谈会"上，茅盾进一步提出了"中间人物"的问题，实际上是人物形象的复杂性问题。他说："工人农民写得很多是过去没有的。工人农民也是两头写得多，中间状态的少，写中间状态的也有，但不是作为典型。既不是作为学习榜样，也不能作为批判对象的就不写。其实还是可以作为典型的。比如马烽的《三年早知道》，是中间状态的人物，既幽默而不油滑，我们写两头的典型，写得非常生动鲜明，但是还是太简单些。事实上精神状态还要复杂些。"①

正是在茅盾发言的感发下，邵荃麟才在会上进一步强调了"中间人物"的创作问题②。他提道："茅公提出'两头小、中间大'，英雄人物与落后人物是两头，中间状态的人物是大多数，文艺主要教育的对象是中间人物，写英雄是树立典范，但也应该注意写中间状态的人物。"③ 邵荃麟自己对这一问题的阐述是："强调写先进人物、英雄人物是应该的。英雄人物是反映我们时代的精神的。但整个说来，反映中间状态的人物比较少。两头小，中间大；好的、坏的人都比较少，广大的各阶层是中间的，描写他们是很重要的。矛盾点往往集中在这些人身上。"④ "中间状态的人物是

---

① 茅盾：《在大连创作座谈会上的讲话》，《茅盾全集》第26卷，人民文学出版社1996年版，第411页。

② 参阅丁尔纲《茅盾与"现实主义深化"、"写中间人物"论——兼谈批判"大连黑会"的指向问题》，《绥化师专学报》1995年第2期。

③ 邵荃麟：《在大连"农村题材短篇小说创作座谈会"上的讲话》，《邵荃麟评论选集》上册，第403页。

④ 同上书，第393页。

大多数，文艺主要教育的对象是中间人物，写英雄是树立典范，但也应该注意写中间状态的人物。"① 这是邵荃麟中间人物论的集中表述。事实上，邵荃麟看到了农村题材作品乃至整个文学创作上在人物塑造上的欠缺，本着忠于现实的现实主义精神，倡导深入现实，写中间人物，无疑可以使文学创作更忠实和接近现实。应该说，这个命题既有理论价值，也极具实践意义。

虽然大连会议的内容在当时并没有公开发表，但这并不能说这次会议没有产生影响，茅盾、邵荃麟讲话的精神其实在会议之中和之后就开始在社会上（主要是文艺界和文艺理论界）传播，一些赞同中间人物论的发言和文章陆续发表。比如1962年《文艺报》第9期发表了沐阳的《从邵顺宝、梁三老汉所想到的……》，《文学评论》1962年第5期和《河北文学》1962年第10期同时发表了康濯的《试论近年间的短篇小说》等。在沐阳的文章中，对中间人物的界定是："不好不坏、亦好亦坏、中不溜儿的芸芸众生。"② 在《试论近年间的短篇小说》中，康濯对反映农村题材的短篇进行了全面而概括的论述，高度评价了赵树理的《老定额》《套不住的手》《实干家潘永福》等，认为这些小说成功地创造了"潘永福式的人物"，表现了"毫不虚夸"的求实精神，号召作家要学习"赵树理那种革命现实主义的深厚功夫和老实态度"，认为"这是文学创作的灵魂所在"。他还肯定其他作家的作品，如马烽的《三年早知道》，认为主人公赵满囤是"难得的典型"，"他走着多么曲折复杂、稀奇独特、妙趣横生的叫人又气又急的道路，才成就了自己合理的典型！"对刘澍德《老牛筋》的主人公也给予肯定，认为他和赵满囤一样，是"中间人物"的典型。

可是，没有多久，批判的意见就出现了③。1962年第12期和1964年

---

① 邵荃麟：《在大连"农村题材短篇小说创作座谈会"上的讲话》，《邵荃麟评论选集》上册，第403页。
② 而这几个字还是编辑黄秋耘改的。见黄秋耘《"中间人物"事件始末》，《文史哲》1985年第4期。
③ 参阅黄秋耘《"中间人物"事件始末》，《文史哲》1985年第4期；丁尔纲《茅盾与"现实主义深化"、"写中间人物"论——兼谈批判"大连黑会"的指向问题》，《绥化师专学报》1995年第2期。

第5期《文艺报》先后发表黎之《创造我们时代的英雄形象》一文和刘白羽《英雄之歌》一文,对"写中间人物"的主张提出批评。

黎之在文中指出:"文学艺术是反映现实生活的,现实生活中存在着各种各样的人物,文学艺术自然要描写各种的人物,其中包括中间状态的人物,这本来不成问题的……问题是不能够看轻了社会主义文学艺术典型创造的根本任务:创造带动我们这个时代前进的英雄人物的光辉形象。""文学艺术的任务,不仅仅是创造各种各样的人物,帮助人民认识生活,还必须具有鼓舞人民前进的力量……在这方面,正面的英雄人物的形象就起着其他人物形象所不能代替的更大的作用。"虽然没有把中间人物一棍子打死,但是重点和倾向发生了变化。

刘白羽的《英雄之歌》是《大寨英雄谱》的读后感。在文中刘白羽大力赞颂作品中出现的"高大的社会主义时代新型的农民形象",肯定了"我们文学创作当前的首要任务,应该为我们时代唱英雄之歌",认为所谓的倡导写中间人物的论调,"不但有伟大现实生活作了回答,而且也有文学作品作了回答"。

《文艺报》1964年第8、9期合刊刊发了《"写中间人物"是资产阶级的文学主张》以及《关于"写中间人物"的材料》,对写中间人物论进行了批判。编辑部把问题上升到吓人的政治高度:"围绕着'写中间人物'的一系列理论主张,以及必然要展开的对这些理论主张的讨论和批判,就是社会上的阶级斗争和两条道路的斗争在文艺上的一个尖锐的反映",是文艺上的大是大非之争。这显然把文艺问题上升到了政治问题、阶级斗争问题了。文章把邵荃麟等人写中间人物论的"错误"总结为:模糊阶级对立,削弱无产阶级英雄人物的地位,歌颂资产阶级和小资产阶级,反对社会主义。经过这次批判,尤其是随着"文化大革命"的到来,中间人物论也就没人敢再提了[①]。

[①] "文化大革命"之初,周扬批评"写中间人物"的理论,认为"他们的目的,就是企图通过'写中间人物'去散布对社会主义怀疑、动摇的情绪,抵制和反对在文艺作品中写社会主义时代的英雄"。见周扬《高举毛泽东思想红旗,做又会劳动又会创作的文艺战士——一九六五年十一月二十九日在全国青年业余文学创作积极分子大会上的讲话》,《文艺报》1966年第1期。

第 八 章

关于题材问题的讨论

1961年,《文艺报》第3期发表了由主编张光年撰写的专论《题材问题》,第6、7期又开辟了《题材问题讨论》专栏,先后发表了周立波等人的文章,由此引发了文艺界关于题材问题的讨论。在当时的全国省以上的报刊上发表的关于题材问题的文章96篇,有几个省的报刊上都开辟了讨论专栏①。实际上,自第一次文代会以来,题材问题一直是文艺界的一个重要问题,也是国家文艺政策调整的一个重要内容。

题材问题与人物问题紧密相连,甚至就是一个问题的两面。写什么样的人、什么阶级的人物,必然联系到写什么样的生活(题材)。当毛泽东在《讲话》中明确指出文艺要为工农兵服务后,写工农兵的生活便成为文艺创作的核心题材,并一直在当代文学/文艺学占据主导地位,只是随着国家政治形势的变化而有不同程度的调整。本章我们主要从史的角度,梳理、概述新中国成立以来关于题材问题的讨论。

一 "题材差别论"和"题材决定论"

在1949年7月的第一次文代会上,周扬作了《新的人民的文艺》的报告。在报告中,他对《中国人民文艺丛书》选入的177篇作品的题材作了一个统计:写抗日战争、人民解放战争(包括群众的各种形式的对敌斗

---

① 朱寨主编:《中国当代文学思潮史》,第396页。

争）与人民军队（军队作风、军民关系等）的，共101篇；写农村土地斗争及其他各种反封建斗争（包括减租、复仇清算、土地革命，以及反对封建迷信、文盲、不卫生、婚姻不自由等）的，共41篇；写工业农业生产的，共16篇；写历史题材（主要是陕北土地革命时期故事）的，共7篇。其他（如写干部作风等），共12篇。他由此总结道："民族的、阶级的斗争与劳动生产成为作品中压倒一切的主题"（周扬所说的"主题"实即题材），而"知识分子离开人民的斗争，沉溺于自己小圈子内的生活及个人情感世界，这样的主题就显得渺小与没有意义了，在解放区的文艺作品中，就没有了地位"[①]。在强调以解放区文艺为新中国文艺摹本的形势下，这样的总结显然就具有了极强的倾向性和政治性。

新中国成立后的几次大的论争，即便不是以题材为核心，但都会或多或少地涉及题材问题。比如关于"可不可以写小资产阶级"（参阅第七章）的论争中，也就涉及小资产阶级题材和工农兵题材。

1953年，在批判胡风文艺思想的运动中，也涉及题材问题。何其芳发表《现实主义的路，还是反现实主义的路？》（《文艺报》1953年第3期）一文，针对胡风"哪里有生活，哪里就有斗争"，"文艺作品底价值……并不是决定于题材，而是决定于作家底战斗立场"的言论，指出，这种言论直截了当地"否认了革命作家必须到人民群众中间去，必须参加人民群众的斗争"，"否认题材的差别的重要"，而这样做的逻辑结果，则是"否认生活的差别的重要"。何其芳还指出，题材有着"对于作品的价值的一定的决定作用"，"文学历史上的伟大作品总是以它那个时代的重要生活或重要问题为题材。而且作家对于题材的选择正常常和他的立场有关"。这就是所谓"题材差别论"和"题材决定论"。

何其芳进一步指出，根据毛泽东的《讲话》，"生活和题材的差别并不是不重要，而是有关革命文艺的新方向的重要问题之一"，而胡风的题材论是与《讲话》思想相反的。后来胡风在《三十万言书》中，专列"题材"一节，反击了林默涵、何其芳等人对自己的批判。胡风认为，作家应

[①] 中华全国文学艺术工作者代表大会宣传处编：《中华全国文学艺术工作者代表大会纪念文集》，第71页。

有权自由选择他所熟悉并发生了"血肉的感应"的题材，离开创作主体的生活和艺术实践来规定题材的重要或不重要，有意义或无意义，是"本末倒置的机械论的提法"，"所以，不但题材不能决定作品底艺术价值，而且也绝对不能分配题材给作家去完成'任务'"。胡风指出："现实主义是艺术方法（认识方法），以'题材'或'生活'来决定它，凭这个来划分'那'和'这'，丢开了它的作为方法的本质，那就等于放弃了现实主义。"胡风的观点可谓击中要害。题材差别论、题材决定论，或重大题材论、工农兵题材论，其实质就是把人及其生活加以分类和等级化，工农兵的劳动生活、战斗生活似乎天然地高于知识分子的生活（文艺创作或科学研究）。在它的支配下，不熟悉工农兵生活的作家只有两种选择：要么搁笔，要么图解。这的确是对现实主义的放弃。

二 反题材决定论

"题材差别论"和"题材决定论"在当代文学理论中占有重要的地位，导致了文学艺术中创作题材单一和狭窄，严重限制了文学艺术的创作，阻碍了文艺事业的繁荣和发展，引起了作家和批评家的普遍不满。不过这一点在"双百"方针提出之后，有了一定的改观。1956年5月26日，就在"双百"方针刚提出不久，陆定一在中南海怀仁堂向文艺界和科学界作关于"双百"方针的报告。在报告中，陆定一谈到了题材问题，他说："题材问题，党从未加以限制，只许写工农兵题材，只许写新社会，只许写新人物等等，这种限制是不对的。文艺既然要为工农兵服务，当然要歌颂新社会和正面人物，同时也要批评旧社会和反面人物。要歌颂进步，同时要批评落后。所以，文艺题材应该非常宽广。在文艺作品里出现的，不但可以有世界上存在着的和历史上存在过的东西，也可以有天上的仙人、会说话的禽兽等等世界上所没有的东西。文艺作品可以写正面人物和新社会，也可以写反面人物和旧社会，而且，没有旧社会就难以衬托出新社会，没有反面人物也难以衬托出正面人物。因此，关于题材的清规戒律，只会把文艺工作窒息，使公式主义和低级趣味发展起来，是有害无益的。"① 陆定一的这番话虽然并不完全符合事实（比如对于题材"党从未加以限制"），但也表明了中央的文艺政策有了调整。

《文艺报》于1956年第10号发表题为《百花齐放，百家争鸣》的社论，力图纠正在题材问题上的偏向，清除在题材上的"清规戒律"，提倡题材的多样化。社论认为，"有些人对社会主义现实主义创作方法做了狭隘的、烦琐哲学的解释，似乎社会主义现实主义只能反映当前的现实动态，似乎描写旧社会的题材、描写历史题材、近代革命史的题材是没有甚么教育意义的"。实际上，我们虽然提倡和宣传作家描写当前的重大题材，写社会主义新人的光辉形象，"但是这种提倡和宣传，决不排斥题材的内容的多样性；而且，对当前重大题材和社会主义新人的艺术描写，也应当是多种多样，而不是千篇一律的"。社论指出，在为工农兵和劳动知识分子服务的共同目标下，"作家对题材、主题和艺术形式的选择，有充分的个人的自由。作家在描写他真正了解、真正心爱的题材和主题的时候，他的才能和创造力能够最充分的施展"。

1956年，茅盾在《文学艺术工作中的关键性问题》② 中认为："题材范围的狭窄和单调是今天的文艺作品的通病。"茅盾指出："反映社会重大事件，现在是，而且将来也应当是文艺作家们努力的主要方面！但这，不等于说，我们就排斥了其他的题材。只要不是有毒的，对于人民事业发生危害作用的，重大社会事件以外的生活现实，都可以作为文艺的题材。"在《中国作家协会研究执行"百花齐放，百家争鸣"的方针》（《文艺报》1956年第14号）中也提到了题材问题。文中指出，人们认为近几年来大部分文艺作品题材范围狭窄、创作风格不够多样化，"主要是由于过去对于文艺为工农兵服务的方针，以及对社会主义现实主义创作方法的理解存在着教条主义和片面性"。

紧接着不久，《文艺报》在1956年第17号发表了巴人的《"题材"杂谈》一文，主张扩大文学题材的范围。巴人说："任何一个国家的文学史

---

① 陆定一：《百花齐放，百家争鸣——一九五六年五月二十六日在怀仁堂的讲话》，《人民日报》1956年6月13日。

② 署名为沈雁冰，《文艺报》1956年第12号。

都可证明：文学作品的题材是极为广阔和丰富的。伟大作家之所以伟大，作品中所反映的生活的广阔和丰富是一个因素。""而我们的作家和批评家，把题材仅限于生产斗争，或仅限于写工农兵"，而在描写这些题材的时候又缺乏广阔的人生经验作为背景，"那是不能衬出生产斗争的终极意义、工农兵的突出形象的"。他还引用了鲁迅先生在《论现在我们的文学运动》里论述民族革命战争的大众文学与作家处理题材的关系的一段话，来说明扩大文学题材范围的必要性。

1957年，《文艺报》在《争取社会主义文学艺术的高度繁荣》（《文艺报》1957年第1号）的社论中提出："党从来没有在创作的题材上提出任何限制，并且不止一次地批评了那种认为我们的文学只能描写现代题材，只能描写工农兵的错误说法。在题材的问题上，我们不赞成那种把文艺的工农兵方向和文艺题材的广泛性对立起来、把工农兵生活和'儿女情、家务事'对立起来的说法。这种说法显然是教条主义的。"于晴（唐因）在《文艺批评的歧路》（《文艺报》1957年第4号）中，对题材问题及其弊端分析得较为透彻。他首先并没有否认重大题材的重要性，但他指出，只承认"重大的政治事件"，排斥此外的一切；不以作品概括生活的广度、思想意义的深度和艺术技巧的高度来评判文艺的社会价值，而仅仅是看所写事件的大小，是没有道理的。于晴认为："文艺并不等于一种总结报告或者哲学教科书，文艺作品就是反映生活中的主要矛盾罢，也应当允许作家通过生活的各个不同的方面，从不同的角度来反映的，因为这正是文艺之所以为文艺。"

"双百"方针的提出和贯彻，使得文学艺术界在一定程度上挣脱了"题材决定论"的束缚，创作题材的范围相对扩大了，创作繁荣了。但可惜的是，随着"大跃进"以及"反右"运动的展开，"题材差别论"、"题材决定论"、"重大题材论"等又开始抬头。比如"大跃进"时期，就提出了"写中心，画中心，演中心"的口号，人民公社、共产主义建设成为创作的核心题材。

1961年，国家在经受了政治、经济等一系列的困难之后，党中央提出了"调整、巩固、充实、提高"的八字方针，文艺界也开始了全面调整，"百家争鸣"的气氛开始重现，题材问题的讨论正是这方面的体现。周恩来在《在文艺工作座谈会和故事片创作会议上的讲话》（1961年6月19日）上，就明确指出："至于题材，完全可以允许作者自由选择，"① 不要干涉过多。

张光年在《文艺报》专论《题材问题》（《文艺报》1961年第3期）中明确提出"提倡描写重大题材，同时提倡题材多样化"的论点。张光年指出，按照社会主义文艺百花齐放的要求，创作的题材还有继续扩大之必要；题材问题上的清规戒律，有彻底破除之必要。"作家艺术家在选择题材上，完全有充分的自由，可以不受任何限制"，完全可以按照自己的不同情况，自由地选择与处理他所擅长、他所喜爱的任何题材。张光年还批评了当时流行的"只要题材抓对了，作品就成功了一半"的提法，说："题材本身，并不是判断一部作品价值的主要的和决定性的条件。""题材并不等于主题。同样题材可以表现为各种不同的主题。同样题材在不同的作家的手下，可以得出完全不同甚至完全相反的思想效果。革命的作家，有时通过不那么重大的题材，也能表达出比较深刻的思想。"由此，张光年强调："必须用一切办法广开文路，促进创作题材的多样化的发展"，而"创作题材多样化，有利于反映世界的多样性，反映无限丰富的伟大现实；有利于满足人民群众精神生活上的多方面的需要，用无限丰富的现实图画帮助读者认识生活的真理。同时，这样也有利于社会主义文学艺术本身的发展"。张光年的这些观点正反映了当时众多对题材问题有意见的人的观点，引起了当时题材问题的大讨论。

在《文艺报》1961年第6、7期开辟的"题材问题讨论"专栏中，先后发表有周立波、胡可、冯其庸、田汉、夏衍、老舍的文章。所有这些文章的一个核心内容，就是反对题材决定论，倡导题材多样化。

周立波在《略论题材》（1961年第6期）中从作家进行创作的角度讨论题材问题，强调了题材多样化对繁荣文艺创作的重要性。他认为："反映这个时代的各种题材的制作，只要真是内容充实，技艺精湛的艺术品，都会受到广大读者的欢迎。"因此，"我们决不排斥，而且深盼所有作家们，根据自己的愿望和可能，采取自己喜欢的角度去反映各种各样的题

---

① 中共中央文献编辑委员会编：《周恩来选集》（下卷），人民出版社1984年版，第338页。

材","无论题材和风格，都不宜加以任何的限制"。夏衍在文章中也指出，"不要勉强作者写他们所不熟悉的、或者力不胜任的东西"，"作家写作品，对他所写的题材，人物，事件，必须有自己的感受"。"勉强、强迫或者凭主观做决定，在文艺创作上常常是行不通的。"老舍结合自己写话剧《青年突击队》，也强调了要写自己熟悉题材的认识（《文艺报》1961 年第 7 期）。这点得到冯其庸的呼应。冯其庸（《题材与思想》，《文艺报》1961 年第 6 期）则通过研究古代作家的作品，指出他们善于发现适应于自己的题材，善于运用适应于自己的各种大小不同的题材，尤其善于从小题材里提出大问题。由此，他批评"那种过分强调题材的重要性，甚至强调到与作家的世界观并列起来的看法，是不恰当的"。

很多人赞同的另一个观点是：题材不能决定作品的思想性和艺术性，也不等于世界观。田汉（《题材的处理》，《文艺报》1961 年第 7 期）拥护张光年的《题材问题》专论，认为"衡量一部作品思想性的高低，决不能单凭题材的重大与否"，"一个作品反映时代概括生活本质的深度和广度，并不太取决于题材本身，而取决于作者的世界观，取决于作者的艺术概括能力，也取决于作者的艺术技巧"。因此，"把题材当成衡量作品的政治标准，把作品的价值高低和作品的题材重大与否等同起来，是不符合创作实际的"。虽然世界观决定论在今天看来也未必妥当，但是在当时却起到了抵制题材决定论的作用。

唐弢在《关于题材》（《文学评论》1963 年第 1 期）中，回顾了《题材问题》发表以来的创作情况，肯定了"题材多样化的主张是正确的"，强调"必须坚持一切正确的主张"。唐弢认为："作家和艺术家既要设法熟悉革命斗争和社会主义建设的题材，也可以根据自己的政治经验和生活经历，依据自己的兴趣和特长，从各方面选择题材以表现我们的时代，从各方面选择题材以满足群众的需要。这样做是完全正确和必要的。"为此，作家既可以写革命斗争和社会主义建设的题材，也可以写"家务事，儿女情"，而不应当把两者对立起来。"较小的题材并不妨碍他有较大的主题。"不过唐弢也指出，我们虽然提倡题材多样化，但"一篇具体的作品的具体的题材，却还是有好坏的区分，有高下的区分，有恰当与不恰当的区分，因而也仍然存在着可以写和不必写的问题"，不能以题材多样化为名，片面地把扩大题材的重点放在"家务事，儿女情"方面，放在"不好不坏，亦好亦坏"的"芸芸众生"方面，因此，"题材是需要选择的"。应该说，这样的认识是比较全面和深入的。

马铁丁（《时代精神、题材及其他——关于报告文学的一些意见》，《人民日报》1963年4月14日）在同意题材多样化的基础上，分析了"题材无关紧要"和"题材决定"，认为两者都不恰当。"所以不同意'题材无关紧要'论，那是因为一定的题材有它一定的容量。那些重大的题材，往往是最能够体现当前时代的动向，时代的面貌。……所以不同意'题材决定'论，那是因为题材是个重大问题，但不是决定一切的问题。题材问题仅仅是写什么的问题，还有如何写的问题。即使同一个题材，可以写得程度有深有浅，甚至可以写成性质上完全两样。作者的观点立场不同，他们对客观事物的认识与反映，也会跟着不同。"应该说这一观点是中肯的，与唐弢的观点有相通之处。

1961年的题材讨论并没有继续下去。随着1963年左右文艺政策的"左"转，题材问题几乎又成了禁区。1963年，柯庆施提出"写十三年"（即新中国成立之后）的口号（据1963年1月6日《文汇报》报道，此口号是柯庆施4日下午在上海文艺界元旦联欢会上提出的）。柯庆施认为，文学创作只能以当代十三年的生活作为题材，因为只有"写十三年"的"现代生活"，才能"帮助人民树立社会主义思想"，"旧社会只能培养人们自己为自己的自私自利思想。社会主义、集体主义思想只有在社会主义革命成功以后才能开始树立"。这显然是一种极其错误、非历史的观点，排斥和限制了其他历史时期的生活题材，引起了当时文艺界众多学者、理论家的批评[①]。但随着毛泽东1963年底和1964年6月两个关于文艺问题的"批示"，"写十三年"继续蔓延，并被理论化，题材问题的讨论受到了极大限制。"文化大革命"开始，更是把题材决定论发展到了极致，"反题材决定论"被彻底打入"文艺黑线专政论"之列，题材问题便彻底被终止了。

---

① 关于"写十三年"口号，可参阅柯庆施《大力发展和繁荣社会主义戏剧，更好地为社会主义的经济基础服务》，《红旗》1964年第15期。

三　新时期关于题材问题的讨论

"文化大革命"结束后，题材问题又成为文艺界讨论的热点。1978年，《文汇报》编辑部和上海戏剧学院编剧进修班分别组织了座谈会，就题材多样化问题展开了热烈的讨论[①]。与会者普遍认为，文艺创作要注意题材的多样化，要破除"写重大题材保险"等错误思想。但在处理题材多样化与重大题材的关系上，还存在一定的分歧。有人认为，为了促进题材的多样化，在文艺创作中无需再提以"重大题材为主"之类的口号了。原因就是"重大题材"的提法并不科学，范畴很难区分。比如，反映三大革命运动的题材属于"重大"之列，但实际上凡是有意义的现代题材总脱离不了三大革命运动。再有，现实生活中生的重大事件总是少数，而一般性事件则是大量存在的。文艺既然是生活的反映，为什么一定要以反映重大事件为主呢？他们认为，强调重大题材的作用，实际上还是把题材的大小与作品价值的大小等同起来，这就会堕入"题材决定"论。他们还认为，强调以重大题材为主，其后果一是诱使作者脱离自己原来比较熟悉的生活，片面追求题材的"重大"，由此就会造成一些内容干巴、艺术低劣的作品；二是造成文艺创作题材单调划一。

另外有人则认为，坚持以写重大题材为主，这是无产阶级文艺的党性原则所规定的，没有重点就没有政策，文艺创作没有重点，不以写重大题材为主，就会失去为工农兵服务的根本方向。这些同志说，提倡以写重大题材为主，一是有利于文艺创作密切配合党的中心任务，为无产阶级政治服务，二是有利于引导更多的作者深入三大革命运动，深入工农兵，努力熟悉原先不熟悉的生活，这样既开阔了创作题材，又改造了作者的世界观。他们认为，"重大题材"的提法是无产阶级的提法，只是后来被"四人帮"篡改得面目全非了。现在的问题是要还"重大题材"的本来面貌。提倡写重大题材，并不排斥多样性。从这种论调可以看出，粉碎"四人

---

① 参阅《上海文艺界热烈探讨题材多样化问题》，《文学评论》1978年第4期。

帮"初期，题材问题上的"左倾"思想依然没有消除。

总之，这次讨论会是"文化大革命"后重新探讨题材多样化的先声，对于新时期重新认识题材问题，繁荣文艺创作，具有重要意义。此后，陆续有关于题材问题的文章出现。

柯灵在《题材问题一解》（《文学评论》1978年第1期）中指出，创作题材虽然有大小轻重之分，但社会生活反映到文艺创作上，经过艺术概括和艺术创造，问题却复杂得多，不能被简单化地、形而上学地加以理解。重大题材并不保证作品必然有巨大的价值，细小的题材也可以充分表现重大的意义。问题的关键不在题材的大小，而在作家对题材的处理方式，在于"作家的世界观，作家积累生活的深度和广度，观察生活、分析生活、综合生活、表现生活的能力"。应该说，这是对题材问题认识上的进步，它在一定程度上把"写什么"引向了"怎么写"的问题，对于打破题材决定论具有重要意义。但柯灵又指出，过分强调题材的多样化，会有偏离工农兵方向，导致资产阶级"自由化"的可能。人世间不存在什么绝对的自由，但受纪律制约的自由却是非有不可的。可以说，在肯定题材多样化的同时，要避免绝对的题材自由化，这是"文化大革命"后对题材问题的一个基本认识。从中可见批判"文化大革命"的人并未从根本上摆脱"文化大革命"思维。

这种拖着"尾巴"的前行实际上是当时很普遍的现象。牧原在《题材问题浅谈》（《文学评论》1978年第6期）一文中的观点，与柯灵相通。他指出，题材并非一部作品的思想、美学意义唯一起作用的因素，作家的艺术素养、生活基础以及世界观，等等，在创作过程中都是起着决定作用的因素，因此，不仅同一题材在真正的艺术创作中永远不会重复或"撞车"，而且，有些题材看起来并不那么重大的作品，由于作家开拓得深，因而具有很深的意义。但作者接着又指出："我们提倡题材的多样化，却绝不是提倡题材问题上的自由化和无差别论，也丝毫不意味着我们不应该反映现实的重大的题材。"当然，即便对于重大题材，我们也必须克服那种不符合创作实际的种种片面观点，要充分地看到"重大题材本身也应该是多样化的"。比如，写工农业的生产斗争是重大题材，而与此相联系的家庭关系、夫妇关系之类，往往会统统不加区别地被目之为"家务事，儿女情"，把它视之为家庭琐事。可实际上，这里存在着两种截然对立的情况，一种是专门以写家庭儿女之间的生活琐事以至"风花雪月"为能事，另一种则是通过这些揭露社会的、时代的重大的矛盾。例如古典作品中的《红楼梦》，写的虽然是"家务事，儿女情"，但同样也是重大题材。这显然也是从"怎么写"的角度来理解题材问题的，打破了人们对重大题材理解上的狭隘。

1985年，林兴宅提出"超越题材"的观点，或许可以视作新时期对题材问题的最新认识。林兴宅指出，"题材决定论"与"反题材决定论"之间的分歧是站在不同层次上思考问题的结果，它们并不是不可调和的。从微观层次看，即就一个具体作品的创作来说，题材并不起决定的作用，题材重大未必能成就一部优秀的作品，而伟大的作家却可以从日常的、琐碎的生活题材中揭示出深刻的生活真理，创作出具有强大生命力的作品。但是，从宏观的层次看，即从文学发展的宏观背景来考察，每个时代、每个阶级的文学都有自己的中心题材，题材的差异有时会成为不同时代、不同阶级文学的重要标志。由此，林兴宅指出，在不同的层次上，题材的地位是不同的。如果我们硬是要用排中律的逻辑方法，在"题材决定论"与"反题材决定论"之间作出非此即彼的抉择，实在无异于庸人自扰。那么，林兴宅为什么要提出"超越题材"的口号或论点呢？林兴宅指出，这是从提高创作质量的目的性出发而提出的。"因为我们有不少作者只关注题材的直接现实意义，往往用急功近利的态度去处理题材问题。"而这样写出来的作品充其量只是现实生活的浮光掠影，不可能触摸到时代潮流深处的搏动。林兴宅认为："这里的问题就在于，作者固守于狭隘的实用观，无法越出题材自身的特定时空意义，而对生活进行深一层的审美思辨。"因此，作家要创作出富有生命力的作品，就必须"超越题材"。不过林兴宅也指出，这样说并不是主张文学创作可以抛弃题材要素，而是指作家要善于超越题材的再现性，追求题材的表现力，即揭示出题材表面意义之外的深层意蕴，使作品获得超越时空的象征性[①]。从创作的角度强调跳出题材的大与小、重要与非重要之争，把精力真正放到对题材的审美升华和艺术转化上，这是深得艺术创作三昧的洞见。

---

① 林兴宅：《超越材题——关于题材问题的断想》，《小说评论》1985年第1期。

第九章

关于写真实和真实性问题的讨论

真实性问题一直是中国当代文学理论中的一个重大问题，它与现实主义（包括社会主义现实主义）理论紧密相连。但与其他重大文艺学问题一样，真实性在当代文学的发展过程中，"从来不是一个纯粹的理论问题"[①]，而是与政治、政策紧密相连。毛泽东《在延安文艺座谈会上的讲话》详细论述了文艺与政治的关系，认为文艺是从属于、服从于政治的。毛泽东认为，他说的"政治"是指无产阶级的政治、人民大众的政治，"正因为这样，我们的文艺的政治性和真实性才能够完全一致"。因此，从根本上说，一部文学作品是否真实，并不取决于作家是否如实描写了社会生活中真实存在的东西，而取决于其政治立场和阶级倾向性。

一 新中国成立初期关于真实性问题的讨论

新中国成立之初，陈涌在讨论文艺与政治的关系时，曾谈到真实性问题，并把阶级性与真实性统一起来，认为"封建阶级、资产阶级的作者，在思想上受本阶级的束缚与限制愈少，其作品的真实性就愈多，而在无产阶级作者，阶级性与真实性则是完全一致的"[②]。在这里，陈涌虽然并没有

[①] 洪子诚：《关于五十至七十年代的中国文学》，《文学评论》1996年第2期。
[②] 陈涌：《论文艺与政治的关系——评阿垅的"论倾向性"》，《人民日报》1950年3月12日。

明确地、有意识去阐述和论证真实性问题，但他把阶级性与真实性联系的论述方法，体现了1949年后很长一段时间真实性话语的基本范型：作家和作品的阶级性、阶级立场和阶级的世界观决定文学作品的真实性，真实性是从属于阶级性的，并没有独立的价值和意义。

1951年3月底，萧殷写了《生活的真实和艺术的真实》①一文，被看作是当代文艺学最早明确论述真实性问题的文章之一。在这篇文章里，萧殷指出，一篇作品是否真实，关键不在于它是否"如实"描写了事实或现象，而在于是否通过现象透视到"本质"，是否通过生活现象的描写反映了生活的本质的面貌。具体来说，文学作品的真实性，取决于作家能否"通过有血有肉有感情的行动着的人物、通过人物之间的关系来表现社会（阶级）的真实面貌，表现社会关系（阶级关系）的矛盾及其发展的真实面貌"。这里遵循的依然是阶级性决定真实性的逻辑，因为所谓"本质"是一个非常主观化的概念，一个取决于政治立场和阶级立场的概念，在作者（当然也包括几乎所有参与真实性问题讨论的人）看来，如果你秉持资产阶级的世界观，你就无法发现社会、历史的本质。这就是说，能否达到真实性，取决于作家的政治立场。萧殷说："一个作家能不能抓住现实的本质特征，这要看作家是否有高度的政治热情与正确的立场、观点和方法。"这一认识也是以后关于真实问题讨论的一个热点，甚至成为批判写真实论的理论依据。

那么，如何才能达到这一艺术的真实亦即"本质"呢？回答是"典型化"："艺术的真实，应该比生活的真实更集中，更有组织，更典型。"这显然是在复述毛泽东的《讲话》相关内容，后者正是当时人们讨论真实性问题的依据。那么，判断是否比"生活的真实更集中，更有组织，更典型"的标准是什么？依然是政治立场和阶级立场。

大体而言，在新中国成立之初，人们更多关注的是文艺的主人公（即塑造新英雄形象）和题材（工农兵题材）问题，真实性问题作为一个理论问题还没有完全进入理论家和批评家的视野之中，但这并不能说当时就没

---

① 《文艺报》第3卷第12期，1951年4月。后收录于1952年人民文学出版社出版的《论生活、艺术和真实》。

有关注文艺的真实性问题。《文艺报》在1952—1953年间，就连续刊发了大量苏俄关于真实性问题的文章。比如1952年第13号发表了塔拉森柯夫的《艺术的真实》，第14号发表了索弗罗洛夫的《争取生活的真实》，1953年第16号发表了戈尔卡柯夫的《感情的真实性》，第18号发表了威·道布伯申考的《真实的法则》等。这些文章基本上都站在拥护的立场上回答了关于真实性的诸多问题。如塔拉森柯夫在《艺术的真实》中说："为了刻画真实的人物，作家必须了解生活的各个方面，仔细研究生活，洞察社会发展过程的实质，必须能够真实地写出在改变和向前发展中的现实面貌。"这一观点与陈涌的观点是相通的。索弗罗洛夫在《争取生活的真实》中，一针见血地指出苏联许多作家的作品脱离现实的情况："许多作家都已丧失了苏维埃艺术家的主要特性——忠实于生活的现实，他们都似乎只急于想把我们的生活予以诗一般地美化，而对于生活中那些否定的现象，对于那些伪善者，已不予注意。对于我们的人民——共产主义建设者——正在顽强地和尖锐地斗争着的那些缺点，也都忽视不见了。"由此，索弗罗洛夫要求作家不回避生活中的矛盾和冲突，大胆揭露生活中的阴暗面和缺点，认为只有这样的作品才会有长久的生命力，"只有那样新颖、真实、能吸引人的剧本才能够以自己的尖锐性和真实性，以自己能接近人民思想与渴望的东西而抓住观众"。索弗罗洛夫的这一认识具有极强的现实性，这在20世纪50年代中期成为论争的一个焦点，但当时并没有引起更多的关注。

可以说，《文艺报》通过译介苏俄文章，为引入真实性这一理论问题寻找到了合法的权威根据，而真实性作为一个重大理论和政治问题引起论争和批判，则是在20世纪50年代中期。

二 50年代中期关于"写真实"的讨论

一般认为，"写真实"论是由斯大林首先提出来，由胡风在《关于解放以来的文艺实践的报告》中首次引入。胡风说：

拉普派底指导"理论"是：要求作家首先具有工人阶级即共产主义的世界观，要求作家用"唯物辩证法的创作方法"去创作。拉普派的统治对那以前的苏联文学起了严重的危害作用，为了清算拉普派底这种"理论"（当然还有作为这"理论"底原因和结果的宗派主义），斯大林提出了社会主义现实主义的口号。那本质的意义就包括在斯大林底谈话里面：

> 写真实！让作家在生活中学习罢！如果他能用高度的艺术形式反映出了生活真实，他就会达到马克思主义。①

胡风在这里引述斯大林的话，意在强调社会主义现实主义（或现实主义）的基本特征是"写真实"，而不是像拉普派那样先要求作家"具有工人阶级即共产主义的世界观"。但胡风的写真实论与斯大林的并不一样。在斯大林那里，真实指的是生活的真实、客观上的真实，而胡风的真实观则复杂得多。在胡风那里，并没有纯然的客观真实，所谓真实，是主体以其真诚的"主观战斗精神"与客体对象拥抱、肉搏，并在克服对象中与之真正融为一体后的真实。正如胡风所说：

> 任何内容只有深入了作者底感受以后才能成为活的真实，只有深入了作者底感受以后才能进行一种考验，保证作者排除那些适合自己的胃口的歪曲的东西，那些出于某种计算的人工的虚伪的东西（更不论那些生意眼的堕落的东西）而生发那些内在的真实的东西。

他接下去还说：

> 一个作者，在他自己的精神的感受里面对于题材的搏斗强度是决定他底艺术创造性底强度的。②

---

① 胡风：《胡风选集》第1卷，四川人民出版社1996年版，第495页。
② 胡风：《为了电影艺术底再前进》，见《胡风评论集》（下），人民文学出版社1985年版，第200页。

由此我们看到，在胡风那里，真实是需要经过主体对客体（对象）的战斗（搏斗）过程之后才能获得的，只有经过这样一个过程，主观感受才是真实的，客体对象也才是真实的；而战斗（搏斗）的强度决定了作品创造性的强度，也即艺术真实性的程度。

胡风的这一真实论在中国当代文学中显得有些"另类"，由此也引发了当代文艺学对真实性的大讨论，时间是20世纪50年代中期"双百"方针提出前后，代表性的文章有：陈涌的《为文学艺术的现实主义而斗争的鲁迅》（《人民文学》1956年第10号），刘绍棠、从维熙的《写真实——社会主义现实主义的生命核心》（《文艺学习》1957年第1期），秦兆阳的《写真实》（《人民文学》1957年第3号）、《论尖锐之风》（《文艺学习》1956年第8期）和《现实主义——广阔的道路》（《人民文学》1957年第9号），黄秋耘的《刺在哪里》（署名秋耘，《文艺学习》1957年第6期）和《不要在人民的疾苦面前闭上眼睛》[①]（《人民文学》1957年第9号）等。这些文章的一个核心观点，就是从艺术创作规律出发，强调真实是艺术的生命，是社会主义现实主义的生命核心，并由此批判那种过分强调艺术的政治性、思想性而忽视艺术自身特点的庸俗的机械论观点。但在真实性的具体内涵，反映什么样的真实，如何反映真实等问题上却有着不同的理解，由此而引发了一场大规模的讨论和论争。

（一）关于写真实与写阴暗面

写真实与写阴暗面的关系问题是当时论战的一个核心问题。这个问题不仅仅关系到写什么，更被提到一个作家的立场、世界观的高度，从而变成一个和政治直接相连的重大问题。

主张写阴暗面的代表人物有刘绍棠、秦兆阳、黄秋耘等。刘绍棠从批判教条主义、公式化、概念化的角度出发，强调要忠实于现实，而不是粉饰现实。他认为："继承现实主义的传统，就必须真正地忠实于生活真实。

[①] 此文在编入黄秋耘的《苔花集》（新文艺出版社1957年版）时，改为了《肯定生活与批判生活》这样一个中性的题目，显然是为当时"反右"运动考虑。在后来出版的集子中就恢复原来的题目了。

这种忠实于生活真实,就是忠实于当前的生活真实。而不应该在'现实的革命发展'的名义下,粉饰生活和改变生活的真面目。这种生活真实,必须具有时代的特征和时间的痕迹,而不能把一九五七年的真实等同于一九六七年的真实。但是这并不是说要摄影式地忠实生活真实,而是应该从'静'中看到'动'地忠实生活真实。不过它首先是基于'静',而不是基于'动'。"这是以委婉的修辞否定以"未来""发展方向"的名义掩盖当下现实的阴暗面,否定和规避现实中的矛盾①。刘绍棠的观点切中要害,对校正当时粉饰现实的倾向具有重要意义。因为危害真实性的恰恰就是这些所谓的"发展的眼光"、"历史的趋势"、"本质"等模糊不清的术语,1949年后多次对于优秀现实主义作品的批判就是利用了这些概念的模糊性进行为我所用的理解。

大力肯定写阴暗面的,当属黄秋耘和秦兆阳。黄秋耘认为,我们文学作品的主要任务应该是歌颂伟大的社会主义建设,鼓舞人民前进,这一点是无可怀疑的。但在社会发展过程中依然存在疾苦,存在一些阴暗面,"作为一个有着正直良心和清明理智的艺术家,是不应该在现实生活面前,在人民的疾苦面前心安理得地闭上眼睛保持缄默的。所谓干预生活,就是既要肯定生活,也要批判生活。……这两者本来是相辅而行的"。对于描写阴暗面会打击人们对社会建设的信心的观点,黄秋耘认为,这样的描写仍然是有积极作用的,它会让人们看到克服苦难的英雄行为,帮助我们坚定信心,增添勇气,去接受严酷的考验②。干预生活、揭露生活中的阴暗面,为的是要引起疗救的注意,教育人民群众对缺点和错误正确地进行斗争,借以改进我们的工作。对于那些批判写阴暗面是"歪曲现实,诋毁生活,诽谤社会主义制度",乃至是在"反党反人民"的言论,黄秋耘认为这是教条主义、宗派主义的"寒流",是不符合实际情况的。"教条主义对文学创作最主要的有害影响,就表现在提倡粉饰现实、反对真实地反映生活这个问题上面。"而这样的作品自然显示不出生活中实际存在着的矛盾和冲突,显示不出我们人民艰苦奋斗的革命精神和英雄气概,因而也就变

---

① 刘绍棠:《对当前文艺问题的一些浅见》,《文艺学习》1957年第5期。
② 黄秋耘:《不要在人民的疾苦面前闭上眼睛》,《人民文学》1957年第9号。

得苍白无力,不能感动读者①。

在这样的语境和氛围下,创作界出现了一批优秀的干预揭露社会矛盾的好作品,其中就包括刘宾雁的《在桥梁工地上》。秦兆阳在发表这篇特写时在"编者的话"中说:"我们期待这样尖锐提出问题的、批评性和讽刺性的特写已经很久了","我们应该像侦察兵一样,勇敢地去探索现实生活里面的问题,把它们揭示出来,给落后的事物以致命的打击,以帮助新的事物的胜利"②。

总之,对于秦兆阳、黄秋耘他们来说,"真实性"显然是他们反对"粉饰生活"、批驳"无冲突论"的有力武器,"写真实"就是要表现生活的复杂性,"大胆干预生活",不回避现实生活中的阴暗面。暴露阴暗面会挫败人民对革命的信心,是给社会主义新中国抹黑,缺乏"发展的眼光"、"本质的真实",恰好是三把悬挂在要求写真实的作家头上的利剑,因此他们要努力论证的就是:写黑暗并不会挫败人民对革命和社会主义新中国的信心,相反会增加这种信心,因此也是忠诚于革命和社会主义的表现。

批判写真实的代表人物就是掌握文艺界政策的周扬和茅盾。周扬在由毛泽东亲自修改过的《文艺战线上的一场大辩论》(《人民日报》1958年2月28日)中指出,"在所谓'写真实'、'干预生活'等等的口号下,提倡'揭露生活的阴暗面',认为只有这样才是'现实主义的新路'"的观点,"就是资产阶级右派和修正主义者反对社会主义文艺的主要论点",是在否定或贬低社会主义的成就。周扬进一步指出:"他们的所谓真实是那种消极的、落后的、停滞的、死亡着的东西,他们不能或者不愿意看到作为社会主义现实主流的一切生气勃勃的、强有力的、沸腾着的、前进着的东西,不能或者不愿意用革命的、发展的观点来观察社会主义的真实,否认革命的浪漫主义是社会主义现实主义的一个必不可少的方面。他们主张作家自然主义地到生活的各个角落中去搜罗缺点,寻找黑暗,然后把它们加以放大,一件一件地陈列出来,让人民看了丧气,敌人见了鼓掌,引起人们对革命、对社会主义制度的失望和怀疑。这就是他们提倡的所谓'写

---

① 黄秋耘:《刺在哪里》,署名秋耘,《文艺学习》1957年第6期。
② 《人民文学》1956年第4号。

真实',他们所鼓吹的甚么'大胆干预生活'的真正目的。"缺乏"发展的、革命的观点"、"让人民丧气"、给社会主义抹黑,这三把利剑可谓所向披靡,它站在所谓"政治正确"的高度并借助权力的支持,把"写阴暗面"打到反革命、反社会主义的阵营中。

后来,周扬在第三次文代会作的《我国社会主义文学艺术的道路》(《文艺报》1960年第13、14期合刊)的报告,继续批判"写真实",强调倾向性和阶级性,并且把"写真实"划在修正主义的围内。他说:"关于'真实',关于'现实主义',我们和修正主义者之间存在着截然不同的理解。修正主义者常常在'写真实'和'现实主义'的幌子下,反对社会主义文艺的倾向性。他们故意把真实性和倾向性对立起来,认为倾向性会妨碍真实性。其实他们所反对的只是文艺的革命倾向性,目的是要代之以资产阶级的反动倾向性。""他们的所谓'真实',其实是对于现实的歪曲。"周扬认为:"在阶级社会中,文艺家总是带着一定阶级的倾向来观察和描写现实的,而只有站在先进阶级和人民群众的立场,才能最深刻地认识和反映时代的真实。人民的作家选择和描写什么样的题材,首先就要考虑是否于人民有益。真实性和革命的倾向性,在我们是统一的。"把真实性纳入倾向性的管辖范围就是要真实性服从"政治正确"原则,该真实的真实,不该真实的就不要真实。在这样的"政治正确"要求下,哪里还会有写真实的可能性?

茅盾在《关于所谓写真实》(《人民文学》1958年第2号)中,在承认文艺之必须具有真实性的基础上,批判了"右派分子"所"叫嚣"的"写真实",认为这"其实是'暴露社会生活阴暗面'的代名词"。茅盾认为:"把暴露社会生活的阴暗面作为写真实的要求,在旧社会里,也还说得过去,可是在我们这新社会里,却是荒谬透顶的。旧社会制度的本质是阴暗的,因而以暴露为目的去写旧社会的阴暗面,也还有一半的真实的意义。为什么说只有一半?因为即使在旧社会里,被压迫的人民是在斗争,这就是光明的一面;没有写到这一面,而只暴露了黑暗,所以还只能说写了一半的真实。"茅盾的逻辑是:有些社会,如旧社会,才有黑暗,因此描写它有"一半的"真实性,有些社会,如新社会,是完全彻底地"光明的",是没有黑暗的,因此暴露黑暗之说就是彻底"荒唐的"。新社会没有黑暗，即使有也不能暴露，暴露它就是"立场"问题，就是"抹黑"，"本质上"是不真实的。茅盾还在艺术的政治性和艺术性上做了一个比较，指出那些坚持了工农兵方向，体现了文艺工作的无产阶级党性原则的作品，即便艺术性差一些，也是完全可取的，因为"这些作品实在是反映了我们社会现实的真实的"。可见，真实与否的标准是是否"坚持了工农兵方向"，体现了"文艺工作的无产阶级党性原则"。

即使是老作家巴金，也很难抵制这种"政治正确"的要求。在《文学要跑在时代的前头》（《文艺报》1961年第13、14期合刊）中，巴金激烈地批判了修正主义者的"写真实"论，认为他们是用阴暗的眼光看光明的新社会。"难道中国人民三年来震惊世界的持续大跃进不是真实吗？""帝国主义、资本主义穷途末路，社会主义、共产主义旭日东升；旧制度奄奄一息，新社会光芒万丈。这才是最大的、真正的真实。要写真实，就得写这个。"要真实地反映生活，就是要充分地表现现实中的"光明面"，肯定、歌颂工农群众及其英雄人物。

如果加上胡风的真实观，可以发现，中国当代文艺界在关于真实性讨论中，大致形成了三种有代表性的观点：一是以秦兆阳、黄秋耘为代表的真实观，强调文艺要"干预生活"，揭示生活的阴暗面；二是以周扬、茅盾为代表的主流真实观，强调真实就是要反映生活的光明面；三是胡风的强调主观、客观斗争统一的真实观。这三种真实观因其所采取的立场、角度的不同，实际上并没有形成真正的交锋①。

（二）关于真实性与立场、世界观的问题

在真实问题上大致有两种观点，一是强调文艺自身的创作规律，注重客观的现实和作家的生活实践、创作经验；二是强调立场、世界观对于写真实的决定作用。

陈涌在《为文学艺术的现实主义而斗争的鲁迅》（《人民文学》1956年第10号）中，从批判庸俗机械论角度指出，有些人在强调艺术服务于政治，强调文学艺术的政治性、思想性的时候，往往忽视了艺术的真实

---

① 参阅洪子诚《关于五十至七十年代的中国文学》，《文学评论》1996年第2期。

性、艺术的现实主义这些十分重要的问题。"真实的艺术的产生,是不能仅仅依靠责任感,仅仅依靠理性的认识,善良的动机和愿望,而同时是需要依靠作家的生活实践,作家的个人的经验,并且主要地是从这种个人的经验所产生的对于现实的深刻的理解,深刻的感受的。"而以群在《谈陈涌的"真实"论》(《文艺报》1958年第11期)中则认为:"一个作家在掌握了马克思主义的观点之后,他的作品就能够更真实、更深刻地反映现实。因此,对马克思主义指导下的革命作家来说,世界观和创作方法、思想性和真实性是完全可以一致的。""在阶级斗争尖锐激烈的社会里,作家只有掌握了先进的工人阶级的立场和观点,才能分辨真实、认识真实,然后才谈得到在作品中真实地反映现实,才谈得到文学的真实性。"与陈涌相反,在以群这里,"写真实"的问题首先是一个"立场"、"世界观"问题,立场和世界观正确自然就真实,否则(细节)再真实(本质)也不真实。这是批评写真实论的基本逻辑。用茅盾的话说就是:"摆在文艺工作者面前首要的问题,就是站在什么立场上来看真实性的问题。"①

周和也十分强调作家的思想武装,认为"我们强调这一点,本来是为着作家能够更深刻和正确地反映真实,而右派文艺家却竭力设法贬低这一点,以强调单纯写真实为名,企图取消革命世界观对创作的指导作用"。这就是说,单纯写真实是要不得的,必须在"革命世界观"指导下写。周和甚至"上纲上线",指出"他们开口'真实',闭口'忠实于生活本来面目',是不是由于他们真正地重视写真实问题呢?不是的,他们之所以如此大嚷大叫,无非是要借此反对马克思主义世界观,反对文学为政治服务原则而已"②。用艾芜的话说,一味只叫人看重写真实,"不是赞成党领导的社会主义道路,就是走到反对党领导的社会主义道路"③。

在"文化大革命"中,对写真实的批判与20世纪50年代中期的批判基本一致,并没有什么新的角度、新的理论和新的逻辑推理,只是把它发展得更加荒谬而已。宇文平1971年在《人民日报》发表《批判"写真实

---

① 茅盾:《关于所谓写其实》,《人民文学》1958年第2号。
② 周和:《真实·认识真实·写真实》,《文艺学习》1957年第10期。
③ 艾芜:《谈所谓写真实》,《文艺报》1957年第26号。

论"》（12 月 10 日），把"写真实论"认定是刘少奇、周扬的反动观点（这真是有点反讽意义），体现了两种根本对立的世界观和两种根本对立的创作方法。文章说："'写真实论'是刘少奇反革命修正主义文艺黑线的代表性论点之一。长期以来，周扬、夏衍、田汉、阳翰笙等'四条汉子'，挥舞着'写真实论'的破旗，极力在文艺与生活的关系问题上制造混乱，反对用马克思主义的认识论来观察、反映社会生活，反对马克思主义的世界观对文艺创作的指导，妄图用超阶级的'真实性'反对无产阶级文艺的政治性，用资产阶级现实主义的创作方法取代无产阶级的革命现实主义与革命浪漫主义相结合的创作方法，使文艺成为污蔑无产阶级专政，攻击社会主义制度，丑化工农兵的反革命舆论工具。"历史真是充满了讽刺，周扬等人原来扣在秦兆阳、黄秋耘等人头上的帽子，现在又被扣到了他们自己的头上。

三　新时期写真实问题的讨论

进入新时期以后，关于写真实问题的讨论仍然继续。1980 年《红旗》杂志开辟"文艺思想争鸣"专栏，发表关于写真实的争鸣文章，有李玉铭、韩志君的《对"写真实"说的质疑》（第 4 期）、陆贵山的《怎样理解"写真实"——谈革命现实主义和自然主义的界限》（第 9 期）、周忠厚的《马克思主义经典作家是主张"写真实"的》（第 12 期）、陈辽的《为"写真实"张目》（第 17 期）等。与此同时，《人民日报》开辟"关于文艺真实性问题的讨论"，发表了王蒙的《是一个扯不清的问题吗？》（1980年 8 月 27 日）、李凖的《对"本质真实"的一点理解》（1980 年 8 月 27日）、陆贵山的《不能只强调"怎么写"而忽视"写什么"》（1980 年 10月 8 日）、郑伯农的《也谈"写真实"这个口号》（1980 年 10 月 8 日）、吴调公的《略谈真实性与倾向性》（1980 年 11 月 5 日）、陈望衡的《文艺的"真实性"就是合情合理》（1980 年 11 月 26 日）等。其他报刊，如《北京文学》《光明日报》等也组织了关于"写真实"问题的讨论文章，同时，北京、吉林、山东、江苏等地文联和作家也纷纷开会研讨"真实性"问题，由此引发了1980—1981年间关于文艺真实性问题的讨论。

（一）关于"写真实"口号

与以前不同，这次讨论基本上在文学术范围内进行的，没有多少政治的无端干预，这也是它能获得较大进展的一个重要原因。从讨论的情况来看，多数论者基本上都肯定了这一口号的正确性，重申艺术的生命是真实，否定了过去对这一口号的批判。但也有对这一口号提出质疑的。李玉铭、韩志君在《对"写真实说"的质疑》一文中，就对"写真实"这个口号进行了批评，认为"文学应当具有真实性，但具有真实性的东西并不一定就是文学"，用"写真实"无法准确、鲜明地概括出现实主义的主要特征，更概括不了浪漫主义的主要特征。"文学艺术反映生活的过程，是一个创造性劳动的过程，是一个典型化的过程，是一个生活美向艺术美升华的过程。单纯强调'写真实'，是不会达到这个要求的。"由此，李玉铭他们认为，"'写真实'这个口号，模棱两可，似是而非，我们很难用它划清自然主义和现实主义的界限"。而且，如果要求各种创作流派的作家一律"写真实"，那就会束缚一部分作家的头脑，限制了风格，流派和创作方法的多样性，并且很容易自觉或不自觉地排挤掉一些为人喜闻乐见的文学样式。虽然仍然是对真实论的质疑，但已经是一种学术讨论——其核心观点是真实性不是对所有艺术类型的要求。

陆贵山在《怎样理解"写真实"——谈革命现实主义和自然主义的界限》中，对李玉铭、韩志君的观点进行了反驳。作者指出："我主张对'写真实'这个文学口号，作革命的现实主义的理解，不同意对它作自然主义的理解；也不赞成由于某些同志对它作了自然主义的理解，便轻率地废弃这个口号。"他认为："如果把'写真实'作为革命现实主义的简要的说明，作为恩格斯对现实主义所作的表述'除细节的真实外，还要真实地再现典型环境中的典型人物'的概括，无疑是正确的。"陈辽认为，"写真实""是斯大林根据社会主义现实生活的发展，社会主义文艺运动中的经验和教训，而向作家艺术家提出的新要求，是对马克思主义文艺理论的一个贡献"。历史实践也证明，社会主义现实主义创作方法和"写真实"主张提出后，苏联文学有了长足发展和普遍繁荣。这说明"'写真实'的主张是对社会主义文艺创作起了促进作用的，是对马克思主义现实主义理论的发展"。

应该说，肯定和承认写真实，已经成为当时的共识，但何谓真实，如何理解艺术真实，如何反映真实，真实性与倾向性的关系等，则成为当时讨论的焦点。

（二）如何理解艺术真实

在对艺术真实的认识上，多数文章认为文艺的真实性是指文艺对"生活本质"的反映。如程代熙认为："现象的真实，只是事实的真实；本质的真实才能使事物显出它的本来面目。文艺作品所要求的就是能生动地再现出生活本质的那种艺术真实。"① 陆贵山认为，真实性"不是事物的表面的细节的真实，而是深入到事物的内部联系，揭示出事物的本质真实"②。钱中文认为，"艺术真实并非生活真实的摹写"，"它以生活真实为基础，创造它的逼真物，即第二自然"。"艺术真实具有'事物和生命的精神、灵魂和特征'，是对生活的发现和开拓"，高度的艺术真实是通过典型化，"透入事物的内在，表现出事物最本质的特征"的艺术"完整体"③。

这些文章对"生活本质"的认识，理论上依据的是马克思关于现象和本质的论述，即本质就是事物的根本性质，事物的内部联系，它隐藏在各种现象之中，是人们单凭感官所不能直接把握的。现象则是本质的表现，是事物的外在形式。现象都包藏着本质，表现着本质④。但是这些观点不再像以前那样动不动就把"本质"和"阶级立场"、"政治态度"等联系起来。

也有论者对"本质"做了更深入的理解，强调本质的多样性和丰富性。肖云儒认为，关于本质真实有三个问题需要讨论清楚："第一，事物的本质是指事物的内在矛盾，还是仅仅指内在矛盾的矛盾主要方面？

---

① 程代熙：《关于文学与真实的关系问题》，《新文学论丛》1980年第2期。
② 陆贵山：《学习马克思主义经典作家对文艺真实性的论述》，见《文学论集》第5辑，中国人民大学出版社1981年版。
③ 钱中文：《论艺术真实和艺术理想》，《文学评论》1980年第3期。
④ 李凖：《对"本质真实"的一点理解》，《人民日报》1980年8月27日。

第二，事物的本质是多方面的还是单一的？是发展变化的还是凝固静止的？第三，'本质真实'作为文艺学的专用名词，仅仅是指某种哲学的、政治学的概念，还是有其特定的范围和更为丰富的内容？"他认为："本质真实是反映了社会发展的矛盾和规律的生活现象"，它在作品中的显现是"多面的、多层次的、多阶段的"①。肖云儒显然是在质疑一个事物只有一个"本质"的传统认识，带有某些多元本质主义的色彩。如果本质是多样的、变化的，那么就等于否定了机械、僵化、不变的本质观。郁沅也明确指出了本质的多样性。他认为，"所谓本质的多样性，就是一个事物，无论就它的自然本质或社会本质而言，都是丰富的，多样的"。并说"主要矛盾和矛盾的主要方面，决定着事物的主要本质。所以事物的多种本质虽然互相联系着，但各自在其中的地位和作用却并不一样"。据此，他认为现实主义创作"只要是真实存在的人们之间的各种现实关系，哪怕是次要矛盾，次要本质，现实主义都有权把它反映出来，但是在进行这种反映的时候，应当清醒地看到当时现实关系中的主要本质"②。应该说，对本质多样性的认识是人们对艺术真实认识的一大进步，这无疑为写真实开拓更为广阔的空间，极大地拓展了文学的题材，这也使得能否写光明面和阴暗面不再成为问题。

还有一种值得注意的观点是强调哲学本质与文艺本质的差异，认为艺术的本质必须存在于具体个别的现象中。比如叶纪彬认为："艺术中的本质只能存在于现象之中，不能离开现象而存在，永远与具体独特的个别相依存。离开现象的本质是哲学中的本质，不是艺术中的本质。所以抽象地谈论本质是哲学家的事；文学家只关心他掌握的具体、独特现象和其中的意蕴。"③ 这样的理解是完全有必要的，它一方面批判了那种由本质到现象的公式化、概念化的创作倾向；另一方面回答了如何艺术地把握真实，反映本质真实的问题。在这个问题上，敏泽从艺术形象塑造角度认为，"所谓艺术的真，首先就是艺术形象的真实性"，"任何伟大的作家，没有一个

---

① 肖云儒：《本质真实三题》，《百花洲》1981年第4期。
② 郁沅：《"写真实"是现实主义的基本艺术规律》，《长江》1981年第4期。
③ 叶纪彬：《论"写真实"与"写本质"》，《文艺理论研究》1982年第3期。

不是通过生动的艺术形象表现社会生活的某些本质，并创造了那个时代无与伦比的真实图画"；其次，"真实地反映，不是浮光掠影地描写一些人所共知的生活图景"，还"要求作家有自己对生活的真知灼见"；此外，"艺术的'真'还有另一种不为人们所注意的含意，这就是作家的真情实感，或说感情的真实性"①。道理其实很清楚，文学就是要塑造人物形象的，没有真实感人的人物形象，是无法去谈什么本质真实的。也有论者从互相联系中反映事物的本质，这实际上是马克思关于人是社会关系总和的体现②。

（三）关于写真实性与倾向性

真实性与倾向性的关系，是20世纪50年代中期所讨论的一个重要问题，那时的主要倾向，是认为艺术规律不能排斥倾向性而要受其指导。这种观点在新时期已经很少有市场。比如秦牧提出一个观点，即，"不能说有了真实，就有了一切；艺术的真实性只有和进步的或革命的政治倾向性结合起来，才是社会主义文艺所要求的"，"如果以为只要是真实的，就必定是好的艺术，那可未必"③。这一观点与50年代中期非常相近的观点立即引起了人们的批评。愚氓指出，"文艺的倾向性应当包含在文艺的真实性之中"，"那种把政治倾向性人为地从文艺真实性中分离出来，对立起来，用政治倾向性限制文艺真实性的观点是站不住脚的"④。刘冲一说："真实性本身就包含着思想性，思想性恰恰是真实性的灵魂。"又说："倾向之于真实，并不是作家任意外加的，而是生活本身固有的。重要的是作家能否自觉的认识它，能动的反映它。"⑤

也有论者指出了作家倾向性与作品倾向性并不一致甚至于相矛盾的情况，认为"作家的政治倾向与作品的政治倾向毕竟是两个概念，不能混为一谈。作家的政治倾向影响着作家对生活本质的洞察与表现，而作品的政

---

① 敏泽：《关于艺术特征的问题》，《新文学论丛》1980年第2期。
② 可参阅金健人《任何社会现象是否都能反映社会本质》，《文艺报》1982年第9期；谭好哲《略论"写真实"与"写本质"》，《江汉论坛》1982年第2期等。
③ 秦牧：《发扬光大革命文学的现实主义传统》，《南方日报》1980年4月2日。
④ 愚氓：《也谈文艺的真实性与倾向性》，《春风》1980年第7期。
⑤ 刘冲一：《略说真实性与倾向性》，《学术月刊》1981年第2期。

治倾向则需要通过艺术的真实性来反映。"①"对于那些世界观有缺陷的作家也不排斥他的可能的真正的艺术创造。"② 这一点实际上也正是恩格斯评论巴尔扎克时所提出的现实主义的伟大胜利这一命题。

（四）关于真实性与文学流派

在早期的真实性讨论中，几乎所有西方现代主义流派都被打上非真实或反真实的帽子而弃之一边。新时期对这些流派则采取了更为客观的态度，并达到了对真实性的不同形态的认识。王蒙明确地指出："我们在探讨文学的真实性的时候，还应该注意各种文学流派。自然主义、现实主义、古典主义、印象派、象征派、超现实主义……各有各的对于真实性的理解，各有各的反映生活的路子。从广义上来说，我们是坚持文学要反映生活的现实主义精神的，但是，我们绝不能望文生义地、轻率地否定其他流派和风格。"③ 这样的认识无疑是公正的客观的，会促进、丰富我们对真实性的理解。

总之，20世纪80年代初期对真实性的讨论在坚持艺术规律、尊重生活的前提下，解决了50年代中期所遗留下来的众多问题，肯定了艺术真实及其复杂性，为创作的繁荣提供了理论上的支持。但1985年之后，随着新潮小说、先锋小说的崛起，中国年轻一代作家的文学观念发生了前所未有的巨大裂变。许多约定俗成或习以为常的理论规范与美学原则都面临巨大挑战，"写真实"与"真实性"问题自然也经历着被解构与质疑的困窘。在新潮作家看来，"真实性"不仅是可疑的，而且根本上就是一个"伪问题"。他们的小说不是"再现"生活的本来面貌，而是尽可能地凭想象去"创造"生活。他们不承认文学与生活有任何形式的对应关系，更不要说所谓反映生活的"真实性"了。他们认为小说的本质是"虚构"，真实性是特定的语言运用所造成的一种结果，甚至就是一种语言游戏。正如南帆所说："批评家将'所指'作为以往客观真实的代替，这是对

---

① 愚氓：《也谈文艺的真实性与倾向性》，《春风》1980年第7期。
② 陈涌：《文艺的真实性和倾向性》，《电影艺术》1980年第10期。
③ 王蒙：《是一个扯不清的问题吗？》，《人民日报》1980年8月27日。

'真'的涵义作出了相当彻底的颠覆。……真实与否的裁决不是文学与现实之间的相互衡量，而是语言与读者期待之间的相互衡量。"① 由此，"写真实"、"真实性"这一困扰中国现当代文学几代人的"严重问题"，到新潮作家这里却成了个"假问题"，一个根本不存在的杞人忧天式的"问题"。很难说这是历史的进步抑或历史的倒退，但它至少昭示了我们：任何一个文学的理论问题都不是抽象的、封闭的，它必须是开放的、发展的。它不应当成为作家创作自由和艺术多元化发展的桎梏，而应当不断接受艺术实践的检验，并随时填充进新的时代内涵。"写真实"论自然也不能例外。②

---

① 南帆：《文学的维度》，上海三联书店1998年版，第61—62页。
② 此部分参阅了吴义勤《写真实·真实性》，洪子诚、孟繁华主编《当代文学关键词》，广西师范大学出版社2002年版，第274—276页。特此致谢。

第 十 章

文艺学教材建设

作为学科的中国文艺学是现代性的建构，中国文艺学教材的编写和使用大约与这个学科的出现同时，它们都是随着"西学"的引入而发展起来的。如果说文艺学学科建设可以追溯到20世纪初北京大学设立的"中国文学门"，那么，教材建设的开始时间大约在20世纪20年代，至今已有近100年的历史。

一 1949年前文艺学教材的历史沿革

20世纪20年代是中国文艺理论教材的萌芽时期，这一时期的文艺理论教材，既有大量的翻译之作，也有以讲稿形式自编的教材。在翻译方面，以日本人本间久雄所著的《新文学概论》（章锡深译，上海商务印书馆1925年版）和美国人温彻斯特的《文学批评之原理》（景昌极、钱望新合译，上海书馆1924年版）为代表。

《新文学概论》分为"文学通论"和"文学批评论"两编，"文学通论"编包括文学的定义、文学的特质、文学的起源、文学的要素、文学的形式、文学与言语、文学与个性等章节，"文学批评论"编包括文学批评的意义、种类和目的、客观的批评与主观的批评、科学的批评、伦理的批评、鉴赏批评与快乐批评等。这样的章节安排简要明确，非常突出批评，对后来的文艺理论教材有一定影响。

中国学者自己编著的文艺理论教材有：戴谓清、吕云彪的《新文学研究法》（上海大东书局1920年版）、伦叙的《文学概论》（上海世界书局1921年版）、潘梓年的《文学概论》（上海北新书局1925年版）、余鸣鉴者的《文学原理》（广州知用中学刊印，1925）、马宗霍的《文学概论》（上海商务印书馆1925年版）、田汉的《文学概论》（上海中华书局1927年版）、郁达夫的《文学概论》（上海商务印书馆1927年版）、傅东华的《文艺批评ABC》（上海ABC丛书社1928年版）等。

这一时期的文艺理论教材在借鉴外来理论的基础上，往往会结合自己的艺术修养与知识体系，形成自己对文学的认识。如郁达夫的教材，就带有自己很强的个性特色。这也使得这一时期的文艺理论教材，还缺乏对文艺学知识和文艺学科学体系建构的普遍性追求。

到20世纪30年代，中国文艺理论教材已有长足发展，数量与品种均大大增加，主要有：马仲殊的《文学概论》（上海现代书局1930年版）、姜亮夫的《文学概论讲述》（上海北新书局1931年版）、赵景深的《文学概论》（上海世界书局1932年版）、曹百川的《文学概论》（上海商务印书馆1931年版）、陈北鸥的《新文学概论》（北平立达书局1932年版）、陈穆如的《文学理论》（上海启智书局1934年版）、薛祥绥的《文学概论》（上海启智书局1934年版）等。这些教材有一定的体系性，但对文学的本质，对文学的历史发展规律的总体把握还不够。以曹百川的《文学概论》为例，其章节分为：第一篇，文学之定义；第二篇，文学之特性；第三篇，文学之起源；第四篇，文学之要素；第五篇，文学之形式；第六篇，文学与人生；第七篇，文学与时代；第八篇，文学与国民性；第九篇，文学与道德；第十篇，文学批评。章节设计的体系性大大增强。

这一时期的文艺理论教材还有一个特点，就是出现了一些文艺门类的分科教材，如诗歌教材、小说教材、戏剧教材，乃至文学创作、文艺思潮方面的教材等。具体有蒋梅生编著的《诗范》（上海世界书局1932年版）、何达安的《诗学概要》（长沙商务印书馆1932年版）、汪静之的《诗歌原理》（上海商务印书馆1933年版）、赵景深的《小说原理》（上海商务印书馆1932年版）、陈穆如的《小说原理》（上海中华书局1935年版）、吴获舟的《戏剧常识》（上海三联书店1938年版）、洗群的《戏剧学基础教程》（充实丛书社1939年版）、黎锦明的《文艺批评概说》（上海北新书局1934年版）、梁实秋的《文艺批评论》（上海光华书局1934年版）、徐懋庸的《文艺思潮小史》（上海生活书店1936年版）、李何林的《近二十年中国文艺思潮论》（上海文艺书局1934年版）、戴叔清的《文学方法总论》（上海文艺书局1931年版），等等。

大体而言，20世纪30年代的文艺理论教材对文学定义及文学概念有了一定的理论分析，对于文学本质、文学与文章的区别，有了较为明确的科学认识，这是文艺学教材发展的一个具体体现。

20世纪40年代的文艺理论教材，除了承袭30年代的教材外，较之前一时期在整体上有重大进步，这主要表现在对文学的本质、构成及发展规律的描述分析上大都持客观的、唯物主义的态度，一些进步文艺工作者更是自觉地运用历史唯物主义原理论述文学现象及其内外特征。这期间代表性的教材有：田仲济的《新型文艺教程》（重庆华中图书公司1940年版）、王秋萤的《文学概论》（大连，实业印刷馆1943年版）、陈安仁的《文学原理》[泰和（江西）新潮出版社1944年版]、顾仲彝和朱志泰的《文学概论》（上海永祥印书馆1945年版）、张长弓的《文学新论》（上海世界书局1946年版）、蔡仪的《文学论初步》（上海生活书店1947年版）、林焕平的《文学论教程》（香港中国文化事业公司1948年版）、朱光潜的《诗论》（重庆国民图书出版社1943年版）和《谈美》（上海开明书店1948年版）、蔡仪的《新艺术论》（上海商务印书馆1948年版），等等。

以王秋萤的《文学概论》为例，其中的许多观点现在看来也是恰当的。该书所论包括文学本质、文学的内容与形式、典型创造、创作方法、发展规律、文学批评、文学思潮史等诸多方面。关于文学的本质，该书坚持反映论，认为"文学是现实的反映，这是一个最基本的规定，一切的理论都必须从这里出发"。由此该书批判唯心主义的"表现"论文学观和庸俗社会学的先进的阶级意识创造文学的谬说，认为二者都"无可讳言地是犯了""观念形态产生文学艺术的错误"。该书在坚持反映论的基础上，还进一步区分了文学反映社会生活与哲学科学反映生活的不同，即"在于表现形式的不同"，哲学和科学偏重于"用抽象的概念来说明"，文学"则用具体的形象来表现"。关于创作方法，该书从唯物、唯心哲学观出发，把创作方法划分为"唯心主义的创作方法"和"写实主义的创作方法"两种类型,认为它们代表了"创作方法上的二种基本方向"。在典型问题上,该书认为,"文学描写工作中心是人,即所谓'文学的典型'",而何谓典型,该书虽然没有下一个准确的定义,但指出了典型的基本含义,即"普遍的和特殊的"统一,具有一定"社会性的必然的特征",反映事物所处的"社会的相互关系"等。在文学思潮上,该书第三部分"文学上的主义",对西方自"古典主义"至"超现实主义"等10种文学思潮进行评述,既充分肯定了各家之长,又恰切指出了各自的流弊,具有很强的理论价值。

在译著方面,以维诺格拉多夫的《新文学教程》影响最大。此作中译本20世纪30年代后期即刊行于世。1937年,上海天马书店印行楼逸夫的译本,同年重庆读书出版社印行以群译本,二者均据日译本转译。以群译本在20世纪40年代连续再版,对文艺界影响很大。《新文学教程》共分三个部分。第一篇为"总论",概述文学的一般特征;第二篇分论标题为"主题与结构",讲述文学作品内容与形式的构成要素;第三篇标题为"艺术作品底风格和形式",论述文学风格、创作方法和文体划分。

总体上看,1949年前的文艺学教材经历了一个由粗糙到相对完善的演进过程,在教材的体例安排、基本范畴和概念的界定、材料的整合以及文学现象的阐释等方面,都逐步走向成熟。而在编写文艺学教材中,外来的影响是不可忽视的。可以说,如何借鉴外来文艺学思想与如何发扬中国传统的文学批评,建立中国自己特色的文艺学教材,正构成了中国文艺学教材发展的内在张力或动力,而这在1949年后继续存在着,甚至一直延续到今天。20世纪40年代中后期,苏联文艺理论专著和文艺理论教材作为一种新的文学观念和思潮悄然无声地传入中国,成为新中国成立后文艺学教材的一种新的外来因素[①]。

[①] 此部分参阅了毛庆耆等《中国文艺理论百年教程》,广东高等教育出版社2004年版,第1章至第4章。

二 新中国成立初期的文艺学教学大讨论

中华人民共和国成立之初,中央人民政府教育部于1950年8月颁发了"教学大纲草案","草案"对文艺学教学内容的要求是:"应用新观点、新方法,有系统地研究文艺上的基本问题,建立正确的批评,并进一步指明文艺写作及文艺活动的方向和道路。"① 这一要求还比较笼统和抽象,但"新观点、新方法"和"进一步指明文艺写作及文艺活动的方向和道路"的表述也凸显了文艺学教学的时代色彩。草案公布一年后,即1951年,也就是知识分子思想改造和文艺整风期间,全国掀起了关于文艺(学)教学的"大讨论"。

1951年11月10日出版的《文艺报》(第5卷第2期),在头版以"关于高等学校文艺教学中的偏向问题"为题发表了6篇文章(作者分别是:张祺、郭木、詹明新、柯克、王之棣和程千帆),开始了新中国成立初期对文艺学教学的讨论。《文艺报》为这组文章加的"编辑部的话"指出:

> 下面几封读者来信,谈到目前高等学校里文艺教育方面的一些问题。从这些来信里可以看出,现在有些高等学校,在文艺教育上,存在着相当严重的脱离实际和教条主义的倾向;也存在着资产阶级的教学观点。有些人,口头上背诵马克思列宁主义的条文和语录,而实际上却对新的人民文艺采取轻视的态度,对毛主席的《在延安文艺座谈会上的讲话》认识不足,甚至随便将错误的理解灌输给学生。他们认为学生适当地去参与现实活动是不必要的,甚至觉得这是降低大学生的"身价";他们只喜欢空谈"哈姆雷特"、"奥勃洛摩夫",而对于表现新中国崇高的英雄人物的优秀报告文学——如朝鲜通讯等——却看得一文不值;他们鼓励学生关门提高技巧,据说这样在"将来"可

---

① 见张祺《离开毛主席的文艺思想是无法进行文艺教学的》,《文艺报》第5卷第2期。

以"运用艺术手腕,创作大批作品";他们不反对学生的充满小资产阶级情调的"习作"不加批评教导,自己反而在课堂上怡然自得地朗诵自己过去的旧的"抒情作品"……所有这些,都与新社会的飞跃发展和青年的需要极不相称。我们觉得,对于这一类错误论点和欧美资产阶级思想意识的残余展开批评,是完全必要的。

从这里可以看出,文艺学教学的主要问题,被认为是"脱离实际"、"教条主义"和"资产阶级教学观点",但其核心是没有确立《讲话》的绝对指导地位,只是口头上接受马克思主义和毛泽东的文艺思想,并没有真正重视工农兵、与工农兵相结合。接下来所发表的"读者来信",也主要围绕着这两点对文艺学教学进行批判。可见,本次讨论的实质和核心,是要把《讲话》精神贯彻到文艺学教材和教学中。

在第一封读者来信《离开毛主席的文艺思想是无法进行文艺教学的》中,中文系张祺把批评的矛头直接对准了自己的学校山东大学中文系主任、文艺理论教授吕荧[①],认为吕荧在文艺学教学上很少联系到文艺的方向讲文学作品的思想性和艺术性,不注重工农兵文艺,不注重当代写工农兵的文艺作品,而是以外国文学作品塑造的人物如哈姆雷特、奥勃洛摩夫为主要例子。张祺批评吕荧对于现实政治不感兴趣,在全国批判《武训传》时,吕荧却说"不要赶时髦",还认为"赵树理的方向不是方向"等。张祺认为,"一切文艺上的基本知识问题,必须通过方向的讲授,才能达到正确的了解"。而"只有把毛主席的文艺思想,贯穿到每一个文艺基本问题的讨论中来,才能解决上述的任务。只有通过方向的教育,才能真正提高我们的学生和作家的思想艺术修养,提高我们的文艺。我们应该树立正确的美学原则——马列主义—毛泽东思想的美学原则。《在延安文艺座谈会上的讲话》应该作为完整的马列主义文艺理论来理解"。

其他几位读者来信与张祺的观点基本相同。在第二封来信《文艺教学

---

① 关于张祺的身份,谢泳的文章认为是资料员(谢泳《"文艺学"如何成为新意识形态的组成部分?——以1951年〈文艺报〉一场讨论为例》,《南方文坛》2003年第4期),而于风政的《改造》一书认为是中文系干事,参见《改造》,第265页。

不能脱离实际》中，作者认为文艺学教学上"相当严重"的问题之一"是过于依赖书本，只注意教条地传授"，"这不但是十足的教条主义的教学，而且连系统的教条主义教学也没有做到"。有的读者直指要求教授们好好学习，"彻底改造学习，对自己所'珍存'的陈腐甚至错误的论点应该毫无保留地批判"（第五封信）。

在发表这些读者来信的第二天即1951年11月11日下午，《文艺报》邀请在北京高等院校负责文艺教学的老师和文艺专家座谈。出席座谈会的有李广田、钟敬文、杨晦、蔡仪、严文井、王朝闻、陈涌、萧殷等著名教授学者。会议由丁玲主持。这次座谈会纪要以《认真地改进文艺教学工作》为题，发表在随后出版的《文艺报》第5卷第3期上。丁玲在会上要求参加座谈的人结合正在全国开展的知识分子思想改造运动，来进一步思考文艺学教学问题。当时对中国高校文艺学教学现状的基本判断是：一种是讲授的人懂得一点马列主义条文，有一点新东西，但不联系实际，自以为很"高级"，实际是旧的学院派思想在作祟，认为文艺是一门专门性的学问，可以不必管什么现实运动；另一种是马列主义修养很差，以前没有接触过，现在只是浮光掠影地看几本。因此名义上似乎是教新的文艺学，内容其实还是旧的一套。最后一种情况是新的没有，旧的也很差。而最根本的是教学者对毛泽东《在延安文艺座谈会上的讲话》连基本的理解也没有[1]。大家认为，文艺学教学必须清除或肃清的是：一切违反毛泽东文艺思想的错误观点，对新的人民文艺的轻视态度，以及欧美资产阶级思想意识的残余。

自此以后，《文艺报》连续发表"读者来信"（从第5卷第2期到1952年第2号，共发表18篇读者来信）和"编辑部的话"（或"编者按"），对文艺学教学中的"偏向问题"展开批判。在1951年12月25日出版的第5卷第5期《文艺报》上，编辑部明确指出，某些教师还十分缺乏思想上的自觉，不肯放下包袱，不愿正视自己教学中的严重偏向，不从批评者所指出的主要问题上虚心勇敢地检查自己，而是企图想方设

---

[1] 谢泳：《"文艺学"如何成为新意识形态的组成部分？——以1951年〈文艺报〉一场讨论为例》，《南方文坛》2003年第4期。

法掩盖自己观点的错误。他们把自己的所谓"荣誉"和地位放在首位，而毫不考虑他对人民所负的责任，他们自以为是马克思主义者，但实际上，他们的教学却恰恰是脱离实际、违反了马克思主义的。还有一些人总是自寻安慰，不敢和不愿触及自己的缺点。他们不承认自己的学校有这样严重的错误，相反，还以称赞和自满的口吻，列举教学情况和教师的言论是合乎马克思主义的。"编者按"批评说，"到目前为止，我们还没有能够听到更多的文艺教师在这一问题上发表自己的意见，尤其是在自己的教学中存在着重大问题的教师，还没有能够认真地去检查自己的思想和工作。我们认为这种沉默是不对的，应当很好地展开互相的思想上的批判；同时，也希望高等学校的文艺院、系的学生，能够更多地提出对文艺教学工作的意见"。应该说，这样的批评是尖锐的，表达了《文艺报》（实际上代表国家意识形态）对文艺学教学中的"偏向问题"估计得相当严重。在同期发表的山东大学中文系学生会刘乃昌等人的来信《这是我们迫切需要解决的问题》后，《文艺报》还特地加了"编者按"，对刘乃昌等人大加褒扬，认为他们"能够认真检查文艺教学中的缺点错误，以求得改进，这是正确的"，还建议山东大学领导方面，组织学生对教条主义的、脱离实际的、违反毛泽东文艺思想的教学进行讨论，以促进文艺教学工作的顺利进行。

刘乃昌等人在来信中指出："我们的文艺学，虽然在概念上给了同学一些知识，但由于没有贯彻毛泽东文艺思想，片面地强调了外国的古典作品，错误地解释了普及与提高，这就使得同学距离人民文艺越来越远了。"山东大学中文系的另一位学生樊庆荣在《反对脱离实际的文艺教学》的来信中，也认为张祺他们对山东大学中文系文艺学教学的看法是正确的。

针对张祺对山东大学文艺学教学的批评，当时担任该校文艺学课程教师的吕荧给《文艺报》去信，表达了自己的看法。在信中，吕荧认为，张祺反映的情况多数是不属实的，并对张祺信中提到的问题逐一进行了说明。他说："张祺同志为了要达到他的目的，说我轻视人民文艺和毛主席的文艺思想，所以制造了这许多话"，因此需要更正。但《文艺报》在发表吕荧文章时却在"编辑部的话"中态度明确地指出："有少数教师，在这一思想改造运动中表现了不正确的态度。他们远没有能够正视自己的教学中和文艺思想上的偏向，他们的教学是脱离实际的和违反了毛主席的文艺方向的，同时也缺乏自我批评的精神。这里所发表的山东大学中文系主任、文艺学教授吕荧同志的来信，就表明了他在这次思想改造运动中所采取的不正确的态度。自《文艺报》第5卷第2期发表了张祺同志反映山东大学中文系文艺教学情况的来信后，吕荧同志曾给《文艺报》编委会写信，他还没有能够很好地考虑批评者所指出的他的教学中根本性质的问题。"很显然，《文艺报》在这次的所谓"讨论"中扮演的并不是一个客观公正的角色，不是给双方提供平等的话语平台。《文艺报》同时认为："表现在吕荧同志的教学和理论中的许多问题，还不是个别的和偶然的，也不是吕荧同志一人所独有的，为了端正文艺教学和理论工作中的偏向，我们希望文艺教师们、文艺工作者们和读者们热烈参加对于这一问题的讨论，进一步澄清一切非马列主义的文艺思想，以改进高等学校中的文艺教学工作和文艺理论工作。"

同期《文艺报》还发表了当时山东大学中文系文艺学课代表李希凡（两年后李因《红楼梦》研究批判而爆得大名）的文章《我对学校文艺学教学的几点意见》。文章开始主要检讨了自己"受着教条主义的毒害与迷惑，不能认识脱离实际的违反毛泽东文艺思想的教学对于自己的危害"。然后，对于吕荧的文艺学教学进行了批判。文章共分为六部分。一、小资产阶级思想改造问题。二、轻视人民文艺问题。三、西洋古典文学借鉴问题。四、理论问题上的选材。五、对所谓"系统化"、"联系实际"、"普及提高"等问题的理解。六、方法问题还是思想问题。李希凡的文章基本上是围绕张祺致《文艺报》信中的问题展开的。李希凡在信中直接提到了自己的老师吕荧的名字。他认为"吕荧先生的对于古典文学的介绍，客观上是引导我们陶醉于古典主义文学的迷窟里，不能自拔"。他在文章最后说："我们热烈地望先生，在文艺教学问题上，端正教条主义脱离实际的错误，粉碎主观主义的教学体系，从中国革命现实，从中国革命文学实际出发，建立文艺教学的新体系。"

随着"讨论"的深入，各高校的文艺学教授/师开始纷纷表态。1952年第4号《文艺报》发表了黄药眠（北京师范大学中文系教授）、姚奠中（山西大学中文系教授）和刘思虹（西北大学中文系讲师）等人的文章，对于自己的文艺学教学工作进行了初步检讨,有的还对吕荧进行了捎带的批评。这些检讨的核心,就是批判自己在教学中没有很好地学习毛泽东文艺思想并把它贯彻到教学中,从而偏离了工农兵方向,犯了主观主义、教条主义的错误。"所以要贯彻毛泽东文艺思想到文艺教学中去,必须使文艺教学和革命现实主义结合起来,必须根据毛主席的《在延安文艺座谈会上的讲话》的原则精神,结合思想改造,来认识它和运用它,才能走上正确的道路。"(姚奠中)

《文艺报》在这组文章的"编者按"中指出,虽然这样的检讨还不够深刻,但其勇于批判自己的精神,是正确的和值得鼓励的。"编者按""希望各高等学校的文艺教师都能在思想改造运动中,认真地对自己的教学进行深入的检查和互相的思想上的批判,热烈地参加关于这一问题的讨论。"

同期,《文艺报》又编发了4篇读者来信和2篇批评吕荧的文章。从读者来信的题目可以看出,批评的火药味渐浓,如《文艺教学中的荒谬言论》《纠正不负责任的教学态度》《反对资产阶级的教学观点》等。配发的"编者按"批评了部分学校的少数文艺教师对于文艺教学中所发生的问题和报刊上关于这一问题的讨论表示冷淡;甚至当公开批评时,有的文艺教师还采取了抗拒或敷衍了事的态度,不愿认真地去检讨自己的教学内容,并批判自己的思想。《文艺报》"希望这种情况能够引起有关学校的领导方面的重视,并加以纠正"。

接下来的第5号《文艺报》,又发表了两篇针对林焕平的《文学论教程》的批判文章,语气更为强硬。一篇是闻山的《荒谬绝伦的〈文学论教程〉》,一篇是姚文元的《注意反动的资产阶级的文艺理论》。"编者按"指出:"林焕平的《文学论教程》是一本内容荒谬,宣传帝国主义思想和资产阶级反动文艺思想的书,这种书在青年读者中散布了有害的影响,我们建议有关方面对这种读物进行检查,并立即停止其发行。"这样的语气让我们嗅到了"文化大革命"大字报的气息。

1952年第8号《文艺报》发表了一篇记者对这次讨论的述评《改进高等学校的文艺教学》,对这场讨论进行了总结。依据述评,在这场讨论总共收到来稿300篇,但是教师的来稿只有很少一部分,绝大多数是学生来稿。这间接反映了教师们对这次讨论的态度。述评明确指出："改进高等学校文艺教学的关键问题是教师的思想改造。"文艺学教学中存在的脱离实际的教条主义倾向,是一种漠视现实,不关心政治的表现,由此文艺学教师在研究新中国文艺现状和中国文艺发展史、研究党和政府关于文艺事业的指示和政策、培养青年对新中国文艺事业的热爱和信心上,成绩"极其微小"。述评从思想上分析了当时高等学校文艺院系的教师们的几种情况,批判了那种脱离实际,满足于一些概念的刻板的条文与知识,甚至迷恋故纸堆,欣赏那些充满封建意识的"国粹",排斥新的文艺的教师,以及受资产阶级教育的影响,不屑于研究中国的一切,甚至一味贩卖色情和低级趣味的反动教师。

述评特别强调:"思想改造是我们改进教学工作第一件要做的事情。教师们因为不能站在无产阶级立场,掌握马克思列宁主义的思想武器,是使得自己的工作不能满足国家建设的需要和青年学生的要求的根本原因。因此,所有的教师们,应该以清洗非无产阶级的思想毒害,当作自己经常的、重要的工作。"其中重要的,就是要以毛泽东的《在延安文艺座谈会上的讲话》为指导原则,对现实情况进行深刻的研究。述评最后提出了以后要讨论的主要内容:(1)文艺教师在思想改造中的收获及思想斗争的过程,什么原因阻碍着思想的改造;(2)文艺教学中教条主义的危害性,克服文艺教学中教条主义的经验;(3)提倡实事求是的专题研究,如文艺创作的现状,文学史的整理,接受文学遗产,文学语言,各种文艺课程的教学内容与教学方法等等问题的讨论。由于"左"的错误思想的影响,这些内容并没有真正得到讨论,尤其是第三条,在涉及文艺基本规律上,更是长期无法开展,这也集中体现在当时的众多文艺学教材的编写上。

这场讨论虽然是围绕高等院校文艺学教学问题展开的,但并不是一场真正意义上的学术讨论①,而是新中国成立初期知识分子的思想改造与

---

① 从讨论一开始,《文艺报》的编者、参加讨论的所有学生和教师,没有一个为吕荧说话,他自己是孤军作战(《文艺报》只给了他一次说话的机会),讨论结束不久,吕荧就离开了山东大学。

文艺界整风运动的重要组成部分，也是政治权力介入并控制大学文艺教学的标志性事件①。因此，它对1949年后文艺学教材的建设在学术角度看并没有起到多大的作用，但却从思想上、世界观上确立了文艺学教材的编写原则和方向。这也表明了文艺学在新意识形态建构过程的特殊重要性。作为高等院校中文系的课程设置，文艺学是比较早进入1949年以后中国大学中文系的。1949年，华北高等教育委员会向华北各地高校下达的《各大学专科学校文法学院各系课程暂行规定》，就明确地将"培养学生对文学理论及文学史的基本知识"视为大学中文系的任务之一，而"在北京大学中文系，当时就选出了'文艺学'和'中国文学史'作为系里的两门重点课程"②。1951—1952年的这次文艺学教材、教学讨论，实际上为中国高等院校文艺学课程设置权力的国家化拉开了序幕。与此同时，这次讨论的结果也使得文艺学的地位得到极大提升，成为大学中文系的主要课程。依据学者谢泳考证，这门课程在旧大学里根本没有后来那样的位置③。

与此同时，本此讨论充分运用了学生以政治批判方式揭发、检举教师的方式，这种方法在以后的中国大学里成为一种新的运动方式，它在1958年以后"批判厚古薄今"和"拔白旗"运动中得到继续，在"文化大革命"中更变本加厉地达到了高峰。

---

① 关于这次讨论，孟繁华这样评价道：这是一场思想改造运动，是"大学理念和精神在当代中国发生根本性转变的标志性事件"，也正是从这一年代始，革命文化传统开始系统地介入学院，使得学院里的"学术"问题，其背后都是政治问题，对文艺学来说，尤其如此。见孟繁华《中国20世纪文艺学学术史》第3部，第127—128页。

② 参见谢泳《"文艺学"如何成为新意识形态的组成部分？——以1951年〈文艺报〉一场讨论为例》，《南方文坛》2003年第4期。

③ 谢泳指出：从西南联大1938—1946年度各学院必修选修学课程表中可以看出，在许多年度，都没有"文学概论"和"文学批评"课。只是1942—1943年度才在大三和大四设立了"文学批评"和"文学概论"两门课，朱自清讲"文学批评"（4个学分）。杨振声讲"文学概论"（3个学分）。杨振声的"文学概论"只开了一年，以后他就开"传记文学"和"现代中国文学"，"文学概论"这门课，后来只有李广田还开过一年。他的结论是："考察历年《西南联大各院系必修、选修学程及任课教师表》，大体可说，过去中国大学中文系没有'文艺学'这一课程，不但国文系没有，外文系也没有。"参见谢泳《"文艺学"如何成为新意识形态的组成部分？——以1951年〈文艺报〉一场讨论为例》，《南方文坛》2003年第4期。

三 苏联文艺学主导下的文艺学教材编写

实际上,从20世纪三四十年代开始,苏联文艺理论著作和教材就已被介绍到中国。比如维诺格拉多夫的《新文学教程》,在1937年就已译出,随后一直再版,1952年又由以群译出,上海新文艺出版社出版,至1958年6月该书为第11次印刷。1949年后,在学习老大哥的口号下,翻译的文艺学教材也基本上用苏联的,甚至直接请苏联的文艺学专家来华开课。这节我们先介绍对当时中国文艺学产生重大影响的两部苏联文艺学教材,这就是季摩菲耶夫的《文学原理》和毕达可夫的《文艺学引论》。

(一) 两部影响深远的苏联文艺学教材
1. 季摩菲耶夫的《文学原理》

季摩菲耶夫的《文学原理》1934年在苏联初版,1953年由查良铮先生翻译,上海平明出版社以三卷分册、合册同时出版,1955年7月,又出版了该译著的修订本[①]。

《文学原理》由三大部分构成。第一部为"概论",论述文学的本质和特征;第二部为"文学作品的分析",分析了文学作品的内容与形式及其关系;第三部为"文学发展过程",从文学风格、文学思潮、创作方法的历史发展过程和文学的类与型的结构法则上,试图归纳出文学发展的规律。《文学原理》的这个三元结构实际上就是我们后来熟悉的四元结构(本质论、作品论、创作论和发展论)或五元结构(本质论、作品论、创作论、发展论、欣赏论)的雏形。

在"引言"部分,季摩菲耶夫确立了文艺学学科的内容:文学原理、文学史、文学批判[②],直到今天我们的教材依然这样界定文艺学学科。

在文学与生活的关系上,季摩菲耶夫坚持唯物主义的反映论,这实际

[①] 本节关于《文学原理》的引文,皆出自该版本。
[②] 《文学原理》,第4页。

上也是对文学本质的一个界定。他肯定文学与别的哲学、科学一样，都是反映社会生活，帮助人们在生活中去行动，改造生活。这一点是以后乃至今天我们的文艺学教材依然坚持的。但季摩菲耶夫在坚持反映论的基础上，更重视文学的特质和意义，及其与其他意识形态中的区别。这个区别就是：文学是"以形象来反映生活的"①。形象是季摩菲耶夫论述文学本质的一个核心概念。季摩菲耶夫给出的形象的定义是："形象是具体的同时也是综合的人生图画，借助虚构而创造出来，并且具有美学意义。"② 这个界定要比以前的形象定义更确切。季摩菲耶夫对虚构的强调也是以前的教材所很少有的，季摩菲耶夫说："虚构是作家从生活经验所集合的材料中制作出来的。""虚构成为趋向综合的途径，给个别的事实以普遍的特征。"③

对于艺术性问题，季摩菲耶夫认为，"艺术性问题不止在于区别文学作品和非文学作品，它还要区别某一文学作品和另一文学作品，就是区别文学作品的品质问题"。而判断艺术性的依据有两个，一是综合的真实性，二是描写的生动性④。对真实性的强调是季摩菲耶夫理论的一个重心。除了这两点之外，季摩菲耶夫还强调审美理想的高度，认为决定作品艺术价值的高低的一个重要因素。而这与作家的世界观、立场并没有必然关系。从这里我们可以清楚看到，季摩菲耶夫还是比较重视和强调文学的艺术性的，他通过形象、虚构、审美理想、艺术性等一系列概念，分析了艺术的一些本质性的特征，这些对我们具有很大的启示意义。但是在当时中国特定的政治环境下，这样的认识显然并没有被推广和发扬起来。

不过，季摩菲耶夫也限于当时苏联的政治形势，论述了文学的人民性和党性问题，指出艺术性的最高的形式是人民性，而人民性的"最完善的形式"或"最高形式"，就是党性⑤。不过，对于季摩菲耶夫来说，他并不是强调文学对党的政策的图解，而是从艺术创作规律的角度，强调文学

---

① 《文学原理》，第17页。
② 同上书，第68页。
③ 同上书，第71页。
④ 同上书，第132—140页。
⑤ 同上书，第154页。

的社会意义，强调艺术与人民在实质上的结合。而且季摩菲耶夫所谓的党性，并不完全是政治意义上的政党，而更多的是一种阶级立场。季摩菲耶夫说："在广义上，党性是任何意识形态，尤其是艺术的普遍特性，因为它的根基是艺术家的世界观，是在一定的历史背景中由他的阶级立场所规定的世界观。"[①] 季摩菲耶夫通过分析布尔什维克党与人民利益的一致性，指出在苏维埃文学中，党性就是人民性。这样，党性、人民性、作家的正确的阶级立场，乃至艺术性就统一起来了，而不是彼此分离，或有高有低了。这也许是一种理想，但却避免了创作上的教条化、公式化的倾向，以及为政策服务、"赶任务"的不合乎文艺创作规律的做法。

在第一部的结论中，季摩菲耶夫指出：

> 艺术性的概念（与此相关的是人民性的概念，在我们这时代则为党性的概念）使我们能分析各个艺术作品的历史性特性，分析它在其特殊的历史背景中如何体现了它的形象性。
>
> 艺术性是一种尺度，它使我们能以统一的评价原则去对付从表面看来非常不同的现象。艺术性的主要标帜不是别的，那就是体现在具体作品之中的形象的基本品质：如个性化、综合性、审美的目标及其与人生的联系。[②]

这比较集中地体现了季摩菲耶夫对文学的看法。

在第二部"文学作品的分析"中，季摩菲耶夫阐述了文学创作中内容和形式的统一；思想，主题（思想—主题），个性；结构及情节；文学作品的语言等几个方面，几乎涵盖了作品内容、形式的各个方面，而他对于内容与形式的统一论，具有很强的启示意义。季摩菲耶夫说："内容和形式是相对的概念，不能够单独存在。形式必须是某种东西的形式，否则便是不可思议的；内容若是存在的话，必须有确定它的外形的形式，否则不

---

① 《文学原理》，第155页。
② 同上书，第160页。

能出现。因此内容和形式彼此不可分开地联系着。"① "内容就是向内容转化的形式，形式就是向形式转化的内容。"② 但在二者相互转变的过程中，内容是基本的，优先于形式的，内容决定形式，形式服从内容。这一认识即便是现在也是通行的说法，几乎没有人认为这种说法不对。

在第三部"文学发展过程"中，季摩菲耶夫阐述了文学风格、文学思潮、创作方法的历史发展过程和文学的类与型的结构法则，其中有些观点是值得借鉴的，比如认为"文学是彻底地历史性的"③，就是一种唯物主义的发展观，对于破除文学的教条主义有着重要意义。在对文学体裁的分类上，与现在通常分类也很相近。季摩菲耶夫从作品的结构组织上分为了三类：抒情诗、史诗和戏剧。其中史诗实际上就是小说，因为在这"类"下再分"型"时，他把史诗又分为了短篇小说、中篇小说和长篇小说。这种看似繁琐的分类方法，正体现了季摩菲耶夫对艺术规律的重视。而这也体现在他对这些体裁的概念界定上，比如史诗，他认为它"基于在生活的一个完整的（就是有开端和终结的）片段中（就是在情节中）表现个性的多方面的发展"④。这一定义现在看来，也是比较全面和完整的，概括出了小说的情节性和塑造丰富的个性这两个基本特征。在对抒情诗的阐述中，季摩菲耶夫强调作者的个体感受、具体感受、主观感受、切身感受等。⑤ 这显然也是强调了抒情诗的艺术特质。

应该说，季摩菲耶夫的《文学原理》对我们以后，尤其是20世纪50年代中后期的文学理论建设具有重大影响，它坚持了文学的唯物主义反映论，坚持了文学的意识形态性，虽然也强调社会主义现实主义的人民性和党性，但并没有陷入教条主义和庸俗社会学的窠臼。例外，《文学原理》对艺术性，对文学规律的论述，都具有重大价值，在当时甚至具有理论的"独创性"⑥，这些都是我们以后文艺学教材建设的重要遗产。

---

① 《文学原理》，第167页。
② 同上书，第168页。
③ 同上书，第367页。
④ 同上书，第372页。
⑤ 同上书，第381页。
⑥ 毛庆耆等：《中国文艺理论百年教程》，广东高等教育出版社2004年版，第184页。

2. 毕达可夫的《文艺学引论》

毕达可夫是季摩菲耶夫的学生，在苏联并非是知名文艺学学者。1954年春至1955年夏，应邀在北京大学中文系为文艺理论研究生开设"文艺学引论"课。讲稿由他口授，打字员打字记录，中文系文艺理论教研室集体翻译，于1955年夏在毕达可夫回国前由北京大学印刷厂印刷。1958年9月，此讲稿由高等教育出版社正式出版[①]。

《文艺学引论》由"绪论"、"文学的一般学说"、"文学作品的构成"、"文学的发展过程"构成。这一体例与季摩菲耶夫的《文学原理》基本一致，即文学本质论、文学作品论、文学发展论，但在具体阐述上，毕达可夫的《文艺学引论》却与季摩菲耶夫的《文学原理》有较大不同，表现在毕达可夫的《文艺学引论》突出强调了文学的阶级性、党性，以及文学（即社会主义文学）的认识、教育作用和社会改造作用。比如在第一部分"文学的一般学说"中，虽然也与季摩菲耶夫一样阐述了文学的形象性和艺术性等，但是不是重点。这一部分阐述的主要内容还是文学的意识形态性、社会主义理想、共产主义道德、党性原则、阶级性、人民性、爱国主义性、文学的社会教育作用等政治化的内容。在这一部分的"结论"中，毕达可夫说：

> 文学也正如一般艺术一样，是一种社会意识形态。文学在艺术形象的形式中反映社会生活，它对社会的发展有巨大的影响，它起着很大的认识、教育和社会改造的作用。
>
> 唯心主义理论否认艺术的认识和改造的意义。到了帝国主义时期，这些理论的反动性更是变本加厉，完全否认现实主义，在艺术中维护反人民性和主观主义，宣传悲观主义和神秘主义。
>
> 在社会主义产生之前的人类社会发展的各个阶段，社会关系的对抗的性质妨碍了艺术的广泛的和全面的发展。马克思说："资本主义的生产对于精神生产的某些部门是敌对的，对于艺术与诗就是如此。"尤其在现在的资产阶级艺术中，更是全面地显露出了资本主义与艺术

[①] 本小节引文皆出自该版本。

文化的敌对性。这原因就是由于在资本主义社会中，劳动完全失去了创造性的基础。

……

作品的艺术性首先决定于它的思想性，决定于艺术家所拥护的社会理想的意义，决定于作品的人民性，作家的技巧，并且也决定于作品的认识教育作用和社会改造作用。①

毕达可夫这一"结论"与我们前面所引述的季摩菲耶夫在第一部的结论，显然大大地后退了一步（如对艺术性的理解上），带有20世纪50年代初期苏联教条主义和庸俗社会学的鲜明印记。还有，在关于社会主义现实主义的阐述中，毕达可夫虽然也指出，"社会主义现实主义的具体内容是个发展的概念。认为社会主义现实主义具有某种一成不变的特征，尤其是形式上的特征，这是不对的"②，但在具体分析中，还是仍然从原定义出发去阐述社会主义现实主义的特征的。比如，强调作家应该接受科学的马克思列宁主义的世界观的指导，共产党应在社会主义现实主义的艺术中居于领导地位。在社会主义现实主义的本质特征上，认为社会主义现实主义在本质上与以往任何创作方法都不同。"社会主义现实主义的理想基础是在共产党领导下向共产主义发展。正因为这样，它才叫做社会主义现实主义。"③"社会主义现实主义的主要任务是为争取和建立共产主义社会而斗争。它的目的是：为人民的利益朝着共产主义的方向去改造现实。"④

在社会主义现实主义的主人公问题上，毕达可夫认为"首先是在行动中以共产主义理想为指导的，是彻底地忠于党的爱国主义者，是劳动群众的利猛的保卫者，并且肯为劳动群众的利益从事艰难的、战斗性的英勇事业"⑤。

---

① 《文艺学引论》，第193—194页。
② 同上书，第502页。
③ 同上书，第504页。
④ 同上书，第511页。
⑤ 同上书，第516页。

总之,"共产主义理想,正面主人公,在革命发展中真实地历史地和具体地描写生活,这就是苏联文学所用的方法的基本特征"[①]。这样的概括显然与苏联的官方定义没有什么不同。

在《文艺学引论》中,更令人瞩目的是阶级斗争理论的贯彻。毕达可夫认为:"自从阶级产生以后,文学便从来不是阶级斗争的冷漠的旁观者。但是文学和艺术基本上是朝两个敌对倾向发展的,这两种倾向反映两个对立阶级或两个敌对阶级阵营的利益。"[②] 从这一观点出发,文学发展的过程,充满了阶级的对抗和斗争,现实主义和形式主义这两种不同的艺术方法,也是阶级斗争的反映。在毕达可夫看来,"现实主义和形式主义的斗争像一道红线一样贯穿整个文学和文学科学的历史。现实主义在全部历史过程中都是进步的潮流,进步的文学活动家都站在它的旗帜下。反动阶级永远是贪婪地抓住形式主义、反动的浪漫主义和神秘主义"[③]。文艺和文艺学的发展便成了现实阶级斗争的直接对应,从而消解甚至取消了艺术自身的发展规律,文学也就不可避免得沦为政治的工具。在第三部分的"结论"中,毕达可夫说得更为明确:

> 马克思列宁主义文学科学的任务在于全力地促进社会主义现实主义艺术更进一步的发展。在世界分裂成两个敌对阵营的时期,即以苏联为首的和平、民主与社会主义的阵营,和帝国主义反动势力新世界战争挑拨者的阵营,我们必须清楚地划清斗争的战线,弄清谁站在那一方面:和我们站在一起的呢?或是反对我们的。马克思列宁主义文艺理论的警惕性必须是很高的。对文艺学的共产主义党性的要求,应该比以往更为坚持不懈地去贯彻,在与文艺中一切阶级异己的理论和观点进行斗争中,在与阶级异己的美学理论(其中包括文学理论,文学史以及文学批评)进行顽强的斗争中,必须表现共产主义的党性。[④]

---

① 《文艺学引论》,第517页。
② 同上书,第411页。
③ 同上书,第524页。
④ 同上书,第526页。

总体来说，《文艺学引论》虽然有着较为浓重的教条主义和庸俗化的倾向，但它却适应了刚刚讨论过文艺学教学不久的中国高等教育的需要，在整体上，《文艺学引论》还是被肯定的，这也使得《文艺学引论》在我国高校文艺学教学中，留下了深远的影响。而就苏联文艺学教材在我国的传播来看，它的确对中国的文艺学教学产生了重大影响：一方面，它进一步巩固或强化了我国文艺学界对"苏式"马列主义文艺学的"集体记忆"，使其在大学课堂上成为唯一具有合法性的讲授内容。它广泛的传播，决定了我国20世纪五六十年代乃至更长的时期内文艺学的基本形态，也决定了文艺学学术生产的基本形式；另一方面，苏联学者编写的具有较强系统性和自成一格的文艺学教材体系，极大地启发了中国的文艺学界，为中国文艺学者提供了系统编撰文艺学教材的经验，特别是以马克思主义作为指导思想的文艺学教材的编写[1]。20世纪50年代中后期，中国文艺学界在苏联文艺学教材的影响下，迎来了文艺学教材编写的热潮。

（二）苏联文艺学影响下的自编教材

20世纪50年代中后期，除了北京大学、北京师范大学、华东师范大学等高校有自己自编的尚未正式出版的教材外，先后正式公开出版的有一定影响的文艺学教材有：巴人的《文学论稿》[1950年由上海海燕书店出版，1954年更名为《文学论稿》（上下）由上海新文艺出版社出版]，霍松林编著的《文艺学概论》（陕西人民出版社1957年版），冉欲达等编著的《文艺学概论》（辽宁人民出版社1957年版），李树谦、李景隆编著的《文学概论》（吉林人民出版社1957年版），刘衍文的《文学概论》（新文艺出版社1957年版），蒋孔阳的《文学的基本常识》（中国青年出版社1957年版），山东大学中国语言文学系文艺理论教研组编著的《文艺学新论》（山东人民出版社1959年版）等。

应该说，这次文艺学教材编著热潮同后来由周扬主持的全国统编教材的编写，是1949年后我国文艺学界建构自己文艺学教材体系的一次尝试，它们填补了我国高等教育中文艺学教材的空白。但从它的体例和基本观点

---

[1] 孟繁华：《中国20世纪文艺学学术史》第3部，第138—139页。

看，仍然没有脱离苏联文艺学的影响，有些观点甚至比苏联文艺学教材中表达得还要偏激。

从教材体例上看，这些自编教材几乎都沿用了苏联季摩菲耶夫和毕达可夫教材的体例，一般由文学本质论、文学作品论和文学发展论三部分构成，只是提法上略有不同。比如冉欲达等编著的《文艺学概论》，以"文学与生活"、"文学作品的分析"、"文学的发展过程"结构全书。霍松林编著的《文艺学概论》虽然分为四编：文学和生活、文学作品的分析、文学的种类、创作方法，但基本上也是苏联教材的三段论。李树谦、李景隆的《文学概论》也由三部分组成，第一部分阐明文学的本质、特点和社会作用；第二部分阐明文学作品的具体组织和构造；第三部分阐明文学历史发展过程。

不过也有些教材对苏联三段论模式有所突破，比如巴人的《文学论稿》的具体框架是："文学的生活基础"、"文学的特征"、"文学的创造"、"文学的形态"，其中专门谈"文学的创造"，这表明了对文学创作的重视，对建构后来文艺学教材五段论有一定的推动作用。

在具体文艺问题的阐述上，这些教材也在不同程度上承袭了苏联教材的一些说法和观点。比如在"形象"的定义，基本上承袭了季摩菲耶夫的提法，只是在表达上略有改变。巴人说："所谓'艺术形象'，那是一种在作品中浑然一体的、有机的、具体而生动的现实的'画面'。"刘衍文说："文学的形象乃是具体的、感性的、综合的人生图画，这种人生图画，借作家的生活经验和想象而创造出来，结人以一种鲜明的、印象一致的美学上的感受。"冉欲达等人说："文学形象就是具体的、感性的、概括的，并且有美学意义的人生图画。"李树谦、李景隆说："艺术形象是呈现在文学作品中的具体感性的、概括的、激起人们美感的人生图画。文学是通过艺术形象来反映生活的。"蒋孔阳说："形象就是作家从他的思想认识出发，运用形象思维的构思方式，通过具体的生动的个别的并能够唤起美感的感性形式，来概括和集中人类社会的现实生活，从而在作品中所反映出来的一幅完整的生活画面。"

此外，在文学的本质问题上，都比较关注文学的阶级性和党性，以及文学的教育作用，这显然也受到了苏联教材的影响。刘衍文的《文学概论》

给文学下的定义是："文学是一种上层建筑的生活现象；这种社会现象，以语言为主要工具，通过形象和典型的概括，反映生活的真实和社会的本质，以求达到教育人民，推到人民群众走向团结和斗争，实现改造自己的环境的目的。"这样的界定与苏联社会主义现实主义的定义基本一致，也是当时自编教材所依据的基本理论。李树谦、李景隆的《文学概论》认为，"文学是社会意识形态的一种形态，它是客观生活的反映的产物。同时她对于现实生活，阶级斗争具有积极的作用"。冉欲达等人的《文艺学概论》指出："艺术，就是以形象思维的方法，以艺术形象的形式（即生活本身的形式），从思想和感情方面而去感染和教育人们的一种特殊社会意识形态。"

巴人在《文学论稿》中把文学的本质分为"现实的本质"和"艺术的本质"。所谓"现实的本质"，巴人指出，是"要表现我们社会的现实内容的发展上照耀着实行社会主义革命与共产主义理想相结合的思想的光辉"，它"出于现实而又高于现实；是现实本质的发现，因而也是现实未来的显示"。所谓"艺术的本质"，指的是"文学是语言的艺术"，"形象是现实的真理、现实本质的具体显现"。在这里体现出了巴人的矛盾性，作为最早提出论人情的理论家，巴人关注文学自身的艺术规律，强调文学的语言特征，但政治现实又使他不可能不关注文学的政治性和现实功能。这也同样体现在他对文学的阶级性与人性的分析上。巴人说："阶级社会给予'人性'以阶级的烙印，共产主义社会就是要把人去掉阶级的烙印，而恢复其真正的人性。这也就是马克思所期望的，人们自己'该努力在更高的阶梯上把自己的真实再现出来的目的'。'儿童的天真'就是'人类的本性'所从出的。希腊艺术的不朽的魅力，就是因为它表现了真正的'人性'。共产主义社会既然恢复和发展了'人性'，那么，由此而产生的文学艺术也将显然和阶级社会的文学艺术有所不同；它将是无限丰富的人性的本质的表现，因之也将有更大的普遍性和更丰富的魅力。"这段话在今天看来，是符合上述马克思的人道主义思想的，但依然在后来的"反右"运动中成为巴人受到严厉批判的主要"罪证"之一。

除了仿照苏联文艺学模式之外，经过了1957年、1958年"反右"运动的中国，在文艺学教材的编写上，则又更多地转向了毛泽东文艺思想，以毛泽东文艺思想为基本的组织框架。实际上，新中国成立初期的文艺学教材的编写基本上采取的是两种编写模式，一种以苏联文艺学为主导的模式，另一种就是以毛泽东文艺思想为主导的模式（其实在前一种模式中也渗透着毛泽东的文艺思想）。后一种模式以东北三校（吉林大学、吉林师范大学、哈尔滨师范学院）合编的《文艺理论》（上）（吉林大学函授教育处出版，1958年）和山东大学编著的《文艺学新论》为代表。《文艺理论》的教学大纲"序言"称："《在延安文艺座谈会上讲话》是'文艺理论'的中心教材，《关于正确处理人民内部矛盾的问题》《实践论》《矛盾论》等文献是指导本课学习的重要文献。"这就明确规定教材的中心内容是毛泽东同志的《讲话》，而辅以毛泽东的其他相关文献。至于教学目的，"序言"说："通过文艺理论的教学树立起学生的马克思主义的文艺观；明确文艺为工农兵服务的方向，以及如何为工农兵服务的具体途径；正确掌握文艺批评的标准，善于识别香花和毒草；掌握党的文艺政策（主要是百花开放、百家争鸣的政策）。"这个教学目的是根据那个年代的文艺状况和社会需要提出来的。《文艺理论》（上）五讲题目是：第一讲，文艺的工农兵方向；第二讲，如何为工农兵服务；第三讲，文艺批判；第四讲，党对文艺的"百花齐放，百家争鸣"方针；第五讲，革命的现实主义和革命的浪漫主义相结合的创作方法。这五讲内容显然完全出自毛泽东著作和讲话，可谓坚决执行毛泽东文艺思想的模范。

《文艺学新论》共七章，分别是：第一章，革命文艺在革命事业今的地位和作用；第二章，文艺要为什么人服务；第三章，文艺应该如何为工农兵服务；第四章，文艺的革命的政治内容和尽可能完美的艺术形式的统一；第五章，革命现实主义和革命浪漫主义相结合的创作方法；第六章，马克思主义文艺批评的任务和标准；第七章，党的文艺政策。单从这一纲目我们不难看出，《文艺学新论》以毛泽东文艺思想为依据，着重阐述的是文学的意识形态性，文学的政治性和工具性。比如《文艺学新论》明确指出文学具有阶级性的绝对性，认为"文学作品是主观客观的统一，任何作品必然具有阶级性"。在阶级社会里，文学具有阶级性的"真理"根本没有例外，"'例外论'无论如何在理论上是找不到立足点的"[①]。这就把

---

① 《文艺学新论》，山东人民出版社1959年版，第58—59页。

文学的阶级性提高到了绝对的高度，不容置疑的高度，这也在根本上否定了曾经所讨论的关于文学的人性、人情、人道主义的问题。显然，这两本教材的政策性大大加强了，学理性则大大下降。

四　周扬与文艺学统编教材

高校统编的文艺学教材，从 1964—1978 年共出两种。一种是以群主编的《文学的基本原理》[①]，另一种是蔡仪主编的《文学概论》[②]。这两种教材同时启动于由周扬主持的 1961 年高校文科教材编选计划会议结束之后。

（一）周扬的教材编写理念

1959 年，中央开始关注高等学校的教材问题，1961 年初，中央再次讨论了高等学校的教材问题，并责令周扬负责文科教材编写。1961 年 2 月，周扬到上海进行调研，一周之内连续开了 7 次座谈会，分别听取了各大学党委书记，中文、外文、哲学、经济学、历史、教育、文艺理论、艺术教育等各方面专家、学者的意见，并坦陈己见，和大家共商高校文科教材编选和文科建设问题。1961 年 4 月 11—25 日，在认真调查研究、充分准备的基础上，高等学校文科和艺术院校教材编选计划会议在北京召开了。参加这次会议的有老专家、老教授和青年教师，有校院长系总支书记，还有中央一级和省市宣传、文教部门的负责同志。这次会议的任务就是讨论和确定几个主要专业的教学方案，特别是讨论和确定教科书编写计划。会议修订了文科七种专业和艺术院校七类专业的教学方案的草案，并且相应地制订出 224 门课程的教材编选计划，包括教材 297 种。4 月 12 日，周扬在会上就这次会议的任务作了长篇讲话，总结 1958 年教育革命

---

① 初稿成于 1961 年底，曾在 1963—1964 年分上、下册出版。在 1978 年以原编写人员为主修订重版，上海文艺出版社出版。

② 1963 年完成讨论稿，1979 年修订出版，人民文学出版社出版。

的经验（1958年开展教育革命，片面强调贯彻"教育为无产阶级政治服务、教育与生产劳动相结合"的教育方针，打破了原有的教学秩序，批判了原有的教材，许多院校采用领导、教师、学生"三结合"的方式编书，有些院校甚至出现了学生编书教师照着讲课的怪现象，许多院校根本就没有教材可用。已经编出的教材，由于对遗产和老专家否定过多，编书青年知识准备不足，片面强调"革命性"，忽略科学性，教材质量一般很低，大都不宜继续采用）[1]。就文科教学中的几个关系问题和教材编选方针作了全面系统的阐述。1961年5月19日，周扬以中宣部的名义，上书中央《关于高等学校文科教学方针和教材编选工作的报告》[2]，阐述了对文科教材建设的意见。《报告》集中谈了四方面的问题：关于培养目标的问题，主要是红与专的关系问题；关于贯彻执行教学、劳动、科学研究三结合而以教学为主的方针问题；关于百花齐放、百家争鸣问题；关于教材问题。这一报告集中体现了周扬关于教材的理念和教材建设思想，而这一思想的核心，就是对规律性知识、对科学研究的重视。

比如在培养目标上，周扬强调在坚持最基本的政治立场的基础上，明确高等学校文科的基本任务是培养理论、文化等方面的红色的专门人才。周扬认为，只专不红，固然不对，只红不专，也是无用的。在教学、劳动、科研的时间安排上，周扬批评了劳动过多、政治活动过多、集体编书活动过多而上课过少的现象，以致基本理论知识、基本历史知识和基本技能的训练有所削弱。有些学校甚至不敢提以教学为主，甚至4年中上课时间只有1年左右。在"双百"方针问题上，周扬强调要允许教师按照自己的学术主张和见解讲课；集体备课，主要是集思广益，而不能作为集体通过、少数服从多数的手段；要举办专门问题的学术讲座，邀请不同学派不同见解的学者讲学，并在有条件的学校开设讲授唯心主义思想学说的课程，借以扩大学生眼界，锻炼他们的辨别力；要鼓励广大师生参加校内外各种学术问题的讨论，提倡旗帜鲜明而又实事求是的态度，保证批评和反

---

[1] 可参阅李庆刚《"大跃进"时期"教育革命"研究》，中央党校出版社2006年版。
[2] 中共中央文献研究室编：《建国以来重要文献选编》第14册，中央文献出版社1997年版，第419—428页。

批评的自由，培养革命性和科学性相结合的学风。

周扬的这些观点对教材建设具有重要意义，体现了一种学术自由的风气。周扬在一些具体教材的小组发言中，也一再强调对规律性知识的重视，比如在《教育学》编写工作的谈话中就指出："教科书不能只讲政策，要写规律性的知识，规律性的知识是比较稳定的，因为是许多年，甚至是几百年、几千年的历史所证明了的。教科书主要是要以规律性的知识武装学生的头脑，这同政策解释、工作总结都不一样。既然是门学问，就要讲规律性的东西。过去搬英美的理论，后来搬苏联的，后来又搬政策，这不行。"①

在文风问题上，周扬强调要正确处理"论"和"史"（观点和史料）的关系，批评了文科的教学里为史料而史料和"以论带史"的做法，认为，研究历史，应该从史料出发；马克思主义的一般原则，只能是研究的指南，而不能是研究的出发点。应该鼓励人们应用马克思主义的基本原理去深入研究史料，探求具体的结论和具体的规律。在各种课程里，应当努力做到观点和材料的统一。历史课程必须力求应用正确的观点来叙述比较充实的史料，既要反对罗列现象和烦琐考证，又要有必要的具体材料和考证，反对空发议论，拿几个现成公式到处套用，乱贴标签。论和史的统一，既是文风问题，在某种意义上，也是对科研规律的重视，反对政治干预。

周扬的讲话为什么这么开放？和当时的调整政策有无关系？

高校文科教材编选计划会议结束之后，教材编写工作随之展开。1962年5月5日，在文科教材编选工作开展一年之后，周扬又以个人名义向中央书记处并周总理提交了《关于高等学校文科教材编选情况和今后工作意见的报告》。报告首先汇报了一年来的工作情况，指出了建设属于自己的教材的长期性。周扬说：

中国的高等学校，许多教材是搬用或抄袭欧美资本主义国家的东

---

① 周扬：《关于〈教育学〉编写工作的谈话》，《周扬文集》第4卷，人民文学出版社1991年版，第72页。

西。解放以后，大量采用了苏联的教材（有不少是来华专家编的），自己编写的很少。1958年以后，教育革命，解放思想，青年人集体编了不少教材，出现了一种新气象，但由于对旧遗产和老专家否定过多，青年人知识准备又很不足，加上当时一些浮夸作风，这批教材一般水平都低，大都不能继续采用。①

这段话明确透露出了周扬要摆脱外来（包括苏联）影响，建设中国自己特色的文艺理论（教材）的意图和决心，而这也是编写统编教材的根本目的。在报告中，周扬还强调了教材编写的原则以及今后工作的意见。在编写原则上，周扬指出要以马克思列宁主义、毛泽东思想为指导；要注意中外古今不可偏废；教科书的叙述方法要力求简明生动，有科学的论证。在今后工作的意见上，周扬提出必须坚持党内外新老专家合作的原则，在编写过程中必须保证学术争论的自由，集体编书必须实行主编负责制，以保证每本教材观点的一贯性和完整性，必须建立由专家组成的专业组，分别领导各专业的教材编选工作，需要统一计划和调动组织全国的学术力量。这些原则与意见，基本上遵循了知识规律的要求，体现党中央提出的"双百"方针的要求，为教材建设提供了强有力的保证。《文学的基本原理》和《文学概论》的编写也在一定程度上证明了这一点。

（二）两部统编教材

首先，在体例上，两部教材显得更加全面，基本上包含文学本质论、文学发展论、文学作品论、文学创作论和文学批评论②。尤其是蔡仪的《文学概论》，五部分更为清晰。这一结构模式基本上成为后来文艺学教材

---

① 《周扬集》，中国社会科学出版社2000年版，第114页。
② 其实早在20世纪50年代初，吕荧在山东大学的讲义就具有较强的现代倾向，其讲义提纲为：序论；第一章，艺术的起源；第二章，什么是文学；第三章，文学的阶级性；第四章，文学的特性；第五章，文学作品的内容与形式；第六章，文学作品的创作；第七章，文学作品的种类；第八章，文学的创作方法；第九章，社会主义的现实主义；第十章，新中国的人民文学。这一提纲就比较清楚地把文学理论分为文学本质论、文学作品论、文学创作论。如果把文学起源看作文学发展的话，这与后来的教材体例就很接近了，只差文学批评论了。见《吕荧同志来信》，《文艺报》1952年第2号。

的固定结构。在这一结构模式中，两部教材对创作过程、文学批评与鉴赏的重视，是文艺学教材上的一大进步。两部教材都将文学批评与鉴赏作为文艺理论构成的本质性成分单独成章。在文学创作过程这个问题上，蔡仪主编的《文学概论》也专列一章予以重视。不过，以群主编的《文学的基本原理》基本没有突破旧的框架，也没有将文学创作作为文学活动的一部分和研究对象给予足够的重视。

其次，在具体阐述上，两部教材基本上做到了持论公允，材料丰富，论证严谨，文风平和。两部教材在论述上不是再以批为主，而是以正面、严谨的论述为主，试图在马克思主义的指导下，对文学主要问题如文学的起源、本质、作品的构成因素、创作过程、读者的鉴赏与批评等，尽量以平和、严谨的态度来予以清晰、客观的分析与论述，建立起相对完整的理论体系，真正体现了教材的用意，对于今天的文艺理论的发展与编著仍有启发意义。

《文学的基本原理》在《绪论》中开头就说："文学的原理，不是任何学者发明、创造出来，而是从古今中外的文学实践之中概括出来的。没有文学实践，就没有文学的原理；古今中外的文学实践代代相承，逐渐地累积经验，发现某些共同的规律。经过古今中外的思想家、文学评论家逐步地加以总结、概括，提升为理论，这就是文学的基本原理。"[①] 整部教材都是以这样平实朴素的语言娓娓道来，有一种舒缓从容的学术气象，而没有政治压顶的威势。蔡仪的《文学概论》也比较明晰、理性，语言也很朴素流畅，在对一些问题的分析上，表现出材料的翔实。比如在阐述文学与生活的关系上，首先引述了毛泽东的相关论述作为基础，然后广泛引用了古今中外的大量材料，包括中国古代《乐记》《毛诗序》和钟嵘《诗品序》中的相关论述，以及西方从古希腊的赫拉克里特，到文艺复兴的莎士比亚、塞万提斯，到启蒙运动时期的狄德罗、莱辛、歌德等，再到19世纪的车尔尼雪夫斯基、别林斯基等关于这个问题的相关认识，这无疑既丰富了学生们的知识，也促进学生对这个问题的理解。

总体上看，这两部教材以马克思列宁主义为指导，结合中国文学实际

---

① 《文学的基本原理》，作家出版社1964年版，第1页。

建立的理论体系，虽然有些论述过于简单，但作为学术的探索与尝试，其价值是不容忽视的。在我国比较全面地以马克思主义为指导，站在中国的传统上分析文学现象，得出比较客观的结论，可以从这两部全国统编教材中体现出来。它们确立了历史唯物主义的态度来研究文学的各个问题，在许多问题上有巨大的突破，建立了相对完整的理论体系，为我国建设有中国特色的文艺理论奠定了基础。丰富的材料引用和中国化的表述语言、逐步深入的表述方式，对于后来的研究都具有很好的借鉴作用[1]。后来曾有学者对这两部教材有一评价，认为这两部教材有两个明显特点：一是理论体系的完整性、系统性比较强；二是不同版本的教材大致同属一个理论系统，基本理论观点具有普遍性和可通约性。而两部教材存在的问题，则主要是"理论视野的狭窄和文学观念的滞后"[2]。这是确然的，也是时代所致。随着"文化大革命"结束，改革开放的到来，思想的活跃，文学理论教材在20世纪80年代之后，真正迎来了多元化时代[3]。

---

[1] 毛庆耆等：《中国文艺理论百年教程》，第217页。
[2] 赖大仁：《也谈现行文学理论教材问题》，《光明日报》2002年8月14日。
[3] 本章参阅了毛庆耆等人编著的《中国文艺理论百年教程》，并借鉴了其中的部分章节。

第十一章

"文化大革命"中的文艺学

严格说来,"文化大革命"中并没有真正的文艺学,有的只是完全彻底的文艺"政治学"、文艺政策学。因此本章我们主要是从教训方面,阐述文艺学是如何遭到破坏的,由此而进一步认识建设真正的文艺学的重要性和艰巨性。

一 极"左"思潮的兴盛与部队文艺创作座谈会

(一)极"左"思潮的兴盛与毛泽东的两个"批示"

"文化大革命"是1962年后,我国政治和文化的指导思想日益极"左"化的结果,其中八届十中全会是一个重要的导火索。1960年底,党中央针对"大跃进"造成的国民经济失调,以及自然灾害的严峻形势,提出了"调整、巩固、充实、提高"的八字方针。到1962年,国内形势逐步好转,但"左"的错误指导思想并没有从根本上纠正,党内在对形势的估计和工作的指导思想上仍存在分歧,党在探索建设中国自己的社会主义道路进程中发生了新的波折。在1962年9月份召开的八届十中全上,"毛泽东同志把社会主义社会中一定范围内存在的阶级斗争扩大化和绝对化,发展了他在一九五七年反右派斗争以后提出的无产阶级同资产阶级的矛盾仍然是我国社会的主要矛盾的观点,进一步断言在整个社会主义历史阶段资产阶级都将存在和企图复辟,并成为党内产生修正主义的根源"①。在这种观点指导下,1963—1965年间,在部分农村和少数城市基层开展了社会主义教育运动("四清"运动),这虽然对于解决干部作风和经济管理等方面的问题起了一定作用,但由于扩大了阶级斗争范围,使不少基层干部受到不应有的打击。1965年初又错误地提出了运动的重点是批判所谓"党内走资本主义道路的当权派"。"在意识形态领域,也对一些文艺作品、学术观点和文艺界学术界的一些代表人物进行了错误的、过火的政治批判,在对待知识分子问题、教育科学文化问题上发生了愈来愈严重的左的偏差,并且在后来发展成为文化大革命的导火线。"②

也就在八届十中全会上,康生以抓意识形态领域的阶级斗争为名,把李建彤的长篇小说《刘志丹》打成"为高岗翻案的反党大毒草",并说"利用小说进行反党活动,是一大发明"。毛泽东就此进一步指出:"凡是要推翻一个政权,总要先造成舆论,总要先做意识形态方面的工作。革命的阶级是这样,反革命的阶级也是这样。"③把文艺问题上升到"利用小说反党"的吓人高度,是以前"左倾"路线的延续和激化。

八届十中全会后,文艺指导思想上严重的"左倾"倾向首先在上海得到了响应。1963年1月4日,在上海文艺会堂举行的元旦联欢晚会上,柯庆施提出了"大写十三年"的口号④。柯在讲话中说:"旧社会只能培养人们为自己的自私自利思想,社会主义、集体主义思想只有在社会主义革命成功以后才能开始树立。"而写建国以来的十三年"才能帮助人民树立社会主义思想",因此,作为指导思想,一定要提倡和坚持"厚今薄古","不要写古人、死人。我们要大力提倡写十三年,大写十三年!"

在1963年底到1964年初华东地区话剧观摩演出会上,柯庆施做了《大力发展和繁荣社会主义戏剧,更好地为社会主义的经济基础服务》的

---

① 中共中央文献研究室:《关于建国以来党的若干历史问题的决议注释本》,人民出版社1983年版,第25页。
② 同上。
③ 《建国以来毛泽东文稿》第10册,中央文献出版社1996年版,第194页。
④ 1963年1月6日的《文汇报》和《解放日报》刊登了柯庆施的这篇讲话。

讲话①，再次强调"写十三年"。柯庆施在讲话中，以阶级斗争为纲，强调"社会主义社会是一个存在着阶级和阶级斗争的社会"，存在着无产阶级和资产阶级两个阶级的斗争，社会主义和资本主义两条道路的斗争。而在政治思想、意识形态领域的斗争，比经济领域的斗争更为复杂和曲折。柯庆施批评戏剧界不去贯彻执行党的文艺方针，"对于反映社会主义的现实生活和斗争，十五年来成绩寥寥，不知干了些什么事。他们热中于资产阶级、封建阶级的戏剧，热中于提倡洋的东西，古的东西，大演'死人'、鬼戏，指责和非议社会主义的戏剧，企图使社会主义的现代剧不能迅速发展"，柯庆施认为，所有这些"深刻地反映了我们戏剧界、文艺界存在着两条道路、两种方向的斗争"，"只要还有阶级和阶级斗争，文艺战线上的这个斗争总是要存在着，总是要坚持下去、要斗争到底的"。柯庆施最后提醒人们："要时刻记住，现在还有两个阶级、两条道路的斗争存在，还有资产阶级思想、封建主义思想存在，一刻也不要忘记阶级斗争。"柯庆施的讲话是在毛泽东关于文艺问题的第一个批示（1963年12月12日）之后作的，其内容实际上反映了毛泽东的批示精神。毛泽东的这第一个批示是：

  各种文艺形式——戏剧、曲艺、音乐、美术、舞蹈、电影、诗和文学等等，问题不少，人数很多，社会主义改造在许多部门中，至今收效甚微。许多部门至今还是"死人"统治着。不能低估电影、新诗、民歌、美术、小说的成绩，但其中的问题也不少。至于戏剧等部门，问题就更大了。社会经济基础已经改变了，为这个基础服务的上层建筑之一的艺术部门，至今还是大问题。这需要从调查研究着手，认真地抓起来。

  许多共产党人热心提倡封建主义和资本主义的艺术，却不热心提倡社会主义的艺术，岂非咄咄怪事。②

---

① 《红旗》1964年第15期；《人民日报》1964年8月16日。
② 见《建国以来毛泽东文稿》第10册，第436—437页。

这个批示口气极其严峻，它如此不顾事实地夸大文艺界的"问题"，目的实际上是为下一步的大举整肃制造舆论。

批示下达后，中宣部领导全国文联及其所属各协会进行整风，并于1964年5月8日上书党中央，介绍全国文联和各协会整风情况。在报告中，中宣部自我批评了在贯彻执行党的文艺方向和在机关的革命化方面存在的问题，主要表现有：没有坚决贯彻执行党的文艺方针；在文艺理论批评方面旗帜不鲜明，战斗性不强，对毛泽东文艺思想缺乏深入研究和有力宣传；文联和各协会的党组织不健全，思想不够革命化，缺乏无产阶级的战斗作风，机关内政治空气稀薄；在工作人员中，资产阶级思想作风相当严重等，同时也对以后的工作提出了改进措施[①]。

6月27日，毛泽东在这份报告上，做出了针对文艺问题的第二个批示：

> 这些协会和他们所掌握的刊物的大多数（据说有少数几个好的），十五年来，基本上（不是一切人）不执行党的政策，做官当老爷，不去接近工农兵，不去反映社会主义的革命和建设。最近几年，竟然跌到了修正主义的边缘。如不认真改造，势必在将来的某一天，要变成象匈牙利裴多非俱乐部那样的团体。[②]

这一批示依然是不顾事实、危言耸听地无限夸大"敌情"，否定了几乎整个文艺界，而林彪、江青、姚文元等人也以此为借口，乘势而出，大肆攻击文艺界，掀开了"文化大革命"的序幕，其标志性事件就是对《海瑞罢官》的批判与"部队文艺工作座谈会"。

（二）从《海瑞罢官》批判到《纪要》的出笼

《海瑞罢官》是吴晗于1959年初所创作的一部历史剧，目的是提倡海瑞那种刚正不阿，不畏强暴、失败了再干的坚强意志。1965年11月10

[①] 《建国以来毛泽东文稿》第11册，中央文献出版社1996年版，第91—93页。
[②] 同上书，第91页。

日，由江青一伙炮制、姚文元署名的《评新编历史剧〈海瑞罢官〉》①（《文汇报》）出笼。

这篇文章从阶级斗争出发，脱离作品的实际内容，无中生有地上纲上线，批判《海瑞罢官》歪曲了阶级关系。文章认为，海瑞并不是农民利益的代表，而是地主阶级利益的忠心保卫者。这是海瑞的阶级本质，是海瑞全部行动的出发点和归宿。把海瑞写成农民利益的代表，这是混淆了敌我，抹杀了阶级差异，美化了地主阶级，用地主资产阶级的国家观代替马克思列宁主义的国家观，用阶级调和论代替阶级斗争论。文章联系"现实"，牵强附会地指出《海瑞罢官》中描写的"退田"、"平冤狱"，正是牛鬼蛇神们刮过的"单干风"、"翻案风"，"是当时资产阶级反对无产阶级专政和社会主义革命的斗争焦点"。文章认为："阶级斗争是客观存在，它必然要在意识形态领域里用这种或者那种形式反映出来，在这位或者那位作家的笔下反映出来，而不管这位作家是自觉的还是不自觉的，这是不以人们意志为转移的客观规律。《海瑞罢官》就是这种阶级斗争的一种形式的反映。"文章还蛮横地宣判："《海瑞罢官》并不是芬芳的香花，而是一株毒草。"

《评〈海瑞罢官〉》发表后，毛泽东表示了支持。1966年12月21日，毛泽东在杭州同陈伯达等谈话时说："《海瑞罢官》的要害问题是'罢官'。嘉靖皇帝罢了海瑞的官，一九五九年我们罢了彭德怀的官。彭德怀也是'海瑞'。"这些话，使对《海瑞罢官》的批判，带上了更为严重的政治斗争色彩，其现实所指更加明确②。

1966年2月3日，彭真召集"文化革命五人小组"，拟订了《文化革命五人小组关于当前学术讨论的汇报提纲》（即《二月提纲》）。这个提纲虽然也有许多在当时情况下不可避免的"左"的提法和词句，但主要还是试图对已经展开的批判加以约束，把它置于党的领导之下和学术讨论范围之内，不赞成把它变为集中的政治批判。毛泽东一开始并没有对这个提纲提出反对意见，该提纲于2月12日由中共中央批发到全党。

---

① 1965年11月30日《人民日报》加了编者按，转发了这篇文章。
② 中共中央文献研究室：《关于建国以来党的若干历史问题的决议注释本》，第365页。

就在《二月提纲》拟订的同时，江青在林彪的支持下，在上海召开"部队文艺工作座谈会"。座谈会结束后，陈伯达、张春桥和姚文元一起，合伙炮制了《林彪同志委托江青同志召开的部队文艺工作座谈会纪要》（1967年5月29日《人民日报》全文发表。以下简称《纪要》）。1966年4月10日，他们用中央的名义向全党批发了《纪要》。4月18日，又以《解放军报》社论《高举毛泽东思想伟大红旗，积极参加社会主义文化大革命》的方式，全面公布了《纪要》的观点和内容，在社会上提出了"文艺黑线专政"论。

1966年5月16日，中共中央政治局扩大会议通过了《中国共产党中央委员会通知》（即《五一六通知》，《红旗》1967年第7期），宣布撤销中央1966年2月12日批转的《当前学术讨论的汇报提纲》，撤销以彭真为首的"文化革命五人小组"及其办事机构，重新设立中央文化革命小组，隶属于政治局常委会。《通知》罗列了《二月提纲》的所谓"十大罪状"，逐条批判，指出它完全抹杀建国以来思想文化战线上的成就，歪曲国内阶级形势。《通知》指出，文化革命的目的是对一大批反党、反社会主义的资产阶级代表人物进行批判。《通知》要求实行无产阶级在上层建筑其中包括各个文化领域的专政，要求各级党委立即停止执行《二月提纲》，夺取文化领域中的领导权，号召批判所谓混进党、政府、军队和文化领域的资产阶级代表人物。《通知》中的观点完全背离了我国社会的客观实际，错误地估计了党和国家领导干部的现状，混淆了矛盾性质，它为"文化大革命"确定了理论、路线、方针和政策。《五一六通知》的通过和贯彻，标志着"文化大革命"的开始。

1966年8月1—12日，党的八届十一中全会召开，8月8日全会通过了《中国共产党中央委员会关于无产阶级文化大革命的决定》（即《十六条》，《人民日报》1966年8月9日发布），标志着"文化大革命"全面发动。《十六条》指出："在当前，我们的目的是斗垮走资本主义道路的当权派，批判资产阶级的反动学术'权威'，批判资产阶级和一切剥削阶级的意识形态，改革教育，改革文艺，改革一切不适应社会主义经济基础的上层建筑，以利于巩固和发展社会主义制度。"《十六条》要求："要充分运用大字报、大辩论这些形式，进行大鸣大放，以便群众阐明正确的观点，批判错误的意见,揭露一切牛鬼蛇神。"要去掉"怕"字。"不要怕出乱子。""不能那样雅致,那样文质彬彬,那样温良恭俭让。"《十六条》宣布:"在无产阶级文化大革命中,要高举毛泽东思想的伟大红旗,实行无产阶级政治挂帅,要在广大工农兵、广大干部和广大知识分子中,开展活学活用毛主席著作的运动,把毛泽东思想作为文化革命的行动指南。"

"文化大革命"期间,毛泽东的文章和著作成为文艺领域里"带指导性的纲领性文献"。这些文章和著作主要有两组,一组是"文化大革命"期间首次公开发表的"关于文学艺术问题的五个文件":《看了〈逼上梁山〉以后写给延安平剧院的信》《应当重视电影〈武训传〉的讨论》《关于〈红楼梦〉研究问题的信》《关于文学艺术的两个批示》。其中20世纪60年代的两个批示对文艺界的严厉批评,成为"文艺黑线专政论"的重要理论支持。另一组则是重新发表并大量印行的四篇讲话:《新民主主义论》《在延安文艺座谈会上的讲话》《关于正确处理人民内部矛盾的问题》《在中国共产党全国宣传工作会议上的讲话》。其中宣传最甚的是《在延安文艺座谈会上的讲话》,甚至被看作是"无产阶级文化大军的建军纲领"[①]。"文化大革命"期间关于文艺方面的新的"文献",主要就是江青及"四人帮"一伙的一些讲话及炮制的文章,如江青1964年《谈京剧革命》的讲话,1966年11月陈伯达、江青等在首都文艺界大会上的讲话,1967年5月陈伯达、戚本禹等在纪念《在延安文艺座谈会上的讲话》发表25周年大会上的讲话,1967年11月江青在北京文艺座谈会上的讲话等[②]。由于"文化大革命"期间所有著名的文学理论家和评论家几乎都被打倒,所以这一时期的带有文艺评论性质的文章除了姚文元等少数几个人以外,署名都是写作组集体或笔名。

"文化大革命"期间的文艺理论和文艺批评,以破为主,政治先行,全面执行"阶级斗争为纲"的口号,文艺完全失去了其自身的独立性,作为教训,值得我们去总结。

---

① 戚本禹:《毛主席〈在延安文艺座谈会上的讲话〉是无产阶级文化大军的建军纲领》,《人民日报》1967年5月24日。

② 江青讲话见《江青同志讲话选编》,人民出版社1968年版。

二 "文艺黑线专政"论

"文化大革命"中的所谓文艺学，以"黑八论"即"文艺黑线专政"论和"根本任务"论、"三突出"等为代表。《纪要》提出的"黑八论"是："写真实"论、"现实主义广阔的道路"论、"现实主义的深化"论、反"题材决定"论、"中间人物"论、反"火药味"论、"时代精神汇合"论，以及电影界的"离经叛道"论。

这些所谓的"黑八论"，不少是"文化大革命"前批判过的（我们在前面也大都有所涉及，在此不再赘述），有的则是他们根据只言片语加以歪曲或扩大后加上的，如"离经叛道"论，就是从夏衍谈电影题材的具体问题引申为周扬、夏衍一伙是要"离马克思列宁主义、毛泽东思想之经，叛人民革命战争之道"，是为了实现中国赫鲁晓夫的"传经播道"，是要我们的文艺传修正主义之"经"，播资本主义之"道"的大问题[1]。夏衍当初在谈到电影题材过于狭窄时说过："要增加品种，必须有意识地进行工作。我们现在的影片是老一套的'革命经'、'战争道'，离开了这一'经'一'道'，就没有东西。这样是搞不出新品种来的。我今天的发言就是离'经'叛'道'之言。为了要大家思想解放，要贯彻百花齐放，要有意识地增加新品种。"[2] 这只是一种幽默的说法，其本意无非是希望除了反映革命战争的题材外，还应当描写其他生活的作品，希望我们文艺创作的题材能够更加多样化。

"时代精神汇合"论源自周谷城。周谷城在《艺术创作的历史地位》中曾说："在原始氏族社会，因为人与自然的斗争，部落与部落的斗争，常形成各种不同的思想意识，汇合而为氏族社会的时代精神。在奴隶社会里，生产力比以前大大进步了，社会分裂成为剥削与被剥削的不同阶

---

[1] 《"离经叛道"与"传经播道"》，《人民日报》1967年9月17日。
[2] 夏衍：《在1959年故事片厂厂长会议上的讲话》，丁亚平主编《百年中国电影理论文选》（下），文化艺术出版社2002年版，第477页。

级，压迫与被压迫的不同阶级。随着阶级而出现的有国家制度。这时的人，除与自然作斗争外，尚有阶级与阶级的斗争，民族与民族的斗争。所有这些又形成较前此更复杂的思想意识，汇合而为更复杂的奴隶制社会的时代精神。由奴隶制社会进入封建社会，由封建社会进入资本主义社会，生产关系随着不同，各种斗争亦随时代而有异。封建时代，农民反抗封建地主的剥削和压迫，不断爆发斗争；资本主义时代，工人反抗资产阶级的剥削和压迫，也不断爆发斗争。因此封建时代又有各种思想意识，汇合而为当时的时代精神；资本主义时代又有各种思想意识，汇合而为当时的时代精神。"[①] 许多文章不同意周谷城的这种看法。他们认为"时代精神"不是各种思想意识汇合的统一整体，而是代表历史发展趋势的进步思潮。"金棍子"姚文元在与周谷城"商榷"的文章中，一方面断定"时代精神"就是单一的"革命阶级的思想和实践"，比如社会主义时代的"时代精神"，就是"无产阶级彻底革命的精神"，作家只有具备了"无产阶级改造世界的理想"和参加这种实践，才能表现"时代精神"；另一方面，姚文元又摆开架式，大动拳脚，说周谷城对于理解"时代精神"和表现"时代精神"所"开出的药方"，是"把毒药包上新的糖衣"，要"保护日益衰朽的旧事物免于灭亡"[②]。此后，《人民日报》先后发表文章，批判周谷城的"时代精神汇合"论，如李星等人的《周谷城的反动历史观和"时代精神汇合论"》（1964年9月3日），田丁文的《时代和时代精神——驳周谷城的反动观点》（1964年9月10日），文文宣的《文艺理论阵地上的革命精神和反动精神的斗争——驳周谷城的时代精神"汇合论"》（1964年10月30日），马穆安的《反对周谷城的时代精神"汇合"论》（1965年1月8日），等等。这些文章批判周谷城的"时代精神汇合"论是"披着超阶级外衣的、由不同阶级不同思想'汇合'而成的统一的时代精神，是社会生活中根本不存在的东西"，是"汇合"的掩盖下，"把反动阶级的反动精神冒充为时代精神"，"宣扬阶级合作，美化剥削阶级"（李星等），"把资产阶级人道主义捧为时代精

---

① 《新建设》1962年第12期。亦见《周谷城文选》，辽宁教育出版社1990年版，第468页。
② 《略论时代精神问题——与周谷城先生商榷》，《光明日报》1963年9月24日。

神"（田丁文）等。

所谓反"火药味"论是根据周扬等人的下述讲话中的片言只语罗织而成："我国社会主义和资本主义谁战胜谁的问题，现在已经解决了"，"我们的文学作品火药味大多了，舞台上枪杆子太多"，舞剧《白毛女》"武装斗争太突出了"等[①]。

抛出"文艺黑线专政"论、"黑八论"之后，江青一伙又紧接着对"全民文艺"论、"形象思维"论、"共鸣"论等加以批判，几乎可以说把过去的文艺理论都批了个遍，形成"扫荡一切"的局面。

所谓"全民文艺"论，源自1962年5月23日的《人民日报》社论《为最广大的人民群众服务》。此社论只是根据毛泽东《讲话》的内容，强调文艺要为广大的人民群众服务，并指出"这是发展我国社会主义文艺的最富于战斗性的正确路线"。就是这篇社论，在"文化大革命"期间被指责为是"一个利用文艺为资产阶级复辟制造反革命舆论的总纲领"。批判文章认为："文艺为什么人服务的问题，归根结蒂是文艺为哪一个阶级的专政服务的问题。在今天的我国，文艺为工农兵服务，就是为巩固无产阶级专政服务；文艺为所谓'全民'服务，就是为资产阶级服务，就是为复辟资产阶级专政服务。"文章指出，周扬等人反对文艺为工农兵服务，鼓吹"服务对象广泛"论和"广泛需要"论，拆穿了，就是要以资产阶级为文艺的唯一"服务的对象"，就是要以满足资产阶级的"需要"作为文艺的唯一任务。文章重申"无产阶级必须在上层建筑其中包括各个文化领域中对资产阶级实行全面的专政"[②]。值得注意的是，在"文化大革命"中受到批判、被加上各种吓人的莫须有罪名的理论和人物，其中大多数在今天看来实际上本身都带有"左倾"倾向（最典型的就是周扬）。

1966年6月1日，在《纪要》推出后不久，《人民日报》发表社论

[①] 可参阅《"火药味"浓，好得很!》，《人民日报》1966年5月6日；《革命的"火药味"好》，《人民日报》1968年10月20日等。

[②] 红城：《批判"全民文艺"论》，《人民日报》1970年10月16日。亦可参阅首都批判资产阶级反动学术"权威"联络委员会的文章《党内头号野心家是鼓吹"全民文艺"的罪魁》，《人民日报》1967年5月25日。

《横扫一切牛鬼蛇神》。社论指出："无产阶级文化革命，是要彻底破除几千年来一切剥削阶级所造成的毒害人民的旧思想、旧文化、旧风俗、旧习惯，在广大人民群众中，创造和形成崭新的无产阶级的新思想、新文化、新风俗、新习惯。"1966年11月，江青在一次讲话中用更加激烈的口气宣称："我们无产阶级文化大革命的一个重要方面，就是扫荡一切剥削阶级的残余，扫荡一切剥削阶级的旧思想、旧文化、旧风俗、旧习惯。"[①] 具体到对旧文艺的继承问题，江青把内容与形成割裂开来，认为对旧文艺的艺术形式，不能采取虚无主义的态度，不能采取全盘肯定的态度，可以有辨别的继承，而内容则完全不同。这样的认识阻断了艺术的发展之路，给文艺带来了几乎是灭顶之灾。

随后，有人撰文进一步解释为什么要对剥削阶级艺术的内容要"扫荡一切"。文章首先明确指出："真正伟大的艺术作品，必然是反映当代最重大的主题、最重要的题材的。主题或题材，从来就是一个重大的政治问题，即一个阶级对另一个阶级在意识形态领域实行统治或专政中的一个重大问题。"在这一阶级斗争原则的指导下，作者说："古的和洋的艺术，就其内容来说，大都是古代和外国的剥削阶级的政治愿望和思想感情的反映，是为古代和外国的剥削阶级服务的。这种内容，只能对社会主义中国的无产阶级政治产生破坏作用，不能为我们所用，必须通过革命的大批判，进行彻底的扫荡。"[②]

很显然，文学艺术的继承绝不仅仅限于形式方面，内容方面的题材、主题、情节、人物以至审美趣味、政治理想、社会心理、伦理道德等方面都可以而且应该有继承性。剥削阶级的艺术不仅仅形式上需要继承，内容也需要继承，而不应一味地否定它、抛弃它。扫荡一切论实际上是一种民族虚无主义、闭关锁国主义的体现，这显然是不利于我们文艺的发展的。一切旧文艺的内容都是反动的，这种观点是一种简单化的二元论，它的核心是否定一切超越时代和阶级的人性，价值和趣味，把斗争哲学推向极端。

[①]《江青同志讲话选编》，人民出版社1968年版，第19—20页。
[②] 丁学雷：《迎接无产阶级革命文艺新时代的到来》，《人民日报》1968年9月15日。

三 "根本任务"论和"三突出"创作原则

所谓"根本任务"论,是《纪要》首先提出的:"要努力塑造工农兵的英雄人物,这是社会主义文艺的根本任务。"这个"任务"是为了在文艺领域实现"无产阶级对资产阶级的全面专政"的目标而提出的。自此,"根本任务"论作为一个命题,就成为文艺创作的出发点、文艺批评的根本标准和文艺工作的"生命线"而凌驾于中国文艺界的上空。江青后来在《谈京剧革命》(《红旗》1967年第6期,《人民日报》1967年5月10日)的讲话中也明确指出:"要在我们的戏曲舞台上塑造出当代的革命英雄形象来。这是首要的任务","我们搞革命现代戏,主要是歌颂正面人物"等。当时的许多评论文章也就此阐述文艺问题。比如有文章认为:"在文艺舞台上以哪个阶级的英雄人物作为中心,从来就是文艺战线上两个阶级、两条路线斗争的焦点。"[①] "塑造哪个阶级的英雄形象,由哪个阶级的代表人物作为文艺舞台的主人,是政治斗争在文艺上的集中反映,是文艺为哪个阶级的政治路线服务的主要标志。"[②] "塑造无产阶级英雄典型,是社会主义文艺的根本任务。这是无产阶级在文艺革命过程中,为贯彻执行毛主席的无产阶级革命文艺路线而提出的一项纲领性的战斗任务。"[③] "只有塑造好无产阶级英雄典型,才能实现无产阶级在文艺领域里对资产阶级的专政。坚持这一根本任务,就是坚持文艺为工农兵服务的方向。这是任何时候都不可动摇的原则问题。"[④] 根本任务论从政治出发,把人物塑造看成是阶级斗争的武器,显然是有悖于文艺创作规律的;而更为严重的是,根本任务论不仅仅是文艺创作上的人物塑造问题,它会进一步影响到题材

[①] 焦宏铸:《塑造无产阶级英雄典型是社会主义文艺的根本任务》,《人民日报》1974年6月15日。

[②] 初澜:《京剧革命十年》,《人民日报》1974年7月5日。

[③] 焦宏铸:《塑造无产阶级英雄典型是社会主义文艺的根本任务》,《人民日报》1974年6月15日。

[④] 初澜:《京剧革命十年》,《人民日报》1974年7月5日。

的选择、风格的特点等,使许多很难完成"根本任务"的艺术形式如山水诗、风景画、抒情歌曲、相声、讽刺喜剧受到冷遇,无法自由发展。

"三突出"和"高大全"是20世纪五六十年代"正面人物"论和"英雄人物"论的进一步恶性发展,它的荒谬性以及给文坛造成的危害也由此达到了极致。

"三突出"这一术语,最早于1968年5月23日《文汇报》提出。这一天的《文汇报》发表了上海文化系统革筹会主任兼上海两出"样板戏"的实际总管于会泳的文章《让文艺舞台永远成为宣传毛泽东思想的阵地》,此文系于会泳为纪念"样板戏"诞生一周年而作:

> 江青同志反复强调,一定要让用毛泽东思想武装起来的无产阶级英雄形象占领京剧舞台,使京剧舞台成为宣传毛泽东思想的阵地。她说,在共产党领导下的社会主义祖国舞台上占重要地位的不是工农兵,不是这些历史的真正创造者,不是这些国家真正的主人翁,那是不能设想的事。她指出:要在我们戏曲舞台上塑造出革命英雄形象来,这是重要的任务……
>
> 我们根据江青同志的指示的精神,归纳为"三个突出"作为塑造人物的重要原则,即:在所有人物中突出正面人物;在正面人物中突出英雄人物;在主要英雄人物中突出最重要的即中心人物。江青同志的上述指示精神,是创作社会主义文艺的极其重要的经验,也是以毛泽东思想为武器,对文学艺术创作规律的科学总结。

"三突出"的正式表述见于1969年《红旗》杂志第11期发表的《智取威虎山》剧组的文章《努力塑造无产阶级英雄人物的光辉形象》(《人民日报》1969年11月3日转载)中。文章明确指出:"刻划反面人物,刻划其他正面人物,刻划环境气氛,都必须坚定不移地为突出主要英雄人物服务。"而"用反面人物的陪衬、其他正面人物的烘托和环境的渲染以突出主要英雄人物,是无产阶级文艺创作必须遵循的一条原则"。具体来说,文章提出了塑造英雄人物的"三突出"原则,即"在所有人物中突出正面人物;在正面人物中突出英雄人物;在英雄人物中突出主要英雄物。……其他一切人物（包括正面和反面的人物）的安排和环境的处理，都要服从于突出主要英雄人物这一前提"。在这一原则下指导下，所有人物都需要排定座次，不仅主要英雄、英雄、正面人物、反面人物要排座次，英雄也要分一号英雄人物、二号英雄人物，等等。所有人物都要从不同角度为一号英雄人物作远、近、正、反的铺垫，通过层层铺垫，层层衬托，从而大大突出出来的这位一号英雄人物是一个没有任何缺点和瑕疵的高大完美形象。此外，根据人物座次的排序确定人物在戏中的地位，再由地位决定戏份，从唱段的多少和长短，到出场的次数和时机，以至到舞台调度、灯光使用，都要根据这种排序来确定。这是一个设计严密、控制彻底的僵化程序，容不得半点马虎。它无疑和当时的极"左"政治、经济和文化达到了分毫不差的吻合。

例如在《智取威虎山》中，因为杨子荣是主要的英雄人物，所以，他的唱腔不仅应该安排重要的大段的唱，占比要大，要突出。而且要高质量。结果杨子荣的唱段几乎占全剧的一半。反面人物座山雕仅被安排了零碎的几句（而非常奇怪的是，即使这样，座山雕的形象在艺术上还是比杨子荣更加成功。这也是几乎所有样板戏的共同特点：反面人物塑造得远比正面英雄人物成功。而在英雄人物内部，一号英雄人物不如二号英雄人物，二号不如三号，依此类推。越是一号英雄人物就越概念化公式化）。在许多样板戏的改编中，都删掉了原作中一些非主要英雄人物的比较精彩的情节，认为这些情节削弱了主要英雄人物。在正面人物和反面人物的关系上，要突出正面人物，反面人物要让路，反对突出敌人；在正面人物中，要突出主要英雄人物，不能平分秋色。在人物塑造、音乐设计、舞台调度、灯光效果各方面，都要以此为原则进行调度。一旦反面人物的戏比较突出，那就成了"反面人物在舞台上气焰嚣张"，"违反了社会主义文艺的无产阶级党性原则"。因为，"这不是艺术处理问题，而是站在什么立场上、为谁服务的问题。是拥护、执行，还是反对、抗拒毛主席无产阶级革命路线的问题，也是区别无产阶级文艺家和资产阶级文艺家的分水岭。这是一场两个阶级、两条路线的激烈的斗争"[①]。

[①] 参阅包忠文主编《当代中国文艺理论史》，江苏教育出版社1998年版，第131—132页。

"三突出"的创作原则是在唯心主义英雄史观指导下形成的,它要求艺术家从主观的先验的框框出发,把生动复杂的现实关系统统纳入"三突出"的模式,纳入服从与被服从、陪衬与被陪衬、专政与被专政的模式中,这就必然造成人物形象千人一面,人物关系千篇一律的严重局面,造成文艺创作公式化、模式化的严重后果,这是自1949年初关于英雄人物讨论以来的政治要求压倒艺术规律的极端化体现。正如有学者指出的,"三突出"实际上"是社会政治等级在文艺形式上的体现。这种等级,是与生俱来的,无法由自己选择的,因而也就可以表述为'封建主义'的"①。

总之,"文化大革命"期间,文艺事业遭受空前的劫难,文艺丧失了其自身的独立性,成为政治斗争、阶级斗争的工具和武器。文艺批评充满了政治口号和浓重的火药味。这是极"左"路线极端化的体现,是我们需要认真吸取教训的②。

---

① 洪子城:《关于五十至七十年代的中国文学》,《文学评论》1996年第2期。
② 关于"文化大革命"时期的文艺学,可参阅包忠文主编《当代中国文艺理论史》第二章。我们的这一章也部分参阅了该书的第二章。

第十二章

拨乱反正与第四次文代会

1976年10月，随着"四人帮"被粉碎，十年"文化大革命"结束，全国上下、各行各业立即展开了一场规模空前的"拨乱反正"运动，文艺界也不例外。文艺界的"拨乱反正"主要是批判"文艺黑线专政"论，为文艺正名。它为中国新时期文学/文艺学的健康快速发展奠定了坚实的舆论基础。

一　拨乱反正与为文艺正名

批判"文化大革命"时期的"文艺黑线专政"论，是新时期文艺界拨乱反正的先声。1977年11月21日，《人民日报》编辑部邀请国内文艺界的知名人士举行座谈会。12月28—31日，《人民文学》编辑部也邀请了在京的部分文艺界知名人士召开座谈会。两次座谈会的核心议题，就是批判文艺界在"文化大革命"中形成的"文艺黑线专政"论，尤其是《人民文学》的座谈会，规模很大。当时的宣传部长、副部长，文化部长、副部长等都参加了会议，老一辈作家峻青、秦牧、夏衍、周立波、曹禺、臧克家、谢冰心等人也都参加了座谈会，并发了言。这次座谈会的基本调子是"坚持毛主席的革命文艺路线"，向"文艺黑线专政"论开火，把"四人帮"颠倒了的路线是非、思想是非、理论是非再颠倒过来。张光年指出："'文艺黑线专政'论是'四人帮'制造的冤案、罪案、假案、错案，就是要翻，把被'四人帮'颠倒了的东西再颠倒过来，这是正义的革命的行动。否则，就是不正义,不革命的。"① 当然也必须认识到,这次座谈会虽然批判了文艺黑线专政论,成为为新时期文学拨乱反正的先声,但它毕竟是在"两个凡是"的错误政策阴影下召开的,并没有真正从根源上深刻反思1949年以来"左"的文艺思想,其所使用的术语也都和新时期之前高度类似。

1978年5月11日,《光明日报》发表了特约评论员文章《实践是检验真理的唯一标准》,由此掀起了全中国关于真理问题的大讨论,为文艺界肃清"左"的文艺政策,真正为文艺正名提供了思想上和舆论上的支持。

"为文艺正名"的正式提出,源自1979年4月《上海文学》发表的"本刊评论员"《为文艺正名——驳"文艺是阶级斗争的工具说"》一文。但其实早在1979年1月,陈恭敏就在《戏剧艺术》第1期上发表了《工具论还是反映论——关于文艺与政治的关系》一文,拉开了"为文艺正名"的序幕。此文虽然没有正式提出"为文艺正名"的口号,但目的非常明确地批判了文艺是"阶级斗争工具"的观点。作者指出:"把文艺直接说成是阶级斗争的工具,显然是对文艺为政治服务的一种简单化、机械化的理解,是不符合艺术的规律的。"在文中,作者旗帜鲜明地批判了"四人帮"在文艺社会功能上的错误认识,即把一部分文艺所具有的某一种社会功能——"文艺是阶级斗争的工具",扭曲成了文艺的定义和全部本质,这就从根本上"取消了文学艺术的特征"。但是作者并没有彻底否定阶级斗争工具说,认为"工具"只是文艺的功能之一而不是全部功能。该文指出,把阶级斗争看作文艺的唯一社会功能,就"撇开了不以人的主观意志为转移的客观世界,把文艺与政治的欲望、意志的关系作为首先的和基本的关系来考察,这样的文艺观实质上是唯心主义的文艺观","如果我们把'文艺是阶级斗争的工具'作为文艺的基本定义,那就会抹煞生活是文艺的源泉,就会忽视文艺的多样性与丰富性,就会仅仅根据'阶级斗争'的需要对创作的题材与文艺的样式作出不适当的限制和规定,就会不利于题材、体裁的多样化和文艺的百花齐放"。该文最后真切地呼吁纠正"文艺

---

① 座谈会综述见《人民文学》1978年第1期的文章《热烈欢呼华主席的光辉题词,向"文艺黑线专政"论猛烈开火》。其他关于批判"文艺黑线专政"论的,可参阅人民文学出版社出版的《"阴谋文艺"批判》,1978年7月。

是阶级斗争的工具"这类不科学的口号,为文艺正名,正确处理文艺与政治、文艺与生活、内容与形式的关系,为繁荣社会主义文艺做出贡献。值得注意的是,这篇文章还是在唯心/唯物以及反映论的框架中来批驳阶级斗争工具论的,鲜明地体现了当时的时代特点。

自《为文艺正名》一文发表后,立即在全国范围内引起了一场关于"为文艺正名"的讨论。在讨论中,大多数人都明确反对文艺"阶级斗争工具"说,要求为文艺正名。但也有人对"为文艺正名"这一提法提出了异议。如有人认为,"'文艺是阶级斗争的工具'这个口号,既符合阶级社会中的文艺实际,也体现了历史唯物主义的思想,因而是一个科学的、马克思主义的口号",而人们之所以批判和否定这一口号,并不是口号本身有问题,而是这一口号被"四人帮"利用、歪曲和篡改了[1]。因此,"批判是应该有分析的,'工具'说既然被'四人帮'篡改了,就应还其本来面目,使它继续发挥应有的作用,而绝不是全盘否定。不然,因为'四人帮'用了肮脏襁褓,我们便把婴儿也抛掉,那我们可真要所剩无几了"[2]。这一观点的基本思路,是试图把"文艺是阶级斗争工具"的口号本身,和所谓"歪曲利用"口号的人——"四人帮"区分开来,似乎口号本身是没有什么问题的。这种观点显然是原先的"左倾"文艺思想的延续。针对这种情况,华东师范大学徐中玉教授撰文指出,鲁迅的确曾有过"工具论"的说法,但如果对鲁迅的文艺观作一整体考察,就会发现,鲁迅并没有把文艺定名为"阶级斗争工具",而更强调文艺自身的特征,这就是:"文艺的本质,原来只是生活的形象表现。"[3]

二 历史性的转折:第四次文代会

文艺界的论争也引起了国家领导人的关注,为文艺正名的问题最后还

---

[1] 吴世常:《"文艺是阶级斗争的工具"是个科学的口号》,《上海文学》1979年第6期。
[2] 孙书第:《论文艺是阶级斗争的工具——兼与〈为文艺正名〉作者商榷》,《吉林师范大学学报》(人文社会科学版)1979年第3期。
[3] 徐中玉:《文艺的本质特征是生活的形象表现》,《上海文学》1979年第11期。

是通过政治权力的介入而得到了基本解决。

1979年10月30日，全国第四次文学艺术工作者代表大会在北京召开，文代会的召开是当时思想解放运动的一部分，是1978年底的十一届三中全会精神的延续。三中全会否定了关于"反击右倾翻案风"、"天安门反革命事件"的决议，提出不再提"以阶级斗争为纲"的口号，把全党的工作重心转移到经济建设上来。会议还否定了"两个凡是"说，这些都为文艺的繁荣发展开拓了政治道路。会议由茅盾致开幕词，周扬作报告，夏衍致闭幕词。

三中全会之后，文艺理论界便开始了新一轮力度更大、范围更广的思想解放运动。《文艺报》1979年第1—9期发表了一批文艺批评文章，如《文艺报》特约评论员的《解放思想迅猛前进》（1979年第1期）、祁宣的《加快落实政策的步伐彻底解放文艺的生产力》（1979年第1期）、赵岳的《"文艺黑线专政论"必须推倒》（1979年第1期）、《文艺报》特约评论员的《文艺为实现四个现代化服务》（1979年第2期）、蒋孔阳的《严格按照"文艺规律"办事》（1979年第3期）、曹禺的《思想要解放创作得繁荣》（1979年第6期）、陈登科的《文艺创作必须继续解放思想》（1979年第8期）、罗荪的《贯彻双百方针必须批判〈纪要〉》（1979年第9期）等，这些文章在第四次文代会之前作了思想上的准备和气氛上的营造。

第四次文代会是我国文艺发展史上的一个极为重要的里程碑，也是一次具有历史意义的全国文艺大军的盛大会师。参加这次大会的有"五四"时期就投入新文化运动的老一辈文艺家；有"五四"以后在我国革命的不同阶段为人民解放事业做出贡献的文艺家；有新中国成立以后成长起来的文艺家；也有在同林彪、"四人帮"的斗争中涌现出来的文艺家。参加这次大会的，还有台港澳地区的文艺家。"这次大会，标志着全国文艺工作者的空前团结。"[①] 在这一点上，颇似新中国成立前夕召开的第一次全国文代会。正如有学者所说的："如果说，第一次全国文代会标志着新中国人民文艺的伟大开端；那么，第四次全国文代会则预示着新时期社会主义文

[①] 邓小平：《在中国文学艺术工作者第四次代表大会上的祝词》，中国文学艺术界联合会《中国文学艺术工作者第四次代表大会文集》，四川人民出版社1980年版，第1页。

艺的伟大转折。"

在这次文代会上,邓小平同志代表党中央在大会上作的《祝词》,是新时期文艺工作具有纲领性质的文件,也是这次大会具有里程碑意义的主要标志。在《祝词》中,邓小平同志对以前的文艺工作作出了全面评价,为今后的文艺工作提出了明确的指导方针,特别是对一些重大的理论问题进行了澄清。

《祝词》对新中国成立至"文化大革命"爆发前的十七年和"文化大革命"结束后三年来的文艺工作作了基本估价。邓小平说:

> "文化大革命"前的十七年,我们的文艺路线基本上是正确的,文艺工作的成绩是显著的。所谓"黑线专政",完全是林彪、"四人帮"的诬蔑。在林彪、"四人帮"猖獗作乱的十年里,大批优秀作品遭到禁锢,广大文艺工作者受到诬陷和迫害。在那个时期,文艺界的许多同志和朋友,正气凛然地对他们进行了抵制和斗争。在我们党和人民战胜林彪、"四人帮"的斗争中,文艺工作者做出了令人钦佩的、不可磨灭的贡献。①

对于"文化大革命"结束后三年的文艺工作,邓小平同样给予了积极热情的评价,认为"文艺界是很有成绩的部门之一。文艺工作者理应受到党和人民的信赖、爱护和尊敬。斗争风雨的严峻考验证明,从总体来看,我们的文艺队伍是好的。有这样一支文艺队伍,我们党和人民是感到十分高兴的"②。

对于今后的文艺工作,邓小平给出了明确的方针:

> 我们要继续坚持毛泽东同志提出的文艺为最广大的人民群众、首先为工农兵服务的方向,坚持百花齐放、推陈出新、洋为中用、古为

---

① 邓小平:《在中国文学艺术工作者第四次代表大会上的祝词》,中国文学艺术界联合会《中国文学艺术工作者第四次代表大会文集》,第1—2页。

② 同上书,第2页。

今用的方针，在艺术创作上提倡不同形式和风格的自由发展，在艺术理论上提倡不同观点和学派的自由讨论。列宁说过，在文学事业中，"绝对必须保证有个人创造性和个人爱好的广阔天地，有思想和幻想、形式和内容的广阔天地"。围绕着实现四个现代化的共同目标，文艺的路子要越走越宽，在正确的创作思想的指导下，文艺题材和表现手法要日益丰富多彩，敢于创新。要防止和克服单调刻板、机械划一的公式化概念化倾向。①

在这里，邓小平在强调要继续执行以前的正确的文艺路线方针（包括文艺的工农兵方向）之外，更强调文艺创作规律，强调文艺工作者的个性和创新，体现了对具有极强个性特色的文艺活动的尊重。邓小平提出的文艺为"最广大的人民群众"服务的观点，既是对文艺为政治服务的纠偏，也是对文艺为工农兵服务的超越和发展。

在文艺与政治关系问题上，如前所述，"文化大革命"后还存在争议，在这个问题上，邓小平给予了澄清，他明确指出：

各级党委都要领导好文艺工作。党对文艺工作的领导，不是发号施令，不是要求文学艺术从属于临时的、具体的、直接的政治任务，而是根据文学艺术的特征和发展规律，帮助文艺工作者获得条件来不断繁荣文学艺术事业，提高文学艺术水平，创作出无愧于我们伟大人民、伟大时代的优秀的文学艺术作品和表演艺术成果。②

邓小平从文艺创作规律出发，明确否定了政治直接干预文艺的粗暴做法，这对新时期文艺回到健康的发展轨道具有极其重要的价值和意义。后来（1980年1月），邓小平在一次会议报告中更是明确指出："我们坚持'双百'方针和'三不主义'，"三不主义"，即不抓辫子，不打棍子，不戴帽

---

① 邓小平：《在中国文学艺术工作者第四次代表大会上的祝词》，中国文学艺术界联合会《中国文学艺术工作者第四次代表大会文集》，第4—5页。

② 同上书，第7页。

子。不继续提文艺从属于政治这样的口号,因为这个口号容易成为对文艺横加干涉的理论根据,长期的实践证明它对文艺的发展利少害多。但是,这当然不是说文艺可以脱离政治,文艺是不可能脱离政治的。"①

邓小平《祝词》的基本精神在周扬的《继往开来,繁荣社会主义新时期的文艺》的报告中得到了全面阐发。周扬在报告中回顾了"五四"以来新文艺的发展历程,尤其是新中国成立以来30年的发展,指出:"建国三十年来,我们的社会主义文学艺术,同我国的其他事业一样,经历了伟大而艰巨的历程。我们取得了巨大的成就,积累了正反两方面的丰富经验。"②反面经验就是指导思想上的"左"的倾向给党和文艺事业带来了严重损害,而林彪、"四人帮"一方面把我们执行的正确路线诬蔑成反革命修正主义路线;另一方面又把我们工作中的一些缺点错误,从极"左"的方面加以利用和恶性发展(这个观点值得重视,它看到了"四人帮"的极"左"并非无中生有,不是从天上掉下来的)。正面经验就是"我们的文艺工作在大部分的时间内,基本上执行了党和毛泽东同志所规定的文艺路线,总的来说,是以马克思列宁主义、毛泽东思想作为自己的指导原则的"③。周扬总结道:"无可否认,我们的文艺工作,成绩是主要的、巨大的,主流是正确的、健康的。""我们既要充分肯定成绩,又要正视过去工作中的缺点错误。我们要善于从痛苦的经验中学习,汲取教训,以戒未来。"④这样的估价在今天看来或许不能十分令人满意,但是在当时也只能说到这个程度了。

在文艺与政治的关系这个极为敏感又无法绕过的问题上,周扬首先肯定了文艺不能离开政治,"文艺反映人民的生活,不能与政治无关,而是密切相联,只要真实地反映人民的需要和利益,也就必然给予伟大的影响于政治。鼓吹脱离政治,只能使文艺走入歧途"⑤。但周扬也指出,这里的

---

① 邓小平:《目前的形势与任务》,《邓小平文选》第2卷,人民出版社1994年版,第255—256页。
② 《中国文学艺术工作者第四次代表大会文集》,第18页。
③ 同上书,第32页。
④ 同上书,第33页。
⑤ 同上书,第37页。

政治是指阶级的政治，群众的政治，不是少数政治家的政治，更不是一小撮野心家和阴谋家的政治。在此基础上，周扬就当时的文艺的政治性作了进一步阐释，指出，我们的文艺要培养社会主义的新人，提高人民的精神境界，促进社会主义社会进一步完善和发展，满足人民日益增长的文化生活的需要，这就是社会主义文艺的目的，也就是它的政治任务。因此，不应该把文艺和政治的关系狭隘地理解为仅仅是要求文艺作品配合当时当地的某项具体政策和某项具体政治任务。把文艺说成只是阶级斗争的工具，把文艺和政治的关系简单化，是不对的。

文艺离不开政治，但政治也绝不能代替艺术。政治不等于艺术。周扬指出，政策图解式的、说教式的、公式化概念化的、标语口号式的作品，由于缺乏生活的真实和艺术的力量，是不为人们所欢迎的，也不能很好地发挥文艺的政治作用。文艺对政治发生影响，要通过典型化的艺术形象，采用多样化的艺术手段。作品的典型化程度越高，艺术手段越多样，感染人的力量越强，就越能对政治发生作用。无论在文艺的领导工作方面，还是在作家、艺术家本身，那种但求政治无过、不求艺术有功的思想都是对人民不利的。

在这里，周扬在文艺与政治的关系上，强调了艺术创作的规律，否定了文艺为政策服务，对破除僵化的文艺工具论有重要意义。

此外，周扬还从党如何领导文艺工作这个至关重要的问题，进一步阐述了文艺与政治的关系。他指出，党对文艺工作的正确领导，应当依靠群众，尊重专家，应当力求由外行变为内行，按照艺术规律办事，绝不应当只凭个人感想和主观意志发号施令，进行家长式的领导。作家写什么和怎样写，应有自己的自由，领导不要横加干涉，而要善于诱导；要鼓励不同意见的相互讨论和争辩，要允许犯错误和改正错误，允许批评和反批评。这些都是对新中国成立以来文艺工作中的教训的总结[①]。

除了阐述文艺与政治的关系之外，周扬还从历史发展的经验教训上，阐述了文艺与生活的关系、文艺的继承与革新问题。前者表现在艺术实践上，就是文艺创作上的现实主义问题；后者表现出的就是如何贯彻推陈出

---

① 《中国文学艺术工作者第四次代表大会文集》，第38页。

新、古为今用、洋为中用的方针的问题。

这个讲话虽然在很多基本方面依然是"文化大革命"前,特别是"双百"方针和20世纪60年代初期调整时期比较开明的文艺政策的延续,但是毕竟使得文艺以及文艺政策基本上回到了正常的轨道,一个特别明显的变化是不再动不动就提"小资产阶级知识分子",不再拿这顶帽子来压人了。

针对有些同志指责文艺界的思想解放"过了头",造成了群众思想的"混乱",甚至把社会上出现的某些错误思想归结于文艺,周扬明确指出,这是不符合实际的。现在的情况不是思想解放过了头,而是思想解放还不够,束缚思想解放的阻力还很大,思想僵化或半僵化的,还大有人在。要求文艺工作者解放思想,首先文艺工作的领导人员自己带头解放①。

总之,解放思想既是走向未来的途径,也是对过去教训的反思和超越。对于长期遭到"左"倾错误思想控制的文艺界来说,解放思想非常重要,这也是本次大会所讨论的一个重要主题,而文艺上的解放思想又有多重含义。

茅盾在题为《解放思想,发扬文艺民主》的发言中也指出,作家和领导都需要解放思想。就作家创作上的解放思想来说,题材必须多样化没有任何禁区;人物也必须多样,正面人物、反面人物、中间人物、落后的人物,都可以写,没有禁区。就创作方法来说,也应该是多样化的,作家有采用任何创作方法的自由②。实践是检验真理的唯一标准,哪一种创作方法更接近真理,将由实践来回答。规定死了,只能有害于文艺园地的百花齐放③。

夏衍在《闭幕词》中,也就有人对解放思想持有疑虑、害怕乃至反对解放思想的现象作了分析。认为,这种现象的存在,正是文艺界去年以来对"实践是检验真理的唯一标准"的讨论进行得不够深入的缘故,也是对林彪、江青炮制的那个《纪要》没有认真批判的缘故。夏衍指出,目前在

---

① 《中国文学艺术工作者第四次代表大会文集》,第41—42页。
② 同上书,第73页。
③ 同上书,第75页。

文艺界，思想解放不是过了头，而只是露了一点头，离真正的思想解放和文艺民主还有一段距离。而在中国，由于封建主义的思想文化在中国还有广泛的影响，加上林彪、"四人帮"一伙长期推行的那条极"左"路线，和新旧教条主义的束缚，中国文艺界要真正解放思想，绝不是一个短时期内所能解决的事情①。

在第四次文代会闭幕的第二天（1979年11月17日），《人民日报》即发表社论《迎接社会主义文艺复兴的新时期——热烈祝贺中国文学艺术工作者第四次代表大会胜利闭幕》，对这次会议给予了总结和高度评价。社论肯定这次大会"是总结三十年来我国社会主义文学艺术经验的大会，是继续深入批判林彪、'四人帮'的极左路线，进一步解放思想，加强团结，同心同德进行新的长征，为开辟社会主义文艺繁荣新时期而努力奋斗的大会"②。社论进一步阐述了大会关于解放思想和坚持"双百"方针的精神。

社论指出，思想要有一个大解放，作风要有一个大改变。文学艺术事业的繁荣同思想的解放是密切不可分的。思想解放就是要求按照辩证唯物主义的思想路线来研究新情况，解决新问题。不这样做，文艺是不可能有大的突破，取得大的发展的③。就领导工作来说，思想也必须要有一个大的解放，一定要站到思想解放运动的前列，真正解决思想路线问题，成为这一革命潮流的促进派。在领导方法和领导作风上，必须克服发号施令的"一言堂"作风，要尊重客观实际，尊重群众的首创精神，尊重艺术规律，要尽可能地变外行为内行，把工作做到点子上；一定要发扬艺术民主，提倡自由讨论的空气，听得进不同意见，一定要走群众路线，体察群众的脉搏和情绪，了解群众的意见和愿望④。

关于"双百"方针，社论指出，检验"双百"方针是否正确贯彻，检验文艺工作的一切成就，归根结底，只有一个标准，就是创作是否繁荣，能否满足广大人民群众的精神生活的正当需要和提高人民的精神道德水

---

① 《中国文学艺术工作者第四次代表大会文集》，第109—110页。
② 亦见《中国文学艺术工作者第四次代表大会文集》，第374页。
③ 同上书，第374—377页。
④ 同上书，第377—379页。

平,是否出作品,出人才,出理论——文艺理论的目的也是创作的发展和提高开辟道路①。

这次会议还恢复了周扬、茅盾、林默涵、巴金等老一辈作家、批评家的领导地位,新一届的文代会领导分别是:茅盾为名誉主席,周扬为主席,巴金、夏衍、冰心、林默涵为副主席。

三 "二为"方向的提出与党的文艺政策的新调整

在第四次文代会上,邓小平虽然提出文艺要为"最广大的人民群众",但并没有形成一个像"双百"方针这样的政策性口号。1980年7月26日,《人民日报》发表社论《文艺为人民服务,为社会主义服务》,正式提出文艺的"二为"方向。"二为"口号的提出,自第四次文代会到《人民日报》社论,经过了一个集体商讨的过程。

在第四次全国文代会期间和会后,文艺界对文艺新方向如何表述进行过热烈的讨论。当时主持文艺领导工作的贺敬之的意见对中共中央最后决定用"二为"来表述起了重要作用。1980年1月23日,贺敬之在中宣部第三次理论座谈会上说:"对我们的文艺方向的概括性的表述,是不是可以在'我们的文艺要为广大人民群众,首先是为工农兵服务'之下,加一句'为社会主义服务'?光提前一句,可能使有些人误解为只是一个服务对象。加上后一句,可以简明地指出时代特点,指出对文艺的思想内容和社会功能的要求。"②这项建议很快为党中央所接受。

第四次文代会闭幕不久,1980年1月23日至2月13日,中国戏剧家协会、中国作家协会、中国电影家协会在北京召开剧本创作座谈会,就近年来话剧、电影剧本创作中出现的一些新情况、新问题以及文艺创作中的

---

① 《中国文学艺术工作者第四次代表大会文集》,第379页。
② 贺敬之:《谈谈文艺和政治的关系》,见《贺敬之文艺论集》,红旗出版社1986年版,第131页。

一些重要理论问题进行讨论和探索①。周扬、胡耀邦在会上发表了讲话②。周扬在讲话(《解放思想，真实地表现我们的时代》，1980年2月21日)中重申了要继续解放思想，认为只要这样，才能正确地认识和表现我们的时代。在谈到文艺与政治的关系时，周扬指出：

> 我们提文艺要为人民服务、为社会主义服务，这不比单提为政治服务更适合、更广阔吗？社会主义的涵义不只包括政治，还包括经济和文化。第四次文代会提出，我们的文艺要培养社会主义新人，促进社会主义社会的进一步完善和发展，提高人民的精神境界，满足人民日益增长的文化需要，这不就是文艺为人民服务、为社会主义服务的主要内容吗？③

在这里，周扬延伸了邓小平在第四次文代会《祝词》中文艺"为广大的人民群众服务"的思想，提出"为政治服务"的提法过于狭隘，第一次明确地提出了新时期文艺的新口号。但这一口号并没有立即得到党中央的认可和批准，期间又经过了中宣部和文化部的商讨，才最终形成《人民日报》社论"二为"方向的明确提法④。

社论在肯定"文艺为政治服务"这一口号在历史上所起的积极作用的基础上，重点分析了它在理论上和实践上的缺陷，指出把为政治服务作为文艺工作的总口号，作为文艺的唯一任务，要求一切文艺作品都要反映一定的政治斗争，都要配合一定的政治任务，这显然是不合适的。而林彪、"四人帮"别有用心地利用了"为政治服务"这个口号，把文艺紧紧地绑在他们的反革命政治战车上，造成了极其严重的恶果。这个历史教训是很深刻的。

---

① 关于这次座谈会的情况，参阅《良好的开端》，《文艺报》1980年第3期；《剧本创作座谈会情况简述》，《文艺报》1980年第4期。
② 胡耀邦的讲话《在剧本创作座谈会上的讲话》，见《文艺报》1981年第1期。
③ 周扬：《解放思想，真实地表现我们的时代》，《文艺报》1981年第4期。
④ 可参阅徐庆全《"文艺为人民服务，为社会主义服务"的提出》，《学习时报》2004年9月6日；尹家民《邓小平重整文化部》，《党史博览》2005年第6期。

为此，社论肯定了"文艺为人民服务，为社会主义服务"这个口号，认为这个口号"概括了文艺工作的总任务和根本目的，它包括了为政治服务，但比孤立地提为政治服务更全面、更科学。它不仅能更完整地反映社会主义时代对文艺的历史要求，而且更符合文艺规律"。具体到"二为"方向的内容，社论明确指出，为人民服务，就是为除一小撮敌对分子外的全体人民群众，包括广大的工人、农民、士兵、知识分子、干部和一切拥护社会主义、热爱祖国的人们服务，首先是为工农兵服务。为社会主义服务，就是为社会主义的经济、政治、军事、文化等各项事业的根本需要服务，在今天，就是为社会主义现代化建设的伟大事业服务。如果我们考虑到中国特色的官方术语系统的特殊意涵，就不难体会到这样的提法和认识已经表现了党的文艺方针的重要调整。

社论还进一步重申了"双百"方针，指出，为保证文学艺术沿着正确方向不断繁荣起来，一定要坚定不移地、始终不渝地贯彻执行"百花齐放，百家争鸣"的方针。

"二为"方向的新口号被正式提出后，并没有立即得到学术界、文艺理论界的完全认同和接受，而是引起了广泛的讨论。1980年7月31日至8月15日，在江西庐山举办的全国高等学校文艺理论学术讨论会上，就曾对这个问题展开过讨论。有的肯定"文艺为人民服务，为社会主义服务"的口号，认为这一口号总结了革命文艺发展史上的经验教训，比"文艺为政治服务"的口号更全面、更科学，比较全面地概括了文艺工作的任务和目的，反映了时代对文艺的历史要求，也很符合文艺的规律。有的认为"文艺为政治服务"的口号即便在今天也有一定的道理和存在的价值，不宜轻易否定。有的则认为两个口号没有根本的区别，是你中有我，我中有你，它们的根本要求和大方向是一致的。因此，口号怎么提都一样，关键在于是否真正实行艺术民主，以及保证艺术民主的政治民主①。

由此可见，并不是所有人在当时都能理解和认同"二为"提法的。1980年12月，贺敬之在电影局召开的影片观摩学习会上，对这一口号作了论证和说明。针对有人还坚持提"工农兵方向"，坚持提为政治服务的

---

① 《中国文学研究年鉴》（1981年卷），中国社会科学出版社1982年版，第315—316页。

观点，贺敬之指出："在新的历史条件下，提为人民服务，具体的涵义是为广大人民，首先是为工农兵服务，而不提只是为工农兵服务，这是更科学的。文艺反映政治生活，对政治起重大作用，但文艺并不是只反映政治生活，只对政治起作用。""孤立地提为政治服务，是不能完整地反映文艺的客观规律的。提为社会主义服务，却可以包括文艺反映生活和文艺社会功能的各个方面，又表述了文艺的时代性和阶级性质，因此是正确的、科学的。"针对有人认为既有"双百"方针，何必再提"二为"方向的看法，贺敬之认为这种认识"是不能使人同意的"。贺敬之指出："我们社会主义文艺的总方针不能不指明方向。'双百'方针不是明确表达社会主义方向的语言，这是不言而喻的。"紧接着，贺敬之具体阐述了"双百"和"二为"的关系。贺敬之指出："贯彻'双百'方针，是艺术民主的体现，是为了保障人民内部的专业和业余的文艺工作者充分发挥他们的积极性和创造性，表现他们的思想见解和艺术个性的。这种艺术民主，就是社会主义政治民主的艺术范围的体现。因此就这一点来说，'双百'方针是手段，也是目的。但它也不能说是唯一的目的，因为社会主义的文艺还必须要求它为人民服务，为社会主义服务，贯彻'双百'方针是为了要实现'二为'方向。"[①] 实际上，贺敬之的这番解释不仅是针对"左"的思想的遗留（比如仍然坚持只提"为政治服务"），同时也另有所指。他指出，过分强调"双百"方针，强调艺术民主，可能忽视为人民、为社会主义服务的这一方向，在创作上表现出一种远离政治、脱离人民的倾向。可谓一箭双雕。

1982年6月，胡乔木在召开的中国文联第四届二次全委会闭幕后的招待茶会上，也针对当时有些人不理解"二为"方向，继续提"为政治服务"的情况进一步阐明了新口号的意义。胡乔木认为，提出这个新口号，来代替"为政治服务"的旧口号，有很大的必要，两个口号有很大不同。根本的不同在于，"新口号比旧口号在表达我们的文艺服务的目的方面，来得更加直接，给我们的文艺开辟的服务途径，更加宽广"。因为人民，这是我们一切工作的目的，这是我们一切工作所努力服务的对象，此外没

[①] 贺敬之：《对当前文艺工作的几点看法》，见《贺敬之文艺论集》，第163页。

有第二个目的、第二个对象。共产党的宗旨就是为人民服务。胡乔木接着阐述了政治与人民的关系，指出，"为政治服务"中的政治本身不是目的，政治是达到我们的目的的一种手段。政治的目的是为人民的利益。人民的利益，这才是目的。政治要从属于人民，从属于社会主义，这样的政治才是正确的；如果政治不从属于人民，不从属于社会主义，这样的政治就是错误的。所以，我们提出文艺"为人民服务，为社会主义服务"，这就把直接的、根本的目标摆到了我们面前，而不需要经过一个间接的目标。因此，"为人民服务，为社会主义服务"的提法比"为政治服务"的提法更本质，它的范围比"为政治服务"广阔得多。胡乔木最后强调，在这个问题上，争论的时间已经够长了，"我认为不必再进行下去了"[①]。胡乔木的这番话已经触及了问题的要害：只有为人民的政治才是文艺应该服务的政治。当然，问题的根本还是没有完全解决：到底由谁来决定、评判特定时期的政治是否是"为人民的政治"？

自此以后，"二为"方向完全确立起来，与"双百"方针一起，成为新时期党的文艺政策的集中体现。

[①] 胡乔木：《关于文艺与政治关系的几点意见》，《胡乔木谈文学艺术》，人民出版社1999年版，第248—250页。

第十三章

关于人性和人道主义的讨论

在中国现当代文艺思潮史上曾经发生过数次关于人性和人道主义的论争。第一次发生在20世纪30年代，论争在左翼和新月派文人之间展开。以鲁迅为代表的左翼文人主张文学的阶级性，而以梁实秋、徐志摩等人为代表的新月派，坚持文学乃是基于固定的普遍的"人性"，强调文学要张扬自由，而无产阶级文学的错误，在于把文学当作阶级斗争的工具而否认文学本身的价值。第二次发生在20世纪40年代的北平，交战双方为自由主义的京派和左翼文学界，以中华人民共和国的成立而宣告结束。左翼文艺界在30年代批判了梁实秋等人的普遍人性论之后，随后还发动了对第三种人、自由人的批判，反对那种"为艺术而艺术"、"艺术至上"的主张，其出发点依然是阶级论的文学观。这实质上是同新月派人性论文学思想斗争的继续。1942年，毛泽东的《在延安文艺座谈会上的讲话》就批判了所谓"超阶级的抽象的人性论"，认为并不存在抽象的人性，只有具体的、以阶级性为基础的人性。

第三次和第四次围绕同样问题的论争发生在新中国成立后，一次在20世纪50年代，一次在"文化大革命"后的新时期初期。本章我们要梳理和分析的就是当代文艺学中的这两次讨论。

一　20世纪50年代关于人性、人道主义的讨论

由于与阶级斗争理论的直接对立，人道主义在1949年后基本上是一

个禁区，但是在"双百"方针的影响下，在1957年出现了弥足珍贵的人道主义的先声。

（一）人性和人道主义的提出

最早公开提出人性问题的，应该是巴人，他于1957年初发表了《论人情》[①]（《新港》1957年第1期）一文。在文中，巴人批评当时的文学作品"政治气味太浓，人情味太少"，"作品不合情理，就只是唱'教条'"。他希望文艺作品"有更多的人情味"，呼唤"魂兮归来，我们文艺作品中的人情！"那么，什么是人情？巴人认为，"人情是人和人中间共同相通的东西。饮食男女，这是人所共同要求的。花香、鸟语，这是人所共同喜爱的。一要生存，二要温饱，三要发展，这是普通人的共同的希望"。"人情也就是人道主义。"关于在阶级社会里是否可以表现人情、人道主义的问题，巴人首先承认"文艺必须为阶级斗争服务"，但他又从阶级斗争的根本目的出发，认为"阶级斗争也就是人性解放的斗争"，其"最终目的则为解放全人类，解放人类本性。忘记这一点是不行的"。由此出发，巴人指出，描写阶级斗争"就必须有人人相通的东西做基础。而这个基础就是人情，也就是出于人类本性的人道主义"。如果认为作品中有太多的人情味，就会失掉阶级立场，巴人认为这是一种"矫情"。"'矫情'往往是失掉立场，也丢掉理想的。"巴人还对"阶级性"这一概念做了分析，认为阶级性是人类本性的"自我异化"，文艺为阶级斗争服务，"正是要使人在阶级消灭后'自我归化'——即回复到人类本性，并且发展这人类本性而日趋丰富"。我们作品中缺少人性、人道主义，其原因在于我们机械地理解了文艺的阶级性。

巴人的这一文章是以随笔的形式写的，并不是严谨的学术理论论文，但即便如此，它对新中国的文坛和学术界仍然产生了极大震动。文章发表两个月后，同一刊物就发表了批评文章，被指斥为"十足的文艺上的'人性论'"[②]。

[①] 亦见《巴人文艺短论选》，花城出版社1988年版。
[②] 张学新：《"人情论"还是"人性论"——评巴人的〈论人情〉》，《新港》1957年第3期。

为了回应人们的批评，巴人写了《给〈新港〉编辑部的信》等文章①，同时也对自己的观点作了进一步的解释和补充。在《给〈新港〉编辑部的信》中，巴人承认《论人情》一文"论点和有些措辞有错误"，但重申此文的主旨是"'通的是人情，达的是无产阶级的道路'。前者是'手段'，后者是'目的'"。

除了批评巴人的文章之外，也有一批支持或赞同巴人观点的文章相继发表。王淑明在同一刊物上发表了《论人性与人情》（《新港》1957年第7期）、陈梦家发表了《论人情》（《人民日报》1957年5月8日）、徐懋庸发表了《过了时的纪念》（《文汇报》1957年6月7日）等，都对巴人的观点表示了支持。钱谷融发表于《文艺月报》1957年5月号的文章《论"文学是人学"》②，是继巴人的《论人情》之后，在人情、人性、人道主义方面最具影响力的文章，充分展示了"双百"方针提出后，人们对人性的呼唤和渴望。

王淑明在文章认为，尽管"在阶级社会中，每个成员的心理活动，其具体的表现形态，都不能不带有阶级的烙印"，但这"并不排斥人类在一些基本情感上，仍然具有着'共同相通的东西'"。他以"两性和亲子之爱"为例指出，亲子之爱，男女之情，是人类正常的本性，"人性的具体表现形式，虽带有阶级的印记，但人性的每一步正常的发展，却逐渐向其本体接近。在这里，人性的本质，又可以说是具有相对普遍性的基础的"。文学作品之所以能在人们的心灵上发生共鸣的作用，其原因就在于此。所以，"将人性与阶级性对立起来，将作品的政治性与人情味割裂开来；说教为人性既带有阶级性，就不应有相对的普遍性，作品要政治性，就可以不要人情味，这些庸俗社会学的论调，客观上自然也助长了作品的公式化概念化的发展，我以为这些都是要不得的"。徐懋庸论述了人性与阶级性的关系。他说："在阶级社会里，人性并不是消失了，而是'一般人性'被阶级性排挤到人性的次要地位。且往往因阶级性而变质，特别在阶级斗

---

① 《给〈新港〉编辑部的信》，《新港》1957年第4期；《以简代文》，《北京文艺》1957年第5期等。

② 亦见钱谷融《论"文学是人学"》，人民文学出版社1981年版。

争剧烈的时候,'一般人性'常常似乎完全消失了。"陈梦家也明确指出:"一切好的文学艺术品总是顺乎人情合乎人情的。文学艺术既是表现人类的情感思想的,而人人具人情之所常,所以作品可以感动人心。"

(二) 钱谷融的"文学是人学"

钱谷融在《论"文学是人学"》中,从文学的任务、作家的世界观与创作方法、评价文学作品的标准、创作方法的区别,以及人物的典型塑造五个方面论述了"文学是人学"这一命题,"认为谈文学最后必然要归结到作家对人的看法、作品对人的影响上"①。

第一,在文学的任务上,钱谷融认为,一切艺术,包括文学在内,它的最最基本的推动力,"就是改善人生、把人类生活提高到至善至美的境界的那种热切的向往和崇高的理想"。而文学要达到教育人、改善人的目的,就"必须从人出发,必须以人为注意的中心","就是要达到反映生活、揭示现实本质的目的,也还必须从人出发,必须以人为注意的中心"。由此出发,钱谷融反对把反映现实当作文学的直接的、首要的任务;尤其反对把描写人仅仅当作是反映现实的一种工具、一种手段。他说:"说文学的目的任务是在于揭示生活本质,在于反映生活发展的规律,这种说法,恰恰是抽掉了文学的核心,取消了文学与其他社会科学的区别,因而也就必然要扼杀文学的生命。"

第二,就作家的世界观与创作方法来看,钱谷融提出,"不仅要把人当作文学描写的中心,而且还要把怎样描写人、怎样对待人作为评价作家和他的作品的标准"。而作家怎样描写人,怎样对待人,这"当然与作家的思想,与作家的世界观有关"。在文学领域内,"作家的对人的看法,作家的美学理想和人道主义精神,就是作家世界观中起决定作用的部分了"。钱谷融举了托尔斯泰和巴尔扎克的例子来阐述了这个问题,指出作家头脑中人道主义的胜利,使得作家在描写人物上也发生变化。

第三,从评价文学作品的标准来看,钱谷融认为,"一个最基本的、最必要的标准"就是"人道主义原则",它是"构成人民性与现实主义的

---

① 钱谷融:《我怎样写〈论"文学是人学"〉?》,《论"文学是人学"》,第63页。

必不可少的条件"。而人道主义与阶级观点并不矛盾，因为真正的人道主义者，必然是同情被压迫者和被剥削者而痛恨压迫者和剥削者的，他必然会站在被压迫者和被剥削者一面来反对压迫者和剥削者。由此看来，人道主义与抽象的人性论是不同的。而何谓人道主义，钱谷融在这一部分做了详细的阐述：

> 人道主义，作为一种思潮来说，虽是十六七世纪在欧洲为了反对中世纪的专制主义而兴起的。但人道主义精神，人道主义理想，都是从古以来一直活在人们的心里，一直流行、传播在人们的口头、笔下的。我们无论从东方的孔子、墨子，从西方的苏格拉底、柏拉图等人的言论著作中，都可以发现这种精神，这种理想。虽然随着时代、社会等等条件的不同，人道主义的内容也时时有所变动，有所损益，但我们还是可以从其中找出一点共同的东西来的。那就是：把人当作人。把人当作人，对自己来说，就意味着要维护自己的独立自主的权力。对别人来说，又意味着人与人之间要互相承认互相尊重。所以，所谓人道主义精神，在积极方面说，就是要争取自由，争取平等，争取民主。在消极方面说，就是要反对一切人压迫人、人剥削人的不合理现象；就是要反对不把劳动人民当做人的专制与奴役制度。

这可以看作是钱谷融人道主义思想的核心内容。这个观点应该说是很深刻的，不仅当时如此，今天也仍然如此。

第四，钱谷融认为各种不同的创作方法的区别，"是只有从它们描写人、对待人的态度上，从它们有没有人道主义精神以及什么样的人道主义精神上，才能找到说明的"。"现实主义者是把人当作世界的主人来看待，当作'社会关系的总和'来理解的。他是用一种尊重的、同情的、充满人道主义精神的态度来描写人、对待人的。"就社会主义现实主义来说，它之所以是一种新的现实主义，首先就是因为它体现了社会主义的美学理想，因为它是按照社会主义的人道主义的原则来描写人、对待人的。

第五，在人物典型的塑造上，钱谷融指出，"文学的对象，既然是具体的在行动中的人，那就应该写他的活生生的、独特的个性，写出他与周围的人和事的具体联系。人物之所以有典型性，乃是因为在他的周围集结着各种各样的人和事；乃是因为通过他的活动，展开了一幅广阔的社会生活的图景，概括出那一时代的错综复杂的社会阶级关系的缘故。而作品的典型意义，也不应该仅仅从作品中的个别人物身上去找，而是应该从作品所构成的整个画面，所揭示的生活的总的动向中去找寻的"。由此钱谷融指出，不应该去写那只存在于抽象概念中的阶级性。不应该把人物的活动作为他的阶级性的图解，阶级性是从具体的人身上概括出来的，而非反之。

钱谷融的这篇文章，是一篇理论性、系统性都很强的文章，也具有很强的说服力。

（三）关于人道主义的讨论和批判

巴人和钱谷融关于人学的文章，尤其是钱谷融的文章发表后，受到了很多人的批评，形成了对人情、人性、人道主义的批判风潮[①]。1958年，新文艺出版社编辑出版了《"论'文学是人学'"批判集》（第一集），收录了诸多批判文章以及钱谷融的《论"文学是人学"》。1960年，《文学评论》又连续发表文章[②]，继续批判巴人和钱谷融的人性论。直到"文化大革命"后，对人性、人道主义的批判才算结束。1980年，钱谷融写了《〈论"文学是人学"〉一文的自我批判提纲》，发表在当年《文艺研究》第3期上。此文"虽然说是自我批判，但基本观点没有任何改变，还作了进一步的发挥"[③]。

吴调公的《论"人学"与"人道主义"——读钱谷融同志的"论

[①] 代表性的文章有吴调公的《论"人学"与"人道主义"——读钱谷融同志的"论'文学是人学'"》（《文艺月报》1957年8月号），罗竹风的《"人道主义"可以说明一切吗?》（《文艺月报》1957年9月号），陈辽的《我们和钱谷融在几个基本问题上的分歧》（《雨花》1957年9月号），解驭珍、克地的《评"论'文学是人学'"》（《解放军文艺》1957年11月号），李希凡的《论"人"和"现实"——驳钱谷融的"论'文学是人学'"》（《文艺月报》1957年12月号），蒋孔阳的《人道主义与现实主义——评钱谷融"论'文学是人学'"》（《文艺月报》1958年3月号）等。

[②] 如洁泯的《论"人类本性的人道主义"》（1960年第1期）、张国民等的《批判王淑明同志的人性论》（1960年第2期）、于海洋等的《人性与文学》（1960年第3期）、蔡仪的《人性论批判》（1960年第4期）、王燎荧的《人性论的一个新"标本"》（1960年第4期）、柳鸣九的《批判人性论者的共鸣说》（1960年第5期）等。

[③] 李世涛：《文学是人学——钱谷融先生访谈录》，《新文学史料》2006年第3期。

'文学是人学'"》针对钱谷融在《论"文学是人学"》中的几个部分逐一进行了批评,其核心是批评钱谷融过分强调作品要以描写人、描写人的个性为核心,把人道主义作为评判作品的最基本的、最必要的标准。吴调公认为,这种观点把生活的本质与人对立起来了,把现实和人对立起来了。他从客观现实、整体现实、作家的阶级观点着眼,指出钱谷融对"人学"的理解,"偏重孤立绝缘的美学感受,而忽略美感和思维的联系;而对他心目中的'人学'的进一步发挥——人道主义的理解,却是无限制地扩大原来属于伦理观点的这一概念,把作家怎样对待人、评价人,一切应该列入作家世界观、创作方法和典型化的一系列东西,都记到了人道主义的帐上。用'人'(实际是片面的个性)来代替'现实'、抹煞共性,结果就片面强调感性认识,排斥理性认识;而用人道主义代替世界观、创作方法和典型化,结果更不免导致创作和批评走向唯心主义了"。

罗竹风的《"人道主义"可以说明一切吗?》更为明确地批判钱谷融把阶级论抽掉,把马列主义的立场、观点、方法说成是"教条主义"或者"庸俗社会学"彻底否定,认为这种论调,"同'人性论'之间并没有不可逾越的界限"。

解驭珍、克地的《评〈论"文学是人学"〉》在文中同样坚持文学的阶级论,批判钱谷融抽象的人道主义,认为钱谷融反对作家运用马克思主义世界观观察社会生活,也反对运用马克思主义观点评价艺术,甚至企图用人道主义的标准代替政治标准第一艺术标准第二的批评原则。文章最后指出:"这篇论文的精神,不过是打着反对庸俗社会学的幌子,使文学脱离马列主义的思想基础,走资产阶级的艺术方向。"

李希凡无比尖锐地批评钱谷融"文学是人学"的观点,是"偷运资产阶级的超现实的文学见解,修正和歪曲现实主义的文学原则"。他说,从割裂人和现实的关系,否定人的现实的生命阶级性,强调人的"共同人性"到一切决定于作家的"人道主义"和美学理想,这是钱谷融一以贯之的文学见解的高峰,"实质上是在于说明一切文学问题都决定于作家超现实、超阶级的主观动机、主观态度。一方面是彻底否认文学真实地反映现实生活的这个现实主义文学的基本特征,一方面也否认了和现实有密切关系的作家世界观的作用,实际上是否认阶级观点的作用,而单独强调所谓抽象的'人道主义'和美学理想对于文学创作的决定作用,仿佛不管什么样的阶级立场,什么样的阶级感情,只要是'以人来对待人,以心来接触心',就可以写出好作品来,达到了最彻底的唯心主义的结论"。

蒋孔阳的《人道主义与现实主义——评钱谷融"论'文学是人学'"》也是从政治角度批判钱谷融,认为钱谷融的《论"文学是人学"》"是一篇系统地宣传修正主义文艺观点的文章。作者利用个别偷换全体的方法,对马克思列宁主义的文艺理论,作了一系列的歪曲"。

1960年的批判基本上延续了1957年、1958年的观点和方法,批判巴人、钱谷融等人混淆资产阶级人道主义和无产阶级人道主义,混淆抽象的人道主义与马克思主义,进而宣传阶级调和论,甚至取消阶级斗争,而在阶级社会里,"人的本性就是他的阶级性","人的性格上的其他因素也为阶级性所制约所决定。除了阶级性之外,不可能有人的本性,更无所谓超阶级的人类本性"[1]。也有论者从人性论者的依据即马克思早期的《1844年经济学—哲学手稿》《神圣家族》等出发,论证了这不是马克思成熟时期的著作,并不能作为人性论的立论的基础和合法性的依据[2]。

周扬在《我国社会主义文学艺术的道路》(《文艺报》1960年第13、14期合刊)的报告中,专列"驳资产阶级人性论"一章。他说:"'人性论'是修正主义者的一个主要思想武器。他们以抽象的共同人性来解释各种历史现象和社会现象,以人性或'人道主义'来作为道德和艺术的标准,反对文艺为无产阶级和劳动人民的解放事业服务。"周扬认为,在阶级社会里并没有什么超时代、超阶级的抽象的人道主义,作为意识形态的人道主义,总是具有一定的时代的阶级的内容,由此,"我们必须区分什么是无产阶级人道主义,什么是资产阶级人道主义"。真正的马克思主义者"不是片面地宣传爱,而是既宣传对人民的爱,又宣传对压迫者、剥削者的恨;他们唤醒人们的觉悟,促使人民团结起来,为推翻不合理的社会制度、建设光明幸福的新生活而斗争。这就是无产阶级人道主义的内容,也就是

---

[1] 蔡仪:《人性论批判》,《文学评论》1960年第4期。
[2] 马文兵:《在"人性"问题上两种世界观的斗争——就"人性的异化"、"人性的复归"同巴人辩论》,《文艺报》1960年第12期。

革命的文艺所应当表现的内容"。而修正主义人性论的实质，则以历史唯心论反对历史唯物论，以阶级调和反对阶级斗争，以人性论反对阶级论，以资产阶级的反动的腐朽的人性反对无产阶级的革命的高尚的人性。周扬的讲话，为人性论在当时下了结论，当时的批判也基本上是以此为依据展开的。直到"文化大革命"结束后，人性、人情、人道主义才又重新进入大家的视野，并开启了"文化大革命"后对文艺的拨乱反正的历程。

从总体上看，"文化大革命"前对人道主义的批判，是"左倾"路线在文艺批评上的体现，是1949年后文艺问题政治化的延续。但我们也应当看到，限于当时的理论水平，人性、人道主义的倡导者也暴露了其认识的局限，这一方面体现在过分强调人道主义的重要性和核心地位，把人道主义当作了一种理想的理论而非历史的话语来认识，甚至把它"当作理解一切文学问题的一把总钥匙，谁要想深入文学的堂奥，不管他是创作家也好，理论家也好，就非得掌握这把钥匙不可"（钱谷融《论"文学是人学"》）。这种理想化的渴望又带来另一个问题，就是对人道主义缺乏应有的历史认识，忽略了对人道主义话语的语境关联。但面对当时人道主义思想匮乏、教条主义盛行的现状，提倡人道主义无疑又具有其批判现实的合理性。

二 新时期关于人性、人道主义的论争

新时期人道主义及异化问题的论争延续和发展了"文化大革命"前"文学是人学"的命题，是新时期伊始拨乱反正、思想解放在文艺学领域中的体现。它进一步松动了文学对政治的干预和束缚，把文学真正置于了人学的观照下。

（一）讨论的兴起与概况

新时期人性、人道主义思潮的重新崛起，既有深刻的社会现实原因，也有着广泛的思想文化基础。

"文化大革命"结束后，人民对"文化大革命"中肆意践踏和蹂躏人权、人性、人道主义的现象的控诉、批判和反思，已成为一次全社会的思

想行为,更使敏感的艺术家、文学家对历史作深沉而痛苦的反思。刘心武可以说是新时期较早对人性、人道主义问题进行反思的作家之一,他于1977年发表的《班主任》被公认为发出了第一声人道主义的呼喊。他自己也说过:"关于人性的问题我呼吁大家都来关心。现在很多人对这个问题麻木不仁。十多年的'文化大革命',我觉得人性大沦丧,大规模的人身侮辱、人格侮辱,在人类文明史上恐怕是不多见的。戴高帽、挂黑牌……各种各样的形式,总之就是不但要残害受害者的肉体,残害他的信仰,而且要改变他作为一个人的基本形象。种种手段,都是为了从视觉上,感官上让他不是人。"① 刘心武特别强调了人的感官和视觉上的非人化,而不仅仅是精神和灵魂,这是很有见地的。

另一方面,"文化大革命"结束后,曾经遭禁的一些西方思想文化著作开始传播。其实,即便在"文化大革命"中,部分西方人文社会科学方面的著作也在小范围内的传播并未中断,如1949年后翻译和介绍的一些西方主要著作被作为"内部读物"流传于高干和高知人群中。据权威性工具书《全国内部发行图书总目1949—1986》②的统计,1976年以前出版的"内部书籍"有将近4000种,除去大量的马列、毛泽东著作外,属于西方理论和文学的著作,在"文化大革命"前大约有1041种,而在"文化大革命"中则有近1000种。从政治形势转缓的1970年开始,"内部读物"大量散落民间,广泛流传于青年一代的读书圈中,一些"内部书店"也开始小规模地出售,其中有些书籍就和人道主义相关,如《人的哲学:马克思主义与存在主义》《人的远景:存在主义,天主教思想,马克思主义》,以及译介于70年代的《通向奴役之路》《厌恶及其它》《局外人》《麦田里的守望者》《等待戈多》等作品。这些书籍的流传无疑为"文化大革命"后人们的反思,提供了思想资源。

1978年第1期的《外国文艺》发表了林青翻译的萨特剧作《肮脏的手》,这是"文化大革命"以后首篇被译介过来的萨特作品。此后,萨特的一些小说、戏剧和文论陆续见诸报纸、杂志。如南京大学《当代外国文

---

① 刘心武:《艺术个性问题浅谈》,《福建文学》1981年第1期。
② 中国版本图书馆编:《全国内部发行图书总目1949—1986》,中华书局1988年版。

学》1980年创刊号上发表了萨特的剧本《禁闭》《可尊敬的妓女》和短篇小说《墙》的译文。此外，北京大学《外国文学》、上海译文出版社《外国文艺》、南京《译林》，以及《名作欣赏》《世界文学》等，都刊载过萨特的小说、剧作译文，或有关萨特创作的评介性文章。伴随着经典理论的译介，以及通过一些对原著的阐释性著述，使人们"无须费劲去阅读西方思想家的原著，便照样受其启迪和影响"，从而引发了以美学、文艺学等形式展开的全民读书热，而置身其中的年轻人更是在直接和通俗的转换后接受了"个人选择自由"，"人的本质就是绝对自由"等哲学命题，其中萨特的"自由选择"论，弗洛伊德的"性本能"说和尼采的"生命意志"的接受面之广，影响之大尤为显著。对西方思想的重新译介和关注，对西方关于人道主义与马克思主义关系的研究成果的评价，无疑推动了国内学术界人道主义的讨论，在很大程度上促进了人的个性的觉醒、主体意识的觉醒，带来了"文化大革命"后人们对人、对主体的充分关注，人的尊严、人的价值开始重新得到尊重[1]。

在20世纪70年代末80年代前期，围绕人性、人道主义的讨论经久不息。据统计，从1980—1983年，有关文章已多达700余篇。1984年达到高潮，一年之内就发表有500余篇关于人道主义的文章[2]。《人民日报》、《光明日报》、《文汇报》以及《中国社会科学》、《文学评论》和《国内哲学动态》等报刊接二连三发表相关文章，人民出版社也连续推出论文集《人是马克思主义的出发点》（1981）、《关于人的学说的哲学探讨》（1982）、《人性、人道主义问题讨论集》（1983）以及《关于人道主义和异化问题论文集》（1984）等。这一论题持续地吸引着广大知识分子和青年学生的理论兴趣，对于新时期知识界的思想结构的形成，对于新时期的文学创作，具有重要的意义。

（二）众说纷纭的"人性"

这一时期关于人性和人道主义的讨论涉及什么是人性（人性的属性），

---

[1] 此部分内容参阅了薛菁《思想解放与艺术运动：西方现代人本哲学对中国新时期美术思潮的影响》，硕士学位论文，中央美术学院，2007年。

[2] 庹祖海：《关于文学与人性、人道主义的讨论综述》，《文艺理论与批评》1991年第3期。

有无共同人性，人性与阶级性的关系，人性表现在文学艺术创作中的地位，等等。

关于什么是人性，大致有三种观点。一是把人性等同于人的自然属性；二是认为人性指的是人的社会属性；三是把这两者统一起来，认为人性是人的社会属性和自然属性的统一。

朱光潜坚持第一种观点。他说："什么叫做人性？它就是人类的自然本性。古希腊有一句流行的文艺信条，说：'艺术模仿自然'，这个'自然'主要就是'人性'。"[1] 此外也有人指出，人性就是"人的固有天性"[2]。这种强调人性的自然属性的观点显然抛弃了人在社会关系中形成的社会属性，因此引起了很多人的批评。比如王元化就认为，人的本质并非"饮食男女的欲望，贪生怕死的本能"之类的动物性，而是人作为社会性动物的社会属性，也即马克思所说的"社会关系的总和"[3]。程代熙更是明确指出："人的本质，只能是人的社会性。"[4]

针对这两种偏于一方的观点，有人强调"合"，即认为人性是自然属性和社会属性的统一，"具体的人性总是以统一体的面目出现的，决不是一会儿出现人的自然本性，另一会儿出现阶级社，过一会儿又呈现超阶级性的社会性"。"人，生活在历史和现实中的具体的、有血有肉的人，首先是作为社会成员、具有社会性的人和作为动物、具有自然特性的人的对立统一体。人性，就是社会性和动物性的对立统一。"[5]

共同人性的问题是与阶级性问题紧密相连的，因为这里的一个焦点显然是：在阶级社会里，是否存在着共同的人性。

一种观点认为，在阶级社会里，并没有什么"共同人性"，所谓"共同人性"，只存在阶级社会以外的社会中。在阶级社会里，阶级性是人性的主要特征和基本内容，甚至可以说，"阶级性就是人性"，阶级社会的人并没有超阶级的人性，"绝对没有不通过阶级性表现出来的人性"。这种观

---

[1] 朱光潜：《关于人性、人道主义、人情味和共同美问题》，《文艺研究》1979年第3期。
[2] 毛星：《人性问题》，《文学评论》1982年第2期。
[3] 王元化：《人性札记》，《上海文学》1980年第3期。
[4] 程代熙：《人性问题》，《文艺理论研究》1982年第2期。
[5] 胡义成：《人·人性·人情》，《社会科学》1980年第1期。

点实质上就把阶级性与人性等同起来了，并由此否定了所谓的共同人性（至少在阶级社会）[①]。

有的观点虽然承认共同的人性，但却是在一个相对意义上说的，即在整个社会范围内没有共同人性，但在一定范围内和一定程度上，还是有共同人性的。这里的"相对"是从阶级划分的角度看的，因为对立阶级之间的根本利益是不一致的，所以他们没有共同人性；但在劳动人民内部的各个阶级之间，尽管存在着阶级差别，但在根本利益上是一致的，因此，他们之间存在着某种范围和某种程度上的共同人性[②]。这种以阶级的大小划分来确定共同人性的做法，实质上最终还是否定了共同人性的存在。

但也有一些观点比较中和，认为应当区分"有阶级的人性"和"无阶级的人性"。在无阶级的社会中，肯定存在共同的人性，而在阶级社会中，同样也存在无阶级的人性。有人比较具体地分析了阶级社会中的人性，其中包括人类的自然存在所决定的本质，这部分人性显然是无阶级的人性；由人类的社会存在所决定的人性，这又可分为人的阶级性所规定的思想感情和人的非阶级性所规定的思想感情。这样，在阶级社会中，很明显同样存在着共同的人性。这一点在历史上和现实中，都得到了明证。比如说，无产阶级要吃喝住穿，资产阶级也要吃喝住穿，不管阶级斗争如何激烈。还有父母妻儿天伦之爱，有阶级性的一面，但除了阶级性，总还有点非阶级的因素罢？[③]

关于人性表现在文艺创作中的地位问题，也有多种观点。一种观点认为，文学作品可以表现而且必须表现人性，表现人性、人情乃是文学的固有属性和基本特征。在这方面，曾经于1957年就写出《论"文学是人学"》的钱谷融教授表现得非常坚定。他说，文学既然是以人为对象，"当然非以人性为基础不可。离开人性，不但很难引起人的兴趣，而且也是人所无法理解的"[④]。朱光潜认为，只有打破"人性论"这个禁区，文艺才

[①] 胡纯生：《也谈人性和阶级性》，《辽宁大学学报》1979年第6期。
[②] 王锐生：《关于人性概念的理解》，《哲学研究》1980年第3期。
[③] 胡义成：《人·人性·人情》，《社会科学》1980年第1期。
[④] 钱谷融：《〈论"文学是人学"〉一文的自我批判提纲》，《文学评论》1981年第1期。

能踏上康庄大道①。有人甚至还进一步强调,新时期文学应以反映人性、人情中的非阶级因素为主,大胆、全面地表现人性美和人情美,这是新时期文艺"关键转型"之所在。不能"两眼只盯住一个人的阶级性,别的什么都不管"②。这种文学应当义无反顾地描写人性的观点,在当时很有影响,并且与当时的文学创作中相呼应相迎合。但要注意的是,这里的人性显然更多的是共同人性,即非阶级的人性,而不是阶级的人性。也正由此,有人对此提出了批评。

共同人性的质疑者认为,文学不能脱离人的阶级性而一味突出所谓的非阶级或超阶级的共同人性,文学应当全力表现无产阶级的阶级性,"揭露和批判那些反动的人性",用"无产阶级的人性"来教育人民、改造全人类,真正肩负起人类灵魂工程师的光荣任务。不能因为我们曾在阶级论上犯过简单化、庸俗化的错误,就又偏到另一方面,"打起早就被批判了的人性论和人道主义旗号"③。这里的人性,指的就是过分强调非阶级性和超阶级性的抽象的人性,而这在当时很多批评家看来,的确存在着。

比如,有人批评有些作品过分渲染所谓普遍、抽象、永恒、超阶级的人类之爱,这方面的代表作有《女俘》(汪雷)、《离离原上草》(张笑天)等。有人指出,这类作品彻底抽掉了人性和人道主义的阶级内容,"描绘和宣扬一种对立阶级、敌我之间的超现实的'人类之爱'","宣扬抽象的人性爱的法力,把作为历史观和世界观的人道主义和宗教道德哲学描绘成平息世间纷争推动历史前进的动力"④。

还有人批评有些作品离开人的社会活动和社会关系抽象地表现人的自然属性和两性关系,过分突出人的生物性,把人性理解为原始的、毫无文明痕迹的自然属性,"把'人性'降低和还原为动物性"⑤。从这方面被提及的作品有《在新开放的浴场上》(《花溪》1980 年第 10 期)、《失去的,永远失去了》(《长城》1981 年第 4 期)、《初恋》(《花城》1981 年第 3

---

① 朱光潜:《关于人性、人道主义、人情味和共同美问题》,《文艺研究》1979 年第 3 期。
② 见白烨整理《人性和人道主义学术讨论会情况综述》,《中国社会科学》1981 年第 1 期。
③ 陆梅林:《马克思主义与人道主义》,《文学研究》1981 年第 3 期。
④ 陆贵山:《人性规律与人性描写》,《社会科学战线》1984 年第 4 期。
⑤ 敏泽:《坚持思想和文学领域中的历史唯物主义原则》,《光明日报》1983 年 11 月 12 日。

期）等。

在这里我们可以看到，这些批评（主要是针对当时的反思文学）虽然有些绝对，但又的确指出了当时文学创作中出现的一些不良倾向，虽然只是萌芽，但随着文学发展的进程，我们会看到这一萌芽是如何发展"壮大"的。

（三）关于人道主义的论争

关于人道主义问题的论争是"为文艺正名"思潮的延续和深化，体现了新时期以"人"为中心的主体性文艺思想观念的复归。这一论争主要牵涉两个问题，一是人道主义与马克思主义的关系，二是对新时期文学中人道主义思潮的评价。

对于人道主义问题，几乎所有参与讨论的人（无论立场如何）都以马克思主义为参照点和标准进行论证，但由于人们对马克思主义的理解上的差异，结果其对人道主义的言说依然是众声喧哗，很不相同。一种观点认为，人道主义是资产阶级的阶级意识，它同马克思主义是截然不同的两种思想体系，即使是青年时期的马克思、恩格斯，也都否定了人性论和人道主义。马克思主义之所以是马克思主义，是因为它是无产阶级革命的理论，而不是以抽象的"人"为根基的理论，因此，我们应当举起的是马克思主义的旗帜而不是人道主义的旗帜。这种观点实际上是否定了人道主义，这显然是有些绝对和极端。

针对这种否定人道主义、把马克思主义与人道主义对立起来的观点，很多人提出了批评。有人指出：人道主义是马克思主义的重要组成部分，甚至是它的出发点，"马克思主义应该包含人道主义的原则于自身之中"，马克思主义"始终是以解决有关人的问题作为自己的出发点和中心任务的"[①]。在肯定马克思主义的人道主义因素的同时，实际上也是为人道主义争到了存在的合法性。但是，人道主义毕竟与资产阶级的思想、文化、意识形态有着千丝万缕的联系，因此许多学者对人道主义做了区分，这就是资产阶级的人道主义和社会主义的人道主义。这一点在胡乔木那里阐述得

[①] 汝信：《人道主义就是修正主义吗？》，《人民日报》1980年8月15日。

比较充分（实际上这种观点是比较主流和官方的）。胡乔木在《关于人道主义和异化问题》（《人民日报》1984年1月27日）一文中明确提出，人道主义"有两个方面的含义：一是作为世界观和历史观；一是作为伦理原则和道德规范。这两个方面有联系，又有区别"。在此基础上，胡乔木区分了资产阶级的人道主义和社会主义的人道主义的不同。他指出，社会主义人道主义的概念在本质上不同于作为伦理原则的资产阶级人道主义。社会主义人道主义以马克思主义的世界观、历史观为基础，与社会主义事业相联系，以集体主义为核心，具有真诚的现实实践性。而资产阶级人道主义则以抽象人性论的唯心主义世界观、历史观为基础，不触犯资本主义制度，以个人主义为核心，具有不可避免的虚伪性。

对于文学作品中的人道主义倾向，很多批评家都给予了肯定，甚至认为这是人的重新发现，而"人的重新发现，是新时期文学潮流的头一个也是最重要的特点，它反映了文学变革的内容和发展的趋势"[1]。有的论者甚至把新时期的文学潮流说成是"人道主义潮流"。当然，也有人对新时期文学创作中的"人道主义潮流"持批评态度，认为不能简单地用人道主义来代替马克思主义，而过分强调人道主义，会使创作走向歧路[2]。

（四）关于异化问题

异化问题和人道主义问题是内在相关的两个命题，因为如果没有对于人性的人道主义规范界定（比如爱、诚信、人权等），就无所谓"异化"，"异化"是针对人性的理想状态或者规范状态而言。

"异化"问题的提出，是学术界出于反思历史的目的，也就是思考为什么会出现像"文化大革命"这样的时代悲剧。在马克思主义范围内回答这一问题，似乎存在着两种答案，一是"文化大革命"源于以前曾经大张旗鼓宣扬的阶级斗争理论，再一个是"文化大革命"源于人性的异化。作为社会分析理论，阶级斗争似乎已经很难解释"文化大革命"的爆发及其残酷程度，不能解释种种令人发指的人性扭曲现象。由此，新时期伊始，

---

[1] 何西来：《人的重新发现》，《红岩》1980年第3期。
[2] 俞建章：《论当代文学创作中的人道主义潮流》，《文学评论》1980年第3期。

有些人在阶级斗争学说之外求助于比阶级分析方法要"远为笼统、抽象——因而适用范围更为宽泛、含混的异化学说"①，其锋芒首先指向刚刚结束的"文化大革命"。在新的时代，异化学说最先受到知识分子的青睐，成为他们不同于主流意识形态的、新的理论立场。

1978 年，汝信发表了《青年黑格尔关于劳动和异化的思想》（《哲学研究》1978 年第 8 期），意在"溯本求源，对异化问题作一番历史的探索"。此后，高尔泰的《异化及其历史考察》②、墨哲兰的《巴黎手稿中的异化范畴》（《国内哲学动态》1979 年第 8 期）、张奎良的《论异化概念在马克思主义形成中的历史地位》（《学习与探索》1980 年第 1 期）、刘梦溪的《马克思的异化思想》（《学习与探索》1980 年第 2 期）、郑涌的《异化、扬弃概念与黑格尔美学》（《文学评论》1980 年第 6 期）、李德辉的《异化新探》（《国内哲学动态》1980 年第 11 期）、刘奔的《权力崇拜及其根源——谈现实生活中的一个异化现象》（《学术月刊》1981 年第 6 期）、侯大为的《异化及其产生、发展和克服》（《学术月刊》1981 年第 2 期）等论文纷纷问世③，在社会上引起广泛影响。把"异化"问题的讨论推向白热化的是 1980 年 10 月 29 日在天津召开的"人性和人道主义学术讨论会"④。

作为一个重要的哲学术语，"异化"首先出现在黑格尔的早期著作中，尔后又作为其哲学的基本范畴，成为"绝对精神"在正—反—合运动中的一个必要环节。在黑格尔之后，费尔巴哈回到感性的人，但同时也汲取了黑格尔的异化思想，用以分析宗教。

青年马克思（1840—1844 年）批判地总结了以往的异化理论，将之

---

① 祝东力：《精神之旅——新时期以来的美学与知识分子》，中国广播电视出版社 1998 年版，第 63 页。
② 这是 1979 年 10 月高尔泰给甘肃师大政治系、兰州大学哲学系所作的学术报告，后收入《人是马克思主义的出发点》（人民出版社 1981 年版）一书。
③ 关于异化以及人道主义方面的文章目录（1979—1982 年），参阅中国社会科学院哲学研究所、《国内哲学动态》编辑部《人性、人道主义问题讨论集·附录》，人民出版社 1983 年版，第 505—520 页。
④ 这次讨论会的情况参见白烨《人性和人道主义学术讨论会情况综述》，《中国社会科学》1981 年第 1 期。

作为他的早期共产主义学说的一个组成部分。实际上，尽管"异化"概念在 1845 年以后的马克思那里已不再作为一个基本的分析范畴被使用，但是，由于青年马克思的异化学说本身已经达到了相当完整和成熟的理论形态，因而已足以成为思想史上的一份遗产，为后人所借用。这一点对于新时期的中国思想界尤为重要。因为，在 1980 年前后的中国，在刚刚复苏的思想界，任何学说要想占有一席之地，都必须首先从马克思主义经典作家那里获得自身的合法性。

关于马克思主义的异化观与"社会主义异化"问题，有人认为，异化理论是马克思主义，甚至是成熟的马克思主义的组成部分，马克思关于"异化的理论前后是'一贯的、统一的、发展的'"，"抽掉人道主义和异化理论，马克思主义就很可能被歪曲、篡改"。因此，"我们应当理直气壮、原原本本地宣传马克思主义的这些理论"，不应该否认异化理论是马克思主义的理论①。由此出发，有人主张社会主义社会同样也存在着异化，"不仅有思想上的异化，而且有政治上的异化，甚至经济上的异化"②，而"社会主义社会权力异化产生的根本原因，恰恰就是在于社会主义制度本身而不是相反"③。

与全面肯定马克思主义的异化观与社会主义中的异化相反，有人指出，异化只是马克思早期使用的术语，而且有特定含义。当马克思发现剩余价值规律之后，就只限于在自己的经济学中用"异化"这个概念去描述资本主义社会的资本对雇佣劳动的关系。由此，异化并不能构成马克思主义的组成部分，更不能以此作为根据来宣传"社会主义异化论"。"社会主义异化论""抹煞了社会主义制度与资本主义制度的根本区别，与马克思的异化观、与马克思主义的基本原理则南辕北辙，其结果把人们引向对社会主义的怀疑，因而是十分错误的"④。

---

① 郭因：《马克思主义 人道主义 异化理论 美学》，《芜湖师专学报》1983 年第 1 期。
② 王若水：《谈谈异化问题》，《新闻战线》1980 年第 8 期。
③ 参阅吴亦文主编《新时期文艺理论论争概观》，海峡文艺出版社 1992 年版，第 29—30 页。
④ 丁振海、李准：《社会主义异化论和文艺领域的"异化热"》，《光明日报》1983 年 11 月 19 日。

在如何认识文学创作与异化的关系问题上，同样存在着较大的分歧。一种观点认为社会主义文学应当表现异化："社会主义条件下人的异化"应当成为文学的"重大主题"，而对异化现象的揭示，会使文学创作对社会生活的反映更加深化①。有文章认为，既然社会生活中存在着异化现象，那么文艺就"应该对现实生活中的异化（官僚主义、个人迷信、特权等）提出抗议和批评，而不应该肯定和赞美异化"。作者断言，如果不这样做，文艺本身就要成为"异化的文艺"，文学"应当在不断地防止和克服自身异化的过程中，反映各个历史时期和现实生活中人性异化的现象"②。而"对于异化现象的揭示，使文艺创作对社会生活的反映深化了。'人'的主题开始具有理性的色彩"③。

实际上，在文学创作中，也的确出现了一大批表现异化的作品，这里说的异化包括：从"公仆"向"主人"的异化，从"人"向"非人"的异化，人与人之间关系的异化，爱情、婚姻的异化，等等。

也有人针对这种表现提出了尖锐的批评，认为"把'社会主义异化'说成是社会主义文艺的'重大主题'，显然是完全不能成立的"。这些描写异化现象的作品"虽然在我们的创作中是极少数，但是它们的影响却不可忽视"④。

以上我们所讨论的关于人道主义及异化问题，基本都限定在学术领域。但当时任党的文艺及意识形态的主要领导人的周扬和胡乔木加入进来之后，这个问题便开始转向了政治领域，甚至演变成了一场席卷全国的"清污运动"。由于此事影响重大，因此我们单列一节来分析。

（五）从人道主义论争到"清污运动"运动

1982年，中央决定于1983年举行纪念马克思逝世100周年的学术报告会（还有一场是纪念大会，由胡耀邦总书记做报告），由中宣部、中央党校、中国社会科学院、教育部联合召开，周扬做报告，地点在中央党

---

① 邵牧君：《电影、文学和电影文学》，《文学评论》1984年第1期。
② 曹小逸：《论近年来文学作品中的人性异化和复归》，《青海湖》1981年第8期。
③ 俞建章：《论当代文学创作中的人道主义潮流》，《文学评论》1981年第1期。
④ 李山：《异化是社会主义文艺的重大主题吗？》，《文艺报》1983年第12期。

校。周扬很重视这个报告,亲自挑选了报告的起草班子,还多次作出指示,希望在报告中能够"说一点多少有些新意的意见"①。但也正是这些"新意",铸成了中国20世纪80年代上半期席卷全国的思想运动,甚至一直延续到90年代。

那么周扬在报告中到底说了些什么呢?周扬的报告题为《关于马克思主义的几个理论问题的探讨》②,一共谈了四个方面的问题:(1)马克思主义是发展的学说;(2)要重视认识论问题;(3)马克思主义与文化批判;(4)马克思主义与人道主义的关系。在这四个方面中,周扬最看重的是第四个方面,这也是他认为报告最能出"新意"的地方。

在第一部分,周扬强调了作为发展的马克思主义理论。他指出,在一百多年中,无论在中国还是在世界范围内,马克思主义所经历的道路并不是平坦的,曾出现过停滞、倒退,甚至质变。但马克思主义之所以直到今天还保持其理论的生命活力,根本原因在于"马克思主义是科学"。从"科学"的角度来界定马克思主义,显然是在间接批评对马克思主义的意识形态化理解。因为马克思主义是科学,所以才"不相信什么终极的真理",所以才会不断发展。

马克思主义的科学性一方面体现在其自身不断的自我批判上,另一方面体现在它会随着生产斗争、阶级斗争和科学实验这三大革命实践的发展而改变自己。在这一发展过程中,马克思主义会根据不同时期革命任务的需要,和不同学派结成一定的同盟。"马克思主义不能没有同盟军。""在一定的条件下,马克思主义者也可以同资产阶级或小资产阶级的人道主义者结成同盟。"这也为后面人道主义问题的提出打下了基础。

在第二个关于认识论的问题上,周扬主要从两个方面谈了应吸取的教训。一是在理论与实践的关系问题上。周扬认为,包括毛泽东在内,虽然都承认实践是检验真理的标准,实践是认识的源泉,但同样存在着值得我们总结经验引为教训的问题。"一个问题是毛泽东同志在后来过分强调人

---

① 周扬:《要重新研究认识论》,《周扬文集》第5卷,人民文学出版社1994年版,第450页。

② 周扬的这个报告见《人民日报》1983年3月16日。

的主观能动性,以致把上层建筑对基础的反作用加以夸大,这就在大跃进时期造成了主观主义的泛滥。另一方面,毛泽东同志又把理论为实践服务了解为单纯地为政治或阶级斗争服务,忽视了理论的相对独立性。这给我们的理论界带来一些消极影响,形成一种急功近利的学风。"应当说,周扬的批评是准确的,切中要害的。第二个需要总结的教训集中在对感性认识和理性认识及其关系的理解上。周扬指出,从感性认识上升到理性认识,并不必然就获得事物的本质,"事实上事物的主导方面不是孤立自在的,而是和这一事物的其他方面紧密相关,彼此相涵,有着不可拆散开来的内在联系,从而构成多样性统一的总体"。这样的认识用现在的话来说,就是一种反"本质主义"的思想,也正是这样的思想,才会使得人道主义这样体现着马克思主义多样性的思想得以展开讨论。

周扬谈的第三个方面是"批判"问题。周扬在这部分谈的核心内容"反对盲从,反对迷信,提倡独立思考"。这既是马克思主义的一个重要理论命题,也是我国发展中的历史教训。周扬从马克思主义是"科学"这一第一部分所阐述的主题出发,指出"马克思主义作为革命的科学理论,它本身也是在不断经受实践的验证的"。在批判地继承中外古今文化遗产上,周扬明确指出,不能简单地把唯物论和唯心论对立起来,认定只有唯物的才是好的,值得继承的,而一切唯心的都是坏的,必须抛弃。"纵使是反面的东西也应加以研究。"在这里,周扬表现出了一个理论家极大的包容性。

在最后谈人道主义这部分,周扬首先强调了过去对人性论、人道主义的批判在理论上和实践上都带来了严重后果。这个教训必须记取。即便是他自己,他也认为"过去发表的有关这方面的文章和讲话,有些观点是不正确或者不完全正确的"。但"文化大革命"之后,周扬指出,阶级斗争究竟不是我国社会的主要矛盾了,"人们迫切需要恢复人的尊严,提高人的价值",因此就需要全面而准确地理解人性、人道主义问题,这也是一个"完整准确地掌握马克思主义的问题"。

那么,如何理解人道主义?尤其是如何理解人道主义与马克思主义的关系?周扬首先肯定地做出了自己的判断——"马克思主义是包含着人道主义的"。周扬说:

在马克思主义中，人占有重要地位。马克思主义是关心人，重视人的，是主张解放全人类的。当然，马克思主义讲的人是社会的人、现实的人、实践的人；马克思主义讲的全人类解放，是通过无产阶级解放的途径的。

接着，周扬通过"异化"这一概念，阐述了马克思主义是如何通过克服异化，把人从"一切异化形式"的束缚下解放出来，从而达到全面的解放的。周扬认为，这与以往那种靠"理性力量"、"泛爱"、"美育"等唯心主义说教，来实现人的全面发展的人道主义是根本不同的，进而肯定"马克思主义确实是现实的人道主义"，而且这一点贯穿在马克思的前后期著作中（而不是仅仅出现在其早期著作如《1844年经济学—哲学手稿》中），这就肯定了人道主义是马克思主义的一个一以贯之的思想，是不能被忽视和否定的。

在阐述完人道主义之于马克思主义的关系之后，周扬把目光转向了国内，说出了成为后来被批判焦点的一段话：

> 承认社会主义的人道主义和反对异化，是一件事情的两个方面。社会主义消灭了剥削，这就把异化的最重要的形式克服了。社会主义社会比之资本主义社会，有极大的优越性。但这并不是说，社会主义社会就没有任何异化了。经济建设中，由于我们没有经验，没有认识社会主义建设这个必然王国，过去就干了不少蠢事，到头来是我们自食其果，这就是经济领域的异化。由于民主和法制的不健全，人民的公仆有时会滥用人民赋与的权力，转过来做人民的主人，这就是政治领域的异化，或者叫权力的异化。至于思想领域的异化，最典型的就是个人崇拜，这和费尔巴哈批判的宗教异化有某种相似之处。所以，"异化"是客观存在的现象，我们用不着对这个名词大惊小怪。

周扬虽然自己对异化与人道主义这些词不再"大惊小怪"了，但却不能保证其他人，如胡乔木不对这些词"大惊小怪"，即便周扬在这个报告中不断重复着马克思主义的人道主义与资产阶级人道主义的差异也无济于事。

经胡乔木授意，大会延期，并请与周扬观点相反的人在会上发言，不点名地批评了周扬的观点。接着，胡乔木亲自带领人员到周扬家谈话，甚至提出要周扬修改报告再发表或出单行本①。但周扬坚持不改，并于3月16日在《人民日报》上原文发表了报告的全部内容。周扬的坚持进一步使局势复杂化。

就在周扬的报告发布不久，中宣部就在胡乔木的指示下向中央书记处呈报了《中宣部关于人民日报擅自全文发表周扬同志长篇讲话的情况和处理意见》的报告。这个报告提出三条处理意见。

> 一、关于人道主义问题，作为学术问题今后仍可允许进行不同意见的讨论。周扬同志文章既然已经全文发表，学术讨论会上持不同观点的文章，也应陆续在报纸上全文发表。同时准备组织力量，认真研究，写出文章，对这一问题进行马克思主义的阐述。
> 二、对《人民日报》的编辑部进行必要的调整。王若水调出《人民日报》，另行分配工作。
> 三、周扬同志不顾自己的地位，在乔木同志代表耀邦同志提出要他修改后再发表的意见以后，不认真考虑这篇讲话发表可能产生的影响，自食前言，不作修改。对周扬同志在这样关系重大问题上不严肃、不负责的表现，希望他有所认识，表示正确的态度。②

应该说，这个报告虽然主要从组织纪律上（即不经同意就发表）对周扬进行了批评，但根源显然是对周扬报告内容的不认同，是对周扬报告的间接否定。胡乔木的这个报告送上去之后虽然不了了之③，但对周扬的批判并没有就此止步。胡乔木及其所领导的中宣部在各种会议上都对周扬做了点名或不点名的批评，有时火药味还比较浓，把周扬这样的文章和其他所谓宣传人性、人道主义的文章、文艺作品看作是在"攻击社会主义制

---

① 参阅顾骧《晚年周扬》，文汇出版社2003年版，第52—62页。本节史料方面主要参阅了这本书，谨此致谢。
② 同上书，第62—63页。
③ 同上书，第64—67页。

度、攻击马克思主义思想",否定社会主义、社会主义事业①。这样的批判虽然在当时还主要限定在文艺界乃至较小的圈子里,但随着中共十二届二中全会的召开,这样的批判却迅速演变成了一场全国性的"清污运动",其中的核心推动力就是邓小平在大会上所做的报告(其中胡乔木参与主持了报告的起草工作)。

邓小平于1983年10月12日所做的《党在组织战线和思想战线上的迫切任务》的报告只有两个部分。第一部分是"整党不能走过场",强调党内还存在着思想不纯、作风不正、组织不纯的严重表现。党要下定决心,用坚决、严肃、认真的态度整党,绝对不能走过场。第二部分就是"思想战线不能搞精神污染",后者是整个报告的主体,几乎占了整个报告的70%以上。

在这一部分,邓小平首先在肯定文艺界成绩的同时,明确指出文艺界仍然"存在着精神污染的现象"。所谓"精神污染","实质是散布形形色色的资产阶级和其他剥削阶级腐朽没落的思想,散布对于社会主义、共产主义事业和对于共产党领导的不信任情绪"②。精神污染的典型表现就是资产阶级自由化,而其具体体现之一,就是宣扬人性、人道主义和异化思想。邓小平指出:"有一些同志热衷于谈论人的价值、人道主义和所谓异化,他们的兴趣不在批评资本主义而在批评社会主义"③。这就基本上把学术问题转向了政治问题。紧接着,邓小平批判了不区分资本主义与社会主义而抽象地讲人道主义、异化,指出:

> 这样讲,不但不可能帮助人们正确地认识和解决当前社会主义社会中出现的种种问题,也不可能帮助人们正确地认识和进行在社会主义社会中为技术进步、社会进步而需要不断进行的改革。这实际上只会引导人们去批评、怀疑和否定社会主义,使人们对社会主义、共产主义的前途失去信心,认为社会主义和资本主义一样地没有希望。④

---

① 参阅顾骧《晚年周扬》,第85页。
② 《邓小平文选》第3卷,第40页。
③ 同上书,第40—41页。
④ 同上书,第41—42页。

接下来，邓小平还批评了文艺创作中的人道主义倾向，并奉劝有这种创作倾向的同志"在有人叫好的时候想一想：究竟是什么人站在什么立场上叫好，为了什么目的叫好"①。

正是随着这个报告的出台，二中全会之后，全国上下便掀起一场声势浩大的"清污运动"。顾骧说得很形象："1983年10月下旬，'清污'呼地一下子在全国铺开，浪潮滚滚。一时间各种报道、表态性文章、批判文章充斥报纸版面。新闻、出版、广播、电视要对发表出版、播映过的文章、言论、图书节目进行清理，大学文科教材、学术研究机构的著作也要检查清理。《人民日报》头版头条，发表了号召'清污'，积极地开展对人道主义、异化论等批评、斗争的消息。"②

《人民日报》开始集中发布"清污"消息是在10月25日[3]。在这一期《人民日报》的头版，发表了中共中央政治局委员、中央党校校长王震在中国科学社会主义学会成立大会和全国党校第四次科学社会主义教学座谈会上的讲话全文，题目是《王震在两个会议上传达邓小平同志的指示　高举马克思主义社会主义旗帜　防止和清除思想战线精神污染》。王震在讲话中讲了三点意见：第一，要清醒地认识当前思想理论战线的形势，勇敢地、旗帜鲜明地站在反对资产阶级自由化斗争的前列。第二，要建立一支坚强的马克思主义的理论队伍。第三，发扬理论联系实际的革命学风，把科学社会主义理论普及到全体人民中去，引导广大群众坚信社会主义和党的领导。王震的报告全文并不长，但批判的指向是明确的，立场是坚定的，影响是巨大的。王震指出，那些宣传所谓"社会主义异化"的观点，"同马克思主义的科学社会主义是完全对立的。它的实质是散布对社会主义、共产主义事业和对共产党的不信任情绪"，而我们所要做的，就是要"积极响应党中央的号召，旗帜鲜明、理直气壮地与资产阶级自由化等右的错误倾向作坚决的斗争"。

---

① 《邓小平文选》第3卷，第45页。
② 顾骧：《晚年周扬》，第97—100页。
③ 为什么"清污运动"在邓小平报告之后的10多天才展开，这其中有着复杂的政治原因，在此不再赘述，可参阅卢之超《80年代那场关于人道主义和异化问题的争论》，《当代中国史研究》1999年第4期。

同期发表的还有党外人士对清除精神污染的认识，就是"以肝胆相照荣辱与共的态度对待整党"，认为"中共中央提出清除精神污染符合民意"。自此以后，关于清除精神污染的文章便多了起来。就《人民日报》来看，从1983年10月25日到当年年底两个多月的时间里，单以"精神污染"为标题的文章、消息就有78篇之多，其他不以精神污染为题，但涉及精神污染问题的文章、信息就更多了。这足可看出当时"清除精神污染"已经发展成为一场全国性的运动。

就文艺界的当家报纸《文艺报》来看，也没有落下形势。1983年第12期发表了社论《鲜明的旗帜　广阔的道路》。这篇社论通过树立旗帜，真正做到了旗帜鲜明地反对精神污染。社论明确指出，"在新时期的文艺工作中，仍然存在着举什么旗帜的问题。是举社会主义的文艺旗帜，还是拿资产阶级、封建阶级的东西当作自己的旗帜？是理直气壮地举起社会主义文艺旗帜，还是迷失方向，越来越模糊了自己的旗帜？……我们必须理直气壮地举起社会主义文艺旗帜，明确地划清马克思主义和种种剥削阶级的界限，明确地划清社会主义文艺和其它种种文艺的界限"。这样的看问题的思路乃至言说的句式，我们在历次的文艺运动中都不难发现。

同期还发表了两篇中国文联和中国作协学习"二中全会"的座谈会新闻稿。新闻稿所表达的核心内容，就是拥护党中央关于清除精神污染的决定，肯定文艺界存在着精神污染的现象，深入批判文艺界的精神污染现象，甚至不惜直接把社会主义与资本主义对立起来[1]。同期还发表了署名李山的文章《异化是社会主义的重大主题吗？》。作者在文中明确否定了社会主义存在着异化的观点，认为社会主义不存在异化。

此后，《文艺报》又陆续发表了一系列关于人性、人道主义的文章，其基本的论调与上面的社论是一致的，不过火药味显得并不如当初那么浓，有的人还试图在"双百"方针和"清除精神污染"之间寻求一定的平衡。但不管怎么说，学习二中全会精神，批判精神污染已经成为当时文艺

---

[1] 比如张光年在发言中就认为："要建设社会主义，必须反对资本主义。要建设社会主义的精神文明，必须反对资本主义的思想影响和精神污染。"见《繁荣社会主义文学创作　抵制和清除精神污染——中国作协党组召开整党座谈会》。

界的一项重要任务,各地文艺部门纷纷召开座谈会,响应党中央清除精神污染的决定,对自身进行批评和自我批评①。

1983年12月14日,胡耀邦召集人民日报社、新华社、广播电视部领导人谈话,提出可能存在"清除精神污染扩大化"的问题,并具体提出八条注意事项,由此,清污运动才得以平息,总共持续了"二十八天"②。

1984年1月3日,胡乔木在中央党校周扬作报告的同一地点发表了演说《关于人道主义和异化问题》③,使得本来停止的清污运动似乎又抬了头。这份讲稿先发表于中央党校主办的《理论月刊》(1984年第2期)上,1月26日又发表在《红旗》杂志(1984年第2期)上,当日,中央人民广播电台广播,次日,《人民日报》(1984年1月27日)全文转载。紧接着,报告又以单行本的形式由人民出版社出版(出版时做了一些补充和修改),产生了很大影响。可以说,这份讲稿既是清污运动的高潮,也是清污运动的终点。因为它几乎总结并提升了所有前面对精神污染的批评,同时也封堵了所有对这个问题进行其他讨论的可能。

胡乔木在这份报告中试图区分两种人道主义,即一个是作为世界观和历史观;一个是作为伦理原则和道德规范。这种区分看似有一定的道理,但其内在的理路则是一种对立的思想的体现,即资产阶级与无产阶级、资本主义与社会主义,最终的目的是完全否定人道主义存在的客观性和合理性,取消马克思主义与人道主义结合的任何可能性。胡乔木说:

> 作为世界观和历史观,马克思主义和人道主义,历史唯物主义和历史唯心主义,根本不能互相混合、互相纳入、互相包括或互相归结。完全归结不能,部分归结也不能。人道主义并不能说明马克思主义,不能补充、纠正或发展马克思主义,相反,只有马克思主义才能说明人道主义的历史根源和历史作用,指出它的历史局限,结束它所

---

① 见《学习二中全会精神,开展批评、自我批评》,《文艺报》1984年第1期。
② 顾骧:《晚年周扬》,第100—102页;
③ 这个报告是一个意识形态的专家班底所起草的,其成员来自中国社会科学院、北京大学、人民大学、中央党校、《红旗》杂志、《光明日报》、中央编译局、中央文献办公室等。

代表的人类历史观发展史上一个过去了的时代。①

在此基础上胡乔木强调的是社会主义人道主义：

> 社会主义的人道主义，是作为伦理原则和道德规范的人道主义，它立足在社会主义的经济基础之上，同社会主义的政治制度相适应，属于社会主义的伦理道德这种意识形态；作为一项伦理原则，它是以马克思主义世界观和历史观为基础的。

如此界定社会主义的人道主义，无疑封闭了作为一个概念的人道主义其他解释的可能。这种阐释显然是一种政治解释。如此，社会主义也就不可能出现不人道的情况；而社会主义出现任何问题，都不是社会主义制度本身的问题，而是社会主义发展过程中必然出现的小问题，这些问题随着社会主义的发展必将得到解决。因此，用"异化"概念来解释社会主义出现的问题，就大错特错了。胡乔木坚定地说：

> 用所谓"政治异化"或"权力异化"来说明上述各种消极现象，完全违背了马克思主义的政治学说、国家学说，歪曲了客观事实，同党、政府和人民的共同努力背道而驰。②

最后，胡乔木做了总结：

> 从以上几个方面的说明可以看到，宣传人道主义世界观、历史观和社会主义异化论的思潮，不是一般的学术理论问题，而是关系到是否坚持马克思主义的基本原理和能否正确认识社会主义实践的有重大现实政治意义的学术理论问题。在这个问题上的带有根本性质的错误

---

① 胡乔木：《关于人道主义和异化问题》，人民出版社1984年版，第19页。
② 同上书，第61页。

观点，不仅会引起思想理论的混乱，而且会产生消极的政治后果。①

胡乔木的报告出来后，包括文艺界在内的许多思想战线领域的学者随即发表文章，表示坚决拥护这一报告。比如《文艺报》1983年就连续发表了唐挚（第3期）、李何林（第3期）、魏易（第4期）、陈涌（第7期）等人的文章，表达了对胡乔木讲话的遵从，对人道主义、异化论的批判，甚至一同批判了西方的现代派的创作方法。而对于这篇讲话所指向的重要一方的周扬来说②，此时已经不可能再去反驳什么了，而随着周扬身体状况的日益恶化，他也就永远没有反驳的可能了。至于其他的反驳者，显然与胡乔木不在一个对话的层次上，在当时完全可以忽略不计③。似乎可以说，"清污运动"在这篇讲话之后完全停止了，而且随着国家关于经济体制改革政策的出台，国家开始转向深层次的经济建设，清污问题已经不是国家的重要任务了。但事实上，反"精神污染"并没有就此停止，而是以反资产阶级自由化的形式继续进行着，一直延续到20世纪80年代末90年代初。

---

① 胡乔木：《关于人道主义和异化问题》，第67页。
② 胡乔木的这个报告所指向的另一个重要人物就是王若水。王若水就曾写过《人是马克思主义的出发点》一文（见《人是马克思主义的出发点——人性、人道主义问题论集》，人民出版社1981年版），这是胡乔木在报告中设专节批判的。
③ 当时著文反驳胡乔木的代表性人物就是王若水。他曾写了两篇文章《关于革命人道主义》和《我对人道主义的看法》（两文均见王若水《为人道主义辩护》，生活·读书·新知三联书店1986年版）来反驳胡乔木的这篇报告。但王若水的文章在当时已经不可能构成与胡乔木的对话。

第十四章

关于典型问题的论争

自从恩格斯提出"现实主义的意思是,除细节的真实外,还要真实地再现典型环境中的典型人物"以来,这段话就被认为既是关于现实主义的经典定义,又是将典型化作为文艺评论尺度的最早示范。但长期以来,典型问题又是一个较为复杂的理论问题,对于什么叫"典型",如何创造典型,典型的特征等一系列问题,常常存在分歧、发生争论。20世纪20、30年代,瞿秋白最早翻译介绍了恩格斯的典型理论,以后半个世纪以来,我国文艺界对典型问题发生过多次争论,20世纪30年代周扬和胡风关于典型问题的争论,就是新中国成立前文艺论争中较大的一次争论[1]。

新中国成立后,典型问题在当代中国文艺学上有两次,一次集中在"文化大革命"前的20世纪50、60年代,另一次就是"文化大革命"后80年代初的讨论。为了使得讨论相对集中,我们先从"文化大革命"前说起。

---

[1] 参阅邱运华《现代中国文论建设过程中的高尔基典型论——30年代周扬、胡风之争与典型说论辨》,《湘潭大学学报》(社会科学版)1997年第6期;赵金钟《论20世纪30年代胡风与周扬关于典型问题的论争》,《河南大学学报》(社会科学版)2003年第5期;杨建文《"并非浪费的论争"——试论三十年代胡风和周扬关于典型问题的论争》,《湖北大学学报》(哲学社会科学版)1991年第5期;叶纪彬《周扬与胡风典型论争及其当代评论》,《社会科学辑刊》1993年第4期等。

一 "文化大革命"前关于典型的讨论

（一）典型问题的提出及其语境

20世纪50年代，典型问题开始引起普遍关注，与"双百"方针的提出和苏联对典型问题的论争有密切联系。

马林科夫在1952年10月苏共召开的十九大上所作的报告中，对典型做了集中的阐述。他说：

> 在创造艺术形象时，我们的艺术家、文学家和艺术工作者必须时刻记住：典型不仅是最常见的事物而且是最充分的、最尖锐地表现一定社会力量的本质事物。依照马克思列宁主义的了解，典型决不是某种统计的平均数。典型性是和一定社会历史现象的本质相一致的；它不仅仅是最普遍的、时常发生的和平常的现象。有意识的夸张和突出地刻划一个形象并不排斥典型性，而是更加充分地发掘它和强调它。典型是党性在现实主义艺术中的表现的基本范畴。典型问题任何时候都是一个政治性的问题。[①]

马林科夫的这个典型理论显然充满了政治气息和"左倾"色彩，而且是相当本质主义的，强调典型的党性原则，而不是个性，也不是真实性。几乎与此同时，《文艺报》1952年第20号转发了一则消息《马林科夫在苏共第十九次代表大会上的报告中关于文学艺术的指示》，文中提到了典型问题。接着，1952年第21号刊登了《苏联共产党（布）中央委员会书记马林科夫在苏联共产党（布）第十九次代表大会上所作〈苏联共产党（布）中央委员会的报告〉关于文学艺术部分的摘录》，把马林科夫报告中关于文学艺术的部分较为详细地译介了过来。1953年《文艺报》第15号发表消息《苏联文艺界

[①] 马林科夫：《在第十九次党代表大会上关于联共（布）中央工作的总结》，人民出版社1952年版，第71页。

讨论典型问题》进一步报道苏联文艺界关于典型问题的讨论。1954年第14号又发表消息《苏联文学界广泛开展文学问题的讨论》，第20号刊载消息《苏联文学界继续广泛开展文学问题的讨论》。《文艺报》在短短的时间内报道这么多苏联文论界关于典型的讨论消息，这在以前是从来没有过的。

　　1956年，苏共二十大对斯大林做出了重新评价，重新制定了党的方针路线。其在文艺学上的反映之一，就是重新阐释了典型理论。而在二十大之前，因1954年斯大林去世，文艺界就已经出现解冻宽松的现象。其重要标志就是1955年第18期的《共产党人》杂志发表了《关于文学艺术中的典型问题》的"专论"，批判了马林科夫在苏共十九大报告中关于典型的观点，指出"这些烦琐哲学的公式冒充是马克思主义的公式，并且错误地同我们党对文学和艺术问题的观点联系在一起"。首先，专论并不否认文学艺术要反映社会生活和时代精神，并不否认文艺典型要反映社会本质，但认为马林科夫把典型仅仅规定为与一定社会力量的本质相一致，与一定社会历史现象的本质相一致的观点是"片面的和不完全的"，"没有估计到艺术对世界的认识和反映的特点"。因为"不论是历史学家、经济学家和哲学家，他们都研究社会生活，以揭示一定社会力量的本质、一定社会现象的本质，但是这并不能使他们成为艺术家"。其次，专论还批评马林科夫把典型同"党性"等同起来，把典型仅仅归结为政治的观点，认为这"会促使人们以反历史的态度来对待文学和艺术的现象"。专论指出："不估计到艺术家进行创作的时代和条件，不深刻地分析他的世界观的性质，而企图在任何一个典型中找到党性立场的表现，结果就会抹杀文学和艺术的党性原则的具体历史内容。"①

　　此时，苏联对典型的再阐释，很大程度上又回到了恩格斯的观点，"左倾"色彩大为淡化。苏联典型理论的这一变化再加上中国国内"双百"方针的提出，也使中国文艺学界有了重新探讨这一理论问题的勇气。

（二）20世纪50年代典型问题的讨论

　　1956年2月，苏联《共产党人》杂志的"专论"的译文在《人民日

---

① 《关于文学艺术中的典型问题》，《文艺报》1956年第3号。

报》《文艺报》发表，预告了中国文艺界关于典型问题的讨论的到来。在1956年2月27日至3月6日作协理事会二次会议之后，关于典型问题的讨论开始展开。1956年4—5月，《文艺报》在第8、9、10三号开设"关于典型问题的讨论"专栏，连续发表张光年的《艺术典型与社会本质》、林默涵的《关于典型问题的初步理解》、陈涌的《关于文学艺术特征的一些问题》等重要文章讨论典型问题，相关论争也由此展开。

首期讨论专栏的"编者按"指出：

> 典型问题，是马克思主义美学的中心问题，包含着极其丰富的实际内容，涉及文学艺术的创作、理论研究、批评各个方面的重要问题……
>
> 在最近举行的中国作家协会第二次理事会会议（扩大）上，强调提出了要克服创作中的公式化、概念化和自然主义倾向，和文艺理论、批评、研究中的庸俗社会学倾向。这种种倾向的来源，当然有其多方面的、复杂的原因；不过，对典型问题的简单化的、片面的、错误的理解，对马克思列宁主义美学缺少认真的、系统的研究，应该说是主要原因之一。

应该说，这个编者按的思想是比较解放的，可以看作是文艺理论界富有活力的声音。20世纪50年代，在关于典型问题的讨论中，对典型的界定大致有三种观点。

1. "典型即本质"

张光年在《艺术典型与社会本质》中，一方面坚持了典型要反映生活本质的观点："作家笔下的艺术典型，当然要反映生活的本质。如果作家描写的是工业战线上的先进人物，却不能从这个主人公的全部活动中，从这个方面或那个方面表现出工人阶级这个先进的社会力量的本质，这个阶级的高度觉悟性，对人民的利益、对社会主义、共产主义事业的无限忠诚，集体主义的革命精神和对消极现象的不妥协精神，那么，就不能说这位作家已经完满地反映了生活的真实。……艺术典型的概括性越广，越是反映了生活中最本质的事物，它的真实性就越强，教育意义就越大。"① 但是与此同时，他又反对公式化、庸俗化的理论和创作风尚，认为文艺要反映生活本质，但要通过不同于哲学社会科学的方法，即典型化的方法去反映，仅仅把典型规定为社会现象的本质的体现，会导致忽视典型的个性，导致千篇一律和图解政治。张光年的观点有一些调和论的色彩，在实际上的创作中，往往会因为对"本质"把握上的分歧，使得本质化和个性化的要求难以兼顾。

2. "代表说"

巴人主张"代表说"加个性说。他说：

> 典型是什么呢？就是代表性。典型形象是什么呢？就是代表人物。人物既然是代表，那就有他所代表的社会力量；而代表既然是人物，那就有属于他自己个人的东西，即个人的命运与个性。这是我们现实生活中日常接触到的不可否认的事实，文学艺术的现实主义原则就是以现实生活中这一种法则为依据的。②

巴人的观点可以和高尔基的创作自述相互参照：

> 假如一个作家能从二十个至五十个，以至从几百个小店铺老板、官吏、工人中每个人的身上把他们最有代表性的阶级特点、习惯、嗜好、姿势、信仰和谈吐等抽取出来，再把他们综合在一个小店铺老板、官吏、工人的身上，那么这个作家就能用这种手法创造出"典型"来——这才是艺术。③

高尔基的论述只片面提出了典型的共性而忽视了典型的个性，并不全面。作为无产阶级文学的大师，这一自述是他个人的经验之谈，或者说，是他

---

① 张光年：《艺术典型与社会本质》，《文艺报》1956年第8号。
② 巴人：《典型问题随感》，《文艺报》1956年第9号。
③ 高尔基：《谈谈我怎样学习写作》，人民文学出版社1978年版，第160页。

对创作"典型"的经验的一种文学化表达，而不是对"典型"概念的理论表达，因此用一个并不具有严格学术意义的"代表"概念来界定典型，显然不是很合适的。强调"代表性"，容易使人产生误解，好像典型仅仅是一类事物的综合，甚至把典型看作某种事物的统计平均数，从而忽视甚至排斥了典型的丰富性、多样性。而且，在阶级论盛行的时代，很容易从阶级代表性角度阐释典型的共性或代表性。比如有人说"典型是时代和阶级的代表"，有人说"典型是一定阶级、集团、阶层的代表"，或者说"典型是代表某一定社会力量的"，等等。可见，片面突出共性的典型理论很容易走向概念化、公式化，甚至脸谱化，导致"一个阶级一个典型"。

"代表说"还有一个问题，它强调了一类人的共同特点，但并非任何有代表性的事物都能成为典型。那些没有思想意义和美学价值的事物，无论有怎样的代表性，也不可能成为艺术典型的。因此，单纯从一个没有价值属性的代表概念去界定具有丰富内涵的典型概念，显然不可能解释清楚。

3. "典型即个性"

王愚在《艺术形象的个性化》一文中，提出了"典型即个性"的学说。他认为：

> 作为一个完整的个性，只是现象本质发展的个别方面和个别因素的体现，而不能是每一类型个性特征的综合，如巴人同志在提到创造典型的方法时所说的："典型也就是各个阶级的各个成员的性格之抽象与综合。"形象的个性，完全符合于特定人物的思想、生活经历、教养、气质和才能，归根结蒂，依存于他们的生活环境。作者看到了某些个性，在分析的过程中，洞察他们和生活本质发展过程的联系。然后凭借艺术想象把它们按照各自不同的内容构成完整的形象。这就是典型。[①]

应该说这个观点是十分深刻的。在真正的艺术典型里，个性是一个十

[①] 王愚：《艺术形象的个性化》，《文艺报》1956年第10号。

分重要的、不可忽视的因素，强调个性对于艺术典型的重要性，是一种理论上的进步和突破，是对当时中国文艺界普遍对人物个性忽视的反叛。如果艺术形象只有共性、普遍性，而没有鲜明生动的独特个性，那么这个艺术形象也不会有什么艺术生命力，同样也不会有艺术典型，甚至会落入机械主义或教条主义的深渊。

但是由于这种观点在表述时对本质、对阶级性强调不够，随着"反右派"斗争的开展，却成了文学上的"右派"观点而遭到了彻底的批判。

4. 共名说

1956年8月10日，周扬在中国作协文学讲习所发表了《关于当前文艺创作上的几个问题》的讲话，其中也重点地讲了典型问题，他说：

> 对于典型问题（这里说的典型，当然是社会主义现实主义里面的典型）也同样存在着教条。我觉得文艺界有两个问题可以好好讨论（不一定要作结论）：一个是典型问题，还有一个是传统问题。在讨论时，不要去引用苏联的条文。我们自己有那么多的典型，为什么不去研究？诸葛亮不是一个典型吗？李逵不是典型吗？杨四郎不是典型吗？鲁迅以及现代作家的作品中不是也有许多典型吗？所有这些，统通可以来研究一下，不必去考虑定义，中国的典型不一定同外国的典型完全一样，我们要解放一下，我们要独立去研究，不要钻在定义里面，马林科夫不是下了一个定义么，现在被推翻了，我们还没有马林科夫高明，而且那时候斯大林还在，大概也是经过斯大林同意的。所以追求定义没有什么好处，先研究自己的问题。①

周扬的讲话回避了当时关于典型讨论的分歧，反对从定义出发，期望对典型进行具体研究，并进行中国化的研究，这在当时中国的政治形势下，是富有眼光和理论勇气的。

也许是在周扬讲话的鼓励下，1956年10月16日，何其芳在《人民日

---

① 《周扬文集》第2卷，人民文学出版社1985年版，第415—416页。

报》发表著名的《论阿Q》[①]一文，从生活和创作的实际出发，从典型的客观社会效果出发，具体分析了阿Q这一个典型形象的丰富性，并在此基础上提出了被后人称为的"共名说"。此前有许多论述阿Q的论著[②]，但都没有摆脱典型是阶级的代表或是共性和个性的统一等基本观点。因此，何其芳的典型分析引起了大家的广泛关注和重视。何其芳首先指出："一个虚构的人物，不仅活在书本上，而且流行在生活中，成为人们用来称呼某些人的共名，成为人们愿意仿效或者不愿意仿效的榜样，这是作品中的人物所能达到的最高的成功的标志。"这就是从典型的客观社会效果来考察，而不是从构成典型的因素，如共性和个性的统一等来谈典型人物。何其芳批评了阿Q研究中简单化的阶级分析方法。他认为，阿Q性格上最突出的特点是他的精神胜利法，像"文学上的典型和生活中的人物一样，他（阿Q）的性格总是复杂的，多方面的。阿Q'真能做'，很自尊，又很能够自轻自贱，保守，排斥异端，受到委屈后不向强者反抗而在弱者身上发泄，有些麻木和狡猾，本来深恶造反而后来又神往革命，这些都是他的性格"。在分析阿Q性格的基础上，何其芳又通过这个形象产生的效果指出，阿Q是一个农民，但阿Q精神作为一种消极的可耻的现象，却"不一定是一个阶级所特有的现象"，这就带来理论解释上的困难。何其芳认为："理论应该去说明生活中存在的复杂的现象……而不应该把生活中的复杂的现象加以简单化，这样勉强地适合一些现成的概念和看法。阿Q性格的解释问题，实际上是一个典型性和阶级性的关系问题。困难是从这里产生的：许多评论者的心目中好像都有这样一个想法，以为典型性就等于阶级性。然而在实际的生活中，在文学的现象中，人物的性格和阶级性之间都不能划一个数学上的全等号。道理是容易理解的。如果典型性完全等于阶级性，那么从每个阶级就只能写出一种典型人物，而且在阶级消灭以后，就再也写不出典型人物了。"这就明确批判了典型的阶级说。何其芳明确指出："对阶级社会中的文学的现象是必须进行阶级分析的。但如果以为仅仅依靠或者随便应用阶级和阶级性这样一些概念，就可以解决一切文学上

[①] 亦见《何其芳选集》第2卷，四川人民出版社1979年版。
[②] 参阅朱寨主编《中国当代文学思潮史》，第274页。

的复杂的问题，那就大错特错了。"这一提法无疑具有很强的理论突破性，关注了典型的丰富性和多种可能性。何其芳最后总结道：

> 研究文学作品中的人物，正如研究生活中的问题一样，是不能从概念出发的。必须考虑到它的全部的复杂性，必须努力按照它本来的面貌和含义来加以说明，必须重视它在实际生活中所发生的作用和效果，必须联系到文学历史上的多种多样的典型人物来加以思考。

应该说，何其芳从具体的典型人物分析入手，在分析典型的丰富性和复杂性当中，避免了从概念到概念的束缚和空疏，从而也大大突破了阶级论和本质论的教条主义典型观。《论阿Q》对典型的理解和认识，被有些人认为是20世纪50年代典型讨论中所达到的最高水平[1]。

（三）20世纪60年代典型问题的讨论

20世纪60年代的典型讨论，主要是围绕着小说《金沙洲》[2]展开的。读者对这部小说的反映很不相同，引起讨论。《羊城晚报》副刊"文艺评论"甚至为此还专门开辟专栏讨论《金沙洲》，连续发表编者按和编辑后记[3]，时间长达半年（从1961年4—6月），讨论的中心就集中在应该怎样理解艺术形象的典型意义和文艺如何反映现实生活这两个问题上。

在对艺术典型的理解上，有的认为小说成功地塑造了几种不同类型的

---

[1] 孟繁华：《中国20世纪文艺学学术史》第3部，第258页。在关于典型问题的讨论中，陈涌的《关于艺术特征的一些问题》也值得重视。1949年后文艺界的一个突出问题就是对艺术自身特征的忽视，片面强调艺术的政治性。陈涌此文严厉批评了文艺界的庸俗社会学，指出："庸俗社会学的一个显著特征，就是否定文学艺术的特殊的性质和任务，否定文学艺术有它自己不同于其他意识形态的特殊的规律，用一半社会学的公式生吞活剥地代替对于文艺的具体生动的实践的研究。"但是由于它表现得很"革命"，所以很容易迷惑人。陈涌还明确批评了"赶任务"、"写政策"等说法。参见《文艺报》1956年第9号。

[2] 作者于逢，1959年作家出版社出版。小说描写了广东某经济作物区在合作化运动中由初级社发展到高级社的过程，反映了这一历史时期尖锐复杂的斗争。

[3] 可参阅广东人民出版社编辑出版的《典型、批评方法及其他——关于小说〈金沙洲〉的讨论》，1962年。

人物典型，有的则认为小说中不论是正面人物还是反面人物都是不典型的。无论是典型还是不典型，都牵涉到一个对典型问题的理解上，而观点主要集中在对以前提出的阶级论、代表论的坚持或批判上。比如有的论者明确提出"没有时代和阶级的代表性，可以成为艺术典型吗？"该论者指出："作家应该站在生活的高处去观察和描绘特定的生活环境，不能为了'真实'地描绘特定的生活环境而抛开了时代精神，离开了阶级斗争的趋势。"① 这显然是在重复以前所提出的阶级论和代表论典型观，"真实"的现实让位于所谓的时代精神和阶级斗争了。与此相近，也有人认为，创造典型要进行艺术概括，"就要求作为概括对象的一群人不仅有共同的特征，而且主要的性格特征也很相似。这一群人，就不能属于不同的阶级，而只能是阶级中某一特定的性格特征"。由此主张典型是"阶级性、类型性与个性的统一"②。在这里，类型与阶级性并不能全然分开，依然是阶级论的观点。

也许有人觉得阶级性的概念狭窄，所以又有人提出，人除了阶级性外"还受时代精神、革命思潮、历史传统、民族感情、国家观念、集团活动，以及当时的道德、信仰、文化教育、风尚等等熏陶、影响和制约"。同时各阶级的联系，统治阶级的影响，都形成"一种比阶级共性辽阔得多的社会共性"，所以主张典型是"阶级性、社会性和个性的辩证统一体"③。这个说明对于把典型局限于阶级性之类的狭窄理解，显然是一个正确的补充，它注意到了社会意识形态各个方面的复杂关系。但所提出的典型定义，仍可进一步推敲。因为这实际上是对现实生活中一般的人的分析，而不完全是对特殊的艺术典型的科学界说，而且在实际操作中，人的复杂性往往会最终归结于人的阶级性④。

对于坚持典型阶级论、代表论的观点，很多论者纷纷提出了批评，在强调生活的复杂性、个性的丰富中，试图更为全面分析和理解典型。

---

① 华南师范学院中文系文艺评论组：《没有时代和阶级的代表性可以成为艺术典型吗？》，《典型、批评方法及其他——关于小说〈金沙洲〉的讨论》，第60页。
② 吴文辉：《论典型的普遍意义》，《羊城晚报》1962年1月18日。
③ 陈则光：《论典型的社会性》，《羊城日报》1961年12月21日。
④ 部分参阅了朱寨主编《中国当代文学思潮史》，第279—280页。

比如林蓓之就直接反问："阶级的本质特征是否等于典型？""如果文学艺术中典型的意义，仅在于此，那跟社会科学反映社会本质的方法何异？文艺又还有什么存在的价值？"林蓓之进一步分析道，艺术典型不是不表现一定的社会本质，但把艺术典型仅仅看作是与一定的社会本质相一致的东西是错误的，那就忽视和抹杀了艺术创作、典型创作的独特性，即个性化创作。生活是复杂的、丰富的、生动的，某种共同的社会本质、阶级特征或品质在各种不同的人物身上，就会有不同的表现，同一阶级、同一阶层，也会有不同的个性，简单地套用社会学的概念，是不可能正确分析文艺作品中五彩斑斓的复杂现象的①。应该说，强调生活本身的丰富性、复杂性，以及文艺创作的独特性，对批判简单化、机械化的阶级论、代表论有着积极的意义。孙之龙与之观点相近，他认为"典型是阶极性与个性的辩证统一。阶级性——这是普遍性，个性——这是特殊性。普遍性存在于特殊性之中，阶级性存在于个性之中。因此，也可以说，典型是普遍性与特殊性的辩证统一"②。在文中，作者虽然把阶级性就看作是普遍性，并把这看作是典型"本质的、主导的东西"，有一定的狭隘性，但在文中作者更强调了生活的丰富性，认为典型是多种多样的。这也是对典型的新认识。

在这次讨论中，中国作家协会广东分会理论研究组所撰写的文章《典型形象——熟悉的陌生人》，应该说是这次讨论中最为详细，也最具理论性的文章，代表了当时典型讨论的成就。在文中，他们首先批判了当时流行的那种要求艺术典型必须与总的时代精神相一致，与社会的、阶级的本质相一致的错误观点，认为：第一，把艺术典型仅仅归结为社会的、阶级的本质特征，丢掉了典型的个性特征；第二，把艺术典型的共性与个性看成是数学的总和，两者只有外在的联系，而不是有机的统一体，这就舍弃了个性而空谈共性；第三，把典型性格与典型环境割裂开来，或者把典型环境抽象化、简单化，这就抽空了作品的典型环境的具体内容，使人物性

---

① 林蓓之：《阶级的本质特征是否等于典型？》，《典型、批评方法及其他——关于小说〈金沙洲〉的讨论》，第41页。

② 孙之龙：《典型是什么？》，《典型、批评方法及其他——关于小说〈金沙洲〉的讨论》，第62—63页。

格游离于环境之外。他们指出,这些错误的共同特点,是离开了文学艺术的基本特性,脱离了作品的客观实际,既不分析生活,也不分析作品,而是从纷纭复杂的现实生活中,抽出几条本质或规律加以对照或硬套,把艺术典型的创造看成赤裸裸地"写本质"、"写主流"的同义语,在艺术典型与时代精神、阶级本质之间简单地画上等号。而产生这种错误观点的原因,是由于忽视了艺术对现实认识的特点和反映现实的特殊规律——通过个别反映一般的规律,对本质与现象、抽象与具体、共性与个性、环境与性格等问题作了片面的、静止的、孤立的理解,没有看到其互相依存、互相作用的辩证关系[①]。

在此基础上,他们明确指出要通过个别来反映一般,要遵循文学艺术的特殊规律,通过具体的、富有个性的形象,以"生活本身的形式"来反映生活的本质,也正因如此,典型性格是多种多样的,生活中存在着千差万别的个性,艺术上就可以产生千差万别的典型性格。既可以有完全没有缺点的理想人物,也可以有有缺点的正面人物。既可以有具有全新的思想风貌的农民党员干部的形象,也可以有正在改造、转变和成长中的农民党员干部的形象。他们还引用毛泽东的《矛盾论》来进一步论证这一观点[②]。

在典型环境上,他们批判了那种把能够体现我们时代先进精神的生活事件当成典型环境的唯一的内容的观点,认为这排斥了现实生活的复杂性。文学作品中的每一个典型环境,也和典型性格一样,是完全不可代替的这一个;同样的社会历史环境的本质特征,只能反映在千差万别的典型环境中。典型环境的存在和发展并不是绝对的,而是相对的。它会随着时间、地点、条件的变化而变化。因此,典型环境并不是唯一的,而是多种多样的。既有体现时代先进精神的典型环境,也有不体现生活主流的典型环境。把生活的主流和典型环境完全等同起来的观点实质上是"无冲突论"的变种,是绝对主义的体现,是错误的[③]。应该说,这种认识是比较

[①] 《典型、批评方法及其他——关于小说〈金沙洲〉的讨论》,第123—124页。
[②] 同上书,第125页。
[③] 同上书,第135页。

全面和深刻的，体现了当时人们对典型的新理解，也是"双百"方针下思想解放的一种体现。只是这种思想并没有延续下去。

总体上，我们可以看到，20世纪50、60年代对于典型的各种定义和解说，归纳起来大致可分三类。一类是所谓"本质论"，包括典型是"一定社会力量的本质"，是"时代和阶级的代表"等。一类是"共性和个性的统一"，包括对共性的种种不同解释。这两类是对典型的内涵作"定性分析"。还有一类是"描述性"的，是努力从生活和创作的实际出发，强调典型的美感和具体感性特征，或主张"共名说"等。如果再进一步考察这些不同观点，也可以说一种是坚持"阶级论"、"本质论"，一种是努力突破"阶级论"、"本质论"。而这两者谁占优势，又往往随当时社会政治思潮的变动，以及对阶级斗争理解的变化而有所不同[1]。实际上，到60年代，统一说基本上成为比较流行的典型观。比如蔡仪说："文学艺术中的典型人物之所以是典型人物，不仅是个别性和普遍性的统一；而是以鲜明生动而突出的个别性，能够显著而充分地表现他有相当社会意义的普遍性。"[2] 以群说："典型人物具有或大或小的概括性，它是一个鲜明的、独特的个性，同时又可以表现一定阶级、阶层或某些社会关系的本质。""许多成功的创作经验都证明，典型所概括的一定范围的共性总是有机地寓于个性之中，并通过个性表现出来；而个性又总体现着一定范围的人们的共性。因此，作家要创造典型形象，通过个别反映一般，通过具有独特个性的人物表现他所属社会力量的共性，就必须善于集中、概括那决定人物的性格特征的主要社会关系和历史条件。"[3] 此后关于典型的讨论主要是围绕着如何统一，统一于哪一方，以及如何突破统一说上，具体体现就是对典型性格的深入分析[4]。

---

[1] 朱寨主编：《中国当代文学思潮史》，第281页。
[2] 蔡仪：《文学中心的典型人物问题》，《文学评论》1962年第6期。
[3] 以群主编：《文学的基本原理》（第2版，上册），上海文艺出版社1964年版，第219、229页。
[4] 关于"文化大革命"前典型问题的论争，本节参阅了孟繁华《中国20世纪文艺学学术史》第3部，第六章第四节，第248—259页，以及朱寨主编《中国当代文学思潮史》，第六章第四节，第263—284页。

二 新时期典型问题的论争

1978年12月,全国27个省、市、自治区53所文科高等院校120多位文艺理论教师代表,应上海师范大学、上海师范学院两校中文系的邀请,于上海举行了"典型问题学术讨论会"。开启了"文化大革命"后对典型问题的讨论。1981年10月28日至11月7日,全国马列文艺论著研究会在黄山召开,全国各高等院校、研究单位及文艺宣传、新闻、出版等部门的代表200余人参加,会议围绕着艺术规律这一中心议题,讨论了典型环境与典型人物、真实性和倾向性、党性与艺术个性、艺术生产与物质生产发展不平衡关系以及文艺批评标准等问题。这也使典型问题的论争又提高了一步[①]。与此同时,关于典型的文章陆续发表,包括《文学评论》在内的许多报刊,也纷纷展开对典型的讨论,形成了"文化大革命"后典型讨论的热潮。这次讨论的一个较为集中的议题,就是如何看待20世纪50、60年代形成的共性与个性"统一说"。

(一) 突破与坚持统一说的论争

"文化大革命"后对有关典型的"统一说"普遍采取了质疑态度。如蒋孔阳在《形象与典型》一书中指出,把典型理解为个别性与一般性的统一,或者共性与个性的统一,从哲学上说是对的,但从文艺本身的特殊规律来说,却明显地存在着不足之处,主要表现在:(1) 任何事物都是共性与个性的统一,如果把典型也只是看成共性与个性的统一,势必忽视典型的艺术特征。(2) 它把共性与个性看成是两个对立的东西,因而容易造成共性自共性、个性自个性的错误看法。而在艺术形象中实际上二者是密切不可分的。(3) 容易把共性与个性,特别是共性抽象化。共性一经抽象化之后,就容易变成形而上学的东西,如把共性等同于阶级性、社会本质等等之类。蒋孔阳接着提出了自己的典型定义:"为了避免以上的一些缺点,

---

[①] 参阅群言整理《关于典型、批评标准等问题的讨论》,《文学评论》1982年第1期。

我们认为最好按照文艺本身的特殊规律,把典型理解为:通过生活本身发展的逻辑过程来反映生活中某些特殊方面的本质和规律的艺术形象。"① 蒋孔阳在这里对典型的概括虽然还不是很清晰明确,但他力主把艺术概念与哲学概念相区分,把典型放在艺术创作规律中思考,无疑具有重要意义。

栾昌大也认为应该把哲学层次和艺术层次加以区分。在《文学典型研究的新发展》中具体分析了"统一说"在方法论上的问题,"即用哲学认识论的高层次的分析方法,代替对艺术这一处于低层次的现象进行具体分析的分析方法"。栾昌大认为:"共性个性的统一,是宇宙运动的普遍规律,也是人的认识运动的普遍规律,它是指导人们认识一切事物的总的指导原则之一。我们只能用以指导对典型这一特殊的艺术运动形式的具体认识和分析,而不能把它简单地直接地套到典型的头上。"他认为典型研究中"统一说"是误用了共性个性统一的认识原则,这是很难概括典型的特质的,因为现实生活中的任何人都是共性与个性的统一,但显然不能都成为艺术中的典型。"因此,共性个性这个指导原则本身,恰恰要求我们要彻底突破典型研究的共性个性统一的传统格局。"②

从以上两人的批判中我们可以看到,"文化大革命"后人们对典型认识的基本点,是要突破以前典型研究中的哲学化、政治化倾向,试图从艺术创作的特殊规律本身出发重新认识典型,这无疑是典型论发展的重要一步。但突破统一说并不是要否定共性和个性,而是如何重新认识这两个概念以及如何调整二者的关系。

即使是坚持统一说的观点,实际上也并不是简单重复20世纪50、60年代以共性来统一个性的那种"统一"说,而是努力调整共性与个性的关系,强调以个性来统一共性。个性成为强调和突出的重点。这个转变和当时整个新启蒙的文化精神是一致的,不仅是对以前的典型观,而且也是对其背后的集体主义、阶级主义意识形态的某种突破。

王元骧是统一说的坚持者。他认为,抛弃了共性与个性这两个概念以及这两者统一的原理,"就等于否定了文艺反映生活的特殊规律,也就等

---

① 蒋孔阳:《形象与典型》,百花文艺出版社1980年版,第192—193页。
② 栾昌大:《文学典型研究的新发展》,辽宁大学出版社1986年版,第13—14页。

于否定了典型的理论"。王元襄指出，把个性与共性的统一当作是典型的公式，虽然难以彻底解决问题，但"个性与共性的统一仍不失为艺术典型的一条基本原理，仍不失为研究典型问题的一条重要途径"。问题的关键是如何理解典型的"个性"与"共性"这两个概念，以及两者之间的关系。在王元襄看来，传统的统一论往往是从共性出发、从一般出发，即作家在创作时头脑中先有一个现成的概念，然后根据这一概念去寻找一些个别事例去说明它。这是违反创作规律的。他认为，统一"指的是通过个性体现共性"，即从个别出发，从把握个别事物开始，然后力求把个别上升到一般、把感觉上升到思维，从中深入地发掘出社会生活和阶级斗争的本质、规律来。而这一切在创作中不是通过抽象化的原则，而遵照典型化的原则来实现的。王元襄最后指出："典型的个性与共性统一的原理，目前不是否定，而是澄清认识、加深理解的问题。"① 可以看出，王元襄虽然坚持统一说，但并不是坚持以前以共性统一个性的观点，而是要以个性来统一共性，应该说这还是比较客观和公允的，是当时人们对共性个性关系的重新认识。

邱紫华 1984 年发表的文章《论人物形象理论的发展》(《文艺研究》第 6 期)，与王元襄的观点相近，也坚持统一说。他区分了类型说、个性说与典型说的区别，指出，是从抽象的观念出发，还是从感性现象出发，是类型说与个性说、典型说在艺术概括方式上的根本区别。类型说从抽象的观念出发，以突出共性为目的。在一般与个别，共性与个性，本质与现象，必然与偶然的矛盾统一体中，以前一方面作为矛盾的主要方面。在艺术概括手法上，通常采取从共性到个性，从本质到现象，从必然到偶然的途径；个性说则过分突出"特征性"的东西，甚至排斥普遍性的因素。在对"特征"的概括中，追求荒诞不经的、神奇的、偶然的现象，拒绝反映共同的、普遍性的事物。这样就放弃了对事物本质的认识与揭示，从而丧失了艺术表现的目的；典型说则是在于"通过特殊显现一般"。在艺术概括方式上，要求通过具体的、个别的感性事物反映出普遍因素，以揭示事

---

① 王元襄：《典型的个性与共性统一的原理不能轻易否定——与沈仁康同志商榷》，《学术研究》1980 年第 1 期。

物的本质与规律。在必然与偶然、共性与个性、本质与现象的统一中重在突出后一方面,并力求通过后者显现出更丰富、更概括、更深刻的"一般"。因此,典型所揭示的社会内容的深度与广度较之类型更深广、更能见出本质与规律,也更符合艺术的审美特质。典型较之个性说的性格的个性化更生动、更丰富、更鲜明、更真实、更客观。邱紫华虽然也强调统一说,但这种统一是以个性统一共性,而不是相反。而对共性,他也强调要了解其多种类与多层次,摆脱那种仅把典型的共性定为"阶级性"或"党性"的片面的、绝对的形而上学思想。这些都是人们对典型的新思索。

(二) 重新理解共性

无论是坚持统一说,还是质疑统一说,几乎没人还会赞同或坚持共性等于阶级性的观点。大家的共识是,如果把典型的共性简单归结为阶级性,就容易导致以生活去图解抽象的阶级概念,导致文艺创作的概念化和人物塑造的干瘪化。很多论者指出,尽管典型会带有一定的阶级色彩,会受一定阶级利益和阶级意识的影响,但阶级性绝不是典型的全部或实质。这方面的例证很多,例如:共产主义社会中阶级性消失了,而人类共性及反映这共性的典型却永远存在;神话中典型的共性往往不带阶级性;在阶级社会中,典型的共性除反映阶级性外,还反映其他特质;共性反映现实生活,而生活并非任何场合都有阶级斗争和阶级。最后,共性还要受民族的影响[1]。

由此,有论者指出:"典型的共性可以比阶级性范围更广",甚至可以包括各阶级所共同具有的某些共同的人性[2]。姚雪垠就这个问题指出,"共性和阶级性有关系,但不能混为一谈,将二者混为一谈,就容易陷入了'一个阶级一个典型'的谬论"。从创作实践考察,同一个阶级中可以塑造成不同的典型人物。阶级性反映在人的心理、感情、性格中,有时非常曲折,有时受其他各种因素的影响、制约。将各种因素,包括必然的和偶然

---

[1] 参阅薛瑞生《论典型的个性化道路及其它》,《西北大学学报》1981年第2期;王明居《论典型的共性和阶级性》,《北方论丛》1981年第6期;王小慎《典型的共性是以阶级性为基础和核心的吗?》,《内蒙古社会科学》1981年第1期。

[2] 闵开德、吴同瑞:《典型的共性及其它》,《北京大学学报》(哲学社会科学版)1979年第6期。

的，全部抽掉，只讲阶级性，实际上陷入了形而上学，既不能了解形形色色的人，也不能了解极其复杂的生活现象。姚雪垠进一步指出，在某些问题上，阶级关系壁垒森严，不可调和；在另外一些特定的问题上或特定的场合，阶级关系会降居次要地位。爱情关系、两性关系，不能完全用阶级关系去范围。这种冲破阶级和政治倾向限制的爱情和两性关系，在生活中还少么？①

杜书瀛也明确指出：如果认为一个人物不够典型是因为"他是'极个别的'，不能代表'多数'，不反映'主流'，是不正确的"。艺术典型的共性主要不是"量的普遍性"，而是"质的必然性"。但所谓质的必然性，即指"一定生活现象的本质规律"，而绝不限于阶级和阶级斗争的规律。他认为，这种本质规律绝不是已有的现成的结论和概念，而是艺术家对生活真理的新发现，并渗透着艺术家的独特认识和评价，从而富有哲理性②。在这里，杜书瀛从生活的丰富性出发，强调了典型的社会生活上的共性，而不仅仅是阶级上的共性。郑元杰也认为："共性是概括，揭示作品中文艺典型人物的社会本质，以及这一人物的本质在特定的社会中所说明的社会的、时代的、民族的、阶级的问题。"③

其他论者对典型的共性也做了相近的阐述：（1）典型"是一种鲜明突出的个别特点的代表性格"④；（2）典型"是最大限度的特异、独特的特点，由此而深刻地揭示事物本质"，"不单是概括了阶级特征，还概括了社会特征、民族习性，人类的一部分共通的东西，等等"⑤；（3）"文艺上的典型形象是通过鲜明、独特的个性深刻地体现出特定历史条件下某一阶级的某些本质属性的人物形象"⑥；（4）"典型是时代精神与个性的统一"⑦；

---

① 姚雪垠：《关于典型问题的一封信——致上海师大中文系与上海师院中文系联合举办的典型问题学术讨论会》（原载《北京文艺》1979年第5期），姚北桦等编《姚雪垠研究专集》，黄河文艺出版社1985年版，第149—151页。
② 杜书瀛：《艺术典型与"主流""多数"及其他》，《文学评论》1980年第1期。
③ 郑元杰：《论典型的共性》，《北方丛刊》1980年第4期。
④ 郭正元：《艺术典型初探》，《中山大学学报》1979年第1期。
⑤ 沈仁康：《典型琐谈》，《学术研究》1979年第3期。
⑥ 刘伟林：《文艺典型试论》，《华南师院学报》1980年第3期。
⑦ 杨治经：《艺术典型新探》，《学习与探索》1979年第5期。

(5) 一个艺术典型的共性"不是或主要不是人物的外形,而是人物性格的内在特质,是寓于这个人物有一定特征的外在行动中的一种精神状态","科学地讲,一个人物的典型性,不是这个人物,而是这个人物的精神状态"①,等等。

从这里我们可以清楚地看到,随着思想解放和学术研究的深入,人们已经意识到了典型含义的复杂性和丰富性,认识到典型是一个多元素的复合体和多层次的主体结构,文学的任务也应当是揭示其多方面的属性,进一步,人们开始关注体现艺术创作规律却被长期压制的典型的个性问题。

(三) 个性出典型

个性出典型源自 1978 年姚雪垠给在上海召开的典型问题学术讨论会的一封信。在这封信中,姚雪垠指出,"大概较有成就的作家都是着力写出人物的个性,而不是多考虑写好共性。纵然有意写出某种共性,也必须使共性通过个性化体现出来。共性富于特性之中。""典型体现着共性,但不等于共性。个性出典型。典型性寓于个性之中。""有经验的作家更明白要立足于写好个性,同时照顾典型性,这样才能通过写好个性,将个性写深,写丰富,才容易达到塑造典型性格的目的。"②

对于个性出典型这一论断,姚雪垠并没有详细论述,后来李顺刚从人类审美发展的角度对此进行了阐述。李顺刚认为,姚雪垠提出的"个性出典型"这一命题,"接触了典型创造的内在规律",它与人类审美的发展紧密相关。李顺刚指出,随着社会生活的发展、人类审美要求的深化,个人及其个性在艺术典型的内容中愈来愈居首位。典型形象中性格乃至其完整体"个性"的意义,正具有越来越重要的美学价值。正因为这样,对艺术形象中个性与典型之间内在联系的探讨,成为近代美学中一个很重要的方面。他通过黑格尔对个性的阐述指出,黑格尔把艺术典型理解为生活现象的"整体",理解为体现着"特殊、个体、个别东西的全部丰富性"的丰

---

① 毛星:《也谈典型》,《文学评论》1980 年第 3 期。
② 姚雪垠:《关于典型问题的一封信——致上海师大中文系与上海师院中文系联合举办的典型问题学术讨论会》(原载《北京文艺》1979 年第 5 期),姚北桦等编《姚雪垠研究专集》,第 148、149 页。

满"世界","是迄今为止关于典型与个性之间所谓内在联系的最为机智的见解",它所给予我们的宝贵启示在于:(1)偏离了作为感性形态的完整个性去侈谈典型,本身就已离开了典型。"典型只能是经过作家提炼、熔铸了的'这一个'现象整体,它尽管透露着一定的普遍意义,但都包孕在完整个体本身所固有的具体属性里。"进入艺术世界的形象个性,描写得越生动、越具体、理解得越深透、表现得越多方面、越易获得典型的价值。(2)艺术审美活动的一个重要特点,就是形象性和独创性。在这里,尊重和把握形象的完整个性,不仅不成为塑造典型的障碍和局限,而是艺术创造活动维系生命的要谛,具有很强烈的目的性。由此李顺刚认为:"个性不仅意味着艺术形象的基本特征,而且意味着通往典型所达到的深度。个性与典型所具有的这种紧密联系,也就往往促使作家艺术家将其深化为最具特征的典型形象。"紧接着,李顺刚还阐述了从个性深化为典型的过程,这就是"深入个别"和"跳出个别"。所谓"深入个别",就是深入描写对象之内,以"这一个"为主,尊重人物个性的完整性和丰富性,体察人物的内心世界。所谓"跳出",就是指站在一定时代的高度,去把握人物个性与周围世界的内在联系。实质上,这里的"出"只是意味着更深一层的"入"[①]。

应该说,李顺刚的分析是比较恰当和深刻的,个性出典型的根本目的就是要突破统一说,因为从艺术创作规律来看,个性本身就包含着共性,如果再提出一个共性,就很容易使二者形成对立关系。提出个性出典型,是要创作者集中精力进行人物的个性塑造,而避免共性的干扰,这在许多论者看来才是真正的艺术创作、典型创作。比如有论者就明确指出,"独特的个性,是构成典型形象的基础","应该从生活出发,从生活中去捕捉个性鲜明、独特的人物;在处理人物的共性与个性的关系时,应该把个性放到首要的位置上;在整个典型化的过程中,又应该自始至终地抓住对人物独特个性的刻画描绘"[②]。

[①] 李顺刚:《论"个性出典型"——关于典型内容的历史性及其审美特征的思考》,《河北大学学报》(哲学社会科学版)1981年第4期。

[②] 金梅:《从传统典型论的流弊中摆脱出来》,《朔方》1981年第2期。

李衍柱明确提出要"观察个性、研究个性、刻画个性"。他指出:"通过精确的个性刻画反映社会关系发展的本质方面,是文艺创作的基本规律之一","没有个性的精确刻画,就谈不上典型人物的塑造",塑造典型必须从个性出发,从现实生活中具有鲜明个性的人出发,而绝不能从抽象的共性普遍性出发,作家创造典型,首要的工作就是认真观察,深入研究生活中具有鲜明个性的活人[1]。

薛瑞生也认为,典型的创造必须走个性化道路,要自始至终地抓住对人物独特个性的刻画、描述,时时排除共性干扰,只有这样,才能创造出真正独特的艺术典型。具体表现在(1)要突出人物"怎样做",即强调写出典型的可感性,具体、生动性;(2)要用对立的方法刻画人物的个性,即通过两个相互的形象或在同一个形象中赋予两种相互对立的性格因素,以显示出性格的独特性;(3)要写好环境对人物个性的影响,就能突出个性[2]。

可以说,"个性出典型"是"文化大革命"后思想解放在文艺理论领域中的一个响亮口号,虽然也有人对此有所质疑[3],但显然声音很微弱,真正对个性出典型提出疑问并推动典型论的进一步发展的,则是"新典型观"的提出以及由此而带来的多元开放的典型观。

(四)多元开放的典型观

在多数人看来,无论是强调共性还是个性,典型指的还是人物、人物的性格。这一共识在王蒙等人那里则在一定程度上被打破了。王蒙在一次座谈会上的发言指出:"文学要写人,这是不成问题的,但人是否就等于人物,人物是否就等于性格?不见得,我们还可以着重写人的命运、遭遇的故事,也可以着重写人的感情、心理,可以写人的幻想、奇想,还可以着重写人生存于其中的自然环境和风景,可以写人的环境氛围、生活节奏,也可以着重写人物性格。"[4] 王蒙从丰富的创作实践出发,把典型扩大

---

[1] 李衍柱:《观察个性、研究个性、刻画个性》,《山东师院学报》1980年第1期。
[2] 薛瑞生:《论典型的个性化道路及其他》,《西北大学学报》1981年第2期。
[3] 晁真:《"个性出典型"管见》,《中南民族学院学报》1984年第2期。
[4] 王蒙:《对一些文学观念的探讨》,《文艺报》1980年第9期。

到人物的心理、情感、想象、命运等,虽然有使典型泛化的危险,但显然扩大了典型的内涵,尤其对我们理解现代派文学艺术具有重要意义。

1983年,吴亮发表《"典型"的历史变迁》一文,从艺术发展的角度,分析了典型的发展,引起了文艺理论界的论争。吴亮在文中通过对典型创造的历史回顾指出,典型的发展是渐渐从外在化走向内在化,从简单化走向复杂化,从人物化走向超人物化的历程。今天的典型有三个特征。(1)内在化。典型已从客体人物的外在塑造部分地转向了内在心理,把重点移到了读者心灵深处的典型反应。一种更偏重于共同主观性的内在典型,这种他所谓的"形而上的典型"正在部分地取代立体化的人物典型的位置。吴亮认为,当代文学是"一种体现典型观念、典型体验和典型情绪的艺术形态",由于"共同主观性"的存在,这些观念、体验和情绪又能激起"读者的心灵深处的典型反应",从而形成一个非实体的非可视的"内在典型"。显然,在吴亮这里,典型的创造不必局限于"典型环境中的典型人物",可以是作家的某种主观感受、观念、情绪的表现和作品人物的心理状态的描述。这与王蒙的观点是相通的。(2)"复杂化"。吴亮认为,这种新型的典型是多质、多向、多义的,它"摆脱了一个概念的先行支配,而是从个别和特殊出发,在有意识和无意识之间创造了一系列由多种普遍性交叉而成的典型。换句话说,一个个别的、不可替代的典型人物身上十分奥妙地穿插着、渗透着、潜伏着多种普遍性因素"。(3)"超人物化"。吴亮认为:"现代文学艺术已经不怎么注重人物和人物性格的完整、准确与鲜明了。……此时的人多半是分裂的、模糊不清的,没有完整的一致的性格,无意识不断破坏意识自省的明确性,行动和环境脱离,行动和内心脱离,行动和意志、愿望脱离……杂乱纷纷、毫无联系的意识的片断,思想的奇诡,行动的不可理解,所有这些,都不可能提供给我们一个完整的典型人物的印象。"这种"超人物化"的核心在于"把意想传达之物直接地表现和供奉出来,不想再通过人物活动和外部感性表现的中介"[①]。吴亮的新典型观与中国新时期现代主义文学创作是紧密相关的,他试图摆脱传统典型模式的束缚,顺应新的文艺创作发展态势,于变化中追

[①] 吴亮:《"典型"的历史变迁》,《当代文艺思潮》1983年第4期。

究典型这一特殊艺术现象的实质。但是他的理论虽然极富前沿性和挑战性但却不够成熟,由此引起了大家的讨论。

程代熙明确指出,吴亮所提出的"包括三个阶段在内的'典型'历史变迁的说法,是毫无历史根据的"[①]。把西方现代派鼓吹成是文学发展的新方向,忽视马克思主义的典型观,是完全不符合实际情况的,是对典型的极大误解。程代熙认为,用超阶级、超时代的观点来分析典型的历史变迁,不仅不能正确地阐明典型这个重要文学概念形成、衍化和发展的历史线索,而且会模糊社会主义文学和资本主义文学之间的质的差别,这就很容易背离社会主义文学的方向和道路[②]。程代熙的批评虽然带有一定的阶级论倾向,但在一定程度上也指出了吴亮观点和论证上的漏洞。

也有论者就吴亮的典型观指出,现代主义文学并不能代表文学发展的主流和未来,观念化和内在化也不能包含当代文学创作的全部内容,描写"典型环境中的典型人物"仍然是典型创造的基本内涵和艺术特征,人物性格的典型化仍然是艺术典型化的核心内容。"典型观念、典型感受、典型体验"等精神和心理因素的典型化并不是典型性格的对立面,而恰恰是典型性格的基本内容。将二者相割裂,"离开了实在的人物,仅在观念上、情绪上、心理经验上,描述和揭示了形而上的普遍意蕴",并不是典型的新发展,而是对典型的"变异",即对自身的丧失和否弃[③]。这就是说,精神和心理因素的典型化可以纳入"典型性格"这个概念之中,如果离开了性格,就是对典型的否定。今天看来,几乎所有的论者都承认典型的情绪、心理和精神的存在,分歧只是在于怎么理解它们。就文学创作的情况看,的确也有两种情况:一种是心理、情绪等的典型化是从属于人物性格的典型化的,比如现实主义小说中的心理描写。但是也有一些作品,特别是现代派作品,其心理、思绪、无意识活动等本身被当作了主体或本体,直接通过它来传达某种形而上的思考,不再依附于人物性格。在我们看来,后

---

① 程代熙:《也谈"典型"的历史变迁》(原载《解放日报》1983年2月20日),见程代熙《海棠集》,重庆出版社1986年版,第280页。
② 程代熙:《海棠集》,第283页。
③ 陆学明:《关于典型范畴及其发展趋势的思考——兼与吴亮同志商榷》,《当代文艺思潮》1984年第2期。

者似乎不应该被纳入典型概念,否则就会导致典型概念的无限泛化。但是我们要立即补充说明的是:并不是所有文学作品都必须塑造典型。

有论者认为,传统的典型观虽然有弊端,但写人、写性格、写典型仍应是文学创作追求的最高目标,创造典型仍应是衡量作品"艺术生命久暂、艺术成就高低"的普遍原则。当然也有例外的情况,但例外并不能取消普遍原则,新典型观却"自觉不自觉地有放大例外、缩小规律,乃至以例外取消规律的意向。这就把自己置于违背规律的地位了"①。

总体上看,大多数论者并不完全否定吴亮所提出的新典型观,但是反对将这些观点极端化为典型创作的普遍原则。不过,我们应当承认,随着创作实践上的多元化、文艺理论建设上的发展,典型观也在逐步走向多元化。到了20世纪80年代末90年代初,典型问题的讨论趋于沉寂②。王一川在《典型,移心化与众声喧哗——80年代后期中国文学典型问题描述》一文的结语部分写道:"作为本世纪中国文学的一个普遍而鲜明形象的典型,到80年代后期已确实遭逢移心化和众声喧哗这一新变故,也就是说,原本作为中心化和总体化象征的典型,已变得中心弥散,总体破碎,多种声音竞相争鸣,而说典型、典型影子和典型墓园等是这种新变故在叙事方面的投影。那么,这种新变故说明了什么呢?一个值得注意的问题就是,它说明那影响着典型并为典型所影响的文化语境本身正在发生新的变化。"③

三 人物性格二重组合论

1984年,刘再复在《文学评论》第3期发表了论文《论人物性格的

---

① 滕云:《多元化的典型观》,《当代文艺思潮》1984年第4期。

② 关于新时期,尤其是20世纪80年代之前的典型问题的讨论,有许多综述性的文章,可参阅栾昌大《典型问题论争三十年》,《吉林大学社会科学学报》1980年第2期;马玉田《近年来文艺理论界对典型问题的探讨和论争》,《文艺理论研究》1982年第1期;胡百顺《关于新时期典型论争的评价问题》,《内蒙古师范大学学报》(哲学社会科学版)1984年第2期;王如青《归于消解的论争——新时期典型问题论争回眸》,《河北师范大学学报》(哲学社会科学版)2000年第3期等。

③ 王一川:《典型,移心化与众声喧哗——80年代后期中国文学典型问题描述》,《东方丛刊》创刊号,1992年第1辑。

二重组合原理》①，引起了文论界的广泛关注。此后一直到 1985 年，刘再复陆续发表了一系列关于人物性格的论文②，并于 1986 年出版专著《性格组合论》③，由此引发了 20 世纪 80 年代中期关于性格问题的大讨论。这可以看作是典型问题讨论的继续和深化。

（一）人物性格的二重组合原理

刘再复在谈到自己为什么研究性格问题时指出，以往的典型研究"一般都从塑造典型这个角度来进行思考。什么是典型环境中的典型性格，怎样塑造典型环境中的典型性格，当然是思考性格塑造的一个根本角度，我仍然不放弃这个角度；但是，我想着重从性格结构及其性格组合这个角度来探索一下这个古老的课题。通过这个角度，我们同样可以达到把握典型性格的目的"。从这里我们可以看到，刘再复研究性格的目的，是要从另一个侧面研究典型，试图为典型研究开拓新的局面。那么，何谓性格的二重组合呢？

刘再复指出，人的性格本身是一个很复杂的系统。每个人的性格，就是一个构造独特的世界，都是一个自成独特结构的有机系统，形成这个系统的各种原素都有自己的排列方式和组合方式。但是，任何一个人，不管性格多么复杂，都是相反两极所构成的。"性格的二重组合，就是性格两极的排列组合。或者说，是性格世界中正反两大脉络对立统一的联系。但是性格的这二重内容都不是抽象的。它是具体的、活生生的各种性格原素构成的。这些性格原素又分别形成一组一组对立统一的联系，即形成各种

---

① 本节引文，未注明出处的，皆出自本文。
② 包括《论人物性格的模糊性与明确性》（《中国社会科学》1984 年第 6 期）、《性格对照的三种方式和它们在我国文学中的命运》（《中国社会科学院研究生院学报》1984 年第 6 期）、《论悲喜剧性格的二重组合——兼谈崇高与滑稽》（《文艺研究》1984 年第 6 期）、《灵魂的深邃和性格丰富的内在源泉》（《文艺报》1984 年第 8 期）、《关于"人物性格二重组合原理"答问》（《读书》1984 年第 11 期）、《两级心理对位效应和文学的人性深度——关于"人物性格二重组合原理"心理依据的探讨》（《文艺理论研究》1985 年第 2 期）、《个性之谜与人物性格的双向逆反运动——论人物性格二重组合原理的哲学依据》（《评论选刊》1985 年第 3 期）、《关于"性格组合论"的总体构想——与魏世英同志的谈话记录》（《当代文学探索》1985 年第 2 期）等。
③ 上海文艺出版社 1986 年版，1999 年安徽出版社重新出版。

不同比重、不同形式的二重组合结构。一个较简单的性格世界，可能只是一组性格原素构成的，一个丰富的性格世界，则是许多组性格原素合成的复杂网络结构，在这种结构中各组性格原素互相依存、互相交织、互相渗透，互相转化并形成自己的结构层次，使性格呈现出复杂而有序的状态。""由于性格原素具有无数种组合的可能性，因此，性格的二重组合，实际上又是性格的多重组合。"这是刘再复对性格组合论的集中阐述。

在另一篇文章中，刘再复又具体阐述了性格二重组合的具体表现，这就是美—丑、善—恶、悲—喜、崇高—滑稽、崇高—秀美、勇敢—怯懦、圣洁—鄙俗、高尚—卑下、忠厚—圆滑、温柔—刚烈等。刘再复指出，作为一个优秀的文学典型，其性格的构成因素是复杂多样的，它们往往以其二极性的特征交叉融合，构成一个多维多向的立体网络结构。而典型性格则成为一个包含着丰富性格侧面的整体，类似一个圆球，它既不是线性的善恶并列结构，也不是平面的双色板[①]。可以说，刘再复性格二重组合论的提出，目的不在于对性格进行简单的二极划分，而是要深入性格内部，通过分析二极之间的复杂运动，建立更为完整、丰富、立体的性格结构，这为我们理解典型、创作典型无疑具有重要的意义。

在《性格对照的三种方式和它们在我国文学中的命运》中，刘再复又通过性格对照的三种方式，进一步阐述了人物性格的二重组合原理。性格对照的三种基本方式是：（1）不同人物性格之间的对照；（2）同一人物的性格表象与性格本质的对照；（3）人物性格内部中两种对立性格因素的对照。刘再复进一步把这三种方式概括为：性格外部对照方式，性格表里对照方式和性格内部对照方式。其中，性格内部对照方式就是人物性格二重组合方式，而且它在塑造优秀典型所使用的三种对照方式中，起制约和决定作用。

在分析性格组合的基础上，刘再复区分了四种典型模式。（1）单一型性格模式。性格结构只有一极，它表现出来的只有单一的性格特征。（2）向心型性格模式。这种性格模式，是多种性格特征同时围绕着性格核心的组合形式。这种性格比单一化性格丰富一些。例如武松的性格，他的

[①] 刘再复：《关于"人物性格二重组合原理"答问》，《读书》1984 年第 11 期。

勇武，是通过其他各种正面的性格特征的合力而构成的，这样，他的勇武就与一般的简单的勇武就不同。再比如曹操，其性格核心是"奸"，而围绕奸，他又表现出多智，多疑，爱惜人才，有雄才大略等特征，因此，性格也呈现出某种复杂性。（3）层递型性格模式。这种性格结构，是性格从纵的方面逐步发展，有一个逐步演变推移的动态过程。比如高尔基作品《母亲》中的尼洛夫娜，就是这种性格模式。但这种性格模式还不属于二重组合。（4）对立型性格。这种性格结构就是我们所说的二重组合，是性格正、反两极的对立统一。这种性格模式能够最大限度地反映人的性格真实，揭示人的性格运动的内在矛盾性，因此，能表现得最动人心魄。如哈姆雷特、贾宝玉、阿Q等，就是这种性格。它属于性格美的最高层次。"文学上具有较高审美价值的典型性格，都属于这种性格组合模式。我们所讲的性格二重组合原理，就是作家通向这一最高审美层次的一种桥梁。因此，二重组合原理，对于创造较高审美层次的典型，带有普遍的意义。"①

刘再复在分析性格组合时，并不是要把它看作一个静止的系统，而是把它看作一个运动的有机整体。刘再复指出，我们分析性格的二重结构，揭示这种结构中相反两极中的各种元素，只是暂时把性格假定为静止的性格，然后对组成性格的各种性格元素和结构形式进行静态的分析。"实际上，性格是一种流动物，我们所说的二重结构也是流动中的结构。性格运动与整个世界的运动规律是相同的。"刘再复指出，性格的流动变化过程包括空间的差异性和时间的变迁性。空间差异性是指主体的性格随着主体所处环境的移动而不断发生变动；而时间的变迁性则是指人物性格随着时间向前推移而不断变更。性格中有性格的历史因素与性格的现实因素的二重组合，性格就更富有立体感，也更有性格的深度。时间的变异性和空间的差异性总是互相交织而造成性格运动的可能性。刘再复在强调了二重组合结构的流动性以及它所带来的性格组合的丰富性的同时，也强调不能忽视性格的整体性，"即在性格的二重组合中保持一种统治的定性，一种决定性格运动方向的主导因素"。具体来说，刘再复指出，在空间角度上，

---

① 刘再复：《关于"人物性格二重组合原理"答问》，《读书》1984年第11期。

性格运动一方面表现出异向性，另一方面又表现为定向性。在时间角度上，性格运动在不同的时间阶段，发生前后性格的二重组合显示出历史差异性，但是，在这种变动中又保存着某种稳定的东西，因此，运动又呈现出一种相对稳定性和一贯性。刘再复说："性格的二重组合，是一元化的二重组合。文学中的人物性格，只有当它是一元二重流动结构时，才是一种丰富而且完整的有机生命体。"

除了把性格组合的过程看作一个动态的过程外，刘再复还把人物性格的二重组合的过程看作一个模糊集合过程。刘再复指出，性格元素的模糊性包括两层意思。一是构成性格整体的各种元素之间往往是不同向的，甚至是彼此矛盾对立的，这种双向性，使一个人的性格表象变得纷纭复杂，并形成人物性格的模糊行。二是每一个性格元素内部都带有二重性，或者说，都包括正反两极。同一性格元素，既是A，又不是A，既是这一点，又不是这一点，肯定中包含着否定，否定中包含着肯定。此外，刘再复还指出了造成性格元素自身模糊性的另外的原因，就是性格元素的本质往往不是直接袒露着的，而是常常假象包裹着，从而显现出表里矛盾、似是而非的情状。所以说性格元素自身是一个不确定的、随时都可以发生转化的矛盾体。

刘再复在谈到性格元素集合过程的模糊性时，还提出了一个"模糊性中介"的概念。所谓"模糊性中介"，就是在各种性格元素与性格核心之间存在着某种将它们连接起来的"中介"。刘再复指出，这种"中介"不是明确的线性边界，而是摇摆于两极之间的交错地带，也就是模糊地带。性格相互矛盾的内容就在这个地带中互相冲突、互相交融、互相转化，形成活生生的生命。正是这种"模糊性中介"，融化了性格组合的机械性。形成"模糊性中介"有两方面的原因，一是人物情感内容的不确定性，二是人物情境的随机性。所有这些都会导致性格元素集合的模糊性。

肯定性格模糊性，会牵涉到如何看待我们通常认为的"正面人物"、"反面人物"和"中间人物"的概念。刘再复指出，由于人物形象是一种模糊的集合体，"一些具有较高审美价值的典型性格就是这种模糊集合体，因此，人们就很难用'好人''坏人'等概念来规范他们，甚至很难用'正面人物'、'反面人物'、'中间人物'这种现实的语言来规范他们"。

这种正、中、反的划分在实践中限制了人物性格的丰富性、复杂性，因此它对造成我们文学人物简单化、公式化、概念化和最后导致"三突出"、"三陪衬"等荒谬的理论，是负有一定责任的①。

除了以上我们介绍的对性格组合的分析外，刘再复还从哲学与心理两方面，阐述了性格组合的理论依据。

在哲学上，刘再复指出二重组合的依据是必然性与偶然性的有机组合，这种组合，简单地说，就是必然中有偶然，偶然中有必然。具体来说，事物的必然性表现为无限的可能性，但这种可能性并不是朝着同一逻辑方向运动，而是双向逆反运动。而偶然性也正是双向可能性。刘再复指出："凡是偶然的东西，总是既有这样的可能性，也有那样的可能性。这种对偶然性的见解……正是我们打开必然与偶然这对哲学范畴之门的钥匙，也是我们理解二重组合原理哲学基础的关键。"具体到典型塑造上来说，刘再复指出，必然性就是人物性格的共性，偶然性是人物的个性。必然性是抽象的存在，偶然性才是具体的存在。必然性寓于偶然性之中，共性寓于个性之中。而偶然性是双向可能性，或二极的必然性，使得"任何事物都是必然性规定下的双向可能性的统一。就一个人来说，每个人的性格都是在性格核心规定下的两种性格可能性的统一，这就是二重组合原理的哲学根据"②。

在心理上，刘再复从人的双重矛盾欲求，即自然欲求和文化欲求、形而上的"灵"的欲求和形而下的"肉"的欲求来分析性格的二重组合。刘再复指出，每个人的心理世界中，都是存在着这一双重欲求，正是这两种欲求，形成了人的心理世界的两种内驱力，这两种内驱力又构成一种公力，推动着人的性格运动；但是，这两种力不是直线运动，而是互相碰击而又不断趋向统一的双向逆反运动。由此形成人的性格的二重组合形态和各种丰富复杂的特性。此外，刘再复还从读者接受和欣赏的角度，分析了心理对位效应原理，即读者在阅读作品的过程中，会不由自主地与作品中

---

① 刘再复：《论人物性格的模糊性与明确性》，《中国社会科学》1984 年第 6 期。
② 刘再复：《个性之谜与人物性格的双向逆反运动——论人物性格二重组合原理的哲学依据》，《评论选刊》1985 年第 3 期。

的人物进行平衡比较,把作品中的人物作为自己的替代,人物的内心冲突(即性格冲突)不知不觉地激起读者的内心冲突,从而成为读者从而成为读者心灵的象征。简单说,心理对位效应实际上就是读者在阅读过程中与作品的产生的共鸣现象。从读者接受的角度分析典型的创作,无疑具有重要意义,这也是以前分析人物形象、典型所忽视的。很显然,不能与读者产生共鸣,或心理对位效应,是不可能成为成功的典型或形象的。

在前面分析的基础上,刘再复指出艺术典型的塑造"要表现出人性深处的颤动"。所谓表现人性的深度,刘再复认为包括两层意思。(1)"写出人性深处形而上和形而下双重欲求的拼搏和由此引起的'人情'的波澜和各种心理图景,这不是一种灵魂的呻吟,而是直接把灵魂深处的善恶矛盾,双重欲求而产生的内心情感颤动作为审美对象,作为分析、鉴赏、表现的对象。"(2)"写出人性世界中潜意识层次的情感内容。……所谓写出潜意识层,也就是要写出人性更深更广的世界。思想艺术容量更大的小说,更需要表现出人性深处的颤动。"刘再复明确提出,"测验一个典型是否属于具有较高审美价值'上乘'的丰富性格,只要看这个人物形象是否容纳两种相反的东西,即人性深处具有两种相反思想情感的碰击。这种碰击正是人性美的内在源泉"[①]。应该说,刘再复的这一说法与当时人道主义思想是紧密相关的,对丰富文学创作,具有重要意义。

总体上我们可以看到,刘再复的性格组合论,有较强的系统性,几乎包罗万象,但是主旨在于强调人物性格的复杂性,力求突破以前那种以社会政治尺度规范人物形象的机械套路,以性格的深层矛盾运动和无限复杂性归还艺术的真实性,创作出富有人性深度的文学作品和文学典型。

(二) 关于性格二重组合原理的论争

刘再复的性格二重组合原理提出后,文艺理论界也随即展开了激烈的争论。

首先,不少学者对这一"原理"的科学性和普遍性提出异议,认为二

[①] 刘再复:《两级心理对位效应和文学的人性深度——关于"人物性格二重组合原理"心理依据的探讨》,《文艺理论研究》1985年第2期。

重组合理论只能概括一部分文学作品人物形象，不能作为具有普遍性的原理。何西来就指出，用人物二重组合来概括文学作品中一部分人的性格，是可以成立的，但把它作为一条普遍使用的"原理"来解释或指导一切性格描写，就可能导致另一种公式化。"事实上，文学作品中的人物性格的种类及其内在结构是相当复杂多样的，用绝对的'一'固然概括不了，用绝对的'二'或'三'同样概括不了。在这里，任何固定的模式都难以奏效。"①

陈晋也提出异议，指出运用对立统一的矛盾分析法揭示事物的内部组合，在哲学上可以说是具有普遍的真理性，"但具体到独特事物，尤其是具有万花筒般丰富内涵的人物性格，则不免笼统而片面。性格复杂的内部构成因素，有诸多差别及其多样的联系形式，诸如对立、并列、包含、交叉、因果、递进等，这就要求我们不能将性格各因素一概界划成'正反两极'，把它们的联系简单限定为'二重组合'，因为矛盾联系只是性格组合的一种形式而绝非其全面形态"②。

杜书瀛从创作的角度谈了二重组合的绝对化和片面性，指出，要写出复杂性格并不一定非要写出两极对立的性格特点，有的典型形象如此，但有的并不这样，如保尔、江姐等，虽然他们的内心世界是十分丰富的，也是充满矛盾的，但却不能说是用善恶、美丑、真假等对立的两极所组成③。

随着论争的深入，有论者开始对性格组合论提出的理论依据表示了质疑。有人就指出，"人物性格二重组合"虽然角度新颖，但作为"原理"并不科学，不完全符合文学典型人物塑造的美学实际。"质言之，这个'原理'是从一般哲学原理推导出来的一般性格矛盾的抽象哲学公式，而不是从特殊的性格美学规律概括出来的、渗透着和体现着人物性格全部丰富性和复杂性的人物性格创造的美学原理。"④ 人物性格应是一个多种性格要素、层次、侧面的有机统一整体，是一个有序的、立体化的动态结构，

---

① 何西来：《论人物性格复杂性的三个制约因素》，《文艺报》1984年第9期。
② 陈晋：《"人物性格二重组合原理"异议》，《文艺报》1984年第10期。
③ 杜书瀛：《复杂性格与典型创造》，《文艺报》1984年第10期。
④ 邢煦寰：《也谈人物性格结构及其组合的美学原理》，《文艺理论与批评》1987年第4期。

即：是一个多要素、多层次、多侧面、立体化的有机整体动态结构。这才是人物性格的结构和组合的美学原理。刘再复同志所提出的"两极构成"式的"人物性格的二重组合原理",是认识和表现人物性格的内在结构和组合的一个哲学基础,还不是揭示了人物性格内在结构、组合丰富性和复杂性的美学原理。也就是说,以一般的哲学原理来分析文艺问题,是不合适的,并没有真正把握艺术本身的创作规律。

有论者也指出,刘再复提到的恩格斯论歌德、托尔斯泰的话,实际上说的是世界观、生活态度的二重性,而不是讲性格的正反两极排列组合。刘再复引用的黑格尔的观点,"不是讲个体人的思想意识的自我分裂(分化)和克服(内部矛盾),恰恰是讲不同个体(人)之间的社会关系(外部关系)",由此"完全不能成为刘文提出'二重组合原理'的哲学基础"。而刘文所引述的鲁一士的概念或观点,也不能成为性格二重组合的哲学基础。比如刘文所引用的鲁一士的"意识生活",同黑格尔的"自我意识"相似,也是指人类的精神生活、意识生活的矛盾和自我分化,也是指人与人之间的社会矛盾与分化,而不是强调个人的内心矛盾、自我分化。在刘文所引鲁一士谈"圣洁"的那段话之后,鲁一士强调的是人在与魔鬼、罪恶、丑恶敌人——外部的社会环境作斗争并战胜它们时才成为圣洁的,并未强调个人自身的意识矛盾,并未说圣洁、道德的人必定是自身包含着罪恶、不道德等对立因素这种"自我分化",也并未说圣洁、道德的人是战胜自己身上的罪恶、不道德因素即"自我克服"的结果。可见,鲁一士的观点同样不能成为"二重组合原理"的理论根据[①]。

除此之外,也有论者对刘再复性格二重组合的整体性、模糊性、心理依据等方面进行了讨论[②]。

应该说,刘再复的人物性格二重组合原理,对于典型理论的发展具有重要意义,它深入了典型人物深层性格世界,在一定程度上突破了典型研究的单层次、模式化的原有观念,赋予典型形象以多层次、多侧面、多重组合的复杂内涵;并致力于典型性格的内在结构和组合的探讨,力图创立

---

① 见李之蕙《关于"人物性格二重组合原理"的争鸣》,《文学评论》1984年第6期。
② 参阅栾昌大《文学典型研究的新发展》,第92—124页。

以人本研究为基础的开放的具有丰富表现形态的典型观念，更迫近了典型形象的特殊的审美本质。然而，刘再复的思考最终未能离开一种哲学模式化的局限，他以哲学上具有永恒和普遍真理性的对立统一法则去对人物性格的独特而丰富的内涵进行抽象，甚至把它作为性格结构的普遍原理，难免陷入新的简单化和片面性。与此同时，在刘再复的"原理"中，生活中的人和艺术中的"人"之间的界限被取消了，历史的人与文学的"人"被放置于一条等式的两端，因此艺术的典型性格的特殊性也随之被抹平。于是，刘再复的探索也不得不在人的性格的两极对立面前驻足，而难以深入文艺本体去深究文学典型的特殊的创造性因素与本质内涵[1]。

---

[1] 参阅张婷婷《中国20世纪文艺学学术史》第4部，上海文艺出版社2001年版，第57—58页。

第十五章

关于形象思维问题的讨论

新中国成立后，文艺理论界、美学界就"形象思维"问题展开过两次大规模的论争。第一次是20世纪50年代中期至60年代中期，是在"双百"方针提出后发起的；第二次是70年代末至80年代中期。两次论争的时代背景、知识背景不同，结果也不同，但所探讨的基本问题相似，即："形象思维"是不是一种独立的思维方式？如果是，其基本的特征是什么？它与抽象思维（逻辑思维）的有什么关系？等等。

一 "文化大革命"前第一次形象思维问题的讨论

"形象思维"作为一个术语是由苏联传入中国的，而最早使用这个术语的，也许是俄罗斯批评家别林斯基。他在1838年的《〈冯维辛全集〉和札果斯金的〈犹里·米洛斯拉夫斯基〉》一文中说："诗歌是寓于形象的思维，因此，如果形象所表现的观念是不具体的、虚伪的、不丰满的，那么，形象必然也就不是艺术性的。"[1] 三年后，别林斯基在《艺术的观念》中对这个定义展开论述，将"诗歌"改为"艺术"，指出"艺术是对真理的直感的观察，或者说是寓于形象的思维"[2]。"形象思维"在其诞生后的

---

[1] 中国社会科学院外国文学研究所外国文学研究资料丛刊编辑委员会：《外国理论家作家论形象思维》，中国社会科学出版社1979年版，第56页。

[2] 同上书，第59页。

一个世纪的时间里，并没有引起论争。但在20世纪50—60年代，苏联文艺界发生了关于形象思维问题的讨论，起因是文艺界出现了粉饰现实的创作倾向，文艺理论界出现了与之迎合的"无冲突论"。在这种情况下，究竟什么是文学艺术的特性就成了人们思考的一个重要问题，其中就包括形象思维问题。而这次苏联关于形象思维的讨论，直接影响了中国50年代中期对这个问题的讨论。

1951年，布罗夫在《论艺术概括的认识特性》中，对形象思维的说法提出了质疑。在文中，布罗夫并没有否定艺术创作中的形象，但他认为形象只是艺术思维的结果，不能说明艺术表现的过程。在艺术表现或创作的过程中，必须有概念作中介，有逻辑思维参与其中。艺术才能的本质，在于"把概念的内容、思想的内容栩栩如生地以表象所固有的鲜明性具体地（形象地）再现出来的本领"[1]。没有概念的中介，艺术是不能从感性认识上升到理性认识的，因此也就创作不出好的形象。由此，形象思维这个概念并不能说明艺术思维的这一个过程和特点。

布罗夫的观点立刻遭到了当时一部分理论家作家的反对，比如作家尼古拉耶娃。她在《论文学的特征》一文的第一句话即是："文学艺术的特征的定义：'用形象来思维'，这是众所公认的。"[2] 她指出："'形象'和'形象思维'是确定艺术的特征这个问题的中心。"[3] 尼古拉耶娃批评了在这个问题上的两种观点，一是把形象和概念、逻辑思维和形象思维对立起来，二是把它们混为一谈。前者显然就是布罗夫的观点。尼古拉耶娃指出："形象思维，正像逻辑思维一样，不仅仅反映个别的事物，而且也反映它与其他事物的相互联系和关系。它提供了充分的可能，以便看到和理解生活中的典型事物，把生活现象中最本质的特征揭示出来。"[4] 尼古拉耶娃充分肯定了形象思维及其在文学创作中的重要作用。

经过长期的深入探讨和论争，苏联文艺界在形象思维问题上形成了两

---

[1] 中国社会科学院外国文学研究所外国文学研究资料丛刊编辑委员会：《外国理论家作家论形象思维》，第262页。

[2] 同上书，第323页。

[3] 同上。

[4] 同上书，第326—327页。

种观点：一种认为艺术思维是哲学认识论的题中应有之义，并不存在"形象思维"这种特殊的思维形式；另一种则认为艺术思维不能消融于一般认识论之中，"形象思维"是阐释艺术特征的基本理论框架的支点。这个理论格局直接影响并决定了中国第一次关于"形象思维"问题论争的基本态势。

1954年8月，《学习译丛》编辑部出版《苏联文学艺术论文集》（1956年又出了第二集），以译文形式引进苏联美学界和文艺理论界关于现实主义问题、艺术特征问题和典型问题的讨论和争论，其中就包括布罗夫和尼古拉耶娃关于形象思维问题的那两篇文章。译文集的出版，激起了中国文论家们对艺术特征主要是"形象思维"问题的理论兴趣。尤其是在"双百"方针提出后，形象思维成为讨论的一个热点。

1956年《文艺报》第9号"关于典型问题的讨论"专栏里，发表了陈涌的《关于文学艺术特征的一些问题》，对形象思维问题也做了探讨。随后，《新建设》1956年5月号发表了霍松林的《试论形象思维》，8月号发表了温德富的《关于形象思维过程问题的商榷》。1957年1月号的《新建设》又发表了任秉义的《试谈形象思维的过程》。与此同时，蒋孔阳、蔡仪、李泽厚、黄药眠、霍松林、毛星等重要的美学家、文艺理论家都参与了关于形象思维问题的讨论，讨论的基本观点大致分为两大派，一派否认有形象思维这一独立的思维形式，另一派肯定形象思维的独立性，但在如何理解形象思维的特质、过程，形象思维与抽象思维（逻辑思维）的区别等方面又有一定的分歧。

（一）关于是否有独立的形象思维的论争

对于形象思维，大部分论者都承认其存在，并且是一种重要的思维方式，但也有论者对此提出了异议。毛星在《论文学艺术的特性》（《文学评论》1957年第4期）中指出，别林斯基提出以"形象思维"作为艺术的定义，其基本观点来自黑格尔的"绝对理论"，同黑格尔的"艺术之内容为理念，其形式为感性形象之体现"及"美是理念的感性显现"等说法完全一致，本身就是客观唯心主义的。对于思维，毛星认为，只要是正常人的思维，"它的根本特性和规律只有一个，而思维的内容却可以是多样的"，因此文艺的特性"不表现在思维的方法而表现在思维的内容"。毛星说，思维活动不能没有概念、判断和推理，"就是在捕捉形象时，也离不开理性活动。因为他要研究这一形象的意义，要研究这一形象是否表现事物的本质特征"，因此他认为作家在观察、比较、研究事物时的思维活动和科学家的思维活动没有什么不同，只不过所着重的事物有些差异。基于这些认识，他认为："形象思维这个词不只是不科学，而且会造成一连串的误解"：以为艺术很神秘，作家有自己独特的思维；以为只有感官收集形象，不必对现实问题作深入研究；以为只有敏捷感觉就行，不必有进步世界观指导，等等。毛星的这一见解与苏联布罗夫的观点相近，意在强调任何思维都离不开理性活动，包括艺术创作中的艺术思维。但是强调这一点却又在很大程度上忽视了艺术思维的独特性，因为艺术创作中的思维毕竟不同于一般的思维。

如果说毛星是从人类思维的角度去否认形象思维这一术语的话，那么郑季翘则完全从政治的角度彻底否定了形象思维。他在1966年第5期《红旗》杂志上发表了《文艺领域里必须坚持马克思主义的认识论》一文，对形象思维理论进行了前所未有的批判和声讨。他指责中国和苏联那些肯定形象思维的观点"是一个反马克思主义的认识论体系，是现代修正主义文艺思潮的一个认识论基础"，是"某些人进行反党、反马克思主义活动的理论武器"。"这种所谓理论不过是一种违反常识背离实际的胡编乱造而已。"郑季翘认为，形象思维是"不用抽象、不要概念、不依逻辑的"一种思维，"是一种直觉主义因而也是神秘主义的体系。这种所谓思维，在世界上是根本不存在的"，"它只能麻痹作家的理性，阻塞作家的自觉，使文艺创作在过渡时期意识形态的阶级斗争中自发地受资产阶级思想体系的支配"。

可以说，郑季翘的文章非但没有从学术上总结1949年后中国学界关于形象思维问题的讨论，反而从政治上终结了中国学术界持续十年之久的关于这个问题的第一次论争。从此，随着"文化大革命"的到来，形象思维便成了一个政治问题，一个理论禁区。从这里也可以看出，形象思维的问题是和尊重艺术规律、反对公式化、概念化的诉求联系在一起的，因此不管其表述是否科学，还存在多少争论，它在中国的特殊语境中的解放思想的作用和意义是不容否定的。形象思维的讨论开始于提倡"双百"方针和艺术民主的1956年,而终止于艺术民主丧失之时,艺术规律遭到粗暴否定之时,这个命运已经充分说明了这一点。

(二) 关于形象思维的特质

关于形象思维的特质,有的从心理学的角度把形象思维看作一种"想象",一种"艺术想象"或"创造性想象"。比如蔡仪在《现实主义艺术论》中,就明确把形象思维看作是一般所谓的"艺术的想象"①。把形象思维看作想象,虽然并不错,但却没有揭示出作为艺术创作过程的想象的特质。于是,有人从文学创作角度把形象思维看作一种"典型化的过程"。李泽厚在《试论形象思维》(《文学评论》1959年第2期)一文中认为:"形象思维的过程就是典型化的过程","是个性化与本质化的同时进行。这就是恩格斯称赞黑格尔所说的'这一个'典型的创造"。首先是艺术家所注意的"现实中的形象、事件,就一定是它本身具有某种较深刻的社会意义或是能够使艺术家联想、触发起某种深刻的社会意义的东西"。其次,"形象思维所以说是思维,其意义和价值也全在此:去粗取精,去伪存真,由此及他由表及里,以达到或接近本质的真实"。另外,形象思维"永远伴随着美感感情态度",这是典型化的必要条件。这个看法更深入了创作的过程和问题的实质,也受到了大家的注意。

除了以上两种观点往外,也有论者认为形象思维是"用具体感性的方式"进行的思维。吴调公说:"形象思维,顾名思义,它是一种用具体感性的方式来进行的思维。"② 蒋孔阳说,作家在创造形象的时候,"必须运用本身就是生动而又具体的感性的方式,来进行构思。这种构思的方式,我们称为形象思维的方式"③。"形象思维的构思过程,自始至终都是和个别的具体的感性东西,结合在一起的。它从个别仍然归结到个别,从具体仍然归结到具体",但已不是原来的个别和具体,而是"概括和集中了现

---

① 蔡仪:《现实主义艺术论》,作家出版社1958年版,第34页。
② 吴调公:《与文艺爱好者谈创作》,长江文艺出版社1957年版,第17页。
③ 蒋孔阳:《论文学艺术的特征》,新文艺出版社1957年版,第52页。

实生活中本质的东西、必然的东西"。"它生动，它具体，它以活泼泼的生活本身的感性形式，来对现实生活进行本质的概括，进行典型化。"① 尼苏在《形象思维过程究竟是怎样的》(《人文科学杂志》1957年第2期) 一文中也说："形象思维，用句粗浅的话来说，就是始终不脱离形象的具体思维"，"然而这却不意味它光停留在感性上"，它创造的形象"带有深刻的典型意义。"

应该说，无论强调形象思维的想象特质，还是强调它的典型化及可感性，都不错，都是从不同侧面对形象思维的概括。总体来说，以形象的具体可感性对现实生活进行本质化的概括，是一个由形象到典型的过程。这是当时对于形象思维所持的较为普遍的观点。

(三) 关于形象思维与抽象（逻辑）思维的关系

有一种意见强调形象思维必须以抽象思维为指导、为基础。蒋孔阳说，形象思维本身是有限制的，不能代替逻辑思维，而且"形象思维根本离不开逻辑思维，它是在逻辑思维的基础上，再来进行构思的"。蒋孔阳进一步强调："形象思维与逻辑思维不仅是相互渗透的，互相辅助的，而且，形象思维是在不断利用逻辑思维的成果上，再来构造艺术形象的。"②李泽厚说，形象思维"必须建筑在十分坚固结实的长期逻辑思考、判断、推理的基础之上，它的规律是被它的基础（逻辑思维）的规律所决定、制约和支配着的"。"逻辑思维经常插入形象思维的整个过程中来规范它、指引它。"③ 也就是说，在形象思维的过程中，艺术家常常随时自觉地运用逻辑思维来从内容上和形式上，从思想上和技巧上准备、考虑、估计、评论自己所企图或正在感受、想象、描画、塑造的形象。但李泽厚也指出，"这并不是说逻辑思维可以替代形象思维任何一部分"。

另一种意见认为，形象思维与逻辑思维在艺术构思中是交替使用、相辅相成的。以群在其主编的《文学的基本原理》中说，创作运用形象思

---

① 蒋孔阳：《论文学艺术的特征》，新文艺出版社1957年版，第52、55、82页。
② 同上书，第84页。
③ 李泽厚：《试论形象思维》，《文学评论》1959年第2期。

维,"但这并不排斥在创作过程中的某一段落运用抽象思维,正如科学的著作中有时也兼用形象思维一样",二者"并不是互相对立、互相排斥的,在一定的条件下还可以起相辅相成的作用"①。这一点与李泽厚的观点相近,只是这种观点更强调两种思维的阶段性运用,而不是像李泽厚所说的逻辑思维深入形象思维中去指导它。与以群的观点不同,周勃在《略谈形象思维》(《长江文艺》1956年8月号)一文中,虽然也承认形象思维要借助于逻辑思维,但他认为,逻辑思维"只能是在形象思维的过程中出现,而不能作为一个独立的阶段出现,更不能代替形象思维"。在艺术构思中,形象思维是作为一种独立的思维方式存在和运行的。这实际上就与李泽厚的观点很相近了,但周勃没有李泽厚论述得详细。

也有观点强调形象思维与逻辑思维之间的相互依存性:"离开逻辑思维的'纯粹'的形象思维固不存在;离开具体的形象思维'纯粹'使用逻辑思维形式的科学,也不可想象。任何真正的艺术,都体现着哲理思想;任何概念,也一定要和构成它的可感触的具体形象相联系。"②应该说这一观点还是比较公允的、恰当的。反映在艺术创作上,过分强调形象思维或逻辑思维的任何一方而忽视另一方,都可能带来创作上的问题,正如以群所言:"忽视形象思维,否定艺术思维的特点,就会产生创作中的概念化,而把形象思维和抽象思维对立起来,乃至排斥科学思维,却只能导致文学创作的无思想性。"③

1965年底,关于"形象思维"的论争已接近尾声,从一个粗略的统计数字可以看出其规模和声势:从1954年初《学习译丛》译载尼古拉耶娃《论艺术文学的特征(作家的意见)》一文以后,截至1965年底,先后有20篇专题论文谈形象思维问题(其中发表的有6篇),22篇论文涉及这一问题,9本文艺理论教科书、8本文艺理论著作、2本语言学著作等都对形象思维问题作了论述④。1966年初,随着郑季翘的《文艺领域里必须坚

---

① 以群:《文学的基本原理》(上册),上海文艺出版社1964年版,第196页。
② 《形象思维和抽象思维的关系问题来稿综述》,《学术月刊》1958年第11期。
③ 以群:《文学的基本原理》(上册),第196页。
④ 王敬文、阎凤仪、潘泽宏:《形象思维理论的形成、发展及其在我国的流传》,《美学》第1期。

持马克思主义的认识论》发表,"文化大革命"前关于形象思维的讨论便戛然而止①。

二 新时期关于形象思维问题的讨论

由于形象思维问题是与探讨、尊重艺术规律联系在一起的,所以,不难理解,在粉碎"四人帮"之后,随着艺术民主的逐渐回归,形象思维问题的讨论也重新浮出水面。

中国第二次"形象思维"论争,是以毛泽东给陈毅谈诗的一封信引发的。1977年12月31日,《人民日报》以一个整版的篇幅刊登毛泽东1965年7月21日给陈毅谈诗的信(手迹)。毛泽东在信中三处提及"形象思维",明确指出"诗要用形象思维"。这封信被存放了12年之后公之于世,产生巨大的学术效应,拉开了文艺界、学术界第二次"形象思维"论争的序幕。

根据《"形象思维"学习参考资料》②的目录索引,从1977年底毛泽东书信发表到1978年6月,半年时间里在各种报刊上共发表240余篇文章,足见这次讨论的规模与声势之大。如上所述,这第二次形象思维讨论之所以会有这么大的声势与规模,与当时整个中国政治、经济、文化领域拨乱反正的形势有极大关系,因此具有思想解放的含义,它并不完全是一场单纯的学术讨论。

这次讨论的有些问题与第一次讨论相同。比如是否有独立的形象思维,形象思维的本质特征是什么,形象思维与抽象思维的关系及其在艺术构思中的作用等。但这次讨论也提出了一些新问题,比如形象思维的认识论问题,情感思维和灵感思维问题以及由此而带来的艺术直觉、艺术创作的非理性问题等,并引发了文艺界对文艺心理学的浓厚兴趣。

---

① 关于"文化大革命"前的这次形象思维的讨论,参阅了孟繁华《中国20世纪文艺学学术史》第3部,第六章第五节,以及朱寨主编《中国当代文学思潮史》,第六章第五节的内容,特此致谢。

② 甘肃师范大学中文系文艺理论教研组编,1978年6月。

（一）形象思维的特征

否定形象思维论者的立论依据大都从毛泽东的那封信出发，认为"毛主席所讲的形象思维，实际上是借用形象来表现思想的艺术方法，而不是某些同志所解释的那样，是一种用形象来思维的特殊的思维规律"。因此跟任何创造性想象一样，"它本身不能构成一种所谓具有完整的认识过程，与抽象思维相对称的独立的思维方式"①。

郑季翘说："毛主席所说的形象思维，是指诗要通过形象来表现思想"，而并不认为存在着一种同抽象思维对称的形象思维规律，"认为形象思维是与抽象思维相对称的特殊的思维规律，就是在认识真理的途径上制造二元论"②。马清福也认为"毛主席所说的'形象思维'，并不是与逻辑思维并行不悖的一种思维类型"，而只是指艺术反映现实的不同于科学的一种形式。承认形象思维，"势必导致认识过程的二元论，似乎人们大脑的认识活动过程是不一致的"③。1985年，刘远发文《换掉"形象思维"这块神秘的大石头》（《社会科学评论》第11期），以激进的立场否定形象思维的独立性，建议"用'艺术想象'取而代之"。

但总体而言，这种声音不占主导地位，绝大多数人坚持认为形象思维是一种独立的思维方式，并且更多地从审美角度，描述形象思维的特性，强调其内在的复杂的审美运动过程。这是这次形象思维讨论的一个重大发展。就认识论角度看，许多论者认定："形象思维是一种自觉的思维运动"，它本身"具有认识的真理性"④，是"借形象认识生活和反映生活的一种思维形式"。作为一种认识活动，形象思维绝不只是停留于感性认识，而是与逻辑思维一样，也经历着从感性认识到理性认识的全过程，而艺术的典型形象，就是理性认识的成果⑤。朱光潜也指出，形象思维与抽象思

---

① 夏南：《从马克思主义认识论看形象思维方法》，《社会科学战线》1978年第4期。
② 郑季翘：《必须从马克思主义认识论解释文艺创作》，《文艺研究》1979年第1期。
③ 马清福：《思维·形象·语言》，《北方论丛》1980年第2期。
④ 陈汝春：《形象思维的辩证唯物主义本质》，《齐齐哈尔师院学报》1980年第1期。
⑤ 曾簇林：《试论形象思维的理性认识特点及逻辑思维与形象思维的关系》，《湘潭大学学报》1979年第1—2期。

维一样，都是从感性材料出发，都要经过提炼或"抽象"的功夫，抓住事物的本质和规律，都要从感性认识"飞跃"到高一级认识阶段。不同的是抽象思维的结果是抽象的概念或结论，而文艺的形象思维的结果则是生动具体的典型形象[1]。

把"形象思维"视作一个认识论命题，虽然体现了这次讨论试图在理论上提升对形象思维的认识，但一般的认识论并不能解决艺术的特殊性问题。于是，回到美学领域，从审美角度去理解形象思维便成为当时讨论的普遍取向。比如童庆炳指出："形象思维（艺术思维）是作家、艺术家的一种特殊的思维运动，它的基本特征是：以一幅一幅的生活图画为运动的基本单位，以强烈的感情活动为推动力量，以概括化和个性化同时并进为发展路线。"[2] 有的从形象入手，分析了形象思维的内在运动，认为艺术思维的运动就是"形象的运动"。邹平说："在形象思维的过程中，形象是一个最活跃的因素。它虽然始终贯穿在整个形象思维过程中，但却在不断地变化和发展自身的内在结构，同时将想象、情感、审美等诸种因素组合在一起，因而使形象经历了直感形象、情感形象、美感形象三个不同的发展阶段，共同构成了形象思维的整体过程。"[3] 张宏梁明确地把形象思维中的感性形象与科学家科研时所运用的感性形象区分开来，认为"后者无感情可言，而前者常常富有感情或带有感情色彩"[4]。这一区分比第一次讨论显然是进步了，更强调了形象思维的自身特点。刘欣大也认为："艺术思维过程，是一个在逻辑规律制约下，渗透着美感感情的思维过程。"[5] 李泽厚更指出：形象思维是一个"包含想象、情感、理解、感知等多种心理因素、心理功能的有机综合体"，不仅要看到它的认识功能，还要看到其"情感的逻辑"[6]。

---

[1] 朱光潜：《形象思维在文艺中的作用和思想》，《中国社会科学》1980年第2期。
[2] 童庆炳：《再论形象思维的基本特征》，《北京师范大学学报》（社会科学版）1979年第1期。
[3] 邹平：《形象思维的内在运动》，《上海文学》1985年第1期。
[4] 张宏梁：《什么是形象思维的思维工具？》，《北方论丛》1980年第3期。
[5] 刘欣大：《在艺术认识论领域里的一次漫游》，《群众论丛》1980年第3期。
[6] 李泽厚：《形象思维再续谈》，《文学评论》1980年第3期。

应该说，这次形象思维讨论更关注其审美特性，强调其内在的审美情感、审美想象、审美理解等众多要素及其关系，强调其复杂的运动过程，这无疑比第一次讨论简单地把形象思维归结为具体感性的过程要进步多了。

（二）关于情感思维

"情感思维"概念是由黄治正、杨安仑提出的。他们认为："（一）人的情感分非理智性或感性的情感和理智性或理性的情感两大类型，后者是情感思维的重要根据；（二）理智性或理性情感的能动性表现于情感思维过程，大体分为以情取舍、以情评价、以情而作三种基本情况；（三）情感思维是人们以自己在以往实践中所形成的理智性或理性情感，进行情感判断，表示情感态度，以指导、支配、影响审美实践和其他社会实践的思维形式，是一种心理功能，它同逻辑思维、形象思维、灵感思维既有联系又有显著区别，因而具有独立存在的意义。"[①] 情感思维与逻辑思维的区别比较清晰，逻辑思维是在感性认识的基础上，运用概念、判断、推理等形式不断获得"知"的思维形式，是抽象能力和推理能力。在情感思维与形象思维的区别上，他们认为，从作用范围来说，形象思维主要在审美实践中起作用，而情感思维则可以在审美实践和其他实践中都起作用。就在审美实践中的作用来看，形象思维的作用主要塑造艺术形象，而情感思维的作用则主要是使作者能动地去认识客观对象，形成强烈的情感和鲜明的态度。就审美欣赏来看，形象思维的作用主要表现为使欣赏者产生美感，而情感思维的作用则主要表现为使欣赏者能对审美对象进行能动的取舍和评价。就情感思维与灵感思维的关系来看，黄治正他们认为灵感思维不是凭空的，它必须以情感思维为前提，而灵感思维则可以促使情感的积极发展。另一方面，灵感思维是一种具有突破性的创造力，是突然出现，瞬息即逝的；而情感思维发生作用的场合要广泛得多，而且持续的时间相当长，较有稳定性。

对于黄治正、杨安仑提出的这一概念，吴慧颖提出了异议，她认为，凡思维都有认识作用，都应该具备思维的各种要素，即原料、过程和产

[①] 黄治正、杨安仑：《论情感思维》，《求索》1981 年第 3 期。

品,但"情感思维"并不具备这些思维要素,因此也就不能产生认识作用,而"如果没有认识作用,不能间接地、概括地反映客观事物,这就不具备思维形式的共同本质。'情感思维'之说难以成立,其根本原因就在这里"。吴慧颖还认为,"情感渗透在各种思维活动中,不可能有独立的'情感思维'","'情感思维'立说缺乏根据,不合逻辑",因而情感思维是不存在的[①]。

陶伯华1983年又撰文,提出自己对于"情感思维"这一提法的看法。他既不同意黄治正、杨安仑的观点,也不同意吴慧颖的观点,认为论争双方都犯了一个共同的逻辑前提的错误,即都认为"只有思维才具理性认识作用"。正是在这一大前提下,他们又各自树立了一个小前提,从而推导出自己的结论。黄文的小前提是承认理性情感具有认识作用,由此就自然推出理性情感活动是一种特殊的思维活动方式;而吴文的小前提是情感活动不具备思维的要素,不能产生认识作用,因此也就自然不是思维方式。陶伯华认为,他们所依据的大前提是片面的,并不符合人类的认识实际。科学史、艺术史提供的大量经验证明,理性认识方式并非只有自觉思维一种,没有分析、综合、归纳、演绎、概括等一般思维过程的直觉、灵感、理性情感(理智感、道德感、美感)同样有认识、判断、理解以及促成思想从感性认识向理性认识飞跃的功能。由此,他认为,要克服论争双方的缺憾,"根本的方法是更弦改辙,从理性认识方式有自觉思维与直感顿悟两类这个全面的逻辑前提出发"。他的结论是:"理性情感——非思维而能认识。"[②]

这些文章对"情感思维"概念的分析也许并不十分严谨,对其内在运作机制的分析也许并不充分,但强调审美情感在艺术创作中的作用,则是对形象思维问题的补充和合理延伸,应当是值得肯定的。

(三)关于灵感思维

"灵感"问题,是一个古老的、争论不休的理论问题。在新时期文艺

---

① 吴慧颖:《"情感思维"之说难以成立》,《求索》1982年第1期。
② 陶伯华:《论理性情感》,《求索》1983年第2期。

学中，毛星较早提出要重视灵感研究。他说："在一切创造性的活动中，灵感是有益的存在，它常常促使活动发展，只能珍重，不能排斥，不能抹煞。"[①] 蒋孔阳则提出了不同的看法，他认为，文艺创作是"一种探寻客观规律的艰苦劳动"，而不是"一种心血来潮式的灵感"。"把创作的希望寄托在灵感上，无非是守株待兔，刻舟求剑。""所以我们虽然并不反对灵感这一思维现象的存在，但却反对宣传和提倡灵感。宣传灵感有害无益，提倡灵感，更只会把创作引入歧途。"[②]

1980年钱学森提出"灵感思维"的概念，引起了学术界灵感问题的讨论热潮。他在《关于形象思维的一封信》（《中国社会科学》1980年第6期）中，表述了他关于思维形式的新设想。他说："我想人的思维不限于两种：形象思维和抽象思维。应该看看还有什么其他形式。不要关门！"接着他提出了"灵感思维"的概念，认为创造性思维中的"灵感"是一种不同于形象思维和抽象思维的思维形式，具有以下特征：（1）"文艺工作者有灵感，科学技术工作者也有灵感"；（2）"光靠形象思维和抽象思维不能创造，不能突破；要创造要突破得有灵感"；（3）"灵感出现于大脑高度激发状态，高潮为时很短暂，瞬息即过"；（4）"灵感是综合性的"，它包括由人脑综合功能作用的视觉图像，触觉、听觉的综合图像以及特异功能等方面。1981年，钱学森又撰文《系统科学、思维科学与人体科学》（《自然杂志》1981年第1期），进一步阐述了"灵感思维"，并倡导设立"灵感学"。他说："灵感是又一种可以控制的大脑活动，又一种思维，也是有规律的。"他把灵感学同逻辑学、形象思维学一起作为总的思维学来研究。

对于钱学森的观点，大部分论者都持肯定态度，认为灵感是有规律的，具有突发性、偶然性和独创性等特点，并不神秘。有的论者强调灵感偶然性、突发性的必然基础，有的更强调它的偶然性。钟文在《论灵感的不自觉的自觉性》（《成都大学学报》1983年第2期）中认为，灵感是在长期的生活和感情积累的基础上产生的一种不自觉的认识飞跃和深化。所

[①] 毛星：《〈论灵感〉读后随想》，《国外社会科学》1979年第2期。
[②] 蒋孔阳：《灵感小议》，《国外社会科学》1979年第2期。

谓"不自觉",是指灵感来临时的不可言传的精神状态;而灵感的"自觉"性,则表现在它的思维内容、思维状态,以及作用于思维的心理状态上。钟文在文中虽然肯定了灵感的不自觉性,但更强调了灵感产生的实践基础,认为思维主体长期的内在实践积累和对对象强烈的追求欲望是产生灵感的基本条件。唯有长期的内在实践积累,才可能有灵感的闪现。

陶伯华在《灵感触发规律初探》(《学习与探索》1981年第5期)中,概括了灵感触发的两类规律:"第一类灵感现象的触发信息来自外界的偶然机遇……因此,捕捉那些带有必然性的偶然事件,寻找那些具有本质特征的生活现象,就能找到引发灵感、促成思想飞跃的机缘。而人的直觉能力在这个'捕捉'、'寻找'和'引出'、'顿悟'的活动中起着关键的作用。""第二类灵感现象的触发信息不是从外界捕捉的,而是在脑内突然闪现的。"是"潜意识的自动跃起",即"越轨思维带来的思想飞跃"。在这里,陶伯华更强调第二类灵感触发规律,强调下意识的"越轨思维",并从心理学的角度,分析了灵感的爆发。他认为,在正常的情况下,人们的思维都是一种自觉的循轨思维,但有时这种思维会成为创造性的一种束缚,甚至把思想引向绝路,这一过程可以持续几年以至几十年。这种长期紧张工作的优势兴奋中心一旦被抑制,按照心理学分析,就会引起该中心周围皮层细胞的兴奋。这时,循轨思维思路外围的潜意识就有可能被激发出来。科学家、艺术家凭借其敏锐的直觉能力,往往可以本能地捕捉其中最有希望的一个,使这个越轨信息由潜意识状态跃入自觉的意识状态,从而打破常规,给人以创造性的启发,于是灵感爆发。陶伯华主张艺术家、科学家要学会自觉运用灵感的触发规律。

对灵感思维的分析绝不仅仅是一个由形象思维讨论所附带出来的问题,它体现出来的是学术界由形象思维的讨论深入进文艺心理学的新发展,这主要就体现在学术界对艺术直觉与潜意识(下意识)的分析上。

(四) 关于艺术直觉与潜意识

对于艺术直觉,多数研究者是从它介于感性与理性之间的特殊性切入的。肖荣在《论艺术直觉的特点和作用》(《文艺报》1984年第10期)中认为,艺术直觉"在表现形态上是直接的、不自觉的,而在本质内涵上又常常以逻辑思维的正确结构等价",这就使得艺术直觉在其外在形态和本质内涵之间是矛盾的统一。肖荣又具体揭示了艺术直觉的四种属性:直接性、情绪性、经验性和功利性。直接性是指艺术直觉与事物直接的映象和表象联系在一起,始终伴随着具体、感性的形象,因此"往往是快速而自动地越过了自觉思维的阶段,是不假思索地领悟到形象所含蓄的内在美,一时也说不出什么道理"。情绪、情感是艺术直觉产生的主要推动力。在生活形象——情绪、情感——艺术直觉这个过程中,如果没有情绪、情感这个环节,就不会产生艺术直觉。所谓经验性,是指艺术直觉的产生,离不开作家以往经验和知识的积累。艺术直觉在产生和发生作用的过程中,理性因素已经渗透在其中了,这是作家进行审美判断和艺术创造的内在依据。所谓功利性,意味着作家之所以对某些事物的美特别敏感、特别关心,是因为作家的经验和知识是在与现实的审美关系中形成的,因而就必然隐藏和潜伏着作家对审美对象的功利性考虑。鉴于以上四种属性,论者将艺术直觉界定为一种介于感性和理性之间的特殊的认识和心理能力。肖荣还进一步指出,从文艺创作的总体来看,作家的世界观在起着指导作用,但在创作的某个环节中,艺术直觉就能发挥作用。主要表现在三个方面,(1)作家具有特别善于捕捉住有内在审美价值的形象的能力;(2)能够帮助作家克服创作中遇到的一些障碍和困难;(3)参与创造性的想象活动。

也有论者更多地强调艺术直觉的直接性,即直接领悟的过程,认为艺术直觉可以越过感情和理性的中介,迅速捕捉到生活中那些现象的特征,因而具有鲜明的直观性[1]。

艺术直觉的研究将认识论与心理学融为一体,从而揭示了形象思维中思维主体的能动性和心理特征,对于文艺创作心理的研究,具有重要的开拓意义。

相对于艺术直觉的研究,对潜意识的探讨则进一步深入到了思维主体非理性心理活动的层面,从而使形象思维的研究离开认识论思想体系而接近了文艺创造的人类本体内涵的探讨。朱辉军在《潜意识与创作》(《文

---

[1] 朱辉军:《试论艺术直觉》,《求是学刊》1984年第4期。

艺研究》1985年第5期)中认为,主体的潜意识心理始终伴随着主体的显意识活动,由此,不自觉性贯穿于整个创造过程中。艺术家在病中或梦中酝酿艺术作品的情形说明了潜意识对于艺术创作的重要。正是潜意识趁显意识处于松弛沉睡状态,而尽情地欢腾跳跃,于是产生了梦中的形形色色。在这里,潜意识的作用直接成了创作的一个环节。另外,潜意识还为艺术灵感的到来蓄积能量,提供源泉和动力。还有论者具体论阐述了潜意识即非理性对于文艺创作的意义,认为对艺术创作来说,潜意识是取之不尽的源泉。潜意识中不仅沉积着种种意象和欲念,也潜藏着无穷的情绪和情感力量。一般说来,意识只触及表面,而潜意识才是心灵中最本质的东西。论者还把潜意识活动与作家的心理变态加以等同,指出艺术创作中的变态心理,也意味着自我意识的暂时丧失,而自我意识的暂时丧失又意味着主客一体或人我不分、物我两忘。而这正是一切艺术的最高境界[①]。

应该说,潜意识的研究勇敢地闯入了以往思维研究的禁区,对于艺术家的非理性心理活动及其在文艺创作中的意义揭示,的确在回答着以往形象思维研究中认知理性所无法回答的问题。它突破了人们自觉的常规思维的局限,把形象思维的研究思路引向一个超常的创造性的、同时又是内蕴更加丰富深厚的思维天地[②]。

1995年,尤西林在《文学评论》第6期发表《形象思维论及其20世纪争论》一文,对形象思维的论争作了一次反思式的总结。尤西林总结道:

(一) 形象思维论内在的悖论在于,一方面它追求艺术特质,另一方面又使之隶属于思维认识论,从而自始即使这种追求目标划归于外在的形式,同时也阻止了对形象的深入理解。

(二) 形象思维论受制于思维认识论,这既根源于黑格尔唯理主义,又现实地受制于垄断思维认识的专政型意识形态话语。20世纪苏、中形象思维论异常激化的争论是社会转型的文化反映,它既来自

[①] 吕俊华:《文艺创作与变态心理》,《当代文艺探索》1985年第3—4期。
[②] 参阅张婷婷《中国20世纪文艺学学术史》第4部,第66—67页。

意识形态权威专制压力，也来自艺术特质独立的冲击。后者以马克思主义人文主义理想突破和超越了意识形态权威性社会政治话语，从而使艺术对象、内容与职能等特质定位于人文本体论（但包括人类学本体论或实践本体论在内的诸种人文本体论，自身依然有待于进一步修正改进）。

（三）艺术不属于思维本体论而是人文本体论，这是形象思维争论最重要的成果，它同时涵摄了艺术情感与形象性原理根据。西方现代人文主义与科学主义相反相成地同样指向了这一结论。

（四）形象或意象等概念依然是说明艺术特性的重要术语，但不应再沿着形象思维论作出解释，而应依据人文本体论。随着专制意识形态时代的结束与艺术的日趋自在独立，"形象思维"这一术语已成为历史而失去了它存在的根据。

尤西林的概括有一定道理，但形象思维虽然已不再是文艺学讨论的热点，但它以自己的方式开拓了当代文艺学向艺术本体挺进的道路，为文艺学心理学在20世纪80年代的崛起奠定了基础[①]。

[①] 关于新时期形象思维的讨论，参阅了张婷婷《中国20世纪文艺学学术史》第4部，第一章第四节的部分内容。

当代中国学术思想史丛书

编委会主任 谢伏瞻　总主编 赵剑英

当代中国文艺学研究

A Critical Study of Contemporary
Chinese Literary and Cultural Theories

(1949-2019)

下　卷

陶东风　和磊　著

中国社会科学出版社

目　录

下　卷

第十六章　新方法论与文艺学的科学主义思潮……………………（411）
　一　新方法论的引入与文艺学观念的革新……………………（411）
　二　自然科学方法论在文艺学中的应用………………………（419）
　三　关于文艺学科学主义思潮的论争…………………………（427）

第十七章　向内转与文学主体性的建构………………………………（432）
　一　文学主体性的论争……………………………………………（432）
　二　"向内转"的论争与文艺心理学的兴起……………………（444）

第十八章　形式/语言/符号本体论文艺学……………………………（457）
　一　英美新批评的引入与本土化实践……………………………（458）
　二　俄国形式主义的引入与本土化实践…………………………（461）
　三　结构主义—叙事学的引入与本土化实践……………………（466）
　四　文体学的理论与实践…………………………………………（480）

第十九章　文学史新观念的建构………………………………………（491）
　一　关于"重写文学史"……………………………………………（491）
　二　文学史写作与文学史学的理论建构…………………………（510）

第二十章 "失语症"与重建中国文论话语 …………………… (523)
　　一　文论失语症的提出及其多重含义 ………………………… (524)
　　二　从文论失语到古代文论的现代转换 ……………………… (529)
　　三　古代文论可否转换及如何转换 …………………………… (533)
　　四　文论重建与文化复兴 ……………………………………… (543)

第二十一章 市场经济与大众文化语境下的文艺学 …………… (547)
　　一　市场经济与文学观念的嬗变 ……………………………… (547)
　　二　"人文精神"大讨论 ………………………………………… (558)
　　三　关于大众文化与纯文学的讨论 …………………………… (572)
　　四　大众文化语境下关于"纯文学"的讨论 …………………… (586)

第二十二章 后-主义与全球化语境下的文艺学 ……………… (597)
　　一　后现代主义与中国语境 …………………………………… (597)
　　二　后殖民主义(批评)及其对启蒙文学的反思 …………… (609)
　　三　关于全球化时代的文学终结论的争论 …………………… (623)

第二十三章 日常生活的审美化与文艺学的学科反思 ………… (644)
　　一　日常生活审美化:一种消费文化现象 …………………… (644)
　　二　"日常生活审美化"话题在国内的出现 ………………… (648)
　　三　关于日常生活审美化的论争 ……………………………… (656)
　　四　反思:作为话题的日常生活审美化 ……………………… (665)
　　五　"日常生活审美化"论争中几个核心问题的思考 ……… (667)

第二十四章 文化的转向 …………………………………………… (694)
　　一　文化诗学转向 ……………………………………………… (694)
　　二　文化研究(批评)的出现语境 …………………………… (697)
　　三　关于文化批评与文学批评关系的争论 …………………… (703)

四　文化批评与文学的自主性问题 …………………………（712）
　　五　关于文化批评与外在研究 ……………………………（714）

第二十五章　新时期文艺学的历史反思与教材建设 ………（723）
　　一　百年文艺学的历史估价与问题诊断 …………………（724）
　　二　20世纪80和90年代的文学理论教材建设 ……………（728）
　　三　后现代语境中的新世纪文学理论教材 ………………（743）
　　四　关于本质主义与反本质主义的论争 …………………（750）

第二十六章　关于文学"审美意识形态"论的论争 …………（759）
　　一　文学"审美意识形态"论的形成和发展 ………………（760）
　　二　对"审美意识形态"论的批评 …………………………（767）
　　三　批评的批评 ……………………………………………（775）

第二十七章　近十年的文艺学热点 …………………………（778）
　　一　关于"后理论"的讨论 …………………………………（778）
　　二　马克思主义文论的中国化 ……………………………（788）
　　三　关于"强制阐释"论 ……………………………………（808）
　　四　关于重塑文学精神的讨论 ……………………………（832）

第十六章

新方法论与文艺学的科学主义思潮

几乎是紧随着中国改革开放的步伐，西方现代文化思潮、文艺理论思潮便开始被大量译介进中国，开启了文艺理论和文艺批评方法的更新。1985年之所以能成为"方法年"，1986年之所以能成为"观念年"，离开了西方文艺学观念的译介是不可思议的。正是西方新方法、新观念的引入，为中国文艺学方法和观念的创新注入了动力，提供了资源。

一 新方法论的引入与文艺学观念的革新

（一）新方法的引入

自20世纪80年代初，西方现代思潮在新时期的介绍与引进，多数是以单篇译文的形式散见于有关的理论刊物。如中国当代文艺理论研究会的《文艺理论研究》，从1980年创刊第1期就开始就译介了西方的文艺理论和思潮，并随后开设立"外国文艺理论译丛"专栏，专门译介西方的文艺理论，如结构主义、精神分析、比较文学、俄国未来主义、英美文艺批评、文学接受等文艺思潮或文艺批评方法。其他如《外国文学报道》《外国文学动态》《百科知识》《读书》《文艺研究》《文学评论》《作品与争鸣》等刊物，也先后开始发表有关西方现当代文艺学方法论的译作或介绍文章，诸如心理批评、比较文学研究、俄国形式主义、捷克结构主义、英美新批评、法国结构主义、神话批评与原型批评、语义学派、现象学美学、阐释学、接受美学等。

在翻译的丛书方面，有中国社会科学院情报研究所编译的"外国文艺思潮"丛刊（陕西人民出版社1982年版），中国社会科学出版社的"美学译文丛书"（1982年），北京大学出版社的"比较文学研究丛书"（1982年）和"文艺美学丛书"（1982年），中国社会科学院外国文学研究所主编的"文艺理论译丛"（中国文联出版公司出版，最初是由中国科学院文学研究所于1957年创刊，"文化大革命"时停刊，1983年复刊），生活·读书·新知三联书店出版的"现代外国文艺理论译丛"（1984第1辑即出版了对当代中国文学理论产生重大影响的韦勒克、沃伦的《文学理论》，刘象愚等译），稍后出现的有中国社会科学出版社出版的"当代外国文艺理论译丛"、上海译文出版社出版的"西方文艺理论译丛"等。此外，还有许多的译文集，如《马克思主义文艺理论研究》编辑部编辑、文化艺术出版社出版的《美学文艺学方法论》就有上册（1985年）、下册（1985年）和续集（1987年）3本，几乎涵盖了当时西方美学文艺学的各种流派。

几乎与此同时甚至更早，随着世界性的新技术革命潮流的涌入，西方自然科学方法论，即以系统论、信息论、控制论为代表的"老三论"和以耗散结构论、协同论和突变论为代表的"新三论"，也被大量介绍进中国[①]。它们最早是在自然科学界引起关注，后来才引入社会科学、美学和文艺学领域的。如贝塔朗菲的系统论，自1979年就已开始翻译和引入，《自然科学哲学问题丛刊》从1979年第1期就陆续发表了他的《一般系统论》（1979年第1—2期）、《一般系统论导论》（1979年第2—3期）、《一般系统论的意义》（1981年第1期）等文章。1987年，社会科学文献出版社和清华大学出版社还同时出版了他的《一般系统论：基础、发展、应

---

① 其实早在"文化大革命"前，关于西方的这些科学论都已有所译介，如柯尔曼的《控制论》（光军、工克译，上海人民出版社1957年版），维纳的《控制论：或关于在动物和机器中控制和通讯的科学》（郝季仁译，科学出版社1962年版），艾什比的《控制论导论》（张理京译，科学出版社1965年版），喜安善市等的《信息论》（李文清译，上海科学技术出版社1962年版）等，还有一些自己编译的科学论文集，如《自然辩证法研究通讯》编辑部的《控制论哲学问题译文集》（第1辑，商务印书馆1965年版）等。但限于当时的社会形势，文学批评界不可能产生方法论变革的要求。

用》著作（两出版社在文字翻译上稍有差别）。其他几种科学理论也都有译文和译著以及介绍性的著作，何微的《系统论、控制论、信息论：理论与方法概述》（内蒙古社会科学杂志社，1984年）就对三论做了较为详细的介绍和分析。

1982年7月，在北京市科协的主持下，北京系统、信息、控制科学筹委会在北京召开了系统论，信息论，控制论中的科学方法与哲学问题讨论会，会后出版讨论集（《北京系统论、信息论、控制论中的科学方法与哲学问题学术讨论会文集》，清华大学出版社1984年版）。这可以看出当时在自然科学界对科学方法论的重视。

总之，这些刊物、丛刊以及著作对西方现代文艺思潮的译介，无疑对当时中国文艺学产生了极大的冲击，促使当时的文艺理论学者积极反思当时的中国文艺学，由此掀起了文艺理论、文艺批评的方法论热潮。

1981年，《外国文学研究》第4期发表了张世君的《〈巴黎圣母院〉人物形象的圆心结构和描写的多层次对照》一文，可以算是运用新方法进行文学批评最早的文章之一。1982年4月，甘肃的《当代文艺思潮》创刊，在创刊号的扉页上写着："研究当代文艺思潮，追踪文艺发展趋势，开拓文艺研究领域，革新文艺研究方法"，这是对文艺研究方法关注的直接表达。该刊还开辟有"美学与文艺学的现代化问题"专栏，足可以看出当时革新文艺学的愿望之强烈。该刊创刊后的第2期，即发表了美学家高尔泰的论文《现代美学与自然科学》，透露出了当时理论界引进科学方法的最初信息。高尔泰对将系统论、控制论和信息论"三论"应用于美学研究领域表示了信心，并指出了这些理论所提供的科学方法的主要特征，即综合性和整体性，这与后来对三论的阐述基本上是一致的。此后，把自然科学引入到人文学科、文学研究方面的文章逐渐多了起来，到1985年，文学批评和文学理论界，谈研究方法论几乎成了一桩时髦的事。报刊文章目不暇接，论文集子不断出版，关于方法论的会议，也是一个接一个，由厦门而扬州，由扬州而武汉。总之，20世纪80年代中期关于方法论的讨论，议题如此集中，气氛如此热烈，态度如此认真，行文如此坦然，真可说是理论界自新中国成立30多年来所未见。

根据孙子威编的《文艺研究新方法探索》（华中师范大学出版社1985

年版）中国内关于方法论问题讨论索引，从1980年到1985年4月，共有270多篇关于文艺学方法论的文章。根据余世谦、李玉珍编写的《新时期文艺学论争资料（一九七六年——一九八五年）》（下）（复旦大学出版社1988年版）所列文章索引，从1978年到1985年9月，有近500篇关于文艺学方法论的文章（有少量的翻译文章），这些足可以看出当时对文艺学方法论讨论的热烈。

不仅如此，1985年前后也出版了许多关于新方法论的讨论集和带有研究性的著作，如江西省文联文艺理论研究室编的《文学研究新方法论》（江西人民出版社1985年版）和《文艺研究新方法论文集》（江西人民出版社1987年版），孙子威编的《文艺研究新方法探索》（华中师范大学出版社1985年版），中国文艺理论学会《文艺理论研究》编辑部编的《新方法论与文学探索》（湖南文艺出版社1985年版），《马克思主义文艺理论研究》编辑部编的《美学文艺学方法论》（文化艺术出版社1985年版）和《美学文艺学方法论·续集》（文化艺术出版社1987年版），傅修延、夏汉宁编的《文学批评方法论基础》（江西人民出版社1986年版），《当代文艺思潮》杂志社编的《文艺学·美学与现代科学》（中国社会科学出版社1986年版），赵捷、王欣编的《文艺新学科讲座》（百花文艺出版社1986年版），赵毅衡的《新批评——一个独特的形式主义文论》（中国社会科学出版社1986年版），张寅德编的《叙述学研究》（中国社会科学出版社1989年版），王春元、钱中文编的《文学理论方法论研究》（湖南文艺出版社1987年版），许汝祉主编的《国外文学新观念：借鉴与探索》（中国人民大学出版社1988年版），文化部教育局编的《西方现代哲学与文艺思潮》（上海文艺出版社1987年版），林骧华等主编的《文艺新学科、新方法手册》（上海文艺出版社1987年版）以及伍蠡甫的《欧洲文论简史》（人民文学出版社1985年版），胡经之、张首映的《西方二十世纪文论史》（中国社会科学出版社1988年版）带有史论性的著作。除此之外，还有许多高校中文系或文艺理论教研室自己编写未正式出版的关于文艺学方法论的集子（如山东师范大学中文系编写的《文艺学方法论讨论集》和"续集"）等。

对方法论的关注也集中体现在当时召开的各种文学、文艺学的会议上，其中比较著名的有 1985 年三次关于文艺学与方法论的会议，即：厦门会议（1985 年 3 月 17—22 日）、扬州会议（1985 年 4 月 15—22 日）和武汉会议（1985 年 10 月 14—20 日）。这几次会议的一个中心议题，就是倡导文艺学的科学化。此外，许多单位和组织还纷纷举办关于文艺学方法论的研讨班，如中国人民大学中国语言文学系于 1985 年 9 月在北戴河举办了文艺学方法论研讨班。全国高校文艺理论教师、文艺报刊编辑共 80 多人到班学习。研讨班还邀请了全国文艺理论界的专家和学者陈涌、陆梅林、程代熙、钱中文、吴元迈、胡经之、章国锋、王向峰、林兴宅、鲁枢元等来班讲学（讲演内容结成《文艺学方法论讲演集》一书出版，中国人民大学出版社 1987 年版）。

（二）文艺观念的革新

20 世纪 80 年代中期兴起方法论热的原因，一方面是随着"四人帮"的垮台和国家实行改革开放政策，国外先进的科学理论大量涌进中国，国人不可能无视这些国外的先进科学理论、科学方法，接受、消化和运用这些国外先进理论成了当时学习、发展的一个重要内容；另一方面，长期以来"左"的错误思想，严重歪曲了我们对文学的认识，文学研究单一化、模式化、公式化非常突出，特别是在思维方式上，形成了一套封闭的、保守的、以不变应万变的僵死模式。在新时期，再沿用以前原有的概念、范畴，已难以说明复杂的文艺现象，尤其是当代文艺中的复杂现象，因而必须有所创新，有所开拓。最后，科学方法的兴盛也与当时的整个"四化"建设热潮相关，"四化"建设全部集中在物质和技术的层面，由向往现代化到崇尚科学，再到科学主义。借鉴和运用西方自然科学的方法，不失为一种开拓文艺学发展的重要途径[①]。

但是文艺学方法论热也存在不恰当的科学主义倾向，表现出新的对于文艺本身规律的忽视，这种情况在 20 世纪 80 年代中期（正确地说是 1985 年，那一年被称为"观念年"，此前的 1984 年被称为"方法年"）引起注

---

① 参阅蒋培坤《开创现代马克思主义文艺科学的新局面》，《文艺学方法论讲演集》，中国人民大学出版社 1987 年版。

意。《文学评论》于1985年第4、5、6期推出"我的文学观"专栏，上面发表的鲁枢元、孙绍振、刘心武、贾平凹、黄子平、南帆等人的文章，从各个方面阐述了对文学的认识，强调要突破过去文学研究的反映论模式，使文学"回复到自身"，同时对于科学主义的倾向也有所反思和警惕。人文主义的价值取向初露曙光，其核心是强调文艺的精神维度、主体维度和自主维度。

鲁枢元（《用心理学的眼光看文学》，《文学评论》1985年第4期）从心理学的角度，从本体论、创作论、价值论三个方面阐明了他的文学观念。他认为，人类生活中存在两个不同的世界，即物理世界和心理世界，"文学家眼中的世界，是一个心理的世界"。在两个世界的关系上，鲁枢元虽然承认"存在决定意识"，但他同时又指出："同一性质、同一强度的刺激，在不同的个体上或同一个体的不同情境中会引起大相悬殊的心理反应；而不同强度、不同性质的刺激在不同个体身上或同一个体的不同境况中也可以产生庶几相似的心理反应。"由此，鲁枢元强调作家对物理世界的个性化的、主观的反应。在此基础上，鲁枢元进一步肯定了作家创作中的心灵表现，认为"文学艺术的创作过程，是一个包括文学家自己的要求、欲望、感觉、知觉、思维、情感、注意、记忆、直觉、想象等心理功能在内的极其复杂的过程。这是一个同时包括了认识的高级形式和低级形式，心理的智力因素和非智力因素，意识的显在成分与潜在成分，主体的定势因素和动势因素在内的心理活动过程"。这无疑强化了创作中作家心理因素的作用。在文学的价值和功能上，他强调文学的职能在于"干预"人的灵魂，特别值得注意的是，鲁枢元还驳斥了刚刚新出现的"文艺为经济服务"、"文艺为科学服务"的口号。在他看来，文学独特的作用在于满足人们在心灵上的需求。

孙绍振（《形象的三维结构和作家的内在自由》，《文学评论》1985年第4期）从七个方面论述了自己的文学观，总的观点是批评把反映论看作是文艺研究的唯一角度，肯定和强调作家的创作个性和创作自由。孙绍振指出，反映论并不是唯一的角度，即使坚持反映论也不能离开本体论的研究。不研究事物本身的结构，内在特殊矛盾，就不能获得更深刻的认识。把思路钉死在对象与本源的统一性上，会使许多理论家失去了最珍贵的自由——思想的自由,使思维空间变得极其狭窄。在作家的创作上,孙绍振不仅强调作家创作个性的重要性,也强调作家自我表现的自由。孙绍振认为,自由程度决定创造力大小,感受力大于观察力是作家获得内在自由的首要条件。这是反映论所无法认识到的。而艺术家能否享受创作的自由,关键在于能不能找到自我的独特感兴,能否找回自我,这是艺术创作的入门。而作家要表现自我,需要有阐明自我的"黑暗的感觉"的能力,这是一种内在体验,是只可意会不可言传的内部机体感。孙绍振认为,作家不但要善于阐明通常人意识得到的感受和体验,而且要善于发现阐明通常人意识不到的又是实际存在的无意识的感觉和体验,而且还得用生动明确的语言表达意识、无意识之流的发生、变幻、转移、消失的过程。获得这种能耐的难度当然要比描绘外在感官直接可感的世界要大得多。而这正是"黑暗的感觉"的能力。此外,孙绍振也在生活的本质和自我的本质、成熟风格等方面阐述了自己的观点,同样体现了他对作家创作自由和个性的关注。

刘心武(《关于文学本性的思考》,《文学评论》1985年第4期)在对"文学本性的思考"中,一口气提出了文学的七种"本性":社会性、意向性、析情性、铸灵性、诚挚性、特创性、思辨性,打破了以前反映论文艺学对社会性的单一关注,体现了对文学本质复杂性的认识。另外,这七个"本性"中有三个与文艺的心理、情感相关,体现了文学研究"向内转"的倾向。这一倾向也体现在南帆(《文学的世界》,《文学评论》1985年第6期)、金开诚(《反映客体与表现主观》,《北京大学学报》1985年第1期)、吴亮(《反应的艺术,还是反映的艺术》,《文艺评论》1985年第1期)、陈晋(《文艺创作从主观出发探讨》,《当代文艺思潮》1985年第1期)等人的论述中。

由此我们可以看到:由方法论所引发的文学观念的转变,集中表现在由外而内、由物质世界到精神世界、由外部规律到内部规律的变化。正如刘再复所说的:"我们过去的文学研究,主要侧重于外部规律,即文学与经济基础以及上层建筑中其他意识形态的关系,例如文学与政治的关系,文学与社会生活的关系,作家的世界观和创作方法等,近年来研究的重心已转移到内部规律,即研究文学本身的审美特点,文学内部各要素的相互联系，文学各个门类自身的结构方式和运动规律等等，总之，是回复到自身。"①

文学回复到自身，在当时很多学者那里有一个专有名词来指称它，这就是回到"文学本体"。正是由这次文学观念的讨论，引发了后来关于文学"本体论"的讨论，成为文学观念变革的重要体现。孙绍振强调"把本体论作为一条自觉的思路"②，王蒙撰文指出，研究文学观念，要从本体中去探求③。他强调，创作方法、研究方法、文学观念的产生不仅是历史的产物，而且更是"本体的产物"，"必然有本体的依据"，所有科学的与反科学的、非科学的、正确的与歪曲的观念与有关命题，"无不可以从文学的本体中找到它的存在的根据或失足的陷阱"④。

林兴宅也表示出对文学本体论的欢迎："艺术作为一种精神价值，远离物质生产领域，更应该首先摆脱现实的功利原则的束缚，而进入'艺术自身即是目的'的时代。随着科技革命的发展，那种以现实利益为转移的功利主义艺术观念，将会逐渐为那种符合艺术自身的本质和功能的本体论艺术观念所代替。……人们将会乐于接受本体论的艺术观念。"⑤ 从这些表述看，所谓文学的"本体"，基本上就是文学的自主性。

此外，徐贲认为"应当提出一个文学本体论的问题"，因为本体论问题是解决方法论问题的"重要的先决条件"，譬如"要知道具体方法所解决的究竟是不是文学问题，难道不是应当先知道什么是文学吗？"⑥ 徐岱肯定地认为，"一种新的文艺学已经以它充满自信的声音宣告了自己的崛起"，这就是"无论是研究文学的创作规律，还是研究文艺的欣赏规律，都必须受文艺本体论的支配，在一定的文艺观的制约下从文艺的基本特性出发"⑦。

---

① 刘再复：《文学研究思维空间的拓展》，《读书》1985年第2期。
② 孙绍振：《形象的三维结构和作家的内在自由》，《文学评论》1985年第4期。
③ 王蒙：《观念与本体——文学偶拾之三》，《光明日报》1985年11月14日。
④ 王蒙：《读评论文章偶记》，《文学评论》1985年第6期。
⑤ 林兴宅：《关于文艺未来学的思考》，《文史哲》1985年第6期。
⑥ 徐贲：《哲学和文学研究方法论》，《文艺研究》1985年第4期。
⑦ 徐岱：《哲学观的更新与文艺学的发展》，《文学评论》1986年第1期。

当然，如果我们细加辨析，还可以发现，当时的所谓"本体论"① 大致应包括两个方面，一是注重文学艺术家内在精神自主性和独立性的人本主义本体论，二是注重文艺的语言、结构等的自主性的形式主义本体论。这两种本体论我们讲在下两章具体分析，本章我们还是主要分析方法论所带来的文艺学的科学主义思潮。

二　自然科学方法论在文艺学中的应用

随着以"老三论"和"新三论"为代表的自然科学方法不断被译介进中国，文艺学界也开始关注如何把这些自然科学方法引入文艺研究中，大量相关文章纷纷问世②。

（一）系统论及其在文艺学中的应用

系统论引入文艺学的最重要结果，是促进一种整体性、综合性思维方式的出现，把文学作品或文学活动作为一个整体系统进行分析和研究。20世纪80年代把系统论运用于文艺研究的主要实绩有以下几个方面。

---

① 但关于什么是"本体"，什么是"本体论"，什么是"文学本体论"（或"艺术本体论"），学术界并没有一个完全确定的界定和答案。在这里，我们也并不想对这一问题进行细致的分析。这方面的论述很多，可参阅彭富春、扬子江《文艺本体与人类本体》，《当代文艺思潮》1987年第1期；王岳川《艺术本体论》，上海三联书店1994年版；朱立元《当代文学、美学研究中对"本体论"的误释》，《文学评论》1996年第6期；高建平《关于"本体论"的本体性说明》，《文学评论》1998年第1期；苏宏斌《何谓"本体"？——文学本体论研究中的概念辨析之一》，《东方丛刊》2006年第1期；等等。

② 比如朱丰顺《运用系统论研究文艺》，《文艺研究》1985年第3期；野桃《运用信息论研究文艺与美学》，《文艺研究》1985年第3期；紫川《运用控制论研究文艺与美学》，《文艺研究》1985年第3期；陈飞龙《文艺控制论初探》，《文艺研究》1986年第1期；黄海澄《控制论与美学研究》，《青海社会科学》1986年第2期；胡义成《审美控制论纲》，《西北大学学报》（哲学社会科学版），1988年第4期；朱丰顺《试论控制论及其在文艺学中的运用》，《天津社会科学》1987年第2期；段文耀《文学创作方法系统论》，《新疆大学学报》（哲学人文社会科学版）1987年第4期；王世德《系统论给美学的启发》，《江西社会科学》1986年第3期，等等。

1. 对文艺活动的系统分析和思考

比如有论者①根据系统论原则，把文艺系统从创作缘起到创作方法分为纵向联系的 10 个层次结构：（1）人对艺术的需要（即艺术的缘起）表现为审美需要和认识需要的统一；（2）由需要决定的艺术的构成途径，表现为人的本质的对象化和对社会生活进行反映的统一；（3）由艺术构成途径决定的艺术根本特征或"细胞"，是意象，即意和象的统一；（4）作为意象的展开形式的艺术形象，表现为主观和客观、倾向性和真实性的统一；（5）从意象、艺术形象出发的艺术的两大基本特征：情意性和形象性；（6）与艺术基本特征相连的两大类艺术产品（或艺术形象体系）：意境和典型；（7）对两大类艺术产品进行理论总结的两种艺术理论：中国的意境理论和西方的典型理论；（8）与两种艺术理论相连的两种艺术精神：浪漫主义精神和现实主义精神；（9）为两种艺术精神所决定的两种创作主张：表现说以及表现主张，模仿说以及再现主张；（10）与两种艺术精神两种创作主张相连的多种多样的创作方法。这一系统分析强调了艺术发生与表现的整体性，但能否带给我们对文艺新的认识，是否存在机械僵化问题，仍然是把自然科学方法论运用到文艺研究时导致的一个疑问。如果我们运用一种新的方法分析问题却不能得到新的结论，只是通过新的名词把原来的结论再组装一遍，那么，这种方法的价值和意义就是值得怀疑的（参阅下面的分析）。

除了从总体上分析文艺的系统性之外，也有论者把系统论和信息论的反馈方法结合起来，把文艺创作—欣赏批评—创作看作是一个信息传播的连续整体过程。程文超在《从反馈角度看陈奂生系列小说的创作——兼谈文学是一个系统》（《当代文艺思潮》1984 年第 5 期）中提出："文学这个系统中，也有反馈，也需要反馈方法。从系统论角度看，作家作品，发表了（或以其他形式流传），即是输出了一种信息。读者收到这个信息（作品）后，对它进行欣赏、批评。读者的评价、观察等便作为一种新的信息，这种信息如果被输送回作家那里，就成为反馈信息。这种反馈信息包括对作家世界观和创作方法，对作品思想和艺术各方面的评价。它必将在

---

① 肖君和：《关于艺术系统的分析和思考》，《当代文艺思潮》1984 年第 6 期。

某个角度、某种程度上影响作家信息的再输出，即作家的新创作。"程文超认为："只有把文学作为一个系统，我们才能真正发现反馈的作用，注重反馈的研究"，反过来，才能更好地研究文学这个系统。

也有论者把艺术家艺术创作前的艺术观察和感受也看作是一个系统，认为艺术观察是一个由三方面属性组成的大系统。第一是自然质，即"艺术家主体接受被观察对象（即客体）提供的各种各样的信息"。从整体上看，客体信息表现为定向信息素材（"能决定艺术家创作意图的信息"）和侧向信息素材两种。第二是功能质，即"艺术家主体向对象客体投射自身的情感、愿望、理想乃至气质"。艺术家之所以为艺术家，就在于它是"自为"的而不是"自在"的，他不能盲目地接受外界信息而没有任何反应。艺术家的反馈功能表现在"感情移入"和"意志外射"。第三是系统质。它表明艺术观察是"一个由心理学、哲学和历史学等各个侧面构筑的多维结构体"。因此，它是一种复杂的精神活动，其内部含有所属系统的各种性质。从心理学的角度看，艺术观察是一种复杂的审美心理机制。从历史学的角度看，它是一种对于史识和今识的把握。从哲学角度看，艺术观察是唯物论的反映论的一种创造性认识活动。总之，"自然质作为艺术观察本身输送信息的一种本质规定，功能质作为艺术观察审美观照的一种美学规定，以及系统质作为艺术观察本身所具有的多种单元效应的一种综合规定，它们构成了我们对艺术观察的系统认识和综合认识"[①]。

2. 对典型人物的系统论分析

系统论方法的引入也对作品研究产生了影响，这主要体现在对典型人物的分析方面，最为著名的例子是林兴宅对阿Q性格系统的分析。林兴宅在《论阿Q的性格系统》（《鲁迅研究》1984年第1期）中首先批评了传统思维中的那种切刈、静态的分析方法和单一的分析角度，认为要认识阿Q这样复杂的典型，必须在思维方法上进行一番变革，这就是：用有机整体观念代替机械整体观念；用多向的、多维联系的思维代替单向的线性因果联系的思维；用动态的原则代替静态的原则；用普遍联系复杂综合的方

[①] 肖君和：《关于艺术系统的分析和思考》，《当代文艺思潮》1984年第6期。

法代替互不关联的逐项分析的方法。具体说来，就是把阿 Q 性格作为一个系统，即一个有机的整体来研究，考察系统内部各种性格因素的联系以及它们构成整体的结构和层次。

具体来说，林兴宅分析了阿 Q 性格的自然质、功能质和系统质。在自然质方面，林兴宅首先概括出了阿 Q 性格的 10 个基本原素：质朴愚昧而又狡黠圆滑、率真任性而又正统卫道、自尊自大而又自轻自贱、争强好胜而又忍辱屈从、狭隘保守而又盲目趋时、排斥异端而又向往革命、憎恶权势而又趋炎附势、蛮横霸道而又懦弱卑怯、敏感禁忌而又麻木健忘、不满现状而又安于现状。林兴宅接着分析了阿 Q 这一复杂性格结构的三个特征：两重人格、退回内心与泯灭意志。林兴宅认为，阿 Q 性格的这三个特征，"概括了阿 Q 的认识、情感、意志等心理内涵，提供了奴性心理的典型形式。因此，作为奴性心理的典型形式的阿 Q 性格便具有巨大的概括力，它是阿 Q 形象具有超越阶级、时代、民族的普遍意义的信息基础，也就是说，阿 Q 形象对于不同的阶级、不同的时代和不同的民族的读者都能输送奴性心理特征的信息"。

由自然质到功能质，林兴宅探讨了阿 Q 性格在不同的时空背景上所产生的不同的功能和意义。林兴宅认为，阿 Q 的自然质是奴性的典型，功能质是旧中国失败主义的象征，国民劣根性的象征，世界荒谬性的象征。这是阿 Q 性格的 3 种功能质。林兴宅认为，阿 Q 性格的这 3 种功能质使阿 Q 性格获得超越阶级、时代和民族的界限的普泛性。但从自然质上看，阿 Q 性格又是特定的阶级、时代和民族的性格。这似乎是矛盾的，但林兴宅认为，优秀的艺术典型由于内涵的丰富性和深刻性，具有巨大的概括力，因此都具有这种两重性。这是有道理的。

就阿 Q 性格的系统质来看，林兴宅从多个方面进行了分析，从社会学角度，阿 Q 性格具有乡村流浪雇农的性质；从政治角度看，阿 Q 性格是专制主义的产物；从心理学角度看，阿 Q 性格是轻度精神病患者的表征；从思想史角度看，阿 Q 性格是庄子哲学的寄植者；从近代史的角度看，阿 Q 性格是辛亥革命的一面镜子；从哲学的角度看，阿 Q 性格是异化的典型。

林兴宅最后对阿 Q 性格系统总结道："自然质是对阿 Q 性格自身固有

的基本性质的规定；功能质是阿Q性格在不同时空条件下的典型意义的历史的规定；系统质是对阿Q性格在社会大系统中所产生的各种社会性的综合规定。它们共同组成对阿Q性格的系统认识。"应当说，林兴宅运用系统论方法对阿Q性格的综合考察，是对人物性格分析的一次新的成功的尝试，为研究典型问题的复杂性内涵提供了某种补充。但可惜的是，这样的分析在当时还是太少了。

3. 对审美活动的系统论分析

有论者认为，审美活动是一个特殊的系统领域，"必须遵循系统原理所指示的方法去加以全面的研究，才可能尽量揭开这领域的全部复杂性"和规律。具体说来包括四方面的研究，一是"在'自然向人生成'的系统运动中考察美的本质"，二是"在具体的关系系统中考察具体事物的审美性质"，三是"在审美的主体和对象所处的系统中考察审美感受"，四是在社会多系统的关系中考察审美关系的实现条件[①]。

林兴宅（《论文学艺术的魅力》，《中国社会科学》1984年第4期）也具体分析了艺术魅力的来源。他认为，单纯从文学作品的内容到形式的诸因素中来寻找和确定艺术魅力的旧套路是不确切的，艺术魅力是文艺作品的复杂功能体系所产生的综合美感效应。它不是纯粹的对象的客观属性，而是欣赏者对作品的审美关系的产物。根据系统论方法，艺术魅力有三种属性或三种来源。首先是系统性，即文学作品的美感动力系统每一部作品的魅力都是独具特征的一个系统结构，要揭示一部作品的魅力秘密，就要考察它的系统结构。其次，艺术魅力还源自艺术美的构成因素。林兴宅指出，从审美主客体的关系来看，艺术美包含模仿的因素和表现的因素；从审美对象的构成看，艺术美包含着内容的因素和形式的因素。模仿因素是艺术美的客观性因素，因此要求反映的真实性；表现因素是艺术美的主观性因素，因此要求主观感受的独创性。内容因素要求艺术家情思的诚挚深沉，形式因素是为内容的表现服务的，要求是蕴藉含蓄。林兴宅认为，这些因素还只是产生艺术魅力的可能性，艺术魅力的实现还必须依靠欣赏者的审美实践。林兴宅的分析对全面系统的理解艺术魅力，理解美感

---

① 曾永成：《运用系统原理进行审美研究试探》，《四川师院学报》1982年第4期。

具有重要意义。

（二）信息论及其在文艺学中的应用

在信息论的运用上，有论者把文艺活动当作一种艺术信息的组织、传递和接受过程，认为艺术归根到底是一种信息过程，是人与人之间进行社会交往的手段。它由三个基本系统构成：艺术信源系统（艺术家）、艺术符号系统（艺术品）和艺术接受系统（读者）。在这样一个信息过程中，作家和读者实现了相互制约、相互依存、相互作用的双向交往。正是由于以信息论的观点去解读艺术活动的本质，因此艺术成为人类社会的一种交往形式，是艺术鉴赏者与艺术家经由作品而进行的对话、交流的活动[1]。

有的文章信息论方法引入形象思维的研究，认为形象思维就是大脑接受信息、储存信息、判断信息、组合信息和处理信息的过程。按照信息论原理，一切思维活动都是大脑神经细胞对各种信息进行感受、储存、判断和组合。信息从大类上可分为概念性和形象性两种。作为思维形式之一的形象思维，主要是脑细胞对各种形象性信息的反映和处理方式。艺术形象思维的生理反应和机制特点是：感官主要以耳目为接收器官，外来形象性信息触动了视听觉神经，便立即由视听觉中枢神经传递到大脑皮层，在中枢神经汇拢和集合，并引起兴奋。脑细胞对各种形象性信息进行分析判断和综合改造是形象思维的主要活动。大脑平时对形象性信息贮存得越多，印象越深刻，在进行形象思维时选择、对比、综合的余地便越大。所以，艺术形象思维的基本和共同的规律，就是凭借观点、知识、经验，按照形象的性格逻辑或意境的统一和谐特点，把各种不同的散乱的形象性信息"拼凑"组合成一个完整的有机的新形象[2]。

把信息论与美学结合起来，甚至由此而建立信息论美学[3]，也是当时讨论的一个热点。信息论美学的目的是客观地确定艺术品所传达的信息的

---

[1] 王一川：《从信息观点看艺术》，《当代文艺思潮》1985年第3期。
[2] 野桃：《运用信息论研究文艺与美学》，《文艺研究》1985年第3期。
[3] 参阅涂途《信息论美学和"审美信息"范畴》，《文艺研究》1988年第6期；以及金克木《谈信息论美学》，《读书》1985年第7期。

物理的和数学的（统计学的）性质和特征。它可以分为两部分，一是理论部分，用推理也用数学制定模式；二是实验部分，分析信息以及发送者和接收者。信息论美学是对审美的研究，包括下列几点：一是采取客观立场，暂时置主观价值判断于不顾；二是采用一些复杂的术语（一部分是从计算机科学借来的），有一种"思想的重新编码"；三是有一个测量系统，至少在理论上是在一件艺术品上建造了一个紧密的网；四是否认美学工作者长期梦想的只用一个"指数"去测量美。这种理论企图确定审美刺激的性质，给它一个"结构"，了解个人的反应，并且预言他的行为。这种理论建造一个模型，并用以操作。它的发现可以对美学、艺术以及语言学、创作理论等有所贡献[1]。

（三）控制论及其在文艺学中的应用

这方面不如系统论和信息论那样普及，它往往被作为系统论或信息论研究中的一个因素加以运用。朱丰顺在《试论控制论及其在文艺学中的运用》(《天津社会科学》1987年第2期）中指出，从控制论观点来看，艺术创作、表演、批评、欣赏等都是人们自觉地有目的地进行控制的过程。从作者深入生活接受各种社会生活信息，到艺术构思，到物化为艺术作品，到群众评论和作者所采取的态度，构成了一个充整的文艺创作控制系统，具体包括信息源——社会生活和其他一切知识的获取；决策机构——大脑对有关信息的利角和加工；执行机构——运用艺术语言将所构思过的艺术意象或艺术意境物化为作品；反馈线路——读者和评论者的反映及作者的反复推敲与修改。

从控制论看文艺的本质，朱丰顺认为，文艺的本质就是由一定的社会生活和作者主观能动性这一对基本矛盾的统一性所规定了的。任何一个优秀的艺术作品都是由一定的社会生活和作者所具有的创作的主观能动性水乳相融地结构而成的。由此。文艺本质的"自我表现论"和"情感论"都是片面的，不全面的。

控制论与审美的结合是当时研究相对较多的，这集中体现在黄海澄的

---

[1] 金克木：《谈信息论美学》，《读书》1985年第7期。

一些文章中①。关于美的客观性，他认为，美的事物之所以是美的，是因为它是生成的。它的生成过程与能够欣赏它的主体的系统发育和发展过程有同步性和耦合关系，它是适应主体系统发育与发展过程中的自调节的需要而产生，并在与能够欣赏它的主体系统的相互作用中而发展的。黄海澄批判了传统上的审美观，即绝对客观论、主观论和主客观统一说，从人类的审美机制作为人类系统演化和社会发展中必然出现的调节系统的角度来肯定了美的客观性。他认为，事物的美丑的性质是该事物本身固有的某种物理的、生物的或社会的性质与它同作为系统的人类或一定社会人群的关系的性质的统一，两个方面缺一不可。而事物本身固有的性质和它与人的关系的性质都是客观的，因此美丑也必然是客观的②。

关于美的功利性，黄海澄是从系统的整体功利性来论证的。他指出，现代控制论把整个生物界和各个物种，把整个人类社会和各个社会群体都看作自组织、自控制、自调节系统，并都导向一定的目的。没有目的就没有调节，调节是在系统导向目的的运动过程中对准目的的调节。审美控制就是这些系统和子系统的调节机制中的一种，它作用于人的行为促使人产生与系统的运行导向相一致的审美情感追求，为达到系统运行的最终目标，实现系统内部的最佳调节。从这个角度讲，美是有功利性的。审美功利是由系统整体功利所派生的③。

对于美感，黄海澄从控制论的观点指出，美感是一种功能现象，它不同于认知快感和实用功利快感，它通过人们对美的事物的倾心向往，发挥着调节人们的行为的功能，使人爱美而弃丑，提高人们的精神品质，从而促成人类群体系统的稳态和不断向更高的有序化程度的发展④。此外，黄海澄还从控制论的角度论述了形式美、自然美、社会美等，对我们多方面

---

① 如《从马克思主义和现代控制论观点看审美现象》（中国艺术研究院外国文艺研究所《世界艺术与美学》编辑委员会：《世界艺术与美学》第3辑，文化艺术出版社1984年版）、《从控制论的观点看美的客观性》（《当代文艺思潮》1984年第1期）、《从控制论的观点看美的功利性》（《当代文艺思潮》1984年第3期）、《控制论与美学研究》（《青海社会科学》1986年第2期）等。这些文章后又编进《系统论、控制论、信息论美学原理》（湖南人民出版社1986年版）中。

② 黄海澄：《从控制论观点看美的客观性》，《当代文艺思潮》1984年第1期。

③ 同上。

④ 黄海澄：《控制论的美感论》，《文艺理论研究》1985年第4期。

理解美具有一定的借鉴意义。

总之，关注方法论是 20 世纪 80 年代中期我国理论界一个普遍的现象，而争论也是不可避免的①。

三 关于文艺学科学主义思潮的论争

在文艺批评和文艺学中引入自然科学方法，在当时也引起了讨论和论争，比如能否引入？如何引入？引入时需要注意什么？等等。

（一）文艺学研究引入自然科学方法的必要性

在能否引入自然科学方法这一问题上，大多数学者都持赞同态度，强调文艺研究非常有必要引入自然科学的方法，认为这既是现代社会对文艺研究提出的新要求，也是改革我们过去文艺研究方式的出路，文艺研究引入自然科学方法对于丰富我们对文艺的理解，打破单一化的文学研究的思路具有重要意义。

董学文指出，当代自然科学和技术的新成果不断打破了各门自然科学之间的界限，产生出新的综合化与一体化的趋向，其冲击波也波及了人文科学和社会科学。文艺学也就很自然地同数学、物理学、心理学、生物学等挂起钩来，同与一定世界观融合一起的横断科学——系统论、信息论、控制论、协同学等方法联系在一块。文学研究方法的多样化，已成不可逆转的趋势②。程代熙发表文章认为：“在自然科学飞速发展的今天，马克思主义只靠自己本身的力量是不能完成对全部哲学知识进行综合及对方法论进行研究的巨大任务的。"因此，"应该充分利用现代思维科学、自然科学、应用科学技术的方法论的原理来丰富和发展马克思主义。这个精神完全适用于文艺学方法论的研究"。他指出："在文艺学与自然科学之间存在

---

① 由于新三论在文艺学中的应用并不多，在此我们不再分析。可参阅肖言《关于文艺学方法论的研究》，《艺术百家》1986 年第 1 期。

② 董学文：《文学研究方法论的几个问题》，《北京大学学报》1986 年第 5 期。

着相互促进、相互影响的关系的。"① 林兴宅认为："在文艺研究中引进'三论'的尝试，并非赶时髦，而是现代社会对文艺科学提出的新要求，是响应科技革命对文艺研究工作者的召唤。"② 从这里我们可以强烈地感觉到：当时的科学主义的倾向是和建设"四化"的时代精神相关的。人们在世界新科技革命的浪潮中感到了革新文学评论方法论的重要性和迫切性，认为在信息社会中不再是知识的比赛，而越来越是方法论的竞争。同时，科学主义的方法的使用也和反思"左倾"的简单化的文艺学相关。黄海澄从反思以前的文艺研究中指出："'三论'的引进势在必行，它反映了人类思维方式面临的重大变革……过去在文艺理论中由于'左'的影响，流行不少很简单化的原理，例如人性就是阶级性，典型是阶级性的集中表现等，现在用系统的观念可以轻易地驳斥。尤其在理解复杂现象时，系统的功用就更明显。"③

在具体到文艺研究中数学方法的运用上，即文艺问题可否凭借数学公式或定量分析进行研究，是当时人们讨论的一个重要内容。有论者明确指出了"诗与数学的统一，是人类文明的极地"。数学和诗最终要统一起来，成为数学的诗和诗的数学④。有人进一步提出，应当探索文艺评论的数化方法，如用数理统计以求相关系数，用检验等各种方法分析艺术作品与群众的关系，还可以用模糊数学来评判作品的艺术风格等。周宪在《文学研究方法精确性三题》(《文艺研究》1985年第4期) 一文中，更是倡导文艺研究的数学化，认为这是一种有效的研究途径，因为它确实会给文学研究带来某些益处："第一，它为我们描述研究的问题，揭示其规律，提供了比普通语言更简洁精确的形式化语言，可以在某种程度上简化和加速思维过程。第二，它实现了一定范围的测量和运算，达到了更为具体的定量分析，深入到对象的微观机制，用精确的数据和符号来表述某种规律，有助于克服表面化和印象化，从而支持或修正经验理论。"不过周宪也指出，

---

① 程代熙：《认真开展文艺学方法论的讨论》，《光明日报》1985年3月7日。
② 林兴宅：《科技革命的启示》，《文学评论》1984年第6期。
③ 参阅钱竞《欲穷千里目，更上一层楼——记扬州文艺学与方法论问题学术讨论会》，《文学评论》1985年第4期。
④ 林兴宅：《文明的极地——诗与数学的统一》，《文学评论》1985年第4期。

文艺研究的数学化必须受到文学研究特殊的必要的限定，因此，"它只是一种辅助性方法，一种为实现特定研究目标所运用的技术性措施"。

关于引入自然科学方法的意义，有论者（姚文放）指出，这使我们近年来的理论开始产生一系列的重大变革，具体表现在：（1）从片面性到整体性，（2）从封闭性到开放，（3）从无序性到有序，（4）从本体研究到关系研究，（5）从静态研究到动态研究，（6）从定性分析到定量分析，（7）从盲目性到预测性[①]。

周来祥在《现代自然科学方法和美学、文艺学的方法论》（《文学评论》1986年第4期）一文中，较为全面地阐述了现代自然科学方法思维特征及其在当代美学、文艺学研究中应用的意义。他认为"三论"的出现深化了人们对客观世界互相联系、互相转化、不断运动的认识，新的观念、新的方法在不少方面深化和发展了马克思主义的辩证思维方法，从而也能够给予美学、文艺学研究以方法论启发，具体表现在：第一，由对象自身属性进到系统整体属性的把握；第二，由分析—综合的思维模式到综合—分析的思维模式；第三，由定性分析到定量分析；第四，由精确到模糊；第五，从有序到无序和从无序到有序；第六，从必然规律到随机现象的认识；第七，由单向到多向；第八，由线型圆圈构架到纵横交错的网络式圆圈构架。可以说，自然科学带给文学研究的不仅仅是方法上的革新问题，更是思维方式上的革新，是人们对文艺现象的新的认识。

（二）对引入自然科学方法的质疑

虽然对文艺研究引入自然科学方法有众多的支持者，但也有不同的声音，对这种引入的可行性提出了疑问。

有论者指出，人脑不是机械，它的活动形式不是有序的、精确的，而是随机的、偶然的、突发的。人的精神世界是自由的、丰富多彩的。文学艺术作为一种特殊的精神产品，它把握世界的方式是直观的、审美的。纯理智、纯客观地观照审美对象，不但不能发现美，反而会破坏美感。文艺

[①] 参阅李心峰《深入探讨方法论 努力发展文艺学——武汉文艺学方法论学术讨论会综述》，《文艺研究》1986年第1期。

研究很难用定量分析的方法来数学化，而且也没有必要把它变成科学。因为生活中需要有一些非科学非理性的东西，感情不能完全由理性来代替。艺术的一个重要功能就是调节补偿人们的感情。把握艺术对象最好在思索、观察的基础上以顿悟的方式进行。至于科学和艺术将来会不会合一，现在还很难说；即使会，那也是很遥远的事，并不能解决文学批评目前面临的问题①。

从这里我们可以看出，对自然科学引入文艺研究提出质疑的一个核心观点，就是自然科学与文艺研究的对象不同，文艺的感性、非量化乃至非理性的特点是不可能完全用自然科学理性的、量化的方法得到圆满解释的。自然科学方法引入文艺研究，很容易忽视文艺自身的特殊规律。由此，有的论者强调在文艺研究中即便运用自然科学方法，也要采取谨慎的态度，结合文艺规律，切不可生搬硬套，食而不化。如果用自然科学的研究方法直接套文学，将会造成新的混乱。事实上，并不是任何一种自然科学方法都可以直接移用到文学领域，"三论"也不一定被看作是一个时期文学研究的指导方向，事实上应更多地注意文艺学自身，尤其在术语使用上，更要尽量减少新的名词概念。现在有的文章讲了不少新概念，但实际上就像饭店里工艺性很强的大冷盘，摆出来的新花样很好看，但实质上还是原来那几样东西。也有论者指出，现代科学方法不是包医百病的灵丹妙药，那种认为过去的文艺研究迟缓停滞是因为方法不对，只有靠新方法才能打开局面的看法实际上仍然是一种教条主义思想。现在有的论文里就有简单的类比和生硬的套用的做法，并没有揭示出本质的东西。如果对文学现象都一定要找出其"自然质、功能质、系统质"，一定要纳入信息流程，就可能出现八股文章。这就是让方法牵着文学走，拿文学往方法体系的框子里放②。

在这一问题上，徐贲的立场非常明确。在扬州会议上他就指出："在当前方法问题的研讨中要警惕科学主义、实证主义的倾向。例如用数理统

---

① 参阅晓丹、赵仲《文学批评：在新的挑战面前——记厦门全国文学评论方法论讨论会》，《文学评论》1985 年第 4 期。

② 参阅钱竞《欲穷千里目，更上一层楼——记扬州文艺学与方法论问题学术讨论会》，《文学评论》1985 年第 4 期。

计法分析文学作品，用计算机来统计《红楼梦》的用词情况，这类方法要比一般的考据学还低一个层次。自然科学不能揭示文学的本质，不能揭示文学的价值，作不出审美判断。……因此不能赞成那种附庸于哲学和自然科学的文艺批评。"① 此后，他在文章《哲学和文学研究方法论》（《文艺研究》1985 年第 4 期）中，继续对文艺研究中的自然科学方法进行了批评。他指出："自然科学的方法原则并不能在人类思维的任何领域都发挥同等重要的作用，不能希望用自然科学方法来取代人文科学的方法论。自然科学和人文科学的性质并不完全相同：自然科学研究者可以把自己同研究对象区分开来，但人文科学研究者，连同他的思维，都同时又是他的研究对象。用具体的、实证的自然科学方法来代替和取消作为人文科学的文学研究方法论"是不对的。徐贲进一步指出："由于在自然科学和人文科学中，'精确性'、'科学性'、'定量'、'定性'等等概念的含义根本不相同，所以我们不能要求文学研究的结论具有自然科学结论那种一千个人可以重复一千次的经验性。"文学不能放弃它作为"人学"的本体论价值，而沦落为供各种其他学科，尤其是自然科学学科，试验自己的特殊方法在它的领域之外是否有效的一块"公共租界"。

今天看来，徐贲的认识是比较深刻的，也符合文艺和人文科学的特征，正是在这些言论的推动下，人本主义文艺学开始兴起，形成对科学主义的反拨。但是如果我们回到当时的语境，则应该注意到科学主义方法的流行有其必然性，因为人们急于要从"文化大革命"时期的那种反科学的、过分夸大人的主观能动性（实际上是盲动性）的弊端中走出来，回到实事求是的传统。同时，科学主义在 20 世纪的中国一直没有立稳脚跟，人们因此也很难认识到它的弊端。

---

① 参阅钱竞《欲穷千里目，更上一层楼——记扬州文艺学与方法论问题学术讨论会》，《文学评论》1985 年第 4 期。

第十七章

向内转与文学主体性的建构

新时期文艺学自拨乱反正、为文艺正名开始，经过关于人道主义的讨论以及伤痕、反思和改革文学的实践，一直在沿着"文学是人学的"的道路向前迈进，形成了新时期文艺学的向内转趋势，体现出人本主义本体论的追求。

一 文学主体性的论争

关于文学主体性的论争肇始于刘再复，但从哲学思想的根源上看，刘再复的文学主体性观念显然受到李泽厚的主体性哲学思想的影响和启发。可以说，关于文学主体性的理论几乎都来自李泽厚的主体性哲学理论，正如有的学者所说，"李泽厚是我国主体性哲学流行起来的始作俑者"[1]。因此，有必要先简要介绍李泽厚的主体性哲学理论。

（一）李泽厚的主体性哲学理论

李泽厚的主体性哲学思想主要体现在《批判哲学的批判——康德述评》[2] 一书和《康德哲学与建立主体性论纲》[3]《关于主体性的补充说

---

[1] 黄楠森：《评李泽厚同志的主体性实践哲学》，《文艺理论与批评》1992 年第 1 期。
[2] 该书 1972 年开始写，1976 年完成，1979 年由人民出版社首次出版，1984 年再版。
[3] 该文原载中国社会科学院哲学研究所编《论康德黑格尔哲学》，上海人民出版社 1981 年版，后收入《批判哲学的批判——康德述评》一书，人民出版社 1984 年版。

明》①两篇文章中。在李泽厚看来,今天要为共产主义新人的塑造提供哲学基础,自觉地研究人类主体的自身建构就成为必要条件,而康德抓住了人类主体性的主观心理建构(尽管同样是在唯心主义先验论的框架里),"他……第一次全面地提出了……主体性问题,康德哲学的价值和意义主要……在于他的……先验论体系。因为正是这套体系把人性(也就是把人类的主体性)非常突出地提出来了"②。正是借助康德,李泽厚提出了他的主体性理论框架,这就是认识论中的"自由直观"、伦理学中的"自由意志"和美学中的"自由感受",并认为这三个方面共同"构成主体性的三个主要方面和主要内容"③。那么,李泽厚是如何理解主体性的呢?在《康德哲学与建立主体性论纲》一文中,李泽厚指出:

> 如果就人与自然、与对象世界的动态区别而言,人性便是主体性的内在方面。就是说,相对于整个对象世界,人类给自己建立一套既是感性具体拥有现实物质基础(自然)又是超生物族类、具有普遍必然性质(社会)的主体力量结构(能量和信息)。……动物与自然是没有什么主体与客体的区别的。它们为同一个自然法则支配着。人类则不同,他通过漫长的历史实践终于全面地建立了一整套区别于自然界而又可以作用于它们的超生物族类的主体性,这才是我所理解的人性。④

在李泽厚那里,主体性与人性是可以等同的,作为主体的"人"既能够进行客观的物质实践,又能够进行各种各样的主观精神活动,从而在客观的社会历史实践中不断发展和丰富其"本质力量",并通过自己的实践来肯定、确证、发展、创造自己。在《关于主体性的补充说明》一文中,李泽厚具体分析了主体性的内容:

---

① 该文原载《中国社会科学院研究生院报》1985年第1期,后改名为《主体性的哲学提纲之二》,收入《李泽厚哲学文存》(下编),安徽文艺出版社1999年版。
② 《批判哲学的批判——康德述评》,第424页。
③ 同上书,第435—436页。
④ 同上书,第424页。

"主体性"概念包括有两个双重内容和含义。第一个"双重"是：它具有外在的即工艺—社会的结构面和内在的即文化—心理的结构面。第二个"双重"是：它具有人类群体（又可区分为不同社会、时代、民族、阶级、阶层、集团等等）的性质和个体身心的性质。这四者相互交错渗透，不可分割。而且每一方又都是某种复杂的组合体。从这种复杂的子母结构系统中来看人类和个体的成长，自觉地了解它们，便是《论纲》提出"主体性"概念的原因。①

在这里，李泽厚把主体性置于一个结构系统之中，在这个系统中，工艺—社会结构、文化—心理结构、群体性质和个体身心，相互渗透、相互影响，共同构成主体性结构。其中，人类的工艺—社会结构是根本，是基础，是历史的原动力，是构成人类主体性的本体现实，它决定并制约着主体性的文化—心理结构的方向和性质。而主体性的个体意识，一方面受制于整个人类文化心理结构，另一方面又受制于群体意识或社会意识。在这里，李泽厚看到了制约主体性的结构系统，但他更强调的是社会文化心理和具有丰富性和多样性的个体主体性，正是这一点，体现了主体性的光芒。

李泽厚试图恢复或弘扬人的主体性和主体地位的理论探索，在当时引起了很多人的兴趣，刘再复就是其中一个。刘再复就是在李泽厚思想的启发下，把他的"主体论"思想推演至文学领域，发展成为"文学主体性"理论，并促成文学主体性的研究热潮。刘再复本人也不否认受到李泽厚的启发，他说："李泽厚讲的主体性对我很有启发，他是中国主体性实践哲学的始作俑者，我使用了这个概念，并用以说明文学的本质。"②

（二）刘再复的文学主体性理论

刘再复的文学主体性理论主要体现在长篇论文《论文学的主体性》③中，而在此之前，刘再复发表于1985年7月8日《文汇报》上的《文学

---

① 《李泽厚哲学美学文选》，湖南人民出版社1985年版，第164—165页。
② 刘再复、杨春时：《关于文学的主体间性的对话》，《南方文坛》2002年第6期。
③ 此文连载于《文学评论》1985年第6期和1986年第1期。

研究应以人为思维中心》一文，就已经开始引起人们对文学主体性的关注了。在此文中，刘再复指出了我国文学界近来研究的四种趋向，即研究重心从文学外部规律转到内部规律，从单向思维方法转到多向思维方法，从微观研究到宏观研究，从封闭式研究到开放式研究。刘再复认为，除此之外，文学还应当有进一步开拓研究的思维空间，这就是应"构筑一个以人为思维中心的文学理论与文学史的研究系统。也就是说，在今天，我们的文学研究应当把人作为文学的主人翁来思考，或者说，把主体作为中心来思考"。刘再复的这一观点很快就引起了文学界的关注，上海师范大学中文系举行了专题讨论，《文汇报》（1985 年 9 月 30 日）摘要刊登了八位教师的发言，对刘再复的文章给予了较高评价和肯定。不久，《文汇报》又连续发表了支持和质疑刘再复理论的文章，开启了中国文学界对文学主体性的关注。而刘再复发表于 1985 年末 1986 年初的《论文学的主体性》一文，更是引起了学术界的强烈反响。1986 年 2 月 18 日和 3 月 1 日，中国社会科学院文学研究所文艺理论室又就文学主体性问题组织座谈，并在 1986 年第 3 期《文学评论》上发表了 10 位学者的发言（《自由地讨论，深入地思索》），既肯定了刘再复文章的意义又提出了意见和建议（意见集中于如何在强调主体性的同时，不忽视主体对客体的依存关系）。1986年，《红旗》杂志第 8 期上发表了陈涌的文章《文艺学方法论问题》，该文对刘再复的文章进行了较多否定，认为刘再复在否定以往的错误和缺点的同时，实际上连同马克思主义观点和方法也一起否定了。

与此批判相呼应，敏泽也撰写了《论〈论文学的主体性〉》一文（见 1986 年 6 月 21 日《文论报》），对刘再复的文章进行了猛烈批评，认为刘再复的文章"是一篇地地道道的自由、博爱的宣言书"，"与其说出于认真的思考，毋宁说更多的是出于浅薄的玄想"。此后，针对陈涌和敏泽等人的文章，又有很多学者陆续提出了自己的看法和观点，大多数人还是支持刘再复，并给予了积极评价[1]。

---

[1] 可参阅杨春时在 1986 年 8 月 2 日《文艺报》上发表的《充分的主体性是文艺的本质特征》，汤学智在 1986 年第 4 期《当代文艺探索》上发表的《关于文学主体性问题的几点看法》，林兴宅在《读书》1986 年第 12 期和 1987 年第 1 期上发表的《我们时代的文艺理论》，孙绍振在 1987 年第 1 期《文学评论》上发表的《论实践主体性、精神主体性和审美主体性》等文章。

但随着国家反对资产阶级自由化思潮的兴起，刘再复的文章逐渐成为自由化的代表作而遭到越来越猛烈的批判，被一再定性为"主观唯心主义的文学观"、"历史唯心主义观点"，是"从抽象的人性出发，把抽象的人道主义作为文学的旗帜"，而且"还带有非理性主义色彩"[①]。

《论文学的主体性》长达五万余字。该文系统阐述了作者的"文学主体性"主张，其观点主要有以下几个方面。

1. 关于主体及其能动性。刘再复认为，主体是在实践中建立起来的概念。人既是主体，又是客体。人作为存在是客体，而人在实践中、在行动时则是主体。人具有二重属性：一是受动性，一是能动性。人作为一种客观存在，表现出受动性，即受制于一定的自然关系和社会关系；人作为行动着的人，实践着的人，则表现出能动性，即按照自己的意志、能力、创造性在行动，支配着外部世界。

2. 关于两种主体分类。刘再复把主体分为了"实践主体"和"精神主体"。所谓实践主体，指的是人在实践过程中，与实践对象建立主客体的关系，人作为主体而存在，是按照自己的方式去行动的，这时人是实践主体。所谓精神主体，则指的是人在认识过程中与认识对象建立主客体的关系，人作为主体而存在，是按照自己的方式去思考，去认识的，这时人是精神主体。对于刘再复来说，他更强调的是人的精神主体性。因为在他看来，如果人的精神能力被限制，即它的精神主体性丧失了后，那么人也就丧失了在实践中的主体性，这时人就变成了任人操纵的机器。刘再复认为，我们强调主体性原则，就是强调人的能动性，强调人的意志、能力、创造性，强调人的力量。

3. 关于文学中的主体性。在文学中强调主体性，就是要求在文学活动中不能仅仅把人（包括作家、描写对象和读者）看作客体，而更要尊重人的主体价值，发挥人的主体力量，在文学活动的各个环节中，恢复人的主体地位，以人为中心，为目的。刘再复把文学中的主体性分为了三种：创

---

① 1990 年 11 月 2—5 日国家教委社会科学发展研究中心、中国社会科学院文学研究所等 11 个单位联合在山东济南召开了"文学主体性问题讨论会"，严厉批判了刘再复的文学主体论。见 1990 年 12 月 8 日《文艺报》上的《关于文学主体性问题讨论会纪要》。

作主体性、对象主体性和接受主体性。创作主体性体现在作家超越了低层次的人的需要而升华到"自我实现"的精神境界。对象主体性则是指作品中描写的人物的主体性，其实现要求作家把笔下的人物当作独立的个性，当作具有自主意识和自身价值的活生生的人，而不是任人摆布的玩物和偶像。接受主体性指人在接受过程中发挥审美创造的能动性，在审美静观中实现人的自由自觉的本质，使不自由的、不自觉的、不全面的人复归为自由的、自觉的和全面的人。整个艺术接受过程，也就是把人的尊严、价值和作家意识，以独特的审美理想进行审美再创造；超越自身的固有意识而实现批评主体结构的变革，即实现自身的再创造。

刘再复的主体性理论是有具体针对性的，这就是长期以来在我国文学理论界占主导地位的、由苏联引进的文学反映论（这也是产生重大反响的主要原因）。刘再复试图通过主体性理论，从根本上把文艺活动和文艺理论的立足点从过去反映论所强调的客体方面转向主体方面，以实现由文学反映论向文学主体论的转向。

文学主体性理论的提出实际上应合了时代现实对理论的需要以及新时期理论自身建设的需要，其理论核心是马克思主义的人道主义，希望在艺术理论中全面确立人的主体价值和地位，正如何西来所指出的："文学主体性是文学领域中人道主义的一个哲学化的提法，它上承五十年代巴人、钱谷融等人受挫的理论开拓，跨越了一个重大的文化历史断裂并且接续了新时期几经沉浮的以周扬等人为代表的人道主义的思考和反省。"[1] 刘再复主体性理论的提出，虽然还有值得商榷的地方（比如有的学者所指出的，刘再复的"文学主体"忽略了主体的物质前提，割断了它与社会文化背景的血肉联系，而过多地从个体、自我、感性等角度来界定主体性[2]），但"文学主体性"理论在很大程度上促成了文艺理论研究的重心由客体向主体的转变，也可以说促成了文学界关于"向内转"的讨论。

刘再复等的主体性话语总体上归属于 20 世纪 80 年代的新启蒙思潮，它更侧重在主体的精神层面与心理层面的自由解放，强调主观世界以及思

---

[1] 何西来：《对于当前我国文艺理论发展态势的几点认识》，《文论报》1986 年 6 月 11 日。
[2] 刘再复、杨春时：《关于文学的主体间性的对话》，《南方文坛》2002 年第 6 期。

想的绝对自由而不是自由所需的各种社会条件尤其是制度条件。因此它在学科的归属上当属哲学—美学而不是社会理论或政治哲学。这一点明显地表现在包括刘再复在内的、活跃于当时文艺界的理论家热衷于区分所谓"外宇宙"（精神世界）与"内宇宙"（物质世界），并赋予后者以突出强调以及无可置疑的优先性（参阅下文）。相应的，80年代的"主体性"言说也更强调所谓"精神主体性"，认为它是比"实践主体性更为深邃与根本的东西"（刘再复语），甚至把两者加以等同。很明显，刘再复把李泽厚的主体性理论主观化了[①]。刘再复认为，主体性理论是对于"文学是人学"命题的"深化"，而所谓"深化"也就是使"主体性"的内涵向主观、心理与精神方向倾斜，向"内宇宙"的延伸，它"不仅一般地承认文学是人学，而且要承认文学是人的灵魂学，人的性格学，人的精神主体学"，"在艺术中，人对自身本质的占有，最根本的是人对自己的自由情感的占有。人的还原，归根结底，是人的情感的还原……是人重新获得人的自由情感的快乐"，"作家的主体意识，首先是作家的超越意识所造成的内在自由意识"，"作家从内外各种束缚、各种限制中超越出来，其结果就获得一种内心的大自由……因此，只有超越，才能自由。这种自由是作家精神主体性的深刻内涵"[②]。依据刘再复，如果不突出这一点，"文学是人学"的命题就会被鼓吹塑造"高大完美"的英雄人物的"根本任务"论者所盗用，走向人道主义的反面。很明显，这样一套普遍主体与自由解放的话语根本上说是来自西方（尤其是德、法）启蒙主义的现代性思想，而且把德国传统思辨哲学的精神主体性与法国传统的自由解放焊接在一起。在以刘再复的文章中可以强烈感受到法国式自由解放的浪漫主义与德国式的理性主义的奇特结合[③]。

[①] 这一点在某种程度上是对李泽厚的实践论主体性的误解，同时也是对于马克思的实践主体性的误解。王若水曾经专门阐述过"主体"与"主观"的差异，参见《关于马克思主义的人的哲学》，《文汇报》1986年7月7—18日连载，此文的理论水准非刘再复能比，但是影响却远远不及刘。另外，刘再复的主体性理论还把李泽厚的理论宗教化了，限于篇幅，不再涉及。

[②] 刘再复：《论文学的主体性》。"文学是人学"在中国特指20世纪50年代钱谷融先生在《论文学是人学》中提出的命题。

[③] 关于这点的详细论述请参见陶东风《主体性、自主性与启蒙现代性》，载陶东风《社会理论视野中的文学与文化》，暨南大学出版社2002年版，第30—69页。

（三）主体论文艺学的建构

在主体性理论的推动下，新时期有两部以主体为核心建构的文艺理论著作：陆贵山撰写的《审美主客体》（中国人民大学出版社1989年版）和畅广元主编的《主体论文艺学》（署名九歌，中国社会科学出版社1989年版）。《审美主客体》用马克思主义的唯物辩证法论证了审美主体与审美客体的辩证关系和"交互作用"，并在此基础上考察了审美主体（文学主体）的"艺术个性"、"心理机制"、"审美理想"、"社会本质"，并对西方艺术哲学特别是对现代西方艺术哲学"主体论"的思想局限和合理内核进行了批判分析。该书分为三编：第一编阐发了审美主客体的一般理论，论述审美主客体各自的构成及其特点；第二编侧重运用审美主客体的基本理论剖析艺术的创作、文本、欣赏和批评的过程；第三编对西方现代化艺术哲学的"主体论"进行了综合分析。我们在这里主要介绍畅广元主编的《主体论文艺学》。

《主体论文艺学》也力求把自己的理论建立在马克思主义关于人的主体性思想的基础上，提出了"文学：主体的特殊活动"这一核心命题，并吸收了文学主体性论争中双方的有价值的理论观点，建构起了自己的主体论文艺学体系。作者认为，提出"文学：主体的特殊活动"这样的命题，标志着文艺学理论的一种重点转移。第一，在哲学基本立场上，由原来抽象的"物质"、"客观"的"社会存在"和"社会生活"范畴，转移到"主体"、"活动"范畴上。这种理论构成原则由客体论向主体论的转移，要求从主体的、能动的角度全面考察文学艺术，使主体原则成为文艺学最根本的理论出发点。第二，它将文学艺术纳入人类实践活动的总体统一之中，实现了由作品本体论向活动本体论的转移，确立了"活动"概念在逻辑上作为文学艺术唯一解释原则的地位，从而形成新的理论内容。第三，它强调文学艺术过程与人的解放意义上的自由过程是统一的。所以在考察问题的思维方式上，要求从指向主体之外的反映论向指向主体自身的价值论转移[1]。

---

[1] 《主体论文艺学》，中国社会科学出版社1989年版，第9—10页。

接着，该书从文学主体和文学活动两方面具体分析了文学活动与文学主体的一体化原则，从而论证了"文学：主体的特殊活动"这一命题。该书认为，活动与主体一体化原则是马克思主义主体论的根本原则。它给我们主体论文艺学的建构带来了极为深刻的影响。第一，给主体论文艺学提供了一个更高的逻辑前提：活动，它揭示的是文学研究对象的规定性。第二，在活动的逻辑前提中内在地包含了文学研究的现实起点，即文学活动的主体，而且是文学活动的个体主体。由此，主体理所当然地成为文学研究的思维中心和考察文学活动的透视焦点。第三，既然主体是文学研究的现实起点，由此出发也就决定了主体论文艺学理论内容上的构成特色。那就是，立足于文学活动的主体性，作家、作品、读者向主体还原，当作过程因素纳入文学活动的动态进程，在人类总体活动的基本联系中考察文学活动的规定性；突出文学主体的活动性，分析主体的行为过程及行为状态，在个体主体与群体主体，一般活动主体与特殊活动主体的统一中揭示文学主体的特殊地位，在文学活动与文学主体的辩证关系中说明活动、主体的合规律性、合目的性，从而说明自由的现实、历史意义。

主体论文艺学标志着文艺学研究的重心从客体向主体、由"外"而"内"的转折，尽管还存在着逻辑不周严和论述欠妥当的问题，但它对于新时期文论革新的意义还是不可低估的。它以"人"为本的文学观念注入文艺理论系统，带来理论的内部结构的深刻变革，推动了文艺学研究方法的多样化发展，对于中国文艺学的发展具有重要意义[①]。

（四）人类学本体论文艺学

1987 年，《当代文艺思潮》第 1 期发表了彭富春、扬子江的文章《文艺本体与人类本体》，掀起了新时期关于人类学本体论文艺学的讨论。这个讨论与主体论文艺学是紧密相连的。该文强调"必须摒弃外在的一切妄念，而寻找艺术的本体，直接进入到艺术本体自身"，认为"只有在艺术本体论的道路上，我们才能去寻找艺术的本体"。而在何谓艺术本体的问题上，他们首先对当时已有的艺术本体论提出了批评，认为"把艺术本体

---

① 具体可参阅张婷婷《中国 20 世纪文艺学学术史》第 4 部，第 134—153 页。

论等同于作品本体论，这是一种十分狭义的规定，它实质上将艺术本体论取消了"；而"把艺术本体论包揽宇宙、世界、天空、大地"，则又成为"过于宽泛的描述，似乎使艺术本体论等同于宇宙本体论了"。他们明确反对哲学上的两种本体论：自然本体论和精神本体论，认为"科学方法论的文艺理论根本无法把握艺术现象的本体，而主体性的文艺理论也没有接触到艺术现象的本体"。接着他们指出："人类学是关于人的生存反思的理论体系。对人的存在的思考可谓现代哲学的转向。人类学的文艺理论，或谓艺术人类学是关于人的生存和人的艺术关系的思考（它的基础是哲学人类学、审美人类学），它构成了我们艺术理论的转向。"由于"一方面，从人的生存出发，我们必然走向艺术；另一方面，从人的艺术出发，我们不得不深入到人的生存"，所以他们断言："艺术的真正本体只能是人类本体。"

紧接着，《文学评论》1987年第2期在"当代中国文艺理论新建设"专栏首期发表了一组题为《我们的思考与追求》的综合性笔谈，其中就有一些论者强调发展人类学本体论哲学和人类学本体论文艺学。陈燕谷认为，艺术观念的根本变革有赖于哲学观念的根本变革；哲学观念的根本变革，关键在于艺术哲学的基础从认识论向本体论、确切地说是人类学本体论转移。陈燕谷指出，艺术认识论也许能够说明艺术是什么（例如艺术是社会生活的反映）以及艺术如何成为艺术（例如艺术形象地反映社会生活），但它不能说明艺术的必要性，即人类为什么需要艺术（例如艺术为什么要反映生活以及为什么把社会生活加以形象化的反映就成为艺术）。艺术的必要性问题只能在人的生成过程中，在人类积极参与的存在自身超越和自身回归的过程中加以说明。艺术活动作为人的一种必不可少的特殊存在方式，同人的存在乃至整个存在有着本质的内在的联系。将这些联系置诸脑后以求解决某些眼前的现实问题，这样做的成效值得怀疑。艺术理论当然不仅仅是艺术哲学，但它首先是艺术哲学。在获得了这样的哲学基础之后，真正的艺术问题才开始出现，我们才能够真正地进入文学艺术的内部。孙文宪认为，文学在本质上是人类渴望认识自己的生命冲动所追求的精神家园，它构成了文学活动的人类学内容，使文学本体远远超出了反映的范畴。

此后，许多学者也围绕这个问题进行了多方面的分析，如杜书瀛、邵建、陆贵山等人。早在1986年，杜书瀛就在《文学创作与审美活动》（《美学研究》创刊号，社会科学文献出版社出版）一文中，就表现出要建立人类本体论文艺美学的意向。1989年，他在《文艺理论研究》第3和第5期连续发文《论人类本体论文艺美学》、《再论人类本体论文艺美学》，具体阐述了他要建立人类本体论文艺美学的观点。在前文中，杜书瀛认为，用认识论文艺美学的老规范，很难解释清楚许多文艺现象，尤其是许多新的文艺现象。实践已向理论发起了挑战，认识论文艺美学的规范和观念，越来越丧失了它的权威性；而新的文艺实践急切地要求文艺美学进行变革、突破，要求建立新的规范、新的观念。由此，杜书瀛说："我主张建立与认识论文艺美学不同的新的文艺美学，建立更适应文艺实践要求的新的文艺美学，建立更符合文艺自身规律同时又更与时代合拍的新的文艺美学，这就是人类本体论的文艺美学。"杜书瀛认为，人类本体论文艺美学并不排斥和否定认识论文艺美学以及其他美学和文艺学理论的价值和合理因素，而是把它们的一切有价值的、有益的因素都吸收起来，以丰富自己、营养自己，变成自己身体的有机成分。但是，人类本体论文艺美学又必须有自己的不同于其他文艺美学的质的规定性。这首先表现在人类本体论文艺美学有着自己的与认识论文艺美学及其他美学理论不同的哲学基础，这就是人类本体论哲学（这一点充分显示了本体论文艺学和主体性文艺学的同源关系，李泽厚明确说自己的主体性哲学就是人类本体论哲学）。认识论文艺美学把审美看成一种特殊的反映形式，人类本体论文艺美学则不同，它认为审美是人的生命活动的主要方式之一，是人的自由生命意识的表现形态。这是人类本体论文艺美学的第一个基本观念。人类本体论文艺美学的第二个基本观念是：文艺在本质上是审美的，审美与文艺有着自然的先天性的联系。审美活动是人的自由的生命活动，而文艺活动在本质上是审美的，由此，文艺活动自然也是人的自由的生命活动，也是人的生命存在的方式和形式之一。这就从根本上确定了文艺活动的人类本体论地位。第三，文艺的目的只能是人本身。文艺活动是人的生命本体的活动，必须从人出发，必须为了人——为了提高人自身，为了完善人自身，为了实现人的价值，为了使人得到高度自由和充分发展，为了使人更加审美化。在此基础上，杜书瀛指出要在关于文艺创作、作品本文、文艺欣赏方面改变观念，建立起人类论文艺美学的一系列新观念。

如果说在《论人类本体论文艺美学》一文中，杜书瀛还强调结合反映论美学，肯定反映论美学的价值的话，那么在《再论人类本体论文艺美学》中，他则主要从对比的论述角度，几乎否定了反映论美学，阐述了人类本体论文艺美学的特征。

邵建在《从人类学本体论角度论马克思主义文艺美学的建设问题》（《文艺争鸣》1992年第2期）中，希望以哲学人类学为基础建立马克思主义人类学本体论的文艺美学。他认为，人类学本体论不论是马克思主义的、还是非马克思主义的，它们都是把视线的焦点投注在人的生命的本体结构上，因此，"人的感性生命乃是人类学本体论进入文艺学的唯一通道"。在此基础上，"艺术不是别的，从根本上来说，就是人的生命本体一种自由的感性活动"。尽管有着这样的倡导者，但人类本体论文艺美学（文艺学）并没有真正建立起来，不仅如此，也有学者对人类学本体论进行了批评，比如陆贵山。

在《文学与人类学本体论》（《文学评论》1991年第3期）一文中，陆贵山对人类学本体论给予了辩证的批评，他首先肯定了本体论人类学的重要价值和意义，指出人类学本体论在批判十年浩劫对人权的剥夺，对人性的摧残，主张恢复人的地位、价值和尊严，高扬人的主体精神和本体精神上，具有历史的合理性和进步性，实现了人的整体化和一体化，从而给人以纵深的历史感，包容着恢宏的覆盖面。陆贵山从四个方面作了具体分析：首先，人类学本体论丰富、深化了"文学是人学"的思想内涵；其次，人类学本体论开掘和拓展了文艺反映生活的中间环节；再次，人类学本体论从文化心理结构上沟通了并建构起人和文学的历史和现实的深层联系；最后，人类学本体论是诱发文艺产生千殊万类的地域特色和五彩纷呈的民族风格的酵母剂。陆贵山指出，人类学本体论对文艺创作、文艺理论和文艺批评都具有不可忽视的意义和价值。但对它的缺点和局限性也必须进行系统的评判和剖析。

但是陆贵山接着指出，人类学本体论把人的本体抽象化，超历史化，一定程度上用非历史化的人的本体代替具体的真实的人的本体，从而导致它的本体理论的伪科学性质。陆贵山又从四个方面阐述了人类学本体论的理论局限和缺失。(1) 从人类和环境的关系看,人类学本体论的理论局限主要表现在对抽象的自然人的崇拜,人在它那里好像只是自然界中被依附的有机体,似乎还没有从这个母胎中脱生出来,人类与环境的关系往往只囿限于自然人与自然界的关系,即自然界的内部关系。就此陆贵山指明:"人类学本体论者实际上是历史自然主义者,也即历史唯心主义者"。(2) 从个体性和群体性的关系看,陆贵山认为人类学本体论对包括文艺活动在内的人类的精神生产和意识活动的群体性、集体性的过分强调和弘扬,压抑了人类思维的个体性。这种不适度地宣扬人类思维的群体性的倾向和意向形成了一种强大的张力,诱使现代西方的思想界和文艺界掀起一股强劲的非个体化、非个性化的思潮。(3) 从阶级差异性和人类普同性看,人类学思想作为抽象的人性论和人道主义的理论基础,无法摆脱自身的思想局限。(4) 从源和流的关系看,人类学本体论把文化和文艺的源、流关系完全搞颠倒了,认流为源,舍本逐末,用被社会存在决定的诸多意识形式来解释和演绎作为观念形态的文艺的产生和发展。

应该说,人类学本体论基本上是一个哲学层面的命题,可以作为文艺学的一种指导思想,但是却不能代替文艺学研究,如果把它移植在文艺学上,文艺自身的独特性很容易被这一宏大的理论所掩盖或遮蔽[①]。

二 "向内转"的论争与文艺心理学的兴起

(一) 关于文学"向内转"的讨论

一般认为"向内转"的说法肇始于鲁枢元发表在 1986 年 10 月 18 日《文艺报》上的《论新时期文学的"向内转"》一文,但其实源头可以追溯到刘再复 1985 年初发表的那篇广有影响的文章《文学研究思维空间的拓展》。文章指出,中国文艺学研究在 20 世纪 80 年代初期出现了深刻的"转机",其首要一条即是所谓"研究重心从文学的外部规律转到内部规

---

① 亦可参阅刘大枫《新时期文学本体论思潮研究》(天津社会科学院出版社 2000 年版) 中对人类学本体论的评论,第 108—129 页。

律"。转向"内部规律"研究可以说是"向内转"的第一层含义,也是其最重要的含义:"我们过去的文学研究主要侧重于外部规律,即文学与经济基础以及上层建筑中其他意识形态之间的关系,例如文学与政治的关系、文学与社会生活的关系……近年来研究的重心已经转移到文学内部,即研究文学本身的审美特点,文学内部各要素的相互联系,文学各种门类自身的结构方式和运动规律等等,总之,是回复到自身。"[1]

刘再复的文章引起了评论家和作家相当普遍的共鸣,以至于形成了关于文学审美本质的讨论热潮。此后不久,鲁枢元发表了《用心理学的眼光看文学》[2],使得"向内转"的内涵大大地心理学化:"向内转"即从物质世界("外宇宙")转向心理世界("内宇宙")。也就是说,在当时自主性的倡导者看来,所谓文学的"内在本质"并不如欧美新批评或形式主义者所理解的那样只存在于文学形式法则或语言规则中,而是更存在于人的心理世界、情感世界中。又因为"主体性"的内核偏向人的精神—心理方面,所以"向内转"实际上意味着主体性的高扬,它是文学主体性理论的延续和变种[3]。这样,文学艺术的自主性诉求就与人的主体性与自由解放(主要是指思想与精神的自由)诉求内在勾连起来,审美与艺术活动的自由几乎被直接等同于主体心灵的自由,而主体心灵的自由即是当时人们理解的一般意义上的自由("美是自由的象征")。这就毫不奇怪,与英美国家形式主义、新批评等把情感(无论是作家的还是读者的)等心理因素排除在外、严格限制在语言的层面上谈论文学的"内部规律"不同,80年代中国文艺学界的主流不但不把情感、心灵等心理因素与文学的本体性对立起来,而且认定回归情感正是回归文学本身的标志。这表明,80年代中期文学自主性诉求的提出具有与西方相当不同的社会文化历史语境[4]。

在《论新时期文学的"向内转"》一文中,鲁枢元用"向内转"概括

---

[1] 刘再复:《文学研究思维空间的拓展》,《读书》1995年第2—3期连载。

[2] 《文学评论》1985年第4期。

[3] 刘再复在批评"过去"的文学理论具有机械唯物主义与"客体绝对化"倾向时指出:"我们必须加强主体的研究,使研究重心从外向内移动,从客体向主体移动。"参见《文学研究应以人为研究中心》,《文汇报》1985年7月8日。可见,"内"等于"主体","外"等于"客体"。

[4] 参见陶东风《80年代文艺学美学主流话语的反思》,《学习与探索》1999年第2期。

了他对新时期文学发展总态势的看法。他指出，"如果对中国当代文坛稍微做一些认真的考查，我们就会惊异地发现：一种文学上的'向内转'，竟然在我们80年代的社会主义中国显现出一种自生自发、难以遏止的趋势。我们差不多可以从近年来任何一种较为新鲜，因而也必然是存在争议的文学现象中找到它的存在"。鲁枢元甚至进一步指出，向内转不仅仅是新时期文学发展的总体趋势，甚至是20世纪以来世界文学和"五四"以来中国新文学发展的一种主导趋势。鲁枢元明确提出："文学的向内转，成了整个西方文艺从19世纪向20世纪过渡时的一个主导趋势，而令人讨厌的'现代派'们，却在这一历史性的转换中打了先锋。"中国现代文学的向内转，在"五四"前后就已经开始，如鲁迅的《野草》便属于"象征主义文学"，他的小说中许多篇章重在写人物的情绪体验，解剖人物的灵魂，表现了"情绪性"、"心理性"、"象征性"、"暗示性"的特点。中国现代文学向内转的趋势虽然中间由于阶级矛盾和民族矛盾以及政治影响而一度停止，但到了新时期后，文学艺术又回到了自身运转的轨道，即向内转的轨道上来了。

那么，这种向内转在新时期文学发展中是如何表现出来的呢？鲁枢元分析了"向内转"在创作中三个方面的表现。（1）在小说创作中出现了"三无小说"，即无情节、无主题、无人物，以更多的笔墨去表现人物心灵中情感的运动、意识的流动，即人物心理活动的层次和逻辑，留给不同读者不一样的感受和领悟。这样的小说，在割舍了主题的明晰性、情节的戏剧性、人物的典型性之后，创造出了基调的饱满性、氛围的充沛性、情绪的复杂性、感受的真切性、审美的浑然性。小说由此而心灵化了、情绪化了、诗化了、音乐化了。从这里可以看出鲁枢元的所谓"向内转"在很大程度上就是指从现实主义转向了现代主义、从叙事性转向了抒情性。（2）在诗歌创作中，诗人以个性的方式再现情感真实的倾向加强了，诗歌的外在宣扬，让位于内向思考，诗歌的重心转向了内在情绪的动态刻画，主题的确定性和思想的单一性让位于内涵的复杂性与情绪的朦胧性。（3）在一些恪守现实主义文学传统，或描写传统题材的文学作品中，"主观性"、"向内性"也加强了，甚至一贯以"炮火连天"、"杀声动地"为特定风格的军事题材文学，也发生了"静悄悄"的变化，开始由传统的写敌我对垒、生死角逐之类的"外部冲突",转为写战争中生死关头人与人之间的"内心"冲突或人物自己的"内心冲突"。从这里似乎又可以看出,向内转差不多等于从世界、事件转向人物的心理活动。

综上所述,鲁枢元指出,"题材的心灵化、语言的情绪化、主题的繁复化、情节的淡化、描述的意象化、结构的音乐化似乎已成了我国的文学最富当代性的色彩"。显然,相比于西方形式主义理论,鲁枢元的"向内转"成分更为混杂繁复,不只是集中在语言结构层面的自律性,更是高扬一种人的主观精神,一方面有抵抗庸俗唯物主义的意味,另一方面则有抵制技术主义的意味。

在写于1997年的那篇回顾文章《文学的内向性——我对"新时期文学'向内转'讨论"的反省》(《中州学刊》1997年第5期)中,鲁枢元针对一些学者对于"向内转"内涵不确定的质疑,除了继续坚持"向内转""具体表现为题材的心灵化、语言的情绪化、情绪的个体化、描述的意象化、结构的散文化、主题的繁复化"之外,特别强调"向内转"是"对多年来极'左'文艺路线的一次反拨","中国当代文学的'向内转'显示出与西方19世纪以来现代派文学运动流向的一致性,为从心理学角度探讨文学艺术的奥秘提供了必要性与可行性"。这个描述进一步证明其所谓"内"与西方"内部批评"的"内"在含义上的差异,后者作为语言论转向之后出现的文论思潮,强调的是文学作品的语言属性,它所针对的"外部"包括心理(理性、情感、无意识均包括),它所批评的"外部批评"也包括心理分析。这是一个值得注意的错位现象,它表明80年代的向内转思潮和主体性思潮一样具有非常浓厚的心理主义特征,和西方形式主义和结构主义的自主性诉求——其核心就是反心理主义——恰好是背道而驰。

在解释新时期文学为什么会出现"向内转"的倾向时,鲁枢元谈了几种原因。他认为,出现这样一个走向,有受到世界现代文学的影响和诱发的原因,也有对于"五四"文学流向的赓续和发展的原因,更有特定历史时期中国社会文化心理方面的动因,比如,(1)前摄因素的作用。"向内转"体现了浩劫过后某种强烈的社会心理对于文学艺术的需求。如果西方现代文学的"向内转"与两次世界大战带来的"人性的扭曲和心灵的破裂"有直接关系,"文化大革命"造成的"内伤"所需要的发散、升华,则为"'向内转'提供了广阔的空间"。(2)逆反心理的导引。"向内转"是对长期以来束缚作家手脚的机械的创作理论的反拨,促动一大批中青年的诗人、作家充当了艺术叛逆者的角色。(3)民族文化积淀的显现。"向内转"是新时期文学对于我国古代美学思想和文化传统另一脉系的继承和发扬,即对内向的、空灵的、思辨的道家文化所蕴含的文艺思想的继承和发扬。(4)主体意识的觉醒。"向内转"体现了中国人民对于人自身认识的深化,这体现在党的十一届三中全会之后,随着思想解放运动的开展,人的主体意识已经成了一个风行的话题和学者研讨的对象。向内转的原因也和向内转的内涵一样显得庞杂而混乱。

基于上述分析,鲁枢元对"向内转"的文学倾向给予了较高评价,认为"这是一种人类审美意识的时代变迁,是一个新文学创世纪的开始"。

鲁枢元的《论新时期文学的"向内转"》的文章发表后,《文艺报》1987年6月20日发表了周崇坡的文章《新时期文学要警惕进一步"向内转"》,对鲁文提出质疑,由此拉开了文学界关于"向内转"论争的大幕,并一直持续到1991年左右。1997年,鲁枢元发表的《文学的内向性——我对"新时期文学'向内转'讨论"的反省》一文,算是给新时期文学界向内转的论争做了一个总结。

在这场关于向内转的论争中,主要围绕着以下几个问题展开:

1. 向内转是否是新时期文学发展的总体趋势。大多数论争者一般都承认新时期文学存在向内转的情形,但它是否构成新时期文学发展的"总体趋势",则值得商榷。叶廷芳(《内向化——一种矫正片面的倾斜》,《文艺报》1987年12月26日)、童庆炳(《文学的"向内转"与艺术创作规律》,《文艺报》1987年7月4日)等人持与鲁枢元基本相同的观点,认为"'向内转'的趋势作为新时期文学发展过程中的一种重要现象,是有目共睹的"(童庆炳)。但也有人对此保留意见,认为把"向内转"概括为新时期文学发展乃至整个文学发展的"总体趋势",有失偏颇。王仲在《什么是新时期文学的"总体趋势"?——与鲁枢元同志商榷》(《文艺报》1987年8月29日)中认为,新时期文学存在着"向内转"的倾向,但这只是新时期文学整体的一部分。新时期文学是"基本上迈着内深化和外深化的双足来开始自己新的征途的",是两条腿走路而不是一条腿走路。他认为,"三无小说"或者朦胧诗,固然客观存在,但它们只是新时期文学的一部分,不能构成"全体"或"总体"。王仲认为,"向内转"文学完全可以是一些热衷于此的作家们自觉自愿搞的一种文学类型,但鲁枢元把它规定为当代中国文学发展的"总体趋势",这就未免过于主观而强加于人了。

曾镇南在《新时期文学"向内转"之我见》(《文艺报》1987年10月31日)一文中,从鲁枢元借以立论的20世纪世界文学的变迁和中国现代文学的发展分析入手,认为"向内转"的看法缺乏应有的历史根据。他指出,"在整个20世纪文学发展中,现实主义和现代主义作为两大流派是相激相荡、时有消长,谁也不能彻底取代谁的。鲁文把现代文学'向内转'的审美姿态说成是20世纪世界文学的'主导趋势',这多少是有些夸大其辞了"。而"五四"文学的流向,情况恰恰和鲁文描述的相反,"'五四'新文学革命兴起之日,正是本世纪初现代主义文学崛起之时,但这一现代主义文学对'五四'作家却很少影响,倒是19世纪俄国现实主义文学成了'五四'新文学的主要营养源"。曾镇南还认为,鲁枢元在用"向内转"描述新时期文学时,"既用把现实主义曲解为自然主义的方法,否定了现实主义创作方法接近和反映现实生活的途径;又用把现实主义贬低为机械的工具论的方法,否定了现实主义作品的审美价值和艺术价值"。曾镇南依托文学史史实的批评意见是有相当道理的。

张炯在《也谈文学"向内转"与艺术规律》(《文艺报》1987年12月26日)中,肯定"向内转"的文学即"追求表现作家体验、感觉、想象、幻想,追求更深入地开掘人的内在精神世界的趋向",有别于"追求模仿(再现)现实,侧重描写外在世界和人物行为的'向外转'的趋向",但不能把它视作普遍规律。他指出,文学创作的深刻或肤浅,关键不在于"向内"或"向外",而在于作为创作主体的作家本身的素质以及他们在多大程度上尊重艺术自身的规律。任何艺术创作都只能通过自我去表现世界,都只能是主观与客观的统一。所以,今天应当提倡作家普遍地重视艺术创作规律,正确处理艺术创作中主体与客体的关系,而不应该特别去提倡"向内转"。

2. 对向内转的批评与反批评。在论争中,有许多批评者指出鲁枢元的向内转的观点过分注重向文学的内部而忽视文学的外部，如社会实践、时代精神等。

周崇坡在《新时期文学要警惕进一步"向内转"》中，从文学与人、文学与时代、文学与传统等许多角度批评鲁文存在着许多不足与偏失。在文学与人的关系上，"向内转"强调充分发挥作家的主体性，表现人物的"内宇宙"，但没有重视或足够重视作家的实践性和人物的实践性，忽视了社会生活实践，而离开了外在条件，漫无边际地发挥作家的主体想象、开掘人物的"内宇宙"，往往会顾此失彼、重内失外，冀求真实而流于虚假，力图丰富反显单调，期望深刻终显肤浅，作品中的人物成了隔绝于现实生活之外的"隐世者"。在文学与时代的关系上，"向内转"文学由于执着于淡化背景、淡化思想和淡化性格，追求一种非现实化、非历史化和非社会化的创作途径，因而"往往不同程度地缺乏鲜明有力的时代精神，缺乏鼓舞人们投身变革的使命感，缺乏直面人生、揭示现实矛盾的贴近感"。在文学与传统的关系上，"向内转"文学在引进、借鉴西方现代文艺新的流派、方法和理论的同时，对文学传统往往采取"泼水及婴"的过激态度，对文学遗产中一些好的东西，包括前人总结的文学创作与文学理论的规律经验，有时也被否定和抛弃了。"三无"小说即是典型的一例。鉴于以上认识，周崇坡认为，鲁枢元对"向内转"文学的肯定与赞美，"与这类作品的相当一部分实际还存有不小的距离"，而且"这种肯定与倡导，对新时期文学今后的发展不会有多少好处，倒有可能使时代的主旋律在文学中减弱甚至消失的危险"。因此，他提出："新时期文学要加强正面引导，警惕与防止进一步'向内转'。"

针对周崇坡对"向内转"的批评，童庆炳在《文学的"向内转"与艺术创作规律》一文中提出了自己的看法，指出了周崇坡文章的偏颇。童庆炳指出，周崇坡关于"向内转"文学因注重心理描写而必然缺乏现实性和时代精神的看法，"是一种皮相之见"。通过作家个性和心灵来折射生活的作品往往是在更深层次上揭示了生活的真谛，并可能以更大的包容性体现了时代精神。这是因为"向内转"文学必然要构建起奇妙的、多功能的心理时间和心理空间，从而在空前自由的艺术世界里，纵横开掘生活的深层，唱出时代的最强音。而且，创作上"向内转"的趋势，体现了新时期文学的一个巨大进步，就是自觉不自觉地重新审视了文学固有的功能和特殊的价值，对文学自身的认识深化了，这是一个历史性的进步，需要肯定、支持与引导，而不是大声叫喊"要警惕"①。

在论争中，有人认为"向内转"的本质在于变相提倡"现代主义"。林焕平在《略谈"向内转"》（《文艺理论研究》1988年第2期）中指出，鲁枢元等人把"向内转"文学概括为"三无"（无情节、无人物、无主题）和"三淡"（淡化时代、淡化思想、淡化性格）文学，"这实质上就是现代派文学"。由此，他指出提倡"向内转"文学——现代派文学主张在四个方面大可商榷。第一，把"向内转"看作新时期文学发展的必由之路，是对走其他道路的排斥；第二，认为"向内转"是"新文学创世纪的开始"，远离了历史唯物主义，至少无视了"五四"新文学运动；第三，把我国文学发展的方向确定在西方特有的现代主义一方面，是混淆了不同国家和社会的文学的性质；第四，认为现代主义已经取代了现实主义，这需要具体分析，现代派文学中的优秀部分，往往是以现实主义为基调的，如果文学的发展以现代主义为主体，那是值得怀疑的。

（二）文艺心理学的兴起

运用心理学的理论来研究文艺问题，在中国起步并不晚②，但真正形成研究规模，甚至成立一门学科，则自20世纪80年代始。20世纪80年代，随着改革开放，方法论热的到来，以及文艺界关于主体性、"向内转"

---

① 类似的为鲁枢元辩护的文章还可以参见阮幸生的《评对一种文学现象的描述——与周崇坡同志商榷》，《文艺报》1987年8月8日。而沿着周崇坡的思路批评向内转理论具有心理/精神本位主义倾向的文章则可以参见吴秉杰《面对发展了的审美形态》（《文艺报》1987年10月17日）、王元骧《对八十年代文艺心理学研究的一点观感》（《人民日报》1990年9月6日）。

② 其实早在"五四"时期，弗洛伊德以及荣格的理论就已开始引入中国，王国维、鲁迅、宗白华等人一般被看作我国文艺心理学的开拓者和推动者，而朱光潜于1936年出版的《文艺心理学》（开明书店）则被看作我国现代文艺心理学形成的一个重要标志。参阅宗波《中国现代文艺心理学回顾》，《文艺研究》2006年第2期（此节关于文艺心理学发展状况，主要参阅了宗波此文，以下不再注明）。关于精神分析在中国的传播，参阅陈厚诚、王宁主编《西方当代文学批判在中国》，百花文艺出版社2000年版，第一章，第20—36页，以及刘智跃《精神分析文论在当代的翻译传播》，《湖南科技学院学报》2006年第1期等文章。

的讨论，西方心理学方面的理论，尤其是弗洛伊德以及荣格的精神分析理论开始被大量译介进中国，关于文艺心理学方面的文章和专著也开始多了起来。当时的《大众心理学》《心理学科普园地》《美术译丛》等报刊还开设了文艺心理学专栏，刊发相关讨论的文章。许多大学也开设了文艺心理学课程，文艺心理学研讨会层出不穷，所有这些共同构成了文艺心理学的繁荣。1981年《中国大百科全书·心理学》卷编委会通过了文艺心理学列入心理学的分支学科并设分卷，得到以胡乔木为首的《中国大百科全书》总编委会的批准。继之朱智贤主编的《心理学大词典》和车文博主编的《心理学咨询百科全书》都设了文艺心理学分卷。特大型心理学工具书《心理学大辞典》也设"文艺·心理学分卷"。这四种大型工具书的主编和撰稿人都主张文艺心理学是从心理学的角度研究文艺欣赏、文艺创作规律的心理学分支学科。

1982年，金开诚在北大中文系开设文艺心理学选修课讲稿的基础上，出版了《文艺心理学论稿》（北京大学出版社），这是继朱光潜《文艺心理学》之后又一部文艺心理学专著，也是在文艺心理学研究沉寂了近半个世纪后出现的研究成果。后金开诚又经补充完善，出版《文艺心理学概论》（人民文学出版社1987年版）。1987年，钱谷融、鲁枢元主编的《文学心理学教程》（华东师范大学出版社）出版，这是我国第一部文学心理学教材。1997年，"中国中外文艺理论学会"所属"中国文艺心理学研究会"在北京成立，它的成立推动了文艺心理学的研究。据相关统计，从"文化大革命"后到21世纪初，文艺心理学的专著总共有50多部，其中仅文艺心理学丛书就出版了三套，分别是：鲁枢元主编的"文艺心理学著译丛书"（黄河文艺出版社1987年开始出版），陆一帆主编的"文艺心理学丛书"（三环出版社1989年开始出版），童庆炳主编的"心理美学丛书"（百花文艺出版社1990开始出版）。

关于文艺心理学的讨论大致围绕着以下几个问题展开。

1. 文艺心理学能否成为一门独立学科

关于文艺心理学能否成为一门独立学科，大多数论者持肯定态度，争论点往往在于这一学科的归属以及学科命名。

钱谷融、鲁枢元在其主编的《文艺心理学教程》中，指出了在中国文艺心理学研究领域中的两种取向：一种是心理学工作者所从事的文艺心理学研究，其目的是以文艺现象作为心理学研究的例证（这个意义上的"文艺心理学"的中心词是"心理学"）；另一种是文艺理论工作者所从事的文艺心理学研究，其目的是用心理学原理来解释"阐释文艺活动规律"（中心词为"文艺学"）。从某种意义上说，这一区分有一定道理，前者是以文艺中的心理问题作为研究的对象；而后者则是用心理学的原理或方法来研究文艺问题，心理（学）在这里只是一种视角或方法。这种区分实际上规定了人们对文艺心理学的学科归属，根据前者，文艺心理学是（普通）心理学的分支，隶属于普通心理学，而根据后者，文艺心理学则归属于文艺学，是文艺学的分支。

也有学者把文艺心理学划归在美学之下，成为美学的一个分支学科。童庆炳在其主编的《现代心理美学》中，提到"心理美学或称心理学美学、文艺心理学，是一门既古老而又年轻的学科"，并认为这门学科是现代美学发展的产物，是美学的一个分支。这门学科的主要研究对象是"艺术创作和艺术接受活动中的审美心理机制"，"艺术家的心理特征，艺术创作的动力，艺术创作的心理流程，艺术作品的心理蕴含，艺术接受的心理规律等，就自然成为心理美学的主要课题"，并认为"审美体验是此学科的一个核心的命题"[①]。在这里，童庆炳显然把文艺心理学看作心理美学，是美学的一个分支。这与朱光潜的认识是基本一致的。早在1936年朱光潜出版《文艺心理学》时，就对该书的名字作过说明。朱光潜说："这是一部研究文艺理论的书籍。我对于它的名称，曾费一番踌躇。它可以叫做《美学》，因为它所讨论的问题通常都属于美学范围……我们可以说，'文艺心理学'是从心理学观点研究出来的'美学'。"[②] 在这里，朱光潜虽然还是使用"文艺心理学"一词，但他实际上认为文艺心理学是美学的一部分或分支。后来有许多学者坚持这一观点，认为文艺心理学应归入"审美学"的范畴，而在名称上用"艺术心理美学"较妥[③]。

[①] 童庆炳主编：《现代心理美学》，中国社会科学出版社1993年版，第1、15页。
[②] 朱光潜：《文艺心理学·作者自白》，复旦大学出版社2005年版，第3页。
[③] 参阅陶东风、李春青《首次全国性文艺心理学研讨会纪要》，《文艺理论研究》1987年第3期。

实际上，以上关于文艺心理学的学科问题的观点，在实际的研究工作中，并没有本质上的区别，无论把文艺心理学隶属于哪一门传统学科，无论是独立还是不独立，其研究的对象是相同的，即研究文艺问题，而且都与心理紧密相连。重要的是既要熟练掌握心理学的一般原理和方法，也要对文艺规律有深入了解，真正把两者结合起来，建立起文艺心理学的学科自觉意识[1]，从而更好地理解文艺现象。在这一意义上，也有人指出，文艺心理学的学科性质不宜统一、很难统一、不必统一，界说得太清楚没有必要，应提倡多样化[2]。根本的问题在于，一般心理学是以实验室中处于特定受控状态的被试作为对象的，这种受控状态显然不同于我们日常生活中的审美状态，后者发生在一个远为自由、随机和自发的语境中。正是这一点从根本上挑战了心理学和文艺学嫁接的可能性。事实上，许多文艺心理学论文或著作，都是在把现成的心理学结论和同样现成的文艺学的结论机械拼贴在一起，没有多少真正的创造性发现。

对于这个问题，童庆炳先生及其所带的北师大文艺心理学团队有比较清醒的认识，童庆炳与程正民在写于1989年的《心理美学丛书》的"总序"中这样写道："心理美学研究的方法目前有些混乱，我们不能不多说几句……我们认为，普通心理学的方法如不加改造地搬用到美学研究中来，就势必导致对于特殊对象的简单化处理，导致对人类心理中最细致微妙的心理现象的粗暴宰割。一位西方学者说得好：对于心理美学来说，'唯一正确的结论并不是把违反心理学基本原则的艺术家批判一通，而是修正心理学的原则，使之服从艺术的事实……是的，对我来说，最值得重视的是艺术事实'。"[3] 历史已经证明，尊重艺术事实的心理美学比简单套用心理学原则的心理美学（或文艺心理学）更经得起时间的考验。

2. 文艺心理学研究的对象与内容

朱光潜在《文艺心理学·作者自白》中，指出"这是一部研究文艺理

---

[1] 可参阅陈炎《文艺美学、文艺社会学、文艺心理学的学科分野》，《文史哲》2001年第6期。

[2] 参阅陶东风、李春青《首次全国性文艺心理学研讨会纪要》，《文艺理论研究》1987年第3期。

[3] 可参阅陶东风《中国古代心理美学六论·总序》，百花文艺出版社1992年版，第2—3页。

论的书籍。……它的对象是文艺的创造和欣赏"。在这里，朱光潜把文艺心理学所研究的对象主要限定在创作与欣赏这两方面[①]。这也是后来许多学者所主张的，只是在具体内容上有些差异。比如有的认为，文艺心理学应具体包含这些内容：研究创作活动的阶段性、每个阶段的特点、各阶段的衔接和转化的条件，研究作者在创作的每一阶段如何进行心理操作、有哪些心理因素参与操作、它们各起什么作用，等等，还要研究个性在创作和欣赏过程中的表现以及对这些过程的影响[②]。有的学者更为简洁地将之概括为四个部分：作家心理学、创作心理学、接受心理学、批评心理学。钱谷融、鲁枢元认为，文艺心理学体系应该包括以下内容：文学艺术家的个性心理结构、文学艺术创作的心理过程、文学艺术作品的心理分析、文学欣赏的心理效应。童庆炳、程正民等认为文艺心理学体系应该由作为体验阐释者的艺术家、作为体验迹化的艺术创作过程、作为体验形式的艺术作品、作为二度体验的艺术接受四部分构成。这些学者把艺术作品作为文艺心理学的对象，形成了创作—作品—接受这样一个心理过程[③]。

3. 文艺心理学的方法

在方法论上，根据心理学派的分别，文艺心理学的研究也往往被分为两派：人文主义和科学主义。前者以分析心理学为依据，充满了人本主义的色彩，关注人的价值，与伦理学和人生哲学更为靠近；而后者则以实验心理学为依据，更多倾向于从自然科学的角度研究艺术活动中的心理方面，强调实验和定量的方法。这两种学派各有所长，人文主义的文艺心理学研究方法更多地关注文艺的价值（并把它与人的价值联系起来考察）、文艺活动中的情感、创造的动力等问题，但其弱点是过多地依赖于描述、内省和思辨的方法，诗意有余而实证不足，很难称为严格意义上的科学。我们的文艺学心理学基本遵从的是这一方法论。科学主义的文艺心理学侧重于对艺术知觉的研究，强调实验方法，但对艺术的价值、美学价值等问

[①] 朱光潜：《文艺心理学·作者自白》，复旦大学出版社2005年版，第3页。
[②] 郭亨杰：《关于若干文艺心理学问题的概述》，《南京师大学报》（社会科学版）1984年第3期。
[③] 参阅杨晓庆《文艺心理学研究中的概念问题与学科体系的构建》，《赣南师范学院学报》2006年第5期。

题较少涉及。而实际上，考虑到文艺活动是包括精神、心理、生理等多种因素在内的复杂的人类活动，因此，这两种方法不应相互敌对，更不应当相互吞并，而应在对立之中相互补充。如果我们片面地强调文艺心理学的人文性质以及相关的描述思辨等方法，那么，文艺心理学很可能会重新坠入形而上学的迷雾之中；但是，在人类认识的领域内，在打开了一些奥秘之后，更多的未知之物又会呈现在探索者而前，所以，如果把自然科学性质的实证的，以至定量分析的方法当作唯一的方法，那么我们就又将忽略以至无视文艺活动中一些更为深层的本质的东西，并有把复杂的审美心理活动简单化还原化的危险[①]。

[①] 参阅陶东风、李春青《首次全国性文艺心理学研讨会纪要》(《文艺理论研究》1987年第3期)，以及陈炎《文艺美学、文艺社会学、文艺心理学的学科分野》(《文史哲》2001年第6期)等文章。

第十八章

形式/语言/符号本体论文艺学

20世纪以来西方哲学出现的"语言论转向"（the linguistic turn）[①]，对整个西方哲学、美学、文学批评以至于整个人文社会科学，都产生了重大影响。就这次变革带给文学理论的影响来看，主要是引发了西方的形式主义—结构主义文学理论，强调文学语言、符号的本体地位，致力于发现使文学成为文学的那种特殊的语言形式或结构规律，如俄国形式主义、英美新批评、法国结构主义—符号学、叙事学等[②]。

这股语言论转向对中国当代文艺学产生了重要影响，另一方面也与新时期，尤其是80年代初期的意识流小说、中期的现代派小说、中后期的先锋小说创作有着密切的关系，形成了中国当代形式/语言/符号本体论文艺学。这里需要注意的是，在早期的形式本体论文艺学中，形式、符号、语言三个术语常常没有得到明确的区分，而被很多人当作同义词使用。比如1987年，李劼在《试论文学形式的本体意味》（《上海文学》1987年第3期）一文中就指出："如果人们能够承认文学作品如同人一样是一个自我生成的自足体的话，那么我就可以直截了当地说，这种生成在其本质上是文学语言的生成，或者说，所谓文学，在其本体意义上，首先是文学语言的创造，然后才可能带来其他别的什么。由于文学语言之于文学的这种

[①] 关于语言论转向，也参阅王一川《语言乌托邦：20世纪西方语言论美学探究》，云南人民出版社1994年版。

[②] 参阅赵奎英《当代文艺学研究趋向与"语言学转向"的关系》，《厦门大学学报》（哲学社会科学版）2005年第6期。亦可参阅阎嘉《语言学转向与文学批评的文化立场》，《西南民族学院学报》（哲学社会科学版）2002年第4期等文章。

本质性，形式结构的构成也就具有了本体性的意义。"换言之，"文学形式由于它的文学语言性质而在作品中产生了自身的本体意味"。在这里，李劼虽然谈到了文学作品、文学语言以及形式结构，但他显然并没有把这些严格区分开来，作品、语言与形式基本上是一致的，作品是语言符号系统，而语言主要就体现为形式，或语言就是一种形式。因此，我们认为形式本体论、语言本体论和符号本体论之间虽然有表述上的差别，但并没有根本区别（这也是我们把它们合并在一起讲述的原因）。

20世纪西方形式—结构主义文论思潮至少掀起了三次高潮：第一次是20世纪20年代中期兴起于俄国，约于1930年结束；然而其余波未平，随即于30—40年代，在布拉格有一次中兴，俄国形式派为这次中兴做出了努力，并为后来法国结构主义的兴起积聚了力量。第二次是20世纪20年代肇始于英国、30年代形成于美国，并于四五十年代占据美国文坛主导地位的新批评派。第三次是20世纪20年代法国巴黎结构主义的兴起，直到80年代后结构主义杀出，结构主义思潮才走出极盛[①]。

本节我们将主要考察以英美新批评、俄国形式主义和结构主义为代表的西方形式主义文论在中国的传播与本土化实践，并从中分析西方形式主义文论对中国当代文艺学所产生的影响。

一　英美新批评的引入与本土化实践

英美新批评在中华人民共和国成立前就已经传入中国[②]。中华人民共和国成立后，它也是第一个传入的西方形式主义文论。1962年，由中国科学院文学研究所西方文学组编选的《现代美英资产阶级文艺理论文选》（上、下编，作家出版社）出版，这是在"文化大革命"前翻译英美新批评派原作仅有的一本。不过编选这样的集子的目的在当时并不在学习，而

[①] 参阅方珊《形式主义文论》，山东教育出版社1994年版，第1—2页。
[②] 参阅姜飞《从"淡入"到"淡出"——英美新批评在中国的传播历程简述》，《社会科学研究》1999年第1期。

在批判，而且也没有多少影响。

20世纪70年代末，新批评在大陆"重出江湖"。1980年，艾略特的《传统与个人才能》在《外国文艺》1980年第3期被再度译出（译者曹庸）①。1981年，杨周翰先生发表《新批评派的启示》（《国外文学》第1期）一文，分析了几十年来中国的文学批评，认为"政治标准第一、艺术标准第二"导致了我们注意"外在批评"而忽略了形式考察，而新批评的形式理论无疑对我们是一个启示。这一认识在中国语境中无疑具有极大的前瞻性。

1982年，赵毅衡发表长文《"新批评"——一种独特的形式主义文论》②，对新批评整个理论体系做了比较系统的分析和阐述，是当时对新批评介绍最为完整的文章。1986年，赵毅衡出版了同名专著（中国社会科学出版社）。

1984年，韦勒克和沃伦所著的《文学理论》（刘象愚等译，生活·读书·新知三联书店）在中国出版，极大地促进了中国文艺学界对新批评的关注，甚至引发了文论界关于文学研究的"内外之争"。

关于"内部规律"与"外部规律"的讨论③，其实本不应成为一个问题，因为这两个词语并不是什么严格的学术概念。韦勒克和沃伦在《文学理论》中使用"外部研究"和"内部研究"，目的是强调要突破传统的主要从时代精神、思想史、经济政治状况、作家生平等方面研究文学的模式，转向对作品内部形式、结构方面的研究，也即形式主义本体论的研究。但是这一划分的意义却需要在中国的特殊语境中加以解读，它对若干年来国内批评界"无休止地重复文学的'意识形态性'、'上层建筑'、'阶级性'，并且以为只要掌握了这几'性'，就认为掌握了一道万灵公式……而从根本上无视文学作为'语言艺术的独特性'的研究"④的状况来说，无疑具有"拨乱反正"的意义。人们似乎找到了新的理论依据和学

---

① 1934年，卞之琳就曾为《学文》月刊创刊号译出此文。
② 载《外国文学研究集刊》第5辑，中国社会科学出版社1982年版。
③ 参阅刘大枫《新时期文学本体论思潮研究》，天津社会科学院出版社2000年版，第66—75页。
④ 王春元：《论文学的外部规律和内部规律》，《文艺理论与批评》1986年第1期。

术话语来反思和告别庸俗社会学。因此，内部规律与外部规律的划分，其意义远超出了单纯的学术层面，过分纠缠于这两个概念的划分是否准确并没有多大意义。

20世纪80年代后期出现了两本新批评派文集，一本是中国社会科学出版社1988年出版的、影响较大的《"新批评"文集》，由赵毅衡编选；另一本是四川文艺出版社1989年出版的、不大为人提起的《新批评》，编选者为史亮。这两本文集具有一定的互补性，较为全面地反映了新批评派的全貌。1994年，百花洲文艺出版社推出《艾略特文学论文选》和瑞恰兹的《文学批评原理》。至此，新批评在中国有了较为完整的资料系统。

与引入和介绍新批评同时展开的，是新批评实践[①]。但我们看到，新批评在中国并没有产生太多有影响力的批评文本，更多的是对单篇或多篇作品的"细读"，虽然其中可能会得出一些不同于传统批评的结论，但总起来看对中国文学批评及文学理论的影响并不大。这其中的一个重要原因，就是中国大陆对新批评的引入在很大程度上"动机不纯"，即更多把它作为一个理论武器来使用。

黄平在《"文本"与"人"的歧途——"新批评"与八十年代"文学本体论"》[②]一文中，对这个问题作了详细分析。黄平指出，在80年代中期，中国学者强调更新文学观念，突破传统文学研究思路，走向文学本体论。但这里的本体论在当时主要是"文学主体论"，或曰主体论意义上的本体论（参见前面关于文学新观念的介绍），而要突破长期以来僵化的文学研究思路，需要一定的理论武器。新批评在当时就被选为了这种武器。当时学者之所以在众多西方流派中选中"新批评"作为"理论武器"，最直接的原因就是"新批评"与原来的批评范式最为抵牾，也就是说，引入"新批评"不在于"立"，而在于"破"，撕裂"反映论"的帘幕，为"新潮文论"的突围开辟道路。夏中义认为，和"纯粹"的理论建设相比，当时首先需要的是"清道夫"式的文论，"它的使命并不在于自我建树，而在于扰乱且动摇学界的既定秩序，以引起人们对传统权威的怀疑或蔑视。

---

① 参阅姜飞《新批评在中国的实践》，《四川大学学报》（哲学社会科学版）1999年增刊。
② 《当代文坛》2007年第5期。

它们是清道夫"①。由此,"新批评"的价值在当时并不是凭借自身的理论体系来证明,而是需要通过对"反映论"的批判来实现。

此外,新批评虽然重细读,与中国传统文论一致,但其过分落实、孤立而凝固的文本主义批评实践却与中国不拘泥于文本的重经验的细读相悖,这也在很大程度上使得新批评未能在中国扎根下来②。但是我们也应当看到,新批评往往是与俄国形式主义以及结构主义—叙事学理论一起,共同促进了中国形式本论文艺学的建构③。

二 俄国形式主义的引入与本土化实践

俄国形式主义在西方虽然早于英美新批评而出现,但其在中国的传播却要晚于新批评。1936年11月出版的《中苏文化》第1卷第6期,曾刊登过"苏联文艺上形式主义论战特辑",介绍过当时苏联国内批判形式主义的情况。1948年初版的钱锺书的《谈艺录》(开明书店)中,也多次提到俄国形式主义,并作了一定的阐发。此后对俄国形式主义的介绍和引进长期中断,直到1983年,我国的《苏联文学》杂志第3期才刊出一篇题为《早期苏联文艺界的形式主义理论》的文章,但调子却是批判的。同年《读书》杂志第8期发表了张隆溪的《艺术旗帜上的颜色:俄国形式主义与捷克结构主义》,第一次向我国读者简要地介绍了俄国形式主义及其后的"布拉格学派"的理论要点,使人们对这一流派的基本见解开始有所认识。不久后,陈圣生、林泰发表《"俄国形式主义"》(《作品与争鸣》1984年第3期)、伍祥贵发表《俄国形式主义》(《当代文艺思潮》1986年第5期)、方珊发表《俄国形式主义简述》(《哲学动态》1986年第9

---

① 夏中义:《历史不容避讳》,《文学评论》1989年第4期。
② 参阅王锺陵《新批评派诗学理论研究》,《中国社会科学》1998年第5期;陈厚诚、王宁主编《西方当代文学批评在中国》,百花文艺出版社2000年版,第96—98页,以及代迅《中西文论异质性比较研究——新批评在中国的命运》,《西南大学学报》(社会科学版)2007年第5期等。
③ 本部分参阅了姜飞《从"淡入"到"淡出"——英美新批评在中国的传播历程简述》,《社会科学研究》1999年第1期等文章。

期）等，都对这一理论批评流派的起源和主要观点作了述评。

1987年，伍蠡甫、胡经之主编的《西方文艺理论名著选编》（下卷，北京大学出版社）收录了俄国形式主义的代表人物什克洛夫斯基、艾亨鲍姆、日尔蒙斯基、迪尼亚诺夫和雅可布森等人的论文。我国一般读者由此开始读到俄国形式主义者的理论批评文字。1989年，由法国学者茨维坦·托多罗夫编选的《俄苏形式主义文论选》（蔡鸿滨译，中国社会科学出版社）和方珊等编译的《俄国形式主义文论选》（生活·读书·新知三联书店）两本选文相当全面系统的文集同时在我国问世。同样于1989年出版的四卷本《西方二十世纪文论选》（胡经之、张首映主编，中国社会科学出版社）第二卷"作品系统"中，也收入了俄国形式主义者的七篇文章。

1994年，什克洛夫斯基的代表性论著《散文理论》（刘宗次译）由百花洲文艺出版社出版。至此，俄国形式主义流派的主要理论成果，基本上被译介进了中国。

随着俄国形式主义原著不断被译介引入中国，关于俄国形式主义的研究文章和专著也开始多了起来。《外国文学评论》1989年第1期发表的钱佼汝的《"文学性"和"陌生化"：俄国形式主义早期的两大理论支柱》一文，对俄国形式主义的两个关键词"文学性"和"陌生化"作了比较充分的阐述和概括，同时也对俄国形式主义作了客观公允的评价，认为"不了解俄国形式主义的基本论点，就无法真正理解后来出现的各形式主义理论。在西方，如果没有俄国形式主义的影响，今日西方文论的面貌可能就是另一个样子"。此外，文章也对俄国形式主义未能在中国引起广泛影响提出了自己的看法，认为这与把俄国形式主义斥之为"形式主义"，甚至是颓废的"为艺术而艺术"的资产阶级唯美主义有关。

此后，关于俄国形式主义理论的文章不断涌现。如《俄国形式主义简论》（李思孝，《求是学刊》1992年第3期）、《谈谈俄苏形式主义学派》（陈思红，《国外文学》1992年第3期）、《俄国形式主义的文学史观》（陶东风，《外国文学评论》1992年第3期）、《陌生化与文学性功能研究》（马大康，《文艺研究》1993年第4期）、《论俄国形式主义诗学的"文学性"与"陌生化"》[刘万勇，《山西大学学报》（哲学社会科学版）1997年第2期]、《俄国形式主义的"陌生化"与艺术接受》[刘万勇，《山西大学学报》（哲学社会科学版）1999年第2期]、《超越形式主义的"文学性"》（董晓，《国外文学》2000年第2期）、《俄国形式主义的文学本质论及其美学基础》[陈本益，《浙江大学学报》（人文社会科学版）2003年第6期]、《俄国形式主义研究》[王锺陵，《湖南文理学院学报》（社会科学版）2006年第3期]，等等。1999年和2000年，方珊的《形式主义文论》（山东教育出版社）和张冰的《陌生化诗学：俄国形式主义研究》（北京师范大学出版社）出版，这是我国学者全面而系统地研究俄国形式主义的两部专著。《形式主义文论》并不仅仅介绍了俄国形式主义文论，也介绍了英美新批评和结构主义。该书用了四章的篇幅介绍了俄国形式主义，首先描述了俄国形式主义的缘起、演变和基本特征，然后以三个专章分别论述了什克洛夫斯基、雅可布森和这一学派的若干中坚人物（如托马舍夫斯基、艾亨鲍姆、迪尼亚诺夫、日尔蒙斯基等）的主要论点，为读者勾画出了俄国形式主义理论批评的基本轮廓。应该说这部书对俄国形式主义的介绍还是比较全面的。

张冰的《陌生化诗学：俄国形式主义研究》则完全集中在对俄国形式主义的分析和研究上，并以陌生化为核心概念展开论述，论述更为集中，资料也更为翔实。作者首先阐述了俄国形式主义产生的历史文化背景，梳理了其发展过程。接下来便以陌生化为核心，阐述了俄国形式主义对诗歌审美本质的探索，考察了"陌生化"这一关键性概念的内涵及审美特征，以及作为审美批评标准的意义，它与当代西方文艺理论的关系等。

在众多阐释俄国形式主义的文章或专著中，关于俄国形式主义的"形式"观，是分析和讨论的重点，甚至由此引发关于内容与形式问题的论争，而普遍的观点是承认俄国形式主义对形式强调的重要性，但却批评其过分强调形式，甚至要以形式来消灭内容的片面性[①]。这是中国学者接受俄国形式主义所呈现出来的普遍特点，也即很少在形式与内容彼此割裂的意义上来谈论作品的形式因素，而大都是在两者相互作用、彼此融洽的意义上来看待作品的结构、文体、风格和语言的。与这种现象相对应，在文学理论探索和新体系建构的尝试中，我国理论界也少有人坚持"彻底的形

[①] 参阅苏红斌《应该怎样对待形式主义的理论》，《文艺理论与批评》1994年第3期。

式主义"。人们所追求的,更多的似乎是"文本"与"人本"的综合和互补。20世纪欧美文论中人本主义和科学主义的两大潮流,好像都没有在我国新时期的文学理论与批评中占据过绝对的优势地位。在这里不难看出中国传统的文学价值观的强大生命力①。

建立在形式与内容的二分法基础上的"结合"观虽然"弥补"了俄国形式主义的弊端,但在一定程度上也限制了对形式本体的深入理解,因为在俄国形式主义那里,并没有形式与内容的二元对立,形式之外无内容,形式即内容,这都需要我们深入理解和分析俄国形式主义的"形式"概念。有学者在这个问题上进行了辨析,并进一步阐释了俄国形式主义理论的深刻性。

杨帆在《陌生化,或者不是形式主义——从陌生化理论透视俄国形式主义》(《学术界》2003年第3期)一文中,从俄国形式主义的"陌生化"定义开始,重新阐述了俄国形式主义的"形式"之审美内涵,对批评俄国形式主义过分注重形式而否定内容的观点进行了反驳。杨帆指出,因为俄国形式主义者的形式观建立在他们对艺术本质的独特理解及"陌生化"理论的基础之上,所以他们眼中的形式就有了别具一格的深厚内涵,超越了一般传统形式观的空洞肤浅,使他们的形式主义与一般传统形式主义存在本质的区别。

具体来说,首先,艺术用陌生化技巧创造出视象以使人恢复对生活的感觉,而视象在俄国形式主义那里实质是一种能引起人陌生感继而唤回人第一次见到事物时的感觉的特殊形式。因此,俄国形式主义的形式不仅仅指作为艺术品一部分的外在普通形式,也不仅仅指具有陌生化功能的特殊艺术形式,而且还被看作使艺术审美成为可能的前提性因素,这又比一般传统形式主义的形式观多了一层审美发生的逻辑内涵。

其次,视象作为陌生化理论中的形式概念,在为人们提供重新并且更为正确地认知事物的可能性同时,更多的是在为人们创造丰富的审美感受,因为它本身毕竟是艺术范畴里一种具有陌生化效果的特殊形式。因此,陌生化技巧运用变形、扭曲等方法改造人们对事物的有关经验,使之

---

① 汪介之:《俄国形式主义在中国的接受》,《中国比较文学》2005年第3期。

远离常规，从而打破由日常经验所形成的固化的意义范式，以便捕捉新鲜意义的流动，并由此形成新的经验。

总之，杨帆指出，陌生化形式作为一种蕴藉丰富的特殊形式，其审美价值远远超越了一般传统形式主义眼中的形式。它拓宽了人们的审美视野，使人们走向更为广阔的审美天地。它是一种开放的、运动的、时刻为人们提供新意义、新经验、新情感的形式。与其说它能使人恢复对生活的感受，还不如说它更能使人发掘生活的意义，从而丰富对生活的感受。从这一意义上看，俄国形式主义理论具有深刻的人本主义倾向。

与杨帆的认识相通，邹元江在《关于俄国形式主义与陌生化问题的再检讨》[《东南大学学报》（哲学社会科学版）2004年第2期]中认为，"陌生化"作为俄国形式主义的核心概念，它深刻地触及了人的本质和文学艺术的合理性问题，强调人存在的诗意性和感知的审美性，艺术的原创性和领悟的艰奥性。通过把内容与形式二分问题放在西方文论发展的历史中来考察，邹元江认为，西方传统的艺术内容与形式的二元论并不具有价值对等的二元性，而只具有价值偏向的主从性，即形式对于广义内容表象的工具性、非本质性。而对于俄国形式主义来说，它是坚决反对这种二分法的。因为在艺术中，不存在没有得到形式体现即没有给自己找到表达方式的内容。形式是一定内容的表达程序，空洞的形式是不可思议的。内容和形式的统一在俄国形式主义那里是通过陌生化过程来实现的。对于俄国形式主义来说，陌生化的程序就是文学艺术的"内部规律"，即"形式变化的问题"，它基于创造个体的不可变更的独特生物学信息编码，在艺术创造中表现出独异于人的自主的结构图式。陌生化的程序目的性总是基于艺术家生命创造的不可重复性，它形成独立封闭的结构整体，因而它向群体社会的开放就展示出自主的结构图式，是永远无法被取代、被仿效的。总之，邹元江指出，作为深刻触及了人的本质的"陌生化"并不是"纯形式概念"，而是直接关涉文学艺术的"内部规律"，即文艺的本体论问题。所谓文艺的本体论问题，就是使文学具有"文学性"、艺术具有"艺术性"的"诗的形式"的塑造和陶铸，即形式的表现力何以创造的问题。而形式的审美表现力的实现是依凭不可重复、无法被取代、不能被仿效的"结构整体"——陌生化的程序创造而成为可能的。

应该说，杨帆、邹元江的文章对于我们重新认识俄国形式主义具有重要意义。

总之，俄国形式主义是对传统文学理论的一次深刻变革，它从文学的创作程序、文学作品的形式结构和语言结构特征等重要方面探讨了文学自身的特殊性问题，从而建立了以文学自律性、文学性为逻辑起点，以形式为主要研究对象，以语言学分析为方法的文学本体论[①]。它不仅丰富了当代中国的文学批评实践[②]，更对中国文论界关于文学本质的认识产生了重大影响[③]。

三 结构主义—叙事学的引入与本土化实践

（一）结构主义—叙事学的译介和传播

在中国大陆，结构主义—符号学的引入比新批评与形式主义要稍晚一些。最早论述结构主义的文章，也许是1975年发表在《哲学社会科学动态》第4期上的一篇题为《近年来欧洲结构主义思潮》的文章。该文从政治的角度对结构主义采取了全盘否定的态度。

"文化大革命"后，关于结构主义的介绍性文章开始陆续出现。1978

---

① 参见李建盛《俄国形式主义诗学的理论视野及历史评价》，《俄罗斯文艺》2003年第1期。

② 如吴秉杰《论新时期小说创作中的"假定形式"》，《文学评论》1986年第4期；景国劲《陌生化：形式化了的小说审美潮汐》，《小说评论》1987年第6期；吴建波《"陌生化"在中国——俄国形式主义与中国戏曲及古典美学的比较》，《戏剧文学》1988年第7期；丁琪《俄国形式主义与中国新诗潮》，《甘肃教育学院学报》（社会科学版）2001年第3期；赵玉《俄国形式主义文论对于坚诗学的影响》，《广西右江民族师专学报》2001年第2期；向云驹《陌生化：当代少数民族文学的审美价值基础及价值定向》，《民族文学研究》2001年第3期；赵海菱《杜诗语言的"陌生化"之妙》，《东岳论丛》2003年第1期；柴国珍《论元代散曲"陌生化"艺术手法》，《山西大学师范学院学报》2002年第1期；雍青、陈国恩《接受与过滤：中国先锋批评与俄国形式主义》，《长江学术》2008年第3期等。

③ 这部分参阅了汪介之的《俄国形式主义在中国的接受》（《中国比较文学》2005年第3期）、李俊升的《我国对俄国形式主义文论研究现状简述》（《外国文学动态》2007年第2期）、辛刚国的《中国文学对俄国形式主义的拒斥与接受》（《东岳论丛》2004年第1期）等，特此致谢。

年,《哲学译丛》第 4 期刊登两篇关于结构主义的翻译文章。一篇是由郑项林摘译的《结构主义与哲学》,另一篇是由王炳文摘译的《结构主义》。两篇文章比较简明地概括了关于结构主义的一些基本理论主张及其主要代表人物,但并没有引起人们的注意。

1979 年,袁可嘉在《世界文学》第 2 期上发表《结构主义文学理论述评》一文,这是新时期第一篇系统介绍结构主义文论的文章。在这篇长文中,袁可嘉系统介绍了结构主义的历史发展、批评理论及其在散文文学、戏剧、诗歌中的批评实践,并对结构主义作了比较中肯的评价,指出其对社会历史条件和作者的世界观的忽视,以及常常脱离作品本身的思想和艺术的缺点。这篇文章影响较大,为结构主义在中国的传播起到了促进作用。

1980 年,由李幼蒸翻译的布洛克曼的《结构主义:莫斯科—布拉格—巴黎》(商务印书馆出版,1980 年第 1 版,到 1987 年已经第四次印刷)一书出版,这是国内出现的首部专论结构主义的译著,为结构主义文论在中国的传播起到了非常大的促进作用。同时,李幼蒸从 1979 年到 1983 年期间还撰写了一些论述结构主义的文章①,在译介结构主义方面作出了较大贡献。早期在结构主义的介绍方面作出较大贡献的还有张隆溪。从 1983 年起,张隆溪以"西方文论略览"为总标题,在《读书》杂志上连续发表了 11 篇介绍现代西方文论的文章,其中有 4 篇专论结构主义。它们是:《艺术旗帜上的颜色——俄国形式主义与捷克结构主义》(1983 年第 8 期)、《语言的牢房——结构主义的语言学和人类学》(1983 年第 9 期)、《诗的解剖——结构主义诗论》(1983 年第 10 期)、《故事下面的故事——论结构主义叙事学》(1983 年第 11 期)。这些文章在占有第一手材料的基础上,对结构主义作了比较全面的介绍和评述,极大地促进了结构主义在中国的传播。

1984 年,瑞士学者皮亚杰的代表性著作《结构主义》(倪连生、王琳译)由商务印书馆出版。这是国内第一本结构主义经典原著的译著。此后,随着 80 年代中期方法论热的兴起,关于结构主义的原著和介绍著作

---

① 这些文章后来结集为《结构与意义》,1996 年由中国社会科学出版社出版。

不断被译出，如罗兰·巴尔特的《符号学美学》（董学文、王葵译，商务印书馆1987年版）、列维-斯特劳斯的《野性的思维》（李幼蒸译，商务印书馆1987年版）、法国皮埃尔·吉罗的《符号学概论》（怀宇译，四川人民出版社1988年版）、列维-斯特劳斯的《结构人类学》（陆晓禾、黄锡光译，文化艺术出版社1989年版）等。

此外，一些关于结构主义文论的译文也陆续发表，国内出版的一些方法论文集或者文论选集也都收录了一些有关结构主义文论的译文。如文化艺术出版社1985年出版的《美学文艺学方法论》、中国社会科学出版社1989年出版的《西方二十世纪文论选》（胡经之、张首映主编）等。

与此同时，一些国外的结构主义研究著作也被大量翻译过来。如特伦斯·霍克斯的《结构主义和符号学》（翟铁鹏译，上海译文出版社1987年版）、美国伊迪丝·库兹韦尔的《结构主义时代》（尹大贻译，上海译文出版社1988年版）、美国罗伯特·肖尔斯的《结构主义与文学》（孙秋秋、高雁魁等译，春风文艺出版社1988年版）、法国梅吉奥的《列维-斯特劳斯的美学观》（怀宇译，中国社会科学出版社1990年版）等。

这一时期国内出版的关于结构主义的研究专著，比较著名的，有徐崇温的《结构主义与后结构主义》（辽宁人民出版社1986年版）。此书是国内第一部系统研究结构主义和后结构主义的专著。在对结构主义的分析中，作者并没有孤立地讨论结构主义，而是把结构主义与存在主义、辩证法、马克思主义以及后结构主义联系起来进行考察，从而比较全面地论述了结构主义的本质和特征[①]。

到20世纪90年代，一些结构主义大师的著作继续得以翻译出版，像列维-斯特劳斯的《结构人类学》（谢维扬译，上海译文出版社1995年版）、《看·听·读》（顾嘉深译，生活·读书·新知三联书店1996年版）、罗兰·巴尔特的《批评与真实》（温晋仪译，上海人民出版社1999年版）、格雷马斯的《结构语义学》（吴汉缈译，生活·读书·新知三联书店1999年版）等。与此同时，国内出版的一些西方美学或文论选著也继续收录了一些关于结构主义文论的译文。

---

① 介绍结构主义文论的论文因为数量较多，本章不再一一介绍。

此外，西方研究结构主义的著作也继续翻译出版，如乔纳森·卡勒的《结构主义诗学》（盛宁译，中国社会科学出版社1991年版）、约翰·斯特罗克编的《结构主义以来》（渠东等译，辽宁教育出版社1998年版）、渡边公三著的《列维－斯特劳斯：结构》（周维宏等译，河北教育出版社2002年版）等[①]。

在西方，叙事学最先是作为结构主义的分支而出现的，而后它又得到了独立的发展，并且一直活跃在当今世界及中国学术界。但它在中国的传播要比结构主义又要稍晚一点。

1985年，由《马克思主义文艺理论研究》编辑部编辑的《美学文艺学方法论》（下册）（文化艺术出版社）收入了罗兰·巴尔特的《叙事作品结构分析导论》（张裕禾译）和兹韦坦·托多罗夫的《叙事作为话语》（朱毅译），这是国内较早翻译的叙事学论文。1987年，王泰来组织编译了《叙事美学》（重庆出版社），选译了法、德、英三国的叙事学论文，其中也包括罗兰·巴尔特的《叙事作品结构分析导论》（张裕禾译），让学界对早期叙事学有个大概的了解。

1987年，布斯的《小说修辞学》（有两个版本，一是华明等译，北京大学出版社出版；二是傅礼军译，广西人民出版社出版）中文版面世，该书从叙述技巧角度，探求了小说作者、叙述者、人物与读者之间的修辞关系，涉及叙事学的一些基本问题。1989年，张寅德编选的《叙述学研究》（中国社会科学出版社）出版，介绍了几乎所有法国20世纪六七十年代最有影响的叙事学研究成果。同年，里蒙－凯南的《叙事虚构作品》由生活·读书·新知三联书店出版，第一次向国内展示了一个系统的叙事理论。此后，马丁的《当代叙事学》（伍晓明译，北京大学出版社1990年版）、热奈特的《叙事话语 新叙事话语》（王文融译，中国社会科学出版社1990年版）、卡勒的《结构主义诗学》（盛宁译，中国社会科学出版社1991年版）、米克·巴尔的《叙述学：叙事理论导论》（谭君强译，中

[①] 本部分关于结构主义—叙事学的引入与讨论，参阅了李国华《结构主义在中国的传播研究》，博士学位论文，山东大学，2006年；以及陈厚诚、王宁主编《西方当代文学批评在中国》，百花文艺出版社2000年版，第96—98、264—292页。特此说明并致谢。

国社会科学出版社 1995 年版）等陆续翻译出版。这些叙事学原著既为中国的研究者提供了难得的第一手材料，又激发了学界对叙事学的兴趣。后来，随着西方新叙事学的兴起，大陆叙事学界也随之跟进。从 2002 年开始，申丹主编的"新叙事理论译丛"由北京大学出版社陆续出版，其中有戴卫·赫尔曼主编的《新叙事学》（马海良译，2002 年），詹姆斯·费伦的《作为修辞的叙事：技巧、读者、伦理、意识形态》（陈永国译，2002 年），希利斯·米勒的《解读叙事》（申丹译，2002 年），苏珊·S. 兰瑟的《虚构的权威：女性作家与叙述声音》（黄必康译，2002 年），马克·柯里的《后现代叙事理论》（宁一中译，2003 年），费伦、拉比诺维茨主编的《当代叙事理论指南》（申丹等译，2007 年）等。

除了直接翻译西方叙事学原著之外，还有一些介绍性的文章和论著。如 1987 年，胡亚敏在《外国文学研究》第 1 期发表《结构主义叙事学探讨》，1988 年，徐贲在《文艺研究》第 4 期发表《小说叙述学研究概观》。这两篇文章都较为系统地概述了叙事学理论。

1987 年，程德培出版专著《小说本体思考录》（上海文艺出版社），初步运用叙事学理论，从叙述时态、叙事的空白、叙述者的角色、叙述语言的功能、叙述的模式、叙述的冲突等方面对当代小说的叙述新变化进行了分析。

1989 年，孟繁华出版了《叙事的艺术》（中国文联出版公司），对叙事的视角、时间、语言等均有专题介绍，并以中国的文学为例证加以分析，深入浅出。此后，孟悦的《历史与叙事》（陕西人民教育出版社 1991 年版）、徐岱的《小说叙事学》（中国社会科学出版社 1992 年版）、傅修延的《讲故事的奥秘——文学叙述论》（百花洲文艺出版社 1993 年版）、赵毅衡的《苦恼的叙述者》（十月文艺出版社 1994 年版）、罗钢的《叙事学导论》（云南人民出版社 1994 年版）、赵毅衡的《当说者被说的时候：比较叙述学导论》（中国人民大学出版社 1998 年版）、申丹的《叙述学与小说文体学研究》（北京大学出版社 1998 年版）、董小英的《叙述学》（社会科学文献出版社 2001 年版）、刘绍信的《当代小说叙事学》（黑龙江教育出版社 2002 年版）、王阳的《小说艺术形式分析：叙事学研究》（华夏出版社 2002 年版）、谭君强的《叙事学导论：从经典叙事学到后经典叙事学》(高等教育出版社 2008 年版) 等陆续出版, 形成了中国叙事学研究的热潮①。

通过介绍, 中国学者对叙事学的基本原理, 叙事的基本构成要素、叙事学的核心概念等, 都有了一定了解。概而言之, 叙事学 (narratology) 也译叙述学, 是受结构主义影响而产生的研究叙事的理论。叙事学旨在建构叙事语法或诗学, 对叙事作品之构成、结构关系等展开科学研究, 并探讨在同一结构框架内作品之间在结构上的不同。经典叙事学, 也称结构主义叙事学, 属形式主义文论范畴, 着眼于文本自身。21 世纪初, 传统的经典叙事学走向后经典叙事学。后经典叙事学将注意力转向了结构特征与读者阐释相互作用的规律, 转向了对具体叙事作品之意义的探讨, 注重跨学科研究, 关注作者、文本、读者与社会历史语境的交互作用②。

可以说, 俄国形式主义、英美新批评、经典叙事学都是 20 世纪形式主义文论这一大家族的成员 (大致来说, 俄国形式主义和英美新批评更多的以诗歌为研究对象, 叙事学则基本上以叙事作品特别是小说为研究对象), 它们关注文学系统自身的特征或规律, 将文学作品视为独立自足、自成一体的艺术品。叙事学一般所要研究的内容包括叙事内容、叙事话语、叙述动作等。其中叙事内容又包括故事、情节、结构、行动等; 叙事话语包括叙述时间、叙述视角、叙述人称、叙述频率等; 叙述动作包括叙述层次、叙述声音、叙述的接受者、隐含读者等。这些叙事学概念, 有的我们比较好理解, 但有的却因为中西文化尤其是文字表达上的差异, 不好理解, 这就牵涉到叙事学的本土化问题。如果我们只是一味地介绍建立在西方文化知识和话语表达基础之上的叙事学, 而不能对理解我们自身的文学表达产生什么作用或影响, 那这种介绍的意义也就会大打折扣。由此, 自从西方叙事学理论传入中国以来, 许多学者就开始努力探索叙事学的本土化问题, 从用叙事学的方法去分析中国的文学作品乃至文学发展史, 到积极建立中国自己的叙事学, 他们都做出了富有成效的工作。

---

① 此节中的部分内容参阅了江守义的文章《"热"学与"冷"建——叙事学在中国的境遇》,《文艺理论研究》2000 年第 1 期。

② 参见申丹《叙事学》,《外国文学》2003 年第 3 期。

（二）结构主义—叙事学的运用与本土化建构

1984 年，季红真在《文艺理论研究》第 3 期发表《文学批评中的系统方法与结构原则》一文，这也许是大陆最早自觉运用结构主义理论进行批评实践的论文。作者在文章中试图"尝试一下用辩证唯物主义与历史唯物主义的基本方法思想，重新阐释结构原则的基本范畴，来建立一个初步的理论模式"，体现了一种创新的气魄。

季红真由结构主义的"系统性"入手，把结构主义的结构原则与马克思主义理论中的系统方法联系起来进行思考，建构了一个由三组二元对立的关系组成的理论模式。这三组二元对立的关系是：表层结构与深层结构、内容结构与外部结构、静态结构与动态结构。

所谓表层结构，即是文学作品所反映的社会内容，也是传统社会学和政治学批评关注的层次。作品的深层叙述结构则往往是作家所意识不到的，但恰恰是这个层次对作品整体的美学效果起着决定作用。作品的内部结构就是作品的内在框架，作品的外部结构就是社会历史的大系统。内部结构与外部结构通过作家和批评家的中介，而互相影响、彼此制约。

静态结构与动态结构的划分源于共时性与历时性之间的辩证关系。静态结构是共时性的结构类型，而动态结构则是在历史的时间中形成的静态结构的系列。各个静态结构类型彼此衔接，形成了动态结构，而动态结构的形成也就是静态结构发展转化的过程。

季红真最后指出，我们仍然应该支持"文学反映以人为中心的社会生活整体"这一辩证唯物主义和历史唯物主义的基本观点，但要破除机械反映论的形而上学方法思想，看到社会生活作为整体的多层次性，以及文学对其反映的曲折性与多样性。这对于校正结构主义过分形式化、忽视社会生活的倾向具有一定的意义。季红真在文中还运用这种方法具体分析了鲁迅的《药》的深层叙述结构。

应该指出的是，季红真的文章虽然使用了"结构"这个术语，但是应该说她的文章并不是在严格的结构主义意义上使用的，其方法和理论都和当时的自然科学方法热衷的"系统论"方法更为接近，而且并没有贯彻结构主义的所谓内部研究原则。

继季红真之后，乐黛云也采用结构主义二项对立的方法对鲁迅的《药》进行过结构主义的阐释。在《决定着表达方式的深层结构》一文中，她采用二元对立的模式，分析了《药》的结构形式。乐黛云指出，革命者夏瑜和愚昧的华小栓这两个人物要素形成了一组二项对立关系，他们先是通过人血馒头联系在一起，后来又通过与人血馒头相对应的"馒头一样的坟头"联系起来。夏瑜坟上红白相间的花环也是二元结构的表现，甚至作品中所描绘的乌鸦也可以理解为静与动、凝固与腾飞的二元象征[1]。

孟悦、季红真的《叙事方式：形式化了的小说审美特性》（《上海文学》1985年第10期）则较早进入了叙事学的领域，并对叙事方式作了自己的阐释。她们认为情节是叙事方式所传达的全部信息中最具稳定性的信息（但不是不可或缺的，更不是唯一的信息），而叙事方式使情节得到实现和传达，而且是美的、艺术的、小说的传达。"因此，叙事方式是小说本文中有意味的形式，是高度形式化了的小说审美特性。"在文中，她们注意到了小说的叙事方式之于小说的审美特性及文化深度的关系，强调作家—基本视角—心理个性这些组织叙事的深隐层次对于叙事人—叙事视角—叙事语调这些叙事选择的表现层次的内在制约，从而对叙事学理论概念作出了新的界定和阐释。

在《论小说艺术模式》（《文艺研究》1987年第1期）中，南帆将叙事学理论运用于小说艺术模式的探讨，寻找小说的叙事方式的内在构成。所谓小说的艺术模式，乃是审美情感模式与叙述模式的重合而构成。它的位置处于人们审美情感活动与小说叙述方式的交界之处。而且，恰恰是小说艺术模式的衔接沟通这两者，从而作为一个中介不断将审美情感模式的结构变化传导到小说的叙述方式上。所谓情感模式是一个以理智为诱导、审美经验为制约、好奇心为动力、以感觉系统与外界关联的协调整体。叙述模式则是审美情感得以外化的符号化文本，它包括小说叙述的结构、语言和视点。由此可以看出，南帆对艺术模式的探寻，是要挖掘审美情感活动转变成叙述模式的"机制"，跨越传统的以因果链条为主导的情节模式

---

[1] 见乐黛云《比较文学与中国现代文学》，北京大学出版社1987年版。

的局限，走通由审美情感模式—叙述模式—小说的艺术模式的三级台阶，真正实现小说的叙事方式与人的审美精神世界的贯通。对于南帆来说，小说艺术模式所说明的仅仅是人们审美情感活动的方式和途径，而不是审美情感本身的深刻与否，并不具有价值判断，但它在一定程度上为小说形式的多角度批评的形成提供方法论基础。

1991年，王一川在《文艺争鸣》第1—4期上发表长篇论文《卡里斯马典型与文化之境——近四十年中国文艺主潮的修辞论阐释》。在其中，他运用格雷马斯的"符号矩阵"理论，分析《创业史》中梁生宝和周围人物的互动关系，以及由这种关系所揭示出来的社会历史含义。比如，根据王一川的分析，梁生宝与农会主任郭振山和富农姚士杰的矛盾，是公有化与反公有化的尖锐对抗；梁生宝与继父梁三老汉的矛盾，是公有化与非公有化的冲突；梁生宝同王佐民的关系，则是被帮助者与帮手、被启蒙者与导师、群众与党的关系等。这对我们深入理解作品具有启发意义。

除了以上学者的批评实践外，在努力建立"中国叙事学"以及结构主义—叙事学本体化建构方面作出突出贡献的，还有陈平原、傅修延、杨义等人。

1987年，陈平原的博士论文《论传统文学在小说叙事模式转变中的作用：从"新小说"到现代小说》完成答辩。次年，该论文以《中国小说叙事模式的转变》为名由上海人民出版社出版。该书以中国文学传统和晚清、"五四"的小说状况为根基，借鉴托多洛夫的叙事理论，从叙事时间、叙事角度、叙事结构三个方面"把纯形式的叙事学研究与注意文化背景的小说社会学研究结合起来"，这是大陆学者首次用叙事学理论来研究中国小说模式变迁的专著。

在借鉴西方叙事学理论中，陈平原并没有照搬西方叙事学概念，而是"更多考虑中国小说发展的实际进程"，进行改造性的运用。比如"叙事时间"参考俄国形式主义学派对"故事"与"情节"的区分，而不取热奈特和托多罗夫对"情节时间"与"演述时间"的更为精致的分析；"叙事角度"约略等于托多罗夫的"叙事语态"与热奈特的"焦点调节"；"叙事结构"则是根据中国小说发展路向而设计的，着眼于作家创作时的结构意识①。从这里我们可以看到，陈平原在借鉴西方叙事理论时有明确的本土化意识，这点一直贯穿在整部著作的写作中。其实，对于陈平原来说，建构所谓完善的理论体系并不是他的目的，他说："任何研究方法都只是一种假设，能否落实到实际研究中并借以更准确地透视历史才是关键。不曾与研究对象结合的任何'新方法'都只是一句空话；而研究一旦深入，又很可能没有一种'新方法'足以涵盖整个文学现象；我衷心感谢'新方法'的创造者和倡导者使我的研究开拓了视野，但拒绝为任何一种即使是最新最科学的研究方法作即使是最精彩的例证。我关心的始终是活生生的文学历史。"②陈平原这种关注"活生生的文学历史"的研究思路其实也正是如何运用理论，尤其是如何本土化西方理论的关键所在。一味套用西方理论，甚至以中国文学事实来迎合西方理论，都不是真正地运用理论。既无助于理论创新，也不能推进对于文学史事实的认识。

与陈平原强调理论的本土化相通，傅修延在叙事学方面也试图建立"学术阵地的'本土化'"③。在《先秦叙事研究：关于中国叙事传统的形成》中，傅修延试图描述中国叙事传统的形成。他说：

> 本书拟从先秦时期的一切"含事"文献中寻找叙事行为发生、成长与壮大的痕迹。本书着重观察的是：原始的叙事行为如何发端，对事件的记录与表述怎样由朦胧变为自觉，故事中的虚构成分因何出现，故事怎样从最初"粗陈梗概"的嫩芽长出繁枝密叶，叙事结构如何由简单变得复杂。在纵向跟踪叙事发展过程的同时，本书亦致力于分别剖析各种叙事形态，讨论重要作品的叙事贡献及其对后世的影响。中国叙事传统是通过一系列叙事形态体现出来的，认识了各种叙事形态的功能及其条件，实际上也就是认识了中国叙事传统的生成机理。④

---

① 《陈平原小说史论集》（上册），河北人民出版社1997年版，第256页。
② 同上书，第249—250页。
③ 傅修延：《先秦叙事研究：关于中国叙事传统的形成》，东方出版社1999年版，第321页。
④ 同上书，第9页。

由此我们可以看到傅修延对建立中国叙事学的期望。但对于傅修延来说，他建立中国叙事学所依据的理论并不是西方的叙事理论，而是中国自己的叙事传统，这从他对"叙事"这一中国词汇的考察中可以看出。通过考察，傅修延指出，汉语"叙事"最初属于政治与行政范畴，与现在的"叙事"相去甚远。然而从实质上看，最初的"叙事"与现在的"叙事"之间并非风马牛不相及。发生在朝廷官府之中的那种"依序而行之"的"叙事"，其主要表现应为天子、大臣、诸侯周围的奏事与论事，一旦这个词从政治领域转移到日常生活中来，它的所指必然更多对应为对"事"的传播。再则，我们的祖先选择"叙事"这个词作为符号也是切中肯綮的，"叙事"是一种沿着时间箭头单向延展的连续性活动，由于一般在同一时间内只能叙述一个事件，事件的叙述次序成了至关重要的问题，"叙事"谋略、智慧和技巧往往具体体现在这个次序上。我们通常说的叙事类型，如"顺叙"、"倒叙"、"插叙"之类，也是根据次序来划分[①]。

在具体分析中国早期的叙事模式中，傅修延紧密结合中国文化，如中国古代的礼制进行分析，体现了叙事学的本土化特点。

如果说陈平原、傅修延主要是具体分析中国叙事文学，强调理论的本土化实践的话，那么，杨义则以理论体系的建构为核心，试图建立真正属于中国的"中国叙事学"，这集中体现在他于1997年出版的《中国叙事学》（人民出版社）中。

其实早在1994年，杨义就发表论文《中国叙事学：逻辑起点和操作程式》（《中国社会科学》1994年第1期），提出了建立中国自己的叙事学的设想。论文开篇即言："中国叙事文学具有自成特色的体制、模式、趣味和评价系统"，明确把中国的叙事学与西方的叙事学区别开来。杨义指出，中国叙事文学基于圆形思维的深层文化心理结构，与西方叙事文学在观念、结构、表现方式诸方面有许多不同，这种潜隐的圆形结构对应着中国人的审美理想，具有广泛丰富的适应性和包罗万象的生活涵容力。这正是中国叙事学的逻辑起点。以此为起点，中国叙事文学或截取图形运行的片断，或捕捉众圆的交叉点，为正文叙事提供丰富的参数叙事。阴阳两极

---

① 傅修延：《先秦叙事研究：关于中国叙事传统的形成》，第12页。

是圆形结构运转和破毁的内在驱动力，它们的空间位置有相离相对、相接相间、相含相蕴、相聚相斥四种形式，为叙事操作输入对立、冲突、中和、转化的活力，同时，圆形结构和阴阳互动的方式，决定了中国叙事作品采取流动的视角，并具有流动多端和层面超越的特点。

杨义论文中的这一思想在《中国叙事学》中得到了更为充分完整的阐述。本书《导言》以"叙事理论与文化战略"为题，体现了杨义研究中国叙事学的宏大视野。《导言》指出，建立中国自己的叙事理论，虽然不可避免地要借鉴西方的叙事理论，但在这里必须要"以'中国眼光'与'西方眼光'进行相互注视、交流和质询，考察中西异同，反省异同的原因，清理各自的历史线索，把握其间的文化密码"。只有这样，才可能建立起中国自己的叙事学理论体系。在接下来的四章中，杨义分别从结构、时间、视角和意象四个方面对中国叙事传统和叙事理论的具体内涵和特点作了深入而细致的分析。

在结构篇中，杨义阐述了中国作品中"结构的动词性"，认为这是中国人对结构进行认知的独特性所在，也是中国特色的叙事学的一个重要命题[①]。杨义指出，结构既有内在的独立性和完整性，统摄着叙事的程序，但又外在地指向作者体验到的人间经验和人间哲学，以语言的形式展示一个特殊的世界图式。这就是结构动词行动的体现。杨义又通过中国传统思维中的"道"、"技"关系，进一步阐述了由此所形成的双构思维，而这也深刻地影响了叙事作品结构的双重性。杨义说：

> 它们以结构之技呼应着结构之道，以结构之形暗示着结构之神，或者说它们的结构本身也是带有双构性的，以显层的技巧性结构蕴含着深层的哲理性结构，反过来又以深层的哲理性结构贯通着显层的技巧性结构。双构性的原理具体而言，是两极对立共构的原理，只要写了其中的一极，你就是不写另一极，人们心中已经隐隐地有另一极存在。……（双构思维）在深层次上瓦解了作品结构的封闭性，拓展了

[①] 杨义：《中国叙事学》，人民出版社1997年版，第35页。

作品结构的开放性。①

杨义从中国文化的特殊思维方法入手分析中国叙事中结构的独特性，具有启发性。

在时间篇中，杨义首先通过中西不同的时间标示形态，即"年—月—日"和"日—月—年"的顺序，指出，在中国人的时间标示顺序中，总体先于部分，体现了他们对时间整体性的重视，他们以时间整体性呼应着天地之道，并以天地之道赋予部分以意义。而这种以时间整体涵盖时间部分的思维方式，深刻地影响了中国叙事文学的结构形态和叙述程式②。表现在叙事性作品的开头上，中国著作家往往把叙事作品的开头，当作与天地精神和历史运行法则打交道的契机，在宏观时空，或者超时空的精神自由状态中，建立天人之道和全书结构技巧相结合、相沟通的总枢纽。这种开头方式，被杨义称之为"叙事元始"，即这一种开头不仅是带整体性和超越性的叙事时间的开始，而且是时间的整体性和超越性所带来的文化意蕴的本原，类似于西方叙事学中的超叙事层次，叙事外的叙事层次。

对于中国语言在时间表达形式上的丰富多彩和自由灵便的特性，杨义指出，这在很大程度上得益于动词的无时态性，或者说，得益于动词的"永远现在时"的特征。杨义说："中国语言的时态表达，不能取决于动词本身的变形，比如'他去'这个最简单的句子，表达的可以是过去、现在、未来任何一个时间的行为"，而"中国语言时态表达的非原生性，使我们考察中国叙事作品和建构他的理论体系时，不能盲目地模仿西方理论家的做法，从时态、语式一类概念入手，因为那样就会削足就履，而不是依足造履，是很难把握以这种文字表达出来的叙事作品的精髓的"③。这表明中国传统的叙事方式与西方的叙事学还有一定程度的非通约性，这是我们在建构自己的叙事学时所要注意的。

在视角篇，杨义指出，视角的功能在于展开一种独特的视境，包括展

---

① 杨义：《中国叙事学》，第 47 页。
② 同上书，第 122 页。
③ 同上书，第 179 页。

示新的人生层面,新的对世界的感觉,以及新的审美趣味、描写色彩和文体形态。成功的视角革新,可能引起叙事文体的革新①。从独特的视角出发可以进行比较深刻的社会人生反省。换言之,视角中也可以蕴含着人生哲学和历史哲学。以此为基础,杨义探讨了"视角—聚焦"的全行程,指出它以作者为出发点,通过叙述者的中介,分解为限知、全知、外透视、内透视诸种类型。在中国文化心理习惯和说话人技艺的影响下,产生了角色视角和视角流动性,由此带来视角层面以及"一"与"多"的问题。聚焦必然产生焦点和盲点,又由于中国文化哲学的渗透,产生了聚焦于"有"和聚焦于"无"之辨。在这个全行程中,处于行程起点的作者在叙述人生事件的时候,是带着一个由传统文化编织成的"先在结构",即天人之道的;最后在全行程的终点上,涉及了传统文化的基本问题,即有与无、虚与实的问题,换言之,它又呼应着"先在结构"中的天人之道。因此,从作者到"有""无",天人之道是贯穿于中国叙事作品的"视角—聚焦"的全行程的②。

在意象篇,杨义在梳理中国意象概念的发展过程后指出,中国的叙事作品存在诗文互借的特点,意象这种诗学的闪光点介入叙事作品,可以增加叙事过程的诗化程度和审美浓度③。杨义又通过具体实例,分析了意象的选择和组合方式、意象的类型。杨义指出,意象的运用,是加强叙事作品的诗化程度的一种重要手段,是中国人对叙事学与诗学联姻所作出的贡献,它在叙事作品中的存在,往往成为行文的诗意浓郁和圆润光泽的突出标志。杨义对叙事性作品中意象功能的分析,对我们理解中国独具特色的叙事艺术,具有重要意义。

除了上述四篇之外,杨义还单列"评点家篇",可以看出杨义对中国传统的评点式批评的重视,他也把这种批评方式看作叙事学的一种独特的存在形态。杨义认为,评点家对作品的评点,有别于亚里士多德们的体系建构和逻辑推理,他们是叙事作品的鉴赏者、批评者;他们由作品体悟着

---

① 杨义:《中国叙事学》,第195页。
② 同上书,第266页。
③ 同上书,第276页。

天地之道，阐述着自己的理论见解，在这种阐述中和读者亲切地交谈，成为读者的朋友，或读书伙伴；有时他们还借题发挥，把内心的愤懑发泄出来，甚至手痒痒地拿笔修改或删节原文，以表现自我。而这些评点家的评点之所以精彩，就在于它们把高深的叙事理论的阐释和高明的叙事谋略的揭破，融合在对经典作品的轻松愉快的解读之中。它们往往能够在复杂纷纭的线索中剔出条理，在看似平淡无奇中点破作者出手不凡的苦心，从而使得评点也成了高品位的创造，令人惊叹于评点者胸有全局，眼有慧光。在这一部分，杨义具体分析了评点家的思维方式、评点体例的完善和变异、评点家的阅读视野等，明确指出评点家以其自身的角色认同，开辟出了"另一个经典世界"，创造了一种新的批评形态和阅读形态，从而为中国特色的阐释学和叙事学提供了丰饶的历史土壤。

  杨义的工作得到了学界较高评价。有人认为，《中国叙事学》"以宽广的文化视野、独特的学术见解和扎实的内容，成功地建构了可以与西方叙事学对峙互补的中国叙事学体系，从而填补了一项学术空白"[①]，这也激发了中国学者对中国叙事学的研究和探索，努力实现叙事学的本土化。2008年，罗书华的《中国叙事之学：结构、历史与比较的维度》（中国社会科学出版社）出版，该作从叙事的形象、叙事的历史、叙事的质性，阐述了中国叙事之学的形态，其中对史传叙事和章回叙事作了富有启发性的探索。该书与杨义的《中国叙事学》相比，虽然并没有那么强的系统性，但对中国叙事学的研究无疑也起到了一定的推动作用。

四 文体学的理论与实践

  所谓文体学（Stylistics），是用语言学方法研究文体的学问，在西方已经有了近百年的历史[②]。文体学大致可分为两种：普通文体学和文学文体学。普通文体学包括各种关于语言使用的研究。比如说根据交流渠道研究

[①] 盛鸣：《评〈中国叙事学〉》，《文学评论》1998年第3期。
[②] 申丹：《西方现代文体学百年发展历程》，《外语教学与研究》2000年第1期。

口语和书面语的不同，根据交流事件中参与者之间的关系探寻正式文体和非正式文体的区别，以及根据语言的社会功能，分析法律、科技、新闻报道、广告、体育评论、商务报道等语篇的特点。文学文体学是语言学和文学批评的桥梁，其任务是运用现代语言学的知识对文学作品的语言进行分析和研究，从而帮助读者从语言技巧和思想内容的关系这个角度去更深入地理解、合理地解释和充分地欣赏[①]。我们这里所说的文体学指的显然就是文学（文艺）文体学。

文学文体学的兴起紧接着新批评，与新批评乃至与西方整个形式主义（包括俄国形式主义、结构主义等）都有着千丝万缕的联系。可以说它是西方（广义）形式主义文论衰落之后兴起的，并作为对传统印象直觉式批评的修正和补充，填补了新批评衰落后留下的空白；同时，现代文体学的兴起也离不开西方现代主义文学创作体现的文体意识的觉醒，还与西方现代语言学，如索绪尔语言学的发展紧密相连[②]。当然，包括俄国形式主义、新批评、结构主义和叙事学、符号学在内的整个西方广义的形式主义文论，都极大地得益于索绪尔的语言学。

（一）文体学及其讨论

文体研究在过去文学批评中常常遭受冷落，但在 20 世纪 80 年代中期之后，文体批评和对文体的理论研究走向自觉并蔚然成风，甚至有人将 1987 年称为"文体年"。理论家积极而自觉地对文学创作中的文体和形式探索以及文学批评中有关文体和形式问题的新鲜批评经验进行理论总结和归纳，从文学的结构形态、叙事视角、时空意识，到语言构造、艺术模式及各种各样的叙事表意方式，文学文体学研究全面而深入地展开。

但是，在 80 年代，"文体"一词的含义还不很清楚，它常常不只指文学作品的语言、结构、叙事模式等，而且也包含心理层面的含义。比如刘再复曾概括 80 年代中国文学理论批评界所进行的文体变革包括两项内容：

[①] 祖利军、薛岩：《近十年文体学研究综述》，《山东省农业管理干部学院学报》2009 年第 2 期。

[②] 申丹：《西方现代文体学百年发展历程》，《外语教学与研究》2000 年第 1 期；徐岱：《文学的文体学研究》，《学术月刊》1988 年第 9 期。

"一项是在很大程度上改变了文学批评的语言符号系统，开辟了新的概念范畴体系；另一项是改变基本思维格式。这种思维格式包括思维结构、思维方式和批评的基本思路等。这是更重要的变革。"[1] 把思维模式、思维结构也纳入了文体的范畴，这倒是和刘再复、鲁枢元等人的"向内转"概念侧重精神—心理维度遥相对应。

80年代中期的文体意识的觉醒和文体批评的尝试，可以分为两个方面。一方面体现在对中国现当代作品的文体批评实践中，包括对具体的作家、作品的批评以及对某一时段的文学创作的批评。这方面论文如：李国涛的《哲理、象征、文体——谌容近作漫评》（《小说评论》1987年第5期）、《汪曾祺小说文体描述》（《小说评论》1987年第5期），朱珩青的《情绪·情感·文体意识——读莫言的小说》（《文学自由谈》1987年第1期），吴秉杰的《近年小说创作文体变化散论》（《人民日报》1987年4月28日），王干的《寻求超越：小说的文体实验》（《小说评论》1987年第5期），朱水涌、盛子潮的《新时期小说形态的演化及其走向》（《福建文学》1987年第9期），星星的《小说形式变革散论》（《山西文学》1987年第4期），肖荣的《叙述语言符号系统的丰富与更新——试论新时期小说语言》（《浙江学刊》1987年第2期），罗守让、罗守道的《论小说叙述方式的变化与发展》（《小说林》1987年第9期），谭学纯、唐跃的《新时期小说文体融合》（《艺术广角》1988年第3期），骏飞的《外国文论和我国近年来小说的文体》（《当代外国文学》1990年第2期），朱晓进的《鲁迅的文体意识及其文体选择》（《文艺研究》1996年第6期），刘保昌的《小说文体：在1985年及其以后》（《求是学刊》1998年第6期），王雅清的《文体意识的张扬——90年代文坛景观素描》（《江西社会科学》2000年第12期），等等。1988年，中国社会科学出版社出版了由白烨选编的《小说文体研究》，对这方面的论文进行了一个总结。在批评专著方面，则有邹定宾的《叙述的意味：中国当代小说文体演进论》（作家出版社2005年版）、李洁非的《中国当代小说文体史论》（陕西人民教育出版社2002年版）等。

---

[1] 刘再复：《论八十年代文学批评的文体革命》，《文学评论》1989年第1期。

另一方面是文体理论的讨论。1987年，章少泉发表《文艺文体学——语言学的文学批评》[《江西师范大学学报》（哲学社会科学版）1987年第1期]一文，明确指出文艺文体学就是从语言学角度来研究文学语言的观点。文章分为两部分，第一部分讨论语言学对文艺文体学的影响以及文体学的理论、方法和研究对象，第二部分讨论文体学的现状以及对文学研究可能产生的意义和影响。文章过分强调了语言学对文艺文体学的影响，这就使得这种研究视角很容易滑入一般语言学研究领域。

那么，一般的语言学研究和文体学的语言研究有何不同呢？徐剑艺对两者进行了区分。他在《小说文体形态及其构成》（《上海文学》1989年第2期）一文中认为，"一般语言学研究是为了寻找语言本身的规律，而文体学对文学文本语言形式的研究是为了非语言性——'文学性'的表达规律"。这里所说的"文学性"实际上指的是语言的"审美性"，而这与俄国形式主义批评追求的纯语言形式的"文学性"是不同的。这也是徐剑艺所强调的"语言的价值形态"，并认为这是文学有别于其他艺术的最为根本的特征。徐剑艺进一步明确指出，文体学所遵循的规律不仅是语言学范畴上的语言规律，更是超越原语言规则的文学自身的审美规则。

郜元宝也认为："小说文体学，如果简单定义为对小说文本的语言学研究，那它只是为了语言学的目的，把小说文本当做语言事实着手的一项语用学研究。实际上，我们研究小说文体，是因为我们总想借助语言学的手段解释、探求一些别的东西。"① 而这些"别的东西"，实际上也就是作品的审美意蕴。郜元宝进一步指出，把语言学家关心的语言描述和批评家关心的美学效果联系起来加以研究，这是小说文体学的主要目的。这是一种"互返性相关探讨"，形而下的语言学观察启发形而上的文艺学鉴识，形而上的文艺学鉴识反过来启发或修正形而下的语言学观察，二者彼此促进，互为参证。

从这里我们可以看出，在中国的许多学者那里，文学（文艺）文体学并不是单纯的语言学或形式主义的研究，而是必须与文学自身的审美特性结合起来，语言分析是基础，同时必须结合审美分析，否则语言形式分析

---

① 郜元宝：《文体学小说批评》，《文艺争鸣》1992年第3期。

就会显得枯燥、机械而无美感，就会落入一般语言学研究的窠臼。简言之，文学（文艺）文体学就是运用语言学的概念、术语、理论及方法来研究文学文本的各种语言形式，并进一步揭示这些语言形式的审美特性及其蕴藏的深层意义，从而把语言分析与审美阐释有机地融合起来[①]。

（二）文体学体系建设

如何进行具体的文体分析？魏天无在《论文学批评中的文体分析》[②]中指出，文体问题首先主要的是语言问题。因此，文学批评中文体分析主要集中在对作品语言体式、语言秩序的分析上，并由此观照文体所负载的社会文化精神和作家个人内涵，研究作品语言的表达方式及其相应的美学效果。"语言分析的过程应该是审美意蕴由遮蔽到敞开的过程，两者相辅相成，不可剥离。"具体来说，就是要考察语音、语言结构、语言风格等几个方面。语音主要包括声音、节奏和语气等因素。语言结构主要是指句子的排列组合方式，既包括一个句子内部的语法结构，也包括某一句群、语段中句子之间的关系构成。语言风格是作品风格或作家风格的直接体现，批评家对语言风格的分析，仍然是基于对语言的音响色彩、节奏韵律、语调语气、句型结构等方面的感受和品味。也就是说在对语音、语言结构进行分析的同时也就展现了作家的语言风格，它们是连在一起的。

对于语音、语言结构、语言风格三个方面的文体分析，魏天无也指出，在文体学研究的范围内，文体所包含的要素远不止这些，例如对语音、词汇、句法结构等因素复合而成的语境的分析，正是许多批评家在批评写作中所忽视了的。同时，魏天无也指出了文体分析中存在的一些问题，比如把叙事学分析当作是文体分析的一个组成部分，将两者的概念、技巧方法、理论模式混同一体，交叉滥用，是当前文体分析（包括叙事学分析）中存在的最大问题，它同样明显地暴露出一些批评家理论准备不足

[①] 参阅肖翠云《新时期文学文体学研究概览》，《福建师范大学学报》（哲学社会科学版）2006年第2期。

[②] 《华中师范大学学报》（哲学社会科学版）1996年第6期。

的事实和浮躁的心态（具体参阅下一小节的分析）。

此外，如何看待文体批评与传统的社会—历史批评关系，魏天无也给予了分析。他认为，文体分析并不能取代乃至否定传统批评，他们各有各的优长和不足。以社会—历史批评方法为代表的传统批评，十分注重文学作品与时代精神、社会文化环境以及作家创作历程的广泛联系，注重挖掘作品特有的思想意义、情感内涵及审美愉悦的功能，但对文学的"内部规律"，对文学语言的特性、价值和作用认识不够。与此相对照，文体分析在突出文学语言的独立自足性，拓宽和加深了人们对文学本体、本质的认识中，却往往会割断了文学文本与作家、外部世界、读者的密切联系，忽视甚至无视作品中可能蕴含的丰富深邃的思想内涵。由此，强调文体分析与审美意蕴的结合，是建立中国自己文学（文艺）文体学的一个重要途径。最后魏天无指出，批评家一方面要借鉴吸收西方现代语言学、文体学的理论和方法，一方面要深入钻研中国古代丰富的文体观念和知识，同时注意相邻学科、不同批评理论模式的优势互补，只有这样，对作家作品的文体分析才能达到一个新的高度，才能真正建立起具有科学意义的中国现代文学文体学。

在建立中国现代文学文体学体系中，张毅的《文学文体概说》（中国人民大学出版社1993年版）以及童庆炳主编的"文体学丛书"（云南人民出版社1994年版）最具代表性，这些成果当然不是孤立出现的，而是前段时间中文学语言、文学形式、文学符号等研究成果的综合和积淀。

张毅的《文学文体概说》对文体学的性质、研究的对象、主要内容、理论品格、批评的步骤、原则和方法，以及文体模式、文体分类（体裁）、文体变迁等方面，都进行了详细而系统的分析和论证，是对文学文体学较早进行全面阐述的专著，体现了作者建立文学文体学体系的努力。

张毅认为，文学作品的构成既非传统文学理论所理解的那样仅仅是某种思想内涵的载体，也非现代一些文学理论派别所理解的那样只是作品文本语言因素的排列，而是思想与语言的审美合一。文学作品的存在是一种特殊的语言实体的存在，也即文学文体的存在，作品语言文字的运行，就是一种关于存在的思虑或特定社会文化内涵的呈示，作品语言的运行与思想内涵的表达是同步的，不存在哪一方依附于哪一方的问题①。张毅还进一步明确："文学文体使文学独立，或使文学成为真正意义上的文学。"②

关于文学文体学的任务，张毅指出，文学文体学主要研究如何对作品文本进行带有审美目的的、有步骤的读解，阐明读解的过程并提出一些技术性的规则，由此揭示出作品整体的含义。也就是通过对作品文本的文体分析，读解其中的特定思想蕴含③。

对于文学文体学的研究内容，张毅认为大致可分为以下几个部分：第一，对文学文体的一般阐述，即从文化哲学的宏观角度，把文学文体确定为与哲学、宗教、艺术、科学等同一层级的文化存在方式，并且确认正是文学文体使得文学独立，使文学的特质得以体现。第二，从语言与文学文体的关系来探讨文学文体具体的语言因素构成情况，包括从言语到文学文体的一系列转换的理论研究、文学文体的特质以及文学文体的内在构成机制等。第三，从模式与体裁方面入手探讨文学文体的多样性。文学文体在模式上可区分为优美与壮美、悲剧与喜剧、装饰、再现，等等，在体裁上可分为诗歌、小说、散文、戏剧文学等，文学文体学对这些不同的模式和体裁逐一进行研究和评析。第四，从创作和阅读角度分别研究作家的文体风格与阅读者对不同文体的主观选择。第五，考察语言的发展与文学文体发展变迁的紧密关系，并总结文学文体学的理论发展。第六，运用这些文学文体学理论进行具体的文体分析与批评，提出文体批评的原则与方法。而张毅的这本书也主要就是按照这几部分展开论述的④。

对于文学文体学的独特理论品格，张毅谈了以下几点。首先，文学文体学的建立是 20 世纪文学理论发展的必然结果，是在对传统文学理论的社会文化中心论与现代文学理论中的作品文本中心论的综合与理论改造中建立起来的，它克服了二者各自的局限，既具有充分的理论基础，又在很大程度上获得了理论继续开拓的延展力。其次，文学文体学有自身独特的理论研究视角，那就是紧紧抓住对作品的文体分析，并以此为中心展开对

---

① 张毅：《文学文体概说》，中国人民大学出版社 1993 年版，第 6 页。
② 同上书，第 25 页。
③ 同上书，第 6—7 页。
④ 同上书，第 8 页。

文学理论问题的探讨，而在具体分析中，既有科学性的实证分析，又有对文学的人文精神的弘扬。

关于文学的文体批评步骤，张毅认为大致需要完成以下几步：第一，从语言学的角度，按照语音、词汇、句法、语境、修辞诸项从语言的最小因素的组合，直到整部作品的宏观完成，逐项作深入的考虑。第二，在语言学分析的基础上，还须从文学文体的整体构架角度，来研究作品文体运作的情况，考察作品各层次之间是否达到了平衡；作品的文体运作节奏是否做到张弛有度、疏密相间；作品内各层次、各文体要素的整个文体布置是否形成了以主题蕴涵为核心意义旨归的向心式张力结构，等等。第三，从语言学与美学相结合的角度，考察文学文体诸模式对整个文学文体的运作所起到的一些不可忽视的作用。第四，文学文体批评要考虑到不同文学体裁的不同文体特色，按照其文学语言与整体技巧等运作的不同情况与要求，分别考察作为特定体裁的文学作品的文体特点。第五，文学文体批评要综合诸语言学与美学的分析步骤，对创作者的文体风格进行深入的研究[①]。这些批评步骤与文体学的研究内容是一致的，既包括了批评的原则，也有方法论上的内容。

童庆炳主编的"文体学丛书"共有五本：童庆炳的《文体与文体的创造》，罗钢的《叙事学导论》，王一川的《语言乌托邦——二十世纪西方语言学美学探究》，陶东风的《文体演变及其文化意味》，蒋原伦、潘凯雄的《历史描述与逻辑演绎——文学批评文体论》。它们从不同的角度、不同的方面论述了文学文体的生成，文学叙事的本质、形式及功能，文艺美学的语言论转向，文学的文本建构方式，文学批评家的话语方式及话语秩序等问题。

其中童庆炳的《文体与文体的创造》可以说是一本文体学原理类的著作，作者在对中西文体论进行了历史回顾和反思的基础上，对文体作出新界定："文体是指一定的话语秩序所形成的文本体式，它折射出作家、批评家独特的精神结构、体验方式、思维方式和其他社会历史、文化精神。"从表层看，文体是作品的语言秩序、语言体式；从里层看，文体负载着社

---

① 张毅：《文学文体概说》，第291—295页。

会的文化精神和作家、批评家的个体的人格内涵[①]。显然，童庆炳的文体概念仍然带有80年代中期刘再复、鲁枢元等人的"向内转"理论的心理色彩。

该书从对中西文体的历史回溯入手，把文体分为"体裁"、"语体"、"风格"三个层次，特别突出了"语体"的重要意义；在讲文体创造时，论述了内容和形式相互征服的辩证关系，颇有见地，对推进文学文体学发展具有重要价值。

所谓语体，就是语言的体式。广义上说，语体是指人们在不同场合、不同情境中所讲的话语在选词、语法、语调等方面的不同所形成的特征。而文学文体学中的语体则是指用以体现文学的体裁并与特定体裁相匹配的文学语言。该书从大的方面把语体分为规范语体和自由语体。在规范语体中，该书对应着诗歌、小说和戏剧三大体裁又分为了抒情语体、叙述语体和对话语体三种基本语体，并作了详细的分析。在文体创作中，童庆炳深入分析了内容与形式的关系，但在童庆炳那里，这两者的关系与传统的理解是完全不同的。"内容与形式的相互征服"是童庆炳关于内容与形式关系提出的一个基本命题。这一命题着眼于二者的相互征服，从根本上摒弃了过去那种内容决定形式、形式服务于内容的传统认识，开辟了全面地、辩证地认识二者关系的一条新途径。

为了阐明自己关于内容与形式的这一命题，童庆炳首先重新认识了"题材"这一概念，力主必须首先划清题材、内容、形式三者的边界。按照传统的观点，题材属于文学内容的范畴。但童庆炳认为，这种观点是表面和肤浅的。尽管题材是作家从生活中寻找到的，并经过初步选择的材料，但它毕竟是尚未经过深度艺术加工的材料，因此它至多只能说是内容的坯料，而不能说是内容本身。童庆炳把题材从艺术内容中剥离出来，其目的是强调在从题材（材料）向艺术内容转化的过程中，形式所起的关键作用。对于内容，童庆炳认为："作品的内容是经过深度艺术加工的题材，以语言体式为中心的形式则是对题材进行深度艺术加工的独特方式。一定

[①] 童庆炳：《文体与文体的创造·导言》，云南人民出版社1994年版，第1页。

的题材经过某种独特方式（形式）的深度艺术加工就转化为艺术作品的内容。"① 题材一方面受到形式的锻造，一方面则在锻造后转化为内容。形式对题材的锻造一旦获得成功，内容与形式的美学关系得以建立，一部内容与形式有机统一的有艺术生命的作品也就诞生了，而题材则"退出"，只作为"隐在"的方式而存在着②。而题材能否转化为内容，则必须经过形式的锻造，而能否锻造，则要看题材是否有对形式的吁求。题材的吁求是形式出现的条件。童庆炳指出，在任何一个作家所选定的题材中，都会有内在的逻辑，包括来自生活的生活固有逻辑和来自作家主体的情感逻辑，这种内在的逻辑吁求形式对它作出与之匹配的呼应。换句话说，作家对一定题材赋予什么形式，尽管有发挥创造性的广阔天地，但这种创造性仍要受到题材固有的内在逻辑制约，遵从这种制约，才能使形式与题材的"性格"相匹配，才能充分地艺术地表现这种题材，把它转化成真正富于艺术魅力的内容。

形式如何才能切合题材的内在逻辑呢？在这里，童庆炳认为传统的形式适应题材的认识是解决不了问题的。他通过在主人与客人的关系中，客人可能会反客为主，征服主人的形象比喻指出，形式有可能征服题材，两者在对立、冲突中建立起新的艺术秩序和有生命的艺术世界。具体观点是："创作最终达到的内容与形式的和谐统一，不是形式消极适应题材的结果，恰好相反，是形式与题材对立、冲突，最终形式征服（也可以说克服）题材的结果。形式与题材二者相反相成。这样，文体创造的基本原则是：内容与形式的对立与冲突，这种对立与冲突最终又达到了和谐的统一。"③ 在《文体与文体的创造》一书中，童庆炳通过对大量资料的分析证明，这种形式对题材的征服，乃是文体创造的基本规律。"题材吁求形式，形式征服题材"，童庆炳在文学创造内部的辩证矛盾运动中，找到了把握内容与形式关系的新的认识和表述方式，这对我们重新认识二者的关系，推动文学文体学的进一步发展，都具有重要的价值。

---

① 童庆炳：《文体与文体的创造》，第289页。
② 同上书，第293—294页。
③ 同上书，第298页。

除了童庆炳的这本《文体与文体的创造》之外，其他的几本文体学专著也各有特点，比如陶东风在《文体演变及其文化意味》中，提出"历时文体学"的概念，并在导言中给予了具体阐述①。陶东风指出，历时文体学是从动态的、纵向的角度描述历史上处于不同时间维度的文体结构的转化、兴替、变易，描述文体演变的各种现象并总结其规律。历时文体学考察的不是共时水平上的各种文类的文体特征（如对小说、诗歌、戏剧、散文作平行对比），而是诸种文类文体在历史上的兴替转化规律以及某一特定文类（如小说）内部的文体演变规律，也可以说，是从文体学的角度建构文类史，对文类的演变（如宋词之取代唐诗、意识流小说之取代传统小说）作出文体学的说明。对文类文体变易的研究是历时文体学的重要内容，同时对文学史学也有特殊的意义。该书从语言到文化，从内在到外在，从微观到宏观，从语言学、心理学到文化学，逐渐推进，全面阐述了文体演变的深刻原因，弥补了静态文体学研究的不足。

---

① 该书导言《历时文体学：对象与方法》曾先行于《文艺研究》1992年第5期上发表。

第十九章

文学史新观念的建构

文学史理论是文学理论的重要组成部分，文学理论的变化总是要折射到、反映于文学史的观念和写作，反之亦然。因此，中国当代文艺学的发展也包括文学史观念的不断建构、解构与重构，以及文学史写作模式的不断变化。我们本章就着重探讨当代文艺学中关于文学史观念的讨论，其中"重写文学史"是一个核心的命题，它极大地影响了中国现当代文学史的书写。此外，关于文学史理论的讨论和争鸣，也是我们本章所要讨论的内容。

一 关于"重写文学史"

（一）"重写文学史"的提出及讨论

"重写文学史"口号最初是由 1988 年《上海文论》第 4 期开辟的"重写文学史"专栏提出的，但作为一次文学史的理论反思思潮，广义的"重写文学史"的实践至迟在 1985 年就正式开始了，而其酝酿则可以追溯到新时期初期。所谓广义的"重写文学史"，指的是在新的文艺学观点促动下，文学理论界和文学史研究领域中的部分学者有意识地尝试探索新的文学史建构理念和书写方法的种种努力。

1985 年 5 月，在北京西郊的万寿寺里召开的"中国现代文学研究创新座谈会"上，陈平原介绍了由他和钱理群、黄子平三人共同提出的关于"二十世纪中国文学"的设想，他们强调中国现代文学发展与世界现代文学发展的同步性，力图把中国 20 世纪文学的发展历史作为一个整体进行研究，打通所谓近代、现代与当代的界限,建立中国20世纪文学史的新的研究格局,宣告了一种新的文学史意识的萌生。几个月后,《文学评论》在当年第5期上发表了由他们三人联合署名的《论"二十世纪中国文学"》,引起强烈反响,甚至被称为是当时的学术界的一次"革命性行动","为近百年中国文学的研究提供了一种新的眼光、新的原则、新的格局与新的观念"[①]。可以说,"二十世纪中国文学"预示了"重写文学史"思潮的开始。

从某种意义上说,从"文化大革命"结束之后到1988年正式提出"重写文学史",文学史的重写实践一直没有中断,而陈平原他们关于"二十世纪中国文学"的构想更是早在1982、1983年就开始酝酿了。作为"重写文学史"栏目编辑的毛时安曾经说过,"重写文学史""是党的十一届三中全会路线在文学研究领域的逻辑必然",并认定"从文学史角度否定文化大革命就必然牵涉文化大革命前的文学史,牵涉文学史中的作品、作家、文学现象和事件的再认识再评价。要彻底否定文化大革命就必然要重写文学史"[②]。这就把"重写文学史"上溯到了新时期的开端。实际上我们也看到,"文化大革命"结束后,随着关于"真理标准"问题讨论的逐步深入和一大批作家的相继平反,文学研究者就已经开始对以前的文学史进行反思,对现代文学思潮、文学流派、作家作品进行重新评定了。这些反思和评定,被王富仁先生称之为"广义的'重写文学史'"[③]。比如1983年,朱光潜先生于《湘江文学》第1期发表《关于沈从文同志的文学成就历史将会重新评价》一文,被认为是"重写文学史"的先声。沈从文在中国现代文学史上是一位有影响的作家,但在中国社会阶级矛盾尖锐斗争的年代,他的文学观与所谓"革命"精神是不相容的。在该文中,朱光潜先生特别称颂沈从文"有勇气提出'人性'这个别扭倒霉的字眼",并在文章结尾处,作者更是宣称:"从文不是一个平凡的作家,在世界文学史中终会有他的一席地。据我所接触到的世界文学情报,目前在世界得到公认的中国新文学家也只有从文和老舍,我相信公是公非,因此有把握地预言从文的文学成就,历史将会重新评

---

① 谭桂林:《"二十世纪中国文学"概念性质与意义的质疑》,《海南师范学院学报》1999年第1期。
② 毛时安:《不断深化对文学史的认识》,《上海文论》1989年第6期。
③ 王富仁:《关于"重写文学史"的几点感想》,《上海文论》1989年第6期。

价"。这貌似惊人之语对人们重新认识沈从文无疑具有重大作用。

1988年初,《黄河》杂志第1期发表了李劼的文章《中国现代文学史(1917—1984)论略》。在这篇文章中,李劼提出了文学史具有无限阐释的可能性。他说:"阐释主体的自主性使得我们现在面对的这段文学史不可能以一种面目被最终确定下来,同时也使得人们对它作出阐释之前不得不正视阐释主体的现实基点,即阐释者的那种主观性、当代性和那种在个体把握历史整体时难以避免的个性化和片面性。"他认为历史的不同面目不过是由于不同的观察角度、编码方式、描述语言所造成的差异。李劼反对李泽厚把文学史当作思想史的观念,主张返回文学本体重构20世纪中国文学史:"它是文学的本体性不断失落又不断被寻求的审美精神和语言能力的消长史。"在整个80年代,从文学本身出发正是"重写文学史"的一个基本观念。

从这里我们也可以看出,"重写文学史""不是哪一个人或哪几个人发动的,是那个时候许多学者的共识"[1](王晓明语)。当然,1988年《上海文论》开设"重写文学史"专栏,无疑为这股思潮起到了重要的命名作用,引起强烈反响,许多刊物纷纷开设类似的专栏,进行"重写文学史"的讨论和实践。比如1989年,《中国现代文学研究丛刊》第1期开设了一个"名著重读"的新栏目,认为与《上海文论》"重写文学史"是一次"南北合作"。除此之外,《文学评论》从1988年第2期就开设了"行进中的沉思"专栏,对当代文学现象进行反思。《文艺报》开设了"中国作家的历史道路和现状研究"专栏,就连主要针对中学语文教育的《语文学习》也从1993年第1期开设了"名作重读"栏目,钱理群是专栏的主要作者,在1993年和1994年间为专栏写作。专栏的首篇就是钱理群的《〈雷雨〉是社会问题剧吗》。

《上海文论》"重写文学史"专栏讨论到1989年第6期就结束了,持续时间仅仅只有一年半(发表文章40余篇),但作为一种学术反思活动,"重写文学史"并没有终止。1991年,远在海外的《今天》杂志从《上海文论》手中接过了"重写文学史"的思想,从1991年第3、4期开始一直到1996年,几乎每一期都有一两篇文章在此栏目下发表,1993年第4期还推出《重写文学史专辑》,日本的中国现代文学研究权威刊物《野草》

---

[1] 李世涛:《从"重写文学史"到"人文精神讨论"——王晓明先生访谈录》,《当代文坛》2007年第5期。

也曾刊发一组关于"重写文学史"的评论。而国内学术界在 20 世纪 90 年代则将这一学术命题由提出落实到深入研究的学术实践中①。

从更广阔的视野看,重写文学史是 20 世纪 80 年代以来兴起的"重写历史"思潮的一种,它是一个社会文化和思想观念的重大转型时期必然出现的现象,同期还有重写艺术史、重写音乐史、重写哲学史、重写思想史等,而重写"就是将过去误读的历史再颠倒过来,将过去那种意识形态史、政治权力史、一元中心化史,变成多元文化史、审美风俗史和局部心态史。其目的在于瓦解过去正史的意义,使文学、文化和文本的互相指涉的互文本关系,成为历史连续性之后的非连续性——割断了过去那种意识形态解释的连续性,而将历史转化为一种新的话语模式,在压缩意义范围中揭示出权力话语运作的潜在轨迹"②。可以说,重写是我们理解历史、反思历史的一种方式,在重写中,我们批判过去,并由此走向未来。

(二)"重写文学史"的背景

"重写文学史"的大背景,是"文化大革命"结束以及十一届三中全会之后兴起的全社会的思想解放(或新启蒙)思潮。有人把"重写文学史"的起点追溯到 1978 年前后对于《部队文艺工作座谈会》以及"文化大革命""左"倾路线的否定,这是有一定道理的。陈思和就曾指出:"'重写文学史'的提出,并不是随意想象的结果,近十年中国现代文学的研究确实走到了这一步……这在当时是出于拨乱反正的政治需要,实际上却标志了一场重要的学术革命。"③ 如果我们把"文化大革命"结束后的一系列文学思潮联系起来看,我们会发现,从最初的"为文艺正名",到后来的关于文学主体性和"向内转"的讨论,一直到的"重写文学史"的提出,其实是一脉相承的,是在思想解放思潮下对文学深入思考的体现。

此外,随着社会主义建设的逐步展开,国家对现代化发展的明确要求,也使得文学界开始追求文学的现代化,因为这与人们所反思的"现代"文学史(当然包括当代文学史)是紧密相关的。王晓明先生后来曾反思过"重

---

① 参阅周立民《重写文学史》,《南方文坛》2005 年第 5 期。
② 王岳川:《重写文学史与新历史精神》,《当代作家评论》1999 年第 6 期。
③ 陈思和:《关于"重写文学史"》,《文学评论家》1989 年第 2 期。

写文学史":"整个1980年代,知识分子程度不同地都有一种对现代化的幻觉,当时一部电视系列片中所谓黄色和蓝色文明的区分,表达了大家那时普遍的想法,而很少有人对此有过怀疑。'重写文学史'也是在这个大的思想背景中发生的。对现代化——具体到文学,就是文学的现代化、西方化——的向往同样成为我们想象什么是好的文学的主要参照,所谓'重写',很大程度上就是依据了这个标准,而现在来看,恰恰是这个标准成了问题。这是最主要的一点。"[1] 思想解放思潮与对现代化的追求,成为重写文学史的思想文化背景。至于现代性与现代化的复杂关系、现代性的不同构成,特别是审美现代性所蕴含的对于社会现代化的反思和批判立场,基本上没有进入当时"重写文学史"倡导者的视野。正因为这样,到了反思现代性的90年代,重写文学史本身成为被反思的对象,就连当初"重写"重要当事人之一的钱理群,在反思"重写"时,也表现出了矛盾与困惑[2]。

---

[1] 李世涛:《从"重写文学史"到"人文精神讨论"——王晓明先生访谈录》,《当代文坛》2007年第5期。

[2] 钱理群在《矛盾与困惑中的写作》(《文艺理论研究》1999年第3期)中,追问"现代文学"道:"如何理解'现代文学'这一概念中的'现代'两个字?它是一个'时间'的概念,还是包含了某种性质的理解?那么,文学的现代性指的是什么?"正是围绕着这一有关"现代性"问题的思考,又引发了钱理群对现代文学研究中的一系列问题的追问,诸如如何从中国文学、学术自身的发展,特别是晚清、民国以来文学、学术的发展,来揭示"五四"文学变革、现代文学的诞生的内在理路与线索?如何将现代文学置于与现代国家、政党政治、现代出版(现代文学市场)、现代教育、现代学术……的广泛联系中,来理解文学的现代性问题?如何从更广阔的视野来考察中国现代文学与世界文学的关系——不仅是英美文学的影响,同时要关注英美之外的西方国家,俄国与东方国家文学的影响,在中外文学关系的研究中如何认识与处理"接受外来文化的影响,实现中国文学(文化)的现代化的过程,同时又是反抗殖民主义的侵略与控制,争取民族独立与统一的过程"这二者的关系?等等。钱理群的追问也正是对以前重写文学史的反思。旷新年在《"重写文学史"的终结与中国现代文学研究转型》(《南方文坛》2003年第1期)中,也对重写文学史进行了现代性的反思。他指出,从根本上来说,构成"重写文学史"运动的有力支撑的是两个中心的观念:这就是"文学现代化"和"纯文学"的观念。"文学现代化"被理解为"纯文学",最终又被理解为"现代主义"。因此,在80年代,"纯文学"的标准和"文学现代化"的标准几乎是同时产生和确立的。也就是说,将"文学现代性"理解为"文学现代化",将"文学现代化"又理解为"纯文学"和"现代主义"的追求。由此,旷新年分析了"重写文学史"的"洞见"和"盲视",强调现代化的多元性和复杂性,批判了"充满了意识形态的'预设性'或'后设性'的'重写文学史'运动"。此外可参阅俞兆平《"重写文学史"的困惑与突围》,《南方文坛》2000年第4期;李杨《当代文学史写作:原则、方法与可能性——从陈思和主编的〈中国当代文学史教程〉谈起》,《文学评论》2000年第3期和《文学分期中的知识谱系学问题——从"当代文学"的"说法"谈起》,《文学评论》2003年第5期;王本朝《重写文学史:一段问题史》,《广东社会科学》2003年第5期;陈松林《论"重写文学史"书写困境的形成》,《湛江师范学院学报》2007年第5期等。

与追求现代化紧密相连的，是外来文化的进入对重写文学史的推动。一是美籍华裔学者夏志清在20世纪50年代所写的《中国现代小说史》[①]随着对外开放而进入中国大陆，其对沈从文、张爱玲、钱锺书等原先被革命文学理论所边缘化的作家的肯定和评论，影响到了相当一部分现代文学研究者，"以诸种或隐或显的方式进入了中国学者重估现代文学的视野。无论是赞同还是质疑，现代文学研究者都很难回避与夏志清《小说史》中所阐发的观点进行对话或潜对话"[②]。可以说，夏志清的《中国现代小说史》因其倡导审美本位、反对革命功利主义的文学史叙述框架和价值立场，极大地促进了大陆学者对中国现代文学史的"重写"意识。另一部对大陆重写文学史有影响的海外著作是司马长风的《中国新文学史》，在香港初版为1975—1976年，1978年再版，此后在80年代初期又再版过[③]。

　　二是整个世界性的，尤其是美国重写文学史以及相关的关于经典论争[④]的影响。20世纪80年代，美国文学界也提出了"重写文学史"的口号，即美国要重编一部《美国文学史》以取代由罗伯特·斯毕勒主编、业已沿用了近40年的那部文学史。1988年，由埃默里·埃利奥特（Emory Elliott）主编的《哥伦比亚美国文学史》问世，随后，由美国哈佛大学萨克万·伯克维奇（Sacvan Bercovitch）主编的8卷本《剑桥美国文学史》紧接着又上马了，1996年出齐8卷本。这一文学史的规模比《哥伦比亚美国文学史》还要大，将近是后者的5倍。这部文学史重新发掘出了以前曾被忽视的美国文学材料，包括许多作家和作品，同时运用多种研究方法，

[①] 该书1961年英文版出版，中译繁体字版于1979年和1991年分别在香港和台湾出版，2001年又在香港出版了中译繁体字增订本，2005年，大陆简体字版才由复旦大学出版社出版。

[②] 吴晓东：《小说史理念的内在视景——评夏志清的〈中国现代小说史〉》，《中国图书评论》2006年第3期。

[③] 这部著作分为三卷，上卷初版为1975年，中下卷为1976年，由香港昭明出版社出版。这部文学史把新文学发展进程分为"诞生期"、"收获期"和"凋零期"，并对钱锺书、沈从文等作家及其作品进行了评价和分析，在编写原则上，试图"打碎一切政治枷锁，干干净净地以文学为基点"来写文学史。

[④] 对经典的认识与定位，直接牵涉到文学史的编写。关于西方，尤其是美国的经典论争，可见迪恩·科尔巴斯的《当前的经典论争》一文，中译文见陶东风主编《文化研究精粹读本》，中国人民大学出版社2006年版。

探讨了包括社会、文化、理智以及审美在内的多样性，显示了文学研究方面的包容性①。由此我们也可以看出，中国20世纪80年代的重写文学史思潮，也是整个世界当时重写历史的一部分②。

也有学者指出，李泽厚于1986年发表于《走向未来》创刊号的《启蒙与救亡的双重变奏》，也是20世纪80年代重写文学史的理论依据。在该文中，李泽厚明确指出，"五四"运动包含两个性质不相同的运动，一个是新文化运动，一个是学生爱国反帝运动。前者的主旨是启蒙，后者则是救亡。在"五四"时期，这两个主旨是相互碰撞、相互纠缠，甚至相互促进，同步发展的。但这种局面并没有延续多久，时代的危亡局势和剧烈的现实斗争，迫使政治救亡的主题又一次全面压倒了思想启蒙的主题。"之所以说'又一次'，是因为……这一直是近代中国历史上的老问题，是曾多次出现过的现象。"③而这其中也有中国传统文化的原因。中国的文化传统太强大了，使得启蒙一开头就"包含着或暗中潜埋着政治的因素和要素"，"以天下为己任"的意识，反抗外侮，追求富强，使广大人民生活得更好一些，"所有这些就并不是为了争个人的'天赋权利'——纯然个体主义的自由、独立、平等。所以，当把这种本来建立在个体主义基础上的西方文化介绍输入以抨击传统打倒孔子时，却不自觉地遇上了自己本来就有的上述集体主义的意识和无意识，遇上了这种仍然异常关怀国事民瘼的社会政治的意识和无意识传统"④。在反思历史之后，李泽厚指出，在当今（即当时80年代）这个时代，国内已经基本赢得较长期的和平环境，国家的富强（现代化）虽然仍是中国人的首要课题，但启蒙与救亡的关系毕竟可以不同于急于确立国家主权的军事——革命时期，重视个体的权益和要求，重视个性的自由、独立、平等，发挥个体的自动性、创造性，在今天比在近代任何时期都更加紧要。也就是说，在今天，启蒙应该成为我们所要强调的更重要主题。

---

① 参阅盛宁《重写文学史还是要有点"中和之气"》，《中华读书报》2002年1月30日。
② 关于这方面的背景介绍，亦可参阅钱中文的《文学史的类型、构架与问题》，见王锺陵主编《二十世纪中国文学史论文精粹：文学史方法论卷》，河北教育出版社2001年版。
③ 李泽厚：《中国现代思想史论》，天津社会科学院出版社2003年版，第26页。
④ 同上书，第6页。

进一步具体到文艺上，救亡压倒启蒙是如何表现的呢？李泽厚的文章没有直接涉及。但在稍后发表的《二十世纪中国文艺一瞥》一文中，李泽厚开始为文学史寻找相应的新视角。他指出，随着救亡因素的加大，文学的"纯审美因素减弱了，它的社会性、现实性、目的性更鲜明了"①，而《讲话》之后，这一点体现得更为明确清楚了："知识者的个性（以及个性解放）、知识给他们带来的高贵气派、多愁善感、纤细复杂、优雅恬静……在这里都没有地位以致消失了。……国际的、都市的、中上层社会的生活、文化、心理，都不见了。"②

（三）重写文学史的实践

正是在这种国内外思想文化背景和理论依据的前提下，80年代的学者们开始反思中国的文学史尤其是现代文学史的写作，发现了其中隐藏着的许多问题，主要表现为政治一元化的叙述模式和千史一面的编写体例。

首先，新中国成立以来的文学史叙述几乎都离不开政治，对文学的自身规律严重忽视，文学史在很大程度上成了朝代史或革命史的一部分，重大政治运动和历史事件成了文学史的分期标准与依据，文学发展进程中所体现的规律和特性被漠视。贾植芳曾尖锐地批评了长期存在的文学史观的狭隘和偏颇，以及由文学史观的偏狭而带来的对具体作品、作家评价的失误。他指出："长期以来，我们在文学史研究中缺乏科学的文学史观，而常常将革命史与文学史混为一谈，因此造成了文学史研究中的许多空白或遗漏，这样一种偏狭的文学史观致使我们以往的文学史研究有两点明显缺陷，即在整个文学活动中以政治立场划线，非左翼不要；而在左翼文艺内部，又以宗派划线，排斥和贬低不同意见。"③ 例如被称之为新中国诞生以来文学史研究的开山之作、1951年面世的王瑶的《中国新文学史稿》，它的研究成果无疑为新中国的文学史学科建设奠定了坚实的基础。但是，"史稿"对于中国现代文学的新民主主义性质的论定，文学形态上的无产

---

① 李泽厚：《中国现代思想史论》，天津社会科学院出版社2003年版，第225页。
② 同上书，第241—242页。
③ 《老教授三人谈》，《文艺报》1989年5月27日。

阶级文学、小资产阶级民主主义文学、资产阶级民主主义文学的类型划分，无疑是对政治分类标准的机械套用。

政治的不适当干预必然会导致对文学作品审美性的忽视，这样，文学本身的审美品格丧失了，文学批评由复杂的审美活动演变为庸俗的政治评判，文学史也演变为某些政治运动的实录。这是提倡重写文学史的学者们感受最深的，也是反思和重写的最主要内容。

其次，在编写体例上，自王瑶的《中国新文学史稿》问世以来，出现了典型的三段叙述模式：社会环境、作家介绍、作品分析，这种模式被反复重复后固定下来，文学史叙述千篇一律，难有突破。

总之，在政治挂帅，文学服务于政治的社会环境中，文学失去了其自身的独立性，作家和作品都没有了自我，文学史家也失去了自我。正如陈思和在《关于"重写文学史"》一文中所指出的："在五十年代一次比一次激烈的政治风暴以后，渐渐地在文学史研究中出现了一种固定的思维模式。这期间虽也有多种文学史著作，但与其说是一次次'重写'，还不如说是一次次'覆写'……"这种程式已经僵固了研究者的思维能力，以至于1978年以来出版的各种各样的现代文学或当代文学的教科书，除个别一两种较有特色以外，大多都给人一种拼拼凑凑的感觉，基本框架和基本观点难以超越①。正是针对以前文学史（包括对某些作家、作品的评价）的这些问题，很多学者觉得必须重写文学史，改变文学史编写中的这些偏颇和狭隘。

问题是如何重写？

陈思和指出，要彻底改变文学为政治服务的思维定势，"把一切研究都推到学术起跑线上"，恢复文学自身的审美独立性。具体来说，陈思和认为，"'重写文学史'首先要解决的，不是要在现有的现代文学史著作行列里再多出几种新的文学史，也不是在现有的文学史基础上再加几个作家的专论，而是要改变这门学科的原有性质，使之从从属于整个革命史传统教育的状态下摆脱出来，成为一门独立的、审美的文学史学科"②。由此可

---

① 《文学评论家》1989年第2期。
② 陈思和：《关于"重写文学史"》，《文学评论家》1989年第2期。

见,"重写文学史"口号的提出,绝不是对以前文学史的修补,也不简单地把过去颠倒的作家作品再颠倒过来,而是旨在强调一种观念和标准的变更,强调对现代文学学科的重新定位。

此外,"重写文学史"的呼声里也包含恢复研究者的学术个性、强调学术研究的多元化等主张。对于这一点,陈思和说:"'重写文学史'的提出,就是要求改变这种教科书的大一统局面,希望恢复文学史研究应有的科学态度,以自由的个性的多元的学术研究来取代仅止一种的单调声音,就如马克思当年面对普鲁士当局的书报检查令而呼吁的,要求每一滴露水在太阳的照耀下闪耀出无穷无尽的色彩。"① 从中我们明确地认识到,"重写文学史"的呼声一开始就隐含着张扬学术个性、提倡思想多元化的学术诉求。而要写出有个性的文学史,就要重视个人体验,包括阅读文学现象和作家作品的感性体验,"把自己整个身心投入到学术对象中去,由自己的生命感受中来体会文学与人生,他的研究结论一定是个性的,有创造性的,因而总是对前人成果的发展,如果从学术的意义上说,这就是重写"②。如果文学史写作没有了个人经验的参与,或者说掩藏个人经验,就很容易被非文学的因素渗进,会使文学史写作走向雷同化。

但在这里我们还需要注意的一点是,文学史的写作虽然需要个性,但编撰文学史与撰写论文毕竟还有所不同:论文完全是个人之见,而编写文学史,在提出新见的同时则应该对观照知识的公共性、共识性、稳定性,对于业已在学术圈达成共识的知识应该尽量予以客观的介绍。在某种意义上说,文学史教科书的使命是对在文学史领域已经取得权威地位的各种知识和学术成果予以介绍,而不是突出研究者个人的创造性见解。

文学史的重写实践包括两个方面,一是对具体作家、作品的重新评价,二是对文学史、主要是现当代文学史的重新编写。

具体作家作品的重新评价

"重写文学史"的口号在1988年《上海文论》第4期作为一个专栏正式提出的同时,推出了两篇重评文章——宋炳辉的《"柳青现象"的启

---

① 陈思和:《关于编写中国二十世纪文学史的几个问题》,《天津社会科学》1996年第1期。
② 陈思和、王晓明:《关于"重写文学史"专栏的对话》,《上海文论》1989年第6期。

示——重评长篇小说〈创业史〉》和戴光中的《关于"赵树理方向"的再认识》。随后,该专栏又陆续发表了关于"战士诗人"郭小川的创作悲剧、丁玲的个性"转变"、《子夜》的缺陷以及苏俄文论在中国的命运等重评文章,对具体作家作品进行了重读。在此我们仅举几例。

戴光中的《关于"赵树理方向"的再认识》从反思赵树理的"问题小说论"和"民间文学正统论"入手,重新认识"赵树理方向"。作者认为,"赵树理方向"容易使写作沦为赶任务的政治宣传,而在艺术上"反映出赵树理内心强烈的农民意识和艺术上的民族保守性"。宋炳辉在《"柳青现象"的启示——重评长篇小说〈创业史〉》中,通过对小说文本的细致分析,通过"柳青现象",重新审视作家"深入生活"这一命题,提出了作家深入生活必须是一个具有独立自主性的创作主体,表现生活要贴近生活又要保持相应距离的看法。

王雪瑛在《论丁玲的小说创作》(《上海文论》1988年第5期)中指出,丁玲的小说创作有一个不断"回避自己的内心痛苦,将它们深深地掩藏起来"的过程,她为了适应外在社会和文学环境的变化,而"不惜背离自己的创作个性,主动去改变自己的创作方式",真实的"自我"被驱逐出作品。比如在曾被解读为文学史经典的《太阳照在桑干河上》里面,"简直看不到丁玲自己的独特感受,只有那一个纯粹政治性的主题,而这样的主题是其他许多作家都已经写过,以后还有更多的作家将要来写的"。在作者看来,创作无疑应该是"一种个性的扩张,一种感情的释放"。丁玲在创作之初,敞开了自我的整个身心,大胆进行自我审视、自我剖析、自我表达,"可是最后,在似乎不可抵挡的环境压力面前,丁玲还是认输了。她终于吸取了教训,由个性张扬变为压抑个性,由自我抒遣变为自我封闭,由倾听自己的心声转变为图解现实的公式:她的创作变了质,由先前的那种积极的自我超越和自我保护,变成了一种以自我丧失、自我分裂为代价的消极的自我保护"。很显然,在作者看来,丁玲的《太阳照在桑干河上》离真正的创作有一定距离。得出这样的结论,与一般文学史的结论是大相径庭的。同样与丁玲的艺术转变有相似之处的是何其芳。

这些具体的作家作品的评价有几个共同的特色,一是把重新评价个别作家作品作为解剖一个时代文艺创作指导思想失误或偏差的个案，不是为了研究作家作品而研究作家作品，因此这些文章具有较高的理论反思色彩；二是这些文章常常都把矛头指向"左"倾的政治化的创作偏差，强调文学创作以及文学史评价的审美标准和艺术标准。因此他们选择的批评个案常常是那些比较"左倾"和政治化的作家。

除了《上海文论》"重写文学史"专栏发表重评作家作品的文章之外，其他刊物和学者也陆续发表了一系列文章，包括对传统经典作品和作家的重评，如郭沫若、茅盾、赵树理和左翼文学等，也包括以前所忽视的作家作品，如沈从文、钱锺书、张爱玲、穆旦和金庸等，显示了重写文学史的成绩①。

文学史教科书的重新编写

在重写文学史论争中出版了很多文学史教科书，这也最能显示文学史"重写"的收获，其中代表性的有钱理群、温儒敏和吴福辉三人于1998年合作出版的《中国现代文学三十年》（北京大学出版社），洪子诚于1999年出版的《中国当代文学史》（北京大学出版社），陈思和于1999年主编出版的《中国当代文学史教程》（复旦大学出版社），以及谢冕、孟繁华主编的《百年中国文学总系》（11卷，山东教育出版社1998年开始出版）等。在这里我们仅就这些文学史的编选原则以钱理群等的《中国现代文学三十年》和陈思和的《中国当代文学史教程》及由此引发的论争，作简要介绍。

钱理群等人在《中国现代文学三十年》的"绪论"中指出，从根本上说，20世纪中国文学，尤其是他们所研究的30年（1919—1949年），主要是现代中国的反帝反封建的民族文学，民族和人民内部各阶级文学的分野，虽然很重要，但总的说来是处于从属地位，过去把无产阶级文学与自由资产阶级文学的矛盾、斗争作为现代文学发展的主线，显然是不妥的。

---

① 这方面的文章很多，如王晓明《一个引人深思的矛盾——论茅盾的小说创作》，《中国现代文学研究丛刊》1988年第1期；邹羽《批判与抒情——论郭沫若早期诗作中的自我问题》，《今天》1993年第4期；余岱宗《阶级斗争叙事中的道德、爱情与苦难——重评长篇小说〈艳阳天〉》，《文艺理论与批评》2001年第5期；赵学勇、杨小兰《重读20世纪50年代小说经典》，《兰州大学学报》2001年第6期等。

因此，我们对于现代文学的考察，也应该突出"改造民族灵魂"的文学这一主导的、整体性的文学观念，"改造民族灵魂"的文学及其所特具的思想启蒙性质，是现代文学的一个带有根本性的特征，它不但决定着现代文学的基本面貌，而且引发出现代文学的基本矛盾，推动着现代文学的发展，并由此形成了现代文学在文学题材、主题、创作方法、文学形式、文学风格上的基本特点。此外，《中国现代文学三十年》还特别注重中国现代文学与传统文学、世界文学的纵横联系，这也就是把现代文学置于一个历史和全球的时空坐标中，而不是把它封闭起来，从而能使我们更好地理解现代文学的发展状况，这与以前把现代文学置于革命史框架的做法显然是完全不同的。

如果说钱理群等人的《中国现代文学三十年》从革命的政治束缚中解放出来，试图突出文学与民族启蒙的关系的话，那么，陈思和的《中国当代文学史教程》则进一步强调了文学本身的审美特性和文学的创作主体——文人知识分子问题。陈思和在《教程》的"前言"中，阐述了他对20世纪中国文学构成的理解："首先，它是以现代汉语来表达现代中国人的感情及其审美精神的文学……因此中国现当代文学作品不但深刻包容了中华民族由古典向现代化转型过程中的真切的心理折射，而且也体现出现代中国人所能达到的审美能力和情操。""其次，中国20世纪文学史深刻反映了中国知识分子感应着时代变迁而激起的追求、奋斗和反思等精神追求，整个文学史是演变过程，除了美好的文学作品以外，还是一部可歌可泣的知识分子的梦想史、奋斗史和血泪史。""最后，中国20世纪文学史在本世纪所产生的历史意义不是孤立的，它是在中国由古典向现代转型的宏大社会历史使命。"这种理解与钱理群的认识有一定的相通性，但陈思和在这里突出了文学史建构的两个支点：审美和知识分子人文传统，这两点体现了文学研究向文学本体的回归。在这两个范畴的支撑下，《教程》选择了"民间"这一概念作为书写的中心话语，以政治权力话语、民间文化形态和民间知识分子的精英共时结构重新整合当代文学史，力图抗拒政治权力话语的霸权地位，从而建构起中国当代文学史新的阐释支点。

对于这些文学史，很多学者都给予了热情的称赞和欣赏，充分肯定了这些文学史的开创意义①。当然在肯定中也有批评，比如我们前面曾指出的有学者批评陈思和的《中国当代文学史教程》的盲视，还有在选择作"个例"分析的作品时，主观成分强了些。例如在"历史小说"、"农村小说"部分不提或基本上不提《红岩》、《李自成》和《创业史》，而在当时影响不大和未能发表的所谓"潜在写作"类作品，又提得过多了些；在批评标准的掌握上，似也有宽严不一之处，如对《保卫延安》就偏严了一点，对穆旦、巴金的作品又显得宽了一些，等等②。总之，不管这些文学史存在何种问题，就其对于文学史编写方式的探索上，无疑具有重大的推动作用。

（四）"重写文学史"的论争

关于重写文学史的论争主要围绕着以下几个问题，是否应当重写；矫枉过正所造成的所谓"审美偏执"；90年代末兴起的关于重排大师和"百年文学经典"的论争，后者可以看作是重写文学史的继续。

1. 在是否应当重写的问题上，很多人都持赞同意见，包括一些老一辈的文学评论家和文学史家，如王瑶、唐弢等。王瑶说："每个时代的文学史都应该达到自己时代的高度"，我们应该"重新研究文学史"③。唐弢说："我赞成重写文学史，首先认为文学史可以有多种多样的写法，不应当也不必要定于一尊。不过文学史就是文学史，它谈的是文学，是从思想上艺术上对文学作品的分析与叙述，而不是思想斗争史，更不是政治运动史。"④ 此外，徐中玉、钱谷融、吴强等一批老教授、老作家也纷纷撰文，支持"重写文学史"。徐中玉认为："文学史从来都是在不断地被重写的。时代在前进，社会生活在变化，人们的思想观念和学术观念包括文学史观

---

① 代表性的书评有吴义勤《"重写文学史"的难度与希望》，《当代作家评论》1999年第6期；施战军《史识的独立与史构的更新》，《当代作家评论》1999年第6期；《重写文学史：建构与检讨——〈中国当代文学史教程〉学者谈》，《杭州师范学院学报》2000年第5期等。

② 宋遂良：《"重写文学史"的重要收获——读两部新版文学史》，《南方文坛》2000年第1期。

③ 王瑶：《文学史著作应该后来居上》，《上海文论》1990年第1期。

④ 《关于重写文学史》，《求是》1990年第2期。

也必须要发生变化。因此，文学史不断被人们重写，本来就是正常和自然的了。对中国现当代文学史进行重新审视和反思，不是标新立异，哗众取宠，从根本上说，这种研究是为了对历史负责，恢复历史的本来面目。"①

与上述观点相悖的，是艾斐的《关于重写文学史的质疑与随想》(《理论与创作》1989年第5期) 一文。艾斐认为，重写文学史实在没有必要，"因为过去的文学史不是全部或大部基本事实或基本论述错误，文学史就没有重写的必要，而只是在原有基础上修改、补充、提高的问题。从中国现代文学史的实际情况看，显然不是需要重写，而是需要在原有基础上进行必要的局部性的修改和整体性的充实与提高。因为现行文学史除了个别地方外，基本上是符合文学发展的历史事实的，大部分论述也是具有科学性和历史感的"。

也有学者虽然同意重写文学史，但认为现在（即当时）重写文学史的条件还不成熟。原因是：(1) 对一些历史的陈案，今天究竟怎样认识还不清楚，时机不成熟。如对梁实秋的斗争，对"第三种人"的斗争，以及对新月派的批判等，现在都还没有弄清楚。(2) 对作家和作品的再认识，如对鲁迅的认识，还没有定论。还有对于一些受到误解、遭到不公平待遇的作家，对他们又怎样重新评价。(3) 新的中国文学史由谁来写，是官修，还是私修。当然私修为好，但私修哪来的人、哪来的资料、哪来的经费，等等，都是个问题②。这两条反对重写的理由看来都是不成立的，首先所谓"现行文学史除了个别地方外，基本上是符合文学发展的历史事实的，大部分论述也是具有科学性和历史感的"这个论断本身就需要证明（在我们看来它恰恰是"不符合历史事实的"），而不应当作前提肯定下来；其次，所谓"条件成熟不成熟"永远是相对的，而不是绝对的。条件永远没有绝对成熟完全成熟的时候。

2. 关于重写中的审美偏执。这是重写文学史论争中的一个核心问题，也是一个比较复杂的问题。重写文学史的目的在于颠覆以前文艺为政治服

---

① 《对历史负责》，《文艺报》1989年5月27日。还可参见钱谷融《重要的是内容必须扎实》，《文艺报》1989年5月27日；吴强《创作短语》，《上海文论》1989年第5期。

② 汪曾祺：《重写文学史还不到时候》，《文论报》1989年3月25日。

务的方针，因此，突出文学的审美性和文学史写作的审美标准，就是完全可以理解的。但在有些人看来，这种"矫枉"却往往"过正"，过分强调文学的审美性，往往会形成新的二元对立的思维模式，对那些社会性较强的乃至带有一定政治性的文学作品缺乏客观全面的评价，如对左翼文学、革命文学、解放区文学的丰富性和文学成就，就缺少全面公正的评价，以至于王瑶质问道："你们讲20世纪为什么不讲殖民帝国的瓦解，第三世界的兴起，不讲（或少讲，或只从消极方面讲）马克思主义、共产主义运动、俄国与俄国文学的影响？"[①] 由此，有学者指出，"重写文学史"是以对"文化大革命""鲁迅走在金光大道上"和"历史空白论"的"左倾"文艺路线的否定和批判开始，但其结果却是同样形成了新的"空白论"。"重写文学史"的"洞见"最终变成了文学史的"盲视"，不仅将"'文革'文学"，而且甚至将"十七年文学"视为文学史的空白[②]。而"这样的文学史很难说具有真正'完整的'文学史意义，我们完全可以将其理解为另一种形式的'空白论'，如果这种'盲视'并不是文学史的写作者的主观选择，那么就一定是写作者采用的文学史方法存在问题"[③]。比如有论者认为陈思和主编的《中国当代文学史教程》就具有这样的问题。

另外，过分强调文学的审美性，会在某种程度上导致评价的随意性和主观性，因为个体对审美的体验和感受是不一样的，由此也就导致对某些作家和作品评价的差异。尤其是如果"重写"受到个人性和当代性欲望的激励和推动，就容易忽视文学史作为历史科学的历史性、规律性和科学性。由此，"重写"文学史使文学史具有了个性和多种可能性，但显然也是有一定限度的。

3. 重排大师和"百年文学经典"的论争。1994年，由北京师范大学的王一川教授主编出版了一套"20世纪中国文学大师文库"（4卷8册，海南出版社）。在这个大师文库中，把许多以前并不称为"大师"的作家

---

① 钱理群：《矛盾与困惑中的写作》，《文艺理论研究》1999年第3期。
② 旷新年：《"重写文学史"的终结与中国现代文学研究转型》，《南方文坛》2003年第1期。
③ 李杨：《当代文学史写作：原则、方法与可能性——从陈思和主编的〈中国当代文学史教程〉谈起》，《文学评论》2000年第3期。

也包括了进去，如沈从文、张爱玲、冯至、穆旦等。同时还把茅盾这位在原先的文学史叙述中位列第三的大师排除在了"大师"之外，代之以金庸。由此引起了关于重排大师的论争。与此次重排大师的举动相关的是，1996年，由谢冕、钱理群选编的《百年中国文学经典》（北京大学出版社，共八卷）和由谢冕、孟繁华编选的《中国百年文学经典文库》（海天出版社）出版，引发了关于"百年文学经典"的论争。这两次论争围绕着的一个核心问题，就是关于"大师"、"经典"和到底应该如何理解和界定的问题：何谓经典？经典的标准是什么？谁制定经典的标准？经典是否是恒定的？这些问题直接影响到编选者的编选标准和对大师的界定，是文学史编写中所遇到的一个重要问题。

金庸位列"大师"行列进入文学史，是有一个过程的，这里涉及精英文化和大众文化的关系，涉及一系列学者、文人对金庸的评价，涉及大学教科书的编写者对于金庸的态度的变化①，王一川的"大师文库"正式把金庸推入经典行列，虽然作为一个事件引起了广泛关注，却也不是空穴来风。

当事者王一川认为，金庸对于文学史的意义，在于他的作品以通俗手法表现了深厚的文化与美学意义，写出了中国古代文化的魅力，体现了人的理想性格和对人性的考察，其"作品体现了中国文学发展方向，雅俗共赏"②。中国现代文学研究专家严家炎教授也充分肯定了金庸对于中国文学史的重大意义，盛赞金庸小说是"一场静悄悄的文学革命"，金庸是以精英文化改造通俗文化的"全能冠军"③。北京大学教授钱理群也指出："正是因为有了金庸——有了他所创造的现代通俗小说的经典作品，有了他的作品的巨大影响，才使得今天有可能来认识与结构本世纪的文学史的历史

---

① 可参阅钱理群的《金庸的出现引起的文学史思考》、陈墨的《金庸小说与二十世纪中国文学》、刘再复的《金庸小说在二十世纪中国文学史上的地位》、陈平原的《超越"雅俗"——金庸的成功及武侠小说的出路》等一系列文章，钱理群和陈墨的文章发表在《通俗文学评论》1998年第3期，刘再复和陈平原的文章发表在《当代作家评论》1998年第5期。此外，1997年，宋伟杰撰写的第一篇关于金庸小说的博士学位论文《从娱乐行为到乌托邦冲动》完成，1999年由江苏人民出版社出版。

② 王一川：《重排大师座次》，《读书》1994年第11期。

③ 严家炎：《一场静悄悄的文学革命——在查良镛获北大名誉教授仪式上的贺词》，《通俗文学评论》1997年第1期。

叙述。"① 金庸研究专家陈墨也说:"金庸小说的阅读经验使我换了一副眼光重新认识了中国文学史。"② 刘再复则更明确地指出金庸对于20世纪中国文学史的重要意义和价值:"应在新文学传统与本土文学传统两条线索分流演变的认识下重新检视二十世纪中国文学史,并以此背景理解金庸对二十世纪中国文学的特殊贡献,确认金庸在文学史上的地位",金庸"以自己杰出的文学才华成为与新文学传统相对的本土文学传统的集大成者,使本土文学再次发扬光大","他对现代白话文和武侠小说都做出了出色的贡献。金庸的杰出成就使他在二十世纪文学史上享有崇高的地位"③。

当然,学术界对金庸的接受并不是一帆风顺的,也不是一边倒的,而是从一开始就存在着争议和质疑。比如有的学者指出,武侠小说只是一种低档次、低品位的畅销书,不足以进入经典行列。金庸的武侠小说无法全部摆脱旧武侠小说,存在着不容回避的总体构思的概念化、模式化、公式化,严重脱离现实生活等六大痼疾,对其进行经典化是不负责任的吹捧,甚至断言"像武侠小说这种陈腐、落后的文艺形式,是早该退出新的文学历史舞台了!"④ 何满子在《光明日报》《中华读书报》等报纸连续发表文章⑤,从武侠小说的落后思想和俗套形式出发,对金庸小说提出了严厉的批评,认为金庸的小说是制造一种抚慰旧时代无告的苦难庶民的幻想,与呼唤人格独立与尊严的人文精神相背离,因而对以金庸为代表的"新武侠小说"予以全面否定。杂文家鄢烈山在1994年发表著名的《拒绝金庸》,以"排座次风波"及北大授予金庸荣誉教授称号为由头展开,他认为,"武侠先天就是一种头足倒置的怪物,无论什么文学天才用生花妙笔把一个用头走路的英雄或圣人写得活灵活现,我根本无法接受"⑥。

无论如何,关于大师座次与金庸经典化的论争,是重写文学史事件中

---

① 钱理群:《金庸的出现引起的文学史思考——在杭州大学金庸学术讨论会上的发言》,《通俗文学评论》1998年第3期。
② 陈墨:《孤独之侠——金庸小说论·自序》,上海三联书店1999年版。
③ 刘再复:《金庸小说在二十世纪中国文学史上的地位》,《当代作家评论》1998年第5期。
④ 袁良骏:《再说雅俗——以金庸为例》,《中华读书报》1999年11月10日。
⑤ 这些文章有《为旧文化续命的言情小说和武侠小说》,《光明日报》1999年8月12日;《破"新武侠小说"之新》,《中华读书报》1999年12月1日等。
⑥ 鄢烈山:《拒绝金庸》,《南方周末》1994年12月2日。

的一次重要论争，它至少使得文学史的叙述更为丰富和完整，文学史的观念更加多元化。

百年文学经典的论争与重排大师之争是相通的。百年文学经典之争由谢冕、钱理群、孟繁华他们编选的"百年文学经典"引发，后来转变为在更广泛意义上对于经典或文学经典认识的论争。围绕这次论争发表的文章形成了两派对立的观点，一是从普遍主义立场出发，认为"经典"是承载人类普遍的审美价值和道德价值的典籍，具有"超时空性"和"永恒性"，是经得起一代又一代读者的阅读和阐释的。在这一前提之下，有学者就认为，经典不是哪一位或几位批评家所认定的，而是经过历史选择的。但在这次论争中，文化研究视角的介入，使得人们对经典问题的认识更加丰富和深刻了，这也是大多论争者所持有的视角。比如陶东风的《文学经典与文化权力——文化研究视野中的文学经典问题》（上）（《中国比较文学》2004年第3期），从文化研究视角切入，认为文学经典并不是普遍的艺术价值的体现，相反它不仅体现了特定阶段与时代的文学规范与审美理想，同时也凝聚着文化权力。经典化与解经典化的过程因此必然涉及文化领导权的斗争。考察不同时代、不同民族文学作品的经典化过程与解经典化过程，以及不同时代、不同民族的人对文学经典的接受方式与阅读态度，不仅具有文学史的意义，而且也是勘测社会文化史的重要线索。也有学者具体从大众文化、消费文化角度，对经典文学经典的变异进行了探讨。总之，关于经典的论争虽然没有形成统一的意见或答案（当然也不可能形成），但对人们认识经典，进而认识文学史，无疑具有重要的意义和价值。

重写文学史是一项复杂而长远的过程，其中牵涉文学界甚至思想界许多重大概念、重大问题，比如"文学"、"历史"、"现代化"、"现代性"、"审美"、"纯文学"、"经典"等，这些概念直接影响着和制约着人们文学史理论的建构和实践。事实上，我们在重写文学史中，缺乏的正是系统的文学史理论。早在1989年，杨义就曾呼吁："'重写文学史'，既要呼唤也要实践，但更应该创立文学史理论体系。"[①] 但这个问题并没

[①] 杨义：《"重写文学史"，既要呼唤也要实践，但更应创立文学史理论体系》，《人民日报》1989年4月1日。

有引起更多人的关注。1994年，陈伯海发表《文学史观念谈》一文，指出："整个研究工作的重心，已由往昔的个体（作家作品）分析转向初步的历史综合。综合，不仅是史料的排比，更需有理论观念的驾驭，于是文学史观的探讨便应运而兴。"① 事实上，我们到目前为止，还没有真正有分量的文学史理论著作出现。这在某种程度上也制约着我们的文学史重写的发展②。

二 文学史写作与文学史学的理论建构

（一）中国当代的文学史写作与文学史观念的变迁

如果从林传甲、黄人的两部《中国文学史》算起③，文学史学科已建立百年有余④。不过我们在这里主要谈的是当代（1949年之后）的文学史研究状况。

1950年5月，教育部《高等学校文法两学院各系课程草案》（以下简称《草案》）发布。对于"中国新文学史"，《草案》规定要"运用新观点，新方法，讲述自'五四'时代到现在的中国新文学发展史，着重在各阶级的文艺思想斗争和其发展状况，以及散文、诗歌、戏剧、小说等著名作家和作品的评述"⑤。随后，老舍、蔡仪、王瑶、李何林草拟出了中国现代文学史的课程大纲，并在《新建设》杂志1951年第4期的"学术专栏"

---

① 陈伯海：《文学史观念谈》，《江海学刊》1994年第6期。
② 参阅张德明《"重写文学史"：一个没有终结的现代命题》，《贵州师范大学学报》（社会科学版）2003年第5期；旷新年《"重写文学史"的终结与中国现代文学研究转型》，《南方文坛》2003年第1期。
③ 陈平原曾指出，中国古代的"诗文评"和"文苑传"的写作策略虽然与现代意义上的"文学史"不同，但其中也有"史"的意识。现代意义的文学史也正由此发展而来。见陈平原《"文学史"作为一门学科的建立》，载陈平原《文学史的形成与建构》，广西教育出版社1999年版。
④ 林著写于1904年，1910年4月公开发表。黄著完成于1909年前后，全书29册，约170余万字。关于中国早期文学史发展情况，参阅戴燕《文学·文学史·中国文学史——论本世纪初"中国文学史"学的发轫》，《文学遗产》1996年第6期。
⑤ 转自王瑶《中国新文学史稿·自序》（上），上海文艺出版社1954年版，第1页。

里发表。在《草案》及《大纲》的指导下，1951年和1953年，王瑶的《中国新文学史稿》（上、下）①相继出版，这是中国现代文学作为独立学科建立的标志。

  在《中国新文学史稿》中，王瑶先生力图顺应当时的政治要求，运用毛泽东的"新民主主义理论"作为写这部文史的指导思想。他明确提出，"新文学史是中国新民主主义革命三十年来在文学领域上的斗争和表现……是中国新民主主义革命的一部分，是和政治斗争密切结合着的"②，是无产阶级领导的，人民大众的，反帝反封建的民主主义的文学。在分析作家作品时，《史稿》主要从阶级分析方法出发，对革命的、进步的文学给予充分肯定，但也对资产阶级作家给予了一定的正面评价，并没有完全陷入阶级论的泥淖，也试图从文学性的角度，从风格、技巧、修辞以及人物形象的生动等层面客观、公允地评价作品③。

  《史稿》之后，各种文学史，包括古代文学史陆续出版，如林庚的《中国文学简史》（上海文艺联合出版社1954年版）、丁易的《中国现代文学史略》（作家出版社1955年版）、张毕来的《新文学史纲》（作家出版社1955年版）、刘绶松的《中国新文学史初稿》（作家出版社1956年版）、詹安泰等撰写的《中国文学史（先秦、两汉部分）》（高等教育出版社1957年版）、刘大杰的《中国文学发展史》（该著的上卷于20世纪40年代初出版，下卷于1949年出版。1957年，修改重新出版）等。这些文学史在编写观念乃至体例上，与王瑶的文学史并没有本质的区别，基本上都是在当时政治形势下，强调文学史就是阶级斗争史的观念，这在刘绶松的《中国新文学史初稿》中体现得最为明显。

  刘绶松在《初稿》的"绪论"中指出，研究现代文的首要任务，就是"叙述'五四'以来先驱者使用文艺武器与统治阶级进行不屈不挠斗争的

---

  ① 新文艺出版社出版，1954年再版，亦由新文艺出版社出版，后又再版多次。可参阅谢泳《〈中国新文学史稿〉的版本变迁》，http：//www.chinaelections.org/NewsInfo.asp？NewsID＝153022。

  ② 王瑶：《中国新文学史稿·绪论》（上册），第1页。

  ③ 可参阅温儒敏《王瑶的〈中国新文学史稿〉与现代文学学科的建立》，《文学评论》2003年第1期。

实况"①，具体来说，就是"必须在新文学史的研究工作中，划清敌、我"②。"凡是为人民的作家，就是'我'，就要给他们以主要的地位和篇幅……凡是为着剥削者和压迫者的反人民的作家，就是'敌'，我们就要给他们的作品以无情的揭露和批判，指出他们思想的反动性，不把主要篇幅花在他们身上。"③ 比如在对胡适的评价上，作者按阶级划分，把胡适定为"买办文人"、"资产阶级右翼知识分子"，与此相应，胡适作为文学革命先驱者的角色被一笔勾销，其"历史进化论"思想也成了抹杀文学革命反封建的内容。全书近一半的篇幅专述政治形势、运动与思潮，文学史被等同于革命史，文学批评更是被政治定性完全代替，政治化倾向比王瑶的文学史还要浓厚。在编写体例上，单列一章的作家只有鲁迅一人，单列一节的作家有瞿秋白、柔石、胡也频、殷夫四人。

以敌我划分的阶级分析方法，几乎贯穿在整个十七年和"文化大革命"时期的文学史写作中。

1960 年，山东大学中文系编写的《中国当代文学史》（上、下册）问世（山东人民出版社，内部发行），标志着中国当代文学学科的建立。此后，1962 年，《中国当代文学史稿》（华中师范学院中国语言文学系编著，科学出版社），1963 年，《十年来的新中国文学》（中国科学院文学研究所"十年来的新中国文学"编写组编写，作家出版社，试印本）出版。

这三部著作④的共同特点是，积极主动地配合党的文艺政策，根据毛泽东《在延安文艺座谈会上的讲话》，以绝对权威的姿态高度自信地描述新中国十年文学的发展进程，表现出鲜明的党性。三部著作一无例外地不惜花费大量篇幅高度评价、赞颂毛泽东在 1949 年后发动的一场又一场政治思想斗争，并且把这种斗争视作促进社会主义文学事业发展的动力，强调这种斗争的长期性⑤。《中国当代文学史》"导论"称："文学是最敏锐

---

① 刘绶松：《中国新文学史初稿》，作家出版社 1956 年版，第 4 页。
② 同上书，第 6 页。
③ 同上书，第 10 页。
④ 关于这三部著作的评析及部分引文，参阅了董乃斌等主编《中国文学史学史》第 2 卷，河北人民出版社 2003 年版，第 299—300 页。
⑤ 董乃斌等主编：《中国文学史学史》第 2 卷，第 299—300 页。

的阶级器官，作家是阶级的眼睛、耳朵和声音，阶级斗争必然会首先在文艺战线上反映出来……""文艺战线上的两条道路的斗争，过去推动了文学事业的成长和发展，今后在长时间，仍将是我们文艺发展的动力，没有思想斗争，文学就不能前进，这是基本经验之一。"① 《中国当代文学史稿》"绪论"指出："文艺战线上的斗争，主要是意识形态的阶级斗争，其根本问题是两种世界观的斗争，因此，谁胜谁负的问题不能在很短的时间内彻底解决。只要资产阶级的政治影响和思想影响还存在，斗争就不会停止。……十一年来，无产阶级的文艺阵地，就是通过这样的斗争一步一步地占领和扩大的。""绪论"还强调："没有思想批判和思想斗争，文艺运动就不能前进。这是十一年来我们取得的一条宝贵的经验。"② 《十年来的新中国文学》"绪言"中这样写道："任何革命，如果称得起真正的革命，总是要与旧的事物作斗争，战而胜之，以扫清道路，建立和发展自己。作为社会主义革命事业的一个部分的社会主义文学，对于一切过去的文学，是巨大的革命，因而解放后文艺思想方面的斗争激烈是十分自然的，也是十分重要的。""解放以来文艺上的斗争不断在发展，也不断获得越来越大、越来越多的胜利，每次胜利都解决了许多问题，但新的问题又提出来了，于是又展开新的斗争。就这样斗争不断向深入发展，我们也在斗争中不断前进、不断提高。"③ 这表明，同其他人文学科一样，那时当代文学史写作是作为革命斗争事业的一个组成部分而存在的。而阶级分析的方法同样体现在古代文学史的写作中，比如1962年中国科学院编写的《中国文学史》（人民文学出版社）和1963年游国恩等主编的《中国文学史》（人民文学出版社）。

总之，从1949—1978年的30年时间，文学史研究的理论依据，是毛泽东的《新民主主义论》《在延安文艺座谈会上的讲话》和苏联文艺理论模式，把文学史简单地视为上层建筑，并确定社会经济基础决定上层建筑的基本原则，要求把文学史的发展变化同社会政治斗争、阶级斗争结合起

---

① 山东大学中文系：《中国当代文学史》（上册），山东人民出版社1960年版，第16页。
② 华中师范学院中国语言文学系：《中国当代文学史稿》，科学出版社1962年版，第31页。
③ 中国科学院文学研究所《十年来的新中国文学》编写组：《十年来的新中国文学》（试印本），作家出版社1963年版，第16页。

来加以考察。接连不断的政治运动使文学史家们的思想受到压抑禁锢，加之学术问题因经常上纲为政治问题而弄得"空气"十分紧张①。

"文化大革命"后，文学史学科发展迅速，出版了大量的文学史著作。1979年，唐弢主编的《中国现代文学史》②出版，这是"文化大革命"后较早的现代文学史著作。这部文学史一方面基本延续了"文化大革命"的阶级斗争观念，强调文学史就是阶级斗争史，这在《绪论》中得到了反复的强调。比如唐弢说："现代文学的发展过程是一个矛盾斗争的过程，其间充满了革命文学与反动文学、革命文艺思想与反动文艺思想的斗争。革命文学正是在抗击各种各样反动文艺逆流的过程中发展壮大的。"③"在现代文学史中占着突出地位、越到后来越显著的，是无产阶级思想和资产阶级反动思想之间的斗争。"④"文艺斗争是从属于政治斗争的。政治的分野决定着文艺的分野。"⑤还有，"文艺上的多次重大斗争都出现在政治形势发生急剧变化的时候，阶级斗争形势的变化，可以在文艺这个风雨表上看出征兆。重视这一历史经验有助于更好地发挥文艺作为敏锐的阶级器官和斗争武器的作用"⑥。这些提法与"文化大革命"前没有什么不同。也正由此，该书特别重视文艺斗争和思想斗争内容的叙述，并清楚地表明论争的性质。如在叙述完胡适与新文学革命派产生分歧的经过以后说："同胡适派的斗争，在政治上转化为革命与反革命的斗争，在哲学上是唯物主义与反革命的斗争，在哲学上是唯物主义与实用主义的斗争，而在文化上，则是为广大人民着想还是为买办资产阶级乃至帝国主义效劳的斗争。"⑦

不过在另一方面，作为新时期拨乱反正的成果，这部文学史也表现出了一定的进步性和客观性。比如一些非无产阶级成分的文学也被认可为"新起白话文学"诞生时的一种推动力量，而不是"一棍子打死"。在对

---

① 参阅陶尔夫《文学史的世纪及其四个时期》，见《"文学史研究转型"笔谈》，《中国社会科学》1996年第6期。
② 第一、二卷1979年出版，第三卷1980年出版，均由人民文学出版社出版。
③ 唐弢：《中国现代文学史》第1卷，人民文学出版社1979年版，第11页。
④ 同上书，第12页。
⑤ 同上书，第13页。
⑥ 同上。
⑦ 同上书，第79页。

一些所谓非无产阶级性质的流派和作家的评价上，也趋于客观。比如对新月社，该书评价道："创作上发生过一定影响的，还有新月社。作为资产阶级的文学流派，新月社早期曾在一个短短的时间内表现过对社会现实的关切和反军阀统治的愿望，但也同时流露出浓重唯美、感伤和神秘倾向，后期则趋于没落反动。"① 在对一些作家的评价上，虽然在结论处往往还是归结到阶级斗争、阶级意识上，但在评价中却也体现了一种对文学性的关注（比如对沈从文小说《边城》的评价）。

在当代文学史的编写方面，新时期之初有：张钟、洪子诚等编写的《当代文学概观》（北京大学出版社1980年版）、十院校编写的《中国当代文学史初稿》（人民文学出版社1980年版）、二十二院校编写的《中国当代文学史》（福建人民出版社分别于1980、1982、1985年出版）、华中师范大学中国当代文学编写组编写的《中国当代文学》（上海文艺出版社分别于1983、1984、1989年出版），以及朱寨主编的《中国当代文学思潮史》（人民文学出版社1987年版）等。对于这几部文学史，董乃斌等人给予了积极的评价，指出它们比起20世纪60年代初出版的那几部当代文学史著作，有了明显的进步。它们反省了"文艺为政治服务"、"文艺从属于政治"的狭隘的艺术观念给予中国当代文学造成的损害和负效应，对文艺与政治、文艺与生活的关系有了比较辩证的认识，并且强调了尊重艺术规律的重要性，确立了"文艺为人民服务"、"文艺为社会主义服务"这样更加宽泛、更有弹性的指导性原则。在对文化思想战线上历次思想斗争和批判运动的评价中，注意到了"学术"与"政治"的区别，否定了过去把学术问题政治化，肆意上纲上线的做法，态度比较诚恳、中肯。在这其中，朱寨主编的《中国当代文学思潮史》尤为突出。这部著作以严谨的治学态度和厚重的学术含量，将当代文学史的研究提升到了学术的层次，以历史唯物主义为基础的马克思主义文艺理论得到了较为有效的运用，并且显示了与同行平等对话的学术风度。直到现在，本书也是当代文学史的重要参考资料②。

---

① 唐弢：《中国现代文学史》第1卷，第211页。
② 本书的撰写就参阅和借鉴了该书的许多观点乃至材料，尤其是"文化大革命"前的部分，在此致谢。

不过，董乃斌等人也指出，这几部文学史毕竟是在拨乱反正初期，对以《讲话》为经典的毛泽东文艺思想依然表现出了绝对的尊奉，它们把1949年后文学创作中出现的公式化、概念化，看作党的文艺政策执行过程中发生的偏差，而没有考虑一下是不是理论本身也有某些问题；认为只要纠正了偏差，就能无往而不胜。另外，这些文学史著作依然沿用单向的社会—历史决定论和文学反映论模式，忽视作为文学活动主体的作家的心灵世界①。

如果说新时期之初（约1978—1988年）是文学史的更替期的话，那么，从1988年"中国二十世纪文学"和"重写文学史"的提出和实践到20世纪末，则可以看作文学史研究的突破期②，其间涌现了许多有影响的著作，如孔范今主编的《二十世纪中国文学史》（山东文艺出版社1997年版），钱理群、温儒敏、吴福辉的《中国现代文学三十年》（北京大学出版社1998年版），洪子诚的《中国当代文学史》（北京大学出版社1999年版），陈思和的《中国当代文学史教程》（复旦大学出版社1999年版），以及谢冕、孟繁华主编的《百年中国文学总系》（11卷，山东教育出版社1998年开始出版），董健、丁帆、王彬彬主编的《中国当代文学史新稿》（人民文学出版社2005年版），等等③。除了当代文学史方面的成就之外，在古代文学史方面，则有王钟陵的《中国中古诗歌史》（江苏教育出版社1988年版），章培恒、骆玉明的《中国文学史》（复旦大学出版社1996年版），袁行霈等人的《中国文学史》（高等教育出版社1999年版）等。

这一时期的显著特点，就是文学史观趋向多元化，关注文学本身的发展规律，努力从多方面理解文学。比如王钟陵的《中国中古诗歌史》，就试图从民族心理以及美学的角度论述中古诗歌文学发展过程，"揭示这一特定历史时期中我们民族审美心理建构中的各种因素是如何更替、萌生、

---

① 参阅董乃斌等主编《中国文学史学史》第2卷，第307—317页。
② 关于当代的文学史的分期，可参阅陶尔夫《文学史的世纪及其四个时期》，见《"文学史研究转型"笔谈》，《中国社会科学》1996年第6期。
③ 这一时期的著作我们在上节已经阐述，故在此从略。亦可参阅董乃斌等主编《中国文学史学史》第2卷，第317—350页的相关评析。

组合的"①。王钟陵自己也说,《中国中古诗歌史》"尽力从民族文化—心理动态的建构过程上来把握文学史的进程"②,具体包括民族思维的发展、社会思潮的流变以及审美情趣的变化、审美心理的构建,这都显示了综合性的文学史观。

章培恒、骆玉明主编的《中国文学史》,则试图从人性发展的角度来观照文学的发展。他们认为,"文学作品是一种以情动人的东西,它通过打动读者的感情,而使读者获得某种精神上的愉悦"③。以此为基础,他们又进一步从人类发展历史和人性的角度分析作品之所以打动人的原因。他们通过马克思关于人性的阐述指出:"在从原始社会到资本主义社会的'每个时代历史地发生了变化的人的本性'中全部都有符合'人的一般本性'——'人类本性'——的内容,也都有根据那个时代的需要而形成的不符合'人类本性'甚至与之背道而驰的内容。"④ 由此,他们强调不能只看它在一时一地感动读者的程度,要从广阔的时空中去考察一部作品是否打动人,因为越是重要的作品,其体现人类本性的成分也就越多、越浓烈,从而也才能够与后代的人们、与生活在不同制度下的读者产生强烈的共鸣。他们最后的结论是:"文学发展过程实在是与人性发展的过程同步。"⑤

与王钟陵和章培恒等人强调文学发展的文化与人性因素不同,袁行霈的《中国文学史》则强调文学发展的艺术性,强调文学本身的发展规律。在《总绪论》中,袁行霈强调:"文学史是文学的历史,文学史著作要在广阔的文化背景上描述文学本身演进的历程。"它有具体包括以下几方面的内容:(1)"把文学当成文学来研究,文学史著作应立足于文学本位,重视文学之所以成为文学并具有艺术感染力的特点及其审美价值。"(2)要紧紧围绕文学创作来阐述文学的发展历程。"文学史著作的核心内容就是阐释文学作品的演变历程"。文学创作是文学史的主体,文学理论、文学批评、文学鉴赏是文学史的一翼,文学传媒是文学史的另一翼,而所谓文学

---

① 王钟陵:《中国中古诗歌史》,江苏教育出版社1988年版,第832—833页。
② 王锺陵:《文学史新方法论》,苏州大学出版社1993年版,第24页。
③ 章培恒、骆玉明:《中国文学史》,复旦大学出版社1996年版,第7页。
④ 同上书,第18页。
⑤ 同上书,第19页。

本位就是强调文学创作这个主体及其两翼。(3) 此外，要注意文学史与其他学科的交叉研究，从广阔的文化学的角度来考察文学的发展①。

由以上我们的简略概述可以看出，当代的文学史写作是丰富的②，也是在不断的发展变化的，这种变化显然源于编写者的文学史观，而编写者的文学史观又是由多方面的因素所形成的，陈平原先生就曾指出这些因素有：共通的现代民族国家意识的形成、西方教育制度的引进、文学革命的提倡与追忆、国家权力对学术研究的制约与利用，以及中国学术传统与西方文学理论的互动等③。而所有这些都是文学史学理论所关注和考察的。

(二) 文学史学的理论建构

1. 何谓文学史学

何谓文学史学？简单地说，就是对文学史研究的研究，是对文学史书写实践的总结、研究，其研究对象并非"文学的本来面目"即文学本体或原生态的文学史实，而是已有的文学史实践，包括各种文学史著述和研究，总结其特征与规律，研究其态势与走向，在此基础上建构科学而系统的文学史理论用以指导今天及以后的文学史实践。可以说是对文学史研究的再研究，对文学史主体思维的再思维。因此，在这个意义上也称为"文学史哲学"④。"文学史哲学"是陶东风在其同题著作中提出的命题。他指出，文学史哲学，不是对于历史上的文学现象的研究，而是"对于文学史研究的研究。如果说，文学史研究，即是对具体的、国别的、时代的文学现象的'思'，那么文学史哲学就是对于这种'思'的'思'，也就是'反思'。……这，就是文学史哲学的性质"⑤。陶东风指出，文学史哲学是一种元文学史学，它的

---

① 袁行霈等：《中国文学史》，高等教育出版社1999年版，第3—5页。
② 据统计，1949年前出版的各种文学史著作有300多种，1949年到1991年间出版的各类文学史著作多达578部，1991年至2001年出版的各类文学史著作至少也在400种左右。全部加起来，在这一个世纪中，出版的各类文学史著竟达1200多种。参阅郑家建《文学史的叙述问题——文学史学的基本话语研究》，《东南学术》2001年第1期。
③ 陈平原：《文学史的形成与建构·小引》，广西教育出版社1999年版，第2页。
④ 温潘亚：《文学史·文学史实践·文学史学——文学史元理论的三个层次》，《文学评论》2004年第1期。
⑤ 陶东风：《文学史哲学》，河南人民出版社1994年版，第2页。

研究对象是人们用以重构、评价过去了的文学事实的框架、依据、标准,它要问的是:这些框架、模式、依据、标准是否合理?文学史是如何可能的?文学史思维的特点是什么?我们应当建立怎样的评价史实的价值尺度?简单地说,文学史哲学解决的是如何写作文学史的问题[1]。

葛红兵在《文学史学》[2]具体阐述了文学史学要在三个层面上对文学史研究的反思或质疑。(1)本体论层面。"文学史"是否像我们过去所认识的那样是纯然客观的,不以研究主体的先在视野而改变的?我们究竟是在怎样的意义上在使用"文学史"一词?等等。(2)认识论层面,是向文学史家的质疑。文学史的认识何以可能?文学史家何以有权对文学史说话?他可能怎么说话?说什么性质的话?他为谁而说?等等。(3)方法论层面。文学史到底是解释学的还是科学的?它的基本的法则来源于"理解"还是"反映实在"?历史陈述的模式是唯一的还是多元的?等等[3]。

2. 文学史学的兴起与发展

"文化大革命"前对文学史的讨论并不多,即便讨论,也主要是以大批判的形式进行[4],对文学史的发展并没有产生多少正面作用。"文化大革命"后,随着拨乱反正的展开,对文学史的反思和讨论也开始启动,文学史学开始建立。

1983年7月至10月,《光明日报》开展了关于文学史编写的讨论,被有的论者看作是中国文学史学的"象征性起点"[5]。这次讨论中的一个主要问题是文学史的目的、宗旨。其中比较值得注意的是林岗的意见,他将文学史分成两种类型,一种是叙述性的,"将文学发展历程当作实体性的知识来思考历史";一种是解释性的,"对文学发展历程进行'理性重组',对其演变进行理论上的解释和说明,历史的叙述在这里已包含了第二级的

---

[1] 陶东风:《文学史哲学》,第2—3页。
[2] 初版为北岳文艺出版社2000年版,署名葛红兵、梁艳萍,再版为湘潭大学出版社2008年版,署名为葛红兵。
[3] 葛红兵:《文学史学》,湘潭大学出版社2008年版,第5页。
[4] 如对刘大杰的《中国文学发展史》的批判,甚至还专门编辑了《"中国文学发展史"批判》的集子(复旦大学中文系文学教研组编,中华书局1958年版)。
[5] 蒋寅:《近年中国大陆文学史学鸟瞰》,《文艺理论研究》1999年第2期。

评说"(《谈两种不同的文学史》，9月27日)。这种分别其实涉及文学史编写的一个非常重要的问题，即文学史的客观与主观的问题。纯粹客观的文学史几乎是没有的，文学史往往都会渗透着编写者的意图和倾向，但过分主观的文学史也容易遮蔽文学发展的"史实"，如何处理主观与客观问题，是文学史学的一项重要内容。

在《光明日报》的这场讨论中，也有论者提出文学史编写的多层次性，认为文学史应该"成为具有多层次多结构的，能够反映学术界各种成果的综合性著作"（胡小伟《文学史要有多层次结构》，7月26日）[1]。总体上看，这次讨论并不深入，也还没有明确提出"文学史学的"概念。

1986年，《文学遗产》第3期刊发《古典文学宏观研究征文启示》。次年3月，《文学遗产》《文学评论》《语文导报》等单位在杭州召开"古典文学宏观研究讨论会"。这次征文和会议虽然针对的是古典文学研究，但也涉及了整个的文学史的理论问题。比如有学者认为，古典文学研究应分四个基本层次，即微观层次、中观层次、宏观层次和理论（哲学）层次，不同层次具有不同的形式特点、研究范围和研究方法，只有使研究的层次性和方法的多元性得以紧密结合，才能显示出建立古典文学研究科学体系的途径[2]。其中的理论层次实际上也就是文学史学或文学史哲学的层次，但限于当时的知识条件，并没有深入展开。

20世纪80年代的文学史学研究还处于起步阶段，真正的突破性的研究还是在90年代。1990年，《文学遗产》开辟了"文学史与文学史观"专栏，并在同年10月与广西师大共同举办"文学史观与文学史"讨论会，这成了文学史学发展上的一个具有历史意义的转折点。

关于这次会议有两大中心议题，一是文学史研究的总体理论问题，如中国古典文学研究中的哲学问题、价值观与方法论问题、历史意识与当代意识的关系问题等；二是文学史编写中的具体理论问题，如文学史总体性阐释、特征研究、规律性研究、风格流派研究、文体研究、时代特征研

---

[1] 关于《光明日报》的这次讨论，参阅了蒋寅《近年中国大陆文学史学鸟瞰》，《文艺理论研究》1999年第2期。

[2] 《江海学刊》编辑部许总语，见逸轩《中国古典文学宏观研究讨论会综述》，《文史哲》1987年第4期。

究。由此可以看出，这次会议的主题非常明确，就是讨论文学史原理的一些基本问题。

随着 90 年代初对文学史学的关注，文学史学的研究走向深入，不仅发表、出版了许多这方面的文章、专著，各种关于文学史学的会议也多了起来。1991 年末，中国社会科学院文学研究所召开了有 30 多位研究人员参加的为期两天的"文学史学研讨会"，对近年出版的众多中国文学史编写中带共性的问题进行了研讨。有学者认为，客观地估价现有文学史著作的总体水平，探讨文学史编写中的一些基本问题，从史学的高度观照文学史的编写工作，就是"文学史学"面临的一项紧迫任务[①]。

1994 年 4 月，由《文学遗产》编辑部、《江海学刊》杂志社等单位联合发起的"文学史观与文学史学研讨会"在福建漳州举行。这次会议比前几次会议更为集中和明确讨论了文学史学的诸多问题。与会者认为，从 1986 年开始的古典文学宏观研究，到 1990 年的以文学史观与文学史编写为中心的讨论，再到本次会议以文学史观—文学史学建构为标志的探讨，明显体现了文学史学不断发展、逐步深入的趋向。会议就文学史观、文学史规律、文学史学建构、文学史研究方法、文学史门类等问题进行了广泛讨论。

1997 年 12 月，由《江海学刊》杂志社与中国社会科学院文学研究所等单位发起的"文学史学研讨会"在福建莆田召开。这次会议对文学史学的学科性质、研究对象、建构意义等问题进行了深入探讨，对文学史研究的诸多问题也进行了反思。

从 20 世纪 90 年代中期之后，在文学史学研究上，有了非常明确的学科意识，这为文学史学的进一步发展奠定了基础。此后一直到 21 世纪初，关于文学史与文学史学的会议不断[②]，对文学史学这门学科的认识也不断

---

① 曹维平：《文学研究所举行"文学史学研讨会"》，《文学评论》1992 年第 2 期。
② 比如 2000 年 11 月的"中国当代文学史史学观念学术研讨会"，2001 年 10 月的"中国当代文学史研究（1949—1976）学术研讨会"，2002 年 1 月的"中国思想史与文学史"全国学术研讨会，2002 年 6 月的"中国文学现代转型与文学史重构"学术讨论会，2004 年 7 月的"文学观念与文学史"学术研讨,. 2004 年 11 月的"本体意识与世界视野——重建中国文学史理论体系学术研讨会"，2007 年 12 月的"文学史写作的理论与实践"国际学术研讨会，等等。可参阅相关会议的会议综述或纪要。

加深，同时，关于文学史学的文章、著作也不断涌现，文学史学的理论体系开始建构起来。

对文学史学进行理论体系建构的，主要有以下几部著作：王锺陵《文学史新方法论》（苏州大学出版社1993年版），陶东风《文学史哲学》（河南人民出版社1994年版），邓敏文《中国多民族文学史论》（社会科学文献出版社1995年版），陈伯海《中国文学史之宏观》（中国社会科学出版社1995年版），钟优民主编《文学史方法论》（时代文艺出版社1996年版），葛红兵、梁艳萍《文学史学》（北岳文艺出版社2000年版），宋吉述等编著《中国现代文学史学发展史》（江苏文艺出版社2002年版），董乃斌等《中国文学史学史》（共3卷，河北人民出版社2003年版），董乃斌主编《文学史学原理研究》（河北人民出版社2008年版），葛红兵《文学史学》（湘潭大学出版社2008年版）等。

第二十章

"失语症"与重建中国文论话语[*]

中国当代文艺学,尤其是新时期文艺学的发展,是在对西方文论不断借鉴(甚至也存在照搬现象)中前行的。但随着文艺学西化现象的日趋严重,中国学者开始了对中国文艺学民族化与本土化的思考。20世纪90年代中后期开始的关于中国文论"失语症"及重建中国文论话语的讨论,正体现了中国学者对这一问题的思考。这次讨论虽然没有形成最终的结论,对如何重建中国文论话语也未提出切实可行的操作方案,但充分表达了中国文学理论工作者的本土化焦虑与民族性诉求,它对建设中国特色的文艺学,推动中国文艺学在新世纪的发展,具有重要意义。

"失语"虽然是20世纪80、90年代中国文论界广泛流行的一个词,但与其他许多流行词汇一样,这个词的含义也相当充满分歧。依据陈洪、沈立岩的归纳,该词的含义有三:首先,是"对于目前文学理论与文学批评的混乱局面的一般性概括","形容同一指涉领域中语言共同体的瓦解局面";其次,是指"旧有的理论模式以令人惊讶的速度丧失了活力,而五花八门的异域新说(其实很多是旧说)蜂拥而入的时候,肤浅的激动之后便是深刻的眩惑与迷失","'失语'在此似乎就是指一种理解与沟通的隔膜感和转化中的无力";最后,是"当代的中国文论完全没有自己的范畴、概念、原理和标准,没有自己的体系也没有自己的话语"[①]。由于我们的论

---

[*] 本章是在陶东风《关于中国文论"失语"与"重建"问题的再思考》(《云南大学学报》2004年第5期)、《全球化、后殖民批评与文化认同》(《东方丛刊》1999年第1期)等文章的基础上扩展而成。

[①] 陈洪、沈立岩:《也谈中国文论的"失语"与"话语重建"》,《文学评论》1997年第3期。

题集中在作为一种文论民族化和本土化诉求的"失语"论，因此主要取的是"失语"的第三含义，也兼及其他两种含义。

一 文论失语症的提出及其多重含义

大量论述中国文论的"失语"并引起国内学术界普遍关注与讨论的，是曹顺庆及其学生的一系列文章。《东方丛刊》1995年第3期发表了曹顺庆的《21世纪中国文化发展战略与重建中国文论话语》一文，可以说是他的"失语"论的前期纲领。此文的核心关切与问题意识是：21世纪将是中西方文化多元对话的世纪，然而中国文化和文论话语近代以来却"全盘西化"，我们应该如何建立"中国"自己的文论话语，以便在世界文论中有自己的声音？曹顺庆指陈中国文论"失语症"的症状是："中国现当代文化基本上是借用西方的理论话语，而没有自己的话语，或者说没有属于自己的一套文化（包括哲学、文学理论、历史理论等等）表达、沟通（交流）和解读的理论和方法"，而"一个患了失语症的人，怎么能够与别人对话？""对话"是他的最强烈欲望，而对话的第一步则是"确立中国文化自己的话语"。曹顺庆以及其他类似言论的问题意识萌生于中国的经济和文化更深地卷入全球化进程的时代，同时也深受西方后殖民等理论资源的影响。其文论本土化的焦虑和文化本土化的焦虑紧紧胶合在一起。

1996年，曹顺庆又陆续发表《文论失语症与文化病态》（《文艺争鸣》1996年第2期）、《重建中国文论话语的基本路径及其方法》（《文艺研究》1996年第2期）、《重建中国文论话语》（《中外文化与文论》第1卷，四川大学出版社1996年版）、《再论重建中国文论话语》（《文学评论》1997年第4期）、《"话语转换"的继续与重建中国文论话语》（《文艺争鸣》1998年第3期）、《从"失语症"、"话语重建"到"异质性"》（《文艺研究》1999年第4期）等文章，进一步重申了他的论题。

曹顺庆明确指出，"长期以来，中国现当代文艺理论基本上是借用西方的一整套话语，长期处于文论表达、沟通和解读的'失语'状态"，由此而"失去了自己特有的思维和言说方式，失去了我们自己的基本理论范畴和基本运思方式","没有一套自己的文论话语,一套自己特有的表达、沟通、解读的学术规则","一旦离开了西方文论话语,就几乎没有办法说话"(《文论失语症与文化病态》)。"这种'失语症'已经达到如此严重的地步,以至于我们不仅在西方五花八门的时髦理论面前,只能扮演学舌鸟的角色,而且在自己传统文论的研究方面也难以取得真正有效的进展。"

杨乃乔的《新时期文艺理论的后殖民主义现象及理论失语症》(《徐州师范大学学报》1996年第3期)显示了中国文论的本土化焦虑与西方后殖民理论之间的深层纠结以及由此带来的内在悖论。他说,新时期文艺批评理论在操作中所使用的有效理论话语和有效理论概念,几乎都是西方舶来品,这些舶来品带着浓烈的后殖民主义倾向,为新时期文艺理论设置了一个潜在的道德价值参照系和审美价值参照系。于是,无论是文艺理论体系的建构、文艺理论思潮的兴起,还是对文学艺术作品文本的批评,几乎都是在这两个参照系下运作和定位的。作者认为,这种"后殖民语境"的形成在一定程度上铸成了新时期文艺理论批评的失语状态,在新时期文化的深层结构中昭示了本民族文化在某种程度上的再度断裂,反映了我们对中国传统的文艺理论的继承和弘扬严重不足。在失语症的悲凉表象背后还有一种悲凉,就是把对中国古典文学理论和中国古典文艺理论的研究权和阐释权"出卖给"西方,这是在理论意识形态上对西方后殖民主义文化的一种更深刻、更彻底和更自觉的膜拜。

在这里,曹顺庆、杨乃乔主要是着眼于中西框架(民族—空间框架)来分析中国文论失语症的,即由于西方文论的侵入,使得中国的文艺学缺少甚至失去了自己的特色("中国"特色),而这进一步导致中国文论难以在世界文论界发出自己的声音。

关于文论失语症,除了上面的含义之外,还有其他不同的理解。曹顺庆在《重建中国文论话语的基本路径及其方法》和《再论重建中国文论话语》等文章中论述"失语"与"重建"的思路有了一定变化。他虽然认为中国文论的传统中断了,但又指出中断的内在学理原因在于"传统的学术话语没有能够随着时代生活的发展变化而及时得到创造性的转换,因而在新的时代条件下失去了精神创造能力,活的话语蜕变为死的古董,传统精神的承传和创新也就失去了必要的手段,这就是当今文论的严重'失语症'"(《再论重建中国文论话语》)。这段话的重要性在于，不再只局限在中西的民族—空间框架中寻找"失语"的原因，而且兼顾到了古今这个时间的维度。中国文论的"失语"似乎是时间问题——不能与时俱进回应变化了的社会生活——而不只是空间问题。这应该说把问题推进了一步，即认识到中国古代文论已经与我们的当代生活脱节，"如果不经过必要的转换，就不足以担当言说我们丰富复杂的艺术人生体验的任务，这是我们必须正视的基本事实"(《再论重建中国文论话语》)。在这里，曹顺庆强调的是中国传统文论因为没有及时转换而造成的中国文论对于当下现实的"失语"，也就是无法解释或回应当下的现实问题。这样，失语问题就与古代文论的创造性转换问题联系在了一起。这一认识得到了许多学者的呼应。在《"话语转换"的继续与重建中国文论话语》[①]一文中，曹顺庆较为具体地谈到如何重建中国文论话语的问题。他坚决否定了用西方的理论框架、概念术语（如现实主义、浪漫主义、内容、形式、风格等）来阐释古代文论（如"风骨"、"神韵"等）的所谓"贴标签"方法，而是应该"从传统文论的意义生成方式、话语表达方式等方面入手，发掘、复苏、激活传统文论话语系统"。从"意义生成方式"、"话语表达方式"等角度理解古代文论的现代转换当然比拘泥于个别概念术语有价值。问题是：拿什么样的理论去激活古代文论的"意义生成方式"、"话语表达方式"？既然曹顺庆认定西方的文论话语与中国（古代）文论话语格格不入、不能用以"阐释"中国古代文论，而中国现代当代的文论又"全盘西化"了，不幸我们手头有的又只有这些洋文论或洋化的中国当代文论，我们用什么去"激活"呢？因为即使是"意义生成方式"、"话语表达方式"（作者选择这样的术语，是为了避免谈论单个的中国论文范畴），也是由古代文论的具体术语、概念以及思维方式构成的，是存在于语言中的，它被"激活"同样只能依赖、使用语言，而我们已经"失语"。我们没有自己的话语。怎么激活？即使像作者在其他文章中提出的"虚实相生"这样的"原命题"或"意义生成方式"，其具体的阐释或激活也同样是需要一套现代理论话语的，而作者认定所有的现代理论都是西方理论，用西方理论解释中

[①] 载《文艺争鸣》1998年第3期。

国文论这种"拼贴法"不但不能激活，而且只能导致更严重的"失语"。那么，除了一种焦虑情绪（相信它是真诚的）的表达外，切实的、可操作的解决方法在哪里？

蒋述卓在《论当代文论与中国古代文论的融合》（《文学评论》1997年第5期）一文中也指出："西方理论与话语的大量涌入反而造成了中国当代文学批评与理论的'失语'，这正是当代批评界忽视中国古代文论传统的继承，不创造性地运用古代文论的理论、方法与术语的后果。"朱立元针对由于西方文论的侵入而导致中国文论失语的观点指出："'失语症'论对当代中国文论的缺陷和危机的判断，存在着明显的错位。它只就中国文论话语系统较多吸纳西方文论话语的某些表面现象而推断中国当代文论缺少自己的话语，进而认为'失语'是其最根本的危机。它完全没有顾及当代中国文论与现实的关系，没有分析它是否贴近当今现实，是否能回答新现实提出的新问题，即是否适合现实语境。"他说："在我看来，中国当代文论的问题或危机不在话语系统内部，不在所谓'失语'，而在同文艺发展现实语境的某些疏离或脱节，即在某种程度上与文艺发展现实不相适应。"① 蒋寅的观点与此相通。他在《对"失语症"的一点反思》（《文学评论》2005年第2期）中认为，几十年来我们并没有从西方文论那里真正学到多少，而恰恰是错过了许多东西，"要说已借来一整套西方话语，恐怕是个幻觉"，而问题的实质在于"中国当代文学理论日益与现实的文学生活、与时代的发展隔膜，在很大程度上丧失理论的发言权和解释能力，变成无对象的言说"。郭英德从文论的"私人化"倾向与"独语"式的言说方式这一角度，也阐述了文论由此所导致的不能走向交往与对话的失语问题②。

2006年和2007年，曹顺庆发文《再说"失语症"》[《浙江大学学报》（人文社会科学版）2006年第1期]、《论"失语症"》（《文学评论》2007年第6期），再次阐述了他对失语症的认识。他认为，多年来许多人并没

---

① 朱立元：《走自己的路——对于迈向21世纪的中国文论建设问题的思考》，《文学评论》2000年第3期。

② 郭英德：《论古典文学研究的"私人化"倾向》，《文学评论》2000年第4期。

有真正理解"失语"是失的什么"语",而他所讲的"失语"实际上指的是失去了中国文化与文论的学术规则。曹顺庆从范畴与规则的关系角度对这个问题作了具体阐述。他认为,范畴只是话语表层的东西,而学术规则是支配范畴的深层的、潜在的东西;范畴是有时代局限性的,而学术规则是贯穿于相当长的历史长河之中的。比如"风骨"、"神韵"、"比兴"、"妙悟"、"意境"这些范畴可能会随着时代的消亡而消亡,但是支配这些范畴的深层学术规则是不会轻易消失的,而这个规则是由老子的"道可道,非常道",《周易·系辞》的"立象尽意",《庄子》的"得鱼忘筌"、"得兔忘蹄"、"得意忘言"等思想所确立的,并由此形成中国独特的文论体系、文论话语。这套文论话语在曹顺庆看来绝不会随着"风骨"、"文气"、"妙悟"、"神韵"等范畴在现当代的消失而消失,它仍然有着生命与活力,是完全可以进行现代转换,并进而发扬光大的。比如仍然可以用"虚实相生"来指导当代文学创作,指导绘画艺术、影视艺术甚至广告设计;用"意境"理论来指导诗歌创作、环境艺术设计等。那为什么我们的文论依然会"失语"而无法指导现实呢?他认为根本原因在于多年来的崇洋贬中,这使得我们将中国文论的话语规则放在一边,天天操着洋腔来大讲李白的"浪漫主义"、杜甫的"现实主义"、白居易诗歌的"典型形象",让中国的学术规则几乎失落殆尽。在这里,曹顺庆的观点又回到了最先的原点:失语的根源不再是中国(传统)文论不能解释现实,中国文论——至少是它背后的"学术规则"实际上仍然具有解释现实的能力,只是西方文论以及我们对西方文论的盲目崇拜遮蔽了它,是因为我们没有去发掘它。

从以上分析我们可以看到,即使在承认中国现当代文论"失语"的前提下,人们对失语症的含义及其原因的认识也并不统一。很多学者承认中国现当代文论在世界文论界没有占据一席之地,没有自己的声音,但是其根源有人认为在于中国古代文论失去了解释现实的能力和可能,另一种意见则是认为中国传统文论实际上具有解释现实的能力,关键在于中国学者崇洋媚外,没有去发掘。从大文化环境看,中国文论"失语"论以及古代文论的现代转换论,乃至中国当代文艺学的民族化、本土化诉求,是与当下中国的文化复兴思潮紧密相连的。它并不完全是一个文艺学内部的学理问题。

  也有许多学者否定"失语"症的存在，认为中国文论并没有真正失语，问题的根源主要在于我们自身如何看待中国自己的文论，如何去研究它的问题。比如高楠认为，20世纪中国文艺学发生了三次转换，但它从未发生"断裂"。"中国文艺学所以经本世纪三次转换而仍为文艺学，在于它未变其根；中国文艺学无论怎样受西学影响而仍为中国文艺学，也在于它未变其根。"而这个中国文艺学的"根"表现为人伦本体的价值观、知行统一的实践理性以及整体思维方式。从这个角度出发，高楠认为，20世纪的中国文艺学"并未失语"，相反，西方文论进入中国后大都被中国文艺学同化了[①]。

  谭好哲认为，强调中国文论要有中国的话语是有积极意义的，但"以'文论失语症'与'文化病态'来概括本世纪中国文论的总体状况，显然存在着严重的失真之处和极端的片面性"。首先就是对马克思主义文艺理论在中国传播与发展的历史合理性与必然性缺乏认识，对其成就与贡献、价值和意义估价不足[②]。蒋述卓也指出："不要片面地认为，我们现在已经完全'失语'，一点儿也没有自己的理论与批评方法。别的不说，仅就对马克思主义文艺理论的吸收与运用来说，在许多方面与80年代以来对西方马克思主义引进有一致之处，是可以会通的。"[③]

  不管对失语症问题采取何种态度，一个比较一致的看法是，在建设中国特色文艺学过程中，古代文论显然不可能完全移植到现当代文论中，如何认识并创造性的转换古代文论，为建设中国自己的文艺学服务，成为当时讨论的一个重要话题。

二　从文论失语到古代文论的现代转换

  虽然古代文论的创造性转换的话题是和"文论失语"论同时出现的，

[①] 高楠：《中国文艺学的转换之根及其话语现实》，《社会科学辑刊》1999年第1期。
[②] 谭好：《世纪之交文艺学研究的反思与前瞻》，《文史哲》1997年第5期。
[③] 蒋述卓：《解放思想，认真反思，开拓创新》，《文学评论》1998年第3期。

但实际上早在文论"失语"之前,古代文论的现代转换的工作就已经在进行。只是作为一个自觉的理论诉求,它有更明确的建设中国特色文学理论的意识而已。

据我们阅读所知,"古代文论现代转换"的最早提出者是钱中文先生。早在1992年开封"中外文艺理论研讨会"上,钱中文便已提出了这一话题。他在讨论会上所作的题为"文学理论:回顾与展望"的学术报告中,谈到如何"形成一种新的文学理论形态"时,就特别指出:"古代文论蕴含十分丰富,关于文学、创作动因、心理、鉴赏、批评、接受等方面,有它自己的一套主张,如何清理出古代文论中的一些至今具有生命力的系列概念,使其获得大致公认的共识,使这些具有独创性的范畴与当今没有被简单化的文学理论融合起来,整合成一个既具有我国民族特色的传统范畴又具有科学性的当代形态的文艺理论体系,这是令人十分向往的事。"①

其后,在写于1995年11月的《会当凌绝顶——回眸二十世纪文学理论》(《文学评论》1996年第1期)一文中,钱中文又就此作了进一步阐释。他指出,我国的古代文化、文论,作为传统文化,还是一块亟待开发之地。在当代文论建设中,古代理论现在只发挥了零星的作用,尚未成为当代文论的有机组成部分;而没有对古代文学理论的认真继承与融合,我国当代文学理论很难得到发展,获得比较完整的理论形态。对古代文学理论进行现代转换式的研究,在不同理论形态中分离出那些表现了文学创作普遍规律的观念,使之与当代文学理论接轨,融入当代文论,这是一个极有意义的工作,是建设具有中国特色文学理论的一条途径。

1996年10月,中国中外文艺理论学会、中国社会科学院文学研究所和陕西师范大学中文系在西安联合召开"中国古代文论的现代转换"学术研讨会,与会者就如何理解中国古代文论的现代处境,如何看待传统以及如何实现古代文论的现代转换,如何建设有中国特色的当代文论等重要问题进行了广泛深入的研讨。钱中文在会上作了讲话,呼吁学界为了"创造具有中国特色的当代文论"而努力,正式拉开了中国"古代文论现代转

---

① 文集编委会编:《回顾与展望:'92全国中外文学理论学术讨论会文集》,河南大学出版社1993年版,第8页。

换"这个话题的序幕。在讲话中,钱中文指出,在中西文论初步融汇的基础上,不少同行写出了很多富有首创精神的著作。但从总体上看,这些著作还只是我国现当代文论与西方文论的初步交融,它们还缺乏我国深厚文化底蕴的民族文化特色,尚未自立门户,至今未为那些尚未摆脱欧洲中心主义的外国学者所注意。所以在当今世界上还听不到我国当代文论的声音。而要改变这种现状,建设具有中国特色的当代文论,一要大力整理与继承古代文论遗产,使其自成理论形态、自成一种具有我国民族独创性的古代文论体系。二要站在当代社会、历史的高度,既有继承,又有超越,使我国具有丰富文化底蕴的文论,有机地而不是作为寻章摘句的点缀,既是形而上地也是形而下地融入当代文论之中,也即吸取其思维内在特性,选择其合理的范畴、观念乃至体系,并在融合外国文论的基础上,激活当代文论,使之成为一种新的理论形态。这些理论与当代我国和世界文学中层出不穷的新问题结合起来,无疑就会产生多种新的文艺理论观念,建立多种真正具有中国特色的文论系统。这样,我们才能在世界文论中改变"失语症"的地位,才能使我国文论自立于世界文论之林[①]。钱中文的发言虽然也谈到了"失语"问题,但却不是主要针对失语的。

1997年第1期《文学评论》以显著位置开设"关于中国古代文论现代转化的讨论"专栏,此后两年各期大都有该专栏的文章发表。1997年,曹顺庆等主编的《中外文化与文论》(四川大学出版社)出版,第3辑还设置了"中国古代文论的现代转换"专栏,发表了8位学者的笔谈。1997、1998年出版的第4、5辑均开设"重建中国文论话语"专栏。1998年,《文学遗产》第3期安排了陈伯海、黄霖、曹旭关于"中国古代文论研究的民族性与现代性转换问题"的"三人谈"。他们在回顾与瞻望了中国古代文论研究状况后,也谈到了古代文论转换的问题。陈伯海倾向于转换,而且认为"不仅古文论需要现代转换,整个古代的学术传统文化传统都需要转换;不转换,停留于原封不动,那就僵死了,就变成了古董"。由此,中国古代文论的现代转换成为文艺理论界的一个引人注目的论题。

[①] 钱中文:《建设有中国特色的当代文论——"中国古代文论的现代转换"学术研讨会开幕词》,《陕西师范大学学报》(哲学社会科学版)1997年第1期。

提出古代文论的现代转换，虽然最早是着眼于中国特色文学理论的建设，但当文论失语症被提出之后，如何解决失语问题，如何进行文论话语的重建，便自然而然地被提了出来。古代文论的现代转换于是便成了医治中国文论"失语证"的逻辑必然。因为既然西方文论是造成中国文论失语的主要原因，因此是不能以西方文论为核心进行文论话语重建的，这样重建的资源便落在了中国本土理论上。当代文论显然也因为被西方话语浸染而不可能依此来重建，历史的重担也就自然而然地落在了古代文论的身上。

其实，中国古代文论的现代转换并不是现在才提出和开始做的一项工作，早在1996年"中国古代文论现代转换"研讨会召开之前，已经有学者在思考这个问题。1988年，陆海明出版了《古代文论的现代思考》一书。单从题目上也可以看出作者对待古代文论的态度。在书中，作者本着古为今用的思想，强调研究主要以现代意识来进行古代文论的研究。作者指出，我国的古代文论研究者理应顺应当代中、西文论交流的学术大势，为中国古代文论的走向世界迈出新的一步。而要迈出这一步，首要的基础工作是要全面地、科学地揭示中国古代文论的历史内容及其民族特点，尊重古代文论的历史本来面目，但也并非要求研究者仅仅满足于古物的复活或陈列，相反，应该对古代文论作出新的科学解释、新的价值发现，否则，文论遗产就成了一堆无生命的化石。作者还区分了"古代文论学科研究的现代化"与"作为研究对象的古代文论的现代化"。学科现代化的目的是为了在新的历史进步条件下再现历史，使之更符合历史的本来面目；研究对象的现代化则是歪曲历史，是一种反历史主义的方法。作者指出："我们强调古为今用的特点，强调研究主体的现代意识，目的是为了站在时代文学的高度运用现代的文学观念和先进研究方法（包括合理的传统方法和研究手段）更准确、更科学地展示古代文论的丰富历史层面和复杂体系结构。"[1] 这里的观点与后来古代文论现代转换论者的几乎是一致的。

刘名琪更认为，如果我们把视线再向前移，就会看到，古代文论的现代转换实际上是一个世纪性的话题，也是近百年来中国几代学者一直在做

---

[1] 陆海明：《古代文论的现代思考》，北岳文艺出版社1988年版，第17—18页。

的工作。在长达一个世纪的时间里,虽然自觉从事古代文论现代转换又取得突出成就的学者并不多见,但却是中国几代学人心仪既久、苦苦以求的世纪性理想。作者首先充分肯定了王国维、宗白华和周作人等人对古代文论现代转换的贡献。比如王国维在吸取叔本华等人的思想的基础上,与我国传统理论相结合,创造性提出的"意境说",极富有中国特色。宗白华不仅以意境论为中心构筑了更为宏大的现代美学体系,而且还把古代文论中有关理趣、意味、神韵、风骨、空灵等术语活用于现代文艺批评。周作人善于寻找中国传统批评与西方现代批评的契合点,在更高的层次上将现代批评与传统批评融合起来。此外,刘名琪也高度肯定了像叶维廉、刘若愚等港台和旅居国外的华裔学者以及晚近一些学者的努力①。

代迅在《断裂与延续——中国古代文论现代转换的历史回顾》(西南师范大学出版社 2002 年版)一书中,具体梳理了王国维、朱光潜、钱锺书等人对古代文论的现代转换,指出他们在进行现代转换中,并不是被动地选择与认同西方文论,其中不乏理性的自觉,表现出复杂的价值取向与尝试。

总之,古代文论的现代转化或许是一个新话题,但并不是一个新问题,更不是一种新实践。但随着失语论的兴起,"古代文论现代转换"问题就不仅仅是一个"古为今用"的问题,而是一个担负着由"失语"到"得语",重建中国文论话语的重任。这就使得这一问题变得沉重起来。

三 古代文论可否转换及如何转换

对于古代文论如何转换,众多学者都拿出了不尽相同乃至针锋相对的"方案"。这些方案可以大致分为三类,一是立足于当代文论或当下意识,以此去选取古代文论中具有普遍意义的理论来为当下服务,即"古为今

---

① 刘名琪在《学术良知与中国特色当代文论的建设——论古代文论现代转换的"文艺思潮"的价值与意义》(《人文杂志》1998 年第 2 期),对此作了比较全面的勾勒。钱中文先生也指出:"其实,古代文论与现、当代文论的融合,前贤早就这么做了,而且成绩卓著",如朱光潜的《诗论》、宗白华的《美学与意境》、钱锺书的《谈艺录》、王元化的《文心雕龙讲疏》、李泽厚的《美的历程》等。钱中文:《文学理论反思与"前苏联体系"问题》,《文学评论》2005 年第 1 期。

用"；二是立足于古代文论，以精确阐释古代文论内涵为核心，或在此基础上适当阐发其当代意义；三是强调中西文论融合。下面我们分析阐述。

1. 站在现代的立场上，强调古为今用。持这种观点的主要是当代文论学者，如钱中文、蒋述卓、王元骧等人。蒋述卓在《论当代文论与中国古代文论的融合》（《文学评论》1997年第5期）中，强调古为今用，突出古代文论"用"的意义。他说："古代文论价值的转换，古代文论理论观点与思维方法的发扬，以及古代文论话语的转型，只有在参与现实之中，才可真正发挥出民族精神与特色的魅力，也才可进入到当今文艺理论的主潮之中，也才有古代文论在真正意义上的实现'今用'。"而当代文学批评家、理论家进行"古为今用"的实践，不是我们要走向传统，而是现实的需要与召唤，使得传统在朝我们走来。

那么，如何做到"古为今用"呢？蒋述卓提出了三点建议：（1）立足当代人文现实，开展现实与历史的对话，吸收古代文论的理论精华；（2）立足民族精神与民族性格的继承与发扬，寻找古代文论的现实生长点，探索其在理论意义上和语言上的现代转换；（3）从继承思维方式和批评形式入手，将古代文论特有的思维方式以及独有的批评方式与技法融入当代文学批评与文论中去，创造具有鲜明民族特色的当代文论。

钱中文也持类似的观点。他在《再谈文学理论现代性问题》（《文艺研究》1999年第3期）中，强调指出，要以现代文论为基础进行当代文学理论的建设。钱中文指出，我们实际上面临这三种文论传统，这就是古代文论传统、西方文论传统和近百年来形成的现代文论传统。我们当代的文论建设显然不能以西方文论传统为基础，那是否可以以古代文论为基础呢？钱中文给出了否定的回答。原因有二。一是古代文论是古代文学创作的理论总结，且大多数是诗（歌）学著作，主要针对诗歌而发，它们自有一套范式用语，由于这些术语多半属于审美的心理体验，因此各种术语具有审美的朦胧、模糊、含混特征，而无明确的界定，可以意会，但难以言传。它们在总体上已不适合来阐述在现代性启蒙下发生的新文学现象。新文学在思想趣味、形式上与古典文学大异其趣，并且逐渐形成了一套借自欧美文艺理论的新的术语规范。二是古代文论自身的体系与作为资源的问题。钱中文指出，古代文论要在当代文学理论建设中发挥作用，成为当文学理论建设的一部分，关键在于做好现代转换，使古代文论的一部分探讨面向现代。但古代文论的现代转换不是要使古代文论现代化，而是将古代文论作为资源，把其中那些具有普遍意义的、与当代文学理论在内涵方面有着共通之处的概念，即有着普遍规律性的成分，清理出来，赋予其新的思想、意义，使之汇入当代文学理论之中，与当代文论衔接，成为具有当代意义的文学理论的血肉。也就是说，现代转换就是一种理性的分析，目的在于使那些具有生命力的古代文论部分，获得现代的阐述，成为当代文学理论的组成部分。即便如此，钱中文认为，古代文论也难以替代我国的新文学理论。

如此，当代文论建设就只能以现代文学理论为基点了。原因有三：（1）现代文学理论虽然问题很多，但近百年来，它的发展总是与西方当代文学理论思潮结合在一起的，它不断地在西方文学思潮的影响下使自己逐步地走向科学化、人文化，从而体现了我国文学理论现代性的不断生成。（2）现代文学理论大体上是与我国现代文学的发展相适应的，现代文学理论对古代文论传统的某种疏远，与现代文学的发展是同步的，并且形成了一套科学的术语。（3）从传统上看，现代文学理论经过近百年来的经营，已经构成了现代文学理论传统，我们所使用的理论话语，正是现代文学理论所使用的话语。我们不可能再完全使用古语说话，也不可能用古代文论的话语来阐述当代文学现象。由此，我们只能在现代文学理论的基础上，充分地研究古代文论，把其中的有用成分，包括它的体系与各种术语，最大限度地分离出来，不是表面地使用一些古代文论的术语，而是丰富其原有的含义，赋予其新义，与现代文学理论、西方文学理论融合起来，使其成为当代文学理论的血肉，形成当代文学理论的新形态。这将是具有中国特色的文学理论的新形态，一种在长远时间里不断生成、不断丰富、体现现代性的文学理论的新形态。

蔡钟翔（《古代文论与当代文艺学建设》，《文学评论》1997年第5期）也强调古代文论之用，要"迅速地从坐而论转为起而行"，而这"用"的方式，可以对原典进行误读或别解。他说，利用古代文论中的有用成分来构建当代文艺学，应该容许在古人的语言外壳中加入新的内涵。"在某种意义上说，对原典的误读或别解，恰恰可以成为创造性的发展。"

这就是所谓"六经注我"的方式。此外，也有学者认为"古代文论对于今天文学理论的建设和发展来说"，"只能是'流'而决不是'源'"①，"建设新世纪文论只能立足于现当代文论新传统，而无法以中国古代文论为本根"，要"努力发掘其中今天仍有生命力的东西，或者通过现代阐释能转化为具有当代意义和价值的观念、思路等"②，然后融入现代文论传统之中从而创造出新的中国文论。所有这些观点都强调以现代文论传统为根本，再吸取古代文论中的有益成分来建构当代文论。

2. 以古代文论为母体建设当代文艺学。持这种观点的，主要是从事古代文论研究的学者，以张少康、罗宗强等人为代表。他们从古代文论研究角度出发，批评或反对把古代文学作为现代之用，而是强调以古代文论为"体"。

张少康在1996年"中国古代文论的现代转换"学术研讨会上，表现出对古代典籍内涵精确性的坚决捍卫。他认为，"把古代的范畴原意阐释清楚，就算是一种转换了，因为这种阐释就是现代的阐释"③。后来，他在《古代文论与当代文艺学的建设问题》（《陕西师范大学学报》1997年第1期）以及《走历史发展必由之路——论以古代文论为母体建设当代文艺学》（《文学评论》1997年第2期）等文章中作了具体分析。

张少康认为，一个国家和民族的文学艺术，如果不植根于自己国家和民族的文化土壤，是不可能形成自己的特色，并在世界上占有一定地位的。文艺理论也是如此。而我国古代的文学理论，在几千年的发展过程中，形成了一个具有民族传统，且代表东方美学特色的、和西方极不相同的理论体系。我们的传统文论在内容的丰富性、深刻性上也绝对不比西方差，比俄国就更不知要高出多少倍。但长期以来，我们自己的古代文论始终没有得到当代文艺学的足够重视，我们文艺学的理论体系和名词概念全都是从西方贩运来的。为此，张少康问道："难道我们的传统真的都不如

---

① 王元骧：《试论古代文论的"现代转换"》，见《中国古代文论的现代转换》，陕西师范大学出版社1997年版。

② 朱立元：《走自己的路——对于迈向21世纪的中国文论建设问题的思考》，《文学评论》2000年第3期。

③ 屈雅君：《变则通 通则久——"中国古代文论的现代转换"研讨会综述》，《文学评论》1997年第1期。

西方吗？"在此基础上，张少康提出：

> 为了建设真正具有中国特色的当代文艺学，我以为必须要坚决地、毫无保留地走出"西学为体"的误区，彻底抛弃以西方的文艺和美学理论为基本体系的做法，把颠倒了的历史再颠倒过来，要在中国传统文艺和美学理论的基础上，正确地吸取和改造西方文艺和美学理论，在马克思主义世界观的指导下，重新建立我们的当代文艺学。①

张少康坚决主张以中国古代文论为母体的建构方案，但并没有因此完全排斥西方文论，而是主张在认真地学习西方的文艺和美学理论基础上，吸取其科学的内容和有价值的理论思想，为我所用。这实际上也就是中学为体，西学为用。

在古代文论转换问题上，文艺理论家罗宗强在《古文论研究杂识》（《文艺研究》1999年第3期）提出了"不用之用"的观点，与张少康的观点较为接近。罗宗强不是从技术层面上具体去谈如何实现古代文论的现代转换，而是从更深的文化层面，强调在对古代文论精深研究中，提高传统文化修养，打牢传统文化的根基，至于转换，这是在此基础上顺理成章、水到渠成的事了，此之谓"不用之用"。

罗先生之所以提出"不用之用"的观点，源于他对中国古代文论乃至中国传统文化的认识。在这篇文章中，他从学术研究"求真"的目的出发，指出古文论的研究不一定要急于为今所用，它的目的应该是多元的，它可以有助于当前建立有民族特色的文学理论，也可以在无形中提高民族的文化素质，可以有助于其他学科如文学史、思潮史、艺术史、社会史、士人心态史的研究。它可以有益于今天，也可以有益于将来。由此，我们不能把古文论的研究目的理解得过于狭窄，就像自然科学中的基础理论研究虽不能直接为生产所用而对于未来生产的发展却至关重要一样，人文、社会科学的基础研究也往往具有更为深远的意义。求真的研究，看似于当前未有直接的用处，其实却是今天的文化建设非有不可的方面。正是在这

---

① 张少康：《古代文论与当代文艺学的建设问题》，《陕西师范大学学报》1997年第1期。

一意义上，罗先生强调求真研究的重要性。

在另一方面，罗先生也看到了古代文论实现转换的困难。罗先生针对转换提出了两点疑问：一是范畴自身的性质是否为我们提供转换的可能性；二是我们现在对范畴研究的水平是否已经达到了应用的层次。对于第一个问题，罗先生指出，古文论中的每一个范畴和命题，都有其产生的文学创作思潮的背景。如果把古文论的术语和范畴转换为今日之话语，把它当作一种具有普遍意义的理论，用以说明今日远为复杂的文学现象，恐怕难度就会更大。在一个文学思潮上产生的理论范畴，用以评论另一个文学思潮的文学，常常存在不贴切的现象。即使一些属于艺术方法的范畴，也并非全都具有普遍性。在这种情况下，又如何进行现代转换呢？罗先生逐一评析了几种转换的方法：（1）改变语境，把古文论的范畴直接拿来，纳入新的理论框架里，与从西方学来的话语并存，所谓"杂语共生"。（2）用现代话语对古文论范畴加以阐释而后运用。（3）改造原有范畴的内涵，而后运用。（4）误读、别解，也就是"六经注我"的方法。把固有的范畴作新的解释，变成一个既有原含义，又有新含义的范畴。

针对第一种，罗先生指出，中国古代的范畴在内涵与外延上具有很强的语境性，但并不具有高度的明晰性。如果把它直接拿来放在现在的语境中，显然是不合适的，不能与现在的理论体系融合起来。对于第二种，罗先生认为，如果以现代话语来表述古代范畴，那么原有范畴即已消失，不存在利用的问题。至于改造论，无论是完全赋予新的含义，还是部分赋予新的含义，都很难操作。至于第四种方法，虽然这是我国思想家惯用的方法，但这里有一个问题，就是必须考虑文学发展不同阶段的性质。范畴含义的基本方面与文学创作的实际应大致相对应。用古文论范畴来评论今天的文学，是很难适用的。由此，真正进行转换是比较困难的。而从另一方面说，我们目前古文论研究所达到的水平和我们的文艺理论工作者对我国古文论的了解程度，也限制了我们对古文论的利用。因此罗先生指出："急用先学不是一个有效的可以采用的办法，必须全面的深入的理解才能自如地应用它。所谓自如地应用它，是说能用现代的观念正确解读它，透彻了解其含义，了解其精华之所在；有所会意，有所选择，给以新解而洞悉本源，虽六经注我而在精神上不离六经。"在体系上，罗先生认为中国古代文论并没有一个明细的完整的理论体系，有的只是某一位理论家或某一个学派的理论体系。由此，要找到中国古代文论这样一个体系，把它"转换"成现代文论体，怕是很难的。

从学理上分析了转换之难后，他又从转换的立足点上对其进行了批评。罗先生认为，提出"话语转换"的学者的着眼点有点错位。理论建设的目的，应该首先想到我们今天的现实需要什么。文学理论的建立是为了解决文学创作、文学批评中的现实问题。这才是我们的文学理论赖以建立的主要依据，而不是为了在世界上发出我们的声音。我们以为罗宗强的这个洞见充满了睿智，立足于中国现实土壤的文论，自然是中国特色的文论，而且也必然是能够在世界上发出自己声音的文论。此外，罗先生指出，我们不能把建立有中国特色的文学理论体系仅仅理解为对于古文论的话语转换，它涉及的是如何对待整个文化传统，而文化传统不仅存在于文化遗产里，而且也遗存在现实生活中，在我们每个人的精神世界里。只靠古文论话语的"转换"是不够的，需要我们加强对整个文化传统的了解，分辨出哪些有用，哪些对今天并无用处。

在这个问题上，季羡林（《门外中外文论絮语》，《文学评论》1996年第6期）提出了让两种文化（文论）共存的观点。他认为，曹顺庆所提出的中西文论"杂语共生态"是完全办不到的。因为东西两方面的文论话语来源于两个完全不同的思维模式：东方综合，西方分析。把两种截然不同的文论话语融汇在一起，显然是很难的。由此，就让这两种话语并驾齐驱，共同发展。季先生说："二者共存，可以互补互利，使对方时时有所借鉴，当然也并不能排除，在某些方面，能互相学习。所有这一切，都只能说是好事情。抑一个，扬一个，甚至想消灭一个，都是不妥当的。"

但是，中国文论又如何才能在世界上发出自己的声音，在世界文论之林中占一个地位呢？季先生认为，这里的关键不在西人手中，而全在我们手中。我们现在要在拿来的同时，大力张扬"送去主义"。你不来拿我偏要送给你。这的确是宣传我们自己文化的一种重要的方式[1]。但送之必有

---

[1] 这也是21世纪初，王岳川教授所提出的"发现东方"的意义。为此，王岳川出版了《发现东方：西方中心主义走向终结与中国形象的文化重建》（北京图书馆出版社2003年版）一书。

术。季先生指出这"术"在首先认真钻研我们这一套植根于东方综合思维模式的文论话语,自己先要说得清楚,不能以己之昏昏使人昭昭。其次则要彻底铲除"贾桂思想",理直气壮地写出好文章,提出新理论。只要我们的声音响亮准确,必能振聋发聩。这样一来,我们必能把世界文论水平大大地向前推进一步。

3. 中西古今的对话与融合。以童庆炳等人为代表。童庆炳于2002—2003年分别撰写了三篇论述"中华古代文论研究的现代视野"的文章[①],在这些文章中,童庆炳主张古今融合,认为"不用之用"与"古为今用"是可以结合起来的,并具体提出了"宏观研究"法及其所遵循的原则。童庆炳认为,中华古代文论要适应新的时代要求,就不能停留于微观研究和历史研究,而应加强"宏观研究"。所谓宏观研究,在童庆炳那里不是"就事论事",而是要把中国古代文论放置到古今中外所形成的视界中去考察把握,并从古今对话、中西对话中得出必要的结论,揭示出文学问题的普遍规律及其所具有世界意义的普遍规律,以融合到中国现代文论的体系中,为我们今天所利用。由此我们可以看到,宏观研究一方面指的是整体地把握研究对象,以寻找其所蕴藏着的普遍意义;另一方面指的则是在中西古今这个大的对话语境中去把握对象,由此而得出新的结论。因此,这宏观中内在的体现着一种对话的原则,而只有这样,古代文论才可能介入当前的文论建设,才能与世界对话与沟通,从而改变那种西方现代文论"霸占"中国文论的局面。

要实现宏观研究,童庆炳又提出了所遵循的基本原则:历史优先原则、互为主体的对话原则、逻辑自洽原则。所谓历史优先原则,就是从研究对象放置在其远处的历史语境中去考察和理解。童庆炳指出,历史虽不可复原,但我们可以通过科学的考证和细致的分析尽可能接近历史。而我们只有把古代文论放置于历史文化语境中去考察,充分了解它赖以产生的条件和原因,揭示它的意思所在,不同历史时期不同文论家所发表的不同

---

① 这三篇文章是:《中华古代文论研究的现代视野》,《东方丛刊》2002年第1期;《再论中华古代文论研究的现代视野——兼与胡明、郭英德二位先生商榷》,《中国文化研究》2002年第4期;《三论中华古代文论研究的现代视野——从"通变"和"诠释"角度的思考》,《东方论坛》2003年第1期。

文论，才可能被激活，它们才会从历史的尘封中苏醒过来，以鲜活的样式呈现在我们面前，从而变成可以被人理解的思想。所谓互为主体原则，就是西方文论是一个主体，中国古代文论也是一个主体，中西两个主体互为参照系进行平等的对话。童庆炳认为，中国古代文论与西方文论作为不同文化条件下出现的"异质"理论，彼此之间可以"互补"、"互证"和"互释"，从这种"互动"中取长补短，这对于揭示文学的共同规律是十分有益的。所谓逻辑自洽原则，简单地说，就是"自圆其说"，即无论是以西释中，还是以中证西，或中西互证互释，都必须做到"自圆其说"，而所谓"逻辑"也不仅是形式逻辑，更应该是辩证逻辑。即中西、古今对话不是自说自话，而是在自圆其说中形成一个统一的第三种声音，从而达到新的高度。

总之，不管采取什么方法，宏观研究及其原则，强调的核心还是一个古今中西相融合的问题。

4. 质疑转换的必要和可能

与以上三种方案不同，还有一种声音是质疑转换甚至否定转换的。王志耕在《"话语重建"与传统选择》（《文学评论》1998年第4期）中对"转换"论提出了质疑。他认为，中国古代文论在魏晋时期的典型语境中生成人格与人品的贯通，有着求体悟少分析、少规范的特点。随着语境缺失、知识型转换，其价值观与当代文学格格不入，这就使得古代文论与现代文论之间的"转换"成为不可能。他说：

> 中国古代文论在今天看来，只能作为一种背景的理论模式或研究对象存在，而将其运用于当代文学的批评，则正如两种编码系统无法兼容一样，不可在同一界面上操作。有人试用之进行批评，如黄维梁先生《重新发现中国古代文化的作用——用〈文心雕龙〉"六观"法评析白先勇先生的〈骨灰〉》，证明是失败的。

应该说，中国古代文论与现代文论、西方文论在言说方式上的确不一样，在一定程度上难以"兼容"。但若说在各个层面上都不兼容，则还需谨慎。一个明显的事实，中国伟大的现代文论大家，如鲁迅、郭沫若、宗白华、朱光潜等,都具有深厚的古文论功底,不能说他们的古文论没有融化到他们的现代文论中。

不过,对于王志耕来说,他所说的不能转换更多的是从术语运用的技术层面上说的,即不能把过去语境中产生的术语直接运用到现在语境中,但在内在的文化精神上,王志耕认为还是必须要继承的,"我们不一定再用古代文论的范畴来规范我们今天的话语,但古代文论所栖居的文化家园将永远是我们的母体,是我们汲取母乳的源头"。而且只有回归到我们自己的文化精神中,才可能获得真正的自由,建立起我们自己的"新时代文论话语"。

尹奇岭在《伪命题:中国古代文论的现代转型》(《理论与创作》2003年第3期)一文中从中国古代文论与现代文论的类型差异出发,对转换提出了疑问。他认为:"中国古代文论和中国现代文论属于不同的类型。中国古代文论是建立在深厚的民族文化基础上的,有她自己鲜明的特点。具体的样式有评注、评点、批注、序跋或以诗评诗等,总的来说是感受式的、体验式的、有很强的随机性",而中国现代文论几乎是在西方文论的哺育下成长的,从西方文论吸取了大量营养,进行了大量的借鉴,因此,"中国现代文论几乎可以看作是西方文论这棵大树的一个侧枝"。在此基础上,他得出结论,中国古代文论和现代文论属于不同的类型。"这两种不同的文论包含着不同类型的价值内核,在价值取向上两者在很多方面是迥异其趣的,没有商量的余地。……中国古代文论是在中国古代文学中培育、提炼出来的一种结晶,蕴涵着自己独特的价值观念系统,有自己独特的表现形式,具有独特的价值,它与现代文论中所蕴涵的价值观念系统及表现形式是完全不相似的,两者不可以转换的","中国古代文论的现代转型是一个虚假的命题"。

在某种意义上,我们认同对于"现代转化"论的质疑。因为在我们看来,古代文论实在并没有死去,并没有彻底博物馆化,它是几代中国文艺理论工作者成长的养分之一,渗透在这些文艺学工作者的血液中,从而也就参与了现代和当代文论的创造和建构。这一点的基本保证就是我们的教育,除了极为罕见的历史时期(比如"文化大革命")之外,古代文论从来没有从我们的教育中消失,从而也就必然继续给予文艺学工作者以滋养。当然，在这个建构过程中，古代文论必然和西方文论，以及更为重要的，与我们身处的社会文化现实，发生积极的对话和互动，它常常不是表现为直接用古代文论的范畴和命题来解释今天的文学现象（比如拿"道"、"气"、"风骨"、"意境"等解释当代的电视剧），而是表现为在研习古代文论的过程中对于古代文艺审美意蕴、文化意味和美学文艺学旨趣的无意识吸收和消化。我们实在没有必要单独提出什么古代文论的创造性转化，好像它已经退出了当代文论的创造似的。在某种程度上说，"创造性转换"说和"失语"说都具有过分自我夸大的危机意识。

四　文论重建与文化复兴

无论是中国文论失语症还是以古代文论的现代转换为核心的中国文论话语重建，都与中国传统文化复兴这个更大的问题密切相关。曹顺庆指出：

> 关于中国文论"失语症"和"重建"的学术讨论和学术论战，实际上是中国文学理论另外一个转折的开始。这个转折，从微观上看是在"以西代中"的深刻教训和学术界长期反省的情况下产生的。从宏观上看，这与当今全球政治经济的发展和变迁密不可分，东方经济与政治的复兴，不可避免地会导致东方文化的复兴。也可以说，中华民族的伟大复兴，不仅仅是经济的、政治的，也是民族文化的复兴。而中国文学理论的转折与建构，也必然与此同步。这不是哪一个人的一厢情愿，或者某一些人的一厢情愿，而是历史发展的规律使然。①

这段话充分证明，中国文论"失语"症的提出以及"古代文论现代转换"的命题，其动力并不仅仅来自文艺学自身，也不能囿于学理的解释框架进行解释。从深层来说，它是与中国学者对中国文化边缘化的焦虑及复兴中

---

① 曹顺庆：《中国文学理论的世纪转折与建构》，《中州学刊》2006 年第 1 期。

国文化的吁求紧密相连的。失语论中隐含了一种对中国文化的深刻危机感，一种文化认同的焦虑，一种对中国文化"他者化"的忧患。无论失语症存在多少学理上的漏洞，但是它所反映的民族化和本土化焦虑却是真实的。它敏锐地感受到并提出了一个非常重要的问题：中外文论与文化交流中的平等权利问题。这个问题的提出当然有复杂的社会历史原因，比如80年代末整个世界格局的变化，"社会主义"阵营的解体、冷战的结束、民族文化认同的凸显等。这也是"失语"这个话题能够引起学术界重视与反复讨论的根本原因。

具体而言，从20世纪70年代以来，以林毓生为代表的海外华人学者就开始思考中国文化的复兴与传统文化的转化问题。1983年林毓生在台北出版的《思想与人物》一书，就是他在这方面研究的论文集。1987年此书经增补后改名为《中国传统的创造性转化》，1988年在大陆由生活·读书·新知三联书店出版。在该书中，林毓生分析了中国近现代以来发生的权威危机，尤其是随着西方文化的大举入侵，中国传统文化几乎被完全遮蔽，但文化寻根行动并没有停止。而且越是随着中国政治、经济地位的提升，民族文化复兴便越是为许多学者所关心。文论失语症之提出的深层文化心理根源正是这种焦虑；而古代文论的现代转换，则是消除这种焦虑症所找寻的一条出路。林毓生在《中国传统的创造性转化》中，特别提出了自己的转换观。他说：

> 简单地说，是把一些中国文化传统中的符号与价值系统加以改造，使经过创造性地转化的符号与价值系统，变成有利于变迁的种子，同时在变迁过程中，继续保持文化的认同。这里所说的改造，当然是指传统中有东西可以改造，值得改造，这种改造可以受到外国文化的影响，却不是硬把外国东西移植过来。[①]

这种观点是在保持一种文化认同的前提下，结合西方文化对传统文化的改造。这也是中国文化发展的一条基本原则。然而，路漫漫其修远兮，中国文

---

① 林毓生：《中国传统的创造性转化》，生活·读书·新知三联书店1988年版，第291页。

化转化之路并不是那么容易的。单就具体操作上,既能精通中国古代文论,又能熟悉西方文论,而且对中国当代文论也比较了解,要达到这样的程度的确太难了,但如果不能做到这些,不管你是赞同转换还是不赞同转换的,要真正建立起我们自己的文论话语体系,则将是很难的。也许正是看到了转换之艰难,文化复兴之艰难,林毓生才强调要有一种"比慢"的基本态度。他认为,中国文化危机问题非常庞大,我们不可能一下子就能真正解决。因此,就需要每个人立志深下功夫,做一点实质的工作。这就要发挥"比慢精神"。所谓比慢精神,并不就是单纯的速度上的慢,更不是懒,而是一种扎扎实实地做工作的态度,是真正这样做了之后的一种虚心的态度。"换句话说,'比慢精神'是成就感与真正的虚心辩证地交融以后所得到的一种精神。心灵中没有这种辩证经验的人,'比慢精神'很难不变成一个口号;相反地,有这种精神,自然会超越中国知识分子所常犯的一些情绪不稳定的毛病:过分自谦,甚至自卑,要不然则是心浮气躁,狂妄自大。"[1]

林毓生提出的这一精神,对于我们文论建设具有重要的启示意义。很显然,古代文化转换或中国文论话语的建设,是一个巨大的系统工程,不仅牵涉到具体的文艺学学科建设,也是我们中华文化建设的一部分。因此,要完成这样一项任务,绝不是一件容易的事,也不是短时间内所能完成的,天天重复"失语"、"转化"的焦虑也无济于事。与其叫嚷,不如切实拿出自己真正能够体现创造性转化之实绩的令人信服的成果来[2]。

另外,曹顺庆和其他一些学者在断定中国文论"失语"的时候其判断问题的角度与标准不是中国文论是否还在生产着,是否还有文艺学工作者

---

[1] 林毓生:《中国传统的创造性转化》,第21—22页。
[2] 事实上,我们许多学者也认识到了这一点,并已经开始了卓有成效的工作,推出了一批研究成果。比如童庆炳的《中国古代文论的现代意义》(北京师范大学出版社2001年版),代迅的《断裂与延续:中国古代文论现代转换的历史回顾》(西南师范大学出版社2002年版),程相占的《文心三角文艺美学——中国古代文心论的现代转化》(山东大学出版社2002年版),顾祖钊、郭淑云的《中西文艺理论融合的尝试——兼论中国古代文论的现代转换问题》(人民文学出版社2005年版),谭帆的《传统文艺思想的现代阐释》(上海社会科学院出版社1995年版),杨玉华的《文化转型与中国古代文论的嬗变》(巴蜀书社2000年版),周昌忠的《中国传统文化的现代性转型》(上海三联书店2002年版),邓新华的《中国传统文论的现代观照》(巴蜀书社2004年版)等。这些都显示了在中国文论建设中的实绩,但前面的路还很长。

在从事自己的古代文论研究，而是它是否是中国的。这表明他一直是在代表"中国"说话。他的论述单位不是个人，而是民族—国家。这点其实很可能会遮蔽文艺学研究的个人维度，导致个性的丧失。中国文论是由无数个别的文论家的文论组成的，它们之间是存在差异的。当然这些差异中也不乏共性。但是这个共性是在自由地生产出来的个人文艺学成果基础上自然形成的，而不是特别设计出来的。一个人其实不必过多地考虑自己的文论研究是否是"中国的"，是否具有中国特色，有代表中国的资格。要知道，学术研究从根本上说永远是一种个人行为而不是集体行为，更不是国家行为，从自己生活的时代环境出发，忠实于自己真实的内心感受，这是保证文艺学知识生产不"失语"的根本。而由于我们都是生活在中国这个特殊的国家，我们的生存环境是独特的，我们的经验也是独特的，因此，忠实于我们的生存环境和个人感受的知识，自然会有中国特色。这是不必过分强求的东西，也不是可以刻意设计的东西。

第二十一章

市场经济与大众文化语境下的文艺学

随着中国改革开放政策的实施和逐步推进,中国的经济体制开始由计划经济向市场经济转变,中国社会也开始由传统的生产型社会向商品社会、消费社会转变。这一转变所带给中国的影响是巨大的,包括对文艺学的影响。

一 市场经济与文学观念的嬗变

1983年,《红旗》杂志第13期发表焦勇夫的文章《切实纠正文艺产品商品化的倾向》,这可能是新时期最早谈论文艺商品化问题的文章之一,其对市场经济之于文艺的作用基本上持批评态度。1984年,辽宁省文联主办的内部刊物《辽宁文艺界》第2期发表了陈文晓的《文艺商品化不能全盘否定》一文,观点与焦勇夫相左,在辽宁省文艺界引起反响。锦州市文联还曾为此召开专题座谈会,并在《启明》杂志上辟出专栏予以讨论。随后,这次关于文艺商品化的讨论很快波及全国,各大文艺刊物纷纷发表关于市场经济与文艺问题的文章,有的甚至开办专栏讨论[①]。这次讨论引发了人们对文艺一系列问题的重新认识,比如文艺的本质,文艺的功能,文艺的生产,文艺的传播与消费,通俗文学、大众文学以及知识分子问题等。可以说,这次由市场经济所引发的对文艺学问题的思考,几乎涉及文艺学

---

① 如《理论与创作》就于1995年第1期开始开办"市场经济与社会主义文艺"讨论此类问题。

的每一个领域。在本章，我们首先阐述市场经济所带来的文学观念的变化，然后分析由市场经济（并非完全）引发的关于人文精神大讨论以及关于大众文化、纯文学的讨论，着重分析这些论争所带给当代文艺学的影响。

（一）天使抑或魔鬼：关于市场化与文学发展的讨论

文学与市场结合，甚至成为商品，在中国并非始于改革开放之后。早在中国古代，尤其是唐朝以后，就有商品化的文学产品出现，甚至也出现了初步成熟的图书市场[①]。但在中国古代，有市场而没有市场经济，市场的规模以及对社会文化的作用有限，市场只是文学发展的一个非决定性因素，并没有导致人们对文学观念的根本变化。当时的社会总体而言不是商品社会，文学的商品化只能是非常个别的、小规模的现象。进入现代，文艺的市场化程度有了很大提高，但在新中国成立以后直至"文化大革命"又被阻断。

但到了新时期，整个社会体制开始转变，其对文化和艺术的影响也是根本性的。当市场经济到来时，人们开始问道：文艺怎么办？[②] 在对待市场经济的态度上，人们最初存在两个截然不同的态度：一者认定新时期中国文化形势大好，比如文艺的繁荣、文艺的多元化等，主要应归功于市场化，市场化能够解决由原来的计划体制给文艺带来的萧条和单一化问题；另一者则声称，90年代中国文艺界、文化界乃至整个社会道德的堕落，如消费主义、拜金主义、享乐主义、文人无行等应归罪于市场化，市场化带来的是文艺的堕落和倒退。后来，人们逐渐认识到了市场化的两面性，能够较为辩证地去认识市场与文艺的关系，同时更加关注作家、艺术家自身的自律性以及国家、政府在规范和推动文艺市场发展中的重要作用。

下面我们分别阐述。

1. 市场化促进文艺发展

对市场经济对文艺学的作用持肯定态度的学者，列举了下列论据来支持自己的观点：

（1）商品经济的发展为文学创作开辟了崭新的艺术表现天地，提供了

[①] 见王水照《文艺作品、产品与商品》，《文学遗产》2007年第3期。
[②] 王双龙整理：《市场经济了，文艺怎么办？》，《文艺争鸣》1993年第1期。

极其鲜活的社会素材和表现内容，打破了我国原来一统化的创作格局，促使文学创作题材和主题真正多样化与文学功能的真正开放，促使文学真正以满足广大人民群众日益增长的精神生活需要为目的。也就是说，市场化使得作家艺术家的创作天地变得宽阔了，许多题材，甚至以前被禁止的题材和主题也成为可以写的了，禁区的开放无疑开拓了文艺的创作疆界，文艺创作真正走向多元化。

（2）创作个性得到尊重，市场为作家艺术家提供了选择自由，促进了创作的多样化。在实行计划经济体制的年代里，社会生产和消费都是在统一的计划调控下进行的，包括文艺创作，同样强调集体式、计划化的创作方式，个性被极大的限制甚至禁锢在集体这个"共名"之中；而市场经济在尊重个体中使得文学创作这一最具个性的创作活动真正实现了自身的发展。

（3）市场化所追求的"顾客至上"的观念，也影响着作家的创作，有助于文人深入生活，了解群众，适应群众审美需要，使文学创作真正面向受众，接近受众，与受众形成一种真正的平等的对话关系，而不再是一种高高在上的教育与被教育的关系，这也使得文学能更具有现实性，更具有生命力，从而促进文学坚实地向前发展；同时也就破除创作上的一些不良倾向，比如曾经的文学创作中的公式化、概念化。

（4）商品规律必将促使文学创作竞争机制的建立，有力地冲击了原有文艺体制中的"大锅饭"、"铁饭碗"等计划经济的陈规旧习，推动了文艺体制的改革，从而有利于增强文艺事业的生机与活力。任何事物，只有在竞争中才能焕发活力、不断发展[1]。

2. 市场化阻碍文艺发展

对市场经济对文艺学的作用持否定或基本否定态度的学者，列举了下列论据来支持自己的观点：

（1）市场化驱使作家追逐名利。随着文艺被推入市场，文艺曾经的光

---

[1] 可参阅杨守森《商品观念与中国当代文学的繁荣》，《文史哲》1988年第5期；耘德《商品经济的冲击与文学的发展》，《理论与创作》1990年第6期；江建文《社会主义市场经济的建立与文艺的转型和发展》，《学术论坛》1995年第1期等。这方面的文章很多，我们只能举出一部分。

环被瞬间淹没在了实实在在的经济利益之中，作家收入得不到保证，有的作家为追逐利益而一味迎合市场需要，出现了大量庸俗作品，这显然不利于我国文艺事业的发展。

（2）就接受群体来说，作家过分迎合大众，并不利于大众文艺修养的提高，因为大众本身并没有多高的鉴别能力，如果作家不能引导大众，提升大众的艺术修养乃至道德水平，那将不利于整个社会的精神文明建设。

（3）文艺生态和环境的毒化。一些见利忘义的"文化人"、"文化商"，甚至为牟取暴利，不顾国家法纪，专门炮制"精神毒品"，大量印制、销售、传播、走私各种不健康的书刊和音像制品及内容反动的出版物，严重危害人民群众特别是青少年的身心健康，甚至诱发社会犯罪；或者导致文化结构的失衡，使高雅文艺、公益性文化受到冷落，陷入不景气状态，一些能够代表国家水平的作品得不到有力支持，而一些能迎合低级趣味的作品大量印行，财源不断。

3. 用辩证的、历史的态度看市场

应该说，对市场采取天使化或妖魔化的极端态度都是不科学、不客观、不全面的。随着讨论的深入，越来越多的学者采取了一种辩证的态度，认为市场具有两面性，它一方面给文艺提供了机遇，促进了文艺的发展；另一方面也给文艺带来了不良的影响，提出了挑战。问题的关键是如何理解市场经济的这种两面性以及我们该怎么做。

杜书瀛指出，人类历史的发展过程中，并没有什么完美无缺的制度和体制，市场经济也是如此。它不是包治百病的灵丹妙药，但也不能把社会上出现的一切坏东西、一切坏现象都往市场经济身上推，需要具体分析，有的也许是旧制度的缘故。针对有人把物质与精神分开来评判市场经济，认为市场经济带给我们的是物质上的繁荣、经济上的发展和精神世界的萧条、道德上的沦丧的观点，杜书瀛明确指出，这种把物质世界与精神世界、物质文明与精神文明、经济与道德等截然分开、公开对立的做法，太过简单，缺少辩证精神[①]。

---

① 杜书瀛：《市场经济与文学艺术和精神文明——市场经济条件下的人文状况》，《文艺争鸣》1995年第6期。

陶东风从语境化的角度，分析了中国市场经济的独特性，具有很强的针对性和中国本土意识。针对人们关于市场经济的两种截然对立的观点，陶东风指出，这种只着眼于市场这个单一因素对于文化艺术的影响的思维模式，严重地阻碍了知识界对于中国文艺所处的复杂社会语境的认识，尤其是对中国文艺市场化过程中政府和国家权力所起作用的认识。在中国，如果撇开国家权力和政府的作用，或局限于国家/社会、政府/市场等的导源于西方（尤其是英美资本主义社会）的市民社会理论模式谈论中国文化的市场化，几乎注定是不得要领的。如果我们超越单一的市场决定论模式，转而分析国家—市场—文化之间的复杂关系，即可发现中国文艺的市场化之路与许多西方资本主义国家，尤其是英美，有着很大的区别。英美国家的市场化带有自发性；而中国的市场化（包括文学艺术领域）则是自上而下的，它本身就是政府和国家权力行为的一部分。因而，离开政府的作用，就不能说清在20世纪90年代新出现的文化与市场的关系以及文化市场化的中国特色。依照西方自由主义政治经济理论，文学艺术的市场化本来意味着文艺活动从教会或国家行为中抽离出来，摆脱教会或国家对于文艺活动的集中控制与对于文化资源的垄断性占有，从而使得文艺活动、使得作家艺术家获得前所未有的自主性。但是在中国，恰恰不存在经济与政治、市场与政府之间的截然分离。中国的文艺不是在一个"真空"中开始市场化的，市场化（包括文艺市场化）这种"战略"本身就是改革以来政府行为的一部分。这不仅意味着中国文艺市场化的"成绩"不能完全归于自由主义意义上的市场经济，更意味着这种中国式文艺市场化带来的问题与存在的弊端，也不能简单视作是所谓市场化或资本运作的单方面结果。改革前的文艺体制是与当时的计划经济模式适应的，具体表现为政府是文化资源的唯一主体，也是文化资本的垄断者，在民间不存在什么文化市场，也不存在由市场调节的文化资源与文化资本获取途径，当然也不存在非官方文化资格授予机制。在中国式市场经济以及相应的文化市场化启动之后，市场在一定程度上参与了文化资源与文化资本分配，使得原先的二元格局（政府—文化）演变为三元格局（政府—市场—文化）。但是，所谓"三元格局"并不是一个很准确的说法，因为三者之间并不是独立自主的关系，而是你中有我我中有你的相互渗透关系。我们不能以为市场化已经使得政府在文艺活动中已经完全退出，文艺活动的唯一主体已经是民间的或市场的各种机构，文艺市场的自主性已经确立。事实上，国家权力渗透到了市场之中，文艺界现存的许多问题正是由于政府文艺部门职能转换的不彻底性，由于权力的介入导致了市场机制的失灵和扭曲。

从知识分子或艺术家的独立性上看，陶东风认为，在中国90年代的文化市场化中，知识分子的独立性与自主性的确较计划体制时提高了，出现了像自由撰稿人、书商、文化经纪人之类新型的文化媒介人，但是我们同时必须看到，90年代中国知识分子总体上说依然生活在权力与市场的夹缝中，他们更多的是在官方、大众以及市场三方力量中周旋生存。这是中国的大众文化与西方国家的大众文化的重要区别。认为中国的大众文化生产只听命于市场不过是市场/文化的二元论式在大众文化研究中的体现。

在以上分析的基础上，陶东风认为，国家文化机构的职能应当是建立并维护文化市场的规则，而不是直接参与文化生产。同时，考虑到文化生产的特殊性（精神生产的社会公益性质），政府同时还要通过"非市场的方式"，甚至通过立法，来维护文化市场的秩序，包括对于有害于社会精神生态与公民道德的文化生产的制约[1]。当然，问题的棘手之处在于，这样我们就陷入了既要国家政府介入又警惕国家政府介入的尴尬境地。在中国的特殊语境中，这种尴尬难以完全避免。一方面国家政府具有建立和监管文化市场、维护文化市场秩序的职责，同时又必须直接把自己的利益带入市场，也不能制定有利于市场中某些利益群体的政策导致竞争不公。这方面的道路看来还很长。

（二）市场经济条件下文学观念的嬗变[2]

不管我们对市场经济采取什么样的态度，毕竟市场经济已经来临并深入我们生活的方方面面，改变着我们的思维方式，包括我们对文艺的认识。市场经济所带来的文学观念的变化几乎涉及文艺学的每个方面。

---

[1] 参见陶东风《文艺市场：天使耶？魔鬼耶？》，《文学自由谈》1998年第3期。
[2] 本部分参阅了方克强《文学的商品性》，《文艺理论研究》1993年第3期。

1. 关于文学的商品属性与商品化

大多数人都肯定和强调了文艺的商品属性，认为在商品经济时代，文艺也是商品，也参与商品生产的全过程，包括生产与交换，也具有价值和交换价值。这是对以前只强调文艺的意识形态属性和审美属性的补充。有的甚至借此对文艺下了新的定义：文艺是具有审美意识形态性的商品[①]。对于文艺商品属性的认定也体现在许多文艺理论教材中，比如被广泛使用的童庆炳主编的《文学理论教程》除了从文学活动的角度分析文学创作—文学作品—文学接受之外，还从艺术生产的角度分析了文学生产—文学价值—文学消费的过程。

承认文艺的商品属性并不等于赞成文艺商品化。实际上，绝大多数学者反对文艺商品化。比如有学者指出，文艺的恒常属性是文艺的审美属性，缺少了这种恒常属性，文艺就不再是文艺；而商品属性只是在社会发展到特定阶段，即社会的商品经济阶段时才出现。"在社会进入商品经济的阶段上，文艺的商品性质，可以也能够在相当程度上与文艺的审美属性实行蹩脚的合作，却无论如何'化'不掉决定文艺为文艺的作为文艺最根本性质的审美属性。"[②]

那么，文艺商品化有什么危害呢？蒋茂礼从三个方面阐述了文学商品化的危害。（1）文学的商品化将使作家的创作活动为金钱所左右，沦为金钱的奴隶，丧失作为作家的主体性和品格。（2）文学的商品化决定了衡量文学作品价值的尺度是利润标准，而不是美学标准。能够赚钱的作品就被视为好东西，不能赚钱的作品则被看作无价值的东西或坏东西。（3）文学的商品化将使作家的创作不是按照文学的创作规律进行，而是循着赚钱盈利的商品法则活动。而作家只有按照文学的创作规律进行创作，才有可能创作出思想内容好，艺术质量高的作品[③]。

2. 关于大众消费文化的娱乐/消遣功能

以前几乎所有文艺学著作，特别是教科书，都把文艺的功能概括为三

---

① 张来民：《市场经济与文艺观念的变革》，《中国社会科学院研究生院学报》1994 年第 5 期。
② 李万武：《艺术——无法走向商品化的商品》，《文艺理论与批评》1989 年第 5 期。
③ 蒋茂礼：《商品化中文学独立品格的沦丧》，《文史哲》1988 年第 5 期。

个方面：教育作用、认识作用和审美作用，而且还根据西方贺拉斯的说法，只是在寓教于乐的工具意义上有限肯定娱乐作用，娱乐不是有独立价值的功能。文艺的娱乐消遣功能在起初一般被看作文艺的审美功能的延伸①。随着市场经济和大众文化的兴起，尤其是消费社会的到来，人们对文艺的消遣娱乐功能有了更为深入的理解，把这看作是人的"感性解放"，认为文艺的娱乐消遣性在一定程度上把人从种种规则、程序、重复、单一的活动状态中解脱出来，以获得无限的发展，还人以自然生存的真实面目。也就是说，把娱乐与消遣看作本身就是文艺的目的之一，娱乐功能不再依附于教育功能。这一点尤其体现在人们对通俗文学、大众文化的认识上。人们花了金钱和时间去欣赏通俗文学，一般总是为了消除一天的紧张和疲劳，在身心上得到休息和快乐，是一种自我心理调节，增进身心健康。比如陈晓明指出："尽管消费社会的审美趣味丰富多变，对于当代文艺来说，强烈的速度变化的感觉，时尚化的趣味，唯美主义的风格，狂欢的格调，这些消费社会的典型特征，正在融进当代文艺的审美构成中，并且也在促进当代文艺产生新的审美表现机制和风格趣味。这些风格趣味都向着一个方向，一个主导的方向，那就是感性的大解放。"②

　　对于文艺娱乐消遣功能的政治意义，陶东风认为应该从中国语境出发，历史地看待这个问题。比如在粉碎"四人帮"的初期，由于长期的禁欲主义的政治文化对人的正常感性娱乐要求的压抑，娱乐与消遣具有积极的去极"左"政治化的功能。他接着解释说："当然这不是说大众文化对政治文化采取了面对面的、直接的、严肃认真的批判姿态；而是说它在客观上冷落了政治文化，大量的大众文化产品覆盖了大众的文化阅读空间，从而使得政治文化的'市场'与'地盘'大大缩小，影响力大大降低。"③但是到了90年代后期，陶东风对大众文化的娱乐功能在政治上采取了更多的批判视觉，他是在分析中国90年代后期出现的消费主义的时候进行

---

①　方克强：《文学的商品性》，《文艺理论研究》1993年第3期。
②　陈晓明：《消费时代文艺功能的变化》，索谦等编《市场经济与文艺：2005北京文艺论坛集粹》，人民文学出版社2006年版，第120页。
③　陶东风、金元浦：《人文精神与世俗化——关于90年代文化讨论的对话》，《社会科学战线》1996年第2期。

这样的批判的,他解释说:

> 中国城市消费主义的出现也有特殊的社会原因,简单说就是肇始于80年代末、随后逐渐强化的中国知识界与老百姓政治热情的冷漠、消费热情的高涨。在上个世纪80年代,以启蒙为核心的知识分子精英文化带有唤醒公众的社会使命感和文化批判热情。到90年代,中国的文化—审美风尚出现了由启蒙模式向消费模式的转换,人们往往会以一种直截了当的方式去寻求现实生活的感性满足。……今天的公共空间充斥着以身体为核心的各种图像与话语,美容院与健身房如雨后春笋涌现,人们在乐此不疲地呵护、打造、形塑自己的身体。这样的结果可能导致一个糟糕的状况……而大家都回过头来关注自己的身体、生活方式。这很有点滑稽与悲哀。①

正是在这样的语境分析中,陶东风提出了一个具有方法论意义的问题:90年代后期流行的消费文化还有它的反抗性与批判性么?它反抗与批判什么?陶东风写道:"在80年代初期的中国,消费文化,比如邓丽君的流行歌曲,是有批判性的。在当时的语境中它们是被压抑的非主流的声音,它的出现客观上冲击了文化的一元局面。那个时候大家对生活方式的关注也有进步性,因为'文化大革命'遗留的禁欲主义对大家仍然有种种限制,比如不允许留长发、不许穿喇叭裤,等等。在一个没有权利追求审美化生活方式的语境中,追求审美化确实是带有批判性的。但是这不意味着这种批判性是无条件的。"② 陶东风认为,在今天,消费文化自身就成为主流了,其批判性因而变得非常可疑。对于一种文化的批判性,应该有一种历史的眼光,在具体语境里加以理解。

3. 如何认识市场化时代的读者

以前的文艺学更多关注生产环节以及作家、作品和创作活动,而市场化时代的文学艺术是以市场和消费为中心的,也就是说,读者(购买者)

---

① 陶东风:《日常生活审美化与消费文化批判》,《天津社会科学》2004年第4期。
② 陶东风:《新文化媒介人批判》,《首都师范大学学报》(社会科学版) 2003 年第 6 期。

的重要性被大大凸显出来。在计划经济时代，消费者没有选择权，决定权在生产者（当然也不是西方社会的那种面向市场的生产者）一方，消费者只有被动接受；而在商品经济中，消费者则有权决定自己是否购买生产者生产出来的商品，决定权在消费者手中。消费者的需求甚至会决定着生产者产品生产的种类、品质乃至发展方向。这一点极大促进了当代文艺理论对读者、受众的研究兴趣。此外，西方接受美学的兴起，也进一步推动了受众的重要地位的进一步提升。正是在这一意义上，有的学者指出，我们不得不以读者为中心，重新研究文学的生产与消费、作家与读者的关系，纯文学与通俗文学的关系，普及与提高的关系，作家的个性、文学的特性与商品性的关系等现实问题。这将大大丰富现有文学理论的内涵，并切实地对现实创作实践起到指导作用①。

读者/消费者的中心化也使得市场销量而不是文艺批评在文艺的生产中发挥了更大的调节作用，在客观上减弱了批评以及作为特殊受众的批评家的作用。不仅如此，一个艺术商品的审美、政治、社会、道德价值究竟如何，尽管批评的影响依然存在，但这时读者却可以运用自己的大脑做出自己的评判，市场经济使价值判断的中心不再由批评家单独掌握②。也许正是在这种情况下，批评家的角色也在开始发生悄悄的变化。批评家与艺术市场发生了紧密的联系。批评家与艺术生产者、艺术中介人与艺术消费者之间的关系也增添了新的向度。批评家的角色除了比较单纯的作品的阐释者、评价者之外，又兼为艺术作品的推销者、艺术中介人的顾问者、艺术消费者的导购者。在这样的新形势下，批评家作为社会道德代言人与把关者的角色面临被消解的危险③。

4. 市场导致艺术类型的多样化

张来民具体分析了市场经济下的艺术多样化情况，指出，艺术类型本来就应当是多种多样的，因为不同文化层次的读者有着不同的审美需求，只是由于我们过去片面地强调高雅艺术，遏制了通俗艺术的生长。如今，通俗艺

---

① 方克强：《文学的商品性》，《文艺理论研究》1993年第3期。
② 亦可参阅张来民《市场经济与文艺观念的变革》，《中国社会科学院研究生院学报》1994年第5期。
③ 刘鸿模：《艺术商品化与批评家的角色》，《文艺评论》1994年第2期。

术的流行，不仅是对过去长期压抑的反拨，而且更重要的是，使艺术获得了多样的发展。至于高雅艺术在通俗艺术的冲击下不如原来的读者多，也属正常。而且，从历史上看，高雅艺术与通俗艺术并非是水火不相容的，二者往往可以互相渗透，互相借鉴，互相转化，这样就造成了艺术类型的多样化。不同类型的艺术不仅可以满足不同文化层次的读者，而且可以使同一文化层次的读者得到多方面的精神享受。从这个意义上看，通俗艺术的崛起，应当说使艺术获得了更多的生机。对于那种把艺术的"多样"视为"危机"的观点，张来民认为，这是"重教化，轻娱乐"传统艺术功能观念的暗中操纵①。我们认为这种观点是合乎事实的。艺术种类是随着生活的发展而不断变化的，在市场经济时代大众文化的繁盛正体现了这一点。

5. 关于文学的产业化

可以说，随着市场经济的迅猛发展，文学在很大程度上被产业化，形成了一个从作品选题到作品创作再到作品的宣传与销售的完整的产业链。这个新的特点也得到理论界的关注。张冬梅在《产业化旋流中的文学生产——对"新世纪文学"生产方式的一种考察》（《文艺争鸣》2006年第1期）一文中详细考察了文学的产业化过程。文章指出，文学的产业化运作也可以描述为一个投资、产出、获益的过程。在这种过程中，企业是核心，它把不同的参与者连接起来，如作家、策划人、出版商、销售商等，形成一个协作生产链。这一生产链通过分工合作，使艺术价值转换成商业价值，又以商业价值的实现过程最终促成了艺术价值的传播和实现。它是一条文化价值链，同时也是一条企业、组织及个体协作链。在这个链条中，出版社和杂志社的"事业化"身份淡化，"企业化"性质正在日趋强化，他们需要不断地调整自己的经营策略。由于面临着竞争压力，已成为制造商的出版企业的发展逻辑不可能只关注艺术性和创造性，不得不把资源投向有市场需求的如畅销书项目上去。他们要顾及在竞争中稳操胜券的方方面面，否则就会因亏损而败倒途中。而对于作家艺术家来说，他们那种个体性的、纯粹无功利的创作变得难以继续，他们已不仅仅是审美创造者，也是在产业链条上的一个合作者、生产者。他们个体的美学诉求被集

---

① 张来民：《市场经济与文艺观念的变革》，《中国社会科学院研究生院学报》1994年第5期。

中、整合、纳入职业化的生产、消费流程中,并受到生产关系中的出版发行机制、稿酬制度等因素的制约。

由以上分析我们可以看到,文学产业化突破了传统的文学创作模式,不再是作家只管写作,并且直接面对出版社的情形,而是成了一项"集体事业"。这种生产方式的确可以使作家艺术家通过与文化企业或出版商等建立相对稳定的合作互动关系,克服其个体实践、文学能力、艺术思维以及发展环境的有限性,保持自己的创作状态与文艺市场。但我们显然不能由此而忽视甚至放弃文艺特有的创作规律。如果我们过分强调文学生产的产业化,而忽视文艺自身的规律的话,文艺最终就被推进"制造"乃至粗制滥造的泥淖中而不能自拔,文艺也就失去其之所以是文艺的根本。

二 "人文精神"大讨论

1993年,《上海文学》第6期发表了一篇对话文章,题目是"旷野上的废墟——文学与人文精神的危机",对话者是华东师范大学中文系的王晓明和几名博士生。在这篇对话中,他们对当时的文学现状表示了担忧,认为"当前的文学危机是一个触目的标志,不但标志着公众文化素养的下降,更标志着几代人精神素质的持续恶化,文学危机实际上暴露了当代中国人文精神的危机"。对话一发表,立即引起了学术界的关注。随后,许多杂志纷纷开辟专栏,讨论人文精神,比如北京的《读书》杂志从1994年第3期到第8期,陆续发表了关于"人文精神"的6篇对话文章以及几篇单篇文章。其他的许多报刊如《光明日报》《文汇报》《东方》等也都开辟专栏,讨论人文精神。到1995年,在两年的时间里,关于人文精神的文章,就已超过了100篇,而且参与者不限于文学界或文艺界,其他人文科学乃至社会科学界的学者也开始加入[①]。

[①] 1995年11月5日,《中华读书报》上就有一个很大的标题:"人文精神,经济学家发言了。"这些经济学家从市场经济的角度强调人文精神的多元性、个人特性,有基本赞成的,有分析的,也有批评的。

其实，在人文精神于 1993 年正式公开讨论之前，无论是在上海、北京，还是在郑州、广州、南京、西安，都有相当多的人在进行类似的讨论。这些讨论的话题非常广泛，牵涉社会生活的几乎所有方面。参与讨论的有些人彼此并不认识。"人文精神"讨论公开化以后，大家才发现，原来有这么多人同时在做类似的思考①。

1996 年，王晓明主编的《人文精神寻思录》出版（文汇出版社），准备对"人文精神"讨论做个小结，但"人文精神"的讨论并没有结束。1995 年文坛上的所谓"二王（王蒙与王彬彬）之争"、现代人格精神、新理想主义、道德理想主义、新启蒙等热门话题②，都与"人文精神"的讨论有"家族类似性"，也可以说是从"人文精神"的母话题中引发出来的子话题。同时，"人文精神"论争也是王朔"痞子文学"论争的一个直接继续和扩展，被公认为"人文精神"讨论"发轫之作"的王晓明等人的《旷野上的废墟》就是从讨论王朔"痞子文学"开始的③。

值得注意的是，像这样一个波及面宽、参与者众、持续时间长的大讨论，却是在概念模糊、语义不清、内涵滑动的基础上进行的。这也是本次讨论之所以莫衷一是，热闹有余而学理建树不足的一个重要原因。一方面，"人文精神"是一个"杀伤力"极强的超级能指，因为它几乎把所有正面的人类价值都尽收麾下，它是由"人"、"文"、"精神"这三个伟大堂皇的大词组合而成，从而谁要是对"人文精神"持有异议，谁就是自绝于"人"，自绝于"文"（文化），并且丧失了"精神"。但另一方面，"人文精神"的提倡者中几乎没有任何一位曾经对此词进行过认真的梳理。他们或者笼而统之地把"人文精神"说成是人的精神，或者把它缩小为文人精神。有的则干脆声称："人文精神"不可界定也无须界定。"人文精神"的主要倡导者之

---

① 关于"人文精神"讨论的大致历史状况，参阅王晓明《人文精神讨论十年祭》，《上海交通大学学报》（哲学社会科学版）2004 年第 1 期。

② 关于这几种论争和讨论，可参阅方维保《当代文学思潮史论》，长江文艺出版社 2004 年版，第 182—188 页；李霞《关于文坛"二张"及"抗战文学"》，载陈思和、杨扬编《90 年代批评文选》，汉语大词典出版社 2001 年版。

③ 本章所谓"人文精神"，多数情况下是在特指层面上使用的，即本次争论中所言说的"人文精神"，与西方的人文主义以及中国传统儒家文化的人文精神不同，它系一特定话题或话语，故用引号表示。

一说,"人文精神"是一种恍兮惚兮的混沌状物,它是不可界定的;另一位倡导者则补充说,虽然恍兮惚兮,但是事关重大,有之则"境界自高",无之则"境界自低"①。但是,如果我们要把人文精神当作一个学理问题来进行严肃认真的讨论,那么语义的厘定是一项最起码的知识性工作。

在本章中,我们所要做的工作,不是介绍评述这一系列讨论的具体观点、来龙去脉、是非功过。我们感兴趣的是:(1)"人文精神"这个话题是在什么样的语境之下出场的?为什么在这样的背景下出场?它的具体所指是什么?(2)"人文精神"与世俗精神的关系是什么?它是否是,或应不应当是世俗精神的反面?(3)当"人文精神"以终极关怀与宗教精神为核心诉求、以世俗化为批判对象的时候,它还是不是人文精神?(4)"人文精神"与世俗精神应当如何形成良性的对话与互补关系?(5)我们要问:有什么更重要的问题在人文精神的讨论中被挡在了人们的视域之外,以至于不成其为问题了?这样一来,"是什么遮蔽了人文精神"的问题,就转换成了"'人文精神'这一话题本身遮蔽了什么"的问题。

(一) 发生"人文精神"大讨论的语境

"人文精神"并不是一个新词。至迟在现代新儒家的著作中,已经有中国文化主人文精神,西方文化主宗教精神之说。在出版于20世纪60年代的金耀基先生的《从传统到现代》一书中,也已明确地认为中国文化是偏重人文精神的(对人间的关注超过了对"天国"的关注)。就近而言,1990年左右学术界也有关于"人文精神"的提法。但是,"人文精神"作为一个特定的话题引发大陆文化界热烈讨论,无疑始自1993年下半年王晓明等人的对话《旷野上的废墟》。这个对话矛头所向主要是文学写作中的所谓"痞子化"倾向(尤其是王朔),论域基本还限于文学,至多扩展到大众文化;而到了1994年上半年《读书》的那一组"寻思录"问世,论域才拓展到了整个文化道德与人文科学领域,其矛头所向扩大到了90年代社会文化转型的方方面面(如世俗化、市场化、商品化等),而且在

---

① 张汝伦语,见《人文精神:是否可能和如何可能——人文精神寻思录之一》,《读书》1994年第3期。

时间上也追溯到了近代以至古代。

可见，虽然我们未始不可以把90年代"人文精神"讨论看作80年代以来文化讨论经一个时间的中断以后的延续，然而，它的问题意识与价值取向与80年代大不相同。在80年代的文化讨论中，并未出现"人文精神"这样的问题意识、思维取向与言说方式，更没有什么"人文精神失落"一说。足见"人文精神"的所谓"失落"，或人们意识到它的"失落"，是在90年代，尤其是1993、1994年。从而，要想把"人文精神"的讨论语境化，1993年是一个具有特殊意义的年代。

众所周知，1993年是中国的改革开放经一段时间的停滞以后重新起步，并以更快的速度和变化了的方向发展的一年（其直接契机是1992年底邓小平的南方谈话），这是市场经济引发的社会转型加深、加剧的年代，同时也是中国的改革开放政策作出重大调整的年代。这一世俗化潮流在文化界的表现，就是被称为"痞子文人"的王朔等所谓"后知识分子"的大红大紫、各种文化产业与大众文化的兴盛，以及文人下海、演员走穴等文化领域的商业化、文人的商人化倾向。这是引发"人文精神"讨论的最直接原因。这一语境的锚定启示我们："人文精神"作为一种批判性话题的出场，不是，或至少不完全是知识自身发展的纯自律的结果，不能只在思想史、学术史的范式内部加以解释；毋宁说它是知识分子对当今的社会文化转型的一种值得关注的回应方式，是知识分子在面对社会文化现实时重新寻找自己的身份定位和言说方式的一次努力。

从社会转型的过程看，80年代的转型基本上是观念转型，思想意识层次的转型（所谓"解放思想"、"拨乱反正"、关于真理标准的讨论、关于主体性、人道主义的讨论等）；到90年代，转型进入了实践的、物质的层次。其显著特点是，80年代对于计划体制及相关意识形态的反思，到90年代被"拆解"，其中一部分因"不争论"政策而被悬置；另外一部分则落实为市场化的经济文化发展方向与世俗化的大众生活价值取向（米袋子、菜篮子、过日子、"翻两番"的"小康"理想）。这种新的社会状况又必然导致文化价值观的转变，导致知识—权力关系的变化，知识—市场关系的变化，以及知识分子社会角色、社会地位的变化。精英式的人文知识分子丧失了原来的启蒙领袖、生活导师地位，从中心被抛向了边缘。蔡翔很准确地指出：80年代知识分子所倡导的思想解放运动，客观上导致了知识分子本身在90年代的边缘化，以及他们原先的乌托邦式的想象与现实结果的错位①。从这个意义上说，"人文精神"这个话题的提出，未始不可以说是人文知识分子对于自己的边缘化处境的一种抗拒。

（二）作为"世俗精神"对立面的"人文精神"

1. 人文精神与相关概念界定

正因为这样，与西方的人文主义相比，中国的"人文精神"因其完全相反的出场语境而有了完全不同的批判对象与价值诉求：西方人文主义针对神权社会与宗教文化而弘扬世俗生活的合理性，其核心是从"天国"走向人间，从神权走向人权，世俗化正是其最为核心的诉求；而中国90年代提出的"人文精神"则把批判的矛头指向了世俗化，其核心是从人间回到"天国"，以终极关怀或类宗教化精神拒斥世俗诉求，用道德理想主义与为"艺术而艺术"的审美主义拒斥文艺的市场化、实用化与商品化。明确这一点是非常重要，也是非常有意思的。

从以上的语境分析中可以总结出这样两点：（1）在中国的特殊语境中，"人文精神"与世俗精神被当成了对立的两极。（2）"人文精神"作为一种文化批判话语，一方面针对着被认为是由世俗化、市场化引发的所谓道德沦丧、信仰危机、价值失落（这种批判尤其集中在文化的市场化与部分作家的写作活动的市场化）；但另一方面，从深层的利益驱动上说，也反映了知识分子对自身的边缘化处境的焦虑、不满与抗争。

我们还可以通过寻找关键词（key words）的办法来达到语义厘定的目的，也就是排列、分析、解读与"人文精神"相关（包括相近与相反）的一系列关键词，进而锚定其大致语义。

与"人文精神"的意义相同或相近、被认为体现了"人文精神"的关键词是：终极关怀（或终极价值）、形而上、价值理性、超越（超验）、绝对、神圣、宗教精神、（一定程度的）普遍主义"天国"、绝对命令（这一排列以及以下对反义词的排列顺序基本依据其在文章中出现的频

---

① 许纪霖、陈思和、蔡翔等：《道统学统与政统》，《读书》1994年第5期。

率)。而它的反义词,或与"人文精神"相反的关键词则是:世俗主义、功利主义、实用主义(包括政治的与经济的)、商业主义(商品大潮)、消费主义、物质主义、享乐主义、拜金主义、形而下、工具理性、技术主义、经验等。由于篇幅的关系,我们只能择其要者而析之。

"人文精神"与终极关怀之间的亲缘关系是人文精神论者谈得最多、最集中的话题,两者基本上是被作为同义语使用的。在此,"人文精神"的"寻思者"们可以说达成了最大的共识。在支持"人文精神"的词语家族中,"终极关怀"(或终极价值)是关键词中的关键词,它对"神圣"、"宗教精神"、"超越"等其他关键词形成统率之势。作为"人文精神"的"经典性"文本之一的《人文精神:是否可能和如何可能——人文精神寻思录之一》,开篇即是"终极关怀"的亮相:"哲学作为爱智之学追求的是人生的智慧,作为形而上之学又必然要有深切的终极关怀,这种智慧与终极关怀构成了哲学真理的主要特征和内涵,体现的则是所谓人文精神。"[1] 此后,在几乎所有提倡人文精神的文章中,"终极关怀"或"终极价值"都被挂在嘴上,几成口头禅,而且经常是与"价值理性"、"形而上"、"宗教精神"、"超越"等同时使用。诸如:"人文精神更多的是形而上的,属于人的终极关怀,显示了人的终极价值"[2];"中国始终没有'上帝的事归上帝管,凯撒的事归凯撒管'这样一种西方传统,没有超验和绝对神圣的价值依据,所以中国知识分子的人文精神往往很脆弱,经不起冲击","人文精神要重建,要昂扬,与其说回到'岗位',不如说回到'天国'。你要否定和批判尘世的东西,就必须有一种源自天国的尺度"[3]。话说到这地步,"人文精神"与"世俗精神"当然也就完全绝缘了,两者之间形成理性对话的可能性也彻底根绝了。

以上是与"人文精神"有正面关系的关键词,至于"人文精神"的反义词,在上面所列举过的言论中其实已经作为"反面角色"出现,因为正

---

[1] 张汝伦语,见《人文精神:是否可能和如何可能——人文精神寻思录之一》,《读书》1994年第3期。

[2] 袁进语,见《人文精神寻踪——人文精神寻思录之二》,《读书》1994年第4期。

[3] 王彬彬语,见《我们需要怎样的人文精神——人文精神寻思录之三》,《读书》1994年第6期。

反原是不可分离、互为依赖的。与"终极关怀"、"宗教精神"相对的，是"世俗关怀"、"现世主义"、"物质主义"、"消费主义"；与"价值理性"相对的，是"工具理性"、"技术主义"；与"超越"、"神圣"相对的是"实用主义"、"功利主义"；与"形而上"相对的是"形而下"。在这一受到贬斥的词语家族中，"世俗主义"又居于"族长"地位，因为实用主义、消费主义、工具理性似乎都可以归于其下。由于世俗主义在中国今日出现的直接动因又无疑是所谓的商品经济、市场经济，从而商品化、商业主义、（商品）经济大潮等，成了导致"人文精神"沦丧的罪魁祸首。这一取向早在《旷野上的废墟》一文中即已初露端倪。这个对话声称："'商品化'的潮水"已经"几乎要将文学界连根拔起"，这时"我们""才猛然发觉，这个社会的大多数人，早已对文学失去兴趣"。南帆等在他们的对话中也抱怨："商业主义气氛使我们无法再保持一张平静的桌子了。"[①] 商品大潮之所以会把文学"连根拔去"或连桌端走，是因为它是滋生所谓"物质主义"、"拜金主义"、"媚俗主义"乃至"痞子"、"堕落"等的母胎，而这些又无疑是文学的，也是"人文精神"的大敌，因为它们是精神与灵魂的大敌。在下面一段话里，由"经济大潮"为龙头，几乎所有"人文精神"的反义词都鱼贯而出："我发现经济大潮并没有使我们获得这样的竞争机制和自由，而一种过去我们没有意识到的危机却紧逼着我们，这就是我们精神和灵魂的危机。我们看到的是许许多多的现世主义和媚俗主义，物质主义与操作主义的出现。这带来了文化队伍的分化。……分化导致了两个极端：一种是像张承志那样的人去追求更具根本性的东西；一种是更大量的人向世俗发展，趋向大众的趣味。……在商品经济大潮的冲击下，精神和灵魂的问题，终极关怀的问题，更迫切地出现在我们面前。"[②]

值得注意的是，世俗主义或世俗化在今日虽然与商业化、市场化直接关联，但是在历史上却并不总是如此。中国古代文化也是世俗的（就其缺乏西方意义上的宗教而言），是关注人间而忽视天国的，是实用理性的，但是却同时是"重义轻利"的，是伦理主义的。因此彻底的反世俗必然还要

---

① 王晓明等：《旷野上的废墟》，《上海文学》1993年第6期。
② 参见南帆等《人文环境与知识分子》，《上海文学》1994年第5期。

进一步走向反一切现世主义、现实主义①。所以到了1994年《读书》的"人文精神寻思录"系列，就把世俗化的根子挖到了近代以至古代。近代的世俗主义主要是政治实用主义，或者叫"救亡功利主义"，属于工具理性，它导致了近代人文精神的"遮蔽"。这是"寻思录"之二的主题②；而对古代的世俗主义进行"清理"的使命则交给了"寻思录"之四。在这里，表现出90年代"人文精神"论者与新儒家的一个基本差别，而且首先是认知上的差别。新儒家是在西方人文主义的意义上称儒家文化为重人文精神的（人间关怀超过了天国关怀，世俗精神超过了宗教精神），可见新儒家所说的人文精神恰好就是世俗精神（这当然也是合乎西方人文主义这个词的本义的）；而当代中国的"人文精神"论者由于把"人文精神"与世俗精神对立起来，所以，连带着对儒家的世俗精神（也就是新儒家所倡导的人文精神，李泽厚所说的"实践理性"）也进行了清算，这是一个有趣的差别。

2. 人文精神与世俗精神

至此，我们基本可以肯定，"人文精神"在中国的确是作为世俗精神的批判话语而提出的，而与此相关的对大众文化的评价，也与对世俗化的态度有着相当紧密的联系，因为大众文化本身就是世俗化的产物，也是世俗化的重要方面③。既然焦点集中在人文精神与世俗精神的关系上，问题

---

① 当然也有例外。在"人文精神"倡导者的内部，又有人恰好把儒家的伦理主义作为人文精神的源头来弘扬，参见张德祥《王蒙的误区》，收入《世纪之交的碰撞——王蒙现象争鸣录》，光明日报出版社1995年版。

② 在这个对话中，高瑞泉指出，"人文学术中人文精神的低迷，恐怕有一个更深刻的背景，就是近代以来浸淫日深的价值失范"。而这个所谓"失范"就是工具理性压倒了价值理性，政治的功利要求压倒了超越的终极关怀，或者按张汝伦的说法，是只有救亡一个主题，"现实功利的考虑压倒一切而未将救亡看作人自身解放的途径和手段。这样，体现价值理性的人文精神的急剧失落就在所难免了"。他们还把这种价值理性的失落与宗教精神的失落相提并论，李天钢："拒斥宗教心，或许是近代中国人心失落的表征之一。"高瑞泉也认为：在章太炎他们的思路中，"宗教是提高道德的手段，道德是救国的手段，其用心良苦可鉴，但价值贬为工具，目的流于手段，其流弊也很明显"。《读书》1994年第4期。

③ 而且，在他们看来，"人文精神"与世俗精神的对立也就是道德与不道德、正义与不义、心灵与肉体的对立，知识分子面临的选择是："要么热情地投向市民主义的怀抱，走向经济大潮，这肯定是要以丧失良知为代价的"，要么"寻找一个信仰，并得着这个信仰作生命，这是真正的超越、唯一的出路"。在他们看来，"要么服从欲望的引导，要么接受良知的引导，这永远是一对矛盾"。见南帆等《人文环境与知识分子》，《上海文学》1994年第5期。

的关键也就在于我们对世俗化，特别是中国式的世俗化，应当有一个怎样的理解与评价，只有解决了这个问题以后，才能解决如何评价人文精神、世俗精神以及大众文化的问题。

总括"人文精神"论者的批判对象，主要是两种意义上的世俗主义，一是近代以来到改革开放前的政治功利主义，一是改革开放以后的经济或商业功利主义。

（三）世俗主义者的立场

评价世俗化与大众文化所用的视角与尺度可以也应该是多元的。事实上，90年代知识界关于世俗化与大众文化的论争许多就是起因于视角与尺度的差异。

参与"人文精神"讨论的另一部分人，如王蒙、刘心武、李泽厚等，对于世俗化、对大众文化以及人的物质欲望、文艺的消遣娱乐功能等，采取了基本肯定或以肯定为主的态度[1]，体现出与道德理想主义者很不相同的认知取向和价值立场。他们与"人文精神"论者的基本分歧表现在：

1. 反对"人文精神"与世俗精神（以及连带的包括市场经济、大众文化等）的二元论、对立论，认为世俗精神不是"人文精神"的对立面。有论者指出："我不同意把道德与文明同社会进步对立起来，把人的精神同人的社会生活（引按：指世俗生活）对立起来，把人文建设同经济改革对立起来，把文学同市场对立起来。"他以西方为例指出，"从历史的观点看"，人文主义（即人文精神）是"商品经济发展的结果，是物质生活变化在精神生活中的反映，而且它标志着世俗文化时代的到来"[2]。也有人批评"人文精神"论者拒绝当下的中国社会文化，指出它"是以对当下的中国文化的彻底的蔑视之后，提供的重返昔日主体的最后的道路。它以放弃五四以来知识分子的具体的、世俗的'现代性'目标为代价"，"它设计了一个人文精神/世俗文化的二元对立，在这种二元对立中把自身变成一

---

[1] 有人用"拥抱"一词描述刘心武等对世俗的态度，但真正采取"拥抱"姿态者几乎没有。就是主张"直面俗世"的刘心武先生也明确表示："直面的意思是'面对面'，当然也就不是'扑通'一声跳下去。"见《直面俗世》，《中华读书报》1994年4月5日。

[2] 秦晋：《关注与超越》，《作家报》1995年6月17日。

个超验的神话,它以拒绝今天的特点,把希望定在了一个神话式的'过去'"。他认为:"我们必须和世俗的人们不断地对话和沟通,对中国正在发展的大众文化有更明澈而机敏的观察与思考。"①

2. 参照改革开放前中国的"左倾"历史,特别是"文化大革命"浩劫,来理解和评价"人文精神",认为"人文精神"的对立面是计划经济及与之相适应的极"左"意识形态,而世俗化和大众文化恰好在客观上具有消解极"左"意识形态与文化一元主义的政治功能。这种观点以王蒙、李泽厚等人为代表。他们的年龄、经历以及历史记忆,使得他们具有别人无法相比的政治情结与政治智慧。尤其是极"左"意识形态给他们曾经造成的精神创伤使得他们总是把警惕与防止极"左"思潮的复辟作为思考文化问题的基本立足点②。从而,他们为大众文化与世俗生活方式辩护主要是出于政治原因,是一种策略性的选择,而不见得出于个人的艺术趣味或审美理想(其实李泽厚与王蒙的审美趣味都很古典)。如李泽厚说:"大众文化不考虑文化批判,唱卡拉 OK 的人根本不去考虑要改变什么东西,但这种态度却反而能改变一些东西,这就是……对正统体制、对政教合一的中心体制的有效的侵蚀和解构。"③ 王蒙那篇引起重大争议的《躲避崇高》(被认为是为"痞子文学"辩护的代表性文本)处处联系"文化大革命"的文化与文学实践来谈王朔的意义,显然也是出于同样的考虑④。

这点非常重要,它显示了"人文精神"的质疑者(或者叫"世俗精神"倡导者)对于"人文精神"的理解与"人文精神"倡导者之所以产生分歧的根本原因首先在于参照点的不同。他们理解的"人文精神"更接

---

① 张颐武:《人文精神:最后的神话》,《作家报》1995 年 5 月 6 日。
② 王蒙的批评者说他患有"左倾"恐惧症并没有错。参见谢泳《内心恐惧:王蒙的思维特征》,《世纪之交的冲撞——王蒙现象争鸣录》,光明日报出版社 1996 年版。关于王蒙对世俗化与人文精神的态度,笔者曾有专文论述,参见拙文《从王蒙现象谈到文化价值的建构》,《文艺争鸣》1995 年第 3 期,此处从略。值得强调的是,王蒙比别人深刻之处在于他把对文化专制主义的批判与对人性的文化批判结合起来,比如人出于对一种终极性的崇高理想、神圣目标的迷恋会不自觉地走向对于权威的盲从,这使他的批判在理论上不十分自觉地达到了哲学的高度,可参见王蒙《全知全能的神话》等文。
③ 李泽厚等:《关于文化现状、道德重建的对话》,《东方》1994 年第 5 期。
④ 王蒙:《躲避崇高》,《读书》1993 年第 6 期。

近西方近代意义上的人文主义，而他们心目中的"文化大革命"也类似西方黑暗的中世纪。这样，肯定世俗生活的合理性正是其核心诉求。他们强调世俗化是对先前的极"左"政治的消解（至少在客观上是这样的），充分肯定人自身的价值，关注人的存在。具体到中国的现实环境中，这种关注不是什么空喊"终极关怀"、"宗教精神"，也不是一味的沉重、痛苦，而是实实在在地提高他们的生活水平，尤其是让他们从极"左"的一体化的教条意识形态与物质匮乏中继续解放出来。因此在中国的特殊环境中，像王朔那样的调侃与嬉戏、玩文学、玩人生也不失为一种有效的解构策略。如果说，在一些"人文精神"的倡导者的眼中，王朔的调侃与嬉戏是对生命意义的遗忘、对沉重的存在的逃避，是价值虚无主义，那么在王蒙他们的眼中，王朔的这种调侃与嬉戏以及大众文化中对于感官刺激的追求，则是对极"左"政治与文化的一种有力的解构[①]。

这部分知识分子，一定程度上也包括我们自己在内，在评价世俗化和大众文化时明显地优先选择了一种"历史主义"的视角。此"历史主义"并非波普尔《历史主义的贫困》一书中说的历史决定论，而是指分析与审视当今社会文化问题时要优先从历史角度看问题。它强调联系中国的历史，尤其是1949年后30年的历史教训，来确定中国文化的发展方向，即把它放在中国社会转型的历史进程中来把握。如上所述，世俗化的社会文化发展方向，是从80年代开始、至90年代，尤其是1992年底以后迅速加快、加剧的中国社会与文化转型的必然伴随物，这种转型不仅仅限于技术或物质的领域，也不只是从计划经济到市场经济的单一经济层面的改革，它涉及社会结构的各个方面，与中国的改革开放、中国的现代化进程同步展开。

据西方学者的研究，世俗化（secularization）是指"从社会的道德生活中排除宗教信仰、礼仪和共同感的过程"[②]。在世俗化的社会里，日常生活与社会制度都与宗教或准宗教的神圣价值与神圣礼仪相脱钩，其合法性来自世俗的意识形态与法律规范，而不是宗教伦理。所谓政教分离是也。"尽管宗

[①] 其实，争论的双方都只看到了王朔的一个方面，把这两者合起来才是完整的王朔。这一分析也适用于王朔以外的其他大众文化。当前的大众文化表现出了对于官方意识形态与精英文化的双重疏离，因而具有双刃剑的性格。

[②] 亚当·库珀等编：《社会科学百科全书》，上海译文出版社1989年版，第680页。

教信仰继续赋予基本的社会价值以一种精神意义，但社会道德问题都是公开地在世俗意识形态内详加讨论的。"① 可见，在西方，世俗化的核心是解神圣化，宗教与人的日常世俗生活的脱钩（韦伯所谓"祛魅"）。世俗化为世俗生活提供了新的合法化依据，人们的政治、经济、文化活动不再与一种神圣的精神价值相关联，不再到生活之外找合法化依据。社会活动的规范也脱离了宗教的源头，由法律取而代之，世俗政治与意识形态问题是大众参与讨论的而不是由教会垄断的。这样，宗教就不再是公共生活中的普遍性的规范，而成了个体的精神信仰②。这是西方现代性的核心内容之一。

在中国，世俗化所消解的不是典型的宗教神权，而是集政治权威与道德权威于一身的极"左"意识形态。尽管如此，在向市民社会转换、健全法制、肯定人的日常生活感性诉求并使之从极"左"意识形态与政治教条中解脱出来这些方面来看③，中国的世俗化社会变迁仍然有着与西方相似的一面④。在中国社会的世俗化过程中，同样凸显出大众对于日常生活幸福本身的强烈欲求，凸显出文化活动解神圣化以后的多元化、商品化与消费化的趋势，以及相应的文化的消遣娱乐功能的强化。

---

① 亚当·库珀等编：《社会科学百科全书》，第680页。
② 此即卢克曼所谓宗教的"私人化"。参见卢克曼《无形的宗教——现代社会中的宗教问题》，（香港）基督教文化研究所，1995年。
③ 关于"市民社会"的讨论，在20世纪90年代中国学术界曾经流行一时。这个讨论以《中国社会科学》（香港）为主要阵地，主要文章收入邓正来主编的《国家与社会——中国市民社会研究》，四川人民出版社1997年版。许多学者以中国并不存在与西方相似的"市民社会"为由质疑"市民社会"这个分析范畴的有效性。但我以为这并不是我们拒绝使用这个概念的理由。严格说来，任何一个分析范畴，尤其是来自西方的范畴，都不可能与中国的现实完全吻合（其实，即使是在西方国家内部，理论建构和事实经验总是不同程度地错位的，这才有韦伯所谓"理想型"一说）。只要我们不把这个概念机械地套用到中国的现实中，就依然可以参照它来分析中国社会的市场化转型，这个转型当然是非常艰难的、不彻底的，因而离开理想型的"市民社会"尚有相当的距离。
④ 余英时先生曾认为，在中国的现代化过程根本碰不到什么"世俗化"的问题，因为"中国没有西方教会的传统"。由此他断言，"五四"的知识分子要在中国推动文艺复兴（意即推动世俗化），"是把西方的历史机械地移植到中国来了。他们对儒教的攻击即在有意或无意地采取了近代西方人对中古教会的态度"。见《中国传统思想的现代诠释》，江苏人民出版社1989年版，第15页。显然余先生是在中国儒家思想关注现世的角度立论的，在这一点上与笔者并不冲突；但中国儒家思想成为国家意识形态以后就逐渐僵化成准宗教式的教条，所以在这个意义上，"五四"运动依然具有解神圣，即世俗化的特点。

世俗化是现代化的重要内容，在西方是如此，在中国也是如此。中国古代的绝对王权统治与"文化大革命"时期的极"左"教条主义意识形态、个人迷信，使中国社会带有"圣化社会"的特点。当然，这里所谓的"圣化"已经不限于严格的宗教含义。在一个神权统治或者是准神权统治的社会中，社会成员的日常生活都带上了宗教的或准宗教的特点，人的日常存在的合法化依据在于它与某种"神圣资源"（如西方现代化之前的"上帝"，中国传统社会中的"天道"、"圣人之道"，以及极"左"时代的个人崇拜）之间的联系，远离这种"神圣资源"或与之没有所谓"联系"的生活被认为是邪恶的，至少是无意义的；而世俗化则使得人的存在、人的日常生活与"神圣资源"之间的关系被解构或者极大地削弱，人们不再需要寻求一种超越的"神圣资源"为其日常生活诉求（包括与物质生活相关的各种欲望、享受、消遣、娱乐等）进行"辩护"。这就为大众文化的兴起提供了合法化依据。

如果我们不否定中国的改革开放与现代化运动具有历史合理性（这与把现代化神化完全不同），那么，我们就必须承认：改革开放以降启动的世俗化过程及其文化伴生物——世俗文化，同样具有正面的历史意义，它是中国现代化与社会转型的必要前提。如果没有20世纪80年代文化界与知识界对于极"左"政治文化、个人迷信的神圣光环的充分解除，改革开放的历史成果是不可思议的[①]。在这个意义上，我们坚持认为，从历史的眼光看，世俗化具有消解一元的意识形态与一元的文化专制主义，推进政治与文化的多元化、民主化进程的积极历史意义，而以消遣娱乐为本位的大众文化（至少在它产生的初期）具有消解政治文化与正统意识形态的功能。

（四）世俗化在中国特殊语境中的畸变

在肯定了世俗化的历史意义后，让我们来看看中国20世纪90年代世俗化趋势所存在的问题。

尽管基于上面说的对历史主义尺度的优先性选择，相比之下我们更能

[①] 值得指出的是，今日"人文精神"的提倡者大多参与了80年代的思想解放运动，从这个意义上说，他们当时的文化立场与世俗化的鼓吹者有一致性。

够理解和接受上述对于世俗精神及大众文化的态度。但是，同样重要的是对当今中国的世俗化与大众文化也须持有警惕之心，应该考虑其随着历史语境的变化而逐渐显露的负面效应，特别是政治上的负面效应。这并不意味着我们回到了道德理想主义者与"人文精神"倡导者的抽象的道德主义和审美主义立场，恰恰相反，这是更彻底的历史主义态度的体现。我们认为，无论是"人文精神"论者还是世俗精神论者，他们对于中国当下现实的认知方式都存在盲区，这就是缺乏历史语境意识和政治批判意识。我们认为，把握中国世俗化和大众文化，首先需要勘定其特殊的社会文化背景，确定其中国本土特色，这是讨论其他一切问题的前提。问题恰恰在于，"人文精神"论者和反人文精神论者笔下出现的"市场"、"世俗"、"大众文化"、"消费主义"，都带有抽象性，都有一种二元对立的思维方式，都没有看到市场和权力、经济和政治、民间和政府之间的复杂关系。如果说，"人文精神"论者因此而将世俗文化的"弊端"归咎于抽象的"市场"从而走向对于市场何为大众文化的抽象的、宗教审判式的道德理想主义批判、人性批判，那么，世俗精神论者同样出于这种二元论而将市场化、世俗化和大众文化理想化、抽象化。问题恰恰在于，世俗文化与大众文化的社会土壤不是抽象的（即脱离中国语境的）市场，大众文化的弊端不仅来自抽象的市场化，其进步性也不完全取决于它和政治的对抗性。即使是王蒙等人，他们在参照"文化大革命"的文化专制主义谈论世俗化和市场化的历史意义的时候，诚然是有历史眼光的，但是却没有看到进入90年代以后世俗化和大众文化所处的历史语境的变化，以及相应的其政治与文化批判功能的丧失。他们的历史意识只延续到1990年。他们没有看到，在90年代以后，大众文化与官方文化的对抗性已经由盛而衰，由衰而竭。在一定意义上说，大众文化本身已经成为主流。

再重复一遍，市场化、世俗化、大众消费文化的具体政治和文化功能必须在具体的社会文化语境中方能得以勘定。世俗化绝不会无条件地导致痞子化、道德滑坡、拜金主义、犬儒主义，但也不会无条件地发挥瓦解文化一体化、推进文化民主化的功能。由于争论双方对世俗化的理解均存在偏颇，所以要么把它直接等同于痞子化或拜金主义，从道德主义的立场全然否定其历史意义，要么只看到它的破坏性所蕴含的历史意义，但对这种破坏性的另一面缺乏警惕。

综上所述，"人文精神"讨论在整体上讨论得还不够深入，但它却成为当代社会思想史一个重要的标志。根据王晓明，这个标志至少体现在这样两个意义上。第一，这场讨论是中国知识分子在那样一个社会剧烈动荡、迷茫、痛苦、困惑的阶段之后，开始慢慢地恢复活力、发出声音的开始。20世纪80年代知识界非常热闹，各种观点很多，讨论很热烈，但从1989年夏天至1992年，几乎没人说话，很沉闷，而"人文精神"的讨论可以说是知识界第一次重新大声说话。正因为是第一次，所以许多人都会加入，因此，客观上就成为一个标志，一个知识界恢复思想活力的标志。第二，这个讨论打破了进入80年代以后，中国知识界只有一个集体的声音的这种不正常的状态。80年代，所有的人几乎都发出同样的呼声，都是要现代化，而很少有别的声音。如果一个社会的知识分子发出的只是一个声音，那是很不正常的，而这次"人文精神"讨论，讨论者在思想、学术、政治，乃至道德层面上都有非常深刻的差异和分歧，这些差异和分歧都在讨论中清楚地暴露出来。这次讨论之后，中国的知识界、人文学术界很明显地分出了不同的派别，在很多问题上都会有完全不同的看法。这是一个非常好的现象，正是在分歧和不同观点的交锋当中，一个社会真正有活力的思想局面才可能会形成。在这个意义上，"人文精神"讨论正是一个重要的标志[1]。事实上我们已经看到，"人文精神"已经渗透进了文学的血液之中，渗透进了新时期文学的血液之中，它既鞭策着作家、人文学者不断地反思这一问题，同时也在推进着新时期文学的发展进程。

三 关于大众文化与纯文学的讨论

（一）关于大众文化的讨论

1. 中国大众文化研究的兴起

20世纪80年代末90年代初，随着中国改革开放政策的实施和推进，

---

[1] 王晓明：《人文精神讨论十年祭》，《上海交通大学学报》（哲学社会科学版）2004年第1期。

大众文化开始在中国兴起。关于大众文化在中国产生和发展的原因，有论者概括了四点：（1）改革开放以后的自由空间；（2）科学技术的高度发达，特别是多媒体和互联网技术的发展；（3）闲暇时间的增加；（4）西方后现代主义理论的大量传入与研究[①]。实际上我们看到，中国大众文化的兴起既有内因，也有外因。就内因来看，就是中国改革开放所带来的中国政治、经济、文化的全面发展，这些为大众文化的兴起创造了有利的空间和条件。在政治上的自由，保证了大众相对自由的个人空间的建立，使得大众文化能够获得自由发展的政治空间。经济上的发展，一方面使得中国大众有了相对可以自己支配的财富和金钱，保证了大众文化获得经济上的支持；另一方面，经济发展所带来的技术革新和发展，尤其是现代传媒技术的发展，为大众文化的迅速传播奠定了基础。在文化上，多元文化乃至亚文化生存空间的相对扩展和独立，进一步促进了大众文化的发展。就外因来说，很显然，随着国门的打开，外国繁盛的大众文化也就随之涌进了中国，极大地推动了中国大众文化的发展；而西方关于大众文化研究理论的引入，同样也促进了中国大众文化研究的发展。

1991年，《上海文论》第1期就发表了有关"大众文艺"的一组文章。尽管当时还没有使用"大众文化"这一概念，但阐述的内容实际上已经涉及了大众文化的特征、生产机制、流通及消费方式等问题。1993年，陶东风发表《欲望与沉沦——当代大众文化批判》（《文艺争鸣》第6期）是国内较早对大众文化进行系统研究的文章。此后关于大众文化的研究开始逐渐多了起来。

1997年，《读书》杂志第2期推出了"大众文化研究"专栏，发表了李陀的《"文化研究"研究谁？》、旷新年的《作为文化想象的"大众"》、戴锦华的《文化地形图及其它》、韩少功的《哪一种"大众"？》等文章，标志着大众文化研究中"新左派"的集体亮相。

著作方面，陈刚1996年出版了《大众文化与当代乌托邦》（作家出版社）、王德胜1996年出版了《扩张与危机——当代审美文化研究》（中国社会科学出版社）、黄会林（主编）1998年出版了《当代中国大众文化研

[①] 参见李平《正视大众文化研究的挑战》，《文汇报》2002年6月8日。

究》（北京师范大学出版社）。大众文化研究渐成热点。从 1999 年开始，江苏人民出版社陆续出版了由李陀主编的"大众文化批评丛书"[1]。2000 年，陆扬和王毅撰写的《大众文化与传媒》（上海三联书店）出版，这是国内第一本比较系统绍介西方大众文化理论的基础性读物。2001 年，他们选编了《大众文化研究》（上海三联书店），包括约翰·汤森林、斯图亚特·霍尔、托尼·本内特、让·鲍得里亚、米歇尔·得塞图、约翰·费斯克以及洪美恩等人的文章，具有一定的代表性。同年，王岳川的《中国镜像——90 年代文化研究》（中央编译出版社），次年，陶东风的《社会转型期审美文化研究》（北京出版社），许文郁、朱元忠的《大众文化批评》（首都师范大学出版社）等大众文化研究代表性的著作也陆续出版。2004 年，王一川主编的《大众文化导论》（高等教育出版社），2008 年，陶东风、何磊、贺玉高编写《大众文化教程》（广西师范大学出版社）等教材的出版，标志着大众文化开始走向讲堂。

2. 中国大众文化研究的几种范式[2]

（1）批判理论与中国大众文化研究

中国大陆知识界对于大众文化的集中批判，大约开始于 20 世纪 90 年代初期，而西方大众文化的批判理论（特别是法兰克福批判理论）则是应用得最早、最普遍的范式。首先使用这个范式的可能是陶东风在 1993 年发表的《欲望与沉沦——当代大众文化批判》（《文艺争鸣》1993 年第 6 期）。这篇文章基本上是对于大众文化的抽象道德批判与美学批评，没有特别针对中国本土的大众文化。其主要观点可以概括为：大众文化提供的

---

[1] 这套丛书包括：戴锦华《隐形书写：90 年代中国文化研究》，1999 年；宋伟杰《从娱乐行为到乌托邦冲动：金庸小说再解读》，1999 年；王晓明主编《在新意识形态的笼罩下：90 年代的文化和文学分析》，2000 年；戴锦华主编《书写文化英雄：世纪之交的文化研究》，2000 年；南帆《双重视域：当代电子文化分析》，2001 年；包亚明等《上海酒吧：空间、消费与想象》，2001 年；陈映芳《在角色与非角色之间：中国的青年文化》，2002 年；胡大平《崇高的暧昧：作为现代生活方式的休闲》，2002 年；陈昕《救赎与消费：当代中国日常生活中的消费主义》，2003 年；邵燕君《倾斜的文学场：当代文学生产机制的市场化转型》，2003 年等。

[2] 此节节选自陶东风的《大众消费文化研究的三种范式及其西方资源——兼答鲁枢元先生》（《文艺争鸣》2004 年第 5 期）和《研究大众文化与消费主义的三种范式及其西方资源——兼谈"日常生活的审美化"并答赵勇博士》（《河北学刊》2004 年第 5 期）。

是一种虚假满足并使人们丧失现实感与批判性；大众文化的文本是贫困的（机械复制的、平面化的、没有深度的、缺乏独创性的）；大众文化的观众（大众）是没有积极性批判性的，他们不能对于文本进行积极的、选择性的阅读。对于大众文化这种角度和基本判断，在后来很长一段时间的大众文化研究中得到了延续。比如尹鸿的《大众文化时代的批判意识》(《文艺理论研究》1996年第3期）和《为人文精神守望：当代大众文化批评导论》(《天津社会科学》1996年第2期），等等。这些文章的主要观点大同小异，可以概括为商品拜物教论、虚假满足论、文本贫困论、个性丧失论、感官刺激论、读者白痴论等。在这方面，北京师范大学师生组织的一组笔谈"人文精神与大众文化"[1] 是比较典型的。

但是，初期的大众文化研究大多数不专门针对中国本土大众文化。真正把批判理论范式引入中国大众文化批评并产生广泛影响的，应该是"人文精神"的倡导者。90年代初期，特别是1993年以后流行的中国本土大众文化，以及几乎同时的关于"人文精神"的讨论，构成了大众文化批判理论流行的重要本土语境。与西方文艺复兴时期以世俗化为核心的"人文主义"不同，中国知识分子90年代提出的"人文精神"恰好把批判目标对准了世俗化与大众文化，其核心是以终极关怀、宗教精神拒斥世俗诉求，用道德理想主义和审美主义拒斥大众文化与文艺的市场化、实用化与商品化。这个精英主义、道德理想主义与审美主义的批判取向，一直是中国大陆大众文化批判的主流，而它的西方理论资源则是法兰克福学派与存在主义、现代主义等（参见上一节）[2]。

批判理论与"人文精神"的批评范式虽然体现了中国知识分子的忧患意识和批判精神，但它也存在着严重的问题：(1) 机械套用西方的批判理论，特别是法兰克福的批判理论，而没有充分顾及中国本身的社会历史环境并从中提出问题、理解问题，缺乏历史的眼光。比如，中国20世纪70

---

[1] 笔谈由童庆炳先生主持，发表在《文艺理论研究》2001年第3期，文章包括赵勇的《印刷媒介与中国大众文化批判》、于闽梅的《意义缺失的大众化时代的艺术》、吴子林的《大众文化语境中的文学批评》、曹而云的《大众文化的生态》、王珂的《大众文化亟需"身份确认"》。

[2] 张汝伦：《论大众文化》，《复旦大学学报》1994年第3期。

年代末80年代初的大众文化与90年代以后的大众文化有什么区别？中国大众文化的"负面效果"是否有更加特殊的本土原因？这些问题基本没有得到认真的考虑。（2）用精英文化的标准来衡量大众文化，这样的批评实际上很难深入大众文化的文本特征内部去，常常只是重复精英文化的标准或者为大众文化增加"不堪承受之重"①。我们无论如何评价大众文化，都不能希望它表现"终极关怀"或体现先锋艺术的那种独创性。

（2）现代化理论与中国大众文化研究

从现代化理论出发研究大众文化，是当代中国大众文化研究的又一种范式。这种范式同样集中关注大众文化的世俗性，但是它对这个世俗性却有着不同于批判理论的视角与尺度。它更多的是从中国社会的现代化、世俗化转型角度肯定大众文化的进步政治意义（而不是审美价值）。比如李泽厚、王蒙，后期的金元浦、陶东风等，某种程度均可归入这种范式，而且这种范式与前面说到的对于市场化的历史主义态度是交叉重合的。它的主要理论资源是西方的现代化理论与市民社会理论。比如陶东风认为，"人文精神"的倡导者从道德主义、审美主义或宗教性价值的尺度出发，完全否定世俗化与大众文化是不可取的。理解与评价世俗化与大众文化首先必须有一种历史主义的视角——立足于中国社会的历史转型来分析与审视当今社会文化问题，强调联系中国的历史，尤其是改革开放前三十年的历史教训来确定中国文化的发展方向，即把它放在中国社会转型的历史进程中来把握。世俗化/现代性的核心是祛魅与解神圣，在中国新时期的语境中，世俗化所要祛的是以"两个凡是"为代表的魅。由于世俗化削弱、解构了人的此世存在、日常生活与"神圣"（不管宗教的还是意识形态的）之间的关系，人们不再需要寻求一种超越的精神资源为其日常生活诉求（包括与物质生活相关的各种欲望、享受、消遣、娱乐等）进行"辩护"，所以，它为大众文化的兴起提供了合法化的依据（参见上一节）。

与此同时，陶东风开始从理论上反省西方批判理论在中国的适用性问题。针对中国大众文化批判普遍存在的脱离中国的具体语境而机械搬用西

---

① 王先霈等：《为大众文化减负》，《文艺报》2003年1月23日。

方批判理论的倾向，陶东风发表了一系列批评性的文章加以检讨①。陶东风认为，在研究评价当代中国大众消费文化的众多著述中，普遍存在将法兰克福大众文化批判理论的描述—评价框架机械运用到中国的大众文化批评的倾向，而没有对这个框架在中国的适用性与有效性进行认真的质疑和反省。可以说，法兰克福学派的大众文化批判理论，在很大程度上塑造了中国大众文化批评的"知识—话语型"。陶东风强调，西方的任何一种学术话语与分析范型，都不是存在于真空中，都是特定的社会文化语境的产物，因而无不与中国的本土问题/本土经验存在着程度不同的错位与脱节。如果不经转换地机械套用，必将导致为了（西方）理论而牺牲（中国）经验的结果。

陶东风指出，即使在西方，法兰克福的大众文化批判理论与美国的大众消费文化也存在某种错位，由于法兰克福学派的意识形态批判理论是以德国的国家资本主义为经验基础与分析蓝本的，所以，它更适合于用来分析与批判改革开放以前，尤其是"文化大革命"中的极"左"意识形态与群众文化。但用法兰克福学派来批评中国新时期的大众消费文化，特别是70年代末80年代初出现的中国大众文化就显得牵强了。因为从80年代开始的中国社会的世俗化与商业化以及它的文化伴生物——大众文化与消费主义，正好出现于长期的思想禁锢被打破之时。

必须指出的是，在现代化理论范式内部也是存在差异的。比如金元浦的大众文化研究范式与评价尺度曾经产生过比较大的转变。他在1994年发表的《试论当代的文化工业》②一文，基本上是用法兰克福学派的批判理论范式来对于大众文化进行道德批判与审美批判的。但在2003年发表的《重新审视大众文化》（《中国社会科学》2003年第6期）一文，则转而为大众文化辩护，强调中国当代大众文化的合法性：（1）计划经济向市场经济的历史性转型；（2）大众文化体现的是现代科技与现代生活；（3）大众文化改变着中国当代的意识形态，在建立公共文化空间上发挥了积极的作

---

① 如《批判理论与中国大众文化批评》，《东方文化》2000年第5期；《批判理论的语境化与中国大众文化》，《中国社会科学》2000年第6期等。
② 《文艺理论研究》1994年第2期。

用，表明了市民社会对自身文化利益的普遍肯定。金元浦对大众文化的进步政治潜力的态度非常乐观，认为大众文化体现了民主精神和弱势群体利益，它开辟了迥异于单位所属制的政治（档案）等级空间和家族血缘伦理关系网的另一自由交往的公共文化空间。

应当肯定，金元浦的一些观点敏锐地捕捉到了大众文化特别是互联网等新媒体的拓展公共空间的民主化潜力，以及弱势群体利用这种空间的可能性（虽然他没有提供非常具体的个案分析）。然而，金元浦文章中存在的问题也是应当注意的：首先，他立场转变以后对于中国大众文化的消极面几乎没有论述，特别是对于中国大众文化生存的中国特色体制环境只字不提；其次，他关于大众传播扩展公共空间的论述很大程度上只适用于大众文化与大众传媒中的个别媒体，特别是互联网，而不适用于其他更加主流的大众媒体，同时也忽视了大众文化中许多站在中产阶层立场的那部分（比如《精品购物指南》《瑞丽》《时尚》等时尚报刊），这些媒体体现的绝对不是弱势群体的立场；他对于大众消费主义和日常生活关切的估价也偏于理想化或缺少历史分析（比如认为练歌房提供了文化的个人空间和个性化的表达方式）。

这里需要再次特别提醒的是，对于大众文化与消费主义（包括日常生活的审美化）的政治意义的分析，必须紧密结合具体的历史语境，只有放在具体接受环境才能阐述清楚，因为它是不断被历史语境改写的。70年代末80年代初的时候，日常生活关切（所谓"服饰、旅游、家居装修等日常生活方式"）的确发挥了进步的政治意义，因为那时的主流意识形态还左右着人们的日常生活。但到了90年代以后，知识分子与普通大众的政治参与热情急剧消退，消费主义本身成为主流意识形态，日常生活话语的政治含义也被迅速地改写，已变为围绕时尚与市场旋转的欲望化叙事了。

（3）"新左派"理论与中国大众文化研究

所谓"新左派"的大众文化研究范式，主要以戴锦华、旷新年、韩少功等具有"新左派"立场的学者为代表，但是其观点和方法也散见于其他并非典型"新左派"的学者的著述中。"新左派"范式的最大特点在于赋予阶级分析与政治经济学分析在文化研究中以优先性，强调对于资本主义的批判视野,强调国内的阶级分化和全球资本主义扩张在大众文化方面的表现。

"新左派"的大众文化批评最早一次集体出场是在1997年第2期的《读书》杂志上。该期《读书》的专题文章"大众·文化·大众文化"基本上奠定了"新左派"大众文化理论的核心:大众文化是中产阶级/特权阶级的文化。韩少功的《哪一种"大众"》与旷新年的《作为文化想象的"大众"》都明确指出:"大众文化"是中产阶级与白领的文化。韩少功认为:传统社会中的"大众"是真正的贫困者,他们与文化无缘;与之相对的贵族与精英,他们是文化时尚的制造者;而现代工业社会中的"大众"则变成了中产阶级,大众文化就是中产阶级的文化,而精英则变得边缘化了。旷新年更加旗帜鲜明地指出:"大众文化在暧昧混杂的市场上升起了一面美丽的旗帜,上面写着:白领。"大众文化"用差异性代替了阶级对抗形成了一种亲和日常的生活意识形态"。各地的大众文化正在生产着有关"白领"的知识。在中国的大众文化研究中,我们常常听到这样的声音:大众文化是对于文化的阶级/阶层属性的消解。比如张荣翼在《当代流行文化的五大特征》中列举的第一个特征就是"对于文化层阶的消解",他认为:流行文化的显著特征之一是消解了文化的层阶,即它把传统中关于文化的高级与低级、典雅与粗俗的定位作了否定。而"新左派"的大众文化批评则旨在突出大众文化的阶层/阶级属性,并以此构成自己最鲜明的特色。

在《大众文化的隐形政治学》一文中[①],戴锦华先从"广场"这个词的含义的变化写起,谈商业与政治的合谋。"Plaza"取"广场"之名,表明消费主义与市场资本主义的逻辑挪用、改写、僭越与亵渎了"革命"话语,其本身成为主导意识形态:它标志着一个革命时代的过去和一个消费时代的降临。作者列举了广告等商业文化中挪用革命历史话语的例子,以表明革命与商业的某种相互利用、置换与缝合关系。接着,又论述了大众文化及其所体现的消费主义与当代中国中产阶级或新富阶层利益的关系。作者认为,90年代繁荣之至的大众文化与大众传媒,不约而同地将自己定

[①] 《天涯》1999年第2期。

位在所谓中产阶级的趣味与消费之上。大众文化就是中产阶级文化，这是"新左派"的核心观点。中产阶级文化以自身的强大攻势，在尝试"喂养"、"构造"中国的中产阶级社群。以王朔为代表的大众文化、通俗文化从 90 年代中期开始不仅丧失了颠覆性，而且还有效地参与构造中产阶级文化即大众文化，即使其颠覆性因素也被有效地吸纳与改写。这种浮华的中产阶级文化掩盖了正在发生急剧分化的中国社会状况，中国的大众文化行使的是把中产阶级利益合法化的"文化霸权"的实践。戴锦华进而把批判的矛头指向"告别革命"这个所谓"非意识形态化的意识形态"：

> 历经 80 年代的文化实践及其非意识形态化的意识形态构造，"告别革命"成为 90 年代很多人的一种社会共识。与"革命"同时遭到放逐的，是有关阶级、平等的观念及其讨论。革命、社会平等的理想及其实践，被简单地等同于谎言、灾难，甚至等同于"文化大革命"的记忆。取而代之的，是所谓"经济规律"、"公平竞争"、"呼唤强者"、"社会进步"。[①]

这已经不仅仅是对于大众文化的批评，而且也涉及了所谓李泽厚等所倡导的"告别革命"或消极自由主义的批判；或者说，她认为大众文化、消极自由主义的倡导者和官方意识形态，已经形成一种同谋关系，它们都是抹杀阶级冲突与贫富差距新现实的、为新富阶层提供"合法性"的意识形态。在这种新意识形态的语境中，似乎指认阶级、探讨平等，便意味着拒绝改革开放、要求历史"倒退"，便意味着拒绝"民主"、侵犯"自由"。尽管不可见的社会分化现实触目可观，比比皆是，但它作为一个匿名的事实，却隐身于社会生活之中。这里，作者把消极自由的言说者当成了反对平等与阶级分析的人。其实，"新左派"的真正兴趣根本不在于研究大众文化而是借此骂消极自由主义者。她认为两者是一回事，都是消费主义的代言人。

另外一篇代表性的文章是旷新年的《文化研究这件"吊带衫"》。文章

[①] 戴锦华：《大众文化的隐形政治学》，《天涯》1999 年第 2 期。

认为，文化研究是资本主义与中产阶级这个"夫君"/主子的"二房"、"二奶"、"姨太太"，它不是真的要批判"夫君"（资本主义）的罪恶勾当，而是把它当作"打情骂俏的资料"，"二房"可以耍脾气、犯上、挑衅，这些都是小骂大帮忙。文化研究（二奶）被它的研究对象（资产阶级"夫君"）收编，它批判消费主义但是本身又变成了消费文化的小妾。他指出：

> 文化研究建立在中产阶级深厚的土壤和根基上，她敲打着中产阶级的感性生活，是中产阶级感性生活天然的守夜人。她深知人性唯一光明的前途就是改良和提高人性，政治的唯一出路就是用学院政治代替暴民政治。①

于是，作者的批判锋芒从文化研究的"阶级出身"转向学术身份：

> 学院政治是没有任何真正的政治目标的政治。作为没有政治目标的离经叛道，文化研究迅速地被吸收到大学的学科建制之中，结成与现代体制亲密无间的手足情谊。文化研究的兴起标志着学院政治的真正成熟，标志着左翼批判力量阵地的彻底转移，或者说标志着"传统左翼"向"现代左翼"的脱胎换骨。文化研究既拆除了对资本主义政治、经济结构的暴动和爆破，同时也无力发起对于资产阶级的文化阵地战。从根本上来说，文化研究将战场从外部转向内部。也就是说，文化研究"从资产阶级内部向资产阶级发起进攻"，使阶级斗争变得越来越无害化。②

总之，文化研究由无产阶级与资产阶级生死攸关的政治斗争转变成为一场装满橡皮子弹的语言和文化斗争。与其说是炮火连天的战争，不如说是装点后现代社会和消费主义时代的绚烂烟花。

---

① 旷新年：《文化研究这件"吊带衫"》，《天涯》2003 年第 1 期。
② 同上。

"新左派"范式虽然比较深刻地抓住了大众文化和大众文化批评中被人忽视的维度,但同时也对大众文化进行了化约论的处理,似乎所有的大众文化均为中产阶级的意识形态(至少在中国情况不是这样简单),而没有看到大众文化构成的复杂性。另一个更严重的问题是,不能把消极自由主义、大众消费文化、主流文化简单地等同起来。的确,李泽厚等在20世纪90年代提出"告别革命"的知识分子,他们的观点至少接近于消极自由主义,也曾经为大众文化辩护,但由此说李泽厚等是主流文化或官方意识形态的"合谋者"似乎不合乎事实。"新左派"批评家只看到李泽厚等拥护大众文化与消费主义这一面,而没有看到他在倡导民主化方面颇多自己的见解。

(三) 大众文化对文艺学的挑战 范式转换

1994年5月,由中华美学学会青年学术委员会和《东方丛刊》编委会主办的"大众文化与当代美学话语系统"学术讨论会,于1994年5月28—31日在太原召开。在这次讨论会上,与会者围绕社会转型期的种种文化现象和问题,对当代社会环境中的大众文化、当代美学话语系统的内在结构、当代美学话语转型与人文精神建构、当代艺术话语、大众文化发展和当代美学理论建构等问题展开了讨论。有论者就提出,美学发展的出路之一,就是要改变研究的思路和侧重点,切切实实地关注大众文化的生存和发展,以强化美学的运用而改变自身的形象[1]。

同年10月在北京举办的"当代中国审美文化前瞻"学术研讨会上,与会者同样谈到了大众文化对美学的影响,比如杜卫指出,"审美文化"研究对美学提出了挑战,如果把当前迅速发展的文化产业,大众文化、通俗文艺等都被排斥在美学之外,就会切断美学吸收当前文化研究和文化批评思想成果的通道。因此,美学应当进行自我反思,以便美学向文化开放,真正对文化的健康发展和文化层次的提高有所作为[2]。

---

[1] 宋生贵:《大众文化与当代美学话语系统学术讨论会综述》,《文艺研究》1994年第5期。关于这次会议,亦可参阅罗筠筠《"大众文化与当代美学话语系统"学术讨论会综述》,《哲学动态》1994年第8期。

[2] 参阅宋生贵《当代中国审美文化前瞻研讨会综述》,《哲学动态》1994年第12期。

此后，关于大众文化与美学、文艺学建设的会议多有召开，而关于这方面的文章也陆续发表。李勇在《大众文化研究对文学理论的挑战》（《文艺争鸣》2004年第6期）中，从三个方面阐述了这一问题。一是在研究对象范围的扩展，小说、诗歌、散文、戏剧（剧本）之外的大量作品与活动成为研究对象。大众文化研究在带来以语言艺术作品为对象的文学理论合法性质危机的同时，也带来了文学理论创新的契机。这个契机可以概括为从内容到媒介的转变。传统的文学理论关心的是书面语言传达出来的意义（内容），语言是工具，意义（内容）是目的。大众文化中却存在着电子媒介（如网络文学）、图像媒介、声音媒介等诸多媒介，它们都具有独特的表达效果。大众文化之所以引起学界的关注，成为学术研究的对象，就是因为这些媒介的巨大影响。因此，大众文化研究的一项重要课题就是研究媒介对大众的影响力。文学理论如果要有效地解释大众文化，首先就必须将传统理论中的研究重点从意义（内容）移至媒介上。一方面加强作为媒介的文学语言的研究，另一方面还应建立起涵盖多种媒介的理论体系。

二是由探寻文本意义到解释阅读行为的原因和意义的转变。大众文化研究是一种人类学研究，它试图通过与大众读者的接触，观察、体会、调查大众读者是如何理解大众文本的，大众媒介是如何影响读者的。大众对某一些特定文本产生特定理解的原因，以及这种阅读活动对于一个社会一种文化来说所具有的意义是大众文化研究的主要课题。这种研究思路用于文学研究，就要求文学理论必须打破文本—意义的研究模式，这样才能与大众文化研究沟通对话，将大众文化研究纳入文学理论范畴。文学理论不再仅仅解释文本产生意义的机制，而是要进入社会文化领域之中考察文学活动。其中包括两个具体方面的转化，一是从文本到语境的转化，即将文本产生意义的过程放到社会文化语境中来研究，二是从阐释意义到解释阅读活动的转化。文学理论不再仅限于探寻文本意义，而是要研究阅读活动的社会文化意义。

三是由高雅精英文化向大众通俗文化立场转变。文章指出，如果大众文化研究的通俗取向是合理的，那么这就必将给文学理论带来另一个转变，即审美价值取向从精英到大众的转变。这不仅要求文学理论研究通俗文学作品，也要求它调整传统的批评标准，放弃对通俗文学、大众文化的贬斥态度，公正地解释大众文化现象，考察传统意义上的经典之作在大众读者中被阅读的状况并做出合理的解释，价值取向的转变应该是文学理论的一项主要任务。

应该说此文从研究的内容、研究的方式以及研究的价值立场阐述了大众文化所带给传统文学理论的挑战，具有一定的深刻性。而陶东风在《大众文化的兴起与文艺学的范式转换》①中，则从艺术自主性的角度，具体阐述了大众文化的兴起对传统自律论文艺学范式所带来的巨大挑战。在该文中，陶东风明确指出，不少涉足大众文化研究的文艺学工作者，由于从研究方法到价值尺度，很难摆脱自律论的文艺学范式的束缚，并把这套主要适用于精英文化或纯艺术的研究范式简单套用到大众文化的研究中，以至于造成无法与大众文化进行真正有效的对话，更无法在此基础上提升大众文化的局面。事实上，大众文化是一种与精英文化以及纯艺术有很大区别的文化类型，是一种日常生活的文化，它并不遵守传统的长期以来文艺学所遵守的文艺的自律原则。对于大众文化的研究，如果真正要深入它的内部而不是停留于简单的否定（包括艺术的与道德的否定），就应当相应地超越自律论话语并跨越文艺学与其他学科的学科分际（这种分际本身就是自律性话语的重要组成部分）。而由于固守文艺学的自律性原则，我们看到，许多文艺学学者常常以自律性为标准对于大众文化的作为"艺术品"或"审美对象"的资格不予承认，认为大众文化（比如流行歌曲、广告等）不是"真正的艺术"，同时对于大众文化研究（尤其当这种研究的对象与方法都偏离了所谓"真正的"文艺学研究的时候）的合法性也不予认可，认为这种研究不是文艺学研究，似乎存在一种唯一的、排他的文艺活动以及研究它的学术——文艺学。这种把文艺与文艺学的合法性等于其自律性的本质主义观念，忽视了"文艺"也罢，"文艺学"也罢，都是一种历史的社会文化建制。持这种观念者常常纠缠于"这是不是艺术"、"这是不是文艺学研究"之类没有意义的问题，无法真正深入地介入大众文化研究，也无法与大众文化建立起平等的对话关系。

在文中，陶东风具体考察了新时期以来我国自律论文艺学的传统资源

---

① 见陶东风《现代与后现代之间》，山东友谊出版社2002年版。

以及自律论不适合于大众流行文化研究的原因,明确指出,文学的自主性是一种历史建构,要真正深入地对大众文化做出客观的研究分析,就必须反思80年代以来确立并逐渐成为主导的自律论文艺学范式在阐释大众文化时的有效性、局限性。但是,许多文艺学研究者并没有认真考察艺术自主性建构的社会历史语境,甚至把它绝对化,由此导致一个严重的后遗症,就是使许多文艺学的研究丧失了对于自主性的历史反思能力,以为自主性文艺学所确立的所有分析方法与评价标准,真的是一种本质化、普遍化、无条件的"真理",可以运用于一切文艺现象,包括与精英艺术存在巨大差别的泛艺术现象(大众文化正是这种泛艺术现象)。

在此基础上,陶东风认为,就中国的情况而言,对于20世纪80年代的审美自律理论的社会历史条件的分析,恰恰有助于我们认清审美自律所需要的社会条件,尤其是制度环境。80年代的文艺自主性本身就是一种多种力量参与其中的社会历史建构,它与当时的政治气候、与意识形态的变化紧密关联,因此并不是什么"一般规律"的表现。80年代自主性文艺学诉诸"主体性"、"人道主义"等普遍话语来强化自己的合法性,这一方面使它进入当时的主流,同时使得它不知不觉地掩盖了自己的社会历史特殊性与当时的"外力"所提供的重要支持。但是,由于中国学术界的"个人主义"思维定式,使得他们常常从知识分子(包括作家与学者)的个人方面寻找自主性丧失的原因(比如缺乏自律的勇气),而不能从社会环境方面寻求答案。中国文艺的自主性的缺乏说到底是因为中国社会还没有发生,更没有确立类似西方18、19世纪发生的制度性分化,文学艺术场域从来没有彻底摆脱政治权力场域的支配(这种摆脱不是个人的力量可以胜任,而是要依赖制度的保证)。个别艺术家为捍卫自主性而献身的行为诚然可歌可泣,但是它并不能保证整体文艺场域的独立。所以,真正致力于中国文艺自主性的学者,应该认真分析的恰恰是中国文艺自主性所需要的制度性背景,并致力于文艺场域在制度的保证下真正摆脱政治与经济的干涉[①]。

[①] 参见陶东风《大学文艺学的学科反思》,《文学评论》2001年第5期;《文学理论基本问题·导言》,北京大学出版社2004年版;《日常生活的审美化与文化研究的兴起》,《浙江社会科学》2002年第1期;《文化批评的兴起及其与文学自主性的关系》,《山花》2004年第9期。

四　大众文化语境下关于"纯文学"的讨论

2001年，《上海文学》第3期在"批评家俱乐部"栏目，以头条位置刊出李陀的访谈录《漫说"纯文学"》，由此在新世纪的文学界引发了一场关于"纯文学"的讨论。严格说，关于纯文学的研究和探讨并非始于此，纯文学作为一种思潮，自20世纪初，一直或显或隐地在中国文学发展史中存在着[①]。就新时期文学来说，纯文学讨论与我们前面所分析的关于文学自主性、重写文学史等是一脉相承的，都强调文学的自主性。

（一）何谓"纯文学"？

自纯文学讨论以来，几乎没人给它下过一个严谨周全的定义，大多数人只是从常识和感性出发去运用这一概念，无怪乎有学者指出，"'纯文学'仅仅是一个空洞的理念"[②]。但是，我们也看到一些坚持"纯文学"的作家和批评家对纯文学进行了界定和分析。

首先是所谓"纯文学作家"史铁生、残雪和张炜等人对纯文学的界定。史铁生早在1987年写的《答自己问》一文中说："纯文学是面对着人本的困境，譬如对死亡的默想、对生命的沉思，譬如人的欲望和人实现欲望的能力之间的永恒差距，譬如宇宙终归要毁灭，那么人的挣扎和奋斗意义何在？等等，这些都是与生俱来的问题，不依社会制度的异同而有无，因此它超越着制度和阶级，在探索一条属于全人类的路。"[③] 在这里，史铁生从存在论的角度、精神的角度界定"纯文学"，强调了"纯文学"所探

[①] 关于纯文学发展史状况，可参阅解志熙《美文的兴起与偏至——从纯文学化到唯美化》，《文学评论》1997年第5期；马睿《走向"审美乌托邦"：现代中国的纯文学思潮》，《江汉论坛》2003年第3期；刘小新《"纯文学"概念及其不满》，《东南学术》2003年第1期；杜治国《文学观念的变革与"纯"文学史的兴起——论二三十年代的中国文学史编写》，《齐鲁学刊》2002年第2期等文章。

[②] 南帆：《空洞的理念——"纯文学"之辩》，《上海文学》2001年第6期。

[③] 见史铁生《史铁生散文》（下），中国广播电视出版社1998年版，第32页。

索的问题的严肃性、普遍性、超越性、终极性和全人类性,而并没有从文学形式和文学语言的角度介入。这一点在一些严肃作家(如残雪和张炜)以及"人文精神"倡导者那里也得到了认同。看来,相比于西方的为艺术而艺术,中国的"纯文学"依然不是那么"纯"。

残雪在《大家》2002年第4期发表《究竟什么是纯文学》一文,对纯文学做了自己的界定。她写道:"在文学家中有一小批人,他们不满足于停留在精神的表面层次,他们的目光总是看到人类视界的极限处,然后从那里开始无限止的深入。写作对于他们来说就是不断地击败常套'现实'向着虚无的突进,对于那谜一般的永恒,他们永远抱着一种恋人似的痛苦与虔诚。表层的记忆是他们要排除的,社会功利(短期效应的)更不是他们的出发点,就连对于文学的基本要素——读者,他们也抱着一种矛盾态度。自始至终,他们寻找着那种不变的、基本的东西(像天空,像粮食,也像海洋一样的东西),为着人性(首先是自我)的完善默默地努力。这样的文学家写出的作品,我们称之为纯文学。"在这里,残雪用了"人类视界的极限"、"无限止的深入"、"谜一般的永恒"等词汇来描述和界定"纯文学",这与史铁生的界定是相通的,都突出了纯文学主题的恒定性、普遍性、深刻性。

相比史铁生和残雪,另一个作家张炜对纯文学的认识较为全面一些,他发文《纯文学的当代境遇》[《鲁东大学学报》(哲学社会科学版)2006年第3期],从语言、情节、内容、主题、阅读、受众、作者七个方面对纯文学进行了全面的界定。张炜认为,纯文学是真正意义上的语言文字艺术。而非纯文学,比如一些通俗小说,则主要是靠情节的曲折离奇来吸引读者的。纯文学作品相对来说没有过于曲折的、非要吸引你一口气读完的情节故事。纯文学作品的情节都很自然很朴素。纯文学作品所表达的生活内容不是写实的,而且绝不追求真实的再现。它表达的事物与现实生活隔了一层,这一层就是作者强烈的生命内容。纯文学作家都在带领读者做一次梦幻般的精神旅行。在主题上,纯文学要表达的不是表层的社会问题,而是生命的奥秘,是人性中曲折无测的部分,是深层的潜藏。也正由此,纯文学读者只能在欣赏和感悟、在陶醉的愉悦中慢慢地接近其核心。要一个字一个字读,不仅读一句句话,还要读词、字和标点。最后,就纯文学作者来说，张炜认为，一个国家、一个民族、一个地区，她所拥有的真正意义上的纯文学作家，一般都比较安静。安静，这在许多时候不仅是性格特征，而且也是深刻的资源。张炜最后充满信心地指出，我们现在讲的人类追求善和美，追求完美的那种永不悔疚的固执，就源于生存下去的力量。纯文学所要表达的就是这样的一种生命力。只要人类存在，纯文学就会存在，只要人类发展，纯文学就会发展。

从这些作家对纯文学的界定来看，他们都强调纯文学对社会现实层面的超越，以进入对普遍的全人类性或人性的表现和挖掘，带有某种程度的宗教色彩。这样理解的"纯文学"或许显得非常神秘，但是其实我们可以有一个比较简易的把握标准，即这样界定的纯文学一定不可能有大量的受众，也不可能有巨大的市场。

除了这些带有较强创作体会、创作心得色彩的对"纯文学"进行的描述外，批评家则比较具体、理性地分析了纯文学的产生、发展与内涵。据有学者的考证，最早使用"纯文学"这一词语的是王国维。1905年，王国维在《论哲学家与美术家之天职》一文中说："……故我国无纯粹之哲学，其最完备者，唯道德哲学，与政治哲学耳。至于周、秦、两宋间之形而上学，不过欲固道德哲学之根柢，其对形而上学非有固有之兴味也。其于形而上学且然，况乎美学、名学、知识论等冷淡不急之问题哉！更转而观诗歌之方面，则咏史、怀古、感事、赠人之题目弥满充塞于诗界，而抒情叙事之作什佰不能得一。其有美术上之价值者，仅其写自然之美一方面耳。甚至戏曲小说之纯文学亦往往以惩劝为旨，其有纯粹美术上之目的者，世非惟不知贵，且加贬焉。"这里不仅首次使用了"纯文学"这个术语，而且第一次界定了该术语的基本含义。在王国维看来，所谓"纯文学"主要是一种文学类型（小说、戏剧），它不同于"古代忠君爱国劝善惩恶"的载道文学或实用文学应用文学，而是具有"纯粹美术"之目的或独立之价值的文学。纯文学不是政治、道德宣传教育的手段和工具，而具有独立自足的审美价值。在这里，纯文学与纯美术是相通的，也可以说，纯文学是纯美术的一种。王国维的"纯文学"概念显然深受康德的影响。

有学者又从历史的角度分析了"纯文学"概念的几种用法，第一种是指与古代大"文学"、杂"文学"概念相对的现代独立的文学学科观念。

中国古代的文学是文史混杂，文笔兼收。后来文史分离，文学的独立价值和科学体系被突出出来，这就是"纯文学观"。"纯文学"概念的第二种含义是指与工具论文学观相对立的自律的审美的文学观。在20世纪之初的文论中，"纯文学"一词并不常见。人们常常用"美术"这个术语来表述审美自律的文学理念。比如我们前面所言的"纯文学"就是"纯粹美术"中的一种。后来，"纯粹美术"、纯文学概念逐渐被"美文"和"纯诗"等词语以及"为艺术而艺术"的口号所替代。这一含义自20世纪二三十年代的左翼文学时期，一直延续到20世纪80年代的拨乱反正时期。"纯文学"的第三种含义是与商业文化相对抗的纯文学观。这里的背景是20世纪90年代开始兴起的大众文化。正是大众文化、消费文化的兴起，使得社会商业味道渐浓，文学在媚俗中失去了自身的美学和文化立场，由此学术界便期望以曾经辉煌的纯文学来对抗这种大众文化和商业文化[①]。在这里我们可以看到，纯文学的提出并不是一个单纯的文学自身的学理发展使然，它有一个文学和社会的发展背景。

从这一分析我们可以看出，纯文学的提出往往是有强烈的指向性、针对性，它要么针对并对抗文学的政治工具论和功利化倾向，要么对抗文学的商业化倾向。前者主要针对的是把文学看作政治的工具，这种情况出现在现当代的中国文学中；后者则是随着社会改革开放和经济发展而带来的一系列拜金思潮和娱乐风气，它直接导致文学的媚俗化和拜金主义倾向，由此，纯文学的提出就是试图抵抗这股风气和环境，摒弃文学的"从属论"、"工具论"等狭隘功利主义理论，试图回到文学"本身"。由此，纯文学常常强调文学本身的审美价值，要求文学超越现实的特殊性而进入人类思想和精神的普遍性，或者说表达普遍意义上的人性和人的生命力。

20世纪80年代中国文坛关于"纯文学"的讨论，更多地着眼于前者，即强调文学对抗政治工具论的功能；而90年代后的"纯文学"理论则往往着眼于后者。但是不管如何，"纯文学"这个概念都是通过否定不纯的文学而肯定自己的，它本质上是一个批判的概念，是作为一种反抗的策略术语来使用的（从"纯文学"到"文学性"都是这样），它"代表了一种

---

① 刘小新：《"纯文学"概念及其不满》，《东南学术》2003年第1期。

对抗的意味"（空洞的）。而这种目的性在一定程度上忽视了对文学本身审美价值的研讨，甚至简单到从概念出发去表现所谓的普遍的人性，这就使得纯文学创作受到了局限，并没有像论争那样获得实践上的成绩，这是我们所要注意的（参阅下面关于纯文学的论争）。

（二）"纯文学"提出的背景

"纯文学"的口号是在80年代提出的，其背景有三。一是"文化大革命"后整个社会思想文化的拨乱反正，以及文艺领域对工具论文艺学的否定，引发了人们对文学自身的思考，由此出现了一系列关于文学自主性的诉求，如文学的自主性、主体性、"向内转"等（参见本书相关章节），以及追求"纯文学"的创作实践，如"寻根文学"、"现代派"、"先锋文学"等。"纯文学"口号正是在这一文学思想语境中提出来的，这与我们前面所谈的关于文学自主性理论、重写文学史的背景是一样的。蔡翔曾就此指出："在某种意义上，'纯文学'概念正是当时'新启蒙'运动的产物，它在叙述个人在这个世界的存在困境时，也为人们提供了一种现代价值的选择可能。应该承认，在八十年代，经由'纯文学'概念这一叙事范畴而组织的各类叙述行为，比如'现代派'、'寻根文学'、'先锋文学'，等等，它们的反抗和颠覆，都极大程度地动摇了正统的文学观念的地位。并且为尔后的文学实践开拓了一个相当广阔的艺术空间。"[1]

二是外来理论的影响，尤其是美国新批评的影响，推动了人们对纯文学的呼唤和追寻。在《文学理论》一书中，韦勒克将文学研究区分为内部研究和外部研究，在对外部研究的分析中，韦勒克就质疑了科学主义和实证主义的研究方法以及他们对文学理论所造成的影响。作为新批评派的重要代表人物，韦勒克他们还是注重文学的外部研究的。韦勒克和沃伦在其序言中写道，这本书延续的是"诗学"和"修辞学"的传统，其基本立场是"文学研究应该是绝对'文学的'"[2]。强调文学的文学性和外部研究，

---

[1] 蔡翔：《何谓文学本身》，《当代作家评论》2002年第6期。
[2] 韦勒克、沃伦：《文学理论》，刘象愚等译，生活·读书·新知三联书店1984年版，第18—19页。

这显然影响了中国纯文学的提出和讨论。

三是大众文化与市场经济的兴起与文学创作商业化的影响，使得一大批作家和批评家深感文学创作的衰微，由此试图通过纯文学的讨论来挽救当今（世纪之交）的文学创作。当市场经济来临后，由于文化商品化和文学商品化的巨大压力，使文学写作不得不面对新的环境寻找新出路，于是一部分文化人和作家下了海，干脆做生意去了，也有的人以自己的写作投入商业化大潮当中，比如把自己的批评当作一种谋利的手段，比如写商业化小说。但是有更多作家不愿意这样做，他们决心抵抗商业化对文学的侵蚀，问题是他们必须找到一个护身符、一个依托、一个孤岛，使这抵抗获得一种合法性，获得一种道德与精神的支持，那么这个护身符和依托就是"纯文学"[1]。

此外，"纯文学"的口号也体现了某些人文知识分子的精神坚守。当市场经济到来后，当整个社会开始转向经济建设，甚至当大众市民开始追逐物质利益（金钱）时，曾经拥有至高发言权，对社会产生重大影响的知识分子忽然被挤到了边缘，甚至被剥夺了话语权，这使知识分子感到巨大的落差，在这种情况下，寻找发言权，恢复对社会的影响力，是知识分子的一种愿望和追求，而纯文学则成了他们恢复发言权的载体。蔡翔指出："作为'新启蒙'或者'思想解放'运动的产物，'纯文学'概念的提出，一开始就代表了知识分子的权利要求，这种要求包括：文学（实指精神）的独立地位、自由的思想和言说、个人存在及选择的多样性、对极左政治或者同一性的拒绝和反抗、要求公共领域的扩大和开放，等等。所以，在当时，'纯文学'概念实际上具有非常强烈的现实关怀和意识形态色彩，甚至就是一种文化政治，而并非如后来者误认的那样，是一种非意识形态化的拒绝进入公共领域的文学主张，这也是当时文学能够成为思想先行者的原因之一。"[2]

（三）关于纯文学的论争

（1）正如李陀在访谈录中指出的，出现于80年代前期的"纯文学"

---

[1] 李陀：《漫说"纯文学"》，《上海文学》2001年第3期。
[2] 蔡翔：《何谓文学本身》，《当代作家评论》2002年第6期。

的提法，到80年代后期得到了普遍的赞同，到90年代成为主流的文学概念。但它在20世纪90年代末21世纪初受到了质疑。原先提倡纯文学的李陀认为"现在到了对它（纯文学）进行反省的时候了"。李陀认为，"虽然'纯文学'在抵制商业化对文学的侵蚀方面起到了一定的作用，但是更重要的是，它使得文学很难适应今天社会环境的巨大变化，不能建立文学和社会的新的关系，以致90年代的严肃文学越来越不能被社会所关注，更不必说在有效地抵抗商业文化和大众文化的侵蚀的同时，还能对社会发言，对百姓说话，以文学独有的方式对正在进行的巨大社会变革进行干预"。他还很尖锐地提出疑问："面对这么复杂的社会现实，这么复杂的新的问题，面对这么多与老百姓的生命息息相关的事情，纯文学却把它们排除在视野之外，没有强有力的回响，没有表现出自己的抗议性和批判性，这到底有没有问题？"李陀对于纯文学认识的一个核心思想，就是纯文学应当干预现实，干预生活，可在21世纪初却已经远离现实，缺乏对社会重大变革的干预，因此需要提出来进行讨论。特别值得指出的是，李陀反思纯文学并不是要为大众文化、商业文化辩护，恰恰相反，是因为纯文学脱离现实而无法深刻地反思大众文化和商业文化。

针对李陀对纯文学的观点，有学者给予了积极的回应。薛毅在《开放我们的文学观念》中认为，自20世纪90年代以来，纯文学的发展并不叫人乐观。针对"身体写作"特别是"个人化写作"，他认为："个人只能与欲望相关，是这种观念发展的必然。而行进到这个地步，'纯文学'的观念似乎走入死胡同了。因为它再也保不住它的'纯粹性'，自律而自由的文学被整合到了市场主义模式之中。"① 葛红兵在《介入：作为一种纯粹的文学信念》中指出，纯文学创作衰落的原因"在于它的介入性减弱了。进而它在人民精神生活的地位、作用以及它的先锋性、思想性下降了"。纯文学已经"不再介入人民的经验世界，也不再介入人民的精神世界，它远远地独自跑开了，它成了不介入的文学"②。可以说，被市场收编，远离生活，进行"不介入"的创作，是批评者所认为的纯文学衰落的根本原

---

① 薛毅：《开放我们的文学观》，《上海文学》2001年第4期。
② 葛红兵：《介入：作为一种纯粹的文学信念》，《上海文学》2001年第4期。

因，也是纯文学被提出来进行讨论的原因。

但也有学者对这种强调纯文学干预生活的观点提出质疑，王干指出，李陀的问题在于过度强调文学的意识形态批判功能，而在今天，"要让文学去承担过多的意识形态重负，实在是有些为难作家了"。他认为，"文学傍不上意识形态"，今天文学应该关心的仍然是文学本身的问题，让作家去关心"中国是否会出现以中产阶级为主体的中产阶级社会"这样重大的问题，无疑是"赶鸭子上架"[①]。

文学不可能与现实无关，即便纯文学也不是架空的，或者说，纯文学之纯从来都不是绝对的，文学与社会的关系、文学介入生活的程度永远是一个难以确定的问题，但当文学的功利性被推到极致而忽视甚至摒弃文学的"本质"后，纯文学的提出显然就具有了反抗和批判的功能，虽然其中有某种程度的矫枉过正，但它对推动中国文学的发展的确起到了重要作用，这不仅体现在叙述手段的丰富上，更在作家创作思想的开放上。因此我们对"纯文学"的评价应该有历史的眼光。反思纯文学在现在存在的问题，和肯定其曾经有的历史意义并不矛盾。有学者指出，纯文学第一次把文学的重点从"写什么"转移到了"怎么写"，为作家的叙事方式提供了广阔的可能性，作家们的创作个性得到了充分的发挥，极大地丰富了当代文学的叙事手段。正如南帆所说："如果传统的现实主义编码方式已经被圣化，如果曾经出现的历史业绩正在成为一个巨大的牢笼，那么振聋发聩的夸张是必要的。如果文学之中的社会、历史已经变成一堆抽象的概念和数字，那么个体的经验、内心、某些边缘人物的生活就是从另一方面恢复社会、历史的应有涵义。"[②] 而更为重要的是，在对文学形式热情洋溢的探索背后是作家们和知识分子"启蒙"思想的再次生发，一些和人的现代化紧密相关的概念得到了张扬，譬如个人、自由、爱、性、自我等，"纯文学"不仅要以文学的现代化为目标，更为重要的是以此为契机促进人的现代化，重新启动被"文化大革命"延宕的启蒙运动。"因此，在某种意义上'纯文学'概念正是当时'新启蒙'运动的产物，它在叙述个人在这个

[①] 王干：《纯文学无罪》，《中华文学选刊》2001年第5期。
[②] 南帆：《空洞的理念》，《上海文学》2001年第6期。

世界上的存在困境时，也为人们提供了一种现代价值选择的可能。"①

（2）关于纯文学的发展前景。对于一些坚持纯文学创作的作家来说，他们对纯文学的发展前景还是比较乐观的，比如张炜。他在《纯文学的当代境遇》[《鲁东大学学报》（哲学社会科学版）2006年第3期]中表达了对纯文学的乐观情绪，并指出了四个原因。一是作家群中有少数茁壮成长者，而这些人是真正意义上的作家和艺术家，他们是人类当中很特殊的一部分人、一种灵魂。二是纯文学仍然左右精神趣味。张炜认为，左右一个时期的精神趣味的，成为艺术和风尚内核的，依然是那些占领了精神和艺术制高点的纯文学写作。因为只有这些写作才始终具有思想的严谨性和艺术的独特性，以及不可复制、不可重复的意义。三是汉语是大语种，一个纯文学作家应该找到自己的读者。四是中国是儒教文化的发源地，而儒教一度是物质主义最强有力的对立面。传统很难一夜消失。所以说中国文学很可能产生出这个世界上最幸福、最成功的作家，创作出这个时代世界上最好的、最优美的、最深刻的文学。

与张炜的乐观情绪相反，很多批评家并不看好纯文学的前景，这其中一个重要原因，就是纯文学已由当初的积极的反抗批判功能落入了一种保守僵化的意识形态。南帆在《空洞的理念》一文中指出，"纯文学"的概念正是在二十世纪八九十年代的历史文化网络之中产生了批判与反抗的功能。然而，这个概念发生了影响之后，"纯文学"开始被赋予某种形而上学的性质。一些理论家与作家力图借用"纯文学"的名义将文学形式或者"私人写作"奉为新的文学教条。他们坚信，这就是文学之为文学的特征。这个时候，"纯文学"远离了历史语境而开始精心地维护某种所谓的文学"本质"。电子传播媒介、现代交通和经济全球化正在将世界联为一体。种种新型的权力体系已经诞生。历史正在向所有的人提出一系列重大的问题。然而，这时的"纯文学"拒绝进入公共领域。文学放弃了尖锐的批判与反抗，自愿退出历史文化网络。由此，"纯文学"概念在最初发挥其批判作用之后，很快就敛去了锐气而产生了保守性。当文学走向保守后，是不可能有好的发展前景的。也有学者更是明确指出了纯文学的专制性和僵

---

① 蔡翔：《何谓文学本身》，《当代作家评论》2002年第6期。

化性。即当纯文学在确立了自身合法性地位后，却渐渐忘记了自己的"出身"，忘记了它由之而出的那个时代和社会的限定，把一个更多由策略性要素构成的命题，当成了本质如此的战略性规划。它忙着重新确立文学秩序：一方面，它以文学本体论的身份，继续与几乎不复存在的文学工具论保持一种假想的二元对立关系，以加固自己的正当性地位；另一方面，它又以精英的身份，与"通俗文学"、"大众文化"等建立了一种等级关系，以保持自己的霸权地位。至于"纯文学"应该怎样"纯"，则一直没有确切的标准，但它却繁衍出许多"流派式"的写作品种，如"先锋文学"、"新生代"、"晚生代"、"私人写作"等。在这种观念主宰下，只要被"纯文学"加冕，就必得走红无疑，虽然红的范围越来越小。就这样，一个当初具有"革命性"的文学命题，便走向了一种新的僵化的文学意识形态。在这种状况下，纯文学显然是不可能有什么令人鼓舞的发展前景的。

也有学者对于纯文学作品为什么知音日少的情况做了分析，指出这其中的一个重要原因，是纯文学作品的理念化现象比较严重，有意淡化情感、淡化表现情感的形象和情节，形成了一种"非情感化"趋向。不少作品可以模仿甚至诠释国外的一些现代哲学思想，往往充满了对抽象深奥的命题的议论和探讨。创作者的本意可能是为了加深作品的哲理内涵，追求主题的多义性和深刻性，但如果这些内容不能成为作品艺术形象血肉相连的组成部分，那就很难使读者接受。而目前还有很多这种作品，甚至出现创作上的"三拼"现象，即一拼新观点（图解时髦的哲学观点），二拼"新手法"，三拼新观点叠加新手法。比如《百年孤独》介绍进来了，接着就出现了大量所谓的"魔幻现实主义"作品。不少探索之作，其花俏新奇的形式与苍白的内容之间形成了很大的反差，使读者难以阅读[①]。

对于纯文学的前景，更有学者直接以"败"来称之，而且这"败"还是必然的。原因有三：其一，败在"纯"字上。人的精神应当是丰富多彩的，用所谓文学之纯来提高全民素质显然是不合时宜的。其二，败在"文学"二字上。社会的发展使得文学不能再保守下去，文学只有敞开胸怀，扬长避短，才能更好地锻炼自己，回归本质，从而保持旺盛的生命力。其

[①] 徐春：《纯文学作品为何知音日少》，《文汇报》1987年12月4日。

三，败在"拜金"二字上，比如留学生文学和财经小说。对于处在困境的纯文学来说，该学者认为有两条路可走，一是墨守成规，以自己的贫穷来抵抗这个商品社会，最终落个形销骨立。二是走出纯文学的温室，混杂于大千世界，拥有新的品格，再展雄风①。

总之我们看到，纯文学的提出在一定历史时期是有其积极意义的，但当这种文学思潮或思想被固定下来甚至被僵化为教条，成为某种生产标准后，其发展前景就很难乐观了。文学永远是开放的，这是文学发展的根本②。

---

① 李尚才：《纯文学的梦幻》，《文学自由谈》1995年第1期。
② 关于纯文学的阐述，可参阅陶东风的两篇文章：《从社会理论视角看文学的自主性——兼谈"纯文学"问题》，《花城》2002年第2期；《纯粹的关注、颠倒的经济与赢者输逻辑》，《上海文学》2002年第1期。

第二十二章

后-主义与全球化语境下的文艺学

20世纪90年代以前,中国文艺学界尽管风云变幻,论争频繁,但是不管争论多么激烈、分歧多大,基本上都还是在现代性文论的大范围内展开的,比如革命现代性文论、审美现代性文论与启蒙现代性文论之间的论争。这些文论都属于同样的知识—话语型(借用福柯语),分享着很多重要的知识论和价值论前提。到了20世纪90年代中期,后现代文论视野的引入动摇了现代性文论的整个知识—话语型,使得文论界的分歧在一些更根本的问题上展开。

一 后现代主义与中国语境

(一) 后现代主义在中国的接受

"后现代/主义"概念早在国门开放伊始就进入了中国。文学界最早将"后现代主义"这一概念引入的是董鼎山。1980年,董鼎山在《读书》第12期上发表《所谓"后现代派"小说》一文,向人们介绍了"后现代派"小说。1982年,袁可嘉在《国外社会科学》第11期上发表《关于"后现代主义"思潮》一文,对这一思潮进行了较为全面的介绍。与此同时,国外的许多理论大家(包括后现代主义的代表人物)纷纷被邀请来华讲学:1983年,后现代主义概念的权威阐释者之一哈桑(Ihab Habib Hassan)到山东大学讲学;1985年,杰姆逊(Fredric Jameson,又译为詹明信、詹姆森等)在北京大学开设"后现代主义与文化理论"专题课;1987年,国际比较文学学会主席佛克马（Douwe Fokkema）又到南京大学作了关于后现代主义的学术报告。其中，杰姆逊1985年在北大的授课[①]，一般被认为是中国接受西方后现代主义的转折点或起点。在演讲中，杰姆逊从文化谈起，对资本主义社会进行了"文化分期"，并对晚期资本主义，即后现代主义特征，如平面感、深度的消失以及大量的复制等进行了具体分析和批判，对中国学术界产生了极大的冲击[②]。

如果从杰姆逊的讲演集《后现代主义与文化理论》一书在1986年的问世算起，西方后现代主义理论在中国的传播已有30多年的历史，其间出版了多种关于后现代主义的译文集和著作，论文更是难以计数。直到目前，关于"后现代主义"的讨论依然在继续[③]。在这里，我们只能简单介绍几部对中国后现代主义产生重要影响的后现代主义的译著和个人著作。

后现代主义在中国的真正兴起和繁盛，应该是在20世纪90年代。90年代初，有三本译著对后现代主义在中国的传播起了推波助澜的作用，它们分别是佛克马、伯顿斯编，王宁等译的《走向后现代主义》（北京大学出版社1991年版）；王岳川、尚水编译的《后现代主义文化与美学》（北京大学出版社1992年版），以及哈山（即后来通用的"哈桑"）著，刘象愚译的《后现代的转向：后现代理论与文化论文集》（台北时报文化出版企业公司1993年版）。几乎同时，《文艺争鸣》杂志、《文艺研究》杂志分别于1992年第5期、1993年第1期集中发表了关于后现代主义的笔谈，它标志着中国大陆人文学界，特别是文学界"后现

[①] 其授课内容由陕西师范大学出版社以"后现代主义与文化理论"为题，于1986年出版，唐小兵译。1987年陕西师范大学出版社出了第二版。1997年，北京大学出版社出了精校本，译者仍是唐小兵。2005年，北京大学出版社又出了精校本第二版。

[②] 曾军：《中国学者为何"背叛师门"?》，《社会科学报》2002年11月7日。

[③] 关于后现代主义在中国的传播过程，可参阅范方俊《从"解构"到"建构"——20年"后现代主义"在中国的接受述评》，《文艺理论与批评》2006年第1期；董学文、宫铭《从解构到营构：后现代主义在中国》，《社会科学战线》2008年第4期；李扬《冒险的迁徙：后现代主义在中国的传播》，《开放时代》2002年第6期。作为后现代主义重要派别的解构主义（或后结构主义）在中国的接受，参阅张婷婷《中国20世纪文艺学学术史》第4部，第263—314页。

代"热的兴起。

《走向后现代主义》是荷兰的两位后现代主义学者杜威·佛克马和汉斯·伯顿斯合编的一本后现代主义论文集。这本论文集集中讨论了后现代主义研究中的四个主题：（1）后现代主义术语的适用范围，究竟这一专有名词可以以同样的方式适用于所有文类，还是仅能适用于像小说或是戏剧这样专有的文类？（2）后现代主义与现代主义的关系，后现代主义究竟是与现代主义完全对立，还是可以将现代主义中的先锋派包含其中？（3）如何确立后现代主义的准则？（4）对后现代主义特征界定的方式[①]。从内容上看，这本论文集的讨论范围主要集中于北美地区，主题则聚焦文艺，且多为对后现代主义原典的二次解读，对国内的后现代主义接受还缺乏应有的针对性，但作为国内西方后现代主义研究的首次集中译介，这本书的翻译对后现代主义在中国的接受仍不失为一种"必要的尝试"[②]。

《后现代主义文化与美学》应该是第一本国内学者自己编选的关于后现代主义的集子，选文范围大大地超越了文艺，进入整个人文科学领域。在《后现代主义文化逻辑》的"代序"中，王岳川从后现代主义的源起及其理论景观、后现代社会的文化矛盾、现代性对抗后现代性、后现代知识状况与出路、后现代文化逻辑及其平面模式五个方面对后现代主义文化逻辑及其论争作了一次全面的鸟瞰，并试图从总体上把握后现代主义的深层本质：文化精神。这是国内当时比较早地对后现代主义的全面概述。

《后现代主义文化与美学》分为"后现代主义文化理论"、"后现代主义美学观念"和"后现代主义艺术形态"三部分。在第一部分中，收录了包括丹尼尔·贝尔、伊哈布·哈桑、利奥塔、杰姆逊等人的文章或著作节译。在第二部分中，收录了包括福柯在内的西方学者论述后现代主义审美特征、诗学理论方面的论述。在第三部分中，则收录了关于后现代主义建

[①] 杜威·佛克马、汉斯·伯顿斯：《走向后现代主义·前言》，北京大学出版社1991年版，第4页。

[②] 王宁：《〈走向后现代主义〉译后记》，杜威·佛克马、汉斯·伯顿斯《走向后现代主义》，第318—319页。

筑、绘画、电影等方面的文章或节选。应该说，这是一本较为全面地介绍西方后现代主义的著作，对当时中国学者了解西方后现代主义理论具有重要的意义。

《后现代的转向》是作为西方后现代主义重要代表人物之一的哈桑对自己从事30年之久的后现代主义研究的一个总结，他从"后现代主义的产生序幕"、"后现代主义概念的确立"、"后现代主义的文学和批评"以及"后现代主义的尾声"四个方面，对后现代主义的发生、发展及走向做了一个全面的总结，是公认的后现代主义研究的经典。《后现代的转向》中译文的出版对后现代主义在中国的接受意义深远，译者刘象愚说："它不仅以清晰的脉络，充实的内容回顾了历史，辨析了异同，指明了特征，而且以不偏激的态度指出我们对后现代主义应采取的基本立场。可以说既有理论性，又有实用性。从这些意义上说，它确是有关后现代主义讨论迄今尚无出其右的第一本书。"[①]

经过90年代初期对后现代主义的整体译介之后，西方一些后现代主义大家的专著开始被完整地翻译过来，如詹明信（即杰姆逊）的《晚期资本主义的文化逻辑：詹明信批评理论文选》（张旭东编，陈清侨等译，生活·读书·新知三联书店1997年版）、利奥塔的《后现代状态：关于知识的报告》（车槿山译，生活·读书·新知三联书店1997年版）、福柯的《知识考古学》（谢强、马月译，生活·读书·新知三联书店1998年版）和《规训与惩罚：监狱的诞生》（刘北成、杨远婴译，生活·读书·新知三联书店1999年版）、特里·伊格尔顿的《后现代主义的幻象》（华明译，商务印书馆2000年版）、雅克·德里达的《文学行动》（赵兴国等译，中国社会科学出版社1998年版），等等。

随着西方后现代主义思潮进入中国，中国学者也开始结合中国的文学（文化）实践，展开了后现代主义批评实践。这方面的代表性的人物有陈晓明、张颐武、王宁、王岳川等。

王岳川的《后现代主义文化研究》（北京大学出版社1992年版）介绍

[①] 刘象愚：《〈后现代的转向：后现代理论与文化论文集〉译后记》，台北时报文化出版企业公司1993年版，第349—350页。

了后现代主义在西方兴起的时间,分析了后现代主义的产生与西方后工业社会发展之间的关联,归纳了后现代主义的理论特征:反中心性、反二元论、反体制性和反整体性,并分新解释学、接受美学、解构主义、西方马克思主义和女权主义五个流派对后现代主义进行分门别类的评析。

张颐武的《在边缘处追索——第三世界文化与当代中国文学》是较早运用西方的后现代理论来分析当代中国文学和文学现象的著作。该书把中国当代文学的"后现代性"概括为三个方面的特征:"文学创作的'实验化'、批评与理论的'解构化'以及通俗文学和纪实文学的'隐私化'。"[①]张颐武的另一本著作《从现代性到后现代性》(广西教育出版社1997年版)描述了在全球化及市场化进程中我们的文化想象及生活空间的形态的变化,探讨了由20世纪80年代的激情浪漫的"现代性"向90年代的平和、多元、务实的"后现代性"转变的历史轨迹。其中涉及"后现代"、"后殖民"理论,民族认同、文学、电影及大众文化,跨国资本与市场、城市空间与时尚等议题。作者追溯思潮变动的脉络,探究文化转型的运作,并对90年代一系列多有争议的话题作出回应[②]。

陈晓明的《无边的挑战——中国先锋文学的后现代性》将当代文化的"后现代性"归纳为八个方面:(1)反对整体和解构中心的多元世界观;(2)消解历史与人的人文观;(3)用文本话语论替代世界(生存)本体论;(4)反(精英)文化及其走向通俗(大众化或平民化)的价值立场;(5)玩弄拼贴游戏和追求写作(本文)快乐的艺术态度;(6)一味追求反讽、黑色幽默的美学效果;(7)在艺术手法上追求拼合法,不连贯性,随意性,滥用比喻,混同事实与虚构;(8)"机械复制"或"文化工业"是其历史存在和历史实践的方式[③]。

王宁自1991年主译《走向后现代主义》之后,于1998年和2002年分别出版了《后现代主义之后》(中国文学出版社1998年版)和《超越后现代主义》(人民文学出版社2002年版)两本论文集,完成了他有关后

---

① 张颐武:《在边缘处追索——第三世界文化与当代中国文学》,北京大学出版社1993年版,第97—98页。
② 参见《跨世纪文化问题的探索》,1998年2月25日《光明日报》。
③ 《无边的挑战——中国先锋文学的后现代性》,北京大学出版社1993年版,第12页。

现代主义的"三部曲",也形成了他对后现代主义的基本观点和认识:(1)后现代主义首先是高度发达的资本主义国家或西方后工业社会的一种文化现象,但它也可能以变体的形式出现在一些发展中国家内的经济发展不平衡的地区;(2)后现代主义在某些方面也表现为一种世界观和生活观,在信奉后现代主义的人们看来,世界早已不再是一个整体,而是呈现出了多元价值取向,并显示出断片和非中心的特色,因而生活在后现代社会的人们的思维观念就不可能是统一的,其价值观念也无法与现代时期的整体性同日而语;(3)在文学艺术领域,后现代主义曾是现代主义思潮和运动衰落后西方文学艺术的主流,但是它在很多方面与现代主义既有着某种相对的连续性,同时又有着绝对的断裂性;(4)后现代主义又是一种叙事风格或话语,其特征是对"宏大的叙事"或"元叙事"的怀疑或对某种无选择或类似无选择技法的崇尚,后现代文本呈现出某种"精神分裂式"的结构特征,意义正是在这样的断片式叙述中被消解了;(5)作为一种阐释代码和阅读策略的后现代性并不受时间和空间条件的限制,它不仅可用来阐释分析西方文学文本,而且也可以用于第三世界的非西方文学文本的阐释;(6)作为与当今的后工业和消费社会的启蒙尝试相对立的一种哲学观念,后现代主义实际上同时扮演了表现出合法性危机特征的后启蒙之角色;(7)后现代主义同时也是东方和第三世界国家的批评家用以反对文化殖民主义和语言霸权主义、实现经济上的现代化的一种文化策略,它在某些方面与有着鲜明的对抗性的后殖民文化批评和策略相契合;(8)作为结构主义衰落后的一种批评风尚,后现代主义表现为具有德里达和福柯的后结构主义文学研究色彩的批评话语,它在当前的文化批评和文化研究中也占有重要的地位[①]。

张颐武和王宁的后现代研究开始突出"第三世界声音"的重要性。他们指出,随着世界全球化时代的来临,源自西方学术界内部的解构和消解中心等后现代尝试,应该包括来自广大东方和第三世界知识分子在弘扬本民族文化方面做出的不懈努力。

[①] 王宁:《后现代主义之后》,中国文学出版社1998年版,第5—6页;《超越后现代主义》,人民文学出版社2002年版,第6—7页。

在《超越后现代主义》一书的《序》中,王宁指出他写作《后现代主义之后》的初衷是回答这样一个问题,即:"后现代主义在经历了从北美到欧洲乃至风靡全世界这样一个发展阶段以后,终于日趋衰落。世界进入了一个全球化的时代,但如何超越后现代主义的思维模式,以便把我们的研究视角指向整个全球化语境下的跨文化和文学研究?"[1] 王宁对这个问题的回答是:"在后现代主义衰落之后,原先被压抑在边缘地带的一些非主流话语力量,诸如性别政治和怪异研究、后殖民主义与第三世界批评以及近几年来兴起的文化研究伺机逐步从边缘向中心运动,并在实际上消解了帝国话语的中心地位。"[2] 王宁在本书别的场合把女权主义理论、性别研究、后殖民与第三世界批评也归入文化研究(参见本书关于文化研究的研究对象的多处论述),所以,王宁的观点是:后现代主义之后是文化研究的时代,或者说,文化研究即是对于后现代主义的超越。

文化研究与后现代主义之间的关系是一个相当复杂的问题。一方面,文化研究(尤其是70年代以后的文化研究)显然继承了后现代主义、后结构主义的反本质主义与非中心化立场,许多文化研究的名家都受到后学的深刻影响(比如福柯之于萨义德);但同时,文化研究又抵制后现代主义的极端相对主义与虚无主义。简言之,文化研究与后现代主义之间存在既相联系又相区别的复杂关系,清理这种关系应该说是一件非常有意义的工作。在王宁看来,文化研究的兴起显然与后现代主义的扩散存在重要联系:"经过各种后现代理论的冲击,一切假想的'权威'和'中心'意识均被消解,高雅文化和大众文化的人为界限已不复存在,东方和西方文化的天然屏障也随着冷战的结束而在一夜之间消除,纯文学和'亚文学'文类的界限正在变得日益模糊,因而使得长期从事经典文学研究的学者产生了某种'学科性'(disciplinary)的危机感。"[3] 这个观点也可以表述为:正是借助"后学"的非中心化与非权威化的力量,文化研究才得以拆除横

---

[1] 王宁:《超越后现代主义·序》,第1页。
[2] 同上。
[3] 《超越后现代主义》,第157页。

贯在西方/东方、男性/女性、精英文化/大众文化之间的等级与鸿沟。这样看来，文化研究对于后现代主义的"超越"是有继承的扬弃而不是全然的否定。这一"近缘关系"至少能够在很大程度上防止文化研究向宏大叙事的蜕变①。

（二）后现代主义与中国语境

那么，作为产生于西方的当代文化分析范畴的后现代主义，能否在中国语境中扎根，恰当地描述当今中国的社会文化状况？它在中国的接受过程中是否发生了变形？这是学者们所讨论的一个重要问题。

徐友渔认为，后现代思潮是一种极其复杂的社会文化现象，对正处于向现代社会转型的中国来说，如何理解和对待后现代思潮，更是一个极其复杂的问题。在西方，后现代主义是对西方一直以认识论为中心的单一哲学认识模式的挑战，对以现代性为标榜的单一偏狭的思维习惯（比如一味强调实证性、可操作性、价值中立性）的批判，对我们有警醒和借鉴的意义。然而，徐友渔指出："我们更应该看到中国与产生后现代主义的西方社会文化环境的区别。如果说西方后工业社会的阙失面是思维方式过分规范的话，那么处于转型期的中国最大的问题刚好是失范。从一定程度上说，我们在思想、学术、文化上失范，在道德、价值上失范，在写作、批评方面失范。总之一句话，我们面临话语的失范，还有社会、经济生活中更多的失范现象。后现代主义的反对建构、倡导解构，可能起到加剧失范的作用。"② 比如，中国传统哲学从来没有发达的认识论，盲目跟随后现代主义只会造成学术思想的损失。又如，"五四"运动倡导科学民主精神，这个历史使命至今尚待我们完成，如果去模仿别人，把反科学主义和反理性主义奉若神灵，就可笑亦复可悲了。徐友渔的观点得到了一些学者的回应。

---

① 还有后现代主义的两本论文集值得注意：王岳川主编的《中国后现代话语》，中山大学出版社2004年版；陈晓明主编的《后现代主义》，河南大学出版社2004年版，两本书均选择了近几年中国大陆比较有代表性的后现代主义研究论文。

② 徐友渔：《关于后现代思潮的哲学评论》，见王岳川主编《中国后现代话语》，中山大学出版社2004年版，第39页。

比如陶东风在《后现代主义在中国》(《战略与管理》1995年第4期)中指出,后现代主义在中国的适用性问题是与现代主义在中国是否已经取得支配地位紧密相关的。在西方,现代主义文化之所以能成为中心,是因为现代主义已经极大地制度化,成为制度(包括社会政治经济制度与文化艺术制度)的价值根基。后现代主义就是对这种被制度化的文化压抑、文化中心的反叛。这样,西方后现代主义的反叛一方面的确是有感而发、有的放矢;另一方面,这种反叛对于稳固的社会制度而言又只能是"语言革命"、"纸上谈兵",很难从根本上消解制度化了的现代性价值系统。中国的情形就不同了。源于西方的现代性价值系统尽管在"五四"及20世纪80年代的精英知识分子中得到大力提倡,但却始终未曾得以制度化,相反一直是处于边缘位置,更谈不上成为什么文化的霸权了。如果说现代主义在中国曾经是或已是文化的中心,未免有点危言耸听,甚至让人怀疑是人为地在树一个中心以作为攻击的靶子或作为推出后现代主义的策略。

徐贲则以杰姆逊的后现代理论为例,剖析了中国后现代主义研究当中的片面性:"在詹姆森那里,'后现代主义'不是一个经验性的描述概念,而是一个为批判目的服务的'协调性'概念。这个概念使得社会文化批判者可以把特定时期的文化现象与社会制度联系起来,通过社会制度来认识文化形象,并从文化现象来认识社会制度的历史性质。"但是"'后新时期'理论中所缺乏的恰恰是詹姆森的历史意识和这种历史意识所体现的道德感和批判精神"[①]。

2002年底,李扬在一篇回顾和总结性文章中指出:"在后现代主义进入中国的过程中,依然带上了'中国式'的阴影:在西方具有多维指向的'后现代主义',在中国仅被幻化为'怎么都行',他们置西方后现代主义大师们笔下的批判理论于不顾,仅对知识分子的边缘化大声喝彩,而对那些依然坚持启蒙立场和批判姿态的知识分子则大加挞伐,甚至指责他们为'文化冒险主义'。这种批判性的匮乏成为中国后现代主义理论发展的一个

[①] 徐贲:《从"后新时期"概念谈文学讨论的历史意识》,《文学评论》1996年第5期。

死结。"①

　　与这种观点不尽相同的是，有的学者尽管不否认中国和西方的差异，但更多地看到了中国当代文化中的后现代主义因素或表征，比如王宁、陈晓明等人。他们认为中国的经济、工业发展固然还没有达到现代化水平，但后现代主义在中国发生是多重历史力量作用的结果，现在已经是全球化时代，政治、经济、文化各方面的交流极其频繁，而计算机和电子网络更是为交流提供了方便。在经济、社会、物质条件不完全具备时，思想文化可以通过交流使后现代在中国有一定程度的超前发展。何况中国社会已经出现了一些后现代迹象，比如大众文化方面的广告、流行音乐、时装模特、歌厅、舞厅、大型游乐场，等等。拉丁美洲的魔幻现实主义文学的出现就说明后现代主义可能在发展中国家产生，中国也出现了后现代文学或后现代文学批评的变体，比如先锋派写作、新写实小说以及后结构主义、后殖民主义文艺批评等②。

　　不过，即便是赞同和肯定中国文化（或文学）中出现了后现代主义倾向的学者，有的还是比较清楚地认识到中国文化（文学）中后现代主义的独特性和复杂性。王宁在强调后现代主义的多种表现形式时，阐释了中国先锋文学中对西方后现代主义的接受与变形。他指出，中国当代先锋小说是在东西方文化对话的背景下产生的，后现代主义的影响、传统文化的熏陶、当代生活经验的制约，这三者交互作用，使它有别于西方的后现代主义，呈现出较复杂和独特的创作风貌。此外，作为一种带有被动性和局限性的选择或接受影响的创作，尽管它不缺乏某种创造，但终究只能以一种实验或探索性的成果出现，其作品中的"后现代性"或许在探讨中国文学的"将来时态"时能有较大意义。即便单纯从创作风格和模式看，先锋小说证明所谓"后现代技巧"并非西方的专利③。

---

① 李扬：《冒险的迁徙：后现代主义在中国的传播》，《开放时代》2002年第6期。
② 汪洋：《后现代主义在中国》，《社会科学论坛》2005年第1期。关于陈晓明、王宁等人关于后现代主义的论述，可参阅王宁《后现代主义之后》，中国文学出版社1998年版；王宁《超越后现代主义》，人民文学出版社2002年版；陈晓明《无边的挑战：中国先锋文学的后现代性》，时代文艺出版社1993年版等。
③ 王宁：《接受与变形：中国当代先锋小说中的后现代性》，《中国社会科学》1992年第1期。

另外，后现代主义又的确是当今中国诸多文化分支中的一支，如果完全否定当今中国文化中的后现代主义因素，那也是对中国文化的一种简单化的看法，没有看到中国文化的复杂性。从这个意义上说，后现代主义的分析范畴又有一定的适用性。这样，完全排斥或全盘搬用后现代主义的理论都是不可取的，理智的态度是有条件有限度地使用这一概念，并使之与中国的社会文化现实之间形成良性的互动关系。从中国的现实、中国的问题出发，寻找适合的分析构架而不是从僵化的理论构架出发制造问题、宰割现实。这应当是目前中国问题研究的一个基本原则。

从价值取向上看，陶东风认为后现代主义具有双面性，它是有力的消解手段与批判武器，怀疑一切原则与中心；同时也可能滑向一种嬉皮士式的游戏一切的"潇洒"，在无限度的自由背后是真正的自由的丧失。联系后现代主义在西方出现的时代背景，可以发现，后现代主义在文化、话语领域的放荡不羁、无限度主体扩张，恰好与现实政治与生活领域中集权主义的强化同时出现，与一种新的统治方式——技术专制主义、传媒霸权主义同时出现。后现代主义既体现了现代人对这种新的统治的激烈的发泄反抗，也包含了发泄反抗后的无奈与妥协。正如杰姆逊所指出的，后现代主义一方面是对现实社会与政治的强烈反抗，另一方面，这种反抗"现在不再使任何人感到震惊，不仅被非常满意地接受下来，而且还使自身成为制度化的，与西方社会的官方文化结合起来"[1]。

的确，后现代主义作为一种崇尚多元主义与相对主义的文化思潮，它的力量与局限、积极性与消极性从来是不可分离地结合在一起的。作为一种有力的解构武器，后现代主义可以有效地消解在中国曾长期占据统治地位的高度政治化的文化专制主义，所以后现代主义在中国就有了不可否定的积极的批判意义。像王蒙这样本质上属于精英阵营的知识分子之所以对所谓"痞子文学"持基本的肯定态度，其出发点就是要借助它来消解文化专制主义、文化一元主义。王蒙尽管也承认所谓"痞子文化"、大众文化、消费文化有其不可克服的弱点，但其消解与批判作用是主要的，因为即使

---

[1] 杰姆逊：《后现代主义，或晚期资本主义的文化逻辑》，载王逢振等编《最新西方文论选》，漓江出版社1991年版，第335页。

从建构人文精神的角度说，人文精神的对立面首先也绝不是什么大众文化、痞子文化，而是文化专制主义，是独断论、一元论、绝对论，因而虽然王蒙不曾明确地宣称自己是后现代主义的信奉者，但其多元主义、相对主义的价值取向，其对中心、终极、绝对的拒斥无疑与后现代主义的基本精神有相通之处。但是，后现代主义是一面双刃利刀，它在消解专制主义、一元主义的同时也消解了文化价值建构的基础与可能性，它的极端相对主义的确隐藏着虚无主义的因子，甚至可能发展为无原则的宽容、滑头、玩世玩人生，更不用说玩文学玩文化。这样，后现代主义的革命精神就有可能走向它的反面，在表面的激进背后是与真正的专制的妥协共处，或使自己的激进立场停留于语言造反、纸上谈兵，接受现实安于现实；它的怀疑一切的态度有可能使得人类的基本价值准则、伦理规范也无从建构，使所谓的多元蜕变为无规则的无序与混乱①。

总之，在中国语境中，后现代主义呈现出复杂性与多变性，需要我们谨慎辨析和认真对待，既不能不考虑中国语境的无的放矢，也不能过分夸大中国语境的特殊性。陈晓明对此表达了自己的忧虑。他说："后现代知识与当代中国正在轰轰烈烈进行的'现代化'建设有不协调之处，这种不协调主要是后现代的阐释者与批判者的教条主义立场导致的……把中国的历史语境，把中国的政治文化前提抛在一边不加理会，而去集中于批判西方的现代性给'人类'带来精神灾难（和社会危机），那不能说是高明之举。至于有些论者以反省'现代性'的立场来看待当今中国的现代化进程，强调中国的特殊性，试图给中国提供一条超越现代化的普遍标准的特殊道路，有些论者甚至认为中国根本就没有必要走市场化的道路。我不认为这些观点是什么'后现代主义'，而更像是政治投机主义的论调，充其量也是对西方'后现代主义'观念的简单套用。"② 这样的警示对我们接受西方文论、西方文化都是非常必要的。

---

① 陶东风：《后现代主义在中国》，《战略与管理》1995 年第 4 期。关于后现代与中国语境问题，亦可参阅张旭东《后现代主义与中国现代性》，《读书》1999 年 第 12 期。

② 陈晓明在题为"后现代与中国文化建设"的"澳门对话"上的发言，载邓正来主编《中国社会科学季刊》1997 年春夏季卷。

二 后殖民主义（批评）及其
对启蒙文学的反思[①]

（一）后殖民主义在中国的出场

作为后学的一个分支，后殖民批评一开始引入中国就引发了激烈的争论，因为它主要被用来反思、批判"五四"以来的启蒙主义，因此特别容易触动知识界的神经。后殖民话语的引入使得中国近现代以来思想文化界的几乎所有重要话题（比如传统与现代化、中国与西方等）全部被重新讨论了一遍。无论赞成与否，后殖民主义带来的挑战不可避免，即使是启蒙主义的捍卫者，也不得不直面这种挑战，不得不通过对后殖民批评的批评来重申启蒙的正当性。

但如果我们据此以为，只是后殖民这样的西式的、"前沿"的"新思维""击败"了中国的启蒙主义，那就过于天真了。事实或许是：中国本土社会历史环境的突变使得启蒙主义话语遭受重创，并为后殖民主义"新思维"提供了"可乘之机"。通常的学术论文在描述后殖民主义在中国出现的背景时，总是反复强调各种西方理论的"启示"[②]。其实，真正重要的是 20 世纪 80 年代末 90 年代初启蒙与现代化话语陷入危机，并进而引发中国知识分子的认同危机，即使是 90 年代初期中国与美国以及其他西方国家关系的紧张，其根源也在这里[③]。

[①] 后现代主义对中国文艺学产生的重大影响主要体现在以下两个方面，一是以反本质主义为核心的对中国文艺学学科知识生产的反思，以及由此而来的对文艺学知识历史化与地方化建构的强调（以陶东风为代表）；二是以后殖民主义为核心的对中国启蒙文学思潮的反思。前者我们在第二十五章"新时期文艺学的历史反思与教材建设"中将重点阐述。

[②] 比如亨廷顿的"文明冲突论"。亨氏的文章在《参考消息》上连载引起了中国学术界的热议。

[③] 比如，1989 年后，中美因"人权"问题摩擦不断。1993 年夏天，"银河号"轮船在公海上受到"侮辱"；这年秋天，中国申奥失败，并被全国上下相当多的人指认为原因在于西方国家的"偏见"。1999 年中国驻南斯拉夫使馆被炸更是激发了全民的民族主义义愤。国内出现了大量民族主义方面的书籍，其中影响最大的是《中国可以说"不"》（宋强等，中华工商联合出版社 1996 年版）与《妖魔化中国的背后》（李希光、刘康等著，中国社会科学出版社 1996 年版）。

有学者认为，1989年后，中国知识分子身份调整中出现了一个十分值得注意的现象，那就是一些知识分子发现了"本土"这个民族身份对于身处认同危机之中的中国知识分子的"增势"作用。他们利用"本土"这一新归属来确立自己的"民族文化"和"民族文化利益"的代言人①。这个分析虽然很有启示意义，但也应该在80年代和90年代之交的特殊环境下来理解。作为一个特殊的社会阶层，知识分子的身份认同常常表现为必须有一个批判与否定的对象，通过否定来确立自己的身份认同，因为知识分子阶层的区别性标志就是它的批判精神与批判话语。80年代知识分子的批判对象是极"左"的官方意识形态与传统文化；而到了90年代，被新挖掘出来的批判对象就是新兴的所谓"市场经济"与西方（特别是美国）资本主义，于是有了"人文精神"大讨论、后殖民主义以及各种现代性的反思、国学热，等等②。数量可观的关于传统文化研究的论文与专著相继发表或出版。在这个时候，学术界很需要一种时髦的理论，一种既可以满足自己识时务、明大体的务实需要，又不失"批判知识分子"身份诉求的理论武器，这个武器应该有些时髦（最新西方的），有些深奥——不是那种赤裸裸的民族排外主义。这个理论武器是什么呢？当然就是后殖民主义！

于是后殖民主义、第三世界批评、世界体系理论等相继登场，开始了延续十多年的弘扬国学、批判西方中心主义、反思启蒙主义、重估"现代性"的文学史、思想史研究的诸多思潮。这与80年代文化与学术界继承"五四"传统、反思传统文化、高扬现代性的精神气候恰成鲜明对比。中国学术界对于中西方文化关系的思考出现了新的维度，"发现"了新的问题，采取了新的立场，拥有了新的资源。在80年代或者未曾进入学术视野，或者未曾成为核心关切的诸多问题，比如中国知识分子的民族文化身

---

① 参见徐贲《走向后现代和后殖民》，中国社会科学出版社1996年版。
② 就在这个时候，文化民族主义回潮，"东方文化复兴论"出现，有人断言：21世纪是中国文化的世纪，我们应当让下一代从小就系统学习"四书"、"五经"，以重建国民的"人文精神"。人文学界的风向在悄悄变化。一个标志性的事件是北京大学《国学研究》1991年出版，《人民日报》在显著的位置加以报道与肯定。主流意识形态对于传统文化（国学）的态度发生了很大的变化。今天，"国学院"、"读经班"终于在世纪之交成为中国的文化现象兼产业现象，可以称呼为"国学"产业。

份问题、中国文化和学术如何摆脱所谓"西方中心主义"、如何建构本土化的学术话语问题，中国到底存在不存在国民性的问题、鲁迅等启蒙主义者是否是西方殖民主义的帮凶或受害者的问题，都在新的语境中进入了许多学者的视野。总之，我们应该意识到一个基本的历史事实：与其说后殖民话语更加深刻地揭示了被启蒙话语遗忘的历史真实，不如说是启蒙话语的受阻给予后殖民话语的进入和流行提供了现实的可能和广阔的天地。这点很清楚地表明了后殖民话语和当时的中国现实——特别是民族主义——之间契合①。

（二）后殖民主义对中国启蒙主义的挑战

那么，后殖民批评到底在哪些方面对启蒙主义提出了挑战呢？

首先，"第三世界"、"西方文化霸权/中国本土经验"这套新的思维和话语方式开始进入文学批评、文化批评以及思想史研究的视野。在一篇对中国后殖民批评颇具开创意义的文章中②，作者张颐武特意在标题中把"第三世界文化"与"中国文学"并列，作为两个醒目的关键词引入文学批评，鲜明地体现出一种新的思考方式。尽管"第三世界"这一术语对中国学术界，乃至普通百姓而言并不陌生（可以追溯到毛泽东时代），但此前它的使用主要局限于国际政治和外交方面，与文化研究、文学批评基本无缘。更加重要的是：在启蒙主义占据主流的80年代，"第三世界"身份与其说是中国知识分子对抗西方的认同资源，不如说是中国知识界急于要摆脱的"落后"标志，他们从传统文化与中国的历史本身寻找中国所以沦落为"第三世界"的原因，而没有归因于90年代的后殖民批评家乐于谈论的所谓"西方文化霸权"或"不平等世界格局"。而此文以及此后出现的一系列后殖民论著，在把"中国文学"放入第一世界/第三世界的世界

---

① 关于后殖民主义在中国的传播，可参阅陈厚诚、王宁主编《西方当代文学批评在中国》，百花文艺出版社2000年版，第509—555页。关于后殖民主义理论，可参阅王宁《超越后现代主义》，人民文学出版社2002年版，第35—50页。
② 张颐武：《第三世界文化与中国文学》，《文艺争鸣》1990年第1期。有人认为这是中国后殖民批评的"报春花"，并称该文作者是当前中国学界"最早一位试图从后殖民主义的视角来阐释和建构中国当代文学的学者"（丰林）。

关系中来加以阐释时，试图指出"西方文化霸权"的支配性影响与中国本土知识分子的身份焦虑，说明文化/文学的影响背后存在的所谓"不平等权力关系"。这无疑是对于中国学术界80年代占据支配地位的现代化解释模式——把中国与西方文化/文学的问题解释为时间上的"先进"与"落后"问题——的大胆挑战，共时性的空间政治、地缘政治意识开始浮出水面①。文章还指出：在全球一体化的进程中，具有全球意义的文学科学的话语系统正在形成，而"这种全球性的学术话语往往是以压抑和忽略其本土的文学理论传统和本民族的文学创作的传统经验为代价的"。这样，发掘本土的文化资源以抵抗西方文化霸权就成为中国知识分子的新的文化批判选择②。

其次，重新评价启蒙话语和"中国形象"。1993年下半年，在知识界广有影响的《读书》杂志于第9期集中发表了四篇关于"东方主义"或"后殖民批评"的文章，标志着后殖民批评在中国学术界开始引起广泛关注。这组文章虽然以主要的篇幅介绍萨义德的《东方学》，但是作者与编者写作、编发这组文章的目的，以及它在中国知识界产生重大影响的原因，显然不在于它们介绍了萨义德的理论，而在于其立场与90年代社会文化氛围之间的暗合，在于它对"五四"以及80年代占据支配地位的现代化叙事的激进挑战。其中有的作者谈到了近代以来西方汉学和国内学术界"东方主义"的种种表现，对中国形象的种种歪曲和丑化，特别指出："非常使人遗憾的，是我们的一些优秀艺术家，在他们的作品'走向世界'的过程中，用一些匪夷所思、不近人情的东西去让西方人感到刺激，感到陶醉或者恶心，让西方的观众读者产生美学上所说的'崇高感'、怜悯心和种族文化上的优越感，于是作品就捧红，就畅销。"在谈到西方流行的一些旅美中国学者的自传小说时，文章指出："他们的作品之所以在西方读书界获得认可，与那样'东方主义'的模式不无关系。"文章最后告诫

---

① 在后来的一些更加激进的后殖民批评家看来，不是中国文化自身的弊端（鲁迅们所狠批的"国民性"）造成了中国的"落后"，而是因为中国恰好处在了一个不平等的世界格局中。它们显然受到了阿明的依附理论和华勒斯坦的世界体系理论的影响。

② 张颐武：《第三世界文化与中国文学》，《文艺争鸣》1990年第1期。

"中国的学者们""切切不要一窝蜂去加入'东方主义'的大合唱"①。也有文章指出:"反观我们现代的历史经验,帝国霸权主义的阴影至今仍远没有摆脱。无论是新文化还是国粹都是这种全球性的帝国霸权主义的反照,其论说语境无疑受到它的牵制。"尤其值得注意的是,文章对并不遥远、在学术界依然十分敏感的80年代"文化热"也提出了批评,指出:"80年代的'文化热'又一次证明帝国霸权主义的耐力,比如《河殇》就带有明显的帝国情结。"② 这无疑使问题变得更尖锐、更富现实性与挑战性。

总起来看,这组文章虽然各有不同的侧重,但其主旨在于借助萨义德的后殖民主义理论来反思与批评中国思想史、学术史上的现代化和启蒙主义叙事。前者只是武器,而后者才是目的。也正因为这样,从1993年至1994年间关于"东方学"讨论看,主要焦点在于如何评价"五四"以来的反传统与思想启蒙,而对于"东方学"自身存在的学理问题反倒缺少比较深入的探讨③。

最后,现代化与殖民化。后殖民思潮对于中国学术界的影响主要体现在改变了中国知识分子对于西方现代性的认识以及对于中国自身的现代化历史之性质的认识。有论者直言:欧洲工业革命以后进入现代化时期,这个过程同样也是欧洲向外扩张的时期,即殖民时期。也是在这个时期,西方的社会科学、人文科学知识迅速发展并扩张到世界各地,这样,西方现代人文科学就与殖民主义摆脱不了干系。作者要求我们注意的问题是:"西方近现代人文科学是否渗入了殖民主义因素?西方的现代社会科学、

---

① 参见张宽《欧美人眼中的"非我族类"》。张宽的观点在后来发表的《关于后殖民主义的再思考》中得到了进一步申述,他直截了当地指出:"中国知识界的主流,竟然是以西方的立场来看待中西文化冲突的","相当一部分近现代中国知识分子,对于殖民话语缺乏必要的警惕,在接受启蒙话语的同时,一并接受了殖民话语,从而对自己的文化传统采取了粗暴不公正的简单否定态度"。他语重心长地告诫:"中国的知识分子到了从殖民话语中对中国文化的诅咒中走出来的时候了。"参见张宽《关于后殖民主义的再思考》,《原道》第三辑,中国广播电视出版社1996年版。
② 钱俊:《谈赛伊德谈文化》,《读书》2003年第9期。
③ 陶东风后来在《用什么取代东方学?——对于赛伊德〈东方学〉的一点质疑》中对于"东方学"存在的学理上的矛盾进行了知识论的探讨,但是仍然非常粗浅。参见《中华读书报》1999年9月15日。

人文科学与西方的向外扩张殖民有着怎样的一种相互呼应关系？今天欧美的知识分子应该怎样来检讨自身的学术传承？第三世界的知识界应该怎样面对被殖民或者被半殖民的事实？怎样从西方支配性的殖民话语中走出来？"[①] 由于后殖民理论的引入，对于现代化的理解已经发生根本变化，它如今成了一个西方殖民扩张的过程，而不是"文明化"的过程。由于后殖民理论的"启发"，"五四"以后的启蒙主义与反传统不再被视作是中国的"凤凰涅槃"，而是被重新解读为殖民主义逻辑的内化，中国的现代性就是殖民化、"他者化"。这方面的代表性文本是《文艺争鸣》1994年第2期发表的重点文章《从"现代性"到"中华性"》。此文在用后殖民理论重新解读和反思"五四"启蒙主义运动方面有相当强的代表性。文章指出：1840年以后，中国文化的基本"知识型"是"现代性"，它表现为"中心丧失后被迫以西方现代性为参照以便重建中心的启蒙与救亡工程"。这实际上意味着"中国承认了西方描绘的以等级制与线性历史为特征的世界图景"，也就是把"他者"（西方）的话语内化为自己的话语，并因之导致自身的"他者化"。中国/西方的关系模式不再是启蒙主义话语中的传统/现代模式，而是自我/他者模式。变得"现代"在中国就意味着变成"他者"[②]。所幸的是，作者在90年代——所谓"后新时期"——看到了中国自我复兴的希望，一种不同于现代性的新"知识型"诞生了。这是一个"跨出他者化"的时代，也是一个"重审现代性"的时代。这个"跨出他者化"的时代转型被认为集中表现在"小康"的发展模式的确立，它意味着"一种跨出现代性的、放弃西方式发展梦想的方略"。"小康"是对"现代性"的超越，因而也是对西方霸权的超越。在文化领域，新出现的新保守主义、新实用主义以及新启蒙主义等被认为代表了对西方文化的批

---

① 张宽：《萨伊德的东方主义与西方的汉学研究》，《瞭望》1995年第27期。
② 参见《从"现代性"到"中华性"》，《文艺争鸣》1994年第2期。值得注意的是：这个"他者化"的过程被分成"技术主导期"（鸦片战争至变法维新前）、"政体主导期"（维新运动到辛亥革命）、"科学主导期"（辛亥革命后到20年代末）、"主权主导期"（30年代至70年代）和"文化主导期"（70年代末开始到该文写作的80年代末）五个阶段。这似乎表明作者把共产党领导的社会主义政权的建立和邓小平领导的改革开放也视作"他者化"（丧失"自我"）之路。本来这是一个很有学术生长点的观察，但是可惜作者没有深入。

判、对当下现实的认同以及对知识分子启蒙角色的瓦解。在作者看来，以上这一切都意味着现代性遇到了巨大的挑战，启示着现代性的转型，而转型的方向就是所谓的"中华性"一种新"知识型"的诞生。"中华性"不再像现代性那样以西方的眼光看中国，而是要以中国的眼光看西方，用共时的多元并存取代线性史观，强调文化的差异性与发展的多样性。此文气势恢宏，洋洋洒洒，把一百多年的社会政治文化变迁尽收眼底。但是，虽然作者一直谴责殖民主义和后殖民主义者的东方/西方的二元对立模式，自己却依然把"现代性"等同于"西方化"，进而制造出"中华性"/"现代性"的新二元对立。这种思维方式本身并没有超越中西对立的思维模式，没有从超越中西对立的立场分析现代性的内在构成及其存在问题。而且悖谬的是，如果像文章作者认为的，在寻求现代性的时候，中国被"他者化"了，那么，在利用同样是西方的理论资源（萨义德的"东方学"话语批判）反思现代性的时候，我们是否也同样被"他者化"了？因为无论是寻求现代性还是反思现代性，我们用的都是西方的话语，都是"他者"话语的内在化。后殖民批评家用以反思现代性的话语显然不是中国的本土话语，而是地地道道的西方话语。这样，所谓"反殖民"的结果是否恰恰陷入另外一种新殖民？这似乎是中国后殖民批评无法逃避的吊诡。最具有讽刺意义的是作者对于"小康"等所谓超越"现代性"的种种迹象的解释。比如，现代性"终结"的最有力证据居然是所谓中国社会的"市场化"。稍微熟悉西方现代化/现代性理论的人都会知道市场化正是（无论是在西方还是中国）现代性过程的一个部分，我们怎么也无法想象它在中国怎么就成为现代性终结、后现代性开始的标志？中国的市场化明显地受到西方国家市场经济（包括理论与实践）的影响，它怎么能够"意味着'他者化'焦虑的弱化与民族文化自我定位的新可能"？固然，中国的市场化之路"并不意味着对'现代性'设计的完全认同"，"不是以西方式的话语规范或前东欧、前苏联的话语规范彻底规约自身"。然则中国现代哪一次社会变革是完全以他者话语"彻底规约自身"的（虽然的确在口号上有所谓"全盘西化"论）？世界上大约从来不存在以一种文明"彻底规约"另外一种文明的现象（除了种族灭绝）。文章所说的"他者化"如果是指这种"彻底规约"，那么可以肯定地说，中国从来就没有被"他者化"。更重要的是，没有被"彻底规约"不见得一定值得庆贺。比如，"小康"的发展模式的确是中国式的，但这不足以证明它是对"西方现代性"的"超越"。事实上，我们不能错误地由此把全面现代化的理想改写为单纯的经济发展和"过日子"哲学，而拒绝认同的恰恰是西方现代性中最珍贵的遗产。

（三）重新认识"国民性"和国民性批判

由后殖民理论视野的引入而导致的对于中国启蒙主义话语的质疑，集中体现为对于"国民性"、"国民性批判"的重新评价。由于国民性批判是"五四"以来文化启蒙的核心，这个重新评价就显得更加非同小可。这方面的代表是刘禾的长篇论文《国民性的神话》①。

文章一开始就站在后结构主义的立场，把矛头指向国民性话语的所谓"本质主义"思维方法，认为晚清以来"国民性"的谈论者不管立场如何不同，都"相信国民性是某种'本质'的客观存在，更相信语言和文字在其中仅仅是用来再现'本质'的透明材料。这种认识上的'本质论'事实上模糊了国民性神话的知识构成，使人们看不到'现代性'的话语在这个神话的生产中扮演了什么角色"②。也就是说，在作者看来，"国民性"实际不是什么"本质"，也不是什么"客观存在"，而仅仅是一种话语建构，

---

① 刘禾对于国民性批判的批判最先以《一个现代性神话的由来：国民性话语质疑》为题发表于陈平原等主编的《文学史》丛刊，北京大学出版社1993年版，第138—156页；后收入刘禾《跨语际书写》，上海三联书店1999年版；最后又以《国民性理论质疑》为题收入刘禾《跨语际实践》，生活·读书·新知三联书店2002年版。由这篇文章引发的讨论文章主要包括：冯骥才《鲁迅的功与"过"》，《收获》2000年第2期；张全之《鲁迅与"东方主义"》，《鲁迅研究月刊》2000年第7期；杨曾宪《质疑国民性神话》，《吉首大学学报》2002年第1期；竹潜民《评冯骥才的〈鲁迅的功与"过"〉》，《浙江师范大学学报》2002年第3期；汪卫东、张鑫《国民性作为被拿来的历史概念》，《鲁迅研究月刊》2003年第1期；王学钧《刘禾"国民性神话"论的指谓错置》，《南京工业大学学报》2004年第1期；刘玉凯《鲁迅国民性批判思想的由来及意义》，《鲁迅研究月刊》2005年第1期；陶东风《"国民性神话"的神话》，《甘肃社会科学》2006年第5期；贺玉高《国民性论争与当代知识界的二元对立思维》，《文艺理论研究》2016年第6期；陶东风《鲁迅颠覆了国民性话语》，《文艺理论研究》2019年第2期；等等。关于这些文章的具体观点，本书不再一一介绍。

② 《跨语际实践》，第75页。

一个"神话"。这个"神话"铭刻着殖民主义的权力印记,甚至本身就是殖民主义与种族主义的产物,它产生于19世纪的欧洲种族主义国家理论,目的是为西方征服东方提供进化论的理论依据。它"剥夺了那些被征服者的发言权,使其他的与之不同的世界观丧失其存在的合法性,或根本得不到阐说的机会"①。

显然,这个判断是不符合实际的,因为无论是在西方还是中国,也不论是晚清还是"五四",关于中国人的民族性都同时存在种种不同的理解,不止是殖民主义的一种声音。但刘禾似乎不怎么在乎这个,她更感兴趣的甚至也不是国民性话语的殖民主义起源,而是这种殖民主义的理论为什么偏偏得到梁启超、鲁迅、孙中山等"爱国"的中国知识分子的青睐。这才是"值得玩味的"②。也就是说,问题的严重性在于中国知识分子把西方的殖民主义话语内化成了自审的武器,这才有了对于自己的所谓"国民性"的批判。针对"国民性"的"本质化",作者的解本质化"学术工程"则体现为证明"国民性"乃话语建构,证明鲁迅等人的"国民性"批判话语所受到的西方传教士决定性塑造,其中特别是阿瑟·斯密斯(又译明恩博)的《中国人的气质》(又译《支那人的气质》)的日文版(出版于1896年)的塑造,证明此书乃是"鲁迅国民性思想的主要来源"。也就是说,不是中国启蒙思想家自己发现了国民性并觉得它应该批判,而是盲目轻信了西方传教士别有用心的"虚构"③。用刘禾自己的话说,鲁迅他们不过是"翻译"了西方传教士的"国民性"理论而已。这里隐含的一个潜台词是:鲁迅对于传教士的著作没有应有的反思能力④。

当然,对于刘禾来说,从逻辑上看首先要证明的是:斯密斯对于中国的描述(比如对中国人的睡相的描述)是种族主义的。例如,他对于中国

---

① 刘禾:《跨语际实践》,第76页。
② 同上书,第77页。
③ 同上书,第80页。
④ 但是即使从刘禾自己引述的鲁迅致陶康德的信看,鲁迅也并没有完全失去对斯密斯此书的反思态度,更没有以它为"绝对真理"。在此信中,鲁迅认为《中国人的气质》"似尚值得一读(虽然错误亦多)"。说它"错误亦多",足见鲁迅并不是不加反思地"翻译"了斯密斯,而是有自己的独立思考的。相反是刘禾自己落入了自己批判的本质主义。

人特点的描述常常过于概括，喜欢用"中国人"这个全称，因此把中国人"本质化"了。似乎一旦用了"中国人"这样的全称名词，就是"本质化"。这个说法看似有理，细想又不然。我们如果把这个逻辑反过来用于中国学者，就会发现：中国人自己在讲话写文章中也同样多（绝不少于洋人）地使用"西方人"、"西方"、"洋人"等全称判断，而且更加糟糕的是刘禾本人也在使用"汉学家"、"传教士"等全称判断，并从斯密斯这个个案中推导出所有西方"传教士"都"把中国人矮化成非人的动物"这个"本质主义"判断[1]。但事实上，不仅西方汉学家或者对于中国感兴趣的作家并不是一个铁板一块的"实体"，即使斯密斯的这本书中也有大量对于中国人的正面描写。在这里我们倒是发现一个值得警惕的现象：不管西方的后殖民批评家如萨义德，还是中国的后殖民批评家如张宽等，他们都非常容易把西方的汉学（或东方学研究）本质化，好像只要是西方汉学家，他们在研究东方的时候一定居心叵测，他们笔下的东方一定是被歪曲的。后殖民批评家常常借用福柯等的后现代主义、后结构主义理论，认为所有的再现都是歪曲，都不能正确地呈现对象[2]。然则这样一种逻辑必然把后殖民批评家自己也绕进去：既然如此，包括后殖民批评家在内的东方人不也不能正确地再现东方（更不要说西方）了么（因为东方人也不能不借助再现）？他们用什么去取代那个"歪曲"了东方的"东方学"呢？恐怕只能用另一种歪曲![3] 至于说到概括或普遍化，其实在我们的言说行为中，概括与普遍化是不可避免的（只是程度有所不同）。当我们说"西方人如何如何"、"南方人如何如何"、"北方人如何如何"的时候，我们不也在进行着概括化乃至过度概括化么？这是否也是本质主义？也是话语暴力？我们为什么不反省我们对于"西方人"、对国内的某地方人的本质化处理？其实，如果我们不掺杂进民族主义的情绪，问题就会变得非常简单：说话必须使用语言，而语言必然是抽象和概括。在这个意义上，任何

---

[1] 刘禾：《跨语际实践》，第84页。
[2] 这种反本质主义的立场在萨义德的《东方学》中表现得非常典型，参见该书《导言》。同时参见该书《后记：东方不是东方》。
[3] 参见陶东风《用什么取代东方学？——对赛伊德〈东方学〉的一点质疑》，《中华读书报》1999年9月15日。

说话行为都会不同程度地要牺牲对象的丰富性与具体性。但从这里却不能得出所有言说都是歪曲和谬误的结论,否则我们只有闭嘴。

刘禾更认为,中国知识分子的自我认识是由这些妖魔化中国的殖民主义话语塑造的,因此而导致自我妖魔化与对于殖民主义话语的认同。她反复重申传教士话语"塑造"现实、塑造中国人自我认识的作用,而绝不提及话语以外的"现实"是否存在,好像是话语创造了现实而不是相反。比如她问道:"传教士的话语被翻译成当地文字并被利用,这种翻译创造了什么样的现实?""斯密斯的书属于一个特定文类,它改变了西方的自我概念和对中国的想法,也改变了中国人对自己的看法。"[1] 这种语言决定论是刘禾文章的基本方法论支点,它在文章的开始就被提出,而在最后又特别强调:"语言的尴尬"使我们无法离开有关国民性的话语去探讨国民性(的本质),或离开文化理论去谈论文化(的本质),或离开历史叙事去谈论历史(的真实)。这些话题要么是禅宗式的不可言说,要么就必须进入一个既定的历史话语,此外别无选择[2]。真是雄辩极了。但我们不要忘了,虽然只能先进入既定的历史话语才能叙述历史,但这并不意味着我们就必然成为特定历史话语的奴隶,就不能对它进行反思乃至颠覆。就像刘禾要谈论"国民性"话题就必须先进入关于"国民性"的历史话语,但是刘禾不是进入以后又在"颠覆"它么?难道刘禾本人就是国民性话语的奴隶?如果是的话,她又怎么写出这篇反思国民性话语的文章?刘禾本人对国民性的批评是如何可能的?她的反批评是否也是陷于后殖民主义话语的局限之中?具有悖论意义的是:后现代主义、后结构主义的反本质主义理论所射出的子弹最后常常打在自己身上。

这种极度夸大语言作用的理论似乎非常时髦,却违背基本常识与基本事实(我们又用了"事实"这个"本质主义"的术语,因为我们宁可不合时宜地相信常识而不是时髦的理论游戏)。好像西方人的自我认识与中国人的自我认识都不是由历史事实塑造的而是由话语塑造的。试想,如果中国在与西方人的交往中不是节节败退而是连连凯旋,那么,斯密斯等人

---

[1] 刘禾:《跨语际实践》,第 87 页。

[2] 同上书,第 103 页。

的书即使大大地歪曲了中国与中国人，它还会改变中国人的"自我认识"么？中国人的自我认识还需要西方人的一本书来确立么？如果西方在与中国的交往中一败涂地，那么，一本传教士的书能够让他们傲慢地蔑视中国人么？对于传教士话语之神奇伟力的夸大，表面上是批评传教士，但实际上是对于中国人智商的贬低。假设鲁迅等人只是由于西方传教士几本书的影响就自我贬低、"虐待"祖宗，这实际上是说中国人，包括鲁迅这样杰出的知识分子，都是愚笨不堪、没有鉴别能力、非常容易受骗上当的笨蛋，不但不能认识自己，而且轻易地就被传教士给洗脑了（当然更不可能有辨别西方殖民主义话语的能力）。实际上，这才是对于中国人的极度蔑视。用刘禾的话说："他（鲁迅）根据斯密斯著作的日译本，将传教士的中国国民性理论'翻译'成自己的文学创作，成为中国现代文学最重要的设计师。"① 原来鲁迅不过是一个没有任何创造性的"翻译者"而已。稍有常识的人恐怕都不会相信传教士的言论可以轻易决定鲁迅的自我意识与民族文化观。就算鲁迅真的受到传教士的影响，难道这种影响不经过他自己的经历与经验的过滤？难道鲁迅是带着一个空白的脑袋接触传教士著作的？这与早已被人们抛弃的心理学上"白板"说有什么区别呢？更加合理的解释应该是：鲁迅在自己的现实生活中对于中国人的种种劣根性本来就有痛切体验，现在只不过是使得这种经验获得了"国民性"这样的命名而已。比如爱面子。刘禾认为：在《中国人的气质》一书出版以前，爱面子"几乎可以肯定"不是"文化比较中一个有意义的分析范畴，更不是中国人特有的品质"。这里，她把作为文化分析范畴的"爱面子"与作为中国人爱面子的事实等同了。一种特征在成为比较文化分析范畴（它是一种有意识的学术研究行为）以前完全可能早就已经存在，只是还没有成为"学术范畴"而已。成为范畴需要命名，但并不是先成为范畴而后才成为实际存在。正如在《阿Q正传》出版以前，"阿Q精神"（精神胜利法）已经存在，只是没有成为一个专门的分析范畴罢了。我们不能因为它还没有成为分析范畴就认定它不是客观存在。刘禾的问题在于从后现代反本质主义出发，认定现实（比如爱面子）是由话语建构的（关于"爱面子"的话

---

① 刘禾：《跨语际实践》，第88页。

语制造了爱面子这个"现实"),而不是相反——话语是对于现实的命名,在此之前现实已经存在(虽然没有获得命名)。后结构主义的思想或许非常时髦好玩,也不乏一定的深刻性:语言的确可以在一定的意义与程度上塑造经验乃至现实世界,但是把这一点推到极点就会十分荒谬:如果世界上没有"饿"这个词,我们几天不吃饭也不会饿!这种"后"理论的花拳绣腿似乎高深莫测,令人眼花缭乱,但是根本打不倒谁——除了它自己。事实上,鲁迅在接受西方思想方面具有惊人的反思鉴别能力。即使在建议人们阅读《中国人的气质》的那篇文章中,他的原话也是这样说的:"看了这些,而自省,分析,明白哪几点说得对,变革,挣扎,自做工夫,却不求别人的原谅和称赞,来证明究竟怎样是中国人。"① 这段话非常重要,值得仔细玩味。首先,鲁迅明白指出:了解西方人对于东方的看法是为了"自省"、"分析",而不是无原则地、不加反思地盲从,而且要分析其中"哪几点"说得对(换言之也有说得不对的)。更加重要的是:鲁迅是站在自我变革、自我革新("变革"、"挣扎")的立场吸收外国人的批评意见的,而且强调要自己做自己的主人("自做工夫"),这里包含有外国人毕竟是外国人(即"别人")的意思,我们要自救而不是依靠别人(西方人)的恩赐,最后通过自己的努力证明中国人有能力自我更新("究竟"两个字既表明鲁迅认为当时的中国人的确不争气——在这个意义上他认同西方传教士的看法,但是同时也含有中国人总会改变自己的意思。换言之,最后外国人看到的中国人将是另外一番新的面貌)。可见,真正不把中国人本质主义化(僵化、固化、定型化)的就是鲁迅。显然,塑造鲁迅国民性批判话语的因素是复杂的。首先是当时的社会现实。鸦片战争以后中国接二连三的改革失败以及越来越深的民族危机是制约当时包括鲁迅在内的知识分子思考中国文化与社会问题的最重要语境。正因为这样,即使没有传教士的影响,中国的知识分子同样会思考国民性问题(即使可能不用"国民性"这个词)。其次,对于国民劣根性的思考其实早在斯密斯书出版以前就开始了,比如严复、梁启超等人的许多批评中国人弱点的文章,就写于斯密斯的《中国人的气质》日文版出版(1896 年)之前。这

---

① 《鲁迅国民性思想讨论集》,天津人民出版社 1981 年版,第 80 页。

足以证明他们没有受到该书的影响。说到影响，这些先驱思想家对于鲁迅国民性思考的影响可能远远超出《中国人的气质》。

如上所述，任何对于对象的特征的概括都不可能是面面俱到的，否则就无法进行概括。对于"他者"的描述，对于不同国家或地区的人的特点的描述可能尤其如此。反面的例子（与这个概括不吻合的情况）总是可以找到的，这就是人们常常说的，任何科学陈述都是可以证伪的，否则就成了宗教。其实更加重要的问题毋宁是：我们的描述、概括的最终目的是什么？心理学研究已经证明：我们的需要常常决定我们能够看到（发现）什么。我们看到的常常是我们想要看到的。所以，国民性问题背后的一个更加重要的问题是：我们为什么要批判国民性？我们批判国民性的目的是什么？这个目的是否值得追求？刘禾反复论证的是传教士的描述对于外国人理解中国人以及中国人的自我理解都起了极大的塑造作用。即使我们姑且承认这点，更加重要的问题也是：中国人借助这样的描述是否可能对自己认识得更加清楚？是否有利于中国的发展？即使传教士对于中国的描述在主观上是为帝国主义、殖民主义鸣锣开道，如果我们自身有足够的自信心与鉴别力，阅读这样的著作又有何妨？[①]

当然，刘禾在文章的后半部分力图证明：鲁迅在他的《阿Q正传》中"成功地"颠覆了传教士的"国民性"话语[②]，这点被贺玉高拿来作为为刘禾辩护的证据，认为批评刘禾的人都误读了刘禾、把她简单化了[③]。但正如我在回应贺玉高的文章中论证的：由于刘禾把西方传教士"国民性"话语对鲁迅的支配性影响强调到了极端程度（比如断言鲁迅笔下的阿Q"一字不改地演出了"传教士书写的国民性"剧本"），因此实际上完全否定了鲁迅对"国民性"话语的超越可能性。刘禾文章不是充满贺玉高说的"张力"，而是充满了自相矛盾[④]。

[①] 本部分对于刘禾文章的质疑受到杨曾宪先生《质疑"国民性神话"理论》（《吉首大学学报》2002年第2期）的不少启发，特此说明并致谢。

[②] 其论证非常牵强但也非常繁琐，笔者在此无法还原。感兴趣的读者可以看她的文章，同时参看陶东风《鲁迅颠覆了国民性话语》，《文艺理论研究》2019年第2期。

[③] 贺玉高：《国民性论争与当代知识界的二元对立思维》，《文艺理论研究》2016年第6期。

[④] 陶东风：《鲁迅颠覆了国民性话语》，《文艺理论研究》2019年第2期。

三　关于全球化时代的文学终结论的争论

随着全球化时代的到来，文学研究将何去何从？全球化对文学研究产生了什么影响？这是摆在文艺理论学者面前的一个现实问题。21世纪初，中国文论界围绕着希利斯·米勒（J. Hillis Miller）提出的"文学（研究）终结论"展开了一场规模不小的讨论，它实际上又是中国文论界自20世纪90年代以来关于文学边缘化讨论的延续。本节我们将主要围绕着这次讨论，分析全球化对文学研究的影响。我们看到，在这次讨论中，无论是赞同还是反对"文学终结论"，其中所涉及的一个核心问题，就是如何认识全球化时代的文学以及文学研究，这其实也可以看作是中国文论界在全球化背景下对文学的又一次大反思。全球化对文学（研究）的影响是多方面的，但这一问题对于中国文艺学的影响是最大的，因此，我们本节就主要讨论这个问题。

（一）米勒的"文学（研究）终结"论

从20世纪80年代开始，米勒就多次来华作学术交流或学术报告。1997年4月9—11日，米勒在北京大学英语系、中国社会科学院外国文学研究所作了题为"论全球化对文学研究的影响"等学术报告。此报告后由王逢振编译，以《全球化对文学研究的影响》为题发表在当年的《文学评论》第4期上。其后，《文艺报》和《国外理论动态》等报刊上又分别译载了米勒的一些观点大致相同的文章。但这些文章还只是米勒思考"全球化"对文学所造成影响的一个大纲性文献，只反映了他有关"文学终结论"的一些初步设想。这时候，米勒在中国文艺理论界的影响尚未形成大气候，也没有引起激烈争论[①]。2000年秋，米勒受邀来中国北京语言文化大学参加"文学理论的未来：中国与世界"学术会议，会上他以《全球化

---

① 参阅李夫生《批判"米勒预言"的批判——近年来有关"文学终结论"争议的述评》，《理论与创作》2006年第5期。

时代文学研究还会继续存在吗?》为题发表演讲,明确提出了"文学"这个概念在全球化时代"可能会走向终结"的论断。2001 年,《文学评论》第 1 期刊发了米勒的这篇会议论文,终于引起了 21 世纪初中国学术界一场持久的关于"文学及文学研究终结"问题的讨论。

也许米勒感觉自己的观点在中国学术界显得过于尖锐,因此在此后的几篇文章中,米勒对自己的终结论观点作了一定的修正。发表《全球化时代文学研究还会继续存在吗?》一文之后,米勒于 2001 年 4 月 17 日在贝勒大学(Baylor University)英语系做了题为"论文学的权威性"的学术报告,显示了他对文学的信念与坚守。在同年夏天来中国参加中美比较文学双边讨论会上,米勒作了同题演讲,后发表于同年 8 月 28 日的《文艺报》上。

2004 年 6 月,米勒来中国参加会议时,接受了《文艺报》的采访,访谈录发表在当月 24 日的《文艺报》上,题目是:"我对文学的未来是有安全感的"。单从题目我们就可以看到米勒观点的转变。他在访谈中指出:"至少在我的有生之年,我对文学的未来还是有安全感的。在我的有生之年,它是不会消亡的。"这一观点显然是对"文学终结论"的某种程度的修正。同年,他在参加"多元对话语境中的文学理论建构国际研讨会暨中国中外文艺理论学会第三届代表大会"上又作了题为《为什么我要选择文学》的演讲,后刊登在 2004 年 7 月 1 日的《社会科学报》上。

那么,米勒到底是为何提出"文学(研究)终结论"的?其终结论的含义是什么?

在《全球化对文学研究的影响》中,米勒首先从三个方面描述了全球化时代的特征:一是交通的发达与快捷;二是经济的全球化;三是新的交流技术的迅速发展。最后一点的影响最为深远。米勒认为,正是在这种新的交流技术的影响下,全球人类的生活范式发生了重大转变,人类从书籍时代转到了电子时代。那么,全球化给文学研究带来了什么影响?米勒给出了四种情况:第一,在新的全球化的文化中,文学在旧式意义上的作用越来越小。"一度由小说提供的文化功能——例如 19 世纪的英国——现在已经转由电影、流行音乐和电脑游戏提供。"第二,新的电子设备在文学研究内部引起变革,它们改变了文学作品的存在方式,文学文本(如《艾亚拉的天使》）可以在电脑空间里飘来飘去，以一种奇特的新的同时性与所有那些无法想象的、复杂的、不协调的其他东西在全球互联网上并置。对我们的历史感的这种改变，是新的交流技术对文学研究最重要的影响之一。第三，旧的独立的民族国家文学研究正在逐渐被多语言的比较文学或全世界英语文学的研究所取代。任何封闭的民族国家文学的研究都将终结。第四，文化研究的兴起改变了我们对文学的认识。米勒说，对文化研究来说，"文学不再是文化的特殊表现方式，如像过去马修·阿诺德认为的那样，或者像直到最近美国各大学认为的那样。文学只是多种文化象征或产品的一种，不仅要与电影、录像、电视、广告、杂志等等一起进行研究，而且还有与人种史学者在非西方文化或我们自己文化中所调查了解的那种日常生活的种种习惯一起来研究"。对于文化研究，米勒虽然持保留态度，但他也认识到，在美国，文化研究在人文学科中越来越占统治地位，人文学科将越来越接近于与社会科学合并，尤其是与人类学和社会学合并。

那么，在全球化的大背景下，文学研究的价值何在呢？米勒提出了文学研究的三种价值。其一，文化的价值。米勒认为，文学在图书时代是文化表现自己和构成自己的一种主要方式，了解我们过去的一种必不可少的方式就是研究过去的文学。其二，语言的价值。语言是我们交流的主要方式，文学研究仍将是理解修辞、比喻和讲故事等种种语言可能的必不可少的手段。研究文学也就是研究塑造了我们生活的语言。其三，"他性"的价值。米勒认为，"他性"不只是那些属于不同文化的人，而且也包括我们自己文化中的他者。每一部作品对于我们都是一个"陌生化"的世界，都具有一种异于我们自己的、让我们感到惊奇的"他性"；而与"他性"的相遇只有通过常说的"细读"并得到理论反思的支持才会实现。米勒始终不忘记解构批评。"今天许多人断言修辞阅读是过时的、反动的、不再需要或不再适合。面对这种断言，我以固执、执拗、不无挑战的抗辩态度要求对原始语言细读。甚至在全球化的形式下，这种阅读对大学学习和研究也仍然是最基本的。"

在这里，米勒虽然还没有明确提出文学终结论，但很显然，在全球化时代，传统文学的存在方式已经发生了很大变化，文学的作用也越来越小，失去了其本来的审美功能和审美价值；与此相应，文学研究也不再追求文学的审美价值,而是走向了文化研究、社会研究,这一切都预示着文学(研究)的前景并不乐观。

米勒在此文中的忧虑到了《全球化时代文学研究还会继续存在吗?》一文中得到了彻底而明确的表达。在这篇文章中,米勒首先引述了德里达在《明信片》中关于文学终结的话:"在特定的电信技术王国中,整个所谓文学的时代(即使不是全部)将不复存在(从这个意义上说,政治因素倒在其次)。哲学、心理分析学也在劫难逃,甚至连情书也不能幸免。"那么,文学和文学研究在电信时代为什么就无法继续下去了呢?米勒从文学发展的历史过程指出:"在西方,文学这个概念不可避免地要与笛卡尔的自我观念、印刷技术、西方式的民主和民族独立国家概念,以及在这些民主框架下言论自由的权利联系在一起。从这个意义上说,'文学'只是最近的事情,开始于17世纪末、18世纪初的西欧。它可能会走向终结,但这绝对不会是文明的终结。事实上,如果德里达是对的(而且我相信他是对的),那么,新的电信时代正在通过改变文学存在的前提和共生因素(concomitants)而把它引向终结。"很显然,在米勒看来,文学是一个历史的概念,当文学的历史存在前提改变之后,特定意义上的"文学"也就自然不存在了,而导致"文学"历史存在前提消亡的,正是电信时代所带来的巨大历史变化。在米勒那里,这些变化包括政治、国籍或者公民身份、文化、个人的自我意识、身份认同和财产等各方面的转变,而文学、精神分析、哲学和情书方面的变化就更不用说了。米勒通过电信文化与印刷文化的比较,具体阐述了电信文化所带来的巨大变化,这些变化的一个重要特点,是事物之间传统的严格的壁垒、边界和高墙正在模糊或消解,如稳定单一的自我裂变为多元变化的自我;主客二元对立大大削弱;再现与现实之间的对立产生动摇;大学再也不是自我封闭的、只服务于某个国家的象牙塔;民族独立国家之间的界限也正在被因特网这样的信息产业所打破;不同媒体之间的界限也日渐消失;甚至意识与无意识的区别也不复存在,等等。电信时代完全改变了文学所由产生的环境和共生因素,那么,在这一时代,文学研究会怎么样?米勒的回答是:"文学研究的时代已经过去了。再也不会出现这样一个时代——为了文学自身的目的,撇开理论的或者政治方面的思考而单纯去研究文学。"同时米勒又说,"文学研究的时代已经过去,但是,它会继续存在，就像它一如既往的那样，作为理性盛宴上一个使人难堪，或者令人警醒的游荡的魂灵。文学是信息高速公路上的沟沟坎坎、因特网之神秘星系上的黑洞。虽然从来生不逢时，虽然永远不会独领风骚，但不管我们设立怎样新的研究系所布局，也不管我们栖居在一个怎样新的电信王国，文学——信息高速路上的坑坑洼洼、因特网之星系上的黑洞——作为幸存者，仍然急需我们去'研究'，就是在这里，现在"。

米勒的言说事实上是复杂和缠绕的（粗一看甚至似乎是矛盾的）：他一方面宣告文学研究的时代已经过去，但又说它还会继续存在。仔细分析我们会发现，米勒其实是从不同层面上讲文学研究的终结与继续的：就经典意义上的文学研究——或如米勒所言的"为了文学自身的目的"、"单纯去研究文学"的文学研究——来说，文学研究已经终结；但文化研究意义上的文学研究，作为"政治或理论思考"的文学研究，并不会终结，还会继续下去。事实很明显，当文学在全球化时代发生了重大变化后，与之相应的文学研究显然也就必须发生变化；传统文学的终结必然带来传统文学研究的终结。因此，米勒所说文学（研究）的终结并不是绝对的，而是有所指的。这是我们理解米勒所必须注意的。实际上，对于米勒来说，他虽然看到和关注新的电信时代所带给文学和文学研究的巨大影响，但他自身也并没有完全抛弃对文学信念的执着。这集中体现在不久之后的《论文学权威性》、《为什么我要选择文学》等文章中。在某种意义上，理解米勒的前提是要理解他的修辞。他经常先把话说得很极端（文学已经或即将消亡），然后通过"但是"、"然而"又折回来或绕回来，而不是一条道走到底。而且，作为一个老式的人文主义者，米勒对于文学的钟爱要远远超过广告、明信片、网络，他的文学濒临灭绝的说法既是无奈的挽歌，同时也是警醒。

这样我们就不难理解，在《论文学的权威性》中，米勒虽然承认文学的影响力在减弱，诗歌已经很少再督导人们的生活了，越来越少的人受到文学阅读的决定性影响。但他仍然强调文学所带给人们的神奇震撼力量。他说："对我来说，那些印在书页上的文字简直就像一帖神奇的处方，使我能够到达一个只有透过那些英语单词才能到达的先验的虚拟世界。"他还以约翰娜·大卫·威斯（Gohann David Wyss）的《瑞士家庭鲁滨逊》为例，阐述了以语言为媒介的文学的神奇世界。他说："我对文学之被赋予权威的各种方式的探讨，在詹姆斯的帮助下，终于达成了一种观点，即文学的权威性源于对语言的艺术性的述行使用（aperformative use of language artfully），对语言的这种使用使读者在阅读一部作品的时候，读它所营造的虚拟世界产生的一种信赖感"，即"作者特意而且精心地摆弄语词以使它们独具魅力以诱发读者的兴趣和痴迷"。基于此，米勒认为，在我们的文化传统中，文学被赋予了极大的权威性。具体体现在两个方面：第一，文学作品所表现的"现实"，是作者创造的"虚拟现实"，其特点在于作者以语言为中介，进而巧妙精心地摆弄语词以使它们具有产生述行性的有效魅力，来激发、诱使读者对其产生兴趣、信仰和痴迷。第二，文学作品只能提供文学所揭示的那部分虚拟现实。除此之外，读者一无所知，隐藏起一些永远不为人知的秘密，这也是文学作品权威性的一个基本点。在米勒看来，作者正是通过"对语言的艺术性的述行使用"，来为读者营造一个使其信服、令其痴迷的"虚拟世界"，这个世界又为读者留下了广阔思考及回味的空间。也正是在这一意义上，米勒又发出了"我对文学的未来是有安全感的"感言。

尽管如此，文学毕竟发生了巨大变化，与之相应的文学研究将走向何方？米勒认为，当前的文学研究正在走向一种现在还不可知的新形态，而这种新形态"是一种混和型的，也就是文学的、文化的、批评的理论，它是一种混和体"。说它"混合"，是因为在这种新形态理论中，既有传统的文学理论形态，也有新的理论形态。"所谓传统的文学理论，是基于一种具有历史、文化功能的或者与历史、文化保持联系的文学的，是以语言为基础的。"而新的文学理论形态与新形态的文学紧密相连，而新形态文学是由一系列的媒介发挥作用的，这些媒介除了语言之外，还包括电视、电影、网络、电脑游戏……诸如此类的东西，而它们形成的并不是一种基于语言文字的"文学"，而是"文学性"（literarity），它与传统意义上的以语言为介质的文学区别在于，第一，媒介不同，比如电影、电视，它们主要依靠的是可视性元素或音乐，它们要大量依靠视觉感官与听觉感官。第二，新的视像艺术的文学性有两种特征。第一个特征就是虚拟性。它一方面要用传统意义上的文学使用的语言，另一方面还要在这种语言之外再加上视觉的因素,由此造成一种效果,它们带给观众的不是一个真实的世界,而是一种被加工过的世界,米勒称之为虚拟的现实,原来的文学要给人们带来一种实在的世界,现在的文学则给人带来一种虚拟的现实世界。第二个是创造的特征,它善于创造——由多种符号的使用形成的创造。在此,米勒的新文学理论构想,将电视、电影、电脑游戏的研究纳入进来,不过,在新形态的文学理论之中,传统的以语言为研究对象的解构批评依然有效[1]。可以说,传统文学研究的对象是"文学",而新的文学研究的对象则是"文学性"。米勒在这里并没有贬一个扬一个的倾向,他在承认文学变化的事实中强调不同的研究方法,具有很强的包容性。

总之,我们看到,米勒肯定了电信时代所带给文学的冲击,这种冲击一方面使得传统意义上的文学(研究)濒临终结,但绝不是消亡或死亡。传统意义的文学仍然继续着;另一方面,电信时代的冲击使得文学走向了转型,或者说出现了新的文学类型,准确地说是新的"文学性"类型。米勒在文学终结的地方,继续他的文学选择和文学细读;而在文学转型的地方,米勒强调文学研究的转型(即文学研究与文化研究、社会研究的结合)。这实际上是文学发展过程中出现的两条不同的道路,传统的文学发展之路虽然在电信时代被冲击得不成样子,但它依然如信息高速公路上的沟沟坎坎、因特网上的黑洞存在着、发展着;而对于文学转型的这条迅速发展之路,米勒虽然不是百分百的欢迎,但也强调要为之而转变研究方式。在米勒那里,这两条道路是平等的,都有存在的理由,并不能以一方而否定或贬低另一方[2]。

(二) 关于终结论的争论

米勒的《全球化时代文学研究会继续存在吗?》发表后,立即引起了

---

[1] 周玉宁:《"我对文学的未来是有安全感的"——希利斯·米勒访谈录》,刘蓓译,《文艺报》2004年6月24日。关于从"文学"到"文学性"的变化,可参阅余虹《文学的终结与文学性蔓延》,《文艺研究》2002年第6期。

[2] 关于对米勒的理解,可参阅赖大仁《我们今天应该如何研究文学?——关于米勒近期的"文学研究"观念》,《文艺理论研究》2004年第5期;邢建昌、秦志敏《文学终结的论争与启示》,《理论与创作》2006年第3期。

中国文论界的强烈关注，许多报刊也纷纷发表相关的文章，或与米勒商榷，或支持他的观点，一时间"终结论"成为 21 世纪初中国文论界讨论的热点。2005 年，人大复印报刊资料《文艺理论》第 9 期开辟专栏"文艺的发展与终结"，收录了童庆炳的《文学独特审美场域与文学人口——与文学终结者对话》（原载《文艺争鸣》2005 年第 3 期）、赖大仁的《文学研究：终结还是再生？——米勒文学研究"终结论"解读》（原载《学习与探索》2005 年第 3 期）、鲁枢元的《人类纪的文学使命：修补精神圈》[原载《深圳大学学报》（人文社会科学版）2005 年第 2 期]等文章，讨论关于文学终结论的问题。这些文章既有对米勒终结论持反对意见的，也有对米勒的观点进行阐释的。下面，我们分别看一下这两种对立的观点。

1. 文学没有终结

对文学终结论持反对意见的，主要是国内老一代学者，如钱中文、童庆炳、李衍柱等，代表性的论文有钱中文的《全球化语境与文学理论的前景》（《文学评论》2001 年第 3 期）、童庆炳的《全球化时代的文学和文学批评会消失吗？——与米勒先生对话》（《社会科学辑刊》2002 年第 1 期）和《文学独特审美场域与文学人口——与文学终结者对话》（《文艺争鸣》2005 年第 3 期），以及李衍柱的《文学理论：面对信息时代的幽灵——兼与 J. 希利斯·米勒先生商榷》（《文学评论》2002 年第 1 期）等。

钱中文在《全球化语境与文学理论的前景》中，主要从中国文论建设的角度分析了米勒的文学（研究）终结论。他认为，欧美文论已经经过了以"审美诉求"为基础的繁荣期，现在他们强调不能为了文学自身的目的单纯地讨论文学问题，而不顾理论、政治方面的因素，这是有其道理的。但对于中国文论来说，仍然要以"审美诉求"为基础来探讨文学理论问题，这是中国特殊的社会历史背景所造成的，它正显示了中外文论相互之间的差异所在。由此，在当前全球化的语境中，实际上存在现代性与后现代性两种不同诉求，以何者为主，则要看那个国家的文化发展的具体情况。"对于我们来说，今天文学理论的深入探讨恐怕只是开了个头，我不相信我们的研究开头就成了终结，我倒更相信现代性是个'未竟的事业'。"钱中文从国情出发，意在告诫我们不能盲目追随西方的理论，否则是不利于中国文论建设的。与钱先生的观点相通,彭锋(《艺术的终结与重生》,《文艺研究》2007年第7期)也认为,中国艺术家并不用担心艺术的终结,如果说艺术果真终结了,那也是发生在第一世界中的现象,在第二世界和第三世界,艺术仍然具有继续生存的空间,因为这些国家并没有被现代行政管理体制完全征服。因此,在西方思想家鼓吹艺术终结的同时,中国当代艺术却正在经历空前的繁荣兴旺,我们不会出现艺术终结的恐慌。这种语境化的认识方式对我们理解文学(研究)终结论具有重要意义。

童庆炳针对米勒的"终结论"问道:"文学和文学批评存在的理由究竟在什么地方呢?是存在于媒体的变化?还是人类情感表现的需要?如果我们仍然把文学界定为人类情感的表现的话,那么我认为,文学现在存在和将来存在的理由在后者,而不在前者。诚然,文学是永远在变化发展的,一个时代有一个时代的文学,没有固定不变的文学。但是,文学变化的根据主要还是在于——人类的情感生活是随着时代的变化而变化的,而主要不决定于媒体的改变。""如果我们相信人类和人类情感不会消失的话,那么作为人类情感的表现形式也是不会消失的。"(《全球化时代的文学和文学批评会消失吗?——与米勒先生对话》)在这里,童庆炳旗帜鲜明地亮出"以人类情感生活为主要表现内容"的文学观,以此作为武器直指"米勒预言"。

在《文学独特审美场域与文学人口——与文学终结者对话》中,童庆炳将思考更向前推进了一步,虽然他依然从文学的审美入手来辨析"米勒预言",但其思考显然更加全面而精细。他从三个层面分析了文学(研究)生存和继续生存的理由。他认为:"文学是人类情感的表现形式","只要人类的情感还需要表现、舒泄",那么文学这种艺术形式就仍然能够生存下去。这是其一。文学存在的理由就在文学自身中,特别在文学所独有的语言文字中。这是审美文化中文学"属于自己的独特的审美场域",是"别的审美文化无法取代的"。这是其二。文学和其他艺术,都有自己独特的"指纹"。"生活中有不少人更喜欢电影、电视指纹,但仍然有不少人更喜欢'文学指纹',也因此'文学人口'总保留在一定的水平上。既然有喜欢就有了需要。既然有了需要,那么文学人口就不会消失。"这是其三。

此外，童庆炳还辨析了"边缘化"与"文学终结"的问题，认为文学"边缘化"是文学发展的常态，它与文学的终结是两个完全不同的问题，不能把它们混淆起来。

总之，童庆炳从文学的审美特性与人对文学的情感需求角度，阐述了文学（研究）是不会终结的。与之相通，李衍柱从语言与审美角度阐述了文学不会终结。他说："文学是语言的艺术，它是一种以语言为媒介的审美意识形式。文学的发生、发展和它未来的历史命运，始终同语言共生共存。语言与审美意识的产生和存在，是文学之所以产生和存在的重要前提。……作家的天马行空的想象和'诗性智慧'的产生、形象思维的运用，都是同语言相伴而行。语言又是作家经过酝酿构思而形成的审美意象的物质载体。语言词语的存在，运用语言进行思维与创作的人的存在（作家）是文学得以永久性存在下来的共生因素。"信息数码图像的出现并不能使文学存在不下去。因为"在信息时代，'世界图像'的创制和普及并未改变文学存在的基本前提，这个前提就是创造文学和需要文学的主体——人"，由此，进入图像世界的文学仍然是人的文学，文学仍然是语言的艺术。它既是写人的，又是为了人、写给人看的（《文学理论：面对信息时代的幽灵——兼与 J. 希利斯·米勒先生商榷》）。

杜书瀛也认为文学仍然会存在，而"文学不死的一个最有力的根据是，事实上它仍然健康地活着"。杜书瀛认为，文学自身的特点和本性决定了它的存在。文学最大的特点是创造一种内视形象。这种内视审美是文学独有的，语言艺术独有的。文学通过语言唤起人脑中的想象，叫你自己去建立那种审美形象，这要比可视的、可听的形象更丰富。它调动了你的主观能动性。而这种内视审美是影视所缺少的。就此而言，文学要比影视、比其他图像艺术优越得多[1]。

彭亚非在《图像社会与文学的未来》（《文学评论》2003 年第 5 期）中也通过"内视形象"来区分文学与其他审美活动的不同，阐述了文学的不可替代性。他认为，所有的艺术样式——美术、音乐、戏剧，更不用说

---

[1] 杜书瀛：《文学在"终结"还是在"消亡"？》，《中国教育报》2005 年 11 月 10 日。亦可参阅杜书瀛《文学不会消亡》，见杜书瀛《文学会消亡吗》，中山大学出版社 2006 年版。

今天的影视文化了——都是诉诸视听感官的物性形象。它们都必须借助于审美者生理上的、感官上的直接愉悦性来达到心理上和精神上的审美收获。但文学不同，它实际上并不提供任何物质性的视听愉悦感受——它提供的只有通过想象建立起来的心理形象，我们可以将它叫作内视形象。我们是在自己的内心世界来审视这些审美对象的。因此，文学为我们创造的是一个内视化的世界。这个世界看起来由语词符号组成，其实它只能由我们每一个读者在自己的内心深处创造出来。它就像梦境，像幻觉，像我们内心深处的回忆与想象，是一个无法外现为物质性的视听世界的所在。正是因为文学的这一特质，彭亚非认为文学是不可替代的，无论图像社会怎样扩张，无论图像的消费如何呈爆炸性地增长，它对文学生存的所谓威胁其实就人文诉求方式而言并不存在。文学是唯一不具有生理实在性的内视性艺术和内视性审美活动，因此与其他任何审美方式都毫无共同之处。这是文学永远无法被其他审美方式所取代的根本原因之一。

总之，反对文学终结论者大都从文学独特的审美特性及其与人的关系立论，认为文学的审美价值是无法被替代和否定，因此也是不可能终结，而这恰恰也是人在发展过程中所必需的，由此文学（研究）是不可能终结的。

2. 赞同"文学终结论"

赞同米勒终结论的大都是一些青年学者，如陈晓明、金惠敏、赖大仁等，但他们在阐述米勒观点的同时，也提出了自己的观点，值得我们重视。

陈晓明在《不死的纯文学》一书中，通过对文学的影响力衰减、艺术品质下滑、美学共识丧失以及文学生产的市场化和娱乐化等方面的分析，得出结论："确实，有更多的迹象表明文学已经败落了"，"文学的魂灵从文学中消失了，但在其他的文化类型中显灵。文学给自身留下了一副皮囊，却成了幽灵，附着于各种新生的文化样式中"[①]。

金惠敏对"米勒预言"的看法似乎理性一些。他在还原米勒写作《全球化时代文学研究还会继续存在吗？》一文的国际理论语境的基础上，重

---

① 陈晓明：《不死的纯文学》，北京大学出版社2007年版，第5页。

点分析了距离的消失或零距离对于文学和文学研究的威胁。金惠敏指出，对于德里达来说，他敏感于电信技术对时空间距、距离的摧毁，而这种距离的消逝对情书、对文学带来了毁灭性打击。因为文学本质上更关切于距离，距离创造美。"距离"就是文学的基础。但是真正使"距离"成为可能，使"距离"由时间、空间而自然地进入心理、意识领域的，是我们根深蒂固的将世界一分为二（如本质与现象、非存在与存在、灵魂与身体等等并以前者为后者之归属）的哲学信念。是哲学的"距离"保证、决定和指引了文学的"距离"。因此，在这一意义上，文学终结论又不仅仅是一种事件性（如电信技术的影响）的描述，也是哲学论辩式的，即从理论上说，无论事件是否发生以及是否发生在德里达身上，其从哲学上取消文学都是可能的和必然的。在哲学的或"距离"的意义上取消哲学，同时就是取消在哲学"距离"上所建构出来的文学或文学观念。这是德里达解构哲学的体现。而米勒之所以在全球化的电信时代感到文学有"终结"的可能，就在于"行动没有距离"造成了文学对自身的取消。国内学界对米勒的读解大多脱离了产生其文学终结论的国际学术语境，没有注意到米勒所担心的电信时代由于距离感的消失而给文学（研究）所带来的致命影响[①]。

与金惠敏的认识相通，赖大仁在《文学研究：终结还是再生？——米勒文学研究"终结论"解读》（《学习与探索》2005年第3期）一文中也认为，我们对米勒提出的一些理论命题往往只做了浅表化的理解，只注意到他的某些结论性的意见，而没有注意到他提出问题的方式、理论前提与基本思路，因而远没有抵达他所提出和论述这一理论命题的实质性层面；并且，我们也只注意到他理论观点的一个方面，而没有注意到他有所保留或自相矛盾的另一方面。

赖大仁指出，米勒这里所论说的"文学"，是指旧式意义上的文学，即以语言为媒介的文学；而他所说的"文学研究"，也是指"为了文学自身的目的"而单纯去研究文学。无论从文学研究的内部还是外部情况来看，传统意义上的以语言为媒介的文学研究，在全球化时代已不可避免地

[①] 金惠敏：《趋零距离与文学的当前危机——"第二媒介时代"的文学和文学研究》，《文学评论》2004年第2期。

走向衰落，正转向一种混合型的文化研究。那么这样的文学研究为什么就不合时宜而必然要走向终结呢？赖大仁认为，通常人们会比较多地从电子技术发达及其数码文化转向方面来寻找原因，将其归结为电子数码文化的不断扩张对传统文学与文学研究形成的挤压，然而这只是一种表层现象。文学研究的终结，根源于它的研究对象即传统文学形态的终结，而这种文学形态的终结，则又根源于其生存的前提和共生因素的改变乃至丧失。而所谓"文学存在的前提和共生因素"，在米勒看来，主要是指"过去在印刷文化时代占据统治地位"的一些因素，如私人生活空间的隐秘性、自我意识或精神生活的独立性（甚至是孤独性）、内心与外部世界之间的二分所造成的距离等。这些因素不只是旧式的文学，而且也是德里达所提到的与文学命运与共的情书、哲学和精神分析学等存在的前提和共生因素。当今这个由电视、电影、电话、视频、传真、电子邮件和互联网构成的电子空间，已从根本上改变了人们的生存方式，尤其是精神生活方式：人即便独处一室，也可以看电视、打电话，或者上网巡游，由此不再感到孤独；由于人总是处在各种多媒体听觉和视觉形象的包围轰炸之中，虚拟世界与真实世界二分的边界、私人空间与外部空间的边界被彻底打破，人对于自我以外的世界，既没有了距离感和神秘感，也失去了诗意的自由想象的可能性空间，甚至除了接受现成的事实外，再也没有了对事物进行思考探求的兴趣和欲望。对于以语言为媒介的文学赖以存在的距离感的消逝，正导致了传统意义上的文学的终结。

那么，文学研究到底是终结了还是在重生？赖大仁认为，米勒虽然一方面看到了当今的文化研究转向，也预言了文学研究的"终结"，但另一方面，他又相信传统的文学理论依然活着，仍然执着于他终生热爱的文学研究，并以其开放性姿态和变通策略，努力为文学研究寻求新的生机和发展空间。这就是米勒（也许可以包括德里达）式的悖论。从这一悖论式理论的解读中，我们所能获得的领悟是：无论文学还是文学研究，它是活着还是死去，并不一定由某些现实条件（如电信技术）所决定，也未必取决于我们一味乐观还是忧心忡忡，重要的是要有对文学与人的生存之永恒依存关系的深刻理解，有建立在这一基础之上的坚定执着的信念，同时还有一种与时俱进、顺时变通的开放性态度。若此，就有可能使文学和文学研究绝处逢生，获得新的生机，开辟新的前景。

可以说，赞同米勒观点的学者在辨析中使我们更为辩证地看到了米勒终结论的实质，对我们准确理解米勒的观点以及文学在全球化时代的状况或困境，具有重要意义。

（三）从边缘化到终结论

关于文学终结论的论争其实并不是一个新的话题，无论在理论上还是在实践中，无论是在西方还是在中国[①]，这个话题都有一个较长的历史。只是随着世界全球化的来临，这一问题极大地凸显了出来，成为人们关注的焦点。就中国对这个问题的讨论来说，如果从1986年薛华出版的《黑格尔与艺术难题——一段问题史》[②]算起，至今也有30余年的历史了，不可谓不长。当然，中国学界最初是从边缘化的角度来谈论文学（研究）的处境的。从"边缘化"论到"终结"论，是一个自然的过程。至今也有学者认为，文学并没有终结，最多是被边缘化了。

中国新时期文学界关于文学（研究）边缘化的讨论较为复杂，有承认边缘化的，也有不承认的；而即便同样是承认或不承认，在各自阐述自己的理由时，也不尽相同。此外，在评价文学边缘化问题上，也体现出不同的价值判断。其实，对文学（研究）边缘化的讨论的背后，牵涉到一个对文学以及文学理论的认识问题，关涉到中国当代文学以及文学理论的发展。

我们看到，大多数学者都承认文学（研究）自80年代末，尤其是90年代以来，逐渐边缘化这一事实，而原因主要源自社会政治经济的发展变化。首先，文学从政治生活中淡出，不再像十七年那样是社会的焦点和主

[①] 关于西方理论家对这个问题的阐述，有一个很长的历史，从黑格尔到阿多诺到丹托，都有详细的阐述，在此我们不再详述，可参阅何建良的博士学位论文《"艺术终结论"批判：从黑格尔到丹托》，浙江大学，2008年；吴子林《"艺术终结论"：问题与方法》，《北方论丛》2009年第1期；刘悦笛《当代艺术终结：困境与反思》，朱恒夫、聂圣哲主编，《中华艺术论丛》，同济大学出版社2008年版，第8辑；周计武：《论阿多诺的艺术终结观》，《文艺理论研究》2005年第6期，等等。

[②] 中国社会科学出版社1986年版。在此书中，有两篇独立的文章与文学终结论有关：《黑格尔关于艺术终结的论点》和《阿道诺论艺术和非艺术》。

流意识的代言人。这是文学相对于政治权力话语而言的边缘化。其次，随着中国市场经济的发展，消费社会的兴起，作家下海，读者经商，难以带来经济效益的文学逐渐受到冷落，严肃文学市场迅速缩小，部分文学刊物的生存难以为继。这是文学相对于市场经济而言的边缘化。最后，随着全球化以及电信时代的到来，新的传播媒介极大地影响着人们的视听感知，文学这种传统的语言媒介受到了巨大冲击（参阅上面）。这是文学相对于媒介传播而言的边缘化①。在这里我们看到，文学边缘化是有其特有语境的，这就要求我们在谈论文学的边缘化时，需要注意结合语境而不要一概而论。

如果说，社会的发展在客观上导致了文学的边缘化，那么，文学自身的缺憾则加速了文学的边缘化。这一缺憾概括起来主要是：疏离现实而缺少基本的社会责任感。作家曹征路认为，今天的文学已经脱离了社会的核心，完全从现实中逃离，完全变成技术性的操作。文章可以写得越来越精致，却离中国社会、离老百姓越来越远，这样的文学就会被边缘化。现在的作品在整体上很少能与这个时代对话，我们看到的作品更多的是性、梦想发达、暴力。当文学已经成为自己和自己玩的东西，文学被社会抛弃是理所当然的②。

曹志明在《文学边缘化之我见》（《文艺评论》2006 年第 6 期）中也批评了文学与现实脱节的情况。他说，当今造成我国文学边缘化这一结果的种种原因中，最重要的是我们的作者、作品没有满足广大人民群众那痛恨贪污腐败，没有树立正确的人生追求及道德观呢。无痛呻吟，个人生活流水账式的小说，脱离现实的仿欧学美式的弄姿作态，怎能不让人生厌！如此一来，文学被边缘化也就不可避免了。作者认为，文学在社会不同的进程中，所扮演的角色不应是一样的或一成不变的。不同的社会进程应有不同的文学。而我国现阶段的发展与西方发达国家仍有很大的不同，应有符合我国国情的文学表达，不能一味迎合西方颓废、消极及自我封闭的文

---

① 可参阅张建生《"边缘化"是文学创作的常态》，《社科纵横》2007 年第 11 期；王会华《试论文学边缘化与文学的发展》，《时代人物》2008 年第 6 期；黄念然、胡立新《论中国文学活动的边缘化》，《湛江师范学院学报》2002 年第 2 期等。

② 李冰：《"文学有被边缘化的危险"》，《深圳特区报》2005 年 12 月 20 日。

学思潮和文艺思想，应拿起我们手中的笔赞美善、弘扬诚信等传统美德，给我国的改革开放添砖砌瓦，担负起应担负的社会责任。如果一味片面地强调文学的艺术性、强调"私人化写作"，否定文学的社会性，只能加深文学的边缘化。

与曹志明的观点相通。云德也分析了文学与大众疏离的动因。一是关注现实生活热情的降温。文学在矫饰和逃避生活的过程中逐渐作茧自缚，也逐渐被大众所遗忘。二是文学社会责任感的淡漠。许多作家、写手则心中只有自我，眼里只有钞票，缺乏对大众的同情心、缺乏对社会的责任感、缺乏对人类历史发展的人文关怀，作品空虚而浅薄，轻飘而单薄，不能引发人们心灵的共鸣，其结果只能导致文学的陷落。三是文学想象力的普遍匮乏。大量的毫无想象力的写手们，只热衷于琐屑的生活小事，沉湎于个人的小感觉，玩味于一己的小聪明，他们不可能让人领略到石破天惊的艺术创造的风采，不能给人振聋发聩的艺术震撼，只会让读者十次百次千次地重复着看腻了的雷同的故事、庸常的主题、扁平的人物和乏味的语言。四是文学中文化含量的稀薄。文化修养的欠缺和文化根底的肤浅加上创作心态普遍的浮躁，是当下文学缺少宏大气象的最为本质的动因。五是盲目地追求畅销。创作心态的普遍浮躁和对于利益的无节制贪欲，导致了文学的批量化生产和快餐式经营①。

由此我们看到，文学边缘化，既有外在的客观原因，也是文学自身使然。就前者而言，许多学者把文学边缘化看作是一种文学的"常态"②，而也正是这种"常态"，为文学发展赢得了自由和空间，使文学走向独立，回归自身，从而促进了文学的新发展③。但实际上，文学的边缘化并不必然会带来文学的新发展，这一点吴义勤看得很清楚。他说：

> 我们不应以为"边缘化"就是文学在市场经济时代所作的"牺

---

① 云德：《当下文学边缘化的症结》，《人民日报·海外版》2007年7月19日。
② 张建生：《"边缘化"是文学创作的常态》，《社科纵横》2007年第11期。
③ 参阅熊辉《试论文学边缘化与文学发展的顺向关系》，《名作欣赏》2006年第14期；易清华《文学的边缘化》，《文学界》2008年第11期；易晓明《疏离、边缘化与文学的自主》，《文艺报》2002年6月18日等。

牲","边缘化"不过是把本来不该属于文学的东西从文学身边拿走了,实际上是为文学"减负",是解放了文学。因为"权力"、"中心"这些东西本身虽不能对文学构成直接损害,但它培养了文学的虚荣和骄傲,更何况"权力"不是凭空赋予的,你享受权力,就难逃权力赋予者钦定的"服务"义务和责任,文学付出的代价也可谓相当沉重。也许,只有在文学从那种虚拟的权力荣光里退出之后,文学才会明确自我的定位,开始依靠自身的力量寻求发展的历程。从这个角度来说,我们不能把"边缘化"神圣化、夸张化、绝对化,"边缘化"让文学回归常态固然是一种进步,但"边缘化"并不能解决文学自身的问题,文学回到自身与文学的繁荣或文学的发展是完全不同的两码事,文学终究还是需要通过自身的力量来证明自己、发展自己。①

由此,我们在承认文学边缘化的积极意义的同时,还必须追问文学自身的责任。如前所示,如果文学一任随波逐流而不能坚守自己的价值追求与社会责任,文学的边缘化则必然会延续下去。在这一意义上,有论者就质疑了所谓的文学边缘化论调。高楠认为,"文学边缘化"说法的根本问题,是无视甚至否定文学的超越性。这一说法的提出,其价值取向是物流现实,是面对汹涌物流的精神退避,由此而来的愤然或悲观则是已然退避又不甘失落的愤然或悲观。严重的是,持此说者的身份又恰恰应该是超越的文学家园的守护者,应该是在物流的喧闹中耐得住孤独的超越者。当超越者因耐不住孤独而放弃超越,他们就很难再属于文学与有价值的文学研究②。

洪治纲的观点与此相通。他认为,文学其实并没有真正边缘化,只是作家们缺少一种恒定的文学信念,这种信念是一种宏大的精神胸怀,一种恒定的、具有共识性和终极性的文学信念,一种作家对创作主体精

---

① 吴义勤:《多元化、边缘化与20世纪90年代中国文学的价值迷失》,《南方文坛》2001年第4期。

② 高楠:《精神超越与文学的超越精神——"文学边缘化"说法质疑》,《文艺研究》2006年第12期。

神本源的自我追问。洪治纲认为，我们的创作之所以日显平庸，作家的心态日趋浮躁，质疑精神、批评精神、原创精神日渐贫乏，虽然可以总结出很多客观原因，但是从主观上来分析，高迈恒定的文学信念的缺席，向"伟大的作品"冲击的文学抱负的匮乏，乃是其不可或缺的因素。建立共识性和终极性的文学信念，这不仅会使作家形成向形而上的理想高度不断攀援的创作态势，也会影响整个民族文学发展的气质。因此，强调建立某种共识性和终极性的文学信念，并以这种卓越的信念来重新统领作家们日益涣散的精神姿态，使不同的艺术探索、审美价值和个性风格，都能够沿着各自的有效方式，朝着我们共同认定的伟大作品逼近，在今天显得尤为重要[①]。

应该说，坚守文学自身恒定的精神追求与终极的价值信念，即便不可能使文学重新回归中心，也是文学回归自我的重要条件，对于破除文学随波逐流具有重要的意义。但我们也应当看到，过分追求文学自身的终极价值，往往也会使文学走向封闭自我的道路，这同样不利于文学的发展。因此，介入现实而超越现实，是文学打破边缘化的重要途径之一。马睿在阐述我国当代文学理论的边缘化时，就强调了文学理论介入当下性的必要性。

马睿认为，文学理论的边缘化甚至要比文学边缘化更为突出，也是更加真实的文化现象。他指出，自20世纪90年代以来，文学理论从一种泛化的社会文化话语收缩为一种专业性的学术话语，在获取自身独立性，获取学术品格的同时也多多少少放弃了对当下文化的关注与介入，这在很大程度上导致文学理论的边缘化。所以，尽管专业化的体制促进学术的繁荣，论文数量激增，理论话语花样翻新，研究领域不断扩展，但文学理论对社会文化的影响力的确边缘化了。这里是否潜藏着文学理论的危机，仁者见仁，智者见智，但可以肯定的是，文学边缘化归根结底是文学理论的边缘化，当后者以边缘的，同时也是很挑剔的眼光去审视文学现状时，大量的资源被排除在外，文学仿佛也边缘化了。而一旦文学理论认定文学已经边缘化，它也就为自己的文化合法性感到焦虑。显然，这不是文学的危

---

① 洪治纲：《信念的缺席与文学的边缘化》，《文汇报》2005年7月3日。

机，也不是理论真正遭遇了合法性危机，而是理论难以处理当下经验的危机。文学理论要突破危机，只能介入当下性思考，走出对当下性的回避，尤其是要克服对那些从流行文化、消费文化中产生的新兴文学形式的排拒心理。具体来说有四个方面：其一，应该对经济活动的日常化与技术的日常化进行人文意义上的研究。现代消费社会使经济活动成为日常生活的重心，使消费行为的物质功能削弱，象征功能增强，挑战了精神与物质的二元划分，改变了人们的生存感受与文化态度。此外，商业化改变了文学的流通，高科技改变了文学的载体，这些改变不仅会更换文学的外在形貌，也会重构文学的文化性质，由此，传统文学理论的基本框架将受到挑战。其二，介入当下性的文学理论应当关注其他艺术形式与文学的互动，以及在这种互动中形成的多媒介的艺术形式。文学理论应该研究的问题是，在各种艺术形式的互动中，在多媒介艺术的形成中，文学获得了什么，又输出了什么。其三，介入当下性的文学理论应当关注流行文化中的文学因素。文学向流行文化的扩散尤其应该引起理论的重视，因为它使文学经验、文学感觉空前地向大众延伸，而且，还在一定程度上构成了特定社会人群的共同经验。其四，介入当下性的文学理论应当关注方兴未艾的网络文学。文学理论对网络文学的关注，主要涉及两方面内容，一是网络技术为文学带来了哪些新的文体因素，这将如何重构文学的性质；二是网络传播的特点将如何重构人们参与文学的心态和经验。

马睿指出，贯穿以上四个领域的共同问题是，社会群体和个体的当下性文学经验将怎样改变对文学的文化定位，对文学的接受和感知，对文学之性质与功能的认识，以及这些经验将怎样塑造群体和个体的生存感受。对这一问题的关注与探讨，不仅拓展了文学理论的空间，也促进了文学理论思考的力度和敏锐性，使之在实现现实性的同时也获得文化哲学的深度。所以，如果正视文学活动总量的扩大，正视当前新兴文学经验的多样性，文学理论并不存在什么资源萎缩的学科性危机，也不存在什么文化合法性危机，边缘化并非文学理论的宿命[①]。

---

① 马睿：《反思边缘化 介入当下性——当代中国文学理论的前景》，《文艺评论》2004 年第 2 期。

除了以上我们所评述的关于文学（研究）的边缘化的观点之外，我们还应当看到，文学边缘化问题的提出，与知识分子的精英意识和经典化观念是分不开的。马睿也曾就此质疑文学边缘化的观点。他认为，就文学现实来看，文学其实并没有真正边缘化，相反，当下社会的文学生产和文学消费都在不断扩大，而不是在缩减。这首先是由现代消费社会的性质所决定的。其次，文化教育事业的发展也推动了文学生产和消费的增长。从主体这个角度来讲，与前现代社会相比，现代社会对文学等精神产品的生产能力和消费能力空前提高，能力的提高必然带来需求的增长。最后，技术原因也促使文学生产和消费的扩张。一方面，现代技术使文学的载体和媒介多样化，与其他艺术形式的关系也更为密切和复杂，从而增加了文学的可能性，为文学的生产和消费开辟了新的领域；另一方面，现代技术使文学的传播、获取、交流变得更为便利、廉价和自由，为扩大人们对文学生产、文学消费的参与提供了物质条件。所以，文学在社会生活中的边缘化，这一判断至少有百分之五十的虚假性，而这种虚假性在马睿看来，源于理论界的经典化眼光，也源于理论界对现实文学经验的生疏。因为理论认可的主要是经典化的文本和传统意义上的文学活动，这往往使理论对大量新兴的文学经验视而不见，人们总是看不见那些他们不想看到的事物，而经典化的文本和传统意义上的文学活动，在当下生活中的确是被边缘化了。可见所谓的"文学边缘化"，是疏远了当下性，沉浸于经典意识的文学理论刚刚把视线移向现实场景时的一声惊呼，它基本上是下意识的第一印象，并不具有多少理论深度[1]。

事实上的确如此，如果我们只是以精英意识、经典化的眼光来看中国当代文学的发展，看到的显然是经典作品的边缘化，但新的大众文学（文化）无疑正显示了文学的繁荣和转型，而这也是经典文学的祛魅过程[2]，也是艺术民主化、普及化的过程。陆扬曾指出，艺术消亡论或许是言过其实，因为实际上"消亡"的同义词毋宁说是"普及"。今天我们面临的一

---

[1] 马睿：《反思边缘化 介入当下性——当代中国文学理论的前景》，《文艺评论》2004年第2期。

[2] 参阅陶东风《文学的祛魅》，《文艺争鸣》2006年第1期。

个显见的事实是,艺术已不复是黑格尔时代的"高雅文化",而成为一个广阔的社会活动领域。一些人视之为高雅的东西另一些人未必尽然。反之,昔年的低俗趣味,今日登上大雅之堂的亦比比皆是①。看不到这一点而盲目地宣扬文学边缘论,是不符合实际情况的②。

---

① 陆扬:《艺术终结论的三阶段反思》,《中华艺术论丛》2008 年第 8 辑。
② 亦可参阅卢楠《当前对于"文学边缘化"和文学地位的主要认识与思考》,硕士学位论文,吉林大学,2008 年。

第二十三章

日常生活的审美化与文艺学的学科反思*

诞生于20世纪60年代英国的文化研究①，以其独特的研究视角和立场，在社会科学或人文学术界产生了重大影响。大约在20世纪80年代末90年代初，文化研究登陆中国，并立即对中国人文学科，尤其是对中国文艺学的发展产生了重大影响，进一步推动了对中国文艺学的学科反思。在本章中，我们将梳理和评价这个影响。

一 日常生活审美化：一种消费文化现象

当代社会与文化的一个突出变化是日常生活的审美化。这一现象在国外已引起文化学家、社会学家以及美学家、艺术理论家等的广泛关注。德国美学家韦尔施认为："近来我们无疑在经历着一种美学的膨胀。它从个体的风格化、城市的设计与组织，扩展到理论领域。越来越多的现实因素

---

* 本章由邵薇执笔，部分内容曾经见陶东风主编《当代中国的文艺思潮与文化热点》第十三章，北京大学出版社2008年版。

① 关于西方文化研究的发展以及在中国的接受情况，参阅罗钢、刘象愚主编的《文化研究读本》，中国社会科学出版社2000年版；陶东风的《文化研究：西方与中国》，北京师范大学出版社2002年版；陶东风、和磊的《文化研究》，广西师范大学出版社2006年版；陆扬、王毅的《文化研究导论》，复旦大学出版社2006年版；约翰·哈特利的《文化研究简史》，季广茂译，金城出版社2008年版等。

正笼罩在审美之中。作为一个整体的现实逐渐被看作一种审美的建构物。"[1] 韦尔施所说的"审美化过程",实际上不只限于城市装饰、购物中心的花样翻新、各种城市娱乐活动的剧增等表面的现象。他(以及其他一些学者)实际上是把审美化看作一个深刻的、经过媒介而发生的、体现于生产过程与现实建构过程的巨大社会—文化变迁。这种变迁使那些把审美仅仅看作是"蛋糕上的酥皮"的社会学家感到震惊。韦尔施理解的深层的"审美化过程"意味着一种重要的社会组织或社会变迁过程,它对于社会学或社会理论具有核心的意义。他甚至认为,如果说经典的社会学家把理性化(韦伯)、社会分层(杜克海姆)等看作现代性的动力并以此为研究中心,那么,今天的社会学研究则应该把审美化作为研究中心,因为,审美化无疑与理性化等一样成为社会组织的核心因素之一。

韦尔施在《重构美学》一书中还详细地分析了审美化的各种表现,他指出:"今天,我们生活在一个前所未闻的被美化的真实世界里,装饰与时尚随处可见。它们从个人的外表延伸到城市和公共场所,从经济延伸到生态学。"这种现象是与消费方式的变化联系在一起的。在韦尔施看来,今天的消费者"实际上不在乎获得产品,而是通过购买使自己进入某种审美的生活方式"。他甚至认为,今天的公共空间,"已经过度地审美化了。……在我们的公共空间中,没有一块街砖,没有一柄门把手,的确没有哪个公共场所逃过了这场审美化的蔓延。'让生活更美好'是昨日的格言,今天它变成了'让生活、购物、交流与睡眠更美好'"[2]。韦尔施还分辨了审美化的层次:"首先,锦上添花的日常生活表层的审美化;其次,更深一层的技术和传媒对我们物质和社会现实的审美化;其三,同样深入的我们生活实践态度和道德方面的审美化;最后,彼此相关联的认识论的审美化。"[3]

费瑟斯通在《消费主义与后现代文化》一书中提及了西方国家审美化的三个方面的表现。一是艺术亚文化的兴起。在西方,这个潮流以第一次

---

[1] 韦尔施:《重构美学》,陆扬、张岩冰译,上海译文出版社2002年版,第109页。
[2] 同上书,第164页。
[3] 同上书,第40页。

世界大战和20世纪20年代出现的达达主义、历史先锋派和超现实运动为代表，他们追求打破艺术和日常生活之间的界限，消解艺术的"灵气"，认为一切都可以成为艺术或审美的对象。艺术无处不在：大街小巷、废弃物、身体、偶发事件等，无一不可以进入审美的殿堂。二是将生活转换为艺术作品的谋划，具体指追求生活方式的风格化、审美化。这种审美化的谋划可以追溯到19世纪后期的唯美主义、象征主义者波德莱尔，一直延续到福柯等后现代主义者。许多西方理论家指出，在今天，对于一个人的身份、地位的划分越来越摆脱传统的依据（比如出身、门第、内在德性等），而转向消费方式、生活风格、文化品味等。三是日常生活符号和影像的泛滥。由于大众电子传媒的迅猛发展，今天的生活环境越来越符号化、影像化，它越来越像一面"镜子"，构成现实幻觉化的空间[1]。

从韦尔施与费瑟斯通两人对于审美化的比较集中的描述与分析中可以知道，审美化的含义相当复杂，包含了不同的层次。但是，今天学术界讨论得比较多的，是作为一种整体性、结构性社会文化变迁的审美化，它出现于现代的中期和晚期，与两个因素有非常紧密的关系：一是消费社会、消费文化、消费主义意识形态的出现与流行；二是大众传播媒介的发展与普及（虽然此前也有生活审美化现象的存在）。消费社会的核心特点之一是我们所生活的这个世界出现了越来越多的商品（物品）。对此，波德里亚（一译鲍德里亚）曾经有出色的描述：

> 今天在我们的周围，存在着一种由不断增长的物、服务和物质所构成的惊人的消费和丰盛现象。它构成了人类自然环境中的一种根本变化。恰当地说，富裕的人们不再像过去那样受到人的包围，而是受到物的包围。[2]

审美化过程不是文化或艺术领域的孤立现象，它与产业结构、经济结构的调整有关。因为，与制造业相比，服务业与文化产业具有突出的非物

---

[1] 参见迈克·费瑟斯通《消费文化与后现代主义》，刘精明译，译林出版社2000年版。
[2] 波德里亚：《消费社会》，刘成富、全志钢译，南京大学出版社2000年版，第1页。

质性，它的兴起使得非物质性、非实用性的商品消费变得越来越重要。比如，在生活方式的消费中，商品本身的非实用性因素越来越突出，视觉形象与符号系统的生产对于控制与操纵消费变得越来越重要，而消费则越来越与非实用的审美因素联系在一起，现在人们消费的已经不仅仅是商品，而且还有符号、形象。

与消费文化的兴起相伴随的，是大众传媒产业的迅猛发展与普及，导致社会生活各个领域图像与符号的泛滥。由于电视这种当代最重要的文化传播媒介的普及，文化与艺术的垄断权正在削弱，传统的符号等级秩序逐渐解体，这被有些学者称为审美、艺术与文化的"民主化"。现代传媒工业的发展与批量化的文化生产为文化的普及提供了可能。我们的时代不仅在制造大量的即时消费的平面化影像商品，而且把传统的高雅文化低俗化、平面化，把它们改造成为面向大众的消费品。用费瑟斯通的话说："具有崇高艺术规则的、有灵气的艺术，以及自命不凡的教养，被'折价转让'了。"[1]

伴随着全球化的推进与中国社会文化的转型，人们很快发现，在中国的各大城市中也出现了类似的消费景观："与西方社会相似，当今中国的社会文化正在经历着一场深刻的审美革命：日常生活的审美化以及审美活动日常生活化……艺术活动与审美活动在很大程度上已经转移到了工业设计、广告和相关的符号与影像的生产工业之中。任何日常生活都可能以审美的方式来呈现，更遑论什么高雅艺术与大众文化之间的界限了。"[2] 这样一来，势必导致文化传统中既有的等级秩序的解体。一方面，在消费文化与影像之流的冲击下，过去作为经典的艺术或文学作品面临着解构与重构的命运："上善若水、厚德载物"等传统经典中的话语如今在精美的影像的映衬之下向人们传递着保险公司的待人之道；"安得广厦千万间"、"人，诗意地栖居"一时间也成为众多房产商竞相追逐的对象；经典艺术作品及其仿制品，被摆放在各种面向大众的旅馆、饭店或超级市场，而经典音乐则被用作广告的背景音乐。于是此时有人惊呼"艺术死了"、"审美判断已

---

[1] 迈克·费瑟斯通：《消费文化与后现代主义》，刘精明译，第141页。
[2] 陶东风：《新文化媒介人批判》，《首都师范大学学报》（社会科学版）2003年第6期。

不再可能",因为曾经充满灵韵的高雅艺术如今被浓厚的商业气息所利用和拆解。但另一方面,人们却发现"艺术无处不在":在当下中国都市中的生活方式与艺术实践中,"作为艺术的文化"与"作为生活方式的文化"似乎已经很难视为泾渭分明了,在当代中国的都市化风景线中,审美的因素似乎也不再局限于专门的音乐厅、美术馆或者对经典文学艺术名著的审美性的阅读体验之中,而是渗透到了诸如百货商场、街心公园、主题乐园、度假胜地、美容院、健身房之类的场所,这些恰如费瑟斯通所描述的"艺术的文化(高雅文化)所涉及的现象范围已经扩大,它吸收了广泛的大众生活与日常文化,任何物体与体验在实践中都被认定与文化有关"①。

正因为这样,今天我们所说的审美化是在特定的社会历史背景下出现的,本质上不同于中国古代士大夫或西方前工业时代贵族的审美化生活方式。后者是局限在少数贵族精英或士大夫阶层的现象,不具备大众性与普及性,而当代社会的审美化是产业结构、经济结构、社会生活方式等的变化所引发的结构性、全方位的社会变迁。虽然关于审美化的论述肇始于西方学术界,虽然中国当代的社会文化现实与西方存在很大的区别,但是,对中国大众而言,生活审美化的现象也并不陌生。在我们的生活空间中,特别是城市生活空间中,审美活动与日常生活的界限日益模糊乃至消失,审美与艺术不再是贵族阶层的专利,不再局限于音乐厅、美术馆、博物馆等传统的审美活动场所,它借助现代传媒特别是电视普及化、"民主化"了②。

二 "日常生活审美化"话题在国内的出现

日常生活的审美化迅速引起国内一些学者的关注,他们不仅注意到当前社会生活中存在着诸多与西方消费社会类似的审美化倾向,同时更加关

---

① 迈克·费瑟斯通:《消费主义与后现代文化》,刘精明译,第139页。
② 同上书,第102页。

注这一现象本身所蕴含的社会文化内涵及其为文艺学学科提供的挑战与机遇。由于日常生活审美化现象同中国目前复杂的社会文化结构之间存在着某种张力，因此论争各方不仅在这一现象的认识上存在重大分歧，同时，这种分歧本身也成了近来学术研究的一个重要热点。由于"日常生活审美化"的范畴介乎于文化与社会之间，这种跨越"日常生活"与"审美现象"的文化景观也势必在人文研究领域引发一次重大的方法论革新。

"日常生活审美化"的提出

在2002年第1期《浙江社会科学》上发表了一组有关文艺学反思的文章，其中陶东风的《日常生活的审美化与文化研究的兴起——兼论文艺学的学科反思》一文首次在大陆的学术语境中对日常生活审美化的含义以及文艺学如何应对这种现象提出了自己的看法。文章的标题几乎已经通过关键词的形式把后来要出现的热点尽收囊中（"日常生活审美化"、"文艺学"、"文化研究"、"学科反思"）。值得注意的是，由于该文主要集中在日常生活审美化对于文艺学学科反思意义上，因此没有过多地涉及对这一现象的价值评价问题[1]。

日常生活审美化作为一个学术话题而正式出台的重要标志是2003年11月在北京由首都师范大学文艺学学科召开的"日常生活审美化与文艺学的学科反思"的讨论会，以及《文艺争鸣》2003年第6期上配发的一组题为"新世纪文艺理论的生活论话题"的讨论[2]。这组文章在国内学术界首次集中对"日常生活的审美化"这一术语进行了较为全面的阐发和运用，众多学者从不同的立场和角度切入对当代中国日常生活审美化现象的思考。

陶东风的《日常生活审美化与新文化媒介人的兴起》将新文化媒介人的出现定位为当代社会日常生活审美化的一个表征，该文立足于中国目前的社会文化语境，就文化产业的兴起与教育界学科调整、新文化媒介人的

---

[1] 参见陶东风《日常生活的审美化与文化研究的兴起——兼论文艺学的学科反思》，《浙江社会科学》2002年第1期。

[2] 包括陶东风的《日常生活审美化与新文化媒介人的兴起》、金元浦《别了，蛋糕上的酥皮——寻找当下审美性、文学性变革问题的答案》、王德胜《视像与快感——我们时代日常生活的美学现实》，等等。

培养与兴起对传统人文教育的冲击以及它对当下的教育与学术研究的启示等问题给予了独到分析；金元浦《别了，蛋糕上的酥皮——寻找当下审美性、文学性变革问题的答案》则阐述了目前的日常生活审美化的现象以及社会原因，并就这一现象与"美是生活"等相似的美学命题给予区别澄清，并最终落实到文化产业与媒介革命对当代社会的意义这一实质性的问题上；王德胜《视像与快感——我们时代日常生活的美学现实》认为，视像的消费与快感的享受已经成为当下日常生活的美学现实，当代社会的审美化倾向使得康德式的理性主义美学被张扬人的感性之维的新美学原则所取代。此外，其他几位作者也从不同视角对日常生活审美化这一新兴的都市景观进行了阐释。这组文章很快在学术界引起较大反响，"日常生活的审美化"于是成了备受关注的新兴研究领域。

尽管对此时的学术界来说，"日常生活的审美化"似乎还是一个令人耳目一新的话题，但是有人却发现它所指涉的社会现象及其所运用的研究方法并非完全陌生：早在20世纪90年代中后期关于"当代审美文化"等问题的讨论中，大众文化的兴起与审美泛化的现象就已经开始受到关注了[①]。如今"日常生活审美化"研究的几位倡导者可以说大都曾积极参与过当年关于审美文化的探讨[②]。如今日常生活审美化研究所提倡的一些研究范式和理论主张似乎在当年的讨论中也曾出现：例如周宪《当代中国审美文化研究》一书就试图摆脱一种传统美学研究范式，以批判的文化社会学视角来关注中国社会不断发展变化的文化现象，其中不仅对费瑟斯通的生活审美化理论有所介绍，而且也尝试运用"仿像"、"趣味"以及"狂欢化"等理论对这些文化现象进行解读。更值得关注的是，早在1997年

[①] 肖鹰指出，"《日常生活审美化与文艺学美学学科反思》这个题目，如果不拘于字眼的话，是我和许多学术界朋友在20世纪90年代中期前后已经很热闹地展开讨论过的话题。当时的标志性题目是'（当代）审美文化研究'。在这个题目下，中国当代美学研究的焦点，从传统的经典艺术转向了对正在中兴的日常生活审美化，大众文化则成为研究的重要对象"。在当时关于审美文化的讨论中，人们不仅已意识到"生活学习环境、校园建设、工厂设计、街道分布、城市标志性景观（园林、博物馆、广场）等等所体现的当代人的审美观念"，也发现社会中电子媒体的拓展以及越来越多的美学者进入媒体工作。参阅肖鹰《后话语时代的美学杂识》，文化研究网2005年9月。

[②] 参阅陶东风《社会转型期审美文化研究》；金元浦、陶东风《阐释中国的焦虑——转型时代的文化解读》；王德胜《扩张与危机——当代审美文化理论及其批评话题》等。

所发表的《文化的分化与去分化》等文章中,周宪就已针对西方现代主义向后现代主义的转化提出了文化的"去分化"问题,即"艺术与非艺术的区别消失"、"艺术内部的界限消失"及"把现代文化中高雅文化—大众文化的两极彻底抹平",并专门运用了拉什的"去分化"理论以及费瑟斯通等人的"生活的审美化"理论对此进行分析[1]。如此看来,如今"日常生活审美化"研究的理论主张的提出似乎只是学术界的旧话重提,然而不容忽视的是,为何"审美化"这个话题在当时并没有引起学术界如此广泛关注,而偏偏在今天却成为一个备受争议的话题?由此可见,对当前"日常生活审美化"论争的考察似乎需要对这一话语出台的前后的学术环境与社会背景有所观照。

当代中国语境中的"日常生活审美化"研究的出台伴随着其他一些文化现象。2003年前后大量涌现出了一批有关消费社会的理论著作和学术文章,其中西方后现代社会理论方面几部重要译著的陆续出版成了日常生活审美化研究的催化剂:费瑟斯通的《消费文化与后现代主义》于2000年5月翻译出版,很快成为"日常生活审美化"论争中最重要的理论资源。该书充分吸取了布迪厄、波德里亚等西方社会理论家的理论精髓,娴熟地对"文化资本"、"趣味"、"习性"(惯习)和符号价值等范畴进行了改造和运用,对消费社会、生活方式有着独到的分析和见解。此外,其论文《消费文化中的身体》也很快被译介,对消费社会中的身体文化分析与"日常生活的审美呈现"、"新文化媒介人"等理论一同为当下中国社会"日常生活审美化"研究提供了重要的理论参照;接着,让·波德里亚的《完美的罪行》、《消费社会》也分别于2000年10月和次年5月相继翻译出版,它将一个丰裕社会的神话较为完整地呈现在中国读者的面前;2002年,沃尔夫冈·韦尔施的《重构美学》的译介则启示和建构了当代的日常生活审美化研究的美学之维,他从审美逻辑的演化这一视角对审美泛化的四个层次的探讨极大地启发了中国学者,尤其是其中最表层的日常生活的审美化正好切合了中国学者对相似现象的描绘,于是被反复引用并无限放大了,而该书也顺理成章地成为"日常生活审美化"论争中另一个重要的理论资

---

[1] 参阅周宪《文化的分化与去分化》,《文艺研究》1997年第5期。

源。2003年时逢法国社会学理论家布迪厄逝世周年之际,《文化研究》第4辑以纪念布迪厄为专题刊载了《〈区隔：趣味判断的社会批判〉引言》以及国内外五位学者对布迪厄理论的介绍文字。同年，布迪厄的《艺术的法则——文学场的生成和结构》一书被译为中文，这在新型文化媒介人以及审美或文艺学边界问题上给予中国的"日常生活审美化"研究者无限启示。在这一次社会学理论译介的热潮中被陆续引进的还有弗兰克·莫特的《消费文化——20世纪后期英国男性气质和社会空间》、西莉亚·卢瑞的《消费文化》等西方理论著作；罗钢等主编的《消费文化读本》、包亚明主编的《现代性与空间的生产》（《都市与文化》第2辑）等都纷纷于2003年间出版发行。此外，国内学者的在这一方面的研究著述颇丰，2002—2004年间在消费文化的研究领域出版发行的个人专著达数十本之多，其中包括大量从文学与大众消费文化角度进行研究的著述，如周小仪的《唯美主义与消费文化》、马钦忠的《卡通一代与消费文化》、包亚明等人合著的《上海酒吧——空间、消费与想象》，等等；这一时期，有关消费社会与大众文化、消费社会中的文学处境等方面的学术论文更是不计其数。

在过去对大众文化和审美现象的研究中，有不少学者都曾主张站在精英主义的立场上对新兴的大众文化与美学向社会生活的倾斜进行批判和反思，而其理论资源大多局限于对法兰克福学派等社会文化批判理论的套用。如今，消费社会的理论译介和研究以及文化批评方法的大规模运用不仅为作为一个理论话题的"日常生活审美化"的出现准备了大量的理论资源，而且也带来了一些新的研究视角与更加广阔的社会学视野。

"日常生活审美化"研究的出现可以说直接关涉社会转型所引发的诸多文化症候。如果说日常生活中各种审美化现象的出现或多或少是源于当代社会结构的重大变迁，那么学术界对这一现象的争论则无疑是对这些重要转变的反应，可以说它正是基于知识分子群体对于转型时期的社会生活的某种直接感受。

市场经济的出现与产业结构的调整曾经深深动摇了原有的知识阶层的版图：90年代初中期，知识分子开始从精英分子的中心地位逐渐滑向了社会边缘，这曾在知识界引发过一场声势浩大的"人文精神"大讨论，"知识"与"知识分子"曾作为人文精神的象征而以其高贵的姿态傲视庸俗化的市场和大众文化。但随着高端技术产业的急剧膨胀与传媒的产业化，许多高素质人才也开始逐渐向这些领域流动，于是人们发现，知识或文化并非必然是市场或市场经济的对立面。随着产业结构调整的深化，文化与市场的联姻更加紧密，如果说在当时审美文化的讨论中，大众文化和消费社会的影响还局限在一个相对有限的空间的话，那么如今它不仅深入民众的日常生活之中，而且也开始向过去自恃为"市场"禁区的学院蔓延。这不仅表现为高校的大面积扩招，使教育和高等教育逐渐向产业化转变，更为关键的是市场因素的渗透打破了过去的教育设置，与市场经济直接挂钩的应用型、实践型人才日渐走俏，"它实际上已经导致中国的人文社会科学系科的重大调整以及人文教育内容的深刻变化。许多著名的大学教授开始纷纷谈论文化产业的重要性，许多高等学校开始建立'文化产业研究中心'或相似的机构，开始开设文化产业方面的培训班、进修班"[1]。可以说，正是文化产业的兴起直接触动了知识分子最为敏感的神经。2002年8月，北京大学国家文化产业创新与发展基地成立，文化产业研究中心落户于作为中国最高学府之一的北京大学，它几乎成了当今人文教育某种走向的一个象征。不少学者指出，文化产业的核心是"产业"，而"文化"仅仅是前者的途径而非目的，于是当文化产业的影响力开始波及学院内部，文学艺术以及美学等传统的人文教育领域面临新的挑战时，知识分子的版图似乎也再次遭遇着悄然分化，他们很难确认自己能否完全置身于审美化的日常生活之外，于是恰恰基于如何抉择与调整自身位置的某种焦虑，引发了这场有关"日常生活审美化"的讨论。

其实，学者们对日常生活审美化现象不同的研究立场以及他们对知识分子处境的认识分歧早在最初的几组讨论中就已初见端倪了，尽管学者们在提出日常生活审美化的问题时似乎都不同程度地带有某种兴奋感（无论由于文化产业的兴起对人文素质的整体提升，还是新的美学原则对传统美学的拓展或超越，仿佛带来了前所未有的自由与进步的气息）。然而，也许正是这种一致的表象遮蔽了其中深刻的内在分歧，这也导致后来的日常生活审美化论争陷入了某种误区，于是在回顾这段论争的过程时，有必要

---

[1] 陶东风：《日常生活审美化与新文化媒介人的兴起》，《文艺争鸣》2003年第6期。

对其开端处的断裂予以关注。

我们发现，在2003年《文艺争鸣》的这组讨论中，有一种观点明显倾向于对文化产业与日常生活的审美化中的进步性因素的肯定。如金元浦的《别了，蛋糕上的酥皮——寻找当下审美性、文学性变革问题的答案》等文章不仅注意到全球化与技术进步带来了艺术体验的民主化，即"开创了人类社会文化交流的新的公共空间，创造了民主交流的新方式"，同时对技术革新的误区也有所警惕，主张以提升文化的品质来弥补传媒过剩所导致的缺陷，大力提倡文化产业的发展，因此"当代新一阶段的技术革命迫切地需要文化产业的支持。因而，从一定意义上说，网络等媒介产业的生存能力取决于'内容'的创造和消费"；此外，王德胜的《视像与快感——我们时代日常生活的美学现实》大量描述了当代社会生活中视觉消费的特征，认为这是对人的快感高潮等感性欲望的释放，视像与快感之间的一致性确立了"眼睛的美学"的合法性，"'过度'不仅不是反伦理的，而且成为一种新的日常生活的伦理、新的美学现实。……它显然已经暗示了发生在日常生活审美化趋向与大众文化实践之间的某种关联"。

与此相反，另一种观点却格外关注审美化现象的语境问题，在朱国华的《中国人也在诗意地栖居吗?》一文中，虽然作者并不否认日常生活审美化这一现实和趋势在当代中国的客观存在，但却发现它与中国当代社会这一整体语境存在明显错位。作者认为，审美化仅仅局限在都市中少量的小资阶层，因此主张将日常生活审美化的论题由一种普遍性判断转化为局部性判断，并进一步对知识分子的研究立场加以反思，"忽视日常生活的审美化的语境条件，将少数人的话语操作在学术研究的合法名义下潜在地偷换为普遍性话语，不仅仅有可能使我们的话语场成为西方话语的跑马场，而且会有可能使我们成为中国小资的同路人：因为通过谈论他们的文化，我们与他们建立了一种同谋关系，我们的这种研究本身甚至也可能成为小资文化的一部分，成为一种时髦、有趣的文化消费品"[①]。这一思路在后来的"日常生活的审美化"的论争中得以延伸。

---

① 朱国华：《中国人也在诗意地栖居吗？——略论日常生活审美化的语境条件》，《文艺争鸣》2003年第6期。

相比之下，陶东风对于日常生活审美化现象的态度就略显复杂一些。如上所述，他在 2002 年发表的《日常生活审美化与文化研究的兴起——兼论文艺学的学科反思》等文中，主要立足于人文教育体制与学科建制等方面，思考日常生活审美化的出现对传统人文学科造成的巨大冲击，指出"文艺学如果回避日常生活的审美化以及审美泛化的事实，只讲授与研究历史上的经典作家作品；如果坚持把那些从经典作品中总结出来的特征当作文学的永恒不变的'规律'，那么它就无法建立与日常生活与公共领域的积极的建设性的关系，最后导致自己的萎缩与枯竭"[1]。但在《文艺争鸣》发表的《日常生活审美化与新文化媒介人批判》《日常生活的审美化：一个讨论》等文中，作者又侧重于运用布迪厄的"趣味"理论分析了新文化媒介人的兴起所蕴含的权力关系的转化，并集中阐释了日常生活审美化对于现实生活的遮蔽性，"越是沉迷在他们打造的审美化生活方式中，我们就会离底层、离真实的苦难与真正的现实越远。他们制造着文化繁荣的假象——空前繁多的符号与空前贫乏的思想并存。在一个光怪陆离的娱乐世界、影像世界蓬勃兴起的同时，哈贝马斯意义上的公共领域却急剧地萎缩与衰落了"[2]。对日常生活审美化现象的这种暧昧态度并非学理上的自相矛盾，不难发现，作者对于日常生活审美化的肯定主要是从它对学科建设的促进作用来考虑的，而对它的质疑则更多地来自从政治文化方面对其社会价值的思考。诚如他一再主张的"应该有一种历史的眼光，在具体语境里加以理解"，可以说他对日常生活审美化的复杂态度正是源于将问题充分语境化。而充分关注中国消费文化背后复杂的社会文化语境，力图避免对这一现象作单纯的价值判断，这又为日常生活审美化的研究打开了一个新的思路。

由此看来，日常生活审美化研究的提倡者内部其实充满了张力，每一种思考和立场的背后都浸透着研究者在社会文化转型过程中的感同身受，体现着对当代社会文化的不同理解和价值追求。

---

[1] 陶东风：《日常生活的审美化与文化研究的兴起——兼论文艺学的学科反思》，《浙江社会科学》2002 年第 1 期。

[2] 陶东风：《日常生活审美化与新文化媒介人批判》，《文艺争鸣》2003 年第 6 期。

三 关于日常生活审美化的论争

如果说《文艺争鸣》的几篇文章对"日常生活审美化"的关注侧重于从社会文化变迁的角度来探讨日常生活审美化的社会影响和文化意义,那么随着研究领域的扩大和研究队伍的膨胀,"日常生活审美化"研究的方法论及其价值立场等问题很快引起了广泛关注,这意味着国内"日常生活审美化"的论争进入了一个新的阶段。

(一) 文化研究与文学理论之争

2003年11月,由首都师范大学与《文艺研究》编辑部联合发起的"日常生活审美化与文艺学学科反思"国际学术研讨会在北京召开。参会的国内外40余名专家学者就日常生活审美现象研究、日常生活审美化与中产阶级的兴起、日常生活审美化与消费主义的关系、日常生活审美化研究与文艺学美学反思等问题展开了激烈的讨论。《中华读书报》很快对此进行了专门报道,并指出日常生活的审美化使传统的文艺学和美学理论受到了巨大的挑战,"有关日常生活审美化研究的兴起正是文艺学、美学在当今时代为应对挑战、面向现实所做出的众多转向努力中的一个代表"[①]。

日常生活审美化与文艺学的学科反思开始成为一个重要议题。围绕着传统文艺学学科的局限以及日常生活审美化对传统文艺学研究的冲击等问题,《文艺研究》2004年第1期在此次会议的基础上,以"文艺学的学科反思"为题整理发表了陶东风、陈晓明、曹卫东、高小康等四人的文章。陶东风的《日常生活的审美化与文艺社会学的重建》一文指出日常生活审美化对文艺学的意义在于打破了审美与生活的界限,从而挑战了文学自律性的观点,导致80年代所建立的文艺学范式面临深刻的危机,当前的任务是重建文艺学与社会生活的联系,倡导新的文艺—社会学研究范式;陈晓明的《历史断裂与接轨之后:对当代文艺学的反思》与曹卫东的《认同

---

① 杨光:《文艺学、美学新焦点:日常生活审美化》,《中华读书报》2003年12月20日。

话语与文艺学学科反思》等文章也不约而同地对中国当代文艺学学科所蕴含的本质主义和科学主义倾向进行了批判，前者认为以真理式的基础和前提性的形式出现的文艺的本质等命题值得反思，文艺学的体系框架是从苏联借鉴过来的，而"依靠意识形态的力量建构起来的文艺学体系，在意识形态稍加松懈的时期，显然就失去了中心化的力量"；而后者也指出文艺学学科建设的一个根本动机是要把文艺学树立为一门严格的科学，从而使文艺学的学科使命由"教化"降低为"培训"，当下文艺学重建的任务是要恢复教化的冲动，促进"文学公共领域"在中国的发展，同时还主张文艺学应引入批判的维度，将社会语境与文学自身的固有规律相结合。与上述文章对于传统文艺学学科较为激进的反思相比，高小康的《从文化批评回到学术研究》一文在谈及文艺学的转向问题时则对反思本身多了一份审慎，作者针对当前文化批评的泛滥现象指出不能以文化激进主义的情绪淹没严肃的学术态度，而要摆脱那种远离公共领域的专业化写作，"公共知识分子的社会责任感和公共立场并不简单地等同于一种社会舆论，更重要的是需要有建立在现实关怀和学术公心基础上的知识探究活动"。总体看来，以上几篇文章都倾向于重新观照现有的文艺学学科建制，反对其中所蕴含的本质主义思维方式。尽管其对文艺学重建的具体途径持不同的观点，但都开始立足于文艺学的外围来进行学科反思，即从社会文化转型与知识分子的价值立场出发，把文艺学看作一个现代性事件或将其置于具体的当代文化语境来思考。

其实，文艺学重建问题在日常生活审美化讨论刚刚浮出历史地表时就已有所体现了。陶东风早在 2002 年所发表的日常生活审美化的文章中，就开始对日常生活审美化给传统文艺学研究带来的危机有所认识了[1]。此后，对于审美化这一现象所导致的内爆及其他对传统学科的影响等问题在《文艺争鸣》2003 年的那组讨论中也被反复涉及。可见，"日常生活审美化"研究的提倡者始终致力于呼唤新的文艺学研究方法和学术范式。这与 90 年代以来的审美文化的研究和讨论有所不同。对于当时出现的"审美文

---

[1] 参阅陶东风《日常生活的审美化与文化研究的兴起——兼论文艺学的学科反思》，《浙江社会科学》2002 年第 1 期。

化"这一范畴,学术界似乎并没有统一的严格界定,更缺乏对其研究思路和方法的深入探讨。然而,如今日常生活审美化研究所提出的审美的"内爆"、边界的消弭等范畴和命题则明确提出以新的研究视角来审视新兴的大众文化。因此,日常生活审美化的研究不仅将过去被视为"非审美"的服饰、家居、饮食、环境和广告等日常生活方式纳入其视域中,而且还带来了研究方法的根本转向:由于在社会学的理论视野中,研究对象往往被视为一系列变迁的过程,并非一个加以赞成或反对的既成事实。因此,当代日常生活审美化现象的研究尤其关注社会文化语境等问题。由于这已经超越了传统文艺学研究单纯对文本审美价值的分析和判断,可以说日常生活审美化理论也意味着触动了传统美学研究的根基。

运用社会学的研究视角观照当代中国的社会文化,当代中国学者从西方的日常生活审美化研究中受益匪浅:"当务之急是重建文艺学与现实生活之间的有机的、积极的联系。在这里,自律论文艺学那种局限于文艺内部的所谓'内在研究'方法已经很难担当这个使命。"[1] 对传统研究范式和学科问题的冲击和反思,是日常生活审美化这一命题本身的一个内在逻辑。费瑟斯通指出,后现代主义把审美问题置于社会学理论的核心,"它为对文本(文本的快感、文本间性、书写文本)的阅读与批判,提供了审美模式与判断标准,也为生活提供了审美模型(生活以审美的形式呈现出来,艺术成了一种美好的生活)"[2]。也就是说,消费社会的出现将整个社会生活文本化了,这时的"文本"已不再局限于文学、绘画等传统的艺术作品,同时也对媒体文化、城市景观,甚至生活方式兼收并蓄。而对于这个由"作品"向"文本"的扩张过程的研究,绝不仅仅意味着传统的审美对象的拓展,而是标志着一种研究范式的根本转换,"文本的含义经常是多重的和相互冲突的,这需要新的多视角的和把'权威声音'非中心化的诠释方法"[3]。这种"审美"所衍化的新视角通常被称为"关于后现代主义的社会学"而非"后现代的社会学",以它来透视"文本"内各个群体

---

[1] 参阅陶东风《日常生活的审美化与文化研究的兴起——兼论文艺学的学科反思》,《浙江社会科学》2002年第1期。
[2] 迈克·费瑟斯通:《消费主义与后现代文化》,刘精明译,第46页。
[3] 贝斯特、科尔纳:《后现代转向》,陈刚等译,南京大学出版社2002年版,第172页。

之间权力此消彼长以及平衡运动的力量场，势必要求研究者与对象保持一定距离，从而能够将后者对象化和过程化，从而赋予研究者一种洞悉权力的眼光，令他们在"文本"中感知到的不光是关于艺术的知识，而是关于当下社会的信息。但值得一提的是，与西方社会学家和美学家对审美化的研究不同，国内对"日常生活审美化"的关注多来自美学和文艺学研究领域。由于他们所主张的审美内爆和学科边界的移动直接触及文艺学学科的合法性基础，因而日常生活审美化很快引发了文艺学领域的广泛关注。于是对日常生活审美化问题的探讨很快聚焦到文艺学学科反思这一主题。在有关日常生活审美化与文艺学反思中，知识分子的责任感、公共领域的建构等问题与文艺学学科的合法性问题一直是日常生活审美化这个话题的两翼。

很快，文艺学的扩容与文艺学的边界问题成为日常生活审美化论争的焦点之一。2003年12月，在暨南大学召开的"第四届全国文艺学及相关学科建设研讨会"上，日常生活审美化与"文艺学学科的拓展与边界"的内在关联开始引起学术界的关注。作为80年代自主性文艺美学的主要提倡者，钱中文、童庆炳等学者一致认为，目前的文学理论面临着理论脱离实际的危机：二十年来社会生活的急剧变化导致了文化领域的重大变革，传媒革命影响着传统文艺学的研究对象与学科范式，如何在新的社会生活面前调整文艺学的研究走向成为当务之急。然而，与日常生活审美化的提倡者不同，他们反对审美化论者所谓的审美内爆，主张社会批判要立足于文艺的本体性，比如童庆炳倡导"文化诗学"，主张以文学艺术中审美的诗性精神对抗提倡生活中低级趣味的欲望美学。此外，有的学者还倾向于将文学本性与批判意识相结合[1]。在此基础上，逐渐形成了文学性与审美内爆等观念之间的对峙。

在2004年1月中国社会科学院"文学理论研究中心"的成立大会暨首届学术研讨会上，文化研究与文学研究的关系问题再一次受到关注，但

---

[1] 参阅钱中文《文艺学的合法性危机》；童庆炳《再谈文化诗学》；王元骧《文艺学不应回避艺术本体的研究》；曾繁仁《当代社会文化转型与文艺学学科建设》，《暨南大学学报》（哲学社科版）2004年第2期。

在这次会议上，一部分日常生活审美化的提倡者开始寻求文化研究与文学研究的对话，他们指出文化研究是在吸收了语言学、符号学研究成果的基础上的一次超越，它并非回复过去的经济—文化二元论，而是把文化看成社会现实的建构性力量①。

日常生活审美化的论争双方首次面对面交锋可以说是在2004年5月由中国中外文艺理论学会和北京师范大学文艺学研究中心主办的"中国文学理论的边界"学术研讨会上。"在日常生活审美化的冲击下文学和文学理论是否行将消亡"、"文学理论与文化研究的关系"等问题将日常生活审美化之争进一步呈现为文学理论或文化研究的合法性问题：陶东风、金元浦等学者重申文艺学学科的活力在于拓宽边界，文学研究与文化研究各有偏重，并不冲突；孟繁华则认为文学的边界本来就是漂浮的，文化研究就是开拓文学研究视野和思路的产物。而钱中文、童庆炳等学者虽然并不否认文学边界的移动性，但他们对文学理论的"扩容"说却提出强烈的质疑，主张文学研究要立足于现实和文学本性，"只有在与现实的联系中，才能前进和发展"②。此外，审美与日常生活的关系问题也引起了文艺学反思者的进一步关注，高建平以日常生活审美化的兴起、审美对生活的介入即是对康德以来审美无利害的挑战为例，说明了文学理论在借鉴过去的同时也要关注当下的实践；杜书瀛则认为日常生活审美化并没有改变艺术与生活的边界，走向日常生活的审美仍然与生活相异而没有同一，"生活的特异化"始终是艺术的基本特质之一③。论争双方对"文学性"与"审美"等范畴缺乏严格的界定，这使他们对日常生活审美化的认识陷入了某种错位的境地，尽管如此，日常生活审美化对于传统文艺学研究的影响和冲击无疑成为这一时期最受关注的学术议题之一④。

---

① 参阅《"文学理论研究中心"成立暨首届学术研讨会综述》，《文学评论》2004年第2期。
② 童庆炳：《"日常生活中审美化"与文艺学的"越界"》，《人文杂志》2004年第5期。
③ 杜书瀛：《艺术与生活并未合一》，《人文杂志》2004年第5期。
④ 中外文艺理论学会与中国人民大学于2004年6月在北京召开"多元对话语境中的文学理论建构"国际学术讨论会，日常生活审美化与文艺学的边界问题依然是会议中论争的热点之一。2005年1月，中国传媒大学文学院和《文学评论》编辑部联合主办"交叉与融通：文艺学学科建设2005高峰论坛"，视觉文化时代文学的走向以及文艺学的边界问题再次受到关注。

第二十三章　日常生活的审美化与文艺学的学科反思　661

　　日常生活审美化与文艺学扩容的社会文化语境也开始引起学术界的浓厚兴趣。2004 年 6 月，在成都召开的"中国消费时代的文学与文化研究"会议上，日常生活审美化被视为为消费社会与消费文化的重要表征。在 2004 年 10 月由复旦大学举办的"全球化语境下的文艺学应对策略"学术研讨会以及同期在长春召开的"全球化语境下的中国文学理论及文学批评发展状况"学术研讨会上，全球化问题作为为日常生活审美化与文艺学范式转换的重要文化语境而引起广泛的关注，有学者提出文学的边界就是文艺学的边界，主张在全球化背景中文艺学边界的拓展仍应在审美自律的立场上进行①。

　　对日常生活审美化的关注于是逐渐超越对现象本身或者研究方法等问题的单纯介绍，而开始更多地围绕其研究的合法性及其学术环境与社会文化背景等问题。2004—2005 年间，各类学术期刊所发表的有关"日常生活审美化"的论文达数百篇之多，其中以"日常生活审美化与文艺学边界"为主题的专题讨论可谓此起彼伏：《河北学刊》2004 年第 4 期登载了由童庆炳主持的"文艺理论的'越界'问题"的专题讨论②；《人文杂志》2004 年第 5 期在"中国文学理论的边界"学术研讨会的基础上整理发表了童庆炳等学者关于"文学理论的界限"的讨论③；在《文学评论》2004 年第 6 期"关于'文学理论边界'的讨论"的专题收录了童庆炳《文艺学边界三题》和陶东风《移动的边界与文学理论的开放性》等论文。在前一篇论文中，作者承认文化研究为文学研究提供了新鲜的视角，但反对以文化批评取代文学批评，认为文学有自身的审美场域；而后者则认为学科性乃至审美性、文学性等范畴本身都是被建构的，日常生活审美化并非要

―――――――――

　　① 参阅李诚、阎嘉《消费时代的文学与文化研究走向》，《文学评论》2004 年第 6 期；《"全球化语境下的文艺学应对策略"学术研讨论会综述》，《文学评论》2005 年第 3 期；李明彦、苏奎《全球化语境与中国经验——"全球化语境下的中国文学理论及文学批评发展状况"学术研讨会综述》，《文艺评论》2005 年第 3 期。

　　② 参阅金元浦《当代文学艺术的边界的移动》；童庆炳《文学边界应当如何移动》；陈雪虎《文学性：现代内涵及其当代限度》；陈太胜《文学理论：不断扩展的边界及其界限》，《河北学刊》2004 年第 4 期。

　　③ 参阅童庆炳《"日常生活中审美化"与文艺学的"越界"》；杜书瀛《艺术与生活并未合一》；李春青《我们还需不需要文学理论》，《人文杂志》2004 年第 5 期。

求文学研究都去研究日常生活方式，而是力求打破"审美研究"的唯一合法性，建构一种具有包容性和开放性的文学理论。在《文艺争鸣》2004年第6期上，杜书瀛等人也就文艺学走向等问题展开了日常生活审美化的反思①，《求是》学刊同期发表了李春青、黄卓越等关于"文化研究中的文学理论建设"的笔谈。此外，这一时期还出现了不少关注日常生活审美化中的文学以及文学何为等问题的专论②。

总之，在以上一系列讨论中，审美性与文学性等问题引起广泛关注并成为论争的焦点之一。审美主义和文学本位的倡导者大多把文学视为一种有其独特审美场域的语言艺术，他们立足于文学本位坚信文学永远不会终结。相反，主张文化研究的学者却倾向于认为任何审美和艺术都是建构性的范畴，不应忽略审美性背后权力关系的运作去一味追求文学趣味。由于审美性等通常作为以往文艺学学科合法性的基础，于是在有关日常生活审美化的论争中所呈现的这些重要分歧可以说正是新的社会文化语境中学科发展走向的某种呈现。

（二）日常生活审美化的价值取向

此外，对日常生活审美化的价值取向问题的思考也在这一时期的论争中得以清晰地呈现。上面说到，《文艺争鸣》2003年第6期的那组文章中，王德胜等人对日常生活审美化做了较多的肯定。《文艺争鸣》2004年第3期上发表了鲁枢元的《评所谓"新的美学原则"的崛起——"审美日常生活化"的价值取向析疑》，开启了对日常生活审美化研究的价值维度的批判，该文区分了"日常生活的审美化"与"审美的日常生活化"这两个概念在价值指向上的不同，对日常生活审美化过程中所出现的技术化、市场化与全球化等倾向中"诗性的智慧"的缺失提出了批判。由于该文中"日常生活审美化论者"的统称倾向于把目前的日常生活审美化研究看作

---

① 参阅杜书瀛《文艺学向何处去》；鲁枢元《价值选择与审美理念——关于"日常生活审美论"的再思考》；赵勇《再谈日常生活审美化》，《文艺争鸣》2004年第6期。

② 参阅李洁非《文学会被市场弄"脏"吗》，《文汇报》2004年7月4日；陈雪虎《文学性：现代内涵及其当代限度》，《河北学刊》2004年第4期；金惠敏《从形象到拟像》，赖大仁《图像化扩张与"文学性"坚守》，《文学评论》2005年第2期。

一个同质化的群体，这很快引起了多位学者的争鸣。陶东风就此撰文指出，他对日常生活审美化的研究并非提倡消费主义或中产阶级的生活方式，而恰恰旨在对这一现象的内在权力关系及其对当下中国社会的消极影响进行批判，但他强调：他与那些道德理想主义和审美理想主义的批判不同的是倡导一种具体的社会政治批判，由于中国日常生活审美化是在一种特殊而复杂的社会语境中兴起的，抽象的道德主义和审美主义批判是不得要领的。于是他倡导"一种具体的、结合中国的实际的社会历史批判，而不是抽象的道德批判或审美批判"[1]。最近的文章越来越清楚地表明，陶东风正在尝试引入后全权主义范畴来建构自己的文化批判模式[2]；王德胜则指出鲁枢元囿于经典的审美主义话语而对日常生活审美化概念本身进行了置换，这使其在面对今天的日常生活审美化时陷入了某种悖论[3]。

随后，鲁枢元教授又发表长文《价值选择与审美理念——关于"日常生活审美论"的再思考》，这次是专门以王德胜的"新美学原则"（参见王德胜发表于《文艺争鸣》2003年第6期的文章）作为主要商榷对象进行质疑。于是，一场关于"新美学原则"之争成了"现实"原则与"诗性乌托邦"的对话：鲁枢元教授感慨于文学研究中审美理想主义的乌托邦的消逝，文学中"现实"原则的强大导致乌托邦的理想几乎失去了美好的想象成分而完全被等同于特殊年代的极权象征；王德胜却认为探讨日常生活审美化并不意味着拒绝理性或理想主义，诗性的精神守望应当在实现感性的生存权利的基础上发展起来，而不能成为感性全面发展道路上的障碍。

在陶东风、赵勇等人的一系列商榷文章中，"价值立场"同样成了一个针锋相对的焦点，对于赵勇等学者所指责的对"日常生活审美化"缺少价值判断以及在新文化媒介人等问题上价值立场的暧昧等问题[4]，陶东风

---

[1] 陶东风：《大众消费文化研究的三种范式及其西方资源——兼答鲁枢元先生》，《文艺争鸣》2004年第5期。

[2] 参见陶东风《新文学过时了么?》，《花城》2006年第2期；《文学的祛魅》，《文艺争鸣》2006年第1期。

[3] 王德胜：《为新的美学原则辩护——答鲁枢元教授》，《文艺争鸣》2004年第5期。

[4] 参阅赵勇《谁的"日常生活审美化"？怎样做"文化研究"？》，《河北学刊》2004年第5期；《再谈日常生活审美化》，《文艺争鸣》2004年第6期。

回应说自己对消费文化的态度取决于它所处的具体的历史文化语境,在对90年代以来中国大众文化研究进行历史回顾的基础上,他认为"随着主流文化的不断调整,消费文化的政治意义也在发生变化"[1],因此他不主张抽象地运用批判理论来研究中国的消费文化,但这并非意味着放弃知识分子的批判立场,特别是对于中国当下的后全权现实的批判。而恰恰是要更准确地把握和批判以更为复杂和多样化的外观出现的权力问题。与此同时,对日常生活审美化的价值立场的关注也渗透到有关文艺学学科建设的思考当中,于是"文学理论边界"的讨论中所蕴含的价值维度反思逐渐得以凸现:在一些学者看来,由于日常生活审美化的现象远离了人民大众的生活,因此他们把这一现象的内在审美逻辑以及相关的学术研究统称为"二环路以内的美学","食利者的美学";另一些学者则指出"呼吁美学和文艺学应该关注日常生活审美化,决不意味着在价值上认同日常生活审美化现象。事实上,批判性地反思一个对象——比如消费文化与日常生活审美化——的前提是对它的学理性的研究"[2],进而就研究立场与研究对象的区别而反对这一称谓涵盖所有日常生活审美化的研究维度。陶东风把自己对日常生活的审美化的立场概括为:学术上重视它,审美上宽容它,政治上反思、批判它。

尽管在方法论问题以及对学术研究的价值取向问题上,这一阶段的日常生活审美化之争呈现出明显对立的趋势,然而论争双方的言语却如此相似:例如,双方都主张理论联系实际,文艺研究应当在面对现实生活的过程中产生自己的问题意识,知识分子当始终保持批判的立场。然而在具体的认识和论述中却恰好针锋相对:一方认为,日常生活审美化并不是当代中国的普遍状况,而现有的关注"日常生活审美化"的学者正因为过度关注少数人的生活而远离了真实的社会,文学理论关注现实的方式不是不加分析批判地一味追逐和肯定现状或者对现状进行谄媚,而是"应该同现实

---

[1] 陶东风:《研究大众消费文化与消费主义的三种范式及其西方资源——兼谈"日常生活审美化"并答赵勇博士》,《河北学刊》2004年第5期。

[2] 参阅童庆炳《日常生活审美化和文艺学》,《中华读书报》2005年1月26日;陶东风《也谈日常生活审美化》,《中华读书报》2005年2月16日。

保持一种必要的张力"①，因此他们主张以文学和艺术本体的"诗性智慧"来批判审美化或商品化的社会生活。相反，另一方则指责在这种当前复杂的社会现实面前，传统的审美主义文艺学已经失语，而重建与社会生活之联系的途径就是突破这种本质主义的论点，以一种历史主义的眼光来观照现实，提倡对社会历史语境的关注，于是他们在不断强调文化研究与文学研究可以兼容，并在此过程中寻求突围。此外，双方都称物质的人与精神的人要全面发展，但在具体的论述中，一方则认为日常生活审美化的研究沉溺于人的感性欲望，而缺乏超越性的目标，另一方则提出精神乌托邦的实现必须以感性的全面发展为基础。可见，正是由于对于审美、现实生活等范畴的不同理解以及对如何实践社会批判功能的不同认识导致了双方在日常生活审美化的认识和研究问题上的巨大分歧，而对这种分歧和差异的呈现以及对这种分歧的追问则将日常生活审美化的探讨推向了一个新的阶段。

四 反思：作为话题的日常生活审美化

一个值得关注的现象是，2005年以来，尽管学术界有关"日常生活审美化"的讨论仍在继续，有关文艺学学科的建设、文艺审美本质、大众文化研究以及知识分子的社会责任感等问题依旧众说纷纭，但激烈的交锋已经明显地淡出，一种新的研究视野开始浮现，有关日常生活审美化的这场论争本身逐渐成为一个备受瞩目的学术话题。《学术月刊》2005年第2期出现了一组题为"作为话题的'日常生活审美化'及其论争"的讨论，朱立元等人提出要与日常生活审美化论争"拉开距离"，将其视为当代社会的一个"表征"来思考。他们对论争中所运用的审美话语的反思，以及在现代学术谱系中对文艺学学科的审视，都不约而同地指向了学科建设与社会批判以及知识分子立场等问题②。马睿在《人文知识中的"消费时代"

---

① 王元骧：《文艺学不应回避艺术本体的研究》，《暨南学报》（人文科学与社会科学版）2004年第2期。

② 参阅朱立元《文学的边界就是文艺学的边界》；刘凯《"日常生活审美化"：作为一个表征》；谢勇《现代性理论预设与多元化的文艺学学科》，《学术月刊》2005年第2期。

及其批判》中也提出,与其争论日常生活审美化的合法性问题,不如将其视为一个话题,"由此反观人文知识是如何把经验纳入知识系统的,是如何对当下现实做出反应的"。文章从人文学科的角度来审视这场论争,通过对各方学术立场的分析而凸显了这一命题所隐含的人文知识分子自身的不稳定性、多重性和有限性等问题,并提出消费时代知识分子批评的有限性不等于放弃批评①。随后,张法《文学理论与文化研究之争——对 2004 年一种学术现象的中国症候学研究》则进一步明确地提出了对日常生活审美化进行学术症候学的研究。它将国内的日常生活审美化之争引申为 2004 年文学理论与文化研究之争的体现,这与同期王元骧在《文艺研究》2005 年第 4 期发表的《文艺理论中的"文化主义"与"审美主义"》对此的概括类似。然而,后者对这场纷争的总结和分析始终坚定地立足于其中的审美主义一方,将文化研究视为"与消费主义合流"并主张以超越性、距离式的诗性智慧与之对抗;前者却力图超越论争双方的立场而远观这场由日常生活审美化所引发的学科之争的奇特景观,视之为当代中国学术界的一个学术症候并从具体的中国社会文化语境来进行考察,最终将论争的根源归结到当代学术体制的层面②。在此基础上,汤拥华《中国文化研究的历史逻辑——从有关"日常生活审美化"和"文艺学转向"的论争说开去》更加细致地考察了日常生活审美化论争的话语形态,不仅指出了某些日常生活审美化的研究者面临着历史判断与价值判断的悖论,而且也从中国的历史文化语境考察了文艺学的学科建制以及文化研究的挑战问题,并在这一基础上重新审视日常生活审美化与文化研究,"与其说它是一个事实,毋宁说是一个话题,一个视角,一种把握世界的方式。我们只能通过追问意义来把握事实"③。于是,"日常生活审美化"成了一种话语的建构,而这场论争本身的过程和意义如今成了被广泛关注的对象。

  从关注日常生活审美化并对文艺学进行反思,到这一现象及过程本身

---

  ① 《思想战线》2004 年第 6 期。
  ② 张法:《文学理论与文化研究之争——对 2004 年一种学术现象的中国症候学研究》,《天津社会科学》2005 年第 3 期。
  ③ 汤拥华:《中国文化研究的历史逻辑——从有关"日常生活审美化"和"文艺学转向"的论争说开去》,"文化研究网"2005 年 6 月。

成为被反思的对象，这一转变过程似乎很难被视为日常生活审美化研究走向终结的预兆。因为这种关于反思的反思不能简单地等同于对文艺学反思的质疑或否定。早在日常生活审美化与文艺学反思兴起之初，这一研究便始终面对着来自各方的挑战，除了站在审美主义的立场质疑文艺学的"扩容"之外，还有人就文艺学反思中所运用的反本质主义立场提出疑问①。如果说，当时人们对日常生活审美化与文艺学反思的质疑更多地囿于研究者自身的价值立场的话，那么相比之下，如今随着论争的进一步推进，研究者已经开始有意识地与这场论争的各方保持一定的距离。尽管在这一阶段的讨论和总结中依然有不少渗透着强烈的价值判断色彩，但一种反思性的研究思路正日趋形成，这种对问题的反思并不是单纯地否定或认同某一对象，而是力图置身于对象之外对其形成过程和内涵加以把握。因此，他们更为关注日常生活审美化的论争主体，通过对研究主体自身的考察来观照和认识其中内在的权力关系，而这种将研究主体对象化的反思性社会学视野恰恰是西方日常生活审美化理论所提倡的某种研究旨趣所在。

五　"日常生活审美化"论争中几个核心问题的思考

（一）"审美"的内涵

当代中国学术界对日常生活审美化的关注从一开始就伴随着对学科建制问题的思考。日常生活审美化这一命题本身即蕴含了对传统的越界和对经典的冒犯，对于国内的部分研究者来说，由于审美化的意义在于"打破了艺术（审美）与日常生活的界限"，因此，当传统文艺学学科在社会转型过程中逐渐呈现出"边缘化"倾向时，日常生活审美化的出现似乎正好为反思和重建文艺学、美学学科提供了重要契机。

---

① 参阅盖生《质疑反"本质主义"并商榷文学理论的批评化》，《浙江社会科学》2003年第1期；《文学的文化研究退潮与经典化文艺学重建的可能》，《文艺理论与批评》2004年第4期。反本质主义是这场讨论中涉及的一个相关问题，是陶东风的文章《大学文艺学的学科反思》最早提出这一问题，参见本书第二十五章。

80年代的文艺学研究主张审美性和文学性的研究，它提倡以一种审美的眼光来观照文学这种独特的精神现象。但在日常生活逐渐趋向审美化的现实面前，"审美"范畴的内涵却开始变得模糊不清：一方面，随着大众传媒的扩张，文学开始逐渐边缘化；另一方面，审美范畴从作为体验的精神升华逐渐向作为生活方式的文化转移，"艺术的文化（高雅文化）所涉及的现象范围已经扩大，它吸收了广泛范围内的大众生活与日常文化，任何物体与体验在实践中都被认定与文化有关"[1]。

于是，文艺学的反思者指出日常生活审美化的出现使过去自律论的文艺学观念与方法在审美泛化的事实面前丧失了阐释能力，不仅对80年代以来文艺学所确立的研究对象进行质疑，而且对其研究思路也提出了挑战。80年代我国文艺学主流话语明确以学科自主性为其价值诉求，并在此基础上建构了一整套系统的理论框架和研究方法，强调文学的内部研究；但如今的反思者恰恰认为这套理论话语本身蕴含着某种本质主义的思维方式，运用它们来审视如今不断被审美化的日常生活时，势必导致文学研究公共维度的萎缩。因此他们在主张拓展文艺学边界的同时，也酝酿着以新的思维范式来观照研究对象，"文艺学的出路在于正视审美泛化的事实，紧密关注日常生活中新出现的文化/艺术活动方式，及时地调整、拓宽自己的研究对象与研究方法，呼吁重新建立新的文学—社会研究范式，弥补单纯的内部研究的不足"[2]。这时，文化研究成为当下历史语境中一个新的生长点，文化研究一方面主张将研究对象拓展到文学作品的范围之外，另一方面又并不必然排斥对文学作品的关注，它提倡以新的研究旨趣来重新思考经典的文学作品，比如对其内在的文学性的形成，对其内部交织着知识与权力之间的复杂关联等问题进行观照。

对于审美化论者的这些判断，有的学者并不完全认可，尽管他们同样意识到日常生活审美化所带来的经典文学研究的边缘化等现象，但仍倾向于立足文学本位的立场来阐释这些现象：认为图像化的来临并不会导致文

---

[1] 迈克·费瑟斯通：《消费主义与后现代文化》，刘精明译，第139页。
[2] 陶东风：《文化批评的兴起及其与文学自主性的关系——兼与吴炫先生商榷》，《山花》2005年第9期。

学的终结，相反，文学艺术有自己独特的审美场域，"文学理论的边界虽然是在移动的，不断的移动的，但是随着文学事实、文学经验和文学问题的移动而移动。文学总是文学。文学不可能是日常生活里的几乎一切具有一点文学性的东西"①。同时，他们指出日常生活审美化并没有使生活与艺术合二为一，而是主张在图像化扩张的时代仍然要始终坚守以超越为特征的文学性。

同时，由于日常生活审美化的论争双方对"审美"范畴的不同认识，造成其对日常生活审美化现象本身的理解也陷入一场错位的言说。不少学者认为日常生活审美化并非当代社会的产物，而是古已有之，"在漫长的农业社会里，审美不但曾经走进日常生活，甚至还曾经造就过一定规模的'文化市场'，即类似于今天那些休闲、娱乐、健身等消费场所的酒楼、茶肆、书场、庙会、勾栏、戏院、武馆、妓院。就艺术消费而言，明清市井中的俗曲时调'挂枝儿'、'八角鼓'、'马头调'略等于时下的流行歌曲；苏州古代园林的'环境设计'，显然已把唐诗宋词里的审美意境在'地产开发'中发挥运用到了极致；明代的文震亨、李渔谈论起'居室'与'器玩'来，其审美趣味并不比当今哪一家装修公司的老板差，他们撰著的《物志》、《闲情偶寄》，也可以看作'审美日常生活化'的普及版读本"②。

日常生活审美化的研究者却对这样一种理解提出质疑，他们着重强调了日常生活审美化现象出现的当代社会文化语境：一方面是第三产业和文化产业的兴起带来了非物质性消费的扩展，另一方面则强调这一现象在当代社会生活中的"普遍性、大众性"，从而将其与中国古代士大夫或西方前工业时代少数贵族的审美化的生活方式相区别。在其看来，虽然两者都具有审美与生活相融合的形式，但古代社会的所谓审美化是在审美分化的基础上产生的，代表着士大夫知识分子的审美趣味，而当今的审美化却取决于知识阶层控制之外的社会力量，"只是到了日常生活审美化成为独立的、超然于知识精英势力范围之外的文化现象，即成为'他者'时，他们才以惊愕目光来审

---

① 童庆炳：《文学理论的边界》，《江西社会科学》2004年第6期。
② 鲁枢元：《评所谓"新的美学原则"的崛起——"审美日常生活化"的价值取向析疑》，《文艺争鸣》2004年第3期。

视这种文化现象了"①。因此,日常生活审美化既不能简单地等同于以往的精英文化中相似的一些文化现象,也并不能够完全纳入单纯的通俗文化范畴来审视,现代商业因素的出现导致文化的场域从过去单纯的精英文化与大众文化或精英文化与主导文化的对峙转向了更为复杂的文化—权力格局,"三种文化不但有一个依据语境而发生互动的结构,而且还存在着内在的转换的可能性"②。在其看来,当代日常生活审美化研究的提出并非是运用中国的文化现象对西方理论的比附,而是以此为契机对中国当代的社会文化进行更为全面的理解与观照。因此对日常生活审美化的审视需要联系具体的历史文化语境来考察,对各自文化语境中的具体问题有所观照。

在日常生活审美化研究的质疑者中,有人把诗性精神视为对人性品格的提升,并相信在日趋平庸化的社会中,文学与艺术能够开辟一片澄明的精神领地;有的则着重区分艺术家诗意地融入日常生活与当前的日常生活审美化,把前者视为审美理想对日常生活的提升;而日常生活审美化却往往被理解为审美从"救赎"到"物化"的堕落,即当代社会审美理论的衰落与审美现象在日常生活领域的大量出现③。不难看出,这些都是在经典的"审美"范畴的视域中来审视日常生活审美化与文艺学建设的,在审美的超功利性或艺术超越生活这层意义上,他们反复强调审美的生活化与生活的审美化之区别以及审美的范畴中存在着多层性,日常生活中的审美化现象由于被视为感观欲望的呈现而成了被真正的审美所驱逐的对象。

中国当代日常生活审美化的研究者在区分传统意义上的"审美"与日常生活中的"审美化"时,却大都直接吸取西方后现代和消费文化的理论资源,即认为后者与消费主义逻辑的蔓延以及视觉社会中影像和符号的泛滥相关。因此,日常生活审美化不仅意味着审美从精英化的文化趣味转向了传媒时代审美的民主化,而且也是审美内涵的根本转变。审美距离的消

---

① 李春青:《在消费文化面前文艺学何为》,《北京师范大学学报》(社会科学版) 2004 年第 2 期。
② 周宪:《中国当代审美文化研究》,北京大学出版社 1997 年版,第 198 页。
③ 参阅童庆炳《文艺学边界三题》,《文学评论》2004 年第 6 期;杜书瀛《艺术与生活并未合一》,《人文杂志》2004 年第 5 期;鲁枢元《评所谓"新的美学原则"的崛起——"审美日常生活化"的价值取向析疑》,《文艺争鸣》2004 年第 3 期等。

逝使其原有的震撼力逐渐被感官的刺激所替代,"区别不在于审美化之范围、程度,而在其性质:现实在被'审美泛化'之后便不复存在,而只有审美的世界,换言之,没有'现实',所有的就只是'超现实'"①。这里,对审美一词的运用重在对日常生活审美化所带来的界限的消逝以及生活空间的虚拟化空间进行描述,这时审美代表着一种感知,在其内部并不存在审美与欲望、高级趣味与低级趣味的划分。

正是对审美范畴的不同理解导致了日常生活审美化的论争者在认识上的重大分歧,但这种断裂或错位的言说似乎又具有中国文艺学研究领域自身的某种言路轨迹,它蕴含着社会转型时期的诸多文化表征。当前对日常生活审美化的质疑主要源于80年代以来文艺学所确立的主流话语立场,即主张在学科自主性的基础上创立和使用自身关于审美和文学性的话语体系。这种审美观在艺术与日常生活的张力中建构起审美的自律性,因为"审美"需要主体独一无二的凝神观照,它就伫立在现实生活的对立面,与此同时这种超越性的情感体验在某种意义上也意味着人的主体性的完满。"审美"在80年代的文化语境中俨然成了超越一切社会限定、实现人的自我价值的自由境界。学科的自主性诉求本身以及它所建立的这一套关于自我、个体、人性、无意识、自由、普遍性等审美话语也成了当时学术走向"现代性"的写照。但值得一提的是,如果说当时的文艺学在审美静观的问题上似乎呈现出远离社会的姿态,那么它同时也充分汲取了审美既是一种趣味也是一种修养的观点,提倡艺术介入人生并提升整体人格②。事实上这种"超越"同时也意味着以一种"审美"的姿态重新介入社会。

如果说在以审美性对抗特殊的"政治"这一过程中,学术界曾一度出现了空前一致的反思性批判,那么90年代以来"审美性"自身开始面临分裂。90年代以来,文学与艺术也开始呈现出多元化的状态,大众文化在日常生活中大量出现,与此同时消费与生活方式本身也逐渐呈现出一种个性化与审美化的趋势。面对这种审美泛化的社会文化现象,一些学者延续了过去的审美主义话语,继续保持审美所具有的超越性,并将其无限神圣

---

① 金惠敏:《从形象到拟像》,《文学评论》2005年第2期。
② 参阅王元骧《文艺理论中的文化主义与审美主义》,《文艺研究》2005年第4期。

化；与此同时，审美话语中潜在的文学/社会的二元模式也逐渐积淀下来，只是在后来的研究和讨论中，大众消费文化开始取代"政治"，成为二元模式中与"审美"对立的另一极（审美/大众消费文化）；但在另外的研究者那里，审美性所具有的个体性与世俗性维度却受到了空前的关注，于是大众消费文化中所蕴含的审美真正的问题似乎并不在于消费文化是否带来了道德沦丧或者自律论文艺学是否必然表征着一种一元化的思维模式，而是应当尽量在论争方的价值立场之外，寻求对这种关于"日常生活审美化与文艺学反思"的话语进行细致分析，分析研究主体是如何来理解"审美性"、"文学性"以及"日常生活审美化"的，这些观念的形成和变迁意味着什么？可见，对日常生活审美化与文艺学学科问题的思考有待于走出这场学术论争，寻求一种真正具有反思性的研究视角。

（二）日常生活审美化与审美的价值取向问题

在日常生活审美化的论争中，围绕着日常生活审美化的经验主体、日常生活审美化的研究者其自身的价值立场以及日常生活审美化在当代中国社会是否是一个伪命题，论争各方莫衷一是，而"谁的日常生活审美化"在这一过程中成为关注的焦点。

日常生活审美化研究的价值取向问题其实在这场论争的开端就已有所呈现。在《文艺争鸣》2003 年第 6 期的那组讨论中曾经出现了两种针锋相对的立场：一种观点认为，日常生活审美化可以被看成一个审美民主化的过程，过去被康德式理性主义美学所压制的欲望和感性的审美维度，如今在日常的生活方式中得以显现，而这种欲望的成分又吸取了诸多审美的特性。而这样一种乐观态度却遭到另一种观点质疑，其原因首先基于中国是否已进入消费社会这样一个现实问题，"诗意地栖居在大地上，这当然很美好。但在中国大部分人还未能摆脱生活的必然性困扰，还在向着小康社会迈进的时候，日常生活的审美化的课题虽然很有吸引力，但还不是一个普遍性命题"[①]。

---

① 朱国华：《中国人也在诗意地栖居吗？——略论日常生活审美化的语境条件》，《文艺争鸣》2003 年第 6 期。

第二十三章　日常生活的审美化与文艺学的学科反思

此外，日常生活审美化研究者的价值立场也使人担忧，由于缺乏必要的现实语境，单纯地谈论日常生活审美化，是否存在将学术研究时尚化之嫌？后一种视角在随后兴起的关于日常生活审美化与文艺学反思的论争中不仅被广泛吸纳，而且还出现了一些新的维度，其中，诗意化的生存与审美精神成为日常生活审美化之外更高的精神追求。于是，就在"谁的日常生活审美化？"，"中国是否已经进入消费主义社会？"等一系列追问之下，日常生活审美化研究开始面临合法性的危机。

如果对前面一种审美的民主化论点进行话语分析，那么可以发现他们对"民主化"的理解取决于其对经典的"审美"范畴中所蕴含的某种本质主义思维模式的担忧。"关于鉴赏力和文化消费的科学始于一种违反，这种违反根本不关乎审美观：它必须取消使正统文化成为孤立领域的神圣疆界"[1]，布迪厄曾以对"趣味"的分析而展开其审美批判，他认为审美的鉴赏力是培养与教育的产物，它在将对象分类的同时也对鉴赏者进行了区隔，而那种单纯地把审美能力看作天然禀赋或把审美静观视为完全自在自为的观点是一种"卡里斯马意识形态"。同样，我们发现在中国的一部分日常生活审美化论者那里，也反复提出审美趣味仅为少数精英知识分子所垄断或者康德式理性主义的审美范畴，是以其精神的超越来压制人的感性之维等论点。当日常生活审美化的表征开始在中国显现时，这种审美权威的破除以及审美的释放，不禁令众多中国学者充满了乐观想象。他们认为传媒的技术革命创造了"人类社会文化交流的新的公共空间"和"民主交流的新方式"[2]，或者认为大众在购物的过程也能享受到审美的愉悦，"由于既不需要任何实际的理由，也无须任何实际的经济支出，因可以'无目的'而'合'的享乐目的"[3]。不难发现，其日常生活审美化分析的立足点在于"日常生活"，试图在学术话语中恢复日常生活的合理性。因此，他们尤其关注日常生活的感性层面，推崇人性欲望的合法性，并对日常生活审美化质疑者的话语中所蕴含的理想主义与本质主义成分表现出一种本

---

[1] 布尔迪厄：《区分》导言，罗钢、王中忱主编《消费文化读本》，第49页。
[2] 参阅金元浦《重新审视大众文化》，文化研究网；《别了，蛋糕上的酥皮——寻找当下审美性、文学性变革问题的答案》，《文艺争鸣》2003年第6期。
[3] 王德胜：《为新的美学原则辩护——答鲁枢元教授》，《文艺争鸣》2004年第5期。

能的反感。在关于现实与乌托邦的对话中，他们始终坚信诗性的精神守望不是一个空洞的理想主义乌托邦，它应当在实现感性的生存权利的基础上发展起来，而不应成为阻碍和压制人的全面发展的教条①，由此，他们的观点中所具有的世俗化价值立场已清晰可见了。

80年代的启蒙主义思潮以及90年代初那场有关人文精神讨论，都曾一度对于世俗化的问题有所关注，而大众文化所具有的世俗性和多元性的特征在当时被许多学者视为躲避意识形态的一块飞地。于是，"日常生活"正是在逃避意识形态的文化记忆的过程中浮现出来的：如果说有关"日常生活"的个人叙事在50—70年代的文化记忆中几乎是一块完全被集体话语所遮蔽的空间，而80年代的启蒙话语和主体叙事又充满了理想主义色彩的话，那么90年代以来，随着市场经济的逐步确立和社会文化转型的形成，日常生活逐渐成了一块有待发现的自由空间，正如列斐伏尔认为的那样，日常生活自身即蕴含了对工具理性的反动。如今人们发现，中国社会文化中逐渐浮出历史地表的日常生活之维，在客观上可以说也对过去一元化的文化空间构成了强烈冲击。可以说，对日常生活审美化所蕴含的民主化的市民空间的发掘正在建立在此基础上的。

然而，是否可以就此认定日常生活等同于一种理想化的市民空间呢？就在一些论者大量运用西方消费主义理论来解读当下生活中的审美化，并将"审美的民主化"看成日常生活中的重大进步时，西方社会学家的忧虑却往往被其忽略了。布迪厄对传统审美趣味的批评仅仅是其研究的起点，在他及其后继者费瑟斯通等人的著作中，这很快被引向了对文化资本之间的转化进行动态的社会学分析，而并没有停留在对消费文化作静态的价值判断。对日常消费所带来个性、平等、自由等民主化的表象，丹尼尔·贝尔、波德里亚、费瑟斯通等学者都曾进行过细致的剖析和批判，他们反对后现代论者所提出的等级的消失这一观点，"我们不得不指出，分类、等级、区隔在城市中从未间断过"②。然而，在中国这部分"审美民主化"的热情拥护者那里，他们的警告似乎没有引起足够重视，

---

① 王德胜：《为新的美学原则辩护——答鲁枢元教授》，《文艺争鸣》2004年第5期。
② 迈克·费瑟斯通：《消费主义与后现代文化》，刘精明译，第160页。

于是其批评者指责说中国语境中日常生活审美化现象所涉及的社会平等、公正等方面的问题往往被其对文化产业、消费文化的热情期待所湮没。与此同时，即便运用这些西方的消费社会理论的批判视角来透析中国的日常生活审美化现象所蕴含的各种社会问题，也未必能够准确地阐释中国自身的社会文化问题，因为这些问题是在自身独特的社会文化语境中出现的，对它们的深入观照势必使得日常生活审美化的语境问题逐渐凸显出来。

如果能够把日常生活这一感性层面的浮现视为当代中国社会的某种进步的话，那么我们同样发现，"日常生活"的内涵也在不断变迁，如今"文化的转向又一次把生活作为文化拉回美学与文艺学研究的领域。它所关注的是全球化、视觉、图像、媒介、传播、性别、新历史、后现代、后殖民、文化研究、时尚、身体甚至经济、技术和产业"①。这显然已不复为当年新写实小说中平庸而琐碎的日常生活，生活如今成为消费的对象和自我的对象化，它能够被独具一格地自我设计并从容不迫地尽情享受。因此，过去那些曾主张生活无罪或逃向生活的学者如今却惊讶地发现，生活本身的意义连同自我的意识都逐渐消融在这一过程中了，"转而为生活而生活，以丧失意义的生活为生活。结果，生活成为唯一目的，成为新的时尚"②。这些正是日常生活审美化的众多质疑者最为关注的问题，它不仅被视为道德堕落的象征，而且很快被转化为对谁的日常生活以及怎样的审美化的追问。

于是，同"审美的民主化"论者相比，质疑审美化的学者对日常生活审美化现象所具有的负面成分显然更为关注，"现代商业就是要让人掏钱买货物，并让人在购物中获得快感，而忘掉那些深层的属于思想感情领域的种种问题（如贫富悬殊、东西发展不平衡、城市农村的巨大差异、环境污染、贪污受贿、分配不公等）"③。一方面，他们清醒地看到了社会转型过程所带来的各种社会问题，并特别指出了被日常生活审美化的理想景观

---

① 金元浦：《别了，蛋糕上的酥皮——寻找当下审美性、文学性变革问题的答案》，《文艺争鸣》2003年第6期。
② 潘知常：《逃向生活——在阐释中理解当代生活的审美化》，"学说连线"网2005年8月。
③ 童庆炳：《文艺学边界三题》，《文学评论》2004年第6期。

所屏蔽的广阔的社会现实,而"中国是否已经进入了消费主义社会"则成为其论述的基点。他们指出,与西方的消费社会不同,作为日常生活审美化的实践者的新型文化媒介人并非一种普遍性的存在,而仅仅是局限于大都市中的极少一部分文化白领,"小资的物质的或精神的存在,并不仅仅是一种已然现实,而且还意指一种有待追逐的人生理想。在中国语境中,小资的西方含义已经变形,它由与中产阶级的普通物质条件相关的一种大众化社会定位,已经转换为一种让人心醉神迷的生活时尚的代名词"①。在此基础上,他们认为日常生活审美化研究由于忽视了中国更为复杂的现实而成为一种文化时尚,它实质上成了文化传播者与消费主义的合谋。在"新富人的文化"、"食利者的美学"等称谓的包围中,日常生活审美化研究的合法性面临挑战。另一方面,审美化的批评者又致力于把审美的人文主义理想和批评精神与对弱势群体的关怀联系起来,"对于中国社会文化的现代发展而言,我们需要的决不只是给'审美化'的消费文化锦上添花、涂脂抹粉,更需要为普通大众的文化需求,为弱势群体的文化需求雪中送炭,更需要在工具理性、金钱力量独霸的消费文化日趋扩张之时保持澄明的人文理性与批判精神"②。

值得一提的是,他们还特意将消费文化与通俗文化进行了区分,认为虽然二者都具有形式上的大众性特征,但前者的主体实质上是少数的中产阶级,而后者才是真正的大多数人的文化;前者是商业操纵的产物,而后者才与审美文化一样具有"永恒的价值和典范的意义"③。于是消费文化中的消极因素几乎被等同为商品化与市场化的必然趋势,日常生活审美化也就意味着工具理性以及现代技术对于人的更为严酷的操控,人的欲望高涨以及自我的丧失被视为这一过程所带来的道德沦丧,故此,他们力图将审美的日常生活化与日常生活的审美化区分开来,主张用诗意化的精神提升被世俗化了的人格,从而实现更为广泛的人文主义关怀。审美在此被赋予

---

① 朱国华:《中国人也在诗意地栖居吗?——略论日常生活审美化的语境条件》,《文艺争鸣》2003年第6期。
② 姜文振:《谁的"日常生活",怎样的"审美化"》,《文艺报》2004年2月。
③ 参阅王元骧《文艺理论中的文化主义和审美主义》,《文艺研究》2005年第4期;朱立元、张诚《文学的边界就是文艺学的边界》,《学术月刊》2005年第2期。

了某种正面的道德意义，并在这一过程中完成了其与"大多数人"立场的对接。

然而正是在这种对接中，一种新的困惑产生了：在对日常生活审美化和消费文化的分析和批判中，这部分学者显然是站在一种精英化的审美主义立场之上，而且明显地借用了法兰克福学派的思想资源对大众文化与技术主义进行文化批判。然而，既然认为日常生活审美化仅仅是少数中产阶级的文化，而大多数人是被排斥在这个消费文化圈之外的，那么其所借用的这种基于西方文化工业批判基础上的理论与价值立场，是否就一定能够比"审美的民主化"论者更准确地指向当代中国"大多数人"的现实问题？

总之，正是在对消费文化与大多数人的关系这一问题上，知识分子超越式的批判精神与积极入世的大众关怀意识之间产生了一种错位。可以说，这种理想和现实的断裂是内在于中国知识分子角色自身的功能之中的，一方面，在救亡的历史背景中逐渐形成的中国知识分子群体对于大众化所具有的群众立场有着天然的亲和感，另一方面他们又超越了大众自身的判断力，并在如何理解与看待大众的问题上不断呈现出自身的价值立场。

知识分子的这种身份意识潜在地贯注于上述有关日常生活与大多数人等问题的讨论中，其中有学者提倡把日常生活审美化中消费主体意识的实现看成是某种隐含的多样化的大众，或将审美化的日常生活视为自由民主的社会空间，以此对抗残留在社会生活中的某种专制主义的意识形态因素；而另一种观点则提出要关注被排斥在前者视野之外的另一些"大多数人"，并且通过区别民间通俗文学与大众消费文化中的大众化特征，从而将批判指向了日常生活审美化背后的商业化因素或某种虚幻的所谓的工具理性，最终试图运用审美的理想来关怀与启蒙大众。虽然以上两种观点在具体的"大多数人"的价值立场上观点针锋相对[①]，但他们却不约而同地都提到了"多数人"的问题，并将其置于"官方"的对立面而寻求某种道义化的合法性，反之，其对立面则自然而然地被当作某种极权主义的象

---

① 例如其中的一方倾向于接近于普通人日常生活的世俗的现代性立场，而另一方则寄希望以审美的人文关怀来抵制商业主义的侵袭。

征。然而正是在这一过程中,这些"大多数人"在转型时期的某种感觉结构却不同程度地遭到放逐。

因此,日常生活审美化在中国当代语境中的复杂性开始受到更多的关注。而忽略中国语境中这些特殊的消费主义畸变,以及日常生活审美化所出现的复杂的社会文化空间,或仅仅视其为一处理想化的民主空间或者单纯的消费主义意识形态,那么可以说其话语方式却依然囿于90年代初期那场人文精神讨论。于是有学者反对单纯以某些外在的物质标准来划分日常生活审美化或消费的主体,相比之下,他们更加关注日常生活审美化对于社会文化的潜在影响和其发展趋势。例如主张过对青少年群体、不同收入人群以及乡村人口的消费心理与消费结构等诸多容易被忽略的层面进行社会学分析,而不能笼统地将日常生活审美化等同于大众实际的日常生活,或反之将其视为截然对立的部分,因为在认定消费主义倾向时,"经济条件对消费方式的变化并不具有最终和唯一的因果决定性"①。此外,还有学者对"日常生活审美化"与对"日常生活审美化"的观看行为进行了区分,从而指出虽然中国社会并未真正进入消费时代,但"'消费时代'的消费意识和文化表征却提前形成"②。这时,日常生活审美化研究的另一个重要维度得以凸显:人们把对日常生活审美化现象的关注转向中国当代社会中大众消费文化的畸变以及社会转型以来更为复杂的社会文化空间,因此,尽管他们同样否认中国已经完全进入消费社会,却并没有像审美主义论者那样就此反对研究和关注这一现象。他们指出,当代消费景观的出现却并非单纯的全球化问题,国家、跨国资本、企业等都不同程度地参与了这种异质性的大众文化空间的塑造,于是在这一过程中官方不复为一个同质性的整体,这使过去的"官方/市场"、"民间/官方"的二元格局陷入了窘境,因此"对于现象的丰富性与事实间差异性的关注,要求我们间或须借助某种人类学、社会学的方法及成果"③。由于目前"中国这种浸透了权力的'资本经营体系'"明显迥异于西方消费社会的经济基础,因此中

---

① 陈昕:《救赎与消费:当代中国日常生活中的消费主义》,江苏人民出版社2003年版,第243页。
② 马睿:《人文知识中的"消费时代"及其批判》,《思想战线》2004年第6期。
③ 戴锦华:《隐形书写——90年代中国文化书写》,江苏人民出版社1999年版,第7—8页。

国语境中的日常生活审美化并不能简单地被视为抽象的消费逻辑使然，在某种程度上它也是一种具有中国特色的意识形态的产物。尽管消费主义与全球化的诸多表征明显与作为革命话语的国家意识形态立场相悖，但是这种消费主义的资本取向从某种程度来说却又"满足了国家意识形态对于全球化的文化想象"①。正是在此基础上，他们主张对日常生活审美化现象进行文化社会学的分析。

此外，大众文化与市民社会的复杂构成也成为其研究的切入点，"中国的市民社会在一开始就与国家权力处于难分难解、纠缠不清的关系之中。由于国家在市民社会的建构中处于绝对的主动地位，这就使后者对它的权力抵制力极为有限"②，鉴于日常生活审美化是一种国家意识形态、资本、知识分子等所构成的混杂的社会文化空间，他们反对运用抽象的文化批判理论对市场进行静态分析，并主张在具体的历史文化语境中对此进行一种动态的社会历史批判。

尽管上述主张在某种程度上都试图摆脱本质主义的思维模式，把日常生活审美化作为当代社会的一个文化表征并侧重于从具体历史文化语境的复杂性出发对消费文化现象进行分析，然而由于研究者各自出发点的不同，也明显导致了其价值立场和研究思路的分野。于是有些研究者把目光聚焦在弱势群体的生存状况方面，通过对消费文化和大众媒介的"修辞"分析，揭示出流光溢彩、盛世繁华的表象背后所隐藏的"远为深刻的隐形书写"。在其看来，中国的中产阶级在社会结构中比例甚微，但他们所营造的日常生活却以一种繁荣和时尚的假象呼唤和构造着更为庞大的自身，因此，这些学者不仅质疑中国的中产阶级群体的暧昧性，进而指出应当深入这一话语内部进行揭示其在中国语境中的意识形态功能。他们既关注这种风格化的日常生活成功地遮蔽了其背后的阶级分化的严酷现实并悄然抹去其中的国家意识形态功能，也力求对造成这种反差的社会根源进行分析。在此基础上，他们把目光转向意识形态溯源："80 年代，作为必要的

---

① 包亚明等：《上海酒吧——空间、消费与想象》，江苏人民出版社 2001 年版，第 13 页。
② 陶东风：《大众消费文化研究的三种范式——兼答鲁枢元先生》，《文艺争鸣》2004 年第 5 期。

社会策略而姑且隐其名或更名换姓的资本主义化的进程，决定了其对于现代化中国的文学想象，仍以乌托邦式的政治民主为核心，以富裕、自由、人权为内容；余者却仍然参照着或囿于社会主义体制的建构与历史经验，而略去了阶级、市场、拜金与欲望等充分必需的内涵。"① 在其看来，80年代的启蒙话语事实上是在主流意识形态的认可下被纳入了"思想解放"的国家话语中的，它在追求进步与发展的过程中有意无意地放逐了阶级、平等的问题，然而事实上它仅仅以自由等现代化理念替代了过去的革命话语，但其余部分却仍然囿于社会主义体制的建构，因此，他们主张对遮蔽了这种异质化现代性进程的80年代话语方式进行反思，与此同时重新呼唤民主、平等思想的当下建构。

对此，尽管另一些研究者同样注意到中产阶级身份以及日常生活审美化话语本身的暧昧性，但在结论上却并不认可前者的判断。在中产阶级的问题上，他们不仅看到了其内部构成的复杂性以及价值立场的暧昧性，例如他们运用文化资本的范畴对新文化媒介人所蕴含的不平等权力进行了分析并质疑其以审美化的生活方式远离现实生活的苦难，"越是沉迷在他们打造的审美化生活方式中，我们就会离底层、离真实的苦难与真正的现实越远"②。但另一方面，他们又隐约感觉到其中可能具有的弥补传统人文教育的缺陷、提高公民素质方面的潜能。于是他们主张以历史的眼光在具体语境中理解市场化、日常生活审美化及现代化等一系列问题：既充分肯定了世俗化、大众文化在改革开放初期的积极作用，也意识到当前复杂的社会文化空间中消费文化的种种负面因素。但他们并不认为这些社会问题是世俗化本身造成的，而是内在于这种世俗化所具有的中国特色这一特质之中。

可见，对消费文化或日常生活审美化的研究并不必然意味着遮蔽"沉默的大多数"，以上两种研究可以说都对审美化的日常生活之外的人群给予了一定的关注，但他们的分歧正是在应当如何理解与关注这一群体的具体过程中产生的。前一种研究思路虽然已经注意到大众文化和中产阶级对

---

① 戴锦华：《隐形书写——90年代中国文化书写》，第56页。
② 陶东风：《新文化媒介人批判》，《首都师范大学学报》2003年第6期。

于其他阶层的某种召唤作用，然而其潜在的"中产阶级/弱势群体"思维模式最终难免有意无意地把其论点引向大众文化的"遮蔽性"这个单一维度，而对中产阶级或弱势群体之间的具体关联及其各自的内在张力缺乏足够的兴趣；后一种论点倾向于运用文化资本等西方社会学理论对不同阶层间趣味差异的形成原因和过程进行动态的社会学分析，然而这样一来却使自己无意识地陷入了某种逻辑困境：这种研究视角源于对西方消费社会中产阶级的文化形构的分析，但它能否完全涵盖中国语境中更为混杂的社会阶层状况？

在当代西方的相关社会理论中，对于差异性的强调其实是渗透在平等或自由的范畴本身之中的，它并非一种抽象的理论主张。作为英国新左派的代表之一，雷蒙·威廉斯坚信平等的基本原则是生命的平等，因此他试图以阶级感觉来取代阶级这一范畴，致力于共同信仰与个体差异相协调的理想的共同体的建构，"用阶级来取消个人，或者只用阶级来判断与他的一种关系，是把人性简化为一种抽象物。但是只谈论个人而对集体模式视而不见，又是在否定显然可见的事实"[①]。可见，平等首先是一种自由选择的共同需要，它应当建立在多元个体的基础上，而且平等作为一种共同的信仰不仅必须容纳变化而且必须容纳异议，在此基础上他明确反对将民主平等视为一种僵化的模式。尽管自由主义者在基本的价值立场上与雷蒙·威廉斯不同，但他们却同样拒绝把自由与平等理解为绝对的价值，正如以赛亚·伯林所言"自由就是自由，而并非平等或正义或文化、或人类幸福或一种平静的良心"。在其看来，自由并不具有特定的内涵，更不是对平等的扼杀，它的价值仅仅在于反抗一切以专制面目出现的事物。丹尼尔·贝尔也认为差异性原则应当始终贯穿在平等自由理念的实施并兼顾集体与个体的协调，将个人自由的实现建立在剥夺他人自由的基础上或者因大多数人的平等而牺牲其余个体的平等权利，都是一种非正义的行为。在此基础上，他求助于相对差别原则并反对将平等与削平相等同，使人平等事实上意味着不平等地待人，因此平等与自由都不是某种放诸四海而皆准的平等原则，它们只有在被应用于社会的实质性问题时才有意义。

[①] 雷蒙·威廉斯：《文化与社会》，北京大学出版社1991年版，第405页。

中国的大众消费文化研究以及日常生活审美化的论争自身的延展势必突破以往单纯以其价值立场来质疑研究的合法性，而展开对不同立场的言说者自身的认识与反思。在这场有关日常生活审美化的论争中，"谁的日常生活审美化"无疑可以被视为审视中国语境中所出现的这一特殊景观的重要切入点，对于其审美化的经验主体及其形成予以观照，进而洞穿其中所蕴含的种种复杂而暧昧的因素；但是对于论争中反复出现的并作为一种参照系的"大多数人"这一话语，似乎也还应进一步加以明晰并进行追问：究竟谁才是"大多数人"？这一群体是如何出现的以及其构成情况如何？它是否具有一种与生俱来的合法性以及它自身的感觉结构与知识分子的期待之间可否存在某种张力？一旦将"谁的日常生活审美化"这个话题置于多元化的声音中来理解，也许会发现这样的提问或许已包含了言说者自身预设的某种价值判断。正如威廉斯认为对有机共同体的浪漫想象其实不过是都市人所特有的怀旧，"这些物质上的劣势并不能用来抵消精神上的优势：这种共同体使我们懂得，生活是整体而且联系不断的"①，理想中自由而平等的精神世界同样应扎根于现实，因为它无法切断现实的时间之流，唯有更好地将自身作为现实的参照物使其批判的精神更为细致地渗透到每一时刻的现实中的各个角落。

关于日常生活审美化的论争虽然无法完全涵盖以上问题，然而对于这些论争的诸多质疑却逐渐凸显了现有的日常生活审美化研究的部分盲点，在当前中国复杂的社会文化语境中如何建立本土视域中的大众文化和消费文化理论，以及这一理论构想如何能够把知识分子的世俗关怀与现实中的个体存在紧密地结合，这种期待似乎预示着一个新的走向。

（三）日常生活审美化与知识分子的角色定位

消费文化语境中知识分子处境问题可以说既是日常生活审美化研究出现的重要根源，也构成了这场论争的焦点之一。日常生活审美化悄然移动着知识分子的版图，清晰地呈现出知识分子的分化与身份变迁，同时知识分子对自身的身份焦虑也在这场关于日常生活审美化与文艺学反思的论争

---

① 雷蒙·威廉斯：《文化与社会》，第333页。

中浮现出来。"从日常生活的粗鄙化到精致化,生动地展示了中国知识分子的新状态。这不仅是知识结构和知识类型的重新分配,更是,或更意味着文化资本和文化权力的重新分配"①,随着文化产业的迅速拓展,"新文化媒介人"逐渐浮出历史地表,而这导致了知识分子内部一场重大的地震。人们发现,继知识分子走向幕僚与日渐专家化的趋势之后,知识分子明星化也成为一道新的文化风景。新文化媒介人不仅同人文知识分子一样分享着文学艺术修养与传统文化积淀,而且也分享其追求自由和创造性等价值理念,将其渗透在艺术化的生活中。

对此,一些学者认为文化媒介人的出现是文化进步的必然趋势,并对其运用自身的人文知识积淀而弥补社会技术化、工具化的弊端充满信心;另一些学者虽不完全否认其对传统人文教育具有一定的补充,但却为其批判维度的丧失而忧心忡忡,由于新文化媒介人游走于文化与市场之间,因此这种置身于权力与利益中的自身立场使其很难具有超越性的批判精神。然而批评者这种不确定的评价本身也被另一些主张更为彻底的批评性的人文学者纳入其批判的视野,鉴于前者对新文化媒介人的暧昧态度,他们认为这种从"立法者"到"阐释者"的转向意味着知识分子向权力的妥协,"文化研究者虽依然把批评性挂在了嘴边,但实际上却一步步地远离了批判"②。总之,学院内知识分子对这一新生群体的评判似乎折射出其自身在这一复杂的社会历史时期的身份定位与身份焦虑。

在有关日常生活审美化与知识分子立场的反思中,"批判性"几乎被等同于人文知识分子身份指标而成为论争的关键词之一,然而,由于知识分子对社会现实与自身角色定位的认识差异,批判性自身的具体内涵却变得日渐模糊。西方现代意义上的"知识分子"意味着一种世俗性批判精神,"批判性"在这里首先代表着一种超越性的价值立场或与社会的距离感。这种距离感并非指涉知识分子应沉溺于个人的精神世界而远离社会关怀,而恰恰是需要知识分子以一种超越性的批判立场介入对社会现实的关

---

① 陶东风:《新型文化媒介人批判》,《首都师范大学学报》2003 年第 6 期。
② 赵勇:《谁的"日常生活审美化"?怎样做"文化研究"?——与陶东风教授商榷》,《河北学刊》2004 年第 5 期。

怀，于是超越性也便意味着独立于特定的社会阶级立场的一种普世性社会良知，因此，曼海姆将知识分子视为一个"自由漂浮"与"无根性"的社会群体。同时，这种距离感与现代意义上批判性的产生，可以说同西方社会"公共领域"的形成密切相关，由于公共领域与主流社会保持着一定的距离，它于是成为具有自由精神的知识分子谈论有关社会政治等公共性问题的聚集场所，而知识分子也因为这种与权威的距离感而获得了一种"立法者"的认同。

在80年代以来的中国的文化语境中，这种"立法者"的身份对众多知识分子来说也充满了魅力，对于这一身份的憧憬甚至在这场日常生活审美化的论争中似乎依然有所暗示。在80年代思想解放的启蒙主义召唤下，知识分子曾经集结为一个高度统一的文化阵营，知识分子的良心唤起了人们追求个性自由的勇气，同时也不失为社会正义的象征。审美的自律性与学科自主性的追求代表了80年代人文知识分子一种典型的批判精神。他们发现审美性的超越性不仅有助于摆脱过去狭隘的阶级性、政治性的束缚，确立人文学科的独立自主性，同时它似乎也赋予了社会批判者一种超然于现实社会的全知视角，使其能够站在整体的人性角度来审视一切。也就是说，在80年代的文化语境中，以审美为特征的学科自律性建设与人文知识分子的批判精神是同一的，正是在倡导学术自主以及寻求审美性与文学性的过程中，人文知识分子充分展示出自己冲破政治樊篱、寻求自由精神的勇气和决心。然而，随着当前中国社会生活中审美化风景的不断延展，当"自由"、"个性"、"平等"等一系列在80年代文化启蒙思潮频繁出现的字眼如今被富于视觉美感的商业广告娓娓道来，当过去那些充满先锋性和颠覆色彩的文学作品不断地通过荧屏走向大众，知识分子却发现这套话语自身所具有的悲壮性如今带上了一丝反讽色彩："权力、精英、大众文化从来没有像今天这样亲密无间地结合在一起。"① 这时，众多国内学者（包括不少日常生活审美化研究的积极倡导者）开始反复遭遇同一种困惑：日常生活审美化的出现究竟意味着文学艺术的胜利还是商业与市场对于文学艺术的收编？

---

① 旷新年：《现代文学与现代性》，上海远东出版社1998年版，第39页。

随着日常生活审美化的出现，批判性与审美性的同一性也逐渐面临解体。尽管不少知识分子仍然执着于对审美的社会批判之维进行建构，主张以诗意化的精神世界来提升被商业化所侵蚀的现实生活，但更多的学者却开始质疑审美性与批判性的必然联系。

他们一方面更加清晰地呈现了学科自主性诉求原有的社会公共性维度，并对这一套话语自身的意识形态的内涵进行阐释。在其看来，20世纪80年代的学科自主性与审美性等范畴并非试图以超然性的姿态拒绝进入社会领域，这种有意识的距离感本身就意味着一种强烈的社会介入愿望，它所呈现出来的非意识形态化仅仅是对特定的主流意识形态的拒绝，而事实上它对个体性与审美性的书写其实蕴含了一种对人性与现代化的浪漫想象，可以说这恰好契合了另一种意识形态的建构。因此，审美所具有的这种批判性维度本身可以说也是80年代启蒙主义的产物，它的出现不仅代表了当时知识分子的普遍权利要求，而且它本身也被纳入新的主流话语的建构之中。

另一方面，又提出从语境化的角度来审视审美话语与批判性的关系，尤其关注其在当下文化语境中的意识形态功能。他们指出，80年代自由人文知识分子的批判性与其现实处境有关，知识分子作为当时社会的一个弱势群体，其坎坷的遭遇使其具有了与当时主流意识形态的某种天然的距离感，而且其对幸福生活的憧憬以及现代化的理论诉求也契合了整个社会的利益需要，于是这一话语本身具有了广泛的社会支持与合法性基础。然而90年代以来，整个社会结构呈现出重大的分化与重组，"八十年代的社会同盟事实上已经不复存在，这个时候，知识分子作为一个集团或者作为一个阶层，也已经很难代表弱势群体的利益要求"[1]。与此同时，一个似乎带有浓厚的市民色彩的公共空间逐渐形成，它使得曾经与人文知识分子立场相对峙的"官方"、排斥日常生活理想的"政治"等都变得面目全非。而这样一来，过去以距离感为指认的自由人文主义知识分子的身份认同变得模糊，在学科自主、个性解放等诉求下逐渐形成的知识分子共同体遭遇着严重的分化。知识分子与其批判对象之间距离感的消逝也改变了审美话语

---

[1] 蔡翔：《何谓文学本身》，《当代作家评论》2002年第6期。

与批判性的关联，人们发现参照物的丧失使审美的批判性带上了某种想象性崇高感，"其实，文艺学的学科边界也好，其研究对象与方法也好，乃至'文学'、'艺术'的概念本身，都不是一成不变的，而是移动的变化的，它不是一种'客观'存在于那里等待人去发现的永恒实体，而是各种复杂的社会文化力量的建构物，不是被发现的而是被建构的。社会文化语境的变化必然要改写'文学'的定义以及文艺学的学科边界"①。也就是说，批判性其实并非审美话语与生俱来的，它同样维系于特殊的社会文化语境，如果说80年代对审美性与学科自主的倡导象征着人文知识分子企图走进公共领域的尝试，但90年代以来的社会现实却无情地表征出其在逃脱中落网的命运。

可见，审美话语的批判维度的弱化并非源于这套话语本身，而是语境的变迁导致了其批判性的错位，如果无法使批评话语更为全面地观照新的社会现实，这将意味着知识分子事实上正在疏离公共领域。于是有的学者将文化的视角引入审美的人文主义精神，以期完成人文学科与新的社会文化的对话指出；而另外有学者则干脆提出突破精英知识分子的视角，对新的历史文化语境中的社会文化现象进行微观政治学的分析，以洞悉其中隐形的权力关系，"文学批评家应当自觉地参与重大的文化价值问题的讨论，并把这种讨论与自己的学术研究有机地结合起来，建构一种以学术研究为基础的对抗性公共领域"②。然而，这种对于审美或文艺学学科的反思却遭到诸多质疑，质疑者大多立足于学科本位，或者以理论的科学性质疑学科反思的合理性，并依然坚信只有审美性才能保持对现实最有效的批判。这样一来，学术界对于人文学科的批判功能的认识便呈现出多种不同的维度。

此时，对批判性的不同理解源于知识分子对现实的不同认识，这也清晰地折射出当代中国知识分子立场的多元性及其对身份变迁的焦虑。随着社会的变迁与文化结构的转变，知识分子群体开始逐渐分化，与此同时人文知识分子在整个社会文化整体中的位置也逐渐发生改变。在目睹了自身那种神圣光晕的消失之后，一些知识分子于是趋向于重新调整自身与社会

---

① 陶东风：《移动的边界与文学理论的开放性》，《文学评论》2004年第6期。
② 陶东风：《跨学科文化研究对于文学理论的挑战》，《社会科学战线》2002年第3期。

的关系,这在日常生活审美化与文艺学的反思中,则体现为寻求如何重建学术与现实的关系以及如何建构文学与公共领域的关系等,从某种程度上说其实正是试图在新的历史文化语境中实现知识分子的批判意识与学术研究场域的对接。因此,日常生活审美化也被视为文艺学学科内在的学科建设功能与文化先锋功能相分离的一个重要表征:中国现代意义上的学术研究始终没有离开过对社会现实的直接关怀,"这两种功能在中国,一直是重合在一起的,而新的时代变化,使这两种功能分离开来了"[1],也就是说,文艺学如今日益注重其自身的学理性,但在日常生活审美化的现实面前,这套话语的先锋性和社会性却正为日常生活审美化研究所取代。可见,日常生活审美化与文艺学的反思问题实质上虽然始于学术研究范式的较量,但实质上却都是旨在寻求和解释如何使知识分子更好地介入社会进行现实关怀的理想途径。

当代西方的知识分子也曾经历过一场身份转化过程,对此,鲍曼指出后现代语境中的知识分子逐渐由"立法者"转向"阐释者"。他认为知识分子并不是与生俱来的社会身份,现代批判型的知识分子本身就是现代社会的产物,它的出现与现代性所分化的专业场域有关,正是公共领域的形成为其超然性的批判立场提供了保障[2]。因此,知识分子并非纯然自由漂浮的群体,它的社会性其实已经内化到其自身所标举的自由、理性等观念中了。从某种意义上说任何个体都是社会的产物,布迪厄也洞穿了知识分子超功利性的内涵:"文化生产场域的这个子空间还是一个具有自身独特逻辑的社会空间。在这个空间中,为着某种利害攸关的特殊事物,行动者你争我夺,开始他们所追求的利益,从更大范围的社会世界中普遍通行的利害关系来看,可能算是颇为超越功利的了。"[3] 于是他提出社会学的社会学研究,而这意味着知识分子逐渐退出全知的批判视角。旨在对话语主体自身与其研究对象之间的关系进行剖析,知识分子话语中在反思社会学的

---

[1] 张法:《文学理论与文化研究之争——对2004年一种学术现象的中国症候学研究》,《天津社会科学》2005年第3期。
[2] 齐格蒙特·鲍曼:《立法者与阐释者》,上海人民出版社2000年版。
[3] 布迪厄、康华德:《实践与反思——反思社会学引导》,中央编译出版社2004年版,第101页。

视野中,"立法者"全知性的批评视角成为最大的偏见,只有不断发现与克服自身的制约性,知识分子话语才能够更加完善,因此全能的批评性并非既有的事实或功能,而仅仅只能作为渐趋靠近而无法企及的参照物。

西方知识分子对其自身身份和功能的认识与调整对中国的人文知识分子来说或许同样具有某种启示,他们开始意识到"人文知识分子的社会批判归根结蒂是一种话语批判,对于人类社会的历史走势,它至多起一种缓冲和制衡的作用。对于'消费时代',对于商品的审美化所导致的当代文化景观,无论人文知识是赞成还是反对,都不能改变它的来临"①。然而,对知识分子批判的局限性的认识也许并不意味着否定其自由、理性等观念的合理性,或者放弃独立自由的批判精神,而恰恰是为了更好地实现知识分子的批判功能。知识分子的自由性与超越性的获得则应当建立在对自身偏见的不断洞见上,由于文化并非与生俱来地处于社会的对立面,从某种意义上说文化自身也是一种内化了的社会因素,于是对置身文化与社会之间的知识分子来说,他们的任何研究都不可避免地带有偏见。因此,自由独立批判精神并非一个固定的范畴,而正是在知识分子不断克服这些偏见的过程中产生的,只有揭示出制约研究者的这些因素才能够避免更大的偏见。

日常生活审美化的讨论展现了知识分子对于自身处境的焦虑,与此同时,有关这一现象的论争也勾勒出二十多年来知识分子话语建构的某种言路轨迹。于是,对这场论争的回顾不仅有助于更清晰地反观社会转型以来的知识分子话题,同时对观照新的历史语境中知识分子的立场与趋向也具有某种启示。

(四) 关于日常生活审美化与文艺学边界问题的论争②

早在 2000 年,"日常生活的审美化"作为一个话题便已经被正式提了出来。及至 2003 年末,《文艺争鸣》第 6 期以"新世纪文艺理论的生活论

---

① 马睿:《人文知识中的"消费时代"及其批判》,《思想战线》2004 年第 6 期。
② 此部分参阅了王德胜、杨光的《现象与论争——关于 2005 年美学和文艺学研究的热点话题》(《文艺争鸣》2006 年第 3 期)一文,并引用了其中的部分内容。

话题"为题，集中发表了一组有关"日常生活审美化"问题的理论文章，包括陶东风的《日常生活审美化与新媒介文化人的兴起》、王德胜的《视像与快感——我们时代日常生活的美学现实》等 8 篇文章。由此，引发中国大陆美学、文艺理论界大范围理论论争的"日常生活审美化"话题全面出场。在美学、文艺理论界的许多学术会议上，"日常生活审美化"都是与会者必定涉及的议题。而 2005 年国家哲学社会科学基金也首次以项目立项形式批准开展"文化研究与当代中国日常生活审美化批判"课题研究。

综观这场理论论争，主要集中在这样两个方面：一是美学上的论争，与此相关的是关于"新的美学原则"的论争，代表性文章有鲁枢元的《评所谓"新的美学原则"的崛起——"日常生活审美化"的价值取向析疑》（《文艺争鸣》2004 年第 3 期）和《价值选择与审美理念——关于"日常生活审美论"的再思考》（《文艺争鸣》2004 年第 5 期）以及王德胜的《为"新的美学原则"辩护——答鲁枢元教授》（《文艺争鸣》2004 年第 5 期）等[①]。

二是从文艺学学科反思角度进行的论争，与此相关的是关于文艺学学科边界问题的论争。这方面的代表性文章主要有：《文艺研究》2004 年第 1 期以"文艺学的学科反思"为题发表的陈晓明、高小康、曹卫东、陶东风等人文章，《河北学刊》2004 年第 4 期以"文学理论的'越界'问题"为题发表的童庆炳、金元浦等 4 人文章，以及陶东风的《移动的边界与文艺理论的开放性》（《文学评论》2004 年第 6 期）、童庆炳的《文学理论的边界——从当前文学图书印数谈起》（《江西社会科学》2004 年第 6 期）等。本节我们主要从文艺学学科反思角度看关于日常生活审美化的论争。

2004 年，童庆炳发文《"日常生活中审美化"与文艺学的"越界"》（《人文杂志》2004 年第 5 期）批判了文化研究提出的日常生活审美化问题。他从审美概念出发，指出文化研究所提出的日常生活的审美化或审美

[①] 关于美学上的对"日常生活审美化"的阐述和综述，可参阅艾秀梅《"日常生活审美化"考辨》，《南京师范大学文学院学报》2004 年第 3 期；桑农《"日常生活审美化"论争中的价值问题——兼为"新的美学原则"辩护》，《文艺争鸣》2006 年第 3 期；凌继尧《对"日常生活审美化"研究的反思》，《东南大学学报》（哲学社会科学版）2007 年第 6 期；逄增玉、李跃庭《理论与实践——"日常生活审美化"研究述评》，《社会科学战线》2006 年第 4 期等。

化的日常生活，并不能引起人的感情的震动，因此日常生活审美化的命题并不能成立。我们今天考察的日常生活的审美问题只是就审美活动构成的形式要素而言的，只是审美的浅层次，而不是深层次。这种浅层次的审美不触及人的感情与心灵，仅仅触及人的感觉，是人的感觉对于对象物的评价而已。因此，这种审美是不可与观看悲剧、喜剧时候的感情的评价同日而语的。童庆炳认为，传统的文学本身活跃着、存在着，文艺研究不应当无视这些活生生的现实而去关注什么日常生活的审美化。2005年初，他发表《日常生活审美化与文艺学》（《中华读书报》2005年1月26日），批判趋于尖锐。按照童庆炳的看法，"日常生活审美化"并非一个新现象，也不是具有普遍意义的现象，由"日常生活审美化"而来的"新的美学"只不过是"食利者的美学"。把这样的"日常生活审美化"纳入文艺学研究，实质是鼓吹"文学终结论"。他坚持认为，现在的文学虽然边缘化了，但具有独特审美场域的文学是任何艺术也无法取代的，文学不会终结。文学既然顽固存在着，文艺学的对象就是文学事实、文学问题和文学活动，文艺学可能随着这些事实、问题和活动的变化而变化，但无论如何变，都不会把文学抛弃掉，而去钟情什么"日常生活的审美化"。

一些学者呼应了童的主张。朱立元等人就强调，当今社会出现的新的文学现象虽然在量上扩展了文学版图，但并没有导致文学审美规定性边界和范围的消失，文学的边界依然清晰，文学与日常生活的界限没有消失。当代文艺学仍然要坚守文学艺术的自律立场，以文学为中心而不是无限扩容[1]。也有学者主张，试图以文化研究代替文学研究是一个本末倒置的错误。"文艺学的对象由文学文本走向文学化的生活并不可怕，但外延的扩大不等于内涵的模糊，文艺学研究的目的，任务最终应落脚于中国现实的需要和文学本身的发展。"[2]而孙士聪则以"经典文本"作为关键词，在《经典的焦虑与文艺学的边界》（《天津师范大学学报》2005年第3期）一文中强调："立足于经典文本的文艺学应该站在对当代消费文化现实保持清醒批判的立场，以经典文学文本为中心适当扩容并与文化研究形成互补

---

[1] 朱立元、张诚：《文学的边界就是文艺学的边界》，《学术月刊》2005年第2期。
[2] 郝春燕：《文艺学移动的边界与坚守的空地》，《东方论坛》2005年第4期。

关系，保持高雅与通俗、精英与大众之间适度的张力，也许这才是目前理性的选择。"

有的论者则直接把日常生活审美化与文艺学问题划清了界限，认为指出"日常生活审美化"或"大众审美文化"的研究和文学理论研究根本就是属于两个不同的学科门类和体系，前者完全属于"生活美学"、"文化美学"的范畴，而文学理论研究的是文学，是对文学的理论反思，二者有根本的质的差别。那种试图用从西方贩运过来的文化研究理论解救中国当前文学理论危机的做法不但不大可能成功，而且还有使文学理论进一步泛化并最终丧失学科存在的合法性前提的危险。因为经过文化研究一步步的蚕食、鲸吞，最后有可能导致文学在我们视野中的彻底消失①。

作为论争的另一方，除了陶东风之外，金元浦也著文进行论辩。他的两篇长文《在历史的思索中前行》（《社会科学战线》2005年第1期）和《重构一种陈述——关于当下文艺学的学科检讨》（《文艺研究》2005年第7期）最有代表性也最系统。金元浦明确指出，当代文学研究中发生的所谓"文化转向"，既是历史的总体发展的大势和现实实践发展的需要所致，也是文学自身内部要素运动的结果。长远的发展过程看，历史上从来没有过边界固定不变的文学。"因此，当代文艺学研究不必固守原有的精英主义范围，而应当关注日常生活中的新的审美现象，这是文艺学文化转向的题中应有之义。"把文学研究的文化转向视为对文学研究的取代或取消，其实是线性思维缺陷的一种表现，"今天文学的文化转向绝不是取消文学的本体研究，而是在多范式多话语共展并存的多元对话时代，寻找更宽广更具包容性更富于生命力的研究方式，其中文学的本体研究作为文学批评的一种话语仍然可以进行进一步的深入探索。文学的文化转向并没有结束文学的本体研究。"（《重构一种陈述——关于当下文艺学的学科检讨》）

针对"日常生活的审美化"对文学"审美性"价值提出的挑战，金元浦梳理了我国文艺学对审美性的认识的重要变化，强调审美性是一个历史范畴，指出审美性走出了文学艺术本体和内在属性的樊篱，走向日常生活。而美学也在这一日常生活的审美化中得到"复兴"。审美似乎已不再

---

① 胡友峰：《文学理论：当前危机及其应对方式》，《广东社会科学》2008年第6期。

专属于文学和艺术，审美性、文学性也似乎不再是区别文学与非文学、艺术与非艺术的根本的或唯一的标准。社会生活出现了审美的日常生活化与文学性向非文学领域全面扩张的普遍现象。这一现象已引起全球艺术家、美学家、艺术理论家以及文化学家、社会学家的广泛关注。这使得审美性作为当今文学本体核心依据的理论产生了巨大的矛盾。由此，传统本质论以审美性作为文学区别于非艺术事物的根本特征，作为文学自律性的根本依据的观念，需要在历史变革的语境中重新予以厘定。

不过从价值论角度出发，金元浦强调文学研究的扩界，绝不是全面拥抱所谓的"日常生活审美化"，文化研究强调的只是从当下社会的总体性、制度性现实出发，来应对现实的提问。而从其批判的、提问的乃至否定的特性出发，它对当代世界"悦目的盛宴"下"审美的空洞"有着高度的警惕，对制度背景下的"审美的缺失"和"审美的不公"提出了严肃的批判。它呼吁"给审美留一块休耕地吧"，这是当代文化转向的一个基本品格。这也是包括陶东风在内的关注日常生活审美化现象许多学者的共识。

关于文艺学如何扩界，如何关注当下现实，葛红兵等人提出了三点主张：（1）告别政治工具主义、伦理道德中心的文艺学，建构市场经济时代，消费主义背景下针对文化产业化状况的文艺学。（2）告别纸面文学中心的文艺学，建构网络背景下多媒体、影视艺术时代的文艺学。（3）告别文化民族主义和相对主义的文艺学，建构"生成"的文艺观，确立全球化时代的文艺学[①]。这是富有一定建设性的。

除了以上关于由日常生活审美化引发的文艺学越界问题的论争外，也有学者针对这场论争作了分析，揭示了这场论争背后隐含的更多重大的理论问题。这典型地体现在李春青的《关于"文学理论边界之争"的多维解读》（《文学评论》2005年第1期）和张婷婷《文艺学"边界"论争之我见》（《社会科学战线》2005年第5期）两篇文章。李春青认为，关于"文学理论边界"问题的讨论可以归结为20世纪80年代以来形成的文学理论的主流研究模式与近年来渐成气候的文化研究之间的交锋。从言说者

---

① 葛红兵、宋红岭：《重建文艺学与当代生活的真实联系——文艺学学科合法性危机及其未来》，《文艺争鸣》2007年第3期。

身份角度来说，文艺理论研究模式和文化研究模式的对立，其实是"立法者"和"阐释者"这两种知识分子文化身份冲突的表现，其中包含着一元文化导向与多元文化共生之间的冲突。前者持守了人道主义和精英意识，在价值取向上体现了强烈的社会责任感和道德理想主义，在学理上表现为一种审美中心主义和审美乌托邦精神；后者的言说立场却带有明显的后现代意味，其反本质主义、反中心话语，强调关注和介入现实文化现象，并提倡研究过程中尽量和被研究对象保持适当距离和"价值中立"态度。但由于其价值立场的不确定或隐含性，使它很难达到预期的"批判"效果。

张婷婷在文中批评了那种斤斤于学科边界的划分，在守界还是扩容以及如何划界问题上花费太大精力的做法，认为这其实并没有太大意义。她认为，在今天这个大变革的时代，许多审美现象本身就已经是诸多品质意味的复合体，与诸多学科相关联。作为人文学科的学者，当务之急是：在与相关学科的相互激发相互生成中，努力阐释审美文化在新形势下冒出来的层出不穷的新事物、新品类、新问题。而不是急于划分界域。况且，边界是很难人为划定的。学科边界的相对性及其游移状态是学术研究尤其是人文学科研究的常态。因此，应该以问题研究为中心展开我们的学术工作。要努力发现现实提供给我们的真问题，即生长于新的文化土壤之上，制约文艺学及相关学科研究发展及活力生成的关键性问题。要淡化学科的规范界域，面向现实、面向变化，在学科立场的隐性制约中，做出应对新生对象的努力。这应当是极富有启发性的，在文艺学建设中，过多地纠缠于理论的细枝末节，还不如埋头工作，这是我国文艺学建设所最需要的。

第二十四章

文化的转向

从20世纪90年代后期到21世纪初,中国文艺学界对文艺学学科的反思力度更大,这与后现代主义及文化研究在中国崛起有着紧密的关系。这种反思也表现在教材建设中,表现为人们努力打破原有的教材编写观念,试图建立新的文艺学教材体系,这具体体现在中国的文艺学教材出现了所谓的"文化转向"[①]。我们用"文化转向"一词,包含两方面的内容:一是以"文化诗学"为名的"文化转向",另一个是以"文化研究"为名的"文化转向"。前者以童庆炳为代表,后者以陶东风、金元浦为代表。

一 文化诗学转向

1988年,北京师范大学中文系就在大学本科开设了"文化诗学"必修课,研究生课程中开出了"文化诗学"专题,确立了"文化与诗学"的研究课题[②]。以童庆炳为首的北京师范大学文艺学教师团队提出了"文化诗学"的命题并进行具体的实践教学,其目的是为了克服80年代文学研究一味"内转"导致的弊病,在文学研究的所谓"双向拓展"中,注重曾经被忽视的文化诗学研究。童庆炳在《文化诗学是可能的》(《江海学刊》1999年第5期)、《文化诗学——文学理论的新格局》(《东方丛刊》2006

---

① 钱中文:《正视中国文学理论的危机》,《社会科学》2006年第1期。
② 童庆炳、王一川:《文学理论教学的双向拓展》,《中国大学教学》2001年第6期。

年第 1 期）等系列文章中阐述了他对文化诗学的认识。他指出，整个 80 年代，文学批评过分注重"向内转"，追寻"文学本体"，揭示文学语言的奥秘，研究小说修辞，等等，一时成为学术时髦。童庆炳认为，文学有三个向度：语言的向度、审美的向度和文化的向度。文学研究应当沿着这三个向度同时展开。但一段时间以来，我们的文学批评囿于语言的向度和审美的向度，把文学研究看成是内部研究，对于文化的向度则往往视而不见，对文本的丰富文化蕴含置之不理（《文化诗学——文学理论的新格局》）。在这种情况下，童庆炳提出当前的文学理论可以双向拓展："一方面继续向微观的方面拓展，文学文体学、文学语言学、文学心理学、文学技巧学、文学修辞学、小说叙事学，等等，仍有广阔的学术空间；另一方面，又可以向宏观的方面展开，文学与哲学、文学与政治学、文学与伦理学、文学与社会学、文学与教育学交叉研究等，也都是可以继续开拓的领域。"[1] 而在外部研究中，要更关注文学与文化的交叉研究，亦即所谓"文化诗学"。不过后来，童庆炳又强调文化诗学是文学的内部研究和外部研究的综合，是对文学三个向度的整体研究，"'文化诗学'就是要全面关注这三个维度，从文本的语言切入，揭示文本的诗情画意，挖掘出某种积极的文化精神，用以回应现实文化的挑战或弥补现实文化精神的缺失或纠正现实文化的失范"[2]。

总之，对于童庆炳来说，文化诗学就是从文化视角中来考察和研究文学。这个视角的意义在于，它不是从文学的微观视角来考察、研究文学，而是从宏观的文化视角、从跨学科的视角来考察文学。所以，它的批评话语也具有包容性，它应该而且可以放开视野，从"文学的诗情画意和文化蕴含的结合部"来开拓文学理论和批评的园地。也正是在这一理论的指导下，2005 年，由童庆炳主编的《文学理论新编》（修订版）出版（北京师范大学出版社）。教材正是通过文学的三个向度——语言的向度、审美的向度和文化的向度——展开的。正如此书"前言"所言："语言、审美、文化

---

[1] 童庆炳：《文化诗学是可能的》，《江海学刊》1999 年第 5 期。
[2] 《文化诗学——文学理论的新格局》。另外，关于文化诗学的综述，可参阅李茂民《文学理论的危机与走向——"文化诗学"研究述评》，《理论与创作》2005 年第 5 期。

三维度是本教材的核心观念,其他的设计则是这一观念的拓展与深化。"教材第二、三、四章即为"文学与语言"、"文学与审美"和"文学与文化"。接下来是第五章"文学抒情"、第六章"文学叙事"、第七章"文学与戏剧"、第八章"文学写作"、第九章"文学接受"、第十章"文学批评"、第十一章"文学的风格"和第十二章"文学思潮的发展"。这些在童庆炳以前编著的文论教材中都有,第十三章"文学的未来"是新的。这一章的问题意识直接来自文化研究对文学经典和文学阅读的挑战,如大众传媒将文学文本淹没在大量的非文学文本之中,影视艺术使语言仅仅成为剧本、字幕和声音,网络博客改变了文学创作、阅读和传播的方式,消解了作家与写手的距离,等等。当然,"文学的未来"之所以成为问题,还来自于希利斯·米勒的"文学终结论"对中国学者的刺激。而当《新编》从媒介的角度,将网络文学和短信文学纳入新的文学类型领域时,已经从"外部"(即媒介角度)对"内部"(即文学类型)进行了改造[1]。《新编》通过有关文本的介绍,通过对事实的分析,作出了自己的回答:文学在未来是不会消失的,只不过是随着传播媒介的变化而发生形式上的变化而已[2]。

此外,在本书的具体章节安排上,每一章都分为三部分:经典文本阅读、相关问题概说以及思考题和辅助阅读材料。这样的设计显然更多地考虑了学生的接受过程:由感性认识(经典文本阅读)经由老师引导而达到对文学问题的理性认识(相关问题概说)。而辅助材料显然让学生更进一步理解文学问题。

其他许多文艺学教材也都表现出了对文化的关注,比如南帆主编的《文学理论新读本》(浙江文艺出版社2002年版),就单列一编来分析文学与文化的关系,其中包括文学与意识形态、文学与历史、文学与社会、文学与道德、文学与思想、文学与性别等章节,对文学与文化的关系作了详细的分析。而在教材的最后,甚至还谈了文学批评与文化研究,显示出教材对文学的文化维度的关注。

---

[1] 陈瑜:《文化诗学的文学理论何以可能——评童庆炳〈文学理论新编〉》,《湖北大学学报》(哲学社会科学版)2007年第5期。

[2] 童庆炳主编:《文学理论新编》(修订版),北京师范大学出版社2005年版。

二　文化研究（批评）的出现语境

在20世纪与21世纪交替的历史性时刻，中国乃至整个世界的文学研究（包括文学理论、文学批评与文学史）都面临深刻的转型。这种转型的动力既来自文学学科内部的知识更新动力，更源于文学和文学研究所置身的社会文化语境的深刻变化，源于文学研究的原有范式和知识体系与它所处的历时语境的脱节与错位。随着产业结构的转型（服务产业、文化产业、文化经济、知识经济等的兴起），随着文化的生产方式、传播方式、消费方式的变化，文学活动的性质、文学在整个文化活动中的位置、功能也已今非昔比。现代传播技术的发展与普及、大众文化与消费文化的兴起、日常生活的审美化，等等，已经导致文学艺术与日常生活之间的距离日益缩小乃至渐趋消失。此外，从全球眼光看，在经济、文化全球化的语境中，中国文学的民族性与现代性之间的紧张关系也再次凸显出来。

所有这些都构成了中国当代文艺学的深刻的反思性语境。

毋庸讳言，与急剧变化的社会文化现实相比，当前文艺学的知识更新显得步履维艰，不仅有大量文艺学研究人员仍然在沿用传统的研究方法，而且即使是一些新观念的提出、新范式的尝试也常常招致激烈的批评。与此形成鲜明对照的，是文化研究与文化批评在中国的迅速兴起[①]。当代西方文化研究的理论与实践在20世纪80年代末，特别是90年代以降被陆续介绍到中国，并被运用于当代中国文学与文化研究，成为90年代以来社会—文化批评的主要话语资源之一。它一方面催生了中国大陆的文化研究热潮，同时也对传统的文学观念与文学研究方法产生了极大冲击，并引发了文化研究（批评）与文学研究（批评）之关系的重大论争（参见下

[①] 这里说的"文化研究"（Cultural Studies）并不包括所有对于文化的研究，而是特定意义上的研究文化的一种视角与方法。它肇始于20世纪中期的英国，以英国伯明翰大学当代文化研究中心（CCCS）为机构化标志。

文）。可以说，20世纪90年代以来中国人文学术（包括文学研究）之所以呈现出许多不同于80年代的新特点，文化研究（文化批评）视野的引入是重要的原因之一。

文化研究与文化批评在当代中国的出现不是偶然的。其中既涉及文艺学学科知识更新问题，更不能回避社会文化环境的深刻变化；既有中国本土的原因，也离不开西方文化研究的影响。谁都不能否定，中国的文化研究与"后-"批评在20世纪90年代兴起，与西方文化理论的跨国"旅行"存在非常直接的关系。但是，与其他因素相比，中国本土的社会与文化现实的挑战以及中国文化在全球文化格局中定位的变化，却无疑是导致文化批评历史性出场的更为根本性的原因。

西方文化理论在中国的"接受史"颇能够说明这个问题。

在西方的各种理论资源中，最早对中国的文化研究与文化批评产生"催生性"影响的，当推美国马克思主义文化理论家杰姆逊的《后现代主义与文化理论》以及法兰克福学派理论家阿多诺与霍克海姆合著的《启蒙辩证法》（主要是其中论述"文化工业"的部分）。前者的中译本在大陆初版于1986年[1]。但令人玩味的是，此书在出版后的最初几年却没有引起重大反响与广泛关注（其影响仅限于个别敏感的青年学者）。对它的广泛兴趣大约在1992年以后才急剧增长。个中的原因恐怕是：90年代初期的社会文化现实发生了巨大的变化，尤其是市场化、世俗化以及大众文化的兴起，使得人们感觉到了文化研究的理论魅力[2]。值得注意的是：这本书以后现代主义与大众文化为主要研究对象，而它的中国读者对于它的兴趣也主要集中在它对于后现代大众文化形态与文本特征的描述（比如平面化、机械复制等）。可以肯定，对中国大众文化这个新生事物的兴趣激发了学术界对于杰姆逊著作的强烈需要，而中国大陆学术界当时的另一个热

---

[1] 此书是杰姆逊在北京大学的讲稿基础上改编的，由陕西师范大学出版社于1986年初版；后由北京大学出版社1997年重版。

[2] 最初出现于大陆的大众文化是从港台引入的，比如邓丽君的流行歌曲、电视连续剧《霍元甲》等，时间在70年代末80年代初；而以王朔小说以及他参与制作的电视连续剧为代表的中国本土大众文化，则兴盛于20世纪90年代初期。

点正好就是后现代主义①。

霍克海姆和阿多诺的《启蒙辩证法》中文初版于1990年。但是对于它的大量引用也是在1992、1993年以后。依据笔者的看法，其原因同样是因为这个时期的中国学者迫切需要借助西方的理论资源来分析与解读中国当时正在兴起的大众文化热潮②。

此后，对于西方文化研究成果的译介开始成规模地大量涌现③，事实上，自20世纪90年代晚期至今，来自欧美学术界的"文化研究"或"文化批评"译著，越来越受到人文科学领域的学者与研究生的青睐。与此同时，大陆本土的文化研究也在90年代中期左右开始成为引人注目的学术亮点。除了散见于各个刊物的文章以外，还有专门性的学术集刊的出版④。此外，还出现了两个文化研究网站⑤。在此基础上，已经有人把西方的文化研究与文化批评作为新世纪重建中国本土批评范式的主要话语资源，不同程度地运用到当代中国文化的研究中去，并思考其给中国本土批评理论建设所带来的启示和可能性，出现了比较多的对于大众文

---

① 关于后现代主义的介绍最初集中于对西方学术成果的翻译，比如佛克马等著、王宁等编译的《走向后现代主义》，北京大学出版社1991年版；王岳川主编的译文集《后现代主义文化与美学》，北京大学出版社1992年版，等等。几乎同时，《文艺争鸣》杂志、《文艺研究》杂志分别于1992年第5期、1993年第1期集中发表了关于后现代主义的笔谈，它标志着中国大陆人文学界，特别是文学界"后现代"热的兴起。参阅本书第二十二章的相关阐述。

② 对于中国大陆这个时期的大众文化研究的著述的粗略浏览即可以发现，它们绝大多数都大量地引用了《后现代主义与文化理论》、《启蒙的辩证法》这两本书（虽然存在相当普遍的脱离中国大众文化的实际语境而机械套用这两种理论资源的问题，对此的批评性检讨可参见陶东风《批判理论与中大众文化批评》，《东方文化》2000年第5期）。

③ 这方面影响比较大的有：中国社会科学出版社的"知识分子图书馆"；中央编译出版社出版的"大众文化研究译丛"；商务印书馆的"现代性研究译丛"和"文化和传播译丛"；南京大学出版社出版的"当代学术棱镜丛书"；江苏人民出版社出版的"知识分子译丛"，等等。

④ 参见陶东风、金元浦、高丙中主编的《文化研究》丛刊，此刊创刊于2000年，是大陆唯一专门的文化研究丛刊，第1—3辑分别于2000、2001、2003年由天津社会科学院出版社出版，第4辑于2004年由中央编译出版社出版，第5—9辑分别于2005、2006、2007、2008、2009年由广西师范大学出版社出版。第6辑开始主编调整为陶东风、周宪。

⑤ 一个是中国人民大学金元浦教授主持的"文化研究：西方与中国"网站，另外一个是上海大学王晓明教授主持的"当代文化研究"网站。前者更加接近文艺学与美学；后者则涉及人文科学与社会科学的各个方面，其特色是关注当代社会热点问题。

化研究的专著①。

　　文化研究与文化批评的兴起有其社会历史的深刻原因，对此虽然有不少学者已经不同程度地提及，但是大多零星而不系统，有继续深化认识的必要。

　　从国内方面看，首先值得指出的是：90年代市场化、世俗化进程的加速发展，大众文化与消费主义的兴盛，成为文化研究与文化批评出现的最重要的社会文化背景。众所周知，90年代初期，中国的改革开放经一段时间的停滞以后重新起步，并以一种变化了的方式以更快的速度发展（其直接的标志是1992年底邓小平的南方谈话），市场经济引发的社会转型加深、加剧。这一世俗化潮流同样也反映在文化艺术界，各种文化产业与大众文化开始以空前的速度兴盛。这一语境的锚定启示我们：文化研究与文化批评作为一种批判性话题的出场，不是，或至少不完全是知识自身发展的纯自律的结果，毋宁说它通过学术的方式进行的对当今的社会文化转型的一种回应。对此大陆学者的意见比较一致。市场经济的迅速发展、文化市场和文化工业突然"崛起"、大众文化的全国性蔓延，这种种新的文化景观对人文学者提出了急需回答的问题，而具有深切的现实关怀与跨学科性的文化研究，在这方面恰恰拥有自己明显的优势。

　　其次，从研究队伍的情况看，文学与文学研究的边缘化使得相当数量的从事文艺学与文学批评的研究人员，转向文化研究与文化批评并在大学中开设"文化产业"、"文化市场管理"等新的跨学科专业。大众文化，特别是影像娱乐产业的兴起，文化的视觉化、图像化趋势，使得文学在很大程度上不再是文化与意义的生产与消费中心。影视、广告、互联网、大众畅销读物等新兴媒体文化已经取代文学成为新的主导性意义生产载体，

---

① 大众文化方面比较早的研究丛书是作家出版社1996年推出的"当代审美文化书系"（在中国的语境中，"审美文化"与"大众文化"这两个术语常常交叉），包括肖鹰的《形象与生存——审美时代的文化理论》，陈刚的《大众文化与当代乌托邦》等。此外还有：金元浦、陶东风的《阐释中国的焦虑——转型时代的文化解读》（中国广播电视出版社1999年版），黄会林等的《当代中国大众文化研究》（北京师范大学出版社1998年版）等。在后殖民研究方面，比较早的著作是张颐武的《在边缘处追索——第三世界文化与当代中国文学》（时代文艺出版社1993年版）。相对这些较为专门的研究成果而言，对文化研究这个新的知识生产领域的综合性研究出现比较迟，参见陶东风《文化研究：西方与中国》，北京师范大学出版社2000年版。

这个情形与 20 世纪 80 年代非常不同[1]。现实世界日益复杂化，新的社会形式、生活方式与文化形态层出不穷，对此中国人文知识分子产生了"阐释的焦虑"，他们迫切需要能够解释这个变化着的世界以及知识分子在其中的新位置的思想武器与知识资源，而局限于内部研究的传统文学研究范式显然已经很难胜任这项任务[2]。

面对这样的情形，一些从事文学研究的学者干脆离开文学领域进入对广义的"文化"（大约相当于威廉斯说的"作为生活方式"的文化）的研究；而另外一部分人则试图把文化研究的视野与方式引入文学研究，产生了文学研究中的文化批评方法。于是我们看到，现在的文化研究主要表现为两种形态：一种已经完全离开文学研究的传统对象，转而研究一些诸如城市空间建构（广场、酒吧、咖啡馆、民俗村、购物中心）、广告、时装、电视现场直播、节庆仪式等社会文化现象[3]；还有一种是把文化研究的视野、方法、范式引入文学研究与批评中，陶东风把它称为狭义的文化研究或"文化批评"，并作为文学批评的一种而加以讨论（详下）。

再次，文化产业的兴起、文化与经济的日益融合，使得包括文学在内的文化生产与传播的技术、机构、实践、物质方面/层面的重要性变得越来越突出。众所周知，传统的文学研究比较多地集中于解读文学文本，分析文学生产的精神—观念属性以及作家的个体才能与创造力，而不太注重文学活动的物质的、机构的、技术的维度（实际上它不是把文学当作一种文化活动或文化实践看待，而是当作作品或产品看待）。这种研究范型随

---

[1] 80 年代的情形是文学一头独大，其他的媒体文化或刚刚起步，或者根本没有出现，文学承担了反映现实问题、参与政治、启蒙大众、娱乐大众等繁复功能。

[2] 所谓"传统"在此是指 80 年代初、中期形成的文学理论的主导范式。关于这个范式所以不能阐述当前的文化艺术现象的原因，参见陶东风《大学文艺学的学科反思》，《文学评论》2001 年第 5 期；《日常生活的审美化与文化研究的兴起》，《浙江社会科学》2002 年第 1 期。

[3] 关于香港回归的报道的研究见《文化研究》第一辑；关于北大校庆的研究见《文化研究》第二辑；关于金鸡奖颁奖仪式的研究见《文化研究》第三辑；关于城市广场的研究参见倪伟《空间的生产与权力敞视——透视当代中国的城市广场》，关于酒吧的研究参见汪亚明《上海酒吧——空间的生产与文化想象》，关于深圳民俗村的研究参见倪伟《符号消费的文化政治——以深圳民俗村为例》，此三文均见王晓明主编《在新意识形态的笼罩下》，江苏人民出版社 2000 年版；关于轿车的文化研究参见孟悦《轿车梦酣》，《视界》第三辑。

着新的大众媒介与大众文化生产的兴起而显示出了自己的局限性。因为今天包括文学在内的文化艺术生产的突出特点正是它的物质化、技术化与机构化（各种文化媒介机构与文化媒介人在其中所起了巨大作用），文学艺术在很大程度上已经成为产业，其物质属性、技术属性和商业属性变得越来越突出。我们以为，这一变化同样是文化研究兴起并受到欢迎的重要原因之一①。因为传统的文学研究一直不怎么关注文学艺术的物质性、技术性和产业性，也不怎么研究文化机构、文化媒介人等在文学艺术生产和传播中的作用。于是我们看到，从事文学研究的学者，开始了对于各种文化生产机构的关注（比如对于商务印书馆的研究、对于《新青年》的研究、对于《南方周末》文化版的研究、对于电视台的某个节目的研究等）②。

又次，知识分子的社会责任意识与参与意识的重新凸显。在20世纪80年代中后期的中国文坛，由于国内政治气候与国外文论思潮影响等多重原因，一度出现了对于文学形式的迷恋与关注，作家们热衷于编织"叙述的迷宫"，批评界则大谈所谓"文本的快乐"、"能指的狂欢"，文学创作与批评一度疏离了社会现实（所谓先锋实验小说与批评是其代表），淡化了知识分子的社会批判意识。经过1990、1991年的短暂冷寂，随着1992年邓小平"南方谈话"引发新一轮经济大潮，知识分子由于自身的边缘化而开始重新思考中国当代的社会文化问题，特别是自己在新的社会现实中的身份认同问题，知识分子的角色意识开始得到强化，强调知识分子的社会批判职能。这种思考一开始集中于知识分子与市场的关系问题（关于"文人下海"的讨论是其标志），后来延伸到对于"市场化"、"商品化"、"大众文化"等问题的讨论，乃至进一步扩展为关于中国的现代化模式、全球化等的反思，以及对于贪污腐败、道德滑坡、贫富分化、农民工权利

---

① 关于文化媒介人的作用，最近我看到一篇题为《把艺术做起来》的报道（《中国图书商报》2003年2月28日），对于王林、黄专、栗宪庭等著名的策展人进行了采访，高度评价了策展人在艺术生产中的巨大作用。

② 这个变化反映在研究生教育中则是越来越多的文艺学研究生热衷于选择文学机构研究为自己的学位论文题目。比如近几年首都师范大学文艺学研究生就有选择《萌芽》杂志和新概念作文大赛、《故事会》、百家讲坛、《诗刊》等作为硕士学位论文的选题。四川大学、北京师范大学的研究生也有选择茅盾文学奖、《时尚》杂志为学位论文题目的。

保障、教育公平、环境污染等现实问题的关注①。在这样的语境下，以强烈的政治性、参与性、实践性以及跨学科性为特征的文化批评，为知识分子的社会批判提供了一种非常有利的视角与方法。

最后，我们还必须考虑90年代开始出现的新的国际关系背景，其中最重要的是全球化与地方化的互动。随着市场经济的深入，随着中国加入WTO等世界性的经济合作组织，中国的社会经济文化都更深地卷入了全球化进程，与国际（西方）经济与文化的融合程度空前加深。与此同时，全球化也引发了知识分子的文化认同危机以及民族文化寻根渴望，民族主义情绪有所抬头。这对于第三世界批评以及后殖民主义批评的兴起具有直接的影响②。

总体而言，当代文化批评的出现与兴盛并不是偶然的，也不是局限于文论内部的一种自我逻辑发展，而是复杂的社会文化现实与文论发展的内在需要共同促成的。假如不对这些复杂语境予以认真的分析，就很难对之作出准确的评价。

三 关于文化批评与文学批评关系的争论

面对文化研究与文化批评的兴起，以及由此引发的文学研究的话题、方法、关注的点变化以及研究人员的分化重组，学术界出现了相当热烈的争论。有人在悲叹80年代文学批评的昔日辉煌的逝去，也有人在欢呼文化批评的黄金时代的到来；有人认为文化批评扩展了文学研究的空间，并为它注入了新鲜活力，也有人指责它滑向了"无边的文化"，迷失了文学"本体"，乃至倒退到了我们已经抛弃的庸俗社会学批评，使得文学的自主性重新面临

---

① 比如人文学界关于"人文精神"的讨论、关于现代性的反思乃至于关于国企改革、下岗等具体社会问题的讨论。一个值得注意的现象是：知识分子的社会批判近年来有越来越具体化、务实化的倾向，在许多人文知识分子主办的学术网站已经出现越来越不"专业"的倾向，我们可以在那里发现关于非典问题、高考招生腐败问题、"宝马案"等非常具体的社会现实问题的讨论。这似乎表明知识分子的批判话语已经越来越具体化。

② 另外，文化研究出现的另外一个重要原因是日常生活的审美化。当代社会与文化的一个突出变化是审美的泛化或日常生活的审美化。尤为这个问题我们在第二十三章已经做了专门介绍，这里从略。

危机。除去一些比较情绪化的言论不谈，更加具有学理性的问题也同时提了出来。比如：文化批评与文学批评的关系是什么？文学批评向文化批评的转化是文学批评的转机还是文学批评的迷失？文化批评会取代文学批评么？文化批评是不是一种社会学批评或所谓"外在批评"？如果是的话，它与审美批评的关系又如何？它是向庸俗社会学批评的倒退么？等等。

文化批评与文学批评的关系无疑是这场争论的焦点。对文化研究与文化批评持质疑或批判立场的人大多沿用原先由英美新批评派提出、流行于我国20世纪80年代的"二分法"，认为文化研究是一种与"内部研究"相对的"外部研究"，有人甚至把它看作是庸俗社会学批评的回潮。他们认为，文化批评背离了文学的"审美"本质，甚至根本就离开了文学，与文学无关；也有人认为文化批评可以存在，却不能取代文学批评，尤其是不能取代文学的审美研究/内部研究。比如《南方文坛》1999年第4期上发表了《关于今日批评的答问》的长篇访谈，其中第一个问题即是"为什么当下的文学批评逐步转向文化批评？您认为文学批评还能否回到文学？"（其实这个问题预先已经设定文化批评与文学批评的二元论，好像它们是两回事，才有所谓"回到"的问题）。对于这个问题，相当多的学者把文化批评视作与"内部批评"相对的"外部批评"，或与审美批评相对的社会学批评，他们希望文学批评回到"文学"。比如"……文化批评说到底仍是一种外在研究，从批评思维上说，它与先前的社会学批评并无本质的差别，因此它仍然存在着强加给文学太多的'意义'、'象征'，从而使得文学非文学化的危险"（吴义勤语）；"文学批评的'场'，归根结底还是文学……我不希望太多的批评家一头扎进'文化'、'思想'或'精神'而走失"（施战军语）。这样的看法是相当普遍的。显然，这些批评者在很大程度上坚持80年代的审美/艺术自主性立场，其理论资源也是80年代比较流行的俄国形式主义、英美新批评等[1]。

在这方面，阎晶明与吴炫的观点是比较典型的。[2] 阎晶明指出："90年

---

[1] 《南方文坛》1999年第4期访谈"关于今日批评的答问"。

[2] 分别参见阎晶明《批评：在文学与文化之间》，《太原日报》1999年9月6日；吴炫《文化批评的五大问题》，《山花》2003年第6期。

代的文学批评是一个更加缺少学术规范的时代，80年代活跃于文坛的批评家，在这一时期纷纷转向，把目光转向更加庞杂的目标，就文学而言这是一个虚化了的目标。批评家们的注意力被转移和分散到了更大的文化问题上。"作者以人文精神与后现代的讨论为例责问道："这些学术主张在多大程度上属于文学批评？"作者认为这两者都已经在"目标上偏离文学"。这偏离了目标的批评就被作者指认为"文化批评"，而在这种所谓的"文化批评"中，文学作品就成了被批评家随意搬弄的"小小旁证"。作者进而忧心忡忡地写道："文学批评就这样被文化批评取代，成为无足轻重的唠叨陪客，对作家作品的具体阐释成为不入潮流和缺少思想锋芒的可怜行径。"作者呼吁：文学批评应当回到"自身"，回到"文本阐释"，"这是文学批评不做文学附庸、不被文化批评淹没的必经之路"。这里作者的前提依然是：文学批评与文化批评是两回事，只有前者才是指向"文学自身"的。然则，什么是"文学自身"？存在非历史的普遍化、本质化的"文学自身"么？这个问题本身就是值得追问的，它不应该是讨论的对象而不是前提①。

吴炫的文章列举了文化批评的"五大问题"，是笔者见到的最集中、最系统地质疑中国当代文化批评的文章。"五大问题"中首当其冲的即"当前文化批评对文学独立之现代化走向的消解"。在作者看来，"'文学独立'不仅顺应了文化现代化的'人的独立'之要求，成为'人本'向'文本'的逻辑延伸，体现出文化对文学的推动，而且也成为新文学告别'文以载道'传统、寻求自己独立形态的一种努力——这种努力，应该理解为是对传统文学与文化关系的一种革命。尽管一百年，中国学人总是以西方独立的文学性质和形态为参照，或提出'为艺术而艺术'、'创作自由'的现代主张，或以'文学主体论'、'艺术形式本体论'等西方现代的文学独立观念为依托，从而暴露出艺术无力或文化错位问题，但这种努力本身，近则具有摆脱文学充当政治和文化的工具之现实意义，远则具有探讨中国文学独立的现代形态之积累的意义"。在作者看来，这样的文学现代性进程似乎被文化研究给阻遏了："文化批评不仅已不再关注文学自身的问题，而且在不少学

---

① 对文学非历史的普遍本质笔者表示怀疑，参见拙作《大学文艺学的学科反思》，《文学评论》2001年第5期；《日常生活的审美化与文化研究的兴起》，《浙江社会科学》2002年第1期。

者那里，已经被真理在握地作为'就是今天的文学批评'来对待了。"可见，文化批评是非现代形态或反现代形态的文学批评，因为它"不再关注文学自身的问题"。作者的逻辑在这里表现为：文学的现代性或现代化就是文学的自主性，违背它就是违抗现代性的合理历史进程。

遗憾的是，这些对文化批评的批评，虽然有些还属于学术探讨，但更多是建立在对"文化批评"这个概念以及它与"文学"批评之关系的不同程度的误解上。同时，有关文化批评已经或将要"取消/取代"文学批评的"狂想症"，常常导源于过分夸大文化批评的"神通"，从而也过分夸大了它的"危害"。因此，澄清"文化批评"与"文学批评"的关系在此就非常必要。

如欲阐述文化批评与文学批评的关系，首先必须对"文学批评"、"文化研究"、"文化批评"这三个概念之间的关系进行必要的分梳。在西方与中国，对文化研究与文化批评一般是从它的特征——比如批判性、跨学科性、边缘立场与实践性等——角度进行描述的，很少从研究对象角度对之做出划分（因为文化研究的对象几乎没有边界，无法界定）。也就是说，决定一种研究是不是文化研究不是看它研究什么而是看它怎么研究。但就中国文学理论界的情况看，人们常常用"文化研究"来指那些对象超出了文学范围的研究，而把"文化批评"看作对于文学的一种特定研究类型，也就是说还在文学研究的范围内。笔者也准备沿用这个不成文的划分，把文化研究分为广义的与狭义两种。广义的"文化研究"差不多以一切文化现象为对象，它的研究范围超出了文学。它涉及文化的几乎所有方面，其侧重则是威廉斯所说的"作为整个生活方式"的文化（人类学意义上的"文化"）①。我们今天讲的肇始于伯明翰当代文化研究中心的"文化研

---

① 威廉斯曾经追溯了"文化"这个概念的历史并分辨出它的三个现代含义。（1）作为艺术及艺术活动的文化。这个意义上的"文化"被认为是一个描述音乐、文学、绘画、雕塑、戏剧、电影的词语。在这一意义上，文化被广泛认为涉及"有教养的"（cultured）人们所从事的"精致的"（refined）事业。（2）作为一种"生活方式"的符号方面的文化，无论这种生活方式是属于"一个民族的，一个时期的，一个群体的，或者普遍意义上的人类的"。威廉斯认为，在这个意义上，研究文化就是要探究：一种服装样式、一套举止规范、一个地方、一种语言、一套行动规则、一个信仰系统、一种建筑样式等的含义是什么。除了语言以外，还是有许多具有符号功能的事物，如国旗、发型、路标、微笑、弹道导弹武器系统、工作服，等等。（3）作为一种发展过程的文化。

究",其所指涉的"文化"主要是第二种含义上的"文化",它是由人类学家泰勒首先提出、由英国文化研究的奠基者威廉斯加以发展并引入英国早期的文化研究。这一人类学的文化定义指出了文化在社会生活中的渗透性与日常性。正因为这样,广义的文化研究的范围常常侧重在大众文化或日常生活的文化,举凡广告、服饰、发型、流行读物、通俗电视剧等等无不可以是它的研究对象[①]。显然,这个意义上的文化研究是比"文学研究"或"文学批评"更大的概念,它的兴盛是不争的事实,但是与文学研究至少在对象上属于两个部门,它也不可能取代文学研究(除非文学不存在了)。

同时也存在狭义的、以文学作为自己的研究对象的文化研究,正因为它是以文学为研究对象的,所以,最好把它看作文学批评方法的一种,属于文学批评范围之内。为了区别起见,我们不妨称之为"文化批评"。文化批评是研究、解读与评价文学现象(尽管有时候"文学"的界限也不易确定)的一种独特视角,与它相对的不是"文学批评",而是"审美批评"或"内部批评"。如果我们把"文化批评"界定为文学批评的一种视角与方法,那么说它会取代文学批评就像说诗歌会取代文学一样不合逻辑。我们或许可以说在文学批评内部,文化批评目前比审美批评显得更活跃,更能够介入当代文学问题的争论,而不能说文化批评会取代文学批评。

当然,既然都是"文化研究",广义与狭义两者也必然有其内在相通之处。这种相通或交叉点在它们共同的研究旨趣、研究方法与价值立场,这就是:文化研究(无论广义、狭义)都具有如下特征:政治学旨趣、跨学科方法、实践性品格、边缘化立场与批判性精神。文化批评可以被认为是文化研究的这些特征在文学研究领域的体现。

这样,对文化批评持质疑或嘲讽态度的人所真正担心的其实是:文化批评会否及应否取代"审美批评",或者说,他们担心的是自己内部的

[①] 罗钢等编译《文化研究读本》(中国社会科学出版社 2000 年版)、王晓明主编的《在新意识形态的笼罩下》(江苏人民出版社 2000 年版),都收入了中西方学者对芭比娃娃、球迷、广告、城市广场、购物中心、民俗村、酒吧等等的研究。

（文学批评内部的）"敌人"（比如，对传播学、广告学等领域的文化研究，文艺学中审美派根本就不置一词，仿佛和自己无关）。但由于他们常常把"审美批评"理解、表述为"文学批评自身"、"文学本身"等带有排他色彩的本质主义术语，才有文化批评取代文学批评的似是而非的提法，并给人这样的感觉：只有审美批评或内部批评才是真正的文学批评或文学研究，其他的都是旁门左道。在这里，有必要声明的是，文学批评的方法历来是多种多样的，审美批评或内部研究只是其中之一。审美批评不是文学批评的同义词，把文化批评、社会历史批评以及道德—伦理批评排除出文学批评，有悖于历史事实且缺乏宽容精神。

在澄清了上述问题以后，现在我们再来看看文化批评与所谓"文学批评"——正确地说是"审美批评"、"内部批评"——到底是什么关系。首先，我们必须承认，作为与审美批评相对的文化批评，其批评的旨趣是政治性的，不同于以"文学性"为对象的"内部研究"。作为文学批评的不同方法与范型，两者各有优劣，可以互补而不能取代。文化批评不可能取代"文学批评"（审美批评/内部批评）、"文学批评"（审美批评/内部批评）也不可能垄断文学研究。历史地看，文学研究从来不是只限于审美研究，也不只是以揭示"文学性"为唯一目的，自觉的审美研究或内在研究是在特定的历史时期出现的一种批评方法，而不是文学批评的普遍方法或唯一方法。在不同的批评方法之间也不存在高低等级，我们只能说文化批评与审美批评内部均有水平高低之别，但两种批评方法则各有所长。其实，在不同的批评与研究方法之间争高下、辩"正宗"本身就十分无聊，真正值得探讨的问题是：为什么在特定的历史时期特定的批评方法占据主要地位？什么样的社会文化力量与批评家的利益诉求在这里起作用？也就是说，我们应该用知识社会学的视角而不是本质主义的视角看问题，或者说，关于文学批评与文化批评的关系之争应该是学理之争而不是信仰之争。

最后值得指出的是：文化批评虽然不是以揭示文本的"文学性"为目的，但却不是脱离文本的"离弦说像"。这里涉及另外一个误解与混淆：只有审美研究或"内部研究"才是结合文本的，是文本分析，而文学的文化批评则是脱离文本的。如果"内部"指的是文本的形式方面（语言组织机理、结构、叙述方式等),"内部研究"指的是批评家对于形式方面的解读,那么,真正具有学术价值的文化批评从来不反对形式分析,不反对对文本细读,甚至那些广义的文化研究也是如此,只是"文本"在这里不仅限于文学文本而已。事实上,文化研究(包括广义、狭义)在很大的程度上借鉴和吸收了文学批评中的所谓"内在研究"方法。从知识谱系上看,当代的文化批评产生于西方20世纪中期以后,其思想与学理资源除了马克思主义以外,还包括20世纪各种文学与其他人文科学的成果,如现代语言学、符号学、结构主义、叙述学、精神分析、文化人类学,等等。对于文化批评来说至关重要的是,20世纪西方思想界的一个重要共识就是对于经济决定论的扬弃,认识到政治、经济与文化之间存在复杂的相互关系。由索绪尔的《普通语言学教程》为标志的语言论转向的成果固然集中体现在包括形式主义、结构主义、后结构主义、新批评、符号学、叙事学等学科中,但却同时也渗透到了其他研究领域,包括文化研究。不夸张地说,文化批评极大地得益于在文学批评的"内部研究"中发展起来的语言学、符号学与叙述学这些被认为是"文学的本体批评"的分析工具与分析方法。事实上,许多文化批评家都是文学批评家出身,他们通晓20世纪发展出来的文本分析方法。巴尔特用符号学的方法对广告的分析就是这方面的经典之作。对此可以从两个角度理解。首先,文化研究中一直存在一种集中于文本形式分析的分支,它对语言学、符号学等多有借重。正如伯明翰文化研究中心第三任主人约翰生指出的,文化研究内部存在众多不同的路径,比如:基于生产的研究、基于文本的研究等。在谈及"基于文本的研究"时,他指出:"主要的人文科学,尤其是语言学和文学研究,已经发展出了文化分析所不可或缺的形式描述手法。"[1] 这些手法如叙事形式分析、文类的辨识、句法形式分析等,以表明文化研究对于符号学和结构主义方法的借鉴。约翰生还沿用斯图亚特·霍尔的《文化研究:两种范式》一文中关于文化研究中"文化主义"与"结构主义"两种范式的区分,指出后者"极具形式主义特色,揭开语言、叙事或其他符号系统生产意义的机制",如果说文化主义范式根植于社会学、人类学或社会—历史,

---

[1] 理查德·约翰生:《究竟什么是文化研究?》,见罗钢等主编《文化研究读本》,第29页。

那么，结构主义范式则"大多派生于文学批评，尤其是文学现代主义和语言学形式主义传统"①。

其次，更加重要的是，语言学与结构主义等对文化研究/批评的影响还不只是体现在前者影响了后者的一个分支，而是导致了对于人的主体性乃至整个社会现实之建构本质的理解。约翰生曾经指出："形式"是文化研究中三个关键词之一（另外两个分别是"意识"与"主体性"），并认为：正是结构主义强调了"我们主观地栖居于其中的那些形式的被建构的性质。这些形式包括：语言、符号、意识形态、话语和神话"②。这表明文化研究已经把形式与结构等概念应用到对于社会生活与主体经验的本质的理解，告别了本质主义而走向建构主义，从而把形式与文化、内在研究与外在研究有机结合起来。形式分析能够提供详细而系统的对于主体形式的理解，使我们能够把叙事性视作组织和建构主体性的基本形式。以故事形式为例，产生于故事形式分析的研究方法在文化研究中大有可为，因为"故事显然不纯粹是以书本或虚构的形式出现，它也存在于日常生活谈话中，存在于通过记忆和历史建构的个人和集体的身份中"③。人的主体性以及整个文化与社会生活都是被建构的，而不是自然的、现成给予的。这个结构主义的洞见可以说是文化研究的最重要哲学基础之一。

可见，说文化批评不重视文本分析是没有道理的（虽然有些时评、随笔类的文化批评常常在这方面的确做得不够，但在学术意义上它不属于我认为的文化批评）。它与形式主义或审美批评的真正差别在于：它们解读文本的方式、目的、旨趣是不同的。约翰生在肯定了文化研究对语言学、结构主义、符号学等的借重以后颇有深意地指出：文学批评虽然为文化研究发展出了强有力的分析工具，但是在这些工具的应用上"缺少雄心大志"，比如语言学，"对文化分析来说，语言学似乎是无可置疑的百宝箱，但却被埋藏在高度技术化的神话和学术专业之中"④。这话当然不见得是绝对中肯之论，因为约翰生本人是文化研究学者，但是它的确点出了文本分

---

① 理查德·约翰生：《究竟什么是文化研究?》，见罗钢等主编《文化研究读本》，第19页。
② 同上书，第13页。
③ 同上书，第31页。
④ 同上书，第29页。

析在文化研究和文学研究中的不同旨趣：在文化研究中，文本分析只是手段，文化研究的最终目的不是停留于此，而是要进一步走向政治批评。文化批评不把文本当作一个自主自足的客体，不满足于只是从"审美"或"艺术"的角度解读文本，其目的也不是揭示文本的"审美特质"或"文学性"。文化批评是一种"文本的政治学"，通常不作审美判断，从它的起源开始就有强烈的政治旨趣，旨在揭示文本的意识形态，以及文本所隐藏的文化—权力关系，它基本上是伊格尔顿所说的"政治批评"。

实际上，文化批评对于所谓纯粹的"审美"、"文学性"等本身就持解构态度，它用建构主义而不是本质主义的眼光看待这些术语（它不问"审美或文学性的本质是什么？"而问"审美或文学性是如何被建构的？"）布迪厄对于康德美学的批判就是最好的例子。布迪厄大谈各种不同的审美趣味（比如对于高雅艺术的趣味与对于大众文化的趣味等）是如何与一个人的文化资本联系在一起，而文化资本又如何与经济资本、政治资本等联系在一起，如何被用作与他人进行"区隔"的武器；却从来不谈不同的审美趣味是否真的存在高低之别。[1] 不能进行审美价值判断，或者把审美价值判断还原为政治判断，既是文化批评的特色，当然也可以从审美批评的立场把它理解为一个重要局限。关于莎士比亚经典化问题也是一个很典型的例子。在文化批评的视野中，莎士比亚的经典化是与英国的民族认同，即所谓"英国性"（Englishness）的建构紧密联系在一起的，"它们被用来界定什么是（英国文化的）同质的、不变的本质特征"。正因为莎士比亚与"英国性"（英国的民族文化认同）之间的这种联系，所以它才受到了高度的评价，在学校教育中乃至在殖民扩张中扮演了极为重要的角色。[2] 这种研究根本不去问：莎士比亚的作品之所以被经典化是否与它的内在审美价值有关？或者："审美价值"根本就是一个伪问题么？有没有超越于政治的审美价值或文学性？莎士比亚的经典化固然与民族性的建构存在关联（中国的鲁迅的经典化也同样如此），但是他们的作品之所以被选择出来作

---

[1] See P. Bourdieu, *Distinction*: *A Social Critique of the Judgment of Taste*, London: Routledge & Kegan Paul, 1979.

[2] Elaine Baldwin et al., *Introducing Cultural Studies*, Prentice Hall Europe, 1999, pp. 22 – 23. 中文译本见陶东风等译《文化研究导论》，高等教育出版社 2004 年版，第 23—24 页。

为经典难道与其艺术成就没有任何关系么？把文学性判断或审美价值判断还原为政治立场与政治判断与其说是解决了问题，不如说是悬置或转移了问题。

四　文化批评与文学的自主性问题

当然，文化批评的责难者之所以如此捍卫"审美批评"的"正宗地位"并不是没有原因的，考虑到"文化大革命"期间"工具论"文艺学给文坛造成的灾难，考虑到中国现代文学的自主性道路之艰难曲折，考虑到80年代知识分子是通过争取文学的自主性、自律性而获得合法性并为自己确立身份认同的，这种担心与捍卫就尤其可以理解。然而，尽管笔者也是文学自主性的捍卫者，却并不认为文化研究与文化批评会危及文学的自主性，因为它与"文化大革命"时期的"工具论"文艺学不可同日而语。在此，文化研究/批评与文学自主性的关系问题变得至关重要。

如果说大多数批评者还只是从一种批评方法的角度非难文化批评遗忘了"文学自身"，那么，吴炫则把这个问题提到了一个吓人的高度：文学的现代化或现代性（文学的自主独立性是现代性的内在组成部分），而文化批评既然挑战这种自主性与自律性，因而就是阻断了中国文学的现代性进程。

要深入阐明这个问题，首先我们必须从两个不同的层面上来理解文学的自主性。一个是制度建构的层面，一个是观念与方法的层面。从制度建构的意义上说，文学的自主性的确是现代性的核心之一。在西方，这个建构过程出现于18世纪，它导源于一体化的宗教意识形态的瓦解，与社会活动诸领域——实践/伦理的、科学的、艺术/审美的——的分化自治紧密联系在一起（参见韦伯与哈贝马斯的相关论述）。在中国，文学场的自主性建构开始于19世纪末20世纪初，主要表现为一体化的王权意识形态统治的瓦解，文学摆脱了"载道"的奴婢地位。在中国，文学场的自主性一直是不稳固的，在众所周知的相当长的一段时间，文学自主性的威胁一直来自一体化的政党意识形态。但是尽管存在差异，无论在西方还是在中国，作为文学场的自主自律都表现为文学场获得了自我合法化（自己制定自己的游戏规则）的权力，而这本质上是通过制度的建构得到保证的，或者说，它本身就是一种制度建构。

作为文学观念与文学批评方法的自主性则只是一种知识——美学立场或关于文学（以及文学批评）的主张、观念，一种理论和言说而已，这种作为文学主张的自律论——比如"为艺术而艺术"、文学的本质是无功利的审美——与作为独立的文学场的自主性之间并不存在必然的对应关系，它既可能出现在一个自主或基本自主的文学场中，比如法国19世纪的"为艺术而艺术"的主张，20世纪英美的形式主义批评与新批评；但也可能出现在一个非自主的文学场中。在后一种情况下，自律论的主张表现为一种受到主导意识形态甚至政治法律制度压制的、边缘化的、不"合法"的声音，但并非绝对不可能存在。同样，他律论的文学主张与他律的文学场之间也不存在机械的对应关系。一种他律论的文学主张可以出现在一个不自主的文学场中，比如中国"文化大革命"时期就是这样。这个时候，它表现为"文学只能为政治/阶级斗争服务"；但他律的文学主张/观念/方法也可能出现在一个自律的文学场中，比如在文学场的自主性相对较高的西方国家，同样可以发现相当多的他律论的文学主张与文学研究方法，其中包括各种各样的马克思主义与新马克思主义，当然也包括文化批评。

可见，一个自主的文学场就是一个多元、宽容的文学场，一个允许各种主张表达、竞争的制度环境，在其中既可以捍卫"纯艺术"，可以听到"为艺术而艺术"的声音，也可以听到对文学的社会责任感的强调。可以说，文学场的自主性、独立性恰恰表现为它允许各种文艺学主张的多元并存。从制度建构的角度看，任何通过政治或其他非文学的力量干预文学场的自由—多元格局的制度建构，都是对于文学自主性的践踏。中国1949年后相当一段时间内文学场没有自主性，根本原因在于没有制度意义上的自主文学场。历史地看，早在20世纪二三十年代，就存在文学为政治服务之类主张，但是这种主张却没有获得一统天下的霸权，原因是那个时期的文学场依然是多元的、自主的。可见，可怕的不是存在什么样的文学主张，而是迫使人们只能奉行一种文学主张（不管是他律论的主张还是自律论的主张）。这样，争取文学的自主性或现代性应该被理解为争取（如果还没有的话）或捍卫（如果已经有的话）文学场在制度上的独立与自主，捍卫制度意义上的文学自主性，至于这个场中流行什么观念则大可不必也不能加以强力干预。其实，文学场的独立性不过是言论自由的现代民主精神在文学领域的制度化表现而已。

现在让我们来看看文化批评是否威胁到文学的自主性或现代性。稍有常识的人都不会认为当今的文化研究、文化批评威胁到了文学场的自主性，因为它只是身处政治权力场域外的知识分子的一种理论主张与批评方法而已，根本不可能成为强力压制其他不同声音的权力装置（作为权力装置，它不仅包括话语，而且更包括一整套机构化的、具有物质性的实践活动）。关于这一点的最好证明，就是在各种报纸杂志上随处可以见到对于文化研究与文化批评的批评。

与此相关的一个合乎逻辑的结论是：并不是所有主张文学为政治或某种意识形态、"主义"服务的文论或文论思潮，均可以视作"非现代"、"反现代"或"前现代"的，否则我们只能把西方的心理分析、马克思主义（包含西方马克思主义）、女性主义批评、后殖民主义批评等现代甚至后现代的文学批评，把中国的梁启超、鲁迅等都看作"前现代"的或"反现代"的了，甚至出现于后现代语境中的很多批评方法也会被"遣送"回"前现代"。如上所述，我们应该分辨的是作为制度建构的文学自主性与作为理论主张的自主性的差异。前者确实是整个现代化/现代性运动的一个部分，表现为艺术、实践、道德等领域的分立自主。但这不是说凡是提倡文学的政治参与或社会文化使命的他律论文论就都是前现代的或反现代的。作为文学理论，自主性或自律性理论只是现代文论的一种形态而已。功利性的文学理论只要不是表现为借助于制度而行使权力的霸权话语（如"文革"时期的工具论文艺学）就不能说是前现代的或反现代的。今天的文化研究或文化研究的倡导者显然都不拥有这样的霸权。

五　关于文化批评与外在研究

上面我们已经论证了文化批评与形式主义批评、审美批评的关系以及文化批评与文学自主性的关系问题。为了深入澄清这方面的理论问题，有必要把文化批评与传统的文学社会学进行进一步的分辨[①]。

很多学者不加分辨地把文化批评与所谓"外在研究"等同起来，认为文化批评意味着对于传统社会学批评的回归。这是简单化的皮相之见。就文化批评与文学社会学（不管是传统的还是现代的）都反对封闭的"内部研究"、"审美研究"，致力于揭示文学艺术与时代、与社会文化环境的紧密联系而言，两者的确存在相似之处。或者说，它们均属于文学—社会研究模式。但是它们之间的区别在今天可能是更加重要的。对于文化研究/批评与传统社会学模式之间联系与区别的系统阐述，还需要回顾传统社会学的历史发生及其基本特征。

我们通常理解的传统的文学社会学模式，诞生于西方19世纪。其中尤其以泰纳为代表的实证主义兼进化论的社会学模式与马克思主义开创的辩证唯物主义社会学模式影响最大，它们也是在我国长期占据支配地位的文艺社会学模式。简要言之，传统社会学模式诞生在科学主义与理性主义获得支配性地位的启蒙主义时代，深深地带上了科学主义与理性主义的色彩。关于泰纳的社会学模式，韦勒克曾经分析说："泰纳代表了处于19世纪十字路口的极复杂、极矛盾的心灵：他结合了黑格尔主义与自然主义心理学，结合了一种历史意识与一种理想的古典主义，一种个体意识与一种普遍的决定论，一种对暴力的崇拜与一种强烈的道德与理性意识。作为一个批评家，从他身上可以发现文学社会学的问题所在。"[②] 这段话指出了泰纳文学社会学的要点：（1）与孔德的实证主义哲学与兰克的实证主义史学一样，它相信"客观规律"的存在。这反映了19世纪自然科学的进展及其方法对于人文科学的渗透，崇尚客观主义与经验方法，具有机械论特征。（2）受当时以黑格尔为代表的理性主义历史哲学的影响，崇尚"时代精神"决定论。相信通过人的"理性"可以把握历史的总体过程，相信历史的必然性，从理论模式出发而不是从经验事实出发，但是又把这个理论

[①] 关于文化批评与传统的庸俗社会学的区别，参见陶东风《日常生活的审美化与文艺社会学的重建》，《文艺研究》2004年第1期。

[②] R. Wellek, *A History of Modern Criticism*, Ⅳ, Yale University Press, 1965, p.57.

模式当作"客观规律"。（3）在达尔文的生物进化论的影响下，泰纳的艺术（史）社会学相信环境决定论与"适者生存"的暴力崇拜，坚信适合于环境的艺术类型会得到发展，否则被淘汰。他的《艺术哲学》频繁地使用生物学术语，用生物学"优胜劣汰"的原理来比附文学艺术的发展。泰纳的《艺术哲学》由著名的翻译家傅雷先生翻译，早在20世纪60年代就由人民文学出版社出版，后一再重版，在文学/艺术理论界生产了相当大的影响。其机械决定论色彩与伪装在自然科学外表下的理性主义倾向在中国的文艺社会学中都有相当严重的反映。

马克思主义的文艺社会学（不包括20世纪的西方马克思主义）的真正的学科形态是在苏联建立的，它建立在基础与上层建筑的二元论这个基本的社会理论构架上。在这个基本框架中，物质/精神、经济基础/上层建筑、存在/意识构成了一系列二元对立关系。文化/艺术被列入精神、上层建筑、意识的范畴。尽管马克思主义的创始人曾经有过对文化/意识形态的相对独立性的强调，但在西方马克思主义以及许多当代的社会理论家看来，马克思主义社会理论的基本框架（经济基础/上层建筑的二元论）决定了任何关于上层建筑的特殊性、文化的自主性、文学艺术的相对独立性的言论，在根本上都不能弥补其忽视文化与精神的独立性（即所谓经济还原主义）的缺憾。也就是说，在马克思主义的创始人那里，文化没有被视作一种基本的、同样具有物质性的基本人类实践活动，没有来得及充分思考文化在建构社会现实与人性结构中的重要作用。这一点已经引起西方马克思主义者的普遍警惕，而且西方的文化研究从一开始就带有既继承马克思主义、又超越马克思主义（主要是它的经济主义）的双重特征[1]。正如亚当·库珀指出的："马克思主义的美学家（指马克思以后的西方马克思主义——引注）已经避开了那种关于'基础和上层建筑'的简单的、使人误解的比喻说法，这种说法常常具有用经济还原论解释文化的危险，以及将文学和艺术仅仅构想为阶级和经济因素'反映'的危险。"[2] 威廉斯、葛兰西、阿多诺、阿尔都塞以及苏联的文论家巴赫金等，都在力图克服经

---

[1] 参见约翰生《究竟什么是文化研究？》，罗钢等主编《文化研究读本》，第4页。
[2] 亚当·库珀等主编：《社会科学百科全书》，上海译文出版社1989年版，第42页。

典马克思主义的经济还原论方面做出了极大努力。

总起来看,泰纳等人的文学社会学存在严重的机械决定论、实证主义、进化论倾向,忽视文学艺术的自身规律,没有吸收西方20世纪语言论转向与文化论转向的成果,这些都成为西方当代形态的文学—社会研究范式(包括各种类型的西方马克思主义、文化研究等)试图超越的局限,更成为新批评与形式主义文论的批评目标。特别是马克思主义的文学社会学在苏联文论界被极大地庸俗化简单化,而对我国文论界产生支配性影响的恰恰就是这种庸俗的马克思主义文艺社会学。

在澄清了传统文学社会学的缺陷以后,文化研究/文化批评与它的差别就显得十分明显了。从知识谱系上看,文化批评属于当代形态的文艺社会学。文化批评固然是对于文本中心主义的反拨,它要重建文学与社会的关系,但是这是一种否定之否定,它吸收了语言论转向的基本成果。这种吸收除了借鉴与改造语言学与结构主义的分析方法以外,最重要的是:由于受21世纪语言哲学,尤其是后结构主义语言哲学影响,文化研究/批评非常强调语言与文化是一种基本的社会实践,它具有物质性。比如英国著名的文化研究者斯图亚特·霍尔指出:"文化已经不再是生产与事物的'坚实世界'的一个装饰性的附属物,不再是物质世界的蛋糕上的酥皮。这个词(文化——引注)现在已经与世界一样是'物质性的'。通过设计、技术以及风格化,'美学'已经渗透到现代生产的世界,通过市场营销、设计以及风格,'图像'提供了对于躯体的再现模式与虚构叙述模式,绝大多数的现代消费都建立在这个躯体上。现代文化在其实践与生产方式方面都具有坚实的物质性。商品与技术的物质世界具有深广的文化属性。"① 法国著名社会学家图雷纳在《现代性与文化多样性》中也指出:"当前我们正目睹超越工业社会的社会的出现;我们把它们称为'程序化社会',其主要投资包括大批量生产和批发象征性货物。此种商品具有文化的属性,它们是信息、表征和知识,它们不仅仅影响劳动组织,而且影响有关的劳动目标,从而也影响到文化本身","故尔说社会在前进,从有能力组

---

① See Eduardo de la Fuente, "Sociology and aesthetics", *European Journal of Social Theory*, Vol. 3, No. 2, May, 2000, p. 245.

织贸易进步到有能力生产工业产品，再进而到能生产'文化产品'。给这些不同类型的社会下定义，不但要着眼于不同类型的投资，而且一定要看到对世界以及主体的特定的表征方式"①。当法兰克福学派把现代大众文化，特别是电影命名为"文化工业"（或译"文化产业"）的时候，他们已经充分意识到文化的产业化（物质化）与产业（物质生产）的文化化。我们不难在今天这个所谓"知识经济"时代的日常生活中观察到这种现象。现在的许多商品（特别是手机、笔记本电脑等）已经是实用价值与审美价值的混合体，消费者在购买它们的时候非常注重其外观、造型与色彩是否符合自己的审美理念，从而商家也越来越重视商品的非实用的审美方面（甚至商品的竞争越来越成为外观的竞争），这是商品与审美、物质与文化相互渗透的很典型的例子②。

值得指出的是，在文学与阶级、文学与社会权力关系问题上，文化研究/批评与马克思主义的社会学也存在重要的差异。文化批评——特别是女性主义批评与后殖民批评——认为，不能把社会关系简单、机械地还原为阶级关系，进而把人际之间的支配与被支配、压迫与被压迫关系简单地还原为资本家与工人阶级的关系。机械的阶级论势必忽视社会关系/权力关系的复杂性与多元性以及人的社会身份、社会关系的超阶级的维度，比如民族的维度、性别的维度等。而布迪厄则指出：阶级不只是由人的经济状况决定的，而是由人所拥有的各种类型的资本决定的，"资本"这个词被法国著名文化理论家布迪厄加以扩展，除了经济资本以外，还存在文化资本、教育资本、法律资本、社会资本等资本类型，它们是可以相互转化的并且都对阶级的形成产生影响（虽然布迪厄认为经济资本仍然是当代社会最强势的资本）③。从社会实践角度看，西方的文化批评受到60年代以

---

① 图雷纳：《现代性与文化多样性》，见《中国社会科学》杂志社编《社会转型：多文化多民族社会》，社会科学文献出版社2000年版，第17页。

② 依据《北京晚报》2003年7月3日《当冰箱爱上艺术》一文的报道，诸如"设计感"、"艺术倾向"等原属于审美的因素现已经成为影响商业销路的重要因素，因而也成为厂家竞争的重要方面，满足消费者的审美要求已经成为在竞争中取胜的关键因素之一。

③ 参见布迪厄与华康德《实践与反思——反思社会学引论》（李猛、李康译，中央编译出版社1998年版）等著作。

降新社会运动（如女性主义运动、反种族主义运动、绿色和平运动、同性恋权利运动等）影响并与这些运动紧密配合，倡导"微观政治"以及对于社会权力关系的更细微复杂的认识，从而超越以无产阶级与资产阶级的阶级斗争为核心的宏观政治视角。女性主义批评的一个著名的口号就是："个人的就是政治的"（The personal is the political）[1]。

虽然西方的微观政治理论出现于西方的特殊社会文化背景（比如：福利国家政策大规模地提高了大众的生活水平，激进的左派理论与大众的脱节），不能机械搬用到中国文化分析，但是我们也应该看到，忽视政治斗争与阶级问题的复杂性，机械套用阶级论的模式来分析作家以及作品中人物的身份、立场，是苏联文艺社会学，也是深受其影响的我国很长一个时期的文学社会学之所以显得庸俗并给广大知识分子造成重大伤害的重要原因。传统社会学中的政治分析与阶级斗争分析，常常体现为单一的宏观政治视野——有组织的、以无产阶级与中产阶级、农民与地主的斗争为核心的社会运动、民族国家的建构问题，等等，而社会政治关系的其他维度（如性别、种族等）一概没有得到考虑。当代西方的文化批评与此前文学社会学的一个重要区别就是突破了机械的阶级论框架，关注比阶级关系更加复杂细微的社会关系与权力关系——比如性别关系、种族关系等，及其与阶级关系之间的复杂纠结。在这方面，女权主义与后殖民主义批评尤其具有代表性，取得了令人瞩目的成果。比如女性主义批评认为性别不仅关涉到人的生理维度，同时也关涉人的社会文化维度。他/她热衷于解剖一个社会的文化如何理解并塑造人的性别特征，如何影响到作家对于自己的男女主人公的性征的认识与塑造。正如有人指出的："承认艺术社会学的多科交叉的特性，也就必须提及女权主义批评家和历史学家的工作，他们已经注意到了妇女被排除出艺术生产和艺术史之外的现象，并提出了挑战……关于'为什么没有伟大的女艺术家'的问题其答复必定是一种社会学的或社会—历史的答复，而女权主义者

---

[1] 从微观政治角度对大众文化的抵抗性的著名分析，可以参见费斯克《理解大众文化》第七章《政治》，王晓珏、宋伟杰译，中央编译出版社2001年版。费斯克认为宏观政治体现为组织化的社会革命行动，而"微观政治"则体现在个人的和日常生活的层面。

的分析使我们得以理解文化产生中性别的单面性以及艺术表象中父权制意识形态的主导性。"① 如果我们把这种微观政治理论批判性地应用于中国的文学研究,就可以在作家与作品分析中,避免机械的阶级论取向与宏观政治视角,考虑到阶级关系与性别维度、族性维度之间的复杂的冲突、交叉、遮蔽、穿越关系,关注被宏观政治分析所忽视的日常生活中的权力问题,组织化的社会政治运动与个人日常生活之间的微妙关系。在很大程度上,文化研究的"政治"是社会政治(social politics)而不是党派政治,是微观政治(micro politics)而不是宏观政治②。这与传统马克思主义社会学中所说的宏大的阶级政治存在重大差别。后现代主义与后结构主义对于任何的"宏大"话语(比如阶级、解放等,因而也包括马克思主义)都持深刻的怀疑态度。它所倡导的"个人的就是政治的"、"政治斗争从家庭开始"等口号是微观政治的典型表达。另外,德塞都等人认为文化斗争是游击战而不是正规战。

最后值得指出的是:文化批评的政治性虽然是无可否认的,许多文化批判家都直言不讳地承认乃至有意强调这一点,但这种"政治"却不完全等于我们所熟悉的那种口号式的"政治"。约翰生指出:知识和政治的关系对文化研究一直至关重要,"这意味着文化研究和写作都是政治活动,但不是直接实用的政治。文化研究不是特殊政党或倾向的研究项目。也不能把知识能量附属于任何既定学说"③。文化研究中说的政治,实际上是指社会文化领域无所不在的权力斗争、支配与反支配、霸权与反霸权的斗争,是学术研究(包括研究者主体)与其社会环境的深刻牵连。任何人文科学研究都无法完全不受其存在环境的影响,而这个环境必然是渗透了权力的,所以,只要是扎根于社会现实土壤中的人文学术研究,很难避免这个意义上的政治。萨义德的《东方学》绪论所强调的人文科学的政治就是这个意义上的政治。萨义德说:"很容易得出这样的结论:关于莎士比亚

---

① 亚当·库珀主编:《社会科学百科全书》,第42—43页。
② 参见上文,同时微观政治理论特别受到70年代以降的后现代主义、后结构主义思潮的重大影响,同时也配合了20世纪后半期西方的新社会运动。在文化研究中,微观政治理论常常也表现为"差异政治"。
③ 约翰生:《究竟什么是文化研究?》,罗钢等主编《文化研究读本》,第9页。

或华兹华斯的知识是非政治的知识,而关于当代中国和苏联的知识则是政治性的知识。我本人所从事的是'人文'研究,这一称谓表明我的研究领域是人文学科,也因而表明我在此领域内的所作所为也许不可能有任何政治的内容。……说一个研究莎士比亚的人文学者或者一个专门负责济慈的编辑不涉及任何政治的东西的一个原因是,他所做的似乎对日常生活意义上的现实没有直接的政治效果。而一位研究苏联经济的学者所从事的领域则充满剑拔弩张的气氛,涉及到政治利益……如果认为前者的意识形态色彩对政治只有偶然的意义,而后者的意识形态则与物质直接相关……并因而被想当然地视为'政治性的'。"①

在萨义德看来,像莎士比亚研究这样的人文学科,不存在与政府利益或国家利益直接相关的那种政治内容,但这只是对于"政治"的一种理解(在中国学术界这种理解可能非常普遍),但是还可以从另外的角度来理解人文研究的政治性。萨义德说:"没有人曾经设计出什么方法可以把学者与其生活的环境分开,把他与他(有意或无意)卷入的阶级、信仰体系和社会地位分开,以为他生来注定要成为社会的一员。这一切会理所当然地继续对他所从事的学术研究产生影响,尽管他的研究及其成果确实想摆脱粗鄙的日常现实的约束和限制。不错,确实存在像知识这样一种东西,它比其创造者(不可避免地会与其生活环境纠缠、混合在一起)更少——而不是更多——受到偏见的影响。然而,这种知识并不因此而必然成为非政治性知识。"② 学者是社会中的人,他不可能不卷入各种社会关系中,不可能在研究的时候完全摆脱其自身的阶级立场与社会定位,相反这些"非学术"的或政治性的内容必然渗透到他的研究中,在这个意义上,莎士比亚研究之类的人文研究依然是政治性的。

这样的权力斗争不限于阶级之间,它还遍布于种族、性别、代际等各个方面。后殖民批评关注的是种族之间的权力关系,女性主义批评集中于解剖性别之间的权力关系,而青年亚文化研究主要关注的是代际的权力关系。这一切都极大地丰富了文化批评的权力分析。

---

① 萨义德:《东方学》,王宇根译,生活·读书·新知三联书店1999年版,第12—13页。
② 同上书,第13页。

总而言之，新兴的文化研究并不是要回到以前的庸俗社会学，即使认为它要回归文艺社会学，那也是一种经过重建的文艺社会学，扬弃机械的反映论与经济/文化的二元论模式、克服简单化的阶级论、重新理解文学与文学批评的政治性等，应该是这种重建的重要环节与题中之义。

第二十五章

新时期文艺学的历史反思与教材建设

如果说从新时期伊始到20世纪90年代中期，中国当代文艺学在拨乱反正以及借鉴各种新理论中进行的理论工作具有较强的意识形态清理性质，那么，从90年代中期开始，中国当代文艺学界便开始了对文艺学的更为学理化的反思，更带有学科反思的性质，并在21世纪之初达到高潮[1]。

20世纪末，随着学术界普遍开展的对百年学术史的反思，对文艺学学科的反思也逐渐拉开帷幕，各类文章、专著以及文学理论教材不断刊出。1999年，陈传才主编的《文艺学百年》（北京出版社）出版，2001年，杜书瀛、钱竞主编的国家社科基金九五重点项目"中国20世纪文艺学学术史"（上海文艺出版社2001年初版，中国社会科学出版社2007年再版）4部5册出版，标志着对中国文艺学反思的初步成绩。

这个时期对文艺学学科的反思大致有两个方向：一是侧重从学术史的角度进行历史反思，一是侧重从范式更新角度对文艺学进行学科性的整体反思。前者以杜书瀛、朱立元等人为代表，他们在对当代乃至20世纪中国文艺学学术研究进行历史性的回顾和梳理基础上，反思中国文艺学出现的问题和出路，强调综合创新，走出中国当代文艺学的困境；后者则主要以陶东风等人为代表，他们从文化研究的角度对文艺学学科的范式进行整

---

[1] 最早对文艺理论进行反思的，也许是蒋济永，他在1993—1995年一连发了6篇文章讨论"当代文艺理论危机"问题（这几篇文章均载《柳州师专学报》，分别为1993年第3期、1994年第1—4期和1995年第3期）。但这些文章在当时并没有引起什么反响。

体反思，强调方法和范式的转变，而不是局部修补。这两种反思并没有时间上的先后，往往是相互交叉的①。我们先分析学术史角度对文艺学的反思，然后重点了解文化研究视角对文艺学的学科反思。

一　百年文艺学的历史估价与问题诊断

对于文艺学的历史反思集中于如何评价中国现当代文艺学，尤其是新时期文艺学。朱立元总体上肯定了20世纪中国文艺学的成绩，认为20世纪中国文艺理论走过的百年历程，是在马克思主义指导下不断汲取、融合中国古代文论理论资源并进行现代转换的历程，也是不断借鉴和吸收现代西方文艺理论并与中国文论传统相融合的历程。经过百年的发展、革新、积累、创造，中国文艺学获得了长足的发展，逐渐形成了一个不同于"古典文论"传统（指19世纪末之前的文论）的一个现代新传统。就新时期以来的文艺学来说，朱立元也并不认为在走什么"下坡路"，而是呈总体稳步上升发展的态势。朱立元更认为，"文化大革命"后几十年我国的文艺理论所取得的巨大成就以及所达到的理论水平，不仅远远超越了"文化大革命"十年和1949年后的十七年，而且也超越了20世纪前半期的几十年。中国文艺学经过百年的变革、创新、积累，到20世纪最后二十多年，终于形成了一个以马克思主义文艺理论为指导的多元发展的现代新传统，并使之走向成熟。对此应当给予足够的估计和充分的肯定②。

除了朱立元之外，杜书瀛也多次撰文肯定了中国百年文艺学以及新时期文艺学的成就。他认为，中国20世纪文论和美学的发展历史，是两千多年来中国古典文论和美学在外力冲击下内在机制发生质变，从而由"古典"向"现代"转换的历史，是现代形态的文艺学和美学，由旧的学术范型脱胎并逐渐现代化的历史。这是中国文论和美学历史性的转变与发展，

---

① 参阅时胜勋《当代中国文艺学学科反思的思想史意义》，《当代文坛》2009年第3期。
② 朱立元：《对文艺学学科反思的几点思考——兼谈对新时期以来我国文艺学现状的基本估价》，《东方丛刊》2006年第1期；《关于当前文艺学学科反思和建设的几点思考》，《文学评论》2006年第3期。

也是近代以来中国文化危机中从不自觉到自觉的选择。其中，20世纪最初那二三十年和最末这二十来年，是中国文艺学变化最大、发展最快、最为耀眼的时期。就新时期文艺学发展来看，杜书瀛用"内转"和"外突"作了概括。"内转"即"向内转"，由以往重文学与现实、文学与社会、文学与政治、文学与道德等所谓"外部关系"的研究，转向对文学自身的语言、形式、文体、"文学性"、叙事结构、审美性质等所谓"内部关系"的研究。这一"内转"有其合理性，但又走上另一极端，忽视外部研究①。

当然，朱立元、杜书瀛等人在肯定中国文艺学发展成绩的同时，也指出了中国文艺学存在的"若干局部但是重要的问题和危机"②。这主要表现在以下几点：（1）文艺学对中国当代文学发展的新现实、新思潮、新特点有所疏离；（2）对世界文学发展的新现实、新思潮、新特点有所隔膜；（3）对信息时代的大众传媒文艺、网络文学等新鲜的文学形态和体制，已经有一些研究，但还远不够；（4）文艺学与文学批评理论存在某种脱节；（5）文艺学对我国当代大众文化的重要组成部分通俗文学的关注和研究相对薄弱。这些问题总起来说，主要是与文学现实相对疏离，即理论落后于现实。这是新文艺学反思中所普遍认识到的问题。这些问题在朱立元看来，是"全局性、根本性、乃至关乎文艺学学科能否继续存在的合法性危机"③。

也有学者从文学性、学科自律的角度分析了文艺学学科的危机。比如陈雪虎认为，文艺学学科的危机主要是因为当代文艺学在西方学术范式的影响下，"文学性"的内涵发生了膨胀、扭曲或游离，以致文学的内涵发生了变化，外延发生了移位。陈雪虎在追踪了文学性的变迁之后明确指出："审美是文学活动的志业……是文学的必要条件、基本依据和特殊属

---

① 参阅杜书瀛先生的《内转与外突——新时期文艺学再反思》，《文学评论》1999年第1期；《对中国20世纪文伦和美学的回顾与反思》，《南都学坛》2005年第1期；《反思百年文论——中国20世纪文艺学学术史问题》，《中国社会科学院研究生院学报》2005年第6期；《改革开放三十年文艺理论与实践问题反思》，《南都学坛》2009年第1期等文章。

② 朱立元：《关于当前文艺学学科反思和建设的几点思考》，《文学评论》2006年第3期。

③ 见朱立元《关于当前文艺学学科反思和建设的几点思考》，《文学评论》2006年第3期，及《对文艺学学科反思的几点思考——兼谈对新时期以来我国文艺学现状的基本估价》，《东方丛刊》2006年第1期。

性，文学的所有属性和价值都必须溶解在审美活动与艺术把握中。""文学研究要坚持文学艺术的独立性，高扬文学艺术中的审美精神，同时透过有问题意识的专业研究对现实发言，批判文学文化的体制化、商业化和泛政治化。"① 李春青的《对文学理论学科性的反思》（《文艺争鸣》2001年第3期）从学科自律的角度指出，一个研究领域之所以成为一门具有独立性的学科，必须有其学理上的合法性依据，而这种合法性的核心只能是学科自律原则——学科的基本问题是特定研究对象所给定的，而不是由其他因素所强行规定的。当代文艺学出现危机，根源在于以文学理论为话语形式的言说负载了某种远远超越本学科范围的社会使命，文学理论成了消解僵化的总体性意识形态、解放人的思想、呼唤久已失去的知识分子的独立意识的重要方式，于是，对文学的审美本质的执着探求，隐含着对人的个体生命价值的积极肯定；对创作无禁区的呼唤，隐含着对精神自由的渴望；对文学真实性的张扬，则隐含着对虚伪的说教的拒斥。文学理论无不暗含着超出文学理论学科范围的深层蕴涵。

从学科自主性、自律性的角度来反思文艺学的危机，的确抓住了文艺学的核心内容，但需要注意的是，它存在严重的文学性本质主义和文学性乌托邦主义的倾向。特别是，学科自主和自律不等于把自律的文学观定于一尊。学科自律的含义就是文艺学界可以自由地研究文学，并且这种自由受到制度的保证，而不是表现在文艺学界只能众口一词地坚持文学自主论。而且文学性的变迁并不一定必然导致文艺学的学科危机，文学性也并不是一成不变的，因此，从文学性的角度来理解文艺学的学科危机需要谨防封闭的审美自律论。

在这方面，余虹对"文学性"的认识显得更为开放。他在《文学的终结与文学性蔓延——兼谈后现代文学研究的任务》（《文艺研究》2002年第6期）中考察了后现代条件下"文学性"在思想学术、消费社会、媒体信息、公共表演等领域中确立的统治及其表现，比如在消费社会中，商品形象价值的生产在本质上是文学性的，其主要手段是广告、促销活动与形形色色的媒体炒作。而"广告"可谓最为极端的消费文学，它将虚构、隐

---

① 陈雪虎：《文学性：现代内涵及其当代限度》，《河北学刊》2004年第4期。

喻、戏剧表演、浪漫抒情和仿真叙事等文学手段运用得淋漓尽致,正是成功的文学形象战略而非商品的物性品质使商品能在激烈的市场竞争中胜出。比如媒体信息的文学性体现在按"美"的编码规则对"现实"进行"面部化装",那些被认为最无文学性的"现场直播"或"新闻报道"也是设计编排的结果,它有作者意图、材料剪接、叙事习规、修辞虚构和表演。再比如公共表演,后现代条件下那些刻意策划的公共表演也同样更像文学性事件,比如环绕四周的商业表演、政治表演、外交表演、学术表演、道德表演。人们精心策划,巧妙做派,事后发挥(媒体炒作等),将表演艺术与功能发挥到极致。总之,后现代转折从根本上改变了总体文学的状况,它将"文学"置于边缘又将"文学性"置于中心,但这里的"文学性"显然已不再单单是俄国形式主义所界定的形式美学上的"文学性",而是有着更为丰富的内涵,也是政治学、社会学、历史学、经济学、哲学、神学和文化学问题。余虹认为:"后现代文学研究的视野只有扩展到这一度,才能找到最有意义和最值得研究的对象。"也正由此,文学研究的危机乃是"研究对象"的危机。传统的文学研究如果不调整和重建自己的研究对象,必将茫然无措,坐以待毙。

如果把余虹的观点和李春青、陈雪虎等人的观点结合起来进行对比阅读,可以发现他们对文艺学学科危机的诊断恰好相反。

对于文艺学如何克服自己目前的困境和危机,从学术史角度反思文艺学的学者,多数不认同文艺学研究的"文化研究转向"(详下)。朱立元针对文艺学研究的"文化研究转向"明确指出:"我不认为这条路能走得通",理由如下:首先,这一转向在学理上缺乏学科理论依据。朱立元认为,西方的文化研究已经远离文学研究,过于泛滥,跨学科以至于无学科,面面俱到以至于缺乏基本理论,方法过多,过分随意以至于丧失了文化研究自己的方法。文艺学如果向这样一种文化研究理论学习、借鉴,以实现所谓的"文化研究转向",等于是釜底抽薪,从根本上取消文艺学自身的独立性,而降为文化研究的附庸和例证。而且,文化研究和理论实际上在西方已经衰落,已经陷入困境,我们的文艺学若再跟着往文化研究那狭窄的小路上走,不但不能"拯救"文艺学,反而会使文艺学丧失自身的学科性,从而真正丧失其存在的合法性。其次,更重要的是,引进文化研究理论，是无的放矢，并没有针对文艺学的现实问题。文艺学如果转向文化研究，不但不能解决文艺学存在的种种问题和局部危机，反而会把文艺学变成没有文学的泛文化研究。

但到底什么是"文学"，什么是"没有文学"？很多学者似乎只是在研究对象的层面坚持文学研究的是语言作品，但是，从女性主义、后殖民、话语权力、意识形态等角度研究《红楼梦》、莎士比亚戏剧是文学研究还是文化研究？它们也是"没有文学"的研究？文学研究只能是审美研究或内部研究？这些问题其实都没有得到深入研究。

二 20世纪80和90年代的文学理论教材建设

教材建设是新时期文艺学学科反思和建设的重要方面，历时很长，出版物众多，可介绍的内容也很多。我们把这部分内容分为两部分，先介绍20世纪80和90年代的教材建设，再介绍新世纪的建材建设，并以后者为重点，因为后者直接引发了关于文学理论的本质主义、反本质主义和建构主义的重要论争，而且这个论争一直持续至今。

（一）复苏：20世纪80年代前期的文艺学教材

"文革"结束后，全国进入拨乱反正时期，文艺学教材的编写和出版也紧跟时代潮，在批判旧有的文艺学教材模式中开始探索新的教材编写模式。比如早在80年代初，就有人指出："理论上的左倾和僵化，体系上的陈旧，内容上和我国文艺传统和创作实践相脱节，是现行文艺理论教材的最大弱点。因此，是到了该改革的时候了。"[①] 但是在当时百废待兴的情况下，为了应急，很多高校使用的是以前文艺学教材的重印本，如1979年，人民文学出版社出版了蔡仪主编的《文学概论》，1980年上海文艺出

---

① 徐文玉：《文艺理论教材要有科学性、实践性、民族性——文艺理论教材建设试谈》，《文艺理论研究》1982年第1期。徐文玉还提出了新的文艺理论教材框架建设的设想，但其"通论"（本质论）、创作论、作家论、鉴赏论、思潮论的框架设想依然是陈旧的。

版社重版了以群的《文学的基本原理》，初步缓解了教材的短缺。当时全国高校使用的主要是这两部教材。

与此同时，各地新的文学概论教材编写工作也在加紧进行并迅速出版，如：湖南师范学院中文系的《文学理论基础》（人民出版社1980年版），内蒙古大学等边疆十四院校编写的《文学理论基础》（上海文艺出版社1981年版），李衍柱等编的《文学理论基础知识》（山东人民出版社1981年版），郑国铨、周文柏、陈传才编著的《文学理论》（中国人民大学出版社1981年版），刘德重等编的《文学概论》（四川人民出版社1982年版），霍松林的《文艺学简论》（中国社会科学出版社1982年版），吉林大学中文系编的《文学概论》（吉林人民出版社1983年版），刘叔成的《文学概论四十讲》（中央广播电视大学出版社1983年版），易健、王先霈编的《文学概论》（湖南教育出版社1983年版），仇春霖的《简明文学原理》（高等教育出版社1984年版），童庆炳的《文学概论》（红旗出版社1984年版），北京师范大学中文系编的《文学概论》（北京师范大学出版社1984年版），等等。

这些文艺学教材在继承蔡仪和以群教材的基础上，试图消除苏联范式的影响，摆脱"左倾"思维方式以及庸俗社会学、文学工具论、机械反映论等的束缚，积极探索新的研究途径、视角和方法。其中十四院校编写的《文学理论基础》在当时影响很大，曾被定为高校文科教材，在问世后的10年多时间里共印刷18次，印刷数高达116万。但该教材"在整个理论体系和论述方式上，也没有超出《文学的基本原理》和《文学概论》"[1]。在体系设置上，该教材分为12章，包括：文学的特征、文学和生活、文学的本质和作用、文学作品的内容和形式、文学作品的体裁、文学的创作过程、文学的创作方法、文学的风格和流派、文学的民族特点、文学遗产的继承与革新、文学欣赏、文学批评。这样的体例几乎囊括了蔡仪和以群教材所涉及的全部内容，可以看作是这两部教材的综合，只是在编排顺序上略做调整，逻辑关系上有了一定的连贯性。在内容的阐述上，与前两部教材也是相通的，都建立在马克思主义的反映论基础之上，社会生活是文

---

[1] 白烨：《关于文学概论讨论中提出的问题》，《文学评论》1982年第4期。

学的唯一源泉,"用形象反映生活是文学的根本特征"等。在对文学的本质和作用的分析中,同样强调了文学的阶级性、党性和人民性问题。在今天看来,整体创新不大。

但该教材在一些问题的阐述上还是有一定的开拓性,体现了当时文艺学的新进展。比如在谈文学的阶级性时,也谈到了文学的人性,指出除了阶级性之外,人性也是文学的重要社会属性。人性并非只存在于过去的原始社会和未来的共产主义社会,在阶级社会里也存在着共同的人性,即人的"自然属性"和人的非阶级性的社会属性。用人性否定阶级性是错误的,但只承认阶级性而不承认人性也同样是错误的。教材直接引用了"文学是人学"的命题,指出文学既要反映人类丰富多彩的社会生活,又要反映人的错综复杂的思想感情;既要表现人的阶级性,也要表现优美的无产阶级的人性,表现人的内心世界和复杂的心理活动,任何简单化、庸俗化的做法都是错误的、有害的。

教材还具体分析了人性在三种类型的文学作品中的表现。第一种类型是田园、山水诗,风景、花鸟画。第二种类型是写人之常情的作品,这样的人情是各个时代各个阶级的人所共有的,谁读着它都会被牵动感情,它在一定程度上说出了人生的某种真话。第三种类型的作品,是产生在特定的历史时期里,为当时社会上各个不同的阶级,甚至阶级地位对立的人所能共同接受的文学作品。

在关于文学的作用上,《文学的基本原理》也明确肯定了文学的审美功能,强调文学的认识作用和教育作用只有通过文学的审美作用才能达到。对文学审美功能的肯定,实际上是当时以及以后文艺学教材所特别强调和突出的,比如同时期出版的霍松林的《文艺学简论》也指出:"文学的认识作用,教育作用,必须结合着审美作用,才能充分发挥。"[1]

关于文艺的批评标准,传统的文艺学教材都严格沿用毛泽东的两个标准,但这部教材却有了一定程度的突破。教程这样阐述:"我们评价任何一部文学作品,也首先应该承认它是一个具备自身特点的独立的艺术整体。离开了文艺的特点和它所固有的规律性,不把它当做一件完整的艺术

---

[1] 霍松林:《文艺学简论》,中国社会科学出版社1982年版,第126页。

品从整体上去认识它,把握它,评价它,而是硬性地加以割裂,执其一端(如政治内容)而轻视或忽视另一端(如艺术特点),这样做的结果,不是把文艺'刻板地等同'于一般意识形态抹煞它的特性,甚至把它比附为政策文件、报纸社论而提出不适当的要求,从根本上取消了文艺;就是使文学脱离生活,脱离无产阶级政治,最后走上唯美主义、形式主义、'为艺术而艺术'的歧路。"① 这显然是对文艺自身规律的尊重②。

此外,教材在论及"文学作品的体裁"时,还专门专节论述了电影文学和说唱文学,这是以前文艺学教材中所没有的。专列电影文学与中国电影发展紧密相连的,而对说唱文学的阐述,则是文艺学民族化的体现。最后这本教材还自觉地把文学理论的一些基本原理和我国少数民族文学实际结合起来,用大量民族文学材料,如云南民间故事《阿诗玛》、蒙古族史诗《英雄格斯尔可汗》等来阐释文学理论。

除了这部教材之外,郑国铨等人编写的《文学理论》教材也颇具特点。该教材首次把文学理论教材明确而清晰地分成了五个部分:本质论、创作论、鉴赏论、体裁论、发展论,具有一定的开创意义,以后的教材大体按照这个模式进行建构。在具体内容的分析上,与十四院校的教材相通。比如在对人性的分析,也强调了阶级社会中的共同人性,并强调了资产阶级人道主义的积极面,即它肯定人的地位、价值、尊严和幸福的积极意义。在对电影文学的阐述上,这部教材明显比十四院校的教材要专业得多。它大量参考了《电影美学》《戏剧与电影的剧作理论与技巧》《论电影的编剧、导演和演员》《电影艺术译丛》《电影的理论》等有关电影及电影文学的中外专业著作,抓住电影文学本身的特性,对其视觉性的造型要求和蒙太奇的结构方式做了比较深入和专业的分析。

总体上看,这一时期的文艺学教材虽然在许多方面与以前的教材相比有一定的突破,但还主要是局部上的调整,整体上更多的是延续以前教材

---

① 内蒙古大学等边疆十四院校:《文学理论基础》,上海文艺出版社1981年版,第409页。

② 与此相通,当时也有教材在这个问题上进行了突破。比如李衍柱等人编的《文学理论基础知识》,就强调"在文学批评中,最基本之点就是按照文学本身的特点和规律去分析评价作品"(第560页),并为此制定了思想批评标准:第一,文学反映生活的形象性和典型性;第二,思想内容与艺术形式有机统一的完美性;第三,具有强烈的艺术感染力量;第四,具有艺术独创性。

的基本立场、编写体例和论述方式。随着80年代中期方法论热的兴起，西方各种文艺思潮和文学批评思潮的引入，中国的文艺学发生了重大的变化，而文艺学教材也在吸收文艺学最新成果中，进行积极的探索，并取得了很大的成绩，极大地推动了中国馆文艺学的发展。

（二）探索：80年代中后期的文艺学教材

80年代初期和中期西方现代文学理论和批评、西方现代主义文艺思潮的引入对中国文艺学的影响是巨大的，文艺学教材也在积极吸收这些新的批评理论和方法，并反映在教材的编写中，比如对文学的主体性、对文学审美特性、对文学的内部研究等的突出强调和细致分析，体现了此时期教材对文学自律性的关注。特别是韦勒克、沃伦的《文学理论》（刘象愚等译，生活·读书·新知三联书店）中译本于1984年出版，更被广泛地加以研讨和借鉴，成为新文艺学教材建构的重要参照，推动了中国新时期文艺学教材的革新。此外，这一时期的文艺学教材也开始关注中西文论，在把古代文论以及西方现代文论的相关内容融入进教材的理论叙述中，力图做到中西兼顾。

这一时期出版的教材较多，主要有：冯景阳主编的《文学概论》（辽宁人民出版社1985年版），江西师范大学中文系编的《文学概论》（江西人民出版社1985年版），黄世瑜主编的《文学理论新编》（华东师范大学出版社1986年版），林焕平主编的《文学概论新编》（广东教育出版社1986年版），侯健的《文学通论》（北京大学出版社1986年版），曹廷华的《文学概论》（高等教育出版社1987年版），王向峰的《文艺学新编》（辽宁大学出版社1987年版），张怀瑾的《文学导论》（天津教育出版社1987年版），王振铎、鲁枢元《新编文学概论》（河南大学出版社1987年版），傅隆基主编的《文学概论》（高等教育出版社1988年版），吴中杰的《文艺学导论》（江苏文艺出版社1988年版），童庆炳主编的《文学概论导引》（高等教育出版社1988年版），安振兴等人编写的《文艺学引论》（华东师范大学出版社1989年版），王元骧的《文学原理》（浙江教育出版社1989年版），郭育新、侯建主编的《文艺学导论》（高等教育出版社1989年版），等等。

下面我们通过分析几部有代表性的教材，具体了解一下这一时期文艺学教材的编写特点。

1988年吴中杰先生主编的《文艺学导论》，是这一时期具有较强开拓性的教材，在文学理论及其教材建设的民族化和现代化方面作了有力探索。作为高等学校文科教材，它将文学的本质论、创作论、作品论、鉴赏论、发展论五大板块定型下来，使这一时期的教材编写体系走向一致性。

教材在第一编"本质论"中，一开始就提出了"文艺的审美本质"，这是在前几部教材中很少见到的。吴中杰指出，把文艺作为一种社会意识形态来考察，肯定文艺作品是现实生活的反映，这无疑是正确的出发点，但并没有明确文艺反映现实生活的特殊性，即审美反映。"这种审美反映，不仅在反映形式上有别于科学反映，而且在掌握现实的方式上也有自己的特殊性。"[①] 然后作者依据马克思主义的阐述，分析了文学的审美本质，指出，无论是物质生产，或者精神生产，人总是按照美的规律来改造世界的。艺术家所反映的世界也不再是原来的那个自然，而是经过审美的改造，外化了人的本质力量的那个自然。在再现与表现问题上，作者认为文艺创作是再现与表现在某种程度上的结合，而其结合点，就是人对现实的审美观照。正是通过这种审美的观照，主体与客体统一起来了。所以我们可以通过审美的特点来把握文艺的本质。此外，教材还从情感与形象的融合、文学的审美教育功能等方面具体分析了文艺的这一审美本质，而将传统教材十分看重的文学的社会属性以及与其他社会意识形态的关系等问题置于稍为靠后的章节。

在创作论中，教材专门阐述了文艺创作的主体意识，分析了创作主体的能动性和创作能力，这可以视作是80年代中期关于文学主体性讨论的体现。

在鉴赏论中，教材突出了鉴赏主体的能动性，认为文艺鉴赏是一种审美心理活动，并具体分析了审美心理机制以及美感的差异性与共同性的问题，这些在当时是富有开拓性的。关于批评方法，教材对中西文艺批评史上有影响的批评流派和批评模式都作了简略介绍，如中国传统的印象式批

[①] 吴中杰：《文艺学导论》，江苏文艺出版社1988年版，第26页。

评、诠释式批评、评点式批评、考据式批评以及西方的本体论批评、形式主义批评、接受美学批评、精神分析批评、原型批评等，反映了当时批评理论的多元化，以及教材更大的包容性和综合能力。

总之，这部教材吸取了80年代中期文艺学发展的新成果，突出了文学的主体性和审美性，对中西文论都有一定的借鉴和吸收。这点也不同程度地体现在当时的其他教材中。比如苏恒、李敬敏主编的《文学原理新论》指出，文学和其他社会意识形态的区别在于"它是审美意识形态，是审美意识的一种表现"，"文学艺术，是审美意识的一种表现，是对社会生活的一种审美反映"[①]。王向峰的《文艺学新编》提出文学的本质在于对生活的审美超越，没有超越性的艺术，就没有可能成为真正的艺术。孙正荃主编的《文学论纲》也认为"文学从本质上说是人类审美体验的感性显现形式，文学的本质特征是审美"[②]，是由审美认识系统、审美表现系统和审美传导系统组成的一个完整过程。傅隆基主编的《文学概论》也提出，文学艺术是一种特殊的社会意识形态，是人类从审美上把握客观现实的一种方式，是对客观存在的审美对象的创造性反映。它运用形象思维，创造出具有审美价值的艺术形象和典型，来反映客观现实的审美属性和本质特征。其他教材几乎都在不同程度上，或详或略地强调和分析文艺的审美特性。这一点集中反映出80年代自律论文艺学正在取得主流地位。

在对文学主体性的关注方面，畅广元主持编写的《主体论文艺学》[③]，是这方面的代表之作。此外，孙正荃主编的《文学论纲》，也对文学主体性给予了充分关注。教材以"中介"这一范畴为核心，把创作论、作品论和鉴赏论贯通起来，打破了传统的主客对立的状况，将研究中心转移到主体的能动性上来，运用到对文学活动的解释中。该教材分析了三种相互渗透的中介：作为生活与作品中介的作家、作为作者与读者中介的作品以及作为作品与生活中介的读者，它们分别对应于文学的生成、文学的存在和文学的传导这三部分。具体来说，社会生活转化为作品需要经过作家的审

---

① 苏恒、李敬敏主编：《文学原理新论》，四川社会科学院出版社1987年版，第4、6页。
② 孙正荃主编：《文学论纲》，陕西人民教育出版社1988年版，第7页。
③ 中国社会科学出版社1989年版。见前面的分析，此处从略。

美创造，而作家审美理想的实现则必须通过文学鉴赏作为中介才可以。正是借助"中介"这一范畴，通过对创作主体与鉴赏主体能动性的充分展示，该教材进一步将创作与鉴赏视为一种"双向运动"，于是文学活动便成为由审美主体精神贯注其间的一个生生不息的动态系统。

此时几乎所有教材都不同程度地进一步尝试中西文论兼顾或进行对照、互释。比如黄世瑜主编的《文学理论新编》，就专门谈了意境与文学的民族化问题，具体分析了意境的含义、意境的创造、意境与民族审美传统以及文学的民族化问题。当时的很多教材几乎都对中国古代的意境理论、审美虚静论乃至文学言象论等作不同程度的分析和阐述，或直接分析这些理论，或融入对相关问题的阐述中。再比如唐正序、冯宪光主编的《文艺学基础理论》（四川大学出版社1988年版）在讨论文学作品的形象问题时，专题分析了文学意象，追溯了中国"意象"论的发展，归纳了其特征，并与西方的"意象"论作了对比。孙正荃主编的《文学论纲》，在阐述创作主体理论的民族特色时，就从"诗言志"开始，引述了陆机的《文赋》、刘勰的《文心雕龙》、钟嵘的《诗品》，以及王国维对创作主体问题的论述，强调应当很好地继承和发扬中国古代文论。在探讨文学的形象性时，也引述了钟嵘、王国维、袁枚、苏轼等人的语句或论述。畅广元主持编写的《主体论文艺学》，也广泛吸收和借鉴了中国古代文学理论，分别从作为主体的作者、读者和作品的角度出发，寻找古代文论中的主体性例证，并进行了有益的阐发。所有这些都体现了在西方文论和文论思想大量涌进中国的时候，文艺学界并没有完全"西化"，而是反诸自身，力图在继承中国文论的优秀传统的基础上，建立具有中国自身民族特色的文艺学教材。

在借鉴西方文论方面，许多教材也都有意识的进行了探索。黄世瑜主编的《文学理论新编》虽然对西方现代文论介绍不多，但却较为详细地介绍并评析了西方现代主义文学发展概况，现代主义文学的艺术特征、主要流派和如何正确对待西方现代主义文学等问题，这在当时的教材中是一个开拓。曹廷华主编的《文学概论》在"接受美学与文学的鉴赏"中，对接受美学进行了专节介绍，对尧斯关于文学史论进行了分析和阐述。同时对伊瑟尔的"暗含的读者"、"召唤结构"、"空白结构"等概念以及瑙乌曼等合著的《文学—社会—读者》一书进行了介绍。教材主张从方法论的角度借鉴接受美学，肯定了接受美学对读者能动性的重视。教材还对尼采的超人哲学、弗洛伊德的精神分析学、柏格森的直觉主义和萨特的存在主义等非理性主义思潮给了一定的关注和批判性的分析，肯定了现代主义流派批判资本主义社会的立场和艺术手法，但否定其中所蕴含的社会悲观主义、极端个人主义和某些形式主义的思想倾向。

畅广元的《主体论文艺学》以主体性为核心，吸收借鉴了西方的现象学、阐释学、接受美学以及克罗奇的艺术即直觉理论、弗洛伊德的无意识理论等，分析了这些理论对理解主体论文艺学的启示作用，尤其认为尧斯、伊瑟尔等人的读者接受理论，更突出表现了主体性的特征，"使读者成为文学活动中必不可少的一个组成部分；使文学真正成为人民群众的文学，把文学与人类的生存联系在一起，达到了现代文艺学主体性研究的最高值"[1]。可以说，读者接受理论使人们的文学观念发生了重大变化，把读者从过去被动的"阅读者"上升到了积极的"创造者"的地位；反映在教材中，就是对接受批评的重视。

唐正序、冯宪光的《文艺学基础理论》也专列一节，对诸多当代西方批评方法进行了全面而系统的介绍，包括文本分析的方法（俄国形式主义、英美新批评、结构主义）、心理分析的方法（精神分析和原型批评）、比较分析的方法、阐释分析的方法（现象学、阐释学和接受美学）以及历史分析方法（丹纳至"西马"批评家）。在对每种分析方法进行阐述时，即指出了此种方法的价值和意义，也进行了一定的批判。此外，曹廷华主编的《文学概论》对当代西方形式主义，如美国的"新批评派"、德国的"文体批评派"等进行了介绍，给予了关注和分析。吴调公的《文学学》（百花文艺出版社1987年版）在讨论文学作品构成时，吸收了国外语言学的研究成果，提出了文学语言的声音层面和意义层面，以及文学作品表层结构和深层结构的区分。苏恒、李敬敏主编的《文学原理新论》在专门介绍形式分析方法时，更明确了形式分析方法与文学的审美特性之间的内在联系，认为"形式分析方法，是基于对文学的审美特性和形式的表现功能

---

[1] 畅广元主编：《主体论文艺学》，中国社会科学出版社1989年版，第486页。

及其对内容的反作用的认识，主要着眼于文学作品的形式来揭示和阐释审美信息的一种方法"①。

可以说，80年代文艺学研究的新成果正在作为"共识"进入教材，成为主流。

（三）换代：90年代的文艺学教材

90年代是经济飞速发展的时代，在经济建设这个中心任务的驱动下，文化、文学、文学理论都被不断地"边缘化"，但这种边缘化却也使文学理论获得了一个相对安静和宽松的环境，因为长期以来加在文学、文学理论身上的政治和意识形态的束缚开始慢慢松绑，文学理论的独立品格开始凸显，学术讨论在更加专业化的同时走向深入。可以说，90年代文艺学教材在承继80年代发展的基础上，在继续强调文学的审美性基础上，呈现出了一种学科化、知识化、体系化的新局面，出现了被称为"换代"的教材。

这一时期出版的教材主要有：叶凤沅的《文学概论》（华东师范大学出版社1990年版），裴裴的《文学原理》（中央民族学院出版社1990年版），樊篱主编的《文学理论教程》（湖南师范大学出版社1990年版），孙耀煜等人主编的《文学理论教程》（人民文学出版社1991年版），杨振铎主编的《文学原理新编》（云南大学出版社1991年版），畅广元的《文艺学导论》（陕西人民教育出版社1991年版），童庆炳主编的《文学理论教程》（高等教育出版社1992年版），王纪人等人的《文艺学教程》（上海文艺出版社1993年版）、胡有清的《文艺学论纲》（南京大学出版社1993年版），郭正元的《文学理论基础教程》（中山大学出版社1993年版），狄其骢等人编著的《文艺学新论》（山东教育出版社1994年版），陈传才、周文柏的《文学理论新编》（中国人民大学出版社1994年版），童庆炳主编的《文学概论新编》（北京师范大学出版社1995年版），凌珑的《文学原理》（上海社会科学院出版社1995年版），毕桂发主编的《文学原理教程》（中国书籍出版社1996年版），姚文放的《文学理论》（江

---

① 苏恒、李敬敏主编：《文学原理新论》，第417页。

苏教育出版社1996年版)、张建业、吴思敬主编的《文学原理》(中国社会科学出版社1998年版)、刘安海、孙文宪主编的《文学理论》(华中师范大学出版社1999年版)、欧阳友权等人主编的《文学原理》(南方出版社1999年版)，等等。

这一时期最具代表性的教材，是教育部推荐教材、童庆炳主编的《文学理论教程》(以下简称《教程》)。该教材广泛吸收了当前最新的文艺学研究成果，多方面借鉴西方最新文学思想，对马克思主义文艺思想体系、文学本质、文学作品、文学创作和接受等都作了新的多层次的分析研究，具有更大的开放性和探索性，被有些人认为是这一时期"换代教材"。下面我们主要以此教材为核心，分析90年代文艺学教材的基本特点。

在教材的总体框架上，童庆炳的《教程》除了导论之外，由文学活动、文学生产、文学产品、文学消费和接受四部分组成，发展论分散在了其他章节中，有所突破。其他教材基本上沿袭了过去蔡仪、以群教材的五大板块体系：本质论、创作论、作品论、发展论、批评鉴赏论。如黄展人主编的《文学理论》(暨南大学出版社1990年版)，就非常标准地应用了这五大板块，论述内容也差不多。有的教材只是在局部上有所调整。陈传才、周文柏的《文学理论新编》(修订本，中国人民大学出版社1999年版)分为"文学活动论"、"文学本质论"、"文学规律论"、"文学批评论"。当然，沿用传统的体系框架，并不一定就是因循守旧，但至少说明了传统教材的五大板块(或四大板块)已经基本定型成熟了，真正要打破这样的体系并不容易，而后来所谓试图打破这一体系框架的教材，仅仅是减少或者增加了一些内容，其所要回答的核心问题还是这几部分提出的问题。

在体系上，《教程》在很大程度上突破了传统的"反映论"模式，试图以"生活活动"论、"社会意识形态"、"艺术生产"为理论支点，建构文学理论体系[1]。在后来的2004年版中，又加上了文学反映论、艺术交往论，一共五大理论要点作为马克思主义文学理论的基石[2]。这显然要比以

---

[1] 童庆炳主编：《文学理论教程》，高等教育出版社1992年版，第25—26页。

[2] 同上书，第14页。

前单一的反映论模式更能多样化地展现文学的本质和特征。

文学活动论主要吸收了美国学者艾布拉姆斯的"文学四要素"说和马克思的"人的活动"论。艾布拉姆斯的"文学四要素"指的是世界、作家、作品、读者,文学作为活动正是由这四个因素组成的,而文学理论所把握的也正是由这四个要素所构成的整体活动及其流动过程和反馈过程,而不是这四种要素中孤立的任何一个要素。《教程》正是以这四要素的辩证关系和双向流通为基础,确立其性质和研究的基本任务,进而建构起体系结构,即文学活动—文学创造—文学作品—文学消费与接受五大部分。

关于马克思主义的"人的活动"论,《教程》主要引述了马克思的《1844年经济学—哲学手稿》的相关论述,强调生活活动是人类特有的存在方式,而这一观点对于文学研究的方法论意义在于,"我们只有从实际生活活动来理解人,来理解作为人的活动的一个方面的文学,尤其是认识到作为人的生活活动的核心的生产劳动对文学的影响,才能对文学作出合理的阐释"①。这样的认识应该说是深刻的。接下去,教材具体分析了人的生活活动的特性与美学意义,为人们多角度地理解文学具有重要意义。

把文学作为活动来看待,突破了以往静态地去看得文学本质的思维方式,把文学的性质看作是在文学活动中体现出来的,抽象的文学的本质是不存在的,这不能不说是一种开放性的动态的文学本质观。正如教材所言,文学活动处于一个有机整体中,在这个整体活动中,"主体和对象的关系也始终处于发展与变化中。一方面是主体对象化,另一方面又是对象主体化,正是在主体对象化和对象主体化的交互运动过程中,才生动地显示出了文学所特有的社会的和审美的本质属性"②。

当时的其他许多教材也主张文学活动论,并以此来建构自己的教材体系。如陈传才、周文柏的《文学理论新编》(修订本),也是从文学活动出发来建构教材体系的。狄其骢等人编著的《文艺学新论》,认为"文学对象内文学作品转变为文学活动,这是现代文艺学研究的一个趋向"③,

---

① 童庆炳主编:《文学理论教程》,第34页。
② 同上书,第49页。
③ 狄其骢等:《文艺学新论》,山东教育出版社1994年版,第9页。

该教材的整体构架即是"依据对文学对象的动态理解","以文学活动的三大环节：文学创作、文学作品、文学交流为主要构件"①。但该教材在具体的结构安排上，并没有按照文学活动的自然顺序，而是把"文学作品"放置在前列，由"文学作品"到"文学创作"再到"文学交流"。之所以这样安排，是因为他们认为文学作品是整个文学活动的中介环节，是文学创作的目的和成果，又是文学阅读和批评的前提和对象，中介着作家和读者的交流，联结着整个文学活动。先理解文学作品，再理解它的创造和阅读交流，比按文学活动的自然顺序来理解文学活动，从理论逻辑看，更通达更有力更有理解性②。

关于马克思主义的生产理论，《教程》在"创作论"中作了详细的分析，还直接把传统的"文学创作"改为了"文学生产"（2004年版又改为"文学创造"）。在该章中，教材分析了精神生产与物质生产的区别，并区分了文学生产与其他精神生产的区别，认为文学创造是一种特殊的精神生产。正是在文学活动论和艺术生产论的指导下，教材把文学运动在意向上分为了并进的两个过程：文学创作—文学作品—文学接受的过程，和文学生产—作品价值—文学消费的过程。教材认为，这样一来，文学理论研究虽然只有一个认识客体——文学活动，但同一认识客体可以成为多种视角所观照的多种对象。文学理论的认识客体是指文学活动的整体，不同的对象则是研究者凭借独特的视角与方法窥视到的整体中有限的部分、方面、侧面、层次、因素、阶段、关系等，换言之，同一认识客体是多对象的。正是由于同一客体可以形成多对象和多视角、多方法，文学理论就形成了多样化形态。虽然在英文中对象和客体是一个词（object），这样的划分似乎不伦不类，但是编者的多元化意图在中国语境中还是可以理解的。强调多元化正是这个时期教材的共同特点。如刘安海、孙文宪在《文学理论》中强调"以马克思主义的哲学方法为指导，以本体论方法为中心，综合运用各种研究方法，以对文学作出全方位、多角度、多层面的'合围'，从

---

① 狄其骢等：《文艺学新论》，第9页。
② 同上书，第9—10页。

而显示文学的'面面观'"①。

此外,这一时期的教材对文学接受的重视,也是文艺学教材体系完善的一个体现,这显然是受了西方接受美学的影响②。

童庆炳主编的《文学理论教程》不仅专门分析了文学接受的过程,还把它与文学消费结合起来,分析了两者的异同。教材认为,文学接受是一种较为高级的阅读形态,具有认识属性、审美属性、文化属性等。在分析文学的接受过程中,教材把文学教授的过程分为发生、发展和高潮,并结合西方接受理论、结构主义文论以及中国古代文论进行了详细的分析。

其他教材如董学文、张永刚的《文学原理》,也谈到了文学的接受问题。他们认为:"对读者的重视,是现代接受理论,特别是'接受美学'理论出现之后才开始明朗化的。它标志着文学观念的新的变化与进步。肯定读者的主体性,说到底,也就是肯定读者的创造性。读者的创造,是在文本引导下完成的二度创造,与作家的创造既保持着一致性,又有巨大的差异。"③ 在教材中,他们虽然没有专章或专节阐述文学接受的问题,但在"文学的主体与创造"和"文学的文本与解读"两章中具体谈到了这一问题。在前一章中,他们具体分析读者的接受过程及其形态,把接受分为非审美接受和审美接受两大类,而文学的审美接受又主要包括欣赏性接受和批评性接受。在后一章中,他们认为阐释与批评是文学接受的又一种重要方式,是文本解读的最高层次。它借助文学欣赏的成果,在对文学文本的感性把握基础上实现了对它的理性辨析。因而可以说,"文学欣赏与阐释、批评互相呼应补充,共同构成对文学文本的全方位接受"④。

除这两本教材外,其他教材也都比较关注文学的接受问题,或者单列章节,或者放在其他章节中去分析,并且都把文学接受作为文学活动的一个不可缺少的环节,这使得文学活动作为一个整体开始完善起来,完善了新时期文艺学的教材体系。

---

① 刘安海、孙文宪:《文学理论》,华中师范大学出版社1999年版,第9—11页。
② 关于西方接受美学以及在中国的接受情况,参阅陈厚诚、王宁主编《西方当代文学批评在中国》,百花文艺出版社2000年版,第八章,第338—387页。
③ 董学文、张永刚:《文学原理》,北京大学出版社2001年版,第135页。
④ 同上书,第218页。

在对文学的具体论述中，在承接着以前文艺学教材关注文学的审美特性之外，这一时期的教材还更加关注文学的语言特性。而这一时期的教材对文学语言的关注，更多的不是从工具论的角度，而是从本体论的角度来认识和理解的。这主要受俄国形式主义以及英美新批评的影响，同时也结合了中国古代文论中关于言象意关系的论述，从而形成了对文学的新的认识和界定。

比如童庆炳的《文学理论教程》在语言问题上，就具体分析了文学与话语的问题，指出话语一词涉及人与人之间通过语言而从事沟通的行为或活动，具体指一定的说话人与一定的受话人之间、在特定语境中、通过本文而展开的沟通活动；并对话语的五个构成要素——说话人、受话人、本文、沟通、语境进行了分析。话语概念的提出，体现了人们对语言的认识的深入，语言不再是简单的传递信息的工具，其本身负载着更为深刻的内涵，即如教材所言，显现出文学的意识形态性质[①]。在教材后来分析文学作品本文的话语层面时，又具体分析了文学言语的特点，如内指性、心理蕴涵性、阻抗性等特点，这些在借鉴西方形式主义文论中，显然深入进了文学语言的内部层次。对文学界定也是强调文学的话语含蕴的性质，认为文学是显现在话语含蕴中的审美意识形态[②]。

狄其骢等人在《文艺学新论》中，专列"文学与语言"一章，强调语言是文学的第一要素，并综合运用索绪尔语言学、俄国形式主义以及英美新批评，具体分析了文学语言的特殊性，如情感性、含蓄性、越轨性等特性。但该教材还特别提醒读者，文学不等于语言，应当还是要从内容去把握形式，而不能过分强调手段而忘记了目的，过分强调形式而忘记了内容，以至最终把文学的本质简单地归结为语言的组织形式和技巧。这样的认识是很有道理的[③]。其他教材也都对语言问题投入了极大的关注，体现了这一时期对文学自身规律特性的认识。

关于文艺学的民族化探索，是这一时期所关注的一个重要问题，在这

---

① 童庆炳主编：《文学理论教程》，第76—78页。
② 同上书，第94—97页。
③ 狄其骢等：《文艺学新论》，第60—80页。

一时期几乎所有的教材中，我们都可以看到大量的对中国古代文论的引述或阐述，并试图把中国古代文论融入现代文艺学体系中，实现古代文论的现代转换（关于这个问题，参阅本书其他相关章节）。童庆炳的《教程》可以说处处可见中国古代的文论家（如陆机、刘勰、严羽、钟嵘、白居易、朱熹等）和经典的文艺概念或理论（如感兴、意象、意境、兴味、虚静、神思、妙悟、"兴观群怨"说、"以意逆志"与"知人论世"说等）。这也体现了教材编者对文学理论"中国特色"的关注。董学文、张永刚在《文学原理》（北京大学出版社2001年版）中，通过对中国古代关于言象意的理论，考察了文学的感性存在状态，指出语言通过建立"象"这个体系来表达"意"——作家对生活的理解与评价。而文学也正是通过这个"象"与"意"系统的建立，一方面使自己成形，获得感性形态，另一方面则使文学本体世界得到间接而巧妙的展示[①]。而在文学定义中，也引入了中国古代的象与意的概念，认为文学是"创作主体运用形象思维创造出来的体现着人类审美意识形态特点并实现了象、意体系建构的话语方式"[②]。

总之，如何运用中国古代文论，真正实现古代文论的现代转换，凸显文艺学的中国特色，这也是这个时期的文学理论教材建设所要继续努力的目标。

三　后现代语境中的新世纪文学理论教材[③]

受后现代主义和文化研究的影响，世纪之初的文艺学教材体现出了程度不同的反本质主义和文学研究扩界的倾向，这体现在影响较大的三本文艺学教材中：陶东风主编的《文学理论基本问题》（北京大学出版社2004年初版，2005年再版，2007年三版。以下简称"陶本"）、南帆主编的

[①] 童庆炳主编：《文学理论教程》，第32—33页。
[②] 同上书，第57页。
[③] 本标题采用了方克强讨论这三本教材的文章的题目《后现代语境中的新世纪文学理论教材》，《文艺理论研究》2004年第5期。特此致谢。

《文学理论：新读本》（浙江文艺出版社2002年版。以下简称"南本"）和王一川的《文学理论》（四川人民出版社2003年版。以下简称"王本"）。

早在主编《文学理论的基本问题》之前，陶东风就已经开始了他对大学文艺学的学科反思。2001年发表的《大学文艺学的学科反思》（《文学评论》2001年第5期）一文，就集中体现了他对当时文艺学教材的反思。此文后来作为《文学理论基本问题》的"导论"，成为他指导教材编写的总纲领。在此文中，陶东风明确批评了文艺学知识生产中的本质主义。陶东风指出：本质主义"乃指一种僵化、封闭、独断的思维方式与知识生产模式。在本体论上，本质主义不是假定事物具有一定的本质而是假定事物具有超历史的、普遍的永恒本质（绝对实在、普遍人性、本真自我等），这个本质不因时空条件的变化而变化；在知识论上，本质主义设置了以现象/本质为核心的一系列二元对立，坚信绝对的真理，热衷于建构'大写的哲学'（罗蒂）、'元叙事'或'宏伟叙事'（利奥塔）以及'绝对的主体'，认为这个'主体'只要掌握了普遍的认识方法，就可以获得超历史的普遍有效的知识"[①]。陶东风指出，正是受本质主义思维方式的影响，学科体制化的文艺学知识生产与传授体系，特别是"文学理论"教科书，总是把文学视作一种具有"普遍规律"、"固定本质"的实体，它不是在特定的语境中提出并讨论文学理论的具体问题，而是先验地假定了"问题"及其"答案"，并相信只要掌握了正确、科学的方法，就可以把握这种"普遍规律"、"固有本质"，从而生产出普遍有效的文艺学知识。这使得它丧失了学科的自我反思能力，无法回应日新月异的文艺实践提出的问题。

陶东风指出，在本质主义的文艺学那里，似乎文学是已经定型且不存在内部差异、矛盾与裂隙的实体，从中可以概括出所谓放之四海而皆准的"一般规律"或"本质特点"，这个意义上的所谓"规律"实际上也只是人为地虚构的权力话语。文章还以三部不同时代最有影响力的教材为例分析了其中的本质主义表现。

[①] 陶东风：《大学文艺学的学科反思》，《文学评论》2001年第5期。

正是针对文艺学学科中出现的严重普遍主义与本质主义倾向,陶东风强调建构主义和历史主义,特别提出要历史地理解文学艺术的自主性,在充分肯定其历史意义与现实合理性的同时,不能把自主性视作文学的自明、先验的本质加以设定。陶东风并不绝对否认文学的本质,而是认为文学没有超时空的、绝对的、无条件的本质,只有具体的社会历史语境所决定的对本质的建构。文学的自主性也是如此。正是在这意义上,陶东风拒绝承认自己是绝对的反本质主义者,他把建构主义与后现代主义的极端反本质主义进行了有意识的区别,强调他对后现代反本质主义的吸收是"有条件的"[①]:

> 如果说我们的文学理论在理解文学的性质时存在严重的普遍主义与本质主义的倾向,那么纠正这种倾向就必须重建文艺学的知识论基础,这种重建当然没有也不可能有一个统一的模式。就本书(即《文学理论基本问题》——引注)而言,我们的思路是以当代西方的知识社会学为基本武器重建文艺学知识的社会历史语境,有条件地吸收包括"后"学在内的西方反本质主义的某些合理因素,以发挥其建设性的解构功能(重新建构前的解构功能)。[②]

所谓"知识社会学的视角",就是要求摆脱非历史的(de-historized)、非语境化(de-contextualized)的知识生产模式,强调文化生产与知识生产的历史性、地方性、实践性与语境性。

紧接着陶东风又作了这样的补充说明:

> 我们对于"后"学的借用并不是无条件的。我们所说的反本质主义并不是根本否定本质的存在,而是否定对于本质的形而上学的、非历史的理解(在这一点上不同于有些"后"学家那种根本否定事物具

[①] 支宇在《"反本质主义"文艺学是否可能?——评一种新锐的文艺学话语》(《文艺理论研究》2006年第6期)批评陶东风只"解"不"建"是缺乏现实依据的,方克强在《文艺学:反本质主义之后》[《华东师范大学学报》(哲学社会科学版)2008年第3期]一文中对支文作了公允的批评。

[②] 参见《文学理论的基本问题》,北京大学出版社2004年版,第20页。重点号为引者加。

有任何本质的极端反本质主义），尤其不赞成在种种关于文学本质的界说、理论中选择一种作为对于"真正"本质的唯一正确揭示。在社会世界，不存在无条件的、纯客观的"本质"，社会世界的"本质"是有条件的，它必然受到社会历史等因素的制约，而我们对于这个"本质"的把握也受到作为社会实践（而不是逻各斯）的语言的中介。我们应该把所谓的"原理"事件化、历史化与地方化。①

文章最后对学科建设提出了自己的构想。首先，要打破"四大块"的构架与剪刀＋糨糊的编写方法，在认真研究中西方文学理论史的基础上，提出不同国家与民族的文学理论共同涉及的几个"基本问题"与重要概念。其次，为了保证这门课程与原来文艺学教材的区别，必须做到在介绍这些概念、讲述这些问题时贯穿历史方法，对一些重要的概念与问题，比如"文学"概念以及"什么是文学"的问题，作历史的解释。正是在这一点上，我们可以确认陶东风的建设性后现代主义的立场，它与致力于解构，却与反对任何理论体系建构、永远处于反中心反主流位置的激进的和怀疑论的后现代主义划清了界限②。也正是在这一意义上，陶东风认为自己的教材"具有后现代文艺学的某些特征"，但同时是"自由、多元、民主的文艺学。在这一点上它又具有强烈的现代特征"③。可以说，他在寻求后现代与现代之间某种张力的平衡点。

正是在这种建构主义思路的指导下，陶东风主编了《文学理论的基本问题》教材。本教材的理念在诸多方面是相当新颖的。比如，按照陶东风的思路，该教材的基本原则是"用中外文学理论史上反复涉及的，或者在今天的文学研究中大家集中关注的基本问题结构全书"，不要求对这些问题给出最终答案，而是"不作结论，把问题敞开"。教材所抓住的问题有：（1）什么是文学；（2）文学的思维方式；（3）文学与世界；（4）文学的语言、意义和解释；（5）文学的传统与创新；（6）文学与文化、道德及

---

① 参见《文学理论的基本问题》，第20页。
② 方克强：《后现代语境中的新世纪文学理论教材》，《文艺理论研究》2004年第5期。
③ 陶东风：《大学文艺学的学科反思》，《文学评论》2001年第5期。

意识形态；（7）文学与身份认同。这些问题中，有的是传统问题，有的则是现代、后现代社会所出现的，但却具有重要意义，如民族问题、身份问题等，这些也是文学理论所要关注的。这样的教材编写体例还是第一次尝试，虽然在具体的章节中并没有全部得到很好的落实。

许多学者对陶东风的这部教材都给予了高度关注，肯定其在中国文艺学教材建设中的重要价值和意义，比如有学者认为，从编写体例看，陶东风的这部教材不是一本学术性的论著，而是一本知识性的教材，它没有提出一种新的文学本质规定，但它提供了中西文学理论知识。对于中国学界来说，这种书写体例前所未有，其意义在于：一是祛除其中的意识形态纠葛，让文学理论回归文学理论本身，文学理论作为纯粹知识呈现了其丰富性和复杂性；二是中西文论被放置在一个平台上相互参照，避免了以西律中或以中格西的弊病。正因为本书没有提出新的文学界说，较少个人性而较多知识性，文学奥秘因此获得了多种思想的切入，这就有助于引导学生进入文学问题思考文学的复杂性[1]。当然也存在不少质疑的意见，这点我们下面还要详细介绍。

南帆主编的《文学理论：新读本》也通过历史主义的立场而表现出对本质主义的批判。教材一开始便强调指出要历史主义地研究关于文学的普遍理论，"第一，文学必须进入特定意识形态指定的位置，并且作为某种文化成分介入历史语境的建构；第二，文学必须在历史语境之中显出独特的姿态，发出独特的声音——这是文学之所以存在的理由"。正是在这一意义上，"文学被视为某一个历史语境之中的文化成分"[2]。如此，文学就没有一个普遍的、恒定不变的定义，而只有"文学观念"，而文学理论也就成了"开放的研究"。

2008年，在南帆主编的《文学理论：新读本》的基础上，由南帆、刘小新、练署生编写的《文学理论》由北京大学出版社出版。这部教材继续推行反本质主义的策略，认为"文学理论可以初步理解为关于文学的种种知识，例如文学的种种特征、构造、功能、文化位置，如此等等"（《文

---

[1] 章辉：《反本质主义思维与文学理论知识的生产》，《文学评论》2007年第5期。
[2] 南帆主编：《文学理论：新读本》，第3页。

学理论·后记》）。而本教材的编写体例也几乎颠覆了以前的所有模式，教材全书分为上下两篇，上篇为"文学是什么"，下篇为"如何研究文学"。上篇又分为引言"文学与世界"与第一部分"文学的构成"（下列文学的功能与机制、作者、文本、文类、叙事话语、抒情话语、修辞、传播媒介各章），与第二部分"文学与文化"（下列文学与历史、文学与宗教、文学与民族、文学与地域、文学与道德、文学与性别各章）。下篇"如何研究文学"也分为引言"文学性与开放的研究"与第一部分"文学史与文学理论"（下列文学史与经典、文学史与大众文学、古典主义与浪漫主义、现实主义、现代主义、后现代主义各章）与第二部分"批评与阐释"（下列文学批评的功能、文学批评与作家中心传统、文学批评与作品的研究、文学批评与接受理论各章）。

这个结构体例与陶东风主编教材具体章节内容不同，但是其指导思想相近：把历史上各种对文学的研究分为几个与文学相关的诸问题域，消解本质主义的话语阐述方式，而留给读者一个开放的文学理论，有利于读者多方面、多角度地去理解文学。

王一川的教材虽然没有明确提出反本质主义的主张，但他显然反对那种一味概括文学本质的做法。对"本质"与"属性"的区分上，王一川体现出一种反本质的倾向。他认为，属性通常指归属于某一事物的特性，本质指的是事物之所以为事物的根本的或终极的性质，"在今天看来，本质并不就等于确定无疑的实在，而不过是主体的人为设定而已。也就是说，相信事物存在着惟一本质，属于人的思维假设。人假定事物有其本质，就会竭力去寻找。而不同的人由于各种原因的限制，会从同一对象中'发现'不同的本质，这就使设想中的唯一本质变得多样了，因而也就不可靠了。反之，如果舍弃本质式思维而用'属性'的视角去观察，倒可能会发现事物的多种多样的面貌及其变化。……事物总会有其属性的，文学也一样"[①]。这个观念显然有强烈的反本质主义色彩。方克强从三个方面对此作了分析：其一，他是从思维方式的层面上批判本质主义的。本质式思维相信事物有终极性质和唯一本质，而属性式思维则认为事物的特性

[①] 王一川：《文学理论》，四川人民出版社2003年版，第69—70页。

是多样的和变化的；本质式思维认为人对本质的认识是客观的、确定无疑的，属性式思维则认为任何理论都不可避免主观性，人的认识是有种种局限性的。其二，他更多的是从策略的层面上选择了属性论，并不否认本质式思维或文学本质论也会发现文学不同角度的某种属性。其三，对事物包括文学具有属性的信念以及认同人对多样、变动的属性具有认知性这一点，是建设性后现代主义的基石①。因此，反对本质并不必然走向虚无的解构而没有建构。在本教材中，他以"感兴修辞诗学"为理论框架建构自己的文学理论体系，就具有极强的建构性和本土特色。"这是对西方中心主义及其普世价值观在文学理论领域中表现的一种回应，也是重塑文学理论的中国角色和寻求中西文论平等对话方式的一次努力。"② 从一开始，王一川就将自己的建构地方化和小理论化。他在教材的《引言》中说："就目前我国文学理论界的实际情形来说，尚不存在探访文学理论原野的惟一'大道'，而可以见到若干条交叉'小道'。既然如此，我只能选择其中一条——感性修辞诗学……注重个体生命体验的古典'感兴'论与注重语言效果的'修辞'论联结起来，由此而推演出文学是感兴修辞这一新命题，而文学作为感兴修辞是中国人的符号实践的一种形式。"这种自觉的"小道"意识与本土意识，对于中国文艺学建设来说，具有很强的创意性和示范性③。

除了以上我们分析的这三部教材外，还有许多教材也在努力进行反本质主义的工作，并联系现实、回应现实，在文艺学教材上都进行了积极而有益的探索，比如葛红兵的《文学概论通用教程》（上海大学出版社2002年版），并没有对文学的本质下一个确切的定义，而是从三个方面作了界定：（1）超越的、精神的、无功利的；（2）教化、怨刺、快感；（3）话语、超越日常功利目的的话语、追求形式价值的话语。第三个方面是教材

---

① 方克强：《后现代语境中的新世纪文学理论教材》，《文艺理论研究》2004年第5期。
② 方克强：《文艺学：反本质主义之后》，《华东师范大学学报》（哲学社会科学版）2008年第3期。
③ 张法在《走向前卫的文学理论的时空位置——从三本文学理论新著看中国文学理论的走向》（《文艺争鸣》2007年第11期）中对这三部教材作了具体的分析，亦可参阅方克强《文艺学：反本质主义之后》，《华东师范大学学报》（哲学社会科学版）2008年第3期。

给文学下的较为具体的定义，但这个定义显然也不是一种确定的判断式的定义，而是一种描述性的定义。从这也可以看出，新世纪中年和青年文艺学工作者对那种本质主义的下定义的方式的反叛。

除此之外，新世纪教材还特别关注新出现的文化现象乃至传播媒介，比如大众文化、网络文化、电子传媒等。陶东风的教材在附录中设了"文学与市场"、"文学与媒介"、"文学与全球化"三部分内容。葛红兵的《文学概论通用教程》就专门谈到了网络文学和影视艺术。南帆主编的《文学理论：新读本》专章谈到了传播媒介及大众文学，分析了电子媒介的影响、超文本以及大众文学的发展问题。王一川的《文学理论》也专章分析了文学媒介。这些都与现实紧密相连，体现了新世纪教材对现实的关注和力图回应现实的挑战的勇气。

由童庆炳主编的《新时期高校文学理论教材编写调查报告》（春风文艺出版社 2006 年版）在结论部分总结了新时期文学理论教材的发展情况，其中对于今后文学理论教材发展具有重要意义的有两点，一是适应时代的变化而变化，二是整合古今中外文学理论资源。文学理论教材如何适应时代的发展，不断回应和解答时代所提出的文学问题，是文学理论教材保持其永久生命力的保证。新世纪初的教材已经为我们开启了一个良好的开端。此外，如何做到中西文论资源的交融，尤其是如何创造性地发展中国优秀的古代文论资源，真正实现文论的民族化，这是建设有中国特色文学理论教材的核心，而这将是一个持续而巨大的工程。

四　关于本质主义与反本质主义的论争

如上所述，在新世纪的三部代表性教材中，都不同程度地存在反本质主义倾向，反对那种普遍的、非历史的本质理论。但是反本质主义的文艺学是否可能？反本质主义之后，文艺学如何建构？这个问题引起了目前学术界的争论焦点。围绕着这个问题，有的学者批判了反本质主义所导致的取消主义、虚无主义、相对主义，强调重构文学的本质。

首先，他们强调文艺学不能取消本质，不能放弃对文学本质的追问①。既然不能放弃对文学本质的追问，那么在反本质主义之后，我们要研究文学的什么本质？又如何研究？许多学者在这个问题上提出了不同的意见，显示了一种积极建构的努力。

陶东风的观点很明确，他反对的是本质主义的思维方式，但并不否定文学的历史的、建构的本质，相反，他肯定在一定的时代与社会中，有存在于特定语境并受其制约的被建构的本质，由此，陶东风强调要对于所谓"本质"或"原理"采取一种历史反思的态度，把所谓的"原理"事件化、历史化与地方化，由此重建文艺学的知识论（参阅前面）。

对陶东风的反本质主义观点，不少学者提出了批评。其中支宇的文章比较早也比较有代表性。支宇在《"反本质主义"文艺学是否可能？——评一种新锐的文艺学话语》②中，结合陶东风的《文学理论的基本问题》教材，首先肯定了陶东风这部教材的创新意义，但同时批判了反本质主义的三个"致命"缺陷："知识碎片化"、"知识肥胖化"和"知识空洞化"。所谓"知识碎片化"，是将任何普遍性知识还原为一个又一个具体的"历史事件"，否定知识史的连续性和统一性，从不试图以一个一以贯之的逻辑线索来串联人类知识史上的文学观念。所谓"知识肥胖化"，是将古今、中外两个庞大的领域纳入自己论述视野。所谓"知识空洞化"，是指只思考过去而背离现在的高蹈状况和空洞状态，也即脱离了当下语境和中国经验的空洞无物的文艺学。

作者在如此批判了反本质主义之后，自己拿出了什么建设方案呢？在

---

① 如杨春时《后现代主义与文学本质言说之可能》，《文艺理论研究》2007 年第 1 期；《论文学的多重本质》，《学术研究》2004 年第 1 期。王元骧《文艺本体论的现实意义与理论价值》，《浙江大学学报》（人文社会科学版）2007 年第 5 期。

② 《文艺理论研究》2006 年第 6 期。除了支宇外，吴炫、张旭春等人也写了商榷文章，参见吴炫《当前文艺学论争中的若干理论问题》，《文学评论》2008 年第 4 期；张旭春《后现代文艺学的"现代特征"？——评陶东风主编的〈文学理论基本问题〉》，《文艺争鸣》2009 年第 5 期。陶东风也分别写了对于他们的回应文章，参见陶东风《文学理论：建构主义还是本质主义？》，《文艺争鸣》2009 年第 7 期。但由于这篇文章中和支宇、吴炫、张旭春商榷的部分被删去较多，他又把商榷文字分为三篇文章，发表在自己的新浪博客，分别是：《关于本质主义和权威主义——回应支宇》《何谓"文艺学自己的声音？"——回应吴炫》《在现代与后现代之间——回应张旭春》。http://blog.sina.com.cn/taodongfeng。

作者看来，中国文艺学反思和重建的目标不是"告别本质主义"，不是"反本质主义"，而是"重新个性本质化"。换言之，中国文艺学生产不应该走向极端解构的"反本质主义"，而应该倡导文艺学话语的多元化和个性化。作者还引用《中国文艺理论百年教程》中的话，指出90年代以来文艺理论教材建设与知识生产出现了"个人写作模式"的"新气象"，不过文艺学话语的多元化和个性化仍然有待中国理论家们付出更多的努力。而文艺学的多元化和个性化必须依赖"本质化"：一方面，多元性和个性化状态中的文艺学坚决反对唯一性的独断论真理；另一方面，又坚定地根据当下中国具体的时空条件和个人化的视角来进行"本质化"努力，并根据这一"本质"评判当下文学艺术实践。作者最后指出："只有站在多元主义思想立场上不断进行'本质化'，中国文艺学知识生产才能真正获得生机与活力，才能出现真正非本质主义的'百花齐放'与'百家争鸣'。"

支宇尽管一再强调"个性本质化"、多元化、个人化视角，但其思维方式却依然是本质主义的，正因为这个原因，李涛认为这"依然难以掩盖它图谋'中心'的梦想"。李涛评论道："它的判断、推理以及对当代中国文艺学问题诊断的非准确性，决定它的美好设计可能永远只是一种纸上的设计。通过不断的本质化的文学理论建构，而迎来非本质主义的'百花齐放'与'百家争鸣'，留给人的是天方夜谭式的想象。"[1] 的确，支宇仍然坚持本质主义的知识观，他把"真理性"等于"普遍性"，他认为《文学理论基本问题》因为反本质主义，所以其必然结果只能是"根本无力建构一个系统的文学理论体系，无法形成一套完整的文学理论话语"。好像任何理论话语必然是本质主义的，反本质主义就是反理论。这样，在支宇看来，反本质主义必然等于"理论的瘫痪"和知识的"无政府主义"，等于放弃理论研究。

显然，问题的关键首先在于：支宇（也包括其他的质疑者）一致认定陶东风是反本质主义者，尽管陶东风在文章和教材中反复且明确表白自己不是反本质主义者而是建构主义者。建构主义是反本质主义的，但却不是反本质的主义，不认为关于本质的言说是不可能的。建构主义自己就是一

---

[1] 李涛：《"后本质主义"文艺学真的可能？——"反本质主义"文艺学批判的再批判》，《东方丛刊》2007年第4期。

种言说本质的方式。它认为一切这类的本质言说都只是众声喧哗的"意见"而不是定于一尊的"真理"。建构主义并不认为本质言说是不可能的,而是认为,那些声称自己是唯一正确、合法的本质言说是不合法的[①]。

实际上我们没有理由认为只有本质主义才能有资格被称作"理论",才能谈论"本质",而其他言说方式一概不配或不能进行任何理论研究,更不能形成自己的理论话语。建构主义认为任何理论建构都不是无条件的,都要受到建构者的存在境遇、视角方法以及特定时代的知识—话语型的制约,都没有无条件的普遍性。但这并不必然意味着知识生产的"无政府主义"或"理论的瘫痪"。按照支宇的逻辑,我们只有两种选择:要么服膺本质主义,要么陷入无政府主义(反本质主义),后者等于放弃理论,等于理论的瘫痪。中间的知识形态和理论形态是不存在的。由于支宇坚信所有可能、有效、真实的知识只能是本质主义的知识,所以在他看来,建构主义者所坚持的"具体而特殊的知识",必然也是虚假的、不可能的知识,他断言:"《文学理论基本问题》对'本质主义'思维方式的反感和拒斥使得它充分认识到'本质'的具体性、特殊性和虚假性:既然一切'本质'都不过是从某一特殊角度和特定时空而得出的特殊结论,既然普遍必然的'本质'和'规律'根据不可能存在,那么文艺学还有什么必要去获取一个理论立场、建构一套文学话语、得出一个文学结论呢?"把对于"本质"的"具体"、"特殊"的知识等同于"虚假"的知识,明显暴露出作者的本质主义立场。在建构主义者看来,情况恰恰相反,只有具体的、特殊的、受到各种因素限制的"本质"言说才是真实的。正因为"普遍必然的'本质''规律'的根据"之不存在,才需要我们去获取,也不得不去获取一个特定的理论立场,在此基础上建构一套特定的、有局限的文学话语,得出一个特定的、有局限的"文学结论"[②]。

[①] 参见陶东风《文学理论:建构主义还是本质主义》,《文艺争鸣》2009年第7期。

[②] 自相矛盾的是,作者在文章的另一处写道:"解构之后,文艺学难道不能试图重新建构点什么?我们能不能将'反本质主义'作为一种文艺学思想语境,在没有独断'本质'和永恒'真理'的专制与暴政之下创造出各式各样暂时的、具体的、谦和的文学'本质'和'真理'?"这么说来,似乎在反本质主义的立场上也是可以进行本质言说的,虽然是"暂时、具体和谦和的本质言说",毕竟还是本质言说啊。这个时候支宇好像和陶东风又接近起来了。

支宇文章的另一个重要观点是：中国文艺学知识生产的根本问题不是知识上的"本质主义"，而是政治上、意识形态上的"威权主义"。支宇说："事实上，20世纪中国文艺实践和文艺理论一直是意识形态进行权力争夺的重要领域，而意识形态本身就具有强烈的排他性和独断论色彩，它以'真理'权威自居，不断命令文艺按它所谓的'真理'眼界来看待现实、反映现实乃至生产现实。这样，政治意识形态是一切思想文化活动的'元叙事'，它排斥异己，独断专行，任何知识生产都只能遵循它的话语逻辑和理论立场，它也只有它自己才是判断'是与非'、'真与假'的唯一标准。在这种'威权主义'知识生产机制中，文艺学当然注定只能成为政治意识形态在审美领域中的理论衍生物。无论有多少理论家和理论著作，某一时期的文艺学知识生产都注定只能臣服于同一种意识形态元叙事，只能根据同一种意识形态元叙事来进行'本质化'，只能发现同一个文学'本质'。所以，中国当代文艺学知识生产的根本弊端不在于'本质主义'思维方式，而在于'威权主义'知识生产机制。"① 支宇的这个观点无疑是正确的，但是正如陶东风在自己的反批评文章中指出的那样，用它来批评陶东风似乎找错了对象，因为陶东风从来不反对任何一个个人自由地撰写自己的文学本质论。建构主义文艺学并不认为任何人无权谈论本质，也不主张只有反本质主义的文艺学才是合法的文艺学或真正的文艺学。就像后神学时代仍然存在神学，后形而上学时代仍然存在形而上学一样，反本质主义时代仍然存在本质主义文学理论，区别只是在于它已经不能独霸文坛。如果反本质主义者利用非学术的权力不允许本质主义的文学理论（如阶级斗争工具论的文学理论、反映论的文学理论）存在，这同样犯了专制主义的错误。陶东风在他的其他文章中曾经一再提醒人们，最应该警惕的就是文学本质的界定权力被某些人或者机构所垄断，这是他警惕本质主义的根本原因。为此陶东风还专门论述了文艺学知识生产和传播（特别是教科书形式的生产和传播）的程序正义问题。他说："我理解的文学理论知识建构的合法性是一种程序合法性，它不询问某种关于文学本质的言说的

---

① 支宇：《"反本质主义"文艺学是否可能？——评一种新锐的文艺学话语》，《文艺理论研究》2006年第6期。

具体内容是否合法,而只涉及关于文学本质的知识生产程序是否合法的问题。"也就是说,每个人或群体都具有就文学本质作出陈述的权利,只要它的这种陈述是合乎程序正义的。如果一种关于文学本质的言说借助于非正义的程序独霸了文学理论场域,别人只能接受而不能质疑,更不能提出自己的本质言说,那么这种言说本质的程序就是非正义的,它必然陷入文学理论知识建构中的专制主义——用支宇的话说大约就是"威权主义"。这个问题在文艺学教科书领域表现得尤其尖锐,因为大学是一个拥有很大权力的机构化知识传授机构,在一个价值多元化、观念多元化的时代,就文学本质达成实质性共识是非常困难的,但是就文学本质的建构程序、教科书知识的建构和传播持续达成共识则容易得多。就像我们今天很难就何为"好生活"的实质内容达成一致意见,而就关于"好生活"的讨论方式、讨论程序达成一致意见则并不难。同样道理,经过了改革开放和思想解放运动的洗礼,我们的文艺理论工作者,不管其所持的文学理论观念差异多大,都应该能够达成这样的共识:任何人、任何群体、任何组织,都不能借助于理性言说之外的权力(不管是政治的或经济的)来强行推行一种关于文学本质的理论。由于我们今天的文学理论界仍然受到外力的干涉,强调程序正义的重要性是不言而喻的[①]。

需要补充指出的是:本质主义的知识论的确不等于威权主义的知识生产机制,但是,最容易和威权主义意识形态结合在一起的,却必然是本质主义的知识论。我们很难想象威权主义意识形态会和反本质主义的知识论结合。比如,种族本质主义不见得一定都会导致或者必然要导致政治法西斯主义,但是法西斯主义却必然建立在种族本质主义基础上(希特勒就是坚定的种族本质主义者,后者是他进行法西斯主义动员的主要"科学"依据)。我们很难想象种族歧视和种族灭绝不是和种族本质主义(如犹太种族低劣论)携手,相反和反本质主义的种族杂交、种族混合理论结合。在现代社会,如果不是先在宣传上把特定种族妖魔化和本质化,怎么可能进而实施种族灭绝呢?同样道理,中国当代文艺学创造力的匮乏和生命力的

---

① 参见陶东风《文学理论知识建构中的经验事实与价值规范》,《天津社会科学》2006年第5期。

衰弱固然不仅仅是"本质主义"思维方式使然。但凡是和权威主义意识形态结合进而独霸文艺学界的，全部是，也只能是本质主义文艺学，无论是苏联的文艺学，还是"文化大革命"时期的工具论文艺学。这难道是偶然的吗？在这个意义上不妨说，反本质主义的知识论内在地包含对于权威主义意识形态的抵制力。如果是这样，那么，《基本问题》对文艺学本质主义的反思，就并非如支宇说的"根本没有击中要害"。支宇认为中国文艺学反思和重建的目标不是"告别本质主义"，而是"从意识形态威权主义出走"，而在陶东风看来，告别本质主义（注意：不等于告别所有关于本质的言说）至少是"从意识形态威权主义出走"的题中应有之义。这就是学术上的反本质主义所具有的政治意义。

如果说支宇从研究者的角度强调研究的个性（或如他所言个性本质）的话，那么杨春时则强调从文学活动角度来研究文学的本质。他认为，文学的实体论本质可以被解构，而文学的超越性本质不能解构，它仍然存在并可以言说。这一言说可以通过对文学活动的认识得以呈现。因为文学活动具有统一性，文学体验具有共同性，文学的意义也有一致性。任何文学活动都既在历史之中，又超越历史。文学活动作为一种生存方式，同时也作为一种生存体验方式，其性质是确定的，那就是从现实存在到超越性存在的过程，是从现实体验到审美体验的过程。文学的本质就存在于这个过程之中①。显然，杨春时对于"超越性存在"、"审美体验"等的解释依然是本质化的。

单小曦提倡用"文学存在方式"的研究代替"文学本质"研究，以作为文学理论教材编写中的基本文学观念的研究方法。他认为文学存在方式研究与文学本质研究虽同属文学基础理论研究范畴，但并不属于同一层面。文学本质研究的任务是寻找文学本质，即在追问是什么根本属性使文学成其为文学。实际上，以往的文学本质研究，无论是本质主义的，还是非本质主义的，都没有深入文学本体论或存在论层面，都还是在以某种特设的存在者解释文学问题。文学存在方式研究追问的问题较之于文学本质具有更为根本的性质，即追问包括文学本质在内的整体性的文学如何存

---

① 杨春时：《后现代主义与文学本质言说之可能》，《文艺理论研究》2007年第1期。

在、何以可能，或者作为存在者的文学的存在依据是什么，它是文学本质研究尚未企及的、真正的文学本体论或文学存在论领域的问题①。我们认为，对于文学的存在方式的研究的确不同于对于文学本质的研究，它既可能是本质主义式的，也可能是反本质主义式的。

李俊在强调定义的"有限有效性"中指出，即使某种定义只适合某几种艺术形式，这种有限的有效性对界定"艺术"仍然是有益的，只有在承认一种有限有效性的基础上才有可能去追求普遍有效性。因此，一种从一定时代、一定社会文化背景出发的艺术定义不仅是可能的，而且也是必要的。在此基础上，李俊提出要超越本质主义与反本质主义的知性对立，张扬有限的理性主义立场，建构言说艺术本质问题的新范式②。

也有学者期望通过研究范式的转换，获得对文学的新的认识。赖大仁就认为，我们应该将对文学的认识阐释，从被定义的转变为被理解的，从本质论的转变为价值论的，从知识论的转变为方法论的，以应对当今的文化转型和文学变革，从而实现当代文论的进一步转型发展③。限于篇幅，在此不一一评述。

值得注意的是，这些评价和质疑的共同点基本上都包含着对反本质主义的质疑，唯独余虹的批评是认为《基本理论》的问题不是反本质主义反错了，而是反得不够，反得不彻底。余虹实际上是最早就陶东风的《文学理论的基本问题》撰写评论文章的人。余虹指出了《基本问题》中存在的理论与实践在一定程度上的脱节现象，即教材各个章节并没有很好贯彻《导论》部分提出的反本质主义的主张和历史化、本体化的建构方案④。这个问题并不独存在于陶东风的教材中，也普遍存在于当前的众多文艺学教材中，但在这里我们需要明确两个问题：

---

① 单小曦：《文论教材建设中的本质主义与反本质主义——关于中国高校文学理论教材改革与建设的思考之一》，《长江师范学院学报》2008年第3期。
② 李俊：《反本质主义与艺术本质问题》，《贵州师范大学学报》（社会科学版）2002年第1期。
③ 赖大仁：《当代文论：危机及其应对》，《学术月刊》2007年第9期。
④ 余虹：《文学理论的生死性——兼谈陶东风主编的〈文学理论基本问题〉》，《首都师范大学学报》2005年第1期。

（1）余虹指出，过分强调建构甚至重构本质，往往会遮蔽我们对反本质主义的深入思考，甚至会造成"本质主义改头换面地溜进来"[①]。反本质主义不应该是简单的不下定义或罗列上几个文学定义就可以，同样，作为一种思维方式，解构并不是一种简单的取消或否定，它其实是一种发掘，是一种对缝隙的发掘，它试图在解构中，发现固有思维模式中的裂缝，并由此进行新的建构。如果我们连裂缝都没有发现，又如何进行有针对性的建构？或者说，我们连要解构的对象都没有找到，又谈何建构？反本质主义的最大价值和意义也许并不在于为我们提供一个具体的建构方案，它所要给予我们的是如何解构与发掘僵化思维模式的缝隙，只有这样，我们的下一步的建构才可能是有针对性的，可行的和真正具有发展性的。否则，我们很容易又会落入本质主义的深渊，无论我们怎样强调本质的多元性。

（2）历史主义的建构并不是一件简单的事情，也绝不是把关于一个问题的历史上的阐释按照时间顺序罗列在一切即可，这是一项巨大的工程，需要细致发掘，在掌握大量历史细节的基础上以史学家的笔法予以呈现，甚至需要政治学、哲学、社会学、文献学、训诂学、考古学等各学科知识和方法的协作，需要说明为什么在这一时期产生这种文学观点，为什么是这种观点而不是那种文学观点流传下来，这种文学观点与当时的利益纠葛，与权威意识形态有何关联等极为繁难的学术课题，而这显然不是一项简单的过程[②]，但这却是反本质主义所必须的。反本质主义任重道远，需要我们真正坐下来分析。

[①] 余虹：《文学理论的生死性——兼谈陶东风主编的〈文学理论基本问题〉》，《首都师范大学学报》2005年第1期。

[②] 章辉：《反本质主义思维与文学理论知识的生产》，《文学评论》2007年第5期。

第二十六章

关于文学"审美意识形态"论的论争

新时期以来，在文艺学领域发生过很多次学术论争，其中围绕着关于文艺本质的界定，即"审美意识形态"论的论争，是一次时间跨度大，影响深远，至今也未完全停歇的论争。

新时期伊始，在全国拨乱反正的大形势下，文论界也展开了对文艺本质问题的反思，文学的审美特征开始受到高度关注和强调，文学的审美反映论、审美意识形态论被提出，并由钱中文、童庆炳、王元骧以及其他一些学者从各个角度对其做出了自己的论证，同时也通过教材编写等形式不断扩大了审美意识形态论在学界的影响力，使其成为20世纪90年代以来最为重要的文学本体论的理论观点。但与此同时，董学文、陆贵山、周忠厚等一批学者在肯定审美意识形态论对于中国文艺理论的重要意义和价值的基础上，从不同侧面对这一理论命题提出了自己的不同观点，由此而引发了新时期关于审美意识形态论的论争。

2006年4月7—8日，由北京大学中文系等单位联合举办的"文艺意识形态学说学术研讨会"在北京大学召开。来自全国各地的近40位专家、学者参加了这次会议，探讨了马克思主义意识形态学说、马克思主义意识形态论与非马克思主义意识形态说的区别、文学"审美性"与"意识形态性"的关系、文学是"审美意识形态"的界说能否成立等问题。会后还出版了关于这次会议的论文集《文艺意识形态学说论争集》（李志宏主编，吉林大学出版社2006年版）。2007年3月17日，北京师范大学文艺学研究中心在该校召开了"文学审美意识形态论研讨会"，包括童庆炳、程正民、王一川、钱中文、陈传才、许明在内的国内学者参加了会议，对文学的审美意识形态论进行了深入的探讨和阐述。

一 文学"审美意识形态"论的形成和发展

据考证,"审美意识形态"一词最早出现在 1982 年左右①。但最早真正从理论上对"审美意识形态"论进行分析和阐述的,要算钱中文先生。他自 1982 年提出"文艺是一种具有审美特征的意识形态"②开始,陆续发文,对文学的"审美意识形态"论进行了细致的阐释和论证。

1984 年,钱中文先生在《文艺理论的发展和方法更新的迫切性》(《文学评论》第 6 期)一文中,明确提出文学是"一种审美的意识形态"。钱先生认为:"文学创作不是一般的反映,而是一种审美的反映;对于审美反映来说,现实生活是创作的源泉,但是现实生活一旦进入审美反映,则现实生活就转化成了作家的心理现实,进而成为审美的心理现实;审美反映是与表现相统一的,与理论反映是不同的,企图把审美反映与表现对立起来,故意与复制等同起来的做法都是错误的;最后审美反映的丰富性在于它的具体性和主观性,即列宁所说'最具体的和最主观的是最丰富的',这个论点我以为是对反映论、对审美反映的出色表达。"在这里,钱先生虽然提出了"审美的意识形态"这一命题,但显然他关注的重点在于审美,强调的审美的反映,对文学的意识形态性还没有深入分析。这也是当时文艺理论界所关注的重点③。

1986 年,钱中文先生在《最具体和最主观的是最丰富的——审美反映的创造性本质》(《文艺理论研究》第 4 期)一文中,重申"文学是一种

---

① 孔智光在 1982 年就提出:"在我们看来,艺术的本质是审美的意识形态。"见孔智光《试论艺术时空》,《文史哲》1982 年第 6 期。

② 见钱中文《论人性共同形态描写及其评价问题》,《文学评论》1982 年第 6 期。

③ 早在 1979 年,在《上海文学》第 4 期发表的《为文艺正名——驳"文艺是阶级斗争工具"说》中,就提出:"文学艺术的基本特点,就在于它用具有审美意义的艺术形象去反映社会生活。"这里虽然还没有明确提出审美反映的命题,但应是首次将审美与反映同时并用,体现了人们对文艺本质的新认识。

审美的意识形态，其重要的特性就在于它的审美性和意识形态性"。不过该文的重点也是对审美反映的创造性本质进行阐述。钱先生认为，反映论到底是一种哲学原理，作为意识形态的文学在反映现实生活时，只是在总体上符合这种原理，而不是一种原理式的运动，哲学式的反映，不能把反映论直接移植于文学创作，在创作中要以审美反映代替反映论。文学的反映是一种特殊的反映——审美反映。钱先生还具体阐述了审美反映的结构及其多样性的表现。

1987年，钱中文先生又在《文艺研究》发表《论文学观念的系统性特征》（第6期）一文，非常明确地提出并全面阐述了"文学是审美意识形态"这一命题，而不是更多地强调文学的审美反映特性。钱先生认为，文学观念是一个整体，这个整体又可以分为不同的层次，这些层次又具有各自的质的规定性，进而形成文学观念的多本质性。但总体的文学观念并不就是这些不同层次、本质特性的相加。在钱先生看来，从社会文化系统来观察文学，从审美的哲学的观点出发，把文学视为一种审美文化，一种审美意识形态，把文学的第一层次的本质特性界定为审美的意识形态性，是比较适宜的。为此，钱先生具体分析了文学的审美特性和意识形态特性，指出，把文学的这两种特性结合起来，使人看到作为语言艺术的文学的特性既非单纯的意识形态性，也非单纯的审美。强调意识形态性是必要的，但如果局限于这点，会使其审美特性变为附属物；强调、突出审美特性是必要的，但如果只见这一特性，又会砍削了文学的另一本质特性。由此，钱先生说："文学作为审美的意识形态，以感情为中心，但它是感情和思想认识的结合；它是一种虚构，但又具有特殊形态的真实性，它是有目的，但又具有不以实利为目的的无目的性；它具有阶级性，但又是一种具有广泛的社会性以及全人类性的审美意识的形态。"这是钱先生对"审美意识形态"论的典型概述。

与此相关的论述在钱先生的专著《文学原理——发展论》（社会科学文献出版社1989年版）中也作了详细的阐述（见该书第四章）。实际上，对钱先生来说，他把文学界定为"审美的意识形态"，并没有就此而否定文学的其他本质。"钱先生认为文学的本质是多层次的，作为一种审美意识形态，这是文学第一层次的本质；第二层次的本质表现在文学的存在形式上，即语言结构、作者创造与读者接受的再创造中的本体论问题；再次是文学本体的发展，与这一层次相应的是文学语言、文学题材、创作个性、创作风格、文学流派等；最后，钱先生将文学放到整个文学系统中进行考察和研究。"① 应该说，这是对文学本质全面而系统的认识。

与此同时，童庆炳先生、王元骧先生、陈传才等许多学者也开始对文学的"审美意识形态"论展开了各自的阐述和论证。

陈传才在《艺术本质特征新论》（中国人民大学出版社1986年版）中，也明确提出"艺术是一种具有社会审美属性的意识形态"，"艺术是一种充溢情感和幻想特性的上层建筑"的命题，并从艺术审美创造的特质和艺术欣赏审美再创造的特性作了具体的阐述，揭示了艺术的审美特质。

童庆炳先生在20世纪80年代提出的"审美特征论"②、"审美反映论"③ 的基础上，进一步提出了"审美意识形态论"。1992年，童庆炳先生主编的《文学理论教程》具体分析了文学的本质，把审美意识形态作为对文学的本质规定，并用一句话对文学作了界定："文学是显现在话语含蕴中的审美意识形态。"这部教材虽然后来进行过多次修订，但对文学本质的这一界定并没有改变。由于这部教材发行量大，影响广，这就使得审美意识形态论获得了广泛的传播，成为对文学本质认识的权威性的理论。

1999年，童庆炳又进一步提出了"审美意识形态论"作为文艺学的第一原理的命题，把审美意识形态论提升为了文艺学的"第一原理"④。童庆炳先生明确指出："我们说文学是人类的一种社会的审美意识形态，并非把文学看成是'审美'与'意识形态'的简单相加。当我们提出文学是一种'审美意识形态'的时候，就明确把'审美意识形态'自身当作一个相对独立的整一的系统。"为此，童庆炳先生具体阐述了"审美意识形态"的整一性和独立性问题。童先生指出，第一，意识形态都是具体的，而非抽象的。通常我们所说的"意识形态"只是对具体的意识形态的抽象和概

---

① 见马元龙《总结与重建——读钱中文〈新理性精神文学论〉》，《华中师范大学学报》2000年第3期。
② 参阅童庆炳《文学审美特征论》，华中师范大学出版社2000年版。
③ 参阅童庆炳主编《文学概论》，红旗出版社1984年版。
④ 《文学前沿》1999年第1期。亦见《学术研究》2000年第1期。

括。并不存在那种所谓的无所不在的一般的"意识形态"。意识形态只存在于它的具体的形态中,如哲学意识形态、政治意识形态、法意识形态、道德意识形态、审美意识形态等。并没有一种超越于这些具体形态的所谓一般的意识形态。第二,更重要的一点,所有这些具体形态的意识形态——哲学意识形态、政治意识形态、法意识形态、道德意识形态、审美意识形态——都是一个完整的独立的系统。哲学意识形态不是"哲学"与"意识形态"的简单相加,政治意识形态也不是"政治"与"意识形态"的机械拼凑……不是这样。当然所有这些形态的意识形态有它们的共性,即它们都是社会生活的反映;但不同的意识形态反映的对象是不同的,反映的方式也是各异的。由此童先生进一步指出,文学艺术作为审美意识形态是意识形态中一个具体的种类,它与哲学意识形态、政治意识形态、法意识形态、道德意识形态是有联系的,可它们的地位是平等的。在这里不存在简单的谁为谁服务的问题。像过去那样把文学等同于政治、把文学问题等同于政治问题的观念是不符合马克思的理论精神的。"文学的意识形态性,是文学与其它形态的意识形态的共性。文学的审美意识形态性则是文学区别于其它意识形态的特性。"

在作了上面的分析之后,童先生又具体分析了文学的审美意识形态性的内涵。第一,从性质上看,既有集团倾向性又有人类共通性。无论属于哪个集团和群体的作家,其思想感情也不会总是被束缚在集团或群体的倾向上面,必然也会有超越一定集团或群体倾向性的人与人之间相通的人性,人人都有的生命意识,必然会关注人类共同的生存问题。第二,从主体的特征看,它既是认识又是情感。文学作品的审美意识由于是情致,是认识与情感的交融,认识就像盐那样溶解于情感之水,无痕有味,所以是很难用抽象的词语来说明的。第三,从目的功能上看,是无功利性又有功利性。文学是审美的,似乎没有什么实用目的,但它又有深刻的社会功利性,是这两者的交织。第四,从掌握生活的方式上看,是假定性但又是真实性。文学意识是审美意识,它虽然也追求真实,但它是在艺术假定性中所显露的真实。

总之,童庆炳先生指出,文学审美意识形态理论既着眼于文学的对象的审美特性,也重视把握对象的审美方式,既重内容,也重形式。文学审美意识形态论不是所谓的"纯审美"论。最后，童先生总结道："当我们要把文学与非文学从根本上区别开来的时候，从社会结构这个层面，从上层建筑和社会意识形态这个层面去把握文学的特性，把文学界定为是一种社会的审美意识形态，我认为还是最为恰当的，这样我至今认为文学的'审美意识形态'论，是文艺学的第一原理。"

随后不久，童庆炳先生又辨析了新时期以来包括审美意识形态论在内的影响最为持久的六种文学观念，重申并进一步阐述了"审美意识形态"作为文艺学第一原理的根据。这包括两个层面：第一层面是"审美意识形态"理论范畴的整一性和独特性；第二层面是"审美意识形态"如何揭示文学诸方面的特征，包括文学客体、文学主体和文学功能三方面。这是童庆炳先生"审美意识形态论"原理的深入阐述[①]。

此后，童庆炳先生又多次著文，对"审美意识形态"的基本内涵作了具体阐释。第一，"审美意识形态"不是审美的意识形态，不是审美与意识形态的简单相加。它本身是一个有机的完整的理论形态，是一个整体的命题，不应该把它切割为"审美"与"意识形态"两部分。"审美"不是纯粹的形式，是有诗意内容的；"意识形态"也不是单纯的思想，它是具体的有形式的。第二，在我们强调"审美意识形态"的独立性的同时也要看到，审美意识形态有巨大的溶解力，一切政治的、道德的、教育的、宗教的、历史的甚至科学的内容都可以溶解于审美意识形态中。反过来说也是一样，审美意识形态可以包容政治的、道德的、教育的、宗教的、历史的甚至科学的内容。审美意识形态是一个包容性很大的概念。正是由于审美意识形态的巨大的溶解力，文学的天地才是无比辽阔的和自由的。第三，就"审美意识形态"本身的内涵来看，文学既是无功利的也是有功利的；既是形象的，也是理性的；既是情感的，也是认识的（这在《文学理论教程》中已经阐释得比较清楚了）。这就是说，文学审美意识形态作为一种理论具有复合性结构，它指明了文学活动具有双重的性质[②]。

---

① 童庆炳：《审美意识形态论的再认识》，《文艺研究》2000年第2期。
② 童庆炳：《怎样理解文学是"审美意识形态"——〈文学理论教程〉编著手札》，《中国大学教学》2004年第1期。

除了钱先生和童先生之外，王元骧先生也是坚持文学审美意识形态论的重要代表性人物。20世纪80年代中期，王元骧先生提出了"审美反映"论，在其所著的《文学原理》第一章第一节中，从文学作为一般意识形态的性质和文学作为审美意识形态的特殊本质具体探讨了文学的审美意识形态性。王元骧认为，把文学看作是作家对客观现实的能动反映，这只是就文学与其他意识形态的共同性质而言，还不足以说明文学的特殊本质。文学与其他反映活动的最根本的区别就在于它是审美的。其特点就在于它是以主体的审美体验（审美快感和审美反感）的形式，通过对现实世界中审美对象的评价活动而作出反映的。所以，在性质上是属于情感的反映方式而不属于认识的反映方式[1]。为此，王元骧具体分析了情感反映和认识反映的不同。但王元骧也明确指出，在区别情感反映与认识反映的不同时，也要防止把两者截然分割开，甚至对立起来的倾向。那么，到底应该怎样看待情感与认识的关系呢？王元骧认为，尽管审美情感的产生往往是自发的，常常在猝然之间，不经思索地在主体心底油然而生，但在意识深处，总是受主体的价值观、审美观，受在经验基础上所形成的主体的渴求系统所调节，虽然它们不以概念的形式介入主体对现实的感知，但却早已暗含在它反映的成果之中了。紧接着，王元骧又具体阐述了文学反映的特殊对象和特殊形式，指出文学的对象是通过作家的审美情感所把握到的以具体的人为中心的客观现实，而文学艺术的这种特殊的审美内容，决定了审美反映只有采用形象这种特殊的方式。

在《审美反映与艺术创造》（《文艺理论与批评》1989年第4期）一文中，王元骧重申了他在《文学原理》中的观点：文学艺术对现实的反映不是以认识的形式，而是以情感的形式，即通过作家、艺术家对现实生活的审美感知和审美体验而作出的；同时也对审美反映内容的特点作了具体阐述。首先，正如一切情感活动都以感性现实为对象那样，作家和艺术家的审美反映，也总是在对感性对象直接感知的基础上产生的。其次，审美反映与一般认识活动的不同不仅在于以感性现实为对象，而且还表现在它必须通过作家、艺术家的情感活动，才能与对象发生联系。最后，审美反

---

[1] 王元骧：《文学原理》，浙江教育出版社1989年版，第34页。

映与人的一切反映活动一样，都是通过主体的意识活动作出的。

此外，王元骧还区分了表现在作家、艺术家创作中的审美反映过程中与一般人欣赏过程中的审美反映的不同。

此后，王元骧先生进一步重申和完善了他对"审美意识形态"论的认识，在坚持意识形态性是文学不可摆脱的一个基本属性的同时，强调审美性是文学区别于其他一般意识形态形式的独特性所在，是对文学艺术这种特殊的意识形态形式作出的进一步的具体界定。王元骧先生针对有人对审美意识形态论的批评指出，审美意识形态论根本不存在以审美来消解意识形态之嫌。相反，以审美来界定文学艺术的特性，认为文学艺术的意识形态性只能以审美的方式予以体现，倒正是避免因抽象谈论而导致把文学艺术的意识形态性架空，使它与文学艺术的特性相融而有了自己真正的落脚点[①]。

2007年，王元骧在对《文学原理》教材进行修订时，强调在突破纯认识论的视角看待文学的局限基础上，进一步使认识论和实践论统一的观点在全书得到充分的贯彻、体现。在创作论方面，王元骧强调文学创作是一种艺术美的创造活动，是在个人意识的层面上进行的，这使得作家的想象也必然是以个人幻想的形式出现，只有那些为作家个人所真切感受到，并从他心底里自然流露出来的东西，才有可能获得成功。但由于对于一个社会人来说，他个人的心理、意识活动总受一定的客观条件的制约，审美意识作为一种价值意识与其他价值意识，如政治意识和道德意识等是互渗的，所以它必然具有社会性的特点，总是这样那样反映着作家所属的时代、民族、集群的意志和愿望，就根本性质而言，都是属于一定时代、民族、集群的信念系统的。这就使得艺术形象具有某种意识形态的性质，"使得我们从理论上所揭示的审美的意识形态的感情与理性、个人性与社会性、审美性与意识形态性的内涵，通过对创作活动的分析得到具体的落实"。

在功能论方面，王元骧指出，读者的阅读成了整个文学活动的不可缺少的有机组成部分，作品的价值在很大程度上是由读者和作家共同创造

---

① 王元骧：《我对"审美意识形态论"的理解》，《文艺研究》2006年第8期。

的。根据对审美的意识形态的性质的理解，在对文学功能问题上，王元骧主张持功利性与非功利性统一的观点，认为文学的目的就在于通过陶冶人的情操、开拓人的情怀、提升人的境界来强化和确立人们对于美好人生的信念，从内部来激活人们实践的心理能量和精神动力。所以他认为我们通常所说的文学的认识、教育和愉悦的功能，其实都是通过审美这一系统特质而推动着文学从认识过渡到实践的。这样，文学的功能也就成了文学审美意识形态性质的具体实现。所以王元骧认为，只有把两者结合起来，以体、用统一的观点来进行考察，才能保证文学审美意识形态性在文学活动的各个环节中得到落实①。

二 对"审美意识形态"论的批评

几乎与正面阐述和论争文学的审美意识形态论同时，从20世纪90年代末开始，审美意识形态开始招致一些零星的批评，有的学者"往往把当时提出的'审美反映'论、'审美意识形态'论，仅仅看成是对'政治工具'论的'冲击'而已，似乎只是一种'权宜之计'；时过境迁，现在已经失效，并不是什么理论建树。更有甚者，有的人把'文学反映'论、'审美意识形态'论说成是'审美'加'反映'、'审美'加'意识形态'的简单拼凑，说成是过时的'纯审美主义'等等"②。

早在1988年，董学文就强调文学艺术是"意识形态与非意识形态的结合"，认为正视和承认文学艺术的非意识形态因素，也是马克思主义文艺观的题中应有之义。而忽略、排斥和反对非意识形态的研究，正是多年来文艺领域庸俗社会学、教条主义和形而上学观念在方法论的起点上失足和滑坡的地方。因此，"承认不承认、坚持不坚持文学艺术的意识形态与非意识形态的结合，同样是个'原则问题'。我们不主张文学艺术的'非

---

① 见王元骧《谈"审美意识形态论"的理论建构——以我的〈文学原理〉（2007年版）为个案》，《高校理论战线》2007年第12期。

② 童庆炳：《审美意识形态论作为文艺学的第一原理》，《学术研究》2000年第1期。

意识形态化'。但把文学艺术的一切问题都'意识形态化'，把文学艺术的所有层面都进行意识形态的解说，把本身属于非意识形态的因素，也捆绑在意识形态的名义下，那也是牵强附会，不能自圆其说的。这是从一种片面性走到另一种片面性"。在这里，董学文主要从意识形态与非意识形态方面阐述文学本质，但与他后来对审美意识形态论的批评是相通的①。

此后，董学文试图将"意识形式"与"意识形态"加以区分，改变文学本质是意识形态的简单界定方式。2001年，他在主编的《马克思主义文论教程》（广西师范大学出版社2002年版）中，明确地提出"艺术是一种'社会意识形式'"的观点，并把它列为一节的标题。到了2002年，董学文在为北京大学现代远程教育编写《文学概论》"复习参考资料"时，便直截了当地把当时其他学者关于文学定义部分的"意识形态"一词，改为"意识形式"。所以得出这样的结论，董学文先生说是出于对马克思原著的理解，特别是对《〈政治经济学批判〉序言》的理解。董学文指出，在该《序言》里，马克思一清二楚地将社会结构中那些"适应"现实基础、法律的和政治的上层建筑的部分，称作"社会意识形式"，而没有称作"意识形态"。即使是那些不能"用自然科学的精确性"来指明经济与社会变革，但又"意识到这个冲突并力求把它克服"的"法律的、政治的、宗教的、艺术的或哲学的"理论和学说，马克思也没有把它们简单说成就是"意识形态"，而是"简言之"称之为"意识形态的形式"②。

此后，董学文在《"审美意识形态"能成立吗?》（《高校理论战线》2005年第10期）中，虽然肯定了把文学界定为"一种审美意识形态"是在反对文艺"政治化"倾向的背景下产生的，有一定的合法性、模糊性和迷惑性。但是他又认为，合法性不等于合理性，模糊性不等于学理性，迷惑性不等于科学性。认真思索起来，"用'审美意识形态'来给文学本质下定义，是难以成立的"。至于原因，董学文指出，我们对"审美意识"的形成和历史演化，可以作意识形态的解释，当然这只是解释中的一种；

---

① 董学文：《马克思主义文艺学当代形态论纲》，《文艺研究》1988年第2期。
② 见董学文《文学本质界说：曲折的跋涉历程——以自我理论反思为线索》，《汕头大学学报》（人文社会科学版）2006年第3期。

但对"审美"这种接受行为,不宜一般地把它归属于"意识形态"范畴。反过来讲,意识形态不是也不可能是审美的对象,或者说,意识形态本身并没有"审美"或"不审美"的问题。

那么如何界定文学的本质才更合适一些呢?在《文学本质界说考论》(《北京大学学报》2005年第5期)一文中,董学文在质疑"审美意识形态论"论中做了具体的分析。该文从马克思《〈政治经济学批判〉序言》中关于"经济基础"与"上层建筑"的经典表述和权威译文出发,认为马克思并没有把"社会意识形式"与"意识形态"相等同,更没有把文学简单界说为"意识形态","社会意识形式"、"意识形态"和"意识形态的形式"三个概念是有严格区别的,"认为是马克思提出了文学'是一种意识形态'的观点,然后用《〈政治经济学批判〉序言》中的论述作为'文学是社会意识形态'或'文学是审美意识形态'界定的理由……是缺少有力根据的"。在审美与意识形态的关系上,董学文认为,"审美"与"意识形态"的关系极为复杂,"用'审美'来统领'意识形态',那是对意识形态内涵作了过于空疏宽泛的理解,'意识形态'是不适宜去'审美'的;如果倒过来用'意识形态'来笼罩'审美',那又犯了以观念和政治挤压艺术的毛病,因为'审美'活动中的观念色彩本是很弱的",由此,将"审美"和"意识形态"组合成"审美意识形态"概念,并用此作为对文学本质的界定,是不准确的。为此,董学文指出:"要求得'审美'性和'观念'性因素的融合机制,最好的办法是把'意识形态'概念换成'社会意识形式'概念,把'审美'性、'意识形态'性和其他相关特性,都作为一种特殊'社会意识形式'的属性。这样,既可能避开概念之间的龃龉和冲突,又能保持学理上的合理和谨严。"

后来,董学文又进一步重申"文学(即文学活动和文学作品)应是一种与意识形态(首先是文学观念)'相适应的''意识形式'或'社会意识形式'"。文学的本质是一个系统,有多个向度和多种层级。"审美"也只是其中的本质之一。而"审美意识形态"(或曰"审美的意识形态")概念未必确当,用"审美"说明事物并不是万能的。以"审美意识形态"来全称界定文学,会舍弃和滤除文学的其他一些本质层面。这样一来,文学的"独特的本质,因而也是它的对象化的独特方式,它的对象性的、现实的、活生生的存在的独特方式"反而不见了。这就局限了人们对文学本质多层级的动态的认识。因此，以"审美意识形态"来定义文学，确有很多缺陷和不足之处①。

2006年，在《关于文学本质与意识形态学说的关系——兼及"审美意识形态论"分析》② 一文中，董学文总结重申了他对审美意识形态论的看法。董学文认为，从根本上讲，"意识形态"概念完全有别于"社会意识形式"概念。马克思在大量的论述行文中，严格使用的是"社会意识形式"和"意识形态的形式"两个概念。这里，"形式"一词应该予以格外重视，因为在何种意义上把"形式"解读成"种类"，都是不妥当的。所有的文献表明，马克思从来没有把文学与"意识形态"简单等同。在他那里，"社会意识形式"一词是中性的，它由社会存在所决定。社会存在的丰富性决定了社会意识形式的丰富性。既然人的本质在其现实性上是由一切社会关系的总和来构成，那么人的"意识形式"本质上注定也都是"社会"性的。马克思在此用"社会意识形式"（注意"社会"这个词）的概念，正是突出强调了人的各种意识形式的社会关系因素。从马克思的一贯论述看，他本人从来没有直接或间接地说过文学是某种"意识形态"。把马克思的论述作为定义文学本质是"社会意识形态"或"审美意识形态"的理由，应该说是缺少文本依据的。相反，将文学的本质界定为一种"社会意识形式"，恐更接近实际。

在此基础上，董学文明确指出，在既要强调文学的艺术特性，又要强调文学的意识形态特性的情形下，组建"审美意识形态"也是不可以的。因为这种组合，不会产生质变，只会产生混乱。"审美意识形态"在语法上是一个偏正结构，从它的产生过程看，显然它是在强调前者，即"审美的"意识形态，而不是后者，即审美的"意识形态"。虽然"审美意识形态"是在纠正以往文学反映论和意识形态论的偏颇，"去政治化"，反"工具论"，主张文学是对生活的"审美反映"时才提出来的。但不管它

---

① 董学文、马建辉：《文学"审美意识形态论"献疑》，《文艺理论与批评》2006年第1期。
② 见王杰主编《马克思主义美学研究》第9辑，中央编译出版社2006年版。比此文简略的文章，见《关于文学本质与意识形态的关系——兼评"审美意识形态"说》，《苏州大学学报》（哲学社会科学版）2006年第1期。

是哪种情况,用它来说明和定义文学,都有过滤掉了构成文学本质的其他成分之嫌,并且与多样化的复杂的文学存在状况本身也是不相符合的。董学文指出,在"审美意识形态"概念中,如果用"审美"来统领"意识形态",那显然是对意识形态内涵作了过于空疏宽泛的理解,"意识形态"基本上是不适宜去"审美"的;如果倒过来用"意识形态"来笼罩"审美",那又犯了以观念、倾向和政治挤压艺术的毛病,因为"审美"活动中的观念色彩本是很微弱的。

由此董学文得出这样的结论:文艺离不开意识形态与文艺不等于意识形态,是两个不同的论域、不同的命题。谁也不会怀疑,文艺自身可能带有某种意识形态的功能和因素,但不能说文艺在严格意义上就是意识形态。文艺的意识形态效果(或者说功能),是由作品和接受者"制造"、"生产"和"领会"出来的。文艺与意识形态之间,不是同一的关系,而是差异的关系、矛盾的关系,是生产与被生产的关系。而文学的本质是系统的,文学本质与意识形态的关系是复杂的。我们应该遵循唯物史观,锲而不舍地把这个问题的探讨引向深入。在此,我认为,要想求得"审美"性和"观念"性因素的融合机制,最好的办法是把"意识形态"概念换成"社会意识形式"概念,把"审美"性、"意识形态"性和其他相关特性如语言性、人性、文化性等,都作为这种特殊"社会意识形式"的属性。这样,既可能避开概念之间的龃龉与冲突,又能保持学理上的合理与严整。

与董学文一起对审美意识形态论提出质疑的,还有周忠厚、陆贵山等学者。周忠厚明确提出了"文艺不是审美意识形态"的命题(《文艺不是审美意识形态》,《黄河科技大学学报》2003年第4期),其原因在于,意识形态是指带有阶级自觉的体系化的意识或思想,而文艺作品并不总是具有阶级自觉的,更不是什么思想体系。文艺在本质上是一种审美感情,只是带有意识形成性。在《关于审美意识形态的几点思考》(《河北师范大学学报》2003年第6期)中,周忠厚又做了进一步的阐述。他认为,"意识形态不是意识加形态,不是意识的样态或意识的外化形态。意识形态是思想体系",因此,看文艺是不是意识形态,就要看文艺是不是具有阶级自觉的思想体系。而就文艺发展史来看,文艺并不总是具有阶级自觉的,比如在原始社会和共产主义社会中，在像建筑艺术、园林艺术、工艺美术、工业艺术、盆景艺术、服装艺术等艺术门类中，文艺就不具有阶级自觉性，因此不能说文艺是意识形态。

此外，从文艺是不是体系性、系统性的理论和学说来看，文学艺术和意识形态更是风马牛不相及的。周忠厚认为，意识形态不是意识加形态，不是意识的样态或意识的外化形态。意识形态是思想体系，因而不能说文学艺术作品就是意识形态。"政治学、哲学、法学，说它们是思想体系还好说，文艺学、文艺批评也可以说是思想体系。但是，一些含有审美情感的文学艺术作品，说它们是思想体系就让人很难理解了。说文学艺术，包括文学艺术作品是一个思想体系就让人大惑不解了。""关于文艺的本质，可以说文艺是审美情感，也可以说文艺是审美意识。但是说文艺是意识形态，是审美意识形态就说不通了。"

后来，在 2004 年，周忠厚又进一步重申了文艺不是意识形态的观点[①]。

2006 年，陆贵山先生在《文学·审美·意识形态》[②]一文中，自始至终强调"文学的本质不是单一的，而是多维的、多向度和多层面的系统本质"，认为应当运用马克思主义的历史唯物主义和辩证唯物主义的世界观和方法论，走宏观、辩证、综合、创新的路，把审美学派的文论、社会历史学派的文论和人学学派的文论有机地统一和整合起来，创构具有时代感和中国特色的全新的文学理论。

由此出发，陆贵山在肯定审美意识形态论的价值和意义的基础上，分析了其中的局限和不足，认为一部分学者从马克思恩格斯关于文学是"社会意识形态"或"社会意识形态形式"的论述中，简单地推断出"文学是审美意识形态"的结论，是一个值得推敲和研究的学术命题。第一，陆贵山认为，主张文学是审美意识形态的学者，更多地把问题的着眼点和着重点只放在文学的审美特性上，而不是放在意识形态上，更不是放在意识形

---

① 见周忠厚《关于文艺是不是审美意识形态的几点思考》，刘纲纪主编《马克思主义美学研究》第 7 辑，广西师范大学出版社 2004 年版。

② 见王杰主编《马克思主义美学研究》第 9 辑，中央编译出版社 2006 年版。

态的社会属性上和意识形态的人文属性上，表现出用被扩张和夸大了的审美来包揽、蕴含和统摄一切的核心概念，来软化、冲淡和消解意识形态和意识形态的社会历史因素、人文因素，特别是政治因素的倾向。这势必使文学艺术与意识形态的关系的界面、价值和意义受到一定的禁锢和局限。第二，就审美的本性来说，审美是感性的，或主要是属于感性的，只能理解为是一种意识、社会意识形式和意识形态的形式，而不直接表现为属于纯粹思维理性的思想体系，即意识形态。审美并不能涵盖和充分体现意识形态所表现出的各种意向性关系。第三，对文学的审美性要有正确理解。"文学的社会历史内容和人学内容只能通过审美体验、审美中介、审美传达呈现出来，但贯通于始终的人的情感因素又往往同人的思想意志因素，互为表里，紧密相连。因此，具有综合作用的文学艺术的意识形态性和只侧重于表现感性因素的审美意识形态性是不一样的。"第四，从真善美的关系看，文学艺术应当追求真善美的和谐和统一。但有一些学者，特别是只把文学艺术的本质说成是审美的学者，把文学创作和文学评论的着重点不是放在真和善上，而是放在美上。这是值得研究的。

在此基础上，陆贵山又具体分析了审美意识形态论中"系统本质论"、"审美整合论"、"审美溶解论"的各家学派，认为用文学的审美的本质、价值和功能，溶解和消融文学的社会历史的、人学的、文化的和政治的本质、价值和功能，溶解和消融文学的思想深度，确立片面的评价体系，规定重写文学史的尺度和标准是不妥当的。文学是以审美为特征的，但从根源、内容、性质、功能和价值来说，社会历史的、人文的和文化的属性和因素显得更为重要。它们之间的关系只能是互补的多元共生的关系，同样只能是"以邻为友"，"以邻为伴"的关系。唯有这样，才能保持和发展文艺理论的和谐和有序的生态环境。为此，陆贵山强调把文学的本质理解为多维度、多层面的系统本质，强调要更加开放、更加宏观地把握和驾驭文学的本质、功能和价值，而不是简单地把文学的本质归结为一种审美意识形态。

除了以上学者质疑审美意识形态论之外，单小曦、陈吉猛、马驰等人也分别提出了自己的观点。2003年，单小曦与周忠厚等人的观点一致，也明确提出了"文学不是一种审美意识形态"的观点。他认为，审美意识作为独立的意识类型不过是一定社会意识形态的表现者，不能单独成为一种意识形态。文学与意识形态不同质，文学是"一种意识形态"或"一种审美意识形态"的说法不能成立。当我们说文学具有一定的意识形态性时，其审美因素已经内在地包含其中了。意识形态性的现实实用特征和审美的非功利、超越及自由性特征使两者具有天然的相斥性，它们不可能融汇成为一个实存事物。所谓"审美意识形态"之说，不过是人为虚构和神化出的概念[①]。

陈吉猛在《文学与审美意识形态——兼与童庆炳先生商榷》[②]一文中，首先肯定了审美意识形态论对于我国文学理论走向现代性具有开创性和启示性的意义，强调不能否认也无法否认"审美意识形态论"在中国现代文学理论发展史上的重要地位。但该文也指出，审美意识形态论也具有很大的局限性，即具有非科学性和非合理性。而他所给出的建议是对文学的本质进行多重性的处理，避免将文学的某一重本质绝对化和终极化。

马驰从"意识形态"一词出发，追本溯源，认为马、恩明确地指出意识形态的虚假性。他们除了在贬义上使用这个概念，还把它作为和经济形态相对应的一个历史唯物主义的重要范畴。审美意识作为独立的意识类型是一定社会意识形态的表现者，"不能单独成为一种意识形态"，文学的本质特征不能用审美意识形态涵盖。他认为，将文艺理论美学化，必然导致现实问题审美化，难以体现历史和美学的统一。"审美意识形态的提出，混淆了文学与其他艺术形式、其他精神生产形式的区别，掩盖了文学自身的性质、特殊性，它不能对文学的特殊性作出科学而全面的说明。"[③]

刘锋杰就"审美意识形态"一词的形式与内涵做了深入分析，认为"审美意识形态论"是一种调和论，将对立性质混合而赋予一个事物或现象。从逻辑角度讲，令人怀疑。而且这样的文学定位也不够清晰。忽而审美，忽而意识形态，到底是审美中有意识形态，还是意识形态中有审美，

[①] 单小曦：《"文学的审美意识形态论"质疑——与童庆炳先生商榷》，《文艺争鸣》2003年第1期。

[②] 《南华大学学报》（社会科学版）2003年第4期。亦见《河北师范大学学报》（哲学社会科学版）2004年第2期。

[③] 马驰：《论文学的本质与审美意识形态》，《学术月刊》2006年第7期。

未能明言。作者指出这个理论命题的矛盾处,在于它同时应对两方面的理论诉求:一方面是审美的要求者,满足了审美的幻想;另一方面是意识形态的要求者,满足了意识形态的表达需要。结果,这个理论命题看似丰富了,但从逻辑的层面上看,却自身的内涵显得模模糊糊。

刘锋杰指出,审美意识形态这个概念看似具有极大的理论概括力,也最平衡,兼顾了审美与意识形态的双重要求,但从构词看,是一个偏正结构,重心仍在意识形态,审美处于附属、次要地位,仍然没有摆脱"意识形态中心论"。尽管不少主张者有补充说明,极力抬高审美的独特性,但审美本身已经被意识形态所浸染得无法审美了。进一步,因为审美是处于附属的、次要的位置上,文学的独立性并没有成立。他认为,若细分的话,审美是文学的本体性质,意识形态性只是文学的功能性质。本体性质是文学之所以为文学的起因所在,功能性质是文学在成为文学以后能够做什么。本体性质远比功能性质要纯粹得多,而功能性质则往往是对本体性质的各种运用,甚至还是一种与本体性质相差甚大的运用。由此作者指出,在维护了文学的本体性质以后,不忽略文学的功能性质,才能全面理解文学及其在社会生活中的地位。进而他提出文学创作是一种"艺象形态"的观点[①]。他认为,艺象形态属起源,是第一性质的;意识形态属影响,是第二性质的。艺象形态与意识形态相比较,具有情感体验、自发性、实践的特点。

三 批评的批评

针对众多学者对审美意识形态论的质疑与批评,钱中文于2007年发表《论文学审美意识形态的逻辑起点及其历史生成》(《文学评论》2007年第1期)和《对文学不是意识形态的"考论"的考论》(《文艺研究》2007年第2期)两篇长文,在反驳对审美意识形态论的批评中,进一步重

[①] 刘锋杰、薛雯:《从"意识形态"到"艺象形态"——文学与意识形态关系的三种解读策略之反思》,《学习与探索》2008年第5期。

申和阐述了文学的审美意识形态论。

在前文中，钱先生指出，文学审美意识形态的逻辑起点是审美意识，而非意识形态。审美意识与意识一样古老，形成于人的长期劳动、生存实践活动中。审美意识在长期发展中积淀了人的生存感受与感悟，先在口头语言的形式中获得表现，成为一种审美意识形式；其后融入了具有符号象征意义的文字，融入了具有独特的节奏、韵律的诗性语言的文字结构，使得审美意识获得了书写、物化的形式，特别在话语、文字多种结构的样式中，显示了与生俱来的诗意的审美与社会价值、意义、功能的复式构成的基本特性，以及它们之间高度的张力与平衡，历史地生成为现代意义上的审美意识形态。

20世纪80年代提出把"审美意识"作为"文学审美意识形态"的逻辑起点的初衷，就是想改变一下半个多世纪以来我们已经习以为常的横向思维方式，即总是凭借过去先贤的多种既定的文学理论观念，或是以某种现成的学说来界定文学本质。提出文学审美意识形态说，试图从发生学、人类学的视角，揭示文学的原生点及其在历史发展生成中的自然形态。讨论人类审美意识的形成和发展，历史地生成口头语言形式的审美意识形式——前文学；遂后融入蕴含了文化精神的语言文字结构，进而历史地生成为现代意义上的文学审美意识形态的，期望在文学本质特性的探讨中和文学观念的形成中找回其自身的历史感。

提出审美与意识形态的融合，钱先生认为这正在于使文学回归自身，回到文学自身的逻辑起点、它的与生俱来的复合性特性、它的历史的生成形态——审美意识形态。审美意识形态不是单纯的审美，也不是单纯的意识形态，而是审美意识的自然的历史生成。它把文学作为相对的独立形态，讨论的是这种独立形态自身的本质特性。审美与意识形态的融合，强调的正是文学本质复合特性的有机融合与统一，并在融合与统一的关系中使得各自的特性和功能有所改变，形成文学本质的新的系统质。而审美意识形态由于客观地存在着内涵的差异与不同，呈现了形式的多层次性和含义的丰富性。

钱先生最后重申了在《文学原理——发展论》中对文学审美意识形态的阐释："文学作为审美的意识形态，以感情为中心，但它是感情和思想认识的结合；它是一种虚构，但又具有特殊形态的真实性；它是有目的的，但又具有不以实利为目的无目的性；它具有阶级性，但又是一种具有广泛的社会性以及全人类性的审美意识形态。"钱先生指出："文学作为审美意识形态不是单纯的审美，也不是单纯的意识形态，而是审美意识的自然的历史生成。意识形态理论讨论的是文学与其他意识形态在社会结构中的地位和作用，在实现方式上不同而又具有共同的意识形态性，而审美意识形态则是把文学作为相对的独立形态，讨论的是这种独立形态自身的本质特性。"

在后文中，钱先生首先承接着上篇文章，重申了文学审美意识形态的逻辑起点及其初衷，指出"文学审美意识形态"在于显示文学在其自身历史的发展中所形成的最根本的复式特性——诗意审美与意义、价值、功利之间的最大的张力与平衡，并不是一些人所批判的是让作家来演绎思想体系。而针对有的学者批评审美意识形态对文学界定的狭隘，钱先生指出，文学审美意识形态论这一观念从未奢望穷尽对文学本质的概括，它不过是其与一些学者所主张的文学观而已。

接下去，钱先生重点围绕着意识形态问题，通过详细的"再考证"，反驳了董学文等人对审美意识形态的批评。钱先生指出，认为"马克思本人从来就没有直接或间接地说过文学是某种'意识形态'"，并由此否定文学是意识形态的考论，是一种完全离开了马克思、恩格斯文本的自由"考论"：一是仍然使用20世纪80年代前的那种"凡是"的思想方法；二是对有利于自己观点的马、恩论述就引用，不利于自己的就视而不见；三是将马克思《〈政治经济学批判〉序言》中的一段著名论述的中译文与展示于我们的三种外语的引文都理解错了，把诸种意识形态形式概括为一个"意识形态的形式"，一个"总体性概括"，消解了意识形态自身的具体性与丰富性[①]。

[①] 关于审美意识形态论的综述性的文章，可参阅李永新《对近年来"审美意识形态论"论争的反思》，《江西社会科学》2006年第12期；李育红《当前文学审美意识形态论争综述》，《辽宁师范大学学报》（社会科学版）2008年第2期；许娇娜《审美意识形态：走出文学本质论——对"审美意识形态"论争的反思》，《文艺争鸣》2008年第3期；张亚骥《文学"审美意识形态"论的发生、发展及论争》，《合肥师范学院学报》2009年第1期等。

第二十七章

近十年的文艺学热点

2009—2019年，文艺学出现了一些新的进展，出现了新热点，包括后理论、阐释学、马克思主义中国化等，本章分别予以简要梳理评述。

一 关于"后理论"的讨论

这里所说的"后理论"（post-theory），不是后现代主义理论、后结构主义或后殖民主义的简称，而是特指20世纪末21世纪初以来先是出现在西方、很快又引入中国的一种思想—知识状况或思潮，尽管它十分庞杂，但我们仍然可以大致将之概括为对理论的一种反思态度和重新认识，同时也是对理论之未来发展的一种憧憬和展望[1]。后理论思潮的出现，与特里·伊格尔顿于2003年出版的《理论之后》直接相关[2]，这本书出版后，迅速引发包括中国在内的全球性讨论热潮，其核心关切是：后现代主义文化理论之后，人文学科理论（更多的是文学理论）出现了什么新特征，该何去何从。

---

[1] 据王宁考证，"后理论"（post-theory）这个术语最早出现在20世纪末的英语世界，更确切地说，出自一本名为《后理论：文化理论的新方向》（*Post-Theory: New Directions in Criticism*，1999）的专题研究文集，但真正产生重大影响的是特里·伊格尔顿于2003年出版的《理论之后》。参见王宁《后理论的三种形态》，《广州大学学报》2019年第2期。

[2] 参阅 Terry Eagleton, *After Theory*, London: Penguin Books, 2004。

(一)"后理论"及其在中国的引入

伊格尔顿在《理论之后》中明确指出,文化理论(后现代主义文化理论和文化研究)的黄金时代早已逝去。雅克·拉康、列维-斯特劳斯、阿尔都塞等人开创的辉煌的理论时代已成明日黄花[1]。但是伊格尔顿认为,文化理论的黄金时代之所以消失,并不是因为很多理论大师不在人世了,而是因为这些理论已无力阐释现实了,甚至已经背离现实、与现实脱节了。

这种所谓"理论的危机"主要体现在以下几个方面。一是研究主题走向微观化和卑琐化,比如关注一些像吸血鬼、挖眼睛、肚脐眼上的挂饰等这些耸人听闻甚至可笑的主题,从而抛弃了从前的宏大主题或宏大叙事。二是与日常生活靠得太近,甚至对大众文化毕恭毕敬,导致了批判现实社会的能力的丧失。三是历史感的消失,理论家们对于曾经的抵抗资本主义的民族主义运动、第三世界民族革命的历史,表现出了集体性失忆。在伊格尔顿这位马克思主义者看来,出现这些倾向的根本原因在于文化理论把一切都文化化了,因此而消解了曾经的阶级、种族、压迫、解放等概念。在2000年出版的《文化的观念》一书的最后,伊格尔顿就对这种文化理论明确地提出了批判:"我们在新千年面临的首要问题——战争、饥饿、贫穷、疾病、债务、吸毒、环境污染、人的易位——根本就不是特别'文化的'问题。它们首先不是价值、象征、语言、传统、归属或同一性的问题,而最不可能是艺术的问题。"而文化理论家"不能为这些问题的解决做出多少可贵的贡献"[2]。

后现代主义文化理论正是在这种对现实的文化化中背离了现实,伊格尔顿《理论之后》的根本任务,则是批判这种把一切都文化化的文化理论。伊格尔顿还批判了后现代主义文化理论的其他相关特征,比如过度强调差异、反对权威、反对规范、反本质主义,认为这些导致了后现代主义

---

[1] 特里·伊格尔顿:《理论之后》,商正译,商务印书馆2009年版,第3页。
[2] 特瑞·伊格尔顿:《文化的观念》,方杰译,南京大学出版社2003年版,第151页。

忽视了规范、整体、共识或永恒，这在伊格尔顿看来是"一场政治大灾难"①，因为现实并不总是那么易变，有些东西，像父权制、种族歧视等并不是消失得那么快。抛弃了规范、共识或永恒，也就抛弃了对全世界仍然处在底层的民众，如工人阶级、穷人的关心，也就无法真正团结起来，建立一个真正公平正义的世界。由此，伊格尔顿批判文化理论，目前是要重新关注我们这个世界的严峻现实，关注现实中的各种不平等，以及不平等背后深刻的政治、经济原因（而不是一概用"文化"解释一切）。

如何关注现实？伊格尔顿不是要恢复革命时代曾流行的概念，如阶级、压迫等，而是从人之本性出发，去探讨如何通过建构一种共同文化来实现人类的解放，这里面涉及像客观性、道德、真理、德性、邪恶、宗教等概念。这些概念在后现代主义文论中都被忽视或解构掉了，而这些概念背后有着深刻的社会政治根源。在探究这些概念中，伊格尔顿一再强调人之本性的非个人性，突出人之共同性和参与性，因为唯有在团结一致中，人类才能获得自我的解放。

总之，伊格尔顿这本书的主旨是批判文化理论脱离现实的弊病，探索后现代主义文化理论之后理论建构的方向，恢复被后现代主义所忽视的宏大主题，最终目的是理解现实、改变现实。所以，伊格尔顿的"理论之后"与我们通常所说的"后理论"并不尽相同，因为当我们说"后理论"的时候，往往会被人理解为这就是一种理论，或一类理论，"理论之后"或"后理论"的"后"，并不是一个静态的完成状态，而是一个未完成的动态过程。段吉方也指出，"理论之后"并非一种理论，它不是一种稳定的有明确思想指涉的理论观念，而是一种理论发展的趋向，它并不具备理论观念上的导向性，只是预示了一种理论发展的转折②。徐亮指出"后"有两个维度：反对、否定以及超越、改进，与此相对应，后理论就有了两种不同的走向，一是吐槽和反对"理论"的一些基本原则和做法，主张回到"理论"之前；二是通过质疑和清理，更新和发展"理论"，使理论有

---

① 特里·伊格尔顿：《理论之后》，第 16 页。
② 段吉方：《文学研究走向"后理论时代"了吗——"理论之后"问题的反思与批判》，《社会科学家》2011 年第 9 期。

一种新的气象①。由此，所谓后理论并不就是一种理论，而是一种期待和敞开，那些把后理论看作一种理论之后的新的理论形态，甚至想概括后理论的统一特征的做法，显然都是不恰当的，并没有真正理解伊格尔顿所说的含义。对于伊格尔顿来说，并不屑于去总结理论之后的理论到底具有什么特征，而是关注我们该如何更加有效地去阐释现实。

伊格尔顿的《理论之后》发表后，引起了包括中国在内的全世界人文学者的关注，并迅速掀起了讨论热潮。2005 年，王宁在《文景》第 3 期发表《后理论时代的文化理论》②，这应该是国内最早使用"后理论"这一概念（《理论之后》中文版 2009 年才出版）。王宁明确指出："后理论时代"这个命名得益于伊格尔顿的《理论之后》一书③。同年，王宁又发表《"后理论"时代西方理论思潮的走向》（《外国文学》2005 年第 3 期）。2008 年，周宪发表《文学理论、理论与"后理论"》（《文学评论》2008 年第 5 期）一文。此后，"后理论"或"理论之后"这两个词语在中国引起了较大反响。2009 年，伊格尔顿的《理论之后》被翻译出版，随即迅速掀起了关于"后理论"或"理论之后"的讨论。

（二）后理论时代的理论特征

后理论时代的理论具有什么特征？这是中国学者所讨论的一个议题，大致有以下几种观点。

1. 杂糅共生，多元融合

王宁早在 2005 年发表《后理论时代的文化理论》一文之前，就在 1995 年发表了《"非边缘化"和"重建中心"——后现代主义之后的西方理论与思潮》（《国外文学》1995 年第 3 期，以下简称《非边缘化》）一文。此文对后现代主义之后西方理论的探讨与其后来关于后理论的探讨是

---

① 徐亮：《后理论的谱系、创新与本色》，《广州大学学报》2019 年第 1 期。

② 需要注意的是，王宁在《"后理论时代"西方理论思潮的走向》（《外国文学》2005 年第 3 期）中所提到的这篇文章的名字是《"后理论时代"的文化理论之功能》，疑为发表时期刊修改了文章名，因为王宁在文中的确提出要论述"后理论时代"理论之功能，但是后人却往往根据王宁的说法而延续使用这个名字。

③ 王宁：《"后理论时代"西方理论思潮的走向》，《外国文学》2005 年第 3 期注释。

相通的，或者说此文开启了王宁对后理论的研究。此后，王宁又发表了《"后理论时代"西方理论思潮的走向》（以下简称《走向》）以及《再论"后理论时代"的西方文论态势及走向》（《学术月刊》2013年第5期，以下简称《再论》）等重要文章，阐述了他关于后理论的观点。

在《非边缘化》一文中，王宁指出，后现代主义之后的西方文论界"进入了一个真正的多元共生的时代，这是一个没有主流的时代，一个多种话语相互竞争，并显示出某种'杂糅共生'之特征和彼此沟通对话的时代"。他以后殖民主义和女权主义为例进行了阐述。王宁在此文中虽然强调了西方后现代主义之后理论的多元杂糅的特点，但是，他似乎仍然坚持文化研究在后现代主义之后的时代是有生命力的。他列举了文化研究的诸多优点，比如适应变动不居的社会文化情势，它不屈从于权威意志，不崇尚等级制度，致力于探讨研究当代人的"日常生活"使许多第一流的学者和理论家走出了知识的象牙塔，和人民大众进行了沟通和对话，而且可以使第一世界和第三世界的学者也能够就一些共同关心的问题进行切磋和对话等。王宁虽然也指出了文化研究的一些局限性，但这些局限性不足以影响文化研究的生命力。

在《后理论时代文化研究》中，王宁认为"后理论时代"是一个群芳争艳但没有主潮的时代，各种话语力量和批评流派都试图同时从马克思主义和解构主义的思想库里攫取自己需要的资源，而原先被压抑在边缘地带的话语力量不断地尝试从边缘到中心进而消解中心的运动，而全球化对文化的影响更是进一步消解了"欧洲中心主义"的思维模式，为东方和第三世界的文学理论和文化批评走向世界进而达到与西方乃至国际学术界的平等对话的境地铺平了道路。在这里，王宁除了重申了上文的基本观点之外，也特别强调后理论时代给予第三世界（当然包括中国）所带来的机遇。王宁为此具体分析了来自第三世界学者德里达和萨义德的解构理论，并指出，在后理论时代，作为本体论的解构主义也许早已衰落，但作为方法论的解构却依然在发挥其批判功能。在《走向》一文中，王宁重申了此前的观点，只是具体以后殖民主义在西方的第二波浪潮兴起后理论批评的发展走向以及另一些颇有影响力的理论思潮为例进行了具体的阐述。

在《再论》中，王宁延续了以前的观点，但是论述更为详细具体，并明确指出了后理论时代理论的几个特征：一是在"后理论时代"，理论并没有死亡，只是不再具有以往的那种所向披靡和无所不能的效应，但依然能够有效地解释当代文学和文化现象。二是在"后理论时代"，没有任何理论可以君临一切，甚至都很难说能够持久占据主导地位，它和其他理论呈一种共存和互动的状态，因此"后理论时代"又是一个没有主流和中心的时代。三是"后理论时代"的到来为原来处于理论关注之边缘的民族/国家的理论向中心运动铺平了道路，从而打破了文学和文化理论的"西方中心主义"格局。在这其中，王宁也强调指出，在"后理论时代"，理论并没有死亡，只是不再具有以往的那种所向披靡和无所不能的效应，但依然能够有效地解释当代文学和文化现象，如新精神分析学、新历史主义、新马克思主义、后殖民主义、性别政治、文化研究以及生态批评等，无一不以文学和文化现象作为分析讨论的对象来发展自己的理论话语，但隐匿在这些批评理论话语中的仍然是文学性。因此我们也可以说，在各种理论批评话语中，文学性几乎无处不在。

总体上说，王宁并不认同后理论时代所谓"理论之死"的观点，不否定曾经的理论的有效性，同时也暗含着对文化研究的重视。除了王宁之外，很多学者[①]都指出或强调后理论时代理论的这一特征。

2. 从大理论走向"小理论"

王宁等人强调后理论时代理论的多元化，周宪等人则强调后理论时代理论的具体化和小微化。周宪指出，后理论的特征之一就是告别"大理论"，不再雄心勃勃地创造某种解释一切的大叙事，转而进入了各种可能的"小理论"探索。"小"体现了理论的多元性和具体性。周宪指出，作为一种知识的系统生产，"大理论"的知识构成往往具有一种"学科帝国主义"的局限性，其知识系统在急剧膨胀的同时，扩大了这一知识视域中的某些问题，而遮蔽了另一些问题，更重要的是，这种"学科帝国主义"缺乏自身的反思批判性，因此需要调整知识生产的策略和视域并形成另类

---

① 参阅陆涛、陶水平《理论·反理论·后理论——关于理论的一种批判性考察》，《长江学术》2010 年第 3 期；李小海《后理论时代文艺理论变化的再思考》，《学术交流》2010 年第 9 期，等等。

视域，而小理论则在某种程度上提供了这样的可能性。周宪也指出了这种小所隐含着的一种危险倾向，就是走向琐碎，使得一些无足轻重的事物进入理论探究的领域。这是我们所要警惕的①。

徐亮也肯定了周宪的观点，指出建设性的后理论超越了"理论"问题的宏大化，转向了各种"小"问题。尽管"理论"末期出现的"后现代主义"主张用小叙事取代宏大叙事，尽管相对于人道主义和人类解放的大叙事，"理论"的主张还是较小的，但是相对于后理论的问题而言，它仍然是宏大的②。

虽然诸多学者强调后理论时代的理论走向微小化，但走向哪些小理论则论述的较少。王宁曾提出"后理论时代"文化理论的发展方向有以下几个：（1）后殖民理论的新浪潮；（2）"流散"现象的突显及流散写作研究；（3）全球化与文化问题的研究；（4）生态批评和后现代生态环境伦理学建构；（5）文化研究的跨文化新方向；（6）性别研究、女同性恋研究和怪异研究；（7）走向世界文学阶段的比较文学；（8）图像批评与视觉文化建构③。这些主题几乎可以看作文化研究的主题。对于这些"小"理论，更需要的是要进行细致的研究，尤其是结合中国本土。

3. 对后理论的质疑

面对轰轰烈烈的关于后理论的讨论，似乎我们的理论（更多是文学理论）真的走向了后理论时代。但是有学者对此提出了质疑。段吉方在《文学研究走向"后理论时代"了吗——"理论之后"问题的反思与批判》（《社会科学家》2011年第9期）一文中明确指出："我们根本没处在'理论之后'而是处在'理论之中'。"

段吉方指出，"理论之后"是一种"西学话语"，它不但由来甚久，而且声音、面目、立场不一，涉及面很广，具有深刻的哲学背景。这就更需要我们做出审慎的理论把握。而就中国文论界来说，"理论之后"观念的出场与热议恐怕不是"理论"本身的问题，而是当代西方在学科互涉中所

---

① 周宪：《文学理论、理论与后理论》，《文学评论》2008年第5期。
② 徐亮：《后理论的谱系、创新与本色》，《广州大学学报》2019年第1期。
③ 王宁：《"后理论时代"中国文论的国际化走向和理论建构》，《北京大学学报》2010年第2期。

展现出的理论融通困难与阐释裂隙问题,也就是理论的限度问题:理论的发展在某种程度上已经接近它的极限,所以才会在理论知识的生产与接受中出现问题;但是在中国,我们面对的仍然是西方理论的本土接受与本土应用问题,中国不会出现"理论之后",过去没有,现在没有,未来也很难有,因为我们其实一直处在理论缺失的状态中。当然,所谓的理论缺失是指那种真正有原创性的思想启迪与穿透力的理论。

这种认识不乏启示。实际上很多关于后理论的文章往往只是在谈论的议题上加上"后理论"的帽子。有的谈论往往只是大谈"反思",至于怎么反思,反思之后怎么建设,这方面并没有多少有价值的意见。尤其是中西语境的不同,使得我们在谈论这个问题的时候更像是在为西方理论背书。

(三)后理论时代中国文论的建构

周宪在《文学理论、理论与后理论》一文中也指出了后理论时代理论的一个特征,就是向"文学回归"。他指出,在关注大问题的同时,文学作为一种符号的社会建构,其审美感性经验的一面在理论的意识形态分析中消失了。但是在文学的理论构建中,感性分析仍然不可或缺,正如《反对阐释》一书中所指出的,"需要更多地关注艺术中的形式。如果对内容的过度强调引起了阐释的自大,那么对形式的更广泛、更彻底的描述将消除这种自大"。所谓"形式"实际上指的就是艺术本身。姚文放也认为,"刻意与文学批评和作品阅读隔绝开来,偏好那种玄虚晦涩、令人望而生畏的论说文体,最终导致对于文学研究正业的偏离"[1]。关于这个问题,相关的论述比较多,这些论述基本都强调[2],后理论之后的文学理论必须要走向文学,重视文学阅读经验,要从这些经验、领悟和感受出发,把感性

---

[1] 姚文放:《从理论回归文学理论——以乔纳森·卡勒的"后理论"转向为例》,《文学评论》2013年第4期。

[2] 参阅刘阳《"后理论"的文学走向及其新型写作可能》,《华东师范大学学报》2018年第4期;王冠雷《"后理论"的三种文学转向》,《福建师范大学学报》2018年第4期;郤智毅《"后理论"时代文学理论建构方式的思考》,《求索》2017年第12期;张玉勤《走向"后理论"时代的文学理论》,《广西社会科学》2010年第1期;张伟《"理论之后"的理论建构》,《文艺评论》2011年第1期;宋一苇《"后"时代的文学理论何以可能》,《解放军艺术学院学报》2004年第3期;赖大仁《"后理论"转向与当代文学理论研究》,《学术月刊》2015年第2期,等等。

经验和直观表象经由反复抽象、提炼和概括,重构文学理论的自觉。

陈晓明从中国文学的历史与现实出发,提出了建构中国文艺理论的方式。在《理论批评:回归汉语文学本体》(《文学评论》2015 年第 3 期)一文中①,陈晓明分析了在今天这个新媒体、多媒体风起云涌,娱乐至死时代的文学理论与文学批评现状,指出,文学批评这项方兴未艾的事业,风光不再,除了少数人抱残守缺,大多只好臣服于文化研究的旗号。但是,中国当代的文学创作给文学理论和批评提供了十分鲜活的经验,这就需要我们更为直接地回到文本,从文本的文学性生成中激发理论要素,概括理论规律,建立理论范式。陈晓明也指出,新的理论创新并非要完全脱离西方(更准确地说是世界)思想文化和理论批评的优秀成果,而是在其基础上,更加关注中国文学本体。只有有意识地激发汉语文学的自主意识,并与西方世界优秀理论成果对话,才有新的创新机遇,才能给已经困顿、几近终结的文学理论以自我更新的动力,给中国文学理论和批评开辟出一条更坚实的道路。

当然,这一策略的方法还缺少具体的可操作性。而王一川则从中国文论的特质出发,结合宗白华的论述,强调文艺理论要加强对艺术境界的发掘,培育人的臻美心灵。王一川指出,"今日文艺理论不再是理论家的孤芳自赏或读者实际生活中的自我博学炫耀,而是国民兴辞化臻美心灵的自觉养成。这才是个体人生中最重要的或最高的境界,也即艺术境界"。这是他的核心观点。而所谓艺术境界,王一川引用宗白华对不同境界的论述,指出,艺术境界直指人的最深与最高的心灵的形象世界,正约略相当于臻美心灵的一种艺术符号中的具体化状态。"艺术境界"以美为宗旨,但这种美的秘密不在于外在美的事物或景物,而在于人类心灵。艺术境界之美在于人类的臻美心灵与自然景象的"交融互渗"。这样的艺术境界恰是文艺理论企求的②。王一川侧重于艺术境界的建构,具有中国民族特色,而陈太胜则试图通过文学研究的"新形式主义",重读文学作品。

---

① 此文虽然没有明确提到后理论或理论之后这样的词语,但是其理论阐述的背景显然是后理论的。

② 王一川:《"理论之后"的中国文艺理论》,《学术月刊》2011 年第 11 期。

陈太胜在《新形式主义：后理论时代文学研究的一种可能》（《文艺研究》2013年第5期）一文中，立足于文学学科的语境，通过分析伊格尔顿向形式主义研究的回归，指出，伊格尔顿的形式主义，并不是要回到以前的以英美新批评和俄国形式主义为代表的形式主义，而是试图通过细读将形式分析和政治批评结合起来，力图在整个人类的文化历史上把握文学这种艺术形式的独特性和丰富性。对真正的形式的关注，也是对真正的历史的关注。这就是新形式主义。而正是通过引入新形式主义，陈太胜重读了食指写于1968—1970年间的几首诗。通过新形式主义的分析，陈太胜指出，这些诗并不像是悬浮于那个时代的文化结构之外的启蒙话语，而是与那个时代的意识形态相契合，并与当时的文学与文化话语有着相同结构的文学话语。由此，一些批评家赋予食指某种启蒙意义，只能是一厢情愿，实际上，这种过分夸大的言说是没有具有说服力的形式根据的。这恰恰体现出了过分历史化的文学批评在这个时代的典型症状：由于对形式的忽视和误读，它并没有揭示真正的历史，尤其是从文学身上。如果将这样的话语看成是中国的现代话语，那么，现代话语肯定是被过分简单地看待了。陈太胜重申：对真正的形式的关注，也是对真正的历史的关注；对真正的文学的关注，也必然是对政治的关注。对作为人类精妙产品的文学的研究，有理由在后理论时代再一次带着历史和政治的关注回到其能指，也就是语言和形式上来。对文学研究来说，政治是有待从文本中开始的实践。这样的探索无疑对于推动中国文艺理论建设具有重要意义，只是这样的建设性的探索还是太少。

如果说以上学者突出的后理论给予中国文论建构的启发的话，那么，王宁则更注重后理论时代给予中国文论及学者走向世界的机遇。王宁在不同的文章中都一再强调这一点。王宁指出，"后理论时代"的来临为我们非西方理论工作者步入当代理论的前沿提供了难得的契机。我们如果抓住这一契机，不遗余力地提升我们自身的理论水平以便达到与国际前沿理论直接对话的境地，也许能最终影响世界文学和文化理论发展的方向。为此，王宁提出了三条具体措施，一是认真梳理历史上有影响并有可能经过翻译对当今的国际文学理论界有意义并产生影响的经典名著，组织中外合作翻译，再加上一篇由本领域的一流专家撰写的导论，对这些著作进行准确深入的评介，这样才能尽可能准确无误地将中国文学理论的精髓译介到国外，当然首先是译介到英语世界。二是培育兼通中学和西学的学者。三是培养外国留学生成为优秀的新一代汉学家和文论家[①]。此外，王宁也指出，中国也有自己的可以与世界对话的理论资源，但需要改进，这就是新儒学。王宁以《诺顿理论批评文选》（第2版）于2010年首次收入李泽厚的论文《美学四讲》为例进行了阐释，指出，这一事件实现了英语文学理论界对中国当代文学理论的认可和接纳[②]。

总之，在后理论时代，中国的文学和文化理论研究者也应该思考如何促使中国文论走出国门进而在国际理论争鸣中发出中国的声音。这应该是"后理论时代"对中国文论家的最重要的启示，同时也是国际文论界对中国学者的期待。由此，我们不能被动地等待被别人"发现"，而应该更为积极主动地去与居于国际文学理论前沿的欧美文论家进行直接的交流和对话，从而挣得一些应有的话语权[③]。

我们在介绍伊格尔顿《理论之后》时已经指出：伊格尔顿提出理论之后旨在批判文化理论不再具有阐释现实的有效性，因此希望寻找新的阐释现实的理论，恢复对现实重大主题（或宏大主题）的关注。但从上面的分析中我们发现，中国学者对伊格尔顿所关注的这些宏大主题，并没有在中国的本土语境中予以关注，只是一味跟着伊格尔顿的脚步批判后现代主义文化理论。我们需要在中国语境中反思这次讨论的意义和价值，使这次讨论真正落实在中国这块土地上。

二　马克思主义文论的中国化

马克思主义文艺理论的中国化，是马克思主义中国化的重要组成部分。可以说，随着马克思主义传入中国，马克思主义的中国化就开始了

[①] 王宁：《再论"后理论时代"的西方文论态势及走向》，《学术月刊》2013年第5期。

[②] 王宁：《"后理论时代"中国文论的国际化走向和理论建构》，《北京大学学报》2010年第2期。

[③] 王宁：《再论中国文学理论批评的国际化战略及路径》，《清华大学学报》2016年第2期。

（即便没有明确提出"马克思主义中国化"这一命题）①。马克思文艺理论的中国化也是如此。

有的学者将马克思主义文艺理论中国化的历程概括为五个阶段："选择、接受"阶段（"五四"时期与20世纪二三十年代"左联"时期）；融合、发展阶段（20世纪40年代毛泽东《在延安文艺座谈会上的讲话》时期）；艰难前行阶段（20世纪六七十年代）；阐释、创新阶段（20世纪八九十年代）；综合、超越阶段（21世纪以来）②。本章我们主要考察的是最后一个阶段的马克思主义文艺理论的中国化，以及马克思主义文艺理论中国化的重要成果——习近平文艺思想。

（一）如何理解马克思文艺理论中国化

照字面意思，关于"中国化"就是在中国的语境中发展马克思主义经典文论，形成适合中国文艺实践的文艺理论。这个意思看起来似乎是确定的，但在具体使用这个概念时却又有认识上的分歧。

一是强调把马克思主义文艺理论运用到中国的文艺实践，目的是解决中国文艺事业在发展中所遇到的问题。这是关于这个问题最普遍的认识。这种认识着眼于中国的文艺实践，因此也就强调中国化的实践性和当下性③。但是这种认识在学理上实际是把马克思主义文艺理论作为一种工具，来观照和解释中国的文艺现实，因此也就很难算是"中国化"，而只能说是中国运用。它没有涉及如何理解马克思主义经典文论？马克思主义经典文论是否可以和应该在中国语境中发展、变化？

李涛等人认为，应该对"马克思主义文艺理论中国化"和"马克思主义文艺理论研究"两个命题加以区分，这是两个不同性质，但又互为依存

---

① 刘林元在《毛泽东与马克思主义中国化——纪念"马克思主义中国化"提出80周年》（《湖南科技大学学报》2018年第6期）一文中指出，1938年10月，毛泽东在向党的六届六中全会所做的政治报告《论新阶段》中提出"马克思主义在中国具体化"，并没有明确提"马克思主义中国化"。但他的理解，这里的"具体化"就是"中国化"。

② 段吉方：《从经典形态到当代发展——近年来马克思主义经典文艺思想中国化当代化研究路径》，《文艺争鸣》2018年第7期。

③ 李涛、刘锋杰：《历史·现实·理想——关于"马克思主义文艺理论中国化"的三点思考》，《文艺理论与批评》2008年第1期。

的命题。"马克思主义文艺理论中国化"是实践性命题,是坚持和运用马克思主义文艺理论精神解决中国文艺问题,并在这个过程中发展马克思主义文艺理论。"马克思主义文艺理论研究"则是学术性、学理性命题,它是以马克思主义文艺理论为研究对象,通过学术的方法,对马克思主义文艺理论加以理解、阐释、发挥与推广,重在坚持马克思主义文艺理论。"马克思主义文艺理论中国化",存在着由实践性上升到学理性、理论性的空间;而"马克思主义文艺理论研究"则存在着由学理性、理论性回归实践性的空间。"马克思主义文艺理论研究"是"马克思主义文艺理论中国化"的前提和基础。"马克思主义文艺理论中国化"是"马克思主义文艺理论研究"的发展和归宿[1]。

二是关于中国化的"互化论",即一方面是马克思主义"化"中国,指导、改变与发展中国的文艺实践;另一方面,是"中国""化"马克思主义,使马克思主义文艺理论的基本原理成为中国人所理解、接受并且具有当下现实性的东西。这种互"化"同时发生,同时进行,同时完成,仅仅由于时空条件的不同,"化"之原因、方式、程度与结果不相同而已[2]。互化论显然否定了那种认为马克思主义文艺理论有一个确定不变的基本原理的认识,强调中国化是一个互动的过程。范玉刚指出,无论是中国化马克思主义文艺理论,还是马克思主义文艺理论中国化,主要指马克思主义文艺理论与不断发展着的中国文学艺术实践相结合的具体过程,以及这一过程中形成的理论体系的民族化、本土化、现代化,其用意主要是把马克思主义文艺理论转化为中国语境中的中国化的理论形态和学说,建立一套中国化的理论话语体系。中国化是一个实践动态的具体过程,一个"化"字表征着马克思主义文艺理论并非一成不变的,而是有其自身发展的生成性、与现实的切近性、实践性、时代性和民族特色[3]。也有学者强调马克

---

[1] 李涛、刘锋杰:《历史·现实·理想——关于"马克思主义文艺理论中国化"的三点思考》,《文艺理论与批评》2008年第1期。
[2] 王振复:《当下文化传播:马克思主义文艺理论的中国化》,《学术月刊》2006年第12期。
[3] 范玉刚:《马克思主义文艺理论中国化路径探析》,《湖北大学学报》(哲学社会科学版)2008年第6期。

思主义文艺理论中国化的开放性和动态性①。

三是有学者指出,伴随着马克思主义文艺理论"中国化"的同时,也存在着"非中国化"、"反中国化"的情况,这也是马克思主义文艺理论中国化的必然组成部分。王振复指出,马克思主义文艺理论"基本原理"并不是固定不变的,也是在文化传播中经受考验的,由此也就出现"基本原理"不与中国文艺实践"相结合"或"结合"程度不够的情况,这在王振复看来,也是"中国化"的一种方式、过程与结果。"中国化"总是与"非中国化"甚至"反中国化"结伴而行。比如"文化大革命"期间马克思主义文艺理论基本原理被歪曲的严重局面。这正是"非中国化"和"反中国化"的体现。由此需要注意马克思主义文艺理论中国化的复杂性。这种复杂性基本表述即:马克思主义文艺理论"基本原理"并不是固定不变的,也是要在文化传播中经受考验的②。

除以上之外,也有一些其他的说法,比如"结合说"。所谓结合,就是把马克思主义文艺理论基本原理与中国文艺实践相结合。这种"结合说"语义并不明确,到底如何结合,怎么结合并不确定,实际上可分化出两种认识,或者是马克思主义文艺理论运用到中国文艺实践,或者是对马克思主义文艺理论的改造和调整。

(二) 马克思主义文艺理论中国化的路径探析

关于马克思主义中国化的路径,不同学者有不同的阐述。

1. 遵循已有的研究成果

很多学者都强调了毛泽东《在延安文艺工作座谈会上的讲话》,认为这是经典的马克思主义文艺理论中国化的成果。因此,有学者强调应当遵循毛泽东关于马克思主义中国化的一些看法:(1) 马克思主义必须与中国革命的具体特点相结合,必须使马克思主义普遍真理和中国革命的具体实践完全地、恰当地统一起来。毛泽东的这个思想本身就包含了对马克思主

---

① 赖大仁:《马克思主义文艺理论中国化的理论形态》,《中国人民大学学报》2008 年第 6 期。

② 王振复:《当下文化传播:马克思主义文艺理论的中国化》,《学术月刊》2006 年第 12 期。

义的发展和创新。因此可以说，发展和创新才是中国化的主旋律。（2）这种结合必须通过一定的民族形式来实现，应具有为中国老百姓所喜闻乐见的中国作风和中国气派，要有民族形式和民族风格。（3）中国的面貌，无论是经济、政治、文化，都不应该是旧的，都该改变，但中国的特点要保存①。应该遵循毛泽东《在延安文艺工作座谈会上的讲话》所体现出来的中国化路径，但具体问题还需要具体分析，中国特点在不同时代也会有不同的表现形式。

2. 回归马克思主义文艺理论的原初视野

范玉刚强调马克思主义文艺理论中国化必须首先倡导回归马克思原初视野，深刻领会马克思主义基本原理，解构喧嚣浮躁的泡沫和教条，召唤本真的马克思主义文艺理论，使其恢复生机和活力以及理论的有效性，在一种更新的了理论语境中完整地把握马克思主义，同时借助西方马克思主义、新马克思主义的理论成果，并结合中国现实国情和执政党的时代命题，着眼于社会实践和文化精神两个层面与实际相结合。在当前语境中探析马克思主义文艺理论中国化路径问题，就是要突破既有的理论框架和教材格局，根据党的文化创新理论，特别是社会主义核心价值体系的建构来思考、重构马克思主义文艺理论的指导地位，使马克思主义文艺理论重新焕发与时代相契合的生机与活力②。这一点在近几年有着突出的表现，研究或细读马克思主义经典著作成为一个学术热点，比如对马克思《1844年经济学哲学手稿》的研究。

3. 借鉴西方马克思主义的研究成果

孙士聪认为，西方马克思主义文论作为马克思主义文论在一个完全不同于中国的社会文化和历史语境中"化"的产物，为我们思考马克思主义文论中国化问题打开了新的视域——马克思主义文论中国化的"西马"视域。马克思主义文论中国化内在地要求对马克思主义原典的解读，但这并不意味着我们能够返回到一种纯粹的马克思主义理论那里，也不意味着可

---

① 吴元迈：《对"马克思主义文艺理论中国化"问题的三点思考》，《学习与探索》2008年第1期。

② 范玉刚：《马克思主义文艺理论中国化路径探析》，《湖北大学学报》（哲学社会科学版）2008年第6期。

以对马克思主义理论进行任何主观主义的臆说。阐释意味着阐释者与阐释对象之间的交流和对话，其效果首先取决于阐释者对其自身历史性的认识。因此我们的解读也必须立足于我们当下的现实的社会生活，立足于我们对当下现实社会生活的理解，在 21 世纪初的今天，就是立足于对于中国现代化进程的本质及其主导性价值趋向的领悟，而马克思主义文论中国化作为一个不断展开的社会实践和理论创造过程，也内含着"既忠于现实又忠于马克思主义"的要求。总之，"西马"文论的可贵探索和不足为中国马克思主义文论的发展提供了有益的借鉴，也在一定程度上推动着关于马克思主义文论中国化问题的思考走向深入①。

于云强调马克思主义文艺理论中国化的世界化维度，与孙士聪的观点相通。于云认为，马克思主义文艺理论中国化并不是简单的本土化，而必须面对全球化的现实，坚持世界化维度，把马克思主义文艺理论视为开放的理论体系，借鉴和吸收当代西方文艺理论的优秀成果，使之既是真正的马克思主义文艺理论，又具有鲜明的中国特色②。其他也有学者有类似的论述③。

也有学者具体给出了当前马克思主义文艺理论中国化的具体实践点，大致有五个方面：（1）社会主义和谐社会中文艺的性质与方向；（2）现代媒介革命进程中的文艺生产、传播和接受；（3）市场经济中的文艺精神；（4）现代和后现代语境里的文艺批评与研究；（5）全球化视野下中国文艺学学科建设和文艺理论创新。④ 朱立元给出的研究领域更为庞大，列出了 15 个主题：（1）文学的主体性和主体间性问题；（2）文学研究的方法论问题；（3）拨乱反正、批判极"左"文艺思想问题；（4）人文精神问题；（5）中国文学艺术中的现代性与后现代性问题；（6）后现代主义、解构主义与中国文艺理论问题；（7）文学的"语言哲学"问题；（8）全球

---

① 孙士聪：《"西马"视域中的马克思主义文论中国化》，《东方丛刊》2006 年第 4 期。
② 于云：《论马克思主义文艺理论中国化与世界化》，《东方丛刊》2006 年第 4 期。
③ 程镇海：《当前马克思主义文论中国化研究中的全球化语境》，《东方丛刊》2007 年第 4 期。
④ 李涛、刘锋杰：《历史·现实·理想——关于"马克思主义文艺理论中国化"的三点思考》，《文艺理论与批评》2008 年第 1 期。

化与"文化殖民主义"问题;(9)市场经济、大众文化、消费主义与文学、文论的关系问题;(10)"新理性"、"新感性"问题;(11)"性"与当代文学、文论问题;(12)中国古典文学、文论的现代转型问题;(13)虚拟世界、网络文学问题;(14)加强与当代西方马克思主义的对话和交流问题;(15)中国特色的马克思主义文艺理论体系(包括基本思路、框架结构、逻辑起点、主要范畴、推演理路、叙述方式等)的建构问题,如此等等[1]。这几乎涵盖了中国文学理论、文艺批评研究的最新的主题,体现了朱立元试图重构中国文艺理论体系的勇气。

(三) 关于古代文论与马克思主义文艺理论相结合的问题

很多学者强调用马克思主义文艺理论来观照或重读中国古代文论,进而发掘我们没有发现的中国古代文论的深邃内涵,其中也包括通过中国古代文论进一步补充我们对马克思主义文论的理解。

黄文发从马克思主义文艺理论中的"人道主义"、"人化自然"、"启蒙批判"出发,来分别观照了中国古代文论中的"仁学"、"天人合一"、"兴观群怨",进而重新思考中国古代文论中所涉及的人的本质、人与自然的和谐、文艺的社会教化功能问题。通过比较,黄文发指出,一方面,由于有了马克思主义文论方法的指导,中国传统文论将能够摆脱数千年来泛道德主义的束缚,引进理论思辨的模式,使之成为现代文论的构成部分;另一方面,在结合的过程中,马克思主义文论也可以从中国传统文论中吸取讲求中庸和谐,将个体心理欲求情感导入社会伦理道德规范的营养,不断丰富和发展自己。这样,彼此的结合就会是一个"集异建同"的过程。在求同存异、集异建同的积极心态下,马克思主义文论与中国传统文论将能相互吸收结合,使马克思主义文论的中国化道路更为平坦广阔[2]。

如果说黄文发强调的是马克思主义文艺理论与中国古代文论互化,那么汪涌豪则更强调用马克思主义文艺理论重构中国古代文论。汪涌豪指

---

[1] 朱立元:《马克思主义文艺理论中国化研究》,《中山大学学报》(社会科学版)2006年第3期。

[2] 黄文发:《关于马克思主义文论与中国传统文论相结合的理论思考》,《东方丛刊》2006年第4期。

出，学术界对古代文学与文论独特的民族根性和理论品格已有较深切的认识，但是，如何通过更进一步的整理和整合，将古人即兴而灵动的个人发挥，公共化为内核稳定、边界清晰的学理表述的问题，则还没有充分认识到。为此他强调，在运用马克思主义文艺理论研究古代文学时，尤其要强调尊重历史，强调坚持历史唯物主义。只有这样，马克思主义文艺理论的中国化进程才有可能与古代文学兼容并获得实绩，马克思历史唯物主义关于在发展中、在联系中、在当代的经验中把握对象的科学方法论，才能给古代文学与文论研究带来客观性与科学性，并同时保证其深刻性[1]。顾文豪在其专著《在传统与现实之间：马克思主义文艺理论中国化视域下的古代文论研究》中，通过运用马克思主义文艺理论，重读中国古代文论，指出："正是凭借着马克思主义文艺理论的巨大理论能量，激活了古代文论的自身活力，促进其转变为具有现代文化品格的新文论。最终建构起符合现实语境，呼应现实要求的现代性文论体系。"[2]

（四）借用马克思主义文艺理论创新中国文艺理论体系

通过借助马克思主义文艺理论，可以对我们曾经讨论的相关议题进行重构，甚至可以创新我们的文艺理论体系。

朱立元就强调，可以通过借鉴用马克思主义文艺理论来实现中国文艺学的理论体系的创新。朱立元认为，努力探索马克思主义文艺理论的中国化和文艺学的理论创新，是当代文艺学走出困境、完成创新建构的必由之路。他以"以人为本和人的全面发展"为例，探讨了文艺学如何进行理论创新，从而推进文艺学理论的创新建构。他认为，马克思主义文艺理论可以为我国文艺学从认识论向实践论（或价值论）的重要转换提供极为重要的思想理论资源。马克思主义的核心思想之一就是人的自由、全面发展的理想。当前，建设有中国特色的社会主义理论的核心，就是以人为本和人的全面发展的思想。因此，以马克思主义这一人学理论为指导，紧密联系

---

[1] 汪涌豪：《古代文学研究与当代文艺理论的建构——兼论马克思主义文艺理论的中国化问题》，《学术月刊》2006年第12期。

[2] 顾文豪：《在传统与现实之间：马克思主义文艺理论中国化视域下的古代文论研究》，上海交通大学出版社2017年版，第9页。

当代中国思想文化的现实语境,来思考如何建构具有鲜明现代性和深厚人文精神底蕴的文艺学创新体系的问题,乃是当前马克思主义文艺理论中国化一个非常好的切入点。朱立元提出了具体建构思路:从人的自由、全面发展的总体目标出发,以文学活动为文艺学的研究中心,把文学活动纳为人类整个实践活动的一个环节,从实践存在论、价值论(而不仅仅是认识论)的角度来反思文学活动的性质和功能,并且将整个文学活动视为一个从生产到消费、从创造到接受的完整流程①。可以说,朱立元着眼于中国文论建设进行了有益的探索。

与朱立元的探讨相关,有些学者也通过马克思主义文艺理论,对相关的文论主题进行了重新解读。比如刘锋杰从历史发展的角度,分析了马克思主义中国化的历史进程,指出,马克思主义文论中国化从革命化阶段转向人本化阶段,更能体现马克思主义文论中国化的逻辑完整性与实践创新性,实现与中国传统文化的深度关联。而这得益于全社会形成了以人为本的思想共识。马克思主义文论中国化就是以人为本,反对物本主义与神本主义,创造出以人为本的人民大众的文学,满足人民大众的日益增长的审美需求,追求人的自由而全面的发展。马克思主义文论中国化就是人本化。在马克思主义文论进入中国完成了它的第一个阶段的革命化以后,它应向人本化发展②。其他学者的相关研究,如师会敏对人的文学与人民文学的再解读③,黄念然对"文学的主体性"解读④,以及朱立元对新时期相关文论的解读⑤等。

(五) 批评马克思主义文艺理论中国化中存在的问题

有学者指出,在有些中国学者进行的马克思主义文艺理论中国化研究

---

① 朱立元:《马克思主义文艺理论中国化与当代文艺学的创新建构》,《学术月刊》2006年第12期。
② 刘锋杰:《马克思主义文论中国化的人本视域》,《东岳论丛》2018年第6期。
③ 师会敏:《人的文学与人民文学——中国化马克思主义文艺理论的一个重要问题》,《求索》2008年第4期。
④ 黄念然:《"文学的主体性"论争与马克思主义文艺理论的中国化探索》,《华中学术》2017年第2期。
⑤ 朱立元:《新时期文论大发展与马克思主义文论中国化》,《文艺争鸣》2008年第7期。

中，有些已经不是马克思主义的中国化，而是走向了非马克思主义乃至反马克思主义。比如黄力之认为，80年代的所谓"文学主体性"就是对毛泽东文艺思想的否定，但也被总结为是马克思主义文艺学中国化的新成果。黄力之并未就此否定这种研究的学术价值，但反对这种"指鹿为马"的做法。黄力之进一步指出了马克思主义中国化研究中导致的马克思主义的泛化，伪马克思主义文艺理论体系的盛行，以及把马克思主义文艺理论变成大杂烩①。

马龙潜在肯定马克思主义文艺理论中国化取得的成绩的同时，也批判了存在的问题，其中重要的一点是中国化研究中的教条主义。教条主义的表现，或是仅满足于对毛泽东、邓小平以及党的领导集体的相关思想理论的介绍和描述上，或只限于把它们作为文艺政策的条文来加以引用和解释，马龙潜认为这会削弱甚至损害中国化的马克思主义文艺理论作为科学的文艺思想体系的理论活力和应有的理论地位，割裂理论与实践、主观与客观的统一，否定实践作为检验真理的唯一标准②。郭昭第批评我们在理解和运用马克思主义基本原理的过程中，未能将历史唯物主义的基本精神与中国的文化和文艺实践结合在一起，未能使理论紧跟现实的变化③，这与马龙潜的批评是相通的。

总之，马克思主义文艺理论（文艺学、文论）中国化在进入21世纪之后，获得了很大发展，除了发表众多的文章之外，也出版了一些相关的著作，如《马克思主义文艺理论中国化研究》（朱立元等著，经济科学出版社2009年版）、《马克思主义文艺理论中国化论纲》（赵凯等著，安徽文艺出版社2016年版）等④。而相关的国家层面的社科项目也逐渐多了起来，2006年相关的项目约有7项，2007年有8项，2010年到2016年前后

---

① 黄力之：《马克思主义文艺理论中国化：历史批判与当下诉求》，见李志宏、金永兵主编《站在新的历史起点上——新时期文学理论研究的回顾与反思》，时代文艺出版社2008年版。亦可参阅黄力之《马克思主义中国化：历史批判与当下诉求》，《文艺理论与批评》2008年第4期。
② 马龙潜：《新时期马克思主义文艺理论中国化进程的回顾和反思》，《马克思主义美学研究》2010年第1期。
③ 郭昭第：《马克思主义文艺理论中国化得失短评》，《文艺理论与批评》2009年第3期。
④ 由于这些著作中的很多章节都已经发表，前面的介绍中也多有引用，故不再单独介绍。

每年增多至 13 项左右，足可以看出国家对这个问题的重视。

（六）习近平文艺思想

2014 年 10 月 15 日，全国文艺座谈会在北京召开，习近平在会上做了重要讲话。同年，讲话单行本《在文艺工作座谈会上的讲话》（以下简称《讲话》）出版（人民出版社）。这个讲话是继毛泽东 1942 年《在延安文艺座谈会上的讲话》之后，我党最高领导人的又一次关于文艺及文艺工作的重要讲话。2015 年 10 月 3 日，中共中央印发了《中共中央关于繁荣发展社会主义文艺的意见》①，要求落实习近平在文艺工作座谈会上的重要讲话精神，繁荣和发展社会主义文艺。2016 年 11 月 30 日，中国文联十大、中国作协九大召开会议，习近平在开幕式上做了重要讲话。同年，习近平《在中国文联十大、中国作协九大开幕式上的讲话》（以下简称《文联作协讲话》）单行本由人民出版社出版发行。这次讲话进一步强化了习近平在文艺工作座谈会上的讲话精神。除了这几个重要文献之外，习近平文艺思想还散见于习近平的十九大报告、《习近平谈治国理政》（第 2 卷）等文献中。

1. 习近平文艺思想产生的语境

习近平文艺思想是马克思主义文艺思想中国化的具体体现，是在继承毛泽东文艺思想、邓小平文艺思想基础上的新发展。习近平文艺思想的产生，既是对当下中国文艺现状的回应，也着眼于中国文艺发展的未来，乃至中华民族伟大复兴梦想的实现，同时，也针对外来文艺思想带给中国文艺的冲击和影响。

习近平在《讲话》对中国当下文艺现状进行了概括：

> 改革开放以来，我国文艺创作迎来了新的春天，产生了大量脍炙人口的优秀作品。同时，也不能否认，在文艺创作方面，也存在着有数量缺质量、有"高原"缺"高峰"的现象，存在着抄袭模仿、千篇一律的问题，存在着机械化生产、快餐式消费的问题。在有些作品

---

① 《人民日报》2015 年 10 月 20 日刊载。

中，有的调侃崇高、扭曲经典、颠覆历史，丑化人民群众和英雄人物；有的是非不分、善恶不辨、以丑为美，过度渲染社会阴暗面；有的搜奇猎艳、一味媚俗、低级趣味，把作品当作追逐利益的"摇钱树"，当作感官刺激的"摇头丸"；有的胡编乱写、粗制滥造、牵强附会，制造了一些文化"垃圾"；有的追求奢华、过度包装、炫富摆阔，形式大于内容；还有的热衷于所谓"为艺术而艺术"，只写一己悲欢、杯水风波，脱离大众、脱离现实。凡此种种都警示我们，文艺不能在市场经济大潮中迷失方向，不能在为什么人的问题上发生偏差，否则文艺就没有生命力。[①]

这段话充分表达了习近平对中国文艺现状的担忧，而繁荣社会主义文艺创作，为人民提供丰富的精神食粮，满足人民对美好生活的新期待，就显得非常紧迫。正是这种对中国文艺现状的深深关切，推动了习近平文艺思想的产生。

从国际上来看，许多西方国家在向中国输入他们的文化产品的同时也输入了西方的价值观，这给我们国家的文化安全与意识形态带来威胁，而国内的一些作家学者往往认同西方思想，忽视自己的传统文化思想，从而造成了思想的混乱。要想让国际社会更多地了解中国和更好地认识中国，"光靠正规的新闻发布、官方介绍是远远不够的"，必须借助文艺的力量，通过向世界弘扬我国的优秀文化艺术，"讲好中国故事、传播好中国声音、阐发中国精神、展现中国风貌"[②]，是非常有必要的。

总之，习近平文艺思想是在关切国内文艺现状、放眼中华民族复兴、展现中国在国际上的软实力、抵制西方思想侵蚀等几个方面的共同推动下产生的[③]。

---

① 习近平：《在文艺工作座谈会上的讲话》，《人民日报》2015年10月15日。
② 同上。
③ 亦可参阅田文君、刘宝杰《习近平新时代中国特色社会主义文艺思想初探》，《郑州航空工业管理学院学报》（社会科学版）2018年第4期；张炯《论马克思主义文论的中国化历程》，《甘肃社会科学》2017年第6期。

2. 习近平文艺思想的构成

习近平文艺思想是一个成熟的理论体系，涉及文艺功能论、文艺创作论、文艺批评论等诸多方面。我们分别梳理和分析。

（1）文艺功能论

文艺的功能是历代国家领导人所特别重视和强调的，毛泽东的《在延安文艺座谈会上的讲话》基于当时特定的革命形势，强调文艺为政治服务，为工农兵服务（参阅本书第一章），而习近平在《讲话》中则强调文艺"首先要放在我国和世界发展的大势中来审视"，体现了习近平对文艺功能更广阔的认识视野。

首先，习近平着眼于民族发展，着眼于中华民族的伟大复兴来谈文艺的重要性。习近平说，"实现中华民族伟大复兴，是近代以来中国人民最伟大的梦想。今天，我们比历史上任何时期都更接近中华民族伟大复兴的目标，比历史上任何时期都更有信心、有能力实现这个目标。而实现这个目标，必须高度重视和充分发挥文艺和文艺工作者的重要作用"，"实现'两个一百年'奋斗目标、实现中华民族伟大复兴的中国梦是长期而艰巨的伟大事业。伟大事业需要伟大精神。实现这个伟大事业，文艺的作用不可替代，文艺工作者大有可为"①。这就把文艺与民族大业紧密地结合了起来。在《文联作协讲话》中，习近平也明确指出："没有先进文化的积极引领，没有人民精神世界的极大丰富，没有民族精神力量的不断增强，一个国家、一个民族不可能屹立于世界民族之林。"② 而文艺是文化、民族精神重要的组成部分，失去了文艺，文化也就失去了活力。

习近平强调文艺之于民族复兴的重要性，与其一直强调的民族自信、文化自信是一脉相承的。文艺是实现文化自信的重要途径。这也就是习近平在《文联作协讲话》中给广大文艺工作者提出的希望之一："希望大家坚定文化自信，用文艺振奋民族精神"。习近平说：

---

① 习近平：《在文艺工作座谈会上的讲话》，《人民日报》2015年10月15日。
② 习近平：《在中国文联十大、中国作协九大开幕式上的讲话》，《人民日报》2016年12月1日。

创作出具有鲜明民族特点和个性的优秀作品，要对博大精深的中华文化有深刻的理解，更要有高度的文化自信。广大文艺工作者要善于从中华文化宝库中萃取精华、汲取能量，保持对自身文化理想、文化价值的高度信心，保持对自身文化生命力、创造力的高度信心，使自己的作品成为激励中国人民和中华民族不断前行的精神力量。[①]

文艺除了具有振奋民族精神，推动民族复兴的作用之外，也是作为一个文化大国在世界上展现自身软实力，推动构建人类命运共同体的重要方式。随着全球化的不断推进，国与国之间的交流越来越频繁，文艺也成为国与国之间交流的一种方式。习近平指出，"文艺是世界语言，谈文艺，其实就是谈社会、谈人生，最容易相互理解、沟通心灵"[②]。正因为如此，习近平在各种场合，尤其是国外出访演讲时，喜欢引述中国古典诗文，展示中华文化的博大精深。立足于民族复兴，放眼于世界和平，这是习近平文艺思想对文艺功能新的界定，这是新时代对文艺新的认识，指明了中国文艺发展的方向。

（2）文艺创作论

习近平在《讲话》中指出："社会主义文艺，从本质上讲，就是人民的文艺"，"社会主义文艺是人民的文艺，必须坚持以人民为中心的创作导向，在深入生活、扎根人民中进行无愧于时代的文艺创造"。这句话明确指明了新时代文学创作的根本指导原则。习近平在《讲话》多次阐述文艺的这一本质特征："人民是文艺创作的源头活水，一旦离开人民，文艺就会变成无根的浮萍、无病的呻吟、无魂的躯壳"，"文艺工作者要想有成就，就必须自觉与人民同呼吸、共命运、心连心"，"有没有感情，对谁有感情，决定着文艺创作的命运。如果不爱人民，那就谈不上为人民创作"。

要践行文艺创作的人民性，就需要脚踏实地，扎根生活，只有脚踏实地，才能与人民心连心。习近平说："艺术可以放飞想象的翅膀，但一定

[①] 习近平：《在中国文联十大、中国作协九大开幕式上的讲话》，《人民日报》2016年12月1日。

[②] 习近平：《在文艺工作座谈会上的讲话》，《人民日报》2015年10月15日。

要脚踩坚实的大地。文艺创作方法有一百条、一千条，但最根本、最关键、最牢靠的办法是扎根人民、扎根生活"，"要走进生活深处，在人民中体悟生活本质、吃透生活底蕴。只有把生活咀嚼透了，完全消化了，才能变成深刻的情节和动人的形象，创作出来的作品才能激动人心"①，"离开火热的社会实践，在恢宏的时代主旋律之外茕茕孑立、喃喃自语，只能被时代淘汰"②。

生活与时代、与国家民族是紧密地联系在一起的，因此扎根生活在某种意义上说也就是紧跟时代。习近平指出："任何一个时代的经典文艺作品，都是那个时代社会生活和精神的写照，都具有那个时代的烙印和特征。任何一个时代的文艺，只有同国家和民族紧紧维系、休戚与共，才能发出振聋发聩的声音"，"古今中外，文艺无不遵循这样一条规律：因时而兴，乘势而变，随时代而行，与时代同频共振"③。在这里，人民、时代、国家、民族形成了一个完整的统一体，任何肯定一个而否定另一个的做法都是错误的。很显然，背离了时代、国家和民族，又怎么谈得上跟人民心连心呢？

"人民性"并不是一个抽象的概念，更不是政治标签，它与人民的火热生活、个性化文艺创作相交融，是人民生活的本真现象，这种饱含真情、激情和力量的价值追求，不能沦为空洞的政治标语和宣传口号，而是要在创作中真挚自然地流露④。习近平在《讲话》中说得也很清楚："人民不是抽象的符号，而是一个一个具体的人，有血有肉，有情感，有爱恨，有梦想，也有内心的冲突和挣扎。不能以自己的个人感受代替人民的感受，而是要虚心向人民学习、向生活学习，从人民的伟大实践和丰富多彩的生活中汲取营养，不断进行生活和艺术的积累，不断进行美的发现和美的创造。要始终把人民的冷暖、人民的幸福放在心中，把人民的喜怒哀

---

① 习近平：《在文艺工作座谈会上的讲话》，《人民日报》2015年10月15日。
② 习近平：《在中国文联十大、中国作协九大开幕式上的讲话》，《人民日报》2016年12月1日。
③ 同上。
④ 范玉刚：《论新时代文论话语体系建构的人民性价值取向——习近平文艺思想研究之一》，《山东社会科学》2018年第8期。

乐倾注在自己的笔端，讴歌奋斗人生，刻画最美人物，坚定人们对美好生活的憧憬和信心。"① 可以说，《讲话》丰富了"人民"的内涵，对人的个体性价值的凸显，是对"人民"概念认知的深化，是对新时代文艺发展规律的深刻把握，是对文艺书写"具体的人"的情感、价值诉求的内在要求，是对每个人都有人生出彩机会的艺术呈现②。

文艺创作除了需要遵循人民性这一根本原则之外，也必须要遵循创作规律，习近平对此也非常清楚。他说："文艺反映社会，不是通过概念对社会进行抽象，而是通过文字、颜色、声音、情感、情节、画面、图像等进行艺术再现"。在创作方法上，习近平强调文艺工作者"要坚持以强烈的现实主义精神和浪漫主义情怀，观照人民的生活、命运、情感，表达人民的心愿、心情、心声"，在人物塑造上，习近平强调要塑造出典型人物，只有这样，文艺作品才能有吸引力、感染力、生命力③。

此外，习近平还就当下文学创作存在的"浮躁"倾向指出："人类文艺发展史表明，急功近利，竭泽而渔，粗制滥造，不仅是对文艺的一种伤害，也是对社会精神生活的一种伤害"，"凡是传世之作、千古名篇，必然是笃定恒心、倾注心血的作品"④。戒除浮躁，潜心创作，也正是文艺创作规律的要求。

（3）文艺批评论

创作出好的作品，也需要良好的批评环境。因此，习近平强调要高度重视和切实加强文艺评论工作，认为"文艺批评是文艺创作的一面镜子、一剂良药，是引导创作、多出精品、提高审美、引领风尚的重要力量"⑤。

习近平在文艺批评的基本原则、批评观点、批评标准等方面均做出了论述。在批评的基本原则上，习近平强调"要以马克思主义文艺理论为指

---

① 习近平：《在文艺工作座谈会上的讲话》，《人民日报》2015年10月15日。
② 范玉刚：《论新时代文论话语体系建构的人民性价值取向——习近平文艺思想研究之一》，《山东社会科学》2018年第8期。
③ 习近平：《在中国文联十大、中国作协九大开幕式上的讲话》，《人民日报》2016年12月1日。
④ 习近平：《在文艺工作座谈会上的讲话》，《人民日报》2015年10月15日。
⑤ 同上。

导,继承创新中国古代文艺批评理论优秀遗产,批判借鉴现代西方文艺理论"①。这一批评原则兼顾了我们始终要坚持的马克思主义理论,同时也强调了我们自己的优秀遗产,与习近平重视文艺的民族性是相通的。

在批评观点上,习近平提出要"运用历史的、人民的、艺术的、美学的观点评判和鉴赏作品"②。这里需要注意的是,一般认为,马克思主义文艺批评观的核心是两点:美学的(艺术的)和历史的;而习近平特别加入了"人民的"这一观点,与习近平强调文艺的人民性显然是一致的。

就文艺批评标准来看,习近平谈得多一些。比如:社会效益第一,经济效益第二。文艺不能当市场的奴隶。习近平指出:"一部好的作品,应该是经得起人民评价、专家评价、市场检验的作品,应该是把社会效益放在首位,同时也应该是社会效益和经济效益相统一的作品。……同社会效益相比,经济效益是第二位的,当两个效益、两种价值发生矛盾时,经济效益要服从社会效益,市场价值要服从社会价值。文艺不能当市场的奴隶,不要沾满了铜臭气。"③ 对社会效益的强调显然是针对当下文艺商品化、娱乐化倾向提出来的,具有极强的针对性。

在这样的标准要求之下,文艺工作者应当创作什么样的作品?习近平提出了四种可以作为摹本的作品:"优秀作品"、"文艺精品"、"经典作品"、"伟大作品",有人称为"四品"说。具体来看,"优秀作品"是"有正能量、有感染力,能够温润心灵、启迪心智,传得开、留得下,为人民群众所喜爱"的作品,是"传播当代中国价值观念、体现中华文化精神,反映中国人审美追求,思想性、艺术性、观赏性有机统一"的作品。"文艺精品"则更进一步,是思想精深、艺术精湛、制作精良的作品。至于"文艺经典",层次又高于"精品",是那些含有隽永的美、永恒的情、浩荡的气,"通过主题内蕴、人物塑造、情感建构、意境营造、语言修辞等,容纳了深刻流动的心灵世界和鲜活丰满的本真生命,包含了历史、文化、人性的内涵,具有思想的穿透力、审美的洞察力、形式的创造力"的

---

① 习近平:《在文艺工作座谈会上的讲话》,《人民日报》2015年10月15日。
② 同上。
③ 同上。

作品。最后,"伟大作品"是对个体、民族、国家命运最深刻把握的作品①。这"四品"是习近平从不同层次、不同角度概括出来的,也是对文艺工作者不同层次的要求。

除了以上从文艺的角度提出批评原则与标准之外,习近平还从批评家的角度,指出批评家要有勇于批评和接受批评的勇气。习近平说:"在艺术质量和水平上敢于实事求是,对各种不良文艺作品、现象、思潮敢于表明态度,在大是大非问题上敢于表明立场,倡导说真话、讲道理,营造开展文艺批评的良好氛围。"②这显然是针对那种尽说好话,说人情话的批评以及不敢批评的现象。在《讲话》中,习近平针对这种批评给予了重点阐述:

> 文艺批评要的就是批评,不能都是表扬甚至庸俗吹捧、阿谀奉承,不能套用西方理论来剪裁中国人的审美,更不能用简单的商业标准取代艺术标准,把文艺作品完全等同于普通商品,信奉"红包厚度等于评论高度"。文艺批评褒贬甄别功能弱化,缺乏战斗力、说服力,不利于文艺健康发展。真理越辩越明。一点批评精神都没有,都是表扬和自我表扬、吹捧和自我吹捧、造势和自我造势相结合,那就不是文艺批评了……文艺批评就要褒优贬劣、激浊扬清,像鲁迅所说的那样,批评家要做"剜烂苹果"的工作,"把烂的剜掉,把好的留下来吃"。③

就艺术家自身面对别人的批评来看,习近平也指出:"作家艺术家要敢于面对批评自己作品短处的批评家,以敬重之心待之,乐于接受批评。"④这是针对那些不虚心接受来自读者或批评家批评的作家来说的。总之,只有批评家敢于批评,艺术家虚心接受批评,才能营造良好的批评环

---

① 习近平:《在中国文联十大、中国作协九大开幕式上的讲话》,《人民日报》2016年12月1日。
② 习近平:《在文艺工作座谈会上的讲话》,《人民日报》2015年10月15日。
③ 同上。
④ 同上。

境，才能推动批评的发展，文艺的发展。

（4）文艺创新论

与毛泽东"延安讲话"中的强调普及与提高相比，习近平的《讲话》立足于新时代，更强调创新。在《讲话》中"创新"一词出现了13次，而在《文联作协讲话》中出现了14次，足可以看出习近平对创新的重视程度。习近平说："创新是文艺的生命"，"要把创新精神贯穿文艺创作生产全过程，增强文艺原创能力"①，要"大胆探索，锐意进取，在提高原创力上下功夫，在拓展题材、内容、形式、手法上下功夫，推动观念和手段相结合、内容和形式相融合、各种艺术要素和技术要素相辉映"②。习近平重视创作创新，也与当前文艺创作出现的一些问题有关（如前所述），而这些问题在习近平看来，"同创新能力不足很有关系"③。

创新要有基础，而基础就是中国当下伟大的实践："当代中国正经历着我国历史上最为广泛而深刻的社会变革，也正在进行着人类历史上最为宏大而独特的实践创新。这种伟大实践必将给文化创新创造提供强大动力和广阔空间。"④

那么如何创新？一是要"加强对中华优秀传统文化的挖掘和阐发，使中华民族最基本的文化基因同当代中国文化相适应、同现代社会相协调"，"激活其内在的强大生命力，让中华文化同各国人民创造的多彩文化一道，为人类提供正确精神指引"⑤。也就是说，创新不是抛弃过去，而是过去与现在的碰撞，正是在这种碰撞中相互启发，创作出优秀作品。

二是要紧跟时代，"随着时代生活创新，以自己的艺术个性进行创新"⑥。或者说，时代中蕴藏着巨大的创新因子，抛弃过去不对，但不紧跟时代也不可能有真正适应时代、反映时代的创新性的作品。

---

① 习近平：《在文艺工作座谈会上的讲话》，《人民日报》2015年10月15日。
② 习近平：《在中国文联十大、中国作协九大开幕式上的讲话》，《人民日报》2016年12月1日。
③ 习近平：《在文艺工作座谈会上的讲话》，《人民日报》2015年10月15日。
④ 习近平：《在中国文联十大、中国作协九大开幕式上的讲话》，《人民日报》2016年12月1日。
⑤ 同上。
⑥ 习近平：《在文艺工作座谈会上的讲话》，《人民日报》2015年10月15日。

三是创新方式，要遵循文艺的创作规律进行创新，要从整体上来把握。习近平指出："文艺创作是观念和手段相结合、内容和形式相融合的深度创新"；因此，创新是一个整体，单纯某一方面，或形式或内容的创新不是真正的创新，或者不是"深度"创新。习近平对"深度"的把握是对文艺创新整体的认知，符合艺术创作规律。此外，就是要注重文艺与科技的融合。习近平指出，文艺创作"是各种艺术要素和技术要素的集成，是胸怀和创意的对接"。在这里，习近平关注到了最新的科技发展对于文艺创新的重要性，为此专门对网络技术和新媒体进行了客观评价。习近平说："互联网技术和新媒体改变了文艺形态，催生了一大批新的文艺类型，也带来文艺观念和文艺实践的深刻变化"，强调"要适应形势发展，抓好网络文艺创作生产，加强正面引导力度"①。在这里，习近平为网络文艺的发展提供了动力。

四是要营造宽松的创新环境。习近平重申了我党一贯坚持的"百花齐放，百家争鸣"的"双百"方针，强调要"发扬学术民主、艺术民主，提倡体裁、题材、形式、手段充分发展，推动观念、内容、风格、流派切磋互鉴"②，鼓励文艺工作者进行大胆探索和创造，让他们的聪明才智在创新中竞相展现，艺术灵感在创新中竞相迸发。在强调创新的同时，习近平对一些非正常、不正确的"创新"，即"一味标新立异、追求怪诞"的创新提出了批评，认为这样"创新"出来的作品，不可能是上品，而很可能流于下品③。

习近平对文艺创新的重视与其一直以来对创新精神的重视是一致的。创新精神作为时代精神的核心，同样与文艺息息相关。文艺创新是时代提出的根本要求，也是文艺繁荣发展的必然途径。习近平总书记的文艺思想体现出的以创新的眼光看待问题、以创新的思维认识问题、以创新的勇气解决问题，对于引领文艺的发展具有鲜明的理论先导性，必将引领社会主

---

① 习近平：《在文艺工作座谈会上的讲话》，《人民日报》2015年10月15日。
② 同上。
③ 习近平：《在中国文联十大、中国作协九大开幕式上的讲话》，《人民日报》2016年12月1日。

义文艺走上创新发展的新道路①。

三 关于"强制阐释"论

2014年，张江教授在《文学评论》第6期发表了《强制阐释论》一文，标志着文学阐释问题在新的历史语境下成为文艺学界热点，迅速在全国文论界形成讨论。2019年的中国社会科学院大学人文学院博士招生简章，单列"文学阐释学"为二级学科，下设三个方向：文学阐释学基本问题（导师张江）、西方阐释学理论（导师张政文）、中国阐释学理论（导师党圣元）②。本章主要围绕着张江提出的"强制阐释论"及其相关命题的讨论，梳理和分析中国学者对文学阐释学的理解。

（一）中国语境中的文学阐释学的兴起

1. 何为文学阐释

在阎嘉主编的《文学理论基础》"文学阐释论"一章中这样描述了文学阐释："文学阐释是在文学欣赏的基础上对文学作品及相关的文学活动的批评与分析，它既有对审美经验的分析，又有理性的认识和提升。在文学研究中，文学阐释是不可缺少的，它既能够发掘作品的意义与价值，又能够引导文学创作与读者欣赏，同时文学作品通过阐释不断释放其人文价值，从而促进社会文化的进步。"③阎嘉在本章选择了几种有代表性的阐释模式：社会历史批评、文本批评、心理批评、意识形态批评、读者反应批评。由此我们可以看到，阎嘉这里所说的"文学阐释"，其实就是文学批评。但是，文学阐释并不仅仅是一种文学批评活动，在更深的层次上，它

---

① 本部分参阅了张知干《时代性、人民性、创新性、开放性——习近平文艺思想的基本特点》，《文艺报》2017年9月1日。
② http://120.221.34.81:6510/www.ucass.edu.cn/upload/201811/20181115143547917800101.pdf.
③ 阎嘉主编：《文学理论基础》，四川大学出版社2005年版，第231页。

甚至还是"哲学的问题",是阐释主体与文本原初意义之间的纠缠问题①,由此涉及阐释者与被阐释对象之间的关系,包括文化、哲学等方面的价值与立场。伊格尔顿在《理论之后》中曾指出,诠释学鼻祖德国哲学家弗里德里希·施莱尔马赫对解释学的兴趣,是在他应邀翻译一本名为《英国殖民队在新南威尔的报告》时激发的。那本书记录了作者与澳大利亚土著人等的邂逅。施莱尔马赫对我们如何才能理解土著人的信仰念念不忘,即使他们看来与我们格格不入。"诠释学正是缘起于一场在殖民地的邂逅。"②"邂逅"一词形象地体现了阐释者与被阐释者之间的关系,这正是阐释学的要义,其中包括阐释者如何理解被阐释者和阐释者以及两者之间的关系,阐释者在阐释时的立场等。

中国文论界最近几年所讨论的热点问题涉及如何看待西方文论与中国文论的关系、如何理解中国文论的本土化、民族化等问题。由此,文学阐释问题并不是一个简单的文学批评问题,它实际上关涉中国文论自身的建构及未来发展的大问题,尤其是全球化的今天,这一问题被认为显得尤为突出和重要。

2. 关于中国阐释学

中国文学阐释学的兴起与西方阐释学(包括接受美学)的引入有着直接的关系。正是在西方阐释学的影响和启发下,中国学者对阐释学开始关注,但这种关注首先出现在中国古代文学或古代文论中,时间大约在20世纪80年代末90年代初。1994年普慧发表了《试论中国古代文学批评中的解释学思想》一文,较早认识到"如果结合西方现代解释学的理论,重新审视中国古代文学批评,就可以发现,在我们传统思想中,已经孕育着现代解释学的强烈胎动"③。1998年,汤一介在《中国社会科学》第1期发表了《辩名析理:郭象注〈庄子〉的方法》一文,文章对郭象注释《庄子》的两种方法"寄言出意"和"辩名析理"作了具体的分析,并在最后提出有关"创建中国解释学的理论与方法问题"。其后他又发表了

---

① 杨乃乔:《偏见与误读——文学阐释学的哲学反思》,《文艺争鸣》1996年第3期。
② 伊格尔顿:《理论之后》,商务印书馆2009年版,第24页。
③ 普慧:《试论中国古代文学批评中的解释学思想》,《文艺理论研究》1994年第2期。

《能否创建中国的解释学》(《学人》1998年第13期)、《再论创建中国解释学问题》(《中国社会科学》2000年第1期)等文章,提出创建中国解释学的问题。他认为,创建中国阐释学,应"基于中国有长期而丰富的'经典注释'的传统","在充分了解西方解释学,并运用西方解释学理论与方法对中国历史上注释经典的问题作系统的研究,在对中国注释经典的历史(丰富的注释经典的资源)进行系统梳理之后,发现与西方解释学理论与方法有重大的甚至是根本性的不同,并自觉地把中国解释问题作为研究对象"①。

也许正是在这样的启发和鼓舞下,中国学者开始了中国阐释学的研究,核心就是阐发中国古代丰富的阐释学资源,并以此构建中国阐释学的理论体系,代表性的著作有2001年李清良出版的《中国阐释学》(湖南师范大学出版社)、2002年周光庆出版的《中国古典解释学导论》(中华书局)、2003年周裕锴出版的《中国古代阐释学研究》(上海人民出版社)等。这些著作以及其他相关的论文,都试图在西方阐释学的激发下,观照中国传统文化典籍中的阐释学思想,建立区别于西方阐释学的中国阐释学。如李清良在著作中就明确指出,他写那本书的目的,就是在西方阐释学的激发之下,通过较为系统地清理中国文化中本有的阐释学理论,建立中国阐释学②。周裕锴也明确指出,尽管"阐释学"一词译自西文,"但这并不妨碍中国文化中同样存在着一套有关文本理解的阐释学思路"③。他在此著作中,就通过收集分析散见于各种典籍中有关言说和文本的理解与解释的论述,揭示出中国古代阐释学理论发展的内在逻辑以及异于西方阐释学的独特价值,进而肯定了中国阐释学的独立存在性。可以说,中国学者正是秉持着这样的勇气与自信,开始了中国阐释学理论体系乃至学科体系的建构④。

但是这股文学阐释学的研究热潮,也遭到了一些学者的批评,比如有学者就明确指出,西方阐释学的发展一直有其内在的学理根据与问题意

---

① 汤一介:《论创建中国解释学问题》,《社会科学战线》2001年第1期。
② 李清良:《中国阐释学》,湖南师范大学出版社2001年版,第1页。
③ 周裕锴:《中国古代阐释学研究》,上海人民出版社2003年版,第1页。
④ 参见陶水平《关于中国阐释学学科建设的思考》,《学术交流》2003年第5期。

识，但是中国的阐释学研究似乎并不是这样，不是要解决当代中国社会与学术的什么问题。对于大部分中国学者来说，应当是既无此心亦无此力。至于说是为了引进西方理论以扩大我们的眼界，虽不是没有意义，但却大可不必如此兴师动众。如果说是为了更好地反思与总结我们自己的阐释传统，这也并非今日中国的当务之急。至于说，是为了总结出一套"具有中国特色"的阐释学理论，以与西方一较短长、一争高低，从而证明中国学术并不比西方差，中国学者也有自己的独特理论，这其实是一种自卑自大的封闭心态，而非自尊自主的理性追求。作者甚至"斗胆地说"，中国的阐释学研究迄今为止都还没有明确自己所应面对的真正的中国问题。据此作者指出，中国目前的阐释学研究并不具有充分的合法性，因为它并无自己的问题意识与学理依据[①]。也许作者说的有些偏激，但是的确值得我们思考。

（二）"强制阐释论"的提出

需要首先说明的是，我们下面所着重分析的"强制阐释论"与上面我们所概述的中国阐释学的研究热潮似乎并不相同，甚至是没有多少交集的两条路径。如果说来自古代文学或古代文论的文学阐释学研究更多的是从中国古典典籍中建构我们自己的文学阐释学的话，那么，以张江教授为代表的一些学者，则主要来自西方文论研究领域，他们努力在质疑西方阐释学的基础上，从理论上建构中国自己的阐释学。虽然两条路的目标都是试图建构我们自己的文学阐释学，但是着重点和思路显然是不一样的。至于两条路是否汇通，能否取得真正与西方相抗衡的成果，还需要很长的路要走。

张江提出强制阐释论，并不是一个突然的想法。某种程度上可以说，强制阐释论承接着我们前面所提到的"文论失语症"与"文论重建"等问题的讨论，这些都与文学阐释问题相关（虽然不全部是阐释问题）。自1996年曹顺庆教授于《文艺争鸣》第2期发表了他那篇著名的文章《文论失语症与文化病态》之后，文论界开始了对中国文论建构的尝试，也陆

---

① 李清良：《中国阐释学研究的合法性何在？》，《河北学刊》2004年第5期。

续出现了一些成果，如童庆炳教授的《中国古代文论的现代意义》（北京师范大学出版社 2001 年版）及《中华古代文论的现代阐释》（中国人民大学出版社 2010 年版）、黄念然教授的《中国古代文论研究的现代转型》（中国社会科学出版社 2006 年版）、吴建民教授的《中国古代文学理论的当代阐释与转化》（凤凰出版社 2011 年版）等。但是，这些尝试似乎并未改变中国文论的格局，西方文论在中国依然大行其道，被认为拥有广泛的阐释效力而广泛运用到对中国问题的阐释上，仿佛在西方文论与具体的中国文本和文化之间并不存在不可逾越的区隔。正如张江所说："国内文艺理论界对当代西方文论固有的缺陷和不足，缺乏有效的辨识和清醒的认识。"① 张江正是针对西方文论的局限，明确提出了"强制阐释论"。"强制阐释"是张江对西方文论之局限性的概括。这一提法针对的虽然是西方文论的弊端，但其根本的出发点与落脚点却是"重建中国文论话语"，也可以看作对"失语症"讨论的进一步深化，而也正是在这一深化的过程中，中国文论界有关文学阐释的问题再次被推至理论的前沿。

2012 年，张江在《当代西方文论：问题和局限》一文中，就"当代西方文论热"的问题提出了自己的见解，认为"国内文艺理论界对当代西方文论固有的缺陷和不足，缺乏有效的辨识和清醒的认识"，并将当下诸多的西方文论视作具备"一整套严密的理论体系，其内核是西方的价值观"的文学理论类型。这一论断可以说从根本上将西方文论纳入中国文论的语境中来进行审视，站在中国文论立场上对西方文论进行的一场审核调查。这一审核调查的结论是：西方文论存在诸多的弊端与问题，其中包括："向内转"走向、自我中心主义、非理性主义、"形式崇拜"、"反教化"论、精英主义取向等，而这些问题明显地背离了当前我国文艺发展的正确方向。也正基于此，张江最后提出："中国的文艺理论建设，必须以中国的文艺实践和文艺经验为基础，决不能全盘照搬西方文论。"② 可见，张江的"强制阐释论"虽然缘起于对西方文论问题与局限的清醒认识，但落脚点却是中国的文艺理论建设。

---

① 张江：《当代西方文论：问题和局限》，《文艺研究》2012 年第 10 期。
② 同上。

从这篇文章发表后到 2013 年，张江又发表了两篇关于中国当代诗歌的评论文章：《当代诗歌的"断裂"与成长：从顾工到顾城》和《当代诗歌的断裂与成长：从"诵读"到"视读"》。前者通过对顾工与顾城一对父子的不同诗歌文本的研究，论述了中国当代诗歌从"公共立场"到"个人立场"的转变[①]。后者则是通过对当代诗歌的流行状态的考察，得出了当代诗歌从传统"诵读"到现今"视读"的传播方式的转变。[②] 其实两篇文章涉及的中心问题仍然是文学阐释问题，是张江对阐释问题的举例实践。

2014 年 1 月至 4 月，张江在《人民日报》就当下中国的文学现象，与诸多学者教授展开了广泛的交流与对话，涉及的主题有："文学不能'虚无'历史"[③]、"文学不能成为负能量"[④]、"文学不能依附市场"[⑤]、"文学关乎世道人心"等[⑥]。这些主题讨论确定了张江关于文学阐释问题的基本价值倾向，同时也是对于当代西方文论造成的不良影响的某种反拨。2014 年 5 月，张江在《中国社会科学》发表了有关西方文论的另一篇文章：《当代西方文论若干问题辨识——兼及中国文论重建》（第 5 期），该文延续了 2012 年文章的批评基调，将西方文论的局限概括为"脱离文学实践"、"偏执与极端"、"僵化与教条"三点，不同的是，他将问题扩展到了"中国文论重建"的层面。

2014 年 7、8 月，《文学报》分别刊载了张江的《当代西方文论的理论缺陷》（上、下），该文提出的问题相比前者更为尖锐，也更加具体细致。在他看来，当前国内文艺理论学界的状态"一方面是理论很'繁荣'的局面；另一方面是推动中国文艺实践蓬勃发展的理论少之又少"，张江针对这一现状提问："在西方文论的强势话语下，中国文艺理论建设的方

[①] 张江：《当代诗歌的"断裂"与成长：从顾工到顾城》，《文艺研究》2013 年第 7 期。
[②] 张江：《当代诗歌的断裂与成长：从"诵读"到"视读"》，《文艺研究》2013 年第 10 期。
[③] 张江：《文学不能"虚无"历史》，《人民日报》2014 年 1 月 17 日。
[④] 对话人张江、高建平、陆建德、刘跃进、党圣元：《文学不能成为负能量》，《人民日报》2014 年 2 月 14 日。
[⑤] 张江：《文学不能依附市场》，《人民日报》2014 年 3 月 28 日。
[⑥] 张江：《文学关乎世道人心》，《人民日报》2014 年 4 月 18 日。

向和道路何在?"①

经过这近三年时间的准备,张江于 2014 年 11 月在《文学评论》上发表了《强制阐释论》(第 6 期),由此引发了中国文论界关于"强制阐释"问题的大讨论。

(三)"强制阐释"论的基本内容及意义

张江在《强制阐释论》中首先明确指认,"强制阐释"是"当代西方文论的基本特征和根本缺陷之一",具体体现在以下四个方面:"场外征用"、"主观预设"、"非逻辑证明"和"混乱的认识路径"。

张江认为,"场外征用"是西方文论的通病,指西方文论广泛征用文学领域之外的其他学科理论,并将之强制移植到文论场内,抹杀文学理论及批评的本体特征,导引文论偏离文学。其中"场外理论"主要是"与文学理论直接相关的哲学、史学、语言学等传统人文科学理论;构造于现实政治,文化,社会活动之中,为现实运动服务的理论;自然科学领域的诸多规范理论和方法"。此外,张江还举例阐述了这一场外征用的具体方式,如格雷马斯的"符号矩阵"理论是挪用了符号学的理论,伽达默尔的解释学文论则是转用了哲学解释学理论,文学地理学则是借用了迈克·克朗的空间理论等。针对这一点,张江认为,西方文论的场外征用使得"文学的特性被消解,文本的阐释无关于文学,这样的阐释已经不是文学的阐释",因为它背离了文学的特质。

如果说场外征用是西方文论的基本理论架构,那么,主观预设则是"强制阐释的核心因素和方法",是西方文论在具体阐释过程中阐释者所体现的特征:论者主观意向在前,前置明确立场,无视文本原生含义,强制裁定文本意义和价值。首先,在阐释者层面,主观预设主要表现为"前置立场":文学阐释者不顾文本的客观情况而从自己的立场出发来阐释文本;其次表现在阐释活动进行时,以特定的理论框架来框定文本或选择特定的文本加以演绎;最后是关于阐释活动的最终结果,即"前置结论":阐释的结论已经预先存在于阐释活动之前,因此这样的批评是为批评而批评,

---

① 张江:《当代西方文论的理论缺陷》(上),《文学报》2014 年 7 月 31 日。

为阐释而阐释，这成为强制阐释的第三个层次。张江举例批判了西方文论中的各种先入为主的意识形态取向，指出，无论是从殖民历史出发的新殖民主义、从女权运动出发的女性主义，还是从生态保护出发的生态批评等，都无一例外具备这样的"前置立场"，并都将其视为解读文学的钥匙，而这样的文学阐释活动最终变成了为某一意识形态而进行的具有排他性的政治解读活动。

关于"非逻辑证明"和"混乱的认识路径"，张江从逻辑学的角度出发，考察了西方文论在具体论证过程中所存在的认识论问题。非逻辑证明是指在具体批评过程中，一些论证和推理违背基本逻辑规则，为达到臆想的理论目标，无视常识，僭越规则，所得结论无逻辑依据。而这恰恰是因为强制阐释造成的。这些明显的逻辑谬误，包括自相矛盾、无效判断、循环论证以及无边界推广等。

混乱的认识路径是指理论构建和批评过程中认识路径上的颠倒与混乱，具体体现在以预定的概念、范畴为起点构建理论，在文学场内作形而上的纠缠，从理论到理论，以理论证明理论。开展批评则从既定的理论切入，用理论切割文本，在文本中找到合意的材料，反向论证前在的理论。在局部与全局的关系上，用局部经验代替全局，用混沌臆想代替具体分析。总之，认识的路径不是从实践到理论，而是从理论到实践，不是通过实践总结概括理论，而是用理论阉割、碎化实践。张江认为，这是强制阐释的认识论根源：实践与理论的颠倒、具体与抽象的错位、局部与全局的分裂。

在批判西方文论的强制阐释之后，张江明确强调文学理论作为一门学科，要避免强制阐释必须追求"系统发育"，而系统发育体现在两个方面。从历时性上说，它应该吸取历史上一切有益成果，并将它们贯注于理论构成的全过程；从共时性上说，它应该吸纳多元进步因素，并将它们融为一体，铸造新的系统构成。理论的系统发育不仅是指理论自身的总体发育，而且也指理论内部各个方向、各个层面的发育要相对整齐、相互照应、共同作用。系统发育是理论成长的内生动力，也是一个理论、一个学科日趋成熟的重要标志。期望以局部、单向的理论为全局、系统的理论，只能收获畸形、偏执的苦果。从这些论述中我们可以清楚地看到，张江批判强制阐释的目的，在于建构新的中国文艺理论体系，而不是为批判而批判。

如果说，早前的"文论失语症"的讨论，更多的是从我们自己的传统文论中吸取资源，并试图通过对其进行现代性转换而建构我们自己的文艺理论体系的话，那么，强制阐释论则从清算西方文论入手，来推进中国的文论建设。之所以从清算西方文论入手建构我们自己的理论体系，也是因为我们早前的传统文论的现代转换并没有取得压倒西方文论的战果，西方文论依然在中国文论界占据主导地位。在这种情况下，如果不清算西方文论，不能破除西方文论阐释模式的迷障，显然也就无法解救中国文论。

（四）关于"强制阐释论"的相关讨论

从2014年《强制阐释论》到2017年《公共阐释论纲》，张江的一系列文章在中国文论界引起了热烈讨论，到目前已有相关研究论文200多篇，参与人员除了张江之外，还有文论界诸多知名学者如复旦大学的朱立元、清华大学的王宁、南京大学的周宪等，讨论的相关议题包括：强制阐释中的场外征用、阐释者的前见与立场、阐释的公正性与公共性等。

1. 关于阐释的有效性和边界问题

《强制阐释论》发表后，2015年初，《文艺研究》第1期刊载了张江、朱立元、王宁、周宪四位学者的相关通信讨论。张江在文中通过区分"强制阐释"与"过度阐释"，进一步明确了强制阐释的含义，并再次重申了自己此前对西方文论的批评。张江指出，强制阐释与过度阐释的区分标准，是否脱离文本，并从动机与路线两个方面说明了强制阐释与过度阐释的区别：在动机层面，强制阐释已经放弃了阐释文本，目的是为了阐释理论，而过度阐释仍是阐释文学文本；在路线层面，强制阐释偏离了从实践到认识的路线，而过度阐释则不涉及这一问题。强制阐释之所以出现就是因为立场在前，而文本在后。

朱立元在其回信中认为这一说法存在一定问题，因为"按照现代阐释学理论，任何理解和阐释都不可能没有阐释者先在的立场和前见，这是进入阐释的不可逾越的前提"，而"立场"的理解不应局限于"单纯的政治（阶级）立场，而应该理解为包含审美、思想、政治、道德、文化等多方面因素综合一体的一种阅读、阐释的眼光"①。由于文学阐释活动的复杂性，阐释的结果也并不一定仅仅受制于前见、立场或眼光的设定，所以这一问题有待进一步澄清。

王宁对这一区分表示了认同，但同时也指出西方文论中的强制阐释现象有其合理性，认为："他们用自己的先在理论去强行阐释一部文学作品也有他们的道理，因为他们需要通过文学作品的阐释来证明自己理论的重要性"②，并认为这种原创性的强制阐释具有理论上的进步意义，然而滥用这些原创性的理论去强制阐释文学文本行为则毫无价值可言。

周宪则从人文学科知识生产的角度出发，将"强制阐释"视为"这个理论宰制时代人文学科研究的普遍倾向"，并在此基础上提出了"阐释的可能性"问题，认为"文学研究作为人文学科的重要组成部分，就像一个各种力所构成的'场'，这些力相互作用错综纠结，最终形成一个协商性的张力结构"③。也正是在这一阐释的开放性的意义上，强制阐释具有其积极意义，但也不可忽视其给文学研究带来的问题。

总体来看，张江对"强制阐释"概念的解释与王宁、周宪的观点有些分歧。张江将"强制阐释"视为是西方文论的局限与弊端，而王宁、周宪则通过对西方文论的宏观体认，认为西方文论的强制阐释倾向亦有其合理性。这一点与稍后出现的关于阐释边界的讨论是相通的。

2015年张江在《学术界》第9期发表《阐释的边界》一文，就此问题提出了自己的观点。张江在此文中主要提出了三个问题，一是阐释的有效性必须是限制在一定的界限之内；二是强调文本意义的有限性，不存在无限阐释；三是对于文学经典的阐释问题。张江指出，文本阐释的有效性应该约束于一定边界之内，有效边界的规定是评估阐释有效性的重要依据。任何由语言编织的文本，其自身含意都是有限的。对文本的阐释应该

---

① 朱立元：《关于"强制阐释"概念的几点补充意见——答张江先生》，《文艺研究》2015年第1期。
② 王宁：《关于"强制阐释"与"过度阐释"——答张江先生》，《文艺研究》2015年第1期。
③ 周宪：《也说"强制阐释"——一个延伸性的回应，并答张江先生》，《文艺研究》2015年第1期。

以文本为根据，不应该也不可能对一个含意有限的文本作无限阐释。对历史的阐释更应保持警醒，历史是有事实的，不能主观上肆意篡改。经典是话语建构的经典，经典不是因为批评家的批评，更不是因为各路精英的无边界阐释而成为经典。张江最后指出，如何在多元阐释的行程中防止无限度的强制阐释，又如何在文本意图的刻意追索中防止单一因素的偏执，这是一个难题，但又是必须要解决的。

朱立元在其回信《追求文本自在意蕴与阐释者生成意义的有机结合》一文中，就张江提出的一些问题进行了讨论，其中较为重要的一点是关于"文本自在意义"的理解。张江认为文本自在意义是有限的，这就决定了文本的多元阐释必须有一定的限度，而不能无限阐释。而朱立元则认为，文本的含义不能简单地理解为"有限"或"无限"，而应看到文学作品作为一门语言艺术，会在一定程度上溢出语言自身的意义而产生不同的意义，而这一不同意义也因人而异。因此，作者在其创作的某个文本中想要表达的思想感情与其实际用语言编织、完成的文本可能显现的思想蕴涵不能画等号，后者可能远远大于前者。而阐释是意义生成和建构的动态过程，是文学文本的某些自在意义与读者阅读过程中生成的新意义这两者的有机结合或者融合。阐释过程，必定有意义的增值和生发，不能把后者排除在阐释的意义系统之外。在这里，朱立元从文本意义增值角度，阐述阐释的限度问题，即阐释的边界与有效性，是在文本意义与阐释者之间的有机结合中形成的。

王宁的《阐释的边界与经典的形成》一文基本同意张江的观点，与朱立元的观点也是相通的，强调阐释过程是一个阐释者努力实现与文本及作者的协商和交流的过程，而合理的阐释或阐释的边界必须紧扣文本进行，如此阐释才不会走向极端，也不会离题万里，更不会陷入强制阐释的窘境。至于阐释中所需要参照的作者的意图，未必可靠。在这一阐释过程中，批评家的阐释创新很重要，过度阐释常常能引起注意，也能引起争论。经典的形成固然是由于作品本身，但批评家也在经典化的过程中起了很重要的作用。确定一部文学作品是不是经典，取决于下面三种人的选择：文学机构的学术权威、有着很大影响力的批评家和受制于市场机制的广大读者大众。

周宪对张江的看法也基本认同，不过在一些细节方面仍与张江存在不同的见解。首先，就文本的自在意义而言，在周教授看来，这一自在意义只能是在文学批评活动或其他文学阐释活动进行中的一种想象，而非确切存在的一个意义，一定程度上沿用了赫什的"意"与"意味"概念的区分。其次就文学阐释的多样性和差异性而言，二者都是文学阐释活动的应有之义，因而也就不存在一个比较明确的强制阐释的理论层面的问题，而只能是在理论的应用过程中出现的实践操作层面的问题。周宪进而又再一次重申了其对文学阐释活动的基本认识，认为文学阐释的结果是由多方互动所决定的，而不是单独某一方的行动的结果。在这一意义下，阐释的边界也就因其内涵而处于一种自为的状态之中，而不是人为划定，因而也就保证了文学阐释活动的自主性与客观性，使得文学阐释处于一种张力的状态之下，不至于过于偏激或过于保守。正如周宪教授在文中所言："它存在却不僵固，它是想象的却也给文学阐释提供导向，它有自身的定性却又给合理阐释提供新的生长空间。"①

其实，阐释的有效性和边界问题，是阐释学的一个基本问题，甚至是一个前提性的问题，很显然，如果一种阐释没有效用，无法回答或解决问题，所有的讨论也就失去意义了。但是，这个问题又涉及阐释学的诸多方面，比如场外征用问题。

2. 关于"场外征用"与"场外理论的文学化"问题

2015 年，《清华大学学报》（哲学社会科学版）和《探索与争鸣》杂志集中刊发了张江等人关于场外理论的讨论文章，这是强制阐释论的另一个核心命题。

在《关于场外征用的概念解释——致王宁、周宪、朱立元先生》一文中，张江对场外征用作了较《强制阐释论》更为详细的说明，认为场外征用具有三个显著的特征：强制、解构、重置。"强制"主要指对理论与文本的强制征用，"解构"则指经过强制征用导致的文学文本的意义解构，"重置"则指"解构"之后的结果，文学文本最终理论化，成为理论的附

---

① 周宪：《二分路径与居间路径——关于文学研究的一个方法论问题》，《学术界》2015 年第 9 期。

庸。这三个特征相互勾连，造成了场外征用的直接后果——强制阐释。而这也催生了一个有关理论与文学阐释之间关系的问题，即文学阐释究竟应该如何对待理论的介入，如何才能避免场外征用现象的出现①。

王宁在其回应文章中，将"场外征用"与"跨学科研究"结合起来探讨，阐释了20世纪以来文学理论的发展趋势。他认为，之所以出现征用或借用场外理论来阐释文学的现象，一方面是由于"文学批评自身的理论匮乏，它无法像以往那样从自身的创作和批评实践中提炼抽象出理论，因而不得不借助于非文学的教义来武装批评家和研究者"；另一方面是由于"非文学的理论话语的力量如此强大以至于它受到文学批评家和研究者的热情拥抱和创造性运用"②。这两个方面可以解释为何当代西方文论虽然具有种种局限与弊端，却仍然为学界所推崇。与此相对，王宁提倡比较文学的跨（超）学科研究以纠正场外征用的弊端，因为这种跨学科研究是从文学现象出发，通过非文学学科的理论视角来阐释文学作品和文学现象，最后的目的在于丰富和完善文学作品的意义，并回归文学理论本身的建构。即王宁所说的："超学科比较文学研究熔影响研究、平行研究、类比研究等各种方法于一炉，达到了多学科、跨语言、跨文化的综合比较之层次，但最后的结论依然是落在文学上。"当然，至于如何"熔"也是一个需要探讨的问题，但是在王宁看来，这种跨（超）学科比较文学研究是不同于场外征用的，是对其的纠正。

周宪在回应中首先界定了"场外"与"场内"的划分问题，认为文学理论研究中的场外与场内的界限划分是随着历史社会的发展而逐渐产生变化的，并没有一个确定的场外与场内划分标准。这在某种意义上取消了场外征用这一概念的存在根基，是对场外征用概念的重大挑战。对于场外征用的三个特征，周宪也表达了自己的看法，在他看来，解构与重置几乎是所有文学阐释活动的特征，而非场外征用所独有，真正确定场外征用的就是第一个特征——强制。而后周宪依照这一质疑指出了王宁提出的问题的

---

① 张江：《关于场外征用的概念解释——致王宁、周宪、朱立元先生》，《清华大学学报》（哲学社会科学版）2015年第2期。

② 王宁：《场外征用与文学的跨学科研究再识——答张江先生》，《清华大学学报》（哲学社会科学版）2015年第2期。

关键点，即场外征用与文学的跨学科研究存在一个相似之处，即"场外理论的场内运用在所难免"，而二者的区别则在于，前者是强制阐释论的一个基本特征，而后者是当代文学研究的主要趋势。场外征用只有在强制阐释论中才能具有其理论效力。周宪说："就强制阐释而言，问题的核心好像不是种种理论的'出身'，而是在于其阐释文学的相关性和有效性。"①

作为对张江的回应，朱立元提出了几点补充性的意见。首先是关于"场外征用"概念的解读，认为张江对于"征用"的强调值得肯定，场外征用的三个特征的概括也是精当的，但是需要在征用和合理的"借用"之间进行严格区分，因为西方的一些文论有许多并不能归入场外征用的范围中，如克罗齐的艺术表现论、萨特的存在主义文论等，这些实际上可以看作是合理的场外借用②。而针对王宁对场外征用与跨学科研究的论述，朱立元表示了认同，并指出跨学科研究领域中，场外征用与场外借用的形式是必然会出现的，而这两种方式也并不只会带来负面影响，也会产生积极意义。

那么，场外理论是否可以征用或借用？张江用"场外理论的文学化"这一主张对这个问题做出了回答。他指出，所谓场外理论的"文学化"："其一，理论的应用指向文学并归属于文学；其二，理论的成果落脚于文学并为文学服务；其三，理论的方式是文学的方式。"也就是说，场外理论必须以文学为中心展开其理论阐释活动，否则就会落入强制阐释的陷阱之中。关于第三点，张江提出了理论应用于文学的独特方式即"理论的具体化"。所谓"理论的具体化"，是指"理论与文本阐释的紧密结合，理论落脚于文本的阐释，通过阐释实现自己，证明自己"③。

王宁在《也谈场外理论与文学性——答张江先生》一文中表达了自己对张江相关观点的认同，并对弗莱、杰姆逊、卡勒、布鲁姆这四位理论家进行了相关评述，认为他们都在没有脱离文学的情况下研究文学理论，始

---

① 周宪：《文学理论的来源与用法——关于"场外征用"概念的一个讨论》，《清华大学学报》（哲学社会科学版）2015年第2期。

② 朱立元：《关于场外征用问题的几点思考》，《清华大学学报》（哲学社会科学版）2015年第2期。

③ 张江：《场外理论的文学化问题》，《探索与争鸣》2015年第1期。

终坚守着文学的使命。最后指出当代西方诸理论流派，虽然都借用了场外理论进行理论建构，但"隐匿在这些批评理论话语中的仍然是文学性"[1]。周宪的《场外理论的场内合法性》一文则从对文学的界定上对张江的场外理论给出了自己的理解。周宪认为，文学在本质上并不存在一个公认的定论，"文学乃是一个博大精深的世界，它包含形式特征和审美价值，但却不止于形式特征和审美价值。文学是文学，但不止于文学"，因而有关文学的阐释也就不能为某一理论话语所包含，也就不能以一种"场外"或"场内"来加以限制，文学应保有其开放性，文学阐释也同样如此，这就表明：场外理论的征用也好，借用也好，都可以作为文学开放性的一种合理化体现。紧接着，周宪还从"文学理论"与"批评理论"的差异问题出发，以文学理论的研究为核心展开论述，将文学理论研究分为三种类型："第一，比较纯粹的讨论文学性问题，这就形成了比较单纯的阐释文学性的研究路径；第二，完全无关文学的理论，以文学来阐释其他非文学问题的理论，可以称之为非文学性的理论；第三，将文学性与其他问题结合起来，透过文学性进入范围更加广阔的社会文化领域"[2]，而这三种文学理论研究类型中就包含有张江教授所提出的"非文学性理论"，也即"强制阐释"类型。这一论述的意图在于指出，在更为广阔的文学理论研究的意义上，"强制阐释"也因其是文学理论研究的类型之一而具有合理性，这是对张江教授强制阐释论的反驳。

朱立元则对这一问题的讨论提出了几点补充意见，其一是关于"文学化"的提法存在歧义，建议改为"文学理论化"；其二是认为"文学的理论化"与"理论的文学化"存在明显的逻辑矛盾，应加以修正；其三则是对张江教授所提出的"场域"的概念表示赞同，同时补充道："不仅仅要讲文学理论的'场域'，更要首先讲文学的'场域'，因为，衡量应用场外资源进行的理论、批评是不是文学的理论、批评，关键在于是不是落脚在文学的场域，为解决文学场域内的问题服务。"[3]

---

[1] 王宁：《也谈场外理论与文学性——答张江先生》，《探索与争鸣》2015年第1期。
[2] 周宪：《场外理论的场内合法性》，《探索与争鸣》2015年第1期。
[3] 朱立元：《关于场外理论文学化问题的几点补充意见》，《探索与争鸣》2015年第1期。

总之，无论是场外征用也好，借用也好，坚持文学自身的审美性，把场外理论文学化，然后运用到文学批评中，这是大家的一个基本共识。简单移植场外理论进入文学批评，必然会导致强制阐释。

（五）关于"主观预设"、前见与立场的讨论

张江认为"主观预设"是强制阐释的一个重要方面。在《强制阐释的主观预设问题》（《学术研究》2015年第4期）一文中，张江指出，主观预设问题由三个相互联结的部分组成，分别对应着文学批评活动的三个层次，分别为：前置立场、前置模式、前置结论。"前置立场"是指批评者的站位与姿态已预先设定，批评的目的不是阐释文学文本，而是要表达和证明立场，且常常为非文学立场。"前置模式"是指批评者用预先选取的确定模板和式样框定文本，做出符合目的的批评，据此做出理论上的指认。"前置结论"是指批评者的批评结论产生于批评之前，批评的最终判断不是在对文本实际分析和逻辑推衍之后产生，而是在切入文本之前就已确定。批评不是为了分析文本，而是为了证明结论。张江对主观预设的批判，目的是要正确对待文学文本，要使理论与所阐释的文学文本匹配，而不是让文本去适应理论。

王宁在回信中表达了自己的看法。在王宁看来，张江指出的问题具有一定的针对性，且对国内文学批评领域来说具有现实意义。但对文学批评中的理论问题存在不同的看法。张江主张在文学批评中应以文本为中心，坚持文学为本；而王宁则认为，文学批评应保持其开放性，既可以文本为中心，"对文学作品做出恰当的解释"，又可以理论为中心，以印证理论的价值与意义[①]。这是王宁从自己常年从事文学批评的经验出发给出的观点。

朱立元则比较关注构成主观预设的三个环节，尤其是关于"前置立场"的问题。在朱立元看来，"前置立场"的提法在学理上是存在问题的，从阐释学的角度出发，立场是阐释活动的出发点，因而也就不存在没有立场的阐释，这就导致"前置立场"的提法失去了效力。朱立元紧接着对张江对"前见"与"立场"的区分也提出了质疑。朱立元指出，张江认为

---

① 王宁：《文学批评的预设和理论视角》，《学术研究》2015年第4期。

"前见"是无意识地发挥作用,"立场"是自觉主动地展开自身,突出了立场的理性、自觉性和主动性。而在朱立元看来,立场也完全可能以模糊、潜意识、不自觉的方式发生作用。因此,立场与前见两个术语在内涵和外延上虽不一定完全一样,但多有交叉重叠,很难严格区分,实际上两个术语基本一致①。对于朱立元这样的阐释,张江专门撰文《前见与立场》(《学术月刊》2015年第5期)为自己的立场作了辩护。他在"前见"之外,又借用了"视域"的概念,认为前见与视域相通,而这两者都与"立场"存在根本性的差异,差异即在于前两者虽然在阐释活动中发挥着前提性的作用,但并不能决定阐释活动的结果,而后者则明显会由其强制性而规定文本的解释,从始至终发挥着作用。

周宪在回应中则认为,问题并不出在"前置立场"或者"前置模式"之上,而是出在"前置结论"上。首先,周宪对前置立场表达了与朱立元一致的看法,认为立场不仅不可回避,而且是文学阐释活动中的前提,由此转入了有关如何正确设立这一阐释立场的问题,周宪给出的答案是要确保"研究者与文本之间的某种双向互动关系"②。就文学阐释者而言,只有在阐释活动中保持自身的开放性,向文本敞开自身,而不是以理论故步自封,才能避免强制阐释,因而也就避免了张江所言的"主观预设"问题。其次,有关"前置模式"的问题,同样与这种互动关系的确立相关,只有文本解读者与文本的言说保持对话,由理论设定的前置模式便不得不依据文本的具体情况调整其状态,因而也就化解了这一问题。最后周宪指出:"'前置结论'对于文学研究来说有百害而无一利,它钝化了我们对文学的鲜活经验和判断力,遮蔽了文学文本丰富多样的特色,最终把文学研究引向歧途而难以觉察。"周宪的这一观点在《文学的对话性与文学研究的对话性》中也进行了进一步的确证和重申。他明确指出,"立场"与"前见"的区分没有多大意义,因为立场在文学研究中必定存在,如果有害的话,避免就可以了。"强制阐释"问题的核心不在于"立场",而在于阐释者"如何处理其'立场'与文本的阐释性关系,在于研究者是否善于倾

---

① 朱立元:《关于主观预设问题的再思考》,《学术研究》2015年第4期。
② 周宪:《前置结论的反思》,《学术研究》2015年第4期。

听来自文本的声音"①。也就是说，要避免强制阐释，就需要阐释者与文本进行有效的对话，而不是陷于自身的或者自己所理解的理论的独白之中。这一认识将强制阐释定位于阐释者与文本之间，而将理论的问题搁置起来，将其视为是一种客观工具，而将问题集中于阐释者身上，视其为阐释活动的结果的主要承担者，其与文本的关系决定了阐释活动的进展健康与否。

针对诸位学者的意见，张江发表《前置结论与前置立场》（《北京师范大学学报》2015年第4期）一文，提出了两种强制阐释说，并由此对"前见"与"立场"等问题作了进一步的回应。张江所提出的两种强制阐释，一是自觉的强制阐释，即意识清醒的强制阐释者，从本人的自觉立场出发，抓住和创造一切机会开展强制阐释，以证明和宣扬其立场。在这种情况下，前置立场、前置模式和前置结论三者的作用的分配是：立场的分量最重，决定模式和结论。在立场和结论的支配下，主动选取对象，并根据阐释需要而重构文本，达到证实立场和结论的目的。二是非自觉的强制阐释，是指在具体的阐释过程中，阐释者只有非自觉地固执于前见，下意识地用前见作为评判文本的标准，符合其前见的就接受，偏离前见的就排斥，将模糊的、非自觉的前见无意识地固化为立场，由此而陷入强制阐释的泥淖。非自觉的强制阐释虽然不去预设立场、模式、结论，但其一旦固执于前见，立场和结论就可能随之而出，阐释者本人也难以察觉。张江进而重申了自己对前见和立场的不同观点，前见是隐蔽性与非自觉的，不会确定模式和结论；而立场的自觉性和进攻姿态必然决定模式和结论的选择。在这里我们可以看到，张江对强制阐释的细分，带来了对相关问题的深入分析，这对我们理解强制阐释具有重要的理论意义。

朱立元在回信《从文学批评性质、功能的定位说开去》（《北京师范大学学报》2015年第4期）中则明确指出，前置立场和前置模式并不一定导致前置结论，核心在于批评家是否坚持从审美入手，是否坚持艺术和审美价值的评判，坚持了这些，也就无所谓前置还是后置，因为此时的所谓前置不再是孤立于批评实践之外，而是贯彻、渗透到整个批评过程中。它

---

① 周宪：《文学的对话性与文学研究的对话性》，《学术月刊》2015年第5期。

绝不会导致强制阐释，相反，它应当成为最富有阐释活力和有效性的批评形态之一。朱立元教授用马克思、恩格斯对《济金根》的阐释为例证对此进行了分析。在这里，朱立元强调的是文学批评是否紧扣文学审美特性，是否遵循了文学创作规律。至于前置后置，则是在这个问题之后。

周宪对文学研究的"立场"与"结论"也做了深入分析，指出就文学理论作为一门人文学科分支而言，研究者的价值观甚至政治立场是无法排除在研究之外的，要在肯定文学研究价值取向重要性的前提下，对价值取向可能的负面影响有所警惕，从心理学角度说，完全不带任何先见的人文学科研究实际上是不可能存在的。为了避免走向前置结论，要对先在的立场有所限制，而"有限度的价值中立"是解决问题的可能途径。周宪认为，"有限度的价值中立"也许是解决这个问题唯一可行的路径，这看起来是一个折中式的中间道路或第三条道路，但实际上是解决价值中立及其对立面的尖锐矛盾的现实办法①。至于如何做到价值中立，周宪并没有具体分析，但是这一点让我们想到中国文论中的"虚静"说与西方现象学的"悬置"说。

总之，"主观预设"及相关的前见、立场、前置等问题是复杂的，涉及诸多的理论乃至学科，但是这种讨论无疑推动了对文学阐释的理解。

（六）关于批评的公正性与公共性问题

关于批评的公正性与公共性的讨论，拓展了前面的论题，使得文学阐释学（不仅仅是强制阐释）的讨论进入了更为广阔的政治、社会层面。

张江在《批评的公正性》一文中指出，"批评的公正性"是针对"强制阐释"提出的补救措施。所谓批评的公正性，张江重申了他在《强制阐释论》的观点，即符合文本尤其是作者的本来意愿。他通过库切对策兰诗歌的解读，明确指出，作为确定的文学文本，它有一个存在于自身、可以为阅读者确切理解的意义，虽然阅读者可以从文本中找到或得出自己的理解，这些理解可以是多义的，但是，这并不能推翻文本的确定含义。这就是批评的公正性。由此很明确，批评是否符合文本本来含义，是批评有没

---

① 周宪：《文学研究的立场与结论》，《北京师范大学学报》（社会科学版）2015年第4期。

有公正性的主要标准。这样，张江虽然没有否定文本意义的多义性，但更强调作者意图在文本意义构成中的基础性作用，而我们往往受当代西方文论的影响，过度强调文本的多义性①。

周宪在回信《文学阐释的协商性》一文中，表达了对张江相关论述的赞同，将"批评的公正性"视为是批评者的责任所在，并提出，批评者除了要保持对文本意义与作者意图的尊重之外，还应该注意到自己是作为"文本与读者之间的'中间角色'"而存在的，也就是说，批评者还需要保持对读者的尊重，承担起解释者与传承者的双重身份。此外周宪认为，还应该注意批评者的形象并不是孤单的，而是一个群体，因而也就要尊重其他批评家的意见与看法。周宪由此指出，文学批评活动其实并非一个单纯面对文本与作者的阐释活动，而是涉及多方面的互动过程，这一互动既包括批评者与文本、作者，又包括批评者与读者、其他批评者之间的互动交际。另外，周宪还对"作者意图"的提法表达了自己的看法，认为作者的意图与文本的意义之间的关系异常复杂，作者的意图并不一定就符合文本所呈现出的意义，因而作者意图作为文本意义的基础性部分的看法也就存在问题。他以赫什的理论为例，指出对文本意义的理解其实就是对作者意图理解的无限接近，而这一无限接近某种意义上是无法企及的，这就形成了一个有关文学文本意义的悖论，一个反本质主义的范式。同时在文章最后，周宪不忘指出，"文学批评或文学理论研究乃是解释共同体内以及与复杂语境间的协商活动"②。

王宁的回应与周宪的意见基本一致，也表示认同"批评的公正性"这一提法，但他认为，从事文学批评的人很难避免政治立场和政治倾向性，他们在批评实践中也就难以避免一定的政治倾向性和个人偏好。如此一来，文学作品的意义也就不应该也不可能由作者一人掌握，而是由作家本人和读者/批评家共同掌握。由此，王宁指出，阐释是多元的，多重阐释，只要合理且证据充分，就应该给予支持。兼顾作者的原初意图和后来显示在文本中的意义，再加之读者通过阅读而发掘出的意义，我们就可以得出

---

① 张江：《批评的公正性》，《中国文学批评》2015 年第 2 期。
② 周宪：《文学阐释的协商性》，《中国文学批评》2015 年第 2 期。

一部作品的较为完整的意义了。对于张江在文尾略微提到的文学批评伦理学问题，王宁进一步指出了批评伦理的三个方面："作者的伦理"、"阅读和接受伦理"、"批评的伦理"，并简要做了阐述，比如读者完全根据自己的经验曲解作品，就违背基本的阅读伦理；批评家理论先行，用文本证明自己的理论，也是违背伦理的。但是王宁并没有展开论述①。

朱立元也与上述两位教授的看法一致，但说得更加直白，认为"文学批评的任务主要不在于还原作者的意图"，这也就从根本上质疑了张江的公共性理论的合理性。朱立元认为，对作者意图的探究是某种意义上的创作心理研究，而就某个作家而言，心理活动是无法进行准确推测的，何况是从文学文本中去揣测作者意图，但这根本不会影响文学批评活动的展开，因为文学批评中真正重要的是文本，而非作者意图。此外，朱立元认为，根本没有一个客观、唯一的标准来衡量检验批评家发掘出的作者原意是否正确、可靠。从理论的角度而言，要确定作者的意图，一方面要对作家作品进行考察，另一方面也要就作家生平经历进行考察，但这也并不能够确定一个客观的、确定的作品的原义、作者的意图，因为作者的意图在具体的创作过程和历史的变迁中都经历着变化，文学作品的意义因而也就不可能有一个确定性的根基，而唯一的根基只能是作为作品而存在的文本本身。总之，朱立元明确指出，我们不应当因为当代西方批评界出现某些明显歪曲作品主旨的强制阐释，就把批评的主要任务转移到寻找作品主旨（不等于作者原意），进而寻找作者原意上来，尤其不应当把批评是否符合作者原意上升到批评是否具有公正性的道德高度上，认为不符合作者原意就不公正②。

针对诸位学者的批评和意见，张江又进一步从伦理的角度，对公正性问题作出了修正，提出了"公共阐释"的观点。张江指出："公正阐释的基点是承认文本的本来意义，承认作者的意图赋予文本以意义，严肃的文学批评有义务阐释这个意义，告诉读者此文本的真实面貌"，如此，尊重

---

① 王宁：《批评的公正性和阐释的多元性》，《中国文学批评》2015 年第 2 期。
② 朱立元：《文学批评的任务主要不在于还原作者的意图》，《中国文学批评》2015 年第 2 期。

文本，尊重作者，在平等对话中校正批评，是文学批评的基本规则，是批评伦理的基本规则。

当然，张江也承认，尊重文本、尊重作者并非排斥批评者从当下语境和理论要求出发，对文本作符合目的的阐释和发挥，但是，批评者不能把自己的意图强加于文本和作者，把批评意图当作文本意图和作者意图。不把批评意图强加于文本及作者，是批评伦理的基本要求，而强制阐释则正与此相反。

王宁在其回信《阐释的有效性和文学批评伦理学》一文中，基本上认同张江的批判伦理观，但是主张作为一个独立的读者和有着鲜明的理论视角的批评者，批评家可以不必对读者盲从，但却至少应该把读者所表达的意图作为自己作出批评性判断的依据之一。因此在阅读一部作品时，批评家就要综合考虑文本本身内在的含义、作者说出或流露出的意图以及各方面读者的不同解读，最后作出自己的独立判断[①]。在这里，王宁并没有否定文本原意或作者本意，只是强调要与读者解读综合起来，而这与张江强调作者原意还是不尽相同的，其实可以算作是一种折中论。

首先，朱立元在肯定张江教授的观点之外，指出，尊重文本，尊重作者固然重要，但是没有同时强调尊重广大读者阅读文本的感受和评论，没有同时把尊重读者及其文学阅读也作为"批评伦理的基本规则"，甚至是更加重要的规则，这就有一定的片面性。其次，朱立元认为，作品一经发表即成为"过去时"，批评家面对这种对象时，存在着不同程度的时空距离，必然造成阅读语境的千变万化。在这种情况下，寻找、发现和还原文本的作者"原意"，不仅是不可能的，而且是不必要的。因此，对作家及其作品的尊重，主要不在于寻找、阐释文本的作者原意，而在于对其思想、艺术成就的客观公正的阐释和评价。另外，朱立元认为，把职业批评家与读者区分开来，似乎有"将职业批评家与广大读者割裂开来之嫌"，而实际上，只有将职业批评家与一般读者的阅读经验相结合，才能得到有效的文学阐释[②]。

[①] 王宁：《阐释的有效性和文学批评伦理学》，《求是学刊》2015 年第 5 期。
[②] 朱立元：《关于批评伦理问题的再思考》，《求是学刊》2015 年第 5 期。

周宪也肯定了"批评的伦理"问题具有其普遍性,认为将职业批评家区别于普通读者,意在强调职业批评家有一种特别的专业训练和职业伦理,这在理论上说是没问题的,但是周宪更强调文学活动(包括文学批评)的广泛参与性。对文学这个民众广泛参与的伟业来说,文学批评的伦理不只是少数专业人士的职业伦理,强调职业批评家的职业特殊性,潜藏着一种排斥业余批评者与公众参与文学批评事业的权益的危险。周宪指出,张江试图通过尊重文本原意和作者意图,来防止强制阐释偏向的出现,这本身没有错,但是有所偏颇,因为所谓文本愿意或作者意图并不是某种实体性的东西,好像它就存在于某个地方,等待着我们去发现。"文学意义是在作者、文本、读者、语境相互作用的结构系统中生成的,离开了这样一个各要素复杂关系的结构,意义是不可能生成的。"文学意义的生产不能也没有必要归结为单一因素或唯一本源,文学意义说到底是多种要素和关系的协商性结果。正是这诸多因素的复杂性,才导致了文学意义的阐释多元性和开放性,才呈现出文学的无穷魅力,而这在周宪看来正是批评伦理应有之义①。

2017 年,张江在《学术研究》第 6 期发表了《公共阐释论纲》一文。在此文注释中,张江指出,"公共阐释"是一个新的概念,是在反思和批判强制阐释过程中提炼的。提出这一命题,旨在为建构当代中国阐释学基本框架确立一个核心范畴。由此我们可以看到,公共阐释论是承接着强制阐释论而提出的一种理论建构。在文中,张江明确指出,"阐释"这一人类活动具有"公共性",是一种公共行为。为此,张江教授引入了"公共理性"或"公共理性活动"的概念。张江教授认为,阐释活动总体上来看是一种理性认识活动,但在更为深入的层面,阐释活动还应该是一个具有公共性的公共理性活动。"公共理性呈现人类理性的主体要素,是个体理性的共识重叠与规范集合,是阐释及接受群体展开理解和表达的基本场域"②,公共理性的目标是"认知的真理性与阐释的确定性",而公共阐释的目标也就在于达到认知的真理性与阐释的确定性。之所以强调这种"确

---

① 周宪:《从文本意义到文学意义》,《求是学刊》2015 年第 5 期。
② 张江:《公共阐释论纲》,《学术研究》2017 年第 6 期。

定性",是因为只有确定性才能保证理解与交流的进行,这是任何一种阐释得以确立的应有之义。

"公共阐释"的具体含义是什么？张江给出的定义是："阐释者以普遍的历史前提为基点,以文本为意义对象,以公共理性生产有边界约束,且可公度的有效阐释"①。这个定义差不多涵盖了之前关于强制阐释的基本要义,普遍的历史前提与主观预设、前见与立场的讨论相关,文本与场外征用的文学（理论）化相关,而边界约束则与阐释的有效性和边界讨论相关,也正是建立在此前这些讨论的基础上,张江教授试图进一步推进讨论,由此提出公共阐释,可公度的有效阐释的命题。

张江概括了公共阐释的六个特征。第一,公共阐释是理性阐释。这个自不必多说。第二,公共阐释是澄明性阐释。所谓澄明性,是指将公众难以理解和接受的晦暗文本置入公共意义领域,为公众所理解。第三,公共阐释是公度性阐释,即阐释与对象、对象与接受、接受与接受之间,是可共通的。共通性来自民族共同体基于历史传统和存在诉求所形成的公共视域,是有效阐释的前提。第四,公共阐释是建构性阐释,这种建构体现在公共阐释超越并升华个体理解与视域,申明和构建公共理解,界定和扩大公共视域。第五,公共阐释是超越性阐释,即基于个体阐释并超越了个体阐释,是个体阐释的升华。"个体阐释是公共阐释的原生态和原动力。个体阐释最大限度地融合于公共理性和公共视域,在公共理性和公共视域的规约中,实现对自身的扬弃和超越,升华为公共阐释。"第六,公共阐释是反思性阐释,即反思个体阐释的有效性,并不断修正自身,构成新的阐释共同体。

在概括了公共阐释的特征之后,张江着重谈了个体阐释的公共约束问题。在张江看来,阐释的公共性本身隐含了公共场域中各类阐释的多元共存,但是,个体阐释绝非私人的,个体阐释的理解与接受为公共理性所约束。这是因为,人类的共在决定个体阐释的公共基础,集体经验构造个体阐释的原初形态,语言的公共性确立个体阐释的开放意义,阐释生成的确定语境要求个体阐释是可共享的阐释。

---

① 张江：《公共阐释论纲》,《学术研究》2017年第6期。

由对西方文论局限性的反思及相关的阐释有效性开始，到建构公共阐释，张江提出的强制阐释论及其引发的相关讨论，不仅在中国文论界推荐了西方文论研究，也在很大程度了推动了中国阐释学研究。当然，这次讨论并未就此结束，也不能说已经获得一个明确的答案或解决方案。或者说，关于文学阐释学、中国阐释学的研究依然有着巨大的讨论空间。讨论激活了中国文论界理论探索的活力，也呈现了中国知识分子勇于构建中国自己的文学理论体系的勇气。

四　关于重塑文学精神的讨论

2014年初，中国社会科学院和《人民日报》合作，开办了一个名为"文学观象"的栏目，在接下来的一年多时间内发表了数十篇文章，对当下中国文学（批评）界的发展状态、成就与不足进行了全方位讨论，以求拨乱反正、正本清源，引导中国文艺健康发展。实际上，关于中国文学发展状况的探讨，自20世纪90年代就逐渐多了起来，比如1990年初的人文精神大讨论等。但是，自21世纪以来，关于中国当代文学的讨论逐渐增多，批评的声音也越来越大。"文学观象"栏目正是针对当下中国文学（文学批评）各种不良现象而开办的批评专栏，试图通过批判来重构中国的文学精神。本章我们就以《人民日报》的"文学现象"栏目为中心，考察人们是如何批评当下中国文学（文学批评）现状，以及提出了怎样的对策。

（一）批判当下的文学创作及文学批评现状

1. 批评当下文学创作的低俗化倾向

"文学观象"栏目针对当下文学创作的批评中，最早被提到的是"低俗化"问题。随着中国商品经济的巨大发展，消费社会的来临，文学作品慢慢也成为一种商品，作者为了获得经济效益，采取各种方式博取读者的关注，甚至不惜通过突破现有社会秩序、道德底线来达到目的。他们采用或华丽或露骨的语言，对情色、血腥等猎奇场面进行描述刻画，甚至对弱小者施以讥讽，漠视传统人文价值与人类人格尊严，破坏公序良俗。这些"低俗化"的作品本身没有多少审美内涵和价值，因此受到诸多学者的抨击。张江指出："低俗是一种精神病菌，它在向受众散播毒素的同时，也在侵害自身肌体，低俗化救不了文学，只能将文学推向深渊。雅俗共存是一种需要努力维护的健康文学生态。对于'俗'的批判和抵制，指的是'低俗'而不是'通俗'。"①

高建平指出了低俗的两种表现形态：一是色情，二是暴力。之所以出现这种现象，高建平认为背后有两个驱动力：一是盲目求新的蛊惑，二是市场利益的诱惑。前者与文学界曾流行的一种说法"突破禁区"有关。但是高建平指出，突破还是要有底线的，尤其是道德伦理底线。后者与市场相关，即过分追求市场的成功。实际上，文学与市场不是对立的，真正优秀的文学作品，既能在艺术上取得成功，也会在市场上受到欢迎②。有的学者指出了当下文学中存在三个令人不安的卖点："隐私"、"调侃"和"猎奇"。这也是文学低俗化的表现③。

但是，低俗与通俗有着本质的区别。在审美取向上，通俗写作通过世俗化的故事，包裹或表达一个严肃的人生话题，使读者在阅读中得到一定的审美享受与精神启迪。在表现形式上，通俗写作追求语言与文风的大众化，力求为广大的读者所喜闻乐见（李敬泽语）④。中国有着悠久的通俗文学史，其中不乏优秀的精品，这些精品不仅得到了市场的承认，还被拍成了戏剧、影视作品，也得到了学院派学者的认可，如金庸的作品就是这方面的经典例子。作协也在不断吸纳优秀的通俗文学作者（如郭敬明）。但是"低俗文学"就不一样了，它更多的就是通过对人性中的丑恶进行渲染、玩味，以期给读者带来恶趣味的满足，让读者沉迷于浅薄的感官满足中，"在欲望化的叙事中，释发一种感官性的情绪与情愫，旨在提供一种生理性的快感"。另外，低俗写作尽力迎合一些低级趣味，以炫目的情色

---

① 张江等：《文学遭遇低俗》，《人民日报》2014年5月30日。
② 张江等：《文学不能消解道德》，《人民日报》2014年1月28日。
③ 杜素娟：《市场的陷阱——从当下文学中的卖点看文学的问题和处境》，《当代文坛》2001年第3期。
④ 张江等：《文学遭遇低俗》，《人民日报》2014年5月30日。

化的叙事与语言，展示和渲染人性与人情中的陋习、丑态（李敬泽语)[1]。

实际上，低俗化的文学创作是一种对人的"物化"，因为低俗中的人是没有什么精神的，完全成了一种感官的、物的存在，非但不能带给读者精神境界的提高，反而会让审美和趣味统统"向下走"，这显然有悖文学艺术陶冶情操的传统初衷，其符合的只是资本市场的规律，而非人文价值的标准，长远来看只会让读者深受其害，浪费时间和财力，耗散了宝贵的精力。

与低俗化相关的一个问题是"去道德化"。如果说低俗化人们一眼就能看出来的话，"去道德化"则往往打着纯文学的旗帜（如西方的唯美主义)，似乎是在维护文学的纯粹性和自主性，而实际上却往往会走向低俗，因此具有极大的迷惑性。"以'纯文学'的名义'纯'掉道德是片面的，是另一种功利。无论怎么纯，文学也'纯'不掉'道德'。"（张江语)[2]

实际上，无论古今中外，文学发展史都告诉我们，文学不可能也不应当完全回避道德，文学的道德意义是不可能被彻底抹除的。如果是那些作者不准备发表的、自娱自乐的文章，无论作者写了多么出格的内容，都属于其私人行为；但文章发表出来之后，就具有了公共性，就必然要对社会负责，就"关乎世道人心"。正如张江着重强调的那样："作家的个体劳动成果是要以'作品'的形式发表、出版、面世的。因此，归根结底，它是一种社会存在。这就决定了文学创作和文学家生命历程中本有的公共性。"[3]

与"去道德化"相关的是另一个概念是"去教化"。主张去道德化的人往往一味地把道德看作是教化，是对创作自由的束缚。实际上，教化的概念更为宽泛，"一切文学都是教化的，这种教化功能是'去'不掉的。文学只要生产出来，进入流通传播环节，它所蕴含的思想、精神和情感必然要对受众产生或明或暗的影响"。每一个创作者都有推广自己价值理念的动机，即便是唯美主义者倡导美就是一切，把美提升到至高无上的位

---

[1] 张江等:《文学遭遇低俗》,《人民日报》2014年5月30日。
[2] 张江等:《文学不能消解道德》,《人民日报》2014年1月28日。
[3] 张江等:《文学关乎世道人心》,《人民日报》2014年4月18日。

置，这也是在推广一种价值理念，是打着"去教化"的旗号实施教化，甚至那些否定文学教化功能的理论本身就是在教化①。

总之，那些打着所谓的"去道德化"、"去教化"旗帜的人，不过是为自己的低俗创作寻找借口（虽然去道德化或去教化不一定就导致低俗），目的是通过低俗化创作来吸引眼球，获得市场，进而赚取最大的经济利益。可以说，低俗化像"精神病菌"②一样，已经威胁到了传统的文学生态，甚至有些高雅文学作品也受到低俗化风气的入侵而变得媚俗起来，而这更加难以被识别③。有学者就此指出，媚俗（显然也应包括低俗）是一种"就低不就高"的写作诉求，这种诉求让写作者们纷纷放弃了写作难度，满足于讲好一个故事和煽情，简单化的倾向越来越重，而结果只能使自己和文学"共同矮化"④。事实上，所谓的低俗化并不是一个个别的现象，而是文学创作整体环境出现了异变的一个缩影，这种异变在多种角度造成了不同的现象，会导致社会风气的败坏，读者品味的下降，同时也是导致现代汉语一直没有建立起稳定的优雅语言习惯的主要原因，所以张江对此进行了大力的抨击，号召高雅文学和通俗文学共同抵制低俗文学的入侵，称此为"文学的基本要义"⑤。

2. 批判当下创作的娱乐化倾向

娱乐与低俗相关，低俗的目的是为了受众娱乐。娱乐有两面性，一方面，娱乐有其积极意义，需要得到肯定。"社会精神的高速运转降落到通常的世俗水平。内在的压力和紧张感消失之后，持续的笑声是心情放松的表示。"一个没有任何娱乐的社会肯定是不正常的，过分严肃通常意味着刻板、专制与战战兢兢。另外，娱乐也体现在坦然承认自己的平庸，不再时刻扮演坚强的战士或者高瞻远瞩的思想家，进而接受各种嘲笑乃至自嘲后的娱乐和笑声（南帆语）⑥。政治高压之下是不可能有娱乐的，高大全的

---

① 张江等：《文学关乎世道人心》，《人民日报》2014年4月18日。
② 张江等：《文学遭遇低俗》，《人民日报》2014年5月30日。
③ 同上。
④ 李浩：《反思中国文学的当下症状》，《山西日报》2012年10月24日。
⑤ 张江等：《文学遭遇低俗》，《人民日报》2014年5月30日。
⑥ 张江等：《"娱乐至死"害了谁？》，《人民日报》2014年6月13日。

人物是不可能娱乐的。一部娱乐史，也是人类的文明史，它反映了文明的进步和价值观、审美趣味的变化（陆建德语）[①]。

此外，文学本身也具有娱乐功能，这是不能否定的。所谓"寓教于乐"就是在强调文艺的娱乐功能。但是，娱乐是分层次的。低层次的娱乐诉诸耳目，满足于感官刺激；高层次的娱乐直抵人心，让人在大笑之后有所思，激发思想的力量（陈众议语）[②]。而当下学界所批判的文学的娱乐化，更多地指的是前者那种低级的娱乐化，过度的娱乐化。时至今日，娱乐甚至形成了一种"霸权主义式的扩张"（南帆语）[③]。

这种低级的娱乐会带来什么后果呢？白烨说得清楚："在彻底娱乐化的文学世界里，人们不再需要进行深层次的思考，没有对人生本质的探询，没有人文关怀的追求。读者失去了根本的判断力，表现出因享乐而阅读、因热点而追捧的倾向。长期在缺少真正营养价值的文学的浸染下，读者的心灵世界也会随之变得苍白而无力。"[④] 也就是说，娱乐导致思想的贫乏与肤浅，进而导致读者的判断力和批判力衰弱，"让人放弃思考的能力，放弃对精神高度的追求"（张江语）[⑤]。如此一来，人又怎能认识现实、反思现实、批判现实？总之，"过度的娱乐追求，让文学等而下之地混同于其他娱乐方式，淹没了文学的独特性和根本价值，使文学走向死亡"。所谓"'娱乐至死''死'了谁？'死'的是作者，'死'的是文学。玩文学，把文学当作娱乐，只能离文学越来越远。放弃思考的动力和感受美的能力，以感官刺激麻醉的精神世界日渐贫乏、枯索，最终害的是文学自身"（张江语）[⑥]。

那么，娱乐化是怎么产生的呢？专家们认为，当消费主义、享乐主义盛行，并通过强势的市场化方式消解、动摇、颠覆一个社会的价值信仰的

[①] 张江等：《"娱乐至死"害了谁？》，《人民日报》2014年6月13日。
[②] 张江等：《文学关乎世道人心》，《人民日报》2014年4月18日。
[③] 张江等：《"娱乐至死"害了谁？》，《人民日报》2014年6月13日。
[④] 同上。
[⑤] 同上。
[⑥] 同上。

时候，文学会迷失自己，娱乐便甚嚣尘上（张陵语）①。而破解"娱乐至死"，走出泛娱乐化的困局，文学就必须从社会的进步发展中获得自身进步发展的热情和动力，充分实现文学推动社会进步、改造世道人心的功能，实现文学的审美理想（张陵语）②。也就是说，执着于活生生的现实，遵循文艺的审美理想，文学才不至于走向娱乐化的泥潭不能自拔。

与娱乐相关的是文学中的躲避崇高。中国文学界关于崇高的讨论始于对王朔小说个案的讨论。李国平在肯定当时的讨论具有合理性和积极意义的同时，指出躲避崇高这一思潮并未给中国文学带来多少积极意义，相反，却留下了相当多的消极影响，甚至成为某种时尚。放纵欲望，淡漠理想，无病呻吟，利益至上，宣扬个人意志，渲染物质主义，热衷娱乐至死的风气日渐乖张。谈论高尚，言及崇高，不仅很难引起共鸣，甚至还会遭到嘲笑，这显然是极其不正常的现象③。

那么，躲避崇高又是怎么形成的呢？高建平指出了几点。一是机械主义的价值观。在机械复制时代，艺术原本所具有的灵韵消失了，不再具有一种使人敬畏、使人感到神奇的力量，而成为日常用品。机械复制还造成一种对机器力量的崇拜。在各种各样的自动化的机器面前，人的独创、灵感，生命的激情不再张扬，出现了一种法国思想家利奥塔所说的"非人"的状态。二是消费主义所造成的没有深度的"华美"的盛行，使世界失去了真正的美。三是形式主义美学，即精致、整齐、小巧的过分追求，进而流于琐碎，就会有失大气。此外，就是中国社会上所盛行的一种现代"犬儒主义"。犬儒主义虽然有一定的价值，但是当这种写作成为潮流，并且与消费时代相互张扬，就构成对文学精神本身的解构。犬儒主义在本质上与文学所需要的深刻的思想性和浪漫的激情相对立④。

那么如何破除躲避崇高或打破伪崇高，甚至建立中国式的崇高？王家新给出了自己的解决之道。首先，不能一味迎合中国社会的消费主义，而是要使社会警醒。这就更加需要具有冲击力的，能引起震撼，揭露官僚主

---

① 张江等：《"娱乐至死"害了谁?》，《人民日报》2014年6月13日。
② 同上。
③ 张江等：《文学呼唤崇高》，《人民日报》2014年8月29日。
④ 同上。

义、奢靡腐败以及各种社会丑恶的作品。其次，要认识到，作为一个美学概念或范畴，"崇高"并不只为西方美学、西方悲剧艺术所特有。在中国诗歌数千年的发展历程中，"崇高"也始终是它的一种精神向度，而这和历代中国诗人的命运与职责深刻相关，尤其是和一些伟大的诗人想要照亮和提升一个民族的心魂的努力有关，比如屈原。屈原作品中贯穿了高贵品质和崇高之美，他以其全部生命，甚至以他最后的投江自尽，赋予了他的崇高追求以真实性和感人性[①]。

3. 批判文学创作中的虚假和虚无

文学创作的"真"是艺术的真实，符合的是生活的内在逻辑，并非对客体的刻板模仿，是主客观的辩证统一。但当下非常多的作品看似是遵循了生活逻辑，实际并没有真实地反映社会，反映现实，比如文学创作中的类型化、模式化。打开爱情，必定是伤感的；打开底层，必定是同情的；打开官场，必定是愤怒的（汪政语）[②]。我们无法否认社会上确实存在这样的现象，但是这种人在相应群体内是否就是全部？显然不是。这是一种"套板反应"，始终贯行一种手法、一种视角。在这个复制信息无比便捷的信息时代，千篇一律的类型化创作已经形成了极为庞大的规模。类型化模式化的创作，是一种在市场诱惑下形成的"订单生产"，加深了文学的"失真"状态（张江语）[③]。

文学"失真"所失的最大的"真"是情感之真。有学者就指出："人们的情感已经被社会情绪所同化，所绑架。人们欢喜着莫名的欢喜，愤怒着别人的愤怒，悲伤着制造出来的悲伤，唯独看轻了自己内心真实的情感。这种情感体验模式不可避免地影响到文学创作。作家不再忠实于自己的情感，而是习惯于琢磨现实世界的情感起落曲线，考虑如何能迎势而上，响应公众情绪，他们认为唯有如此，自己的情感制作才会被消费，才会转化为商品。这也是为什么我们的许多题材在情感表达上类型化、模式化的原因。"（汪政语）[④] 以市场为导向去制作情感商品，如

[①] 张江等：《文学呼唤崇高》，《人民日报》2014年8月29日。

[②] 张江等：《重塑文学的"真"》，《人民日报》2014年9月16日。

[③] 同上。

[④] 同上。

此还有什么真情实感？市场需求的类型化模式化也造就了情感的类型化和模式化。

如何才能真正把握或达到艺术的真实？诸多学者都重申了文学来源于生活又高于生活的论断。但是现实如何才能升华为文学，或者如何"装进"文学中？有学者指出，从生活到文学的中间过程，凝聚着作家的智慧和才思，体现着文学的规律和奥妙，但不能超越生活真实的逻辑（张江语）[1]。作家毕飞宇认为，我们首先需要搞清楚哪些"生活"可以走进文学，哪些"生活"不能走进文学。或者说，有些东西可以"入诗"，有些东西不能"入诗"。无论小说的世界多么开放，就某一部具体的小说而言，它依然是一个封闭的系统。小说的完整性是由它的封闭性确定的。由此就存在一个"入小说"和"不入小说"的问题。这个"入"和"不入"就是关键，它同样很有价值。一方面，小说是开放的，没有不能走进小说的生活；另一方面，如果一个小说家决定了一部小说必须写什么，那么，与这个系统无关的生活你就必须统统放弃[2]。这一"入"与"不入"，其实是一个对现实的感受、感知和升华的过程，或者说，没有对现实的具体体验和感知，又怎能创作出真正高于生活的作品？

有学者从后工业社会电子复制的角度，阐述了当下中国文学创作中的"伪经验"。随着现代科技的巨大发展，虚拟机器（计算机、互联网、电影、有线电视、手机短信等）大大推动了技术经验理性的泛滥，文学在表达"虚构"上被远远抛置于这些"器物"身后，无力招架。当虚拟机器将全球的各类资讯源源不断地汇聚输向人类大脑皮层的时候，虚幻的"伪经验"就产生了，文学擅长的人性经验倾诉演化为技术经验的复制仿真。中国现在正日益成为"伪经验"的最大输入国，独创性、原创性建构的本土文学"虚构"精神早已所剩无几了，国外同步电影、光盘和本土其他艺术门类所传达的经验、情节链成为中国作家汲取叙事经验"营养"的最佳捷径。大批"类像"文学作品正在成为没有区别的"仿制品"、"拟真品"，"群像"成为描绘中国当下文学最贴切的字眼，"速朽"成了中国当下文学

---

[1] 张江等：《重塑文学的"真"》，《人民日报》2014年9月16日。

[2] 同上。

面临的根本归属。简言之，这是个"伪经验横行时代"①。很显然，伪经验不可能创作出真实的作品。

由此，"重塑"文学的真实，把真实的生活经历经过精心筛选再"装进"文学中，这本是不言自明的写作思路，但是，这样的思路和认识在这个时代受到了严重的冲击，甚至连"历史"本身都受到了质疑。这就是诸多学者所批判的"历史虚无主义"②。

历史虚无主义的典型体现，是割裂历史与现实之间的连续性，以偏概全，否定历史的主流，甚至把历史当作可肆意摆弄的工具、随意涂改。比如在"重写文学史"口号的策动下，一些文学史家对当代文学前后两个三十年采取了截然相反的态度。在文学史书写中，对前三十年文学一概否定，将其批驳得一无是处；对后三十年，尤其是对20世纪80年代文学则极尽溢美之词，称其为文学的黄金时代。事实上，没有前三十年，何来后三十年？隔断历史就是一种历史虚无主义。历史承载着一个民族的文化价值体系，并随着历史的变动而处于动态调整之中。对历史的尊重，也就是对一个国家或民族价值和信仰的尊重。隔断历史也就隔断了民族价值体系建构的动态过程，也就无法了解一个民族的发展状况。

历史虚无主义还体现在一些人打着"还原历史"和"人性"的旗号对历史人物进行洗白或诋毁。这种人往往试图重塑已经形成定论的历史人物，甚至将历史上臭名昭著的汉奸打造成正面角色，寻找所谓的人性，给予无原则的同情；或者抓住领导人晚年的错误不放对其人格进行大肆抹黑；也有人利用当下对改革的提倡，否定中国近代史上所有的激进的变革，丑化革命。这种历史虚无的做法，把在长期历史过程中形成的价值判断粗暴地颠倒了过来，似乎只有"人性"才是历史的真实和度量一切的标准，除此别无其他。民族传统价值观的积极因子和合理内涵被无视，或者成为被嘲笑和解构的对象。

总之，正如张江教授指出的，历史虚无主义损害的不仅仅是一个民族

---

① 周冰心：《想象力缺失：中国当代文学面临的窘境——论当下中国文学的虚构危机》，《南方文坛》2003年第6期。

② 本部分关于历史虚无主义，主要内容见张江《文学不能虚无历史》，《文艺研究》2014年第2期，不再另外注释。

的精神财富的传承，也是维系民族稳定的共同价值认同基础。"一个民族作为稳定的共同体而存在，维系它的核心是内在的价值认同。文学'虚无历史'，以相对主义的态度从文化源头和根脉处进行拆解，剔除了彰显历史趋向、代表文明进步的文化价值……一旦这座价值坐标被铲除夷平，也就没有了野蛮与文明、落后与进步的分野……历史留下的价值遗产成了随意践踏的瓦砾。它只能导致文化价值进一步碎片化，造成种种精神乱象。"在尊重历史及其连续性中，我们才可以正确理解我们的过去、现在与未来。文艺必须在尊重历史中，才能给予民族发展以希望。

4. 批判当下文学创作的过度商品化倾向

关于文学商品化的讨论，早在20世纪90年代就有讨论（参阅本书第二十一章相关内容）。这里主要是从文学与市场、文学与受众的关系角度去讨论。

文学与市场的关系似乎并不难理解，王尧指出，一方面文学需要市场，作家需要通过市场获得合法的利益；另一方面，市场选择文学，读者改变作者。单向的选择和塑造无法建立起有序、健康的文化生态。但是，文学生产机制不等同于市场机制，作品在市场的成功与否不是评判文学价值的标准，市场不是文学创作的出发点和归宿。在这样的前提下，文学面向市场，但不顺从市场。梁晓声也认为，真正的文学是趋义不趋利的，是有自己的定向与定力的。如果不是时代跟着人的感觉走，而是人跟着时代的感觉走，那么人是可悲的，人终究不过是时代的奴隶[①]。

丁帆具体考察了中国当下影视作品和文学作品中存在的商品化现象，比如荧屏上出现的"帝王品牌"、"后宫品牌"、"间谍品牌"等，其背后所藏着的是价值观的混乱，或者背离现代文化意识，赤裸裸地宣扬皇权意识的作品，或者满足大众消费中一些人的窥视欲和权术欲，最终都是为了获得商业效果。许多"抗战戏"也不乏超出历史的想象。一些"婚恋戏"和"家庭伦理戏"在"一地鸡毛"似的故事纠结之中，表现的只是一些鸡毛蒜皮式的矛盾冲突，而编导没有正确的价值导向，甚至任意让背离人性标准的价值理念泛滥。一些电视节目，如某些婚恋节目，以各种各样的花

---

① 张江等：《文学不能依附市场》，《人民日报》2014年3月28日。

招来博取观众的狂欢情绪，吊足观众的胃口。在文学界，一些作家们在创作时会有意无意地放弃小说创作的许多审美元素，而过多地考虑场面效果，考虑作品进入二次商品流通渠道的资本效应，甚至为此放弃了社会良知、艺术审美和价值认知阐释的权力和职责[1]。

总之，学者们的基本共识，就是文学家不能为市场而写作，不当市场的奴隶，而应该追求自己的美学理想，形成美学的潮流，让它来影响市场。当然，不当市场的奴隶，不是不要市场，而是说，作家要引导市场，当市场的主人（丁帆）。这就要求作家在各种利益的诱惑中，排除干扰，在浮躁的氛围中沉潜下来，回应现实的关切，承担历史的责任，从而创作出坚守文学理想、无愧于时代也禁得住历史检验的作品（王尧语）[2]。

文学与市场的关系必然涉及接受者。商品经济强调顾客是上帝，读者是否也是上帝？张颐武指出，作者、文本和读者的关系极为复杂。作者不能忽视读者，需要考虑读者的阅读感受，但作者也不能迎合和取悦他的读者。在忽视读者时他的写作会变成孤芳自赏，在取悦读者的时候他的写作就会变成媚俗低级。这些其实是文学作者所遇到的复杂的挑战。这里的一个核心性的问题，是文学满足的是读者的什么需求。张江指出，精神产品的生产，从根本上说，满足的是人民大众向善、向美的需求，是借由精神的成长推进社会文明进步的需求。这就要求作家艺术家在创造精神产品时，不能一味"满足"、"取悦"，还要引导和校正[3]，否则的话，"人民的艺术欣赏水准很难提高，也就很难得到更高的文学享受，文学风格缺乏个性的现象将会愈演愈烈"[4]。

李春青从对话的角度，阐述了作者与读者的关系。生产者向着接受者言说，接受者自主地接受或者否定，并通过各种渠道向生产者反馈自己的意见，生产者做出相应调整，继而展开新一轮的对话过程。在如此循环往复的对话中，生产者与接受者彼此沟通，达成共识，共同促进了社会精神

---

[1] 张江等：《文学不能依附市场》，《人民日报》2014年3月28日。
[2] 同上。
[3] 张江等：《读者是不是上帝》，《人民日报》2014年6月27日。
[4] 胡睿臻、余三定：《"文艺不能当市场的奴隶"——从文艺工作座谈会精神看当下文学创作的风格问题》，《中国艺术报》2015年1月23日。

文化的繁荣与发展。这就意味着，精神产品的生产者与接受者不再像传统社会那样是教化与被教化、启蒙与被启蒙的关系，而是平等的交流、协商与契合的关系。生产者不能高高在上，去扮演登高一呼、天下响应的"立法者"角色；接受者也无需仰视别人，完全可以根据自己的判断来评价各种精神产品，可以自由地表达自己的不同意见。在整个精神产品的生产、传播与接受过程中，对话具有"增值"功能，可以使精神产品向着更高、更丰富的层级提升①。"增值"与"提升"道出了文学领域，作者与读者之间的关系本质，这与商品中生产者与消费者的关系是不一样的，正是在增值中，作者与读者形成良性的互动关系。

刘跃进也强调了作家与读者之间思想、语言等精神层面的交流互动的特质，正是在这一意义上，将读者定义为上帝，一味取悦迁就读者，甚至迎合市场中的低俗趣味，是不对的。这在表面上看，似乎给予了读者至高无上的地位，但事实上，这是以麻醉的方式在愚弄读者。正确的做法是以真诚的态度面对读者，与读者展开心灵对话，进行思想和情感的交流，让读者在对话与交流中得到精神的陶冶、思想的升华②。

5. 批判当下文学脱离生活的倾向

文学源于现实生活，服务于现实生活，这是最基本的文学原理。但是当下的很多作家，尤其是一些新锐作家，却以谈生活为耻，仿佛一论及生活就贬低了他们的专业化水准和文学创造力。生活当然不是文学，但文学一定是生活（张江语）③。

程光炜从文学的发展史，概述了文学与生活的关系。起初，文学本来就是生活的一部分，是在生活中传情达意的基础上生长起来的。随着社会发展以及人们精神生活的需要，逐步形成了职业家队伍，文学也变得精细、高雅起来。这是社会分工的结果，是历史发展的必然。但是，文学的专门化，又使文学家们得以生活在书斋、阁楼、亭子间里，局限在一个独特的小圈子中，与社会和他人的生活相隔离。由此形成了一个悖论：一方

---

① 张江等：《读者是不是上帝》，《人民日报》2014 年 6 月 27 日。
② 同上。
③ 张江等：《文学，请回归生活》，《人民日报》2014 年 2 月 28 日。本部分内容主要来自此次讨论，不再另行注释。

面，专业化才能有好作家；另一方面，文学脱离生活本质，专业化难有好作家。但是，所谓"专业化"，指的是处理生活的能力更加专业、水准更加高超，能够将普通人没有意识到的"有意味的生活"敏锐地捕捉到，审美化地呈现出来，而不是离开生活、抛开生活、悬空蹈虚。如果失去了对生活的"及物性"，以为专业高于生活，把专业化当作借口，规避生活，蔑视生活，这种专业化是"伪专业化"。那些令人难忘的文学作品，都是作家从现实生活出发，真诚地描写了他们对于生活的理解，包括痛苦和欢欣的结果。那种笼统地把文学与生活绝对对立或隔离，是对生活的依托和理解走向简单狭窄之后才出现的。因此，现在需要重申文学与生活的关系，使之走向历史深度而不是表面化。

文学脱离生活的另一个表现，是过分强调自我，认为文学就是自我表达，自我的心理、情感以至幻象就是文学的源泉，写足了自我就好，文学家不需要体验生活。近年来，"忠于自我、忠于内心"甚至成为许多作家颇为时尚的信条。但是，陈晓明指出，文学需要自我，这没错。但是，这里的"自我"是社会的自我；自我的生活镶嵌在社会生活当中。没有对生活的深入体验，没有对生活广度和深度的了解，没有对生活的丰富性和复杂性的把握，就没有文学。作家应以深厚的生活为根基，绝不能停留在封闭、狭窄的自我小天地里。作家的想象力也是从实际生活中来的，是社会生活在人们头脑中的反映。文学创作虽然具有主体性，需要主观意识的参与，但是这并不意味着创作者就应该沉潜入自我的心理世界，切断与外界生活的深度连接。比如现代文学作家郁达夫，他的私小说的描写重点就在于主人公的个人心理，他也是以深度发掘主体内心著称的作家，但是他并不完全沉迷于自我的世界，《沉沦》的主人公的个人身心苦闷就牵扯出了爱国情怀，深深联系到那个时代里的民族兴衰，这就使这部作品具有了深刻的时代意义。

文学脱离生活还有一个表现，是玩弄文学技巧。文学当然是语言的艺术，文学性的全部秘密就隐藏在语言的搭配调遣之中。文学家不仅要做到文从字顺，而且要有高超的语言技巧，要有对语言敏锐的感受力。但是，这绝不意味着文学家可以耽于语言，甚至玩语言。可一些诗人作家片面追求用词的险、奇、僻、怪，让读者陷入困惑与猜测之中，甚至故意追求毫无韵律和节奏的口语,或者随意断句,用电脑回车键写诗,或者有意追求拖沓、琐碎、饶舌。这些技巧,与作品的主题无关,与文学性无关,高建平认为,这是一种"低劣的炫技"。甚至有一些人在文本中大量而不必要地使用粗俗下流的语言,这种做法,从根本上脱离了文学,完全就是在制造语言垃圾,是文学的堕落[1]。

而伟大作家的伟大之处,不在于他展现了什么样的语言技巧,而在于他表现了什么样的生活,以及在这样的生活中寄寓了什么样的意义。文学语言不是凭空臆造的,更不是文学家玩出来的,而是在生活语言的基础上提炼、改造、转化而成。因此,文学家所要做的,不是玩语言,而是学语言,向生活学习,向群众学习,用鲜活的生活语言改造文学、丰富文学(高建平语)[2]。

党圣元从陆游的"功夫在诗外"观指出,所谓"诗外功夫"强调的就是现实生活对于诗歌创作的决定性作用。作家只有对多彩的现实生活有丰富的积累、深切的体验,才能创作出不朽的佳作。"功夫在诗外"这话可以说直击当下的文学时弊。一切创作技巧最终都是为更好地表达内容。技巧和形式之所以在文学作品中有意义、有价值,是因为它们能够让作者更鲜明、更独特、更透彻地说人说事说思想。背离了这个原则,再绝妙的技巧也毫无价值,甚至还会产生负面效应。是生活成就文学,而不是技巧成就文学[3]。

有学者分析了当下文学脱离社会生活的原因,一是被消费社会的浮华遮蔽了双眼,"在全球化、一体化的大背景下,都市、金钱、物流、信息、时尚、罗曼蒂克好像构成了现代生活的所有";二是很多作家缺少体验生活的动力来源,"生活领域的固定化,作家们形成了自己的生态链,从根本上丧失了进入社会丰富、复杂、多样生活的原始动力"[4]。这是有道理的。

---

[1] 张江等:《文学,请回归生活》,《人民日报》2014年2月28日。
[2] 同上。
[3] 同上。
[4] 吴圣刚:《当下文学"语不惊人"的本质原因——当代文学问题研究之四》,《宁夏社会科学》2009年第7期。

总之，在当下重申文艺与生活的关系，具有极强的针对性和现实意义。文学不是空中楼阁，任何脱离生活的文艺必定会走向死胡同。

（二）对当下文学批评现状的反思

文学的发展与文学批评有着密切的关系。"文学现象"这个栏目也专门用了三期的篇幅来批评当下中国文学批评的现状。

当下文学批评之所以受到批评，根本的原因是因其面对文学现象时候的"失语、失节、失效"，根本无法对文学创作进行指导，导致读者基本不看文学批评。读者对文学作品的选择以及阅读潮流的形成，基本上由商业性的宣传、炒作来完成[1]。张江认为这是"一个严峻的现实"[2]。

邵燕君认为：当下文学批评的问题具体表现在以下几个方面：一是钻进象牙塔里，远离文学实践，根本不了解到当下的文学创作现状，从理论到理论；二是学术"黑话"横行，让普通读者不知所云；三是以舶来的术语生搬硬套解读文本，将生动的文本肢解成毫无生命的碎片，成为某种理论的注脚，文学批评沦为"自说自话"[3]。

高建平专门批评了两种文学批评。一种是推介性批评，即为新出的书进行叫好式的推荐，目的是为了吸引大众的注意；二是扶植性批评，就是一些作家组织和地方政府的宣传部门，为了扶植当地的作家，邀请一些批评家对本地作家和作品进行扶植[4]。邵燕君称之为"红包批评"、"人情批评"，消耗的是公共资源。这两种在当下蔚然风行，严重损害了批评的信誉[5]。

施战军更是不客气地指出了这10多年来文学批评的现状：远离文学现场的不及物批评、削足适履式的"项目课题"批评、堆砌大量文献而鲜有真知灼见的"学术规范"批评、独尊某一创作思潮或者理论倾向而罔顾文学丰富性的"学阀"批评以及唯西方新潮马首是瞻而脱离文本实际的泛

---

[1] 张江等：《批评为什么备受批评》，《人民日报》2014年7月15日。
[2] 同上。
[3] 同上。
[4] 同上。
[5] 同上。

文化批评,等等①。

张江还批评了当下文学批评厚古薄今的倾向,认为其中隐含着更为复杂的原因和动机,其中很重要的一点是研究者没有勇气和能力面对当下、处理当下,而是通过躲到历史深处的研究,在很大程度上规避这种风险。吴秉杰也认同张江的看法,指出,当下学术研究的诸多领域内存在厚古薄今、重远轻近倾向,已成为主导研究方向与学术秩序的潜在规则。在这种学术价值观的影响下,当代文学批评甚至都还够不上研究。吴秉杰进一步分析了这种观念的根源,认为厚古薄今的内里不是简单的发思古之幽情,还隐含了学人与学界的种种不良习性和习俗。比如,把文人之间的相轻意识转嫁到不同门类的评价上,通过行业的等级划分,把不同门类的研究者在学术上作了高下贵贱之区分。还有借助所谓更有价值的学术研究的名义,掩饰直面当下能力的缺乏,把远离当下包装为学术高雅,把直接研究当下贬低为学术浅薄或不学术,这样做的结果,是让厚古薄今的积习摇身一变,成为对当下文化与文学既没有热情又没有能力的人的护身符、遮羞布②。

那么,我们需要什么样的文学批评?对此,很多学者认为,首先需要紧扣文学文本。比如程光炜说:"文学批评只有站在文学创作之上,评判价值,洞见趋势,指出存在的问题,才是杰出的、有效的和富有启示性的,才是这个年代最为需要的批评。"高建平提出了一种"诊断性批评"。所谓"诊断性批评","主要指不带任何外在的意图,只是面对作品本身实话实说、发现问题、揭示病症的批评"。而诊断性批评"要克服软骨病,树立起批评的权威。批评家不必与作家或出版商有个人的关系,更不能有利益上的联系"③。其次要介入当下。张江强调,文学批评不能远离当下。他指出,文学批评本身就是一种当下性很强的学科。对文学发展脉动的敏锐捕捉,对新生力量和新质元素的及时发掘,对现实文学经验的梳理和提升,都鲜明地印证着文学批评不可或缺的当下性。规避当下,追求所谓的

---

① 张江等:《文学需要什么样的批评》,《人民日报》2014年7月29日。
② 张江等:《当下的批评是不是学问》,《人民日报》2014年8月15日。
③ 张江等:《批评为什么备受批评》,《人民日报》2014年7月15日。

纯粹性、学术性。文学批评作为一种学问，应当是关怀当代的学问，是对当代问题的研究。忘记这一点，研究就会失去生命力①。

陈忠实也强调文学批评要介入当下，连通时代、接通地气。周大新强调学以致用，也就是文学理论要运用到文学批评中，文学批评要对作家产生更内在的影响与促动。陈晓明也强调理论批评一定要介入文本，一定是文本释放出理论要素和活力。文学理论的生命力，在于它的现实性。批评活动不能拿着理论的条条框框教条化地去套具体的文本，不能用既定的理论去要求作家照样创作。在面对具体的文学创作、具体的作品文本，所有的理论成见都要抛开，所有现成的理论结论都不具有权威性和绝对性，而是要回到文本的具体阐释，从中发现文本的意义，或者提炼出文本的理论素质②。

最后，文学批评也应该有文学性、耐读。曹文轩从一个作家的角度，指出文学批评要好读，要耐读，尤其要有在阅读中不断展开的复杂韵味。这样，文学批评才能把理性和感性、知识和感觉、艺术性和社会性统摄起来，成为既影响作家又引领一般受众的文本③。

白烨则从批评家的角度从三个方面谈了他对文学批评的认识。首先，批评家需要增强社会责任心，增强历史使命感，以知识分子的良知、审美、高端的感知，观察现状，洞悉走势，仗义执言，激浊扬清。其次，批评家在观念、方法和语言上，要不断地与时俱进。最后，要适应文学与文坛各个方面（从观念到群体）的新变化，走出传统的文学批评模式，在批评的样式和方式上增强多样性，体现鲜活性，加大辐射性④。

（三）重塑文学精神

与对文学批评现状的批评同时出现的，是对重塑文学精神的强调。

1. 重建文学的民族性

关于文学民族性的讨论历史悠久，但是在当下这个全球化的时代，这个问题显得更为重要，涉及一个民族文学发展方向的问题。朝戈金指出，

---

① 张江等：《当下的批评是不是学问》，《人民日报》2014年8月15日。
② 同上。
③ 张江等：《文学需要什么样的批评》，《人民日报》2014年7月29日。
④ 同上。

自从人类形成不同的民族集团之后，人类创造的所有文学作品——作家的个人创作或民众的集体创作，都无一例外地首先是属于特定民族的：荷马史诗属于希腊，莎士比亚剧作属于英吉利，李白诗作属于中国的汉族诗歌传统[①]。阎晶明也指出，所谓"世界文学"，从来不是一种抽象的、绝对的公共性概念，世界性就存在于具体的民族性中间。文学自古就是一种"地方性知识"，今天也仍然如此。世界文学在现代社会的确立，说到底，就是对各民族文学多样性的呈现。这意味着，一个民族的文学要想走向世界、融入世界，必须具备与众不同的唯一性，为世界贡献独特的价值。民族性就是这种独特价值的根本[②]。

那么，民族性体现在哪些方面？朝戈金指出了两点，首先体现在内容方面。有些文学内容是特定民族所钟爱的，也是其民族属性的重要标志。比如中国南方少数民族中大量存在着"创世史诗"和"迁徙史诗"，而从《贝奥武甫》到《亚瑟王与圆桌骑士》，则浸透着古英语文学传统中常见的英雄主义气概。其次，也体现在文学形式方面。例如日本的俳句、印度的吠陀圣歌传统、中国的词等，都是这些民族在长久的文学发展中，适合特定的语言和文化传承创造出来的形式。总之，"民族性是文学的身份标识"。凭借这种标识，不同民族间的文学彼此区别，呈现出各自的鲜明特征。一个民族的文学，丧失了民族独特性，就意味着沉没和消亡。也许，在现实层面，它依然存在，依然有作品不断问世。但在真正意义上，民族的文学已经被淹没，民族的差异也会不可遏制地趋向消散[③]。

那么，从哪里去寻找文学的民族性？张江指出，民族文学的根基不在西方，它在我们的民间生活，在我们的民族传统中。只有面向生活，浸入生活，在民间生活的细微处，才能找到纯粹和鲜活的民族性。作家阿来指出，跟文学的民族性相关的，是文学的民间性，现在需要特别强调文学民族性的民间资源[④]。

除了从民间寻找民族性的资源之外，中国古典诗词从来就是民族性的

[①] 张江等：《重建文学的民族性》，《人民日报》2014年4月29日。
[②] 同上。
[③] 同上。
[④] 同上。

宝藏。张江指出："中国古典诗词，蕴含着民族文化之根。研习古典诗词，不是要复古，更不是要用古典诗词取代现代诗词，而是要以此为凭借，让古典诗词中蕴含的中华民族千百年来凝聚而成的民族精神得以传习和光大。""我们除了将它作为审美教育的有效载体，还要积极挖掘其中蕴含的民族精神。"① 康震对于中国古典诗词的作用给出了这样的表述：涵养民族气质，孕育民族品格，培育民族精神，展现民族风貌②。而所有这些都将极大推动中国文学的发展。

吴思敬指出，当下中国古典诗词的教育还远远不够，中小学生很少读诗，更不会写诗。要改变这种局面，就需要采取综合措施。一是加大中小学教材中诗歌的比重，不只选古代诗歌中的优秀作品，同时也应包含"五四"以来新诗创作的名家名篇，要给学生提供优秀诗歌的选本，扩大阅读面。二是作文教学中应适当安排诗歌写作的训练。此外，还要尽力营造一个诗化的环境。不仅应当有一个诗化的校园环境，也应当有一个诗化的社会环境③。也有学者指出了当下古典诗词的衰微原因：一是语言环境的变化使古典诗词语言系统失活萎缩，二是意象数量的庞大使得重复现象难以避免，三是缺少反映时代风貌的气魄④。这些对于中国文学的民族性创作都会带来不同程度的影响。

2. 直面当下，创造出史诗与经典作品

许多学者明确指出，改革开放30多年来，人们看得见的日常生活和到看不见的心理世界，都发生了深刻而巨大的变化。今日之中国正是出文艺巨作的时候。这种从经济到文化、从物质到精神的历史性变迁，的确给当代文艺家提供了前所未有的创作素材与写作契机。从理论上讲，我们确实处于一个孕育文艺精品的伟大时代。这个时代为作家、艺术家提供了丰沛的营养和鲜活的体验。由此，我们的时代需要史诗，呼唤史诗（白烨语）⑤。

---

① 张江等：《活在当下的古典诗词》，《人民日报》2014年4月29日。
② 同上。
③ 张江等：《重建文学的民族性》，《人民日报》2014年4月29日。
④ 蔡世平：《文学性缺失：当下诗词之弊》，《光明日报》2013年3月19日。
⑤ 张江等：《写出时代的史诗》，《人民日报》2014年10月31日。此部分内容主要引自此次讨论。

对于史诗的重要性及作用，很多学者都给予了很高的评价。比如有学者明确指出，史诗是民族的精神志。史诗的创世性、全景性、崇高性，则镌刻着一个民族的深沉记忆及其关于未来的恢宏想象（王鸿生语）。史诗是一种庄严的文学体裁，携带着厚重的历史和民族母题。它是特定历史时代的产物，是一定历史阶段重大历史事件和社会生活的全景式反映，揭示出复杂丰富的历史、民族和文化内涵。一部民族史诗，往往就是该民族在特定时期的一部形象化历史，它因而是民族精神的结晶，是人类在特定时代创造的高级的艺术范本（廖奔语）。

但是，事实是残酷的。我们并没有创造出什么史诗。纵观这些年的文学创作，能够与这个时代相匹配的作品实在不多，更不要说史诗，相反，碎片化、感官化的填充物遍地皆是。原因何在？有人说：直面现实需要勇气，因为当下的现实，既复杂难辨，又变动不居，直面这样的现实，风险大，难度大，需要一种超强的能力，也需要相当的勇气。如果我们躲避的太多，必然在真实性上打折扣。直面现实写真实，需要作家具有相应的修养、勇气与思想认知能力（关仁山语）。

但是总体而言，诸多参与讨论的人对于到底是什么使得作家不敢直面现实，为什么作家缺少勇气等问题的认识仍然是不深入的，甚至是表面化的、肤浅的。